ROBERT LUDLUM

DER MATARESE-BUND

DER GANDOLFO-ANSCHLAG

WILHELM HEYNE VERLAG
MÜNCHEN

HEYNE ALLGEMEINE REIHE
Nr. 01/9510

Titel der Originalausgabe
THE MATARESE CIRCLE
Aus dem Amerikanischen von Heinz Nagel

Titel der Originalausgabe
THE ROAD TO GANDOLFO
Aus dem Amerikanischen von Heinz Nagel

Printed in Germany 1995
Einzelrechte s. Quellennachweis
Umschlagillustration: The Image Bank / Joseph Drivas
Umschlaggestaltung: Atelier Ingrid Schütz, München
Gesamtherstellung: Presse-Druck, Augsburg

ISBN 3-453-08453-5

DER MATARESE-BUND

TEIL I

1

Wir sind drei Könige aus dem Orient,
bringen Myrrhen und Weihrauch . . .

Die Sänger drängten sich an der Ecke, stampften mit den Füßen und schwangen die Arme. Ihre jungen Stimmen durchdrangen die kalte Nachtluft und übertönten das Plärren der Autohupen, das Schrillen der Polizeipfeifen und den blechernen Klang der Weihnachtsmusik, die aus den Lautsprechern der Kaufhäuser drang. Es fiel dichter Schnee, der Verkehr wälzte sich schwerfällig durch die Straßen. Die Leute, die noch in letzter Minute ihre Weihnachtseinkäufe tätigen wollten, schützten ihre Augen mit den Händen. Trotzdem schafften sie es, einander ebenso auszuweichen wie den gelegentlich rutschenden Autos und den Bergen von Matsch. Reifen drehten auf den nassen Straßen durch, Busse schoben sich zentimeterweise vor und mußten wieder stehenbleiben. Dazu schrillten die Glokken der uniformierten Weihnachtsmänner unablässig.

Von weit her, über Feld und Fluß,
Moor und Be-he-her-ge . . .

Eine dunkle Cadillac-Limousine bog um die Ecke und kroch an den Sängern vorbei. Ihr Anführer, er trug ein Kostüm, das an eine Figur aus einem Roman von Charles Dickens erinnerte, trat an das rechte Hinterfenster, die Hand ausgestreckt, das Gesicht dicht an der Scheibe . . .

Wir folgen dem Ste-he-hern . . .

Der Fahrer drückte ärgerlich auf die Hupe und winkte den Jungen weg, aber der Passagier auf dem Rücksitz griff in die

Manteltasche und holte ein paar Scheine heraus. Er drückte einen Knopf; die Fensterscheibe glitt lautlos herunter, und der grauhaarige Mann schob dem Jungen das Geld in die ausgestreckte Hand.

»Gott möge Sie segnen, Sir«, schrie der Junge. »Der Boys-Club der East Fiftieth Street dankt Ihnen. Frohe Weihnachten, Sir!«

Der fromme Wunsch wäre noch wirksamer gewesen, hätte ihn nicht ein Schwall whiskybeladenen Atems begleitet.

»Frohe Weihnachten«, sagte der grauhaarige Mann und drückte den Fensterknopf, um die Verbindung abzuschneiden.

Der Verkehr kam einen Augenblick lang zum Stocken. Der Cadillac schoß vor, mußte aber bereits nach zehn Metern wieder abrupt bremsen. Der Fahrer packte das Lenkrad fester; eine Geste, die an die Stelle eines lauten Fluches trat.

»Ganz ruhig, Major«, sagte der grauhaarige Passagier, und seine Stimme klang gleichzeitig mitfühlend und befehlend. »Es hilft nichts, wenn Sie sich aufregen; auf diese Weise kommen wir auch nicht schneller an unser Ziel.«

»Sie haben recht, Herr General«, antwortete der Fahrer mit einem Respekt, den er in Wirklichkeit gar nicht empfand. Normalerweise war dieser Respekt durchaus vorhanden, aber nicht heute, nicht auf dieser Fahrt. Es gehörten schon Nerven dazu, von seinem Adjutanten zu verlangen, am Weihnachtsabend Dienst zu machen. Noch dazu, um einen gemieteten *Zivil*wagen nach New York zu fahren, damit der General sich vergnügen konnte. Der Major konnte sich ein Dutzend akzeptable Gründe vorstellen, um an diesem Abend Dienst zu tun, aber dieser Grund gehörte nicht dazu.

Ein Hurenhaus. Wenn man die ganzen verbalen Feinheiten einmal abstreifte, war es das. Der Vorsitzende der Vereinigten Stabschefs ging am Weihnachtsabend in ein *Hurenhaus*! Und weil er vorhatte, sich dort auf höchst vielseitige Art zu vergnügen, mußte der persönliche Adjutant des Generals bereitstehen, um nach diesen Vergnügungen das jämmerliche Etwas, das von dem General übrigblieb, wegzuschaffen. Es abholen, wieder zusammensetzen, dafür sorgen, daß es den nächsten Morgen in irgendeinem obskuren Motel überstand und sicherstellen, daß niemand erfuhr, was das für Vergnügungen waren oder wer dieses jämmerliche Etwas war. Morgen mittag würde dann der Vorsitzende wieder seine militärisch gerade Haltung annehmen, seine Befehle erteilen. Der Abend und das, was zwischen ihm und dem Morgen lag, würde vergessen sein.

Der Major hatte diese Fahrten während der letzten drei Jahre häufig gemacht – seit dem Tag, an dem man den General auf diese ehrfurchtgebietende Position befördert hatte. Nach diesen Fahrten gab es immer Perioden besonders intensiver Aktivität im Pentagon, oder Augenblicke nationaler Krisen, in denen der General seine ganzen beruflichen Fähigkeiten unter Beweis gestellt hatte. Aber nie in einer Nacht wie dieser. Nie am Weihnachtsabend! Wenn der General ein anderer als Anthony Blackburn gewesen wäre, hätte der Major vielleicht Einspruch erhoben, hätte gesagt, daß an den Feiertagen selbst die Familie eines subalternen Offiziers gewisse Prioritäten hätte.

Aber der Major würde nie Einwände gegen irgend etwas vorbringen, solange es den General betraf. »Mad Anthony« Blackburn hatte einen zerbrochenen jungen Leutnant aus einem nordvietnamesischen Gefangenenlager herausgetragen, weg von Folter und Hunger, hatte ihn durch den Dschungel geschleppt, zurück zu den amerikanischen Linien. Das lag Jahre zurück; der Leutnant war inzwischen Major geworden, Chefadjutant des Vorsitzenden der Vereinigten Stabschefs.

Militärs pflegten oft einschläfernde Geschichten über bestimmte Offiziere zu erzählen, denen sie auch durch die Hölle folgen würden. Nun, der Major war mit Mad Anthony Blackburn in der Hölle gewesen. Er würde, wenn der General auch nur mit den Fingern schnippte, für ihn wieder zur Hölle zurückkehren.

Sie hatten inzwischen die Park Avenue erreicht und waren nach Norden abgebogen. Der Verkehr war hier weniger dicht, wie es sich auch für den besseren Teil der Stadt gehörte. Noch fünfzehn Blocks; der Ziegelbau lag auf der 71. Straße zwischen der Park und der Madison Avenue.

Der Chefadjutant des Vorsitzenden der Vereinigten Stabschefs würde den Cadillac auf einem vorsorglich reservierten Platz vor dem Gebäude abstellen und dem General dabei zusehen, wie er den Wagen verließ und die Treppe zu der verriegelten Eingangstür hinaufging. Er würde kein Wort sagen, aber ein Gefühl der Trauer würde den Major erfassen, während er auf seinen Vorgesetzten wartete.

So lange, bis eine schlanke Frau – in einem dunklen Seidenabendkleid mit einem Diamantenkollier – die Tür in dreieinhalb oder vier Stunden wieder öffnete und die Beleuchtung anknipste. Das würde das Signal für den Major sein, hinaufzugehen und seinen Passagier abzuholen.

»Hello, Tony!« Die Frau huschte durch den schwach erleuchteten Korridor und küßte den General auf die Wange. »Wie geht es dir, Darling?« fragte sie und spielte mit ihrer Halskette, während sie sich zu ihm neigte.

»Recht angespannt«, erwiderte Blackburn und schlüpfte aus seinem Zivilmantel, den ihm ein uniformiertes Mädchen abnahm. Er sah das Mädchen an; sie war neu und lieblich.

Die Frau bemerkte seinen Blick. »Sie ist noch nichts für dich, Darling«, meinte sie und griff nach seinem Arm. »Vielleicht in einem Monat oder in zwei. Komm jetzt, wir wollen sehen, was wir gegen dein Angespanntsein tun können. Wir haben alles, was du brauchst: das beste Haschisch aus Ankara, Absinth aus der besten Destille in Marseille, und dann genau das Richtige aus unserem eigenen Spezialkatalog. Übrigens, wie geht es deiner Frau?«

»Auch angespannt«, sagte der General leise. »Sie läßt dich grüßen.«

»Sag ihr liebe Grüße, Darling.«

Sie gingen durch einen Bogen in einen großen Raum. Weiche, vielfarbige Lichter strahlten aus unsichtbaren Lampen; blaue, grüne und bernsteinfarbene Kreise zogen langsam über Decke und Wände. Jetzt sprach die Frau wieder.

»Ich hab' da ein Mädchen, das ich dir schicken will; natürlich auch das Mädchen, das immer bei dir ist. Einfach ein idealer Fall, wie nach Maß für dich gemacht, Darling. Ich wollte es zuerst gar nicht glauben, als sie sich bewarb; es ist unglaublich. Ich hab' sie gerade aus Athen bekommen. Du wirst sie anbetungswürdig finden.«

Anthony Blackburn lag nackt auf dem riesigen Bett. Winzige Scheinwerfer blitzten von der verspiegelten blauen Glasdecke herunter. Ein aromatischer Duft von Haschischrauch hing in der reglosen Luft des abgedunkelten Raumes; drei Gläser mit klarem Absinth standen auf dem Tischchen neben dem Bett. Der Körper des Generals war mit Streifen und Kreisen aus Wasserfarbe bedeckt, überall Fingerspuren, phallische Pfeile, die auf seine Mannheit wiesen, seine Hoden und der erigierte Penis mit roter Farbe bedeckt, seine Brüste schwarz wie das dichte Haar, das sie bedeckte, die Brustwarzen blau und mit einem geraden, fleischig-weißen Strich verbunden. Er stöhnte. Sein Kopf wälzte sich in sexueller Ekstase hin und her, während seine Gespielinnen ihre Arbeit taten.

Die zwei nackten Frauen wechselten sich damit ab, ihn zu massieren und seinen sich windenden Körper mit dicken Farbklecksen zu bedecken. Während die eine ihre Brüste über seinen stöhnenden Mund kreisen ließ, hielt die andere seine Genitalien umfaßt, stöhnte bei jeder Bewegung sinnlich und stieß flache, halberstickte Schreie aus, während der General sich dem Orgasmus näherte – immer wieder von der Frau, die ihr Geschäft verstand, daran gehindert.

Das kastanienhaarige Mädchen an seinem Gesicht flüsterte atemlose, unverständliche Sätze in griechischer Sprache. Einmal beugte sie sich kurz zurück, um nach einem Glas auf dem Tisch zu greifen. Sie hielt Blackburns Kopf und goß ihm die dicke Flüssigkeit zwischen die Lippen. Sie lächelte ihrer Gefährtin zu, worauf diese ihr zuzwinkerte, Blackburns rot bemaltes Glied in der Hand.

Dann glitt das Griechenmädchen vom Bett und wies auf die Badezimmertüre. Ihre Begleiterin nickte, streckte die linke Hand bis zum Kopf des Generals und schob ihm die Finger zwischen die Lippen, um damit die kurze Abwesenheit der anderen zu tarnen. Die kastanienhaarige Frau ging über den schwarzen Teppich ins Badezimmer. Der Raum hallte vom ekstatischen Stöhnen des Generals wider.

Dreißig Sekunden später kam das griechische Mädchen zurück, aber jetzt war sie nicht mehr nackt. Sie trug eine dunkelfarbige Tweedjacke mit Kapuze, die ihr Haar bedeckte. Einen Augenblick lang stand sie im Schatten, dann trat sie ans nächste Fenster und zog leise die schweren Vorhänge zurück.

Das Klirren zersplitternden Glases erfüllte den Raum, als ein plötzlicher Windstoß die Vorhänge blähte. Jetzt war im Fenster die Gestalt eines breitschultrigen, kräftig gebauten Mannes zu sehen; er hatte die Scheiben eingetreten und sprang jetzt durch den Rahmen. Sein Kopf war unter einer Skimaske verborgen. Er hielt eine Pistole in der Hand.

Das Mädchen auf dem Bett fuhr herum und stieß einen erschreckten Schrei aus, als der Killer die Waffe senkte und den Abzug betätigte. Die Explosion wurde von einem Schalldämpfer verschluckt; das Mädchen brach über dem obszön bemalten Körper von Anthony Blackburn zusammen. Der Mann ging auf das Bett zu; der General hob den Kopf, versuchte, sich durch den Nebel von Narkotika zu orientieren, aber seine Augen versagten ihm den Dienst. Seiner Kehle entrangen sich nur gutturale Laute. Der Killer schoß erneut. Und noch einmal – und noch einmal. Die Kugeln bohrten sich in Blackburns Hals, Brust und Unterleib. In das aufspritzende Blut mischten sich die schimmernden Wasserfarben.

Der Mann nickte dem Mädchen aus Athen zu, worauf dieses zur Tür eilte, sie öffnete und auf griechisch sagte: »Sie ist unten in dem Raum mit den kreisenden Lichtern. Sie trägt ein langes rotes Kleid und Diamanten am Hals.«

Wieder nickte der Mann. Dann rannten sie beide in den Korridor hinaus.

Der Major wurde von den unerwarteten Geräuschen, die irgendwo aus dem Inneren des Gebäudes zu kommen schienen, aus seinen Gedanken gerissen. Er lauschte, hielt den Atem an.

Dann war ein Kreischen zu hören . . . Jemand *schrie.* Leute schrien! Er sah zu dem Haus hinüber; die schwere Doppeltür flog auf. Zwei Gestalten rannten heraus, die Treppe hinunter. Ein Mann und eine Frau. Dann sah er es. Ein brennender Schmerz schoß ihm durch den Leib: Der Mann schob eine Waffe in den Gürtel.

O mein Gott!

Der Major schob die Hand unter den Sitz, um seine Automatik herauszuholen, riß sie hoch und sprang aus dem Wagen. Er rannte die Treppe hinauf in den Korridor. Drinnen wurden die Schreie immer lauter; Leute rannten herum, einige die Treppe hinauf, andere hinunter.

Er rannte in den großen Saal mit den verrückten, sich drehenden farbigen Lichtern. Auf dem Boden konnte er die Gestalt der schlanken Frau mit den Diamanten am Hals sehen. Ihre Stirn war eine formlose Masse aus Blut; sie war erschossen worden.

O Gott!

»*Wo ist er?*« brüllte er.

»Oben!« schrie ein Mädchen, das sich in die Ecke gepreßt hatte.

Der Major fuhr von Panik erfüllt herum, rannte zurück zu dem prunkvoll geschmückten Treppenhaus, nahm drei Stufen gleichzeitig. Er raste an einem Telefon vorbei, das auf einem kleinen Tischchen auf dem Treppenabsatz stand; das Bild blieb in ihm haften. Er kannte den Raum; es war immer derselbe Raum. In dem schmalen Korridor bog er zur Seite, erreichte die Tür und schoß hindurch.

Jesus! Es überstieg seine schlimmsten Vorstellungen, etwas so Schreckliches hatte er noch nie gesehen. Der nackte Blackburn, mit Blut und aufgemalten Obszönitäten bedeckt, das tote Mädchen über ihm zusammengebrochen, ihr Gesicht auf seinen Genitalien. Es war ein Bild aus der Hölle, wenn die Hölle so schrecklich sein konnte.

Der Major würde wahrscheinlich nie wissen, wo er die Kraft hernahm, die es ihm erlaubte, jetzt ganz ruhig zu bleiben, aber er schaffte es jedenfalls. Er knallte die Türe zu und baute sich mit erhobener Waffe im Korridor auf. Dann packte er eine Frau, die an ihm vorbei auf die Treppe zu rannte, und brüllte:

»Tun Sie, was ich sage, sonst bringe ich Sie um! Dort drüben ist ein Telefon. Wählen Sie die Nummer, die ich Ihnen gebe! Und dann sagen Sie, was ich Ihnen sage, ganz genau *dieselben Worte*!« Er stieß das Mädchen brutal zum Telefon.

Der Präsident der Vereinigten Staaten schritt finster durch die Tür des Oval Office an seinen Schreibtisch. Der Außenminister und der Direktor des Central Intelligence Agency waren bereits vor ihm eingetroffen und erwarteten ihn.

»Ich kenne die Fakten«, sagte der Präsident in seiner vertrauten, gedehnten Redeweise, »der Magen dreht sich mir dabei um. Jetzt sagen Sie mir, was Sie unternommen haben.«

Der Direktor des CIA trat vor. »Die Mordkommission von New York unterstützt uns. Wir haben insofern Glück, als der

Adjutant des Generals an der Türe stehen blieb und jeden zu töten drohte, der versuchte, an ihm vorbeizukommen. Unsere Leute waren daher die ersten, die am Schauplatz des Verbrechens eintrafen. Sie haben saubergemacht, so gut es ging.«

»Das ist doch nur Kosmetik, verdammt noch mal«, sagte der Präsident. »Wahrscheinlich war es notwendig, aber das ist es nicht, was mich interessiert. Was denken Sie? War es einer dieser verrückten, irren New Yorker Morde, oder war es etwas anderes?«

»Nach meiner Ansicht«, antwortete der Direktor des CIA, »war es etwas anderes. Das habe ich schon letzte Nacht zu Paul gesagt. Das war ein gründlich analysierter und vorbereiteter Mord. Brillant ausgeführt. Die Ermordung der Besitzerin des Etablissements miteingeschlossen. Sie war die einzige, die irgendwelches Licht auf die Vorgänge hätte werfen können.«

»Wer steckt dahinter?«

»Ich würde sagen das KGB. Die Kugeln stammten aus einer russischen Graz-Burya Automatik. Das ist eine ihrer Lieblingswaffen.«

»Ich *muß* widersprechen, Mister President«, sagte der Außenminister. »Ich kann mich Jims Folgerung nicht anschließen; mag sein, daß die Waffe ungewöhnlich ist, aber sie ist in Europa käuflich erhältlich. Ich war heute morgen eine Stunde beim sowjetischen Botschafter. Er war ebenso erschüttert wie wir. Er hat nicht nur mit Entschiedenheit erklärt, daß es sich hier *unmöglich* um eine von russischer Seite geplante oder durchgeführte Aktion handle, sondern wies ganz richtig darauf hin, daß General Blackburn den Sowjets viel lieber war als jeder seiner möglichen Nachfolger.«

»Das KGB steht häufig im Widerspruch zu dem diplomatischen Korps des Kreml«, unterbrach der Direktor.

»So, wie die Company zu dem unseren?« fragte der Außenminister.

»Auch nicht mehr als Ihre eigenen Consular Operations, Paul«, erwiderte der Direktor.

»Verdammt noch mal«, sagte der Präsident, »hören Sie doch mit dem Mist auf. Ich will Fakten. Sie zuerst, Jim. Da Sie Ihrer Sache so sicher sind – was haben Sie denn herausgefunden?«

»Eine ganze Menge.« Der Direktor klappte den Aktendeckel auf, den er in der Hand hielt, entnahm ihm ein Blatt und legte es vor den Präsidenten. »Wir sind fünfzehn Jahre zurückgegangen und haben alles in den Computer eingespeist, was wir über die letzte Nacht in Erfahrung gebracht haben. Wir haben Methode, Ort, Ausgang, Timing und Teamarbeit miteinander verglichen, und das alles mit jedem uns bekannten KGB-Mord während dieser fünfzehn Jahre verglichen. Wir haben dabei drei Profile gefunden. Drei der erfolgreichsten und geschicktesten Killer in der sowjetischen Abwehr. In jedem einzelnen Fall arbeitet der Mann natürlich ganz normal und unter Tarnung, aber es sind alles berufsmäßige Killer. Wir haben sie in der Reihenfolge ihrer Erfahrung aufgelistet.«

Der Präsident studierte die drei Namen:

Taleniekov, Wassilij. Letzter gemeldeter Einsatz:
Südwestliche Sowjetsektoren.
Krylowitsch, Nikolai. Letzter gemeldeter Einsatz:
Moskau, WKR.
Schukowski, Georgij: Letzter gemeldeter Einsatz:
Botschaftsattaché, Ost-Berlin.

Der Außenminister war erregt; er konnte nicht länger stillbleiben. »Mr. President, diese Art von Spekulation – die bestenfalls auf höchst vagen Verdächtigungen basiert – kann nur zur Konfrontation führen. Dafür ist jetzt nicht die Zeit.«

»Augenblick mal, Paul«, sagte der Präsident. »Ich habe Fakten verlangt. Es ist mir völlig gleichgültig, ob jetzt die Zeit für eine Konfrontation ist, oder nicht. Der Vorsitzende der Vereinigten Stabschefs ist ermordet worden. Er mag in seinem Privatleben ein kranker Hurenbock gewesen sein, aber er war ein verdammt guter Soldat. Wenn es sich um einen sowjetischen Mord handelt, möchte ich das wissen.« Der Präsident legte das Papier auf den Schreibtisch, ohne dabei den Außenminister aus den Augen zu lassen. »Außerdem«, fügte er hinzu, »wird es keine Konfrontationen geben, solange nicht mehr bekannt ist. Ich bin sicher, Jim hat dafür gesorgt, daß alles streng geheim bleibt.«

»Natürlich«, sagte der Direktor des CIA.

Es klopfte an der Tür des Oval Office. Der Nachrichtenadjutant des Präsidenten trat ein, ohne auf Antwort zu warten.

»Sir, der russische Premierminister ist am Roten Telefon. Wir haben die Sendung bestätigt.«

»Danke«, sagte der Präsident und griff nach dem Telefon hinter seinem Sessel. »Mr. Premier? Hier spricht der Präsident.«

Der Russe sprach schnell und deutlich. Als zum erstenmal eine Pause eintrat, übersetzte ein Dolmetscher. Dann hielt der sowjetische Dolmetscher, wie es üblich war, inne, und eine andere Stimme – die seines amerikanischen Kollegen – sagte kurz: »Korrekt, Mr. President.«

Das vierseitige Gespräch wurde fortgesetzt.

»Mr. President«, sagte der Premierminister, »ich beklage den Tod – die Ermordung – von General Anthony Blackburn. Er war ein ausgezeichneter Soldat, der den Krieg ebenso verabscheute wie Sie und ich. Er genoß hier großen Respekt, seine Stärke und seine Einsicht in die Probleme der Welt übten auf unsere eigenen militärischen Führer günstigen Einfluß aus. Er wird uns fehlen.«

»Danke, Mr. Premier. Auch wir bedauern seinen Tod. Seine Ermordung. Wir können sie nicht erklären.«

»Das ist der Grund meines Anrufs, Mr. President. Sie müssen wissen, und zwar ohne die geringsten Zweifel, daß der Tod von General Blackburn – seine Ermordung – nie von der verantwortlichen Führung der Sozialistischen Sowjetrepubliken gewünscht worden wäre. Wenn ich so sagen darf – es wäre völlig verfehlt, dieses auch nur in Betracht zu ziehen. Ich hoffe, daß ich mich klar ausdrücke, Mr. President.«

»Ich denke schon, Mr. Premier, und ich danke Ihnen. Aber, wenn Sie gestatten, spielen Sie damit auf die entfernte Möglichkeit an, jemand könnte seine Kompetenzen überschritten haben?«

»Ebensowenig wie jene Mitglieder Ihres Senates, die ohne Skrupel die Ukraine bombardieren würden. Solche Idioten werden entlassen, wie es sich gebührt.«

»Dann bin ich nicht sicher, ob ich den Sinn Ihrer Formulierung richtig erfasse, Mr. Premier.«

»Ich will noch deutlicher werden. Ihre Central Intelligence Agency hat drei Namen geliefert, von denen sie annimmt, daß sie mit dem Tode von General Blackburn in Verbindung stehen könnten. Das ist nicht der Fall, Mr. President. Sie haben mein feierliches Ehrenwort. Diese drei Männer sind *verantwortungs-*

bewußte Männer, die unter der absoluten Kontrolle ihrer Vorgesetzten stehen. Einer von ihnen, Schukowski, ist vor einer Woche ins Krankenhaus eingeliefert worden. Ein weiterer, Krylowitsch, ist seit elf Monaten an der mandschurischen Grenze stationiert, während der hochgeschätzte Taleniekov praktisch bereits pensioniert wurde. Er hält sich augenblicklich in Moskau auf.«

Der Präsident schwieg und starrte den Direktor des CIA an. Dann sagte er: »Ich danke Ihnen für die Klarstellung, Mr. Premier, und für die Genauigkeit Ihrer Information. Mir ist bewußt, daß es für Sie nicht leicht war, diesen Anruf zu tätigen. Meine Hochachtung vor der sowjetischen Spionageabwehr.«

»Ebenso wie für die Ihre. Es gibt heutzutage immer weniger Geheimnisse; manche Leute sagen, das wäre gut. Ich habe die Fakten abgewogen und mich dazu entschieden, Sie anzurufen. Wir hatten mit der Sache nichts zu tun, Mr. President.«

»Ich glaube Ihnen. Ich wünschte, ich wüßte, wer es war.«

»Ich mache mir Sorgen, Mr. President. Ich glaube, wir sollten beide die Antwort auf diese Frage kennen.«

2

»Dimitri Juri Juriewitsch!« rief die dralle Frau vergnügt, als sie mit einem Frühstückstablett in den Händen auf das Bett zuging. »Heute ist der erste Morgen deines Urlaubs. Es liegt Schnee, aber die Sonne taut ihn weg. Ehe du dir den Wodka aus dem Kopf schütteln kannst, sind die Wälder wieder grün!«

Der Mann verbarg sein Gesicht im Kissen, rollte sich dann herum und schlug die Augen auf. Er mußte blinzeln, weil es in dem Raum so hell war. Vor den großen Fenstern der Datscha bogen sich die Äste der Bäume unter der Last des Schnees.

Juriewitsch lächelte seiner Frau zu. Seine Finger spielten mit den Haaren seines Kinnbartes, der jetzt schon mehr grau als braun war. »Ich glaube, gestern nacht habe ich mich verbrannt«, sagte er.

»Das hättest du beinahe!« lachte die Frau. »Zum Glück hat unser Sohn meinen Bauerninstinkt geerbt. Wenn er Feuer sieht, denkt er nicht lange über die Ursache nach. Er löscht es einfach!«

»Ich erinnere mich noch, wie er mich ansprang.«

»Das hat er wohl.« Juriewitschs Frau stellte das Tablett aufs Bett. Dann schob sie die Beine ihres Mannes zur Seite, um Platz zu bekommen. Sie setzte sich und griff nach seiner Stirn. »Du bist ganz heiß, aber du wirst's überleben, mein Kosake.«

»Gib mir eine Zigarette.«

»Nicht vor dem Fruchtsaft. Du bist ein sehr wichtiger Mann; alle Schränke sind mit Fruchtsaft gefüllt. Unser Leutnant sagt, sie dienen wahrscheinlich dazu, die Zigaretten auszulöschen, mit denen du dir den Bart verbrennst.«

»Die Mentalität von Soldaten wird immer die gleiche bleiben. Wir Wissenschaftler verstehen das. Der Fruchtsaft ist da, damit man ihn mit Wodka mischt.« Dimitri Juriewitsch lächelte wieder, ein Lächeln, das ein wenig verloren wirkte. »Eine Zigarette, Liebste? Du darfst sie sogar anzünden.«

»Du bist unmöglich!« Sie holte ein Päckchen Zigaretten vom Nachttisch, schüttelte eine heraus und schob sie ihrem Mann zwischen die Lippen. »Paß auf, daß du nicht ausatmest, wenn ich das Streichholz anreiße, sonst explodieren wir beide. Man wird mich in Unehren begraben, weil ich den prominentesten Kernphysiker der Sowjetunion getötet habe.«

»Meine Arbeit lebt nach mir fort; sollen die mich mit Rauch begraben.« Juriewitsch inhalierte tief, während seine Frau ihm das Streichholz hinhielt. »Wie geht es unserem Sohn heute morgen?«

»Sehr gut. Er ist schon früh aufgestanden und hat die Gewehre geölt. Seine Gäste kommen in etwa einer Stunde. Die Jagd fängt gegen Mittag an.«

»Du lieber Gott, das hab' ich vergessen«, sagte Juriewitsch und stemmte sich im Bett hoch, bis er aufrecht saß. »Muß ich wirklich mitkommen?«

»Du gehst doch mit ihm zusammen. Erinnerst du dich nicht mehr, wie du gestern abend allen gesagt hast, daß Vater und Sohn das beste Stück schießen würden?«

Dimitri zuckte zusammen. »Das muß wohl mein schlechtes Gewissen gewesen sein. All die Jahre, die ich in den Labors verbracht habe, während er irgendwo hinter meinem Rücken aufwuchs.«

Seine Frau lächelte. »Es wird dir guttun, wenn du an die Luft kommst. Jetzt rauch deine Zigarette zu Ende, iß dein Frühstück und zieh dich an.«

»Weißt du was?« sagte Juriewitsch und griff nach der Hand seiner Frau. »Ich fange erst langsam an, es zu begreifen. Das ist wirklich *Urlaub*. Ich kann mich gar nicht erinnern, wann wir den letzten hatten.«

»Ich weiß gar nicht, ob es je einen gab. Ich habe noch nie einen Mann gekannt, der so viel arbeitet wie du.«

Juriewitsch zuckte die Schultern. »Nett, daß unser Sohn Urlaub bekommen hat.«

»Er hat ihn sich ausgebeten. Er wollte mit dir zusammen sein.«

»Das war schön von ihm. Ich liebe ihn, aber ich kenne ihn kaum.«

»Alle sagen, daß er ein sehr guter Offizier ist. Du kannst stolz auf ihn sein.«

»Oh, das bin ich auch. Es ist nur so, daß ich nicht weiß, was ich zu ihm sagen soll. Wir haben so wenig gemeinsam. Der Wodka hat das gestern abend leichter gemacht.«

»Ihr habt einander fast zwei Jahre nicht gesehen.«

»Ich hatte meine Arbeit, das weiß jeder.«

»Du bist ein Wissenschaftler.« Sie drückte Dimitris Hand. »Aber heute nicht. Und die nächsten drei Wochen auch nicht! Keine Labors, keine Wandtafeln, keine nächtelangen Sitzungen mit eifrigen jungen Professoren und Studenten, die allen erzählen wollen, daß sie mit dem großen Juriewitsch gearbeitet haben.« Sie nahm ihm die Zigarette aus dem Mund und drückte sie aus. »Jetzt iß dein Frühstück und zieh dich an. Die Jagd im Schnee wird dir guttun.«

»Meine liebe Frau«, protestierte Dimitri und lachte, »wahrscheinlich werde ich mir den Tod dabei holen. Ich hab' seit zwanzig Jahren kein Gewehr mehr abgefeuert!«

Leutnant Nikolai Juriewitsch stapfte durch den tiefen Schnee auf das alte Gebäude zu, das früher einmal als Stall der Datscha gedient hatte. Er wandte sich um und blickte auf das riesige dreistöckige Hauptgebäude. Es glitzerte im Licht der Morgensonne, ein kleiner Alabasterpalast in einer Alabasterlichtung, die man aus dem schneebeladenen Wald herausgearbeitet hatte.

Moskau hielt große Stücke auf seinen Vater. Alle wollten etwas über den großen Juriewitsch wissen, den brillanten, reizbaren Mann, dessen bloßer Name schon ausreichte, um den Führern der westlichen Welt Angst zu machen. Es hieß immer, Dimitri Juri Juriewitsch trüge die Formeln für ein Dutzend taktischer Kernwaffen im Kopf; es hieß, wenn man ihn in einem Munitionslager mit angeschlossenem Labor allein ließe, wäre er fähig, eine Bombe zu bauen, die Groß-London, ganz Washington und den größten Teil Pekings vernichten könnte.

Das war der große Juriewitsch, ein Mann, der gegen Kritik und disziplinarische Maßnahmen praktisch immun war, auch wenn er manchmal zu unüberlegten Worten und Handlungen neigte. Nicht, soweit es seine Ergebenheit für den Staat betraf;

die stand nie in Frage. Dimitri Juriewitsch war das fünfte Kind armer Bauern aus Kurow. Wenn es den Staat nicht gegeben hätte, dann wäre er jetzt Maultiertreiber bei irgendeinem Aristokraten. Nein, er war ein Kommunist bis in die Knochen, hatte aber, wie alle brillanten Männer, nichts übrig für die Bürokratie. Daraus hatte er nie ein Hehl gemacht, und es hatte ihm nie geschadet.

Das war auch der Grund, weshalb so viele ihn kennenlernen wollten. Vermutlich, das nahm Nikolai wenigstens an, weil sie hofften, daß auf diese Weise wenigstens ein Hauch seiner Immunität auf sie fiel.

Der Leutnant wußte, daß dies heute der Fall war, und es war ihm unangenehm. Die »Gäste«, die jetzt zur Datscha seines Vaters unterwegs waren, hatten sich praktisch selbst eingeladen. Der eine war der Kommandeur von Nikolais Bataillon in Wilna, der andere ein Mann, den Nikolai nicht einmal kannte. Ein Freund des Kommandeurs aus Moskau. Der Kommandeur hatte gesagt, es sei jemand, der einem jungen Leutnant einmal einen Gefallen tun könne, wenn es um eine Versetzung ging. Nikolai hielt von solchen Versprechungen nicht viel; er war in erster Linie er selbst und erst in zweiter Linie Sohn seines Vaters. Er würde seinen eigenen Weg gehen; für ihn war das sehr wichtig. Aber zu seinem Kommandeur konnte er trotzdem nicht nein sagen, denn wenn es in der ganzen Sowjetarmee einen Mann gab, der eine Spur dieser »Immunität« verdiente, dann war das Oberst Janek Drigorin.

Drigorin hatte sich gegen die Korruption ausgesprochen, die im Offizierskorps offen zutage trat. Die Erholungsorte am Schwarzen Meer, die aus Geheimfonds bezahlt wurden, die Lagerhäuser voll Konterbande und die Frauen, die, entgegen allen Vorschriften, mit Militärmaschinen zu ihren Männern geflogen wurden.

Er fiel in Moskau in Ungnade und wurde nach Wilna versetzt, um dort in Mittelmäßigkeit zu versauern. Während Nikolai Juriewitsch ein einundzwanzigjähriger Leutnant war, der auf einem unbedeutenden Posten umfangreiche Verantwortung trug, war Drigorin ein bedeutendes militärisches Talent, das man auf einen unbedeutenden Posten abgeschoben hatte. Wenn ein solcher Mann einen Tag mit seinem Vater zu verbringen wünschte, konnte Nikolai dagegen nichts einwenden.

Außerdem war der Oberst ein höchst sympathischer Mann; er war neugierig, wie der andere sein würde.

Nikolai erreichte den Stall und öffnete das große Tor, das zu dem Korridor mit den einzelnen Boxen führte. Die Scharniere waren geölt worden; das alte Tor öffnete sich lautlos. Er ging an den makellos saubergehaltenen Verschlägen vorbei, in denen früher einmal die besten Vollblüter gestanden hatten. Er versuchte sich vorzustellen, wie jenes andere Rußland einmal gewesen war. Fast glaubte er, das Wiehern feurig blickender Hengste zu hören, das ungeduldige Scharren von Hufen, die Rufe von Jägern, die danach gierten, auf die Felder hinausgeschickt zu werden.

Jenes Rußland mußte etwas ganz Besonderes gewesen sein. Wenn man nicht hinter einem Maultier herlief.

Er erreichte das Ende des langen Korridors, wo eine weitere breite Türe war. Er öffnete sie und ging wieder in den Schnee hinaus. In der Ferne fiel ihm etwas auf; etwas, das nicht hinzugehören schien.

Von der Ecke einer Kornkammer führten Spuren zum Waldrand. Fußabdrücke vielleicht. Aber die beiden Dienstboten, die Moskau der Datscha zugewiesen hatte, hatten das Hauptgebäude nicht verlassen. Und die Waldhüter waren in ihrer Baracke, unten an der Straße.

Andererseits, dachte Nikolai, war es natürlich möglich, daß die Wärme der Morgensonne die Ränder irgendwelcher Eindrücke im Schnee geschmolzen hatte. Vielleicht täuschte das blendende Licht die Augen. Ohne Zweifel handelte es sich um die Spuren irgendeines Tieres. Der Leutnant lächelte bei der Vorstellung, daß ein Tier aus dem Wald hier Korn suchte, hier, in dieser gepflegten Reliquie, als die man die Stallungen der großen Datscha bezeichnen mußte. Die Tiere hatten sich nicht verändert, nur Rußland.

Nikolai sah auf die Uhr; es war Zeit, zum Hause zurückzugehen. Bald würden die Gäste kommen.

Alles lief so gut, daß Nikolai es kaum zu glauben vermochte. Es gab überhaupt nichts Peinliches. Dies war in hohem Grade seinem Vater und dem Mann aus Moskau zuzuschreiben. Oberst Drigorin schien anfänglich etwas unsicher – ein Kommandeur, der sich einem wohlbekannten, oder mit guten Verbindungen versehenen Untergebenen aufgedrängt hatte –, aber Juri Juriewitsch verhinderte das Aufkommen einer verlegenen Stimmung. Er nahm den Vorgesetzten seines Sohnes auf wie ein besorgter – wenn auch berühmter – Vater, der nichts anderes im Sinne hat, als den Sohn zu fördern. Nikolai war beinahe amüsiert; sein Vater tat dies sehr auffällig. Mit dem Fruchtsaft und dem Kaffee wurde Wodka serviert. Nikolai hatte ein scharfes Auge auf etwa herunterfallende Zigaretten.

Die große Überraschung war der Freund des Obersten aus Moskau, ein Mann namens Brunov. Ein Parteifunktionär von hohem Rang bei der militärisch-industriellen Planung. Nicht nur, daß Brunov und Nikolais Vater gemeinsame Freunde hatten; bald stellte sich auch heraus, daß ihre Einstellung zum größten Teil der Moskauer Bürokratie dieselbe war – und dazu gehörten natürlich viele jener gemeinsamen Freunde. Nicht lange, und Gelächter erfüllte den Raum. Jeder Rebell versuchte den anderen mit beißenden Bemerkungen über diesen Kommissar, der anstelle eines Kopfes einen Hohlraum trug, und jenen Wirtschaftsbürokraten, der nicht einmal einen Rubel in der Tasche halten konnte, auszustechen.

»Wir sind böse, Brunov!« rief Nikolais Vater, während es in seinen Augen schalkhaft funkelte.

»Das ist wahr, Juriewitsch!« pflichtete der Mann aus Moskau ihm bei. »Schade, daß wir recht haben.«

»Aber seien Sie vorsichtig, wir haben Soldaten in unserer Gesellschaft. Die werden uns melden!«

»Dann werde ich ihre Löhnung zurückhalten, und Sie konstruieren eine Bombe, die nach hinten losgeht.«

Dimitri Juriewitschs Gelächter verstummte einen Augenblick lang. »Ich wünschte, man brauchte überhaupt keine Bomben.«

»Und ich, daß man keine so großen Beträge für das Militär ausgeben müßte.«

»Genug«, sagte Juriewitsch. »Die Waldhüter sagen, die Jagd hier sei ausgezeichnet. Mein Sohn hat versprochen, für mich Ausschau zu halten. Ich habe versprochen, das größte Stück Wild zu schießen. Kommen Sie jetzt, wir haben hier alles, was Ihnen fehlt. Stiefel, Pelze . . . Wodka.«

»Aber nicht während wir schießen, Vater.«

»Weiß Gott, Sie haben ihm *wirklich* etwas beigebracht«, sagte Juriewitsch und lächelte dem Oberst zu. »Übrigens, meine Herren, es kommt gar nicht in Frage, daß Sie heute schon wieder abreisen. Sie bleiben natürlich über Nacht. Moskau ist großzügig; es gibt hier Braten, frisches Gemüse und was das Herz sonst begehrt . . .«

»Und genügend Wodkaflaschen, hoffe ich.«

»Nicht Flaschen, Brunov, *Fässer*! Ich sehe es Ihren Augen an. Wir werden beide Urlaub machen. Sie bleiben.«

»Ich bleibe«, sagte der Mann aus Moskau.

Schüsse schallten durch den Wald, hallten in ihren Ohren wider. Auch den Wintervögeln blieben sie nicht verborgen; ihr Kreischen und das Flattern ihrer Flügel vermischten sich mit dem Echo. Nikolai konnte auch erregte Stimmen hören, aber sie waren zu weit entfernt, als daß man sie hätte verstehen können. Er wandte sich seinem Vater zu.

»Wenn sie etwas getroffen haben, sollten wir binnen sechzig Sekunden das Pfeifsignal hören«, sagte er. Sein Gewehr hing nach unten, der Lauf wies in den Schnee.

»Eine Schande ist das!« erwiderte Juriewitsch in gespieltem Ärger. »Die Waldhüter haben mir geschworen – ganz geheim natürlich –, daß das ganze Wild in diesem Abschnitt des Waldes wäre, nahe beim See. Dort drüben sei *nichts*! Deshalb habe ich darauf bestanden, daß die dorthin gehen.«

»Du bist ein alter Schurke«, sagte der Sohn und musterte die Waffe seines Vaters. »Du hast entsichert. Warum?«

»Ich dachte, ich hätte dort hinten etwas rascheln gehört. Ich wollte schußbereit sein.«

»Sei mir nicht böse, Vater, aber leg den Sicherungshebel wieder um. Warte, bis du das siehst, was du gehört hast, ehe du eine Waffe entsicherst.«

»Sei mir nicht böse, Soldat, aber dann müßte ich zuviel auf einmal tun.« Juriewitsch sah die Besorgnis im Blick seines Sohnes. »Andererseits, wenn ich es mir richtig überlege, hast du wahrscheinlich recht. Ich könnte fallen und einen Schuß auslösen. Davon verstehe ich etwas.«

»Danke«, sagte der Leutnant und drehte sich plötzlich um. Sein Vater hatte recht; hinter ihnen raschelte tatsächlich etwas.

Er hörte das Knacken eines Zweiges, Schnee, der zu Boden fiel. Er entsicherte die eigene Waffe.

»Was ist das?« fragte Dimitri Juriewitsch mit erregtem Blick.

»*Schsch*«, flüsterte Nikolai und spähte in die weißen Korridore, die sie umgaben.

Er sah nichts. Er schob den Sicherungshebel wieder zurück.

»Dann hast du es also auch gehört?« fragte Dimitri. »Das waren nicht bloß diese fünfundfünfzig Jahre alten Ohren.«

»Der Schnee ist schwer«, meinte sein Sohn. »Die Äste brechen unter seinem Gewicht. Das ist es, was wir gehört haben.«

»Nun, eines haben wir jedenfalls *nicht* gehört«, sagte Juriewitsch, »und zwar ein Pfeifsignal. Gar nichts haben wir gehört!«

Wieder hallten in der Ferne drei Schüsse.

»Sie haben *etwas* gesehen«, sagte der Leutnant. »Vielleicht hören wir diesmal das Signal ...«

Plötzlich hörten sie es. Ein Geräusch. Aber das war keine Pfeife. Das war vielmehr ein erschreckter, in die Länge gezogener Schrei, schwach, aber ganz deutlich. Ganz entschieden ein schrecklicher Schrei. Und jetzt folgte ihm ein zweiter, der noch hysterischer klang.

»Mein Gott, was ist *passiert*?« Juriewitsch packte den Arm seines Sohnes.

»Ich weiß ...«

Ein dritter Schrei schnitt ihm die Antwort ab, ein Schrei, der ihm durch Mark und Knochen ging.

»Bleib *hier*!« schrie der Leutnant seinen Vater an. »Ich laufe zu ihnen.«

»Ich komme mit«, sagte Juriewitsch. »Mach schnell, aber sei vorsichtig!«

Nikolai raste durch den Schnee auf den Ursprungsort der Schreie zu. Sie erfüllten jetzt den ganzen Wald, nicht mehr so schrill, aber um so schmerzlicher. Man merkte, daß die Lebenskraft dessen, der geschrien hatte, verebbte. Der Soldat benutzte sein Gewehr dazu, sich einen Weg durch die schweren, tiefhängenden Äste zu bahnen. Der Schnee wirbelte rings um ihn auf. Seine Beine schmerzten, die kalte Luft füllte seine Lungen zum Bersten; Tränen der Erschöpfung trübten seine Sicht.

Dann hörte er das Brüllen, bevor er das sah, was er am meisten fürchtete, etwas, das kein Jäger je sehen wollte.

Ein ungeheuer großer, wilder Schwarzbär, dessen schreckerregendes Gesicht eine einzige blutende Masse war, übte Rache an denen, die seine Wunden verursacht hatten, riß, fetzte, zerfleischte seinen Feind.

Nikolai hob das Gewehr und feuerte, bis keine Patronen mehr in der Kammer waren.

Der riesige Bär fiel. Der Soldat rannte zu den beiden Männern; als er sie untersuchte, stockte ihm der Atem.

Der Mann aus Moskau war tot, die Kehle herausgerissen, sein blutverschmierter Kopf kaum mehr mit dem Körper verbunden. Drigorin hatte noch Spuren von Leben in sich. Nikolai wußte, wenn der andere nicht binnen Sekunden sterben würde, dann würde er seine Waffe nachladen und das zu Ende führen, was das Tier begonnen hatte. Der Oberst hatte kein Gesicht mehr. An seiner Stelle war etwas, was sich dem Bewußtsein des Soldaten einbrannte.

Wie? Wie hatte das geschehen können?

Dann wanderte der Blick des Leutnants zu Drigorins rechtem Arm. Der Schock, den er empfand, überstieg seine wildeste Vorstellungskraft.

Er war halb von seinem Ellbogen abgetrennt. Wie das geschehen war, wurde sofort klar: durch schwerkalibrige Kugeln.

Der rechte Arm des Obersten war abgeschossen worden!

Nikolai rannte zu Brunovs Leiche; er beugte sich hinunter und rollte die Leiche zur Seite.

Brunovs Arm war noch intakt, aber seine linke Hand war zerrissen. Nur die verzerrten, blutigen Umrisse einer Handfläche waren zurückgeblieben. Die Finger waren nicht mehr als Knochenstücke. Seine *linke* Hand! Nikolai Juriewitsch erinnerte sich an den Morgen, den Kaffee, den Wodka und die Zigaretten.

Der Mann aus Moskau war Linkshänder gewesen.

Brunov und Drigorin waren von jemandem mit einer Waffe verteidigungsunfähig gemacht worden, jemandem, der wußte, was auf ihrem Wege auf sie lauerte.

Nikolai richtete sich vorsichtig auf. Der Soldat in ihm war geweckt, er suchte den unsichtbaren Feind. Und dies war ein Feind, den er mit ganzem Herzen finden und töten wollte. Seine Gedanken rasten zurück zu den Fußabdrücken, die er hinter den Stallungen gesehen hatte. Das waren nicht die Spuren eines Tieres – nicht in dem Sinne, wie er es angenommen hatte – das waren die Spuren eines widerlichen Mörders.

Aber *wer*? Und darüber hinaus – *warum*?

Der Leutnant sah etwas Helles aufblitzen. Ein Sonnenstrahl auf einer Waffe.

Er bewegte sich nach rechts, wirbelte dann ruckartig nach links herum, warf sich zu Boden und rollte sich hinter den Stamm einer Eiche. Er stieß das leere Magazin aus der Waffe und ersetzte es durch ein volles. Er kniff die Augen zusammen und suchte nach dem, was er blitzen gesehen hatte. Es war hoch oben auf einer Fichte.

Eine Gestalt saß rittlings fünfzehn Meter über der Erde auf zwei Ästen, sie hielt einen Karabiner mit Zielfernrohr in der Hand. Der Mörder trug ein weißes Schneehemd mit Pelzkapuze. Das Gesicht war hinter einer großflächigen dunklen Sonnenbrille verborgen.

Nikolai dachte, er müsse sich vor Wut und Ekel übergeben. Der Mann lächelte. Der Leutnant wußte, daß er auf ihn herunterlächelte.

Wütend hob er das Gewehr. Schnee wirbelte auf und blendete ihn; gleichzeitig hörte er den lauten Knall eines Hochleistungskarabiners. Ein zweiter Schuß folgte; die Kugel krachte in das Holz über seinem Kopf. Er zog sich in den Schutz des Baumstammes zurück.

Ein weiterer Schuß krachte, diesmal ganz nahe, nicht von dem Killer oben auf dem Baum.

»Nikolai!«

Etwas zersprang in ihm. Jetzt war nichts außer Wut übrig. Die Stimme, die seinen Namen schrie, war die seines Vaters.

»Nikolai!«

Wieder ein Schuß. Der Soldat sprang auf, feuerte sein Gewehr auf den Baum ab und rannte über den Schnee.

Sein Herz krampfte sich zusammen. Er hörte und spürte nichts, bis er wußte, daß das Gesicht seines Vaters kalt war.

Der Premierminister der Sowjetunion legte die Hände auf den langen Tisch unter dem Fenster, von dem aus man den Kreml sehen konnte. Er beugte sich vor und studierte die Fotografien. Die Wangen seines großflächigen Bauerngesichtes hingen vor Erschöpfung schlaff herunter. Seine Augen waren von Wut und Schreck erfüllt.

»Schrecklich«, flüsterte er. »Däß Menschen so sterben müssen. Das ist Juriewitsch zumindest erspart geblieben – nicht der Tod, aber ein solches Ende.«

Auf der anderen Seite des Raumes saßen zwei Männer und eine Frau um einen anderen Tisch. Ihre finsteren Gesichter musterten den Premierminister. Jeder hatte einen braunen Aktendeckel vor sich liegen. Sie warteten offensichtlich darauf, daß die Konferenz fortgesetzt wurde. Aber sie drängten den Premierminister nicht, drängten sich auch nicht in seine Gedanken. Andeutungen von Ungeduld konnten bei ihm zu Wutausbrüchen führen. Der Premierminister war ein Mann, der schneller als die Anwesenden denken konnte, aber dennoch wägte er bedachtsam alle Möglichkeiten ab. Er war ein Überlebender in einer Welt, wo nur die Klügsten – und die Raffiniertesten – überlebten.

Angst war eine Waffe, die er mit außergewöhnlichem Geschick zu handhaben wußte.

Er stand auf, schob die Fotografien angewidert von sich und ging zum Konferenztisch zurück.

»Alle Raketenstationen sind in Alarmzustand, unsere Unterseeboote nähern sich den Abschußpositionen«, sagte er. »Ich möchte, daß diese Information an sämtliche Botschaften übermittelt wird. Benutzen Sie Codes, die Washington bereits geknackt hat.«

Einer der Männer am Tisch lehnte sich vor. Er war ein Diplomat, älter als der Premier. Offenbar ein langjähriger Begleiter, ein Verbündeter, der etwas offener als die beiden anderen sprechen konnte. »Sie gehen ein Risiko ein, von dem ich nicht weiß, ob es klug ist. Wir sind uns der Reaktion nicht so sicher. Der amerikanische Botschafter war tief erschüttert. Ich kenne ihn; er hat nicht gelogen.«

»Dann war er nicht informiert«, sagte der zweite Mann kurz angebunden. »Ich erkläre im Namen des WKR, daß wir sicher sind. Die Kugeln und die Patronenhülsen sind identifiziert worden: Sieben Millimeter – Spitzen abgezwickt. Laufmarkierungen unverkennbar. Sie sind aus einer Browning Magnum abgefeuert worden. Was brauchen Sie noch mehr?«

»Wesentlich mehr als das. Es ist nicht schwierig, sich eine solche Waffe zu besorgen. Außerdem bezweifle ich, daß ein amerikanischer Attentäter seine Visitenkarte hinterlassen würde.«

»Es ist aber durchaus möglich, wenn es sich um die Waffe handelt, mit der er besonders gut vertraut ist. Wir haben einiges entdeckt.« Der WKR-Mann wandte sich zu der Frau in mittleren Jahren. Ihr Gesicht wirkte wie aus Granit gemeißelt. »Bitte erklären Sie, Genossin Direktor.«

Die Frau klappte ihren Aktendeckel auf und überflog das obenauf liegende Blatt, ehe sie zu sprechen begann. Sie legte das Blatt um und wandte sich an den Premierminister. Ihre Augen wichen dem Diplomaten aus. »Wie Ihnen bekannt ist, handelte es sich um zwei Attentäter, vermutlich beides Männer. Der eine muß ein Meisterschütze von außergewöhnlichem Geschick sein, der andere besitzt ohne Zweifel dieselben Fähigkeiten, ist aber außerdem auch ein Experte für elektronische Überwachung. Wir haben in den Stallungen Beweismaterial gefunden – Kratzspuren, Abdrücke von Saugnäpfen, Fußabdrücke –, die uns vermuten lassen, daß sämtliche Gespräche in der Datscha abgehört wurden.«

»Das deutet auf den CIA, Genossin«, unterbrach der Premier.

»Oder Consular Operations, Sir«, erwiderte die Frau. »Es ist wichtig, das im Auge zu behalten.«

»O ja«, nickte der Premierminister. »Die kleine Gruppe von ›Unterhändlern‹, die das State Department unterhält.«

»Warum nicht die chinesischen Tao-pans?« fragte der Diplomat ernsthaft. »Sie gehören zu den effektivsten Mördern auf der ganzen Welt. Die Chinesen hatten von Juriewitsch mehr zu befürchten als sonst jemand.«

»Die kommen aus Gründen des Gesichtsschnittes nicht in Frage«, konterte der Mann vom WKR. »Peking weiß, was ihm blühen würde, falls uns einer seiner Leute in die Hände fiele, tot oder lebend.«

»Kommen Sie wieder auf Ihre Entdeckungen zurück«, unterbrach der Premierminister.

Die Frau fuhr fort: »Wir haben alles den KGB-Computern eingegeben und uns dabei auf amerikanisches Abwehrpersonal konzentriert, von dem wir wissen, daß es sich in Rußland aufgehalten hat, unsere Sprache fließend beherrscht und als Killer bekannt ist. Wir sind auf vier Namen gekommen. Hier sind sie, Herr Premierminister. Drei von der Central Intelligence Agency und einer von den Consular Operations des State

Department.« Sie reichte das Blatt dem WKR-Mann, worauf dieser sich erhob und es dem Premierminister übergab.

Er sah die Namen an.

Scofield, Brandon Alan. State Department, Consular Operations. Nachgewiesenermaßen für erfolgreiche Attentate in Prag, Athen, Paris und München verantwortlich. Steht unter dem Verdacht, in Moskau selbst gearbeitet zu haben. An mehr als zwanzig Fluchtfällen beteiligt.

Randolph, David. Central Intelligence Agency. Verbirgt sich unter der Position eines Importversandleiters der Dynamax Corporation in West-Berlin. Alle Stufen der Sabotage. Nachgewiesenermaßen an Kraftwerksexplosionen in Kazan und Tagil beteiligt.

Saltzman, George Robert. Central Intelligence Agency. War sechs Jahre lang in Vientiane als diplomatischer Kurier und Meuchelmörder unter dem Deckmantel des AID tätig. Experte für den Orient. Augenblicklich – seit fünf Wochen – im Bereich Taschkent tätig. Deckmantel: Immigrant aus Australien, Verkaufsleiter der Perth Radar Corporation.

Bergstrom, Edward. Central Intelligence Agency –

»Herr Premierminister«, unterbrach der Mann vom WKR. »Mein Kollege wollte erklären, daß die Namen nach Priorität geordnet sind. Nach unserer Meinung deuten alle Anzeichen und Spuren bei der Ermordung von Dimitri Juriewitsch auf den ersten Mann in der Liste hin.«

»Diesen Scofield?«

»Ja, Herr Premierminister. Er verschwand vor einem Monat in Marseille. Er hat mehr Schaden angerichtet und mehr Operationen unserer Seite gestört als irgendein anderer Agent, den die Vereinigten Staaten seit dem Krieg auf uns angesetzt haben.«

»Wirklich?«

»Ja.« Der WKR-Mann hielt inne. Dann fuhr er zögernd fort: »Seine Frau ist vor zehn Jahren getötet worden. In Ost-Berlin. Seitdem war er wie ein Verrückter.«

»*Ost*-Berlin?«

»Eine Falle. KGB.«

Das Telefon auf dem Schreibtisch des Premierministers klingelte; er ging schnell hinüber und nahm den Hörer ab.

Es war der Präsident der Vereinigten Staaten. Die Dolmetscher standen bereit.

»Wir betrauern den Tod – die schreckliche Ermordung – eines sehr großen Wissenschaftlers, Mister Premier. Ebenso wie das Schreckliche, das seinen Freunden widerfuhr.«

»Ich bin Ihnen für Ihre Worte dankbar, Mister President, aber, wie Sie wissen, handelt es sich um von langer Hand vorbereiteten Mord oder Terror. Ich bin Ihnen für Ihr Mitgefühl dankbar, aber ich muß mich fragen, ob Sie nicht doch irgendwie erleichtert sind, daß die Sowjetunion ihren führenden Kernphysiker verloren hat.«

»Das bin ich nicht, Sir. Seine Fähigkeiten reichten weit über unsere Grenzen und Meinungsverschiedenheiten hinaus. Er war ein Mann aller Völker.«

»Und doch hat er es vorgezogen, *einem* Volk anzugehören, oder nicht? Ich muß Ihnen offen sagen, daß meine Besorgnis und unsere Meinungsverschiedenheiten sehr groß sind. Ich muß auf die Sicherheit meines Landes achten.«

»Dann, verzeihen Sie, Mr. Premier, jagen Sie Trugbildern nach.«

»Vielleicht haben wir sie gefunden, Mr. President. Wir haben hier Beweise vorliegen, die mich außerordentlich beunruhigen. So viele, daß ich ...«

»Verzeihen Sie mir noch einmal«, unterbrach der Präsident der Vereinigten Staaten. »Die Beweise, die Sie gefunden haben, haben mich dazu veranlaßt, Sie anzurufen, obwohl mir das eigentlich widerstrebt. Das KGB hat einen großen Fehler begangen. Vier Fehler, um genau zu sein.«

»*Vier*?«

»Ja, Mr. Premier. Speziell, was die Namen Scofield, Randolph, Saltzman und Bergstrom angeht. Keiner der vier hat mit dem Vorgang etwas zu tun, Mr. Premier.«

»Sie setzen mich in Erstaunen, Mr. President.«

»Auch nicht mehr als Sie mich kürzlich in Erstaunen versetzten. Es gibt heutzutage nur noch wenige Geheimnisse, erinnern Sie sich?«

»Worte sind billig; Beweise sind stark.«

»Darum geht es. Lassen Sie mich klarstellen. Zwei der drei Männer von der Central Intelligence Agency sind zum Innendienst versetzt worden. Randolph und Bergstrom sitzen augenblicklich an ihren Schreibtischen in Washington. Mr. Saltzman befindet sich in einem Krankenhaus in Taschkent: die Diagnose lautet auf Krebs.« Der Präsident hielt inne.

»Bleibt noch ein Name, nicht wahr?« sagte der Premier. »Ihr Mann von den berüchtigten Consular Operations. In diplomatischen Kreisen sehr glatt, aber bei uns berüchtigt.«

»Hier komme ich zu dem peinlichsten Teil meiner Erklärung. Es ist unvorstellbar, daß Mr. Scofield in diese Vorgänge verwikkelt ist. Offen gestanden, ist die Wahrscheinlichkeit, daß er in den Fall verwickelt war, noch geringer als bei den drei anderen. Ich kann Ihnen das sagen, weil es inzwischen ohne Bedeutung ist.«

»Worte kosten wenig . . .«

»Ich muß deutlich werden. Wir haben seit einigen Jahren detaillierte Akten über Dr. Juriewitsch geführt, die immer auf dem neuesten Stand waren. Nach Ansicht einiger Experten war die Zeit gekommen, an Dimitri Juriewitsch heranzutreten und ihm gewisse Alternativen vorzuschlagen.«

»*Was*?«

»Ja, Mr. Premier. Flucht. Die beiden Männer, die zur Datscha reisten, um zu Dr. Juriewitsch Kontakt aufzunehmen, taten das in unserem Interesse. Hinter ihnen stand Scofield. Es war seine Operation.«

Der Premierminister der Sowjetunion starrte den Stapel von Fotografien auf dem Schreibtisch an. Dann sagte er leise: »Danke für Ihre Offenheit.«

»Sie müssen woanders suchen.«

»Das werde ich.«

»Das müssen wir beide.«

3

Die Nachmittagssonne hing wie ein glühender Feuerball am Himmel. Ihre Strahlen glitzerten in den Wellen des Kanals. Die Menschen, die sich in westlicher Richtung auf der Kalverstraat von Amsterdam drängten, mußten die Augen zusammenkneifen, waren aber für die Februarsonne und die gelegentlichen Windstöße dankbar, die von den zahllosen Seitenkanälen der Amstel herüberwehten. Nur zu oft brachte der Februar Nebel und Regen, aber das war heute nicht der Fall. Die Bürger der lebendigen Hafenstadt an der Nordsee schienen die klare, beißend scharfe Luft zu genießen, die von der Sonne nur leicht erwärmt wurde.

Ein Mann freilich teilte diese Gefühle nicht. Er war auch kein Amsterdamer und befand sich nicht auf der Straße. Sein Name war Brandon Alan Scofield, Attaché ohne Portefeuille, Consular Operations, United States Department of State. Er stand an einem Fenster, vier Stockwerke über dem Kanal und der Kalverstraat. Durch einen Feldstecher spähte er auf die Menschenmenge hinunter, besonders auf die Stelle, wo die grelle Sonne sich in den Glaswänden einer Telefonzelle spiegelte. Das Licht ließ ihn die Augen zusammenkneifen. Auf Scofields bleichem Gesicht war Müdigkeit. Seine scharf geschnittenen Züge unter dem oberflächlich hingekämmten, hellbraunen Haar, in das sich schon graue Fäden eingeschlichen hatten, wirkten angespannt und straff.

Er stellte seinen Feldstecher immer wieder nach, das Licht und die schnellen Bewegungen unten verfluchend. Seine Augen waren müde und von dunklen Ringen umgeben, die Folge von zu wenig Schlaf. Über die Gründe wollte Scofield gar nicht nachdenken. Es galt einen Auftrag zu erledigen, und er war Profi; seine Konzentration durfte einfach nicht nachlassen.

In dem Raum hielten sich noch zwei weitere Männer auf. Ein fast kahlköpfiger Techniker saß an einem Tisch vor einem halb zerlegten Telefon. Von dem Telefon führten Drähte zu einem Tonbandgerät. Der Hörer lag neben dem Gerät auf dem Tisch. Irgendwo unter dem Straßenpflaster waren in einem Netz von Telefonkabeln bestimmte Vorkehrungen getroffen worden; das war die einzige Hilfe, zu der sich die Polizei von Amsterdam bereitgefunden hatte. Der dritte Mann in dem Raum war jünger als die beiden anderen, Anfang Dreißig. Sein Gesicht ließ keine Müdigkeit erkennen, sondern war vor Erregung gespannt. Er war ein junger Mann, begierig darauf, zum Schuß zu kommen. Seine Waffe war eine Hochgeschwindigkeitsfilmkamera auf einem Stativ, die mit einem Teleobjektiv ausgestattet war. Er hätte eine andere Waffe vorgezogen.

Unter ihnen, auf der Straße, tauchte in den leicht getönten Gläsern von Scofields Feldstecher eine Gestalt auf. Sie zögerte an der Telefonzelle und wurde in diesem kurzen Augenblick von der Menge zur Seite gedrängt, vor das reflektierende Glas. Sie wurde zu einer Silhouette, die von einer Art Heiligenschein aus Sonnenlicht umgeben war. Für alle Betroffenen wäre es angenehmer gewesen, wenn das Ziel an der Stelle hätte festgehalten werden können, wo es jetzt stand. Ein auf siebzig Meter eingestellter Spezialkarabiner konnte es schaffen; der Mann am Fenster konnte den Abzug drücken. Er hatte das schon so oft getan. Aber hier kam es nicht auf Bequemlichkeit an. Eine Lektion mußte erteilt und eine weitere gelernt werden. Dies hing vom Zusammentreffen wichtiger Faktoren ab. Die Lehrenden, ebenso wie die Lernenden, mußten ihre jeweiligen Rollen begreifen. Wenn das nicht der Fall war, dann war jede Exekution sinnlos.

Die Gestalt unten vor der Telefonzelle war ein Mann, Mitte bis Ende Sechzig. Er trug zerdrückte Kleidung, einen dicken Mantel, dessen Kragen er hochgeschlagen hatte, um sich vor der Kälte zu schützen und einen zerbeulten Hut, den er sich tief in die Stirn gezogen hatte. Sein verängstigtes Gesicht zeigte Bartstoppeln; er befand sich auf der Flucht. Für den Amerikaner, der ihn durch den Feldstecher beobachtete, gab es nichts Schrecklicheres als einen alten Mann auf der Flucht. Höchstens vielleicht eine alte Frau. Er hatte beides schon gesehen. Viel öfter, als er sich erinnern wollte.

Scofield sah auf die Uhr. »Los«, sagte er zu dem Techniker am Tisch. Dann wandte er sich dem jungen Mann zu, der neben ihm stand. »Fertig?«

»Ja«, kam die Antwort. »Ich hab' das Schwein im Visier. Washington hatte recht; Sie haben es bewiesen.«

»Ich bin noch nicht sicher, was ich bewiesen habe. Ich wünschte, ich wäre es. Wenn er in der Zelle ist, müssen Sie seine Lippen auf den Film bekommen.«

»Geht klar.«

Der Techniker wählte die vereinbarte Nummer und drückte die Knöpfe an dem Tonbandgerät. Dann erhob er sich schnell von seinem Stuhl und reichte Scofield einen Kopfhörer mit Mundstück. »Es klingelt«, sagte er.

»Ich weiß. Er starrt durchs Glas. Er ist nicht sicher, ob er es hören will. Das stört mich.«

»*Los schon,* du Schwein!« sagte der junge Mann mit der Kamera.

»Er kommt schon«, sagte Scofield, der den Feldstecher und den Kopfhörer fest in den Händen hielt. »Er hat Angst. Jede halbe Sekunde ist für ihn eine lange Zeit, und ich weiß nicht, warum . . . so jetzt; er öffnet die Tür. Alles still.« Scofield fuhr fort, die Telefonzelle mit dem Feldstecher zu beobachten, und sprach dann leise in das Mundstück. »*Dobri dyen, prijatjel . . .*«

Das Gespräch, das ausschließlich in russischer Sprache geführt wurde, dauerte achtzehn Sekunden.

»*Dosvidanija*«, sagte Scofield, und fügte dann hinzu: »*Savtra notschyn. Na mostye.*« Er hielt sich den Hörer immer noch ans Ohr und beobachtete den verängstigten Mann. Das Ziel tauchte in der Menge unter; der Motor der Kamera kam zum Stillstand. Der Attaché ohne Portefeuille ließ den Feldstecher sinken und reichte dem Techniker den Kopfhörer. »Haben Sie alles mitgekriegt?« fragte er.

»Klar genug für eine Stimmanalyse«, sagte der Mann und sah auf seine Skalen.

»Und Sie?« Scofield wandte sich zu dem jungen Mann an der Kamera.

»Wenn ich die Sprache besser verstehen würde, hätte selbst ich von seinen Lippen lesen können.«

»Gut. Das werden andere tun; sie werden sehr gut verstehen.« Scofield griff in die Tasche, holte ein kleines, ledergebundenes Notizbuch heraus und begann zu schreiben. »Ich möchte, daß Sie das Band und den Film in die Botschaft bringen. Lassen Sie den Film sofort entwickeln und anschließend von beiden Duplikate herstellen. Ich will Verkleinerungen; ich habe hier die Anweisung aufgeschrieben.«

»Tut mir leid, Bray«, sagte der Techniker und sah Scofield an, während er den Telefondraht aufwickelte. »Ich darf das Territorium nur fünf Häuserblocks weit verlassen; das wissen Sie.«

»Ich spreche auch mit Harry«, erwiderte Scofield und deutete mit einer Kopfbewegung auf den Jüngeren. Er riß die Seite aus dem Notizbuch. »Wenn die Verkleinerungen fertig sind, lassen Sie sie in eine wasserdichte Hülle packen. Ich möchte, daß die Hülle ganz dicht ist und auch eine Woche im Wasser übersteht.«

»Bray«, sagte der junge Mann und nahm das Blatt. »Ich habe etwa jedes dritte Wort von dem verstanden, was Sie am Telefon gesagt haben.«

»Sie machen sich«, unterbrach Scofield und ging wieder zum Fenster und dem Feldstecher zurück. »Wenn Sie jedes zweite verstehen, reiche ich Sie zur Beförderung ein.«

»Dieser Mann wollte sich heute abend mit Ihnen treffen«, fuhr Harry fort. »Sie haben das abgelehnt.«

»Richtig«, sagte Scofield, hob den Feldstecher an die Augen und sah zum Fenster hinaus.

»Unsere Anweisungen waren, ihn so bald wie möglich zu holen. Wir sollten keine Zeit vergeuden.«

»Zeit ist etwas Relatives, nicht wahr? Als dieser alte Mann das Telefon klingeln hörte, war jede Sekunde für ihn eine Minute voll Agonie. Für uns kann eine Stunde ein Tag sein. In Washington wird ein Tag normalerweise in Kalenderjahren gemessen, Gott sei's geklagt.«

»Das ist keine Antwort«, beharrte Harry und sah auf das Blatt. »Wir können dieses Zeug in fünfundvierzig Minuten verkleinern und verpacken lassen. Wir könnten den Kontakt heute abend schaffen. Warum tun wir das nicht?«

»Das Wetter ist scheußlich«, sagte Scofield, der immer noch den Feldstecher am Auge hatte.

»Das Wetter ist perfekt. Keine Wolke am Himmel.«

»Das meine ich ja. Scheußlich. Eine klare Nacht bedeutet,

daß eine Menge Leute unterwegs sind; das ist bei schlechtem Wetter nicht der Fall. Für morgen ist Regen angesagt.«

»Das gibt doch keinen Sinn. In zehn Sekunden sperren wir eine Brücke ab, und im nächsten Augenblick ist er tot und im Wasser.«

»Sagen Sie diesem Knallkopf, er soll den Mund halten, Bray!« schrie der Techniker am Tisch.

»Sie haben's gehört«, sagte Scofield und richtete sein Glas jetzt auf die Spitzen der Gebäude draußen. »Sie haben gerade wieder Ihre Beförderung verpaßt. Ihre unerhörte Behauptung, daß wir beabsichtigen, jemand körperlichen Schaden zuzufügen, ist ein Makel am Ruf unserer Freunde in der Firma.«

Der Jüngere schnitt eine Grimasse. Er hatte den Tadel verdient. »Tut mir leid. Es leuchtet mir nur immer noch nicht ein. Diese chiffrierte Anweisung hatte doch höchste Priorität; wir sollten ihn heute abend nehmen.«

Scofield ließ den Feldstecher sinken und sah Harry an. »Ich will Ihnen sagen, was vernünftig ist«, sagte er. »Und zwar viel vernünftiger als diese gottverdammten albernen Sätze, die jemand auf der Rückseite einer Corn-flakes-Schachtel gefunden hat. Der Mann dort unten hatte Angst. Er hat seit Tagen nicht geschlafen. Er ist zum Zerreißen gespannt, und ich möchte wissen, weshalb das so ist.«

»Dafür könnte es ein Dutzend Gründe geben«, konterte der Jüngere. »Er ist alt. Unerfahren. Vielleicht glaubt er, daß wir ihn durchschaut haben, daß er jeden Augenblick gefangen werden wird. Welchen Unterschied macht es schon?«

»Das Leben eines Menschen, sonst keinen.«

»Kommen Sie schon, Bray, das darf nicht gerade von *Ihnen* kommen. Er ist sowjetisches Gift; ein Doppelagent.«

»Ich möchte ganz sicher gehen.«

»Und ich möchte hier raus«, unterbrach der Techniker, reichte Scofield eine Bandspule und griff nach seinen Geräten. »Sagen Sie dem Knallkopf, daß wir uns nie begegnet sind.«

»Danke, Mr. Namenlos. Ich steh' in Ihrer Schuld.«

Der CIA-Mann ging, nickte Bray zu und vermied jeden Kontakt mit dem Jüngeren.

»Hier war außer uns zwei Hübschen keiner, Harry«, sagte Scofield, nachdem sich die Türe geschlossen hatte. »Das verstehen Sie doch.«

»Er ist ein widerliches Ekel...«

»Aber er könnte Wanzen in die Toiletten des Weißen Hauses setzen, wenn er das nicht bereits getan hat«, sagte Bray und warf Harry die Bandspule hin. »Schaffen Sie das in die Botschaft. Nehmen Sie den Film aus der Kamera und lassen Sie die Kamera hier.«

Aber Harry ließ sich nicht abweisen; er fing die Bandspule auf, machte aber keine Anstalten, die Kamera zu öffnen. »Ich stecke da auch drin. In dem Chiffretext war ich ebenso erwähnt wie Sie. Ich will Antworten haben, falls man mir Fragen stellt; falls zwischen heute nacht und morgen früh etwas passieren sollte.«

»Wenn Washington recht hat, wird nichts passieren. Das habe ich Ihnen doch gesagt. Ich will sicher sein.«

»Was *brauchen* Sie denn noch? Das Zielobjekt glaubt, es hätte gerade Kontakt mit dem KGB Amsterdam hergestellt! Sie haben das eingefädelt. Sie haben es bewiesen!«

Scofield studierte seinen Kollegen ein paar Sekunden lang, wandte sich dann ab und ging wieder ans Fenster. »Wissen Sie was, Harry? All die Ausbildung, die man Ihnen verpaßt hat, all die Worte, die Sie hören, all die Erfahrungen, die Sie durchmachen – das alles ist nicht so wichtig wie die erste Regel.« Bray nahm den Feldstecher und richtete ihn auf einen fernen Punkt über dem Horizont. »Sie müssen sich selbst dazu erziehen, so zu denken, wie der Feind denkt. Nicht so, wie Sie es gerne hätten, sondern so, wie er *wirklich* denkt. Das ist nicht leicht; Sie können sich natürlich etwas vormachen – das ist *wirklich* leicht.«

Der Jüngere war jetzt verärgert. »Um Himmels willen, was hat das denn damit zu tun? Wir haben doch unseren Beweis!«

»Haben wir den? Sie haben es ja selbst gesagt, unser Möchtegern-Abtrünniger hat mit seinen eigenen Leuten Kontakt aufgenommen. Er ist eine Brieftaube, die soeben ihre Route nach Mutter Rußland gefunden hat. Er ist in Sicherheit; sein Problem ist gelöst.«

»Ja, das glaubt er!«

»Warum ist er dann nicht glücklich?« fragte Bray Scofield und richtete den Feldstecher wieder auf den Kanal.

Mit Nebel und Regen zeigte Amsterdam sein typisches Winterwetter. Der Nachthimmel war eine undurchdringliche Decke, deren Ränder von den schimmernden Lichtern der Stadt hell gepunktet waren. Es gab keine Spaziergänger auf der Brücke, keine Boote auf dem Kanal darunter; über ihm zogen Nebelschwaden dahin – ein Hinweis darauf, daß die Nordseewinde ungehindert nach Süden zogen. Es war drei Uhr früh.

Scofield lehnte an dem eisernen Geländer des westlichen Eingangs der alten Steinbrücke. In der linken Hand hielt er ein kleines Transistorgerät – nicht für Gegensprechverkehr, nur um Signale zu empfangen. Die rechte Hand hielt er in der Tasche seines Regenmantels, und seine ausgestreckten Finger berührten den Lauf einer 22. Kaliber Automatik, nicht viel größer als eine Startpistole, nur, daß sie bei weitem nicht so laut war. Auf kurze Distanz war das eine sehr zweckmäßige Waffe. Sie schoß schnell. Ihre Zielsicherheit genügte für Abstände, die man nur in Zentimetern maß. Und außerdem war sie so leise, daß man sie selbst bei den schwachen Geräuschen der Nacht kaum zu hören vermochte.

Zweihundert Meter entfernt hielt sich Brays junger Helfer in einer Türnische an der Sarphatistraat verborgen. Das Zielobjekt würde auf dem Weg zur Brücke an ihm vorbeikommen; es gab keinen anderen Weg. Sobald er den alten Russen sah, würde Harry einen Knopf auf seinem Sender drücken: Das Signal. Damit würde die Exekution beginnen; das Opfer ging seine letzten hundert Meter – zum Mittelpunkt der Brücke, wo sein persönlicher Henker ihn begrüßen, ihm ein wasserdichtes Päckchen in die Manteltasche schieben und dann seine Aufgabe erfüllen würde.

In ein oder zwei Tagen würde jenes Päckchen seinen Weg zum KGB Amsterdam finden. Jemand würde sich ein Tonband anhören, einen Film ansehen. Und wieder war eine Lektion erteilt.

Und sie würde natürlich nicht verstanden werden, wie das bei Lektionen immer der Fall war. Darin lag die ganze Sinnlosigkeit, dachte Scofield. Die nie endende Sinnlosigkeit, die jedesmal, wenn sie sich wiederholte, die Sinne betäubte.

Welchen Unterschied macht das schon? Eine kluge Frage von einem eifrigen, wenn auch nicht sehr klugen, jungen Kollegen gestellt.

Keinen, Harry. Gar keinen. Jetzt nicht mehr.

Aber in dieser Nacht nagte der Zweifel an Brays Gewissen. Nicht an seiner Moral; die Moral hatte er schon lange dem Praktischen geopfert. Wenn es funktionierte, war es moralisch, wenn nicht, war es nicht praktisch, und *deshalb* unmoralisch. Was ihn in dieser Nacht störte, hatte seine Ursache in jener zweckbezogenen Philosophie. War die Exekution praktisch? War die Lektion, die er gleich erteilen würde, die beste Lektion, die zweckmäßigste Entscheidung? War sie die Risiken und die Folgen wert, die sich mit dem Tode eines alten Mannes einstellen würden, der seine Erwachsenenjahre mit der Konstruktion von Weltraumraketen verbracht hatte? Oberflächlich betrachtet schien die Antwort auf diese Frage »ja« zu lauten. Vor sechs Jahren war der sowjetische Ingenieur während einer internationalen Weltraumausstellung in Paris zum Feind übergelaufen. Er hatte Asyl gesucht, und man hatte es ihm gewährt. Die Weltraumbruderschaft in Houston hatte ihn mit Freuden aufgenommen, ihm eine Stelle, ein Haus und Schutz verschafft. Die Russen hatten es tatsächlich fertiggebracht, sich über seine ideologische Abweichung lustig zu machen, indem sie andeuteten, daß die weniger anspruchsvollen kapitalistischen Institute seine Talente vielleicht mehr schätzen würden als die russischen. Er wurde schnell zu einem vergessenen Mann.

Bis vor acht Monaten. Damals stellte man fest, daß die sowjetischen Peilstationen mit beunruhigender Häufigkeit amerikanische Satelliten orteten und damit den Wert fotografischer Überprüfungen durch höchst geschickte Bodentarnungen verringerten. Es war, als wüßten die Russen die größte Zahl der Umlaufbahnen im vorhinein.

Und das taten sie auch. Eine Spur wurde aufgenommen, die zu dem vergessenen Mann in Houston führte. Was dann kam, war relativ leicht. Eine technische Konferenz, die sich ausschließlich mit dem engen Erfahrungsbereich eines vergessenen Mannes befaßte, wurde in Amsterdam einberufen; er flog mit einer Regierungsmaschine hinüber, und den Rest übertrug man einem Spezialisten für solche Angelegenheiten. Brandon Scofield, Attaché ohne Portefeuille, Consular Operations.

Scofield hatte schon lange die Codes von KGB Amsterdam entschlüsselt und auch ihre Kontaktmethoden in Erfahrung gebracht. Jetzt setzte er sie ein und staunte etwas über die

Reaktion seines Zielobjektes; das war es auch, was ihn jetzt so beunruhigte. Der alte Mann zeigte keinerlei Erleichterung darüber, daß man ihn rief. Nach sechs Jahren eines Drahtseilaktes hatte das Zielobjekt jedes Recht darauf, einen ehrenvollen Abschluß zu erwarten, den Dank seiner Regierung, und eine Pension, die es ihm erlaubte, die letzten Jahre seines Lebens in angenehmer Umgebung zu verbringen. Erwarten, zum Teufel damit. Bray hatte bei ihrer chiffrierten Unterhaltung dies sogar angedeutet.

Aber der alte Russe war dennoch nicht glücklich. Und es gab keine besonders ausgeprägten persönlichen Beziehungen in Houston. Scofield hatte die Akte »Vier-Null« über das Zielobjekt verlangt, eine Akte, die so vollständig war, daß sie sogar Einzelheiten über seine Verdauung und seine Stuhlgewohnheiten enthielt. Es gab nichts in Houston; der Mann war ein Maulwurf – offenbar im Doppelsinne des Wortes. Und das störte Bray ebenfalls. Ein Maulwurf pflegte sich in der Spionagearbeit nicht gerade die gesellschaftlichen Eigenheiten dieser Tierart zuzulegen.

Irgend etwas stimmte nicht. Und doch gab es Beweise, ganz eindeutige Beweise sogar, daß der Mann ein Doppelagent war. Die Lektion mußte erteilt werden.

Aus dem Empfänger in seiner Hand ertönte ein kurzes scharfes Pfeifen. Drei Sekunden später wurde es wiederholt. Scofield bestätigte den Empfang, indem er einen Knopf drückte. Er schob das Gerät in die Tasche und wartete.

Weniger als eine Minute verstrich, bis er die Gestalt des alten Mannes durch den dichten Regen heranstapfen sah. Eine Straßenlaterne hinter ihm zeichnete eine gespenstisch wirkende Silhouette. Der Schritt des Opfers wirkte zögernd, als wäre er auf dem Weg zu einem Rendezvous, das er in gleichem Maße ersehnte wie verabscheute. Es gab einfach keinen Sinn.

Bray blickte nach rechts. Wie er erwartet hatte, war niemand auf der Straße, war in diesem verlassenen Teil der Stadt um diese Stunde niemand zu sehen. Er wandte sich nach links und ging die Rampe hinauf, auf die Brückenmitte zu, auf deren anderen Seite der alte Russe war. Er hielt sich im Schatten; das war nicht schwierig, da die drei ersten Lichter über dem linken Geländer wegen eines Kurzschlusses nicht brannten.

Der Regen trommelte auf das alte Kopfsteinpflaster hernieder. Auf der anderen Seite der Brücke stand der alte Mann und sah nach unten ins Wasser. Er hatte die Hände am Geländer. Scofield näherte sich ihm von hinten. Der Regen verschluckte seine Schritte. In der linken Tasche seines Regenmantels umfaßte seine Hand jetzt ein rundes, flaches Etui von fünf Zentimeter Durchmesser und weniger als drei Zentimeter Dicke. Es war mit wasserdichtem Plastik verkleidet. In dem Behälter war der Beweis: Eine Spule mit Film und eine Spule mit Magnetband. Beides konnte das KGB Amsterdam studieren.

»*Plakhaja notsch, stary prijatjel*«, sagte Bray hinter dem Russen und nahm dabei die Automatik aus der Tasche.

Der alte Mann drehte sich erschreckt um. »Warum haben Sie mit mir Kontakt aufgenommen?« fragte er auf russisch. »Ist etwas passiert?« Er sah die Waffe und hielt inne. Dann fuhr er fort, und in seine Stimme trat plötzlich an die Stelle der Angst eine seltsame Ruhe. »Ja, anscheinend ist etwas passiert. Ich bin plötzlich wertlos geworden. Nur zu, Genosse. Sie erweisen mir einen riesigen Gefallen.«

Scofield starrte den alten Mann an; die durchdringenden Augen, in denen plötzlich keine Angst mehr stand. Es war nicht das erste Mal, daß er diesen Blick sah. Bray antwortete auf Englisch.

»Sie haben sechs aktive Jahre verbracht. Unglücklicherweise haben Sie uns überhaupt keine Gefälligkeiten erwiesen. Sie waren nicht so dankbar, wie wir das erwartet hatten.«

Der Russe nickte. »Amerikaner«, sagte er. »Ich habe mir schon den Kopf zerbrochen. Eine eilig einberufene Konferenz in Amsterdam, mit Problemen, die man ebenso leicht in Houston hätte klären können. Und dann gestattet man mir die Ausreise, zwar unter allen möglichen Vorsichtsmaßnahmen und streng beschützt – wenn auch einem Schutz, der nicht vollständig ist. Aber Sie hatten sämtliche Codes und haben die richtigen Worte gebraucht. Und Ihr Russisch ist einwandfrei, *prijatjel.*«

»Das ist meine Aufgabe. Was für eine Aufgabe hatten Sie?«

»Sie kennen die Antwort doch. Deshalb sind Sie hier.«

»Ich möchte den Grund erfahren.«

Der alte Mann lächelte grimmig. »O nein. Sie bekommen nichts außer dem, was Sie erfahren haben. Sehen Sie, mir ist es mit dem, was ich gesagt habe, nämlich ernst. Sie werden mir einen Gefallen tun. Sie sind mein *Listok.*«

»Die Lösung wofür?«

»Tut mir leid.«

Bray hob die Waffe; ihr kleiner Lauf glitzerte im Regen. Der Russe blickte darauf und atmete tief. Jetzt kehrte die Angst in seine Augen zurück, aber er zitterte nicht und sagte kein Wort. Und dann stieß Scofield plötzlich dem alten Mann die Waffe unter das linke Auge, stieß rücksichtslos zu, bis der Stahl sich ins Fleisch bohrte. Der Russe zitterte, blieb aber stumm.

Bray war übel.

Welchen Unterschied macht es?

Keinen, Harry. Gar keinen. Jetzt nicht mehr.

Eine Lektion mußte erteilt werden . . .

Scofield senkte die Waffe. »Verschwinden Sie hier«, sagte er.

»Was? . . .«

»Sie haben gehört, was ich sage. Verschwinden Sie hier. Das KGB operiert von der Diamantenbörse an der Tolstraat aus. Die Tarnadresse ist eine Firma namens Hasidim, *Diamant Bruusteen.* Verschwinden Sie jetzt.«

»Ich verstehe nicht«, sagte der Russe mit kaum hörbarer Stimme. »Ist das wieder ein Trick?«

»*Verdammt noch mal!*« schrie Bray, der jetzt zitterte. »Verschwinden Sie hier!«

Einen Augenblick lang taumelte der alte Mann, dann griff er nach dem Geländer, um sich zu stützen. Er schob sich unsicher rückwärts davon und fing dann an, durch den Regen davonzulaufen.

»*Scofield!*« Der Ruf kam von Harry. Er stand am westlichen Eingang der Brücke, direkt dem Russen im Wege. »Scofield. Um Himmels willen!«

»Lassen Sie ihn laufen!« schrie Bray.

Entweder kam das zu spät, oder der trommelnde Regen hatte seine Worte verschluckt; er wußte es nicht. Er hörte drei halblaute scharfe Schläge. Angewidert sah er zu, wie der alte Mann sich an den Kopf griff und dann gegen das Geländer stürzte.

Harry war ein Profi. Er stützte die Leiche, gab einen letzten Schuß auf ihr Genick ab und schob sie dann mit einer fließenden Bewegung über das Geländer in den Kanal.

Welchen Unterschied macht es?

Gar keinen. Gar keinen mehr.

Scofield wandte sich ab und ging auf die Ostseite der Brücke zu. Er schob die Automatik in die Tasche; plötzlich wog sie sehr schwer.

Er konnte Schritte hören, die sich ihm durch den Regen näherten. Er war schrecklich müde und wollte sie nicht hören. Wollte sie ebensowenig hören, wie er Harrys durchdringende Stimme nicht hören wollte.

»Bray, was zum Teufel ist dort hinten *geschehen*? Er wäre beinahe entkommen!«

»Aber das ist er nicht«, sagte Scofield und ging schneller. »Sie haben dafür gesorgt.«

»Da haben Sie verdammt recht! Um Himmels willen, was ist mit Ihnen *los*?« Der jüngere Mann hatte Bray jetzt eingeholt; sein Blick richtete sich auf Scofields Hand. Jetzt konnte er das wasserdichte Etui sehen. »*Herrgott*! Sie haben es ihm nicht in die Tasche gesteckt!«

»Was?« Dann begriff Bray, wovon Harry sprach. Er hob den Kopf, sah den kleinen Behälter an und warf ihn dann an dem jüngeren Mann vorbei über das Geländer.

»Was *machen* Sie?«

»Gehen Sie zum Teufel«, sagte Scofield leise.

Harry blieb stehen, Bray nicht. Sekunden später hatte Harry ihn wieder eingeholt und packte ihn am Mantel. »Allmächtiger Gott! Sie haben ihn *entkommen* lassen!«

»Nehmen Sie die Hände weg.«

»*Nein*, verdammt! Sie können doch nicht . . .«

Weiter kam Harry nicht. Brays rechte Hand schoß vor, seine Finger packten den Daumen des jungen Mannes und rissen ihn herum.

Harry schrie auf; sein Daumen war gebrochen.

»Gehen Sie zum Teufel«, wiederholte Scofield. Er verließ die Brücke.

* * *

Der Treffpunkt lag in der Nähe der Rosengracht, das Zusammentreffen sollte im ersten Stock stattfinden. Das Wohnzimmer wurde von einem Feuer erwärmt, das gleichzeitig auch dazu diente, sämtliche Notizen zu vernichten, die vielleicht gemacht wurden. Ein Beamter des State Department war von Washington herübergeflogen; er wollte Scofield sozusagen an Ort und

Stelle befragen, für den Fall, daß es Umstände gab, die man nur hier feststellen konnte. Es war wichtig, zu verstehen, was vorgefallen war, besonders bei jemandem wie Brandon Scofield. Er war der Beste von allen, der Kälteste, den sie hatten; er war für die amerikanische Abwehr von außergewöhnlichem Wert, ein Veteran mit zweiundzwanzigjähriger Erfahrung in den kompliziertesten »Verhandlungen«, die man sich vorstellen konnte. Man mußte ihn sehr vorsichtig anpacken . . . an Ort und Stelle. Nicht einfach infolge einer Beschwerde zurückbeordern, die ein Untergebener auf dem Dienstweg eingereicht hatte. Er war ein Spezialist, und etwas war passiert.

Bray begriff das. Die Vorkehrungen, die man getroffen hatte, amüsierten ihn. Harry wurde am nächsten Morgen aus Amsterdam entfernt. Es bestand keine Möglichkeit, daß Scofield ihn sah. Von den wenigen Botschaftsangehörigen, die von dem Zwischenfall wissen mußten, wurde Bray so behandelt, als wäre überhaupt nichts gewesen. Man sagte ihm, er solle sich ein paar Tage frei nehmen; ein Mann käme von Washington herüber, um ein Problem in Prag zu diskutieren. So stand es in der Code-Nachricht. War Prag nicht einer seiner alten Jagdgründe?

Tarnung natürlich. Keine besonders gute übrigens. Scofield wußte, daß jetzt jede seiner Bewegungen in Amsterdam überwacht wurde, wahrscheinlich sogar von Teams der Firma. Und wenn er zu der Diamantenbörse an der Tolstraat gegangen wäre, hätte man ihn ohne Zweifel erschossen.

Ein unauffälliges Mädchen unbestimmten Alters ließ ihn eintreten; eine Angestellte, die überzeugt war, daß das alte Haus dem pensionierten Ehepaar gehörte, das dort wohnte und sie bezahlte. Er sagte, er sei mit dem Besitzer und seinem Anwalt verabredet. Das Mädchen nickte und führte ihn die Treppe hinauf in das Wohnzimmer im ersten Stock.

Der alte Herr war da, nicht aber der Mann vom State Department. Als das Mädchen die Türe schloß, sprach der Besitzer.

»Ich warte ein paar Minuten und gehe dann in mein Appartement hinauf. Wenn Sie etwas brauchen, drücken Sie bitte den Knopf am Telefon. Es klingelt dann oben.«

»Danke«, sagte Scofield und sah den Holländer an. Er mußte dabei an einen anderen alten Mann auf einer Brücke denken. »Mein Kollege sollte auch gleich kommen. Wir werden nichts brauchen.«

Der Mann nickte und ging hinaus. Bray ging im Zimmer auf und ab und betastete geistesabwesend die Bücher auf den Regalen. Es kam ihm in den Sinn, daß er nicht einmal den Versuch machte, die Titel zu lesen; tatsächlich sah er sie nicht. Und dann wurde ihm bewußt, daß er überhaupt nichts empfand, weder Kälte noch Hitze, nicht einmal Ärger oder Resignation. *Nichts* empfand er. Er befand sich irgendwo in einer Wolke aus Dampf, benommen, all seine Sinne betäubt. Er fragte sich, was er zu dem Mann sagen würde, der fünftausend Kilometer weit geflogen war, um ihn zu sehen.

Es war ihm gleichgültig.

Er hörte Schritte auf der Treppe. Das Mädchen war offenbar von einem Mann weggeschickt worden, der sich in dem Haus auskannte. Die Tür öffnete sich, und der Mann vom State Department trat ein.

Scofield kannte ihn. Er war von der Planungsabteilung, ein Stratege für Geheimoperationen. Er war etwa gleichaltrig mit Bray, aber dünner, etwas kleiner und hatte eine Art aufgesetzter Fröhlichkeit an sich, die er nicht empfand, von der er aber hoffte, daß sie seinen Ehrgeiz verbarg. Das tat sie nicht.

»Bray, wie geht es Ihnen, alter Freund?« sagte er laut und streckte ihm die Hand hin, um fröhlich die von Bray zu schütteln. »Mein Gott, das müssen beinahe zwei Jahre gewesen sein. Ich habe Ihnen ein paar Storys zu erzählen!«

»Wirklich?«

»*Und ob*!« Eine fröhliche Feststellung, keine Frage. »Ich bin zu meinem Zwanzigsten nach Cambridge gefahren und bin doch tatsächlich auf lauter Freunde von Ihnen gestoßen. Hören Sie, Kumpel, mir wurde das richtig zuwider. Ich wußte nicht mehr, *wem* ich welche Lügen über Sie erzählt habe! Du großer Gott, ich hatte Sie als Importanalytiker in Malaysia, Sprachexperten in Neuguinea und als Untersekretär in Canberra hingestellt. Es war richtig hysterisch. Ich meine, ich konnte mich einfach nicht mehr *erinnern*, so durchgedreht war ich.«

»Warum hat sich denn jemand bei Ihnen nach mir erkundigt, Charlie?«

»Nun, sie wußten, daß wir beide im Außenministerium waren; alle wußten, daß wir Freunde waren.«

»Hören Sie doch auf damit. Wir waren nie Freunde. Ich nehme an, daß Sie mich ebensowenig leiden können wie ich Sie.

Und betrunken habe ich Sie mein ganzes Leben lang nicht gesehen.«

Der Mann vom Außenministerium stand wie erstarrt da; langsam verschwand das fröhliche Lächeln von seinen Lippen. »Sie wollen's also auf die harte Art haben?«

»Ich will es so haben, wie es ist.«

»Was war los?«

»Wo? Wann? In Harvard?«

»Sie wissen genau, wovon ich rede. Neulich nachts. Was war neulich nachts los?«

»Sagen Sie es mir doch. Sie haben die Sache in Bewegung gesetzt, Sie haben die Räder gedreht.«

»Wir haben ein gefährliches Loch entdeckt. Spionageaktivität über Jahre, durch die die Wirksamkeit unserer Raumüberwachung in solchem Maße beeinträchtigt wurde, daß das Ganze ein reiner Witz war. Wir wollten, daß das bestätigt wurde; Sie haben es bestätigt. Sie wußten, was getan werden mußte. Und dann gingen Sie einfach weg.«

»Ich ging einfach weg«, nickte Scofield.

»Und als ein Kollege Sie mit der Tatsache konfrontierte, haben Sie ihn körperlich verletzt. Ihren *eigenen Kollegen*!«

»Ja, das hab' ich tatsächlich. Wenn ich Sie wäre, würde ich zusehen, daß ich ihn los werde. Versetzen Sie ihn nach Chile; dort unten kann er nicht viel mehr versauen.«

»*Was*?«

»Andererseits werden Sie das wahrscheinlich nicht tun. Er ist Ihnen so ähnlich, Charlie. Er wird es nie lernen. Passen Sie auf. Eines Tages nimmt er Ihnen den Job weg.«

»Sind Sie betrunken?«

»Nein, leider nicht. Ich hab' es mir überlegt, aber meine Magensäure ist zu hoch. Wenn ich natürlich gewußt hätte, daß die Sie schicken, hätte ich es vielleicht versucht. Um der alten Zeiten willen natürlich.«

»Wenn Sie nicht betrunken sind, dann müssen Sie nicht ganz bei Trost sein.«

»Die Räder, die Sie in Bewegung setzten, haben leider die Kurve nicht geschafft.«

»Hören Sie doch mit dem Bockmist auf!«

»Wie altmodisch, Charlie. Heutzutage sagen wir einfach ›Schluß mit dem Scheiß‹ – obwohl ...«

»Jetzt reicht's! Was Sie getan haben – oder sollte ich sagen *nicht* getan haben – hat die Spionageabwehr erheblich gefährdet.«

»Jetzt hören *Sie* mit dem Bockmist auf!« brüllte Bray und trat drohend einen Schritt auf den Mann vom Außenministerium zu. »Jetzt hab' ich mir genug von Ihnen angehört! Gar nichts habe ich gefährdet. *Sie* haben das! Sie und die übrigen Trottel dort drüben. Sie haben ein zusätzliches Loch in Ihrem gottverdammten Sieb gefunden und mußten es mit einer Leiche stopfen. Damit konnten Sie zum Vierziger-Ausschuß gehen und *diesen* Schweinen sagen, wie tüchtig Sie waren!«

»Wovon reden Sie denn?«

»Der alte Mann war ein Überläufer. Jemand hat sich an ihn herangemacht, aber er *war tatsächlich ein Überläufer.*«

»Was soll das heißen ›herangemacht‹?«

»Das weiß ich nicht genau; ich wünschte, ich wüßte es. Irgendwo ist in dieser Vier-Null-Akte etwas ausgelassen worden. Vielleicht eine Frau, die nie gestorben ist, sondern sich verborgen hielt. Oder Enkelkinder, bei denen sich niemand die Mühe gemacht hatte, sie in die Liste aufzunehmen. Ich weiß es nicht, aber irgend etwas ist da. Geiseln, Charlie! Deshalb hat er es getan. Und ich war sein *Listok.*«

»Was bedeutet das?«

»Herrgott, lernen Sie doch die Sprache. Sie wollen doch immer Experte sein.«

»Hören Sie schon auf mit der Sprache. Ich *bin* Experte. Es gibt kein Beweismaterial, das für Erpressung spricht, das Zielobjekt hat nie eine Familie erwähnt. Er war ein Agent der sowjetischen Abwehr.«

»*Beweismaterial*? Ach, kommen Sie schon, Charlie, selbst Sie wissen, daß das Unsinn ist. Wenn er gut genug war, um abzuhauen, war er auch raffiniert genug, um das zu verbergen, was es zu verbergen galt. Ich vermute, daß das Ganze eine Zeitfrage war. Sein Geheimnis – oder seine Geheimnisse – wurden entdeckt. Jemand hat sich an ihn herangemacht; seine Akte stinkt förmlich danach. Er lebte ein ungewöhnliches Leben, selbst für einen ungewöhnlichen Menschen.«

»Das haben wir verworfen«, sagte Charlie erregt. »Er war ein Exzentriker.«

Scofield blieb stehen und starrte den anderen an. »Sie haben das verworfen . . . Ein Exzentriker? Verdammt noch mal, Sie haben es *gewußt.* Sie hätten das *benutzen* können, ihm alles Mögliche aufbinden können. Aber nein, Sie wollten ja eine schnelle Lösung, damit Ihre Vorgesetzten auch erfuhren, wie tüchtig Sie waren. *Benutzen* hätten Sie ihn können, nicht ihn umbringen! Aber Sie wußten nicht, wie man das macht, also hielten Sie den Mund und riefen nach dem Henker.«

»Das ist ja lächerlich. Sie können nie und nimmer beweisen, daß man sich an ihn herangemacht hat.«

»Es beweisen? Ich brauche es nicht zu beweisen, ich weiß es.«

»Wie?«

»Weil ich es in seinen Augen gesehen habe, Sie Arschloch.«

Der Mann vom Außenministerium zuckte zusammen. Dann sagte er leise: »Sie sind müde, Bray. Sie brauchen Ruhe.«

»Eine Pension«, fragte Scofield, »oder einen Sarg?«

4

Taleniekov trat aus dem Restaurant in den eisigen Wind hinaus, der den Schnee mit solcher Wucht vom Gehsteig aufwirbelte, daß er ihn einen Augenblick lang wie Nebel umgab und das Licht der Straßenlampe über ihm verdunkelte. Das würde wieder eine eisige Nacht werden. Nach dem Wetterbericht von Radio Moskau würde die Temperatur auf minus acht Grad Celsius sinken.

Und doch hatte es schon früh am Morgen zu schneien aufgehört, die Pisten des Scheremetjewo-Flughafens waren geräumt, und das war alles, was Wassili Taleniekov in diesem Augenblick interessierte. Flug Nummer 85 der Air France war vor zehn Minuten nach Paris gestartet. An Bord der Maschine befand sich ein Jude, der zwei Stunden später mit Aeroflot nach Athen hätte fliegen sollen.

Wenn er am Schalter von Aeroflot erschienen wäre, wäre er nicht nach Athen geflogen. Statt dessen hätte man ihn in ein Nebenzimmer gebeten. Dort hätte ihn eine Gruppe des Wodennya Kontra Rozwedka begrüßt. Damit hätte die ganze Absurdität ihren Anfang genommen.

Es war dumm, dachte Taleniekov, als er nach rechts bog, den Kragen seines Mantels hochschlug und sich den *Addjel* tiefer in die Stirn zog. Dumm in dem Sinne, daß der WKR damit nichts erreicht hätte, außer einer Menge Peinlichkeiten. Es hätte niemanden getäuscht, am allerwenigsten diejenigen, die es beeindrucken sollte.

Ein Dissident, der seine Haltung aufgab! Was für Witzblätter lasen diese jungen Fanatiker im WKR? Wo waren die älteren, klügeren Köpfe, wenn diese Narren solche Pläne vorschlugen?

Als Wassili davon gehört hatte, hatte er gelacht, ja, tatsächlich gelacht! Das Ziel war es gewesen, eine kurze, aber intensive

Kampagne gegen die zionistischen Vorwürfe durchzuführen und den Leuten im Westen zu zeigen, daß nicht alle Juden in Sowjetrußland dasselbe dachten.

Der jüdische Schriftsteller war in der amerikanischen Presse so etwas wie eine kleine Berühmtheit geworden – der New Yorker Presse, um es genauer zu sagen. Er hatte zu jenen gehört, die mit einem amerikanischen Senator gesprochen hatten, der, anläßlich eines Besuchs in der Sowjetunion, zwölftausend Kilometer von seinen Wählern entfernt, offenbar Stimmen hatte sammeln wollen. Aber ganz abgesehen von seiner Rasse war er einfach kein guter Schriftsteller und seinen Religionsbrüdern sogar in gewisser Weise peinlich.

Nicht nur, daß der Schriftsteller für einen solchen Plan falsch gewählt war; nein, es war sogar aus Gründen, die mit einer anderen Operation zusammenhingen, von großer Wichtigkeit, daß man es ihm gestattete, Rußland zu verlassen. Er war ein Geschenk für den Senator in New York. Man hatte den Senator glauben gemacht, daß es seiner Bekanntschaft mit einem Konsulatsattaché zuzuschreiben war, daß die sowjetischen Auswanderungsbehörden ein Visum ausgegeben hatten. Der Senator würde aus der Sache Kapital schlagen. Damit war ein Fallstrick gelegt. Sobald einmal genügend solcher Stricke ausgelegt waren, würde es plötzlich eine unpassende Verbindung zwischen dem Senator und »Bekannten« in der sowjetischen Machtstruktur geben; und das konnte nützlich sein. Der Jude mußte Moskau heute abend verlassen. In drei Tagen hatte der Senator zu seiner Begrüßung eine Pressekonferenz am Kennedy Airport angesetzt.

Aber die jungen aggressiven Denker im WKR blieben hartnäckig. Der Schriftsteller würde aufgehalten und in die Lubjanka gebracht werden. Dann würde der Verwandlungsprozeß beginnen. Niemand außerhalb des WKR sollte von der Operation erfahren; der Erfolg hing davon ab, daß er plötzlich verschwand und daß die ganze Operation unter strikter Geheimhaltung ablief. Chemikalien hätten ihm verabreicht werden sollen, bis er zu einer völlig anderen Pressekonferenz bereit war. Einer Pressekonferenz, in der er bekanntgab, daß israelische Terroristen ihm mit Gewaltmaßnahmen gegen Verwandte in Tel Aviv gedroht hatten, falls er nicht ihren Anweisungen Folge leistete und öffentlich erklärte, er könne Rußland verlassen.

Der Plan war lächerlich. Wassili hatte das seiner Kontaktperson im WKR auch gesagt, aber man hatte ihm vertraulich erklärt, daß nicht einmal der außergewöhnliche Taleniekov sich in die Aktionen von Gruppe Neun, Wodennya Kontra Rozwedka einmischen könne. Und wer, im Namen aller in Ungnade geratenen Zaren, war eigentlich Gruppe Neun?

Es war die *neue* Gruppe Neun, hatte sein Freund erklärt. Die Nachfolgerin der berüchtigten Abteilung Neun des KGB. Smert Schpiononam. Jene Abteilung der sowjetischen Abwehr, die sich ausschließlich damit befaßte, mittels Erpressung, Folter und jener schrecklichsten Methode – der Tötung geliebter Menschen vor geliebten Menschen – Willen und Geist zu brechen.

Das Töten war Wassili Taleniekov nicht fremd, aber jene Art des Tötens drehte ihm den Magen um. Die *Drohung*, so zu töten, war oft nützlich, nicht aber die Tat selbst. Der Staat verlangte es nicht. Nur Sadisten forderten es. Wenn es einen Nachfolger für Smert Schpiononam gab, dann würde er dafür sorgen, daß dieser Nachfolger erfuhr, mit wem er es im Bereich des KGB zu tun haben würde. Im speziellen mit einem »ungewöhnlichen Taleniekov«. Sie würden es lernen, einem Mann nicht zu widersprechen, der fünfundzwanzig Jahre damit verbracht hatte, im Auftrag des Staates durch Europa zu ziehen.

Fünfundzwanzig Jahre. Ein Vierteljahrhundert war vergangen, seit ein einundzwanzigjähriger Student mit besonderem Sprachtalent aus seiner Studienlaufbahn an der Universität von Leningrad herausgeholt und für drei Jahre intensiven Trainings nach Moskau geschickt worden war. Es war ein Training, wie es sich der Sohn introvertierter sozialistischer Lehrer kaum vorzustellen vermochte. Man hatte ihn aus einem ruhigen Heim herausgeholt, in dem Bücher und Musik seine Umgebung bildeten, und ihn in eine Welt der Verschwörung und der Gewalt geworfen, die nur von chiffrierten Botschaften, Codes und Brutalität zu leben schien. Einer Welt, in der man alle Arten der Überwachung und der Sabotage, der Spionage und des Tötens – nicht des Mordens, Mord war ein Begriff, der hier keinen Bezug hatte – lehrte.

Er hätte vielleicht versagt, wäre da nicht ein Ereignis eingetreten, das sein Leben veränderte und ihm ein Motiv gab. Tiere hatten ihm dieses Motiv geliefert – amerikanische Tiere.

Man hatte ihn im Rahmen seiner Ausbildung nach Ost-Berlin geschickt, als einen Beobachter subversiver Taktiken im Höhepunkt des Kalten Krieges. Er hatte eine Beziehung zu einer jungen Frau aufgenommen. Einem deutschen Mädchen, das voll Loyalität an die Sache des marxistischen Staates glaubte und vom KGB rekrutiert worden war. Ihre Position war von so untergeordneter Natur, daß ihr Name nicht einmal auf einer Soldliste erschien; sie war eine unwichtige Organisatorin von Demonstrationen und wurde mit Bargeld aus einer Spesenschublade bezahlt. Sie war einfach eine Universitätsstudentin, die mehr von der Leidenschaft als dem Wissen geleitet wurde. Eine Radikale mit flammenden Augen, die sich für eine Art Jeanne d'Arc hielt. Aber Wassili hatte sie geliebt.

Sie hatten einige Wochen zusammengelebt. Es waren herrliche Wochen gewesen, Wochen, angefüllt mit der Erregung und der Freude einer jungen Liebe. Dann schickte man sie eines Tages über den Checkpoint Kasimir. Es war eine unwichtige Sache, eine Protestdemonstration am Kurfürstendamm. Ein Kind, das andere Kinder führte und Parolen schrie, die es kaum verstand. Ein unwichtiges, unbedeutendes Ritual.

Aber nicht für die Tiere der amerikanischen Besatzungsarmee, Abteilung G2, die ihr andere Tiere auf den Hals schickten.

Ihre Überreste wurden in einem Leichenwagen zurückgeschickt, das Gesicht so zerschlagen, daß man es kaum zu erkennen vermochte. Der Rest ihres Körpers war förmlich zerfetzt, mit eingetrockneten Blutkrusten, welche die Farbe trockenen, roten Staubes hatten. Und die Ärzte hatten das Schlimmste bestätigt. Sie war wiederholt vergewaltigt worden und man hatte Sodomie an ihr begangen.

Und an ihrer Leiche befestigt – der Zettel steckte an einem Nagel, den man durch ihren Arm getrieben hatte – standen die Worte: Steckt's euch in euren Kommunistenarsch. So wie in den ihren.

Tiere!

Amerikanische Tiere, die sich den Sieg gekauft hatten, ohne daß eine einzige Granate auf ihren Boden gefallen war. Deren Macht von einer ungehinderten Industrie ausging, die ungeheuere Profite aus dem Leid fremder Länder zog. Und deren Soldaten an hungrige Kinder Konserven verhökerten, um ihren

Appetit auf anderes zu befriedigen. Es gab in allen Armeen Tiere, aber die Amerikaner waren die widerlichsten und selbstgerechtesten.

Taleniekov war nach Moskau zurückgekehrt. Die Erinnerung an den scheußlichen Tod des Mädchens hatte sich in seine Gedanken eingebrannt. Was auch immer er vorher gewesen sein mochte, aus ihm war etwas anderes geworden. Viele behaupteten, er sei der Beste geworden, den es gab. Keiner konnte sich wünschen, besser zu sein als er. Er hatte den Feind gesehen, und der Feind war ein Abschaum. Aber jener Feind verfügte über Mittel, die jede Phantasie überstiegen, unglaublichen Reichtum. Darum war es notwendig, in Dingen, die man nicht kaufen konnte, besser zu sein als der Feind. Man mußte lernen, so wie er zu denken. Und dann mußte man besser denken als er. Wassili hatte das begriffen; er wurde der Meister der Strategie und der Gegenstrategie, ein Mann, der plötzlich unerwartete Fallen zuschnappen ließ; der dem Feind an der Stelle einen Schock versetzte, wo er ihn am wenigsten erwartete – Tod im Licht der Morgensonne, an einer überfüllten Straßenecke.

Tod Unter den Linden um fünf Uhr nachmittags. Zu jener Stunde, in welcher der Verkehr seinen Höhepunkt erreichte.

Auch das hatte er zuwege gebracht. Jahre später hatte er die Ermordung jener Frau gerächt. Als Direktor des KGB in Ost-Berlin hatte er die Frau eines amerikanischen Killers über den Checkpoint gezerrt. Sie war ganz sauber und professionell überfahren worden, mit einem Mindestmaß an Schmerz; es war ein weit gnädigerer Tod als jener, den vor vier Jahren Tiere seiner Freundin bereitet hatten.

Er hatte befriedigt genickt, als man ihm die Nachricht von ihrem Tod brachte. Doch er empfand keine Freude. Er wußte, was jener Mann durchmachte. So sehr er es auch verdiente, mochte sich bei ihm doch kein Hochgefühl einstellen. Denn Taleniekov wußte auch, daß jener Mann nicht ruhen würde, bis er seinerseits Rache genommen hatte.

Und das tat er. Drei Jahre später in Prag.

Ein Bruder.

Wo war der verhaßte Scofield an diesen Tagen? fragte sich Wassili. Auch für ihn war beinahe ein Vierteljahrhundert vergangen. Beide hatten sie ihrer Sache gut gedient, das mußte man ihnen lassen. Aber Scofield hatte es leichter; die Dinge in Washington waren weniger kompliziert, die inneren Feinde traten klarer zutage. Der verhaßte Scofield mußte sich nicht mit solchen verrückten Amateuren wie der Gruppe Neun des WKR abgeben. Das amerikanische State Department hatte auch seine Verrückten, aber die standen unter strengerer Kontrolle, das mußte Wassili zugeben. In ein paar Jahren, wenn Scofield in Europa überlebte, würde er sich an irgendeinen fernen Ort zurückziehen und Hühner züchten, oder Orangen, oder zum Trinker werden. Er brauchte sich keine Sorgen zu machen, wie er in Washington überleben konnte, nur in Europa.

Taleniekov mußte sich Sorgen machen, wie er in Moskau überleben sollte.

Die Dinge ... *viele Dinge* hatten sich in einem Vierteljahrhundert geändert. Auch er hatte sich geändert; dies heute abend war ein Beispiel, aber nicht das erste. Er hatte insgeheim die Aktion einer befreundeten Abwehreinheit zunichte gemacht. Vor fünf Jahren hätte er das nicht getan – vielleicht nicht einmal vor zwei Jahren. Er wäre den Strategen jener Einheit entgegengetreten und hätte professionelle Einwände vorgebracht, harte Einwände. Er war ein Experte. Nach seiner Meinung war die Operation nicht nur falsch, sondern auch von wesentlich geringerer Bedeutung als eine andere, die dadurch gestört wurde.

Heutzutage handelte er anders. Er hatte dies während der letzten zwei Jahre, die er jetzt Direktor der Südwestsektoren war, immer getan. Er traf seine eigenen Entscheidungen und kümmerte sich wenig um die Reaktionen verdammter Narren, die viel weniger wußten als er. Dies verursachte in zunehmendem Maße Ärger in Moskau; aber er tat immer noch das, was er für richtig hielt. Am Ende waren aus diesen kleineren Verärgerungen größere Beschwerden geworden. Man hatte ihn in den Kreml zurückgerufen, an einen Schreibtisch, fernab von allen wichtigen Entscheidungen. Er mußte sich mit immer abstrakter werdenden Dingen befassen, wie zum Beispiel damit, einem amerikanischen Politiker Fallstricke zu legen.

Taleniekov war gefallen, das wußte er. Es war nur noch eine Frage der Zeit. Würde man ihm eine kleine *fuerma* nördlich von Grasnov geben und ihm raten, Getreide zu züchten? Oder würden diese Verrückten sich auch da einschalten? Würden sie behaupten, der »außergewöhnliche Taleniekov« sei tatsächlich zu gefährlich?

Wassili fühlte sich müde. Selbst der Haß, den er für den amerikanischen Killer empfand, der seinen Bruder ermordet hatte, verblaßte im Zwielicht seiner Gefühle.

Der plötzliche Schneesturm erreichte die Ausmaße eines Blizzards. Am Roten Platz schossen weiße Fontänen in die Höhe. Das Lenin-Mausoleum würde bis zum Morgen mit Schnee bedeckt sein. Taleniekov ließ sich das Gesicht von den eisigen Partikeln massieren, während er gegen den Wind ankämpfte und seiner Wohnung zustrebte. Das KGB war großzügig gewesen. Seine Räume waren zehn Minuten von seinem Büro am Dscherschinski-Platz entfernt, drei Häuserblocks vom Kreml. Das war entweder Großzügigkeit oder etwas anderes, weniger Freundliches, aber unendlich Praktischeres: Sollte man ihn holen wollen, war er mit einem schnellen Wagen in drei Minuten zu erreichen.

Er trat in den Eingang des Gebäudes und stampfte mit den Füßen auf, als er die schwere Türe hinter sich zuzog und damit das Pfeifen des Windes zum Verstummen brachte. Wie er das stets zu tun pflegte, sah er auch diesmal in seinen Briefkasten. Wie stets war auch diesmal nichts darin. Es war ein sinnloses Ritual, das im Laufe vieler Jahre zu einer bedeutungslosen Angewohnheit geworden war.

Die einzige persönliche Post, die er je erhielt, kam unter Decknamen, wenn er in fremden Ländern zu tun hatte. Dann war die Korrespondenz chiffriert. Ihre Bedeutung hatte keinerlei Beziehung zu den Worten auf dem Papier. Und doch waren jene Worte manchmal warm und freundlich. Dann stellte er sich einige Minuten lang vor, daß sie das bedeuteten, was sie besagten. Aber nur ein paar Minuten lang; es war nicht gut, sich etwas vorzumachen. Es sei denn, man analysierte einen Feind.

Er ging die schmale Treppe hinauf und ärgerte sich über das trübe Licht. Er war ganz sicher, daß die Planer in der Iliktritschiskaya von Moskau nicht in solchen Gebäuden wohnten.

Dann hörte er das Knarren. Es hatte nichts mit der Kälte oder dem Wind draußen zu tun. Das war das Geräusch eines menschlichen Wesens, das sein Gewicht auf einer Diele verlagerte. Er hatte das Gehör des ausgebildeten Experten und konnte schnell Entfernungen schätzen. Das Geräusch kam nicht von der Treppenkehre über ihm, sondern von weiter oben. Seine Wohnung lag im nächsten Stockwerk; jemand wartete dort auf ihn. Jemand wollte vielleicht sogar, daß er seine Räume betrat, um ihm eine Falle zu stellen.

Wassili stieg weiter nach oben. Der Rhythmus seiner Schritte blieb gleich. Die Jahre hatten ihn dazu erzogen, Dinge, wie Schlüssel und Kleingeld, immer in der linken Tasche zu tragen. So blieb seine Rechte frei, um schnell nach einer Waffe greifen zu können, oder selbst als Waffe gebraucht zu werden. Jetzt hatte er die nächste Etage erreicht und wandte sich um; seine Türe war nur einige Schritte entfernt.

Da war das Knarren wieder, schwach, nur undeutlich zu hören, vom Geräusch des Windes draußen halb überlagert. Wer auch immer auf der Treppe lauerte, hatte sich zurückgezogen. Daraus schloß er zwei Dinge: Der Eindringling würde warten, bis er seine Wohnung betreten hatte. Wer auch immer er sein mochte, er war entweder unvorsichtig oder unerfahren, vielleicht auch beides. Man bewegte sich nicht, wenn man seinem Opfer so nahe war; die Luft trug die Geräusche zu weit.

In seiner linken Hand hielt er den Schlüssel; seine rechte Hand hatte die Knöpfe seines Mantels geöffnet und umfaßte jetzt den Kolben seiner Automatik, die in einem offenen Halfter vor seiner Brust hing. Er schob den Schlüssel ins Schloß, öffnete die Tür und riß sie sofort wieder zu. Dann trat er schnell zurück und tauchte lautlos in den Schatten der Treppe. Er blieb an die Wand gelehnt stehen, die Waffe vor sich ausgestreckt.

Er hörte die Schritte, ehe er die Gestalt auf die Türe zurennen sah. Sie hielt einen Gegenstand in der linken Hand; er konnte ihn jetzt nicht sehen, der dickbekleidete Körper verbarg ihn. Es ging auch nicht um Sekunden. Wenn der Gegenstand ein Explosivkörper war, dann hatte er bestimmt einen Zeitauslöser. Die Gestalt hatte jetzt die rechte Hand gehoben, um an die Türe zu klopfen.

»Drücken Sie sich gegen die Türe! *Die linke Hand* zwischen Ihrem Leib und dem Holz! *Jetzt*!«

»Bitte!« Die Gestalt wirbelte halb herum, aber Taleniekov war schon über ihr. Er warf sie gegen die Türfüllung. Es war ein junger Mann, ein Knabe eigentlich, noch unter zwanzig, dachte Wassili. Er war groß für sein Alter, das man aus seinem Gesicht lesen konnte; es war bleich, die Augen geweitet, klar und voll Angst.

»Gehen Sie langsam zurück«, sagte Taleniekov. »Heben Sie die linke Hand. *Langsam.*«

Der junge Mann trat zurück, so daß man seine linke Hand sehen konnte; sie war zur Faust geballt.

»Ich habe nichts Unrechtes getan, mein Herr. Ich schwöre es!« Der junge Mann flüsterte. Seine Stimme drohte ihm vor Angst zu versagen.

»Wer sind Sie?«

»Andrejev Danilowitsch, mein Herr. Ich wohne im Tscheremuschki.«

»Sie sind weit weg von zu Hause«, sagte Wassili. Der Wohnkomplex, den der junge Mann erwähnte, lag beinahe fünfundvierzig Minuten südlich des Roten Platzes. »Das Wetter ist scheußlich. Jemand Ihres Alters könnte leicht von der Miliz festgenommen werden.«

»Ich mußte hierher kommen«, antwortete Andrejev, »ein Mann ist angeschossen worden; er ist schwer verletzt. Ich glaube, daß er sterben wird. Ich soll Ihnen das geben.« Er öffnete die linke Hand; sie hielt ein Rangabzeichen aus Bronze, ein militärisches Rangabzeichen, das Generale zu tragen pflegten. Das Muster war schon seit mehr als dreißig Jahren nicht mehr gebraucht worden. »Der alte Mann hat gesagt, ich solle den Namen Krupskaya erwähnen, Aleksej Krupskaya. Er hat ihn mich ein paarmal wiederholen lassen, damit ich ihn nicht vergesse. Das ist nicht der Name, den er im Tscheremuschki gebraucht, aber er hat gesagt, ich solle ihn Ihnen nennen. Er sagte, ich müßte Sie zu ihm bringen. Er stirbt, mein Herr!«

Als Taleniekov den Namen hörte, erwachte seine Erinnerung. Aleksej Krupskaya! Das war ein Name, den er seit Jahren nicht mehr gehört hatte, ein Name, den nur wenige Leute in Moskau hören wollten. Krupskaya war einmal der größte Lehrer im KGB gewesen, ein Mann mit einem geradezu einmaligen Talent für das Töten und das Überleben – wie man es bei ihm nicht anders erwarten konnte. Er war der letzte der berüchtigten

Istrebiteli, jener hochgradig spezialisierten Gruppe von Liquidatoren, die als Eliteabteilung aus dem alten NKWD hervorgegangen war und in der fast vergessenen GPU wurzelte.

Aber Aleksej Krupskaya war vor mindestens einem Dutzend Jahren verschwunden – wie so viele verschwunden waren. Es hatte Gerüchte gegeben, die ihn mit dem Tod von Berija und Schukow in Verbindung brachten, einige erwähnten sogar Stalin selbst. Einmal war Chruschtschow im Präsidium aufgestanden und hatte Krupskaya und seine Kollegen eine Bande wahnsinniger Mörder genannt. Das stimmte nicht. Die Tätigkeit der Istrebiteli war nie von Wahnsinn gelenkt worden, dazu war sie zu methodisch. Dennoch hatte man eines Tages Aleksej Krupskaya in der Lubjanka nicht mehr gesehen.

Es gab aber auch noch andere Gerüchte. Gerüchte von Dokumenten, die Krupskaya vorbereitet hatte. Sie waren gut versteckt, garantierten für seine Sicherheit. Es hieß, daß diese Dokumente verschiedene Kreml-Führer mit Dutzenden von Morden in Zusammenhang brachten – gemeldete, ungemeldete und getarnte Morde. Deshalb nahm man an, daß Aleksej Krupskaya sein Leben irgendwo nördlich von Grasnov verbrachte, auf einer *fuerma* vielleicht, wo er Getreide züchtete und den Mund hielt.

Er war der beste Lehrer gewesen, den Wassili je gehabt hatte; ohne die geduldigen Instruktionen des alten Meisters wäre Taleniekov schon vor Jahren getötet worden. »Wo ist er?« fragte Wassili.

»Wir haben ihn in unsere Wohnung heruntergebracht. Er klopfte dauernd auf den Boden – unsere Decke. Wir liefen hinauf und fanden ihn.«

»Wir?«

»Meine Schwester und ich. Er ist ein guter alter Mann. Er ist zu meiner Schwester und mir immer gut gewesen. Unsere Eltern sind tot. Ich glaube, daß er auch bald sterben wird. Bitte, beeilen Sie sich, mein Herr!«

Der alte Mann auf dem Bett war nicht der Aleksej Krupskaya, an den Taleniekov sich erinnerte. Das kurzgestutzte Haar und das glattrasierte Gesicht, von dem einmal solche Kraft ausging, waren nicht mehr. Die Haut war blaß, gespannt und unter dem weißen Bart eingeschrumpft. Das lange weiße Haar war ein Vogelnest aus winzigen dünnen Fäden, verklebt und strähnig. Man konnte darunter das graue Fleisch von Krupskayas Schädel erkennen. Der Mann lag im Sterben. Er konnte kaum noch sprechen. Er schlug kurz die Decke zurück und hob einen blutbesudelten Lappen von einer Schußverletzung.

Sie verschwendeten keine Zeit mit Begrüßungen; der Respekt und die Liebe in den Augen beider genügten.

»Ich habe die Pupillen geweitet und ihn angestarrt wie ein Toter«, sagte Krupskaya und lächelte schwach. »Er dachte, ich wäre tot. Er hatte seinen Auftrag ausgeführt und rannte weg.«

»Wer war es?«

»Ein Mörder. Die Korsen hatten ihn geschickt.«

»Die Korsen? Was für Korsen?«

Der alte Mann atmete langsam und gequält. Er winkte Wassili zu, sich näher an seinen Mund zu lehnen. »Ich werde tot sein, ehe diese Stunde um ist. Es gibt Dinge, die ich dir sagen muß. Kein anderer wird sie dir sagen. Du bist der Beste, den wir haben. Du *mußt* es erfahren. Mehr als alle anderen Männer verfügst du über die Geschicklichkeit, um dich mit ihnen zu messen. Du und noch einer; von jeder Seite einer. Vielleicht seid ihr beiden alles, was übriggeblieben ist.«

»Wovon redest du?«

»Den Matarese.«

»Den *was*?«

»Den Matarese. Sie wissen, daß ich darüber informiert bin ... was sie tun und was sie vorhaben. Ich bin der einzige, der übriggeblieben ist; der sie erkennen und es wagen würde, von ihnen zu sprechen. Ich habe einmal die Kontakte eingestellt, aber ich hatte weder den Mut, noch den Ehrgeiz, mehr zu tun.«

»Ich verstehe nicht.«

»Ich will versuchen, es dir zu erklären.« Krupskaya hielt inne und sammelte Kräfte. »Vor kurzer Zeit ist in Amerika ein General namens Blackburn getötet worden.«

»Ja, ich weiß. Der Vorsitzende der Vereinigten Stabschefs. Wir hatten damit nichts zu tun, Aleksej.«

»Weißt du, daß *du* derjenige warst, den die Amerikaner für den wahrscheinlichsten Täter hielten?«

»Das hat mir niemand gesagt. Es ist lächerlich.«

»Niemand erzählt dir mehr viel, oder?«

»Ich mache mir nichts vor, alter Freund. Ich habe das Meine gegeben. Ich weiß nicht, wieviel mehr ich noch geben muß. Vielleicht liegt Grasnov gar nicht mehr in weiter Ferne.«

»Wenn es gestattet wird«, unterbrach Krupskaya.

»Ich denke schon.«

»Egal . . . Letzten Monat wurde der Gelehrte Juriewitsch ermordet, während er auf seiner Datscha in Provasoto Ferien machte. Er, Oberst Drigorin und dieser Brunov von der Industrieplanung.«

»Ich habe davon gehört«, sagte Taleniekov. »Es muß schrecklich gewesen sein.«

»Hast du den Bericht gelesen?«

»Welchen Bericht?«

»Den das WKR zusammengestellt hat –«

»Wahnsinnige und Narren«, warf Taleniekov ein.

»Nicht immer«, verbesserte Krupskaya. »In diesem Falle haben sie genaue Fakten, sehr genaue sogar.«

»Und was sind diese angeblich genauen Fakten?«

Krupskayas Atem ging schwer. Er schluckte und fuhr fort: »Patronenhülsen, sieben Millimeter, amerikanisch. Laufspuren einer Browning Magnum.«

»Eine brutale Waffe«, nickte Taleniekov. »Sehr verläßlich, aber ganz bestimmt die allerletzte Waffe, die ein Beauftragter von Washington benützen würde.«

Der alte Mann schien nicht zu hören. »Die Waffe, mit der General Blackburn erschossen wurde, war ein Graz-Burya.«

Wassili hob die Brauen. »Eine sehr geschätzte Waffe, wenn man sie sich beschaffen kann.« Er hielt kurz inne und fügte dann hinzu: »Ich schätze die meine.«

»Genau. So, wie die Magnum von einem anderen geschätzt wird.«

Taleniekov erstarrte. »Oh?«

»Ja, Wassili. Das WKR hat einige Namen ausgegraben. Es nimmt an, daß einer der Betreffenden für Juriewitschs Tod verantwortlich sein könnte. An der Spitze der Liste steht ein Mann, den du verachtest: ›Beowulf Agate‹.«

Taleniekov sprach mit monotoner Stimme: »Brandon Scofield, Consular Operations. Codename in Prag: Beowulf Agate.«

»Ja.«

»War er es?«

»Nein.« Der alte Mann bemühte sich, den Kopf zu heben. »Ebensowenig wie du in Blackburns Tod verwickelt warst. Verstehst du denn nicht? Sie wissen alles; auch über fähigste Agenten, die nun müde geworden sind; denen man vielleicht einen bedeutsamen Mord anhängen kann. Sie prüfen die obersten Ränge der Macht, ehe sie handeln.«

»Wer? Wer sind *sie*?«

»Die Matarese. Das Korsische Fieber ...«

»Was soll das *bedeuten*?«

»Es breitet sich aus. Es hat sich verändert und ist in seiner neuen Form noch viel gefährlicher.« Der alte Istrebiteli fiel auf sein Kissen zurück.

»Du mußt deutlicher werden, Aleksej. Ich begreife noch gar nichts. Was ist dieses Korsische Fieber, diese ... Matarese?«

Krupskayas Augen waren geweitet und starrten jetzt zur Decke. Er flüsterte: »Niemand spricht darüber, niemand wagt es. Weder unser eigenes Präsidium, noch Englands Foreign Office, das heißt sein MI-6, oder die französische Société Diable d'Etat. Und natürlich die Amerikaner. Oh, die Amerikaner darf man nie vergessen! ... Niemand spricht. Wir alle haben sie benutzt. Wir sind von den Matarese besudelt.«

»*Besudelt*? Wie? Was willst du damit sagen? Was, um Himmels willen, *sind* die Matarese?«

Der alte Mann wandte langsam den Kopf, seine Lippen zitterten. »Manche sagen, sie reichen bis nach Sarajewo zurück. Andere schwören, Dollfuß und Bernadotte, selbst Trotzki hätten auf ihrer Liste gestanden. Von Stalin wissen wir es genau; wir hatten den Kontrakt über seinen Tod abgeschlossen.«

»Stalin? Dann stimmt also, was geredet wurde?«

»O ja. Berija auch; wir haben bezahlt.« Die Augen des Istrebiteli schienen jetzt glasig zu werden. »Fünfundvierzig ... die Welt dachte, Roosevelt wäre einem Schlaganfall erlegen.«

Krupskaya schüttelte langsam den Kopf. In seinen Mundwinkeln stand Speichel. »Es gab Finanzkreise, die glaubten, seine Sowjetpolitik würde zur wirtschaftlichen Katastrophe führen. Sie konnten nicht zulassen, daß er weitere Entscheidungen traf. Sie bezahlten. Daraufhin wurde ihm eine Injektion verpaßt.«

Taleniekov war wie benommen. »Du willst behaupten, daß Roosevelt *ermordet* wurde? Von diesen *Matarese*?«

»Einem Attentat zum Opfer gefallen, Wassili Wassiliewitsch Taleniekov. So nennt man das. Das ist eine der Wahrheiten, von denen niemand spricht. So viele . . . über so viele Jahre hinweg. Niemand wagt es, von den Kontrakten und den Zahlungen zu sprechen. Das zuzugeben, wäre eine Katastrophe . . . für die Regierungen auf der ganzen Welt.«

»Aber *warum*? Warum hat man sie benutzt, diese Matarese?«

»Weil sie zur Verfügung standen. Sie haben das Zielobjekt vom Schauplatz entfernt.«

»Das ist lächerlich! Man hat doch schon Attentäter *gefaßt*. Ein solcher Name wurde nie erwähnt!«

»Das solltest du eigentlich wissen, Wassili Wassiliewitsch. Du hast doch dieselben Taktiken angewandt; kein Jota anders als die Matarese.«

»Was meinst du damit?«

»Ihr tötet beide . . . und programmiert Mörder.« Der alte Mann sah, wie Taleniekov nickte. »Die Matarese waren jahrelang untätig gewesen. Dann kamen sie zurück, aber es waren nicht mehr dieselben. Die Morde fanden statt, ohne daß es Objekte gab, ohne daß Zahlungen geleistet wurden. Ein sinnloses Schlachten, ohne erkennbares Muster. Wertvolle Männer wurden entführt und getötet, Flugzeuge gestohlen oder in der Luft gesprengt, Regierungen gelähmt – durch schreckliche Drohungen zu Zahlungen erpreßt. Ihr Auftreten ist raffinierter, professioneller geworden.«

»Du schilderst das Werk von Terroristen, Aleksej. Für Terrorismus gibt es kein zentrales System.«

Wieder mühte sich der alte Istrebiteli, den Kopf zu heben. »*Heute* schon. Seit ein paar Jahren. Baader-Meinhoff, die Roten Brigaden, die Palästinenser, die Wahnsinnigen in Afrika – sie alle bewegen sich auf die Matarese zu. Sie können töten, ohne eine Strafe gewärtigen zu müssen. Jetzt stürzen sie die beiden Supermächte ins Chaos, ehe sie ihren kühnsten Coup durchführen. Die Kontrolle über die eine oder andere Supermacht zu übernehmen. Am Ende über beide.«

»Wie kannst du sicher sein?«

»Ein Mann ist gefangen worden. Er hatte eine Verletzung an

der Brust, ein Soldat der Matarese. Man hat Chemikalien eingesetzt und alle aus dem Raum entfernt, alle, außer meinem Gewährsmann. Ich hatte ihn gewarnt.«

»*Du?*«

»Hör zu. Es gibt einen Zeitplan, aber wenn man von ihm spräche, würde man damit die Vergangenheit bestätigen. Niemand wagt das zu tun! In Moskau Meuchelmord, in Washington politisches Manöver, Morde nur im Notfall. Zwei Monate, höchstens drei; alles ist bereits in Bewegung. Man hat Wirkung und Gegenwirkung in den obersten Etagen getestet. Unbekannte Männer befinden sich bereits in den Machtzentren. Es wird bald geschehen. Dann sind wir am Ende. Wir werden vernichtet werden und Untertanen der Matarese.«

»Wo ist dieser Mann?«

»Tot. Die Chemikalien verloren ihre Wirkung. Er trug eine Zyankalikapsel, die unter seine Haut genäht war. Er riß sein eigenes Fleisch auf und schluckte die Kapsel.«

»Meuchelmord? Politische Manöver, Mord? Du mußt schon deutlicher werden.«

Krupskayas Atemstöße wurden jetzt kürzer und heftiger. Er fiel ins Kissen zurück. Aber seltsamerweise wurde seine Stimme fester. »Dafür ist keine Zeit – ich *habe* die Zeit nicht. Mein Gewährsmann ist der verläßlichste von ganz Moskau – von der ganzen Sowjetunion.«

»Entschuldige, lieber Aleksej, du warst der Beste, aber es gibt dich nicht mehr. Alle wissen das.«

»Du mußt mit Beowulf Agate Verbindung aufnehmen«, sagte der alte Istrebiteli, als hätte Wassili überhaupt nichts gefragt. »Du und er, ihr müßt sie finden, sie aufhalten. Du und dieser Scofield. Ihr seid die Besten. Die Besten werden jetzt gebraucht.«

Taleniekov sah den sterbenden Krupskaya an. »Das kann niemand von mir verlangen. Wenn ich Beowulf Agate jetzt vor mir hätte, würde ich ihn töten. Ebenso, wie er mich töten würde, wenn er dazu imstande wäre.«

»Ihr seid *unwichtig*!« Der alte Mann mußte langsam atmen. Verzweifelt versuchte er wieder Luft in die Lungen zu bekommen. »Ihr habt keine Zeit für euch selbst, begreifst du das nicht? Sie befinden sich in unseren geheimsten Verbänden, in den mächtigsten Kreisen beider Regierungen. Sie haben euch beide schon einmal benutzt; sie werden euch wieder benutzen, immer *wieder*. Sie benutzen nur die Besten und töten auch nur die Besten! Ihr seid ihre Tarnung, du und Männer wie du!«

»Und der Beweis?«

»Ihre Vorgehensweise«, flüsterte Krupskaya. »Ich habe sie studiert. Ich kenne sie gut.«

»Welche Vorgehensweise?«

»Die Graz-Burya-Patronen in New York; die Sieben-Millimeter-Patronen einer Browning Magnum in Provasoto. Binnen weniger Stunden hatten Moskau und Washington sich an der Gurgel. Das ist die Methode der Matarese. Sie töten nie, ohne Beweise zu hinterlassen – häufig die Mörder selbst –, aber es sind nie die richtigen Beweise, nie die wahren Mörder.«

»Man hat Männer gefangengenommen, die geschossen haben, Aleksej.«

»Aus den falschen Gründen. Aus Gründen, die die Matarese geliefert haben . . . Jetzt führen sie uns an den Rand des Chaos und des Umsturzes.«

»Aber *warum?*«

Krupskaya wandte den Kopf. Seine Augen blickten jetzt ganz klar. Sie bettelten. »Ich *weiß* es nicht. Die Vorgehensweise ist bekannt, nicht aber die *Gründe* dafür. Das ist es, was mir Angst macht. Man muß in die Vergangenheit zurückgehen, um sie zu begreifen. Die Wurzeln der Matarese liegen in Korsika. Der Wahnsinnige von Korsika; mit ihm hat es angefangen. Das Korsische Fieber. Guillaume de Matarese. Er war der Hohepriester.«

»Wann?« fragte Taleniekov. »Wie lange liegt das zurück?«

»In den ersten Jahren des Jahrhunderts. Guillaume de Matarese und sein Rat. Der Hohepriester und seine Priesterschaft. Sie sind zurückgekommen. Man muß sie aufhalten. Du mußt sie aufhalten. Du und Scofield!«

»Wer sind sie?« fragte Wassili. »Wo sind sie?«

»Das weiß niemand.« Die Stimme des alten Mannes begann jetzt den Dienst zu versagen. »Das Korsische Fieber. Es breitet sich aus.«

»Aleksej, hör mir zu«, sagte Taleniekov. Ihn beunruhigte etwas, was einfach nicht übersehen werden durfte: Waren die Phantastereien eines Sterbenden ernst zu nehmen? »Wer ist dieser verläßliche Gewährsmann, den du hast? Wer ist dieser Mann in Moskau, der so gut Bescheid weiß? Wie hast du die Informationen über die Ermordung Blackburns und den WKR-Bericht über Juriewitsch bekommen? Und außerdem, woher weißt du von diesem Unbekannten und dem Zeitplan?«

Trotz des herannahenden Todesdämmers begriff Krupskaya. Ein schwaches Lächeln spielte um seine schmalen, bleichen Lippen. »Alle paar Tage«, sagte er mühsam, »kommt ein Fahrer, um mich zu besuchen. Manchmal macht er mit mir eine Fahrt aufs Land, manchmal trifft er sich in aller Stille mit jemandem. Das ist der Dank des Vaterlandes für einen pensionierten alten Soldaten, dessen Namen man benutzt hat. Man hält mich auf dem laufenden.«

»Ich verstehe nicht, Aleksej.«

»Der Premierminister von Sowjetrußland ist mein Gewährsmann.«

»Der Premier! Aber warum?«

»Er ist mein Sohn.«

Taleniekov spürte, wie es ihm eisig über den Nacken lief. Diese Enthüllung erklärte alles. Man mußte Krupskaya ernst nehmen. Der alte Istrebiteli hatte das Wissen – die Waffen – besessen, um alle beiseite zu schaffen, die seinem Sohn auf seinem Weg zur führenden Position Sowjetrußlands im Wege standen.

»Würde er mich empfangen?«

»Niemals. Sobald du die Matarese erwähnen würdest, würde er dich erschießen lassen. Du mußt es verstehen. Er hätte keine andere Wahl. Aber er weiß, daß ich recht habe. Er stimmt mir zu, würde das aber nie zugeben. Das kann er sich nicht leisten. Er fragt sich nur, ob er oder der Präsident der Vereinigten Staaten vor der Waffe des Mörders stehen wird.«

»Ich verstehe.«

»Verlasse mich jetzt«, sagte der sterbende Krupskaya. »Tue, was du tun mußt, Taleniekov. Ich habe nicht mehr lange zu atmen. Nimm Verbindung mit Beowulf Agate auf und finde die Matarese. Sie müssen aufgehalten werden. Das Korsische Fieber darf sich nicht weiter ausbreiten.«

»Das Korsische Fieber? . . . In *Korsika*?«

»Die Antwort kann dort liegen. Dort muß man beginnen. Namen! Der erste Rat! Vor vielen Jahren.«

5

Eine Herzmuskelschwäche hatte Robert Winthrop in einen Rollstuhl gezwungen. Das beeinträchtigte keineswegs seinen wachen Verstand, und seine Invalidität nahm er nicht zur Kenntnis. Er hatte sein Leben im Dienste seiner Regierung verbracht. An Problemen, die er für wichtiger hielt als seine Person, war nie Mangel gewesen.

Gäste in seinem Haus in Georgetown vergaßen den Rollstuhl bald. Die schlanke Gestalt mit den eleganten Gesten und dem stets interessierten Gesicht standen im Einklang mit der Persönlichkeit, die er war: Ein energiegeladener Aristokrat, dem sein Privatvermögen erlaubt hatte, ein Leben im Dienste der Öffentlichkeit zu führen. Man sah in ihm nicht den kranken, älteren Staatsmann mit dünner werdendem, grauem Haar und einem immer noch perfekt gestutzten Schnurrbart. Man dachte eher an Jalta, Potsdam und einen aggressiven, jüngeren Mann aus dem State Department, der sich stets über Roosevelts Stuhl oder Trumans Schulter beugte, um etwas klarzustellen oder einen Einwand zu empfehlen.

Es gab viele Leute in Washington – ebenso in London und Moskau –, die der Ansicht waren, daß die Welt ein besserer Ort gewesen wäre, wenn Eisenhower Robert Winthrop zum Außenminister gemacht hätte. Aber der politische Wind hatte umgeschlagen, und so kam er für den Posten nicht in Frage. Später konnte Winthrop nicht mehr in Betracht gezogen werden; er befaßte sich mit einem anderen Bereich der Verwaltung, der seine volle Aufmerksamkeit erforderte. Man hatte ihn in aller Stille als Chefberater für diplomatische Beziehungen in den Dienst des State Department gestellt.

Vor sechsundzwanzig Jahren hatte Robert Winthrop eine Eliteabteilung des State Department aufgebaut, die sich Consular Operations nannte. Nach sechzehn Jahren treuen Dienstes war er zurückgetreten. Einige meinten aus Bestürzung darüber, was aus seiner Schöpfung geworden war. Andere waren der Ansicht, daß ihm die Richtung nur zu bewußt war, die sein Geschöpf eingeschlagen hatte, er sich aber nicht dazu entschließen konnte, gewisse Entscheidungen zu treffen. Trotzdem hatte man während der zehn Jahre seit seinem Ausscheiden regelmäßig seinen Rat gesucht. So wie an diesem Abend.

Consular Operations hatte einen neuen Direktor. Einen Laufbahnbeamten namens Daniel Congdon, den man aus einer führenden Position in der National Security Agency auf einen geheimen Stuhl im State Department versetzt hatte. Er ersetzte Winthrops Nachfolger und war in allen Einzelheiten auf die harten Entscheidungen eingestimmt, die *Cons Op* erforderte. Aber er war neu; er hatte Fragen. Außerdem hatte er ein Problem mit einem Mann namens Scofield und wußte nicht, wie er es lösen sollte. Er wußte nur, daß er mit Brandon Alan Scofield Schluß machen wollte. Er wollte, daß man den Mann aus dem State Department entfernte. Man konnte das, was er in Amsterdam getan hatte, nicht dulden. Sein Verhalten verriet einen gefährlichen und instabilen Menschen. Wieviel gefährlicher würde er sein, wenn man ihn der Kontrolle von Consular Operations entzog? Das war eine ernsthafte Frage. Der Mann mit dem Codenamen Beowulf Agate wußte mehr über die geheimen Netze des State Department als jeder andere. Da Scofield von Robert Winthrop nach Washington geholt worden war, ging Congdon zur Quelle.

Winthrop war sofort bereit, sich Congdon zur Verfügung zu stellen. Allerdings nicht in einem unpersönlichen Büro oder einem Besprechungszimmer. Im Laufe der Jahre hatte Winthrop gelernt, daß Männer, die Geheimaktionen durchzuführen hatten, instinktiv von ihrer Umgebung beeinflußt wurden. Kurze, geheimnisvolle Sätze traten an die Stelle freier, locker fließender Gespräche, in denen sich viel mehr übermitteln und erfahren ließ. Aus diesem Grunde hatte er den neuen Direktor zum Abendessen eingeladen.

Das Mahl war beendet. Bis jetzt war noch über nichts von Bedeutung gesprochen worden. Congdon begriff: Der ehemalige Chefberater sondierte die Oberfläche, ehe er tiefer schürfte. Aber jetzt war der Augenblick gekommen.

»Gehen wir in die Bibliothek?« fragte Winthrop und fuhr mit dem Rollstuhl in einen Raum, dessen Wände mit vollgestopften Bücherregalen bedeckt waren. Nun vergeudete der Botschafter keinen Augenblick mehr. »Sie wollen also über Brandon sprechen.«

»Ja, das will ich«, erwiderte der neue Direktor von *Cons Op.*

»Wie danken wir solchen Männern für das, was sie getan haben?« fragte Winthrop. »Für das, was sie verloren haben? Solche Arbeit fordert einen schrecklichen Preis.«

»Sie würden es nicht tun, wenn sie es nicht selbst wollten«, meinte Congdon, »aber aus irgendeinem Grunde brauchen sie es. Sobald sie einmal draußen waren und überlebt haben, stellt sich eine andere Frage: Was tun wir mit ihnen? Sie sind wie Sprengladungen, die frei herumlaufen.«

»Was wollen Sie damit sagen?«

»Das weiß ich nicht genau, Mr. Winthrop. Ich möchte mehr über ihn erfahren. Wer ist er? Was ist er? Woher kam er?«

»Der Mensch, der er ursprünglich war?«

»So etwas Ähnliches. Ich habe seine Akte gelesen – ein paarmal sogar –, aber ich habe bis jetzt noch mit niemandem gesprochen, der ihn wirklich kennt.«

»Ich bin nicht sicher, ob Sie so jemanden finden werden. Brandon . . .« Der Ältere hielt kurz inne und lächelte. »Übrigens, man nennt ihn Bray. Ich habe nie erfahren, weshalb.«

»Ich schon«, unterbrach der Direktor und erwiderte Winthrops Lächeln, während er in einem Ledersessel Platz nahm. »Als er ein Kind war, hatte er eine jüngere Schwester, die Brandon nicht aussprechen konnte. Sie nannte ihn Bray, und so blieb der Name haften.«

»Das muß man nach meinem Weggang in seine Akte eingetragen haben. Wie ich mir überhaupt vorstellen kann, daß man in dieser Akte noch eine Menge nachgetragen hat. Aber zu seinen Freunden – oder besser, den Freunden, die er nicht hat. Er ist einfach ein zurückgezogener Mensch. Jemand, der gerne für sich alleine ist, besonders, seit seine Frau starb.«

Congdon sagte leise: »Sie ist getötet worden, nicht wahr?«

»Ja.«

»Genauer gesagt, im nächsten Monat werden es zehn Jahre, daß sie in Ost-Berlin getötet wurde. Stimmt das?«

»Ja.«

»Und nächsten Monat werden es auch zehn Jahre, daß Sie die Leitung der Consular Operations abgegeben haben, der hochspezialisierten Einheit, die Sie aufgebaut haben.«

Winthrop drehte sich um und sah dem neuen Direktor gerade in die Augen. »Mein ursprünglicher Plan und das spätere Ergebnis unterschieden sich vollständig. Consular Operations war als humanitäres Instrument gedacht, um es Tausenden zu erleichtern, einem unerträglichen System zu entfliehen. Aber im Laufe der Zeit – die Umstände sprachen dafür – wurden die Ziele enger gefaßt. Aus den Tausenden wurden Hunderte. Später reduzierte man die Hunderte auf Dutzende. Wir interessierten uns nicht länger für die Männer und Frauen, die täglich an uns herantraten, sondern nur für jene, deren Talente und Informationen für besonders wichtig gehalten wurden. Die Einheit konzentrierte sich auf eine Handvoll Wissenschaftler, Militärs und Abwehrspezialisten. So, wie sie das heute noch tut. Das ist nicht das, was ich ursprünglich wollte.«

»Aber Sie sagten doch selbst, Sir«, wandte Congdon ein, »daß die Umstände die neue Haltung rechtfertigten.«

Winthrop nickte. »Verstehen Sie mich nicht falsch. Ich bin nicht naiv. Ich habe mit den Russen in Jalta, Potsdam und Casablanca verhandelt. Ich war Zeuge ihrer Brutalität in Ungarn, damals, sechsundfünfzig. Ich habe die Schrecken in der Tschechoslowakei und in Griechenland gesehen. Ich glaube, ich weiß, wozu die Sowjets fähig sind, und zwar ebensogut wie jeder Stratege im Geheimdienst. Ich habe jahrelang zugelassen, daß diese aggressiveren Stimmen sich Gehör verschafften. Ich habe die Notwendigkeit eingesehen. Dachten Sie, ich hätte das nicht?«

»Natürlich nicht. Ich meinte nur . . .«, Congdon zögerte.

»Sie haben einfach eine Verbindung zwischen dem Mord an Scofields Frau und meinem Rücktritt hergestellt«, sagte der andere freundlich.

»Ja, Sir, das habe ich. Es tut mir leid, ich wollte nicht neugierig sein. Es ist nur, daß die Umstände . . .«

»Eine Änderung rechtfertigten«, führte Winthrop den Satz für ihn zu Ende. »Das ist es auch, was geschah, wissen Sie. Ich habe Scofield eingestellt; ich bin sicher, daß das in seiner Akte steht. Ich nehme an, daß Sie deshalb heute hier sind.«

»Dann wäre die Verbindung . . .?« Congdon zögerte.

»Zutreffend. Ich fühlte mich verantwortlich.«

»Aber es hat doch ganz bestimmt andere Vorfälle gegeben, andere Männer . . . und Frauen.«

»Das ist nicht dasselbe, Mr. Congdon. Wissen Sie, weshalb Scofields Frau an jenem Nachmittag in Ost-Berlin als Ziel ausgewählt wurde?«

»Ich vermute, das war eine Falle, die für Scofield selbst bestimmt war. Nur, daß sie erschien und nicht er. Das kommt vor.«

»Eine für Scofield bestimmte Falle? In *Ost*-Berlin?«

»Er hatte Kontakte im Sowjetsektor. Er war häufig dort, er hatte seine eigenen Zellen aufgebaut. Ich nehme an, sie wollten ihn mit seinen Kontaktlisten fangen. Man hat ihre Leiche durchsucht und ihre Handtasche weggenommen. Das ist nicht ungewöhnlich.«

»Und Sie vermuten, daß er seine Frau in der Operation eingesetzt hatte?« fragte Winthrop.

Congdon nickte. »Auch das ist nicht ungewöhnlich, Sir.«

»Nicht ungewöhnlich? Ich fürchte, daß es im Falle Scofield unmöglich war. Sie war zwar in der Botschaft Teil seiner Tarnung, hatte aber mit seinen Untergrundaktivitäten nie auch nur das geringste zu tun. Nein, Mr. Congdon, Sie irren. Die Russen wußten, daß sie Bray Scofield in Ost-Berlin nie in die Falle locken konnten. Er war zu gut, zu gewandt . . . zu schlau. Also brachten sie seine Frau durch einen Trick dazu, den Checkpoint zu überschreiten und töteten sie aus einem anderen Grund.«

»Wie bitte?«

»Ein wütender Mann ist auch ein unvorsichtiger Mann. Das ist es, was die Sowjets erreichen wollten. Aber sie haben Scofield, ebenso wie Sie, falsch eingeschätzt. Mit seiner Wut erwuchs in ihm eine neue Entschlossenheit, dem Feind auf jede ihm nur mögliche Art und Weise Schaden zuzufügen. War er vor dem Tode seiner Frau auf brutale Weise professionell, so war er es nachher auf eine bösartige und gemeine Weise.«

»Ich bin immer noch nicht sicher, daß ich richtig verstehe.«

»Versuchen Sie es, Mr. Congdon«, sagte Winthrop. »Vor zweiundzwanzig Jahren lief mir in der Harvard-Universität ein junger Absolvent der Volkswirtschaft über den Weg. Ein junger Mann mit Sprachtalent, von dem eine gewisse innere Autorität ausging, die darauf hindeutete, daß er eine große Zukunft hatte. Mein Büro rekrutierte ihn und schickte ihn auf die Maxwell School in Syracuse. Anschließend wurde er nach Washington gebracht, um sich den Consular Operations anzuschließen. Ein guter Anfang für eine möglicherweise brillante Laufbahn im State Department.« Winthrop hielt inne. Seine Augen schweiften durch den Raum, als verlöre er sich in seinen persönlichen Träumen. »Ich habe nie erwartet, daß er in *Cons Op* bleiben würde; seltsamerweise sah ich darin eher ein Sprungbrett für ihn. Ich glaubte, seine Zukunft würde im Diplomatischen Korps liegen, vielleicht als Gesandter oder Botschafter. Seine Talente schrien förmlich danach, an den internationalen Konferenztischen eingesetzt zu werden . . .

Aber dann geschah etwas«, fuhr der alte Herr fort und sein Blick wandte sich abwesend wieder dem neuen Direktor zu. »In dem Maße, wie *Cons Op* sich veränderte, veränderte sich auch Brandon Scofield. Je wichtiger diese hochspezialisierten Fluchtoperationen wurden, desto schneller steigerte sich die Gewalttätigkeit. Auf beiden Seiten. Scofield verlangte sehr bald eine Spezialausbildung. Er verbrachte fünf Monate in Mittelamerika und wurde dort in den härtesten Überlebenstechniken ausgebildet – offensiv und defensiv. Er erlernte Dutzende von Codes und Chiffriermethoden. Den besten Kryptographen der NSA stand er in nichts nach. Dann kehrte er nach Europa zurück und wurde *der* Experte.«

»Er begriff die Anforderungen seiner Arbeit«, meinte Congdon beeindruckt. »Sehr lobenswert, würde ich sagen.«

»O ja, sehr«, pflichtete Winthrop ihm bei. »Denn Sie müssen wissen, jetzt war es geschehen. Er hatte die ihm entsprechende Ebene erreicht. Es gab kein Zurück mehr, keinen Wechsel. Man würde ihn nie mehr an einem Konferenztisch akzeptieren; seine Gegenwart mit den schärfsten diplomatischen Formulierungen ablehnen, weil seine Reputation bekannt war. Der vielversprechende junge Volkswirt, den ich für das Außenministerium rekrutiert hatte, war ein Killer geworden. Ganz gleich, was ihn dazu gebracht hatte, er war jetzt ein berufsmäßiger Killer.«

Congdon verlagerte sein Gewicht auf dem Sessel. »Viele würden sagen, daß er ein Soldat im Felde war. Wobei das Schlachtfeld sehr ausgedehnt war und gefährlich . . . eine Schlacht, die nie endete. Er mußte überleben, Mr. Winthrop.«

»Das mußte er und das tat er«, nickte der alte Herr. »Scofield war imstande, sich zu ändern, sich den neuen Regeln anzupassen. Aber ich war das nicht. Als seine Frau getötet wurde, wußte ich, daß ich da nicht hingehörte. Ich sah, was ich getan hatte. Ich hatte einen begabten Studenten zu einem Zweck ausgewählt und mitangesehen, wie dieser Zweck pervertiert wurde. Ebenso, wie das barmherzige Konzept der Consular Operations pervertiert worden war – durch Umstände, die die Änderungen rechtfertigten, von denen wir sprachen. Ich mußte meine eigenen Grenzen erkennen. Ich konnte nicht weitermachen.«

»Aber Sie baten darum, über Scofields Aktivitäten weiterhin informiert zu werden, einige Jahre lang. Das steht in der Akte, Sir. Darf ich fragen, weshalb?«

Winthrop runzelte die Stirn, als hätte er sich diese Frage schon selbst gestellt. »Ich weiß es nicht genau. Ein verständliches Interesse an ihm – Faszination sogar, denke ich. Oder Bestrafung vielleicht, das wäre auch nicht ausgeschlossen. Manchmal lagen die Berichte tagelang in meinem Safe, ehe ich sie las. Und dann, nach Prag, wollte ich natürlich nicht mehr, daß man sie mir schickte. Ich bin sicher, das steht auch in der Akte.«

»Ja. Mit Prag meinen Sie vermutlich den Zwischenfall mit dem Kurier.«

»Ja«, antwortete Winthrop leise. »›Zwischenfall‹ ist ein so unpersönliches Wort, nicht wahr? Es paßte zu dem Scofield in jenem Bericht. Der professionelle Killer, von der Notwendigkeit zu überleben motiviert, überlebt als Soldat, der zum kaltblütigen Killer geworden ist und nur von der Rachgier getrieben wird. Die Wandlung war abgeschlossen.«

Wieder verlagerte der neue Direktor von *Cons Op* sein Gewicht und schlug die Beine übereinander. Man hatte den Eindruck, er säße unbequem. »Man stellte fest, daß der Kurier in Prag der Bruder des KGB-Agenten war, der die Ermordung von Scofields Frau befohlen hatte.«

»Er war der Bruder, nicht der Mann, der jenen Befehl ausgegeben hatte. Er war ein junger Mann, nicht viel mehr als ein Botenjunge.«

»Er hätte zu etwas anderem werden können.«

»Wo hört das dann auf?«

»Das kann ich nicht beantworten. Aber ich kann verstehen,

daß Scofield das tat, was er getan hat. Ich bin nicht sicher, ob ich nicht genauso gehandelt hätte.«

»Ohne selbstgerecht wirken zu wollen«, sagte der alte Herr, »ich bin nicht sicher, daß ich das getan hätte. Ich bin auch nicht überzeugt, daß jener junge Mann in Cambridge, vor zweiundzwanzig Jahren, das getan hätte. Verstehen Sie, was ich meine?«

»Ja, und es tut weh. Aber zu meiner Verteidigung – und auch, um den gegenwärtigen Scofield zu verteidigen –, wir haben die Welt nicht geschaffen, in der wir tätig sind. Ich glaube, es ist fair, das zu sagen.«

»Auf schmerzhafte Weise fair, Mr. Congdon. Aber Sie sorgen dafür, daß diese Welt erhalten bleibt.« Winthrop rollte seinen Stuhl zum Schreibtisch und griff nach einer Kiste Zigarren. Er bot dem Direktor eine an, aber der schüttelte den Kopf. »Ich mag sie auch nicht, aber seit John F. Kennedy erwartet man von uns, daß wir uns einen Vorrat an Havannas halten. Mißbilligen Sie das?«

»Nein. Soweit ich mich entsinne, war der kanadische Lieferant eine von Präsident Kennedys zuverlässigeren Informationsquellen über Kuba.«

»Sind Sie schon so lange dabei?«

»Ich trat in die National Security Agency ein, als er Senator war ... Wußten Sie, daß Scofield in letzter Zeit angefangen hat zu trinken?«

»Ich weiß über den gegenwärtigen Scofield, wie Sie ihn nannten, überhaupt nichts.«

»In seiner Akte steht, daß er schon früher Alkohol zu sich genommen hat, aber nicht im Übermaß.«

»Das hätte ich auch nicht angenommen; es hätte seine Arbeit beeinträchtigt.«

»Vielleicht beeinträchtigt es sie jetzt.«

»*Vielleicht*? Entweder tut es das, oder nicht. Ich glaube, es ist nicht besonders schwierig, das festzustellen. Wenn er im Übermaß trinkt, muß es die Arbeit beeinträchtigen. Es tut mir leid, das zu hören, aber ich könnte nicht sagen, daß es mich überrascht.«

»Oh?« Congdon beugte sich in seinem Sessel nach vorne. Offenbar glaubte er, er würde jetzt die Information bekommen, die er suchte. »Als Sie ihn noch gut kannten – waren da Anzeichen einer latenten Instabilität zu erkennen?«

»Überhaupt keine.«

»Aber Sie sagten gerade, Sie wären nicht überrascht.«

»Das bin ich auch nicht. Es würde mich nicht überraschen, wenn irgendein denkender Mensch sich nach so vielen Jahren eines unnatürlichen Lebens dem Alkohol zuwendet. Scofield ist – oder war zumindest – ein denkender Mensch. Er hat, weiß Gott, ein unnatürliches Leben gelebt. Wenn ich überrascht bin, so nur, daß es so lange gedauert hat. Wie hat er die Nächte überstanden?«

»Nun, er hat sich angepaßt, wie Sie das ausdrückten. In höchst erfolgreichem Maße.«

»Aber dennoch unnatürlich«, beharrte Winthrop. »Was werden Sie mit ihm machen?«

»Er wird zurückgerufen. Ich möchte ihn aus dem Außendienst herausnehmen.«

»Gut. Geben Sie ihm einen Schreibtisch und eine attraktive Sekretärin. Lassen Sie ihn theoretische Probleme analysieren. Ist das nicht die übliche Methode?«

Congdon zögerte, ehe er antwortete. »Mr. Winthrop, ich glaube, ich möchte ihn ganz aus dem State Department entfernen.«

Der Gründer von *Cons Op* hob die Brauen. »Wirklich? Zweiundzwanzig Jahre genügen nicht für eine angemessene Pension.«

»Das ist kein Problem; solche Dinge werden sehr großzügig erledigt. Das ist heutzutage üblich.«

»Was macht er dann mit seinem Leben? Wie alt ist er? Fünfundvierzig . . . sechsundvierzig?«

»Sechsundvierzig.«

»Dann kann man ihn doch nicht einfach abschieben, nicht wahr?« rief Winthrop und schlug mit der Handfläche auf die Armlehne seines Rollstuhls. »Darf ich fragen, weshalb Sie zu diesem Schluß gelangt sind?«

»Ich möchte ihn nicht mit Personal in Verbindung bringen, das mit Untergrundtätigkeit befaßt ist. Nach unseren letzten Informationen hat er auf gewisse grundlegende Entscheidungen unseres Hauses feindselig reagiert. Er könnte einen schädlichen Einfluß ausüben.«

Winthrop lächelte. »Da muß jemand etwas ziemlich Dummes getan haben. Bray war nie besonders geduldig.«

»Ich sagte, *grundlegende* Politik, Sir. Es geht nicht um Persönliches.«

»Unglücklicherweise, Mr. Congdon, ist das Persönliche untrennbar mit der grundlegenden Politik verbunden. Politik wird von Persönlichkeiten gemacht. Aber das tut wahrscheinlich nichts zur Sache ... in diesem Augenblick. Warum sind Sie zu mir gekommen? Sie haben offensichtlich Ihre Entscheidung getroffen. Was kann ich hinzufügen?«

»Ihre Meinung. Wie wird er es aufnehmen? Kann man ihm vertrauen? Er weiß mehr über unsere Operationen, unsere Kontakte und unsere Taktiken, als jeder andere Mann in ganz Europa.«

Winthrops Augen wurden plötzlich eiskalt. »Welche Alternative haben Sie, Mr. Congdon?« fragte er eisig.

Das Gesicht des neuen Direktors rötete sich; er begriff, was der andere meinte. »Überwachung. Kontrollen. Telefon- und Postüberwachung. Ich bin ganz ehrlich zu Ihnen.«

»Sind Sie das?« Winthrop funkelte den Mann jetzt an. »Oder erwarten Sie ein Wort von mir – eine Frage vielleicht –, um eine andere Lösung zu finden?«

»Ich weiß nicht, was Sie meinen.«

»Ich glaube schon. Nebenbei bemerkt, ich habe gehört, wie es gemacht wird. Es ekelt mich an. Man informiert Prag, Berlin oder Marseille, daß ein Mann überflüssig geworden ist. Er ist erledigt, passé. Aber er ist unruhig, trinkt zu viel. Es könnte passieren, daß dieser Mann die Namen von Kontakten preisgibt, ganze Agentennetze gefährdet. Man verbreitet das Gerücht: Euer Leben ist in Gefahr. Also kommt man überein, daß ein anderer Mann, vielleicht auch zwei oder drei, in Prag oder Berlin oder Marseille in ein Flugzeug steigen. Sie kommen nach Washington mit einem Ziel: jenen Mann zum Schweigen zu bringen. Alle beruhigen sich. Die amerikanische Abwehr – die mit diesem *Zwischenfall* überhaupt nichts zu tun hat – kann wieder aufatmen. Ja, Mr. Congdon, es widert mich an.«

Der Direktor von *Cons Op* blieb reglos in seinem Sessel sitzen. Seine Antwort kam leise und monoton. »Diese Lösung, Mr. Winthrop, ist nach meinem besten Wissen höchst übertrieben dargestellt worden. Die Übertreibung steht in keinem Verhältnis zu der Häufigkeit, mit der sie angewendet wird. Ich will wieder völlig offen zu Ihnen sein. In fünfzehn Jahren habe ich nur zweimal davon gehört, daß sie angewendet wurde. In beiden ... Fällen ... waren die betreffenden Agenten nicht mehr zu retten. Sie hatten sich an die Sowjets verkauft. Sie lieferten *tatsächlich* Namen.«

»Ist Scofield ›nicht mehr zu retten‹? Das ist doch die korrekte Formulierung, oder?«

»Wenn Sie mit dieser Frage meinen, ob ich glaube, daß er uns verraten hat, dann natürlich nicht. Das ist das letzte, was er tun würde. Ich bin wirklich hierhergekommen, um mehr über ihn zu erfahren. Ich meine es ehrlich. Wie wird er reagieren, wenn ich ihm sage, daß er nicht mehr gebraucht wird?«

Winthrop überlegte. Man sah ihm die Erleichterung an. Dann runzelte er wieder die Stirne. »Ich weiß es nicht, weil ich den gegenwärtigen Scofield nicht kenne. Es ist drastisch; was wird er tun? Gibt es keinen Mittelweg?«

»Wenn ich glaubte, daß es einen gäbe, der für uns beide akzeptabel ist, würde ich sofort danach greifen.«

»Wenn ich Sie wäre, würde ich mich bemühen, einen zu finden.«

»Unter diesen Voraussetzungen geht es nicht«, sagte Congdon entschlossen. »Davon bin ich überzeugt.«

»Darf ich dann einen Vorschlag machen?«

»Bitte tun Sie das.«

»Schicken Sie ihn so weit weg, wie es geht. Irgendwo, wo er friedliches Vergessen finden kann. Schlagen Sie es selbst vor, er wird es verstehen.«

»Ja?«

»Ja. Bray macht sich nichts vor. Zumindest hat er das früher nie getan. Das war eines seiner großartigen Talente. Er wird es verstehen, weil ich glaube, daß *ich* es verstehe. Ich glaube, Sie haben mir einen sterbenden Menschen geschildert.«

»Es gibt keine medizinischen Hinweise, die darauf deuten.«

»Ach Gott, hören Sie doch auf«, sagte Robert Winthrop.

Scofield schaltete den Fernseher ab. Er hatte ein paar Jahre lang keine amerikanischen Nachrichtensendungen mehr gesehen – seit man ihn zuletzt zur Berichterstattung zurückgeholt hatte. Er war nicht sicher, ob er in den nächsten paar Jahren eine sehen wollte. Nicht, daß er glaubte, daß alle Nachrichten mit dem gemessenen Ton einer Predigt dargebracht werden sollten, aber das Kichern und Grinsen, mit dem man die Schilderungen von Feuersbrünsten, Mord und Vergewaltigung begleitete, schien ihm unerträglich.

Er sah auf die Uhr; es war zwanzig Minuten nach sieben. Das wußte er, weil seine Uhr immer noch zwanzig Minuten nach Mitternacht anzeigte; sie war immer noch auf Amsterdamer Zeit eingestellt. Sein Termin im State Department war um acht Uhr.

Acht Uhr abends. Das war für Spezialisten seines Ranges üblich. Was nicht üblich war, war der Besprechungsort, nämlich das State Department selbst. Mitarbeiter der Consular Operations hielten Strategiebesprechungen grundsätzlich in sicheren Häusern ab. Gewöhnlich auf dem Lande, in Maryland, manchmal auch in Hotelzimmern in der Innenstadt von Washington.

Aber nie im State Department. Nicht, wenn man Spezialist war und wieder draußen arbeiten sollte. Aber Bray wußte natürlich, daß er nicht zurückkehren würde. Man hatte ihn zu einem Zweck zurückgeholt: Kündigung.

Zweiundzwanzig Jahre und Schluß. Ein winziges Stäubchen Zeit, in das sich alles drängte, was er wußte – alles, was er gelernt, in sich aufgenommen und gelehrt hatte. Er wartete immer noch auf seine eigene Reaktion, aber es kam keine. Es war gerade, als wäre er ein Zuschauer, der die Bilder eines anderen auf einer weißen Wand beobachtete. Der unvermeidliche Abschluß rückte näher, zog ihn aber nicht in die Ereignisse hinein. Er war nur von einer ganz schwachen Neugierde erfüllt. Wie würden sie es anstellen?

Die Wände des Büros von Unterstaatssekretär Daniel Congdon waren weiß. Das war eigentlich ganz angenehm, dachte Scofield, während er nur mit halbem Ohr Congdons monotone Darstellung hörte. Er konnte die Bilder sehen. Ein Gesicht nach dem anderen. Dutzende von Gesichtern, die sich scharf auf der Wand abzeichneten und dann wieder verblaßten. Gesichter von Menschen, an die er sich erinnerte und die er wieder vergessen hatte. Gesichter, die ihn anstarrten, überlegten, weinten, lachten, starben . . . tot.

Seine Frau. Fünf Uhr nachmittags. Unter den Linden.

Männer und Frauen, die liefen und stehenblieben. Im hellen Sonnenlicht und im Schatten.

Aber wo war er? Er war nicht da.

Er war ein Zuschauer.

Und dann war er es plötzlich nicht mehr. Er war nicht sicher, ob er richtig gehört hatte. Was hatte dieser eiskalte, aalglatte Unterstaatssekretär gesagt? *Bern, Schweiz*?

»Wie bitte?«

»Die Zahlungen werden auf Ihren Namen geleistet werden, mit jährlicher Anpassung.«

»Neben der Pension, die mir zusteht?«

»Ja, Mr. Scofield. Und diesbezüglich sind Ihre Personalakten vordatiert worden. Sie bekommen die Höchstsumme.«

»Das ist sehr großzügig.« Das war es auch. Bray überlegte und schätzte, daß sein Einkommen mehr als $ 50 000 jährlich betragen würde.

»Es geschieht aus rein praktischen Erwägungen. Diese Zahlungen sollen an die Stelle von Profiten treten, die Sie vielleicht aus dem Verkauf von Büchern oder Artikeln ziehen könnten, die auf Ihrer Arbeit in den Consular Operations basieren.«

»Ich verstehe«, sagte Bray langsam. »Davon hat es in letzter Zeit eine Menge gegeben, nicht wahr? Marchette, Agee, Snepp.«

»Richtig.«

Scofield konnte einfach nicht anders; diese Idioten lernten *nie*. »Wollen Sie damit sagen, daß die das nicht geschrieben hätten, wenn Sie entsprechend bezahlt hätten?«

»Die Motive sind natürlich unterschiedlich, aber wir schließen die Möglichkeit nicht aus.«

»Schließen Sie sie aus«, sagte Bray lakonisch. »Ich kenne zwei von diesen Männern.«

»Lehnen Sie das Geld ab?«

»Zum Teufel, nein. Ich nehme es. Wenn ich beschließe, ein Buch zu schreiben, werden Sie das als erster erfahren.«

»Das würde ich Ihnen nicht raten, Mr. Scofield. Ein Bruch des Dienstgeheimnisses ist streng verboten. Man würde Anklage gegen Sie erheben. Mehrere Jahre Gefängnis wären unvermeidbar.«

»Und, falls Sie sich vor Gericht nicht durchsetzen sollten, *könnten* gewisse außergesetzliche Strafen folgen. Ein Kopfschuß am Steuer meines Wagens beispielsweise.«

»Die Gesetze sind klar«, sagte der Unterstaatssekretär. »Ich kann mir das nicht vorstellen.«

»Ich schon. Sehen Sie doch in meiner Vier-Null-Akte nach. Ich wurde mit einem Mann in Honduras ausgebildet. Ich habe ihn in Madrid getötet. Er stammte aus Indianapolis. Sein Name war...«

»Vergangene Aktivitäten *interessieren mich nicht*«, unterbrach Congdon. »Ich möchte nur, daß wir einander richtig verstehen.«

»Das tun wir. Sie können beruhigt sein. Ich werde nicht ... die Verschwiegenheitspflicht nicht brechen. Dafür habe ich nicht den Magen. Außerdem bin ich nicht so tapfer.«

»Hören Sie, Scofield«, sagte der Unterstaatssekretär und lehnte sich in seinem Sessel zurück. Sein Gesichtsausdruck war wohlwollend. »Ich weiß, daß es abgedroschen klingt, aber für uns alle kommt die Zeit, wo wir den aktiveren Teil unserer Arbeit aufgeben müssen. Ich will ehrlich zu Ihnen sein.«

Bray lächelte, es wirkte etwas verzerrt. »Wenn jemand das sagt, werde ich immer nervös.«

»Was?«

»Daß er ehrlich mit einem sein möchte. Als wäre Ehrlichkeit das letzte, was man erwarten sollte.«

»Ich bin ehrlich.«

»Ich auch. Wenn Sie erwarten, daß ich Widerstand leiste, dann haben Sie sich getäuscht. Ich werde ganz still verblassen.«

»Aber wir wollen nicht, daß Sie das tun«, sagte Congdon und beugte sich vor. Seine Ellbogen lagen auf der Schreibtischplatte.

»Oh?«

»Natürlich nicht. Ein Mann mit Ihrem Wissen ist für uns außergewöhnlich wertvoll. Es wird weiterhin Krisen geben; wir möchten gerne Ihre Erfahrung nutzen.«

Scofield studierte den anderen. »Aber nicht offiziell.« Das war eine Feststellung. »Nicht im strategischen Bereich.«

»Nein. Nicht offiziell. Wir werden natürlich wissen wollen, wo Sie leben, was für Reisen Sie unternehmen.«

»Das kann ich mir denken«, sagte Bray leise. »Aber meine Tätigkeit ist ja offiziell abgeschlossen.«

»Ja. Wir wollen das aber aus den Akten heraushalten. Ein Vier-Null-Eintrag.«

Scofield regte sich nicht von der Stelle. Er hatte das Gefühl, er befände sich im Einsatz und bereite einen komplizierten Austausch vor. »Augenblick mal. Ich will ganz sicher sein, daß ich Sie richtig verstehe. Sie wollen meine Tätigkeit offiziell beenden, aber niemand soll das erfahren. Obwohl ich offiziell abgeschrieben bin, möchten Sie dauernd Kontakt mit mir halten.«

»Ihr Wissen ist für uns von unschätzbarem Wert, das wissen Sie. Und ich denke, daß wir dafür bezahlen.«

»Warum dann die Vier-Null-Eintragung?«

»Ich hätte gedacht, Sie würden das schätzen. Ohne offizielle Pflichten behalten Sie einen gewissen Status. Sie gehören immer noch zu uns.«

»Ich möchte gerne wissen, warum Sie das so handhaben.«

»Ich ...« Congdon hielt inne, ein verlegenes Lächeln spielte um seine Lippen. »Wir wollen Sie *wirklich* nicht verlieren.«

»Warum kündigen Sie dann meinen Vertrag?«

Das Lächeln verflog vom Gesicht des Unterstaatssekretärs. »Ich will das Kind beim richtigen Namen nennen. Wenn Sie wollen, können Sie sich das von einem alten Freund bestätigen lassen. Robert Winthrop. Ich hab' ihm dasselbe gesagt.«

»Winthrop? Was haben Sie ihm gesagt?«

»Daß ich Sie nicht hier haben möchte. Und ich bin bereit, dafür aus dem Sonderbudget zu bezahlen und die Akten vorzudatieren, um Sie loszuwerden. Ich habe gehört, was Sie gesagt haben. Charles Englehart in Amsterdam hat das auf Band aufgenommen.«

Bray pfiff leise durch die Zähne. »Der alte Charlie. Ich hätte es wissen müssen.«

»Das hatte ich angenommen. Ich dachte, Sie schickten uns da eine persönliche Nachricht. Jedenfalls haben wir sie erhalten. Wir haben hier eine Menge zu tun. Ihre Widersetzlichkeit und Ihr Zynismus stören uns dabei.«

»So, jetzt wird es langsam klar.«

»Aber alles andere stimmt. Wir brauchen Ihre Erfahrung wirklich. Wir müssen imstande sein, Sie jederzeit zu erreichen. Sie müssen dagegen imstande sein, *uns* zu erreichen.«

Bray nickte. »Und die Vier-Null bedeutet, daß das Ganze streng geheim bleibt. Niemand erfährt, daß ich Schluß gemacht habe.«

»Genau.«

»Also gut«, sagte Scofield und griff in die Tasche, um sich eine Zigarette herauszuholen. »Ich glaube, Sie machen sich viel zuviel unnötige Mühe, um mich an der Leine zu halten, aber, wie Sie schon sagten, Sie zahlen ja dafür.«

»Gut.« Congdon rutschte in seinem Sessel nach hinten. »Ich bin froh, daß wir einander verstanden haben. Sie haben alles verdient, was wir Ihnen gegeben haben. Ich bin sicher, daß Sie es auch weiterhin verdienen werden ... Ich habe mir heute morgen Ihre Akte angesehen; es wird Ihnen am Wasser gefallen. Sie haben ja Hunderte von Malen bei Nacht auf Booten Kontakt hergestellt. Warum versuchen Sie es nicht einmal bei Tageslicht? Das Geld haben Sie. Warum fahren Sie denn nicht in die Karibik und genießen Ihr Leben? Ich beneide Sie.«

Bray erhob sich aus seinem Sessel. Das Gespräch war beendet. »Danke, vielleicht tue ich das. Ich mag gerne warmes Klima.« Er streckte dem anderen die Hand hin. Congdon erhob sich und nahm die Hand. Während sie sich die Hand schüttelten, fuhr Scofield fort: »Sie wissen doch, daß diese Vier-Null-Geschichte mich nervös machen würde, wenn Sie mich nicht hierher gerufen hätten.«

»Was meinen Sie damit?« Ihre Hände waren ineinander verschränkt, aber die Bewegung hatte aufgehört.

»Nun, unsere eigenen Leute werden nicht wissen, daß ich Schluß gemacht habe, wohl aber die Sowjets. Sie werden mich nicht belästigen. Wenn jemand wie ich aus dem strategischen Bereich entfernt wird, ändert sich alles. Kontakte, Codes, Briefkästen; nichts bleibt gleich. Sie kennen die Regeln; sie werden mich in Frieden lassen. Vielen Dank.«

»Ich bin nicht sicher, ob ich verstehe«, sagte der Unterstaatssekretär.

»Ach kommen Sie, ich hab' doch gesagt, daß ich Ihnen dankbar bin. Wir beide wissen, daß das KGB hier in Washington seine Kameras vierundzwanzig Stunden täglich auf dieses Büro gerichtet hat. Kein Spezialist wird *je* hierher gebracht, solange er im Einsatz ist. Die wissen seit einer Stunde, daß ich hier raus bin. Vielen Dank, Mr. Congdon. Das war sehr rücksichtsvoll von Ihnen.«

Der Unterstaatssekretär sah Scofield nach, während dieser zur Türe hinausging.

Es war vorbei. Alles. Er würde nie wieder in ein antiseptisches Hotelzimmer zurückeilen müssen, um nachzusehen, ob eine geheime Nachricht für ihn eingetroffen war. Es würde auch nicht länger notwendig sein, dreimal das Fahrzeug zu wechseln, um von Punkt A nach Punkt B zu kommen. Trotz der Lüge, die er Congdon aufgebunden hatte, wußten die Sowjets inzwischen wahrscheinlich, daß er aus dem Verkehr gezogen worden war. Wenn nicht, würden sie das bald erfahren. Nach einigen Monaten der Untätigkeit würde das KGB die Tatsache akzeptieren, daß er keinen Wert mehr besaß. Die Regel galt immer. Taktiken und Codes wurden geändert. Die Sowjets würden ihn unbehelligt lassen; sie würden ihn nicht töten.

Aber die Lüge, die er Congdon gegenüber angewendet hatte, war notwendig gewesen, und wäre es nur gewesen, um seinen Gesichtsausdruck zu sehen. *Wir möchten es aus den Akten heraushalten. Eintrag Vier-Null.* Der Mann war so durchsichtig. Er glaubte wirklich, er hätte das Klima für die Exekution seines eigenen Mannes geschaffen, eines Mannes, den er für gefährlich hielt; daß ein vorgeblich aktiver Agent von den Sowjets um des Tötens willen getötet würde. Dann würde das Außenministerium – unter Hinweis auf die offizielle Entlassung – jede Verantwortung von sich weisen und ohne Zweifel erklären, der Tote hätte jeglichen Schutz abgelehnt.

Diese Schweine änderten sich *nie*. Aber sie wußten so wenig. Eine Exekution um ihrer selbst willen war sinnlos und die Folgen häufig gefährlich. Man tötete zu einem bestimmten Zweck; um etwas zu erfahren, indem man ein wichtiges Glied in einer Kette entfernte, oder, um zu verhindern, daß etwas geschah; oder, um jemandem eine Lektion zu erteilen. Aber einen Grund mußte es immer geben.

Außer in Fällen wie Prag. Aber selbst das konnte man als Lektion betrachten: *einen Bruder für eine Frau.*

Es war vorbei. Es galt keine Strategien mehr zu schaffen, keine Entscheidungen zu treffen, die dazu führten, daß jemand die Seiten wechselte, oder jemand getötet wurde. Es war *vorbei.*

Vielleicht würden sogar die Hotelzimmer ein Ende haben. Die stinkenden Betten in heruntergekommenen Pensionen in den übelsten Vierteln von Hunderten von Städten. Er war ihrer so müde; er verachtete sie alle. Mit Ausnahme einer einzigen kurzen Periode – zu kurz, viel zu kurz – hatte er seit zweiundzwanzig Jahren an keinem einzigen Ort gelebt, den er sein eigen hatte nennen können.

Aber jene jämmerlich kurze Periode, siebenundzwanzig Monate in einem ganzen Leben, reichte aus, um ihn die Qual von tausend Alpträumen überstehen zu lassen. Die Erinnerung ließ ihn nie los. Sie würde ihm Kraft verleihen bis zum Tage seines Todes.

Es war nur eine kleine Wohnung in West-Berlin gewesen, aber sie war das Heim von Träumen, von Liebe, von Lachen – alles Dinge, von denen er nie gedacht hatte, daß er sie würde schätzen können: Seine schöne Karine, seine anbetungswürdige Karine. Seine Karine mit den großen wißbegierigen Augen und dem Lachen, das aus ihrem Inneren zu kommen schien. Dann wieder die Stille, wenn sie ihn berührte. Er gehörte ihr, und sie ihm, und . . .

Tot, Unter den Linden.

O Gott! Ein Telefonanruf und ein Codewort. Ihr Mann brauchte sie. *Dringend*! *Schnell* über den Checkpoint!

Und ein KGB-Schwein hatte ohne Zweifel gelacht. Bis Prag. Nach Prag konnte dieser Mann nicht mehr lachen.

Scofield spürte, wie seine Augen zu schmerzen begannen. Der Nachtwind hatte die wenigen, spontanen Tränen berührt. Er wischte sie mit dem Handschuh weg und überquerte die Straße.

Auf der anderen Seite war das erleuchtete Schaufenster eines Reisebüros. Die Plakate im Fenster zeigten idealisierte, unwirkliche Körper, die die Sonne in sich aufsogen. Congdon, dieser Amateur, hatte da etwas Richtiges gesagt: Die Karibik war eine gute Idee. Kein Abwehrdienst, der etwas auf sich hielt, schickte Agenten auf die Karibik-Inseln – aus Angst, zu gewinnen. Auf den Inseln würden die Sowjets *wissen*, daß er nicht mehr im Dienst war. Er hatte einmal die Inseln von Grenada besuchen wollen; warum also nicht jetzt? Morgen würde er . . .

Die Gestalt spiegelte sich im Glas – winzig und undeutlich, kaum zu sehen. Bray hätte ihn auch nicht bemerkt, wäre der Mann nicht in diesem Augenblick durch den Lichtkegel einer Straßenlaterne gegangen. Wer auch immer er sein mochte, er suchte den Schutz der Schatten; jedenfalls folgte er ihm. Und er war gut. Da waren keine abrupten Bewegungen, er sprang auch nicht plötzlich aus dem Lichtkegel heraus. Er ging ganz beiläufig und unauffällig. Ob es wohl jemand war, den er ausgebildet hatte?

Scofield hielt sehr viel vom Profitum; er würde den Mann loben und ihm das nächste Mal ein unerfahreneres Objekt wünschen. Das State Department vergeudete keinen Augenblick. Congdon wollte, daß die Berichte sofort anfingen. Bray lächelte. Er würde dem Unterstaatssekretär einen ersten Bericht liefern. Nicht den, den er wollte, sondern den, den er brauchte.

Das Spiel begann, ein kurzer Tanz zwischen Profis. Scofield entfernte sich von dem Schaufenster, wurde immer schneller, bis er die Ecke erreichte, wo die Lichtkreise der vier gegenüberstehenden Straßenlampen sich überschnitten. Er bog abrupt nach links, als wollte er auf die andere Straßenseite zurück, und blieb dann mitten auf der Kreuzung stehen. Mitten im Verkehr stand er und blickte auf das Straßenschild – ein Mann, der die Orientierung verloren hatte und nicht wußte, wo er sich befand. Dann drehte er sich um und ging eilig zur Ecke zurück. Seine Schritten wurden schneller, bis er praktisch rannte, als er den Bürgersteig erreichte. Er hastete über das Straßenpflaster zum ersten, unbeleuchteten Laden, schob sich in die Finsternis der Türnische und wartete.

Durch das im rechten Winkel zueinander befestigte Glas konnte Scofield die Straßenecke deutlich sehen. Der Mann, der ihn verfolgte, würde jetzt in die sich überschneidenden Lichtkreise treten müssen. Er konnte ihnen nicht ausweichen. Sein Zielobjekt war im Begriff, ihm zu entkommen; da blieb keine Zeit, sich Schatten zu suchen.

Dann geschah es. Die mit einem Mantel bekleidete Gestalt rannte quer über die Straße.

Ihr Gesicht geriet in den Lichtkegel.

Scofield erstarrte. Seine Augen schmerzten. Blut schoß ihm in den Kopf. Er zitterte am ganzen Körper. Was von seinem Denkvermögen übriggeblieben war, mühte sich verzweifelt, die Wut und die Angst unter Kontrolle zu bekommen, die in ihm aufwallten, ihn zu überwältigen drohten. Der Mann an der Ecke kam nicht vom State Department. Das Gesicht im Lichtkegel gehörte niemandem, der auch nur entfernt mit der amerikanischen Abwehr in Verbindung stand.

Es gehörte zum KGB. Zum KGB – Ost-Berlin.

Es war ein Gesicht, das er anhand einer Fotografie studiert hatte, bis er jede Hautunreinlichkeit, jede Haarsträhne kannte – obwohl das jetzt schon zehn Jahre zurück lag und in Berlin geschehen war.

Der Tod. Unter den Linden. Seine schöne Karine, seine angebetete Karine. Von einem Team im Ostsektor in die Falle gelockt, einer Einheit, die der schmutzigste Killer in der ganzen Sowjetunion aufgestellt hatte. W. Taleniekov. Die Bestie.

Hier! In Washington! Wenige Minuten nachdem seine Dienste für das State Department beendet waren!

Das KGB hatte es also erfahren. Jemand in Moskau hatte entschieden, Beowulf Agates Ausscheiden aus dem Agentenberuf mit einem betäubenden Schlag zu krönen. Nur ein Mann konnte mit solch dramatischer Präzision denken: W. Taleniekov, die Bestie.

Während Bray durch das Glas starrte, wußte er, was er tun würde, was er tun mußte: Er würde eine letzte Nachricht nach Moskau schicken. Eine Krönung seiner Laufbahn, eine letzte Geste, um das Ende eines Lebens und den Anfang eines anderen zu markieren – was für ein anderes Leben das auch immer sein mochte.

Er würde den Killer vom KGB in die Falle locken. Er würde ihn töten.

Scofield trat aus der Türnische heraus und rannte den Bürgersteig hinunter und im Zickzack über die verlassene Straße. Er konnte laufende Schritte hinter sich hören.

6

Die Nachtmaschine der Aeroflot aus Moskau näherte sich dem Asowschen Meer im Nordosten der Krim. Sie würde um ein Uhr morgens in Sewastopol eintreffen, in einer reichlichen Stunde. Die Maschine war überfüllt. Die Passagiere waren allgemein in Hochstimmung. Schließlich hatten sie Winterurlaub von ihren Büros und Fabriken. Eine Anzahl Militärs – Soldaten und Matrosen – war weniger vergnügt. Für sie bedeutete das Schwarze Meer nicht Urlaub, sondern Rückkehr zur Arbeit in den Marine- und Luftstützpunkten. Sie hatten ihren Urlaub in Moskau hinter sich.

Auf einem der hinteren Sitze saß ein Mann mit einem dunklen Geigenkasten aus Leder, den er fest zwischen den Knien hielt. Seine Kleider waren zerdrückt und unauffällig. Sie bildeten einen seltsamen Kontrast zu dem starken Gesicht und den scharfen, klaren Augen. Seine Papiere identifizierten ihn als Piotr Rydukov, Musiker. Seine Reisegenehmigung erklärte in dürren Worten, daß er nach Sewastopol reiste, um sich als Violinist dem Sinfonieorchester von Sewastopol anzuschließen.

Beide Eintragungen waren falsch. Der Mann war Wassili Taleniekov, Meisterstratege des sowjetischen Abwehrdienstes.

Ehemaliger Meisterstratege. Ehemaliger Direktor der KGB-Operationen – Ost-Berlin, Warschau, Prag, Riga und der Südwestsektoren, die aus Sewastopol, dem Bosporus, dem Marmarameer und den Dardanellen bestanden. Dieser letzte Posten war es gewesen, dem er die Papiere verdankte, die ihn an Bord der Maschine nach Sewastopol geführt hatten. Das war der Anfang seiner Flucht aus Rußland.

Es gab Dutzende von Fluchtwegen, um die Sowjetunion zu verlassen. Er hatte sie in seiner beruflichen Laufbahn ausfindig gemacht und gefunden. Und er hatte rücksichtslos die Agenten des Westens getötet, die diese Routen offenhielten und Systemgegner dazu verleiteten, Rußland zu verraten, indem sie sie mit Lügen und dem Versprechen großer Geldbeträge blendeten. Geld! Seine Gegnerschaft gegenüber diesen Lügnern, diesen Missionaren der Habgier, hatte sich nie verändert; keine Fluchtroute war zu unbedeutend, als daß er sie nicht seiner Aufmerksamkeit für würdig gehalten hätte.

Mit einer Ausnahme. Einer unbedeutenden Route durch den Bosporus und das Marmarameer in die Dardanellen. Er hatte sie vor einigen Monaten entdeckt, während seiner letzten Wochen als Direktor der Südwestsektoren des KGB. In jenen Tagen, als er sich in beständiger Konfrontation mit hitzköpfigen Narren in den Militärstützpunkten und idiotischen Vorschriften aus Moskau befand.

Er war sich damals selbst nicht sicher, warum er die Meldung zurückhielt. Eine Weile hatte er sich eingeredet, es sei besser, sie offenzulassen und scharf zu beobachten, weil sie möglicherweise zu einem größeren Netz geheimer Routen führen würde. Aber tief in seinem Innersten wußte er, daß das nicht stimmte.

Seine Zeit rückte heran. Er hatte sich an zu vielen Orten zu viele Feinde geschaffen. Zweifellos gab es darunter auch welche, die der Ansicht waren, daß eine ruhige Pensionierung nördlich von Grasnov für einen Mann nicht in Frage kam, der sämtliche Geheimnisse des KGB in seinem Kopf herumtrug. Jetzt besaß er noch ein weiteres Geheimnis, das viel beängstigender war als alles, was die sowjetische Abwehr sich vorstellen konnte. Die Matarese. Und jenes Geheimnis trieb ihn aus Rußland.

Es war so schnell gegangen, dachte Taleniekov und nippte an dem heißen Tee, den der Steward gebracht hatte. *Alles* war so schnell geschehen. Das Gespräch am Totenbett des alten Aleksej Krupskaya und die erstaunlichen Dinge, die der Sterbende gesagt hatte. Meuchelmörder, die ausgeschickt waren, die Elite der Nation zu töten – die Elite beider Nationen. Die die Sowjetunion und die Vereinigten Staaten gegeneinander aufhetzten, bis sie den einen oder den anderen Staat unter Kontrolle hatten. Ein Premierminister und ein Präsident, auf beide warteten die Mörder. Wer waren sie? Was war es, dieses Fieber, das in den ersten Jahrzehnten des Jahrhunderts in Korsika seinen Anfang genommen hatte? Das Korsische Fieber. Die Matarese.

Aber es existierte; es funktionierte – war von seinem eigenen, tödlichen Leben erfüllt. Das wußte er jetzt. Er hatte den Namen Matarese ausgesprochen. Weil er das getan hatte, war ein Plan in Bewegung gesetzt worden, der seine Verhaftung verlangte. Kurz darauf würde das Urteil gesprochen werden, das seine Exekution forderte.

Krupskaya hatte ihm gesagt, daß er unter keinen Umständen zum Premierminister gehen dürfe. Also hatte er sich vier früher mächtige Führer der Kreml-Hierarchie ausgesucht, die jetzt im Ruhestand lebten. Das bedeutete, daß niemand wagte, sie zu berühren. Mit jedem hatte er von dem seltsamen Phänomen, das sich Matarese nannte, gesprochen, hatte die Worte wiederholt, die der sterbende Istrebiteli ihm zugeflüstert hatte.

Ein Mann wußte offensichtlich nichts. Er war ebenso schokkiert, wie Taleniekov es gewesen war. Zwei *sagten* nichts, aber die Bestätigung stand in ihren Augen geschrieben und klang in ihren erschreckten Stimmen mit, als sie protestierten. Keiner wollte mit der Ausbreitung des »Wahnsinns« zu tun haben. Jeder hatte Wassili aufgefordert, sein Haus zu verlassen.

Der letzte Mann, den er aufgesucht hatte, ein Georgier, war der älteste – älter als der tote Krupskaya. Er war sechsundneunzig und besaß noch einen wachen Verstand, zugleich aber die Angst des alten Mannes. Auf die Erwähnung des Namens Matarese hatten seine dünnen, von blauen Adern überzogenen Hände zu zittern begonnen. Dann schien sein altes, verwittertes Gesicht von einem Muskelkrampf erfaßt zu werden, und seine Kehle wurde plötzlich trocken. Seine Stimme brach, und seine Worte waren nur mehr undeutlich zu verstehen.

Es war ein Name aus ferner Vergangenheit, hatte der alte Georgier geflüstert, ein Name, den niemand hören sollte. Er hatte die frühen Säuberungen, Stalin, den Wahnsinnigen, und Berija, den Heimtückischen, überlebt. Aber die Matarese konnte niemand überleben. Der erschreckte Mann bat ihn, im Namen von allem, was Rußland heilig war, sich von den Matarese fernzuhalten.

»Wir waren Narren, aber wir waren nicht die einzigen Narren. Überall ließen sich mächtige Männer dazu verführen, Feinde und Hindernisse bequem und einfach aus dem Wege zu schaffen. Die Garantie war absolut: Niemals würde man nachweisen können, wer diese Liquidationen angeordnet hatte. Die

Vereinbarungen wurden über vier oder fünf Mittelsmänner getroffen, in Gestalt fiktiver Käufe, wobei keiner wußte, was er kaufte. Krupskaya sah die Gefahr; er wußte Bescheid. Er warnte uns, damals, achtundvierzig, nie wieder einen Kontakt herzustellen.«

»Warum hat er das getan«, hatte Wassili gefragt, »wenn es doch Garantien gab?«

»Weil die Matarese eine Bedingung stellten: Der Rat der Matarese behielt sich das Recht der Zustimmung vor. So hat man es mir erzählt.«

»Ein übliches Vorrecht bezahlter Meuchelmörder, würde ich meinen«, hatte Taleniekov eingeworfen. »Manche Liquidationen sind einfach undurchführbar.«

»In der Vergangenheit wurde diese Bedingung nie gestellt. Krupskaya glaubte nicht, daß es eine Frage der Möglichkeit war.«

»Was dann?«

»Erpressung höchsten Grades.«

»Wie wurde die Verbindung zu diesem Rat hergestellt?«

»Das habe ich nie gewußt. Aleksej wußte es auch nicht.«

»Aber *irgend jemand* mußte das doch machen.«

»Wenn die Betreffenden noch leben, werden sie bestimmt schweigen. Krupskaya hatte in dieser Beziehung recht.«

»Er hat es das Korsische Fieber genannt. Er sagte, die Antwort könnte in Korsika zu finden sein.«

»Das ist möglich. Dort begann es ja auch; mit dem Verrückten aus Korsika, Guillaume de Matarese.«

»Sie haben doch immer noch Einfluß bei der Parteiführung. Würden Sie mir helfen? Krupskaya hat mir gesagt, daß diese Matarese . . .«

»*Nein*!« hatte der alte Mann geschrien. »Lassen Sie mich in Frieden! Ich habe schon mehr gesagt, als ich sagen sollte, mehr zugegeben, als ich eigentlich dürfte. Aber nur, um Sie zu warnen, Sie *aufzuhalten*! Die Matarese können Rußland nichts Gutes tun! Halten Sie sich ihnen fern!«

»Sie haben mich mißverstanden. *Ich* bin es, der damit ein Ende machen will. Mit *ihnen*! Diesen Matarese! Ich habe Aleksej mein Wort gegeben, daß . . .«

»Aber *mir* haben Sie kein Wort gegeben!« hatte der einst mächtige Führer gerufen. Seine Stimme hatte in ihrer Panik wie die eines Kindes geklungen. »Ich werde leugnen, daß Sie je hier waren, alles ableugnen, was Sie sagen! Sie sind mir fremd, ich kenne Sie nicht!«

Wassili hatte ihn verlassen, verwirrt und benommen. Er war in seine Wohnung zurückgekehrt mit der Absicht, die Nacht damit zu verbringen, das Rätsel zu analysieren, das die Matarese darstellten. Er wollte sich darüber klar werden, was als nächstes zu tun war. Wie gewöhnlich hatte er einen Blick auf den Briefkasten an der Wand geworfen und war weitergegangen, ehe ihm klar wurde, daß er etwas enthielt.

Es war ein Zettel von seinem Kontaktmann im WKR, in einem der unvollständigen Codes verfaßt, die sie vereinbart hatten. Es war eine ganz unschuldige Nachricht: eine Verabredung zu einem späten Abendessen, eine halbe Stunde vor Mitternacht, mit dem Vornamen eines Mädchens unterschrieben. Die Belanglosigkeit der Nachricht verbarg ihre wahre Bedeutung. Es ging um etwas Wichtiges. Der Gebrauch des Wortes *Mitternacht* bedeutete Dringlichkeit. Er durfte keine Zeit vergeuden, mußte sofort Kontakt aufnehmen. Sein Freund würde ihn am üblichen Ort erwarten.

Er war dort gewesen. In einem *Piva Kafe* in der Nähe der Lomonossov-Universität. Ein recht ungebärdiges Trinklokal, wie es sie seit einiger Zeit in Moskau gab, nachdem man den Studenten einige Freiheiten gewährt hatte. Sie hatten etwas abseits Platz genommen, und sein Kontaktmann hatte keine Sekunde vergeudet, um sofort zur Sache zu kommen.

»Du mußt Pläne machen, Wassili, du stehst auf ihrer Liste. Ich verstehe das nicht, aber es ist bestimmt so.«

»Wegen des Juden?«

»Ja. Es gibt keinen Sinn! Als diese idiotische Pressekonferenz in New York gehalten wurde, haben wir alle gelacht. Wir nannten es ›Taleniekovs Überraschung‹. Selbst ein Abteilungsleiter der Gruppe Neun sagte, er bewundere deine Tat. Du hättest diesen voreiligen Kartoffelköpfen eine Lektion erteilt. Gestern hat sich alles plötzlich geändert. Was du getan hast, galt nicht mehr als Witz, sondern als ernsthafte Behinderung der grundlegenden Politik.«

»Gestern?« hatte Wassili seinen Freund gefragt.

»Am späten Nachmittag. Nach vier Uhr. Dieses Miststück von einer Direktorin marschierte wie ein brünstiger Gorilla durch die Büros. Sie hat allen gesagt, sie sollten um fünf Uhr in ihrem Büro sein. Als wir hinkamen und uns anhörten, was sie zu sagen hatte, konnten wir es kaum glauben. Es war, als hättest du persönlich die Verantwortung für jede Panne, die wir in den letzten zwei Jahren erlitten haben. Diese Irren von der Gruppe Neun waren auch dort, aber nicht der Abteilungsleiter.«

»Wieviel Zeit habe ich?«

»Höchstens drei oder vier Tage. Man stellt jetzt belastendes Material gegen dich zusammen. Aber ganz im stillen, niemand soll etwas verlauten lassen.«

»Gestern . . .?«

»Was ist geschehen, Wassili? Das ist keine WKR-Operation. Das ist etwas anderes.«

Es *war* etwas anderes. Taleniekov hatte das sofort erkannt. Gestern hatte er die beiden ehemaligen Kreml-Führer aufgesucht, die ihn aus ihren Häusern gewiesen hatten. Und dieses andere waren die Matarese.

»Eines Tages werde ich es dir sagen, mein Freund«, hatte Wassili geantwortet. »Vertraue mir.«

»Natürlich. Du bis der Beste, den wir haben. Der Beste, den wir je hatten.«

»Im Augenblick brauche ich sechsunddreißig, vielleicht sogar achtundvierzig Stunden. Habe ich die?«

»Ich denke schon. Die wollen deinen Kopf, aber sie werden vorsichtig vorgehen. Sie werden alles dokumentieren wollen.«

»Bestimmt. Man braucht ja Material für die Leichenrede. Vielen Dank. Du hörst von mir.«

Wassili war nicht in seine Wohnung zurückgekehrt, sondern in sein Büro gegangen. Stundenlang war er in der Finsternis dagesessen und hatte dann seinen ungewöhnlichen Entschluß getroffen. Noch vor Stunden wäre das undenkbar gewesen, aber nicht mehr jetzt. Wenn die Matarese die höchsten Kreise des KGB korrumpieren konnten, konnten sie das auch in Washington. Wenn die bloße Erwähnung des Namens Matarese bereits dazu führen konnte, daß man einen Meisterstrategen seines Ranges praktisch zum Tode verurteilte – und daran gab es keinen Zweifel: Ihr Ziel war sein Tod –, dann war die Macht der Matarese unvorstellbar. Wenn sie tatsächlich die Verantwortung an der Ermordung Blackburns und Juriewitschs trugen, dann hatte Krupskaya recht. Es gab einen Zeitplan. Die Matarese bereiteten sich zum krönenden Coup vor – der Premierminister oder der Präsident standen auf ihrer Abschußliste.

Er mußte mit einem Mann Verbindung aufnehmen, den er verabscheute. Er mußte Brandon Alan Scofield erreichen, den amerikanischen Killer.

Am Morgen hatte Taleniekov einige Hebel in Bewegung gesetzt. Auf Grund seiner Entscheidungsfreiheit, die man ihm allgemein zubilligte, hatte er mitgeteilt, daß er unter fremdem Namen zur Ostsee reise, um dort an einer Konferenz teilzunehmen. Dann hatte er die Mitgliederlisten der Musikergewerkschaft überprüft und darauf den Namen eines Geigers gefunden, der vor fünf Jahren in Pension gegangen und in den Ural gezogen war. Dieser eignete sich. Zu guter Letzt hatte er die Computer in Bewegung gesetzt, um sich zu vergewissern, wo Brandon Scofield sich aufhielt. Der Amerikaner war in Marseille verschwunden, aber in Amsterdam hatte es einen Zwischenfall gegeben, der deutlich den Stempel von Scofield trug. Wassili hatte eine Chiffrebotschaft an einen Agenten in Brüssel geschickt, einem Mann, dem er vertrauen konnte, weil er ihm mehr als einmal das Leben gerettet hatte.

Scofield kontakten, Status weiß. Amsterdam. Kontakt dringend. Hohe Priorität. Bei ihm bleiben. Situation im Südwestsektor-Code melden.

Alles war sehr schnell gegangen. Taleniekov war für die Jahre dankbar, die es ihm möglich gemacht hatten, rasche Entscheidungen zu treffen. Sewastopol war nur noch eine Stunde entfernt. In Sewastopol – und andernorts – würden jetzt diese Jahre seiner Erfahrung ihre harte Probe bestehen müssen.

Er nahm sich ein Zimmer in einem kleinen Hotel am Chersonesus-Prospekt und rief eine Nummer im KGB-Hauptquartier an, an der kein Tonbandgerät hing. Er hatte sie selbst installiert.

WKR Moskau hatte bis jetzt die Fahndung nach ihm noch nicht eingeleitet, so viel konnte er der freundlichen Begrüßung durch das Hauptquartier entnehmen. Ein alter Freund war zurückgekehrt. Das verschaffte Wassili Bewegungsfreiheit.

»Um es ganz offen zu sagen«, sagte er zu dem diensthabenden Offizier, einem ehemaligen Kollegen, »wir haben wieder unser übliches Problem mit dem WKR. Sie haben sich wieder eingemischt. Könnte sein, daß Sie eine Telex-Anfrage bekommen. Sie haben nichts von mir gehört, klar?«

»Das ist kein Problem, solange Sie sich hier nicht sehen lassen. Sie haben den richtigen Apparat gefunden. Bleiben Sie in Deckung?«

»Ja. Ich will Sie nicht mit dem Wissen um meinen Aufenthaltsort belasten. Wir sind auf der Suche nach einem Kurier und nach Lkw-Konvois, die nach Odessa und dann nach Süden in die Berge fahren. Ein CIA-Netz.«

»Das ist einfacher, als Fischerboote im Bosporus zu suchen. Übrigens, gehört Amsterdam mit zu Ihren Plänen?«

Taleniekov war überrascht. Er hatte nicht mit einer so schnellen Reaktion seines dortigen Mannes gerechnet. »Könnte sein. Was haben Sie?«

»Es kam vor zwei Stunden herein. Wir haben so lange gebraucht, um den Code zu brechen. Unser Kryptograph – der Mann, den Sie aus Riga gebracht haben – erkannte einen Ihrer alten Codes. Wir wollten es morgen früh mit den übrigen Meldungen nach Moskau schicken.«

»Tun Sie das nicht«, sagte Wassili. »Lesen Sie es mir vor.«

»Augenblick.« Er hörte die Papiere rascheln. »Da ist es. ›Beowulf aus Orbit entfernt. Sturmwolken Washington. Werde gemäß Imperativ weißen Kontakt verfolgen und liefern. Instruktionen Depot Hauptstadt kabeln.‹ Das ist alles.«

»Das genügt auch«, sagte Taleniekov.

»Klingt eindrucksvoll, Wassili. Ein weißer Kontakt? Scheint, daß Sie einen Flüchtling aus der oberen Etage erwischt haben. Gut für Sie. Hängt es mit Ihrem augenblicklichen Auftrag zusammen?«

»Ich denke schon«, log Taleniekov. »Aber sagen Sie nichts. Halten Sie das WKR heraus.«

»Mit Vergnügen. Sollen wir für Sie kabeln?«

»Nein«, erwiderte Wassili, »das kann ich selbst. Das ist nur Routine. Ich rufe Sie heute abend an. Sagen wir halb zehn; das sollte genügen. Grüßen Sie meinen alten Freund aus Riga. Aber sonst niemanden. Und vielen Dank.«

»Wenn Ihr Auftrag erledigt ist, können wir ja zusammen zu Abend essen. Schön, daß Sie wieder in Sewastopol zurück sind.«

»Freut mich auch. Wir müssen uns unterhalten.« Taleniekov legte auf und konzentrierte sich auf die Nachricht aus Amsterdam. Scofield war nach Washington zurückgerufen worden, aber die Umstände waren ungewöhnlich. Beowulf Agate war in einen ernsthaften Sturm im State Department geraten. Diese Tatsache alleine genügte schon, um einen Agenten von Brüssel über den Atlantik zu jagen. Ein Kontakt im weißen Status war ein kurzfristiger Burgfrieden. Ein Burgfrieden bedeutete im allgemeinen, daß jemand im Begriffe war, irgend etwas sehr Drastisches zu unternehmen. Wenn auch nur eine entfernte Chance bestand, daß der legendäre Scofield die Seiten wechseln würde, war jedes Risiko gerechtfertigt. Der Mann, der Beowulf Agate lieferte, konnte damit rechnen, daß ihm die gesamte sowjetische Abwehr zu Füßen lag.

Aber Flucht kam für Scofield nicht in Frage . . . ebensowenig wie für ihn. Der Feind war der Feind. Das würde sich nie ändern.

Wassili griff erneut nach dem Telefonhörer. Es gab eine Nummer im Lazarev-Viertel am Meer, die rund um die Uhr zur Verfügung stand. Sie wurde von griechischen und iranischen Geschäftsleuten benutzt, um Kabel nach Hause zu schicken. Wenn man die richtigen Worte gebrauchte, bekam man Priorität über die normalen Meldungen. Sein Kabel würde binnen weniger Stunden das »Hauptstadt-Depot« erreichen. Das war ein Hotel an der Nebraska Avenue in Washington, D. C.

Er würde sich auf neutralem Boden mit Scofield treffen, an irgendeinem Ort, wo keiner einen Vorteil aus der geographischen Lage ziehen konnte. In der Abflughalle eines internationalen Flughafens, wo strenge Sicherheitsvorschriften galten – West-Berlin oder Tel Aviv, es war unwesentlich. Entfernungen hatten nichts zu sagen. Aber sie mußten sich treffen. Scofield mußte davon überzeugt werden, daß das Zusammentreffen nötig war. Das Chiffretelegramm aus Washington instruierte den Agenten aus Brüssel, Beowulf Agate folgendes zu übermitteln:

Wir haben beide das Blut von Menschen vergossen, die dem anderen sehr lieb waren. In Wahrheit ich mehr als Sie, aber das können Sie nicht wissen. Jetzt gibt es einen anderen, der uns für ein internationales Blutvergießen in einem Ausmaße, wie wir beide es nicht billigen können, verantwortlich machen will. Ich bin alleine und außerhalb meiner dienstlichen Autorität tätig. Wir müssen unsere Ansichten austauschen – so sehr uns das auch beiden zuwider sein mag. Wählen Sie einen neutralen Ort im Sicherheitsbereich eines Flughafens. Schlage El Al, Tel Aviv oder Inlandsabfertigung, West-Berlin, vor. Dieser Kurier ist zur Antwort befugt.

Mein Name ist Ihnen bekannt.

Es wurde beinahe vier Uhr früh, bis er die Augen schloß. Er hatte seit fast drei Tagen nicht mehr geschlafen. Als der Schlaf sich schließlich einstellte, war er tief und lang. Er war zu Bett gegangen, ehe am östlichen Himmel eine Spur der Sonne zu sehen war; er erwachte eine Stunde nachdem sie im Westen untergegangen war. Es war gut. Geist und Körper hatten die Ruhe gebraucht. An den Ort in Sewastopol, den er aufsuchen wollte, ging man des Nachts.

Bis der diensthabende Offizier im KGB eintraf, würden noch drei Stunden vergehen. Es war einfacher, niemand anderen im Hauptquartier einzuschalten. Je weniger wußten, daß er in der Stadt war, desto besser. Der Kryptograph wußte es natürlich. Er hatte das aus dem Chiffretelegramm aus Amsterdam geschlossen, aber der Mann würde nichts sagen. Taleniekov hatte ihn ausgebildet, hatte einen vielversprechenden jungen Mann aus dem kargen Leben Rigas herausgeholt und ihm das freie Leben von Sewastopol ermöglicht.

Er würde die Zeit gut nutzen, dachte Wassili. Er würde zu Abend essen und sich dann eine Passage im Rumpf eines griechischen Frachters besorgen, der über das Meer und dann entlang der südlichen Küste durch den Bosporus und weiter zu den Dardanellen fahren würde. Wenn eine der griechischen oder iranischen Einheiten im Dienste des CIA oder des SAVAK ihn erkannte – und die Möglichkeit bestand durchaus –, würde er völlig professionell auftreten. Als ehemaliger Direktor des KGB-Sektors hatte er die Fluchtroute aus persönlichen Gründen nicht gemeldet. Aber wenn ein Musiker namens Piotr Rydukov nicht binnen zwei Tagen nach seiner Abreise in Sewastopol anrief, würde die Route aufgedeckt werden. Anschließend war mit Maßnahmen des KGB zu rechnen. Es wäre schade. Andere privilegierte Männer würden die Route vielleicht später noch benutzen wollen, Männer, deren Talente und Informationen gefragt waren.

Taleniekov schlüpfte in den unauffälligen, schlecht sitzenden Mantel und stülpte sich den zerbeulten Hut auf. Er nahm eine etwas gebeugte Haltung ein und setzte sich eine primitive Nickelbrille auf. Dann überprüfte er sein Aussehen im Spiegel. Es war zufriedenstellend. Er nahm den ledernen Geigenkasten, der seine Verkleidung vollendete, denn kein Musiker ließ sein Instrument in einem fremden Hotelzimmer. Er ging zur Türe hinaus, die Treppe hinunter – niemals per Lift – und hinaus auf die Straßen von Sewastopol. Er würde zu Fuß zum Hafen gehen; er wußte, wohin er gehen und was er sagen mußte.

Nebel wälzte sich vom Meer herein und trübte die Lichtbalken der Scheinwerfer am Pier. Überall herrschte ein reges Treiben, während der Frachter beladen wurde. Riesige Kräne hoben an ihren mächtigen Trossen ganze Güterwagen voll Ware über die Schiffswand. Die Lademannschaften waren Russen, die von Griechen überwacht wurden. Soldaten drängten sich überall, die Waffen gleichgültig über die Schultern gehängt. Unwirksame Streifen, die lieber den Maschinen bei der Arbeit zusahen, als nach Gesetzeswidrigkeiten Ausschau zu halten.

Wenn sie es wissen wollten, überlegte Wassili, während er auf den Offizier am Tor zuging, könnte er es ihnen sagen. Die Gesetzeswidrigkeiten befanden sich in den riesigen Behältern, die über die Schiffswand gehievt wurden. Männer und Frauen, die in Holzwolle eingepackt waren, Rohre, die ins Freie führten, damit sie atmen konnten, Anweisungen, einige Stunden vorher die Notdurft zu verrichten, denn dazu würde erst wieder nach Mitternacht Gelegenheit sein, wenn sie auf See waren.

Der Offizier am Tor war ein junger Leutnant, den sein Dienst langweilte. Man sah ihm seine Gereiztheit an. Er musterte den gebeugten alten Mann, der vor ihm stand, finster.

»Was wollen Sie? Der Zutritt zum Pier ist verboten, wenn Sie keinen Passierschein haben.« Er deutete auf den Violinkasten. »Was ist das?«

»Das, womit ich mir den Lebensunterhalt verdiene, Herr Leutnant. Ich arbeite beim Sewastopoler Sinfonieorchester.«

»Ich wußte nicht, daß ein Konzert angesagt war.«

»Ihr Name, bitte?« sagte Wassili beiläufig.

»Was?«

Taleniekov richtete sich zu seiner vollen Größe auf und war plötzlich ein ganz anderer. »Ich habe Sie nach Ihrem Namen gefragt, Herr Leutnant.«

»Wozu?« Der Offizier wirkte jetzt nicht mehr ganz so feindselig. Wassili nahm die Brille ab und sah ihn streng an.

»Für eine Belobigung oder einen Verweis.«

»Wovon reden Sie denn? Wer sind Sie?«

»KGB Sewastopol. Hafeninspektion.«

Der junge Leutnant zögerte noch; er war kein Narr. »Ich fürchte, man hat mir davon nichts mitgeteilt. Ich muß Sie um Ihren Ausweis bitten.«

»Wenn Sie das nicht täten, wäre damit der erste Verweis fällig«, sagte Taleniekov und holte seine KGB-Karte aus der Tasche. »Den zweiten würden Sie sich zuziehen, wenn Sie von meinem Auftauchen heute abend hier etwas sagen würden. Den Namen bitte.«

Der Leutnant nannte ihn und fügte dann hinzu: »Befürchten Sie Schwierigkeiten hier unten?« Er studierte die Plastikkarte und gab sie dann zurück.

»Schwierigkeiten?« Taleniekov lächelte verschwörerisch. »Die einzige Schwierigkeit, Leutnant, besteht darin, daß ich hier sein muß, statt mit einer Dame zu Abend zu essen. Ich glaube, die neuen Direktoren in Sewastopol haben das Gefühl, daß sie sich ihre Gehälter verdienen müssen. Sie und Ihre Leute tun hier gute Arbeit; das wissen sie, wollen es aber nicht zugeben.«

Erleichtert erwiderte der junge Offizier das Lächeln. »Danke. Wir tun unser Bestes, aber es ist monotone Arbeit.«

»Aber sagen Sie nicht, daß ich hier war. Das nehmen die sehr wichtig. Zwei Wachoffiziere sind letzte Woche gemeldet worden.« Wieder lächelte Wassili. »Die wahre Sicherheit unserer Direktoren liegt darin, daß sie im geheimen tätig sind. Die Sicherheit ihrer bequemen Büroposten, meine ich.«

Der Leutnant grinste. »Ich verstehe. Haben Sie eine Waffe in diesem Kasten?«

»Nein. Es ist tatsächlich eine sehr gute Violine. Ich wünschte, ich könnte sie spielen.«

Beide Männer nickten wissend. Dann setzte Taleniekov seinen

Weg auf dem Pier, mitten in das Durcheinander aus Maschinen, Dockarbeitern und Aufsehern, fort. Er suchte einen ganz speziellen Aufseher, einen Griechen aus Kavalla namens Zaimis. Das heißt, er suchte einen Mann griechischer Herkunft, dessen Mutter Zaimis geheißen hatte, der aber ein amerikanischer Bürger war.

Karras Zaimis war ein CIA-Agent. Ehemaliger Stationsleiter in Saloniki und jetzt für die Fluchtroute zuständig. Wassili kannte das Gesicht des Agenten von einigen Fotografien, die er den Akten des KGB entnommen hatte. Er sah sich im Nebel um, entdeckte den Mann aber nicht.

Jetzt fädelte er sich zwischen Gabelstaplern und Gruppen murrender Arbeiter durch, auf das große Lagerhaus zu. In dem mächtigen Gebäude herrschte trübes Licht. Die mit Drahtgittern gesicherten Scheinwerfer an der Decke waren zu weit entfernt, um viel zu nützen. Die Lichtkegel von Taschenlampen huschten über die Container, Männer überprüften Nummern. Wassili überlegte, wie viele Flüchtlinge sich wohl in diesen Containern verbergen mochten, wie viele Informationen aus Rußland exportiert wurden. Wahrscheinlich nicht viel, erinnerte er sich. Dies war eine unwichtige Fluchtroute. Für wichtige Leute und bedeutsame Informationsträger gab es bequemere Möglichkeiten.

Wieder in der gebückten Haltung seiner ursprünglichen Maske, schob er sich an einem griechischen Aufseher vorbei, der mit einem russischen Arbeiter eine Auseinandersetzung hatte. Er schlenderte auf den rückwärtigen Teil des Lagerhauses zu, vorbei an Stapeln von Kartons und studierte die Gesichter der Männer hinter ihren Taschenlampen. Er begann ärgerlich zu werden. Er hatte keine Zeit zu vergeuden. Wo war Zaimis? Es hatte sich doch nichts geändert. Der Frachter fungierte immer noch als Fluchtfahrzeug, und der Agent war immer noch für ihn zuständig. Er hatte jeden Bericht gelesen, den Sewastopol geschickt hatte. Die Fluchtroute war nirgends erwähnt worden. Wo war er also?

Plötzlich verspürte Taleniekov einen stechenden Schmerz, als ihm der Lauf eines Revolvers in die rechte Niere gestoßen wurde. Kräftige Hände packten das lockere Tuch seines Mantels und stießen ihn in einen verlassenen Gang. Eine heisere Stimme flüsterte ihm in Englisch zu:

»Ich erspar' mir die Mühe, griechisch zu sprechen, oder es gar mit Russisch zu versuchen. Man sagte mir, Ihr Englisch sei ebensogut wie das, welches man in Washington spricht.«

»Wahrscheinlich besser«, stieß Wassili zwischen zusammengebissenen Zähnen hervor. »Zaimis?«

»Nie gehört. Wir dachten, Sie wären aus Sewastopol raus.«

»Das bin ich auch. Wo ist Zaimis? Ich muß ihn sprechen.«

Der Amerikaner überging die Frage. »Sie haben Nerven, das muß man Ihnen lassen. Hier ist wirklich niemand vom KGB.«

»Sind Sie da sicher?«

»Absolut. Wir haben ein ganzes Rudel Nachteulen draußen. Die sehen im Dunkeln. Sie haben Sie gesehen. Ein Geigenkasten – du liebe Güte!«

»Sehen sie ins Wasser?«

»Das machen Möwen.«

»Sie sind sehr gut organisiert, Sie und die anderen Vögel.«

»Und Sie sind weniger schlau, als alle sagen. Was haben Sie sich eigentlich dabei gedacht? Ein wenig persönliche Aufklärung?«

Wassili spürte, wie der Druck auf seinen Rippen sich lokkerte. Er hörte ein gedämpftes Geräusch, als ein Gegenstand aus einer Gummihülle gezogen wurde. Eine Serumampulle. Eine *Nadel.* »Nicht!« sagte er entschlossen. »Tun Sie das nicht! Warum glauben Sie, daß ich alleine hier bin? Ich will raus.«

»Schon gut, das sollen Sie haben. Ich würde sagen, ein Verhörhospital irgendwo in Virginia, vielleicht auf drei Jahre.«

»*Nein.* Sie verstehen nicht. Ich muß mit jemand Verbindung aufnehmen. Aber nicht auf *die* Weise.«

»Das können Sie ja den netten Ärzten sagen. Die hören sich alles an, was Sie sagen.«

»Dafür ist keine Zeit!« Es *war* auch keine Zeit. Taleniekov spürte, wie sich das Gewicht des Mannes verlagerte. In wenigen Sekunden würde eine Nadel seine Kleider durchstoßen und sich in sein Fleisch bohren. Das durfte nicht sein! Er konnte nicht offiziell mit Scofield in Verbindung treten!

Niemand wagt zu reden. Das zuzugeben wäre eine Katastrophe . . . für die Regierungen überall. Die Matarese.

Wenn er in Moskau vernichtet werden konnte, würden die Amerikaner sich nichts dabei denken, ihn zum Schweigen zu bringen.

Wassili hob die rechte Schulter – eine Geste des Schmerzes wegen des Revolverlaufes, der sich immer noch in seine Nierenpartie bohrte. Die Waffe verstärkte abrupt ihren Druck – eine Reaktion auf die Bewegung. In diesem kurzen Augenblick konzentrierte sich der Druck der Hand, die die Waffe hielt, auf die Handfläche, nicht den Zeigefinger. Darauf war Taleniekovs Bewegung abgestimmt.

Er wirbelte nach links herum. Sein Arm schoß in die Höhe, krachte auf den Ellbogen des Amerikaners herunter und preßte ihn gegen seine Hüfte. Dann stieß er die Finger seiner rechten Hand in die Kehle des Mannes und nahm ihm die Luft weg. Der Revolver fiel zu Boden. Der in dem Lagerhaus herrschende Lärm übertönte das Geräusch. Wassili hob die Waffe auf und stieß den CIA-Agenten gegen eine Containerwand. In seinem Schmerz hielt der Amerikaner die Spritze nur locker in der linken Hand. Jetzt fiel auch sie zu Boden. Seine Augen waren glasig, aber noch wach.

»Jetzt hören Sie *mir* zu«, sagte Taleniekov und schob sein Gesicht dicht an das von Zaimis. »Ich weiß seit beinahe sieben Monaten über die ›Operation Dardanellen‹ Bescheid. Ich weiß, daß Sie Zaimis sind. Sie leiten hier mittelmäßige Transporte. Wichtig sind sie nicht. Aber das ist nicht der Grund, warum ich sie nicht habe auffliegen lassen. Ich dachte, Sie könnten mir eines Tages nützlich sein. Die Zeit ist jetzt gekommen. Das können Sie akzeptieren oder nicht.«

»Taleniekov flieht?« fragte Zaimis und hielt sich den Hals. »Unmöglich. Sie sind doch Gift.«

»Sie haben recht. Ich fliehe nicht. Wenn ich je auf die Idee käme, würde ich vor Ihnen mit den Briten oder den Franzosen Verbindung aufnehmen. Ich habe gesagt, daß ich Rußland verlassen will, nicht es verraten.«

»Sie lügen«, zischte der Amerikaner. Seine Hand rutschte langsam zum Revers seiner schweren Tuchjacke herunter. »Sie können überall hingehen, wo Sie wollen.«

»Im Augenblick leider nicht. Es gibt Komplikationen.«

»Was haben Sie denn angestellt? Sind Sie Kapitalist geworden? Mit ein paar Geldsäcken durchgegangen?«

»Kommen Sie schon, Zaimis. Wer von uns hätte denn nicht seine kleinen Sonderfonds? Wo haben Sie denn Ihren? Wohl nicht in Athen, und Rom ist zu wenig stabil. Berlin oder London, würde ich annehmen. Meines ist ganz normal angelegt: Pfandbriefe von der Chase Manhattan, New York City.«

Der Ausdruck des CIA-Mannes blieb passiv, sein Daumen glitt jetzt unter das Revers seiner Jacke. »Man hat Sie also erwischt«, sagte er abwesend.

»Wir verschwenden hier Zeit!« herrschte Wassili ihn an. »Bringen Sie mich zu den Dardanellen. Von dort aus komme ich alleine weiter. Wenn Sie das nicht tun, bleibt ein bestimmter Telefonanruf in Sewastopol zum vereinbarten Zeitpunkt aus. Sie sind dann erledigt. Sie . . .«

Zaimis' Hand schoß zu seinem Mund hoch. Taleniekov packte die Finger des Agenten und bog sie unsanft nach außen. Am Daumen des Amerikaners klebte eine kleine Tablette.

»Sie Idiot! Was soll das denn?!«

Zaimis zuckte unter dem schmerzhaften Griff des anderen zusammen. »Ich ziehe es vor, auf diese Weise Schluß zu machen, statt in der Lubjanka erledigt zu werden.«

»Sie *Esel*! Wenn jemand in die Lubjanka wandert, dann bin das *ich*! Weil an den Schreibtischen in Moskau Verrückte wie Sie sitzen. *Narren* – wie *Sie* –, die sich lieber vergiften, als auf die Wahrheit zu hören! Wenn Sie sterben wollen, kann ich Ihnen dabei behilflich sein. Aber zuerst bringen Sie mich zu den Dardanellen!«

Der Agent starrte Taleniekov an. Sein Atem ging schwer. Wassili ließ seine Hand los und entfernte die Tablette von Zaimis' Daumen.

»Sie sind wirklich echt, wie?« sagte Zaimis.

»Ich bin echt. Werden Sie mir helfen?«

»Ich habe nichts zu verlieren«, antwortete der Agent. »Sie kommen mit.«

»Vergessen Sie nicht – ich muß meine Rückmeldung von den Dardanellen machen. Wenn die nicht kommt, sind Sie erledigt.«

Zaimis nickte nach einer Weile. »Geht klar. Eine Hand wäscht die andere.«

»Richtig«, nickte Taleniekov. »Können Sie mich jetzt zu einem Telefon bringen?«

***

In dem aus primitiven Hohlblocksteinen gemauerten Bürohäuschen inmitten des Lagers gab es zwei Telefone – von den Russen installiert und ohne Zweifel auf elektronischem Wege von SAVAK und dem CIA überwacht, dachte Wassili. Sie würden sauber sein; da konnte er sprechen. Der amerikanische Agent nahm den Hörer ab, als Taleniekov gewählt hatte. In dem Augenblick, als der Mann auf der anderen Seite sich meldete, sprach Wassili.

»Sind Sie das, alter Genosse?«

Er war es und er war es nicht. Es war nicht der Stationsleiter, mit dem er früher gesprochen hatte. Statt dessen war es der Kryptograph, den Taleniekov vor Jahren in Riga ausgebildet und dann nach Sewastopol gebracht hatte. Die Stimme des Mannes war leise, sie klang besorgt.

»Unser gemeinsamer Freund ist in den Kodierraum gerufen worden. Ich habe gesagt, daß ich Ihren Anruf abwarten würde. Ich muß Sie sofort sprechen. Wo sind Sie?«

Zaimis hob die Hand. Seine geschwollenen Finger griffen nach der Sprechmuschel von Wassilis Telefon. Taleniekov schüttelte den Kopf. Obwohl er dem Kryptographen vertraute, hatte er nicht die Absicht, die Frage zu beantworten.

»Das ist belanglos. Ist das Kabel vom ›Depot‹ gekommen?«

»Viel mehr als das, alter Freund.«

»Aber es ist *gekommen*?« drängte Wassili.

»Ja. Aber in keiner Chiffre, von der ich je gehört habe. Sie und ich haben die noch nie benutzt. Weder in Ihren Jahren in Riga noch hier.«

»Lesen Sie vor.«

»Da ist *noch etwas*«, beharrte der Mann, und seine Stimme klang jetzt eindringlich. »Die sind ganz *offen* hinter Ihnen her. Ich habe das Telex zur Bestätigung nach Moskau durchgegeben und das Original verbrannt. Es wird in weniger als zwei Stunden zurück sein. Ich kann es nicht *glauben.* Ich *will* es nicht glauben!«

»Beruhigen Sie sich. Was war denn in dem Telex?«

»Es ist Suchanweisung nach Ihnen ergangen, von der Ostsee bis zur mandschurischen Grenze.«

»WKR?« fragte Wassili besorgt, aber ruhig. Er hatte damit gerechnet, daß Gruppe Neun schnell handeln würde; allerdings nicht ganz so schnell.

»*Nicht* nur WKR. Das *KGB* – und jede einzelne Abwehrstation, die wir haben! Ebenso die Militäreinheiten. *Überall.* Es kann einfach nicht sein, daß die *Sie* meinen; unmöglich. Ich kann es nicht glauben.«

»Was sagt man denn?«

»Daß Sie den Staat verraten hätten. Man soll Sie ergreifen, aber Sie nicht *festhalten*, überhaupt nicht verhören. Sie sollen . . . exekutiert werden . . . unverzüglich.«

»Ich verstehe«, sagte Taleniekov. Er verstand auch; er hatte es erwartet. Das war nicht das WKR. Das waren mächtige Männer, die gehört hatten, daß er einen Namen ausgesprochen hatte, den niemand hören durfte. *Matarese.* »Ich habe niemanden verraten. Glauben Sie mir das.«

»Ja. Ich kenne Sie.«

»Lesen Sie mir das Kabel vom ›Depot‹ vor.«

»Ja. Haben Sie einen Bleistift? Es ergibt keinen Sinn.«

Wassili griff in die Tasche, um seinen Kugelschreiber herauszuholen. Papier lag auf dem Tisch. »Fangen Sie an.«

Der Mann sprach langsam und deutlich. »Wie folgt: ›Einladung Kasimir. Schrankenwärter fünf Tore‹ . . .« Der Kryptograph hielt inne. Taleniekov konnte in der Ferne über die Leitung Stimmen hören. »Ich kann nicht weitermachen. Leute kommen«, sagte er.

»Ich *muß* den Rest des Kabels erfahren!«

»Dreißig Minuten. Das *Amar-Magazin.* Ich werde dort sein.« Die Leitung war tot. Wassili schlug mit der Faust krachend auf den Tisch und legte dann den Hörer auf die Gabel. »Ich *muß es haben*«, wiederholte er auf Englisch.

»Was ist das *Amar-Magazin* – der Hummerladen?« fragte der CIA-Mann.

»Ein Fischrestaurant an der Kerenski-Straße, etwa sieben Häuserblocks vom Hauptquartier. Niemand, der Sewastopol kennt, geht dort hin. Das Essen ist scheußlich. Aber es paßt zu dem, was er mir zu sagen versuchte.«

»Und das wäre?«

»Jedesmal, wenn der Kryptograph wollte, daß ich mir gewisses eingegangenes Material ansah, ehe andere es sahen, schlug er vor, daß wir uns im *Amar* trafen.«

»Er ist nicht einfach in Ihr Büro gekommen und hat mit Ihnen gesprochen?«

Taleniekov sah zu dem Amerikaner hinüber. »Das wissen Sie doch selbst genau.«

Der Agent sah Wassili scharf an. »Die wollen Sie fertigmachen, wie?«

»Das ist ein gigantischer Irrtum.«

»Das ist es immer«, sagte Zaimis und runzelte die Stirn. »Vertrauen Sie ihm?«

»Sie haben ihn gehört. Wann fahren Sie ab?«

»Halb zwölf. Zwei Stunden. Etwa um dieselbe Zeit, in der die Bestätigung aus Moskau erwartet wird.«

»Ich werde hier sein.«

»Ich weiß, daß Sie hier sein werden«, meinte der Agent. »Ich komme nämlich mit.«

»*Was*?«

»Ich habe in der Stadt Schutz. Natürlich will ich meine Waffe zurück. *Und* die Ihre. Wir werden sehen, wie begierig Sie darauf sind, durch den Bosporus zu kommen.«

»Warum tun Sie das?«

»Weil ich das Gefühl habe, daß Sie sich das, was Sie für undenkbar gehalten haben, noch einmal überlegen. Ich möchte Sie hinüberbringen.«

Wassili schüttelte langsam den Kopf. »Die Dinge ändern sich nie. Dazu wird es nicht kommen. Ich kann Sie immer noch auffliegen lassen. Sie wissen nicht, wie. Indem ich Sie auffliegen lasse, fliegt Ihr ganzes Schwarzmeer-Netz auf. Sie würden Jahre dazu brauchen, es wieder aufzubauen. Zeit ist immer noch das wichtigste Gut, nicht wahr?«

»Wir werden sehen. Sie wollen zu den Dardanellen?«

»Natürlich.«

»Geben Sie mir die Waffe«, sagte der Amerikaner.

Das Restaurant war überfüllt und die Schürzen der Kellner so schmutzig wie das Sägemehl auf dem Boden. Taleniekov saß alleine an der rechten, rückwärtigen Wand, Zaimis zwei Tische von ihm entfernt. Er saß mit einem griechischen Handelsmatrosen zusammen, der im Sold des CIA stand. Man konnte dem Griechen den Abscheu am Gesicht ablesen, den er für seine Umgebung empfand. Wassili schlürfte geeisten Wodka. Das half, den Geschmack des fünftklassigen Kaviars zu verdrängen.

Der Kryptograph kam durch die Tür, entdeckte Taleniekov und bahnte sich ungeschickt den Weg zwischen den Kellnern und Gästen zu seinem Tisch. Seine Augen hinter den dicken Brillengläsern spiegelten gleichzeitig Angst, Freude und hundert unausgesprochene Fragen wider.

»Das ist alles so unglaublich«, sagte er, als er sich setzte. »Was haben die Ihnen *getan*?«

»Sie sollten eher fragen, was die sich selbst antun«, erwiderte Wassili. »Sie wollen nicht zuhören, sie wollen das nicht hören, was gesagt werden muß, was unternommen werden muß. Das ist alles, was ich Ihnen sagen kann.«

»Aber Ihre *Exekution* zu verlangen. Das ist unvorstellbar!«

»Keine Sorge, alter Freund. Ich werde wiederkommen und – wie es immer heißt – mit allen Ehren rehabilitiert werden.« Taleniekov lächelte und tippte dem Mann auf den Arm. »Das dürfen Sie nie vergessen. Es gibt gute, anständige Männer in Moskau, die ihrem Lande ergebener sind als ihren eigenen Ängsten und ihrem eigenen Ehrgeiz. Sie werden immer da sein. Das sind die Männer, die ich erreichen werde. Sie werden mich mit Freuden aufnehmen und mir für das danken, was ich getan habe. Das müssen Sie mir glauben ... Aber jetzt schnell, es geht um Minuten. Wo ist das Kabel?«

Der Kryptograph öffnete die Hand. Das Papier war sauber zusammengefaltet und nicht größer als eine Briefmarke. »Ich wollte es wegwerfen, wenn nötig. Ich weiß die Worte auswendig.« Er reichte Wassili das Papier.

Grauen überkam Taleniekov, als er die Nachricht aus Washington las.

Einladung Kasimir. Schrankenwärter fünf Tore, Unter den Linden. Przseslvac null. Prag. Wiederhole Text. Null. Beliebig wiederholen. Null.

Beowulf Agate.

Als er zu Ende gelesen hatte, flüsterte der ehemalige Meisterstratege des KGB: »Die Dinge ändern sich nie.«

»Was heißt das?« fragte der Kryptograph. »Ich habe das nicht verstanden. Das ist kein Code, den wir je benutzt haben.«

»Das konnten Sie auch nicht verstehen«, antwortete Wassili. In seiner Stimme mischten sich Ärger und Trauer. »Das ist eine

Kombination von zwei Codes. Unserer und ihrer. Unserer aus den Tagen in Ost-Berlin, ihrer aus Prag. Dieses Kabel wurde nicht von unserem Mann aus Brüssel abgeschickt. Es wurde von einem Killer geschickt, der nicht aufhören will zu morden.«

Es ging so schnell, daß ihnen nur Sekunden zum Reagieren blieben. Der griechische Matrose war der erste, der sich bewegte. Sein verwittertes Gesicht war den Gästen zugewandt, die das Lokal betraten. Er stieß die Worte aus:

»Aufpassen! Die Ziegen sind schmutzig!«

Taleniekov blickte auf. Der Kryptograph wirbelte auf seinem Stuhl herum. Sechs Meter von ihnen entfernt, in einem Gang zwischen den Tischen, wo Kellner herumstanden, waren zwei Männer, die nicht gekommen waren, um zu Abend zu essen. Ihre Gesichter waren gefaßt, und ihre Augen huschten durch den Raum. Sie suchten die Tische ab, aber sie suchten keine Freunde.

»O mein Gott«, flüsterte der Kryptograph und wandte sich wieder Wassili zu. »Die haben das Telefon gefunden und angezapft. Ich hatte Angst, daß sie das tun würden.«

»Die sind Ihnen gefolgt, ja«, sagte Taleniekov und sah zu Zaimis hinüber, der halb aufgestanden war, der *Idiot.* »Die wissen, daß wir Freunde sind. Man beobachtet Sie. Aber sie haben das Telefon nicht gefunden. Wenn sie sicher wären, daß ich hier bin, würden sie mit einem Dutzend Soldaten hereinplatzen. Es sind WKR-Leute aus dem hiesigen Distrikt. Ich kenne sie. Ganz ruhig jetzt. Nehmen Sie den Hut ab und rutschen Sie von Ihrem Stuhl. Gehen Sie zum hinteren Gang, zur Herrentoilette. Dort ist ein Hinterausgang, erinnern Sie sich?«

»Ja, ja, ich erinnere mich«, stieß der Mann hervor. Er stand auf, die Schultern nach vorne gebeugt, und arbeitete sich auf den schmalen Korridor zu, der ein paar Tische von ihm entfernt war.

Aber er war ein Akademiker, kein Außendienstmann. Wassili schalt sich einen Narren, daß er versucht hatte, ihn zu instruieren. Einer der beiden WKR-Männer entdeckte ihn und eilte auf ihn zu, die Kellner wegschiebend.

Dann sah er Taleniekov. Seine Hand fuhr unter seine Jacke, auf eine unsichtbare Waffe zu. In diesem Augenblick taumelte der griechische Matrose aus seinem Stuhl hoch. Er schlug unsicher mit den Armen um sich, wie ein Mann, der zuviel Wodka getrunken hat. Er stieß gegen den WKR-Mann. Dieser versuchte ihn wegzuschieben. Der Grieche spielte die Rolle des Betrunkenen perfekt. Er ließ sich mit solcher Wucht gegen den Russen fallen, daß dieser über einen Tisch stürzte. Teller und Schüsseln krachten zu Boden.

Wassili sprang auf und rannte an seinem alten Freund aus Riga vorbei und riß ihn auf den engen Korridor zu. Dann sah er den Amerikaner. Zaimis war aufgesprungen, er hielt seine Waffe in der Hand. Der *Idiot*!

»Weg damit!« schrie Taleniekov. »Sie . . .«

Aber es war zu spät. Ein Schuß hallte durch das Chaos. Im nächsten Augenblick war die Hölle los. Der CIA-Mann fuhr sich mit beiden Händen an die Brust, während er stürzte. Plötzlich war das Hemd unter seiner Jacke von Blut durchtränkt.

Wassili packte den Kryptographen an der Schulter und riß ihn hinaus. Ein zweiter Schuß knallte. Der Code-Mann zuckte zusammen und sein Kehlkopf explodierte förmlich. Jemand hatte ihm von hinten durch den Hals geschossen.

Taleniekov warf sich zu Boden, betäubt von dem, was nun folgte. Er hörte einen dritten Schuß, dicht gefolgt von einem schrillen Schrei, der den schrecklichen Lärm durchdrang. Dann platzte der griechische Matrose in den Gang hinaus, er hielt eine Automatik in der Hand.

»Gibt es hier hinten einen Ausgang?« brüllte er in gebrochenem Englisch. »Wir müssen uns beeilen. Der erste Ziegenbock ist entkommen. Jetzt kommen andere!«

Taleniekov rappelte sich auf und winkte dem Griechen zu, ihm zu folgen. Gemeinsam rannten sie durch eine Tür, die zur Küche führte. An den erschreckten Kellnern und Köchen vorbei rasten sie in eine Seitengasse hinaus. Sie bogen nach links und rannten durch ein Labyrinth finsterer Gassen, zwischen den alten Gebäuden hindurch, bis sie die Hintergassen von Sewastopol erreicht hatten.

Sie liefen ein oder zwei Kilometer weit. Wassili kannte in dieser Stadt jeden Fußbreit Boden, aber es war der Grieche, der ihm den Weg wies. Als sie schließlich eine schwach beleuchtete Nebenstraße erreicht hatten, packte der Seemann Taleniekov am Arm. Der Mann war außer Atem.

»Hier können wir eine Minute lang ausruhen«, keuchte er. »Hier finden sie uns nicht.«

»Ja, das ist kein Ort, den man gewöhnlich gleich am Anfang durchsucht«, nickte Wassili und sah die Reihe gepflegter Wohnhäuser an.

»Man soll sich immer in einer guten Umgebung verstecken«, meinte der Seemann. »Die Leute dort wollen keinen Ärger haben, die melden einen sofort. Alle wissen das. Also sieht man dort nicht nach.«

»Sie haben gesagt, wir könnten ›eine Minute‹ hier bleiben«, sagte Taleniekov. »Ich bin nicht sicher, wo wir nachher hingehen sollen. Ich brauche Zeit zum Nachdenken.«

»Das Schiff kommt also nicht in Frage?« fragte der Grieche. »Hab' ich mir gedacht.«

»Ja. Zaimis hatte Papiere bei sich. Und was noch schlimmer ist, er hatte eine meiner Waffen. Das WKR wird binnen einer Stunde sämtliche Piers abkämmen.«

Der Grieche studierte Wassili in dem schwachen Licht. »Der große Taleniekov flieht also aus Rußland. Er kann nur als Leiche hierbleiben.«

»Nicht aus Rußland, nur vor verängstigten Männern. Aber ich muß hier weg – auf eine Weile. Ich muß nur überlegen, wie.«

»Es gibt eine Möglichkeit«, sagte der Matrose einfach. »Wir gehen über die Nordwestküste und dann nach Süden in die Berge. Sie können in drei Tagen in Griechenland sein.«

»Wie?«

»Es gibt einen Lastwagenkonvoi, der zuerst nach Odessa fährt . . .«

Taleniekov saß auf der Pritsche eines Lastwagens. Das Licht der Morgendämmerung schien durch die Planen herein. Nach einer Weile würden er und die anderen unter die Bodendielen kriechen und sich dort reglos und still in einem verborgenen Raum zwischen den Achsen aufhalten müssen, während sie den nächsten Kontrollpunkt passierten. Aber eine Stunde lang hatten sie noch Zeit, sich auszustrecken und Luft zu atmen, die nicht nach Öl und Wagenschmiere stank.

Er griff in die Tasche und holte das Chiffretelegramm aus Washington heraus, das Telegramm, das bereits drei Leben gekostet hatte.

Einladung Kasimir. Schrankenwärter fünf Tore. Unter den Linden. Przseslvac null. Prag. Wiederhole Text. Null. Beliebig wiederholen. Null.

Beowulf Agate

Zwei Codes. Eine Bedeutung. Wassili schrieb mit seinem Kugelschreiber die Bedeutung unter den Chiffretext.

Kommen Sie und holen Sie mich, so wie Sie einmal jemand anderen um fünf Uhr Unter den Linden über einen Checkpoint geholt haben. Ich habe Ihren Kurier zerbrochen und getötet, so wie in Prag ein anderer Kurier getötet wurde. Ich wiederhole: Kommen Sie zu mir. Ich werde Sie töten.

Scofield

Nach der brutalen Entscheidung des amerikanischen Killers war der erschütterndste Aspekt von Scofields Telegramm die Tatsache, daß er nicht mehr im Dienste seines Landes stand. Er war von der Abwehrgemeinschaft getrennt worden. In Anbetracht dessen, was er getan hatte, und angesichts der pathologischen Kräfte, die ihn dazu trieben, war dies ohne Zweifel eine unsanfte Trennung gewesen. Denn unter den Gegebenheiten dieses außergewöhnlichen Sowjetkontaktes würde kein Profi der Regierung einen Kurier ermorden. Und, was auch immer Scofield sonst sein mochte, ein Profi war er.

Die Sturmwolken über Washington waren für Beowulf Agate zur Katastrophe geworden. Sie hatten ihn vernichtet.

Und der Sturm über Moskau hatte einen Meisterstrategen namens Taleniekov vernichtet.

Es war seltsam und grenzte ans Makabre. Zwei Feinde, die einander verabscheuten, waren von den Matarese als die ersten tödlichen Köder ausgewählt worden – Ablenkungsmanöver, wie der alte Krupskaya sie genannt hatte. Aber, noch wußte nur einer der Feinde es; der andere nicht. Er war nur darauf erpicht, Narben aufzureißen und Blut fließen zu lassen.

Wassili steckte das Papier wieder in die Tasche und atmete tief durch. Zwei Experten, die einander jagten, bis es zur unvermeidbaren Konfrontation kam.

Mein Name ist Taleniekov. Wir werden einander töten, oder miteinander sprechen.

7

Unterstaatssekretär Daniel Congdon sprang, den Telefonhörer in der Hand, aus seinem Sessel auf. Schon am Anfang seiner Tätigkeit bei der NSA hatte er gelernt, daß man sich am besten unter Kontrolle hielt, indem man sich während eines Augenblicks der Krise körperlich bewegte. Diese Fähigkeit war der Schlüssel zu seinem Beruf. Zumindest mußte es so aussehen. Er hörte zu, wie ihm ein sehr ärgerlicher Außenminister die gegenwärtige Krise klarmachte.

Verdammt, *er* stand unter Kontrolle.

»Ich habe mich gerade privat mit dem sowjetischen Botschafter getroffen. Wir sind beide der Ansicht, daß der Zwischenfall nicht an die Öffentlichkeit dringen darf. Das wichtige ist jetzt, daß wir Scofield herholen.«

»Sind Sie *sicher*, daß es Scofield war, Sir? Ich kann es einfach nicht *glauben*!«

»Wir müssen es annehmen, falls er keine unwiderlegbaren Beweise vorbringen kann, daß er in den letzten achtundvierzig Stunden tausend Meilen weit entfernt war. Kein anderer Mann im Abwehrdienst hätte so etwas getan. Es ist undenkbar.«

Undenkbar? *Unglaublich.* Die Leiche eines Russen, die auf dem Rücksitz eines Yellow Cab um 8.30 Uhr morgens durch das Tor der sowjetischen Gesandtschaft geliefert wurde, und ein Fahrer, der überhaupt nichts wußte. Außer, daß er *zwei* Betrunkene aufgenommen hatte, nicht einen – obwohl einer von den beiden in einem besonders schlimmen Zustand war. Was zum Teufel war aus dem anderen geworden? Der eine, der wie ein Rußki klang, einen Hut und eine dunkle Brille trug, sagte, daß das Tageslicht nach einer durchzechten Nacht für ihn zu hell wäre. Wo war er? Der Bursche auf dem Rücksitz – war er auch in Ordnung? Er sah übel aus.

»Wer war der Mann, Mr. Secretary?«

»Ein sowjetischer Abwehroffizier, der in Brüssel stationiert war. Der Botschafter war ganz offen. Das KGB hatte keine Ahnung, daß der Mann sich in Washington aufhielt.«

»Ein Überläufer?«

»Dafür gibt es keinerlei Beweise.«

»Was verbindet dann diesen Mann mit Scofield? Wenn man einmal von der Liefermethode absieht.«

Der Außenminister überlegte eine Weile und antwortete dann, wobei er jedes Wort abwog. »Sie müssen verstehen, Mr. Congdon, daß der Botschafter und ich eine besondere Beziehung haben, die über einige Jahrzehnte reicht. Wir sind zueinander häufig eher offen als diplomatisch. Immer unter der Vereinbarung, daß keiner damit offizielle Stellungnahmen abgibt.«

»Ich verstehe, Sir«, sagte Congdon und begriff, daß er sich nie offiziell auf die Antwort würde beziehen können, die er jetzt bekommen würde.

»Der fragliche Abwehroffizier war vor ungefähr zehn Jahren Mitglied einer KGB-Einheit in Ost-Berlin. Ich nehme angesichts Ihrer letzten Entscheidungen an, daß Sie Scofields Akte kennen.«

»Seine Frau?« Congdon setzte sich wieder. »Der Mann gehörte zu den Mördern von Scofields *Frau*?«

»Der Botschafter hat sich nicht auf Scofields Frau bezogen. Er erwähnte nur die Tatsache, daß der Tote vor zehn Jahren Mitglied einer relativ autonomen Abteilung des KGB in Ost-Berlin gewesen war.«

»Diese Abteilung wurde von einem Mann namens Taleniekov geleitet. Er gab die Befehle.«

»Ja«, sagte der Außenminister. »Wir haben uns ziemlich ausführlich über Mr. Taleniekov und den Zwischenfall, der sich einige Jahre später in Prag ereignete, unterhalten. Wir haben nach der Verbindung gesucht, die Sie gerade in Erwägung gezogen haben. Es kann sein, daß es sie gibt.«

»Wieso, Sir?«

»Wassili Taleniekov verschwand vor zwei Tagen.«

»*Verschwand*?«

»Ja, Mr. Congdon. Denken Sie darüber nach. Taleniekov erfuhr, daß er offiziell in den Ruhestand versetzt werden sollte, tauchte unter und verschwand.«

»Scofields Vertrag ist gekündigt worden ...« Congdon sprach ganz leise, so, als führte er ein Selbstgespräch.

»Genau«, pflichtete der Außenminister ihm bei. »Die Parallelität ist es, die uns im Augenblick Sorgen macht. Zwei pensionierte Spezialisten, die jetzt darauf aus sind, das zu tun, was sie offiziell nicht tun konnten: Einander töten. Sie haben überall Kontakte, Männer, die ihnen aus einer Vielzahl von Gründen ergeben sind. Ihr persönlicher Rachefeldzug könnte während dieser ungemein wichtigen Monate des Ausgleichs beiden Regierungen Probleme ungeahnten Ausmaßes bescheren. Das darf nicht geschehen.«

Der Direktor von *Cons Op* runzelte die Stirn. An den Schlüssen, die der Außenminister zog, stimmte etwas nicht. »Ich habe selbst vor drei Tagen mit Scofield gesprochen. Er schien nicht von Wut oder Rachedurst oder dergleichen getrieben. Er war ein müder Mann, der eine lange Zeit ... ein abnormales Leben ... geführt hatte. Jahrelang. Er sagte mir, er wolle nichts anderes als untertauchen, und ich glaubte ihm. Ich habe übrigens mit Robert Winthrop über Scofield gesprochen. Er teilte diese Meinung über ihn. Er sagte ...«

»Winthrop weiß *überhaupt nichts*«, unterbrach ihn der Außenminister unerwartet schroff. »Robert Winthrop ist ein geradezu brillanter Mann, aber er hat nie begriffen, was eine Konfrontation ist; höchstens in sehr verfeinerter Form. Sie dürfen nicht vergessen, Mr. Congdon, Scofield hat diesen Abwehroffizier aus Brüssel getötet.«

»Vielleicht gab es Umstände, die wir nicht kennen.«

»Wirklich?« Wieder hielt der Außenminister inne. Als er weitersprach, war die Bedeutung unverkennbar, die hinter seinen Worten stand. »Wenn es solche Umstände *gibt*, dann, so behaupte ich, haben wir es mit einer noch viel gefährlicheren Situation zu tun, als sie aus einer persönlichen Racheaktion entstehen könnte. Scofield und Taleniekov wissen über die Operationen beider Abwehrdienste mehr als irgendein anderer. Wir dürfen nicht zulassen, daß die beiden miteinander Verbindung aufnehmen. Sei es nun als Feinde, die darauf erpicht sind, einander zu töten, oder sei es wegen jener Umstände, von denen wir nichts wissen. Habe ich mich klar ausgedrückt, Mr. Congdon? Als Direktor der Consular Operations liegt das in Ihrem Verantwortungsbereich. Wie Sie sich dieser Verantwortung *entledigen*, geht mich nichts an. Es könnte sein, daß Sie es hier mit einem Mann zu tun haben, der nicht mehr zu retten ist. Doch das müssen Sie entscheiden.«

Daniel Congdon blieb reglos sitzen, als er das Klicken am anderen Ende der Leitung hörte. In all den Jahren seiner Amtszeit hatte er nie eine so schlecht getarnte, wenn auch unklare Anweisung erhalten. Man konnte über die Worte, die gebraucht worden waren, unterschiedlicher Meinung sein, nicht aber hinsichtlich des Befehls. Er legte den Hörer auf die Gabel und griff nach einem anderen Telefon auf der linken Seite seines Schreibtisches. Er drückte einen Knopf und wählte eine dreistellige Nummer.

»Innere Sicherheit«, sagte eine Männerstimme.

»Hier spricht Undersecretary Congdon. Holen Sie Brandon Scofield. Sie haben alle Informationen. Bringen Sie ihn sofort hierher.«

»Einen Augenblick, Sir«, antwortete der Mann höflich. »Ich glaube, daß vor ein paar Tagen eine Überwachungseintragung zweiten Grades über Scofield hereingekommen ist. Lassen Sie mich am Computer nachsehen. Die Daten sind gespeichert.«

»Vor zwei Tagen?«

»Ja, Sir. Ich habe es jetzt auf dem Bildschirm. Scofield hat sein Hotel gegen dreiundzwanzig Uhr am Sechzehnten verlassen.«

»Dem Sechzehnten? Heute ist der Neunzehnte.«

»Ja, Sir. Es hat aber hinsichtlich der Eintragung keine Verzögerung gegeben. Die Hotelleitung hat uns innerhalb einer Stunde informiert.«

»Wo ist er?«

»Er hat zwei Nachsendeadressen, aber keine Daten hinterlassen. Das Haus einer Schwester in Minneapolis und ein Hotel in Charlotte Amalie, St. Thomas, U. S. Virgin Islands.«

»Sind die Adressen überprüft worden?«

»Hinsichtlich Richtigkeit, ja. Er hat eine Schwester, die in Minneapolis lebt. Das Hotel in St. Thomas hat eine vorausbezahlte Reservierung für Scofield ab dem Siebzehnten. Das Geld ist telegrafisch aus Washington überwiesen worden.«

»Dann ist er dort.«

»Heute mittag war er das noch nicht, Sir. Wir haben einen Routineanruf durchgeführt. Er ist nicht eingetroffen.«

»Und wie steht es mit der Schwester?« unterbrach Congdon.

»Wieder ein Routineanruf. Sie bestätigte uns, daß Scofield sie angerufen und ihr gesagt hatte, daß er vorbeikommen würde. Aber er hat kein Datum genannt. Sie fügte hinzu, das wäre nicht ungewöhnlich. Er sei in seinen Besuchen immer ziemlich leger. Sie erwartete ihn irgendwann im Laufe der Woche.«

Der Direktor von *Cons Op* verspürte erneut den Drang aufzustehen, unterdrückte ihn aber. »Wollen Sie damit sagen, daß Sie wirklich nicht wissen, wo er ist?«

»Nun, Mr. Congdon, eine Ü-Zweiten-Grades arbeitet mit eingegangenen Berichten, nicht mit kontinuierlichem, visuellem Kontakt. Wir gehen sofort auf den ersten Grad über. Minneapolis bereitet keine Schwierigkeiten; mit den Virgin Islands könnte das schon der Fall sein.«

»Warum?«

»Wir haben dort keine verläßlichen Gewährsleute, Sir. Die hat niemand.«

Jetzt stand Daniel Congdon auf. »Ich versuche, Sie zu verstehen. Sie sagen, Scofield sei im zweiten Grad überwacht worden, aber meine Anweisungen waren eindeutig: Sein Aufenthaltsort sollte jederzeit bekannt sein. Warum hat man also nicht den ersten Grad benutzt? Warum ist nicht dauernder visueller Kontakt aufrechterhalten worden?«

Der Mann von der Inneren Sicherheit antwortete stockend: »Das war nicht meine Entscheidung, Sir. Aber ich glaube, daß ich die Gründe verstehen kann. Wenn man Scofield eine Ü-1 anhängt, würde er das bemerken und . . . nun, er würde uns schon aus reiner Bosheit in die Irre führen.«

»Was zum Teufel denken Sie denn, was er *getan* hat? Finden Sie ihn. Melden Sie meinem Büro stündlich, was Sie für Fortschritte machen!« Congdon setzte sich wütend wieder hin und warf den Hörer mit solcher Wucht auf die Gabel, daß die Glocke anschlug. Er starrte das Gerät an, nahm den Hörer dann wieder ab und wählte erneut.

»Fernmeldestelle Übersee, Miß Andros«, sagte eine Frauenstimme.

»Miß Andros. Hier spricht Undersecretary Congdon. Bitte schicken Sie mir sofort einen Chiffrierspezialisten in mein Büro. Klassifizierung Code A, maximale Sicherheitsstufe.«

»Ein Notfall, Sir?«

»Ja, Miß Andros, ein Notfall. Das Kabel wird in dreißig Minuten abgehen. Halten Sie die Verbindungen nach Amsterdam, Marseille . . . und Prag offen.«

***

Scofield hörte die Schritte im Flur und stand auf. Er ging zur Tür und spähte durch den winzigen Türspion. Draußen ging ein Mann vorbei. Er blieb nicht an der Tür auf der anderen Korridorseite stehen, dem Eingang zu der Zimmerflucht, die Taleniekovs Kurier benutzte. Bray ging zu seinem Sessel zurück und setzte sich. Er lehnte den Kopf gegen die Rückenlehne und starrte zur Decke.

Drei Tage waren seit dem Spiel auf der Straße vergangen, drei Nächte, seit er den Boten Taleniekovs erledigt hatte, den Boten, der vor zehn Jahren Unter den Linden einer der Killer gewesen war. Es war eine seltsame Nacht gewesen, ein eigenartiges Rennen, ein Endkampf, der auch anders hätte ausgehen können.

Der Mann hätte leben können. Die Entscheidung, ihn zu töten, hatte langsam ihre Bedeutung für Bray verloren, so wie auch so vieles andere seine Bedeutung verloren hatte. Der Kurier hatte es sich selbst zuzuschreiben. Der Russe war in Panik geraten und hatte eine vier Zoll lange rasiermesserscharfe Klinge aus dem Polster des Hotelsessels gezogen und ihn angegriffen. Sein Tod war Scofields schneller Reaktion zuzuschreiben. Es war kein mit Vorbedacht ausgeführter Mord.

Nichts hatte sich sehr verändert. Taleniekov hatte den KGB-Kurier benutzt. Der Mann war überzeugt, daß Beowulf Agate überlaufen wollte. Der Russe, der ihn nach Moskau brachte, konnte damit rechnen, den höchsten Orden zu bekommen.

»Man hat Sie hereingelegt«, hatte Bray dem Kurier gesagt.

»Unmöglich!« hatte der Russe geschrien. »Es ist Taleniekov!«

»Sicher ist er das. Und er wählt einen Mann, der damals Unter den Linden dabei war, um den Kontakt herzustellen, ein Mann, von dem er weiß, daß ich sein Gesicht nie vergessen werde. Er mußte davon ausgehen, daß ich die Kontrolle über mich verlieren und Sie töten würde. In *Washington.* Ich bin hier verletzlich . . . Und man hat Sie hereingelegt.«

»Sie *irren*! Das ist ein weißer Kontakt!«

»Das war Ost-Berlin auch, Sie Schweinehund.«

»Was werden Sie tun?«

»Mir einen Teil meiner Abfindung verdienen. Sie kommen mit.«

»Nein!«

»Ja.«

Der Mann hatte sich auf Scofield gestürzt.

Drei Tage waren seit jenem Gewaltakt verstrichen; drei Morgen, seit Scofield die Leiche in der Botschaft abgeliefert und das Chiffretelegramm nach Sewastopol geschickt hatte. Und noch immer war niemand an der Tür auf der anderen Seite des Korridors erschienen. Das war ungewöhnlich. Die Zimmerflucht war an eine Maklerfirma in Bern vermietet. Sie stand ihren »leitenden Angestellten« zur Verfügung. Das war im internationalen Geschäftsleben üblich. Darüber hinaus war es eine höchst durchsichtige Tarnung für einen sowjetischen Briefkasten.

Bray hatte Druck ausgeübt. Sein Telegramm und die Leiche des Kuriers *mußten irgend jemanden* dazu provozieren, die Zimmerflucht zu überprüfen. Und doch hatte niemand das getan. Ihm leuchtete das einfach nicht ein.

Es sei denn, ein Teil von Taleniekovs Telegramm entsprach der Wahrheit: Er handelte *tatsächlich* auf eigene Faust. Wenn das der Fall war, gab es nur eine Erklärung: der sowjetische Killer war aus dem aktiven Dienst entfernt worden und hatte beschlossen, eine alte Schuld zu begleichen, ehe man ihn irgendwo in der Umgebung von Grasnov in Pension schickte.

Er hatte nach Prag geschworen, das zu tun; die Botschaft war ganz klar gewesen: *Du gehörst mir, Beowulf Agate. Eines Tages, irgendwo. Ich werde dafür sorgen, daß du deinen letzten Atemzug tust.*

Ein Bruder für eine Frau. Den Ehemann für den Bruder. Es war eine Rache, die ihre Wurzel in dem gegenseitigen Abscheu hatte. Dieser Abscheu war nie geringer geworden. Für keinen von ihnen würde es Frieden geben, bis das Ende von einem gekommen war. Es war besser, das jetzt zu wissen, dachte Bray. Besser, als es auf einer überfüllten Straße oder an einem verlassenen Strand herauszufinden, mit einem Messer im Herzen oder einer Kugel im Kopf.

Der Tod des Kuriers war ein Unfall, der Taleniekovs würde

das nicht sein. Es würde keinen Frieden geben, bis sie sich begegneten. Dann würde der Tod kommen – so oder so. Jetzt galt es, den Russen herauszulocken. Dieser hatte den ersten Zug getan. Er war der Jäger, er hatte seine Rolle übernommen.

Die Strategie, die er einsetzen würde, war klassisch: Eindeutige Spuren, denen der Jäger folgen konnte. Und im richtigen Augenblick – dann, wenn der andere am wenigsten damit rechnete – würden die Spuren nicht mehr da und der Jäger verblüfft sein. Dann würde die Falle zuschnappen.

Taleniekov konnte ebenso wie Bray an jeden beliebigen Ort reisen, mit oder ohne offizielle Genehmigung. Im Laufe der Jahre hatten beide unzählige Methoden gelernt, das zu tun. Eine Vielzahl falscher Papiere stand zum Kauf, Hunderte von Männern waren überall bereit, ihnen Tarnung, Transportmöglichkeiten oder, wenn es sein mußte, Waffen zu liefern – alles und jedes, was sie wollten. Es gab nur zwei grundlegende Bedürfnisse: Identitäten und Geld.

Weder ihm noch Taleniekov gebrach es daran. Beides kam mit dem Beruf, die Identitäten ganz von selbst, das Geld etwas langsamer – meistens infolge bürokratischer Verzögerung. Jeder Spezialist, der seinen Ruf wert war, hatte seine persönlichen Geldquellen. Übertrieben hohe Zahlungen, Geld, das umgeleitet und in stabilen Ländern deponiert war. Dabei ging es weder um Diebstahl noch Wohlstand, nur um das Überleben. Ein Feldagent brauchte sich nur ein- oder zweimal die Finger zu verbrennen, um zu lernen, wie nötig es war, eine wirtschaftliche Basis zu schaffen.

Bray verfügte über Konten unter verschiedenen Namen in Paris, München, London, Genf und Lissabon. Rom und den Ostblock mied man. Das italienische Schatzamt wurde von Wahnsinnigen geleitet; das Bankwesen in den östlichen Satellitenstaaten war zu korrupt.

Scofield dachte nur selten daran, dieses Geld auszugeben. Im Unterbewußtsein war er sogar überzeugt, daß er es eines Tages zurückgeben würde. Hätte der habgierige Congdon nicht mit seinen eigenen Versuchungen geflirtet und die offizielle Kündigung so kompliziert dargestellt, wäre Bray vielleicht sogar am nächsten Morgen in sein Büro gekommen und hätte ihm die Scheckbücher ausgehändigt.

Aber jetzt nicht. Das Verhalten des Unterstaatssekretärs verbot das. Man gab einem Mann nicht einige hunderttausend Dollar, der versuchte, einen zu eliminieren, während er sich selbst dem schmutzigen Geschäft fernhielt. Es war ein sehr professionelles Konzept. Scofield erinnerte sich, daß die Killer der Matarese dieses Konzept vor Jahren seinem Höhepunkt zugeführt hatten. Aber sie waren bezahlte Meuchelmörder. Seit Jahrhunderten, den Tagen von Hassan Ibn-al-Sabbah, hatte es ihresgleichen nicht mehr gegeben. Es würde sie auch nie mehr geben. Verglichen mit ihnen, war jemand wie Daniel Congdon nur ein blasser Schatten.

Congdon. Scofield lachte und griff in die Tasche, um eine Zigarette herauszuholen. Der neue Direktor von Consular Operations war kein Narr. Nur ein Narr würde ihn unterschätzen. Aber er hatte die typische Washingtoner Mentalität, wie sie in den oberen Hierarchien der Geheimdienste so häufig vertreten war. Er war außerstande zu begreifen, was aus einem Mann wurde, wenn er draußen tätig war. Er würde vielleicht sogar die richtigen Begriffe verwenden, aber die einfache Folge von Wirkung und Gegenwirkung begriff er nicht. Das taten auch nur wenige. Das kam daher, daß ein Erkennen dieses Prinzips zugleich bedeutete, daß man zugab, um eine Abnormität eines Untergebenen zu wissen, auf dessen Funktion die Abteilung – oder die Firma – nicht verzichten konnte. Ganz einfach ausgedrückt: Pathologisches Verhalten war für einen Außendienstmann ein Teil der normalen Lebensweise. Man achtete nicht sonderlich darauf. Der Mann im Außendienst akzeptierte die Tatsache, daß er ein Verbrecher war, ehe irgendwelche Verbrechen begangen worden waren. Folglich ergriff er beim ersten Anzeichen irgendwelcher Aktivitäten Maßnahmen, um sich zu schützen. Für ihn war das wie eine zweite Natur.

Genau das hatte Bray getan. Während der Bote von Talenie-kov auf der anderen Seite des Korridors in dem Hotel an der Nebraska Avenue in seinem Zimmer gesessen war, hatte Scofield einige Telefongespräche geführt. Das erste mit seiner Schwester in Minneapolis, der er mitteilte, er würde in ein paar Stunden in den Mittleren Westen fliegen und sie in ein oder zwei Tagen besuchen. Der zweite Anruf galt einem Freund in Maryland, einem Hochseefischer, mit einem Zimmer voll ausgestopfter Trophäen an den Wänden. Er fragte nach einem guten, kleinen Hotel in der Karibik, das ihn kurzfristig aufnehmen würde. Der Freund hatte einen Freund in Charlotte Amalie. Dieser besaß ein Hotel und hielt sich für solche Notfälle immer zwei oder drei Zimmer frei. Der Fischer aus Maryland würde ihn anrufen.

So befand er sich am Abend des Sechzehnten praktisch auf dem Wege in den Mittleren Westen ... oder in die Karibik. Beide Orte waren mehr als fünfzehnhundert Meilen von Washington entfernt – wo er unbeobachtet blieb, ohne das Hotelzimmer gegenüber des sowjetischen Briefkastens je zu verlassen.

Wie oft hatte er jüngeren, weniger erfahrenen Agenten die Lektion eingehämmert: Ein Mann, der reglos in einer Menschenmenge stehenblieb, war nur sehr schwer zu entdecken.

Aber die Sache war mit jeder verstreichenden Stunde schwieriger geworden. Alle Möglichkeiten mußten durchdacht werden. Am wahrscheinlichsten war, daß der Russe einen toten Briefkasten aktiviert hatte, den nur er und sein Bote kannten. Man konnte unauffällig Instruktionen nach Bern schicken und die Zimmer telegrafisch mieten. Wochen würden verstreichen, bis die Information nach Moskau durchsickerte – ein Briefkasten unter Tausenden, die es auf der ganzen Welt gab.

Wenn dem so war – und es war vielleicht die *einzige* Erklärung –, handelte Taleniekov nicht nur auf eigene Faust, sondern sogar im Konflikt mit den Interessen des KGB. Seine Racheaktion hatte für ihn einen höheren Stellenwert als seine Loyalität zu seiner Regierung. Falls dieser Begriff noch eine Bedeutung hatte. Für Scofield hatte er es jedenfalls kaum. Das war die einzige Erklärung. In jedem anderen Falle würde die Zimmerflucht auf der anderen Seite des Korridors inzwischen von Sowjets wimmeln. Sie würden vielleicht vierundzwanzig oder auch sechsunddreißig Stunden warten, um sich zu vergewissern, daß sie nicht vom FBI überprüft wurden, aber nicht länger. Es gab zu viele Möglichkeiten, sich der Beobachtung durch das Büro zu entziehen.

Sein Instinkt sagte Bray, daß er recht hatte. Dieser Instinkt hatte sich über die Jahre bis zu einem Grad entwickelt, daß er ihm blind vertraute. Jetzt mußte er sich in Taleniekovs Lage versetzen, so denken, wie dieser denken würde. Das war sein bester Schutz gegen ein Messer in den Rücken oder eine Kugel aus einem HV-Gewehr. Nur so konnte man das Ganze zu

Ende bringen und brauchte nicht darüber nachzudenken, was sich in den Schatten oder Menschenmengen verbarg.

Der KGB-Mann hatte keine Wahl. Er war am Zuge. Es mußte in Washington geschehen. Man fing mit der räumlichen Verbindung an. Das war der stumme Briefkasten auf der anderen Seite des Korridors. In ein paar Tagen – vielleicht auch nur Stunden – würde Taleniekov auf dem Dulles Airport landen. Dann würde die Jagd beginnen.

Aber der Russe war kein Narr. Er würde nicht in die Falle gehen. Statt dessen würde ein anderer kommen, jemand, der nichts wußte. Den man dafür bezahlt hatte, als Tarnung zu dienen, ohne es zu wissen. Ein argloser Passagier, dessen Freundschaft man sorgfältig während eines transatlantischen Fluges gepflegt hatte; vielleicht auch eine der Kontaktpersonen, die Taleniekov in Washington hatte. Männer und Frauen, die keine Ahnung hatten, daß der Europäer, dem sie gegen gute Bezahlung Gefälligkeiten erwiesen, ein Stratege des KGB war. Unter ihnen würde sich der Lockvogel oder die Lockvögel befinden, ebenso wie andere Vögel. Lockvögel wußten nichts, sie waren nichts als Köder. Vögel beobachteten und schlugen Alarm, wenn der Köder angenommen wurde. Vögel und Köder, das würden Taleniekovs Waffen sein.

Jemand würde zu dem Hotel an der Nebraska Avenue kommen. Wer auch immer es war, er würde nur die Anweisung haben, jene Räume zu betreten; keine Telefonnummer, keinen Namen, der irgend etwas bedeutete. Und in der Nähe würden die Vögel darauf warten, daß das Opfer dem Köder folgte.

Sobald sie das Opfer entdeckt hatten, würden die Vögel mit dem Jäger Verbindung aufnehmen. Das bedeutete, daß der Jäger sich ebenfalls in der Nähe befand.

Dies würde Taleniekovs Strategie sein, denn es stand keine andere zur Verfügung. Es war auch die Strategie, die Scofield anwenden würde. Drei oder vier – allerhöchstens fünf – Personen, die jederzeit für einen solchen Einsatz zur Verfügung standen. Das Ganze würde sehr einfach ablaufen: Telefonanrufe vom Flughafen aus, ein Treffen in einem Hotel in der Innenstadt. Eine ganz billige Aktion, wenn man den persönlichen Wert des Opfers bedachte.

Hinter der Türe waren jetzt Geräusche zu hören, Stimmen. Bray stand auf und ging schnell zu dem winzigen Türspion.

Auf der anderen Seite des Korridors sprach eine gut gekleidete Frau mit dem Pagen, der ihre Reisetasche trug. Kein Koffer, kein Gepäck, wie man es auf Transatlantikflügen mit sich zu führen pflegte, nur eine kleine Reisetasche. Der Köder war eingetroffen. Die Vögel waren nicht weit. Taleniekov war gelandet. Die Jagd begann.

Die Frau und der Page verschwanden in der Zimmerflucht.

Scofield ging ans Telefon. Dies war der Augenblick, um die Gegenaktion einzuleiten. Er brauchte Zeit; einige Tage vielleicht.

Er wählte die Nummer des Fischers in Maryland. Er verdeckte die Sprechmuschel mit der rechten Hand, so daß seine Stimme gedämpft wurde. Der Ruf kam schnell, der Anrufer hatte es eilig. »Ich bin auf den Keys und kann das verdammte Hotel in Charlotte Amalie nicht erreichen. Rufen Sie es für mich an, ja? Sagen Sie ihnen, ich sei auf einem Charterboot von Tavernier aus unterwegs und käme in zwei Tagen.«

»Sicher, Bray. Machst wohl richtige Ferien, wie?«

»Und ob. Vielen Dank auch.«

Der nächste Anruf erforderte keine Tarnung. Er galt einer Französin, mit der er vor einigen Jahren kurze Zeit in Paris zusammengelebt hatte. Sie war eine der tüchtigsten Geheimagentinnen von Interpol gewesen, bis sie enttarnt worden war. Jetzt arbeitete sie für den CIA in Washington. Die sexuelle Beziehung zwischen ihnen war schon lange zu Ende, aber sie waren Freunde. Sie stellte keine Fragen.

Er nannte ihr den Namen des Hotels an der Nebraska Avenue. »Rufe in fünfzehn Minuten an und verlange Appartement zweihundertelf. Eine Frau wird sich melden. Verlange mich.«

»Wird sie wütend sein, Darling?«

»Sie wird nicht wissen, wer ich bin. Aber jemand anderer wird es wissen.«

Taleniekov lehnte an der Ziegelmauer auf der anderen Seite des Hotels. Er lockerte seine Muskeln ein paar Augenblicke lang und rollte den Hals hin und her. Er versuchte damit die Spannung zu lösen und seiner Erschöpfung Herr zu werden. Er war jetzt seit beinahe drei Tagen unterwegs; war mehr als achtzehn Stunden lang geflogen und hatte Städte und Dörfer besucht, um sich falsche Dokumente zu verschaffen. So konnte er dreimal nacheinander Grenzen überschreiten: von Sewastopol nach Athen, von Athen nach London, von London nach New York. Schließlich nahm er eine Nachmittagsmaschine nach Washington, nachdem er vorher drei Banken in Manhattan aufgesucht hatte.

Er hatte es geschafft. Seine Leute hatten ihre Stellungen eingenommen. Eine teure Hure, die er aus New York hergebracht hatte, und drei andere aus Washington, zwei Männer und eine ältere Frau. Alles redegewandte *Nitschewos*, das, was die Amerikaner »Hustlers« nannten. Alle hatten in der Vergangenheit dem großzügigen »Geschäftsmann« aus Den Haag Gefälligkeiten erwiesen.

Sie waren auf die Aufträge dieses Abends gut vorbereitet. Die Hure hielt sich in der Zimmerflucht auf, welche als Bern-Washington-Depot diente. Scofield würde das binnen weniger Minuten wissen. Beowulf Agate war kein Amateur. Er würde jemanden schicken, um das Mädchen auszufragen.

Taleniekovs Vögel würden den oder die Betreffende sehen. Die zwei Männer und die ältere Frau hatten ein kleines tragbares Sprechgerät. Sie konnten sofort und unauffällig mit ihm Verbindung aufnehmen. Mit Ausnahme der Hure. Er konnte das Risiko nicht eingehen, daß man ein solches Gerät bei ihr fand. Sie war entbehrlich.

Einer der beiden Männer saß in der schwach erleuchteten Cocktailbar. Neben ihm stand ein offener Aktenkoffer. Der Tisch war mit Papieren übersät: Ein Reisevertreter, der die Ergebnisse einer Geschäftsreise aufaddierte. Der andere Mann war im Speisesaal. Der Tisch war für zwei gedeckt. Die Reservierung war vom Sekretär einer bedeutenden Persönlichkeit im Weißen Haus vorgenommen worden. Der Gastgeber hatte sich verspätet. Der Saalkellner hatte bereits einige entschuldigende Anrufe erhalten. Der Gast würde eine Behandlung erfahren, wie sie jemandem gebührte, den das Weiße Haus so wichtig nahm.

Aber am meisten zählte Taleniekov auf die ältere Frau. Sie wurde viel besser bezahlt als die anderen – und das aus gutem Grunde. Sie war alles andere als eine *Nitschewo*. Sie war eine Killerin.

Seine unerwartete Waffe. Eine liebenswürdige Dame mit gepflegter Stimme, die nicht die geringsten Skrupel dabei empfand, ihre Waffe auf ein Ziel abzufeuern oder einem Tischgefährten ein Messer in den Leib zu stoßen. Eine Frau, die sich binnen Sekunden von einer würdigen Dame in eine Hexe verwandeln konnte. Wassili hatte ihr während der letzten sechs Jahre Tausende bezahlt und sie einige Male nach Europa kommen lassen, um dort Aufgaben zu erledigen, die ihren außergewöhnlichen Fähigkeiten angemessen waren. Sie hatte ihn nie im Stich gelassen. Das würde sie auch heute nicht tun. Er hatte kurz nach seiner Landung auf dem Kennedy Airport mit ihr Verbindung aufgenommen. Sie hatte einen vollen Tag Zeit gehabt, um sich auf den Abend vorzubereiten. Das genügte.

Taleniekov stieß sich von der Ziegelmauer ab, massierte die Hände, atmete tief und verdrängte alle Gedanken an Schlaf. Er hatte seine Flanken gedeckt; jetzt konnte er nur warten. *Wenn* Scofield die Verabredung einhalten wollte – eine Verabredung, die nach Ansicht des Amerikaners einem von ihnen beiden den Tod bringen sollte –, so war es besser, es hinter sich zu bringen, als ständig Angst zu haben. Nein, es war viel wünschenswerter, die Jagd abzuschließen; so würde wenigstens Beowulf Agate denken. Und doch, wie *unrecht* er hatte! Wenn es nur eine Möglichkeit gäbe, ihn zu erreichen, es ihm zu *sagen*! Da waren die *Matarese*! Da gab es Leute, die man sehen mußte, die man überzeugen mußte! Gemeinsam konnten sie es schaffen; es gab anständige Männer in Moskau *und* Washington, Männer, die *keine* Angst haben würden.

Aber es gab keine Möglichkeit, Brandon Scofield auf neutralem Boden zu erreichen, denn für Beowulf Agate würde kein Boden neutral sein. Der Amerikaner würde, sobald er seinen Feind erblickte, jede Waffe einsetzen, die ihm zur Verfügung stand, um ihn zu töten. Wassili verstand das, denn an Scofields Stelle würde er das gleiche tun. Also kam es darauf an, zu warten, den Gegner zu umkreisen, zu wissen, daß jeder von beiden den für das Opfer hielt, der zuerst hervortrat; jeder wartete darauf, daß der Gegner einen Fehler beging.

Die schreckliche Ironie lag darin, daß der einzig bedeutsame Fehler dann eintreten würde, wenn Scofield gewann. Taleniekov konnte das nicht zulassen. Wo auch immer Scofield sein mochte, man mußte ihn ergreifen, bewegungsunfähig machen *und zum Zuhören zwingen.*

Deshalb war das Warten jetzt so wichtig. Der Meisterstratege von Ost-Berlin, Riga und Sewastopol hatte viel Geduld.

»Das Warten hat sich gelohnt, Mr. Congdon«, sagte die erregte Stimme am Telefon. »Scofield befindet sich auf einem Charterboot. Er ist von Tavernier auf den Florida Keys aus unterwegs. Wir rechnen damit, daß er übermorgen auf den Virgin Islands eintreffen wird.«

»Woher stammt Ihre Information?« fragte der Direktor der Consular Operations interessiert und räusperte sich. Dann blickte er aus zusammengekniffenen Augen auf die Uhr auf seinem Nachttisch. Es war drei Uhr früh.

»Von dem Hotel in Charlotte Amalie.«

»Und wo haben *die* die Information her?«

»Sie haben einen Anruf bekommen, in dem gebeten wurde, die Reservierung zu halten. Er würde in zwei Tagen eintreffen.«

»Von wem kam der Anruf? Woher?«

Am anderen Ende der Leitung herrschte kurzes Schweigen. »Wir nehmen an, von Scofield. Von den Keys.«

»Sie sollen nicht annehmen. Stellen Sie es fest.«

»Wir überprüfen natürlich alles. Unser Mann in Key West ist gerade nach Tavernier unterwegs. Er wird die Logbücher sämtlicher Charterboote überprüfen.«

»Überprüfen Sie diesen Anruf. Sagen Sie mir Bescheid.« Congdon legte auf und lehnte sich gegen das Kissen. Er sah zu seiner Frau hinüber, die neben ihm in dem Doppelbett lag. Sie hatte sich die Decke über den Kopf gezogen. Die Jahre hatten sie gelehrt, nächtliche Anrufe nicht wahrzunehmen und durchzuschlafen. Er dachte über den Anruf nach, den er soeben erhalten hatte. Es war zu einfach. Zu durchsichtig. Scofield versuchte, durch angebliche, spontane Reisen seine Spur zu verwischen; ein erschöpfter Mann, der eine Weile untertauchen wollte. Aber da lag ein Widerspruch: Scofield war kein Mann, der je so erschöpft sein konnte, daß er irgend etwas ohne Grund tat. Er hatte seine Spuren absichtlich verwischt . . . und das bedeutete, daß er den Abwehroffizier aus Brüssel tatsächlich getötet hatte.

KGB. Brüssel. Taleniekov.

Ost-Berlin.

Taleniekov und der Mann aus Brüssel hatten in Ost-Berlin zusammengearbeitet. In einer »relativ autonomen Abteilung des KGB« – das bedeutet Ost-Berlin ... und darüber hinaus.

Washington? Hatte jene »relativ autonome« Einheit aus Ost-Berlin Leute nach Washington geschickt? Unmöglich war das nicht. Das Wort »autonom« hatte zwei Bedeutungen. Es diente nicht nur dazu, Vorgesetzte von bestimmten Handlungen ihrer Untergebenen freizusprechen, sondern es wies auch auf Bewegungsfreiheit hin. Ein CIA-Agent in Lissabon konnte vielleicht einen Mann nach Athen verfolgen. Warum nicht? Er war mit einer bestimmten Operation vertraut. Umgekehrt würde ein KGB-Agent in London einen der Spionage Verdächtigen nach New York verfolgen. Wenn er die dazu nötige, allgemeine Erlaubnis hatte, lag das durchaus im Bereich seiner Pflichten. Taleniekov hatte schon in Washington gearbeitet; man vermutete, daß er innerhalb der letzten zehn Jahre wenigstens ein dutzendmal in die Vereinigten Staaten gereist war.

Taleniekov und der Mann aus Brüssel. *Das* war die Verbindung, die sie untersuchen mußten. Congdon lehnte sich vor und griff nach dem Telefon, hielt dann aber inne. Das richtige Timing war jetzt von überragender Wichtigkeit. Die Telegramme waren vor beinahe zwölf Stunden in Amsterdam, Marseille und Prag eingegangen. Nach verläßlichen Informanten hatten sie die Empfänger aufs äußerste erschreckt. In allen drei Städten hatten Stellen im Untergrund auf die Nachricht von Scofields »unrettbarem« Verhalten mit Panik reagiert. Es bestand die Gefahr, daß Namen verraten, Männer und Frauen gefoltert, getötet wurden und ganze Netze aufflogen. Es galt, keine Zeit zu verlieren. Beowulf Agate mußte eliminiert werden. Am frühen Abend hatte er die Nachricht erhalten, daß in Prag und Marseille bereits zwei Männer als seine Killer ausgewählt worden waren. Sie befanden sich schon auf dem Flug nach Washington. Es war nicht damit zu rechnen, daß es bei der Grenzkontrolle irgendwelche Schwierigkeiten geben würde. Ein dritter sollte Amsterdam noch vor dem Morgen verlassen; in Amsterdam war jetzt Morgen.

Bereits am Mittag würde ein Exekutionskommando in Washington sein, das völlig getrennt von der Regierung der Vereinigten Staaten operierte. Jeder Mann sollte dieselbe Telefonnummer anrufen, eine Geheimnummer im Getto von Baltimore. Die Person, die jenes Telefon besetzt hielt, würde jegliche Information, die inzwischen über Scofield gesammelt worden war, weitergeben. Nur ein Mann konnte diese Informationen nach Baltimore weitergeben. Der Verantwortliche: Der Direktor von Consular Operations. Niemand sonst in der Regierung der Vereinigten Staaten hatte die Nummer.

Ob sich noch eine letzte Verbindung herstellen ließ? überlegte Congdon. Es war so wenig Zeit. Dieses Vorgehen erforderte außergewöhnlich gründliche Zusammenarbeit. Konnte er diese Kooperation erbitten, ja auch nur ansprechen? So etwas war noch nie geschehen. Aber wenn es möglich war, dann würde vielleicht ein Versteck aufgedeckt und eine doppelte Exekution stattfinden.

Er war im Begriffe gewesen, den Außenminister anzurufen und ihm ein sehr ungewöhnliches Treffen am frühen Morgen mit dem sowjetischen Botschafter vorzuschlagen. Aber die diplomatischen Komplikationen würden zuviel Zeit beanspruchen, da ja keine der beiden Seiten sich zu Gewalt bekennen wollte. Es gab eine bessere Möglichkeit, gefährlich zwar, aber wesentlich direkter.

Congdon stieg leise aus dem Bett, ging die Treppe hinunter und betrat den kleinen Raum, der ihm zu Hause als Büro diente. Er trat an seinen Schreibtisch, der mit dem Boden verschraubt war und dessen rechte, untere Schublade einen Safe mit einem Kombinationsschloß verbarg. Er knipste die Schreibtischlampe an, öffnete die linke Schubladenfront und drehte das Rad. Das Schloß klickte, die Stahlplatte sprang auf. Er griff hinein und holte eine Karteikarte mit einer Telefonnummer hervor.

Es war eine Nummer, von der er nie geglaubt hatte, daß er sie je anrufen würde. Die Vorwahlnummer war 902 – Nova Scotia – und die Leitung war immer besetzt. Es war die Nummer eines Computersystems, der Zentralstelle für sämtliche sowjetische Spionageoperationen in Nordamerika. Indem er diese Nummer anrief, gab er etwas preis, was unter allen Umständen geheimgehalten werden sollte: Die Gegenseite wußte nicht, daß die US-Abwehr die Zentralstelle in Nova Scotia kannte, aber die außergewöhnlichen Umstände waren jetzt wichtiger. Es gab einen Mann in Nova Scotia, der ihn verstehen würde. Äußerlichkeiten würden ihn nicht stören. Er hatte zu viele Todesurteile ausgesprochen. Er war der höchstrangige KGB-Offizier außerhalb der Sowjetunion.

Congdon griff nach dem Telefon.

»Cabot Strait Exporters«, sagte die Männerstimme in Nova Scotia. »Nachtdienst.«

»Hier spricht Daniel Congdon, Undersecretary of State, Consular Operations, United States Government. Bitte lassen Sie diesen Anruf überprüfen und überzeugen Sie sich davon, daß ich von einer Privatwohnung in Herndon Falls, Virginia, aus anrufe. Inzwischen schalten Sie bitte die elektronischen Suchgeräte ein, um sich zu vergewissern, daß die Leitung nicht angezapft ist. Sie werden keine Wanzen finden. Ich warte solange Sie wollen, aber ich muß mit Voltage One sprechen, *Vol't Odin,* nennen Sie ihn, glaube ich.«

Seine Worte wurden von Nova Scotia schweigend aufgenommen. Es gehörte nicht viel Phantasie dazu, sich den verstörten Mann vorzustellen, wie er jetzt einige Notschalter umlegte. Schließlich meldete die Stimme sich wieder.

»Die Leitung scheint gestört. Bitte wiederholen Sie Ihre Nachricht.«

Das tat Congdon.

Wieder Schweigen. Dann: »Bitte bleiben Sie am Apparat, mein Vorgesetzter wird mit Ihnen sprechen. Wir glauben aber, daß Sie eine falsche Nummer hier in Cape Breton erreicht haben.«

»Sie sind nicht in Cape Breton. Sie sind in Saint Peter's Bay, Prince Edward Island.«

»Bleiben Sie bitte in der Leitung.«

Er mußte beinahe drei Minuten warten. Congdon setzte sich; es funktionierte.

Voltage One kam an den Apparat. »Bitte warten Sie einen Augenblick«, sagte der Russe. Dann folgte das hohle Geräusch einer noch bestehenden Verbindung, die für kurze Zeit unterbrochen war; man hatte elektronische Geräte eingeschaltet. Jetzt kehrte der Russe zurück. »Dieser Anruf kommt tatsächlich von einem privaten Apparat in Herndon Falls, Virginia. Die Suchgeräte haben keine Abhörgeräte festgestellt, aber das könnte natürlich bedeutungslos sein.«

»Ich wüßte nicht, was für andere Beweise ich Ihnen geben könnte ...«

»Sie mißverstehen mich, Mr. Undersecretary. Die Tatsache, daß Sie diese Nummer besitzen, ist für sich alleine betrachtet nicht weltbewegend; eher die Tatsache, daß Sie die Unverfrorenheit besitzen, sie zu gebrauchen und mich unter meinem Decknamen zu verlangen. Ich habe den Beweis, den ich brauche. Was wollen Sie?«

Congdon sagte es ihm mit möglichst wenigen Worten. »Sie wollen Taleniekov. Wir wollen Scofield. Die Kontaktstelle ist Washington, davon bin ich überzeugt. Der Schlüssel zu seinem Aufenthaltsort ist Ihr Mann aus Brüssel.«

»Wenn ich mich richtig erinnere, wurde seine Leiche vor einigen Tagen in die Botschaft gebracht.«

»Ja.«

»Und Sie sehen da eine Verbindung zu Scofield?«

»Ihr eigener Botschafter hat das getan. Er wies darauf hin, daß der Mann 1968 Mitglied einer KGB-Abteilung in Ost-Berlin war, Taleniekovs Einheit. Es hatte einen Zwischenfall gegeben, in den Scofields Frau verwickelt war.«

»Ich verstehe«, sagte der Russe. »Beowulf Agate mordet also immer noch aus Rache.«

»Das geht etwas zu weit, finden Sie nicht? Ich darf Sie vielleicht daran erinnern, daß es so aussieht, als verfolgte Taleniekov Scofield, nicht umgekehrt.«

»Kommen Sie bitte zur Sache, Mr. Undersecretary. Da wir im Prinzip übereinstimmen – was wollen Sie von uns?«

»Es muß in Ihren Computern oder irgendwo in einer Akte sein. Es liegt wahrscheinlich ein paar Jahre zurück. Wir glauben, daß der Mann aus Brüssel und Taleniekov irgendwann einmal in Washington tätig waren. Wir müssen die Adresse ihres Verstecks erfahren. Das ist die einzige Verbindung, die wir zwischen Scofield und Taleniekov haben. Wir glauben, daß sie sich dort treffen werden.«

»Ich verstehe«, wiederholte der Russe. »Angenommen, es gibt eine solche Adresse, welche Haltung würde dann Ihre Regierung einnehmen?«

Congdon war auf die Frage vorbereitet. »Überhaupt keine«, erwiderte er mit monotoner Stimme. »Die Information wird an andere weitergeleitet, Männer, die sich wegen Beowulf Agates

Verhalten in letzter Zeit große Sorgen machen. Abgesehen von mir wird niemand aus meiner Regierung mit der Sache befaßt sein.«

»Ein Chiffrekabel identischen Inhalts wurde an drei konterrevolutionäre Zellen in Europa geschickt. Nach Prag, Marseille und Amsterdam. Solche Kabel können Mörder auf den Plan rufen.«

»Ich bewundere Ihre Gründlichkeit«, sagte der Direktor von *Cons Op*.

»Sie machen das mit uns jeden Tag genauso. Komplimente sind überflüssig.«

»Sie haben nichts dagegen unternommen?«

»Natürlich nicht, Mr. Undersecretary. Würden Sie das tun?«

»Nein.«

»In Moskau ist es elf Uhr. Ich rufe Sie innerhalb einer Stunde zurück.«

Congdon legte auf und lehnte sich im Sessel zurück. Er gierte förmlich nach einem Drink, verzichtete aber darauf. Zum erstenmal in seiner langen Laufbahn verhandelte er unmittelbar mit den gesichtslosen Feinden in Moskau. Niemand würde ihm Vorwürfe machen können. Er war alleine, und in dieser Einsamkeit lag sein Schutz. Er schloß die Augen und stellte sich das Bild leerer weißer Betonwände vor.

Zweiundzwanzig Minuten später klingelte das Telefon. Er sprang vor und nahm den Hörer ab.

»Es gibt ein kleines, exklusives Hotel an der Nebraska Avenue . . .«

8

Scofield ließ das kalte Wasser ins Becken fließen, lehnte sich gegen den Ausguß und sah in den Spiegel. Seine Augen waren vom fehlenden Schlaf blutunterlaufen, Kinn und Wangen von Stoppeln übersät. Er hatte sich beinahe drei Tage lang nicht rasiert und insgesamt höchstens drei Stunden ausgeruht. Es war kurz nach vier Uhr morgens. Jetzt war nicht die Zeit, ans Schlafen oder Rasieren zu denken.

Auf der anderen Seite des Korridors bekam Taleniekovs gutangezogener Köder ebensowenig Schlaf wie er. Die Telefonanrufe kamen jetzt jede Viertelstunde.

Mr. Brandon Scofield, bitte.

Ich kenne keinen Scofield! Hören Sie auf, mich anzurufen! Wer sind Sie?

Eine Freundin von Mr. Scofield. Ich muß ihn dringend sprechen.

Er ist nicht hier! Ich kenne ihn nicht. Hören Sie auf! Sie machen mich wahnsinnig. Ich sage der Hotelzentrale, daß sie keine Gespräche mehr verbinden darf!

Das würde ich nicht tun. Ihr Freund wäre damit nicht einverstanden. Man würde Sie nicht bezahlen! Hören Sie auf!

Brays ehemalige Geliebte aus Paris machte ihre Sache gut. Sie hatte nur eine Frage gestellt, als er sie gebeten hatte, die Anrufe fortzusetzen.

»Hast du Schwierigkeiten, Darling?«

»Ja.«

»Dann werde ich tun, worum du mich gebeten hast. Sag mir, was du mir mitteilen kannst, damit ich weiß, wie ich mich verhalten muß.«

»Sprich nicht länger als zwanzig Sekunden. Ich weiß nicht, wer die Zentrale unter Kontrolle hat.«

»Du hast *wirklich* Schwierigkeiten.«

Binnen einer Stunde, vielleicht auch schneller, würde die Frau auf der anderen Seite des Korridors in Panik geraten und aus dem Hotel fliehen. Was auch immer man ihr versprochen hatte – es war die schrecklichen Telefonanrufe nicht wert, das immer stärker werdende Gefühl, in Gefahr zu sein. Der Köder würde entfernt werden. Der Jäger würde sich eine andere Strategie ausdenken müssen.

Taleniekov würde dann gezwungen sein, seine Vögel zu schicken. Der ganze Prozeß würde von neuem anfangen. Nur die Telefonanrufe würden weniger häufig kommen, vielleicht jede Stunde, gerade, wenn der Schlaf anfing, sich einzustellen. Am Ende würden die Vögel wegfliegen. Es gab Grenzen dafür, wie lange sie in der Luft bleiben konnten. Die Mittel, die dem Jäger zur Verfügung standen, waren umfangreich, aber nicht *so* umfangreich. Er operierte in fremdem Territorium. Wie viele Köder und Vögel standen ihm zur Verfügung? Er konnte nicht endlos fortfahren, blinde Kontakte anzurufen, hastig Besprechungen einzuberufen, Instruktionen und Geld auszugeben.

Nein, das konnte er nicht. Enttäuschung und Erschöpfung würden zusammentreffen. Dann würde der Jäger alleine sein, am Ende seiner Möglichkeiten. Zu guter Letzt würde er sich selbst zeigen. Er hatte keine Wahl. Er konnte den Briefkasten nicht unbesetzt lassen. Das war die einzige Falle, die er hatte, die einzige Verbindung, die es zwischen ihm und seinem Opfer gab.

Über kurz oder lang würde Taleniekov durch den Hotelkorridor gehen und an der Türe von Zimmer 211 stehenbleiben. Wenn er das tat, würde das das Letzte sein, was er sah.

Der Sowjetkiller war gut, aber er würde sein Leben an den Mann verlieren, den er Beowulf Agate nannte, dachte Scofield. Er drehte den Hahn zu und tauchte sein Gesicht in das kalte Wasser.

Er hob den Kopf. Im Korridor waren Geräusche zu hören. Er ging zu dem winzigen Türspion. Auf der anderen Seite schloß ein matronenhaft wirkendes Zimmermädchen die Türe auf. Es hatte einige Handtücher und Laken über den rechten Arm gehängt. Ein Zimmermädchen um vier Uhr früh? Bray zollte innerlich Taleniekovs Phantasie hohes Lob. Er hatte ein Zimmermädchen engagiert, um ihm Informationen zu liefern. Geschickt, aber mit einem Fehler behaftet. Ein solches Individuum war in seiner Bewegungsfreiheit zu sehr eingeschränkt und konnte zu leicht entfernt werden. Die Rezeption konnte es jederzeit abrufen. Und es gab noch einen größeren Nachteil.

Am Morgen würde der Dienst beendet sein. Dann würde ein Gast auf der anderen Seite des Korridors die Frau rufen.

Scofield war gerade im Begriff, zum Waschbecken zurückzugehen, als er den Lärm hörte. Er sah wieder durch den Türspion.

Die gut gekleidete Frau hatte das Zimmer verlassen. Sie trug ihre Reisetasche in der Hand. Das Zimmermädchen stand unter der Tür. Scofield konnte hören, was der Köder sagte.

»Sagen Sie ihm, er soll zum Teufel gehen!« schrie die Frau. »Er ist verrückt, meine Liebe, dieses Arschloch! Diese ganze Bude wimmelt von Verrückten!«

Das Zimmermädchen blickte der Frau schweigend nach, als diese schnell den Korridor hinunter ging. Dann schloß sie die Tür hinter sich.

Das matronenhaft wirkende Zimmermädchen war gut bezahlt worden. Am Morgen würde sie von einem Gast auf der anderen Seite des Korridors besser bezahlt werden. Die Verhandlungen würden schnell beginnen, in dem Augenblick nämlich, in dem sie Zimmer 211 verließ.

Die Schlinge zog sich enger. Alles kam jetzt darauf an, Geduld zu zeigen und wach zu bleiben.

Taleniekov ging durch die Straßen. Er spürte, daß seine Beine kurz davor waren, ihm den Dienst zu versagen. Er mußte sich anstrengen wachzubleiben und nicht mit den Menschen auf den Bürgersteigen zusammenzustoßen. Er spielte im Geist Spiele, um seine Konzentration aufrechtzuerhalten, zählte Schritte, Fugen im Pflaster oder Häuserblöcke zwischen Telefonzellen. Die Sprechgeräte waren unbrauchbar, die CB-Frequenzen mit sinnlosem Geplapper angefüllt. Er verfluchte den Umstand, daß er keine Zeit gehabt hatte, etwas leistungsfähigere Geräte zu kaufen. Aber er hatte nie gedacht, daß es so *lange* dauern würde! Wahnsinn!

Es war zwanzig Minuten nach elf Uhr vormittags. Washington pulsierte, Menschen hasteten, Autos und Busse verstopften die Straßen ... Und immer noch kamen diese verrückten Telefonanrufe in der Zimmerflucht in dem Hotel an der Nebraska Avenue an.

Brandon Scofield, bitte. Ich muß ihn dringend sprechen ...

Wahnsinn!

Was *tat* Scofield? Wo *war* er? Wo waren seine Mittelsleute?

Nur die alte Frau blieb in dem Hotel. Die Hure hatte rebelliert, die beiden Männer waren schon lange erschöpft. Ihre Anwesenheit war eher peinlich, jedenfalls ohne Nutzen. Die Frau blieb in der Hotelsuite und versuchte zwischen den Telefonanrufen wenigstens etwas Ruhe zu finden. Sie gab jedes Wort, das die Anruferin sprach, weiter. Eine Frau mit einem ausgeprägten »ausländischen« Akzent, wahrscheinlich französisch, die nie länger als fünfzehn Sekunden in der Leitung blieb, auf keine Frage einging und sehr abrupt war. Sie war entweder eine Professionelle oder von jemand professionell ausgebildet worden. Es war unmöglich, die Nummer oder den Ursprungsort der Anrufe zu ermitteln.

Wassili ging auf die Telefonzelle zu, die fünfzig Meter nördlich vom Hoteleingang auf der gegenüberliegenden Straßenseite stand. Das war der vierte Anruf von dieser Zelle aus. Er hatte sich bereits die Kritzeleien und die verschiedenen Nummern eingeprägt, die Benutzer vor ihm auf das graue Metall geschrieben hatten. Er betrat die Zelle, zog die Glastüre hinter sich zu und schob eine Münze ein. Seine Hand näherte sich der Wählscheibe.

Prag!

Seine Augen mußten ihn narren! Auf der anderen Seite der Nebraska Avenue stieg ein Mann aus einem Taxi, stand dann am Bürgersteig und blickte zu dem Hotel hinüber. Er kannte diesen Mann! Zumindest sein Gesicht. Und das gehörte nach Prag!

Der Mann war bekannt für seine Gewalttätigkeit, sowohl politisch als auch unpolitisch. Seine Polizeiakten waren angefüllt mit Körperverletzung, Diebstahl und unbewiesenen Morden. Die Jahre, die er in verschiedenen Gefängnissen verbracht hatte, näherten sich eher der Zahl zehn als der fünf. Er hatte mehr um des Profits als um der Ideologie willen gegen den Staat gearbeitet. Die Amerikaner hatten ihn gut bezahlt. Er galt als ausgezeichneter Schütze, aber noch besser konnte er mit dem Messer umgehen.

Daß er sich in Washington befand, weniger als fünfzig Meter gerade von diesem Hotel entfernt, konnte nur bedeuten, daß zwischen ihm und Scofield eine Verbindung bestand. Doch diese Verbindung gab keinen Sinn. Beowulf Agate hatte Dutzende von Männern und Frauen in Dutzenden von Städten, die er um Hilfe angehen konnte. Er würde doch *jetzt* niemanden aus Europa rufen – und ganz bestimmt nicht *diesen* Mann! Warum war er hier? Wer hatte ihn gerufen?

Wer hatte ihn *geschickt*? Gab es andere?

Aber mehr als diese Frage beschäftigte Taleniekov das *Warum*. Es beunruhigte ihn zutiefst. Über die Tatsache hinaus, daß das Bern-Washington-Depot verraten worden war – ohne Zweifel von Scofield selbst, ohne daß dieser es wollte –, hatte jemand, der davon wußte, aus Prag einen Profikiller kommen lassen. Man wußte, daß dieser schon mehrfach im Dienste der Amerikaner gearbeitet hatte.

Warum? Wer war das Zielobjekt?

Beowulf Agate?

O Gott! Dahinter steckte *doch* Methode. Washington hatte sie schon früher eingesetzt ... und eigenartigerweise gab es da eine vage Ähnlichkeit mit den Methoden der Matarese.

Sturmwolken über Washington ...

Scofield war in einen Sturm hineingeraten, der so schlimm war, daß man nicht nur seinen Vertrag gekündigt, sondern allem Anschein nach auch seine Exekution befohlen hatte. Wassili mußte sicher sein. Der Mann aus Prag konnte selbst eine Kriegslist sein, eine brillante List, dazu bestimmt, einen Russen in die Falle zu locken, nicht, einen Amerikaner zu töten.

Seine Hand schwebte immer noch vor der Wählscheibe. Er drückte den Hebel herunter, der seine Münze wieder freigab und überlegte einen Augenblick lang. Er dachte nach, ob er das Risiko eingehen konnte. Dann sah er, wie der Mann auf der anderen Straßenseite auf die Uhr sah und auf ein Café zuging. Er würde sich mit jemandem treffen. Es gab also andere. Wassili wußte, daß er es sich nicht leisten konnte, das Risiko *nicht* einzugehen. Er mußte es erfahren. Er hatte keine Ahnung, wieviel Zeit ihm noch zur Verfügung stand. Vielleicht nur Minuten.

In der Botschaft gab es einen *Pradavjet*, einen diplomatischen Assistenten, der vor ein paar Jahren in Riga den linken Fuß verloren hatte, als eine Gruppe von Rebellen niedergeschlagen werden mußte. Er war ein KGB-Veteran. Er und Taleniekov waren einmal Freunde gewesen. Vielleicht war dies nicht der richtige Augenblick, um jene frühere Freundschaft auf die Probe zu stellen, aber Wassili hatte keine Wahl. Er kannte die Nummer der Botschaft; sie hatte sich seit Jahren nicht geändert. Er schob die Münze wieder ein und wählte.

»Seit jener schrecklichen Nacht in Riga ist viel Zeit vergangen, alter Freund«, sagte Taleniekov, nachdem er mit dem Büro des *Pradavjet* verbunden worden war.

»Würden Sie bitte am Apparat bleiben«, kam die Antwort. »Ich habe hier noch ein anderes Gespräch.«

Wassili starrte das Telefon an. Wenn er länger als dreißig Sekunden warten mußte, würde das die Antwort sein. Dann war der alten Freundschaft nicht mehr zu trauen. Selbst die Sowjets verfügten über Möglichkeiten, in der Hauptstadt der Vereinigten Staaten einen Anruf zu lokalisieren. Er drehte sein Handgelenk herum und sah auf den dünnen, springenden Sekundenzeiger seiner Uhr. *Achtundzwanzig, neunundzwanzig, dreißig, einunddreißig . . . zweiunddreißig.* Er griff nach dem Haken, um die Verbindung zu unterbrechen, als er die Stimme hörte.

»*Taleniekov*? Bist *du* das?«

Wassili erkannte das Echo eines Zerhackers, den man über die Sprechmuschel des Telefons geschoben hatte. Er funktionierte nach einem elektronischen Prinzip. Wenn das Gespräch jetzt abgehört wurde, würde der Abhörende nur ein Rauschen vernehmen. »Ja, alter Freund. Ich hätte beinahe aufgelegt.«

»So lang liegt Riga noch nicht zurück. Was ist *geschehen*? Was wir hier hören, ist verrückt.«

»Ich bin kein Verräter.«

»Niemand hier hält dich für einen. Wir nehmen an, daß du in Moskau auf ein Paar ziemlich große Füße getreten bist. Aber kannst du zurückkehren?«

»Eines Tages ja.«

»Ich kann einfach nicht glauben, was man dir zur Last legt.

Und doch bist du *hier!*«

»Weil ich muß. Um Rußlands willen, um unser aller willen. Du mußt mir *vertrauen.* Ich brauche eine Information, und zwar schnell. Wenn jemand in der Botschaft sie hat, dann du.«

»Was brauchst du?«

»Ich habe gerade einen Mann aus Prag gesehen, jemand, den die Amerikaner wegen seiner Fähigkeit im Umgang mit Revolver und Messer und wegen seiner sadistischen Ader öfter eingesetzt haben. Wir hatten eine umfangreiche Akte über ihn. Ich nehme an, daß es die immer noch gibt. Weißt du etwas . . .«

»Beowulf Agate«, unterbrach der Diplomat leise. »Es ist Scofield, nicht wahr? Das treibt dich immer noch.«

»Sag mir, was du weißt!«

»Laß die Finger davon, Taleniekov. Laß *ihn.* Überlasse ihn seinen eigenen Leuten, er ist erledigt.«

»Mein Gott, ich habe *recht*«, sagte Wassili, ohne das Café auf der anderen Seite der Nebraska Avenue aus den Augen zu lassen.

»Ich weiß nicht, in welchem Punkt du glaubst, recht zu haben, aber ich weiß jedenfalls, daß drei Telegramme aufgefangen wurden. Nach Prag, Marseille und Amsterdam.«

»Die haben ein Team geschickt«, unterbrach ihn Taleniekov.

»Halte dich raus. Du hast deine Rache, die süßeste Rache, die man sich vorstellen kann. Nach einem Leben in ihrem Dienst erledigen ihn die eigenen Leute.«

»Es darf nicht geschehen! Es gibt Dinge, die *du nicht weißt.*«

»Es wird unabhängig von dem, was ich weiß, geschehen. Wir können es nicht aufhalten.«

Plötzlich blieb Wassilis Aufmerksamkeit an einem Fußgänger hängen, der gerade im Begriff war, keine zehn Meter von der Telefonzelle entfernt die Straße zu überqueren. An dem Mann war irgend etwas . . . der entschlossene Gesichtsausdruck, die Augen, die hinter den leicht eingefärbten Brillengläsern nach allen Seiten huschten, fast verwirrt, aber keineswegs verloren. Er studierte seine Umgebung. Die Kleider des Mannes, locker sitzend, billiger Tweed, dick und dauerhaft . . . waren französisch. Die Brille war *französisch*, das Gesicht des Mannes selbst *gallisch.* Er blickte über die Straße zu der Markise vor dem Hoteleingang und beschleunigte seine Schritte.

Marseille war eingetroffen.

»Komm zu uns«, sagte der Diplomat. »Was auch immer geschehen ist, kann angesichts deiner außergewöhnlichen Leistungen nicht irreparabel sein.« Der ehemalige Genosse aus Riga versuchte ihn zu überreden. Das war auffällig. Unter Profis war das nicht üblich. »Wenn du freiwillig kommst, spricht das zu deinen Gunsten. Wir werden dich unterstützen, weiß Gott. Wir werden deine Flucht einer kurzzeitigen Verwirrung zuschreiben, einem emotionellen Schock. Schließlich hat Scofield deinen Bruder getötet.«

»Ich habe seine Frau getötet.«

»Eine Frau ist keine Blutsverwandte. Diese Dinge sind verständlich. Tu das Richtige. Komm zu uns, Taleniekov.«

Die Überredungsversuche waren jetzt unlogisch. Man stellte sich nicht freiwillig, bevor man konkretere Beweise hatte, daß man rehabilitiert war. Nicht, wenn der Befehl zur Exekution über seinem Haupte schwebte. Vielleicht war die ehemalige Freundschaft dem Druck doch nicht gewachsen. »Ihr werdet mich schützen?« fragte er den *Pradavjet.*

»Natürlich.«

Eine Lüge. Solcher Schutz konnte nicht versprochen werden. Etwas stimmte nicht.

Auf der anderen Straßenseite näherte sich der Mann mit den getönten Brillengläsern dem Café. Er verlangsamte seine Schritte, dann blieb er stehen und ging ans Fenster, als wollte er die Speisekarte studieren, die an dem Glas befestigt war. Er zündete sich eine Zigarette an. Drinnen, im Tageslicht kaum wahrnehmbar, flammte ebenfalls ein Streichholz auf. Der Franzose ging hinein. Prag und Marseille hatten Kontakt aufgenommen.

»Danke für deinen Rat«, sagte Wassili ins Telefon. »Ich werde es mir überlegen und dann wieder anrufen.«

»Am besten wäre, wenn du es nicht weiter hinauszögern würdest«, antwortete der Diplomat eindringlich. »Deine Lage bessert sich bestimmt nicht, wenn du dich irgendwie mit Scofield einläßt. Man sollte dich dort unten nicht sehen.«

Dort unten nicht sehen? Taleniekov reagierte auf die Worte, als hätte man neben ihm eine Pistole abgefeuert. *Wo* unten sehen? Sein Kollege aus Riga wußte etwas! Das Hotel an der

Nebraska Avenue. Scofield hatte das Bern-Depot nicht verraten – weder bewußt noch unbewußt. *Das KGB hatte das getan!* Die sowjetische Abwehr nahm an Beowulf Agates Exekution teil. *Warum*?

Die Matarese? Zum Nachdenken war jetzt keine Zeit, nur zum Handeln ... Das Hotel! Scofield saß nicht alleine an irgendeinem abgelegenen Ort vor einem Telefon und wartete darauf, von irgendwelchen Zwischenträgern informiert zu werden. Er war *im Hotel.* Niemand mußte das Gebäude verlassen, um Beowulf Agate Bericht zu erstatten, da war kein Vogel, dem man zum Ziel folgen konnte. Das Zielobjekt hatte ein brillantes Manöver vollführt. Es befand sich im direkten Schußbereich, aber unsichtbar, unbemerkt beobachtend.

»Du *mußt* auf mich hören, Wassili.« Die Worte des *Pradavjet* kamen jetzt schneller. Offenbar spürte er die Unschlüssigkeit des anderen. Wenn sein ehemaliger Kollege aus Riga getötet werden mußte, so konnte man das auf mannigfache Art in der Botschaft tun. Das war jedenfalls wesentlich besser, als wenn man die Leiche eines Genossen in einem amerikanischen Hotel fand, noch dazu, wenn dann irgendwie die Verbindung zur Ermordung eines amerikanischen Abwehroffiziers durch ausländische Agenten hergestellt werden konnte. Das bedeutete, daß das KGB das Depot an die Amerikaner bekanntgegeben, aber zu dieser Zeit den genauen Exekutionsplan noch nicht gekannt hatte.

Jetzt kannten sie ihn. Jemand im State Department hatte es ihnen gesagt. Seine Landsleute sollten sich von dem Hotel fernhalten – ebenso wie die Amerikaner. Dann konnte niemand hineingezogen werden. Wassili mußte Zeit gewinnen, wenigstens Minuten, denn Minuten waren vielleicht alles, was ihm noch blieb. Ein Ablenkungsmanöver.

»Ich höre.« Taleniekovs Stimme klang aufrichtig; ein erschöpfter Mann, der langsam zur Vernunft zurückkehrt. »Du hast recht. Ich habe jetzt nichts zu gewinnen, nur alles zu verlieren. Ich liefere mich euch aus. Wenn ich in diesem wahnsinnigen Verkehr ein Taxi finden kann, bin ich in dreißig Minuten in der Botschaft. Warte auf mich. Ich brauche dich.«

Wassili legte auf und schob eine weitere Münze in den Zahlschlitz. Er wählte die Nummer des Hotels. Er durfte keine Sekunde vergeuden.

»Er ist *hier*?« fragte die alte Frau ungläubig auf Taleniekovs Erklärung.

»Ich vermute, ganz in der Nähe. Das würde den Zeitablauf erklären, das Timing, die Telefonanrufe, sein Wissen, wann jemand in der Suite eintraf. Er konnte die Geräusche durch die Wände hören und die Tür öffnen, wenn jemand den Korridor betrat. Tragen Sie immer noch Ihre Dienstkleidung?«

»Ja. Ich bin zu müde, um sie auszuziehen.«

»Überprüfen Sie die umliegenden Räume.«

»Du großer Gott, wissen Sie, was Sie da verlangen? Was ist, wenn er ...«

»Ich weiß, was ich bezahle; wenn Sie es machen, erhöhe ich den Betrag. Tun Sie es! Wir dürfen keinen Augenblick verlieren! Ich rufe in fünf Minuten zurück.«

»Wie *erkenne* ich ihn denn?«

»Er wird Sie nicht in das Zimmer lassen.«

Bray saß ohne Hemd zwischen dem offenen Fenster und der Tür. Die kalte Luft jagte ihm Schauder über die nackte Haut. Er hatte die Temperatur im Zimmer auf zwölf Grad Celsius abgesenkt. Die kühle Luft war notwendig, um ihn wachzuhalten. Ein müder Mann, der fror, war viel wachsamer als einer, dem warm war.

Das Klirren von Metall war zu hören, dann das Drehen eines Knopfes. Draußen im Korridor wurde eine Türe geöffnet. Scofield ging ans Fenster und schloß es. Dann ging er schnell zu einem anderen Fenster, sein winziger Ausguck auf eine enge Welt, die bald der Schauplatz seiner umgedrehten Falle sein würde. Es *mußte* bald sein. Er wußte nicht, wie lange er noch würde durchhalten können.

Auf der anderen Seite des Korridors war das freundlich aussehende, ältliche Stubenmädchen aus dem Zimmer gekommen, die Handtücher und Laken immer noch über den Arm gehängt. Aus ihrem Gesichtsausdruck war zu schließen, daß sie verblüfft, aber resigniert war. Ohne Zweifel hatte ihr ein Ausländer eine nach ihren Begriffen unerhört hohe Geldsumme dafür angeboten, in einer luxuriösen Zimmerflucht auszuharren und wachzubleiben, um eine Folge höchst seltsamer Telefonanrufe entgegenzunehmen.

Und jemand anders war wachgeblieben, um diese Anrufe zu tätigen. Jemand, dem Bray viel verdankte. Er würde das eines Tages gutmachen müssen. Aber im Augenblick konzentrierte er sich ganz auf Taleniekovs Vogel. Er war im Begriffe zu gehen, konnte nicht länger in der Luft bleiben.

Der Vogel hatte seinen Standort aufgegeben. Jetzt war es nur noch eine Frage der Zeit, und zwar von sehr wenig Zeit. Der Jäger würde gezwungen sein, seine Falle zu untersuchen. Und in ihr gefangen werden.

Scofield ging zu seinem offenen Koffer auf dem Gepäckgestell und holte ein frisches Hemd heraus. Es war gestärkt, nicht weich, denn ein gestärktes Hemd war wie ein kaltes Zimmer. Es hielt einen wach.

Er zog es an und ging zum Nachttisch zurück, auf dem er seine Waffe abgelegt hatte, eine Browning Magnum, Grade 4, mit einem nach seinen Angaben spezialangefertigten Schalldämpfer.

Bray fuhr herum, als er ein unerwartetes Geräusch vernahm. Ein zögerndes Klopfen war an seiner Tür zu hören. Warum? Er hatte dafür bezahlt, völlig unbehelligt zu bleiben. Die Rezeption hatte es den wenigen Angestellten, die sonst vielleicht Anlaß gehabt hätten, Zimmer 213 zu betreten, eingehämmert, daß dem Schild an der Türe unbedingter Gehorsam zu leisten sei.

Nicht stören.

Und doch übertrat jetzt jemand diesen Befehl, setzte sich über den Wunsch eines Gastes hinweg, den dieser mit einigen hundert Dollar unterstützt hatte. Der Betreffende war entweder taub oder ein Analphabet oder . . .

Es war das Zimmermädchen. Taleniekovs Vogel, immer noch in der Luft. Scofield spähte durch den winzigen Türspion, der die gealterten Züge des Gesichts, das nur wenige Zentimeter von ihm entfernt war, vergrößerte und zugleich verzerrte. Die müden Augen umgeben von Runzeln und Falten, die jetzt vom fehlenden Schlaf angeschwollen waren, blickten nach links, dann nach rechts und dann zur unteren Hälfte der Türe. Die alte Frau mußte das *Nicht-stören*-Zeichen sehen, aber für sie hatte es keine Bedeutung. Abgesehen von ihrem widersprüchlichen Verhalten, war da etwas Seltsames in ihrem Gesicht . . . Aber Bray hatte keine Zeit, es weiter zu studieren. Unter diesen neuen Umständen mußten die Verhandlungen schnell beginnen. Er schob die Waffe unter sein Hemd. Der steifgestärkte Stoff verbarg sie fast völlig.

»Ja?« fragte er.

»Zimmerdienst, Sir«, kam die Antwort in einem undefinierbaren, gutturalen Dialekt. »Die Direktion hat verlangt, alle Zimmer zu überprüfen, ob genügend Handtücher da sind, Sir.«

Es war eine armselige Lüge, aber eine bessere fiel der alten Frau offenbar nicht ein.

»Herein«, sagte Scofield und griff nach dem Riegel.

»In Zimmer zweihundertelf meldet sich niemand«, sagte die Telefonistin, die sich über die Beharrlichkeit des Anrufers ärgerte.

»Versuchen Sie es *noch mal*«, erwiderte Taleniekov, ohne den Eingang des Cafés auf der anderen Straßenseite aus den Augen zu lassen. »Vielleicht sind sie auf einen Augenblick hinausgegangen, aber sie werden gleich wieder da sein. Ich *weiß* das. Lassen Sie es weiter läuten, ich bleibe in der Leitung.«

»Wie Sie wünschen, Sir«, sagte das Mädchen unfreundlich.

Wahnsinn! Neun Minuten waren verstrichen, seit die alte Frau mit der Suche begonnen hatte, neun Minuten, um vier Türen im Korridor zu überprüfen. Selbst wenn man davon ausging, daß alle Zimmer besetzt waren und das Zimmermädchen den Bewohnern eine Erklärung geben mußte, waren doch neun Minuten viel mehr als sie brauchte. Das vierte Gespräch würde kurz und unfreundlich sein. *Gehen Sie weg. Ich will nicht gestört werden.* Es sei denn ...

Ein Streichholz flammte auf der Straße auf. Der Widerschein der kleinen Flamme spiegelte sich grell im dunklen Glas des Caféfensters. Wassili kniff die Augen zusammen. Von einem der ihm unsichtbaren Tische drinnen kam ein entsprechendes Signal, verlosch aber gleich wieder.

Amsterdam war eingetroffen. Das Exekutionsteam war komplett. Taleniekov studierte die Gestalt, die auf das kleine Restaurant zu ging. Sie war hochgewachsen, trug einen schwarzen Mantel und ein graues Seidentuch um den Hals. Auch der Hut war grau und verdeckte das Profil.

Das Klingeln im Telefon begann ihm jetzt auf die Nerven zu

gehen. Lange, plötzliche Folgen schriller Töne, wie sie eine Telefonistin erzeugt, wenn sie verärgert einen Knopf drückt. Niemand meldete sich. Wassili begann das Undenkbare zu denken: Beowulf Agate hatte seinen Köder aufgehalten. In dem Fall befand sich der Amerikaner in größerer Gefahr als er sich vorstellen konnte. Drei Männer waren aus Europa hergeflogen, um seine Exekution vorzunehmen und – nicht weniger tödlich – eine freundlich wirkende alte Frau, mit der er sich vielleicht gütlich einigen wollte, würde ihn im gleichen Augenblick töten, in dem sie sich in die Enge getrieben fühlte. Er würde nie wissen, woher der Schuß kam; nicht einmal, daß sie eine Waffe besaß.

»Es tut mir leid, Sir!« sagte die Telefonistin ärgerlich. »Zweihundertelf meldet sich immer noch nicht. Ich schlage vor, daß Sie später noch einmal anrufen.« Sie wartete nicht auf seine Antwort; die Leitung war plötzlich tot.

Die *Zentrale*? Die *Telefonistin*?

Es war eine verzweifelte Taktik. Eine, die er nie billigen würde, höchstens in letzter Not. Das Risiko, entdeckt zu werden, war zu groß. Aber dies *war* ein Notfall. Falls es noch Alternativen gab, so war er zu erschöpft, als daß sie ihm einfallen wollten. Wieder wußte er nur, daß er handeln mußte. Jede Entscheidung war ein instinktiver Reflex. Er griff in die Tasche und nahm fünf Einhundert-Dollar-Noten heraus. Dann zog er seinen Paß hervor und entnahm ihm einen Brief, den er vor fünf Tagen in Moskau auf einer nichtkyrillischen Schreibmaschine geschrieben hatte. Der Briefkopf stammte von einem Maklerbüro in Bern. Der Brief identifizierte ihn als einen der Partner der Firma. Man konnte nie wissen . . .

Er verließ die Telefonzelle und mischte sich unter die Fußgänger, bis er sich unmittelbar gegenüber dem Hoteleingang befand. Dann wartete er, bis der Verkehr kurz nachließ, und überquerte dann die Nebraska Avenue mit schnellen Schritten.

Zwei Minuten später stellte ein diensteifriger Empfangschef der Telefonistin des Hotels einen Monsieur Blanchard vor. Derselbe Empfangschef – der von Monsieur Blanchards Papieren ebenso beeindruckt war wie von den zweihundert Dollar, die der Schweizer Finanzier ihm aufgedrängt hatte – stellte eine Ersatztelefonistin bereit, während die Frau alleine mit dem großzügigen Monsieur Blanchard sprach.

»Entschuldigen Sie bitte die Unhöflichkeit eines besorgten Mannes am Telefon«, sagte Taleniekov und drückte ihr drei Einhundert-Dollar-Noten in die nervöse Hand. »Heutzutage können die Methoden, die im internationalen Finanzgeschäft angewendet werden, manchmal widerlich sein. Es ist ein Krieg ohne Blutvergießen, ein dauernder Kampf, um skrupellose Männer daran zu hindern, ehrliche Makler und korrekte Institute zu betrügen. Meine Firma hat im Augenblick ein solches Problem. Es gibt jemand in diesem Hotel . . .«

In der nächsten Minute las Wassili eine Liste der Telefongebühren, die von einem hirnlosen Computer aufgezeichnet worden waren. Er konzentrierte sich auf die Anrufe aus dem zweiten Stock. Es gab zwei Korridore. Die Suiten 211 und 212 lagen gegenüber drei Doppelzimmern im Westflügel und vier Einzelzimmern auf der anderen Seite. Er studierte sämtliche Gebühren, die für die Telefone 211 bis 215 eingetragen waren. Namen bedeuteten ihm nichts, Ortsgespräche waren nicht mit Nummer aufgezeichnet. Er konnte nur Ferngesprächen etwas entnehmen. Beowulf Agate mußte sich eine Deckung aufbauen, und das konnte unmöglich in Washington geschehen. Er hatte in Washington einen Mann getötet.

Das Hotel war, wie Taleniekov wußte, sehr teuer. Das fand er auch in den Telefongesprächen bestätigt, welche von Gästen getätigt waren, die sich nichts dabei dachten, den Hörer aufzunehmen und London anzurufen, als sprächen sie mit dem Restaurant an der Ecke. Er überflog die Computerbögen und konzentrierte sich auf die angezeigten Übersee-Orte.

212 . . . London, U. K.: $ 26.50
214 . . . Des Moines, Ia.: $ 4.75
214 . . . Cedar Rapids, Ia: $ 6.20
213 . . . Minneapolis, Minn.: $ 7.10
215 . . . New Orleans, La.: $ 11.55
214 . . . Denver, Col.: $ 6.75
213 . . . Easton, Md.: $ 8.05
215 . . . Atlanta, Ga.: $ 3.15
212 . . . Munich, Germ.: $ 41.10
213 . . . Easton, Md.: $ 4.30
212 . . . Stockholm, Swed.: $ 38.25

Gab es ein System dahinter? Zweihundertzwölf hatte einige Anrufe nach Europa getätigt, aber das war zu offensichtlich, zu gefährlich. Scofield würde keine solchen Gespräche führen, die man ihm leicht nachweisen konnte. Zimmer 214 konzentrierte sich auf den Mittelwesten, Zimmer 215 auf den Süden. Da *war* etwas, aber er kam nicht dahinter, was es war. *Irgend etwas*, das eine Erinnerung in ihm auslöste.

Dann sah er es, und plötzlich begriff er. Das eine Zimmer ohne System: Zimmer 213. Zwei Gespräche mit Easton, Maryland, eines mit Minneapolis, Minnesota. Wassili konnte die Worte in der Akte sehen, als läse er sie. Brandon Scofield hatte eine Schwester in Minneapolis, Minnesota.

Taleniekov prägte sich beide Nummern ein. Es könnte notwendig werden, sie zu benutzen, falls *Zeit* war, sie zu benutzen oder zu bestätigen. Er wandte sich der Telefonistin zu. »Sie waren sehr hilfsbereit, aber ich glaube nicht, daß hier etwas ist, was mir weiterhilft.«

Die Telefonistin hatte sich jetzt der kleinen Verschwörung angeschlossen und fand Gefallen an der Bedeutung, die der eindrucksvolle Schweizer ihr beimaß. »Sehen Sie, Monsieur Blanchard, Suite zweihundertzwölf hat eine Anzahl Überseegespräche geführt.«

»Ja, das sehe ich. Leider hat niemand in jenen Städten etwas mit der augenblicklichen Krise zu tun. Aber das ist seltsam – Zimmer zweihundertdreizehn hat Easton und Minneapolis angerufen. Ein seltsamer Zufall, aber ich habe an beiden Orten Freunde. Aber das hat nichts zu bedeuten ...« Wassili ließ den Satz halb zu Ende gesprochen in der Luft hängen und wartete auf einen Kommentar.

»Nur zwischen Ihnen und mir, Monsieur Blanchard, ich glaube nicht, daß der Herr in Zimmer zwei-dreizehn ganz da ist, wenn Sie wissen, was ich meine.«

»Oh?«

Die Frau erklärte es. Alle hatten Anweisung, Zimmer zweihundertdreizehn unter keinen Umständen zu stören. Selbst der Zimmerservice hatte Anweisung, die Tabletts im Korridor abzustellen. Der Mann wollte auch bis auf weiteres keinen Wäschedienst. Nach bestem Wissen der Telefonistin war das Zimmer bereits seit drei Tagen nicht mehr aufgeräumt worden. Wie man nur so leben konnte?

»Natürlich bekommen wir ständig Leute wie ihn. Männer, die sich ein Zimmer reservieren, um sich stundenlang betrinken zu können, oder einmal ihren Frauen auszukommen und sich mit anderen zu treffen. Aber drei Tage ohne Zimmerservice halte ich einfach für *krankhaft.*«

»Besonders reinlich ist es nicht.«

»Man erlebt das mehr und mehr«, sagte die Frau vertraulich. »Besonders in der Regierung, alle sind so gehetzt. Aber, wenn man bedenkt, daß das Ganze von *unseren* Steuern bezahlt wird – ich meine nicht *Ihren*, Monsieur . . .«

»Ist er in der Regierung?« unterbrach sie Taleniekov.

»Oh, das nehmen wir an. Der Nachtportier sollte *niemandem* etwas sagen, aber schließlich sind wir seit Jahren hier, wenn Sie wissen, was ich damit meine.«

»Alte Freunde natürlich. Was geschah denn?«

»Nun, gestern abend kam ein Mann vorbei – genauer gesagt, heute morgen gegen fünf – und zeigte dem Portier ein Foto.«

»Ein Bild von dem Mann auf zwei-dreizehn?«

Die Telefonistin sah sich kurz um; die Bürotüre stand offen, aber man konnte sie nicht hören. »Ja. Offensichtlich ist er *wirklich* krank. Ein Alkoholiker oder so etwas. Ein Fall für einen Psychiater. Niemand soll etwas sagen; sie wollen ihn nicht beunruhigen. Ein Arzt wird irgendwann heute zu ihm kommen.«

»Irgendwann heute? Der Mann, der das Foto zeigte, hat sich natürlich als Regierungsbeamter ausgewiesen, oder? Ich meine, auf die Weise haben Sie doch erfahren, daß der Gast im ersten Stock auch ein Regierungsbeamter ist?«

»Wenn Sie einmal so viele Jahre in Washington gelebt haben wie wir, Monsieur Blanchard, dann brauchen Sie keine Papiere zu verlangen. Das sieht man denen am Gesicht an.«

»Ja, das kann ich mir vorstellen. Vielen Dank. Sie waren eine große Hilfe.«

Wassili verließ schnell das Zimmer und eilte in die Halle hinaus. Jetzt hatte er seine Bestätigung. Er hatte Beowulf Agate gefunden.

Aber andere hatten ihn auch gefunden. Scofields Henker waren nur ein paar hundert Schritte entfernt und bereiteten sich darauf vor, den Verurteilten aufzusuchen.

Jetzt einfach in das Zimmer des Amerikaners einzubrechen,

um ihn zu warnen, könnte zu einem Schußwechsel führen; einer oder beide würden sterben. Wenn er ihn am Telefon erreichte, würde das nur Unglauben auslösen. Wer sollte auch einem Alarm Glauben schenken, den ein Feind schlug, den man verabscheute – auch wenn es um einen *neuen* Feind ging, von dessen Existenz man nichts wußte.

Es mußte eine Möglichkeit geben. Er mußte sie schnell finden. Wenn nur Zeit wäre, einen anderen zu schicken, einen anderen, der etwas bei sich trug, was Scofield die Wahrheit erklärte. Etwas, was Beowulf Agate akzeptieren würde . . .

Aber es war keine Zeit. Wassili sah den Mann im schwarzen Mantel durch den Hoteleingang kommen.

9

In dem Augenblick, in dem das Zimmermädchen durch die Türe kam, wußte Scofield, was ihn an ihrem ältlichen Gesicht beunruhigte. Es waren die Augen. Hinter ihnen stand eine Intelligenz, die über die einer einfachen Hausangestellten hinausging, die ihre Nächte damit verbrachte, den Schmutz verwöhnter Hotelgäste beiseite zu schaffen. Sie war verängstigt – vielleicht auch nur neugierig –, aber was auch immer es war, hinter dieser Regung steckte ein scharfer Verstand.

Eine Schauspielerin vielleicht?

»Entschuldigen Sie, daß ich störe, Sir«, sagte die Frau, die sein unrasiertes Gesicht und die Kälte des Zimmers bemerkte. Sie ging auf die offene Badezimmertüre zu. »Es dauert nur einen Augenblick.«

Eine Schauspielerin. Der gutturale Akzent war künstlich, wurzelte nicht in Irland. Außerdem ging sie zu leichtfüßig. Sie hatte nicht die Beinmuskeln einer alten Frau, die ein Leben lang Wäsche geschleppt und sich über Betten gebeugt hatte. Ihre Hände waren weich und weiß, das waren keine Hände, die Tag für Tag mit ätzenden Putzmitteln in Berührung kamen.

Bray ertappte sich dabei, daß er sie bedauerte, während er im Begriffe war, wieder einen Punkt gegen Taleniekov zu gewinnen. Ein echtes Zimmermädchen hätte sich besser geeignet.

»Sie haben jetzt frische Handtücher, Sir«, sagte die alte Frau, als sie aus dem Badezimmer kam und auf die Türe zuging. »Ich gehe wieder. Entschuldigen Sie die Störung.«

Scofield hielt sie mit einer Handbewegung auf.

»Sir?« fragte die Frau, und ihre Augen musterten ihn.

»Sagen Sie, aus welchem Teil von Irland kommen Sie denn? Ich kann den Dialekt nicht unterbringen. Wicklow County, denke ich.«

»Ja, Sir.«

»Süden?«

»Ja, Sir, sehr gut, Sir«, sagte sie rasch, die linke Hand am Türknopf.

»Würde es Ihnen etwas ausmachen, mir ein zusätzliches Handtuch dazulassen? Legen Sie es bitte aufs Bett.«

»Oh?« Die alte Frau drehte sich um und wirkte wieder verwirrt. »Ja, Sir, natürlich.« Sie ging auf das Bett zu.

Bray ging zur Türe und schob den Riegel vor. Während er das tat, sprach er mit ganz sanfter Stimme. Es hatte keinen Sinn, Taleniekovs verstörten Vogel zu beunruhigen. »Ich würde gerne mit Ihnen sprechen. Wissen Sie, ich habe Sie gestern nacht beobachtet, um vier Uhr morgens, um es genau zu sagen . . .«

Ein Lufthauch, das Rascheln von Stoff. Geräusche, mit denen er vertraut war. *Hinter ihm im Zimmer.*

Er fuhr herum, aber zu spät. Er hörte das halblaute *»Plopp«* und spürte, wie etwas Scharfes, wie eine Rasierklinge, über seinen Hals fuhr. Ein Schwall von Blut breitete sich über seine linke Schulter aus. Er warf sich nach rechts. Ein zweiter Schuß folgte. Die Kugel bohrte sich in die Wand über ihm. Er schwang seinen Arm und schleuderte eine Lampe von einem Tisch auf die *unglaubliche* Erscheinung, die mitten im Zimmer stand.

Die alte Frau hatte die Handtücher fallenlassen und hielt jetzt eine Pistole in der Hand. Aus ihrem Gesicht war die weiche, sanfte Verblüffung verschwunden. Jetzt sah ihn das ruhige, entschlossene Gesicht einer erfahrenen Killerin an. *Er hätte es wissen müssen*!

Er duckte sich. Seine Hände packten den Tisch, dann drehte er sich nach rechts herum, beugte sich wieder nach links und hob den Tisch an den Beinen, wie einen kleinen Sturmbock. Er richtete sich auf und legte alle Kraft in einen Sprung nach vorne. Zwei weitere Schüsse wurden abgefeuert und zersplitterten das Holz wenige Zoll über seinem Kopf.

Er warf sich gegen die Frau und stieß sie mit solcher Gewalt gegen die Wand, daß ihr nicht nur der Atem, sondern auch ein Strom Speichel herausgedrückt wurde.

»*Bastard*!« Der Schrei verstummte, während die Waffe zu Boden klirrte. Scofield ließ den Tisch fallen und warf ihn ihr auf die Füße, während er nach der Waffe griff.

Als er sie hatte, stand er auf, packte die nach vornübergebeugte Frau am Haar und riß sie von der Wand weg. Die rote Perücke unter der zerdrückten Haube blieb ihm in der Hand, so daß er das Gleichgewicht verlor. Irgendwo unter ihrer Dienstkleidung hatte die grauhaarige Frau ein Messer herausgezogen – ein dünnes Stilett. Bray hatte solche Waffen schon gesehen. Sie waren ebenso tödlich wie eine Pistole; die Klingen waren gewöhnlich mit Succinylcholine präpariert. Lähmung setzte binnen Sekunden ein, wenige Sekunden später kam der Tod. Ein Kratzer oder ein oberflächlicher Stich genügte . . .

Da war sie schon über ihm. Das schmale Messer schoß gerade nach vorne. Ein Stoß, der am schwierigsten zu parieren war, ein Stoß, wie ihn nur die Erfahrensten benutzten. Er sprang zurück und schmetterte der Frau die Pistole auf den Unterarm. Mit schmerzverzerrtem Gesicht zog sie ihn schnell zurück. Doch ihr harter Blick sagte ihm, daß sie zu allem entschlossen war.

»Tun Sie's *nicht*!« schrie er und richtete die Pistole direkt auf ihren Kopf. »Vier Schüsse sind abgefeuert worden; zwei sind noch im Magazin! Ich töte Sie!«

Die alte Frau hielt inne und ließ das Messer sinken. Sie stand reglos und sprachlos da. Ihr Atem ging schwer. Sie starrte ihn ungläubig an. Scofield wurde bewußt, daß sie noch nie in dieser Lage gewesen war. Sie hatte immer gesiegt.

Taleniekovs Vogel war ein böser Falke unter der Maske einer kleinen grauen Taube. Diese Schutzfarbe war ihre Versicherung. Sie hatte sie nie im Stich gelassen.

»Wer sind Sie? KGB?« fragte Bray und griff nach dem Handtuch auf dem Bett und drückte es gegen die Wunde am Hals.

»Was?« flüsterte sie mit glasigen Augen.

»Sie arbeiten für Taleniekov. Wo ist er?«

»Ich werde von einem Mann bezahlt, der viele Namen benutzt«, erwiderte sie, das tödliche Messer immer noch locker in der Hand. Ihre Wut war verflogen, war der Furcht und Erschöpfung gewichen. »Ich weiß nicht, wer er ist. Ich weiß nicht, wo er ist.«

»Er wußte, wo er Sie finden konnte. Wo haben Sie das gelernt? Wann?«

»Wann?« flüsterte sie mit blutleeren Lippen. »Als Sie noch ein Kind waren. Wo? In Belsen und Dachau . . . und anderen Lagern, anderen Fronten. Wir alle.«

»*Herrgott* . . .«, stöhnte Scofield leise. *Wir alle.* Ihre Zahl war Legion. Mädchen, die man aus den Lagern geholt, an die Front, in Kasernen und auf Flugplätze geschickt hatte. Sie überlebten als Huren, von ihresgleichen entehrt und ausgestoßen. Sie wurden zu den Hyänen der Schlachtfelder Europas. Taleniekov wußte schon, wo er Leute fand.

»Warum arbeiten Sie für ihn? Er ist auch nicht besser als die, die Sie ins Lager geschickt haben.«

»Ich muß. Er wird mich umbringen. Und jetzt sagen Sie, daß Sie mich töten wollen.«

»Vor dreißig Sekunden hätte ich das getan. Sie haben mir keine Wahl gelassen; jetzt können Sie es. Ich werde für Sie sorgen. Sie stehen mit diesem Mann in Kontakt. Wie?«

»Er ruft an. In der Suite auf der anderen Seite des Ganges.«

»Wie oft?«

»Alle zehn oder fünfzehn Minuten. Er wird bald wieder anrufen.«

»Gehen wir«, sagte Bray vorsichtig. »Beugen Sie sich nach rechts und lassen Sie das Messer aufs Bett fallen.«

»Dann *schießen* Sie«, flüsterte die alte Frau.

»Wenn ich das vorhätte, würde ich es jetzt tun«, sagte Scofield. Er *brauchte* sie, brauchte ihr Vertrauen.

»Ich hätte dann doch keinen Grund, abzuwarten, oder? Gehen wir zu diesem Telefon hinüber. Ich zahle Ihnen doppelt soviel, wie er gezahlt hat.«

»Ich glaube nicht, daß ich gehen kann. Ich glaube, Sie haben mir den Fuß gebrochen.«

»Ich helfe Ihnen.« Bray ließ das Handtuch sinken und ging einen Schritt auf sie zu. Er hielt ihr die Hand hin. »Nehmen Sie meinen Arm.«

Die alte Frau schob mit schmerzverzerrtem Gesicht den linken Fuß vor. Dann warf sie sich plötzlich wie eine wütende Löwin vor, das Gesicht verzerrt, die Augen wild.

Das Messer schoß auf Scofields Leib zu.

Taleniekov folgte dem Mann aus Amsterdam in den Lift. In der Kabine waren zwei junge Leute. Reiche, verwöhnte Amerikaner; ein modisch gekleidetes Liebespaar, zwei Menschen, die nur sich sahen und ihren Hunger. Sie hatten getrunken.

Der Holländer in dem schwarzen Mantel nahm den grauen Homburg ab, während Wassili, der sein Gesicht kurz abgewandt hatte, sich neben ihn an die getäfelte Wand stellte. Die Türen schlossen sich. Das Mädchen lachte leise; ihr Begleiter drückte den Knopf für das fünfte Stockwerk. Der Mann aus Amsterdam trat vor und drückte Nummer zwei.

Als er wieder zurücktrat, blickte er nach links. Seine Augen trafen sich kurz mit denen Taleniekovs. Der Mann erstarrte; der Schock, den er empfand, war total, das Erkennen absolut. In diesem Schock, dem Erkennen, erkannte Wassili eine weitere Wahrheit: Die Falle galt auch ihm. Dem Team war eine Priorität gesetzt: Beowulf Agate. Aber wenn ein KGB-Agent, der unter dem Namen Taleniekov bekannt war, auftauchen sollte, dann war er ebenso rücksichtslos zu töten wie Scofield.

Der Mann aus Amsterdam hielt sich den Hut vor die Brust und fuhr mit der rechten Hand in die Tasche. Wassili sprang ihn an und preßte ihn gegen die Wand. Seine linke Hand packte das Handgelenk, das noch in der Tasche steckte, glitt nach unten, trennte Hand und Waffe, griff nach dem Daumen und bog ihn zurück, bis der Knochen knackte. Der Mann stieß einen Schrei aus und sank in die Knie.

Das Mädchen schrie. Taleniekov sprach mit lauter Stimme zu dem Paar.

»Ihnen wird nichts passieren. Ich wiederhole, es geschieht Ihnen kein Leid, wenn Sie tun, was ich sage. Machen Sie keinen Lärm und bringen Sie uns zu Ihrem Zimmer.«

Der Holländer taumelte nach rechts. Wassili schmetterte dem Mann sein Knie ins Gesicht und quetschte seinen Kopf gegen die Wand. Er nahm die Waffe aus der Tasche und hielt sie in die Höhe, so daß sie zur Decke wies.

»Ich werde diese Waffe nicht gebrauchen. Ich werde sie *nicht* gebrauchen, es sei denn, Sie gehorchen mir nicht. Sie haben nichts mit unserer Auseinandersetzung zu tun. Ich will nicht, daß Ihnen ein Leid geschieht. Aber Sie müssen tun, was ich sage.«

»*Jesus. Herrgott!* . . .« Die Lippen des jungen Mannes zitterten.

»Nehmen Sie Ihren Schlüssel heraus«, befahl Taleniekov fast liebenswürdig. »Wenn die Türen sich öffnen, dann gehen Sie unauffällig vor uns her zu Ihrem Zimmer. Wenn Sie tun, was ich sage, passiert Ihnen nichts. Wenn nicht, wenn Sie schreien oder versuchen, Alarm zu schlagen, schieße ich. Ich werde Sie nicht töten. Statt dessen werde ich auf Ihre Wirbelsäule zielen. Sie werden ein Leben lang gelähmt sein.«

»Oh, *Herrgott, bitte*!« Der junge Mann zitterte am ganzen Körper.

»*Bitte*, Mister! Wir tun alles, was Sie sagen!« Das Mädchen war zumindest noch bei Verstand; sie holte den Schlüssel aus der Westentasche ihres Liebhabers.

»Aufstehen!« sagte Wassili zu dem Mann aus Amsterdam. Er griff in die Manteltasche des Killers und nahm dem Holländer die Waffe ab.

Die Lifttüren öffneten sich. Das junge Paar ging steif hinaus, vorbei an einem älteren Mann, der eine Zeitung las. Dann bogen sie nach rechts, den Korridor hinunter. Taleniekov, der seine Graz-Burya an seiner Seite verborgen hielt, packte den Mann von Amsterdam und stieß ihn nach vorne.

»Ein Laut, Dutchman«, flüsterte er, »und es ist Ihr letzter. Ich schieße so schnell, daß Sie keinen Schrei mehr herauskriegen.«

Im Inneren des Doppelzimmers angelangt, stieß Wassili den Holländer in einen Sessel, hielt ihn mit der Waffe in Schach und erteilte dem erschreckten jungen Paar weitere Befehle. »In den Ankleideraum. *Schnell*!«

Dem jungen Mann strömten die Tränen über das glatte Gesicht. Das Mädchen stieß ihn in die finstere Zelle. Taleniekov schob einen Stuhl unter den Türknopf und trat danach, bis er fest zwischen dem Knopf und dem Teppich verkeilt war. Dann wandte er sich dem Holländer zu.

»Sie haben exakt fünf Sekunden Zeit, zu erklären, wie es ablaufen soll«, sagte er und hob seine Automatik.

»Sie müssen schon deutlicher werden«, kam die professionelle Antwort.

»Gerne.« Wassili riß den Lauf der Graz-Burya herunter und fetzte dem anderen das Gesicht auf. Blut spritzte; der Mann hob die Hände. Taleniekov beugte sich über den Stuhl und brach ihm kurz nacheinander beide Handgelenke. »Nicht anfassen! Wir haben gerade erst angefangen. Trinken Sie! Sie haben bald keine Lippen mehr. Dann keine Zähne, kein Kinn, keine Backenknochen! Und am Ende nehme ich Ihre Augen!

Haben Sie je einen solchen Menschen gesehen? Das Gesicht ist ein einziger Schmerz, die Augen unerträglich.« Wieder schlug Wassili zu; diesmal traf der Lauf seiner Waffe die Nase des Mannes.

»Nein ... *Nein*! Ich hab' nur meine *Befehle* befolgt!«

»Wo hab' ich denn das schon mal gehört?« Taleniekov hob die Waffe; wieder riß der andere die Hände hoch, und wieder schlug er sie zurück. »*Was für* Befehle, Dutchman? Ihr seid zu dritt. Die fünf Sekunden sind um! Wir müssen jetzt ernst machen.« Er stieß den Lauf der Graz-Burya über das linke Auge des Holländers und dann das rechte. »Ich habe keine Zeit mehr!« Er zog die Waffe zurück und stieß sie dann wie ein Messer in die Kehle des anderen.

»*Halt*!« schrie der Mann und japste nach Luft. »Ich will es Ihnen sagen ... er verrät uns, er nimmt Geld für unseren Namen. Er hat uns an unsere Feinde verkauft!«

»Keine Meinung will ich hören. Die *Befehle*!«

»Er hat mich nie gesehen. Ich soll ihn aushorchen.«

»*Wie*?«

»*Sie*. Ich bin gekommen, um ihn zu warnen, Sie seien unterwegs.«

»Er würde Sie ablehnen. Sie töten! Eine höchst durchsichtige Taktik. Woher kannten Sie das Zimmer?«

»Wir hatten ein Foto.«

»Von *ihm*. Nicht von mir.«

»Von Ihnen beiden. Aber ich zeigte ihm nur das seine. Der Nachtportier hat ihn identifiziert.«

»Wer hat Ihnen dieses Foto gegeben?«

»Freunde aus Prag, die in Washington tätig sind und Beziehungen zu den Sowjets haben. Frühere Freunde von Beowulf Agate, die wissen, daß er erledigt ist.«

Taleniekov starrte den Mann aus Amsterdam an. Er sprach die Wahrheit, das wußte er, weil die Erklärung zum Teil auf Tatsachen beruhte. Scofield würde nach Lücken suchen, aber er würde das, was Amsterdam ihm sagte, nicht abweisen. Den Luxus konnte er sich nicht leisten. Er würde den Holländer als Geisel nehmen und dann wieder Position beziehen. Warten, beobachten, unsichtbar bleiben. Wassili stieß dem Holländer den Lauf der Graz-Burya ins rechte Auge.

»Marseille und Prag. Wo sind sie? Wo werden sie sein?«

»Außer den Hauptlifts gibt es nur zwei Ausgänge aus den Stockwerken. Die Treppe und der Personallift. Dort beziehen sie Position.«

»Wer ist wo?«

»Prag auf der Treppe, Marseille im Personallift.«

»Und wie ist der Zeitplan? Auf die Minute!«

»Fließend. Ich gehe um zehn Minuten nach zwölf auf die Türe zu.«

Taleniekov blickte auf die antike Uhr auf dem Schreibtisch des Hotelzimmers. Es war elf Minuten nach zwölf. »Dann haben die jetzt schon Position bezogen.«

»Ich weiß nicht. Ich kann meine Uhr nicht sehen, ich habe Blut in den Augen.«

»Und wie geht es weiter? Wenn Sie lügen, werde ich das wissen. Dann sterben Sie auf eine Art und Weise, von der Sie noch nie geträumt haben. Beschreiben Sie mir alles!«

»Der Punkt Null ist fünf Minuten nach halb. Wenn Beowulf inzwischen an keiner der beiden Positionen erschienen ist, soll der Raum gestürmt werden. Ich traue Prag offengestanden nicht. Ich glaube, er will Marseille und mich vorschicken, damit wir die ersten Schüsse abbekommen. Er ist wahnsinnig.«

Wassili stand auf. »Ihr Urteil über andere übersteigt Ihre eigenen Talente.«

»Ich habe Ihnen alles gesagt! Schlagen Sie mich nicht noch einmal. Um Gottes willen, lassen Sie mich die Augen abwischen. Ich kann nichts *sehen.*«

»Tun Sie das. Ich möchte, daß Sie klar sehen können. Stehen Sie auf!« Der Holländer erhob sich, seine Hände bedeckten sein Gesicht und wischten die Blutströme weg. Die Graz-Burya bohrte sich in seinen Hals.

Taleniekov stand einen Augenblick lang reglos da und sah das Telefon auf dem Schreibtisch an. Er war im Begriffe, mit einem Feind zu sprechen, den er ein Jahrzehnt lang gehaßt hatte. Gleich würde er seine Stimme hören.

Er würde versuchen, das Leben dieses Feindes zu retten.

Scofield fuhr zur Seite, als die tödliche Klinge in sein Hemd schnitt, vom Stahl seiner Pistole abgelenkt, die er erst wenige Minuten vorher unter dem gestärkten Stoff verborgen hatte.

Die alte Frau war wahnsinnig, selbstmörderisch! Er würde sie töten müssen; dabei *wollte* er sie nicht töten!

Die *Pistole*.

Er hatte gesagt, vier Kugeln wären abgefeuert worden, zwei übrig. *Sie* wußte, daß es anders war!

Wieder ging sie auf ihn los, und ihr Messer zuckte in sich überschneidenden Diagonalen vor ihm hin und her. Es war tödlich, mit diesem Messer in Berührung zu kommen. Der kleinste Kratzer mit der vergifteten Klinge bedeutete unweigerlich das Ende. Er richtete die Pistole auf ihren Kopf und drückte ab; aber da war nur das Klicken des Abzuges zu hören.

Sein rechter Fuß schoß vor, traf sie zwischen Brust und Achselhöhle und ließ sie einen Augenblick lang taumeln. Sie war wie wahnsinnig und klammerte sich an dem Messer fest, als wäre es ihre Garantie für das Leben; wenn sie ihn berührte, war sie frei. Sie duckte sich, schwang den linken Arm vor und deckte die Klinge, die sie in der rechten Hand hielt. Er sprang zurück, suchte etwas, *irgend etwas*, das er dazu benutzen konnte, ihre Angriffe zu parieren.

Warum hatte sie vorher gezögert? Warum hatte sie plötzlich innegehalten und mit ihm gesprochen, ihm *Dinge* gesagt, die ihn zum Nachdenken veranlassen würden? Dann wußte er es. Dieser alte Falke war nicht nur bösartig, sondern auch klug. Sie wußte, wann es an der Zeit war, verbrauchte Kräfte zu erneuern, wußte, daß sie das nur erreichen konnte, wenn sie ihren Feind beschäftigte, ihn einlullte, auf einen unbedachten Augenblick wartete . . . eine *Berührung* mit der imprägnierten Klinge.

Wieder schoß sie vor. Das Messer zuckte vom Boden auf seine Beine zu. Er trat zu. Sie riß die Klinge zurück, stieß dann seitlich zu und verfehlte seine Kniescheibe um Zentimeter. Als ihr Arm nach links schwang, traf er sie mit dem rechten Fuß an der Schulter und schleuderte sie zurück.

Sie stürzte. Er packte den nächsten Gegenstand, der ihm in die Hand kam – eine Stehlampe mit einem schweren Bronzesockel – schleuderte ihn auf sie und trat gleichzeitig erneut nach der Hand, die das Stilett hielt.

Ihr Handgelenk war gebogen. Die Spitze der Klinge durchdrang den Stoff ihrer Dienstkleidung und bohrte sich in das Fleisch über ihrer linken Brust.

Was dann folgte, war ein Anblick, an den er sich nicht gerne erinnerte. Die Augen der alten Frau weiteten sich, und ihre Lippen breiteten sich zu einem makabren, schrecklichen Grinsen, das kein Lächeln war. Sie begann auf dem Boden zu zukken, ihr Körper verkrampfte sich und zitterte. Sie zog die dünnen Beine an den Leib, der Todeskampf begann. Lange, halberstickte Schreie entrangen sich ihrer Kehle, während sie sich auf dem Boden wälzte. Ihre Finger verkrallten sich in dem Teppich; Schleim quoll ihr aus dem verzerrten Mund, die angeschwollene Zunge versperrte ihm den Durchgang.

Plötzlich war ein schreckliches Keuchen, ein letzter Atemzug zu hören. Ihr Körper bäumte sich auf und wurde starr. Ihre Augen, weit aufgerissen, starrten ins Nichts. Der ganze Vorgang hatte weniger als sechzig Sekunden gedauert.

Bray beugte sich über sie und hob ihre Hand, löste die knochigen Finger von dem Messer, stand auf und ging an den Schreibtisch, wo Streichhölzer lagen. Er riß eines an und hielt es unter die Klinge. Es gab eine Stichflamme, so hoch, daß sein Haar davon versengt wurde. Die Hitze war so intensiv, daß sie ihm fast das Gesicht verbrannte. Er ließ das Stilett fallen und stampfte das Feuer mit dem Fuß aus.

Das Telefon klingelte.

»Hier spricht Taleniekov«, unterbrach der Russe das Schweigen. Der Hörer war aufgenommen worden, aber in der Leitung war keine Stimme zu hören. »Ich stelle anheim, daß Ihre Position dadurch nicht beeinträchtigt wird, wenn Sie unseren Kontakt bestätigen.«

»Bestätigt«, lautete die kurze Antwort.

»Sie lehnen mein Telegramm und meine weiße Fahne ab. Ich an Ihrer Stelle hätte dasselbe getan. Aber Sie haben unrecht, und ich hätte unrecht. Ich habe geschworen, Sie zu töten, Beowulf Agate. Vielleicht werde ich das eines Tages tun, aber nicht jetzt und nicht auf *diese* Weise.«

»Sie haben mein Chiffretelegramm gelesen«, kam die monotone Antwort. »Sie haben meine Frau getötet. Kommen Sie und holen Sie mich. Ich warte auf Sie.«

»*Hören Sie auf*! Wir haben beide getötet. Sie haben *einen Bruder* genommen ... und vorher ein unschuldiges junges

Mädchen, das für die Tiere, die sie vergewaltigt und getötet haben, keinerlei Gefahr darstellte!«

»Was?«

»Dafür ist jetzt keine Zeit! Es gibt Männer, die Sie töten wollen, aber ich gehöre nicht zu ihnen! Einen davon habe ich erwischt; er ist jetzt bei mir...«

»Sie haben jemand anderen geschickt«, unterbrach ihn Scofield. »Sie ist tot. Das Messer hat sie selbst getötet, nicht mich. Sehr tief brauchte der Schnitt nicht zu sein.«

»Dann müssen Sie sie provoziert haben; es *war nicht* so geplant! Aber wir vergeuden hier wertvolle Sekunden, die Sie nicht haben. Hören Sie sich jetzt den Mann an, den ich ans Telefon schicke. Er kommt aus Amsterdam. Sein Gesicht ist beschädigt. Er kann nicht sehr gut sehen, aber er kann sprechen.« Wassili drückte dem Holländer das Telefon gegen die blutigen Lippen und stieß ihm die Graz-Burya in den Hals. »Sagen Sie es ihm, Dutchman!«

»Kabel sind geschickt worden ...« Der verletzte Mann flüsterte, erstickte fast vor Angst und Blut. »Amsterdam, Marseille, Prag. Beowulf Agate sei nicht mehr zu retten. Wir könnten alle getötet werden, wenn er überlebte. In den Telegrammen waren die üblichen Aussagen. Es waren Warnungen, die uns drängten, Vorsorge zu treffen, aber wir wußten, was sie zu bedeuten hatten. Trefft keine Vorkehrungen, beseitigt das Problem, eliminiert Beowulf ... Nichts von alledem ist Ihnen neu, Mijnheer Scofield. Sie haben auch solche Befehle gegeben; Sie wissen, daß solche Befehle ausgeführt werden müssen.«

Taleniekov riß den Hörer weg, ohne dabei die Waffe von dem Hals des Mannes aus Amsterdam zu nehmen. »Sie haben es gehört. Die Falle, die Sie mir gestellt haben, wird jetzt gegen *Sie* gebraucht. Von Ihren eigenen Leuten.«

Schweigen. Beowulf Agate sagte nichts. Wassilis Geduld begann zu Ende zu gehen. »*Verstehen* Sie denn nicht? Die haben Informationen ausgetauscht, anders konnten sie unmöglich das Depot finden – das, was man bei Ihnen einen ›Briefkasten‹ nennt. Moskau hat sie *geliefert*, verstehen Sie das nicht? Jeder von uns wird als Anlaß dazu benutzt, den anderen zu liquidieren, *uns beide* zu töten. Meine Leute sind direkter als die Ihren. Die Anweisung, mich zu töten, ist an jede einzelne sowjetische Station, sei sie nun zivil oder militärisch, geschickt worden. Ihr State Department arbeitet da etwas anders; die Analytiker übernehmen für solche nicht verfassungsgemäßen Entscheidungen keine Verantwortung. Sie schicken einfach Warnungen an Leute, die wenig von Abstraktionen halten, dafür um so mehr von ihrem Leben.«

Schweigen. Taleniekov explodierte.

»Was wollen Sie denn *noch*? Amsterdam sollte Sie herauslocken. Sie hätten keine andere Wahl gehabt. Sie hätten versucht, in einem der beiden Ausgänge Stellung zu beziehen: dem Personalaufzug oder der Treppe. In diesem Augenblick befindet sich Marseille am Personalaufzug und Prag auf der Treppe. Der Mann aus Prag ist jemand, den Sie gut kennen, Beowulf. Sie haben seine Pistole und sein Messer häufig benutzt. Er wartet jetzt auf Sie. In weniger als fünfzehn Minuten werden die Sie in Ihrem Zimmer aufsuchen, wenn Sie nicht am einen oder anderen Ort erscheinen. Was wollen Sie noch?«

Endlich antwortete Scofield. »Ich möchte wissen, warum Sie mir das sagen.«

»Lesen Sie mein Chiffretelegramm noch einmal! Dies ist nicht das erste Mal, daß Sie und ich benutzt worden sind. Etwas Unvorstellbares geschieht und es geht weit über Sie oder mich hinaus. Nur wenige Männer wissen davon. In Washington *und* Moskau. Aber sie sagen nichts; niemand kann etwas sagen. Das Eingeständnis wäre katastrophal.«

»Welches Eingeständnis?«

»Daß Meuchelmörder gedungen werden. Auf beiden Seiten. Das geht Jahre zurück, *Jahrzehnte*.«

»Wie soll das mich betreffen? Sie sind mir gleichgültig.«

»Dimitri Juriewitsch.«

»Was ist mit ihm?«

»Die haben gesagt, daß Sie ihn getötet haben.«

»Sie lügen, Taleniekov. Ich dachte, Sie würden sich besser darauf verstehen. Juriewitsch neigte auf unsere Seite; er war ein potentieller Überläufer. Der getötete Zivilist war mein Kontaktmann, stand unter der Kontrolle *meines* Gewährsmannes. Das war eine KGB-Operation. Besser ein toter Physiker als ein übergelaufener. Ich wiederhole, kommen Sie doch und holen mich.«

»Sie haben *unrecht*! ... Später! Jetzt ist keine Zeit zum Streiten. Sie wollen Beweise? Dann hören Sie zu! Ich vertraue darauf, daß Ihr Ohr geschickter ist als Ihr Verstand!« Der Russe schob schnell die Graz-Burya in seinen Gürtel und hielt die Sprechmuschel des Hörers in die Luft. Mit der linken Hand umfaßte er den Hals des Mannes aus Amsterdam, sein Daumen drückte auf die Knorpel seiner Luftröhre. Er drückte zu. Seine Hand war wie ein Schraubstock, seine Finger wie Krallen, die Gewebe und Knochen zerdrückten, während der Schraubstock sich schloß. Der Holländer wehrte sich verzweifelt, seine Arme und Hände schlugen wild herum, versuchten Wassilis Griff zu zerbrechen, aber es war aussichtslos. Sein Schmerzensschrei war ein ununterbrochenes Heulen, das schließlich in ein Jammern der Agonie überging. Der Mann aus Amsterdam fiel bewußtlos zu Boden. Jetzt sprach Taleniekov wieder ins Telefon. »Gibt es einen menschlichen Köder, der das zulassen würde, was ich gerade getan habe?«

»Hatte er eine Alternative?«

»Sie sind ein *Narr*, Scofield! Lassen Sie sich doch umbringen!« Wassili schüttelte verzweifelt den Kopf. Das war die Reaktion darauf, daß er selbst anfing, die Kontrolle über sich zu verlieren. »*Nein* . . . Nein, das dürfen Sie nicht. Sie können nicht verstehen, und ich muß versuchen, das zu begreifen, also müssen auch Sie versuchen, mich zu verstehen. Ich verabscheue alles, was Sie sind, alles, wofür Sie stehen. Aber im Augenblick können wir das tun, was nur wenige andere tun können: Männer dazu bringen, zuzuhören, ihre Meinung zu sagen. Und wäre es aus keinem anderen Grunde als dem, daß sie Angst vor uns haben, Angst vor dem, was wir wissen. Diese Angst herrscht auf *beiden* Seiten . . .«

»Ich weiß nicht, wovon Sie reden«, unterbrach Scofield. »Es ist ein hübscher KGB-Trick. Wahrscheinlich kriegen Sie dafür eine große *Datscha* in Grasnov, aber ich geh' Ihnen nicht auf den Leim. Ich wiederhole, kommen Sie und holen Sie mich.«

»*Genug*!« schrie Taleniekov und sah auf die Uhr auf dem Schreibtisch. »Sie haben elf Minuten Zeit! Sie wissen, wo Sie sich einen Beweis holen können. Sie finden ihn im Personalaufzug oder auf der Treppe. Sofern Sie es nicht vorziehen, in Ihrem Zimmer zu warten. Wenn Sie ein Ablenkungsmanöver versuchen, dann gibt es einen Auflauf. Das wäre denen lieber, aber das brauche ich Ihnen nicht zu sagen. Prag erkennen Sie vielleicht, aber nicht Marseille. Die Polizei können Sie weder anrufen, noch riskieren, daß die Hoteldirektion das tut; das wissen wir beide. Suchen Sie sich doch Ihren Beweis, Scofield! Sehen Sie nach, ob dieser Feind hier lügt. Sie kommen bis zur ersten Biegung im Korridor! Falls Sie es überleben – was höchst unwahrscheinlich ist –, ich bin im fünften Stock, Zimmer fünf-null-fünf. Ich habe getan, was ich kann!« Wassili knallte den Hörer auf die Gabel, eine Geste, die zu gleichen Teilen gespielt und ärgerlich war. Jedes Mittel war ihm recht, um den Amerikaner aus seiner Reserve zu locken und zum Nachdenken zu bringen.

Taleniekov brauchte jetzt jede Sekunde. Er hatte Beowulf Agate gesagt, daß er alles getan hatte, was er konnte, aber das war nicht die Wahrheit. Er kniete nieder und riß dem bewußtlosen Holländer den schwarzen Mantel herunter.

Bray legte den Hörer auf, ihm schwirrte der Kopf. Wenn er nur geschlafen hätte oder wenigstens nicht den völlig unerwarteten Angriff der alten Frau hätte durchmachen müssen, oder wenn Taleniekov ihm nicht so viel Wahres gesagt hätte – wenn alles das nicht gewesen wäre, wären die Dinge jetzt klarer. Aber alles war so abgelaufen. Er mußte jetzt, wie so oft in der Vergangenheit, die Dinge einfach hinnehmen und nur an das denken, was jetzt unmittelbar zu geschehen hatte.

Es war nicht das erste Mal, daß mehrere Gruppen mit unterschiedlichen Absichten ihn als Ziel ins Auge gefaßt hatten. Man gewöhnte sich daran, wenn man mit unterschiedlichen Gruppen aus demselben breit angelegten Lager zu tun hatte, obwohl das Ende selten der Tod war. Das Ungewöhnliche war das Timing, das Zusammentreffen mehrerer Angriffe. Und doch war es so verständlich, so *klar*.

Unterstaatssekretär Daniel Congdon hatte es tatsächlich getan! Der scheinbar blutleere Schreibtischstratege hatte den Mut zu seiner eigenen Überzeugung gefunden. Genauer gesagt, er hatte Taleniekov gefunden und von dessen Aktionen gegen Beowulf Agate erfahren. Konnte es bessere Gründe dafür geben, die Regeln zu brechen und einen ehemaligen Spezialisten zu eliminieren, den er für gefährlich hielt? Was für ein besseres Motiv konnte es geben, an die Sowjets heranzutreten, die ja die Beseitigung beider Männer wünschen mußten.

Sehr klar. Sehr gut eingefädelt. Diese Taktik hätte auch von ihm oder Taleniekov stammen können. Dementis und Erstaunen würden Hand in Hand gehen. Staatsmänner in Washington und Moskau würden sich über die Gewalttaten *ehemaliger* Abwehroffiziere erregen – Offiziere, die aus einer anderen Zeit stammten. Einer Zeit, in der man noch häufig persönliche Animositäten über die nationalen Interessen gestellt hatte. *Herrgott*, er konnte die Verlautbarungen geradezu hören, Verlautbarungen, die voll hohler Platitüden waren, von Männern wie Congdon verbreitet, die ihre schmierigen Entscheidungen unter ehrenwerten Titeln verbargen.

Was ihn wirklich wütend machte, war, daß die Realität die Platitüden stützte, diese Worte, die Taleniekovs Rachezug bestätigten. *Ich habe geschworen, Sie zu töten, Beowulf Agate. Vielleicht werde ich das eines Tages tun.*

Dieser Tag war heute und das *Vielleicht* für den Russen ohne Bedeutung. Taleniekov wollte Beowulf Agate für sich; er würde keine Einmischung von Killern dulden, die von Schreibtischstrategen in Washington und Moskau rekrutiert und programmiert waren. *Ich werde dafür sorgen, daß Sie Ihren letzten Atemzug tun* ... Das waren Taleniekovs Worte vor sechs Jahren gewesen; sie entsprachen damals seinem Wunsch ebenso wie heute.

Ganz sicher würde er seinen Feind vor den Waffen von Marseille und Prag schützen. Sein Feind war einer besseren Waffe würdig, *seiner* Waffe. Und kein Trick war zu unvernünftig, kein Wort zu extrem, um seinen Feind vor den Lauf dieser Waffe zu locken.

Er war all dessen müde, dachte Scofield und nahm die Hand vom Telefonhörer. Müde der Spannung, wie sie Zug und Gegenzug mit sich brachten. Wen interessierte das Ganze schon, wenn man es am Ende betrachtete? Wen scherten schon die beiden *Spezialisten*, die angefangen hatten, alt zu werden und die beide kein anderes Ziel kannten, als den Gegner zu töten?

Bray schloß die Augen, preßte die Lider zusammen und spürte, daß sie feucht waren. Tränen der Müdigkeit, Tränen eines ausgepumpten Geistes, ebenso ausgepumpt wie sein Körper. Jetzt war nicht die Zeit, der Erschöpfung nachzugeben. Ihm war das nämlich wichtig. Wenn er sterben mußte – und das war eine Möglichkeit, die stets auf ihn lauerte –, dann würde er nicht unter den Kugeln von Marseille, Prag *oder* Moskau sterben. Dafür war er zu gut; er war stets besser gewesen.

Nach Taleniekov hatte er elf Minuten; zwei davon waren verstrichen, seit der Russe diese Erklärung abgegeben hatte. Die Falle war sein Zimmer. Wenn der Mann aus Prag der war, den Taleniekov beschrieben hatte, würde der Angriff schnell kommen, unter geringstem Risiko. Zuerst würden Gaspatronen eingesetzt werden, deren Dämpfe jedermann im Raum lähmten. Das war eine Taktik, wie sie der Killer aus Prag schätzte; er ging nur selten ein Risiko ein.

Sein unmittelbares Ziel war es daher, die Falle zu verlassen. In den Korridor konnte er nicht gehen, wahrscheinlich nicht einmal die Türe öffnen. Da Amsterdam die Aufgabe hatte, ihn herauszulocken, und dies nicht geschehen war, würden Prag und Marseille ihm näherrücken. Wenn niemand im Korridor war – wie man aus der dort herrschenden Stille schließen konnte –, hatten sie nichts zu verlieren. Ihr Plan würde nicht verschoben werden, aber man konnte ihn beschleunigen.

Niemand im Korridor ... Oder doch? Leute, die herumliefen, aufgeregte Menschen, Ablenkung. Meistens kam eine Menschenansammlung dem Killer zustatten, nicht dem Zielobjekt, besonders, wenn das Ziel identifiziert werden konnte und einer der Killer nicht. Andererseits konnte ein Zielobjekt, das präzise wußte, wann und wo der Angriff stattfinden sollte, eine Menschenansammlung dazu benutzen, ihm Deckung zu verschaffen: Eine Flucht im Durcheinander und eine Änderung des Aussehens. Diese Änderung konnte gering sein, gerade ausreichend, um Unschlüssigkeit zu erzeugen; überflüssiges Schießen während einer Exekution war zu vermeiden.

Acht Minuten. Oder weniger. Vorbereitung war alles. Er würde nur seine wesentlichen Habseligkeiten mitnehmen, denn wenn er einmal zu fliehen anfing, würde er weiterfliehen müssen. Keiner konnte sagen, wie lange und wie weit, noch konnte er sich darüber jetzt schlüssig werden. Er mußte die Falle verlassen und vier Männern entkommen, die ihn töten wollten. Vier Männern, von denen einer besonders gefährlich war, weil weder Washington noch Moskau ihn geschickt hatten. Er war selbst gekommen.

Bray eilte zu der toten Frau, zerrte sie ins Bad, wälzte die Leiche hinein und schloß die Tür. Dann hob er die Lampe mit dem schweren Sockel und ließ sie auf den Türknopf herunterkrachen; das Schloß klemmte, jetzt konnte man die Türe nur noch öffnen, indem man sie aufbrach.

Seine Kleider konnten zurückbleiben. An ihnen gab es keine Wäschezeichen oder sonstige Hinweise, die unmittelbar auf Brandon Scofield hindeuteten. Fingerabdrücke würden das tun, aber bis man sie abnahm und untersuchte, würde Zeit vergehen. Bis dahin würde er schon weit entfernt sein – wenn es ihm gelang, das Hotel lebend zu verlassen. Anders war es mit seinem Aktenkoffer; er enthielt zu viele Gegenstände seines Berufes. Er klappte ihn zu, verstellte die Kombination und warf ihn aufs Bett. Dann zog er sein Jackett an und ging zurück zum Telefon. Er nahm den Hörer ab und wählte die Zentrale.

»Zimmer zweihundertdreizehn«, sagte er im Flüsterton, als wäre er sehr schwach. »Ich will Sie nicht erschrecken, aber ich kenne die Symptome. Ich habe einen Schlaganfall gehabt. Ich brauche Hilfe . . .«

Er ließ den Telefonhörer gegen den Tisch krachen und zu Boden fallen.

10

Taleniekov zog den schwarzen Mantel an und griff nach dem grauen Halstuch, das immer noch um Amsterdams Hals geschlungen war. Er riß es herunter, schlang es sich selbst um und hob den grauen Hut auf, der neben den Stuhl gefallen war. Er war zu groß. Er drückte ihn ein, damit er weniger auffällig saß, und ging auf die Türe zu, wobei er an dem Ankleideraum vorbeikam.

»Bleiben Sie wo Sie sind und verhalten Sie sich ruhig«, rief er dem darin eingeschlossenen Paar zu. »Ich werde draußen im Korridor sein. Wenn ich Lärm höre, komme ich zurück, dann ergeht es Ihnen schlecht.«

Draußen rannte er zum Aufzug und daran vorbei zu dem einfachen dunklen Lift am Ende des Korridors. An der Wand stand ein Tischchen, das vom Zimmerservice zum Abstellen der Tabletts benutzt wurde. Er zog seine Graz-Burya aus dem Gürtel, schob sie in die Manteltasche und drückte mit der linken Hand den Knopf. Das rote Licht leuchtete über der Türe auf; die Liftkabine befand sich im zweiten Stock. Marseille hielt sich bereit, wartete auf Beowulf Agate.

Das Licht erlosch, und kurz darauf leuchtete die Ziffer 3 auf, dann die Ziffer 4. Wassili drehte sich um und wandte der Schiebetüre den Rücken zu.

Die Türe öffnete sich, aber da war kein Laut zu hören, keine Überraschung über den Anblick des schwarzen Mantels oder des grauen Hutes. Taleniekov wirbelte herum, den Finger am Abzug der Waffe.

In der Liftkabine war niemand. Er stieg ein und drückte den Knopf für die zweite Etage.

»*Sir*? *Sir*? Mein Gott, das ist der Verrückte auf zwo-dreizehn!« Die erregte Stimme der Telefonistin hallte durchdringend aus dem Hörer, der auf dem Teppich lag. »Schicken Sie ein paar von den Boys hinauf! Die sollen sehen, was sie machen können! Ich rufe den Notarzt. Er muß einen Anfall gehabt haben oder so etwas...«

Mehr war nicht zu hören; das Chaos hatte begonnen.

Scofield stand neben der Türe. Jetzt zog er den Riegel zurück und wartete. Höchstens vierzig Sekunden waren vergangen, als er im Korridor eilige Schritte und Rufe hörte. Die Tür flog auf; der Chefpage kam herein, gefolgt von einem jüngeren, kräftiger gebauten Mann, einem der Pagen.

»Gott sei Dank war nicht abgeschlossen! *Wo*...?«

Bray trat die Türe zu und zeigte sich den zwei Männern. Er hielt seine Automatik in der Hand. »Niemandem passiert etwas«, sagte er ruhig. »Sie brauchen nur genau das zu tun, was ich Ihnen sage. Sie ...« befahl Bray dem Jüngeren, »ziehen Sie Ihr Jackett und Ihre Mütze aus. Und Sie«, fuhr er fort und wandte sich an den Älteren, »Sie gehen ans Telefon und sagen der Telefonistin, daß sie den Geschäftsführer schicken soll. Sie sagen, Sie hätten Angst, Sie wollten nichts anfassen; hier oben könnte es Ärger gegeben haben. Sie denken, ich sei tot.«

Der ältere Mann stammelte irgend etwas Unverständliches, ohne dabei die Waffe aus den Augen zu lassen, und rannte dann ans Telefon. Die schauspielerische Leistung, die er bot, war überzeugend, er hatte eine Heidenangst.

Bray nahm nun die dunkelrote Jacke, die der breitschultrige Page ihm hinhielt. Er zog das eigene Jackett aus, schlüpfte in die Uniformjacke und zwängte sich die eigene Jacke unter den Arm. »*Mütze!*« befahl Scofield. Er bekam sie.

Jetzt war der Chefpage mit seinem Telefonat fertig. Er starrte Bray verstört an und jammerte ins Telefon: »Um Himmels willen, *schnell*! Schicken Sie jemanden her!«

Scofield gestikulierte mit seiner Waffe. »Stellen Sie sich neben mich an die Türe«, sagte er zu dem aufgeregten Mann, und dann, zu dem Jüngeren gewandt: »Dort neben dem Bett ist ein Einbauschrank. Da hinein. *Schnell*!«

Der vierschrötige, etwas schwerfällige Page zögerte, warf dann einen Blick auf Brays Gesicht und verschwand schleunigst in dem Schrank. Scofield ging auf die Türe zu, wobei er die ganze Zeit die Waffe auf den Chefpagen gerichtet hielt, und verschloß sie mit einem Fußtritt. Dann hob er die Stehlampe auf. »Gehen Sie nach rechts! Verstehen Sie? Antworten Sie mir!«

»Yeah«, hallte die Antwort halb erstickt aus dem Inneren der Kammer.

»Klopfen Sie an die Türe!«

Es klopfte ganz links, für den Mann im Schrank also rechts. Bray ließ den Lampensockel auf den Türknopf herunterkrachen; er brach ab. Dann hob er seine Waffe mit dem Schalldämpfer und gab einen Schuß in die rechte Türseite ab. »Das war eine Kugel!« sagte er. »Schweigen Sie, gleichgültig, was Sie hören, sonst schieße ich noch einmal. Ich stehe vor der Türe!«

»O mein *Gott*...«

Der Mann würde stumm bleiben, selbst wenn es zu einem Erdbeben kam. Scofield ging zu dem Chefpagen zurück und griff dabei nach seinem Aktenkoffer. »Wo ist die Treppe?«

»Den Korridor hinunter zu den Lifts, rechts abbiegen. Am Ende des Korridors.«

»Und der Personalaufzug?«

»Am anderen Ende. Sie müssen links ab...«

»Hören Sie zu«, unterbrach ihn Bray, »und merken Sie sich gut, was ich Ihnen sage. In ein paar Sekunden werden wir den Geschäftsführer und wahrscheinlich ein paar andere den Gang herunterkommen hören. Wenn ich die Tür öffne, gehen Sie hinaus und schreien – und ich meine schreien, so laut Sie können –, und dann rennen Sie mit mir den Korridor hinunter.«

»*Herrgott*! Was soll ich denn *sagen*?«

»Daß Sie hier raus wollen«, antwortete Bray. »Sie können sagen, wozu Sie Lust haben. Ich glaube nicht, daß es Ihnen schwerfallen wird.«

»Wo gehen wir denn hin? Ich hab' eine Frau und vier Kinder!«

»Das ist fein. Warum gehen Sie dann nicht nach Hause?«

»*Was*?«

»Wo ist der schnellste Weg in die Halle?«

»Mein Gott, das weiß *ich* doch nicht!«

»Lifts brauchen manchmal sehr lange.«

»Das Treppenhaus? Das *Treppenhaus*!« Der erschreckte Chefpage empfand diesen Schluß beinahe als Triumph.

»Benutzen Sie die Treppe«, sagte Scofield, der das Ohr an die Türe hielt.

Die Stimmen waren nur undeutlich zu hören. Er konnte nur die Worte *Polizei* und *Notarzt* hören. Es mußte sich um drei oder vier Leute handeln.

Bray riß die Türe auf und stieß den Chefpagen in den Korridor hinaus. »Jetzt«, sagte er.

Taleniekov wandte sich ab, als der Personalaufzug im zweiten Stock anhielt und die Türe sich öffnete. Wieder erzeugten der schwarze Mantel und der auffällige graue Hut keine Reaktionen, die darauf hindeuteten, daß man ihn erkannte. Wieder fuhr er herum, die Hand am Kolben der Graz-Burya in seiner Tasche. Da waren Tabletts mit Speiseresten und der Geruch von Kaffee – die Reste von spät eingenommenem Frühstück, die sich vor der Lifttüre stapelten –, aber kein Marseille.

Zwei Flügeltüren aus Metall führten in den Korridor. In jeden Flügel war ein rundes Fenster eingelassen. Wassili trat näher und spähte durch die kreisförmige Öffnung.

Da war er. Die Gestalt in dem schweren Tweedanzug schob sich an der Wand entlang, auf den Korridor zu, der zu Zimmer 213 führte. Taleniekov sah auf die Uhr: Es war 12.31 Uhr. Vier Minuten bis zum Angriff; ein ganzes Leben lang, wenn Scofield einen klaren Kopf behielt. Er brauchte ein Ablenkungsmanöver; Feuer war das sicherste. Ein Telefonanruf, ein brennender Kissenbezug, vollgestopft mit Stoff und Papier, den man in den Korridor warf. Ob Beowulf Agate wohl daran gedacht hatte?

Scofield *hatte* sich etwas einfallen lassen. Weiter unten im Korridor flammte das Licht über einer der beiden Lifttüren auf. Die Tür öffnete sich. Drei Männer kamen heraus, die alle gleichzeitig aufgeregt redeten. Einer war der Geschäftsführer; er schien in Panik. Ein zweiter trug eine schwarze Tasche: ein Arzt. Der dritte war ein vierschrötiger Mann mit kurzgeschorenem Haar und einem gefaßt wirkenden Gesicht . . . der Hoteldetektiv vermutlich.

Sie rannten an dem erschreckten Marseille vorbei – der sich abrupt abwandte – und eilten durch den Korridor, der zu Scofields Zimmer führte. Der Franzose holte eine Pistole heraus.

Am anderen Ende des Korridors unter einer roten Tafel mit der Aufschrift *Exit* wurde eine schwere Türe mit einer kräftigen Scheuerleiste geöffnet. Die Gestalt von Prag kam heraus und nickte Marseille zu. In der rechten Hand hielt der Mann eine langläufige, schwerkalibrige Automatik, in der linken Hand etwas, das wie ... ja ... das war es auch ... eine *Handgranate* aussah. Er hatte den Daumen abgebogen und drückte auf einen Hebel; die Sicherung war also schon herausgezogen!

Wenn er *eine* Handgranate hatte, dann hatte er auch noch mehrere. Prag war ein wandelndes Waffenarsenal. Er würde alle mitnehmen, die sich zufällig in seiner Nähe aufhielten, wenn er nur Beowulf Agate töten konnte. Eine Handgranate, die man in einen Korridor warf, der durch eine Rückwand abgeschlossen war, dann ein schneller Spurt in das Gemetzel hinein, ehe der Rauch sich gelegt hatte, um die Überlebenden mit ein paar schnellen Schüssen zu erledigen, wobei Scofield der erste war ... Ganz gleich, was der Amerikaner sich auch gedacht hatte, er saß in der Falle. Es gab keinen Fluchtweg, wenn man Prag nicht sofort so aufhalten konnte, daß die Handgranate noch in seiner Hand explodierte. Wassili zog die Graz-Burya aus der Tasche und schob die Pendeltüre vor sich auf.

Er wollte gerade schießen, als er den Schrei hörte ... Schreie eines in Panik geratenen Mannes.

»*Raus hier*! Um Himmels willen, ich muß *hier raus*!«

Was folgte, war Wahnsinn. Zwei Männer in Hoteluniformen kamen aus dem Korridor gerannt. Einer bog nach rechts und kollidierte mit Prag, der ihn wegstieß und dabei mit dem Lauf seiner Pistole nach ihm schlug. Prag rief Marseille zu, er solle den Korridor absperren.

Marseille war kein Narr – ebensowenig wie Amsterdam einer war. Er sah die Handgranate, die Prag hielt. Die beiden Männer schrien einander an.

Die Lifttüre schloß sich.

Sie *schloß* sich. Das Licht *erlosch*.

Beowulf Agate war entkommen.

Taleniekov zog die Pendeltüre wieder hinter sich zu. In dem allgemeinen Durcheinander war er nicht entdeckt worden. Aber Prag und Marseille hatten den Lift gesehen. Offensichtlich rief das den beiden die Erinnerung an einen zweiten Mann in einer dunkelroten Jacke wach, der auf geradem Weg davonrannte, ohne Panik, der wußte, was er tat ... Und der *etwas unter dem linken Arm trug.* Ebenso wie Wassili beobachteten die beiden Henker die beleuchteten Ziffern über der Lifttüre und erwarteten, wie auch Taleniekov, daß der Buchstabe L für Lobby aufleuchtete. Das tat er nicht.

Das Licht erreichte die 3. Dort kam es zum Stillstand.

Was *machte* Scofield? Er hätte inzwischen bereits die Straße erreichen können, fliehen, in der Menge Sicherheit finden, auf einen von hundert Asylorten zustreben. Er blieb an dem Ort, wo man ihn töten wollte! Das war erneut *Wahnsinn*!

Dann begriff Wassili. Beowulf Agate jagte jetzt *ihn.*

Er spähte durch das kreisförmige Fenster. Prag redete erregt auf Marseille ein. Der nickte und drückte mit dem Finger auf den linken Liftknopf, während Prag zum Treppenhaus zurückrannte und hinter der Türe verschwand.

Taleniekov mußte wissen, was gesagt worden war. Es würde ihm Sekunden sparen – wenn er es binnen Sekunden erfahren konnte. Er schob die Graz-Burya in die Tasche, eilte durch die Pendeltüre hinaus, das graue Seidentuch hoch um den Hals aufgebauscht, den grauen Hut so tief ins Gesicht gezogen, daß man es nicht sehen konnte. Er schrie:

»*Alors – vous avez découvert quelque chose par hazard?*«

Erregt, wie Marseille war, taten die Schnelligkeit und die Täuschung ihre Wirkung. Der schwarze Mantel, das graue Tuch und die französischen Worte im gutturalen Akzent des Holländers reichten aus, um das Bild eines Mannes vorzutäuschen, den er nur einmal kurz in einem Café gesehen hatte. Er war verblüfft. Er rannte auf Taleniekov zu und schrie so hastig in seiner Muttersprache, daß er kaum zu verstehen war.

»Was machen Sie *hier*? Hier war der Teufel los! In Beowulfs Zimmer schreien Männer; sie treten Türen ein! Er ist *entkommen.* Prag hat ...«

Marseille verstummte. Er sah das Gesicht vor sich. Die Verblüffung schlug in Erschrecken um. Wassilis Hand schoß vor, packte die Waffe, die der Franzose in der Hand hielt, und riß sie mit solcher Gewalt herum, daß Marseille einen lauten Schrei ausstieß. Die Waffe wurde ihm entwunden. Taleniekov schmetterte den Mann gegen die Wand, trieb ihm das Knie in den Unterleib, während seine linke Hand am rechten Ohr von Marseille riß.

»*Was* hat Prag? Sie haben genau eine Sekunde, mir das zu sagen!« Er rammte dem Franzosen das Knie in die Hoden. »*Jetzt*!«

»Wir arbeiten uns zum Dach hinauf ...«, stieß Marseille zwischen zusammengebissenen Zähnen hervor, die Hand vor Schmerz verkrümmt. »Stockwerk für Stockwerk ... bis zum Dach.«

»Warum?« Mein Gott! dachte Wassili. Es gab einen Lüftungsschacht aus Metall, der das Hotel mit dem Nachbargebäude verband. Ob sie das wußten? Wieder stieß sein Knie zu. Er wiederholte: »*Warum*?«

»Prag glaubt, Scofield sei der Meinung, sie hätten Männer auf den Straßen ... an den Hoteltüren. Er will warten, bis die Polizei kommt ... das Durcheinander. Er hat in dem Zimmer etwas gemacht! In Gottes Namen, *hören Sie auf*!«

Wassili schmetterte Marseille den Kolben seiner eigenen Pistole an die linke Schläfe. Der Mann brach blutüberströmt zusammen. Taleniekov stieß den Bewußtlosen gegen die Wand und ließ ihn so zu Boden fallen, daß er den Korridor versperrte. Wenn jetzt jemand aus Zimmer 213 kam, würde ihn ein weiterer unerwarteter Anblick begrüßen. Die Panik würde wachsen. Er hatte wieder wertvolle Minuten gewonnen.

Der Lift zur Linken hatte auf den Knopfdruck des Franzosen reagiert. Wassili stürzte hinein und drückte den Knopf für das dritte Stockwerk. Die Türen schlossen sich, während ganz hinten im Korridor zwei aufgeregte Männer aus Zimmer 213 gerannt kamen. Der eine von beiden war der Geschäftsführer des Hotels. Er sah den gestürzten Franzosen auf dem mit Blut durchtränkten Teppich und schrie auf.

Scofield zog das Jackett aus und legte die Mütze ab, stopfte sie in eine Ecke und zog sein eigenes Jackett an. Die Liftkabine hielt im dritten Stock an; seine Muskeln spannten sich, als er ein stattliches Zimmermädchen mit Handtüchern über dem Arm hereinkommmen sah. Sie nickte; er starrte sie an. Die Türen schlossen sich, und sie fuhren ins nächste Stockwerk, wo das Mädchen ausstieg. Bray drückte schnell den Knopf für das sechste Stockwerk; darüber gab es keines mehr.

Wenn es überhaupt möglich war, würde ein Teil dieses Wahnsinns jetzt enden; er würde nicht fliehen, um dann wieder zu fliehen und sich dauernd den Kopf zerbrechen müssen, wo man ihm die nächste Falle stellen würde. Taleniekov war in dem Hotel. Das war alles, was er wissen mußte.

Zimmer *fünf-null-fünf*. Taleniekov hatte die Nummer über das Telefon angegeben; er hatte gesagt, daß er ihn dort erwarten würde. Bray überlegte, versuchte sich an eine Chiffre oder einen Code zu erinnern, der zu den Ziffern paßte, aber es wollte ihm keiner einfallen. Er hatte Zweifel, daß der KGB-Mann seinen Aufenthaltsort exakt angeben würde.

Fünf-*null*-fünf.

Fünf-*Tod*-fünf?

Ich erwarte Sie im fünften Stockwerk. Einer von uns wird sterben.

War es so einfach? Hatte sich in Taleniekov alles auf die Herausforderung konzentriert? War sein Ego so entzündet oder seine Erschöpfung so vollständig, daß ihm nichts anderes mehr blieb, als den Ort des Duells anzugeben?

Um Himmels willen, bringen wir es hinter uns! Ich komme, Taleniekov! Mag sein, daß Sie gut sind, aber dem Mann, den Sie Beowulf Agate nennen, sind Sie nicht gewachsen!

Das Ego. So notwendig. Aber so ermüdend.

Der Lift erreichte das sechste Stockwerk. Bray hielt den Atem an, als zwei gut gekleidete Männer eintraten. Sie redeten über Geschäfte, die Zahlen des letzten Jahres, ein langweiliges Thema. Beide musterten ihn kurz mißbilligend; er begriff: der Bart, seine blutunterlaufenen Augen. Er drückte seinen Aktenkoffer an sich und wich ihren Blicken aus. Die Türen begannen sich wieder zu schließen, da trat Bray vor, die Hand in der Jackentasche.

»Entschuldigen Sie«, murmelte er. »Das ist ja mein Stockwerk.«

In dem langen Korridor, der direkt vor ihm lag, vier Stockwerke über 211 und 213, war niemand zu sehen. Ganz vorne rechts waren zwei Türen mit kreisförmigen Fenstern. Der Personallift. Ein Türflügel hatte sich gerade geschlossen, er zitterte noch. Scofield zog seine Automatik ein Stück aus dem Gürtel, hielt dann inne, als er hinter den Pendeltüren das Klappern von Geschirr hörte. Jemand schaffte ein Tablett weg. Ein Mann, der jemanden töten wollte, machte keinen Lärm.

Auf der linken Seite, in der Nähe der Treppen, war eine Putzfrau gerade mit einem Zimmer fertig geworden. Sie zog die Türe zu und begann müde ihren Karren auf die nächste Türe zuzuschieben.

Fünf-*null*-fünf.

Fünf-*Tod*-fünf.

Wenn es einen Treffpunkt gab, so war er darüber, über ihm. Aber es war ein Höhenvorteil, der ihm keinen Einblick bot, und die Zeit begann knapp zu werden. Er dachte kurz daran, sich der Putzfrau zu nähern, sie irgendwie als Vorhut zu benutzen, aber das kam wegen seines Aussehens nicht in Frage. Wegen seines Aussehens kamen viele Dinge nicht in Frage; Rasieren war ein Luxus gewesen, den er sich nicht hatte leisten können; auch ein Verrichten seiner Notdurft bedeutete wertvolle Augenblicke, die er aufgab, da er die Falle nicht beobachten konnte. Diese kleinen Dinge wurden so drohend, nahmen während des Wartens so viel Bedeutung an. Und er war so müde.

Es kam auch nicht in Frage, den Personallift zu benutzen; das war eine Kabine, die man zu leicht anhalten und isolieren konnte. Die Treppe war auch nicht viel besser, bot aber immerhin einen kleinen Vorteil; abgesehen vom Dach – falls es einen Ausgang vom Dach aus gab – führte sie nicht höher. Die Sichtverhältnisse begünstigten immer den höher Stehenden. Raubvögel stießen von oben zu, nur selten von unten.

Aber Haie taten das.

Ein Ablenkungsmanöver. Irgendein Ablenkungsmanöver. Es war bekannt, daß Haie leblose Gegenstände angriffen, irgendwelches Treibgut.

Bray ging schnell auf die schwere Türe zu, hinter der die Treppe in die Tiefe führte und blieb kurz an dem Karren der Putzfrau stehen. Er entnahm ihm vier gläserne Aschenbecher, stopfte sie sich in die Taschen und hob den Aktenkoffer zwischen Arm und Brust.

So leise wie möglich drückte er die Schubstange nieder; die schwere Stahltüre öffnete sich. Er begann, die Treppe hinunterzuschleichen, hielt sich dicht an der Wand, lauschte auf die Geräusche seines Feindes.

Da waren sie. Einige Stockwerke weiter unten konnte er schnelle Schritte auf den Betonstufen hören. Sie hielten inne, und Scofield blieb reglos stehen. Was nun geschah, verwirrte ihn. Ein schneidendes Geräusch war zu hören, eine Folge schneller Bewegungen – scharrend, metallisch. Was war das?

Er blickte nach oben auf die Metalltüre, durch die er gerade gegangen war. Jetzt wußte er es. Die Treppe war ihrem Wesen nach ein Feuerausgang; die Türen ließen sich nur von innen öffnen, nicht vom Treppenhaus aus, und verhinderten somit, daß sich Diebe einschleichen konnten. Die Person unter ihm benutzte einen dünnen Metallstreifen, vielleicht auch Plastik, und stocherte damit im Schloß herum. Sie versuchte, den Riegel zurückzuschieben, um damit die Türe zu öffnen. Die Methode war allgemein verbreitet; die meisten Feuerausgänge ließen sich so öffnen, wenn der Mechanismus funktionierte. Und in diesem Hotel würde er funktionieren.

Das Scharren verstummte; die Türe war jetzt geöffnet worden.

Schweigen.

Die Türe krachte zu. Scofield schob sich an den Rand der Treppe und blickte nach unten; er sah nichts, außer Geländern, die in der Dunkelheit verschwanden. Leise setzte er einen Fuß vor den anderen, ging immer weiter nach unten, bis er den nächsten Treppenabsatz erreicht hatte. Er befand sich jetzt im fünften Stock.

Fünf-null-fünf. Eine bedeutungslose Nummer, eine bedeutungslose, verbale Kombination.

Taleniekovs Strategie war ihm jetzt klar und logisch. Bray hätte sie selbst benutzt. Der Russe wartete, seit das Chaos begonnen hatte, in der Lobby und beobachtete die Lifts, wartete auf eine Spur seines Feindes. Als diese Spur sich nicht zeigte, mußte er daraus den Schluß ziehen, daß Beowulf abgeschnitten war, einen Ausweg suchte. Erst nachdem Taleniekov sich vergewissert hatte, daß sein Feind nicht auf die Straße hinausgerannt war, konnte er die letzte Phase seiner Jagd von der Treppe aus beginnen, in den Korridoren lauern, die Waffe schußbereit.

Aber der Russe konnte seine Aktion nicht oben beginnen, er mußte unten anfangen, von der Lobby aus, über die Treppe. Er mußte den Vorteil des höheren Standpunktes aufgeben. Das war auf der Treppe ebenso schlecht wie in hügeligem Land. Scofield stellte seinen Aktenkoffer ab und holte zwei der gläsernen Aschenbecher aus der Tasche. Das Warten war jetzt beinahe vorbei; jetzt würde es jeden Augenblick geschehen.

Die Türe unter ihm flog auf. Bray schleuderte den ersten Aschenbecher nach unten; das Klirren von Glas hallte durch den Schacht aus Beton und Stahl.

Schlurfende Schritte. Ein klatschendes Geräusch, als ein schwerer Körper sich gegen eine Wand drückte. Scofield sprang vor und warf den zweiten Aschenbecher. Das Glas zersplitterte direkt unter ihm; die Gestalt in der Tiefe fegte am Rand des Geländers vorbei. Bray feuerte seine Waffe ab; sein Feind schrie, warf sich blitzschnell aus der Schußlinie.

Scofield machte drei Schritte nach unten, preßte sich gegen die Wand. Er sah ein Bein und feuerte wieder. Das singende Geräusch einer Kugel, die von Stahl abprallte, ertönte, dann bohrte sie sich in den Beton. Er hatte sein Ziel verfehlt; er hatte den Russen verwundet, aber nicht gelähmt.

Plötzlich war ein weiteres Geräusch zu hören: Sirenen. In der Ferne. Draußen. Näher kommend. Und, von den schweren Türen gedämpft, Befehle, die draußen in den Korridoren und Gängen gerufen wurden.

Mit jedem neuen Geräusch wurden die Fluchtchancen geringer, verringerte sich auch die Zahl seiner Möglichkeiten. Es mußte *jetzt* enden. Es blieb nichts anderes übrig, als ein letzter Austausch. Hundert Lektionen aus der Vergangenheit ließen sich auf einen einzigen Nenner bringen: *Zuerst das Feuer auf sich ziehen, den Gegner dazu bringen, sich zu zeigen. Das bedeutet, daß man sich selbst teilweise zeigen muß. Eine oberflächliche Wunde hat nichts zu bedeuten, wenn sie einem selbst das Leben rettet.*

Die Sekunden tropften dahin; es gab keine Alternative.

Bray holte die beiden übriggebliebenen Aschenbecher aus der Tasche und schleuderte sie über das Geländer. Wieder ging er eine Stufe weiter nach unten. Als das Glas klirrte, schwang er den linken Arm und die Schulter hinaus, ließ sie einen Halbkreis beschreiben, der zum Teil in der direkten Schußlinie des Russen war. Aber nicht seine Waffe; die hielt er für den eigenen Angriff bereit.

Zwei betäubende Explosionen erfüllten den senkrechten Tunnel.

Die Waffe wurde ihm aus der Hand gefegt! Aus der *rechten*

Hand! Er sah hilflos zu, wie die Waffe seinen Fingern entglitt, sah die Blutspritzer, die sich über seine Handfläche ausbreiteten, den schrillen Klang der immer noch abprallenden Kugel, die von Stahl zu Stahl sprang.

Ein Fehlschuß hatte ihn entwaffnet, ein Echo ihn getötet.

Die Browning Automatik klirrte die Treppe hinunter. Er stürzte sich darauf und wußte im gleichen Augenblick, daß es zu spät war. Der Killer unten war jetzt zu sehen, rappelte sich auf, und der Lauf seiner großkalibrigen Waffe hob sich, richtete sich auf Scofields Kopf.

Es war nicht Taleniekov, nicht das Gesicht von tausend Fotografien, das Gesicht, das er seit einem Jahrzehnt haßte! Es war der Mann aus Prag, ein Mann, den er so oft für die Sache der Freiheit eingesetzt hatte. Und jener Mann würde ihn jetzt töten.

Zwei Gedanken kamen ganz schnell nacheinander. Letzte Zusammenfassungen sozusagen. Sein Tod würde schnell kommen; dafür war er dankbar. Und er hatte noch zuallerletzt Taleniekov seiner Trophäe beraubt.

»Wir tun alle unsere Arbeit«, sagte der Mann aus Prag, und seine drei Finger spannten sich um den Griff seiner Waffe. »Das haben Sie mich gelehrt, Beowulf.«

»Sie kommen nie hier heraus.«

»Sie vergessen Ihre eigenen Lektionen, die Sie mich gelehrt haben. ›Lassen Sie Ihre Waffen fallen und mischen Sie sich unter die Menge.‹ Ich werde hier rauskommen. Aber Sie nicht. Wenn Sie das täten, würden zu viele sterben.«

»*Padasdit!*« Die Stimme donnerte von oben, ohne daß ihr das Krachen einer Türe vorangegangen wäre. Der Mann hatte sich schnell und lautlos Zutritt verschafft. Der Mann aus Prag fuhr nach links herum, duckte sich und richtete seine Waffe auf Wassili Taleniekov.

Der Russe gab einen Schuß ab, bohrte ein Loch in Prags Stirn. Der Tscheche fiel über Scofield, während Bray sich auf seine Waffe stürzte, sie von der Treppe hochriß und sich hastig um die Biegung der Treppe wälzte. Er feuerte blindlings auf den KGB-Mann; er würde nicht zulassen, daß Taleniekov ihn vor Prag rettete, nur um sich seine Trophäe zu bewahren.

Ich werde dafür sorgen, daß Sie Ihren letzten Atemzug tun . . .

Nicht hier! Nicht jetzt! Nicht, solange ich mich noch bewegen kann!

Dann konnte er sich nicht mehr bewegen. Der Aufprall kam. Scofield wußte nur, daß sein Kopf aufgeplatzt zu sein schien. Seine Augen waren mit blendenden Streifen von ausgefranstem, weißem Licht erfüllt, in das sich irgendwie die Geräusche des Chaos mischten. Sirenen, Schreie, Stimmen, die aus endlos fernen Abgründen in der Tiefe schrien.

Bei seinem Satz in die Tiefe, um aus Taleniekovs Schußlinie zu kommen, war er mit dem Schädel gegen die scharfe Stahlkante des Geländerpfostens an der Ecke gestoßen. Eine Kugel, die ihr Ziel verfehlte, ein Echo, eine leblose Stange aus Baustahl. Sie alle würden zu seinem Tode führen.

Das Bild war verschwommen, aber unverkennbar. Die Gestalt des kräftig gebauten Russen kam die Treppe heruntergerannt. Bray versuchte die Waffe zu heben, die er immer noch in der Hand hielt; er konnte es nicht. Ein schwerer Stiefel senkte sich auf seinen Arm; die Waffe wurde mühelos seiner Hand entwunden.

»Tun Sie's«, flüsterte Scofield. »Um Himmels willen, tun Sie's jetzt! Sie haben aus schierem Zufall gewonnen. Die einzige Möglichkeit, die Sie hatten.«

»*Nichts* habe ich gewonnen! Ich will keinen solchen Sieg. Kommen Sie! *Schnell*! Die Polizei ist hier; die kommen jeden Augenblick die Treppe herauf.«

Bray spürte, wie die starken Arme ihn hochhoben, seinen Arm um einen dicken Nacken legten, eine Schulter, die sich stützend unter ihn schob. »Was, zum Teufel, *machen Sie*?« Er war nicht sicher, daß er das war, der das sagte; der Schmerz war so überwältigend, daß er nicht mehr denken konnte.

»Sie sind verletzt. Die Wunde an Ihrem Hals ist aufgegangen; sie ist nicht schlimm. Aber Sie haben eine Platzwunde am Kopf, ich weiß nicht, wie ernst die ist.«

»Was?«

»Es gibt einen Ausweg. Das hier war zwei Jahre mein Depot. Ich kenne jeden Zoll in dem Gebäude. Kommen Sie! *Helfen* Sie mir. Bewegen Sie Ihre Beine! Das *Dach*.«

»Mein Koffer . . .«

»Den hab' ich.«

***

Sie befanden sich in einem großen, pechschwarzen Gehäuse aus Metall, dessen gerippte Seitenwände von ständigen kalten Luftströmen zum Klappern gebracht wurden. Sie krochen in der Dunkelheit über den gerippten Boden.

»Das ist der Lüftungshauptschacht«, erklärte Taleniekov mit leiser Stimme, weil er das Echo scheute. »Die Einrichtung dient sowohl dem Hotel wie auch dem danebenliegenden Bürogebäude. Beides sind verhältnismäßig kleine Gebäudekomplexe, die derselben Gesellschaft gehören.«

Scofield war inzwischen wieder einigermaßen zu sich gekommen. Die schiere Bewegung zwang ihn, Impulse zu seinen Armen und Beinen auszusenden. Der Russe hatte ein seidenes Halstuch auseinandergerissen und Bray die eine Hälfte um den Kopf, die andere um den Hals gewickelt. Die Blutung hatte nicht aufgehört, aber immerhin wurde sie etwas zurückgehalten. Er hatte teilweise zu sich zurückgefunden, aber in dem, was geschah, war immer noch keine Klarheit.

»Sie haben mir das Leben gerettet. Ich möchte wissen, *weshalb*!«

»Leise!« zischte der KGB-Mann. »Und bewegen Sie sich.«

»Ich will Antwort haben.«

»Die hab' ich Ihnen gegeben.«

»Sie haben mich nicht überzeugt.«

»Sie und ich, wir leben nur mit Lügen. Wir sehen nichts anderes.«

»Von Ihnen erwarte ich nichts anderes.«

»In wenigen Minuten können Sie Ihre Entscheidung treffen. Das liegt dann bei Ihnen.«

»Was wollen Sie damit sagen?«

»Wir kommen dann an das Ende des Schachtes; dort ist ein Oberlicht, zweieinhalb oder drei Meter über dem Boden. Darunter ist ein Abstellraum. Sobald wir unten sind, schaffe ich es, daß wir auf die Straße hinaus können, aber es zählt jede Sekunde. Wenn Leute in der Umgebung des Oberlichts sind, müssen sie verscheucht werden. Mit Schüssen läßt sich das erreichen; wir feuern dann über ihre Köpfe hinweg.«

»*Was*?«

»Ja. Ich werde Ihnen Ihre Pistole zurückgeben.«

»Sie haben meine Frau getötet.«

»Sie haben meinen Bruder getötet. Und vorher hat Ihre Besatzungsarmee die Leiche eines jungen Mädchens ausgeliefert – ein Kind –, das ich sehr geliebt habe.«

»Davon weiß ich nichts.«

»Jetzt wissen Sie es. Treffen Sie Ihre Entscheidung.«

Das vergitterte Oberlicht war vielleicht eineinhalb Meter breit. Darunter war ein riesiger, schwach erleuchteter Raum, der als Lagerraum diente und mit Kisten und Kartons angefüllt war. Niemand war zu sehen. Taleniekov reichte Scofield die Automatik und begann, mit der Schulter das Gitter aus seiner Halterung zu drücken. Es löste sich und fiel krachend auf den Betonboden. Der Russe wartete einige Augenblicke lang, ob wohl jemand auf den Lärm reagieren würde; aber da war nichts zu hören.

Er drehte sich um und begann, mit den Beinen voran aus dem Schacht zu rutschen. Seine Schultern und sein Kopf schoben sich über den Rand, seine Finger griffen nach der Kante; er versuchte, ins Gleichgewicht zu kommen, bereitete sich auf den Absprung nach unten vor.

Zuerst kam das eigenartige Geräusch nur ganz schwach, dann lauter. *Schritt . . . Scharren. Schritt . . . Scharren. Schritt . . . Scharren. Schritt.* Taleniekov erstarrte, er hing in halber Höhe zwischen Oberlicht und Boden.

»Guten Morgen, Genosse«, sagte die Stimme leise in russischer Sprache. »Ich gehe jetzt besser, seit Riga, nicht wahr? Die haben mir einen neuen Fuß verpaßt.«

Bray zog sich in den Schatten des Schachtes zurück. Unter ihm, neben einer großen Kiste, war ein Mann mit einem Stock. Ein Krüppel, dessen rechtes Bein in Wirklichkeit gar kein Bein war, sondern ein Glied aus steifem, geradem Holz unter seiner Hose. Der Mann fuhr fort, während er eine Pistole aus der Tasche zog:

»Ich habe Sie zu gut gekannt, alter Freund. Sie waren ein großer Lehrmeister. Sie haben mir eine Stunde Zeit gegeben, Ihr Depot zu studieren. Es gab verschiedene Fluchtwege, aber dies ist der, von dem ich wußte, daß Sie ihn auswählen würden. Es tut mir leid, mein Lehrer. Wir können uns Sie nicht länger leisten.« Er hob seine Pistole.

Scofield feuerte.

Sie rannten in die Seitengasse, quer über die Straße. Beide lehnten sich gegen die Ziegelmauer und atmeten schwer, die Augen auf das gerichtet, was sich auf der anderen Straßenseite abspielte. Drei Streifenwagen mit auf den Dächern kreisenden Scheinwerfern blockierten gemeinsam mit einer Ambulanz den Hoteleingang. Zwei Tragbahren wurden herausgetragen, die Körper waren mit Segeltuch abgedeckt; jetzt kam eine weitere. Taleniekov konnte den blutigen Kopf von Prag sehen. Uniformierte Polizisten hielten neugierige Fußgänger zurück, während ihre Vorgesetzten aufgeregt auf und ab rannten und in ihre tragbaren Sprechgeräte bellten und Befehle erteilten.

Ein Netz spannte sich rings um das Hotel, alle Eingänge wurden bewacht, alle Fenster beobachtet, Waffen wurden schußbereit getragen, falls etwas Unerwartetes geschehen sollte.

»Wenn Sie sich stark genug fühlen«, keuchte Taleniekov zwischen dem Atemholen, »mischen wir uns unter die Menge, gehen ein paar Häuserblocks weit und nehmen uns dann ein Taxi. Aber, ich will ehrlich sein, ich weiß nicht, wohin wir gehen sollen.«

»Ich schon«, sagte Scofield und stieß sich von der Wand ab. »Wir gehen besser gleich, solange dort drüben noch Verwirrung herrscht. Die werden über kurz oder lang mit einem Suchschema anfangen. Dann halten sie nach Verletzten Ausschau; es ist viel geschossen worden.«

»Einen Augenblick.« Der Russe sah Bray an. »Vor drei Tagen war ich auf einem Lastwagen, in den Bergen außerhalb von Sewastopol. Damals wußte ich, was ich zu Ihnen sagen würde, falls wir uns begegneten. Ich sage es jetzt. Wir werden einander entweder töten, Beowulf Agate, oder wir werden miteinander reden.«

Scofield starrte Taleniekov an. »Wir werden vielleicht beides tun«, sagte er. »Gehen wir.«

11

Die Jagdhütte stand im Hinterland von Maryland, am Ufer des Patuxent River, und war an drei Seiten von Feldern gesäumt. An der vierten floß das Wasser. Sie stand völlig isoliert, im Umkreis von einer Meile gab es kein einziges Haus. Sie war nur über eine primitive, nicht ausgebaute Straße zu erreichen, die zu befahren jedes Taxi ablehnen würde. Es wurde auch keines dazu aufgefordert.

Statt dessen rief Bray einen Mann in der iranischen Gesandtschaft an, einen nicht registrierten SAVAK-Agenten, der sich insbesondere mit harten Drogen und Austauschstudenten befaßte und dessen Enttarnung einem sonst wohlgesonnenen Schah peinlich wäre. Man stellte ihnen einen Mietwagen auf einem Parkplatz an der K Street bereit; die Schlüssel lagen unter der Bodenmatte.

Die Jagdhütte gehörte einem Professor für politische Wissenschaften in Georgetown, einem Homosexuellen, dessen abartige Neigungen nur wenigen bekannt waren. Scofield hatte sich vor Jahren mit ihm angefreundet, als er eine entsprechende Notiz aus einer Akte entfernte, die ansonsten überhaupt nichts mit den Fähigkeiten des Mannes zu tun hatte, Geheimdaten für das State Department zu beurteilen. Bray hatte die Jagdhütte während gelegentlicher Aufenthalte in Washington einige Male benutzt, und zwar immer dann, wenn er nicht wollte, daß die Schreibtischstrategen ihn erreichen konnten, gewöhnlich gemeinsam mit irgendwelchen Frauen. Es bedurfte dazu nur eines Telefonanrufs bei dem Professor; es wurden nie Fragen gestellt, nur erklärt, wo der Hausschlüssel zu finden wäre. An diesem Nachmittag war er unter der zweiten Schindel von rechts am Vordach angenagelt. Bray beschaffte ihn sich, indem er eine Leiter gegen einen nahestehenden Baum lehnte.

Die Einrichtung war angemessen rustikal; schwere Deckenbalken und spartanisches Mobiliar, mit einer Vielzahl bunter Kissen, weißen Wänden und rotkarierten Vorhängen. Der gemauerte Kamin wurde zu beiden Seiten von bis zur Decke reichenden Bücherregalen flankiert, die bis zum Rande mit Büchern vollgestopft waren, wobei die vielfarbigen Einbände dem Raum zusätzliche Wärme und Farbe verliehen.

»Ein gebildeter Mann«, sagte Taleniekov, nachdem er die Titel überflogen hatte.

»Sehr«, antwortete Bray und entzündete den gasbeheizten Ofen. »Am Kaminsims sind Streichhölzer, es ist alles schon vorbereitet. Man braucht nur noch das Feuer anzuzünden.«

»Wie bequem«, sagte der KGB-Mann und nahm ein Streichholz aus einem kleinen Glas am Sims, kniete nieder und riß es an.

»Das gehört mit zur Miete. Jeder, der die Hütte benutzt, macht den Kamin sauber und schichtet wieder Brennholz hinein.«

»Teil der Miete? Worin bestehen die sonstigen Vereinbarungen?«

»Da gibt es nur noch eine. Nichts sagen. Über das Haus oder seinen Besitzer.«

»Ebenfalls bequem.« Taleniekov zog seine Hand zurück, als das Feuer aus dem trockenen Holz in die Höhe sprang.

»Sehr«, wiederholte Scofield, nachdem er sich überzeugt hatte, daß der Ofen funktionierte. Jetzt stand er auf und sah den Russen an. »Ich will über nichts reden, solange ich nicht geschlafen habe. Sie sind da vielleicht anderer Ansicht, aber so wird es geschehen.«

»Ich habe keine Einwände. Ich bin auch nicht sicher, ob ich im Augenblick klar denken kann, und das muß ich können, wenn wir reden. Falls das überhaupt möglich ist, habe ich weniger geschlafen als Sie.«

»Vor zwei Stunden hätten wir einander töten können«, sagte Bray, der reglos vor dem Russen stand. »Keiner von uns hat es getan.«

»Ganz im Gegenteil«, nickte der KGB-Mann. »Wir haben andere daran gehindert, es zu tun.«

»Womit sich alle Verpflichtungen zwischen uns ausgleichen.«

»Natürlich, es gibt keine solchen Verpflichtungen. Ich gehe aber davon aus, daß Sie vielleicht noch eine größere finden werden, wenn wir sprechen.«

»Könnte sein, daß Sie recht haben, aber ich bezweifle das. Mag sein, daß Sie mit Moskau leben müssen, aber ich brauche nicht mit dem zu leben, was heute hier in Washington geschah. Ich kann etwas dagegen unternehmen. Vielleicht ist das der Unterschied zwischen uns.«

»Um unser beider willen ... um unser aller willen – hoffe ich inständig, daß Sie recht haben.«

»Das habe ich. Ich geh' jetzt schlafen.« Scofield deutete auf eine Couch, die an der Wand stand. »Daraus läßt sich ein Bett machen; in dem Schrank dort drüben sind Decken. Ich nehme das Schlafzimmer.«

Er ging auf die Türe zu, blieb dann aber stehen und drehte sich zu dem Russen um. »Übrigens, ich werde abschließen. Ich habe einen sehr leichten Schlaf.«

»Das gilt sicher für uns beide«, sagte Taleniekov. »Sie haben nichts von mir zu befürchten.«

»Das hatte ich nie«, sagte Bray.

Scofield hörte eine Anzahl schwacher, knackender Geräusche und fuhr unter der Bettdecke herum. Seine Hand griff nach der Browning Automatik, die neben seinem Knie lag. Noch unter der Decke zog er sie zu sich heran, während seine Füße über den Bettrand schossen; er war bereit, sich zu ducken und zu schießen.

Es war niemand im Raum. Mondlicht schien durch die Nordfenster herein, Balken von farblos-weißem Licht, das durch die dicken Scheiben in einzelne Streifen einer gespenstischen Beleuchtung aufgeteilt wurde. Einen Augenblick wußte er nicht, wo er sich befand, so erschöpft war er gewesen, so tief hatte er geschlafen. Als seine Füße den Boden berührten, wußte er wieder, daß sein Feind im Nebenzimmer war. Ein sehr eigenartiger Feind, der ihm das Leben gerettet hatte, und dessen Leben er Minuten darauf gerettet hatte.

Bray sah auf das Leuchtzifferblatt seiner Uhr. Es war Viertel nach vier Uhr morgens. Er hatte beinahe dreizehn Stunden geschlafen. Die Schwere seiner Arme und Beine, die klebrige

Feuchtigkeit um seine Augen und die Trockenheit seiner Kehle zeigten ihm an, daß er sich in der ganzen Zeit kaum bewegt hatte. Er saß eine Weile auf dem Bettrand und sog die kühle Luft tief in sich hinein, legte die Waffe beiseite und schüttelte die Hände, ließ die Finger schnappen. Dann sah er zu der verschlossenen Tür des Schlafzimmers.

Taleniekov war bereits auf und hatte Feuer gemacht; die knackenden Geräusche waren ihm jetzt klar – die unverkennbaren Laute brennenden Holzes. Scofield beschloß, es noch ein paar Minuten hinauszuschieben, ehe er den Russen sah. Sein Gesicht juckte, sein Bartwuchs hatte dazu geführt, daß sich an seinem Hals ein leichter Ausschlag entwickelt hatte. Im Badezimmer war immer Rasierzeug; er würde sich den Luxus leisten, sich zu rasieren und die Bandagen zu wechseln, die er vor vierzehn Stunden an seinem Hals und seinem Kopf angebracht hatte. Das würde sein Gespräch mit dem ehemaligen – abtrünnigen? – KGB-Mann noch etwas hinausschieben. Womit auch immer sich dieses Gespräch befassen würde, Bray wollte es nicht, und doch sagten ihm die unerwarteten Ereignisse und Entscheidungen der vergangenen vierundzwanzig Stunden, daß er bereits in die Angelegenheit verwickelt war.

Es war 4.37 Uhr, als er die Tür aufschloß und sie öffnete. Taleniekov stand vor dem Feuer und trank aus einer Tasse, die er in der Hand hielt.

»Ich bitte um Entschuldigung, falls das Feuer Sie geweckt hat«, sagte der Russe. »Oder das Geräusch der Haustüre, falls Sie's gehört haben.«

»Der Ofen ist ausgegangen«, sagte Scofield und warf einen Blick auf das kastenförmige Gebilde.

»Ich glaube, der Propantank ist leer.«

»Sind Sie deshalb hinausgegangen?«

»Nein. Ich mußte austreten; hier ist keine Toilette.«

»Das habe ich vergessen.«

»Haben Sie mich hinausgehen hören? Oder zurückkommen?«

»Ist das Kaffee?«

»Ja«, antwortete Taleniekov. »Eine schlechte Angewohnheit, die ich mir im Westen zugelegt habe. Ihr Tee hat keinen Geschmack. Der Topf steht auf dem Brenner.« Der KGB-Mann deutete hinter einen Raumteiler, wo Ofen, Ausguß und

Kühlschrank an einer Wand aufgereiht waren. »Ich bin überrascht, daß Sie nichts gerochen haben.«

»Ich dachte, ich rieche etwas«, log Scofield und trat an den Herd. »Aber es war schwach.«

»Und jetzt haben wir beide genug Lappalien geredet.«

»Ja«, bestätigte Bray und füllte seine Tasse. »Sie behaupten die ganze Zeit, Sie hätten mir etwas zu sagen. Packen Sie aus.«

»Zuerst werde ich Ihnen eine Frage stellen. Haben Sie je von einer Organisation gehört, die sich die Matarese nennt?«

Scofield hielt inne und dachte nach, dann nickte er. »Politische Killer, die man sich mieten kann. Ein Rat in Korsika leitet sie. Das Ganze fing vor einem reichlichen halben Jahrhundert an und starb in der Mitte der vierziger Jahre, nach dem Krieg, aus. Was ist damit?«

»Sie ist nie ausgestorben. Sie ist in den Untergrund gegangen – hat sich schlafend gestellt, wenn Sie so wollen –, und nun ist sie in einer viel gefährlicheren Form zurückgekehrt. Sie sind seit Anfang der fünfziger Jahre wieder in Aktion. Sie sind jetzt in Aktion. Sie haben die empfindlichsten und mächtigsten Bereiche unserer beiden Regierungen infiltriert. Das Ziel der Organisation ist es, die Kontrolle über unsere beiden Länder zu gewinnen. Die Matarese waren für die Ermordung von General Blackburn hier und Dimitri Juriewitsch in meinem Lande verantwortlich.«

Bray nippte an seinem Kaffee und studierte das Gesicht des Russen über den Tassenrand hinweg. »Woher wissen Sie das? Warum glauben Sie das?«

»Ein alter Mann, der im Laufe seines Lebens mehr gesehen hat als Sie und ich zusammen, hat sie identifiziert. Er hat sich nicht geirrt; er war einer der wenigen, der zugab, mit den Matarese gearbeitet zu haben.«

»*Gesehen*? *War*? Das ist Vergangenheit.«

»Er ist gestorben. Er rief mich zu sich, als er im Sterben lag; er wollte, daß ich es weiß. Er hatte Zugang zu Informationen, die weder Sie noch ich je zu Gesicht bekommen würden.«

»Wer war das?«

»Aleksej Krupskaya. Der Name ist natürlich für Sie ohne Bedeutung, also will ich erklären.«

»Ohne Bedeutung?« unterbrach Scofield und ging zu einem Armsessel vor dem Feuer und setzte sich. »Nicht ganz.

Krupskaya, die Weiße Katze von Krivoi Rog. Istrebiteli. Der letzte Henker von Abteilung Neun, KGB. Der ursprünglichen Neun natürlich.«

»Sie haben Ihre Hausaufgaben gut gemacht, aber Sie sind natürlich auch ein Harvard-Mann.«

»Hausaufgaben dieser Art können hilfreich sein. Krupskaya ist vor zwanzig Jahren verbannt worden. Er wurde zu einem Nichts. Wenn er noch lebte, würde ich annehmen, daß er irgendwo in Grasnov vegetiert und nicht als Berater Zugang zu Kreml-Informationen hat. Ich glaube Ihre Geschichte nicht.«

»Glauben Sie sie ruhig«, sagte Taleniekov und setzte sich Bray gegenüber. »Es waren nämlich nicht ›Leute‹ im Kreml, nur ein Mann. Sein Sohn. Über dreißig Jahre einer der höchstrangigen Überlebenden des Politbüro. Seit sechs Jahren Premierminister der Sowjetunion.«

Scofield stellte seine Tasse auf den Boden und studierte erneut das Gesicht des KGB-Mannes. Es war das Gesicht eines geübten Lügners, eines berufsmäßigen Lügners, aber nicht eines Lügners von Natur aus. Jetzt log er nicht. »Krupskayas Sohn der Premierminister? Das ist . . . ein Schock.«

»Das war es für mich auch, aber wenn man einmal darüber nachdenkt, ist es gar nicht mehr so schockierend. Bei jeder Entscheidung beraten und gelenkt, von der umfangreichen Sammlung von – wollen wir sagen Erinnerungen – seines Vaters geschützt. Man könnte es sich auch in diesem Land vorstellen. Nehmen Sie doch einmal an, Ihr verstorbener John Edgar Hoover hätte einen Sohn mit politischem Ehrgeiz gehabt. Wer hätte ihm im Wege stehen können? Hoovers Geheimakten hätten ihm jeden Weg geebnet, selbst den, der zum Oval Office führt. Die Landschaft ist anders, aber die Bäume gehören der gleichen Gattung an. Sie haben sich nicht sehr verändert, seit die Senatoren Rom an Caligula übergeben haben.«

»Was hat Krupskaya Ihnen gesagt?«

»Zuerst hat er mir aus der Vergangenheit erzählt. Es gab Dinge, die ich nicht glauben konnte, bis ich mit einigen pensionierten Anführern des Politbüros darüber sprach. Ein verängstigter alter Mann bestätigte mir diese Dinge, die anderen sorgten dafür, daß ein Plan ins Leben gerufen wurde, der meine Hinrichtung verlangte.«

»Ihre . . .?«

»Ja. Wassili Wassiliewitsch Taleniekov, Meisterstratege des KGB. Ein reizbarer Mann, der vielleicht seine besten Jahre schon hinter sich hat, aber dessen Wissen man vielleicht noch einige Jahrzehnte würde nutzen können – von einer Farm in Grasnov aus. Wir sind praktische Leute; das wäre die einfachste Lösung gewesen. Trotz der kleineren Zweifel, die wir alle haben, glaubte ich das, ja, wußte ich, daß dies meine Zukunft sein würde. Aber nicht, nachdem ich die Matarese erwähnt hatte. Ganz plötzlich änderte sich alles. Ich, der ich meinem Lande gut gedient habe, war plötzlich ein Feind.«

»Was genau hat Krupskaya gesagt? Was ist – Ihrer Ansicht nach – bestätigt worden?«

Taleniekov berichtete die Worte des sterbenden Istrebiteli, die politischen Morde der Matarese, Stalin, Berija und Roosevelt eingeschlossen. Wie die korsische Organisation von allen größeren Regierungen benutzt worden war, sowohl innerhalb ihrer Grenzen als auch außerhalb. Keine Regierung war von dem Makel frei: Sowjetrußland, England, Frankreich, Deutschland, Italien und die Vereinigten Staaten; die Führer eines jeden dieser Länder hatten zur einen oder anderen Zeit einmal Verträge mit den Matarese abgeschlossen.

»Über all das sind schon früher Spekulationen angestellt worden«, sagte Bray. »Im stillen, muß ich einräumen, aber es ist dabei nie etwas Konkretes herausgekommen.«

»Weil niemand von einiger Wichtigkeit je gewagt hat, eine Aussage zu machen. Um es in Krupskayas Worten zu sagen: Die Enthüllungen wären für die Regierungen auf der ganzen Welt katastrophal. Und jetzt werden neue Taktiken eingesetzt, alle zum Zweck, in den Zentren der Macht Instabilität zu erzeugen.«

»Und was für Taktiken sind das?«

»Terroristische Aktionen: Bombenattentate, Kidnapping, Flugzeugentführungen; Ultimaten, die von Fanatikern gestellt werden, Androhungen von Massakern, falls man den Ultimaten nicht nachkommt. Jeden Monat nehmen sie an Zahl zu; der größte Teil von ihnen wird von den Matarese unterstützt.«

»Wie?«

»Da kann ich nur Vermutungen anstellen. Der Rat der Matarese studiert die Ziele der jeweiligen Parteien, schickt Experten und liefert im Untergrund die Finanzierung. Die Fanatiker machen sich keine Gedanken über die Herkunft ihrer Mittel, nur über ihre Zugänglichkeit. Ich gehe davon aus, daß Sie und ich solche Männer und Frauen öfters benutzt haben.«

»Für im einzelnen nachweisbare Zwecke«, sagte Bray und hob seine Tasse vom Boden auf. »Was ist mit Blackburn und Juriewitsch? Was haben die Matarese erreicht, indem sie sie töteten?«

»Krupskaya nahm an, dies diente dem Zweck, die Führer zu prüfen, um festzustellen, ob ihre eigenen Männer die Reaktionen einer jeden Regierung unter Kontrolle halten konnten. Jetzt bin ich nicht mehr so sicher. Ich denke, da war vielleicht noch etwas anderes. Offen gestanden, hat mich das, was Sie mir gesagt haben, darauf gebracht.«

»Was denn?«

»Juriewitsch. Sie sagten, Sie wären auf ihn angesetzt gewesen. Stimmt das?«

Bray runzelte die Stirn. »Das stimmt schon, aber es ist nicht so einfach. Juriewitsch befand sich in der Grauzone; er wäre nicht im normalen Sinne übergelaufen. Er war ein Wissenschaftler und davon überzeugt, daß beide Seiten zu weit gegangen waren. Er vertraute den Verrückten nicht. Es war sozusagen ein Sondierungsgespräch, wir waren nicht sicher, wie es weitergehen würde.«

»Ist Ihnen bekannt, daß General Blackburn, den der Krieg in Vietnam beinahe vernichtet hätte, etwas tat, was kein Vorsitzender der Vereinigten Stabschefs in Ihrer ganzen Geschichte je getan hat? Er hat sich insgeheim mit Ihren potentiellen Feinden getroffen. In Schweden, in der Stadt Skelleftea am Bottnischen Meerbusen. Er ist als Tourist getarnt dort hingereist. Unserer Ansicht nach hätte er alles in seiner Macht Stehende getan, um zu vermeiden, daß sich das sinnlose Schlachten wiederholte. Er verabscheute die konventionelle Kriegführung und glaubte nicht, daß je Kernwaffen eingesetzt werden würden.« Der Russe hielt inne und beugte sich vor. »Zwei Männer, die tief und leidenschaftlich davon überzeugt waren, daß diese Menschenopfer aufhören mußten, die eine Übereinkunft suchten – beide von den Matarese getötet. Und so glaube ich heute, daß der Test nur ein Teil der Übung war. Es ist sehr gut möglich, daß es noch ein weiteres Ziel gab: die Ausschaltung mächtiger Männer, die an die Stabilität glaubten.«

Scofield gab eine Weile keine Antwort; was er von Blackburn gehört hatte, erstaunte ihn. »Und bei diesem Versuch haben die also mit Juriewitsch auf mich hingewiesen ...«

»Und auf mich mit Blackburn«, führte Taleniekov den Satz zu Ende. »Eine Browning Magnum ist dazu benutzt worden, Juriewitsch zu töten, eine Graz-Burya für Blackburn.«

»Und uns beide hat man zur Liquidation aufgebaut.«

»Genau«, nickte der Russe. »Weil man nicht zulassen kann, daß gerade wir beide, eher als alle anderen Abwehroffiziere unserer Länder, überleben. Das wird sich nie ändern, weil wir uns nicht ändern können. Krupskaya hatte recht: Wir sind ein Ablenkungsmanöver; man wird uns benutzen und töten. Wir sind zu gefährlich.«

»Warum denken die so?«

»Sie haben uns studiert. Sie wissen, daß wir die Matarese ebensowenig akzeptieren würden, wie wir die Wahnsinnigen unter unseren eigenen Leuten akzeptieren. Wir sind tote Leute, Scofield.«

»Reden Sie gefälligst für sich selber!« Plötzlich wurde Bray böse. »Ich bin draußen, gekündigt, *erledigt*! Mir ist es scheißegal, was da draußen passiert! Beziehen Sie mich nicht in Ihr Urteil ein!«

»Dieses Urteil ist schon lange gesprochen. Von anderen.«

»Weil *Sie* das sagen?« Scofield stand auf und stellte die Kaffeetasse ab. Seine Hand war nicht weit vom Browning an seinem Gürtel entfernt.

»Weil ich dem Mann *geglaubt* habe, der es mir gesagt hat. Deshalb bin ich *hier*, deshalb habe ich Ihr Leben *gerettet* und es Ihnen nicht genommen.«

»Darüber muß ich mir doch den Kopf zerbrechen, oder?«

»Worüber?«

»Über das perfekte Timing. Darüber, daß Sie sogar wußten, wo Prag auf der Treppe stand.«

»Ich habe einen Mann getötet, dessen Waffe auf Sie gerichtet war!«

»*Prag*? Ein unbedeutendes Opfer. Ich bin ein Lexikon, das man abgelegt hat. Ich habe keine Beweise, daß meine Regierung Moskau erreicht hat, nur Vermutungen, die auf dem basieren, was *Sie* mir gesagt haben. Vielleicht übersehe ich das Offensichtliche, vielleicht erniedrigt sich der große Taleniekov selbst ein wenig, nur um Beowulf Agate zur Strecke zu bringen.«

»*Zur Hölle* mit Ihnen, Scofield!« schrie der KGB-Mann und sprang auf. »Ich hätte Sie sterben lassen sollen! Hören Sie jetzt ganz gut zu: Was Sie hier andeuten, ist undenkbar, und der KGB weiß es. Dafür gehen meine Gefühle viel zu tief. Ich würde mich nie dazu hergeben, Sie nach Moskau zu schaffen. Eher würde ich Sie töten.«

Bray starrte den Russen an. Für ihn war offenkundig, daß der andere es ehrlich meinte. Nach diesem Ausbruch konnte daran kein Zweifel sein. »Ich glaube Ihnen«, sagte Scofield und nickte. Jetzt gewann wieder seine Müdigkeit die Oberhand über seinen Ärger. »Aber das ändert überhaupt nichts. Mir ist es gleichgültig. Wirklich gleichgültig ... Ich bin nicht einmal sicher, daß ich Sie noch töten möchte. Ich will nur in Ruhe gelassen werden.« Bray wandte sich ab. »Nehmen Sie die Schlüssel für den Wagen und verschwinden Sie hier. Betrachten Sie sich als ... am Leben gelassen.«

»Danke für Ihre Großzügigkeit, Beowulf, aber ich fürchte, es ist zu spät.«

»Was?« Scofield wandte sich wieder dem Russen zu.

»Ich war noch nicht fertig. Ein Mann ist gefangengenommen worden. Man hat ihm Chemikalien verabreicht. Es gibt einen Zeitplan, zwei Monate, höchstens drei. Die Worte lauteten: ›Moskau durch Meuchelmord; Washington durch politische Manöver – wenn nötig Mord.‹ Wenn das geschieht, werden weder Sie noch ich überleben. Die jagen uns bis ans Ende der Welt.«

»Augenblick«, sagte Bray wütend. »Wollen Sie damit sagen, daß Ihre Leute einen Mann *haben*?«

»Hatten«, verbesserte Taleniekov. »Man hatte ihm Zyankali unter der Haut eingepflanzt; er konnte es erreichen.«

»Aber man hat ihn *gehört*. Man hat das, was er sagte, auf Band aufgenommen, registriert. Seine Worte sind vorhanden!«

»Gehört, nicht auf Band aufgenommen. Und nur von einem Mann, der von seinem Vater gewarnt worden war, niemand anderen zuhören zu lassen.«

»Der *Premierminister*?«

»Ja.«

»Dann weiß er Bescheid?«

»Ja, er weiß Bescheid. Aber alles, was er tun kann, ist, versuchen, sich selbst zu schützen – etwas, was in seiner Position nichts ausgesprochen Neues ist –, aber er kann nicht davon sprechen. Denn davon zu sprechen heißt, wie Krupskaya sagte, die Vergangenheit bestätigen und sich zu ihr bekennen. Dies ist das Zeitalter der Verschwörung, Scofield. Wer will schon Kontakte aus der Vergangenheit ans Tageslicht zerren? In meinem Land gibt es eine Anzahl Leichen, die man nicht erklären kann; bei Ihnen hier drüben ist es auch nicht viel anders. Die Kennedys, Martin Luther King und, vielleicht am verblüffendsten, Franklin Roosevelt. Wir würden uns alle gegenseitig an die Gurgel fahren – um es präziser auszudrücken, die Nuklearknöpfe drücken –, wenn unsere Vergangenheit ans Tageslicht gezerrt würde. Was würden Sie tun, wenn Sie der Premierminister wären?«

»Mich schützen«, sagte Bray leise. »O mein Gott . . .«

»Verstehen Sie jetzt?«

»Ich will nicht. Ich *will* wirklich *nicht.* Ich bin draußen!«

»Ich behaupte, daß Sie das gar nicht sein können. Ebensowenig wie ich. Den Beweis haben wir gestern an der Nebraska Avenue erlebt. Wir tragen das Kainsmal; die wollen uns. Sie haben andere davon überzeugt, uns töten zu lassen – aus Gründen, die nicht stimmen –, aber *sie* standen hinter der Strategie. Haben Sie Zweifel daran?«

»Ich wünschte, ich könnte das. Leute, die andere manipulieren, sind immer am leichtesten auch selbst zu manipulieren. *Herrgott.*« Scofield ging an den Herd, um sich frischen Kaffee zu holen. Plötzlich fiel ihm etwas ein, was nicht ausgesprochen worden, was unklar geblieben war. »Ich verstehe nicht. Nach dem wenigen, was über die Matarese bekannt ist, haben die doch als ein Kult angefangen und sich dann zu Profikillern entwikkelt. Sie nahmen Kontrakte an – oder nahmen *vermutlich* Kontrakte an – auf der Basis der Machbarkeit und des Preises. Sie töteten für Geld; an der Macht *an sich* waren sie nie interessiert. Warum jetzt?«

»Ich weiß es nicht«, sagte der KGB-Mann. »Krupskaya wußte es auch nicht. Er lag im Sterben und sprach nicht mehr sonderlich klar, aber er sagte, die Antwort könnte in Korsika liegen.«

»Korsika? Warum?«

»Dort hat alles angefangen.«

»Aber dort *sind* sie nicht. *Wenn* es sie überhaupt gibt. Es heißt, die Matarese wären Mitte der dreißiger Jahre aus Korsika weggezogen. Ihre Kontrakte wurden an weit verstreuten Orten abgeschlossen, in London, New York, selbst in Berlin, in den Zentren des internationalen Verkehrs.«

»Dann hätte ich vielleicht sagen sollen, Hinweise auf eine Antwort. Der Rat der Matarese wurde in Korsika konstituiert. Nur ein Name ist je erwähnt worden, Guillaume de Matarese. Wer waren die anderen? Wohin sind sie? Wo sind sie *jetzt?*«

»Es gibt eine einfachere Möglichkeit, das herauszufinden, man braucht nicht nach Korsika zu gehen. Wenn von den Matarese in Washington auch nur geflüstert wird, gibt es eine Person, die alles darüber erfahren kann. Er ist derjenige, den ich ohnehin angerufen hätte. Ich möchte, daß mein Leben wieder in Ordnung kommt.«

»Wer ist das?«

»Robert Winthrop«, sagte Bray.

»Der Schöpfer von Consular Operations.« Der Russe nickte. »Ein guter Mann, der für das, was er gebaut hat, nicht den Magen hat.«

»Die *Cons Op*, auf die Sie sich beziehen, sind nicht das, was er begonnen hat. Er ist immer noch der einzige Mann, den ich kenne, der das Weiße Haus anrufen und den Präsidenten binnen zwanzig Minuten sprechen kann. Es geschieht nur sehr wenig, von dem er nichts weiß, oder was er nicht erfahren kann.« Scofield sah zum Feuer hinüber und erinnerte sich. »Seltsam. In gewisser Weise ist er für alles verantwortlich, was ich heute bin. Er ist nicht mit mir einverstanden. Aber ich glaube, daß er mich anhören wird.«

Die nächste Telefonzelle war drei Meilen entfernt und lag am Highway. Es war zehn nach acht, als Bray in die Zelle trat und sich die Hand über die Augen hielt, um sie vor der grellen Morgensonne zu schützen. Er zog die Glastüre hinter sich zu. Er hatte Winthrops private Telefonnummer, die er seit Jahren nicht benutzt hatte, in seinem Aktenkoffer gefunden. Er wählte und hoffte, daß es noch dieselbe Nummer war.

Das war sie. Die kultivierte Stimme am anderen Ende der

Leitung weckte viele Erinnerungen in ihm. Möglichkeiten, die ihm entgangen waren, viele andere, die er ergriffen hatte.

»Scofield! Wo *sind* Sie?«

»Ich fürchte, das kann ich Ihnen nicht sagen. Bitte versuchen Sie mich zu verstehen.«

»Wie ich höre, haben Sie ziemliche Schwierigkeiten, und es nützt bestimmt nichts, wenn Sie *weglaufen.* Congdon hat angerufen. Der Mann, der im Hotel getötet wurde, ist mit einer russischen Waffe erschossen worden.«

»Ich weiß. Der Russe, der ihn tötete, hat mein Leben gerettet. Dieser Mann ist von Congdon *geschickt* worden, ebenso die beiden anderen. Sie waren mein Exekutionsteam. Aus Prag, Marseille und Amsterdam.«

»O mein *Gott* ...« Der alte Staatsmann blieb einen Augenblick stumm, und Bray unterbrach sein Schweigen nicht. »Wissen Sie, was Sie da sagen?« fragte er dann.

»Ja, Sir. Sie kennen mich gut genug und wissen, daß ich das nicht sagen *würde*, wenn ich nicht sicher wäre. Ich täusche mich nicht. Ich habe mit dem Mann aus Prag gesprochen, ehe er starb.«

»Er hat es *bestätigt*?«

»Mit mehrdeutigen Worten, ja. Aber so werden diese Kabel immer abgefaßt; die Worte sind stets mehrdeutig.«

Wieder schwieg der alte Mann ein paar Augenblicke, ehe er das Gespräch fortsetzte. »Ich kann es nicht glauben, Bray. Aus einem Grund, den Sie nicht kennen können. Congdon hat mich vor einer Woche aufgesucht. Er war beunruhigt, wie Sie die Pensionierung aufnehmen würden. Er hatte die üblichen Sorgen: ein sehr gut informierter Agent, der gegen seinen Willen gekündigt wird und zuviel Zeit hat, vielleicht auch zuviel zu trinken. Er ist ein kalter Bursche, dieser Congdon, und ich fürchte, er hat mich geärgert. Nach alldem, was Sie durchgemacht haben, so wenig Vertrauen ... Ich habe ziemlich zynisch das erwähnt, was Sie gerade beschrieben haben – nicht, daß ich je gedacht hätte, daß er so etwas in Betracht ziehen würde; einfach, um ihm darzutun, wie empört ich von seiner Haltung war. Ich *kann* es also nicht glauben. Verstehen Sie denn nicht? Er würde wissen, daß ich es durchschauen würde. Das Risiko würde er nicht eingehen.«

»Dann hat ihm jemand den Befehl dazu erteilt, Sir. Darüber

müssen wir sprechen. Jene drei Männer wußten, wo sie mich finden konnten, und es gibt nur eine Möglichkeit, wie sie es erfahren haben konnten. Das Hotel war ein KGB-Briefkasten, und sie waren Personal von *Cons Op*. Moskau muß den Ort an Congdon verraten haben; er hat ihn dann weitergegeben.«

»Congdon hätte mit den *Sowjets* Fühlung aufgenommen? Das ist nicht plausibel. Selbst wenn er es versuchte, warum sollten sie ihn unterstützen? Warum einen für sie wichtigen Ort preisgeben?«

»Ihr eigener Mann war Teil der Verhandlung; sie wollten, daß er getötet wurde. Er versuchte, mit mir Kontakt aufzunehmen. Wir hatten Telegramme gewechselt.«

»Taleniekov?«

Jetzt war Scofield daran, eine Pause zu machen. Dann antwortete er leise: »Ja, Sir.«

»Ein *weißer* Kontakt?«

»Ja. Ich habe ihn mißverstanden, aber das war es. Jetzt bin ich überzeugt.«

»*Sie* . . . und Taleniekov? *Außergewöhnlich* . . .«

»Die Umstände sind außergewöhnlich. Erinnern Sie sich an eine Organisation aus den vierziger Jahren, die sich die Matarese nannte?«

Sie vereinbarten, sich um neun Uhr am Abend desselben Tages eine Meile nördlich der Ausfahrt Missouri Avenue an der Ostseite des Rock Creek Park zu treffen. Es gab dort, etwas abseits der Straße, ein gepflastertes Stück, wo Autos parken und Spaziergänger sich Zutritt zu den verschiedenen Wegen verschaffen konnten, die zu einer sehenswerten Schlucht führten. Winthrop hatte vor, die verschiedenen Termine des Tages abzusagen, und sich ganz darauf zu konzentrieren, soviel wie möglich über Brays erstaunliche – wenn auch fragmentarische – Information in Erfahrung zu bringen.

»Wenn nötig, ruft er das Vierziger-Komitee zusammen«, sagte Scofield auf dem Weg zurück zur Hütte zu Taleniekov.

»Kann er das?« fragte der Russe.

»Der Präsident kann es«, antwortete Bray.

Die beiden Männer sprachen während des ganzen Tages nur wenig miteinander. Die gegenseitige Nähe war für beide eine

Belastung. Taleniekov las Bücher von den reichlich bestückten Regalen und warf Scofield hie und da einen Blick zu, Blicke, in denen sich unvergessene Wut und Neugierde mischten.

Bray spürte die Blicke, weigerte sich aber, auf sie einzugehen. Er hörte Radio, um mehr über das Massaker in dem Hotel an der Nebraska Avenue und den Tod eines russischen Botschaftsangehörigen in dem Nebengebäude zu erfahren. Die ganze Angelegenheit wurde heruntergespielt, der tote Botschaftsangehörige überhaupt nicht erwähnt. Man stellte Theorien auf, daß die Hotelmorde ausländischen Ursprungs waren – soviel räumte man ein – und ohne Zweifel von Verbrecherkreisen ausgingen, wahrscheinlich irgendwie mit der Drogenszene zusammenhingen. Die nötigen Schritte waren unternommen worden, das State Department hatte schnell gehandelt und seine Zensurmaßnahmen durchgesetzt.

Je farbloser die Berichte wurden, desto mehr kam Scofield sich in die Enge gedrückt vor. Er wurde Teil von etwas, mit dem er nichts zu tun haben wollte; sein neues Leben wartete nicht mehr länger hinter der nächsten Straßenecke auf ihn. Er begann sich zu fragen, wo es wohl wartete, oder ob es überhaupt warten würde. Er wurde, ohne etwas dagegen unternehmen zu können, in ein Rätsel hineingezogen, das Matarese hieß.

Um vier Uhr ging er hinaus, um auf den Feldern und entlang der Ufer des Patuxent spazierenzugehen. Als er die Hütte verließ, achtete er darauf, daß der Russe auch sah, wie er die Browning Automatik ins Halfter schob. Der KGB-Mann sah es; er hatte seine Graz-Burya auf den Tisch gelegt.

Um fünf Uhr stellte Taleniekov fest: »Ich glaube, wir sollten unsere Position eine gute Stunde vor der Verabredung einnehmen.«

»Ich habe Vertrauen zu Winthrop«, erwiderte Bray.

»Ganz bestimmt aus gutem Grund. Aber können Sie auch denen vertrauen, mit denen er Fühlung aufnehmen wird?«

»Er wird niemandem sagen, daß er sich mit uns trifft. Er möchte sich ausführlich mit Ihnen unterhalten. Er wird Fragen haben. Namen, letzte Stellung, militärischer Rang.«

»Ich werde versuchen, seine Fragen, soweit sie sich auf die Matarese beziehen, zu beantworten. In anderen Bereichen sage ich nichts.«

»Getreu bis in den Tod.«

»Mag sein, trotzdem bin ich der Ansicht . . .«

»Wir fahren in fünfzehn Minuten«, unterbrach Scofield. »Ich kenne unterwegs eine Gaststätte; wir essen separat.«

Um 7.35 Uhr lenkte Bray den Mietwagen in die südliche Einfahrt der Parkfläche am Rande des Rock Creek Park. Er und der KGB-Mann durchsuchten das Gehölz viermal, schlugen weite Bögen um die Wege, überprüften die Bäume, die Felsen und auch die Felsschlucht in der Tiefe nach Eindringlingen. Es war eine bitterkalte Nacht; es gab keinerlei Spaziergänger, nirgends jemand zu sehen. Sie trafen sich an einem vorher vereinbarten Punkt am Rand der kleinen Schlucht. Taleniekov sprach als erster.

»Ich habe nichts gesehen, das Areal ist sicher.«

Scofield sah in der Dunkelheit auf die Uhr. »Es ist fast halb neun. Ich warte am Wagen, Sie bleiben hier, an diesem Ende. Ich treffe mich zuerst mit ihm und gebe Ihnen dann ein Zeichen.«

»Wie? Das sind ein paar hundert Meter.«

»Ich werde ein Streichholz anreißen.«

»Höchst passend.«

»Wieso?«

»Nichts. Es ist unwichtig.«

Zwei Minuten vor neun rollte Winthrops Limousine in den Parkplatz und hielt nur sechs Meter von dem Mietwagen entfernt. Der Anblick des Chauffeurs beunruhigte Bray, aber nur einen Augenblick lang. Scofield erkannte den hünenhaften Mann fast sofort; er stand seit mehr als zwei Jahrzehnten in Winthrops Diensten. Es gab da einige Gerüchte über eine wechselvolle Karriere beim Marinekorps, in deren Verlauf es auch einige Kriegsgerichtsverhandlungen gegeben haben sollte, aber Winthrop sprach von ihm nie anders als »mein Freund Stanley«. Und niemand bedrängte ihn je um Einzelheiten.

Bray verließ den Schatten und ging auf die Limousine zu. Stanley öffnete die Tür und stand plötzlich neben dem Wagen, die rechte Hand in der Tasche, in der linken eine Lampe. Er knipste sie an. Scofield schloß die Augen. In der nächsten Sekunde verlosch die Lampe wieder.

»Hallo, Stanley?« sagte Bray.

»Das war eine lange Zeit, Mr. Scofield«, erwiderte der Fahrer. »Nett, Sie zu sehen.«

»Danke. Ganz meinerseits.«

»Der Botschafter wartet«, fuhr der Fahrer fort und beugte sich vor, um den Türverschluß zu öffnen. »Die Tür ist jetzt offen.«

»Schön. Übrigens, ich werde in ein paar Minuten aussteigen und ein Streichholz anreißen. Das ist das Signal für einen Mann, daß er kommen und sich uns anschließen kann. Er ist am anderen Ende; er wird auf einem der Fußwege erscheinen.«

»Geht klar. Der Botschafter hat gesagt, daß sie zwei sein würden. Okay.«

»Was ich damit sagen will, ist, wenn Sie immer noch Ihre dünnen Zigarren rauchen, dann warten Sie bitte, bis ich aussteige, ehe Sie sich eine anzünden. Ich möchte gerne ein paar Augenblicke mit Mr. Winthrop alleine sein.«

»Sie haben ein verdammt gutes Gedächtnis«, sagte Stanley und klopfte mit der Taschenlampe gegen seine Jackentasche. »Ich wollte mir gerade eine anzünden.«

Bray stieg in den Rücksitz des Wagens und sah den Mann an, der für sein Leben verantwortlich war. Winthrop war alt geworden, aber in der schwachen Beleuchtung waren seine Augen immer noch gespannt und mit Besorgnis erfüllt. Sie schüttelten sich die Hände, und der alte Mann ließ Scofields Hand eine Weile nicht los.

»Ich habe oft über Sie nachgedacht«, sagte er leise und seine Augen suchten die Scofields, entdeckten dann die Bandagen und zuckten zusammen. »Ich bin mit gemischten Gefühlen hier, aber ich glaube, das brauche ich Ihnen nicht zu sagen.«

»Nein, Sir, das brauchen Sie nicht.«

»So vieles hat sich geändert, nicht wahr, Bray? Die Ideale, die Chancen, so vieles für so viele zu tun. Eigentlich haben wir eine Art Kreuzzug begonnen. Am Anfang.« Erst jetzt ließ der alte Mann Scofields Hand los und lächelte. »Erinnern Sie sich? Sie hatten mir damals einen Plan vorgeschlagen, der auf die Pacht- und Leihverträge abgestimmt werden sollte. Streichung von Schulden in besetzten Territorien als Gegenleistung für Einwanderung großen Stils. Ein brillantes Konzept ökonomischer Diplomatie, das habe ich immer gesagt. Menschenleben für Geld, das ohnehin nie zurückgezahlt werden würde.«

»Der Plan wäre abgelehnt worden.«

»Wahrscheinlich, aber in der Arena der Weltmeinung hätte er

die Sowjets an die Wand gedrückt. Ich kann mich noch gut an Ihre Worte erinnern. Sie sagten, ›wenn wir schon eine kapitalistische Regierung sein sollen, dann sollten wir uns auch entsprechend verhalten. Wir sollten das ausnutzen, es definieren. Amerikanische Bürger haben für die Hälfte der russischen Armee bezahlt. Wir sollten die psychologische Verpflichtung betonen. Irgend etwas dafür bekommen, *Menschen.*‹ Das waren Ihre Worte.«

»Das war damals ein junger Universitätsabsolvent, der sich für theoretische Geopolitik ereiferte.«

»In solcher Naivität liegt oft ein großes Stück Wahrheit. Wissen Sie, ich kann den jungen Universitätsabsolventen immer noch sehen. Ich frage mich manchmal . . .«

»Dafür ist jetzt keine Zeit, Sir«, unterbrach Scofield. »Taleniekov wartet. Übrigens, wir haben die Gegend überprüft; sie ist sauber.«

Der alte Mann blinzelte. »Hatten Sie gedacht, es könnte anders sein?«

»Ich war besorgt, jemand hätte Ihr Telefon abhören können.«

»Das war unnötig«, sagte Winthrop. »Solche Geräte müssen irgendwo eingetragen werden, irgendwo registriert. Ich möchte nicht derjenige sein, der das tut. Über mein Telefon werden zu viele private Gespräche geführt. Das ist mein bester Schutz.«

»Haben Sie etwas erfahren?«

»Über die Matarese? Nein . . . und *ja.* Nein, in dem Sinne, daß auch in den wesentlichsten Berichten der Abwehr dieser Begriff überhaupt nicht erwähnt wird, seit dreiundzwanzig Jahren nicht erwähnt wurde. Der Präsident hat mir versichert, daß es so ist, und ich habe Vertrauen zu ihm. Er war erschüttert; er hat sofort einige Männer in Aktion gesetzt. Er war wütend und besorgt, denke ich.«

»Und das ›ja‹?«

Der alte Mann wählte seine Worte mit Bedacht. »Eine obskure Geschichte, aber nicht wegzudiskutieren. Ehe ich beschloß, den Präsidenten anzurufen, trat ich mit den fünf Männern in Verbindung, die Jahre – Jahrzehnte – in den empfindlichsten Bereichen der Abwehr und der Diplomatie tätig waren. Von den fünf erinnerten sich drei an die Matarese und waren schockiert. Sie erboten sich, alles in ihrer Macht Stehende zu tun. Für sie war die Vorstellung, die Matarese könnten zurückkehren, erschreckend. Aber die anderen beiden – Männer, die, wenn überhaupt, viel mehr wissen müßten als ihre Kollegen – behaupteten, sie hätten *nie* davon gehört. Ihre Reaktionen gaben keinen Sinn; sie *mußten* davon gehört haben. Ebenso wie ich auch – mein Wissen war fragmentarisch, aber jedenfalls nicht vergessen. Als ich das erwähnte, als ich sie bedrängte, verhielten sich beide höchst seltsam. Wenn man unsere bisherigen Beziehungen bedenkt, beinahe beleidigend. Jeder behandelte mich, als wäre ich eine Art verkalkter Patrizier, der sich senilen Phantasiegebilden hingibt. Wirklich, es war erstaunlich.«

»Wer waren diese zwei?«

»Wiederum höchst selt . . .«

In der Ferne blitzte ein Licht auf; Scofields Augen wurden automatisch davon angezogen. Dann noch eines . . . und *noch eines*. Streichhölzer wurden schnell hintereinander angerissen.

Taleniekov.

Der KGB-Mann zündete ein Streichholz nach dem anderen an. Es war eine Warnung. Taleniekov warnte ihn, daß etwas geschehen war – *im Begriffe war zu geschehen.* Plötzlich war die ferne Flamme gleichmäßig, wurde aber von einer Hand unterbrochen, die in schneller Folge vor die Flamme gehalten wurde, mehr Licht, weniger Licht. Ein Morsecode. Punkte und Striche.

Drei zweimal wiederholte Punkte. *S.* Dann etwas länger, einmal wiederholt. Ein Strich. *T.*

S. T.

»Was ist denn?« fragte Winthrop.

»Augenblick«, antwortete Scofield.

Drei Punkte, abgebrochen, dann ein Strich. Die Buchstaben S und T wurden wiederholt. S. T.

Surveillance. Terminal. (Überwachung. Ende. Anm. d. Ü)

Die Flamme bewegte sich nach links, auf die Straße zu, die das Wäldchen der Parkfläche eingrenzte, und wurde dann ausgelöscht. Der Sowjetagent bezog neue Stellung. Bray wandte sich dem alten Mann zu.

»Wie sicher sind Sie bezüglich Ihres Telefons?«

»Sehr. Es ist noch nie angezapft worden. Ich habe Mittel und Wege, um das zu wissen.«

»Vielleicht nicht gründlich genug.« Scofield berührte den Knopf des Scheibenhebers; das Fenster rollte herunter, und er rief dem Chauffeur zu, der vor der Limousine stand. »Stan, kommen Sie her!« Der Fahrer kam der Anweisung nach. »Als Sie durch den Park fuhren, haben Sie da nachgesehen, ob Ihnen jemand folgte?«

»Sicher habe ich das. Da war nichts. Ich hatte die ganze Zeit das Auge am Rückspiegel. Ich tue das immer, besonders wenn wir uns nachts mit jemandem treffen. Haben Sie das Licht dort drüben gesehen? War das Ihr Mann?«

»Ja, er sagte mir, daß noch jemand hier sei.«

»Unmöglich«, sagte Winthrop voller Überzeugung. »Wenn einer hier ist, dann betrifft das nicht uns. Schließlich ist das hier ein öffentlicher Park.«

»Ich will Sie ja nicht beunruhigen, Sir, aber Taleniekov ist erfahren. Hier sind keine Scheinwerfer, keine Wagen auf der Straße. Wer auch immer dort draußen ist, will nicht, daß wir es erfahren. Außerdem ist heute keine Nacht für einen harmlosen Spaziergang. Ich fürchte, es betrifft doch uns.« Bray öffnete die Tür. »Stan, ich hole mir jetzt meinen Aktenkoffer aus meinem Wagen. Wenn ich zurückkomme, fahren Sie hier weg. Halten Sie kurz am Nordende des Parkplatzes an der Straße an.«

»Was ist mit dem Russen?« fragte Winthrop.

»Deshalb halten wir ja. Er ist schlau genug, um dann hereinzuspringen. Hoffe ich.«

»*Augenblick*«, sagte Stanley. »Wenn es hier Ärger gibt, dann halte ich für keinen an. Ich habe nur einen Job. *Ihn* hier herauszubringen. Sie nicht, und auch sonst keinen.«

»Wir haben jetzt keine Zeit für eine Auseinandersetzung. Lassen Sie den Motor an.« Bray rannte, die Schlüssel in der Hand, zu dem Mietwagen. Er schloß die Tür auf, holte den Aktenkoffer vom Vordersitz und wollte wieder zu der Limousine zurücklaufen.

Er erreichte sie nicht. Plötzlich schoß ein kräftiger Scheinwerferstrahl durch die Finsternis und richtete sich auf Robert Winthrops schweren Wagen. Stanley saß hinter dem Steuer und jagte den Motor hoch, war bereit, die Flucht anzutreten. Aber, wer auch immer hinter jenem Scheinwerferbalken stand, wollte das nicht zulassen. Er wollte diesen Wagen . . . und seinen Insassen.

Die Räder der Limousine drehten durch und kreischten auf dem Pflaster, als der schwere Wagen nach vorne schoß. Ein

Stakkato von Gewehrschüssen ertönte, Fensterscheiben zerplatzten, Kugeln bohrten sich in Metall. Die Limousine schwankte und schleuderte; allem Anschein nach hatte der Fahrer die Kontrolle darüber verloren.

Jetzt knallte es zweimal scharf im Wald; der Scheinwerfer explodierte, kurz darauf ertönte ein Schmerzensschrei. Winthrops Wagen bog plötzlich scharf nach links ab. Seine Scheinwerfer erfaßten zwei Männer mit gezogenen Waffen und einen dritten, der auf dem Boden lag.

Jetzt hatte auch Bray die Waffe in der Hand; er ließ sich auf das Pflaster fallen und feuerte. Einer der beiden Männer stürzte. Die Limousine hatte jetzt ihr Manöver beendet und raste heulend aus dem Parkplatz zur Straße hinaus und in Richtung Süden davon.

Scofield wälzte sich nach rechts; zwei Schüsse wurden abgefeuert. Die Kugeln prallten sirrend von dem Pflaster ab, wo er noch vor Sekunden gelegen hatte. Bray stand auf und rannte in die Dunkelheit, auf das Geländer zu, das die Schlucht absperrte.

Er setzte darüber, wobei sein Aktenkoffer gegen einen Pfosten schlug, ein deutliches Geräusch. Er erwartete den nächsten Schuß; er kam, als er sich gerade gegen den Boden preßte.

Lichter. Scheinwerfer! Zwei Scheinwerferbalken, die über seinen Kopf hinwegschossen, jetzt das Motorengeräusch eines rasenden Wagens. Klirren von Glas, quietschende Reifen, die plötzlich anhielten. Ein Schrei – unklar, hysterisch . . . dann eine laute Explosion – und wieder Schweigen.

Der Motor war abgewürgt worden, die Scheinwerfer brannten immer noch und zeigten Rauchfäden. Zwei reglose Gestalten lagen auf dem Boden, eine dritte auf den Knien, die panikerfüllt herumsuchte. Der Mann hatte etwas gehört; er fuhr herum und hob seine Waffe.

Im Wald wurde eine Pistole abgefeuert. Der Schuß traf; der Mann stürzte.

»*Scofield*!« rief Taleniekov.

»Hier!« Bray sprang wieder über das Geländer und rannte auf die Stelle zu, von der die Stimme des Russen gekommen war. Taleniekov kam aus dem Wäldchen heraus; er war höchstens drei Meter von dem zum Stillstand gekommenen Wagen entfernt. Beide Männer gingen vorsichtig auf den Wagen zu; das Fenster auf der Fahrerseite war zerschmettert. Ein einziger Schuß aus der Automatik des KGB-Mannes hatte es in Stücke gerissen. Der Kopf hinter dem zersplitterten Glas war blutüberströmt, aber zu erkennen. Die rechte Hand war bandagiert – die Folge eines verletzten Daumens, der um drei Uhr früh auf einer Brücke in Amsterdam von einem ärgerlichen, müden, älteren Mann gebrochen worden war.

Es war der aggressive junge Agent Harry, der in jener Nacht im Regen so unnötig getötet hatte.

»Ich kann es nicht glauben«, sagte Scofield.

»Sie kennen ihn?« fragte Taleniekov überrascht.

»Er hieß Harry. Er hat in Amsterdam für mich gearbeitet.«

Der Russe schwieg einen Augenblick und meinte dann: »Er war in Amsterdam *bei* Ihnen, aber er hat nicht für Sie gearbeitet. Er hieß auch nicht ›Harry‹. Dieser junge Mann ist ein sowjetischer Abwehroffizier, der seit seinem neunten Lebensjahr in dem amerikanischen Komplex in Nowgorod ausgebildet worden ist. Er war ein WKR-Agent.«

Bray studierte Taleniekovs Gesicht und sah dann noch einmal durch die zersplitterte Glasscheibe Harry an. »Gratuliere. Jetzt wird mir einiges klarer.«

»Mir leider nicht«, sagte der KGB-Mann. »Glauben Sie mir bitte, wenn ich Ihnen sage, daß es höchst unwahrscheinlich ist, daß irgendein Befehl aus Moskau einen direkten Angriff auf Robert Winthrop verlangen würde. Wir sind keine Narren. Er steht über solchen Dingen – eine Stimme und ein Kopf, den man bewahrt, nicht niederschlägt. Und ganz sicher nicht für – Personal – wie Sie oder mich.«

»Was wollen Sie damit sagen?«

»Das war ein Exekutionsteam, ebenso sicher wie diese Männer im Hotel. Sie und ich sollten nicht isoliert werden. Winthrop sollte ebenfalls sterben, und wer weiß, vielleicht ist er bereits tot. Ich gehe davon aus, daß die Anweisung nicht aus Moskau kam.«

»Auch nicht aus dem State Department, da bin ich ganz sicher.«

»Richtig. Weder Washington noch Moskau, sondern eine Stelle, die fähig ist, Befehle im Namen des einen, des anderen oder beider auszugeben.«

»Die Matarese?« sagte Scofield.

Der Russe nickte. »Die Matarese.«

Bray hielt den Atem an und versuchte zu überlegen, versuchte, das alles in sich aufzunehmen. »Wenn Winthrop noch lebt, dann wird er jetzt in einen Käfig gesteckt werden, in eine Falle, mit dem Mikroskop beobachtet. Ich werde nicht imstande sein, mich ihm zu nähern. Man würde mich sofort töten.«

»Wieder stimme ich Ihnen zu. Gibt es andere, denen Sie vertrauen, und an die man heran kann?«

»Es ist verrückt«, sagte Scofield und schauderte in der Kälte – und bei dem Gedanken, der ihm plötzlich gekommen war. »Es sollte sie geben, aber ich weiß nicht, wer sie sind. Zu wem auch immer ich jetzt ginge, er würde mich ausliefern müssen, die Gesetze sind in diesem Punkt ganz klar. Abgesehen von polizeilichen Haftbefehlen gibt es da die Frage der nationalen Sicherheit. Man wird ganz schnell einen Fall gegen mich aufbauen, ganz legal. Verdacht von Hochverrat, Spionage und Lieferung von Informationen an den Feind. Keiner wird es wagen, mich auch nur anzuhören.«

»Aber es muß doch Leute geben, die auf Sie *hören* werden.«

»Auf was hören? Was soll ich ihnen denn sagen? Was habe ich denn? *Sie*! Man würde Sie in ein gesichertes Krankenhaus stecken, ehe Sie auch nur Ihren Namen buchstabieren könnten. Die Worte eines sterbenden Istrebiteli? Ein kommunistischer Killer? Wo sind denn die Beweise, ja die Logik? Verdammt noch mal, wir sind abgeschnitten. Das einzige, was wir jetzt noch haben, sind Schatten!«

Taleniekov trat einen Schritt vor, seine Stimme klang überzeugt. »Vielleicht hatte der alte Krupskaya recht; vielleicht ist die Antwort trotz alledem in Korsika zu finden.«

»O Gott . . .«

»Hören Sie mir zu. Sie sagen, wir haben nur Schatten. Wenn dem so ist, brauchen wir eine ganze Menge mehr. Wenn wir mehr *hätten*, auch nur ein paar Namen zurückverfolgen könnten, etwas aufbauen, was einigermaßen wahrscheinlich klingt – sozusagen unseren eigenen Fall aufbauten. Dann könnten Sie doch zu jemandem gehen und ihn zwingen, Ihnen zuzuhören?«

»Aus der Ferne«, antwortete Bray langsam. »Nur aus der Ferne. Wo man mich nicht erreichen kann.«

»Natürlich.«

»Die Beweise würden mehr sein müssen als Vermutungen, sie würden verdammt überzeugend sein müssen.«

»Wenn ich solche Beweise hätte, könnte ich auch Männer in Moskau bewegen. Ich hatte die Hoffnung, daß man hier drüben mit weniger Material eine Untersuchung anstellen könnte. Sie sind doch berüchtigt wegen Ihrer endlosen Senatsnachforschungen. Ich nahm einfach an, daß es sich machen ließe, daß Sie es herbeiführen könnten.«

»Nicht jetzt. Nicht ich.«

»Also Korsika?«

»Ich weiß nicht. Ich werde darüber nachdenken müssen. Da ist immer noch Winthrop.«

»Sie sagten, Sie selbst könnten ihn jetzt nicht mehr erreichen. Man würde Sie töten, wenn Sie es versuchten.«

»Das haben schon mehr versucht. Ich werde mich schützen. Ich muß erfahren, was geschehen ist. Er hat es selbst gesehen; wenn er lebt und ich mit ihm sprechen kann, wird er wissen, was getan werden muß.«

»Und wenn er *nicht* mehr am Leben ist, oder Sie ihn nicht erreichen können?«

Scofield blickte auf die toten Männer am Boden. »Vielleicht bleibt dann wirklich nur Korsika.«

Der KGB-Mann schüttelte den Kopf. »Ich prüfe die Chancen gründlicher als Sie, Beowulf. Ich werde nicht warten. Ich will dieses ›Krankenhaus‹ nicht riskieren, von dem Sie gesprochen haben. Ich gehe jetzt nach Korsika.«

»Wenn Sie das tun, dann fangen Sie an der südöstlichen Küste an, nördlich von Porto Vecchio.«

»Warum?«

»Weil dort alles anfing. Das ist Matarese-Land.«

Taleniekov nickte. »Wieder die Hausaufgaben. Danke. Vielleicht treffen wir uns in Korsika.«

»Können Sie das Land verlassen?« fragte Bray.

»Es betreten, es verlassen . . . das geht leicht. Wie steht's mit Ihnen? Falls Sie beschließen, zu mir zu kommen.«

»Ich kann nach London oder Paris. Ich unterhalte dort Konten. Wenn ich es tue, müssen Sie mit drei Tagen rechnen, höchstens vier. Es gibt kleine Gasthöfe in den Bergen. Ich werde Sie finden . . .«

Scofield verstummte. Beide Männer drehten sich schnell um, als sie ein Auto heranhahen hörten. Der Wagen bog von der Straße ab, in den Parkplatz. Auf dem Vordersitz saß ein Paar, der Mann hatte der Frau den Arm um die Schulter gelegt. Die Scheinwerfer beleuchteten die reglosen Gestalten auf dem Boden, ließen das zersplitterte Fenster des stehengebliebenen Wagens und den blutigen Kopf dahinter erkennen.

Der Fahrer riß den Arm von der Schulter der Frau, drückte sie auf den Sitz und packte das Lenkrad mit beiden Händen. Er riß es wild nach rechts und raste auf die Straße zurück, und das Brüllen seines Motors hallte durch den Wald.

»Die gehen zur Polizei«, sagte Bray. »Verschwinden wir hier.«

»Ich würde sagen, daß wir diesen Wagen nicht benutzen sollten«, erwiderte der KGB-Mann.

»Warum nicht?«

»Winthrops Chauffeur. Mag sein, daß Sie ihm vertrauen. Ich tue das nicht.«

»Das ist doch verrückt! Er wäre beinahe getötet worden!«

Taleniekov deutete auf die toten Männer am Boden. »Dies waren Meisterschützen, Russen oder Amerikaner, das macht keinen Unterschied, jedenfalls Fachleute – andere würden die Matarese nicht einstellen. Die Windschutzscheibe dieser Limousine war wenigstens eineinhalb Meter breit, und der Fahrer dahinter ein bequemes Ziel für jeden Anfänger. Warum ist er nicht erschossen worden? Warum ist dieser Wagen nicht aufgehalten worden? Wir suchen Fallen, Beowulf. Man hat uns in eine gelockt, und wir haben es nicht bemerkt. Vielleicht war es sogar Winthrop selbst.«

Bray war übel; er wußte keine Antwort. »Wir wollen uns jetzt trennen. Das ist für uns beide besser.«

»Korsika, vielleicht?«

»Vielleicht. Sie werden es erfahren, wenn ich hinkomme.«

»Gut.«

»Taleniekov?«

»Ja?«

»Danke, daß Sie die Streichhölzer benutzt haben.«

»Unter den gegebenen Umständen hätten Sie wahrscheinlich dasselbe für mich getan.«

»Unter den gegebenen Umständen . . . ja, das hätte ich.«

»Ist es Ihnen aufgefallen? Wir haben einander nicht getötet, Beowulf Agate. Wir haben gesprochen.«

»Wir haben gesprochen.«

Der kalte Nachtwind trug den Klang einer Sirene zu ihnen herüber. Bald würde man weitere hören; Streifenwagen würden auftauchen. Die beiden Männer wandten sich voneinander ab und rannten davon, Scofield auf dem dunklen Weg in den Wald hinein, vor dem der Mietwagen stand, Taleniekov auf das Geländer zu, das die Schlucht im Rock Creek Park schützte.

TEIL II

12

Das Fischerboot pflügte durch die unruhige See wie ein schwerfälliges Tier, das irgendwie begriffen hatte, daß die Wasser ihm unfreundlich gesinnt waren. Wellen klatschten gegen Bug und Wände, fegten Gischt ins Boot und bliesen den Männern an den Netzen von den Morgenwinden aufgepeitschtes Salzwasser in die Gesichter.

Ein Mann freilich brauchte sich nicht mit der Fangarbeit abzumühen. Er zog an keinem Tau, betätigte keinen Haken, noch schloß er sich dem Gelächter und den Flüchen an, die dazugehörten, wenn man von der See lebte. Statt dessen saß er alleine auf Deck, eine Thermoskanne mit Kaffee in der einen Hand, in der hohlen anderen eine Zigarette. Man war sich darüber einig, daß er, sollten französische oder italienische Streifenboote auftauchen, ein Fischer werden würde, sonst aber würde man ihn alleine lassen. Niemand hatte etwas gegen diesen fremden Mann ohne Namen einzuwenden, denn jedes Mannschaftsmitglied war wegen seiner Anwesenheit um hunderttausend Lire reicher geworden. Das Boot hatte ihn an einem Pier in San Vincenzo aufgenommen. Eigentlich hätten sie bei Morgendämmerung von der italienischen Küste ablegen sollen, aber der Fremde hatte gemeint, wenn sie die Küste Korsikas bei Morgendämmerung erblickten, würden Kapitän und Mannschaft einen viel besseren Fang machen. Der Kapitänsrang brachte Privilegien mit sich; der Kapitän erhielt hundertfünfzigtausend Lire. So waren sie vor Mitternacht von San Vincenzo abgesegelt.

Scofield schraubte den Deckel auf das Thermosgefäß und warf seine Zigarette über die Reling. Er stand auf, streckte sich und spähte durch den Nebel zur Küste hinüber. Sie waren schnell vorangekommen. Der Kapitän hatte gesagt, daß sie in wenigen Minuten Solenzara sehen würden. Binnen einer Stunde würden sie ihren geschätzten Passagier zwischen Sainte-Lucie und Porto Vecchio absetzen. Niemand rechnete mit Problemen; für ein leicht beschädigtes Boot gab es Dutzende verlassener Buchten an der felsigen Küste.

Bray zog an der Schnur, die um den Griff seines Aktenkoffers geschlungen und an seinem Handgelenk befestigt war; sie war fest – und naß. Die von der Schnur verursachte Abschürfung an seinem Handgelenk wurde von dem Salzwasser gereizt, aber das würde schnell heilen, das Salz half da sogar mit. Vielleicht war die Vorsichtsmaßnahme überflüssig, aber doch mindestens ebenso wichtig wie die Tatsache, daß man die Schnur sah. Man konnte dösen, und bekanntermaßen waren *Corsos* sehr schnell dabei, Reisende um ihre Wertgegenstände zu erleichtern – insbesondere Reisende, die ohne Identifikation, aber mit Geld reisten.

»Signore!« Der Kapitän kam auf ihn zu, und sein breites Lächeln ließ erkennen, daß ihm einige wesentliche Zähne fehlten. *»Ecco Solenzara! Ci arriveremo subito – trenta minuti. E nord di Porto Vecchio!«*

»Benissimo, grazie!«

»Prego!«

In einer halben Stunde würde er an Land sein, in Korsika, in den Hügeln, wo die Matarese ihren Ursprung hatten. Daß es einen solchen Ursprung gab, stand außer Zweifel, und daß die Matarese bis in die Mitte der dreißiger Jahre hinein bezahlte Meuchelmörder geliefert hatten, galt als sichere Wahrscheinlichkeit. Ansonsten wußte man aber so wenig über sie, daß niemand sagen konnte, wieviel davon Mythos war und wieviel sich auf Realität gründete. Die Legende wurde gleichzeitig gefördert und abgetan; in ihrem Wesen war sie ein Rätsel, weil niemand ihren Ursprung kannte, nur daß ein Verrückter namens Guillaume de Matarese einen Rat zusammengerufen – von woher, war nie aufgezeichnet worden – und eine Bande von Meuchelmördern gegründet hatte, die, wie manche behaupteten, auf die Assassinen-Gesellschaft von Hassan Ibn-al-Sabbah im elften Jahrhundert zurückzuführen war.

Und doch roch dies nach Kult. Das förderte den Mythos und war dem Realitätsgehalt abträglich. Nie war Zeugnis vor Gericht abgegeben worden, nie ein Meuchelmörder gefangen worden, den man zu einer Organisation zurückverfolgen konnte, die sich die Matarese nannte; falls es Geständnisse gab, so waren diese nie an die Öffentlichkeit gedrungen. Und doch hielten sich die Gerüchte hartnäckig. An hohen Stellen kreisten Berichte; in verantwortungsbewußten Zeitungen erschienen Artikel, nur um dann in späteren Ausgaben dementiert zu werden. Einige unabhängige Studien wurden begonnen, aber falls je eine davon abgeschlossen wurde, so kannte doch niemand das Ergebnis. Und während der ganzen Zeit gaben die Regierungen keinen Kommentar ab. Nie. Sie blieben stumm.

Für einen jungen Abwehroffizier, der die Geschichte des Meuchelmordes vor Jahren zu studieren begonnen hatte, war es gerade dieses Schweigen, das den Matarese eine gewisse Glaubwürdigkeit verlieh.

Ebenso wie ihn ein anderes Schweigen, das plötzlich vor drei Tagen begonnen hatte, überzeugte, daß das Treffen in Korsika kein Vorschlag war, der unter dem Druck der Gewalt gemacht worden war, sondern das einzige, was noch übrigblieb. Die Matarese blieben ein Rätsel, aber sie waren kein Mythos. Sie waren eine Realität. Ein mächtiger Mann war zu anderen mächtigen Männern gegangen und hatte den Namen beunruhigt ausgesprochen; das durfte nicht geduldet werden.

Robert Winthrop war verschwunden.

Bray war vor drei Nächten aus dem Rock Creek Park geflohen und hatte sich zu einem Motel am Rande von Fredericksburg begeben. Sechs Stunden lang war er den Highway auf und ab gefahren und hatte Winthrop von einer Reihe von Telefonzellen aus angerufen, nie zweimal aus derselben. Er hatte sich von anderen Wagen mitnehmen lassen und behauptet, sein eigenes Fahrzeug sei beschädigt, nur um einigen Abstand zwischen sich und die Verfolger zu bringen. Er hatte mit Winthrops Frau gesprochen, sie beunruhigt, dessen war er sicher, hatte aber nichts Wesentliches gesagt; nur daß er mit dem Botschafter sprechen müsse. Bis schließlich der Morgen dämmerte und sich immer noch niemand am Telefon meldete, nur ein endloses Klingeln in immer größeren Abständen – zumindest schien es ihm so – und niemand an der Leitung.

Es hatte keinen Ort gegeben, an den er gehen konnte, niemand, der ihm Zuflucht bot; die Netze, die ihn fangen sollten, spannten sich immer dichter. Wenn sie ihn fanden, würde das sein Ende bedeuten, das hatte er begriffen. Wenn man ihn leben ließ, so in den vier Wänden einer Zelle, oder, noch schlimmer, als gehirnloses Wesen. Aber er glaubte nicht, daß man ihm erlauben würde, weiterzuleben. Taleniekov hatte recht: Sie standen beide auf der Abschußliste.

Wenn es eine Antwort gab, so viertausend Meilen entfernt im Mittelmeer. In seinem Aktenkoffer lagen ein Dutzend falscher Pässe, fünf Sparbücher unter falschem Namen und eine Liste von Männern und Frauen, die ihm Transportmöglichkeiten der verschiedensten Art beschaffen konnten. Er hatte Fredericksburg vor zwei Tagen in der Morgendämmerung verlassen, Banken in London und Paris aufgesucht und am späten Abend des vergangenen Tages einen Fischerpier in San Vincenzo erreicht.

Jetzt würde er binnen weniger Minuten seinen Fuß auf korsischen Boden setzen. Die lange Unbeweglichkeit in der Luft und auf dem Wasser hatte ihm Zeit gelassen, nachzudenken, oder zumindest Zeit, um seine Gedanken zu ordnen. Er mußte mit den feststehenden Tatsachen beginnen. Es gab zwei Fakten:

Guillaume de Matarese hatte existiert. Es hatte eine Gruppe von Männern gegeben, einen Bund vielleicht auch, dessen Rat die sizilianische Mafia absorbiert hatte, jene Mafia, die jetzt überall ihre Fühler hatte, deren Zentrale sich aber in den Vereinigten Staaten befand.

Aber bei dieser Ansicht handelte es sich ganz entschieden um die Meinung einer Minderheit. Die große Mehrzahl der Profis hielt es mit Interpol, dem MI-6 Großbritanniens und der amerikanischen Central Intelligence Agency, die behaupteten, daß die Macht der Matarese maßlos übertrieben worden sei. Sie hatte ohne Zweifel eine Anzahl unbedeutender, politischer Persönlichkeiten in dem Labyrinth der geradezu leidenschaftlich ineffizienten französischen und italienischen Politik getötet, aber es gab keinerlei handfeste Beweise, die darüber hinausgingen. Im Wesen handelte es sich um eine Ansammlung von Paranoikern unter der Führung eines wohlhabenden Exzentrikers, der ebensowenig über die Philosophie wußte wie über die Regierungen, die seine maßlosen Kontrakte annahmen. Wenn die Matarese wirklich mehr waren, so behaupteten die Profis weiter, warum hatte man *sie* dann niemals kontaktiert?

Weil, so hatte Bray vor Jahren geglaubt, ebenso, wie er es auch heute noch glaubte, *wir die letzten Leute auf der Welt waren, mit denen die Matarese Geschäfte machen wollten. Wir waren von Anfang an die Konkurrenz – in der einen oder anderen Form.*

»*Ancora quindici minuti*«, rief der Kapitän vom Steuer herüber, »*la costa è molto vicina.*«

»*Grazie tante, Capitano.*«

»*Prego.*«

Die Matarese. War es möglich? Eine Gruppe von Männern, die in globalem Maße den Meuchelmord zu ihrem Geschäft gemacht hatten und ihn kontrollierten, die dem Terrorismus eine feste Gliederung boten und überall Chaos zeugten?

Für Bray war die Antwort ja. Die Worte eines sterbenden Istrebiteli, die Todesstrafe, die die Sowjets über Wassili Taleniekov verhängt hatten, sein eigenes Exekutionsteam, das aus Marseille, Amsterdam und Prag eingetroffen war ... Sie alle waren ein Vorspiel für das Verschwinden von Robert Winthrop. Alle standen in Verbindung mit diesem modernen Bund der Matarese. Er war der unbekannte, unsichtbare Drahtzieher im Hintergrund.

Wer waren sie, diese verborgenen Männer, die über die Mittel verfügten, um auch höchste Regierungsstellen ebenso bequem zu erreichen, wie sie Terroristen mit wilden Augen und auserwählte Mordspezialisten erreichen konnten? Aber die entscheidende Frage war die Frage *warum?* Für welchen Zweck oder welche Zwecke existierten sie?

Das *Wer* war das Rätsel, das jetzt zuerst gelöst werden mußte ... und wer auch immer sie waren, es mußte eine Verbindung zwischen ihnen und jenen Fanatikern geben, die ursprünglich von Guillaume de Matarese zusammengerufen worden waren; woher sonst hätten sie kommen können, wie sonst hätte man sie kennen können? Jene Männer der ersten Stunde waren in die Hügel von Porto Vecchio gekommen, sie hatten Namen. Die Vergangenheit war der einzige Ansatzpunkt, den er besaß.

Es hatte noch einen gegeben, überlegte er, aber das Aufflammen eines Streichholzes im Wald des Rock Creek Park hatte diesen Ansatzpunkt ausgetilgt. Robert Winthrop war im Begriffe gewesen, zwei mächtige Männer in Washington namhaft zu machen, die heftig bestritten hatten, etwas von den Matarese zu wissen. In diesem Leugnen lag der Beweis ihrer Mitschuld; sie *mußten* von den Matarese gehört haben – so oder so. Aber Winthrop hatte ihre Namen nicht ausgesprochen. Die Schüsse hatten ihn daran gehindert. Und jetzt würde er sie vielleicht nie mehr aussprechen.

Namen der Vergangenheit würden zu Namen der Gegenwart führen. Männer hinterließen ihre Werke, ihren Stempel, den sie ihrer Zeit aufdrückten . . . Ihr Geld.

Es gab immer Spuren, die irgendwohin führten. Wenn es Schlüssel gab, mit denen man die geheimen Verliese aufsperren konnte, die die Antworten der Matarese enthielten, so würde man sie in den Hügeln von Porto Vecchio finden. Er mußte sie finden . . . Ebenso wie sein Feind, Wassili Taleniekov, sie finden mußte. Keiner von beiden würde sonst überleben. Dann würde es für den Russen keine Farm in Grasnov geben, und auch kein neues Leben für Beowulf Agate – wenn sie die Antworten nicht fanden.

»*La costa si avvicina!*« brüllte der Kapitän und ließ das Steuer kreisen. Er drehte sich um und grinste seinen Passagier durch die hochspritzende Gischt an. »*Ancora cinque minuti, Signore, e poi la Corsica.*«

»*Grazie, Capitano.*«

»*Prego.*«

Korsika.

Taleniekov rannte im Mondlicht den Felshang hinauf, duckte sich hinter hohen Grasbüscheln, um Tarnung zu suchen, nicht aber um seine Spur ganz zu verwischen. Er wollte nicht, daß seine Verfolger die Jagd aufgaben, nur daß sie aufgehalten wurden, voneinander getrennt, wenn das möglich war; wenn es ihm gelang, einen von ihnen zu fangen, so würde das ideal sein.

Der alte Krupskaya hatte hinsichtlich Korsikas recht gehabt, und Scofield bezüglich der Hügel nördlich von Porto Vecchio. Es gab hier Geheimnisse; das zu erfahren, hatte ihn weniger als zwei Tage gekostet. Männer jagten ihn jetzt in der Dunkelheit durch die Hügel, um zu verhindern, daß er noch mehr erfuhr.

Noch vor vier Nächten war Korsika nicht mehr als eine wilde Spekulation gewesen, eine Alternative zum Festgenommenwerden, und Porto Vecchio nur eine Stadt an der Südostküste der Insel, die Hügel dahinter unbekannt.

Das waren sie immer noch; die Menschen, die in ihnen lebten, waren arm, fremd und verschlossen, ihr Dialekt schwer zu verstehen, aber Spekulationen bedurfte es keiner mehr. Die bloße Erwähnung des Wortes »Matarese« reichte, um Augen zu umwölken, die schon vorher feindselig blickten; auch die unschuldigste Information zu erfragen reichte aus, um Gespräche zu beenden, die kaum begonnen hatten. Es war gerade, als wäre der Name selbst Teil eines Stammesritus, den niemand außerhalb der Berge erwähnte, unter keinen Umständen in der Gegenwart von Fremden. Wassili hatte das binnen Stunden, nachdem er das von Felsen übersäte Land betreten hatte, begriffen; in der ersten Nacht war es ihm auf dramatische Weise bewiesen worden.

Vor vier Tagen hätte er es nicht geglaubt; jetzt wußte er, daß es so war. Die Matarese waren mehr als eine Legende, mehr als ein mystisches Symbol für primitive Bergbewohner; es war eine Form der Religion. Das *mußte* es sein; die Menschen waren hier bereit zu sterben, um das Geheimnis zu wahren.

Vier Tage, und die Welt hatte sich für ihn verändert. Nicht länger hatte er mit gebildeten Männern zu tun, die komplizierte Gerätschaften zur Verfügung hatten. Da gab es keine Computer, die auf Knopfdruck hinter Glasscheiben Daten ausspuckten, keine grünen Buchstaben, die über dunkle Bildschirme tanzten und sofortige Informationen lieferten, die für die nächste Entscheidung gebraucht wurden.

Er stocherte in der Vergangenheit herum und tat das inmitten von Menschen, die selbst der Vergangenheit angehörten.

Das war auch der Grund, weshalb er so erpicht darauf war, einen der Männer zu fangen, die ihn jetzt in der Dunkelheit verfolgten. Er vermutete, daß sie zu dritt waren. Der Hügelkamm war lang und breit, voll von zerzausten Bäumen und ausgefressenen Felsbrocken. Sie würden sich trennen müssen, um die verschiedenen Wege zu bewachen, die zu anderen Hügeln oder in die Ebene hinunterführten, die vor den Bergwäldern lag. Wenn er einen Mann fangen konnte und ein paar Stunden Zeit bekam, seinen Geist und seinen Körper zu bearbeiten, konnte er eine Menge erfahren. Er empfand dabei keinerlei Skrupel. In der vergangenen Nacht war eine hölzerne Bettstelle in der Finsternis in Stücke zerrissen worden; unter der Tür zeichnete sich die Silhouette eines Korsen ab, der eine Lupara-Schrotbüchse in der Hand hielt. Man hatte angenommen, daß Taleniekov in jenem Bett lag ... Nur ein *Mann* – jener Mann – dachte Wassili und unterdrückte seine Wut, während er in ein kleines Gehölz wilder Kiefern, unmittelbar unter der Hügelkuppe, eindrang. Er konnte jetzt ein paar Augenblicke lang ausruhen.

Unter sich konnte er die schwachen Scheinwerferbündel von Taschenlampen sehen. *Eins ... zwei ... drei.* Drei Männer, und sie waren dabei, sich zu trennen. Der eine ganz links sicherte seine Gegend; der Mann würde keine zehn Minuten klettern müssen, um das Kiefernwäldchen zu erreichen. Taleniekov hoffte, daß es der Mann mit der Lupara war. Er lehnte sich gegen einen Baum, atmete schwer und lockerte die Muskeln.

Er war so schnell gegangen, der Ausflug in diese primitive Welt. Und doch gab es eine Art von Symmetrie. Er hatte nachts zu laufen begonnen, entlang der mit Bäumen bestandenen Ränder einer Schlucht im Rock Creek Park bei Washington; hier befand er sich jetzt an einem isolierten, von Bäumen umgebenen Zufluchtsort, hoch in den Hügeln von Korsika. Nachts. Die Reise war schnell gewesen; er hatte ganz genau gewußt, was zu tun war und wann.

Gestern um fünf Uhr nachmittags war er auf dem Leonardo-da-Vinci-Flughafen von Rom gewesen und hatte sich dort einen Charterflug nach Bonifacio an der Südspitze von Korsika besorgt. Er hatte Bonifacio um sieben Uhr erreicht und war dann in einem Taxi an der Küste entlang nach Porto Vecchio gefahren, zu einem Berggasthof. Er hatte sich ein schweres korsisches Mahl bestellt und den neugierigen Besitzer ins Gespräch gezogen.

»Ich bin eine Art Gelehrter«, hatte er gesagt. »Ich suche Informationen über einen *Padrone*, der vor vielen Jahren gelebt hat. Einen Guillaume de Matarese.«

»Ich verstehe nicht«, hatte der Wirt geantwortet. »Sie sagen, eine Art Gelehrter. Mir scheint, man ist so etwas, oder man ist es nicht, Signore. Gehören Sie zu einer großen Universität?«

»In Wirklichkeit ist es eine private Stiftung. Aber die Universitäten haben Zugang zu unseren Studien.«

»*Un Fondazione?*«

»*Un Organizzazione accademica.*«

»Meine Arbeiten befassen sich mit wenig bekannten geschichtlichen Fakten aus Sardinien und Korsika in der zweiten Hälfte des 19. und Anfang des 20. Jahrhunderts. Offenbar war es dieser *Padrone* – Guillaume de Matarese –, der den größten Teil des Landes in diesen Hügeln nördlich von Porto Vecchio unter Kontrolle hatte.«

»Ihm hat das meiste davon gehört, Signore. Er war gut zu den Leuten, die auf seinen Ländereien lebten.«

»Natürlich. Und wir wollen, daß er einen Platz in der Geschichte Korsikas bekommt. Ich weiß nicht recht, wo ich anfangen soll.«

»Vielleicht ...« Der Wirt hatte sich in seinem Sessel zurückgelehnt. Seine Augen wurden ausdruckslos, seine Stimme seltsam unverbindlich. »Die Ruinen der Villa Matarese. Heute ist eine klare Nacht, Signore. Sie sind sehr schön im Mondlicht. Ich könnte jemanden finden, der Sie hinbringt. Sofern Sie natürlich nicht von Ihrer Reise zu erschöpft sind.«

»Aber ganz und gar nicht. Es war ein schneller Flug.«

Man hatte ihn in den Hügeln weiter nach oben geführt zu den skelettartigen Überresten eines einstmals großen Anwesens, wobei die Reste des großen Hauses selbst fast viertausend Quadratmeter bedeckten. Eingestürzte Mauern und zerbrochene Schornsteine zeigten die ehemaligen Strukturen. Auf dem Boden konnte man unter dem Unkraut die Ziegeleinfriedungen einer riesenhaften, grasbewachsenen Auffahrt ausmachen. Zu beiden Seiten des großen Hauses schnitten steinerne Wege durch das hohe Gras, dazwischen immer wieder ein halb zerbrochener Bogen, Erinnerungen an gepflegte Gärten, die schon lange Zeit zerstört waren.

Die Ruine stand als gespenstische Silhouette auf dem Hügel, ein Eindruck, den das bleiche Mondlicht noch verstärkte. Guillaume de Matarese hatte sich ein Denkmal erbaut. Das Bauwerk hatte bei der Zerstörung durch Zeit und Elemente nichts von seiner Kraft verloren, ja, es ging von der Ruine eine besondere Macht aus.

Wassili hatte die Stimmen hinter sich gehört. Der Junge, der ihn hierhergeführt hatte, war nirgends mehr zu sehen. Zwei Männer waren es, und ihre ersten Worte eines zweifelhaften Grußes waren der Anfang eines Verhörs gewesen, das mehr als eine Stunde gedauert hatte. Es wäre einfach gewesen, die beiden Korsen zu überwältigen, aber Taleniekov wußte, daß er durch passiven Widerstand mehr erfahren konnte; Leute wie diese, in der Kunst des Verhörs nicht geschult, teilten mehr mit, als sie erfuhren, wenn sie mit Fachleuten zu tun hatten. Er war bei seiner Geschichte von der *Organizzazione accademica* geblieben; am Ende hatte man ihm den Rat erteilt, den er erwartet hatte.

»Gehen Sie dorthin zurück, woher Sie gekommen sind, Signore. Es gibt hier kein Wissen, das Ihnen nützlich sein könnte, wir wissen nichts. Vor Jahren war eine Seuche in diesen Bergen; es gibt niemanden mehr, der Ihnen helfen könnte.«

»Es muß doch ältere Leute in den Hügeln geben. Vielleicht wenn ich herumstreifen würde und ein paar Fragen stellen . . .«

»Wir sind ältere Leute, Signore, und wir können Ihre Fragen nicht beantworten. Gehen Sie zurück. Wir sind unwissende Leute in dieser Gegend, Schäfer. Wir fühlen uns nicht wohl, wenn Fremde hier eindringen und unsere einfache Lebensart stören. Kehren Sie um.«

»Ich werde Ihren Rat in Betracht ziehen.«

»Machen Sie sich die Mühe nicht, Signore. Verlassen Sie uns einfach. Bitte.«

Am Morgen war Wassili wieder in die Hügel gegangen zur Villa Matarese und weiter. Er hatte an zahlreichen schindelgedeckten Bauernhäusern haltgemacht und seine Fragen gestellt. Die funkelnden, dunklen Korsenaugen und die Antworten, die man ihm nicht gegeben hatte, zeigten ihm, daß er verfolgt wurde.

Man hatte ihm natürlich nichts gesagt, aber den immer härter werdenden Reaktionen auf seine Anwesenheit hatte er etwas entnommen. Man folgte ihm nicht nur, man ging auch vor ihm her, warnte die Familien in den Bergen, daß ein Fremder kam. Wegschicken sollten sie ihn, ihm nichts sagen.

In jener Nacht – letzte Nacht –, dachte Taleniekov und sah zu, wie der unstete Scheinwerferkegel zur Linken langsam den Hügel herauf kam, war der Wirt an seinen Tisch getreten.

»Es tut mir leid, Signore, ich kann Sie nicht länger hierbehalten. Ich habe das Zimmer vermietet.«

Wassili hatte aufgeblickt und ohne Zögern geantwortet. »Schade. Ich brauche nur einen Armsessel oder eine Pritsche, falls Sie eine übrig haben. Ich reise morgen früh ab. Ich habe gefunden, was ich suchte.«

»Und was ist das, Signore?«

»Das werden Sie bald erfahren. Andere werden nach mir kommen, mit geeigneten Geräten und Karten. Es wird eine sehr gründliche und sehr wissenschaftliche Untersuchung geben. Was hier geschehen ist, ist faszinierend. Ich spreche natürlich akademisch.«

»Natürlich . . . Vielleicht noch eine Nacht.«

Sechs Stunden später war ein Mann in sein Zimmer gestürzt und hatte zwei Schüsse aus den dicken Läufen einer tödlichen, abgesägten Schrotflinte abgefeuert, die man Lupara nannte – »Wolfsflinte«. Taleniekov hatte gewartet; er hatte hinter einer halbgeöffneten Kleiderschranktür zugesehen, wie die hölzerne Bettstelle zerfetzt und das Bettzeug gegen die Wand gefegt wurde.

Der Knall war ohrenbetäubend gewesen, eine Explosion, die den kleinen Berggasthof durchdrang. Dennoch war niemand gekommen, um zu sehen, was geschehen war. Statt dessen war der Mann mit der Lupara unter der Tür gestanden und hatte leise ein paar Worte gesprochen, die wie ein Eid klangen.

»*Per nostro circolo*«, hatte er gesagt und war weggerannt.

Es hatte nichts bedeutet, und doch wußte Wassili jetzt, daß es alles bedeutete. Worte als Nachruf, nachdem ein Leben genommen war . . . *Für unseren Kreis.*

Taleniekov hatte seine Habseligkeiten eingesammelt und war aus dem Gasthof geflohen. Er war zu der einzigen Straße geeilt, die von Porto Vecchio in die Berge führt, und hatte sich im Unterholz, vielleicht zwanzig Fuß vom Straßenrand entfernt, versteckt. Einige hundert Meter weiter unten hatte er das Glühen einer Zigarette gesehen. Die Straße wurde bewacht; er hatte gewartet. Das mußte er.

Wenn Scofield kam, würde er jene Straße benutzen. Es war die Morgendämmerung des vierten Tages. Der Amerikaner hatte gesagt, falls Korsika der einzige Ort war, der übrigblieb, würde er in drei oder vier Tagen dort sein.

Aber um drei Uhr nachmittags war noch keine Spur von ihm zu sehen gewesen. Eine Stunde später wußte Wassili, daß er nicht länger warten konnte. Männer waren die Straße hinuntergeeilt auf den blühenden Kurort an der Küste zu. Ihr Auftrag war klar gewesen: Der Eindringling war irgendwie der Straßensperre entgangen. Man mußte ihn finden, ihn töten.

Suchtrupps hatten angefangen, die Wälder zu durchstreifen. Zwei Korsen, die mit Bergmacheten das Gestrüpp niedermachten, hatten sich ihm bis auf zehn Meter genähert; bald würden sich die Streifen besser konzentrieren, würde die Suche gründlicher werden. Er konnte nicht auf Scofield warten. Es gab keine Garantie, daß Beowulf Agate dem Netz entkommen war, das man in seinem eigenen Lande für ihn gelegt hatte, geschweige denn, daß er nach Korsika unterwegs war.

Wassili hatte die Stunden bis zum Sonnenuntergang damit verbracht, seinerseits etwas gegen jene zu unternehmen, die ihn in die Falle locken wollten. Wie die eines Sumpffuchses tauchte seine Spur in einem Augenblick auf und wies in *diese* Richtung, dann sah man ihn wieder *dort*; abgebrochene Äste und zertrampeltes Marschgras lieferten den Beweis, daß er sich in einem Sumpfgebiet befand, das von einer unersteigbaren Schieferwand abgeschlossen wurde. Als die Männer dann näherrückten, konnte man ihn eine Meile im Westen durch ein Feld rennen sehen. Er war eine gelbe Jacke im Wind und schien an einem Dutzend verschiedener Orte gleichzeitig aufzutauchen.

Als die Dunkelheit hereingebrochen war, hatte Taleniekov die Strategie eingeleitet, die ihn an den Ort geführt hatte, wo er sich im Augenblick aufhielt: In einer Gruppe von Kiefern unter dem Gipfel eines hohen Hügels verborgen, einem Mann auflauernd, der mit einer Taschenlampe näherrückte. Der Plan war einfach, in drei Stufen ausgeführt, wobei sich jede Phase logisch aus der vorangehenden entwickelte. Zuerst kam das Ablenkungsmanöver – er mußte den größten Teil seiner Verfolger in eine andere Richtung lenken; dann mußte er sich den wenigen Übriggebliebenen zeigen und sie möglichst weit von der Hauptgruppe weglocken. Schließlich mußte er den Rest der Verfolger trennen und einem eine Falle stellen. Die dritte Phase würde jetzt abgeschlossen werden, während eineinhalb Meilen unter ihm im Osten Feuer wüteten.

Er hatte sich durch die Wälder nach unten gearbeitet, in Richtung auf Porto Vecchio zu, war auf der rechten Straßenseite dahingeschlichen. Er hatte ausgetrocknete Zweige und Blätter gesammelt, ein paar Patronen seiner Graz-Burya aufgebrochen und das Pulver über das Laub gestreut. Dann hatte er einen Scheiterhaufen im Wald entzündet, hatte gewartet, bis die Flammen hoch aufloderten und er die Schreie der näherkommenden Korsen hörte. Anschließend war er in nördlicher Richtung davongerannt, über die Straße in einen dichter bewachsenen trockeneren Abschnitt des bewaldeten Hügels. Dort hatte er die Aktion wiederholt, indem er einen großen Haufen aus trockenem Blattwerk neben einem abgestorbenen Kastanienbaum entzündete, welcher blitzschnell Feuer fing. Die Flammen waren in die Höhe gesprungen, bereit, sich nach allen Seiten auszubreiten. Wieder war er in nördlicher Richtung davongerannt und hatte sein letztes und größtes Feuer entfacht. Dazu hatte er sich eine Buche ausgewählt, die von Insekten schon lange zerfressen war. Binnen einer halben Stunde loderten die Hügel an drei Stellen. Die Verfolger rannten von einem Feuer zum anderen und wußten nicht, ob sie zuerst das Feuer löschen oder die Verfolgung fortsetzen sollen. Feuer. Immer Feuer.

Er war diagonal nach Südwesten zurückgerannt und durch den Wald geklettert, bis zu der Straße, die an dem Gasthaus vorbeiführte. In Sichtweite des Fensters, durch das er in der vergangenen Nacht entflohen war, war er herausgekommen und auf die Straße getreten. Er hatte einige Männer mit Gewehren gesehen, die sich besorgt unterhielten. Es war die Nachhut, verwirrt von dem Chaos, das unter ihnen herrschte, unsicher, ob sie hierbleiben sollten, wie ihre Vorgesetzten es angeordnet hatten, oder ihren Brüdern helfen.

Die Ironie des Zusammentreffens war Wassili nicht verborgen geblieben, als er das Streichholz anriß. Mit dem Anreißen eines Streichholzes hatte alles vor so vielen Tagen an der Nebraska Avenue in Washington begonnen; das war das Zeichen einer Falle. Und in den Bergen von Korsika zeigte es eine andere Falle an.

»*Ecco!*«

»*Il fiammifero.*«

»*E lui!*«

Die Jagd hatte begonnen; jetzt neigte sie sich dem Ende zu. Der Mann mit der Taschenlampe war noch einen Steinwurf weit von ihm entfernt; innerhalb der nächsten dreißig Sekunden würde er in das Kiefernwäldchen eindringen. Unten am Berghang war die mittlere Taschenlampe noch einige hundert Meter im Süden, und ihr Schein zuckte vor dem Korsen hin und her. Weit unten zur Rechten die dritte Lampe, die noch vor Sekunden wie wild im Halbkreis hin und her gewirbelt war. Jetzt war sie seltsam ruhig und der Strahl nach unten gerichtet. Die Position des Lichtes und die plötzlich eingetretene Unbeweglichkeit beunruhigten Taleniekov. Aber jetzt war nicht die Zeit, daraus Schlüsse zu ziehen. Der näherkommende Korse hatte den ersten Baum in Wassilis Versteck erreicht.

Der Mann ließ seinen Scheinwerferkegel zwischen den Bäumen und Ästen kreisen. Taleniekov hatte ein paar Äste abgebrochen und weitere abgestreift, so daß das Licht sofort auf das frische, helle Holz fallen konnte. Der Korse trat vor, folgte der Spur; Wassili trat nach links, ein Baum schützte ihn. Der Verfolger zog nur einen halben Meter entfernt an ihm vorbei, die Waffe schußbereit. Taleniekov beobachtete die Füße des Korsen im Licht der Taschenlampe; wenn der linke Fuß sich nach vorne schob, war für einen rechtshändigen Schützen ein Schritt verpaßt, das kurze Ungleichgewicht war nicht mehr auszugleichen.

Der Fuß verließ den Boden und Wassili stürzte vor, schlang dem Mann den Arm um den Hals; gleichzeitig griff seine andere Hand nach dem Gewehr und riß es dem Korsen weg. Der Scheinwerferkegel der Taschenlampe zuckte nach oben. Taleniekov rammte seinem Opfer das rechte Knie in die Nieren, zerrte ihn nach rückwärts zu Boden. Seine Beine umfaßten die Hüfte des Mannes wie eine Schere und zwangen den Kopf des Korsen so herunter, daß die Ohren an seinen Lippen waren.

»Sie und ich verbringen jetzt die nächste Stunde zusammen!« flüsterte er in italienischer Sprache. »Wenn die Zeit um ist, werden Sie mir gesagt haben, was ich wissen will, oder nie wieder reden. Ich werde Ihr eigenes Messer benutzen. Ihr Gesicht wird so entstellt sein, daß niemand Sie erkennen wird. Jetzt richten Sie sich langsam auf. Wenn Sie einen Laut von sich geben, sind Sie tot!«

Langsam lockerte Wassili den Druck um die Hüften und den

Hals des Mannes. Beide Männer erhoben sich langsam, wobei Taleniekovs Hände die Kehle des Mannes umfaßt hielten.

Plötzlich war von oben ein Knacken zu hören, und das Geräusch hallte durch die Bäume. Ein Fuß war auf einen herabgefallenen Zweig getreten. Wassili fuhr herum und spähte in das dichte Laubwerk. Was er sah, nahm ihm den Atem.

Die Silhouette eines Mannes war zwischen zwei Bäumen zu sehen. Eine vertraute Silhouette, die er zuletzt unter der Tür des Landgasthofes gesehen hatte. Und ebenso wie beim letzten Mal waren die dicken Läufe einer Lupara zu sehen. Nur daß sie diesmal auf ihn gerichtet waren.

In diesem Augenblick begriff Taleniekov, daß nicht nur in Moskau und Washington Profis ausgebildet wurden. Der unruhig hin und her huschende Lichtstrahl unten am Hügel, der sich plötzlich nicht mehr bewegt hatte, war eine Taschenlampe gewesen, die man an einen elastischen Ast gebunden und hin und her geschüttelt hatte, um eine Bewegung vorzutäuschen. Währenddessen rannte ihr Besitzer in der Finsternis den vertrauten Abhang hinauf.

»Sie waren sehr schlau letzte Nacht, Signore«, sagte der Mann mit der Lupara. »Aber hier gibt es kein Versteck.«

»*Die Matarese!*« schrie Wassili mit voller Lautstärke.

»*Per nostro circolo!*« brüllte er, und dann warf er sich nach links. Die zweifache Explosion der Lupara erfüllte die Hügel.

13

Scofield sprang vom Deck des Bootes und watete auf das Ufer zu. Es gab keinen Strand, nur miteinander verbundene Felsbrocken, die eine Mauer aus Stein bildeten. Er erreichte eine Art Vorgebirge aus flachem, schlüpfrigem Felsgestein und bemühte sich um sein Gleichgewicht, indem er den Aktenkoffer in der linken und den Seesack aus Leintuch in der rechten Hand hielt.

Vorsichtig balancierend, ging er auf dem sandigen, mit Schlingpflanzen bedeckten Boden landeinwärts, bis er aufrecht stehen konnte. Dann rannte er in das verwachsene Buschwerk, das ihn vor Polizeistreifen verbarg, die sich vielleicht oben auf den Klippen aufhielten. Der Kapitän hatte ihn gewarnt, die Polizei wäre hier unberechenbar; manche Beamte waren käuflich, manche waren es nicht.

Er kniete nieder, holte ein kleines Messer aus der Tasche und schnitt die Schnur von seinem Handgelenk ab, so daß der Aktenkoffer wieder frei war. Dann öffnete er den Seesack, entnahm ihm eine trockene Cordhose, ein Paar knöchelhohe Stiefel, einen dunklen Pullover, eine Mütze und eine grobgestrickte Wolljacke, die er alle in Paris gekauft und deren Etiketts er herausgetrennt hatte. Sie sahen hinreichend grob aus, um als die Kleidung eines Ortsansässigen gelten zu können.

Er zog sich um, rollte die nassen Kleider zusammen, stopfte sie mit dem Aktenkoffer in den Seesack und begann dann den langen Aufstieg zur Straße. Er war bisher zweimal in Korsika gewesen – einmal in Porto Vecchio –, und beide Besuche hatten mit einem unangenehmen, dauernd schwitzenden Fischerbootsbesitzer in Bastia zu tun gehabt, den das State Department als »Beobachter« der sowjetischen Flottenoperationen im Ligurischen Meer bezahlte. Der kurze Besuch im

Süden, in Porto Vecchio, hatte mit einer Untersuchung in Verbindung gestanden, ob es möglich war, insgeheim Hotelprojekte im Tyrrhenischen Meer zu finanzieren; was daraus geworden war, hatte er nie erfahren. Er hatte sich damals in Porto Vecchio einen Wagen gemietet und war damit in die Berge gefahren. Er hatte die Ruinen der Villa Matarese in der brütenden Nachmittagssonne gesehen und in einer *Taverna* am Straßenrand ein Glas Bier getrunken. Aber der Ausflug war schnell in seiner Erinnerung verblaßt. Damals hätte er sich nie träumen lassen, daß er je zurückkehren würde. Die Legende der Matarese sagte ihm damals ebensowenig wie die Ruinen der Villa.

Er erreichte die Straße und zog sich die Mütze in die Stirn, um damit die Schramme zu verdecken, die er sich an einem eisernen Pfosten in einem Treppenhaus zugezogen hatte.

Taleniekov. Hatte er Korsika erreicht? War er irgendwo in den Hügeln von Porto Vecchio? Er würde nicht lange brauchen, um das in Erfahrung zu bringen. Ein Fremder, der Fragen nach einer Legende stellte, war leicht ausfindig zu machen. Andererseits würde der Russe vorsichtig sein; wenn jemand auf die Idee gekommen war, sich zum Ursprung der Legende durchzufragen, konnte dieser durchaus dieselben Schlüsse ziehen.

Bray sah auf die Uhr; es war fast halb zwölf. Er holte eine Landkarte heraus und schätzte, daß er sich im Augenblick zweieinhalb Meilen südlich von Sainte-Lucie befand; der direkte Weg in die Hügel – in die Matarese-Hügel, dachte er – führte geradewegs nach Westen. Aber ehe er in das Hügelland eindrang, mußte er etwas finden. Einen Stützpunkt. Einen Ort, wo er seine Sachen verbergen und sich einigermaßen darauf verlassen konnte, sie noch vorzufinden, wenn er zurückkam. Orte, wie sie normalerweise von Reisenden aufgesucht wurden, kamen dafür nicht in Frage. Es war ihm unmöglich, den korsischen Dialekt in wenigen Stunden zu meistern; man würde ihn sofort als Fremden erkennen, und Fremde fielen immer auf. Er würde im Wald ein Lager suchen müssen, in der Nähe des Wassers, wenn das möglich war; vorzugsweise nicht zu weit von einem Laden oder einer Gastwirtschaft entfernt, wo er Lebensmittel kaufen konnte.

Er mußte mit einigen Tagen Aufenthalt in Porto Vecchio rechnen. Alle anderen Möglichkeiten schieden aus; sobald er

Taleniekov fand – *wenn* er ihn fand –, konnte alles mögliche geschehen. Aber für den Augenblick mußte er alle notwendigen Schritte sorgfältig bedenken, ehe er irgendeinen Plan faßte. All die Kleinigkeiten!

Es gab einen Weg – zu schmal, als daß man ihn mit einem Wagen befahren könnte, vielleicht ein Schäferpfad –, der von der Straße abbog und in eine Reihe sanft ansteigender Felder führte; dieser Weg wies nach Westen. Er nahm den Seesack in die linke Hand und marschierte los, indem er die tiefhängenden Zweige zur Seite schob, bis er sich im hohen Gras befand.

Um 12.45 Uhr war er höchstens fünf oder sechs Meilen landeinwärts gegangen, hatte sich aber absichtlich in einem Zickzackkurs bewegt, der ihm eine gute Orientierung bot. Er fand, was er suchte: ein Waldstück, das abrupt über einem Bach aufstieg, dicke Äste korsischer Fichten, die an den Ufern bis zum Boden reichten. Hinter dieser grünen Wand würde ein Mann mit seinen Habseligkeiten sicher sein. Eine gute Meile im Südwesten gab es eine Straße, die weiter in die Berge hinaufführte. Soweit er sich erinnern konnte, war das die Straße, auf der er zu den Ruinen der Villa Matarese gelangt war; es hatte nur eine solche Straße gegeben. Falls er sich weiterhin richtig erinnerte, so war er auf dem Weg zu den Ruinen an ein paar einzeln stehenden Bauernhäusern vorbeigekommen und an der Gastwirtschaft, wo er während jenes heißen Nachmittags ein Glas einheimisches Bier getrunken hatte. In der Nähe der Gastwirtschaft zweigte ein schmalerer Weg von der Straße ab. *Rechts* ging es nach oben und *links* zurück nach Porto Vecchio. Bray warf wieder einen Blick auf seine Landkarte; sie zeigte die Bergstraße und die Abzweigung. Er wußte, wo er sich befand.

Er watete durch den Bach und kletterte am gegenüberliegenden Ufer zu den Fichten empor. Er kroch unter die tiefhängenden Äste, öffnete seinen Seesack und entnahm ihm eine kleine Schaufel. Amüsiert stellte er fest, daß gleichzeitig zwei Päckchen Toilettenpapier herausfielen. Die Kleinigkeiten, dachte er und fing an, die weiche Erde aufzugraben.

Es war beinahe vier Uhr. Er hatte unter einem grünen, schützenden Zweig sein Lager aufgeschlagen, seinen Seesack vergraben, den Verband an seinem Hals gewechselt und sich Gesicht und Hände im Bach gewaschen. Außerdem hatte er sich ausgeruht und starrte jetzt in die Höhe, in das Licht der Sonne, das von den Fichtennadeln angenehm gefiltert wurde. Seine Gedanken schweiften ab, ein Luxus, den er sich nicht leisten wollte, aber er brachte es nicht fertig, sich zu konzentrieren. Der Schlaf wollte nicht kommen, dafür kamen die Gedanken.

Er lag unter einem Baum am Ufer eines Baches in Korsika. Eine Reise, die auf einer Brücke im nächtlichen Amsterdam begonnen hatte. Jetzt konnte er nie wieder zurück, es sei denn, er und Taleniekov fanden in den Hügeln von Porto Vecchio das, was sie suchten.

Es würde nicht so schwierig sein zu verschwinden. Er hatte in der Vergangenheit mit weniger Geld und weniger Erfahrung, als ihm heute zur Verfügung stand, häufig anderen Leuten beim Verschwinden geholfen. Es gab so viele Orte: Melanesien, die Fidschiinseln, Neuseeland, die weiten Flächen Australiens, Malaysia, irgendeine der Sundainseln. Er hatte Männer an solche Orte geschickt und war im Laufe der Jahre vorsichtig mit einigen in Verbindung geblieben. Leben waren neu aufgebaut worden, künstliche Vergangenheiten abseits von augenblicklichen Bekannten und Verbindungen, neue Freunde, neue Berufe, ja sogar Familien.

Er konnte dasselbe tun, dachte Bray. Vielleicht würde er es auch tun; er hatte die nötigen Papiere und das Geld. Er konnte eine Passage nach Polynesien oder den Cookinseln bezahlen, sich dort ein Charterboot kaufen und vermutlich anständig davon leben. Es konnte ein gutes Leben sein, eine anonyme Existenz, ein Ende.

Dann sah er das Gesicht von Robert Winthrop, die gleichsam elektrisierenden Augen, die die seinen suchten, hörte die Angst in der Stimme des alten Mannes, als er von den Matarese sprach.

Und noch etwas anderes hörte er. Weniger weit entfernt, unmittelbar über ihm am Himmel. Vögel drehten ihre Kreise, und ihr Kreischen hallte ärgerlich über Feld und Wald. Eindringlinge hatten sie gestört. Er konnte Männer laufen hören, vernahm ihre Rufe.

Hatte man ihn *entdeckt*? Er richtete sich schnell auf die Knie auf, holte seine Browning aus der Jackentasche und spähte durch die Fichtennadeln hinaus.

Unter ihm, hundert Meter zur Linken, hatten sich zwei Männer mit Macheten den Weg zu dem überwucherten Ufer am Rand des Baches freigehackt. Sie standen einen Augenblick da,

Pistolen in den Gürteln, sahen sich schnell nach allen Seiten um, als wären sie unsicher, was sie als nächstes tun sollten. Langsam atmete Bray aus; sie waren nicht hinter ihm her; man hatte ihn nicht gesehen. Nein, die beiden Männer hatten gejagt. Vielleicht ein Tier, das ihre Ziegen angegriffen hatte, oder einen wilden Hund. Nicht ihn. Nicht einen Fremden, der durch die Hügel wanderte.

Dann hörte er die Worte und wußte, daß er nur teilweise recht hatte. Der Ruf kam von keinem der beiden Korsen mit der Machete; er kam vom anderen Bachufer, aus dem Feld dahinter.

»Ecco la – nel Campo!«

Hier wurde kein Tier gejagt, sondern ein Mensch. Ein Mensch floh vor anderen Menschen. Der Wut seiner Verfolger nach zu schließen, rannte dieser Mensch um sein Leben.

Taleniekov? War es Taleniekov? Und wenn ja, warum? Hatte der Russe so schnell etwas erfahren? Etwas, für das ihn die Korsen in Porto Vecchio töten wollten?

Scofield sah zu, wie die beiden Männer unter ihm die Pistolen aus den Gürteln holten und das Ufer hinaufrannten in das angrenzende Feld hinein, so daß er sie nicht mehr sehen konnte. Er kroch zu dem Baum zurück und versuchte, seine Gedanken zu sammeln. Sein Instinkt überzeugte ihn, daß *il uomo* Taleniekov war. Wenn ja, gab es verschiedene Möglichkeiten. Er konnte auf die Straße zugehen und in die Berge hinauf. Ein italienischer Matrose, der frei hatte, weil sein Fischerboot in Reparatur war. Er konnte bleiben, wo er war, bis die Nacht kam, und sich dann im Schutz der Dunkelheit nahe genug an die Männer heranschleichen, um ihr Gespräch belauschen zu können; oder er konnte jetzt den Jägern folgen.

Diese letzte Möglichkeit war am wenigsten attraktiv; vermutlich aber am ergiebigsten. Also entschloß er sich dafür.

Es war 5.35, als Bray ihn zum erstenmal sah. Er rannte an einer Hügelkuppe entlang. Im Licht der untergehenden Sonne wurde auf ihn geschossen. Taleniekov tat, wie er das nicht anders erwartet hätte, das Unvermutete. Er versuchte nicht zu fliehen, vielmehr benutzte er die Verfolger dazu, Verwirrung zu stiften und so etwas zu erfahren. Die Taktik war klug; man verschaffte sich am besten Zugang zu wichtigen Informationen, wenn man den Feind bewog, diese Informationen zu schützen.

Aber was hatte er bis jetzt erfahren, was das Risiko rechtfertigte? Wie lange würde er – konnte er – das Tempo aufrechterhalten und sich darauf konzentrieren, seinen Feinden zu entkommen? Die Antworten waren ebenso eindeutig wie die Fragen: Isolieren, in die Falle locken und zerbrechen.

Scofield studierte das Terrain, so gut ihm das aus seiner liegenden Position möglich war. Die frühe Abendbrise erleichterte ihm die Aufgabe; das Gras wogte jedesmal, wenn der Wind hineinfuhr. Er konnte ganz klar sehen. Er versuchte zu analysieren, welche Möglichkeiten Taleniekov offenstanden, versuchte sich auszurechnen, wo er mit ihm Verbindung aufnehmen konnte. Der KGB-Mann rannte geradewegs nach Norden; etwa eine Meile noch, dann würde er die Ausläufer der Berge erreichen und dort anhalten. Sie zu ersteigen, brachte ihm nichts ein. Er würde also umkehren, in südwestlicher Richtung weiterlaufen, um nicht von den Straßen eingeschlossen zu werden. Irgendwo würde er ein Ablenkungsmanöver durchführen, eines, das ausreichte, um die Verwirrung zum Chaos werden zu lassen. Dann würde seine Falle zuschnappen.

Unter Umständen würde er erst dann mit Taleniekov Verbindung aufnehmen können, dachte Bray, wenn er auch einen früheren Zeitpunkt vorzog; andernfalls würde es einfach in zu kurzer Zeit zu viel zu tun geben. Auf diese Weise kam es leicht zu Fehlern. Besser, wenn er den Russen schon vorher erreichte. So konnten sie gemeinsam ihre Strategie entwickeln. Geduckt arbeitete sich Scofield in südwestlicher Richtung durch das hohe Gras.

Die Sonne sank hinter den fernen Bergen; die Schatten wurden länger, bis aus ihnen lange dunkle Bahnen wurden, die über die Hügel flossen und die Felder einhüllten, die noch Augenblicke vorher in orangerotes Sonnenlicht getaucht waren. Die Dunkelheit kam, und immer noch war keine Spur, kein Laut von Taleniekov zu hören. Bray bewegte sich schnell innerhalb des Bereichs, in dem der Russe sich logischerweise aufhalten mußte. Seine Augen paßten sich der Dunkelheit an, sein Ohr nahm jedes Geräusch auf, das nicht in die Felder und Wälder paßte. Und *immer noch* kein Taleniekov.

War der KGB-Mann das Risiko eingegangen, eine der beiden Straßen zu benutzen, um schneller von der Stelle zu kommen? Wenn ja, so war das höchst unvorsichtig. Es sei denn, er hatte sich einer Taktik bedient, die besser in flacherem Land gebraucht wurde. Dieser ganze Landstrich wimmelte jetzt von Suchtrupps, die zwischen zwei und sechs Mann umfaßten, alle bewaffnet mit Messern, Pistolen und Bergmacheten, die an ihren Gürteln hingen. Die Lichtbündel ihrer Taschenlampen überkreuzten einander wie Laserstrahlen. Scofield rannte weiter nach Westen in etwas höheres Land; die zahlreichen Lichtstrahlen boten ihm Schutz gegen die Korsen, denn er wußte stets, wann er haltmachen und wann er wieder weiterlaufen mußte.

Er rannte zwischen zwei Trupps hindurch, die aufeinander zustrebten, blieb abrupt stehen, als er ein jaulendes Tier mit dickem Fell sah und dessen Augen ihn geweitet anstarrten. Er wollte schon sein Messer gebrauchen, als er begriff, daß es sich um einen Schäferhund handelte, dessen Nase an der Witterung von Menschen nicht interessiert war. Dennoch blieb er kurz stehen, streichelte den Hund, beruhigte ihn und duckte sich unter einem Scheinwerferbündel durch, das aus dem Wald herausschoß. Dann rannte er weiter den Abhang hinauf.

Er erreichte einen Felsbrocken, der halb im Boden vergraben war, und warf sich dahinter. Anschließend stand er langsam auf, die Hände auf den Fels gestützt, bereit wegzuspringen und wieder weiterzulaufen. Er sah über den Stein hinweg auf die Szene unter sich, die Lichtbündel, die die Finsternis durchschnitten und ihm genau verrieten, wo sich die Suchtrupps bewegten. Er konnte jetzt ein hölzernes Bauwerk ausmachen und erkannte in ihm dic Berggaststätte wieder, in der er sich vor Jahren aufgehalten hatte. Vor ihr verlief die primitive unbefestigte Straße, die er vor einigen Stunden überquert hatte. Hundert Meter rechts von der Gaststätte führte die breitere gewundene Straße von den Hügeln hinunter nach Porto Vecchio.

Die Korsen waren in den Feldern ausgeschwärmt. Hier und da konnte Bray das Bellen von Hunden inmitten ärgerlicher Rufe und dem Zischen von Macheten hören.

Es war ein gespenstischer Anblick, nirgends war ein Mensch zu sehen, nur Lichtstrahlen, die nach allen Richtungen davonschossen; unsichtbare Marionetten, die an beleuchteten Fäden in der Dunkelheit tanzten.

Plötzlich war ein anderes Licht zu sehen, gelb, nicht weiß. *Feuer.* Eine Stichflamme in der Ferne, rechts von der Straße nach Porto Vecchio.

Taleniekovs Ablenkungsmanöver. Es wirkte.

Männer rannten, schrien, ihre Lichtstrahlen sammelten sich auf der Straße, rasten auf das sich ausbreitende Feuer zu. Scofield rührte sich nicht von der Stelle und überlegte – professionell, gleichsam klinisch –, wie der KGB-Mann sein Ablenkungsmanöver ausnutzen wollte. Was würde er als nächstes tun? Welche Methode würde er verwenden, um seinen einen Mann einzufangen?

Der Anfang der Antwort kam drei Minuten darauf. Eine zweite, größere Flammeneruption schoß etwa eine Viertelmeile *links* von der Straße nach Porto Vecchio himmelwärts. Jetzt mußten die Korsen sich teilen, und das machte ihre Suche noch schwieriger. Feuer war in den Hügeln eine tödliche Gefahr.

Er konnte die Marionetten jetzt sehen, ihre Fäden aus Licht schmolzen im Flammenschein. Ein weiteres Feuer glühte auf, diesmal ein mächtiges, ein ganzer Baum, der in einem gelbweißen Ball auseinanderplatzte, als wäre er mit Napalm überschüttet worden. Dieses Feuer loderte drei- oder vierhundert Meter *weiter* links, ein drittes Ablenkungsmanöver, noch größer als die beiden ersten. Das Chaos breitete sich ebenso schnell aus wie die Flammen. Beide drohten außer Kontrolle zu geraten. Taleniekov leistete gründliche Arbeit; wenn seine Falle versagte, konnte er in dem herrschenden Durcheinander zumindest entkommen.

Aber wenn der Verstand des Russen so arbeitete, wie der seine arbeiten würde, dachte Bray, würde die Falle in wenigen Augenblicken zuschnappen. Er kroch um den Felsbrocken herum und begann sich über das geneigte Feld nach unten zu arbeiten, die Schultern dicht an den Boden gedrückt, wie ein Tier auf Händen und Füßen.

Plötzlich blitzte es weit unter ihm auf der Straße auf. Es dauerte höchstens eine Sekunde, ein winziger Lichtfunke. Jemand hatte ein Streichholz angerissen. Ihm erschien das sinnlos, bis Bray den Lichtkegel einer Taschenlampe von rechts aufblitzen sah, dem sofort zwei andere folgten. Die drei Strahlen bewegten sich alle auf die Stelle zu, wo vorher das Streichholz aufgeflammt war. Sekunden später trennten sie sich am Ansatz des Hügels, der unten an die Straße grenzte.

Jetzt begriff Scofield. Vor vier Nächten war im Rock Creek

Park ein Streichholz angerissen worden, um eine Falle zu verraten; jetzt wurde eines angerissen, um eine zu stellen. Von demselben Mann. Es war Taleniekov gelungen, die Suchaktion der Korsen durch Panik zu lähmen; jetzt zog er die wenigen Verfolger, die noch übriggeblieben waren, ab. Die letzte Jagd hatte begonnen; einen dieser Männer würde der Russe fangen.

Bray zog die Automatik aus dem Halfter, das er unter der Jacke trug, und griff in die Tasche, um den Schalldämpfer herauszuholen. Er ließ ihn festschnappen, legte den Sicherungsbügel um und rannte diagonal nach links, unter den Hügelkamm. Irgendwo dort oben zwischen Gras und Wald würde die Falle zuschnappen. Jetzt kam es darauf an, möglichst einen der Verfolger bewegungsunfähig zu machen und damit Taleniekovs Chancen zu steigern, damit die Falle Erfolg hatte. Noch besser war es, einen weiteren Korsen festzuhalten; zwei Informationsquellen waren besser als eine.

Er rannte immer noch gebückt dahin, sah immer wieder zu den drei Scheinwerferkegeln unter ihm. Jeder suchte einen Abschnitt des Hügels ab. Gelegentliche Reflexe ließen ihn deutlich Waffen erkennen; wenn sie ihr Opfer das erste Mal sahen, würden sie sofort schießen.

Scofield blieb stehen. Irgend etwas stimmte nicht; da war der Lichtstrahl zur Rechten, derjenige, der vielleicht zweihundert Meter unter ihm war. Er bewegte sich zu schnell hin und her, ohne Ziel. Es gab auch keine Reflexe – nicht einmal stumpfe Reflexe – von Licht, das sich in Metall spiegelte. Da war keine Waffe.

Da war keine Hand, die die Lampe hielt! Man hatte sie an einem dicken Ast oder einem Zweig befestigt; eine Finte, durch die eine andere Bewegung getarnt werden sollte. Bray legte sich auf den Boden, suchte im Gras und der Finsternis Schutz, spähte hinaus und lauschte auf die Geräusche eines laufenden Mannes.

Es geschah so schnell, so unerwartet, daß Scofield beinahe instinktiv seine Waffe abgefeuert hätte. Plötzlich waren die Umrisse eines großen Korsen neben ihm, über ihm, ein Fuß senkte sich keinen halben Meter von seinem Kopf entfernt ins Gras. Er rollte sich zur Linken, aus der Bahn des Laufenden.

Er atmete tief ein und versuchte Schock und Angst abzuschütteln. Dann erhob er sich vorsichtig und folgte dem laufenden Korsen, so gut er konnte. Der Mann lief geradewegs nach Norden am Hügel entlang, unter der Kuppe, so, wie Bray das vorgehabt hatte. Er verließ sich auf die Lichtstrahlen und die Geräusche – oder das plötzliche Fehlen von beiden –, um Taleniekov zu finden. Der Korse war mit dem Terrain vertraut. Scofield beschleunigte seine Schritte, passierte den Lichtstrahl weit unter ihm und wußte, daß Taleniekov sich auf den dritten Mann festgelegt hatte. Das Licht – nun kaum sichtbar – flackerte an der äußersten Nordseite des Hügels.

Bray beschleunigte jetzt seine Schritte; sein Instinkt riet ihm, den Korsen nicht aus den Augen zu lassen. Aber der Mann war nirgends zu sehen. Alles war stumm, zu stumm. Scofield ließ sich zu Boden sinken und schloß sich dem Schweigen an, spähte in die Dunkelheit, den Finger am Abzug seiner Automatik. Jeden Augenblick konnte es geschehen. Aber wie? *Wo?*

Etwa hundertfünfzig Meter vor ihm, diagonal rechts unten, schien der dritte Lichtstrahl in einer Folge kurzer unregelmäßiger Blitze ein- und ausgeschaltet zu werden. Nein ... Es wurde nicht schnell ein- und ausgeschaltet; das Licht wurde *blockiert. Bäume.* Der Träger der Taschenlampe befand sich in einer Gruppe von Bäumen, die am Hügelrand wuchsen.

Plötzlich schoß der Lichtstrahl in die Höhe, dann tanzte er kurz in den oberen Bereichen der dünner werdenden Stämme und fuhr dann gleich wieder herunter. Das war es! Die Falle war zugeschnappt, aber Taleniekov wußte nicht, daß dort oben ein Korse eben darauf wartete.

Bray stand auf und rannte, so schnell er konnte. Er hatte jetzt nur noch Sekunden. Die Strecke war zu groß, und es war zu finster; er konnte nicht ahnen, wo die Bäume begannen. Wenn es nur eine Silhouette gab, auf die er schießen konnte, das Geräusch einer Stimme ... *Stimme.* Er wollte schon rufen, den Russen warnen, als er eine Stimme hörte. Er hörte Worte in jenem fremdartigen Italienisch, das die Bewohner Südkorsikas sprachen. Die Nachtbrise trug ihm das Geräusch zu.

Zehn Meter unter ihm! Er sah den Mann zwischen zwei Bäumen stehen. Der Lichtkegel, der vom Boden nach oben wies, zeichnete die Umrisse seines Körpers ab; der Korse hielt eine Schrotflinte in der Hand. Scofield warf sich nach rechts und sprang auf den bewaffneten Mann zu, die Automatik schußbereit.

»Die *Matarese!*« Das war Taleniekov, und auch der rätselhafte Satz, der nun als lauter Ruf folgte, kam von ihm. »*Per nostro circolo!*«

Bray feuerte auf den Rücken des Korsen, und die drei schnell hintereinander folgenden spuckenden Laute wurden von einer Explosion der Schrotbüchse übertönt. Der Mann stürzte nach vorne. Scofield duckte sich, erwartete einen Angriff. Aber dann sah er, weshalb er nicht kam; der Korse, der in Taleniekovs Falle gegangen war, war vom Schuß des Mannes, der ihn hatte retten wollen, in Stücke gerissen worden.

»*Taleniekov?*«

»Sie! Sind *Sie* das, Scofield?«

»Schalten Sie das Licht aus!« rief Bray. Der Russe stürzte sich auf die Taschenlampe am Boden, knipste sie aus. »Am Hügel ist ein Mann; er bewegt sich nicht. Er wartet darauf, daß man ihn ruft.«

»Wenn er kommt, müssen wir ihn töten. Wenn nicht, holt er Hilfe. Er bringt dann andere mit.«

»Ich bin nicht sicher, daß seine Freunde dafür Zeit haben«, erwiderte Scofield und beobachtete den Lichtstrahl in der Dunkelheit. »Sie haben ihn ganz gut beschäftigt. Da ist er! Er läuft den Hügel hinunter.«

»Kommen Sie!« sagte der Russe, stand auf und ging auf Bray zu. »Ich weiß ein Dutzend Plätze, wo wir uns verstecken können. Ich habe Ihnen eine Menge zu sagen.«

»Das kann ich mir denken.«

»Ja. Es ist hier!«

»Was?«

»Ich weiß nicht genau . . . Die Antwort vielleicht. Zumindest ein Teil davon. Sie haben es selbst gesehen. Die jagen mich; die würden mich sofort töten. Ich bin . . .«

»*Fermate!*« Der plötzliche Befehl kam von einem Hügel. Bray wirbelte herum; der Russe hob seine Waffe. »*Basta!*« Dem zweiten Befehl schloß sich das Knurren eines Tieres an, ein Hund, der an einer Leine zerrte. »Ich habe ein doppelläufiges Gewehr in der Hand, Signori«, fuhr die Stimme fort . . . Die unverkennbare Stimme einer Frau, die jetzt englisch sprach. »Ebenso wie die, die vor ein paar Augenblicken abgeschossen wurde, ist es eine Lupara. Ich kann besser damit umgehen als der Mann, der zu Ihren Füßen liegt. Aber ich will das nicht.

Lassen Sie die Waffen unten, Signori. Lassen Sie sie nicht fallen; Sie brauchen sie vielleicht.«

»Wer sind Sie?« fragte Scofield und kniff die Augen zusammen, um die Frau über ihnen erkennen zu können. Nach dem wenigen, was er im Nachtlicht sah, trug sie eine Hose und eine Windjacke. Wieder knurrte der Hund.

»Ich suche den Gelehrten.«

»Den *was*?«

»Das bin ich«, sagte Taleniekov. »Von der *Organizzazione accademica*. Dieser Mann ist mein Begleiter.«

»Was, zum Teufel, sind Sie . . .?«

»Basta«, sagte der Russe leise. »Warum suchen Sie mich, töten mich aber nicht?«

»Es hat sich überall herumgesprochen. Sie stellen Fragen nach dem *Padrone de Padrones*.«

»Das tue ich. Guillaume de Matarese. Niemand will mir Antwort geben.«

»Doch«, erwiderte das Mädchen. »Eine alte Frau in den Bergen. Sie will mit dem Gelehrten sprechen. Sie hat ihm vieles zu sagen.«

»Aber Sie wissen, was hier geschehen ist«, sagte Taleniekov. »Männer machen Jagd auf mich; sie würden mich töten. Sie sind bereit, Ihr eigenes Leben zu riskieren, um mich – um uns – zu ihr zu bringen?«

»Ja. Es ist ein langer, anstrengender Weg. Fünf oder sechs Stunden die Berge hinauf.«

»Bitte antworten Sie mir. Warum gehen Sie dieses Risiko ein?«

»Sie ist meine Großmutter. Alle in den Hügeln verachten sie hier; sie kann dort unten nicht leben. Aber ich liebe sie.«

»Wer ist sie?«

»Man nennt sie die Hure der Villa Matarese.«

14

Sie eilten schnell durch die Hügel zu den Ausläufern der Berge und dann weiter, auf sich windenden Pfaden, die man in die Bergwälder geschlagen hatte, immer höher hinauf. Der Hund hatte beide Männer beschnüffelt, als die Frau sich ihnen gezeigt hatte; jetzt hatte sie ihn freigelassen. Er lief vor ihnen auf den überwucherten Pfaden, denn er kannte den Weg genau.

Scofield dachte, es sei derselbe Hund, der ihm plötzlich so erschreckend in den Feldern gegenübergestanden hatte. Er machte eine entsprechende Bemerkung.

»Wahrscheinlich, Signore«, sagte die Frau. »Wir waren viele Stunden dort. Ich habe Sie gesucht und ihn deshalb freigelassen, aber er war stets in der Nähe, für den Fall, daß ich ihn brauchte.«

»Hätte er mich angegriffen?«

»Nur wenn Sie die Hand gegen ihn oder mich erhoben hätten.«

Es war nach Mitternacht, als sie eine flache Wiese erreichten, hinter der eine Reihe imposanter, mit Bäumen bestandener Hügel begann. Die niedrig hängenden Wolken waren dünner geworden; Mondlicht bestrahlte das Feld, ließ die Gipfel in der Ferne deutlich hervortreten und verlieh der Berglandschaft einen Eindruck von Größe. Bray konnte sehen, daß Taleniekovs Hemd unter der offenen Jacke ebenso mit Schweiß durchtränkt war wie das seine; und die Nacht war kühl.

»Wir können jetzt eine Weile rasten«, sagte die Frau und deutete auf eine dunkle Stelle, vielleicht hundert Meter vor ihnen in der Richtung, in die der Hund schon vorausgelaufen war. »Dort drüben in der Bergwand ist eine Höhle. Sie ist nicht sehr tief, aber sie bietet Schutz.«

»Ihr Hund kennt sie«, fügte der KGB-Mann hinzu.

»Er erwartet jetzt, daß ich Feuer mache«, lachte das Mädchen. »Wenn es regnet, sammelt er mit dem Maul Stöcke und bringt sie mir hinein. Er mag das Feuer.«

Die Höhle war aus dem dunklen Felsgestein herausgesprengt und höchstens drei Meter tief, aber mindestens zwei hoch. Sie traten ein.

»Soll ich Feuer machen?« fragte Taleniekov.

»Wenn Sie wollen. Uccello wird Ihnen dafür dankbar sein. Ich bin zu müde.«

»›Uccello‹?« fragte Scofield. »›Vogel‹?«

»Er fliegt über den Boden, Signore.«

»Sie sprechen sehr gut Englisch«, sagte Bray, während der Russe in einem Kreis von Steinen, die offenbar schon oft ähnlichen Zwecken gedient hatten, Äste für ein Feuer zusammenlegte. »Wo haben Sie das gelernt?«

»Ich habe die Klosterschule in Vescovato besucht. Diejenigen von uns, die für die Regierungsprogramme arbeiten wollten, haben dort Französisch und Englisch studiert.«

Taleniekov riß ein Streichholz an und hielt es an das trockene Geäst; das Feuer flackerte sofort auf, die Äste knackten in den Flammen; bald war in der Höhle Licht und Wärme. »Sie verstehen sich darauf sehr gut«, sagte Scofield zu dem KGB-Mann.

»Danke. Das ist ein unwesentliches Talent.«

»Vor ein paar Stunden war es nicht unwesentlich.« Bray wandte sich der Frau zu, die jetzt ihre Mütze abgenommen hatte und ihr langes, dunkles Haar ausschüttelte. Einen Augenblick lang hielt er den Atem an und starrte sie an. War es das Haar? Oder die weiten, klaren, braunen Augen, die an die eines Rehs erinnerten? Waren es die hohen Backenknochen oder die feingemeißelte Nase über den vollen Lippen, die so bereit schienen zu lachen? War es irgendeines dieser Dinge, oder war er einfach müde und für den Anblick einer attraktiven tüchtigen Frau dankbar? Er wußte es nicht; er wußte nur, daß dieses korsische Mädchen aus den Bergen ihn an Karine, seine Frau erinnerte, deren Tod von dem Mann angeordnet war, der jetzt einen Meter von ihm entfernt in dieser korsischen Höhle kauerte. Er unterdrückte seine Gedanken und atmete tief. »Und haben Sie sich dann«, fragte er, »dem Regierungsprogramm angeschlossen?«

»Soweit die mich genommen haben.«

»Und wo war das?«

»In der *Scuola Media* in Bonifacio. Den Rest habe ich mit der Hilfe anderer durchgebracht. Geld, das die *Fondos* lieferten.«

»Ich verstehe nicht.«

»Ich bin eine Absolventin der Universität von Bologna, Signore. Ich bin eine *Communista*. Ich sage das voll Stolz.«

»Bravo«, sagte Taleniekov mit leiser Stimme.

»Eines Tages werden wir in ganz Italien Ordnung schaffen«, fuhr das Mädchen mit leuchtenden Augen fort. »Wir werden ein Ende machen mit dem Chaos, der Dummheit der Christdemokraten.«

»Sicher werden Sie das«, pflichtete der Russe ihr bei.

»Aber nie als Marionetten Moskaus; so weit wird es nicht kommen. Wir sind *independente*. Wir hören nicht auf böse Bären, die uns verschlingen und einen die ganze Welt umspannenden, faschistischen Staat schaffen wollen. Niemals!«

»Bravo«, sagte Bray.

Das Gespräch versiegte. Die junge Frau sträubte sich dagegen, weitere sie betreffende Fragen zu beantworten. Sie sagte ihnen, daß sie Antonia heiße, aber sonst nicht viel. Als Taleniekov sie fragte, warum sie, eine politische Aktivistin aus Bologna, in diese verlassene Region Korsikas zurückgekehrt sei, antwortete sie nur, sie habe das getan, um eine Weile bei ihrer Großmutter zu sein.

»Erzählen Sie uns von ihr«, sagte Scofield.

»Sie wird Ihnen selbst erzählen, was sie Ihnen sagen will«, antwortete das Mädchen und erhob sich. »Ich habe Ihnen das ausgerichtet, was sie mir aufgetragen hat.«

»›Die Hure der Villa Matarese‹«, wiederholte Bray.

»Ja. Ich würde solche Worte nicht gebrauchen. Kommen Sie. Wir haben noch zwei Stunden Weg vor uns.«

Sie erreichten einen flachen Berggipfel und blickten in ein Tal. Vom Gipfel bis zum Talboden waren es höchstens hundertfünfzig Meter. Die Fläche unter ihnen bedeckte vielleicht eineinhalb Quadratkilometer. Der Mond war stetig heller geworden. Sie konnten jetzt ein kleines Bauernhaus in der Mitte des Tales und eine Scheune am Ende eines kurzen Weges erkennen. Sie hörten auch das Rauschen von Wasser; ein Bach sprudelte ganz in der Nähe ihres gegenwärtigen Standortes aus dem Berg und plätscherte zwischen einer Reihe von Felsbrocken in die Tiefe, um unten vielleicht fünfzehn Meter von dem Haus entfernt vorbeizufließen.

»Es ist sehr schön«, sagte Taleniekov.

»Das ist die einzige Welt, die sie seit einem halben Jahrhundert kennt«, erwiderte Antonia.

»Sind Sie hier oben aufgewachsen?« fragte Scofield. »War dies Ihr Zuhause?«

»Nein«, sagte das Mädchen, ohne weiter auf die Frage einzugehen. »Kommen Sie, wir gehen jetzt zu ihr. Sie hat gewartet.«

»Um diese Stunde?« Taleniekov war überrascht.

»Für meine Großmutter gibt es weder Tag noch Nacht. Sie hat gesagt, ich solle Sie zu ihr führen, sobald wir eintreffen. Wir sind eingetroffen.«

Für die alte Frau, die vor dem eisernen Ofen auf dem Stuhl saß, gab es tatsächlich weder Tag noch Nacht. Sie war blind. Ihre Augen waren zwei leere Kreise aus pastellfarbenem Blau, die sich nach Geräuschen orientierten und die Bilder ihrer Erinnerung sahen. Ihre Züge unter der verrunzelten Haut waren scharf und eckig; sie mußte einmal eine sehr schöne Frau gewesen sein.

Ihre Stimme war weich, ein hohles Flüstern, das den Zuhörer zwang, ihre dünnen weißen Lippen im Auge zu behalten. Vielleicht war sie nicht besonders scharfsinnig, aber sie zeigte kein Zögern und keine Unschlüssigkeit. Sie sprach schnell. Ein schlichter Geist, aber sicher im eigenen Wissen. Sie hatte etwas zu sagen. In ihrem Hause war der Tod eine Realität, die ihre Gedanken und ihr Begriffsvermögen anzustacheln schien. Sie sprach italienisch in einem Idiom einer früheren Zeit.

Sie begann, indem sie Taleniekov und Scofield aufforderte, ihr – jeder mit seinen Worten – zu sagen, weshalb er sich so für Guillaume de Matarese interessierte. Wassili antwortete zuerst. Er wiederholte seine Geschichte von der akademischen Stiftung in Mailand, die sich mit korsischer Geschichte befaßte.

Er gab nur eine kurze Beschreibung und ermöglichte es damit Scofield, das Ganze auf seine Weise auszuschmücken. Das war die übliche Routine, wenn zwei oder mehr Abwehroffiziere festgenommen und gemeinsam verhört wurden. Keiner brauchte dazu eine Verabredung; diese Art der Lüge war beiden zweite Natur.

Bray hörte dem Russen zu und bestätigte die Information, fügte Einzelheiten über Beträge und Daten hinzu, von denen er glaubte, daß sie sich auf Guillaume de Matarese bezogen. Als er fertig war, war er mit seiner Antwort nicht nur zufrieden, sondern fühlte sich dem KGB-Mann überlegen; er hatte seine »Hausaufgabe« besser als Taleniekov gemacht.

Doch die alte Frau saß nur da und nickte stumm. Sie wischte sich eine weiße Strähne weg, die ihr ins Gesicht gefallen war. Schließlich redete sie.

»Sie lügen beide. Der zweite Herr wirkt weniger überzeugend. Er versucht mich mit Fakten zu beeindrucken, die jedes Kind in den Hügeln von Porto Vecchio lernen könnte.«

»Vielleicht in Porto Vecchio«, protestierte Scofield ruhig, »aber nicht unbedingt in Mailand.«

»Ja. Ich verstehe, was Sie meinen. Aber dann stammt auch keiner von Ihnen beiden aus Mailand.«

»Ganz richtig«, unterbrach Wassili. »Wir arbeiten nur in Mailand. Ich selbst bin in Polen zur Welt gekommen . . . Nordpolen. Ich bin sicher, daß Sie meinen Akzent bemerkt haben.«

»Gar nichts habe ich bemerkt. Nur Ihre Lügen. Aber das macht nichts.«

Scofield und Taleniekov sahen einander an und blickten dann zu Antonia hinüber, die erschöpft auf einem Kissen vor dem Fenster saß.

»Was macht nichts?« fragte Bray. »Sie beunruhigen uns. Wir möchten, daß Sie frei sprechen.«

»Das werde ich«, sagte die blinde Frau. »Ihre Lügen sind nämlich nicht die Lügen von Menschen, die eigennützig handeln. Gefährliche Männer vielleicht, aber nicht Männer, die der Profit treibt. Sie suchen den *Padrone* nicht zu Ihrem persönlichen Vorteil.«

Scofield konnte nicht anders; er beugte sich vor. »Woher wissen Sie das?«

Die leeren und doch machtvollen blaßblauen Augen der

alten Frau hielten die seinen fest; es war schwer, sich vorzustellen, daß sie nichts sehen konnten. »Aus Ihren Stimmen«, sagte sie. »Sie haben Angst.«

»Haben wir Grund dazu?« fragte Taleniekov.

»Das hängt doch davon ab, was Sie glauben, oder nicht!«

»Wir glauben, daß etwas Schreckliches geschehen ist«, sagte Bray. »Aber wir wissen sehr wenig. Das ist so ehrlich gesprochen, wie ich kann.«

»Was *wissen Sie*, Signori?«

Wieder wechselten Scofield und Taleniekov Blicke; der Russe nickte. Bray war sich darüber klar, daß Antonia sie scharf beobachtete. Was er jetzt sagte, galt ebenso ihr wie der alten Frau. »Ehe wir Ihnen Antwort geben, glaube ich, daß es besser wäre, wenn Ihre Enkelin uns verlassen würde.«

»Nein!« sagte das Mädchen mit so schneidender Stimme, daß Uccello zusammenzuckte und den Kopf hob.

»Hören Sie mir zu«, fuhr Scofield fort. »Es ist eine Sache, uns hierherzubringen, zwei Fremde, die Ihre Großmutter sehen wollte. Es ist eine andere Sache, sich mit uns einzulassen. Mein ... Begleiter ... und ich haben in diesen Dingen Erfahrung. Es ist zu Ihrem eigenen Vorteil.«

»Laß uns allein, Antonia.« Die blinde Frau drehte sich im Stuhl herum. »Ich habe von diesen Männern nichts zu befürchten, und du mußt müde sein. Nimm Uccello mit, ruh dich in der Scheune aus.«

»Also gut«, sagte das Mädchen und stand auf, »aber Uccello bleibt hier.« Plötzlich holte sie ihre Lupara unter dem Kissen heraus und richtete sie auf die beiden. »Sie haben beide Waffen. Werfen Sie sie auf den Boden. Ich glaube nicht, daß Sie hier ohne die Waffen weggehen würden.«

»Das ist lächerlich!« rief Bray aus, während der Hund sich knurrend erhob.

»Tun Sie, was die Dame sagt«, herrschte Taleniekov ihn an und schob seine Graz-Burya über den Boden.

Scofield holte seine Browning heraus, überprüfte den Sicherungshebel und warf die Waffe vor Antonia auf den Teppich. Sie beugte sich vor und hob die beiden Pistolen auf. Die Lupara hielt sie immer noch fest in der Hand.

»Wenn Sie fertig sind, öffnen Sie die Tür und rufen Sie. Dann rufe ich Uccello. Wenn er nicht kommt, sehen Sie Ihre Waffen nicht wieder. Höchstens die Mündung.« Sie ging schnell; der Hund knurrte und legte sich wieder hin.

»Meine Enkelin ist sehr mutig«, sagte die alte Frau und lehnte sich in ihrem Stuhl zurück. »Das Blut Guillaumes macht sich immer noch bemerkbar.«

»Ist sie *seine* Enkelin?« fragte Taleniekov.

»Seine Urenkelin, die Enkelin meiner Tochter. Meine erste Tochter wurde gezeugt, als der *Padrone* seine junge Hure in sein Bett nahm.«

»›Die Hure der Villa Matarese‹«, sagte Bray. »Sie haben ihr aufgetragen, uns das als Ihren Namen anzugeben.«

Die alte Frau lächelte und wischte eine weiße Haarsträhne aus der Stirn. Einen Augenblick war sie wieder in jene andere Welt zurückgekehrt, und die Eitelkeit war in ihr noch nicht ganz gestorben. »Es ist viele, viele Jahre her. Wir werden in jene Tage zurückgehen, aber vorher müssen Sie meine Fragen bitte beantworten. Was *wissen* Sie? Was führt Sie hierher?«

»Mein Begleiter wird zuerst sprechen«, sagte Taleniekov. »Er ist in diesen Dingen erfahrener als ich, obwohl ich mit Informationen zu ihm kam, die ich für überraschend hielt.«

»Ihr Name, bitte«, unterbrach die blinde Frau. »Ihr wirklicher Name und woher Sie kommen.«

Der Russe sah den Amerikaner an; in dem Blick stand die Übereinkunft, daß weitere Lügen ihnen nichts einbringen würden. Im Gegenteil, sie könnten schaden. Diese einfache, aber seltsam beeindruckende alte Frau hatte fast ein halbes Jahrhundert lang den Stimmen von Lügnern gelauscht – in der Dunkelheit; man konnte sie nicht täuschen.

»Ich heiße Wassili Wassiliewitsch Taleniekov. Ehemaliger Stratege für Außenangelegenheiten, KGB, sowjetische Abwehr.«

»Und Sie?« Die blinden Augen der Frau wanderten zu Scofield.

»Brandon Scofield. Pensionierter Abwehroffizier, Sektor Europa und Mittelmeer, Consular Operations, State Department der Vereinigten Staaten.«

»Ich verstehe.« Die alte Kurtisane hob ihre dünnen Hände mit den zarten Fingern ans Gesicht, eine Geste stummer Überlegung. »Ich bin keine gebildete Frau und lebe hier isoliert, aber die Nachrichten der Welt draußen sind mir nicht fremd. Ich höre oft stundenlang Radio. Die Sendungen aus Rom kommen ganz klar herein, ebenso wie die aus Genua und häufig auch aus Nizza. Ich will nicht behaupten, etwas zu wissen, denn ich besitze kein Wissen, aber daß Sie gemeinsam nach Korsika kommen, scheint mir seltsam.«

»Das ist es, Madame«, sagte Taleniekov.

»Sehr«, fügte Scofield hinzu.

»Es deutet an, wie ernst die Lage ist.«

»Dann soll Ihr Begleiter bitte beginnen, Signore.«

Bray lehnte sich im Stuhl vor, stützte die Arme auf die Knie und richtete den Blick auf die blinden Augen. »Irgendwann zwischen den Jahren 1909 und 1913 rief Guillaume de Matarese eine Gruppe von Männern auf seinem Besitz in Porto Vecchio zusammen. Wer sie waren und woher sie kamen, ist nie festgehalten worden. Aber sie haben sich einen Namen gegeben . . .«

»Das Datum war der 4. April 1911«, unterbrach die alte Frau. »Sie haben sich keinen Namen gegeben, der *Padrone* hat ihn gewählt. Sie sollten als der Bund der Matarese bekannt werden . . . Fahren Sie bitte fort.«

»*Waren Sie dabei?*«

»Fahren Sie bitte fort.«

Es war verwirrend. Sie sprachen von einem Ereignis, das seit Jahrzehnten der Gegenstand von Spekulationen gewesen war, ein Ereignis, über das es keine Aufzeichnungen, keine Zeugen gab. Und jetzt – binnen weniger Sekunden – hatten sie das korrekte Jahr, den genauen Monat und den exakten Tag erfahren.

»Signore . . .?«

»Entschuldigen Sie. Im Laufe der nächsten etwa dreißig Jahre waren dieser Matarese und sein ›Bund‹ Gegenstand von Kontroversen . . .« Scofield berichtete schnell und achtete darauf, möglichst einfache italienische Worte zu gebrauchen, um Mißverständnisse zu vermeiden. Er gab zu, daß die Mehrzahl der Experten, die die Matarese-Legende studiert hatten, zu dem Schluß gelangt waren, daß sie mehr Mythos als Realität war.

»Was glauben *Sie*, Signore? Das ist die Frage, die ich Ihnen am Anfang gestellt habe.«

»Ich weiß nicht sicher, was ich glauben soll, aber ich weiß, daß ein sehr großer Mann vor vier Tagen verschwunden ist . . . Ich glaube, man hat ihn getötet, weil er gegenüber anderen mächtigen Männern die Matarese erwähnt hatte.«

»Aha.« Die alte Frau nickte. »Vor vier Tagen. Doch ich dachte, Sie hätten gesagt, dreißig Jahre ... von jenem ersten Zusammentreffen 1911 an gerechnet. Was geschah dann, Signore? Das sind viele Jahre.«

»Nach allem, was wir wissen – oder was wir zu wissen glauben –, arbeitete der Bund nach dem Tode Matareses noch einige Jahre von Korsika aus. Er schloß Verträge in Berlin, London, Paris, New York und Gott weiß wo sonst noch ab. Seine Aktivitäten begannen zu Beginn des Zweiten Weltkrieges zu verblassen. Nach dem Krieg verschwand er; seitdem hat man nichts mehr davon gehört.«

Um die Lippen der alten Frau spielte ein Lächeln. »Also kommt er aus dem Nichts zurück, wollen Sie das sagen?«

»Ja. Mein Begleiter kann Ihnen sagen, weshalb wir das glauben.« Bray sah Taleniekov an.

»In den letzten Wochen«, sagte der Russe, »sind zwei Männer des Friedens aus unseren beiden Ländern auf brutale Weise ermordet worden. Jeder Regierung sollte glauben gemacht werden, daß die andere verantwortlich war. Die Konfrontation wurde durch schnellen, unmittelbaren Kontakt zwischen den Führern unserer Staaten vermieden. Aber es waren gefährliche Augenblicke. Ein lieber Freund rief mich zu sich; er lag im Sterben, und es gab Dinge, die er mir mitteilen wollte. Er hatte sehr wenig Zeit; seine Gedanken schweiften ab. Aber was er mir sagte, zwang mich, bei anderen Hilfe zu suchen, Rat.«

»Was hat er Ihnen gesagt?«

»Daß der Bund der Matarese noch sehr lebendig ist. Daß er tatsächlich niemals verschwand, sondern in den Untergrund ging, wo er fortfuhr, in der Stille zu wachsen und seinen Einfluß auszubreiten. Daß er für Hunderte von terroristischen Akten und Dutzende von Meuchelmorden im Laufe der letzten Jahre verantwortlich sei, für die die Welt andere verurteilte. Darunter auch die beiden Männer, die ich gerade erwähnt habe. Aber die Matarese töten nicht länger für Geld; statt dessen töten sie für ihre eigenen Zwecke.«

»Und die sind?« fragte die alte Frau mit ihrer seltsam hallenden Stimme.

»Das wußte er nicht. Er wußte nur, daß die Matarese eine

sich ausbreitende Seuche sind, die ausgelöscht werden muß, aber er konnte mir nicht sagen wie, noch zu wem ich gehen sollte. Niemand, der je mit dem Bund verhandelt hatte, ist bereit, darüber zu sprechen.«

»Dann hat er Ihnen also nichts Näheres mitteilen können?«

»Das letzte, was er zu mir sagte, ehe ich ihn verließ, war, daß die Antwort in Korsika liegen könnte. Natürlich war ich davon nicht überzeugt, bis mir die weiteren Ereignisse keine andere Alternative ließen. Weder mir noch meinem Begleiter, Agent Scofield.«

»Ich verstehe die Gründe Ihres Begleiters: ›Ein großer Mann verschwand vor vier Tagen, weil er von den Matarese sprach.‹ Was war Ihr Grund, Signore.«

»Ich habe auch von den Matarese gesprochen zu jenen Männern, bei denen ich Rat suchte. Ich war in meinem Lande ein Mann von einiger Bedeutung. Aber dann erging der Befehl zu meiner Hinrichtung.«

Die alte Frau schwieg und wieder spielte jenes leichte Lächeln um ihre verrunzelten Lippen. »Der *Padrone* kehrt zurück«, wisperte sie.

»Ich glaube, das müssen Sie erklären«, sagte Taleniekov. »Wir sind offen zu Ihnen gewesen.«

»Ist Ihr lieber Freund gestorben?« fragte sie statt dessen.

»Am nächsten Tage. Er erhielt das Begräbnis eines Soldaten, und er hatte ein Recht darauf. Er hat ein Leben der Gewalt ohne Furcht gelebt. Und doch haben ihm die Matarese am Ende große Angst bereitet.«

»Der *Padrone* hat ihm Angst gemacht«, sagte die alte Frau.

»Mein Freund kannte Guillaume de Matarese nicht.«

»Er kannte seine Jünger. Das reichte; sie waren er. Er war wie Christus, und wie Christus ist er für sie gestorben.«

»Der *Padrone* war ihr Gott?« fragte Bray.

»Und ihr Prophet, Signore. Sie haben an ihn geglaubt.«

»Was geglaubt?«

»Daß sie die Welt erben würden. Das war seine Rache.«

15

Die leeren Augen der alten Frau starrten die Wand an, während sie mit ihrer flüsternden Stimme zu sprechen begann.

Er fand mich in dem Konvent in Bonifacio und vereinbarte mit der Mutter Oberin einen günstigen Preis. »Gib dem Kaiser, was des Kaisers ist«, sagte er. Sie war einverstanden, weil sie zugeben mußte, daß ich nicht für Gott bestimmt war. Ich war frivol, lernte meine Lektionen nicht und sah mich in den dunklen Fenstern an, weil sie mir mein Gesicht und meinen Körper zeigten. Ich sollte einem Mann gegeben werden, und der Padrone *war der Mann aller Männer.*

Ich war siebzehn Jahre alt. Eine Welt, die meine Phantasie weit überstieg, wurde mir offenbart. Kutschen mit silbernen Rädern und goldene Pferde mit wehenden Mähnen brachten mich über die großen Klippen in die Dörfer und die schönen Läden, wo ich alles kaufen konnte, was mein Herz begehrte. Es gab nichts, was ich nicht haben konnte. Ich wollte alles, denn ich kam aus der Familie eines armen Schäfers – ein gottesfürchtiger Vater und eine gottesfürchtige Mutter, die den Herrn lobten, als ich in den Konvent gebracht wurde. Sie sahen mich nie wieder.

An meiner Seite war stets der Padrone. *Er war der Löwe, und ich war sein geliebtes Junges. Er führte mich durch das Land, zu all den großen Häusern und stellte mich als seine* Protetta *vor. Er lachte, wenn er das Wort gebrauchte. Alle verstanden und schlossen sich seinem Gelächter an. Seine Frau war nämlich gestorben, müssen Sie wissen. Er hatte schon sein siebzigstes Lebensjahr hinter sich und wollte, daß die Leute wußten – in allererster Linie seine zwei Söhne –, daß er den Körper und die Kraft der Jugend hatte, um bei einer jungen Frau zu liegen und sie zu befriedigen, wie nur wenige Männer das konnten.*

Hauslehrer wurden eingestellt, um mich die Eleganz seines

Hofes zu lehren: Musik und elegante Sprache, selbst Geschichte, Mathematik und Französisch, das damals bei vornehmen Damen Mode war. Es war ein wunderbares Leben. Wir segelten oft über das Meer nach Rom und fuhren dann mit dem Zug nach Norden in die Schweiz, nach Frankreich und Paris. Der Padrone *machte diese Reisen alle fünf oder sechs Monate. Er hatte geschäftliche Interessen an jenen Orten, müssen Sie wissen. Seine beiden Söhne waren seine Direktoren und meldeten ihm alles, was sie taten.*

Drei Jahre lang war ich das glücklichste Mädchen der Welt, denn der Padrone *hatte mir die Welt geschenkt. Dann zerbrach jene Welt. In einer einzigen Woche ging sie in Stücke, Guillaume de Matarese wurde wahnsinnig.*

Männer reisten aus Zürich und Paris an, sogar von der großen Börse in London, um es ihm zu sagen. Es war eine Zeit großer Bankinvestitionen und Spekulationen. Sie sagten, seine Söhne hätten in den letzten vier Monaten schreckliche Dinge getan und unkluge Entscheidungen getroffen. Das Schrecklichste von allem war, daß sie falsche Verträge geschlossen und Gaunern riesige Geldsummen versprochen hatten. Die Regierungen Frankreichs und Englands hatten ihre Gesellschaften beschlagnahmt, jede Geschäftstätigkeit blockiert und den Zugang zu den Mitteln versperrt. Mit Ausnahme der Konten, die er in Genua und Rom unterhielt, hatte Guillaume de Matarese nichts mehr.

Er rief seine beiden Söhne telegrafisch nach Hause, nach Porto Vecchio, um Rechenschaft abzulegen über das, was sie getan hatten. Aber die Nachricht, die ihn erreichte, war wie ein Blitzschlag. Er war nachher nie wieder der gleiche.

Die Behörden von Paris und London meldeten, daß beide Söhne tot seien, der eine von eigener Hand, der andere getötet – so hieß es – von einem Mann, den er ruiniert hatte. Dem Padrone *blieb nichts; seine Welt war zusammengebrochen. Er schloß sich tagelang in seiner Bibliothek ein und sprach mit niemandem. Er schlief nicht mehr mit mir, denn fleischliche Dinge interessierten ihn nicht mehr. Er vernichtete sich, starb von eigener Hand, ebenso sicher, als hätte er sich ein Messer in den Leib gestoßen.*

Dann kam eines Tages ein Mann aus Paris und bestand darauf, in die Abgeschiedenheit des Padrone *einzudringen. Er war ein Journalist und hatte den Niedergang der Matarese-Gesellschaft studiert. Dieser Mann brachte eine unglaubliche Ge-*

schichte mit. Wenn der Padrone *sich schon selbst in den Wahnsinn trieb, bevor er sie hörte, so war nachher jede Hoffnung für ihn verloren.*

Die Zerstörung seiner Welt wurde absichtlich von Bankiers herbeigeführt, die mit ihren Regierungen zusammenarbeiteten. Seine beiden Söhne waren durch Tricks dazu veranlaßt worden, illegale Dokumente zu unterzeichnen. Dann wurden sie wegen unzüchtiger Dinge erpreßt und in den Ruin getrieben. Schließlich hatte man sie ermordet. Die Lügengeschichten über ihren Tod waren glaubwürdig, weil die »offiziellen« Beweise ihrer schrecklichen Verbrechen vollständig waren.

Es war unglaublich. Warum hatte man dem großen Padrone *dies angetan? Ihm seine Firmen gestohlen und vernichtet, seine Söhne getötet. Wer konnte wollen, daß solche Dinge geschahen?*

Der Mann aus Paris lieferte einen Teil der Antwort. »Ein verrückter Korse reichte Europa für mindestens fünfhundert Jahre«, war der Satz, den er gehört hatte. Der Padrone *begriff. In England war Edward tot, aber er hatte die französischen und englischen Finanzverträge abgeschlossen, den großen Gesellschaften den Weg zueinander eröffnet, in Indien, Afrika und am Suezkanal Vermögen erworben. Doch der* Padrone *war Korse. Über die Gewinne hinaus, die er ihnen abliefern durfte, war er für die Franzosen nichts wert, und noch weniger für die Engländer. Er weigerte sich nicht nur, sich den Firmen und Banken anzuschließen, sondern er opponierte bei jeder Gelegenheit gegen sie, wies seine Söhne an, ihre Wettbewerber kaltzustellen. Das Vermögen der Matarese hinderte mächtige Männer daran, ihre Pläne durchzuführen. Für den* Padrone *war das alles ein großes Spiel. Für die französischen und englischen Gesellschaften war sein Spiel ein großes Verbrechen, dem man mit noch größeren Verbrechen begegnen mußte. Die Firmen und ihre Banken kontrollierten ihre Regierungen. Gerichtshöfe und Polizei, Politiker und Staatsmänner, ja sogar Könige und Präsidenten – sie alle waren Lakaien und Diener der Männer, die über jene gigantischen Beträge verfügten. Das würde sich nie ändern. Dies war der Anfang seines Wahnsinns. Er würde einen Weg finden, sie zu vernichten, sie, die die Welt korrumpiert hatten und jene anderen, die sich hatten korrumpieren lassen. Er würde die Regierungen überall ins Chaos stürzen, denn die politischen Führer waren es, die das Vertrauen mißbrauchten. Ohne die Mitwirkung der Re-*

gierungsbeamten würden seine Söhne noch am Leben sein, seine Welt so sein, wie sie einmal gewesen war. Wenn die Regierungen ins Chaos gestürzt waren, würden die Firmen und die Banken ihre Beschützer verlieren.

»Sie suchen einen wahnsinnigen Korsen«, schrie er. »Sie werden ihn nicht finden, aber es wird ihn geben.«

Wir machten eine letzte Reise nach Rom. Nicht wie früher in Kutschen mit silbernen Rädern, sondern demütig und bescheiden als Mann und Frau, die in einer billigen Pension in der Via due Maccelli abstiegen. Der Padrone verbrachte Tage damit, die Borsa Vallori zu durchstöbern und dort die Geschichten der großen Familien zu lesen, die ruiniert worden waren.

Wir kehrten nach Korsika zurück. Er setzte fünf Briefe an fünf Männer auf, von denen er wußte, daß sie in fünf Ländern lebten, und lud sie ein, insgeheim nach Porto Vecchio zu kommen. Es ginge um äußerst dringliche Angelegenheiten, die mit ihrer persönlichen Vergangenheit zu tun hätten.

Er war Guillaume de Matarese, der einmal groß gewesen war. Niemand lehnte ab.

Die Vorbereitungen waren grandios, die Villa Matarese wurde schöner hergerichtet als je zuvor. Die Gärten erstrahlten in buntem Glanz, der Rasen war grüner als die Augen einer Katze, das große Haus und die Stallungen weiß getüncht und die Pferde abgerieben, bis sie glänzten. Es war aufs neue ein Märchenland. Der Padrone war überall gleichzeitig, überprüfte alles, verlangte Vollkommenheit. Seine große Lebenskraft war zurückgekehrt, aber es war nicht die Lebenskraft, die wir früher gekannt hatten. In ihm war jetzt nur noch Grausamkeit. »Bring sie dazu, daß sie sich erinnern, mein Kind!« brüllte er mich im Schlafzimmer an. »Bring sie dazu, sich zu erinnern, was einmal ihnen gehört hat!«

Dann kam er zu meinem Bett zurück, aber sein Geist war nicht derselbe. Jetzt war in seiner Mannheit nur noch brutale Kraft, aber keine Freude mehr.

Wenn wir alle – im Hause, in den Stallungen, auf den Feldern – damals gewußt hätten, was wir bald erfahren sollten, hätten wir ihn im Wald getötet. Ich, die von dem großen Padrone alles bekommen hatte, ich, die ich ihn gleichzeitig als Vater und Liebhaber verehrte, hätte ihm das Messer selbst in die Brust gestoßen.

Der große Tag kam, die Schiffe segelten bei Morgendämme-

rung vom Lido di Ostia herein, und die Kutschen wurden nach Porto Vecchio hinuntergeschickt, um die Ehrengäste zur Villa Matarese zu bringen. Es war ein glorreicher Tag: Musik in den Gärten, mächtige Tische, überhäuft mit Delikatessen und Wein, den besten Weinen Europas, die seit Jahrzehnten in den Kellern des Padrone *gelagert waren.*

Die Ehrengäste erhielten ihre eigenen Zimmerfluchten, jede mit einem Balkon mit herrlicher Aussicht und – nicht zuletzt – erhielt auch jeder Gast eine eigene junge Hure, um ihn am Nachmittag zu vergnügen. Ebenso wie die Weine waren sie die Schönsten, nicht Europas, aber Korsikas. Fünf der schönsten Jungfrauen, die man in den Bergen finden konnte.

Die Nacht kam. In der großen Halle wurde das großartigste Bankett abgehalten, das die Villa Matarese je erlebt hatte. Als es vorbei war, stellten die Diener Flaschen mit Brandy vor die Gäste und erhielten den Befehl, in den Küchen zu bleiben. Die Musiker wurden aufgefordert, ihre Instrumente in den Garten zu tragen und dort weiterzuspielen. Uns Mädchen bat man, ins obere Haus zu gehen und auf unsere Herren zu warten.

Wir waren vom Wein angeregt, die Mädchen und ich. Aber zwischen mir und ihnen war ein Unterschied. Ich war die Protetta *von Guillaume de Matarese. Ich wußte, daß sich hier ein großes Ereignis anbahnte. Er war mein* Padrone, *mein Liebhaber, und ich wünschte, Teil daran zu haben.*

Außerdem hatte ich drei Jahre von den Hauslehrern gelernt. Wenn ich auch keineswegs eine gebildete Frau war, so war ich doch mit dem dummen Geschwätz der unwissenden Mädchen aus den Hügeln nicht zufrieden.

Ich schlich mich von den anderen weg und verbarg mich auf dem Balkon über der großen Halle hinter einem Geländer. Ich sah zu und lauschte – stundenlang, wie es schien –, verstand aber sehr wenig von dem, was mein Padrone *sagte. Er klang sehr überzeugend. Seine Stimme war manchmal kaum zu hören, ein andermal schrie er dann wieder, als wäre er vom Fieber besessen.*

Er sprach von vergangenen Generationen, als Männer Reiche beherrschten, die Gott und ihre eigene Kraft ihnen gegeben hatte. Wie sie sie mit eigener Macht beherrschten, weil sie sich vor jenen schützen konnten, die ihnen ihre Reiche und die Früchte ihrer Arbeit stehlen wollten. Aber jene Tage waren vergangen, und die großen Familien, die Erbauer der großen Reiche – so, wie die

Männer in jenem Saal – wurden jetzt von Dieben und korrupten Regierungen, die ihnen Asyl boten, ausgeraubt. Sie – die Anwesenden im Raum – mußten nach anderen Methoden Ausschau halten, um das zurückzugewinnen, was rechtmäßig ihnen gehörte.

Sie mußten töten – vorsichtig, mit Bedacht, mit Mut und Geschick – und die Diebe und ihre korrupten Beschützer austilgen. Sie sollten nie selbst töten, denn sie mußten die Entscheidungen treffen, die Opfer auswählen, wann immer möglich durch Bestechung. Die im Raum Anwesenden sollten als der Bund der Matarese bekannt werden. Die Mächtigen sollten erfahren, daß es eine Gruppe unbekannter, schweigender Männer gab, die die Notwendigkeit plötzlicher Veränderung und Gewalt kannte, die keine Angst hatte, die nötigen Mittel zur Verfügung zu stellen. Sie würden dafür garantieren, daß man die Täter nie mit denen in Verbindung bringen konnte, die sie dafür bezahlten.

Er fuhr fort, von Dingen zu sprechen, die ich nicht verstand; von Meuchelmördern, die von den großen Pharaonen und den arabischen Fürsten vor Jahrhunderten ausgewählt worden waren. Wie man Männer dazu erziehen konnte, schreckliche Dinge zu tun, die sie nicht tun wollten, ja, von denen sie nicht einmal wußten. Wie andere nur die richtige Aufmunterung brauchten, weil sie den Märtyrertod des Meuchelmörders suchten. Dies sollten die Methoden der Matarese sein, aber am Anfang würde in den Kreisen der Macht Unglauben herrschen, also mußten Exempel statuiert werden.

Im Laufe der nächsten paar Jahre sollten ausgewählte Männer ermordet werden. Man würde sie sorgfältig aussuchen und in einer Art und Weise töten, die Mißtrauen erweckte. Man würde eine politische Partei gegen die andere aufstacheln, eine korrupte Regierung gegen die nächste. Chaos und Blutvergießen würden regieren, und die Botschaft würde klar und eindeutig sein: Die Matarese existierten.

Der Padrone *verteilte Blätter an seine Gäste, auf denen er seine Gedanken festgehalten hatte. Diese Schriftstücke sollten der Quell der Kraft für den Bund sein und ihm ein Ziel setzen, aber nie dürfte ein anderes Auge sie sehen.*

Diese Blätter waren der Letzte Wille und das Testament von Guillaume de Matarese . . . und die im Raume Anwesenden waren seine Erben.

Erben? fragten die Gäste voller Mitgefühl, aber offen. Trotz der Schönheit der Villa und all den Bediensteten, den Musikern und dem Festmahl, das sie genossen hatten, wußten sie, daß er ebenso wie ein jeder von ihnen ruiniert worden war. Wer unter ihnen hatte denn noch etwas übrigbehalten – außer seinen Weinkellern und dem Mietzins seiner Pächter; wer konnte auch nur annähernd sein ehemaliges Leben führen? Hin und wieder ein großes Bankett, aber nicht viel mehr. Zuerst gab der Padrone *ihnen keine Antwort. Statt dessen verlangte er von jedem Gast zu wissen, ob der Betreffende die Dinge akzeptierte, die er gesagt hatte, ob der Mann bereit war, ein* Consigliere *der Matarese zu werden.*

Sie antworteten ja, jeder stürmischer als sein Vorgänger, verpflichteten sich dem Ziel des Padrone, *denn jedem von ihnen war großes Unrecht geschehen und alle dürsteten nach Rache. Es war offenkundig, daß in diesem Augenblick Guillaume de Matarese jedem von ihnen wie ein Heiliger erschien.*

Einem jeden, mit Ausnahme eines einzigen, eines tiefreligiösen Spaniers, der vom Wort Gottes und seinen Geboten sprach. Er warf dem Padrone *Wahnsinn vor und hieß ihn einen Greuel in den Augen Gottes.*

»Bin ich auch in Ihren Augen ein Greuel, mein Herr?« fragte der Padrone.

»Das sind Sie, mein Herr«, erwiderte der Mann.

Worauf das erste in einer Reihe schrecklicher Dinge geschah. Der Padrone *zog eine Pistole aus dem Gürtel, zielte auf den Mann und feuerte. Die Gäste sprangen von ihren Stühlen auf und starrten den toten Spanier stumm an.*

»Ich durfte nicht zulassen, daß er diesen Raum lebend verläßt«, sagte der Padrone.

Die Gäste kehrten zu ihren Stühlen zurück, als wäre nichts geschehen. Ihre Augen ruhten auf diesem mächtigsten aller Männer, der so überlegt töten konnte. Vielleicht hatten sie Angst um ihr eigenes Leben; es war schwer zu sagen. Der Padrone *fuhr fort.*

»Alle in diesem Raum Anwesenden sind meine Erben«, sagte er. »Denn ihr seid der Bund der Matarese. Ihr und die Euren werden das tun, was ich nicht länger tun kann. Ich bin zu alt, und der Tod ist nahe – näher als ihr glaubt. Ihr werdet das durchführen, was ich euch sage. Ihr werdet die Bestochenen von denen trennen, die sie bestochen haben. Ihr werdet Chaos verbrei-

ten und werdet durch die Kraft eurer Leistung mehr erben, als ich euch hinterlassen kann. Ihr werdet die Erben der Welt sein. Ihr werdet das wieder haben, was euch gehört.«

»Was werden Sie uns – können Sie uns – hinterlassen?« fragte ein Gast.

»Ein Vermögen in Genua und ein Vermögen in Rom. Die Konten übertragen, wie es in einem Dokument niedergeschrieben ist, von denen Sie Kopien in Ihren Zimmern finden werden. Dort finden Sie auch die Bedingungen, nach denen Sie die Gelder erhalten werden. Die Existenz dieser Konten war nie bekannt; damit stehen Ihnen für den Beginn Ihrer Arbeit Millionen zur Verfügung.«

Die Gäste schwiegen eine Weile verblüfft, bis einer eine Frage stellte.

»›Ihre‹ Arbeit? Ist es nicht ›unsere‹ Arbeit?«

»Es wird stets unsere Arbeit sein, aber ich werde nicht hier sein. Denn ich hinterlasse euch etwas viel Wertvolleres als alles Gold in Transvaal. Die völlige Geheimhaltung Ihrer Identität. Ich spreche zu jedem von Ihnen. Niemand auf der Welt wird je von Ihrer Anwesenheit hier und an diesem Tage erfahren. Kein Name, keine Beschreibung Ihres Aussehens kann je mit Ihnen in Verbindung gebracht werden. Noch wird man je einen senil gewordenen alten Mann dazu zwingen können, es zu offenbaren.«

Einige der Gäste protestierten – zwar schwach –, aber nicht ohne Grund. An jenem Tage waren viele Leute in der Villa Matarese. Die Diener, die Lakaien, die Musiker, die Mädchen . . .

Der Padrone hob die Hand. Sie war ganz ruhig, ebenso ruhig wie der starre Blick seiner Augen. »Ich werde Ihnen zeigen, wie man es macht. Sie dürfen nie vor Gewalt zurückschrecken. Sie müssen sie ebenso selbstverständlich akzeptieren wie die Luft, die Sie atmen, denn sie ist für das Leben notwendig; für Ihr Leben notwendig, für die Arbeit, die Sie tun müssen.«

Er senkte die Hand, und die friedliche, elegante Welt der Villa Matarese wurde zu einem Chaos von Gewehrfeuer und Todesschreien. Erst kam es aus der Küche. Betäubende Explosionen, Schüsse, zerklirrendes Glas, Dienstboten, die erschlagen wurden, als sie durch die Tür in die große Halle fliehen wollten, die Gesichter mit Blut beschmiert. Dann verstummte in den Gärten plötzlich die Musik, man hörte Schreie, Hilferufe und das Donnern von Gewehren. Dann – das Allerschrecklichste – hörte man die schrillen Schreckensschreie aus dem oberen Hause, wo die jungen, unwissenden Mädchen aus den Bergen hingeschlachtet wurden. Kleine Mädchen, noch vor Stunden Jungfrauen, auf Befehl von Guillaume de Matarese geschändet und jetzt hingemetzelt!

Ich preßte mich in der Dunkelheit des Balkons gegen die Mauer und wußte nicht, was ich tun sollte. Ich zitterte, von einer Angst erfüllt, die alles überstieg, was ich mir vorstellen konnte. Dann hörte das Gewehrfeuer auf, und das Schweigen, das ihm folgte, war noch schrecklicher als die Schreie vorher, denn es war der Beweis des Todes.

Plötzlich konnte ich Schritte hören, schnelle Schritte – drei oder vier Männer, das konnte ich nicht sagen –, aber ich wußte, daß sie die Mörder waren. Sie rannten die Treppen herunter. Ich dachte, o Gott im Himmel, sie suchen mich. Aber das war nicht der Fall. Sie liefen an einen Ort, wo alle sich versammeln mußten; anscheinend war es die nördliche Veranda, ich war nicht sicher, alles ging so schnell. Unten, in der großen Halle, waren die vier Gäste erstarrt, an ihren Stühlen festgeklebt. Der Padrone hielt sie mit der Kraft seiner funkelnden Augen fest.

Dann kam das, was ich für die letzten Schüsse bis zu meinem eigenen Tod hielt. Drei Schüsse – nur drei – zwischen schrecklichen Schreien. Ich begriff. Die Mörder selbst waren auf Befehl von einem einzelnen Mann getötet worden.

Das Schweigen kehrte zurück. Der Tod war überall, in den Schatten, und er tanzte an den Wänden im flackernden Kerzenlicht der großen Halle. Der Padrone sprach zu seinen Gästen.

»Es ist vorbei«, sagte er. »Oder beinahe vorbei. Alle außer euch an diesem Tisch sind tot mit Ausnahme eines Mannes, den Sie nie wiedersehen werden. Er ist es, der Sie in einer verhängten Kutsche nach Bonifacio bringen wird, wo Sie sich unter die Nachtschwärmer mischen können, ehe Sie den überfüllten Morgendampfer nach Neapel nehmen. Sie haben fünfzehn Minuten Zeit, Ihre Habseligkeiten zu sammeln und sich auf der vorderen Treppe zu treffen. Leider ist niemand da, der Ihr Gepäck tragen kann.«

Ein Gast fand seine Stimme wieder oder wenigstens einen Teil davon. »Und Sie, Padrone?« flüsterte er.

»Als letztes gebe ich euch mein Leben als letzte Lektion. Ver-

gessen Sie nicht! Ich bin der Weg, gehet hin und werdet meine Jünger! Vertilgt die Korruption!« Er war völlig wahnsinnig, und seine Rufe hallten durch das große Haus des Todes. »Entrare!« *brüllte er.*

Ein kleines Kind, ein Hirtenjunge aus den Bergen, kam durch die großen Türen der Nordveranda. Er hielt eine Pistole in beiden Händen; sie war schwer, und er war klein. Er ging auf den Meister zu.

Der Padrone *hob die Augen zum Himmel, seine Stimme zu Gott. »Tu, was man dir gesagt hat!« schrie er. »Denn ein unschuldiges Kind soll euren Weg beleuchten!«*

Der Hirtenjunge hob die schwere Pistole und feuerte sie auf den Kopf von Guillaume de Matarese ab.

Die alte Frau hatte geendet und ihre starren Augen waren mit Tränen gefüllt.

»Ich muß ruhen«, sagte sie.

Taleniekov, der wie erstarrt auf seinem Stuhl saß, sagte ganz leise: »Wir haben Fragen, Madame. Das wissen Sie doch sicher.«

»Später«, sagte Scofield.

16

Hinter den Bergen wurde es hell. Von den Feldern, die das Haus umgaben, schwebten Nebelschwaden in die Höhe. Taleniekov fand Tee und setzte, nachdem die alte Frau es ihm erlaubt hatte, auf dem eisernen Ofen Wasser auf.

Scofield nippte an seiner Tasse und blickte auf den plätschernden Bach vor dem Fenster. Es war Zeit, wieder zu reden. Zwischen dem, was die blinde Frau ihnen erzählt hatte, und den Fakten, so wie sie allgemein für richtig gehalten wurden, gab es zu viele Diskrepanzen. Aber zuallererst kam eine Frage: Warum hatte sie ihnen das überhaupt erzählt? Die Antwort darauf würde ihnen vielleicht klarmachen, ob sie überhaupt etwas von ihrem Bericht glauben durften.

Bray wandte sich vom Fenster und sah zu der alten Frau in dem Stuhl am Ofen hinüber. Taleniekov hatte ihr Tee gegeben, und sie trank ihn voller Anmut, als erinnerte sie sich an jene Lektionen, die einem siebzehnjährigen Mädchen vor Jahrzehnten erteilt worden waren. Der Russe kniete neben dem Hund, streichelte ihm das Fell und erinnerte ihn daran, daß sie Freunde waren. Er blickte auf, als Scofield auf die alte Frau zuging.

»Wir haben Ihnen unsere Namen gesagt, Signora«, sagte Bray auf italienisch. »Wie ist der Ihre?«

»Sophia Pastorine. Wenn man nachsieht, findet man ihn sicher in den Aufzeichnungen des Klosters von Bonifacio. Deshalb fragen Sie doch, oder? Um es überprüfen zu können?«

»Ja«, antwortete Scofield. »Wenn wir es für nötig halten und Gelegenheit dazu bekommen.«

»Sie werden meinen Namen finden. Vielleicht ist sogar der *Padrone* als mein Wohltäter eingetragen, derjenige, dem ich als Mündel übergeben wurde; vielleicht als Braut für einen seiner Söhne. Ich habe es nie erfahren.«

»Dann müssen wir Ihnen glauben«, sagte Taleniekov und stand auf. »Sie wären bestimmt nicht so unklug, uns zu einer solchen Stelle zu leiten, wenn es nicht wahr wäre. Akten, die man gefälscht hat, lassen sich heutzutage ja leicht feststellen.«

Die alte Frau lächelte, ein Lächeln, das seine Wurzeln in tiefer Traurigkeit hatte. »Ich verstehe nichts von solchen Dingen, aber ich kann verstehen, wenn Sie Zweifel haben.« Sie stellte ihre Tasse auf den Ofensims. »In meinen Erinnerungen gibt es keine. Ich habe die Wahrheit gesprochen.«

»Dann ist meine erste Frage auch die wichtigste, die wir Ihnen stellen müssen«, sagte Bray und setzte sich. »Warum haben Sie uns diese Geschichte erzählt?«

»Weil sie erzählt werden mußte und niemand anderer es tun konnte. Nur ich habe überlebt.«

»Da war ein Mann«, unterbrach Scofield, »und ein Hirtenjunge.«

»Sie waren nicht in der großen Halle und haben nicht gehört, was ich hörte.«

»Haben Sie dasselbe schon einmal erzählt?« fragte Taleniekov.

»Nie«, antwortete die blinde Frau.

»Warum nicht?«

»Wem hätte ich es erzählen sollen? Ich habe wenig Besuch. Es kommen nur Leute aus den Hügeln, die mir das wenige bringen, was ich zum Leben brauche. Es ihnen zu erzählen, würde ihnen den Tod bringen, denn sie würden es bestimmt anderen weitererzählen.«

»Dann *ist* die Geschichte bekannt«, bedrängte sie der KGB-Mann.

»Nicht, was ich Ihnen erzählt habe.«

»Aber dort unten gibt es ein Geheimnis! Sie haben versucht, mich wegzuschicken; als ich nicht gehen wollte, versuchten sie mich zu töten!«

»Das hat meine Enkeltochter nicht erzählt.« Sie schien ehrlich überrascht.

»Ich glaube nicht, daß sie Zeit dazu hatte«, sagte Bray. Die alte Frau schien nicht zuzuhören. Sie konzentrierte sich immer noch auf den Russen. »Was haben Sie den Leuten in den Hügeln gesagt?«

»Ich habe Fragen gestellt.«

»Sie müssen mehr als das getan haben.«

Taleniekov runzelte die Stirn, versuchte sich zu erinnern. »Ich wollte den Wirt provozieren. Ich habe ihm gesagt, ich würde Gelehrte mit historischen Aufzeichnungen mitbringen, um die Fragen um Guillaume de Matarese gründlicher zu studieren.«

Die Frau nickte. »Wenn Sie hier weggehen, dürfen Sie nicht auf dem Weg zurückkehren, den Sie gekommen sind. Sie können auch nicht die Enkelin meines Kindes mitnehmen. Das müssen Sie mir versprechen. Wenn die Sie finden, werden sie Sie nicht leben lassen.«

»Das wissen wir«, sagte Bray. »Wir wollen wissen, warum.«

»Alle Ländereien von Guillaume de Matarese wurden den Leuten der Hügel vermacht. Die Pächter wurden die Erben von tausend Feldern und Wiesen, Bächen und Wäldern. So wurde es in den Gerichten von Bonifacio aufgezeichnet, und überall hielt man große Feiern. Aber es war ein Preis zu zahlen, und es gibt andere Gerichte, die die Ländereien wieder wegnehmen würden, sollte dieser Preis je bekannt werden.«

Die blinde Sophia hielt inne, als wäge sie einen anderen Preis ab, vielleicht den des Verrates.

»*Bitte,* Signora Pastorine«, sagte Taleniekov und lehnte sich in dem Sessel vor.

»Ja«, antwortete sie leise. »Es muß erzählt werden ...«

Alles mußte schnell geschehen – aus Angst, ungewollte Eindringlinge könnten zufällig das große Haus der Villa Matarese und den Tod, der überall war, entdecken. Die Gäste sammelten ihre Papiere und flohen auf ihre Zimmer. Ich blieb im Schatten des Balkons, den Körper voller Schmerz, rings um mich das stumm Erbrochene der Angst. Wie lange ich dort blieb, weiß ich nicht zu sagen, aber bald hörte ich die schnellen Schritte der Gäste, die die Treppe hinuntereilten zu dem vereinbarten Treffpunkt. Dann war das Geräusch von Kutschenrädern und das Schnaufen von Pferden zu hören; Minuten später raste die Kutsche davon, klapperten Hufe auf dem harten Stein, knallte die Peitsche, und alles verhallte schnell in der Ferne.

Ich begann, zu der Balkontüre zu kriechen, unfähig zu denken, die Augen von Blitzstrahlen erfüllt. Der Kopf zitterte, so daß ich kaum meinen Weg finden konnte. Ich preßte meine Hände an die Mauer, wünschte, es gäbe dort Griffe, an denen ich mich festhalten konnte, als ich einen Schrei hörte und mich erneut zu Boden warf. Es war ein schrecklicher Schrei, denn er kam v einem Kind und doch war er kalt und fordernd.

»Vieni subito!«

Der Hirtenjunge rief von der nördlichen Veranda jemandem zu. Wenn schon bis zu diesem Augenblick alles sinnlos gewesen war, so verstärkten die Rufe des Kindes den Wahnsinn über jedes Verstehen hinaus. Denn es war ein Kind . . . und ein Mörder.

Irgendwie brachte ich es fertig, aufzustehen und rannte durch die Tür zur Treppe. Ich wollte hinunterlaufen, wollte entkommen ins Freie, die Wälder und den Schutz der Finsternis, als ich andere Rufe hörte und durch die Fenster Männer laufen sah. Sie trugen Fackeln und schafften sich binnen Sekunden Zutritt durch die Türen.

Ich konnte nicht nach unten laufen, man würde mich sehen, also rannte ich nach oben zum oberen Haus. Meine Panik war so groß, daß ich nicht mehr wußte, was ich tat. Ich konnte nur rennen . . . rennen. Und es war, als führte mich eine unsichtbare Hand, die wollte, daß ich überlebte. Ich lief ins Nähzimmer und sah die Toten. Sie lagen überall in ihrem Blut, die Münder in solchem Schrecken verzerrt, daß ich immer noch ihre Schreie hörte.

Diese Schreie gab es nur in meiner Phantasie, aber die Rufe der Männer im Treppenhaus waren Wirklichkeit. Das war das Ende für mich; nichts blieb mir übrig, ich sollte gefangen werden. Man würde mich töten . . .

Und dann, ebenso sicher, wie eine unsichtbare Hand mich zu jenem Zimmer geleitet hatte, zwang sie mich, etwas Schreckliches zu tun – ich stellte mich tot.

Ich tauchte die Hände in das Blut meiner Schwestern und rieb es mir über Gesicht und Kleider. Dann ließ ich mich über meine Schwestern fallen und wartete.

Die Männer kamen in das Nähzimmer, einige bekreuzigten sich, andere flüsterten Gebete, aber keiner scheute vor der Arbeit zurück, die sie tun mußten. Die nächsten Stunden waren ein Alptraum, wie ihn sich nur der Teufel vorstellen konnte.

Die Leichen meiner Schwestern und ich wurden durch das Treppenhaus geschleppt und ins Freie geworfen, in die Einfahrt jenseits der Marmortreppen. Man hatte Wagen aus den Stallun-

gen geholt. Viele davon waren inzwischen bereits mit Leichen gefüllt. Meine Schwestern und ich wurden wie Abfall auf einen Karren geworfen.

Der Gestank von Blut und Verwesung war so überwältigend, daß ich meine Zähne ins eigene Fleisch graben mußte, um nicht aufzuschreien. Durch die Leichen, die über mir waren, konnte ich Männer Befehle rufen hören. Nichts durfte aus der Villa Matarese gestohlen werden; jeder, der dabei ertappt wurde, würde sich zu den Leichen gesellen, die noch in der Villa lagen. Denn viele Leichen ließ man zurück, verkohltes Fleisch und Knochen, die später gefunden werden sollten.

Die Wagen setzten sich in Bewegung, zuerst langsam, dann erreichten wir die Felder und man peitschte gnadenlos auf die Pferde ein. Die Wagen rasten mit immenser Geschwindigkeit durch das Gras und über die Steine, so als wollten unsere lebenden Wächter jede Sekunde in der Hölle hinter sich lassen. Unter mir war Tod, über mir war Tod und ich betete zum allmächtigen Gott, auch mich zu nehmen. Aber ich konnte nicht aufschreien, denn obwohl ich sterben wollte, hatte ich Angst vor dem Schmerz des Todes. Die unsichtbare Hand hielt mich an der Kehle. Aber mir wurde Barmherzigkeit zuteil. Ich wurde bewußtlos; wie lange weiß ich nicht, aber ich glaube, es war eine sehr lange Zeit.

Ich erwachte; die Wagen waren zum Stillstand gekommen, und ich spähte durch die Leichen und die Fugen an den Seiten hinaus. Der Mond schien, und wir waren weit oben in den bewaldeten Hügeln, aber nicht in den Bergen. Nichts war mir vertraut. Wir waren weit, weit von der Villa Matarese entfernt, aber wo, das hätte ich Ihnen damals nicht sagen können und kann es auch heute nicht.

Der letzte Akt des Alptraums begann. Unsere Körper wurden von den Wagen gezerrt und in ein gemeinsames Grab geworfen. Zwei Männer hielten eine jede Leiche so, daß sie sie ganz weit schleudern konnten. Ich spürte tiefen Schmerz und grub die Zähne in die Finger, um meinen Verstand daran zu hindern, in die Regionen des Wahnsinns hinüberzufliehen. Ich schlug die Augen auf; wieder mußte ich mich fast übergeben bei dem, was ich sah: Rings um mich tote Gesichter, schlaffe Arme, gähnende Münder. Blutende, verstümmelte Kadaver, die noch vor Stunden menschliche Geschöpfe gewesen waren. Das Grab war riesengroß, breit und tief.

Jenseits konnte ich die Stimmen unserer Totengräber hören. Einige weinten, andere flehten Christus um Gnade an. Einige verlangten, daß man den Toten die heiligen Sakramente spendete und um ihrer Seligkeit willen einen Priester an den Ort des Todes holte. Aber andere Männer verweigerten dies; sie seien nicht die Mörder, man habe sie nur auserwählt, um die Toten zur Ruhe zu betten. Gott würde das verstehen.

»Basta!« sagten sie. Es war unmöglich. Das war der Preis, den sie zum Nutzen der künftigen Generationen bezahlten. Die Hügel gehörten ihnen; die Felder, die Bäche und die Wälder! Es gab jetzt kein Zurück. Sie hatten ihren Pakt mit dem Padrone geschlossen, und er hatte es den Dorfältesten klargemacht: Nur wenn die Regierung erfuhr, daß eine Cospirazione stattgefunden hatte, könnte sie ihnen das Land wieder wegnehmen. Der Padrone war der klügste aller Menschen, er kannte die Gerichte und die Gesetze; seine unwissenden Wächter kannten sie nicht. Sie mußten genau das tun, was er den Dorfältesten befohlen hatte, sonst würden die Gerichte ihnen das Land wieder wegnehmen.

Es durften keine Priester aus Porto Vecchio oder Sainte-Lucie oder sonstwoher kommen. Das Risiko, daß man jenseits der Hügel von dem hörte, was hier geschehen war, war zu groß. Wer anders dachte, konnte sich den Toten anschließen; ihr Geheimnis durfte nie die Hügel verlassen. Das Land war das ihre!

Das genügte. Die Männer verstummten, hoben ihre Schaufeln auf und begannen Erde über die Körper zu werfen. Ich dachte damals, daß ich ganz bestimmt unter der Erde ersticken würde. Und doch glaube ich, daß wir alle, wenn der Tod seine Hand nach uns ausstreckt, Mittel und Wege finden, seinem Griff zu entkommen, Mittel und Wege, die wir uns nie erträumen.

Während eine Schicht Erde nach der anderen das kreisförmige Grab füllte und festgestampft wurde, bewegte ich meine Hand in der Finsternis, schob die Erde über mir weg, damit ich atmen konnte. Am Ende hatte ich nur ein ganz kleines Luftloch, aber es reichte für Gottes Luft, um hereinzukommen. Die unsichtbare Hand hatte die meine gelenkt und ich lebte.

Es vergingen, glaube ich, Stunden, bis ich begann, mir den Weg an die Oberfläche freizugraben, ein ... blindes ... unwissendes Tier, das das Leben sucht. Als meine Hand nichts als kalte, feuchte Luft fühlte, weinte ich unkontrolliert und geriet in Panik, voller Angst, jemand könnte mein Weinen hören.

Gott war barmherzig; das Grab war verlassen. Ich kroch aus der Erde und verließ jenen Wald des Todes, betrat ein Feld und sah, wie die Morgensonne über den Bergen aufging. Ich lebte, aber für mich gab es kein Leben. Ich konnte nicht in die Hügel zurückkehren, denn ich würde ganz sicherlich getötet werden. Doch es war für eine junge Frau auf dieser Insel nicht möglich, anderswohin zu gehen, an irgendeinen fremden Ort, und einfach zu leben. Es gab niemand, an den ich mich wenden konnte, nachdem ich drei Jahre als bereitwillige Gefangene meines Padrones verbracht hatte. Aber ich konnte nicht einfach in jenem Feld sterben, während das Sonnenlicht Gottes sich über den Himmel ausbreitete. Es befahl mir zu leben, müssen Sie wissen.

Ich versuchte zu überlegen, was ich tun könnte, wohin ich gehen könnte. Jenseits der Hügel, an der Küste waren andere große Häuser, die anderen Padrones gehörten, Freunden von Guillaume. Ich fragte mich, was wohl geschehen würde, sollte ich in einem dieser Häuser erscheinen und um Unterschlupf und Barmherzigkeit bitten. Dann sah ich, wie falsch es war, so zu denken. Jene Männer waren nicht mein Padrone; sie waren Männer mit Frauen und Familien, und ich war die Hure der Villa Matarese. Solange Guillaume lebte, mußte meine Anwesenheit geduldet werden, ja man mußte sich sogar darüber freuen, denn der große Mann wollte es nicht anders haben. Aber seit er tot war, war ich das auch.

Dann erinnerte ich mich. Es gab einen Mann, der in einem Anwesen in Zonza die Stallungen pflegte. Er war freundlich zu mir gewesen, wenn wir dort zu Besuch waren und ich die Pferde seines Arbeitgebers ritt. Er hatte oft gelächelt und mir gezeigt, wie man richtig im Sattel saß, denn er sah, daß ich nicht für die Jagd geboren war. Ich hatte dies zugegeben, und wir hatten zusammen gelacht. Jedesmal hatte ich den Blick in seinen Augen gesehen. Ich war an Blicke der Begierde gewöhnt, aber in seinen Augen war etwas anderes als das. Da waren Verstehen und Sanftmut, vielleicht sogar Respekt – nicht für das, was ich war, sondern für das, was ich nicht zu sein vorgab.

Ich blickte zur Morgensonne und wußte, daß Zonza zu meiner Linken lag, wahrscheinlich hinter den Bergen. Ich machte mich auf den Weg.

Er wurde mein Ehemann. Obwohl ich das Kind von Guillaume de Matarese trug, nahm er es als sein eigenes Kind an und *gab uns in den Tagen seines Lebens Liebe und Schutz. Jene Jahre und das Leben, das wir in jener Zeit führten, gehen Sie nichts an; sie haben keinen Bezug zum* Padrone. *Es genügt zu sagen, daß uns kein Schaden widerfuhr. Jahrelang lebten wir weit im Norden, in Vescovato, fern der Hügelleute, und wagten nie, ihr Geheimnis zu erwähnen. Man konnte die Toten nicht zurückholen, Sie verstehen. Der Mörder und sein mörderischer Sohn – der Mann und der Hirtenjunge – waren aus Korsika geflohen.*

Ich habe Ihnen die Wahrheit berichtet, alles, was ich weiß. Wenn Sie noch Zweifel haben, kann ich sie nicht ausräumen.

Wieder hatte sie geendet.

Taleniekov stand auf und ging langsam zu dem Ofen mit der Teekanne. »*Per nostro circolo*«, sagte er und sah Scofield an. »Siebzig Jahre sind verstrichen, und die würden Sie immer noch um ihres Grabes willen töten.«

»*Perdona?*« Die alte Frau verstand nicht Englisch, und so wiederholte der KGB-Mann, was er gesagt hatte, auf italienisch. Sophia nickte. »Das Geheimnis wird vom Vater auf den Sohn überliefert. Dies sind zwei Generationen, die geboren wurden, seit das Land ihnen gehört. Das ist keine lange Zeit. Sie haben immer noch Angst.«

»Es gibt keine Gesetze, dic es ihnen wegnehmen könnten«, sagte Bray. »Ich bezweifle, daß es je solche Gesetze gab. Man hätte Männer ins Gefängnis schicken können, weil sie das Wissen um das Massaker zurückhielten, aber wer hätte in jenen Tagen schon Anklage erhoben? Sie haben die Toten begraben, das war ihre Verschwörung.«

»Es gab eine schlimmere Verschwörung. Sie haben ihnen die geheiligten Sakramente vorenthalten.«

»Darüber hat ein anderes Gericht zu urteilen. Von dem weiß ich nichts.« Scofield sah den Russen an, dann wanderten seine Augen wieder zu den blinden Augen vor ihm zurück. »Warum sind Sie zurückgekommen?«

»Weil ich konnte. Und ich war alt, als wir dieses Tal fanden.«

»Das ist keine Antwort.«

»Die Leute der Hügel glauben eine Lüge. Sie denken, der *Padrone* hätte mich geschont, mich weggeschickt, ehe die Gewehre ihr Werk taten. Für andere bin ich eine Quelle der Angst und des Hasses. Man flüstert, Gott hätte mich geschont als Symbol ihrer Sünde, aber von Gott geblendet, um nie ihr Grab in den Wäldern zu offenbaren. Ich bin die blinde Hure der Villa Matarese, man erlaubt mir zu leben, weil sie Angst haben, das Leben einer Frau zu nehmen, die Gott als lebende Erinnerung an ihre Tat zu ihnen geschickt hat.«

Taleniekov sprach von der anderen Seite des Ofens her. »Aber Sie sagten vor einer Weile, daß sie nicht zögern würden, Sie zu töten, wenn Sie diese Geschichte erzählten. Vielleicht selbst wenn sie wüßten, daß Sie sie *kennen.* Und doch erzählen Sie sie jetzt uns und deuten an, daß wir sie aus Korsika hinaustragen sollen. Warum?«

»Hat nicht ein Mann in Ihrem eigenen Land nach Ihnen gerufen und Ihnen Dinge gesagt, von denen er wollte, daß Sie sie erfuhren?« Der Russe schickte sich an zu antworten; Sophia Pastorine unterbrach ihn. »Ja, Signore. Wie jenem Mann, so rückt auch mir das Ende meines Lebens nahe; mit jedem Atemzug weiß ich das. Der Tod, so scheint es, fordert diejenigen von uns, die von den Matarese wissen, auf, darüber zu sprechen. Ich weiß nicht, ob ich Ihnen den Grund nennen kann, aber für mich war das ein Zeichen. Meine Enkelin ging die Hügel hinunter und kam mit der Nachricht zurück, daß ein Gelehrter Informationen über den *Padrone* suchte. Sie waren mein Zeichen. Ich habe sie zurückgeschickt, um Sie zu finden.«

»Weiß sie es?« fragte Bray. »Haben Sie es ihr je gesagt? Sie hätte die Geschichte hinaustragen können.«

»Niemals! Man kennt sie in den Hügeln, aber sie ist nicht *von* den Hügeln! Man würde sie jagen, wohin auch immer sie geht. Man würde sie töten. Ich habe um Ihr Wort gebeten, Signori, und Sie müssen es mir geben. Sie dürfen nichts mehr mit ihr zu tun haben.«

»Sie haben es«, nickte Taleniekov. »Sie ist unseretwegen nicht in diesem Raum.«

»Was hofften Sie durch ein Gespräch mit meinem Begleiter zu erreichen?« fragte Bray.

»Was sein Freund auch erhoffte, denke ich. Die Männer dazu zu bringen, unter die Wellen zu schauen, in das finstere

Wasser. Dort findet man die eigentliche Kraft, die die See bewegt.«

»Der Bund der Matarese«, sagte der KGB-Mann und starrte in die blinden Augen.

»Ja ... ich habe es Ihnen gesagt. Ich höre mir die Nachrichtensendungen aus Rom, Mailand und Nizza an. Es geschieht überall. Die Prophezeiungen von Guillaume de Matarese erfüllen sich. Man muß nicht sehr gebildet sein, um das zu sehen. Jahrelang habe ich die Nachrichtensendungen gehört und mich gefragt. Konnte es sein? War es möglich, daß sie doch überleben? Dann hörte ich eines Nachts die Worte, und es war gerade, als hätte die Zeit jede Bedeutung verloren. Ich war wieder im Schatten des Balkons in der großen Halle; in meinen Ohren hallten die Schüsse und die Schreckensschreie. Ich war *dort*, mit meinen Augen, ehe Gott sie mir nahm, und war Zeuge der schrecklichen Szene unter mir. Ich erinnerte mich, was der *Padrone* wenige Augenblicke vorher gesagt hatte: ›Ihr und die Euren werdet das tun, was ich nicht länger tun kann.‹« Die alte Frau hielt inne; ihre blinden Augen waren feucht. Dann begann sie aufs neue, und die Hast peitschte ihre Sätze.

»Es war wahr! Sie hatten überlebt – nicht der Bund, wie er damals war, sondern wie er heute ist. ›Ihr und die Euren.‹ Die *Euren* hatten überlebt! Angeführt von dem einen Mann, dessen Stimme grausamer war als der Wind.« Sophia Pastorine hielt plötzlich wieder inne und ihre schwachen, zarten Hände tasteten nach der hölzernen Armlehne ihres Stuhles. Sie stand auf und griff mit der linken Hand nach dem Stock, der am Ofen lehnte.

»Die Liste. Sie müssen sie haben, Signori! Ich habe sie vor siebzig Jahren aus meinem blutdurchtränkten Kleid herausgeholt, nachdem ich aus dem Grab in den Bergen gekrochen war. Sie war während des ganzen Schreckens dicht an meinem Körper geblieben. Ich hatte sie mit mir getragen, um ihre Namen und ihre Titel nicht zu vergessen, damit mein *Padrone* stolz auf mich sein konnte.« Die alte Frau tappte mit dem Stock vor sich her, während sie quer durch das Zimmer zu einem primitiven Wandregal ging. Ihre rechte Hand tastete an seiner Kante entlang, ihre Finger zitterten zögernd zwischen den verschiedenen Töpfen, bis sie den fand, den sie gesucht hatte. Sie nahm den Tondeckel ab, griff hinein und holte einen vergilbten Papierfetzen heraus. Sie wandte sich um. »Da haben Sie sie.

Namen aus der Vergangenheit. Dies ist die Liste der Ehrengäste, die am 4. April im Jahre 1911 unter strenger Geheimhaltung zur Villa Matarese reisten. Wenn ich etwas Schreckliches tue, indem ich es Ihnen gebe, möge Gott meiner armen Seele gnädig sein.«

Scofield und Taleniekov waren aufgesprungen. »Sie tun nichts Schreckliches«, sagte Bray. »Sie haben das Richtige getan.«

»Das einzige«, fügte Wassili hinzu. Er berührte ihre Hand. »Darf ich?« Sie ließ den verblichenen Papierfetzen los; der Russe studierte ihn. »Das ist der Schlüssel«, sagte er zu Scofield. »Es geht auch weit über alles hinaus, was wir erwartet hätten.«

»Warum?« fragte Bray.

»Der Spanier – der Mann, den Matarese getötet hat – ist ausgestrichen, aber zwei dieser Namen werden Sie verblüffen. Es sind, gelinde gesagt, prominente Namen. Hier.« Taleniekov trat neben Scofield und hielt das Papier vorsichtig mit zwei Fingern, um es nicht noch mehr zu beschädigen. Bray nahm es in die Hand.

»Das glaube ich nicht«, sagte Scofield, als er die Namen las. »Ich würde das gerne analysieren lassen, um sicherzugehen, daß es nicht vor fünf Tagen geschrieben wurde.«

»Das wurde es nicht«, sagte der KGB-Mann.

»Ich weiß. Das macht mir solche Angst.«

»*Perdona?*« Sophia Pastorine stand neben dem Regal. Bray antwortete in italienischer Sprache.

»Wir kennen zwei dieser Namen. Es sind wohlbekannte Männer . . .«

»Aber es sind *nicht* die Männer«, unterbrach ihn die alte Frau und stieß mit dem Stock auf den Boden. »Keiner von ihnen! Es sind nur die Erben! Sie werden von einem *anderen* gelenkt. *Er* ist der Mann!«

»Wovon reden Sie? Wer?«

Der Hund knurrte. Weder Scofield noch Taleniekov achteten darauf; eine ärgerliche Stimme war erklungen. Das Tier stand auf, jetzt knurrte es noch lauter. Die beiden Männer – ganz auf Sophia konzentriert – ignorierten es noch immer. Nicht so die alte Frau. Sie hob Schweigen gebietend die Hand. Sie sprach, und an die Stelle ihres Ärgers war jetzt Besorgnis getreten.

»Öffnen Sie die Tür. Rufen Sie meine Enkeltochter. *Schnell!*«

»Was ist?« fragte der Russe.

»Männer kommen. Sie kommen durch das Dickicht, Uccello hört sie.«

Bray ging schnell zur Tür. »Wie weit entfernt sind sie?«

»Auf der anderen Seite des Bergkamms. Fast hier. Schnell!«

Scofield öffnete die Tür und rief hinaus: »Sie! Antonia. Kommen Sie her. Schnell!«

Der Hund knurrte immer noch und hatte die Zähne freigelegt. Sein Kopf war vorgeschoben, die Beine gestreckt und straff, bereit zu verteidigen oder anzugreifen. Bray ließ die Tür offen, trat an eine Kommode und nahm ein Salatblatt. Er riß es in zwei Stücke und legte den gelben Papierfetzen dazwischen und faltete das Ganze dann zusammen. »Ich stecke das in die Tasche«, sagte er zu dem KGB-Mann.

»Ich hab' mir die Namen und die Länder gemerkt«, erwiderte Taleniekov. »Aber das haben Sie bestimmt auch.«

Das Mädchen rannte durch die Tür, atemlos, die Jacke nur teilweise zugeknöpft, die Lupara in der Hand und die beiden Automatikpistolen in den Seitentaschen. »Was ist los?«

Scofield drehte sich herum. »Ihre ... Großmutter hat gesagt, daß Männer kommen. Der Hund hat sie gehört.«

»Auf der anderen Seite des Hügels«, unterbrach die alte Frau. »Neunhundert Schritte vielleicht, nicht mehr.«

»Warum sollten sie das *tun*?« fragte das Mädchen. »Warum sollten sie kommen?«

»Haben sie dich gesehen, mein Kind? Haben sie Uccello gesehen?«

»Das müssen sie wohl. Aber ich habe nichts gesagt. Ich habe sie nicht gestört. Sie hatten keinen Grund zu der Annahme ...«

»Aber sie haben dich am Tag vorher gesehen«, sagte Sophia Pastorine, sie damit erneut unterbrechend.

»Ja. Ich habe die Sachen gekauft, die du haben wolltest.«

»Warum solltest du dann zurückkommen?« Das war eine rein rhetorische Frage. »Das haben sie zu verstehen versucht, und sie haben es verstanden. Sie sind Männer der Hügel, sie prüfen das Gras und die Erde und sehen, daß drei Menschen die Spur hinterlassen haben, nicht einer. Ihr müßt weg. Ihr alle!«

»Das werde ich nicht tun, Großmutter!« rief Antonia. »Sie werden uns nichts zuleide tun. Ich werde sagen, daß man mir vielleicht gefolgt ist, aber ich weiß nichts.«

Die alte Frau blickte starr nach vorne. »Sie haben, was Sie haben wollten, Signori. Nehmen Sie es. Nehmen Sie sie. Gehen Sie!«

Bray wandte sich dem Mädchen zu. »Das sind wir ihr schuldig«, sagte er. Er nahm ihr die Schrotflinte weg. Sie versuchte, sich zu wehren, aber Taleniekov preßte ihr die Arme an den Leib und zog ihr die Browning und die Graz-Burya aus den Taschen. »Sie haben gesehen, was dort unten geschehen ist«, fuhr Scofield fort. »Tun Sie, was sie von Ihnen verlangt.«

Der Hund rannte zur offenen Türe und bellte wild. Aus der Ferne trug die Morgenbrise Stimmen zu ihnen herüber; Männer riefen anderen zu, die ihnen folgten.

»Gehen Sie!« sagte Sophia Pastorine.

»Kommen Sie.« Bray stieß Antonia vor sich her. »Wir kommen nachher zurück. Wir sind noch nicht fertig.«

»Einen Augenblick, Signori!« rief die blinde Frau. »Ich glaube, wir sind fertig. Die Namen, die Sie haben, können Ihnen viellcicht helfen, aber das sind nur die Erben. Halten Sie Ausschau nach jenem, dessen Stimme grausamer ist als der Wind. Ich habe sie gehört! Finden Sie ihn. Der Hirtenjunge. Er ist es!«

17

Sie rannten am Waldrand über die Wiese und kletterten an die höchste Stelle des Kammes. Die Schatten des Osthanges boten ihnen Sichtschutz. Es hatte ein paar Sekunden gegeben, in denen man sie hätte entdecken können; sie waren darauf vorbereitet gewesen, aber es war nicht dazu gekommen. Die Männer auf dem gegenüberliegenden Hügelkamm waren von einem bellenden Hund abgelenkt und konnten sich nicht entscheiden, ob sie auf ihn schießen sollten oder nicht. Sie taten es nicht, denn ein Pfiff rief den Hund zurück, ehe sie sich entschließen konnten. Uccello lag jetzt neben Antonia im Gras und sein Atem ging ebenso schnell wie der ihre.

Auf dem anderen Hügelkamm waren vier Männer – wie es auf dem gelben Papierfetzen in meiner Tasche vier Namen gab, dachte Scofield. Er wünschte, daß es ebenso leicht sein möge, *sie* zu finden, in die Falle zu locken, wie es leicht gewesen wäre, die vier Männer in die Falle zu locken und zu erledigen, die jetzt ins Tal hinuntereilten. Aber die vier Männer auf der Liste waren nur der Anfang.

Da galt es, einen Hirtenjungen zu finden. »Eine Stimme, grausamer als der Wind« . . . Die Stimme eines *Kindes*, die eine alte Frau nach Jahrzehnten erkannt hatte . . . und die jetzt aus der Kehle eines sehr, sehr alten Mannes kommen mußte.

Ich habe die Worte gehört, und es war, als hätte die Zeit keine Bedeutung . . .

Was waren jene Worte? Wer war jener *Mann*? Der wahre Abkömmling von Guillaume de Matarese . . . Ein alter Mann, der einen Satz aussprach, der siebzig Jahre von der Erinnerung einer blinden Frau in den Bergen Korsikas abschälte. In welcher *Sprache*? Es mußte Französisch oder Italienisch sein; eine andere Sprache verstand sie nicht.

Sie mußten noch einmal mit ihr sprechen; sie mußten viel mehr wissen. Sie waren noch *nicht* mit Sophia Pastorine fertig.

Bray sah zu, wie die vier Korsen sich dem Haus näherten, zwei, die ihnen Feuerschutz gaben, und zwei, die auf die Tür zugingen, ebenfalls mit gezogenen Waffen. Die Männer an der Türe blieben einen Augenblick stehen; dann hob der Linke den Stiefel und trat damit gegen das Holz, ließ die Türe nach innen zersplittern.

Schweigen.

Zwei Rufe waren zu hören, Fragen, die in ungehaltenem Ton gestellt wurden. Die Männer außen rannten um das Haus und gingen hinein. Wieder waren Rufe zu hören . . . und das unverkennbare Geräusch von Schlägen.

Antonia wollte aufstehen, ihr Gesicht war vor Wut verzerrt. Taleniekov zog sie runter. Ihre Halsmuskeln waren angespannt; sie würde jeden Augenblick losschreien. Scofield hatte keine Wahl. Er preßte die Hand über ihren Mund, grub die Finger in ihre Wangen; aus dem Schrei wurden ein paar halb erstickte Hustenlaute.

»Ruhig!« flüsterte Bray. »Wenn die Sie hören, werden sie die alte Frau dazu benützen, Sie hinunterzuholen!«

»Das wäre viel schlimmer für sie«, sagte Wassili, »und für Sie. Sie würden ihren Schmerz hören und Sie holen.«

Antonias Augen gingen auf und zu; sie nickte. Scofield lockerte seinen Griff, ließ sie aber nicht los. Sie flüsterte durch seine Hand. »Die haben sie *geschlagen*! Eine blinde Frau haben sie *geschlagen*!«

»Sie haben Angst«, sagte Taleniekov. »Mehr Angst, als Sie sich vorstellen können. Ohne ihr Land haben sie nichts.«

Die Finger des Mädchens faßten Brays Handgelenk. »Was meinen Sie damit?«

»Nicht jetzt!« befahl Scofield. »Dort unten stimmt etwas nicht. Die bleiben zu lange in dem Haus.«

»Vielleicht haben sie etwas gefunden«, stimmte der KGB-Mann ihm zu.

»Oder sie sagt ihnen etwas. Oh, *Herrgott,* das *darf sie nicht!*«

»Was denken Sie?« fragte Taleniekov.

»Sie hat gesagt, wir seien fertig. Das sind wir *nicht.* Aber sie wird dafür sorgen, daß es so ist! Sie werden unsere Fußabdrücke auf dem Boden sehen: Wir sind über feuchtes Land gegangen; sie kann nicht ableugnen, daß wir da waren. So wie die hört, weiß sie, in welche Richtung wir gegangen sind. Sie wird sie in eine andere Richtung schicken.«

»Das ist gut«, sagte der Russe.

»Verdammt, die werden sie *töten*!«

Taleniekov deutete mit einer abrupten Handbewegung auf das Haus unten im Tal. »Sie haben recht«, sagte er. »Wenn sie ihr glauben – und das werden sie –, können sie sie nicht leben lassen. Ihr Leben für den Hirtenjungen. Damit wir den Hirtenjungen finden können!«

»Aber wir *wissen* nicht genug! Kommen Sie!« Scofield richtete sich auf und riß die Waffe aus dem Gürtel. Der Hund knurrte; das Mädchen schickte sich an, aufzustehen. Taleniekov stieß sie wieder zu Boden.

Sie kamen zu spät. Drei Schüsse hallten, einer hinter dem anderen.

Antonia schrie; Bray sprang vor, hielt sie fest, umklammerte sie. »*Bitte*, bitte!« flüsterte er. Er sah, wie der Russe von irgendwo unter seiner Jacke ein Messer zum Vorschein brachte. »*Nein!* Es ist schon gut!«

Taleniekov steckte das Messer wieder ein und kniete nieder, spähte zu dem Haus hinunter. »Jetzt rennen sie heraus. Sie haben recht gehabt; die laufen zum Südhang.«

»*Töten Sie sie!*« Scofields Hand dämpfte die Stimme des Mädchens.

»Welchen Zweck hätte das jetzt?« sagte der KGB-Mann. »Sie hat das getan, was sie tun wollte, was sie glaubte, tun zu müssen.«

Der Hund weigerte sich, ihnen zu folgen; Antonias Befehle hatten keine Wirkung. Er rannte zu dem Haus hinunter und kam nicht mehr heraus; sein Wimmern hallte zu ihnen empor.

»Wiedersehen, Uccello«, sagte das Mädchen und schluchzte. »Ich komme zurück und hole dich. Ich schwöre bei *Gott*, daß ich zurückkomme!«

Sie verließen die Berge, bogen nach Nordwesten über die Hügel von Porto Vecchio hinaus und dann nach Süden, nach Sainte-Lucie, folgten dem Fluß, bis sie die mächtige Fichte erreichten, unter der Bray seinen Aktenkoffer und den Seesack vergraben hatte. Sie bewegten sich mit großer Vorsicht, hielten sich die meiste Zeit im Wald auf und trennten sich, wenn es galt, freie Flächen zu überqueren, damit man sie nicht zusammen sah.

Scofield zog die Schaufel unter einem Haufen Zweige hervor und grub seine Habseligkeiten aus. Dann setzten sie sich wieder in Bewegung, zogen am Fluß entlang, nach Norden, auf Sainte-Lucie zu. Sie sprachen nur wenig miteinander und verschwendeten keinen Augenblick in dem Bemühen, sich möglichst weit von den Hügeln zu entfernen.

Die langen Perioden des Schweigens und die immer wieder erforderliche Trennung erfüllten einen praktischen Zweck, dachte Bray, der das Mädchen beobachtete, das verwirrt mit ihnen marschierte und ihren Befehlen ohne nachzudenken gehorchte. Immer wieder traten Tränen in ihre Augen. Die dauernde Bewegung hielt sie beschäftigt; sie mußte irgendwie den Tod ihrer »Großmutter« überwinden. Worte von Fremden konnten ihr dabei nicht helfen; sie brauchte die Einsamkeit ihrer eigenen Gedanken. Scofield vermutete, daß Antonia trotz ihrer Lupara kein Kind der Gewalt war. Ein Kind war sie übrigens ohnehin nicht; im Licht des Tages war deutlich zu sehen, daß sie die Dreißig bereits überschritten hatte, aber davon abgesehen entstammte sie einer Welt radikaler Akademiker, nicht einer Welt der Revolution. Er bezweifelte, daß sie an den Barrikaden wissen würde, was es zu tun galt.

»Wir müssen aufhören zu *fliehen*!« rief sie plötzlich. »Sie können tun, was Sie wollen, aber ich kehre nach Porto Vecchio zurück. Ich werde dafür sorgen, daß die *gehängt* werden!«

»Es gibt sehr viel, was Sie nicht wissen«, sagte Taleniekov.

»Man hat sie ermordet! Das ist alles, was ich wissen muß!«

»So einfach ist das nicht«, sagte Bray. »In Wahrheit hat sie sich selbst getötet.«

»*Die* haben sie getötet!«

»Sie hat sie dazu gezwungen.« Scofield nahm ihre Hand, hielt sie fest umfaßt. »Versuchen Sie mich zu verstehen. Wir können Sie nicht umkehren lassen; ihre Großmutter hat das gewußt. Was in den letzten achtundvierzig Stunden geschehen ist, muß so schnell wie möglich in Vergessenheit geraten. Es wird sicher Panik in den Hügeln geben; man wird Männer ausschicken, die uns suchen sollen, aber in einigen Wochen, wenn bis dahin nichts geschieht, werden sie abkühlen. Sie werden mit ihren eigenen Ängsten leben, aber sie werden still sein. Das ist das einzige, was sie tun können. Ihre Großmutter hat das begriffen. Sie hat darauf gebaut.«

»Aber *warum*?«

»Weil wir andere Dinge tun müssen«, sagte der Russe. »Auch das hat sie begriffen. Deshalb hat sie Sie geschickt, um uns zu suchen.«

»Was sind das für Dinge?« fragte Antonia und gab sich dann selbst die Antwort. »Sie hat gesagt, daß Sie Namen hätten. Sie sprach von dem Hirtenjungen.«

»Aber Sie dürfen davon nicht reden«, befahl Taleniekov. »Nicht, wenn Sie wollen, daß der Tod Ihrer Großmutter einen Sinn hat. Wir können nicht zulassen, daß Sie sich einmischen.«

Scofield bemerkte den Tonfall in der Stimme des KGB-Mannes und ertappte sich einen Augenblick lang dabei, wie er nach seiner Waffe griff. In diesem Sekundenbruchteil drängte sich die Erinnerung an Berlin, die Geschehnisse vor zehn Jahren, an die Oberfläche. Taleniekov hatte bereits seine Entscheidung getroffen: Falls der Russe den geringsten Zweifel hatte, würde er dieses Mädchen töten.

»Sie wird uns nicht behindern«, sagte Bray, ohne zu wissen, warum er eine solche Garantie gab, aber er gab sie mit fester Stimme. »Gehen wir. Ich will einen Mann in Murato aufsuchen. Wenn es uns dann gelingt, Bastia zu erreichen, kann ich uns herausholen.«

»*Wohin*, Signore? Sie können mir nicht befehlen . . .«

»Seien Sie still«, sagte Bray. »Treiben Sie es nicht zu weit.«

»Nein, tun Sie es nicht«, fügte der KGB-Mann hinzu und sah Scofield an. »Wir müssen reden. Wir sollten, wie vorher, getrennt reisen, unsere Arbeit aufteilen, Zeitpläne und Kontaktpunkte festlegen. Es gibt viel zu besprechen.«

»Ich schätze, daß es bis Bastia einhundertvierzig Kilometer sind. Wir werden genügend Zeit zum Reden haben.« Scofield griff nach seinem Aktenkoffer; das Mädchen riß ihre Hand aus der seinen und trat ärgerlich zwei Schritte zurück. Der Russe beugte sich über den Seesack.

»Ich schlage vor, wir sprechen allein«, sagte er zu Bray. »Das Mädchen ist kein Aktivposten, Beowulf.«

»Sie enttäuschen mich.« Scofield nahm dem KGB-Mann den

Seesack weg. »Hat Ihnen niemand beigebracht, wie man aus einer Verbindlichkeit einen Aktivposten macht?«

Antonia hatte in Vescovato am Golofluß gelebt, etwa dreißig Kilometer südlich von Bastia. Ihr unmittelbarer Beitrag bestand darin, daß sie sie ungesehen dorthin schaffen konnte. Es war wichtig, daß sie Entscheidungen traf, selbst wenn es nur dazu diente, sie von der Tatsache abzulenken, daß sie Befehlen gehorchte, mit denen sie nicht einverstanden war. Sie wählte primitive Feldwege und Bergpfade, die sie als Kind kennengelernt hatte.

»Die Nonnen haben uns zum Picknick hierhergebracht«, sagte sie und blickte nach unten auf einen eingedämmten Fluß. »Wir haben Lagerfeuer gemacht und Wurst gegessen, und dann haben wir uns abwechselnd in die Büsche geschlagen, um Zigaretten zu rauchen.«

Sie gingen weiter. »An diesem Hügel gibt es am Morgen guten Wind«, sagte sie. »Mein Vater hat wunderbare Papierdrachen gebaut, die haben wir an Sonntagen hier steigen lassen. Nach der Messe natürlich.«

»Wir?« fragte Bray. »Haben Sie Geschwister?«

»Einen Bruder und eine Schwester. Sie sind älter als ich und leben noch in Vescovato. Sie haben Familien. Ich sehe sie nicht oft; wir haben einander nicht viel zu sagen.«

»Ihre Geschwister sind also nicht auf höhere Schulen gegangen?« fragte Taleniekov.

»Sie hielten das für unsinnig. Es sind gute Leute, aber sie ziehen das einfache Leben vor. Wenn wir Hilfe brauchen, werden sie sie uns anbieten.«

»Es wäre besser, sie nicht aufzusuchen«, sagte der Russe.

»Es ist meine Familie, Signore. Warum sollte ich sie meiden?«

»Weil das notwendig sein könnte.«

»Das ist keine Antwort. Sie haben mich daran gehindert, nach Porto Vecchio zu gehen und Gerechtigkeit zu suchen; Sie können mir jetzt keine Befehle mehr geben.«

Der KGB-Mann sah Scofield an, man konnte seine Absicht in seinen Augen lesen. Bray rechnete damit, daß der Russe die Waffe ziehen würde. Er überlegte kurz, wie er reagieren würde; er konnte es nicht sagen. Aber der Augenblick verstrich. Scofield wurde etwas klar, was er vorher nicht voll begriffen hatte.

Wassili Taleniekov wollte nicht töten, aber der Profi in ihm befand sich in einem starken Konflikt mit dem Menschen. Er wollte wissen, wie man aus einer Verbindlichkeit einen Aktivposten machte. Scofield wünschte, er wüßte es selbst.

»Beruhigen Sie sich«, sagte Bray. »Niemand will Ihnen Vorschriften machen, nur wenn es um Ihre eigene Sicherheit geht. Das sagen wir jetzt nicht zum erstenmal; im Augenblick ist es noch viel wichtiger.«

»Ich glaube, es geht um etwas anderes. Sie wollen, daß ich *stumm* bleibe, wo es um den Mord an einer blinden alten Frau geht!«

»Ihre Sicherheit hängt davon ab, das haben wir Ihnen gesagt. Sie hat das begriffen.«

»Sie ist tot!«

»Aber Sie wollen *leben*«, beharrte Scofield ruhig. »Sie werden das nicht, wenn die Leute aus den Hügeln Sie finden. Und wenn bekannt wird, daß Sie mit anderen gesprochen haben, werden die ebenfalls in Gefahr sein. Können Sie das nicht verstehen?«

»Was soll ich dann *tun*?«

»Dasselbe, was wir tun. Verschwinden. Korsika verlassen.«

Das Mädchen wollte widersprechen, aber Bray schnitt ihr das Wort ab. »Sie *müssen* uns vertrauen. Ihre Großmutter hat das auch getan. Sie ist gestorben, damit wir leben konnten und einige Leute finden, die in schreckliche Dinge verwickelt sind, die weit über Korsika hinausgehen.«

»Sie sprechen nicht mit einem Kind. Was soll das bedeuten, ›schreckliche Dinge‹?«

Bray sah Taleniekov an, verstand seine Mißbilligung, tat sie aber mit einem Nicken ab. »Es gibt Männer – wir wissen nicht wie viele –, die ihr Leben der Aufgabe gewidmet haben, andere Menschen zu töten. Männer, die Mißtrauen und Argwohn verbreiten, indem sie ihre Opfer auswählen und Morde finanzieren. Hinter dem, was sie tun, gibt es kein Schema, nur Gewalt, *politische* Gewalt. Sie hetzen eine Partei gegen die andere, eine Regierung gegen die andere ... ein Volk gegen das andere.« Scofield hielt inne, als er sah, wie konzentriert Antonia ihm zuhörte. »Sie sagten, Sie seien eine politische Aktivistin, eine Kommunistin. Schön. Gut. Das ist mein Begleiter hier auch; er ist in Moskau ausgebildet worden. Ich bin Amerikaner, in Washington ausgebildet. Wir sind Feinde; wir haben lange Zeit gegeneinander gekämpft. Die Einzelheiten sind unwichtig, wichtig ist die Tatsache, daß wir jetzt zusammenarbeiten. Die Männer, die wir zu finden versuchen, sind viel gefährlicher als jede Differenz zwischen uns oder unseren Regierungen, weil diese Männer jene Differenzen zu etwas eskalieren können, was niemand will; den ganzen Globus können sie gefährden, ihn sozusagen sprengen.«

»Danke dafür, daß Sie es mir gesagt haben«, sagte Antonia nachdenklich. Dann runzelte sie die Stirn. »Aber wie konnte *sie* von solchen Dingen wissen?«

»Sie war an Ort und Stelle, als alles anfing«, antwortete Bray. »Vor beinahe siebzig Jahren in der Villa Matarese.«

Die Worte schienen langsam aus ihr herauszudrängen; sie flüsterte: »›Die Hure der Villa Matarese‹ ... der *Padrone*, Guillaume?«

»Er war so mächtig wie seinesgleichen in England oder Frankreich, ein Hindernis für die Kartelle und Konzerne. Er stand ihnen im Wege und behielt zu oft die Oberhand, also zerstörten sie ihn. Sie benutzten ihre Regierungen, um seinen Zusammenbruch herbeizuführen; sie töteten seine Söhne. Er wurde wahnsinnig ... aber in seinem Wahnsinn – und mit den Mitteln, die ihm übriggeblieben waren – setzte er einen Rachefeldzug in Gang, einen langfristigen Rachefeldzug. Er rief andere Männer zusammen, die ebenso vernichtet worden waren wie er. Sie wurden zum Bund der Matarese. Viele Jahre war ihre Spezialität der politische Meuchelmord. Später glaubte man dann, sie wären gestorben. Jetzt sind sie zurückgekehrt, tödlicher als je zuvor.« Scofield hielt inne; er hatte ihr genug gesagt. »Klarer kann ich es nicht darstellen, ich hoffe, Sie verstehen das. Sie wollen, daß die Männer, die ihre Großmutter getötet haben, dafür bezahlen. Ich würde es auch gerne so sehen, aber ich muß Ihnen auch sagen, daß diese Männer nicht sehr wichtig sind.«

Antonia schwieg einige Augenblicke. Ihre intelligenten braunen Augen ließen Bray nicht los. »Sie haben sich ganz klar ausgedrückt, Signor Scofield. Wenn diese Männer nicht wichtig sind, dann bin ich auch nicht wichtig. Ist es das, was Sie sagen?«

»Ich denke schon.«

»Mein sozialistischer Genosse«, fügte sie hinzu und sah zu Taleniekov hinüber, »würde mich ohne weiteres beseitigen.«

»Ich habe ein Ziel«, antwortete Wassili, »und gebe mir große Mühe, die Probleme zu analysieren, die mit diesem Ziel in Verbindung stehen.«

»Ja, natürlich. Ich soll mich also umdrehen und in den Wald gehen und auf die Kugel warten, die mein Leben beendet?«

»Das ist Ihre Entscheidung«, sagte Taleniekov.

»Dann habe ich also die Wahl? Sie würden mein Wort akzeptieren, daß ich nichts sage?«

»Nein«, antwortete der KGB-Mann. »Das würde ich nicht.«

Bray studierte Taleniekovs Gesicht, seine rechte Hand war nur wenige Zoll von der Browning Automatik an seinem Gürtel entfernt. Der Russe wollte auf irgend etwas hinaus, das war offensichtlich. Er testete das Mädchen dabei.

»Worin besteht meine Wahl?« fuhr Antonia fort. »Soll ich mich von einer Ihrer beiden Regierungen in Gewahrsam nehmen lassen, bis Sie die Männer gefunden haben, die Sie suchen?«

»Ich fürchte, das ist nicht möglich«, sagte Taleniekov. »Wir handeln außerhalb der Vorschriften unserer Regierungen; wir haben ihre Billigung nicht. Um es ganz klar auszudrücken: Unsere Regierungen suchen uns mit der gleichen Intensität wie wir die Männer suchen, von denen wir sprachen.«

Das Mädchen reagierte auf die Information des Russen, als hätte er ihr einen Schlag versetzt. »Sie werden von Ihren eigenen Leuten gejagt?« fragte sie.

Taleniekov nickte.

»Ich verstehe. Jetzt ist mir alles klar. Sie sind also nicht bereit, mein Wort zu akzeptieren, Sie können mich auch nicht einsperren. Deshalb stelle ich eine Gefahr für Sie dar – in viel stärkerem Maße, als ich mir das vorgestellt habe. Ich habe also *keine* Wahl, oder?«

»Vielleicht doch«, erwiderte der KGB-Mann. »Mein Kollege hat es erwähnt.«

»Und das wäre?«

»Vertrauen Sie uns. Helfen Sie uns, nach Bastia zu gelangen, und vertrauen Sie uns. Vielleicht ergibt sich daraus etwas.« Taleniekov wandte sich an Scofield und sprach ein Wort. »Kanal.«

»Wir werden sehen«, sagte Bray und nahm die Hand vom Gürtel. Sie dachten dasselbe.

Der Kontaktmann des State Department in Murato war nicht glücklich. Er legte keinen Wert auf die Komplikationen, denen er sich ausgesetzt sah. Als Eigentümer einiger Fischerboote in Bastia schrieb er für die Amerikaner Berichte über sowjetische Flottenmanöver. Washington bezahlte ihn gut und hatte alle Stationen davon verständigt, daß Brandon Alan Scofield, ehemaliger Spezialist der Consular Operations, als Überläufer zu betrachten sei. Nach dieser Klassifikation war die Vorschrift eindeutig: In Gewahrsam nehmen, wenn möglich, aber falls das nicht in Frage kam, alle geeigneten Mittel zur Beseitigung anwenden.

Silvio Montefiori überlegte kurz, ob eine solche Aktion einen Versuch wert war. Aber Silvio Montefiori war ein praktisch denkender Mann und entschied sich trotz der Versuchung dagegen. Scofield hatte das sprichwörtliche Messer an Montefioris Mund, aber an der Klinge war etwas Honig. Wenn Silvio die Bitte des Amerikaners ablehnte, würden seinen Aktivitäten den *Sowjets* mitgeteilt werden. Wenn sich Silvio andererseits Scofields Wünschen fügte, so versprach ihm der Überläufer zehntausend Dollar, und zehntausend Dollar waren – selbst bei dem gegenwärtigen schlechten Kurs – wahrscheinlich mehr als jede Prämie, die er möglicherweise für Scofields Tod erhalten würde.

Außerdem würde er leben und das Geld ausgeben können.

Montefiori erreichte das Lagerhaus, öffnete die Tür und ging durch die finstere, verlassene Halle, bis er, wie er instruiert worden war, in der Nähe der hinteren Wand stand. Er konnte den Amerikaner nicht sehen – dafür war es zu dunkel –, aber er wußte, daß Scofield da war. Es war eine Frage des Wartens.

Er holte eine dünne, krumme Zigarre aus der Brusttasche, durchstöberte seine Hosentaschen nach Streichhölzern, fand schließlich eines und riß es an. Als er die Flamme an die Spitze der Zigarre führte, stellte er zu seiner Verärgerung fest, daß seine Hand zitterte.

»Sie schwitzen, Montefiori.« Die Stimme kam aus dem Schatten zu seiner Linken. »Das Streichholz zeigt den Schweiß, mit dem Ihr ganzes Gesicht bedeckt ist. Als ich Sie das letztemal sah, haben Sie auch geschwitzt. Ich war damals wegen des Beutels hier und habe Ihnen gewisse Fragen gestellt.«

»Brandon!« rief Silvio überschwenglich. »Mein lieber, guter

Freund! Wie schön, Sie wiederzusehen ... falls ich Sie sehen könnte.«

Der hochgewachsene Amerikaner trat aus dem Schatten in das schwache Licht. Montefiori erwartete, eine Waffe in seiner Hand zu sehen, aber das war nicht der Fall. Scofield tat nie, was man von ihm erwartete.

»Wie geht es Ihnen, Silvio?« fragte der »Überläufer«.

»Nun, mein lieber, guter Freund!« Montefiori war intelligent genug, auf den Versuch zu verzichten, dem anderen die Hand zu geben. »Alles ist arrangiert. Ich gehe ein großes Risiko ein, zahle meiner Mannschaft zehnfachen Lohn, aber für einen Freund, den ich so bewundere, ist nichts zuviel. Sie und der *Provokateur* brauchen nur an das Ende von Pier sieben in Bastia zu gehen, um ein Uhr früh. Mein bester Trawler bringt Sie bis zum Tagesanbruch nach Livorno.«

»Ist das seine normale Route?«

»Natürlich nicht. Der übliche Hafen ist Piombino. Ich zahle gern für den zusätzlichen Treibstoff und denke gar nicht an meine Verluste.«

»Das ist sehr großzügig von Ihnen.«

»Warum nicht? Sie sind immer fair zu mir gewesen.«

»Warum nicht? Sie haben immer geliefert.« Scofield griff in die Tasche und holte eine Rolle Banknoten heraus. »Aber ich fürchte, es müssen einige Änderungen durchgeführt werden. Zunächst brauche ich zwei Boote. Eines soll Bastia in südlicher, das andere in nördlicher Richtung verlassen, beide sollen sich nicht weiter als tausend Meter von der Küste entfernen. Sie werden sich dort draußen mit Ruderbooten treffen, die versenkt werden. Ich werde in dem einen sein, der Russe in dem anderen. Ich gebe Ihnen die Signale. Sobald wir an Bord sind, werden er und ich auf die offene See fahren, wo die beiden Kurse bestimmt werden. Die Bestimmungsorte werden nur die Kapitäne und wir kennen.«

»So viele Komplikationen, mein Freund! Die sind nicht nötig, Sie haben mein Wort!«

»Was ich sehr schätze, Silvio, aber nur solange ich es im Herzen trage. Tun Sie, was ich Ihnen sage.«

»Natürlich!« sagte Montefiori und schluckte. »Aber Sie sind sich natürlich darüber im klaren, daß das meine Kosten erhöht.«

»Diese Kosten sollten wohl ausgeglichen werden, oder nicht?«

»Es erfüllt mich mit Freude, daß Sie das verstehen.«

»Oh, das tue ich.« Der Amerikaner gab ihm ein paar sehr große Scheine. »Zuallererst möchte ich Sie wissen lassen, daß ich das, was Sie für Washington getan haben, nie preisgeben werde. Das für sich alleine ist schon eine beträchtliche Summe wert, falls Sie auf Ihr Leben Wert legen. Außerdem möchte ich Ihnen das hier noch geben. Das sind fünftausend Dollar.« Scofield hielt ihm das Geld hin.

»Mein lieber Freund, Sie sagten *zehn*tausend! Ich habe meine kostspieligen Vorbereitungen auf Ihr *Wort* hin getroffen!« Der Schweiß drang aus Montefioris Poren. Nicht nur, daß seine Beziehungen mit dem State Department der Vereinigten Staaten in größter Gefahr waren, dieses Schwein von einem Verräter wollte ihn außerdem noch zum Bettler machen!

»Ich bin noch nicht fertig, Silvio. Sie sind viel zu hastig. Ich weiß, daß ich zehntausend gesagt habe, und die sollen Sie auch bekommen. Bleiben also noch fünftausend, die Ihnen zustehen, ohne Ihre zusätzlichen Kosten. Stimmt das?«

»Ganz richtig«, sagte der Korse. »Die Ausgaben bringen einen um.«

»Ja, alles ist heutzutage so teuer«, pflichtete Bray ihm bei. »Sagen wir ... fünfzehn Prozent über dem ursprünglichen Preis, wäre das zufriedenstellend?«

»Mit anderen würde ich handeln, aber mit Ihnen nie.«

»Dann wollen wir also sagen, zusätzliche fünfzehnhundert, okay? Bleiben also noch insgesamt sechstausendfünfhundert, die Sie zu bekommen haben.«

»Das klingt unangenehm. Es deutet auf zukünftige Bezahlung hin und meine Ausgaben sind jetzt angefallen. Ich kann sie nicht aufschieben.«

»Aber mein Freund. Jemand von Ihrem Ruf wird doch ein paar Tage Kredit haben.«

»Ein paar Tage, Brandon? Das ist schon wieder so unbestimmt. Ein ›paar Tage‹ und Sie könnten in Singapur sein. Oder in Moskau. Können Sie nicht deutlicher werden?«

»Sicher. Das Geld wird in einem Ihrer Trawler sein, ich habe noch nicht entschieden, in welchem. Es wird unter dem vorderen Schott liegen, rechts von der Mittelstrebe, in einem hohlen Stück aus gefärbtem Holz verborgen. Sie werden es ganz leicht finden.«

»Madonna, dann finden es andere auch!«

»Warum? Es wird doch niemand danach suchen, falls Sie es nicht allen bekanntgeben.«

»Das ist viel zu riskant! An Bord ist kein einziger Matrose, der für einen solchen Betrag nicht seine Mutter vor seinem Priester töten würde! Wirklich, mein lieber Freund, Sie sollten vernünftig sein!«

»Keine Sorge, Silvio. Warten Sie im Hafen auf Ihre Boote. Wenn Sie das Holz nicht finden, dann suchen Sie einen Mann, dem die Hand abgerissen wurde; der wird das Geld haben.«

»Eine *Bombe*?« fragte Montefiori ungläubig, und der Schweiß lief ihm von der Stirn.

»Eine ganz gewöhnliche Schraube an der Seite; das kennen Sie doch. Sie brauchen sie bloß zu entfernen und der Zünder ist abgeschaltet.«

»Ich werde meinen Bruder anheuern ...« Silvio war enttäuscht; der Amerikaner war kein netter Mensch. Es war gerade, als hätte Scofield seine Gedanken gelesen. Da das Geld an Bord war, hatte es keinen Sinn, eines der beiden Boote zu versenken; das State Department würde vielleicht nicht bezahlen. Bis die Boote wieder in Bastia waren, konnte dieser widerliche Scofield bereits über die Wolga hinuntersegeln. Oder den Nil. »Wollen Sie es sich nicht noch einmal überlegen, mein lieber Freund?«

»Ich fürchte, das geht nicht. Ich werde auch niemandem sagen, wieviel Sie Washington wert sind. Machen Sie sich keine Sorgen, Silvio, das Geld wird da sein. Wissen Sie, vielleicht haben wir wieder einmal miteinander zu tun. Sehr bald.«

»Gar keine Eile, Brandon. Ich will gar nichts mehr wissen. Eine solche Last! Welche Signale geben Sie heute abend?«

»Ganz einfach. Zwei Lichtblitze, die einige Male wiederholt werden, jedenfalls bis die Trawler anhalten.«

»Zwei Lichtblitze, wiederholt ... Ruderboote in Seenot, die Hilfe suchen. Ich bin nicht für Unfälle auf See verantwortlich. *Ciao*, mein alter *Freund.*« Montefiori trocknete sich den Nacken mit dem Taschentuch, drehte sich im schwachen Licht des Lagerhauses um und ging über den Betonfußboden davon.

»Silvio?«

Montefiori blieb stehen. »Ja?«

»Sie sollten Ihr Hemd wechseln.«

Sie hatten sie jetzt fast zwei Tage lang scharf beobachtet, und beide Männer waren wortlos übereingekommen, daß ein Urteil gefällt werden mußte. Entweder würde sie ihr »Kanal« sein, oder sie würde sterben. Es gab kein Dazwischen, kein Sicherheitsgefängnis, keine Isolierstation, in die man sie schicken konnte. Entweder würde sie ihr »Kanal« sein, oder ein Akt schierer, kalter Notwendigkeit würde stattfinden.

Sie brauchten jemanden, der zwischen ihnen Nachrichten hin und her trug. Sie konnten nicht direkt miteinander in Verbindung stehen; das war zu gefährlich. Es mußte einen Dritten geben, an einem getarnten Ort fest stationiert. Er mußte mit den Codes vertraut sein, die sie gebrauchten und vor allem verläßlich, akkurat und imstande, ein Geheimnis zu bewahren. Eignete sich Antonia dazu? Wenn ja, würde sie die Risiken hinnehmen, die mit dieser Aufgabe in Verbindung standen? Darum studierten sie sie mit aller Sorgfalt.

Sie war schnell und verfügte über Mut, das waren Qualitäten, die sie in den Hügeln an ihr gesehen hatten. Sie war auch wachsam und konnte Gefahren spüren. Und doch blieb sie ihnen ein Rätsel. Sie sahen nur die Oberfläche; ihr Innerstes blieb ihnen fremd. Sie war abweisend, verschlossen und verschwiegen. Sie warf unruhige Blicke nach allen Richtungen, als rechnete sie damit, daß plötzlich eine Peitsche auf ihren Rücken herunterkrachte oder daß sie eine Hand aus den Schatten am Hals packte. Aber da waren keine Peitschen und auch keine Schatten.

Antonia war eine eigenartige Frau; beiden Beobachtern kam es in den Sinn, daß sie etwas verbarg. Was auch immer es war – falls diese Vermutung stimmte –, sie hatte nicht vor, es ihnen zu offenbaren. Die Ruhepausen halfen da nicht weiter; sie hielt sich zurück und weigerte sich beharrlich, sich von ihnen ausfragen zu lassen.

Aber sie tat, worum man sie gebeten hatte. Sie brachte sie ohne Zwischenfall nach Bastia, wußte sogar, wo man den altersschwachen Omnibus aufhalten mußte, der Arbeiter aus den Außenbezirken in die Hafenstadt brachte. Taleniekov saß mit Antonia vorne, während Scofield sich auf einen der hinteren Sitze gesetzt hatte und die anderen Passagiere beobachtete.

Sie traten auf die überfüllten Straßen hinaus. Bray war immer noch hinter ihnen, beobachtete, hielt die Augen offen für den Fall, daß die sie umgebende Gleichgültigkeit plötzlich umschlug. Ein Gesicht, das plötzlich erstarrte, ein Paar Augen, die sich an dem aufrechten Mann in mittleren Jahren festsogen, der mit der dunkelhaarigen Frau dreißig Schritt vor ihm ging. Aber da war nur Gleichgültigkeit.

Er hatte dem Mädchen gesagt, es solle zu einer Bar am Hafen gehen, einer heruntergekommenen Kneipe, wo niemand es wagte, sich zu sehr um den Nachbarn zu kümmern. Selbst die meisten Korsen mieden das Lokal; der Abschaum der Piers verkehrte dort.

Als sie das Lokal betreten hatten, trennten sie sich erneut. Taleniekov schloß sich Bray an, der sich einen Tisch in der Ecke ausgesucht hatte, während Antonia etwa drei Meter von ihnen entfernt an einem anderen Tisch Platz nahm. Den zweiten Stuhl stellte sie schräg, reservierte damit den Platz. Das reichte nicht aus, um die trunkenen Annäherungsversuche der anderen Gäste abzuweisen. Auch die gehörten mit zu dem Test; es war wichtig zu wissen, wie sie auf sich aufpassen konnte.

»Was meinen Sie?« fragte Taleniekov.

»Ich bin nicht sicher«, antwortete Scofield. »Sie weicht einem immer wieder aus. Ich finde einfach nichts.«

»Vielleicht beobachten Sie sie zu scharf. Sie hat einen großen Schock hinter sich. Sie dürfen von ihr nicht erwarten, daß sie sich normal verhält. Ich glaube, sie schafft es. Wir würden ja sehr bald wissen, wenn es nicht geht; wir können uns mit einem vorher vereinbarten Code sichern. Ganz offen – haben wir denn eine andere Wahl? Gibt es denn in irgendeiner Station einen Mann, dem Sie vertrauen könnten? Oder dem ich vertrauen könnte? Selbst außerhalb der Stationen, was Sie als ›Drohnen‹ bezeichnen; wer wäre da nicht neugierig? Wer würde Washingtons oder Moskaus Druck widerstehen?«

»Der Schock ist es, der mich stört«, sagte Bray. »Ich glaube, den hat sie schon erlitten, lange bevor wir sie trafen. Sie hat gesagt, sie wäre in Porto Vecchio gewesen, um einmal wegzukommen. Weg von was?«

»Dafür könnte es ein Dutzend Erklärungen geben. Überall in Italien herrscht Arbeitslosigkeit. Vielleicht hat sie auch keine Arbeit. Oder ein untreuer Liebhaber, eine Liebesaffäre, die schiefgegangen ist. Solche Dinge haben keine Beziehung zu dem, was wir von ihr verlangen würden.«

»Das sind auch nicht die Dinge, die ich vermute. Außerdem, warum sollten wir ihr vertrauen? Selbst wenn wir das Risiko eingingen, warum sollte sie annehmen?«

»Sie war dabei, als diese alte Frau getötet wurde«, sagte der Russe. »Das genügt vielleicht schon.«

Scofield nickte. »Ein Anfang ist das, aber nur, wenn sie überzeugt ist, daß es eine spezifische Verbindung zwischen dem gibt, was wir tun, und dem, was sie gesehen hat.«

»Das haben wir ihr doch klargemacht. Sie hat die Worte der alten Frau gehört; sie hat sie wiederholt.«

»Aber da war sie noch verwirrt, stand noch unter dem Eindruck des Schocks. Sie muß überzeugt werden.«

»Dann überzeugen Sie sie doch.«

»Ich?«

»Sie vertraut Ihnen mehr als ihrem ›sozialistischen Genossen‹, das ist offensichtlich.«

Scofield hob sein Glas. »Hatten Sie vor, sie zu töten?«

»Nein. Das ist eine Entscheidung, die von Ihnen hätte kommen müssen. So ist es immer noch. Mir war nicht wohl, als ich Ihre Hand so dicht an Ihrem Gürtel sah.«

»Mir auch nicht.« Bray stellte sein Glas weg und sah zu dem Mädchen hinüber. Berlin war nie sehr weit – das verstand Taleniekov –, aber Scofields Geist und seine Augen täuschten jetzt seine Erinnerungen nicht; er befand sich nicht in einer Höhle an einer Hügelflanke und sah einer Frau zu, wie sie im Licht eines Lagerfeuers ihr Haar freischüttelte. Es gab keine Ähnlichkeit mehr zwischen seiner Frau und Antonia. Er konnte sie töten, wenn er das mußte. »Dann wird sie mit mir gehen«, sagte er zu dem Russen. »In achtundvierzig Stunden werde ich es wissen. Unsere erste Kontaktaufnahme wird direkt sein; die beiden nächsten mit einem vorher vereinbarten Code über sie, damit wir die Genauigkeit überprüfen können ... falls wir sie wollen und sie damit einverstanden ist.«

»Und wenn wir sie nicht wollen oder sie ablehnt?«

»Das wäre dann meine Entscheidung, nicht wahr?« Das war eine Feststellung, die Bray machte, keine Frage. Dann holte er das Salatblatt aus der Jackentasche und öffnete es. Das vergilbte Stück Papier war noch intakt, die Namen verschwommen, aber lesbar. Ohne auf das Blatt zu sehen, wiederholte sie Taleniekov.

»Graf Alberto Scozzi, Rom. Sir John Waverly, London. Fürst Andrei Voroschin, Sankt Petersburg – dahinter steht Rußland, und heute heißt die Stadt natürlich Leningrad. Senor Manuel Ortiz Ortega, Madrid; er ist ausgestrichen. Josua – das soll vermutlich Joshua heißen – Appleton, Massachusetts, USA. Der Spanier ist von dem *Padrone* in der Villa Matarese getötet worden, er hat dem Rat also nie angehört. Die übrigen vier sind schon lange gestorben, aber zwei ihrer Nachkommen sind sehr prominent, sehr aktiv: David Waverly und Joshua Appleton der Vierte. Der britische Außenminister und der Senator von Massachusetts. Ich würde sagen, wir beginnen mit der sofortigen Konfrontation.«

»Ich nicht«, sagte Bray und blickte auf das Papier mit seiner Kinderschrift. »Weil wir wissen, wer *sie* sind, aber überhaupt nichts über die anderen. Wer sind ihre Nachkommen? Wo sind sie? Falls es noch mehr Überraschungen gibt, wollen wir sie zuerst finden. Die Matarese beschränken sich nicht auf zwei Männer; speziell diese beiden haben vielleicht überhaupt nichts mit ihnen zu tun.«

»Warum sagen Sie das?«

»Alles, was ich über die beiden weiß, läßt eine Verbindung zu den Matarese praktisch unmöglich erscheinen. Waverly hatte das, was man in England einen ›guten Krieg‹ nennt; ein Kommando in jungen Jahren, hochdekoriert. Später eine verdammt gute Laufbahn im Foreign Office. Er war immer ein Mann des taktischen Kompromisses, kein Initiator; das paßt nicht. Appleton ist ein Musterschüler aus Boston; der erste seiner Klasse, der dann drei Wahlperioden im Senat als liberaler Reformator auftrat. Ein Beschützer der Arbeiterklasse ebenso wie der Intellektuellen. Er ist ein Ritter in schimmernder Rüstung, auf einem soliden politischen Pferd. Die meisten Amerikaner glauben, daß ihn dieses Pferd nächstes Jahr ins Weiße Haus tragen wird.«

»Gibt es einen besseren Aufenthaltsort für einen *Consigliere* der Matarese?«

»Das wäre einfach zu glatt. Ich glaube, daß er echt ist.«

»Die Kunst der Überzeugung – in beiden Fällen vielleicht. Aber Sie haben recht: die beiden werden nicht verschwinden. Also beginnen wir in Leningrad und Rom und spüren dort auf, was wir finden können.«

»›Ihr und die Euren werden tun, was ich nicht länger tun kann . . .‹ Das waren die Worte, die Matarese vor siebzig Jahren gebrauchte. Ich frage mich, ob es wirklich so einfach ist.«

»Sie meinen, ›Eure‹ könnte man durch Auswahl, nicht durch Geburt sein?« fragte Taleniekov. »Also keine direkten Nachkommen?«

»Ja.«

»Das ist möglich, aber dies waren alles einmal mächtige Familien. Die Waverlys und die Appletons sind das noch. In solchen Familien gibt es gewisse Traditionen, das Blut kommt immer zuerst. Fangen wir mit den Familien an. Sie sollten die Welt erben; das waren seine Worte. Die alte Frau sagte, es war seine Rache.«

Scofield nickte. »Ich weiß. Sie sagte auch, daß sie nur die Überlebenden waren, daß sie von einem anderen gelenkt wurden . . . daß wir nach jemand anderem Ausschau halten sollten.«

»›Mit einer Stimme, grausamer als der Wind‹«, fügte der Russe hinzu. »›Er ist es‹, sagte sie.«

»Der Hirtenjunge«, sagte Bray und starrte das vergilbte Blatt an. »Nach all den Jahren – wer ist er? Was ist er?«

»Beginnen wir bei den Familien«, wiederholte Taleniekov. »Wenn er überhaupt gefunden werden kann, dann durch sie.«

»Können Sie nach Rußland zurück? Nach Leningrad?«

»Leicht. Über Helsinki. Es wird eine seltsame Rückkehr für mich sein. Ich habe drei Jahre an der Universität von Leningrad verbracht. Dort wurde man auf mich aufmerksam.«

»Ich glaube nicht, daß jemand eine Wiedersehensfeier für Sie veranstalten wird.« Scofield legte das gelbe Papier wieder zwischen das Salatblatt und schob es in die Tasche zurück. Er holte ein kleines Notizbuch heraus. »Wenn Sie in Helsinki sind, dann steigen Sie im Tavastian-Hotel ab, bis Sie von mir hören. Ich werde Ihnen dann Bescheid sagen, mit wem Sie sich treffen sollen. Geben Sie mir einen Namen.«

»Rydukov, Piotr«, erwiderte der KGB-Mann, ohne zu zögern.

»Wer ist das?«

»Ein Violinist im Symphonieorchester von Sewastopol. Ich werde seine Papiere etwas abändern lassen.«

»Hoffentlich fordert Sie niemand auf zu spielen.«

»Eine starke Arthritis macht das unmöglich.«

»Wir wollen unsere Codes vereinbaren«, sagte Bray. Er sah zu Antonia hinüber, die eine Zigarette rauchte und sich mit einem jungen Matrosen aus Bastia unterhielt, der neben ihr stand. Sie hielt sich gut; sie lachte höflich, aber abweisend, schuf Distanz zwischen sich und dem aufdringlichen jungen Mann. Tatsächlich war an ihrem Auftreten mehr als nur eine Andeutung von Eleganz, einer Eleganz, die nicht in die primitive Kneipe paßte, aber angenehm wirkte. Seine Augen ... überlegte Scofield, ohne weiterzudenken.

»Was glauben Sie, was geschehen wird?« fragte Taleniekov, der Bray beobachtete.

»In achtundvierzig Stunden werde ich es wissen«, sagte Scofield.

18

Der Trawler näherte sich der italienischen Küste. Die Winterseen waren turbulent gewesen, die Gegenströmung bösartig und das Boot langsam; sie hatten fast siebzehn Stunden für die Reise von Bastia her gebraucht. Es würde bald dunkel werden. Dann würde die Besatzung ein kleines Beiboot herablassen, um Scofield und Antonia ans Ufer zu bringen. Die mühsame und zeitraubende Reise erfüllte für Bray noch einen weiteren Zweck, neben dem, sie nach Italien zu bringen, wo die Jagd auf die Familie von Graf Alberto Scozzi beginnen würde. Er hatte die Zeit und die Abgeschiedenheit, um mehr über Antonia Gravet zu crfahren – dies war ihr Familienname; ihr Vater war ein französischer Artilleriesergeant gewesen, der im Zweiten Weltkrieg in Korsika stationiert gewesen war.

»Sie sehen also«, hatte sie ihm gesagt, während ein leichtes Lächeln um ihre Lippen spielte, »meine Französischlektionen waren sehr billig. Ich brauchte bloß Papa zu ärgern, der sich mit dem Italienisch meiner Mutter nie anfreunden konnte.«

Sah man von den Momenten ab, in denen ihre Gedanken nach Porto Vecchio zurückwanderten, war in ihr eine Wandlung vorgegangen. Sie begann zu lachen, und das Lachen spiegelte sich in ihren braunen Augen wider, hell, ansteckend, manchmal fast manisch wirkend, als wäre der Akt des Lachens selbst eine Befreiung, die sie brauchte. Scofield konnte sich kaum vorstellen, daß das Mädchen, das neben ihm saß, in Khakihosen und eine zerfetzte Windjacke gekleidet, dieselbe Frau war, die so mürrisch und abweisend sein konnte. Die Frau, die in den Hügeln Befehle gerufen und so geschickt mit der Lupara umgegangen war. Sie hatten noch ein paar Minuten Zeit, ehe sie das Beiboot besteigen mußten, also fragte er sie nach der Lupara.

»Ich habe da eine Phase durchlaufen; das tun wir, glaube ich, alle. Eine Zeit, in der drastische gesellschaftliche Veränderungen nur durch Gewalt möglich scheinen. Diese Wahnsinnigen von den Brigate Rosse wußten schon, wie sie uns manipulieren mußten.«

»Die Brigaden? Sie waren bei den *Roten Brigaden*? Du lieber Gott!«

Sie nickte. »Ich habe ein paar Wochen in einem Brigatisti-Lager in Medicina verbracht und dort gelernt, wie man schießt, Wände erklettert und Konterbande versteckt – alles übrigens Fertigkeiten, in denen ich mich nicht besonders auszeichnete –, bis eines Morgens ein junger Student, eigentlich noch ein Junge, bei einem ›Ausbildungsunfall‹ ums Leben kam; so nannten es die Anführer. Ein *Ausbildungsunfall*, das klingt so *militärisch*, aber es waren keine Soldaten. Nur brutale Schläger, die man mit Messern und Gewehren losgelassen hatte. Er starb in meinen Armen, das Blut floß aus seiner Wunde ... seine Augen waren so angsterfüllt und verwirrt. Ich kannte ihn kaum, aber als er starb, konnte ich das nicht ertragen. Gewehre, Messer und Keulen waren nicht die richtige Methode; ich verließ das Lager noch in derselben Nacht und ging nach Bologna zurück.

Das, was Sie in Porto Vecchio gesehen haben, war also nur gespielt. Es war finster und sie konnten die Angst in meinen Augen nicht sehen.«

Er hatte recht gehabt. Sie war nicht für die Barrikaden geschaffen.

»Wissen Sie«, sagte er langsam, »wir werden eine Weile zusammen sein.«

Jetzt war in ihren Augen keine Angst. »Die Frage ist doch noch nicht geklärt, oder?«

»Welche Frage?«

»Wo ich hingehe. Sie und der Russe haben gesagt, daß ich Ihnen vertrauen sollte, das tun, was Sie tun, nämlich Korsika verlassen und nichts sagen. Nun, Signore, wir haben Korsika verlassen, und ich habe Ihnen vertraut. Ich bin nicht weggelaufen.«

»Warum eigentlich nicht?«

Antonia überlegte einen Augenblick. »Angst, und das wissen Sie. Sie sind keine normalen Männer. Sie sprechen höflich, aber für höfliche Männer bewegen Sie sich zu schnell. Das paßt nicht zusammen. Ich glaube, in Ihrem Inneren sind Sie das, was die Verrückten in den Brigate Rosse gerne wären. Sie machen mir angst.«

»Hat Sie das abgehalten?«

»Der Russe wollte mich töten. Er hat mich scharf beobachtet; er hätte mich sofort erschossen, wenn er gedacht hätte, ich würde fliehen.«

»Tatsächlich wollte er Sie nicht töten und hätte das auch nicht getan. Er schickte Ihnen bloß eine Botschaft.«

»Das verstehe ich nicht.«

»Das brauchen Sie nicht, Sie waren nie in Gefahr.«

»Jetzt auch? Werden Sie mir glauben, daß ich nichts sagen werde, und mich gehen lassen?«

»Wohin?«

»Bologna. Dort kann ich immer Arbeit kriegen.«

»Was für Arbeit?«

»Nichts Besonderes. Ich mache Recherchen für die Universität. Ich schlage langweilige Statistiken für die *Professori* nach, die ihre langweiligen Bücher und Artikel schreiben.«

»Recherchen?« Bray lächelte. »Sie müssen sehr akkurat sein.«

»Was ist das schon? Fakten sind Fakten. Lassen Sie mich nach Bologna zurückkehren?«

»Das ist also keine regelmäßige Arbeit?«

»Das ist Arbeit, die ich *mag*«, antwortete Antonia. »Ich arbeite, wenn ich Lust habe, da bleibt mir Zeit für andere Dinge.«

»Tatsächlich sind Sie also Freiberuflerin mit einem eigenen Geschäft«, sagte Scofield, der das genoß. »Das ist das Wesen des Kapitalismus, nicht wahr?«

»Sie machen mich wahnsinnig! Sie stellen Fragen, beantworten aber die meinen nicht.«

»Tut mir leid. Berufskrankheit. Was war Ihre Frage?«

»Ob Sie mich gehen lassen? Ob Sie mir vertrauen, mir glauben? Oder muß ich auf einen Augenblick warten, wenn Sie nicht aufpassen und dann weglaufen?«

»Das würde ich an Ihrer Stelle nicht tun«, erwiderte Bray höflich. »Schauen Sie, Sie sind eine ehrliche Person. Ich bin von der Sorte noch nicht vielen begegnet. Vor einer Minute haben Sie gesagt, Sie wären nicht weggelaufen, weil Sie Angst gehabt hätten, nicht weil Sie uns vertrauten. Das verstehe ich unter ehrlich sein. Sie haben uns nach Bastia gebracht. Seien Sie jetzt auch ehrlich zu mir. Mit dem Wissen, das Sie jetzt besitzen – nachdem Sie das gesehen haben, was in Porto Vecchio geschah –, wie gut ist Ihr Wort?«

Mittschiffs wurde gerade das Beiboot von vier Männern über die Reling gehievt; Antonia sah dem Manöver zu, während sie antwortete: »Sie sind unfair. Sie wissen, was ich gesehen habe, und Sie wissen, was Sie mir gesagt haben. Wenn ich daran denke, möchte ich aufschreien und ...« Sie sprach nicht zu Ende, statt dessen wandte sie sich zu ihm um; ihre Stimme klang plötzlich müde. »Wie gut mein Wort ist? Ich weiß nicht. Was bleibt mir also übrig? Werden Sie es sein und nicht der Russe, der die Kugel abschießt?«

»Es könnte sein, daß ich Ihnen eine Stellung anbiete.«

»Ich will nicht für Sie arbeiten.«

»Wir werden sehen«, sagte Bray.

»*Venite subito, signori. La lancia va partire.*«

Das Beiboot war im Wasser. Scofield griff nach dem Seesack, der neben ihm auf Deck stand, und erhob sich. Er hielt Antonia die Hand hin. »Kommen Sie. Ich hatte schon mit Leuten zu tun, mit denen leichter umzugehen war.«

Das stimmte. Wenn er mußte, konnte er diese Frau töten. Aber er würde sich große Mühe geben, das nicht zu müssen.

Wo war jetzt das neue Leben für Beowulf Agate?

Herrgott, wie er dieses hier haßte.

Bray nahm sich in Fiumicino ein Taxi. Zuerst zögerte der Fahrer etwas, eine Fahrt nach Rom anzunehmen, überlegte es sich dann aber sofort anders, als er das Geld in Scofields Hand sah. Sie machten unterwegs halt, um eine schnelle Mahlzeit zu sich zu nehmen, erreichten aber die Innenstadt immer noch vor acht Uhr. Die Straßen waren überfüllt, die Läden machten ein gutes Abendgeschäft.

»Halten Sie an dem Parkplatz dort«, sagte Bray zu dem Fahrer. Sie standen vor einem Konfektionsgeschäft. »Warten Sie hier«, fügte er dann hinzu, so daß auch Antonia sich betroffen fühlen mußte. »Ich werde Ihre Größe schätzen.« Er öffnete die Tür.

»Was machen Sie?« fragte das Mädchen.

»Nur für den Übergang«, erwiderte Scofield auf englisch. »So angezogen können Sie keinen anständigen Laden betreten.«

Fünf Minuten später kehrte er mit einer Schachtel zurück. In der Schachtel befanden sich eine Baumwollhose, eine weiße Bluse und ein Wollpullover. »Ziehen Sie das an«, sagte er.

»Sie sind verrückt!«

»Ihr Schamgefühl steht Ihnen gut zu Gesicht, aber wir haben es eilig. Die Läden schließen in einer Stunde. Ich habe etwas anzuziehen, Sie nicht.« Er wandte sich zu dem Fahrer, der den Rückspiegel nicht aus dem Auge ließ. »Sie verstehen besser Englisch, als ich dachte«, sagte er auf italienisch. »Fahren Sie los. Ich sag Ihnen, wo Sie hin sollen.« Er öffnete seinen Seesack und holte eine Tweedjacke heraus.

Antonia zog sich auf dem Rücksitz des Taxis um und blickte immer wieder nach vorne zu Scofield. Als sie die Khakihose auszog und in die neue schlüpfte, fiel das Licht der Straßenlampen auf ihre langen Beine. Bray sah zum Fenster hinaus, er war sich bewußt, daß das, was er aus dem Augenwinkel gesehen hatte, auf ihn gewirkt hatte. Er hatte seit langer Zeit keine Frau mehr gehabt; diese würde er nicht haben. Es war durchaus möglich, daß er sie würde töten müssen.

Sie zog den Pullover über die Bluse; das lockere Wollgewebe verbarg die Rundung ihrer Brüste nicht. Scofield blickte in ihre Augen. »So ist's besser. Phase eins abgeschlossen.«

»Sie sind sehr großzügig, aber meine Wahl wäre anders gewesen.«

»In einer Stunde können Sie sie wegwerfen. Wenn Sie jemand fragt – Sie kommen von einem Charterboot in Ladispoli.« Jetzt wandte er sich wieder an den Fahrer. »Fahren Sie in die Via Condotti. Dort werde ich Sie bezahlen; wir brauchen Sie dann nicht mehr.«

Der Laden in der Via Condotti war teuer, ein Geschäft für reiche Müßiggänger. Es war offensichtlich, daß Antonia Gravet einen solchen Laden noch nie betreten hatte. Allerdings nur für Bray war es offensichtlich; er bezweifelte, daß es sonst jemand bemerkte. Sie hatte nämlich angeborenen Geschmack – angeboren, nicht anerzogen. Mag sein, daß sie wegen der Vielfalt der angebotenen Kleidungsstücke innerlich am Zerbersten war, aber äußerlich war sie geradezu ein Bild der Selbstkontrolle. Das war die gleiche Eleganz, die Bray in der schmutzigen Kneipe in Bastia entdeckt hatte.

»Gefällt es Ihnen?« fragte sie, als sie in einem zarten, dunklen Seidenkleid, einem breitkrempigen, weißen Hut und hochhackigen, weißen Schuhen aus der Probierkabine kam.

»Sehr hübsch«, sagte Scofield und meinte damit das Kleid und sie, also alles, was er sah.

»Ich komme mir vor, als würde ich all die Dinge verraten, an die ich so lange geglaubt habe«, fügte sie im Flüsterton hinzu. »Von diesen Preisen könnten zehn Familien einen Monat lang leben! Gehen wir woanders hin.«

»Wir haben keine Zeit. Nehmen Sie das und noch irgendeinen Mantel und was Sie sonst noch brauchen.«

»Sie sind *wirklich* verrückt.«

»Nein, ich habe es nur eilig.«

Von einer Telefonzelle an der Via Sistina rief er eine *Pensione* an der Piazza Navona an, wo er häufig abstieg, wenn er in Rom war. Der Wirt und seine Frau wußten gar nichts von Scofield – sie interessierten sich nicht für ihre gelegentlichen Gäste –, nur daß Bray immer großzügige Trinkgelder gab, wenn er bei ihnen wohnte. Ja, sie hatten für ihn Zimmer frei.

Die Piazza Navona war überfüllt; das war sie immer, und damit eine ideale Lage für einen Mann seines Berufes. Die Bernini-Brunnen zogen Römer wie Touristen an; die vielen Straßencafés boten ideale Möglichkeiten, sich zu treffen, geplant und spontan; Scofields Treffen waren immer geplant gewesen. Ein Tisch an einem überfüllten Platz war ein guter Ausguck, um verhältnismäßig leicht festzustellen, ob man überwacht wurde. Aber jetzt war es nicht nötig, sich um solche Dinge Sorgen zu machen.

Jetzt war es nur nötig, etwas Schlaf zu bekommen, damit der Geist sich klären konnte. Morgen würde er eine Entscheidung treffen müssen. Das Leben oder der Tod der Frau an seiner Seite, die er über die Piazza zu einem alten Steingebäude und der Tür der *Pensione* geleitete.

Die Decke ihres Zimmers war hoch, die Fenster riesig, sie überblickten den Platz, der drei Stockwerke unter ihnen lag.

Bray schob das üppig gepolsterte Sofa gegen die Tür und deutete auf das Bett auf der anderen Seite des Zimmers.

»Wir haben beide auf diesem verdammten Boot nicht viel Schlaf bekommen. Ruhen Sie sich aus.«

Antonia öffnete eine der Schachteln aus dem Geschäft in der Via Condotti und holte das dunkle Seidenkleid heraus. »Warum haben Sie mir diese teuren Kleider gekauft?«

»Wir gehen morgen an verschiedene Orte, wo Sie sie brauchen werden.«

»Warum tun wir das? Diese Orte sind sicher extravagant.«

»Eigentlich nicht. Dort sind ein paar Leute, die ich sehen muß. Ich möchte, daß Sie mitkommen.«

»Ich wollte Ihnen danken. Ich hatte noch nie so schöne Kleider.«

»Gerne geschehen.« Bray ging zum Bett hinüber und entfernte die Decke; dann kehrte er zum Sofa zurück. »Warum haben Sie Bologna verlassen und sind nach Korsika gegangen?«

»Wieder Fragen?« sagte sie leise.

»Ich bin nur neugierig, sonst nichts.«

»Das habe ich Ihnen doch gesagt. Ich wollte eine Weilc von dort weg. Reicht das als Grund nicht?«

»Eine Erklärung ist es eigentlich nicht.«

»Es ist aber die Erklärung, die ich vorziehe.« Sie studierte das Kleid.

Scofield legte die Decke über das Sofa. »Warum Korsika?«

»Sie haben das Tal gesehen. Es liegt abseits und ist friedlich. Ein guter Ort, um nachzudenken.«

»Abgelegen ist es wohl; das macht es zu einem guten Versteck. Haben Sie sich vor jemandem versteckt – oder vor etwas?«

»Warum sagen Sie solche Dinge?«

»Ich muß das wissen. Haben Sie sich versteckt?«

»Das würden Sie nicht verstehen.«

»Versuchen Sie es.«

»Hören Sie *auf!*« Antonia hielt ihm das Kleid hin. »Nehmen Sie Ihre Kleider. Nehmen Sie von mir, was Sie wollen, ich kann Sie nicht daran hindern! Aber lassen Sie mich in *Frieden.*«

Bray ging auf sie zu. Zum erstenmal sah er Angst in ihren Augen. »Ich glaube, es wäre besser, wenn Sie es mir sagen würden. Alles, was Sie von Bologna erzählt haben . . . war eine

Lüge. Sie würden nicht dorthin zurückkehren, selbst wenn Sie könnten. Warum?«

Sie starrte ihn einen Augenblick lang an, ihre braunen Augen glänzten. Als sie dann zu sprechen begann, wandte sie sich ab und ging an das Fenster, von dem aus man auf die Piazza Navona hinunterblicken konnte. »Dann sollen Sie es wissen, es macht eigentlich nichts mehr aus ... Sie haben unrecht. Ich kann dorthin zurück; die erwarten mich sogar. Wenn ich nicht zurückkehre, werden sie eines Tages kommen und mich suchen.«

»Wer?«

»Die Anführer der Roten Brigaden. Ich habe Ihnen auf dem Boot gesagt, daß ich aus dem Lager in Medicina weggerannt war. Das liegt mehr als ein Jahr zurück; seit mehr als einem Jahr habe ich mit einer Lüge gelebt, viel größer als die, die ich Ihnen erzählt habe. Sie fanden mich; man stellte mich vor das Rote Gericht – sie nennen es das Rote Gericht der Revolutionären Justiz. Wenn dieses Gericht Todesurteile ausspricht, so sind das nicht nur Phrasen. Das sind sehr reale Hinrichtungen, wie die Welt jetzt weiß.

Ich war nicht indoktriniert worden, aber ich wußte, wo das Lager war und war Zeuge des Todes jenes Jungen geworden. Und am schlimmsten – ich war weggelaufen. Man konnte mir nicht vertrauen. Natürlich war ich im Vergleich mit den Zielen der Revolution nicht wichtig; sie sagten, ich hätte mich als noch weniger als unwichtig erwiesen. Eine Verräterin.

Ich ahnte, was kommen würde, also bettelte ich um mein Leben. Ich behauptete, ich sei die Geliebte des Studenten gewesen, und daß meine Reaktion – wenn schon nicht bewundernswert – doch verständlich wäre. Ich betonte, daß ich zu *niemandem* etwas gesagt hätte, schon gar nicht zur Polizei. Ich sei der Revolution ebenso ergeben wie jeder andere im Raum – sogar mehr als die meisten, weil ich aus einer wirklich armen Familie stammte.

Auf meine Weise klang das sehr überzeugend, aber da war noch etwas, was mir half. Um das zu begreifen, müssen Sie wissen, wie solche Gruppen organisiert sind. Es gibt immer einen Kader von starken Männern, und unter diesen einen oder zwei, die um die Führung konkurrieren, so wie männliche Wölfe in einem Rudel – sie knurren einander an, beherrschen die anderen, wählen ihre Gefährtinnen so, wie sie gerade Lust haben, das gehört mit zur Beherrschung. Ein solcher Mann wollte mich. Er war vermutlich der Bösartigste im ganzen Rudel; die anderen hatten Angst vor ihm; ich auch.

Aber er konnte mein Leben retten, und ich traf meine Wahl. Ich lebte mehr als ein Jahr mit ihm zusammen und haßte jeden Tag, verabscheute die Nächte, in denen er mich nahm, empfand ebensoviel Ekel vor mir wie vor ihm.

Und doch konnte ich nichts tun. Ich lebte in Angst; in solch schrecklicher Angst, daß man irgend etwas, was ich tat, mißverstand und mir eine Kugel in den Kopf jagte ... ihre bevorzugte Exekutionsmethode.« Antonia wandte sich vom Fenster ab. »Sie haben mich gefragt, warum ich nicht vor Ihnen und dem Russen geflohen bin. Vielleicht verstehen Sie das jetzt besser; die Bedingungen, die mein Überleben bestimmten, waren mir nicht neu. Zu fliehen bedeutete den Tod; jetzt vor Ihnen zu fliehen, bedeutet jetzt den Tod. Ich war eine Gefangene in Bologna, ich wurde in Porto Vecchio eine Gefangene ... und jetzt bin ich eine Gefangene in Rom.« Sie hielt inne und fuhr dann fort. »Ich bin Ihrer aller müde. Ich kann es nicht länger ertragen. Der Augenblick wird kommen, wo ich fliehen werde ... und dann werden Sie schießen.« Wieder hielt sie ihm das Kleid hin. »Nehmen Sie Ihre Kleider, Signore Scofield. Ich bin in Hosen schneller.«

Bray machte weder eine Bewegung, noch ließ er durch Gesten oder seine Stimme erkennen, daß er Einwände hatte. Fast lächelte er. »Es freut mich zu hören, daß Ihr Fatalismus den absichtlichen Selbstmord nicht einschließt. Ich meine, wir haben immerhin vor, es uns schwerzumachen.«

»Darauf können Sie sich verlassen.« Sie ließ das Kleid auf den Boden fallen.

»Ich werde Sie nicht töten, Antonia.«

Sie lachte leise, spöttisch. »O ja, das werden Sie. Sie und der Russe sind die Schlimmsten. In Bologna töten sie mit Feuer in den Augen und rufen Parolen. Sie töten kaltblütig ... Sie brauchen keinen inneren Zwang.«

Einmal habe ich das getan. Man kommt darüber hinweg. Es gibt keinen Zwang, nur die Notwendigkeit. Bitte, reden Sie nicht von diesen Dingen. Die Art, wie Sie gelebt haben, ist Ihr Hinrichtungsaufschub. Das ist alles, was Sie wissen müssen.

»Ich will Ihnen nicht widersprechen. Ich habe nicht gesagt, daß ich es nicht könnte – oder nicht tun würde –, ich habe nur gesagt, daß ich es nicht tun werde. Ich versuche, Ihnen klarzumachen, daß Sie nicht zu fliehen brauchen.«

Das Mädchen runzelte die Stirn. »Warum?«

»Weil ich Sie brauche.« Scofield kniete nieder, hob das Kleid auf und gab es ihr zurück. »Jetzt muß ich Sie nur noch davon überzeugen, daß Sie mich brauchen.«

»Um mein Leben zu retten?«

»Jedenfalls, um es Ihnen zurückzugeben. Ich bin noch nicht sicher, in welcher Form, aber jedenfalls besser als vorher. Ohne die Angst am Ende.«

»›Am Ende‹ ist eine lange Zeit. Warum sollte ich Ihnen glauben?«

»Ich glaube, Sie haben keine Wahl. Ich kann Ihnen keine andere Antwort geben, bis ich mehr weiß. Aber wollen wir doch mit der Tatsache beginnen, daß die Brigatisti sich nicht auf Bologna beschränken. Sie sagten, wenn Sie nicht zurückkehrten, würden sie schließlich kommen und Sie suchen. Ihre ... Rudel ... sind in ganz Italien unterwegs. Wie lange können Sie sich denn noch verstecken, bis sie Sie finden – wenn sie wirklich genügend Interesse daran haben, Sie zu finden?«

»Ich hätte mich jahrelang in Korsika verstecken können. In Porto Vecchio. Sie hätten mich *nie* gefunden.«

»Das ist jetzt nicht mehr möglich. Und selbst wenn es das wäre – ist das die Art von Leben, die Sie wollen? Ein Leben als Einsiedlerin in diesen verdammten Hügeln? Die Männer, die diese alte Frau getötet haben, sind auch nicht anders als die Brigaden. Die einen wollen ihre Welt – und ihr schmutziges kleines Geheimnis – behalten und sind bereit, dafür zu töten. Die anderen wollen die Welt verändern – mit Terror – und töten jeden Tag, um *das* zu erreichen. Glauben Sie mir, die alle stehen miteinander in Verbindung. Das ist ja die Verbindung, die Taleniekov und ich suchen. Hoffentlich finden wir sie, ehe die Verrückten uns alle in die Luft jagen. Ihre Großmutter hat es ausgesprochen: Es geschieht *überall*. Hören Sie auf, sich zu verstecken. Helfen Sie uns, helfen Sie *mir*.«

»Es gibt nichts, womit ich Ihnen helfen könnte.«

»Sie wissen ja nicht, worum ich Sie bitten werde.«

»Doch, das weiß ich. Sie wollen, daß ich zurückgehe!«

»Später vielleicht, nicht jetzt.«

»Nein! Das sind Schweine. Er ist das größte Schwein der ganzen Welt!«

»Dann entfernen Sie ihn aus der Welt. Entfernen Sie *sie*. Lassen Sie nicht zu, daß sie sich ausbreiten, lassen Sie sich nicht von ihnen zur Gefangenen machen – ob Sie nun in Korsika sind oder hier oder sonstwo. Verstehen Sie denn nicht? Die *werden* Sie finden, wenn sie glauben, daß Sie eine Gefahr für sie sind. Wollen Sie so zu ihnen zurückgehen? Zu einer Hinrichtung?«

Antonia wich vor ihm zurück. Das Sofa, das Bray vor die Tür gestellt hatte, versperrte ihr den Weg. »Wie werden sie mich denn finden? Werden Sie ihnen helfen?«

»Nein«, sagte Scofield, ohne sich von der Stelle zu rühren. »Das brauche ich gar nicht zu tun.«

»Es gibt hundert Orte, an die . . .«

»Es gibt tausend Möglichkeiten, Sie aufzuspüren.«

»Das ist eine Lüge!« Sie drehte sich um und sah ihn an. »Die haben keine solchen Methoden.«

»Ich glaube doch. Gruppen wie die Brigaden werden überall mit Informationen versorgt, finanziert, erhalten Zugang zu modernen Geräten und wissen die meiste Zeit gar nicht, wie oder weshalb. Es sind alles Soldaten im ersten Glied, und gerade das ist ja die Ironie, aber sie werden Sie finden.«

»Soldaten wessen?«

»Der Matarese.«

»*Wahnsinn!*«

»Ich wünschte, es wäre so, aber ich fürchte, so ist es nicht. Es ist zuviel geschehen, als daß es Zufall sein könnte. Männer, die an den Frieden glaubten, sind getötet worden; ein Staatsmann, der von beiden Seiten respektiert wurde, ging zu anderen und sprach davon. Er verschwand. Sie sind in Washington, in Moskau . . . in Italien und Korsika und weiß Gott wo sonst noch. Sie sind *da*, aber wir können sie nicht *sehen*. Ich weiß nur, daß wir sie finden müssen. Jene alte Frau in den Hügeln hat uns die ersten konkreten Informationen geliefert, mit denen wir weiterarbeiten können. Sie hat das, was von ihrem Leben noch übrig war, aufgegeben, um uns diese Informationen zu geben. Sie war blind, aber sie sah sie . . . weil sie zugegen war, als alles anfing.«

»Worte!«

»Fakten. Namen.«

Ein Geräusch. Nicht ein Teil des Murmelns und Summens, das von dem Platz unten heraufdrang, sondern ein Geräusch auf der anderen Seite der Türe. Alle Geräusche waren entweder einem größeren Schema zuzuordnen oder nicht; dieses war es nicht. Ein Schritt, ein Scharren von Leder gegen Stein. Bray hob den Zeigefinger an die Lippen und winkte dann Antonia zu, sich links vor dem Sofa aufzustellen, während er schnell nach rechts ging. Sie war verstört; sie hatte nichts gehört. Er winkte ihr zu, ihm zu helfen, das Sofa von der Türe wegzuheben. Leise, unauffällig.

Es geschah. Scofield winkte sie in die Ecke zurück, holte seine Browning heraus und fuhr im normalen Gesprächston fort. Er schob sich Zoll für Zoll auf die Türe zu, das Gesicht von ihr abgewandt. »In den Restaurants ist es jetzt nicht mehr besonders voll, gehen wir hinunter ins Tre Scalini und essen dort. Ich kann weiß Gott . . .«

Er zog die Türe auf; im Korridor war niemand. Und doch hatte er sich nicht geirrt; er wußte, was er gehört hatte; die Jahre hatten ihn gelehrt, sich in solchen Dingen nicht zu irren. Die Jahre hatten ihn auch gelehrt, wann er sich über seine eigene Unvorsichtigkeit ärgern mußte. Seit Fiumicino war er sehr unvorsichtig gewesen, hatte die Möglichkeit überhaupt nicht in Betracht gezogen, daß man sie beobachtete. Rom war eine Station geringer Priorität. Seit dem dichten Verkehr vor vier Jahren war die Aktivität des CIA, der *Cons Op* und des KGB auf ein Minimum reduziert worden. Es lag mehr als elf Monate zurück, daß er zum letztenmal in der Stadt gewesen war. Seines Wissens waren zur Zeit keine bedeutenden Agenten dort tätig.

Aber da war jemand. Man hatte ihn entdeckt. Irgend jemand war vor wenigen Augenblicken an der Türe gewesen, hatte gelauscht, hatte versucht, sich etwas zu bestätigen, was er gesehen hatte. Die plötzliche Unterbrechung ihres Gesprächs hatte den Betreffenden gewarnt, aber er war noch da, lauerte irgendwo in den Schatten des Korridors oder auf der Treppe.

Verdammt! dachte Bray, während er lautlos um den Treppenabsatz herumging, hatte er vergessen, daß inzwischen sämtliche Stationen auf der ganzen Welt alarmiert worden waren?

Er war ein *Flüchtling*, und er war unvorsichtig gewesen. Wo hatte man ihn entdeckt? In der Via Condotti? Beim Überqueren der Piazza?

Er hörte einen Luftstrom und noch während er ihn hörte, sagte ihm sein Instinkt, daß es zu spät war zu reagieren. Er spannte seine Muskeln, fuhr nach rechts, duckte sich, um den Aufprall zu mildern.

Eine Tür hinter ihm war plötzlich aufgerissen worden. Eine Gestalt, die er nur undeutlich wahrnehmen konnte, schoß heraus, den Arm hoch erhoben, aber nur einen Augenblick lang. Er krachte herunter. Der Blitzstrahl des Schmerzes breitete sich von seiner Schädelbasis durch seine Brust aus, schoß nach unten in seine Kniescheiben, wo er sich festsetzte, ehe es dunkel um ihn wurde.

Er blinzelte, Tränen des Schmerzes füllten seine Augen, raubten ihm die Orientierung, verschafften ihm aber irgendwie auch Erleichterung. Wie viele Minuten lag er im Korridor? Er wußte es nicht, fühlte aber, daß es nicht lange gewesen war.

Er erhob sich langsam und sah auf die Uhr. Er war etwa fünfzehn Minuten besinnungslos gewesen, hätte er sich nicht kurz vor dem Schlag gedreht, so wäre eine Stunde verstrichen.

Warum war er *hier*? Alleine? Wo war der Mann, der ihn gefangengenommen hatte? Das gab keinen Sinn! Man hatte ihn niedergeschlagen und dann sich selbst überlassen. Wozu?

Er hörte einen halberstickten Schrei und wandte sich verblüfft um. Dann wurde ihm alles klar. *Er* war nicht das Ziel; er war es nie gewesen. *Sie* war es. Antonia. *Sie* war es, die man entdeckt hatte, nicht er.

Scofield stand auf, stemmte sich gegen das Treppengeländer und spähte in das Stockwerk unter ihm hinunter. Seine Browning war natürlich verschwunden. Eine andere Waffe hatte er nicht. Aber er hatte etwas Besseres: Bewußtsein. Der Mann, der ihn niedergeschlagen hatte, würde damit nicht rechnen – der Mann hatte präzise gewußt, wo er seinen Pistolenkolben ansetzen mußte. Für ihn stand es fest, daß sein Opfer viel länger bewußtlos sein würde, als die paar Minuten, die bis jetzt verstrichen waren. Es war daher kein Problem, diesen Mann herauszulocken.

Bray ging lautlos zu der Tür seines Zimmers und legte das Ohr ans Holz. Das Stöhnen war jetzt deutlicher zu hören. Scharfe Schmerzensschreie, die plötzlich verstummten. Eine kräftige Hand, die sich über einen Mund drückte, Finger, die sich ins Fleisch preßten und jeden Laut erstickten. Und da waren Worte zu hören, Worte in italienischer Sprache, hervorgestoßen, unfreundliche Worte.

»*Hure! Schwein! Marseille* sollte es sein! Neunhunderttausend *Lire*! Höchstens zwei oder drei Wochen! Wir schickten unsere Leute, aber du warst nicht *dort. Er* war nicht dort. Kein Drogendealer hatte je von dir gehört! *Lügnerin! Hure!* Wo warst du? Was hast du *getan!? Verräterin!*«

Plötzlich ein Schrei, der ebenso plötzlich abriß. Das gutturale Gurgeln, das darauf folgte, ging ihm durch Mark und Bein. Was, im Namen Gottes, *geschah* hier? Scofield schlug mit der Hand gegen die Türe, schrie, als wäre er nur halb bei Bewußtsein und seine Worte klangen lallend, kaum verständlich.

»Aufhören! *Aufhören!* Was soll das? Ich kann nicht ... kann nicht ... *Halt!* Ich laufe hinunter! Auf der Piazza ist Polizei. Ich hole *Polizei*!«

Er stampfte mit den Füßen auf den steinernen Boden, als liefe er. Seine Rufe wurden leiser, bis sie ganz verstummten. Dann drückte er sich mit dem Rücken gegen die Wand und wartete, lauschte auf den Lärm drinnen. Er hörte Schläge, schmerzerfülltes Stöhnen.

Dann ein dumpfer, lauter Knall. Ein Körper – der ihre – wurde gegen die Tür geschmettert, die sich öffnete. Antonia wurde mit solcher Gewalt hinausgestoßen, daß sie vornüberstürzte. Was Bray von ihr sah, veranlaßte ihn, alle Reaktionen zu unterdrücken. Da war kein Gefühl, nur Bewegung ... das Unvermeidliche; er würde bestrafen.

Der Mann kam durch die Türe gerannt, die Waffe voraus. Scofields rechte Hand zuckte vor, packte die Waffe, drehte sie herum, während sein linker Fuß den Mann in den Unterleib stieß. Der Mann verzog voll Schrecken und in plötzlichem Schmerz das Gesicht; die Waffe fiel zu Boden, das Metall klirrte auf dem Stein. Bray packte den Mann an der Kehle, schmetterte seinen Kopf gegen die Wand und schob ihn am Hals in die offene Tür zurück. Er hielt den Italiener aufrecht und schmetterte ihm die Faust gegen den Brustkasten; er konnte die Knochen knacken hören. Dann stieß er ihm das Knie ins Kreuz und trieb ihn durch die Tür in den Raum, wobei seine beiden Hände wie eine Stoßramme wirkten. Der Italiener brach über dem Sofa zusammen und fiel bewußtlos zu Boden. Scofield drehte sich um und rannte zu Antonia.

Jetzt war eine Reaktion zulässig; ihm war übel. Ihr Gesicht war zerschunden. Von den Schwellungen, die von wiederholten Schlägen stammten, hatten sich spinnenartig rote Adern ausgebreitet. Ihr linker Augenwinkel war so zerschlagen, daß die Haut geplatzt war; zwei Blutströme flossen über ihre Wange. Der lockere Pullover war ihr gewaltsam heruntergerissen worden, die weiße Bluse zerfetzt, von ihr war nichts übrig als ausgefranste Stoffetzen. Ihr Büstenhalter war zerrissen, ihre Brüste lagen frei.

Das Fleisch dieser freigelegten Körperstellen war es, das ihn angewidert schlucken ließ. Da waren Brandstellen von Zigaretten, häßliche kleine Kreise von verkohlter Haut, die von der Beckengegend über ihren Leib bis zur rechten Brust führten, auf die kleine rote Brustwarze zu.

Der Mann, der ihr das angetan hatte, hatte sie nicht verführen wollen; diese Rolle war von sekundärer Bedeutung. Er war ein Sadist, der seine krankhaften Neigungen so brutal und so schnell wie möglich befriedigt hatte. Bray war mit diesem Mann noch nicht fertig.

Antonia stöhnte, schüttelte den Kopf hin und her, bettelte darum, ihr nicht mehr weh zu tun. Er hob sie auf und trug sie ins Zimmer zurück, stieß die Türe mit dem Fuß zu, umrundete das Sofa, vorbei an dem bewußtlosen Mann auf dem Boden, und legte sie sachte auf das Bett. Er setzte sich neben sie und zog sie zu sich heran.

»Jetzt ist alles gut. Es ist vorbei, er kann Ihnen nichts mehr anhaben.« Er spürte ihre Tränen an seinem Gesicht und bemerkte dann, daß er die Arme um sie gelegt hatte. Plötzlich hielt sie ihn ganz fest, ihr Körper zitterte, die Schreie, die sich ihrer Kehle entrangen, waren mehr als bittend, von ihrem augenblicklichen Schmerz erlöst zu werden. Sie bettelte ihn an, von einer Qual befreit zu werden, die seit langer Zeit tief in ihr gesessen hatte. Aber jetzt war nicht die Zeit, hier nachzubohren; zuerst mußten ihre Wunden untersucht und behandelt werden.

Es gab einen Arzt an der Viale Regina und einen Mann, der auf dem Boden lag und mit dem etwas geschehen mußte. Es könnte schwierig werden, Antonia zu dem Arzt zu bringen, wenn es ihm nicht gelang, sie zu beruhigen; den Sadisten auf dem Boden zu beseitigen, würde leicht sein. Vielleicht bewirkte es sogar etwas.

Er würde die Polizei von einer Telefonzelle irgendwo in der Stadt aus anrufen und sie zu der *Pensione* schicken. Sie würden einen Mann mit einer Waffe finden und ein primitives Zeichen über seinem besinnungslosen Körper.

Brigatisti.

19

Der Arzt schloß die Türe seines Untersuchungszimmers und sprach englisch. Er war in London ausgebildet und von der britischen Abwehr rekrutiert worden. Scofield hatte ihn während einer Operation getroffen, an der *Cons Op* und MI-6 gemeinsam tätig gewesen waren. Der Mann war zuverlässig. Er hielt alle Geheimdienste für leicht verrückt, aber da die Briten die letzten zwei Jahre seines Studiums bezahlt hatten, hielt er auch seinen Teil des Handels ein. Er stand einfach auf Abruf bereit, um verrückte Leute in einer albernen Branche zu behandeln. Bray mochte ihn.

»Sie steht jetzt unter Beruhigungsdrogen. Meine Frau ist bei ihr. In ein paar Minuten wacht sie auf, dann können Sie gehen.«

»Wie geht es ihr?«

»Sie hat Schmerzen, aber das wird nicht lange anhalten. Ich habe die Verbrennungen mit einer Salbe behandelt, die lokale Anästhesie erzeugt. Ich werde ihr die Salbe mitgeben.« Der Arzt zündete sich eine Zigarette an; er war noch nicht fertig. »Die Quetschungen im Gesicht sollten mit einem Eisbeutel gelindert werden; die Schwellungen werden über Nacht zurückgehen. Die Platzwunden sind unbedeutend, ich mußte nicht nähen.«

»Dann ist sie also in Ordnung«, sagte Scofield erleichtert.

»Nein, das ist sie nicht, Bray.« Der Arzt blies eine Rauchwolke aus. »Oh, im medizinischen Sinn ist sie gesund. Mit ein wenig Make-up und einer dunklen Brille kann sie ohne Zweifel morgen mittag bereits wieder unter die Leute gehen. Aber in Ordnung ist sie nicht.«

»Was meinen Sie damit?«

»Wie gut kennen Sie sie?«

»Kaum. Ich traf sie vor einigen Tagen, wo, ist unwesentlich . . .«

»Interessiert mich auch nicht«, unterbrach ihn der Arzt. »So etwas interessiert mich nie. Ich möchte nur, daß Sie wissen, daß dies heute abend nicht das erstemal war, daß ihr so etwas widerfahren ist. Es gibt Anzeichen für frühere Quälereien; sie ist ziemlich brutal geschlagen worden.«

»Großer Gott . . .« Scofield dachte sofort an die Angstschreie, die er vor weniger als einer Stunde gehört hatte. »Was für Anzeichen?«

»Narben von mehrfachen Rißwunden und Verbrennungen. Alle klein und präzise plaziert, um ein Höchstmaß an Schmerz zu erzeugen.«

»Neuen Datums?«

»Ich würde sagen, innerhalb des letzten Jahres. Ein Teil des Gewebes ist noch weich, relativ neu.«

»Haben Sie eine Ahnung . . .?«

»Ja. In starkem Trauma sprechen die Leute manchmal von solchen Dingen.« Der Doktor hielt inne und inhalierte den Rauch seiner Zigarette. »Ihnen brauche ich das nicht zu sagen, Sie rechnen mit so etwas.«

»Weiter«, sagte Bray.

»Ich glaube, man hat sie systematisch psychologisch zerbrochen. Sie wiederholte immer wieder bestimmte Worte. Gefolgschaftstreue für dies und das; Treue über den Tod hinaus und Folterung von Genossen und ihr selbst. Die übliche Art von Unsinn.«

»Die Brigatisti waren eifrige kleine Schweine«, sagte Bray.

»Was?«

»Vergessen Sie es.«

»Schon vergessen. Sie hat ein gehöriges Durcheinander in ihrem hübschen Köpfchen.«

»Nicht so viel, wie Sie vielleicht glauben. Sie ist ihnen entkommen.«

»Intakt und in Funktion?« fragte der Arzt.

»Größtenteils.«

»Dann ist sie eine bemerkenswerte Frau.«

»Genauer gesagt, sie ist genau das, was ich brauche«, sagte Scofield.

»Ist das auch eine Antwort aus Ihrem Ausbildungsbuch?«

Der Groll des Mediziners war offenkundig. »Sie und Ihresgleichen hören nicht auf, mich zu enttäuschen. Diese Frau hat nicht nur äußerliche Narben, Bray. Man hat sie brutal gequält.«

»Sie lebt. Ich möchte zugegen sein, wenn sie aus ihrer Betäubung erwacht. Geht das?«

»Damit Sie sie erwischen, solange sie nur *halb* bei Bewußtsein ist und einiges aus ihr herausbekommen können?« Wieder hielt der Arzt inne. »Es tut mir leid, meine Sache ist das nicht.«

»Ich möchte aber, daß Sie sich um sie kümmern, wenn sie Hilfe braucht. Falls es Ihnen nichts ausmacht.«

Der Arzt sah ihn prüfend an. »Meine Dienste beschränken sich auf die Medizin, das wissen Sie doch.«

»Ich verstehe. Sie hat sonst niemanden, sie ist nicht aus Rom. Kann sie zu Ihnen kommen ... wenn von diesen Narben welche aufgerissen werden?«

Der Italiener nickte. »Sagen Sie ihr, sie soll zu mir kommen, wenn sie ärztliche Hilfe braucht. Oder einen Freund.«

»Vielen Dank. Und Dank auch noch für etwas anderes. Sie haben da einige Bruchstücke in ein Puzzle eingefügt, mit denen ich nicht zurechtkam. Wenn Sie einverstanden sind, gehe ich jetzt hinein.«

»Gehen Sie ruhig, schicken Sie mir meine Frau heraus.«

Scofield berührte Antonias Wange. Sie lag immer noch auf dem Bett, rollte den Kopf aber zur Seite, als er sie berührte. Ihre Lippen öffneten sich; sie stöhnte protestierend. Die Dinge waren jetzt tatsächlich klarer, das Rätsel, das Antonia Gravet war, begann sich aufzuklären. Klarheit war es, was ihm gefehlt hatte; er hatte nicht durch die undurchsichtige Glaswand sehen können, die sie zwischen sich und der Außenwelt aufgerichtet hatte. Die befehlsgewohnte Frau in den Hügeln, die Mut an den Tag legte, ohne die dazu erforderliche Stärke zu besitzen. Auf der anderen Seite die Frau, die vor einen Mann treten konnte, von dem sie glaubte, daß er sie töten wollte, und ihm sagen konnte, er solle doch schießen. Die kindhafte Frau auf dem Trawler, vom Meerwasser durchnäßt, die plötzlich zu geradezu ansteckendem Gelächter fähig war. Das Gelächter hatte ihn verwirrt; jetzt verwirrte es ihn nicht mehr. Das war ihre Methode, sich kurze Perioden der Erleichterung zu verschaffen, Perioden, in denen die Welt um sie normal sein sollte. Das Boot war für sie eine kurzzeitige Zuflucht; solange sie auf See war, konnte niemand ihr weh tun. Darum hatte sie die kurze Seereise genossen. Ein mißhandeltes Kind – oder eine Gefangene –, der man eine Stunde frischer Luft und Sonne zugebilligt hatte. Man mußte die Augenblicke nehmen und Freude in ihnen finden. Und wäre es nur, um kurze Zeit zu vergessen.

Ein gequälter Geist pflegte so zu reagieren. Scofield hatte zu viel solcher gequälter Existenzen gesehen, um das Syndrom nicht zu erkennen, sobald er einmal begriffen hatte, was die Narben bedeuteten. Der Arzt hatte den Satz gebraucht, »eine Menge Verwirrung in ihrem hübschen Köpfchen«. Was konnte man schon erwarten? Antonia Gravet hatte ihre eigene Ewigkeit in einem Labyrinth des Schmerzes verbracht. Daß sie überlebt hatte und nicht zerbrochen war, war nicht nur bemerkenswert ... das war das Zeichen eines Profis.

Seltsam, dachte Bray, aber dieser Schluß war das höchste Kompliment, zu dem er fähig war. In gewisser Weise machte es ihn krank.

Sie schlug die Augen auf und blinzelte verängstigt; ihre Lippen zitterten. Dann schien sie ihn zu erkennen; die Angst wich, und das Zittern hörte auf. Wieder berührte er ihre Wange, und ihre Augen spiegelten die Erleichterung wider, die sie bei der Berührung empfand.

»*Grazie*«, flüsterte sie. »Danke, danke, danke ...«

Er beugte sich über sie. »Ich weiß das meiste«, sagte er leise. »Der Arzt hat mir gesagt, was die Ihnen angetan haben. Jetzt sagen Sie mir den Rest. Was geschah in Marseille?«

Tränen stiegen in ihre Augen, und das Zittern fing wieder an. »Nein! Nein, das dürfen Sie mich nicht fragen!«

»*Bitte*. Ich muß es wissen. Die können nicht an Sie heran; nie wieder werden die Sie berühren.«

»Sie haben ja gesehen, was sie *tun*! O Gott, der *Schmerz* ...«

»Das ist *vorbei*.« Er tupfte ihr die Tränen mit den Fingern weg. »Hören Sie mir zu. Ich verstehe jetzt. Ich habe etwas Dummes zu Ihnen gesagt, weil ich es nicht wußte. Natürlich wollten Sie weg, wollten Sie wegbleiben, sich isolieren – sich sozusagen von der Menschheit lossagen –, ich *verstehe* das, aber verstehen Sie denn nicht? Das können Sie nicht. Helfen Sie uns, die aufzuhalten, helfen Sie *mir*, die aufzuhalten. Die haben Ihnen so viel angetan. Lassen Sie sie dafür bezahlen, Antonia. Verdammt noch mal, werden Sie *wütend*. Wenn ich Sie ansehe, werde ich selbst wütend!«

Er war nicht sicher, was es war; vielleicht die Tatsache, daß er echtes Mitgefühl für sie empfand. Er versuchte nicht, dieses Gefühl zu verbergen. Es war in seinen Augen, in seinen Worten; er wußte es. Was auch immer es war, die Tränen versiegten. Ihre braunen Augen leuchteten, so wie sie auf dem Trawler geleuchtet hatten. Jetzt schoben sich Wut und planvolles Denken an die Oberfläche. Sie berichtete ihm den Rest.

»Ich sollte die Drogenhure sein«, sagte sie. »Die Frau, die mit dem Kurier reiste, beobachtete und ihren Körper jederzeit bereithielt. Ich sollte mit Männern – oder Frauen, das machte keinen Unterschied – schlafen und alles für die tun, was sie noch verlangten.« Antonia zuckte zusammen. Die Erinnerung mußte ihr weh tun. »Die Drogenhure ist für den Kurier wertvoll. Sie kann Dinge tun, zu denen er nicht imstande ist, kann Tarnung sein; Preis und auch unverdächtiger Wachhund. Ich wurde . . . ausgebildet. Ich ließ sie in dem Glauben, daß in mir kein Widerstand mehr war. Mein Kurier wurde ausgewählt; ein Tier mit schmutzigen Reden, das es nicht abwarten konnte, mich zu haben, weil ich die Favoritin des Stärksten gewesen war; das verlieh ihm einen neuen Status. Mir war bei dem Gedanken an das, was mir bevorstand, speiübel, aber ich zählte die Stunden und wußte, daß eine jede mich dem näherbrachte, wovon ich seit Monaten geträumt hatte. Mein schmutziger Kurier und ich wurden nach La Spezia gebracht, wo man uns an Bord eines Frachters schmuggelte. Unser Bestimmungsort war Marseille, wo der Kontaktmann den Drogenhandel aufziehen sollte.

Der Kurier konnte nicht warten. Ich war auf ihn vorbereitet. Man steckte uns in einen Lagerraum unter Deck. Das Schiff sollte erst in einer Stunde ablegen, also sagte ich dem Schwein, wir sollten vielleicht warten, um das Risiko zu vermeiden, daß man uns störte. Aber er wollte nicht warten, und ich wußte das auch; ich hätte ihn sonst provoziert. Für mich war jetzt jede Minute wertvoll. Ich wußte, daß ich unter keinen Umständen auf See hinaus durfte; sobald wir einmal auf See waren, war mit dem, was von meinem Leben noch übriggeblieben war, für immer Schluß. Ich hatte mir das versprochen. Ich würde nachts ins Wasser springen und lieber in Frieden ertrinken als Marseille ertragen, wo das Schreckliche von neuem beginnen würde. Aber das brauchte ich nicht . . .«

Antonia hielt inne, der Schmerz ihrer Erinnerung drohte sie zu ersticken. Bray nahm ihre Hand und hielt sie in der seinen. »Weiter«, drängte er. Sie mußte es sagen. Dies war die letzte Möglichkeit, die sie hatte, irgendwie dem ins Auge zu sehen, was geschehen war, und es auszutreiben. Eine Art Exorzismus – er fühlte das ganz sicher, so als beträfe es ihn selbst.

»Das Schwein riß mir die Jacke herunter, zerfetzte meine Bluse; daß ich selbst bereit war, sie auszuziehen, war für ihn unwesentlich, er mußte seine Bullenkraft zeigen; er mußte mich vergewaltigen, denn er wollte nehmen – nicht empfangen. Er riß mir den Rock herunter, bis ich nackt vor ihm stand. Wie ein Irrer riß er sich selbst die Kleider vom Leib und stellte sich unter das Licht, wahrscheinlich, damit seine Nacktheit mich beeindruckte.

Er packte mich am Haar und zwang mich auf die Knie . . . an seine Hüfte . . . und mir war so übel, wie noch nie zuvor in meinem Leben, aber ich wußte, daß die Zeit näherrückte und schloß die Augen und spielte meine Rolle und dachte an die schönen Hügel in Porto Vecchio, wo meine Großmutter lebte . . . wo ich den Rest meines Lebens verbringen würde.

Es geschah. Der Kurier warf sich auf mich.

Ich bewegte uns näher auf die Rolle Tau zu, rief die Dinge, die das Scheusal hören wollte. Dabei tastete meine Hand auf die Mitte der Rolle zu. Mein Augenblick war gekommen. Ich hatte ein Messer bei mir gehabt – ein ganz gewöhnliches Speisemesser, das ich an einem Stein geschärft hatte –, und dieses Messer hatte ich in die Taurolle geschoben. Ich berührte den Griff und dachte wieder an die schönen Hügel von Porto Vecchio.

Als die Bestie nackt auf mir lag, hob ich das Messer und stieß es ihm in den Rücken. Er schrie auf und versuchte, sich zu erheben, aber die Wunde war zu tief. Ich zog das Messer heraus und stieß es ihm erneut in den Rücken, und noch einmal und noch einmal . . . und, *o Mutter Christi*, immer wieder, und immer *wieder*! Ich konnte mit dem *Töten* nicht aufhören!«

Sie hatte es gesagt. Jetzt weinte sie unkontrolliert. Scofield hielt sie fest, strich ihr über das Haar und sagte nichts, denn es gab nichts, was er hätte sagen können, nichts, was ihren Schmerz gelindert hätte. Schließlich kehrte jene schreckliche Kontrolle, die sie sich aufgezwungen hatte, wieder zurück.

»Es mußte getan werden. Das verstehen Sie doch, oder?« fragte Bray.

Sie nickte. »Ja.«

»Er verdiente es nicht zu leben, das ist Ihnen klar, nicht wahr?«

»Ja.«

»Das ist der erste Schritt, Antonia. Sie müssen das akzeptieren. Wir stehen nicht vor einem Gericht, wo Anwälte philosophische Argumente vortragen. Für uns ist das rein pragmatisch zu sehen. Es ist Krieg und Sie töten. Wenn Sie es nicht tun, wird jemand anderer Sie töten.«

Sie atmete tief. Ihre Augen musterten sein Gesicht, suchten es ab. Ihre Hand lag immer noch in der seinen. »Sie sind ein seltsamer Mann. Sie sagen die richtigen Worte, aber ich habe das Gefühl, daß Sie sie ungern sagen.«

So ist es. Ich bin nicht gerne das, was ich bin. Ich habe mir mein Leben nicht ausgewählt, es ist mir zugefallen. Ich befinde mich in einem Tunnel, tief in der Erde, und kann nicht raus. Die richtigen Worte sind ein Labsal für mich. Die meiste Zeit brauche ich sie, um meinen Verstand zu bewahren.

Bray drückte ihre Hand. »Was geschah nachher . . .?«

»Nachdem ich den Kurier getötet hatte?«

»Nachdem Sie das Tier getötet hatten, das Sie vergewaltigte – das Sie getötet hätte.«

»*Grazie ancora*«, sagte Antonia. »Ich zog seine Kleider an, rollte die Hosen hoch, stopfte mir das Haar unter die Mütze und füllte die zu große Jacke mit den Überresten meines Kleides aus. Ich ging an Deck. Es war dunkel, aber am Pier war Licht. Dockarbeiter, die über eine Planke auf und ab gingen, trugen Kisten, wie eine Armee Ameisen. Es war ganz einfach. Ich reihte mich ein und verließ das Schiff.«

»Sehr gut«, sagte Scofield und meinte es auch so.

»Es war nicht schwierig. Mit Ausnahme des ersten Augenblickes, in dem ich meinen Fuß auf den Boden setzte.«

»Warum? Was geschah?«

»Ich wollte schreien. Ich wollte lachen und schreien und vom Pier rennen und allen zurufen, daß ich frei war. *Frei!* Der Rest war sehr einfach. Man hatte dem Kurier Geld gegeben; es steckte in seiner Hosentasche. Es war mehr als genug für mich, um damit nach Genua zu kommen, wo ich mir Kleider kaufte und einen Flugschein nach Korsika. Am Mittag des nächsten Tages war ich in Bastia.«

»Und von dort ging es nach Porto Vecchio?«

»Ja. Frei!«

»Nicht ganz. Das Gefängnis war ein anderes, aber Sie waren dennoch eine Gefangene. Diese Hügel waren Ihre Zelle.«

Antonia sah weg. »Ich wäre dort den Rest meines Lebens glücklich gewesen. Ich habe das Tal und die Berge geliebt, seit ich ein Kind war.«

»Behalten Sie die Erinnerung«, sagte Bray. »Versuchen Sie nicht, zurückzukehren.«

Sie drehte den Kopf zu ihm herum. »Sie haben aber gesagt, daß ich das eines Tages könnte! Diese Männer müssen für das zahlen, was sie getan haben! Das haben Sie selbst auch gesagt!«

»Ich habe gesagt, daß ich hoffe, daß sie eines Tages bezahlen werden. Vielleicht werden sie das auch. Aber überlassen Sie die Arbeit anderen, tun Sie sie nicht selbst. Wenn Sie sich in den Hügeln sehen ließen, würde Ihnen jemand eine Kugel in den Kopf jagen.« Scofield ließ ihre Hand los und wischte ihr die dunklen Haarsträhnen weg, die ihr über die Wange gefallen waren, als sie sich so abrupt zu ihm herumgedreht hatte. Irgend etwas beunruhigte ihn; er wußte aber nicht genau, was. Etwas fehlte, ein Quantensprung hatte stattgefunden, ein Schritt war ausgelassen worden. »Ich weiß, daß es nicht fair ist, wenn ich Sie jetzt bitte, darüber zu sprechen, aber ich bin verwirrt. Dieser Drogenhandel ... wie läuft der? Sie sagen, ein Kurier würde ausgewählt und eine Frau dazu bestimmt, mit ihm zu reisen. Beide sollen sich an einem vorbestimmten Ort mit einer Kontaktperson treffen?«

»Ja. Die Frau trägt ein bestimmtes Kleidungsstück, und die Kontaktperson nähert sich ihr. Er bezahlt sie für eine Stunde, und sie gehen gemeinsam weg. Der Kurier folgt ihnen. Wenn etwas geschieht, zum Beispiel, wenn sich die Polizei einmischt, behauptet der Kurier, er wäre der *Mezzano* des Mädchens ... ihr Zuhälter.«

»Also treffen sich die Kontaktperson und der Kurier durch Vermittlung der Frau. Wird dann die Ware ausgeliefert?«

»Ich glaube nicht. Vergessen Sie nicht, ich habe ja nie einen Auftrag durchgeführt. Ich glaube, daß die Kontaktperson nur die Verteilung festlegt. Wohin die Drogen geschafft werden sollen und wer sie in Empfang nehmen soll. Anschließend schickt er den Kurier zu einem Lieferanten und benutzt die Hure erneut zu seinem Schutz.«

»Wenn es also zu einer Verhaftung kommt, wird die . . . die Hure . . . festgenommen?«

»Ja. Die Behörden achten aber nicht sonderlich auf solche Frauen; sie werden schnell wieder in Freiheit gesetzt.«

»Aber der Lieferant ist jetzt bekannt, die Lieferpläne sind übergeben und der Kurier geschützt . . .« Was *war* es nur? Bray starrte die Wand an, versuchte, die Fakten zu sortieren und herauszubekommen, was ihn so störte.

»Die meisten Risiken werden auf ein Minimum reduziert«, fuhr Antonia fort. »Selbst die Lieferungen werden so durchgeführt, daß die Ware sofort aufgegeben werden kann. So habe ich das zumindest von den anderen Mädchen erfahren.«

»›Die meisten Risiken . . .‹«, wiederholte Scofield. »›Auf ein Minimum reduziert?‹«

»Nicht alle natürlich, aber viele. Es ist sehr gut organisiert. In jede Stufe ist auch eine Fluchtmöglichkeit eingebaut.«

»Organisiert? Flucht? . . .« *Organisiert!* Das war es. Minimale Risiken und maximale Profite! Das *war* das Schema, das *ganze* Schema. Es ging auf den Anfang zurück. Auf das Konzept *selbst.* »Antonia, sagen Sie mir, wo kamen die Kontakte her? Wie kamen Sie überhaupt ursprünglich mit den Brigaden in Verbindung?«

»Die Brigaden verdienen mit dem Drogenhandel eine Menge Geld. Er ist für sie eine wichtige Einnahmequelle.«

»Aber wie fing es an? Wann?«

»Vor ein paar Jahren, als die Brigaden sich auszubreiten begannen.«

»Es *passierte* doch nicht einfach. *Wie* geschah es?«

»Ich kann Ihnen nur sagen, was ich gehört habe. Ein Mann nahm mit den Anführern Verbindung auf – einige waren im Gefängnis. Er sagte ihnen, sie sollten, sobald sie wieder herauskämen, nach ihm Ausschau halten. Er könnte ihnen eine günstige Geldquelle zeigen, ohne die Risiken, die Raub und Entführungen mit sich brächten.«

»Mit anderen Worten«, sagte Scofield, der jetzt das ganze Schema zu begreifen begann, »er bot ihnen an, sie großzügig zu finanzieren, ohne daß es sie viel Mühe kostete. Teams von zwei Leuten, die drei oder vier Wochen unterwegs waren – und mit guten neun Millionen Lire zurückkehrten. Siebzigtausend Dollar für die Arbeit eines Monats. Minimales Risiko, maximaler Profit. Und nur sehr wenige Personen erforderlich.«

»Ja. Am Anfang kamen die Kontakte von ihm, diesem Mann. Diese Kontakte führten zu anderen. Wie Sie schon sagten, man brauchte nicht viele Leute, und die Erträge waren groß.«

»So daß die Brigaden sich auf ihre eigentliche Arbeit konzentrieren können«, meinte Bray sarkastisch. »Die Vernichtung der gesellschaftlichen Ordnung. Mit einem Wort, Terrorismus.« Er stand auf. »Dieser Mann, der mit ihren Anführern im Gefängnis Verbindung aufnahm – blieb er mit ihnen in Verbindung?«

Sie runzelte die Stirn. »Ich kann wieder nur sagen, was ich hörte. Man hat ihn nach dem zweiten Zusammentreffen nie mehr gesehen.«

»Darauf hätte ich gewettet. Jede Transaktion fünf Stufen von der eigentlichen Quelle entfernt . . . eine geometrische Reihe, keine gerade Linie, die man einfach zurückverfolgen kann. So machen sie es.«

»Wer?«

»Die Matarese.«

Antonia starrte ihn an. »Warum sagen Sie das?«

»Weil es die einzige Erklärung ist. Ernsthafte Dealer würden Verrückte, wie die Brigaden, nicht einmal *berühren.* Das ist eine kontrollierte Aktion, eine Scharade, mit dem einzigen Zweck, Terrorismus zu unterhalten, damit die Matarese weiterhin Waffen und Morde finanzieren können. In Italien sind es die Roten Brigaden, in Deutschland Baader-Meinhof, im Libanon die PLO, in meinem Land die Minutemen und die Weathermen, der Ku-Klux-Klan, die JDL und all die verdammten Narren, die Banken und Laboratorien und Botschaften in die Luft gesprengt haben. Alle anders finanziert, unter strikter Geheimhaltung. Alles nur Marionetten für die Matarese – wahnsinnige Marionetten. Das ist es, was einem angst macht. Je länger sie gefüttert werden, desto größer werden sie; je größer sie werden, desto mehr Schaden richten sie an.« Er griff nach ihrer Hand.

»Sie sind überzeugt, nicht wahr? Überzeugt, daß es geschieht.«

»Jetzt mehr denn je. Sie haben mir gerade gezeigt, wie ein kleines Stück des Ganzen manipuliert wird. Ich wußte – oder ich dachte zumindest, daß ich es wußte –, daß es manipuliert wird. Ich wußte nicht wie. Jetzt weiß ich es. Es gehört nicht sehr viel Phantasie dazu, um sich Variationen vorzustellen. Es ist ein Guerillakrieg mit tausend Schlachtfeldern, von denen keines genau definiert ist.«

Antonia hob seine Hand, als wollte sie sich vergewissern, daß sie da war, daß sie ihr freiwillig gereicht wurde. Dann wanderten ihre dunkelbraunen Augen plötzlich zu den seinen, sahen ihn fragend an. »Sie reden, als wäre Ihnen das neu, dieser Krieg, meine ich. Aber das ist doch nicht so. Sie sind Abwehrbeamter . . .«

»Das war ich«, korrigierte Bray. »Ich bin es nicht mehr.«

»Das ändert nichts an dem, was Sie wissen. Sie haben erst vor einem Augenblick zu mir gesagt, daß man gewisse Dinge akzeptieren müsse, daß es hier nicht um Gerichte und *Avocati* ginge, daß man tötete, um nicht selbst getötet zu werden. Ist dieser Krieg jetzt so anders?«

»Mehr als ich erklären kann«, antwortete Scofield und blickte auf die weiße Wand. »Wir waren Profis, und es gab Regeln – die meisten waren unsere eigenen, die meisten waren hart, aber es *gab* Regeln. Wir gehorchten ihnen. Wir wußten, was wir taten, nichts war sinnlos. Ich denke, man könnte sagen, daß wir wußten, wann wir aufhören mußten.« Er wandte sich ihr wieder zu. »Dies sind wilde Tiere, die man in den Straßen freigelassen hat. Sie haben keine Regeln. Sie wissen nicht, wann sie aufhören müssen. Die Leute, die sie finanzieren, wollen auch nicht, daß sie es je lernen. Machen Sie sich nichts vor, die sind fähig, Regierungen zu paralysieren . . .«

Bray hielt inne, mitten im Satz. Er hörte seine eigenen Worte. Sie überraschten ihn. Er hatte es *gesagt*, mit einem einzigen Satz hatte er es gesagt! Die ganze Zeit war es da gewesen, aber weder er noch Taleniekov hatten es gesehen! Sie waren darauf zugegangen, hatten es umkreist, hatten Worte gebraucht, die einer

Definition nahe kamen, aber klar hatten sie ihm nie ins Auge gesehen.

... sie sind fähig, Regierungen zu paralysieren ...

Wenn sich die Lähmung ausbreitet, geht die Kontrolle verloren. Dann kommen alle Funktionen zum Stillstand. Ein Vakuum wird geschaffen für eine nicht paralysierte Kraft, die die Kontrolle übernimmt.

Sie werden Erben der Welt sein. Sie werden wieder haben, was Ihnen gehörte. Andere Worte, Worte, die ein Wahnsinniger vor siebzig Jahren ausgesprochen hatte. Aber das waren nicht die Worte eines Politikers; das waren in ihrem Wesen *apolitische* Worte. Sie bezogen sich auch nicht auf gegebene Grenzen, nicht auf eine einzelne Nation, die sich im Aufstieg befand. Statt dessen richteten sie sich an einen Bund, eine Gruppe von Männern, die von gemeinsamen Banden zusammengehalten wurde.

Aber jene Männer waren tot; wer waren ihre Nachfolger? Was verband sie heute? Jetzt? Heute?

»Was ist denn?« fragte Antonia, die seinen angestrengten Ausdruck bemerkt hatte.

»Es gibt einen Zeitplan«, sagte Bray, und seine Stimme war kaum mehr als ein Flüstern. »Der Terrorismus steigert sich jeden Monat, wie in einem Plan. Blackburn, Juriewitsch ... Es waren Tests; man wollte die Reaktionen der oberen Ebenen testen. Winthrop schlug in jenen Kreisen Alarm; er mußte zum Schweigen gebracht werden. Alles paßt zusammen.«

»Sie führen ein Selbstgespräch. Sie halten meine Hand, aber Sie sprechen mit sich selbst.«

Scofield sah sie an, ein anderer Gedanke hatte ihn plötzlich gepackt. Er hatte zwei bemerkenswerte Geschichten von zwei bemerkenswerten Frauen gehört, beides Geschichten, die in der Gewalt wurzelten, weil beide Frauen mit der von Gewalt erfüllten Welt des Guillaume de Matarese verbunden waren. Der sterbende Istrebiteli hatte in Moskau gesagt, daß die Antwort vielleicht in Korsika liegen würde. Das traf für die Antwort nicht zu, wohl aber für die ersten Hinweise auf jene Antwort. Ohne Sophia Pastorine und Antonia Gravet, die Geliebte und ihre Urenkelin, gab es nichts; jede hatte ihm auf ihre Art erstaunliche Dinge offenbart. Das Rätsel der Matarese blieb immer noch ein Rätsel, aber es war nicht länger unerklärlich. Es besaß

Form und Gestalt, ein Ziel. Männer, die eine gemeinsame Sache miteinander verband, und deren Ziel es war, Regierungen zu lähmen und die Kontrolle zu übernehmen ... *das Erbe der Welt anzutreten.*

Darin lag die Möglichkeit der Katastrophe: Eben diese Welt konnte während der Übernahme des Erbes in Stücke gehen.

»Ich spreche mit mir«, nickte Bray, »weil ich mir etwas anders überlegt habe. Ich hatte gesagt, daß ich Ihre Hilfe brauchte, aber Sie haben genügend durchgemacht. Es gibt andere, ich werde sie finden.«

»Ich verstehe.« Antonia stützte die Ellbogen gegen das Bett und richtete sich auf. »Einfach so. Ich werde also nicht mehr gebraucht?«

»Nein.«

»Warum wurde ich dann überhaupt in Betracht gezogen?«

Scofield wartete einen Augenblick, ehe er antwortete; er fragte sich, wie sie die Wahrheit aufnehmen würde. »Sie hatten recht; es *war* das eine oder das andere. Sie auf unsere Seite ziehen oder Sie töten.«

Antonia zuckte zusammen. »Aber stimmt das nicht mehr? Ist es nicht notwendig, mich zu töten?«

»Nein. Es wäre sinnlos. Sie werden nichts sagen. Sie haben nicht gelogen; ich weiß, was Sie durchgemacht haben. Sie wollen nicht zurück; Sie waren bereit, lieber Selbstmord zu begehen, als in Marseille zu landen. Ich glaube, Sie hätten das auch getan.«

»Was soll dann aus mir werden?«

»Ich habe Sie in einem Versteck gefunden. In ein Versteck werde ich Sie zurückschicken. Ich werde Ihnen Geld geben. Morgen beschaffe ich Ihnen Papiere und einen Flug an irgendeinen fernen Ort. Ich werde ein paar Briefe schreiben, die geben Sie Leuten, die ich Ihnen nenne. Alles wird gut für Sie werden.« Bray hielt einen Augenblick inne. Er konnte nicht anders; er berührte ihre angeschwollene Wange und wischte eine Haarsträhne weg. »Vielleicht finden Sie sogar ein anderes Bergtal, Antonia. Ebenso schön wie das, das Sie verlassen haben, aber mit einem Unterschied. Sie werden dort keine Gefangene sein. Niemand aus diesem Leben wird Sie je wieder belästigen.«

»Sie eingeschlossen, Brandon Scofield?«

»Ja.«

»Dann denke ich, sollten Sie mich besser töten.«

»Was?«

»Ich werde *nicht* weggehen! Sie können mich nicht zwingen, Sie können mich nicht wegschicken, weil es bequem ist . . . oder noch *schlimmer*, weil Sie Mitleid mit mir haben!« Antonias dunkle, korsische Augen glitzerten. »Welches *Recht* haben Sie denn? Wo waren Sie denn, als man mir diese schrecklichen Dinge antat? *Mir*, nicht *Ihnen*. Treffen Sie keine solchen Entscheidungen für mich! Töten Sie mich lieber!«

»Ich will Sie nicht töten – ich *muß* nicht. Sie wollten frei sein, Antonia. Nehmen Sie Ihre Freiheit. Seien Sie kein Narr.«

»*Sie* sind der Narr! Ich kann Ihnen besser helfen als irgendein anderer!«

»Wie? Als die Hure des Kuriers?«

»Wenn nötig, *ja*! Warum nicht?«

»Um Himmels willen, *warum*?«

Das Mädchen war plötzlich wie erstarrt; ihre Antwort kam ganz leise. »Wegen Dingen, die Sie gesagt haben . . .«

»Ich weiß«, unterbrach sie Scofield. »Ich habe Ihnen gesagt, Sie sollten wütend werden.«

»Da ist noch etwas. Sie sagten, daß auf der ganzen Welt Leute, die an etwas glaubten – viele davon dummerweise und viele voll Wut und Zorn –, von anderen manipuliert und zu Gewalttaten und Mord ermuntert werden. Ich habe erlebt, wie es ist, wenn man an etwas glaubt. Nicht all diese Dinge sind dumm. Nicht alle Idealisten sind Tiere. Es gibt unter uns Leute, die diese ungerechte Welt verändern wollen. Wir haben das Recht dazu, das zu versuchen! Aber niemand hat das Recht, aus uns Huren und Mörder zu machen. Sie nennen diese Drahtzieher die Matarese. Ich sage, sie sind reicher, mächtiger, aber nicht besser als die Brigaden, die Kinder töten und aus Leuten wie mir Lügner und Mörder machen! Ich *werde* Ihnen helfen. Ich werde mich *nicht* wegschicken lassen!«

Bray studierte ihr Gesicht. »Ihr seid alle gleich«, sagte er. »Ihr könnt einfach nicht aufhören, Reden zu halten.«

Antonia lächelte; es war ein verzerrtes Lächeln, einnehmend, aber scheu. »Die meiste Zeit sind diese Reden alles, was wir haben.« Das Lächeln verschwand, und an seine Stelle trat eine Trauer, von der Scofield nicht sicher war, daß er sie begriff. »Da ist noch etwas.«

»Nämlich?«

»Sie. Ich habe Sie beobachtet. Sie sind ein Mann mit so viel Sorge. Man sieht das ebenso deutlich in Ihrem Gesicht, wie man an meinem Körper die Narben sieht. Aber ich kann mich erinnern, wie es war, glücklich zu sein. Können Sie das auch?«

»Die Frage ist nicht relevant.«

»Für mich ist sie das.«

»Warum?«

»Ich könnte sagen, daß Sie mir das Leben gerettet haben. Das wäre schon genug, aber dieses Leben war nicht viel wert. Sie haben mir etwas anderes gegeben: einen Grund, die Hügel zu verlassen. Ich hätte nie geglaubt, daß das jemals jemand für mich tun könnte. Sie haben mir in diesem Augenblick die Freiheit angeboten, aber das ist jetzt zu spät. Ich habe diese Freiheit bereits. Sie haben sie mir gegeben. Ich atme wieder. Also sind Sie wichtig für mich. Ich möchte, daß Sie sich erinnern, wie es war, als Sie glücklich waren.«

»Spricht da die . . . Frau des Kuriers?«

»Sie ist keine Hure. Sie war nie eine.«

»Entschuldigen Sie.«

»Keine Ursache. Das ist erlaubt. Wenn das das Geschenk ist, das Sie wollen, dann nehmen Sie es. Ich würde gerne hoffen, daß es noch andere Geschenke gibt.«

Plötzlich war Bray von tiefem Schmerz erfüllt. Die Unschuld ihres Angebots bewegte ihn, verursachte ihm Schmerzen. Er hatte ihr weh getan, aufs neue weh getan, und wußte, warum. Er hatte Angst; er zog Huren vor; er wollte nicht mit einer Frau ins Bett gehen, die ihm etwas bedeutete. Es war besser, sich nicht an ein Gesicht zu erinnern oder an eine Stimme. Es war besser, in der Erde zu bleiben, tief in der Erde; er war so lange dort gewesen. Jetzt wollte ihn diese Frau herausziehen. Er hatte Angst.

»Lernen Sie die Dinge, die ich Sie lehren kann, das wird Geschenk genug sein.«

»Dann lassen Sie mich bleiben?«

»Sie haben doch gerade gesagt, ich könnte nichts dagegen tun.«

»Das meinte ich auch so.«

»Ich weiß. Wenn ich anderer Ansicht wäre, dann würde ich jetzt einen der besten Paßfälscher von Rom anrufen.«

»Warum sind wir in Rom? Werden Sie mir das jetzt sagen?«

Bray antwortete nicht gleich, er überlegte. Dann nickte er. »Warum nicht? Ich will herausfinden, was von einer Familie namens Scozzi übriggeblieben ist.«

»Ist das einer der Namen, die meine Großmutter Ihnen gab?«

»Der erste. Sie stammten aus Rom.«

»Sie sind immer noch in Rom«, sagte Antonia, als machte sie eine Bemerkung über das Wetter. »Zumindest ein Zweig der Familie. Und zwar nicht weit außerhalb der Stadt.«

Scofield sah sie überrascht an. »Woher wissen Sie das?«

»Die Roten Brigaden haben einen Neffen de Scozzi-Paravacinis aus einem Landsitz in der Nähe von Tivoli entführt. Sein Zeigefinger wurde ihm abgeschnitten und zusammen mit der Lösegeldforderung an die Familie geschickt.«

Scofield erinnerte sich an die Zeitungsberichte. Der junge Mann war freigelassen worden, aber Bray erinnerte sich nicht an den Namen Scozzi, nur an Paravacini. Aber an etwas anderes erinnerte er sich: es war kein Lösegeld bezahlt worden. Die Verhandlungen waren intensiv gewesen, schließlich ging es um ein junges Leben. Aber dann war es zu einem Zusammenbruch gekommen, einer Flucht. Der Neffe war von einem verängstigten Kidnapper freigelassen worden, anschließend waren einige Brigatisti getötet worden, von dem Überläufer in eine Falle gelockt.

Hat einer der unsichtbaren Förderer den Roten Brigaden eine Lektion erteilt?

»Hatten Sie irgendwie mit der Sache zu tun?« fragte er.

»Nein. Ich war in dem Lager in Medicina.«

»Haben Sie etwas gehört?«

»Eine ganze Menge. Man redete hauptsächlich von Verrätern und wie man sie möglichst brutal erledigen könnte, um damit ein Exempel zu statuieren. Die Anführer redeten immer so. Bei der Scozzi-Paravacini-Entführung war das sehr wichtig für sie. Der Verräter war von den Faschisten bestochen worden.«

»Was verstehen Sie unter ›Faschisten‹?«

»Ein Bankier, der die Scozzis vor Jahren vertrat. Die Kreise um Paravacini bewilligten die Zahlung.«

»Wie erreichte er sie?«

»Wenn man viel Geld hat, gibt es immer Mittel und Wege. Niemand weiß es genau.«

Bray stand auf. »Ich werde Sie jetzt nicht fragen, wie Sie sich fühlen, aber sind Sie stark genug, um hier wegzugehen?«

»Natürlich«, antwortete sie und zuckte zusammen, als sie die langen Beine über die Bettkante schwang. Der Schmerz traf sie; man sah, wie sich ihr Gesicht verzog. Einen Augenblick lang saß sie reglos da; Scofield hielt ihre Schulter.

Wieder konnte er nicht anders; er berührte ihr Gesicht. »Die achtundvierzig Stunden sind vorbei«, sagte er leise. »Ich werde Taleniekov in Helsinki ein Telegramm schicken.«

»Was bedeutet das?«

»Es bedeutet, daß Sie leben, daß es Ihnen gutgeht und daß Sie in Rom sind. Kommen Sie, ich helfe Ihnen beim Anziehen.«

Ihre Finger berührten seine Hand. »Wenn Sie das gestern vorgeschlagen hätten, weiß ich nicht genau, was ich gesagt hätte.«

»Und was sagen Sie heute?«

»Helfen Sie mir.«

20

An der Via Frascati gab es ein teures Restaurant, das den drei Brüdern Crispi gehörte, deren ältester das Etablissement mit dem Wahrnehmungsvermögen des Meisterdiebes und den Augen eines hungrigen Schakals leitete. Diese Eigenschaften wurden durch ein engelhaftes Gesicht und überschäumende Jovialität perfekt getarnt. Die meisten Bewohner der samtausgeschlagenen Lasterhöhlen des *Dolce vita* Roms beteten Crispi an, denn er war stets voll Verständnis und diskret, wobei seine Diskretion wertvoller war als seine Sympathie. Nachrichten, die man ihm anvertraute, wurden zwischen Männern und ihren Geliebten, Frauen und ihren Liebhabern, den Machern sowie den Gemachten übermittelt. Er war ein Fels im Meer der Frivolität; die frivolen Kinder aller Altersklassen liebten ihn.

Scofield benutzte ihn. Vor fünf Jahren, als die Probleme der NATO nach Italien übergriffen, hatte Bray seine Klauen in Crispi geschlagen. Der Restaurantbesitzer war eine bereitwillige Drohne gewesen.

Crispi war einer der Männer gewesen, die Bray hatte aufsuchen wollen, bevor Antonia ihm von den Scozzi-Paravacinis erzählt hatte; jetzt war es unerläßlich. Wenn es jemanden in Rom gab, der etwas mehr Licht auf eine aristokratische Familie wie die Scozzi-Paravacinis werfen konnte, so war dies der gesprächige Kronprinz der Narrheit, Crispi. Sie würden in dem Restaurant an der Via Frascati zu Mittag essen.

Ein frühes Mittagessen für römische Verhältnisse, überlegte Scofield, als er seine Kaffeetasse abstellte und auf die Uhr sah. Es war kaum Mittag. Die Sonne vor dem Fenster erwärmte das Wohnzimmer der Hotelsuite. Von der Via Veneto drang der Verkehrslärm zu ihm hinauf. Der Arzt hatte das Excelsior angerufen und kurz nach Mitternacht die nötigen Arrangements getroffen. Er hatte dem Empfangschef vertraulich erklärt, daß ein wohlhabender Patient plötzlich Quartier brauchte. Man hatte Bray und Antonia am Lieferanteneingang erwartet und sie mit dem Servicelift zu einer Suite im achten Stockwerk gebracht.

Er hatte eine Flasche Brandy bestellt und Antonia dreimal nacheinander eingeschenkt. Die gemeinsame Wirkung des Alkohols, der Medikamente, der Schmerzen und der Spannung hatten den Zustand erzeugt, von dem er wußte, daß er für sie der beste war: Schlaf. Er hatte sie ins Schlafzimmer getragen, entkleidet und zu Bett gebracht. Als er sie zudeckte und ihr Gesicht berührte, hatte er nur mühsam den Wunsch unterdrücken können, sich neben sie zu legen.

Ins Wohnzimmer zurückgekehrt, hatte er sich der Kleider aus der Via Condotti erinnert; er hatte sie in seinen Seesack gestopft, ehe er die *Pensione* verließ. Der weiße Hut war von dieser unsanften Packmethode wohl ruiniert, aber das Seidenkleid war weniger zerdrückt, als er angenommen hatte. Er hatte die Kleider aufgehängt, ehe er selbst schlafen gegangen war.

Um zehn Uhr war er aufgestanden und in die Läden in der Vorhalle gegangen, um fleischfarbenes Make-up zu kaufen. Damit ließen sich Antonias Verletzungen kaschieren. Außerdem erstand er eine Gucci-Sonnenbrille, die ihn an die Augen eines Grashüpfers erinnerte. Er hatte sie mit den Kleidern auf den Stuhl neben dem Bett gelegt.

Vor einer Stunde hatte sie die Sachen gefunden. Das Kleid war der erste Gegenstand gewesen, auf den ihr Blick fiel, als sie die Augen öffnete.

»Sie sind meine persönliche *Fanciulla*!« hatte sie ihm zugerufen. »Ich bin eine Prinzessin in einem Märchen, und meine Zofen bedienen mich. Was werden meine sozialistischen Genossen von mir halten?«

»Daß Sie etwas wissen, was sie nicht wissen«, hatte Bray geantwortet. »Die würden Marx symbolisch hängen, um mit Ihnen zu tauschen. Trinken Sie etwas Kaffee, und ziehen Sie sich an. Wir essen mit einem Schüler der Medici zu Mittag. Seine Politik wird Ihnen gefallen.«

Sie war jetzt dabei, sich anzuziehen, und summte dabei eine Melodie, die wie ein korsisches Shanty klang. Sie hatte einen Teil ihres Wesens und einen Hauch von Freiheit gefunden; er hoffte, daß sie beides würde behalten können. Garantien gab es keine. Die Jagd würde in dem Restaurant in der Via Frascati erst richtig beginnen, und sie nahm jetzt daran teil.

Das Summen hörte auf. An seiner Stelle war jetzt das Klappern hochhackiger Schuhe auf Marmorboden zu hören. Sie stand unter der Tür; wieder fühlte Scofield die brennende Sehnsucht. Ihr Anblick bewegte ihn; er kam sich seltsam hilflos vor. Einen Augenblick lang wollte er sie nur sprechen hören, ihrer Stimme lauschen, so als würde ihm das irgendwie ihre Gegenwart bestätigen. Doch sie sprach nicht. Sie stand da, lieblich und verletzlich, ein erwachsenes Kind, das Anerkennung suchte und zugleich darüber verstimmt war, daß sie sie brauchte. In das Muster des Seidenkleides waren rote Fäden eingewebt, die ihre von der korsischen Sonne gebräunte Haut betonten; der große, weiße Hut umrahmte die eine Gesichtshälfte, während die andere von ihrem langen, dunkelbraunen Haar umgeben war. Frankreich und Italien hatten sich in Antonia Gravet gemischt; das Resultat war atemberaubend.

»Sie sehen gut aus«, sagte Bray und stand auf.

»Bedeckt das Make-up meine Verletzungen im Gesicht?«

»Ich habe sie vergessen, also wird es wohl so sein.« Seine Sehnsucht ließ ihn vergessen. »Wie fühlen Sie sich?«

»Ich bin nicht sicher. Ich glaube, der Brandy hat ebensoviel Schaden angerichtet wie die Brigatisti.«

»Dagegen gibt es ein Mittel. Ein paar Gläser Wein.«

»Ich denke, besser nicht, danke.«

»Wie Sie meinen. Ich hole Ihren Mantel; er ist im Schrank.« Er setzte sich in Bewegung, blieb dann aber stehen, als er sie zusammenzucken sah. »Sie sind noch nicht ganz in Ordnung, wie? Tut es weh?«

»Nein, bitte, wirklich, mir fehlt nichts. Die Salbe, die Ihr Freund, der Arzt, mir gab, ist sehr gut, sehr beruhigend. Er ist ein netter Mann.«

»Ich möchte, daß Sie jederzeit zu ihm gehen, wenn Sie Hilfe brauchen«, sagte er. »Immer, wenn Sie etwas benötigen.«

»Das klingt, als würden Sie mich verlassen«, antwortete sie. »Ich dachte, das wäre geklärt. Ich habe Ihr Anstellungsangebot angenommen, erinnern Sie sich nicht?«

Bray lächelte. »Es wäre schwierig, das zu vergessen, aber wir hatten die Stelle noch nicht genau definiert. Wir werden in Rom eine Weile zusammen sein. Dann werde ich, je nachdem, was wir feststellen, weiterziehen. Ihre Aufgabe wird es sein, hierzubleiben und Nachrichten zwischen Taleniekov und mir zu vermitteln.«

»Ich soll also eine Art Telegrafendienst verrichten?« fragte Antonia. »Was für eine Stellung ist das?«

»Eine sehr wichtige. Ich werde es Ihnen schon erklären. Kommen Sie, ich hole jetzt Ihren Mantel.« Er sah, wie sie wieder die Augen schloß. Ein Schmerz hatte sie durchzuckt. »Antonia, hören Sie mir zu. Wenn Sie Schmerzen haben, dürfen Sie nicht versuchen wollen, das zu verbergen, das hilft niemandem. Wie schlimm ist es?«

»Nicht sehr schlimm. Es geht vorbei, das weiß ich. Ich mache das nicht das erste Mal durch.«

»Wollen Sie zu dem Arzt zurück?«

»Nein. Vielen Dank, daß Sie so besorgt sind.«

Die Sehnsucht war immer noch da, aber Scofield widerstand ihr. »Meine einzige Sorge ist, daß die Schmerzen Sie beeinträchtigen könnten. Menschen machen Fehler, wenn sie Schmerzen fühlen. Und Fehler dürfen Sie keine machen.«

»Vielleicht nehme ich doch ein Glas Wein.«

»Bitte, tun Sie das«, sagte er.

Sie standen im Foyer des Restaurants. Bray war sich der Blicke bewußt, die Antonia auf sich zog. Hinter dem zarten Gitterwerk, durch das man den Speisesaal betrat, stand breit lächelnd der älteste der Crispi-Brüder. Als er Bray sah, überraschte ihn das offensichtlich; den Bruchteil einer Sekunde lang umwölkten sich seine Augen, wurden ernst, dann lächelte er wieder und kam auf sie zu.

»*Benvenuto, amico mio!*« rief er.

»Lange nicht gesehen«, sagte Scofield und erwiderte den festen Händedruck des anderen. »Ich bin nur ein oder zwei Tage geschäftlich hier und wollte, daß meine Freundin Ihre *Fettucini* probiert.«

Diese Worte bedeuteten, daß Bray sich mit Crispi an seinem Tisch unauffällig unterhalten wollte, sobald sich dazu Gelegenheit bot.

»Es sind die besten in ganz Rom, Signorina!« Crispi schnippte mit den Fingern, damit einer seiner beiden Brüder das Paar an seinen Tisch führte. »Sie werden es mir gleich bestätigen, aber zuerst sollten Sie etwas Wein nehmen, für den Fall, daß die Soße nicht perfekt ist!« Er zwinkerte den beiden zu und drückte Scofields Hand noch einmal fest, um dem anderen klarzumachen, daß er begriffen hatte. Crispi kam nie an Brays Tisch, wenn er nicht gerufen wurde.

Ein Kellner brachte ihnen eine gekühlte Flasche Pouilly Fumé, mit einer Empfehlung der *Fratelli.* Erst als die *Fettucini* gebracht und verspeist waren, kam Crispi selbst an den Tisch. Er setzte sich auf den dritten Stuhl, und man kam nach ein paar Belanglosigkeiten gleich zur Sache.

»Antonia arbeitet mit mir zusammen«, erklärte Scofield, »aber sie darf nie erwähnt werden. Gegenüber niemandem, verstehen Sie?«

»Natürlich.«

»Und ich auch nicht. Wenn jemand aus der Botschaft – oder von sonstwo – nach mir fragt, haben Sie mich nicht gesehen. Ist das klar?«

»Klar, aber ungewöhnlich.«

»Tatsächlich soll niemand wissen, daß ich hier bin. Oder hier *war.*«

»Auch Ihre eigenen Leute nicht?«

»Ganz besonders meine eigenen Leute. Meine Anweisungen gehen über die Interessen der Botschaft hinaus. Deutlicher kann ich es nicht sagen.«

Crispi hob die Brauen und nickte langsam. »Überläufer?«

»So könnte man sagen.«

Crispis Augen wurden ernst. »Also gut, ich habe Sie nicht gesehen, Brandon. Warum sind Sie dann hier? Werden Sie Leute zu mir schicken?«

»Nur Antonia. Wenn sie Hilfe braucht, um mir Telegramme zu schicken . . . und jemand anderen.«

»Warum sollte sie meine Hilfe brauchen, um Telegramme zu schicken?«

»Ich möchte, daß sie von verschiedenen Orten aus aufgegeben werden. Können Sie das machen?«

»Wenn die blöden *Communisti* nicht wieder den Telefondienst stören, ist das kein Problem. Ich kann einen Vetter in Florenz anrufen. Der tut mir jeden Gefallen, ebenso wie Exporteure in Athen, Tunis oder Tel Aviv. Jeder tut, was Crispi will. Niemand stellt Fragen. Aber das wissen Sie ja.«

»Wie steht es mit Ihren eigenen Telefonen? Sind die sauber?«

Crispi lachte. »Nachdem bekannt ist, was an meinem Telefon geredet wird, gibt es keinen Beamten in Rom, der eine solche Unverschämtheit zulassen würde.«

Scofield erinnerte sich an Robert Winthrop in Washington. »Jemand hat das vor gar nicht zu langer Zeit auch gesagt. Er hatte unrecht.«

»Ohne Zweifel«, nickte Crispi, und seine Augen grinsten belustigt. »Entschuldigen Sie, Brandon, aber Leute wie Sie befassen sich nur mit Staatsangelegenheiten. Wir an der Via Frascati haben in Angelegenheiten des Herzens zu tun. Das hat den Vorrang, wenn es um Vertraulichkeit geht. So war das schon immer.«

Bray erwiderte das Lächeln des Italieners. »Wissen Sie, vielleicht haben Sie recht.« Er hob sein Weinglas an die Lippen. »Lassen Sie mich einen Namen nennen. Scozzi-Paravacini.« Er trank.

Crispi nickte nachdenklich. »Blut sucht Geld und Geld sucht Blut. Was gibt es sonst noch zu sagen?«

»Sagen Sie es.«

»Die Scozzi sind eine der edelsten Familien Roms. Die ehrwürdige Contessa wird bis zum heutigen Tage in ihrem restaurierten Bugatti die Via Veneto hinaufchauffiert. Ihre Kinder sind Prätendenten für schon lange aufgegebene Throne. Unglücklicherweise sind diese echten oder vermeintlichen Thronansprüche das einzige, was sie hat, sonst nennt sie keine tausend Lire ihr eigen. Die Paravacini hatten Geld, viel Geld, aber keinen Tropfen anständigen Blutes in den Adern. Es war eine Ehe, die vor dem himmlischen Gericht der wechselseitigen Vernunft geschlossen wurde.«

»Wessen Ehe?«

»Die Tochter der Contessa mit Signor Bernardo Paravacini. Das liegt lange zurück. Die Mitgift bestand in einigen Millionen und einer vernünftigen Position für ihren Sohn, den Grafen. Er hat den Titel seines Vaters übernommen.«

»Wie heißt er?«

»Guillamo. Graf Guillamo Scozzi.«

»Wo wohnt er?«

»Wo immer seine Interessen – die finanziellen und die sonstigen – ihn hinführen. Er hat eine Villa in der Nähe seiner Schwester in Tivoli, aber ich glaube nicht, daß er sehr oft dort ist. Warum fragen Sie? Steht er mit den Überläufern in Verbindung? Das ist höchst unwahrscheinlich.«

»Vielleicht weiß er es nicht. Könnte sein, daß er von den Leuten benutzt wird, die für ihn arbeiten.«

»Noch unwahrscheinlicher. Unter seiner charmanten Persönlichkeit steckt der Verstand eines Borgia. Glauben Sie mir.«

»Woher wissen Sie das?«

»Ich kenne ihn«, sagte Crispi und lächelte. »Er und ich sind einander nicht sehr unähnlich.«

Scofield beugte sich vor. »Ich möchte ihn kennenlernen. Nicht als Scofield natürlich. Als jemand anderer. Können Sie das arrangieren?«

»Vielleicht. Ich glaube, er ist in Italien. Irgendwo habe ich gelesen, daß seine Frau die Schirmherrin der Festa Villa d'Este ist, die morgen abend abgehalten wird. Eine Wohltätigkeitsveranstaltung für die öffentlichen Gartenanlagen. Er würde sich das nicht entgehen lassen; ganz Rom, wie man so sagt, wird dort sein.«

»Ihr Rom, nehme ich an«, sagte Scofield, »nicht das meine.«

Im Hotelzimmer sah er ihr zu, wie sie den Rock aus der Schachtel nahm und ihn auf ihrem Schoß faltete, als überprüfte sie ihn nach Unregelmäßigkeiten. Er begriff, daß das Vergnügen, das er dabei empfand, ihr Dinge zu kaufen, unpassend war. Kleider waren etwas Notwendiges; so einfach war das, aber dieses Wissen konnte die Wärme nicht verdrängen, die ihn durchflutete, wenn er sie beobachtete.

Die Gefangene war frei, die Entscheidungsfreiheit wieder hergestellt. Obwohl sie sich zu den exorbitanten Preisen geäußert hatte, die im Excelsior verlangt wurden, hatte sie sich nicht gesträubt, als er ihr in den Hotelgeschäften Kleider kaufte. Es war ein Spiel gewesen. Immer wieder sah sie zu Bray hinüber; wenn er nickte, runzelte sie mit gespielter Mißbilligung die Stirn – sah jedesmal auf das Preisschild –, überlegte wieder und bestätigte am Ende seinen Geschmack.

Seine Frau pflegte das in West-Berlin zu tun. In West-Berlin war das eines ihrer Spiele gewesen. Seine Karine hatte sich stets Sorgen um Geld gemacht. Sie hatte an die zukünftigen Kinder gedacht. Geld war wichtig. Die Regierung war als Arbeitgeber nicht großzügig. Ein Beamter im State Department, Besoldungsklasse zwölf, konnte kaum ein Schweizer Konto eröffnen.

Aber Scofield hatte das damals natürlich schon. In Bern, Paris, London und natürlich auch Berlin. Er hatte es ihr nicht gesagt, sein wahres Berufsleben hatte sie nie gekannt. Dann lernte sie es mit Endgültigkeit kennen. Wären die Dinge anders gelaufen, hätte er ihr vielleicht eines jener Konten übertragen. Er wollte sich von den Consular Operations in eine zivilisierte Abteilung des State Department versetzen lassen.

Verdammt! Er hatte das *vorgehabt*! Es war nur eine Frage von *Wochen* gewesen!

»Sie sind so weit weg.«

»Was?« Bray führte das Glas an die Lippen; das war eine Reflexbewegung, denn er hatte es bereits geleert. Es kam ihm in den Sinn, daß er zuviel trank.

»Sie sehen mich an, aber ich glaube nicht, daß Sie mich sehen.«

»Sicher sehe ich Sie. Der Hut fehlt mir. Ich mochte den weißen Hut.«

Sie lächelte. »In geschlossenen Räumen trägt man keinen Hut. Der Kellner, der uns das Abendessen brachte, hätte mich für albern gehalten.«

»Bei Crispis haben Sie ihn auch getragen. Der Kellner hielt Sie nicht für albern.«

»Ein Restaurant ist etwas anderes.«

»Beides sind Innenräume.« Er stand auf und füllte sich sein Glas.

»Nochmals vielen Dank für alles.« Antonia sah auf die Schachteln und Einkaufstüten neben dem Stuhl. »Es ist wie Weihnachten, ich weiß nicht, welche ich als nächste öffnen soll.« Sie lachte. »Aber in Korsika gab es nie ein solches Weihnachten! Papa hätte einen Monat gegrollt, wenn er solche Dinge gesehen hätte. Ja, ich danke Ihnen *wirklich*.«

»Nicht nötig.« Scofield stand immer noch am Tisch und füllte Whisky in sein Glas. »Das sind Gegenstände, Ausrüstungsgegenstände. Wie eine Schreibmaschine, eine Additionsmaschine oder Aktenschränke. Die gehören zu Ihrem Job.«

»Ich verstehe.« Sie legte den Rock und die Bluse in die Schachtel zurück. »Aber Sie nicht«, sagte sie.

»Wie bitte?«

»*Niente*. Hilft Ihnen der Whisky, sich zu entspannen?«

»Das könnte man sagen. Möchten Sie auch einen?«

»Nein, danke. Ich bin viel entspannter, als ich das seit langer Zeit war. Es wäre Verschwendung.«

»Jedem das Seine«, sagte Scofield und ließ sich in einen Sessel sinken. »Sie können ja zu Bett gehen, wenn Sie wollen. Morgen wird ein langer Tag.«

»Stört Sie meine Gesellschaft?«

»Nein, natürlich nicht.«

»Aber Sie ziehen vor, alleine zu sein.«

»Darüber hatte ich nicht nachgedacht.«

Sie pflegte das auch zu sagen. In West-Berlin, wenn es Probleme gab; wenn ich für mich alleine dasaß und so zu denken versuchte, wie die anderen denken würden. Sie redete, und ich hörte sie nicht. Dann wurde sie immer böse – nun, nicht böse, verletzt – und sagte: »Du würdest lieber alleine sein, nicht wahr?« Damit hatte sie recht, aber ich konnte ihr das nicht erklären. Vielleicht wenn ich es ihr erklärt hätte ... Vielleicht hätte eine Erklärung als Warnung genügt.

»Wenn Sie etwas beschäftigt, warum reden Sie dann nicht darüber?«

O Gott, die gleichen Worte. In West-Berlin.

»Hören Sie auf zu versuchen, jemand *anders* zu sein!« Er hörte, wie seine eigene Stimme den Satz schrie. Das war der Whisky, der verdammte *Whisky*! »Tut mir leid, das habe ich nicht so gemeint«, fügte er schnell hinzu und stellte das Glas ab. »Ich bin müde und ich habe zu viel getrunken. Ich habe es nicht so gemeint.«

»Natürlich haben Sie das«, sagte Antonia und stand auf. »Ich glaube, ich verstehe jetzt. Aber Sie sollten auch verstehen. Ich bin nicht jemand anders. Ich mußte so tun, als wäre ich jemand anders. Das ist die sicherste Methode, um sich kennenzulernen. Ich bin ich; Sie haben mir geholfen – diese Person wiederzufinden.« Sie drehte sich um und ging schnell ins Schlafzimmer und schloß die Türe hinter sich.

»Toni, es tut mir *leid* ...« Bray stand auf. Er war wütend auf sich. In seinem Ausbruch hatte er viel mehr offenbart, als er wollte. Er ärgerte sich, daß er die Kontrolle über sich verloren hatte.

Es klopfte an der Korridortür; Scofield fuhr herum. Er spürte instinktiv das Halfter, das unter seiner Jacke hing. Er trat neben die Türe und fragte:

»*Si? Chi è?*«

»*Un messagio, Signor Pastorine. Da vostra amico, Crispi. Di Via Frascati.*«

Bray schob die Hand in die Jacke, überprüfte die Sicherungskette an der Tür und öffnete sie. Im Korridor stand der Kellner von Crispi, der sie bedient hatte. Er hielt einen Umschlag in der Hand und reichte ihn Scofield durch den Türschlitz. Crispi war kein Risiko eingegangen; sein eigener Mann war der Bote.

»*Grazie. Un momento*«, sagte Bray und griff in die Tasche nach einem Lireschein.

»*Prego*«, antwortete der Kellner.

Scofield schloß die Tür und riß den Umschlag auf. Zwei goldgeprägte Karten hingen an einem Zettel. Er entfernte sie und las Crispis Nachricht, deren Schrift ebenso verschnörkelt war wie ihre Sprache.

Graf Scozzi hat von dem Unterzeichneten Nachricht erhalten, daß ein Amerikaner namens Pastor sich in der Villa d'Este vorstellen wird. Der Graf hat erfahren, daß dieser Pastor umfangreiche Verbindungen in den OPEC-Ländern hat und häufig als Einkaufsagent für Ölscheichs tätig ist. Über diese Dinge sprechen solche Männer nie; also lächelt man bloß und informiert sich, wo der Persische Golf liegt. Der Graf weiß auch, daß Pastor Ferien macht und eine angenehme Ablenkung sucht.
ist durchaus möglich, daß der Graf dergleichen anbietet.

Ich küsse die Hand der *bella signorina*.

Ciao, Crispi.

Bray lächelte. Crispi hatte recht; niemand, der als Agent für die Scheichs tätig war, sprach je über die Dienste, die er ihnen leistete. Man war in diesem Geschäft sehr zurückhaltend, weil es um hohe Einsätze ging. Er würde mit Graf Guillamo Scozzi über andere Dinge sprechen.

Er hörte, wie die Klinke der Schlafzimmertür niedergedrückt wurde. Antonia zögerte einen Augenblick, ehe sie sie öffnete. Bray begriff, warum. Sie stand in einem schwarzen Unterkleid, den er ihr in einem der Hotelläden gekauft hatte, unter der Tür. Sie hatte den Büstenhalter abgelegt und ihre Brüste dehnten die Seide. Ihre langen Beine zeichneten sich undeutlich unter dem halb durchsichtigen Stoff ab. Sie war barfuß; die bronzefarbene Haut ihrer Waden und Knöchel stand in perfektem Einklang mit ihren Armen und ihrem Gesicht. Ihrem lieblichen Gesicht, das auffallend war und doch sanft, mit dunklen Augen, die ihn verständnisvoll ansahen.

»Sie müssen sie sehr geliebt haben«, sagte sie.

»Ja. Das liegt lange zurück.«

»Nicht lange genug anscheinend. Sie haben mich Toni genannt. War das ihr Name?«

»Nein.«

»Dann bin ich froh. Ich möchte nicht mit jemand anderem verwechselt werden.«

»Das haben Sie mir klargemacht. Es wird nicht wieder geschehen.«

Antonia stand schweigend und reglos unter der Tür. Ihre Augen waren immer noch voller Verständnis. Als sie wieder sprach, war es eine Frage: »Warum sind Sie so abweisend?«

»Weil ich kein Tier im Laderaum eines Frachters bin.«

»Das wissen wir beide. Ich habe bemerkt, wie Sie mich angesehen haben und dann den Blick abwandten, als wäre es nicht erlaubt. Sie sind verkrampft, aber Sie suchen keine Entspannung.«

»Wenn ich die Art von ... Entspannung ... suche, dann weiß ich, wo ich sie finden kann.«

»Ich biete sie Ihnen an.«

»Ich werde das Angebot in Betracht ziehen.«

»Hören Sie auf!« rief Antonia und trat vor. »Sie wollen eine Hure? Dann müssen Sie in mir eine *Kuriers-Hure* sehen!«

»Das kann ich nicht.«

»Dann sehen Sie mich nicht so an! Ein Teil von Ihnen ist bei mir, ein anderer in weiter Ferne. Was *wollen* Sie?«

Bitte, tun Sie das nicht. Lassen Sie mich dort, wo ich war, tief in der Erde, im Schutze der Dunkelheit. Berühren Sie mich nicht, denn wenn Sie das tun, sterben Sie. Können Sie das nicht verste-

hen? Männer werden Sie zu sich rufen und Sie töten. Lassen Sie mich bei den Huren und den Profis – so wie ich ein Profi bin. Wir kennen die Regeln. Sie kennen sie nicht.

Sie stand vor ihm, er hatte sie nicht auf sich zukommen sehen, sie war einfach da. Er blickte auf sie hinunter, ihr Gesicht, das ihm zugewandt war, ihre Augen, die so nah waren, ihre Tränen, ihre geöffneten Lippen.

Ihr ganzer Körper zitterte; die Angst hielt sie umfaßt. Die Narben waren weggerissen worden, er hatte sie weggerissen, weil sie die Qual in seinen Augen gesehen hatte.

Sie konnte *seine* Qual nicht stillen. Wie kam sie darauf, daß er ihre Qual stillen konnte?

Und dann, als könnte sie seine Gedanken lesen, flüsterte sie wieder.

»Wenn du sie so geliebt hast, dann lieb mich ein wenig. Vielleicht hilft es.«

Sie hob die Hand, legte sie an sein Gesicht. Ihre Lippen waren wenige Zoll von den seinen entfernt. Jetzt, da sie so nahe war, zitterte sie noch stärker. Er legte die Arme um sie; ihre Lippen berührten sich, und der Schmerz löste sich. Er wurde wie in einen Wirbel hineingezogen; er spürte, wie ihm selbst die Tränen in den Augen aufstiegen, ihm über die Wangen rollten und sich mit den ihren mischten. Er umschlang sie, liebkoste sie, zog sie an sich, *hielt* sie. Bitte, *näher*, ihr feuchter Mund erregte ihn, verdrängte die Qual seiner Sehnsucht durch den Wunsch, bei ihr zu liegen. Seine Hand schob sich an ihr empor und legte sich über ihre Brust. Sie zog die eigene Hand herunter und drückte sie über die seine, schob sich gegen ihn, bewegte ihren Körper in dem Rhythmus, der sie beide umfaßt hielt.

Sie entzog ihm ihren Mund. »Bring mich ins Bett. In Gottes Namen, *nimm mich.* Und liebe mich. Bitte, liebe mich ein wenig.«

»Ich habe versucht, dich zu warnen«, sagte er. »Ich habe versucht, uns beide zu warnen.«

Er kam aus der Erde heraus; darüber war helles Sonnenlicht. Aber in der Ferne waren immer noch die Finsternis und Angst; er fühlte sie hart. Aber für den Augenblick entschied er sich, in der Sonne zu bleiben – wenn auch nur für eine kleine Weile. Mit ihr.

21

Die Pracht der Villa d'Este ging auch in der Kühle des Abends nicht verloren. Die Scheinwerfer waren eingeschaltet worden und beleuchteten die Brunnen – Tausende von Kaskaden, in denen sich das Licht brach, während sie in ausgezackten Reihen über die steilen Hänge hinunterschossen. Inmitten der großen Teiche schossen die Geysire in die Nacht und öffneten sich oben wie Schirme; Milliarden Tropfen schimmerten wie Diademe in den Strahlen der Scheinwerfer. Aus Wasserfällen fielen silberne Bahnen vor uralten Statuen und hüllten die Heiligen und Kentauren in feenhaften Glanz.

Die Gärten waren offiziell für die Öffentlichkeit gesperrt. Nur Roms Beautiful People war zur Festa Villa d'Este eingeladen. Angeblich sollte die Festa Mittel für die Unterhaltung der Anlagen einbringen, um die kümmerlichen Unterstützungsgelder der Regierung aufzubessern. Aber Scofield hatte den Eindruck, daß es ein zweites, nicht weniger wünschenswertes Motiv gab: ein Abend, an dem die Villa d'Este von ihren wahren Erben genossen werden konnte, ungestört von der lauten Welt der Touristen. Crispi hatte recht. Ganz Rom war anwesend. Nicht sein Rom, dachte Bray und betastete das Samtrevers seines Smokings. Ihr Rom.

Die mächtigen Räume der Villa selbst waren prächtig ausgestattet worden. Russischer Zobel und Nerz, Chinchilla und Goldfuchs schmückten Schultern, die von Givenchy und Pucci bekleidet waren. Diamantenkolliers und Perlenketten schlangen sich um lange Hälse und sehr häufig unter Doppelkinnen. Schlanke *Cavalieri* mit scharlachroten Schärpen und grauen Schläfen tummelten sich neben vierschrötigen, kahlen Männern mit Zigarren und mehr Macht, als man aus ihrem Aussehen schließen konnte. Nicht weniger als vier Orchester unterhielten die Gäste; die Musik reichte von den getragenen Weisen eines Monteverdi bis zum rasenden Beat. Die Villa d'Este gehörte den *Belli Romani*.

Von all den illustren Personen war Toni – sie hatten sich auf diesen Namen geeinigt – eine der eindrucksvollsten. Ihr Hals und ihre Handgelenke waren nicht mit Juwelen geschmückt; irgendwie wären sie der glatten Bronzehaut abträglich gewesen, mit der die schlichte Robe aus Weiß und Gold kontrastierte. Die Schwellungen in ihrem Gesicht waren zurückgegangen, wie der Arzt vorausgesagt hatte. Sie trug jetzt keine Sonnenbrille mehr; in ihren weiten, braunen Augen spiegelte sich das Licht. Sie war ebenso lieblich wie ihre Umgebung, lieblicher als die meisten Möchtegernschönheiten. Ihre Schönheit war zurückhaltend und wuchs mit jeder Sekunde im Auge des Beschauers.

Der Einfachheit halber wurde Toni als die Freundin vom Comer See des geheimnisvollen Mr. Pastor vorgestellt. Man wußte allgemein, daß gewisse Teile des Sees ein Zufluchtsort der teuren Kinder des Mittelmeers waren. Crispi hatte seine Sache gut gemacht; er hatte gerade genug Information geliefert, um eine Anzahl Gäste neugierig zu machen. Diejenigen, die am meisten über den stillen Mr. Pastor erfahren wollten, erfuhren das wenigste, während andere, die zu sehr mit sich selbst beschäftigt waren, um sich für Pastor zu interessieren, mehr erfuhren; so konnten sie das, was sie erfahren hatten, als Klatsch weitergeben, denn Klatsch war ihre Hauptbeschäftigung.

Jene Männer, die sich gradliniger – ja ausschließlich – finanziellen Interessen widmeten, nahmen ihn vielleicht diskret am Arm und erkundigten sich mit leiser Stimme, was er vom Dollarkurs hielte oder von der Stabilität von Investitionen in London, San Francisco und Buenos Aires. Wenn man ihm solche Fragen stellte, neigte Scofield entweder leicht den Kopf oder schüttelte ihn. Man hob die Brauen, unauffällig. Informationen waren aufgenommen worden, wenn Bray auch keine Ahnung hatte, worin diese Informationen bestanden.

Nach einem solchen Zusammentreffen mit einem besonders hartnäckigen Mann nahm er Tonis Arm und ging mit ihr durch einen mächtigen Bogen in den nächsten überfüllten Saal. Bray nahm zwei Gläser Champagner vom Tablett eines Kellners, reichte eines Toni und sah sich um.

Ohne ihn vorher gesehen zu haben, wußte Scofield, daß er soeben Graf Guillamo Scozzi gefunden hatte. Der Italiener plauderte in einer Ecke mit zwei langbeinigen jungen Frauen. Seine Augen schweiften mit gespielter Gleichgültigkeit durch den Saal. Er war ein hochgewachsener, schlanker Mann, ein *Cavaliere* vom ergrauten Scheitel bis zu den Sohlen seiner maßgearbeiteten Lackschuhe. Am Revers seines Fracks trug er winzige, farbige Ordensbänder und um die Taille eine schmale, goldene Schärpe mit dunkelrotem Rand. Wenn jemand die Bedeutung der Ordensbänder nicht kannte, so konnte er doch das Besondere der Schärpe nicht übersehen; Scozzi trug sein Wappen auffällig. Als Mann Ende der Fünfzig war der Graf die Verkörperung des *Bello Romano*; kein *Siciliano* war je in das Bett seiner Vorfahren gekrochen, und, *per dio*, die Welt tat gut daran, das zur Kenntnis zu nehmen.

»Wie wirst du ihn finden?« fragte Antonia und nippte an ihrem Wein.

»Ich glaube, ich habe ihn gerade gefunden.«

»Der? Dort drüben?« fragte sie. Bray nickte. »Du hast recht. Ich habe sein Bild in den Zeitungen gesehen. Er ist das Lieblingsobjekt der *Paparrazzi*. Wirst du dich ihm vorstellen?«

»Ich glaube nicht, daß das notwendig sein wird. Wenn ich mich nicht sehr täusche, sucht er mich.« Scofield deutete auf ein kaltes Büfett. »Gehen wir zu dem Tisch dort hinüber. Er wird uns sehen.«

»Aber wie wird er dich erkennen?«

»Crispi. Unser wohlwollender Mittelsmann hat sich vielleicht nicht die Mühe gemacht, mich zu beschreiben, aber er hat es bestimmt nicht übersehen, dich zu beschreiben. Nicht bei jemandem wie Scozzi.«

»Aber ich hatte doch die riesige Sonnenbrille auf.«

»Du bist sehr komisch«, sagte Bray.

Es dauerte weniger als eine Minute, bis sie eine honigsüße Stimme hinter sich hörten. »Signore Pastor, nehme ich an.«

Sie drehten sich um. »Ich bitte um Entschuldigung? Kennen wir uns?« fragte Scofield.

»Ich glaube, wir kennen uns«, antwortete der Graf und streckte die Hand aus. »Scozzi. Guillamo Scozzi. Es ist mir ein Vergnügen, Ihre Bekanntschaft zu machen.« Der Titel wurde durch sein Weglassen betont.

»Oh, *natürlich*. Graf Scozzi. Ich habe diesem reizenden Menschen Crispi gesagt, daß ich Sie aufsuchen würde. Wir sind vor weniger als einer Stunde hier eingetroffen, es war etwas hektisch. Ich hätte Sie natürlich erkannt, aber es überrascht mich, daß Sie mich kannten.«

Scozzi lachte und zeigte dabei Zähne, die so weiß und so perfekt geformt waren, daß sie unmöglich Erstausstattung sein konnten. »Crispi ist in der Tat köstlich, aber ich fürchte, auch ein kleiner Schuft. Er war von *la bella Signorina* ganz hingerissen.« Der Graf neigte den Kopf zu Antonia. »Also sehe ich sie und finde Sie. Crispis Geschmack ist, wie immer, untadelig.«

»Entschuldigen Sie.« Scofield berührte Tonis Arm. »Graf Scozzi, meine Freundin Antonia ... vom Comer See.« Der Vorname und der See sagten alles; der Graf nahm ihre Hand und hob sie an die Lippen.

»Anbetungswürdig. Rom muß mehr von Ihnen sehen.«

»Sie sind zu liebenswürdig, Exzellenz«, sagte Antonia, als wäre sie dazu geboren, der Festa Villa d'Este beizuwohnen.

»Ehrlich, Mister Pastor«, fuhr Scozzi fort, »man erzählte mir, viele meiner lästigeren Freunde hätten Sie mit Fragen geplagt. Ich bitte für sie um Nachsicht.«

»Nicht nötig. Ich fürchte, Crispis Beschreibung war doch etwas ausführlicher und hat sich nicht nur mit alltäglichen Dingen befaßt.« Bray lächelte entwaffnend bescheiden. »Wenn die Leute erfahren, was ich tue, stellen sie Fragen. Ich bin daran gewöhnt.«

»Sie sind sehr verständnisvoll.«

»Das ist nicht schwierig. Ich wünschte nur, ich wüßte so viel, wie manche Menschen glauben. Gewöhnlich bemühe ich mich nur, Entscheidungen auszuführen, die vor meiner Ankunft getroffen wurden.«

»Aber in diesen Entscheidungen«, sagte der Graf, »steckt doch Wissen, oder nicht?«

»Das hoffe ich. Andernfalls würde eine Menge Geld vergeudet.«

»Weggeweht von den Wüstenwinden, sozusagen«, verdeutlichte Scozzi. »Warum glaube ich eigentlich, daß wir uns *tatsächlich* schon einmal begegnet sind, Mister Pastor?«

Scofield hatte diese Frage schon bedacht; die Möglichkeit bestand immer, und er war darauf vorbereitet. »Wenn das der

Fall wäre, würde ich mich daran erinnern, aber vielleicht war es in der amerikanischen Botschaft. Die Gesellschaften sind zwar nie so großartig wie die hier, aber ebenso überfüllt.«

»Dann sind Sie also ständiger Gast in der Botschaft?«

»Ständig würde ich nicht sagen, aber manchmal ein Gast in letzter Minute.« Bray lächelte bescheiden. »Anscheinend sind meine Landsleute oft ebenso daran interessiert, mir Fragen zu stellen, wie Ihre Freunde hier in Tivoli.«

Scozzi lachte glucksend. »Information ist oft das Tor zum nationalen Heldentum, Mister Pastor. Sie sind ein widerstrebender Held.«

»Nein, ganz und gar nicht. Ich muß mir nur meinen Lebensunterhalt verdienen, das ist alles.«

»Ich würde nur ungern mit Ihnen verhandeln«, sagte Scozzi. »Ich entdecke den Geist des erfahrenen Verhandlers.«

»Das ist schade«, erwiderte Scofield und änderte seinen Tonfall geringfügig, um damit dem Italiener ein Signal zu geben. »Ich hatte gedacht, wir könnten uns ein wenig unterhalten.«

»Oh?« Der Graf sah zu Antonia hinüber. »Aber wir langweilen die *bella Signorina.*«

»Ganz und gar nicht«, sagte Toni. »Ich habe in den letzten paar Minuten mehr über meinen Freund erfahren als in der ganzen letzten Woche. Aber ich bin am Verhungern . . .«

»Kein Wort mehr«, unterbrach sie Scozzi, als wäre ihr Hunger eine Frage auf Leben und Tod. Er hob die Hand. Binnen Sekunden tauchte ein junger, dunkelhaariger Mann im Frack neben ihm auf. »Mein Assistent wird sich um Sie kümmern, Signorina. Er heißt Paolo und ist übrigens ein ausgezeichneter Tänzer. Ich glaube, meine Frau hat es ihm beigebracht.«

Paolo verbeugte sich, wich den Augen des Grafen aus und bot Antonia den Arm. Sie nahm ihn an, trat vor und wandte Scozzi und Bray das Gesicht zu.

»*Ciao*«, sagte sie, und ihre Augen wünschten Scofield gute Jagd.

»Sie sind zu beneiden, Mister Pastor«, bemerkte Graf Guillamo Scozzi und blickte der weißgekleideten Gestalt nach. »Sie ist wirklich anbetungswürdig. Haben Sie sie in Como gekauft?«

Bray sah den Italiener an. Scozzi meinte seine Frage wörtlich. »Um ehrlich zu sein, ich bin nicht einmal sicher, ob sie je dort gewesen ist«, antwortete er, weil er wußte, daß die Doppellüge notwendig war; der Graf konnte zu leicht Nachforschungen anstellen. »Tatsächlich hat mir ein Freund in Er-Riyad eine Telefonnummer am See gegeben. Wir haben uns in Nizza getroffen. Ich hab' sie nie gefragt, woher sie kommt.«

»Würden Sie trotzdem die Güte haben, sie nach einem Termin zu fragen? Sagen Sie ihr für mich, je früher desto besser. Sie kann mich durch die Paravacini-Büros in Turin erreichen.«

»Turin?«

»Ja, unsere Fabriken im Norden. Agnellis Fiat ist in der Öffentlichkeit bekannter, aber ich kann Ihnen versichern, Scozzi-Paravacini gibt in Turin den Ton an – und in einem großen Teil von Europa auch.«

»Das war mir nie bekannt.«

»Nein? Ich dachte, das wäre der Grund, weshalb Sie . . . ›ein wenig reden‹ wollten, wie Sie es ausgedrückt haben.«

Scofield leerte sein Champagnerglas und meinte, während er das Glas von den Lippen nahm: »Meinen Sie, wir könnten auf ein paar Minuten hinausgehen? Ich habe eine vertrauliche Nachricht für Sie, von einem Klienten am – sagen wir, dem Persischen Golf. Deshalb bin ich heute abend hier.«

Scozzi zog die Brauen zusammen. »Eine Nachricht für mich? Natürlich habe ich eine Anzahl Herren aus der Gegend kennengelernt, allerdings niemanden, an den ich mich namentlich erinnern kann. Aber natürlich machen wir einen kleinen Spaziergang. Ich bin sehr gespannt.« Der Graf setzte sich in Bewegung, aber Bray hielt ihn mit einer kurzen Handbewegung an.

»Mir wäre lieber, wenn man uns nicht zusammen hinausgehen sähe. Sagen Sie mir, wo Sie sein werden, dann erscheine ich in zwanzig Minuten dort.«

»Wie ungewöhnlich. Nun gut.« Der Italiener überlegte. »Ippolitos Brunnen. Kennen Sie ihn?«

»Ich werde ihn finden.«

»Es ist ziemlich weit. Dort sollte uns niemand stören.«

»Gut. Zwanzig Minuten.« Scofield nickte. Beide wandten sich um und entfernten sich in entgegengesetzter Richtung durch die Menge.

An dem Brunnen waren keine Scheinwerfer. Es war auch nichts zu hören, als ein Mann zwischen den Felsen herumkroch und das Gebüsch durchsuchte. Bray ging kein Risiko ein. Hätte Scozzi Leute in der Umgebung aufgestellt, so hätte Scofield eine Nachricht an den Italiener gesandt und ein anderes Rendezvous vorgeschlagen.

Es war niemand in der Nähe. Der Graf schlenderte soeben über den Fußweg auf den Brunnen zu. Bray schlich sich durch einen mit Unkraut überwucherten Garten um ihn herum und kam zwanzig Meter hinter Scozzi auf dem Fußweg heraus. Er räusperte sich in dem Augenblick, da Scozzi die hüfthohe Mauer, die den Brunnen umgab, erreichte. Der Graf drehte sich um; von den Terrassen über ihnen kam gerade genug Licht herunter, daß sie einander sehen konnten. Scofield störte die Finsternis. Scozzi hätte eine ganze Anzahl geeigneterer Orte auswählen können, an denen weniger Schatten war. Bray mochte Schatten nicht.

»War es notwendig, so weit zu gehen?« fragte er. »Ich wollte mich alleine mit Ihnen treffen, aber ich hatte eigentlich nicht vor, halb nach Rom zurückzugehen.«

»Ich auch nicht, Mister Pastor, bis Sie sagten, Sie wollten nicht, daß man uns gemeinsam weggehen sähe. Das brachte mich auf einen Gedanken. Vielleicht ist es nicht zu meinem Vorteil, wenn man mich alleine mit Ihnen reden sieht. Sie sind ein Makler für die Scheichs.«

»Warum sollte Sie das stören?«

»Warum wollten Sie, daß wir getrennt weggehen?«

Scozzi hatte einen scharfen Verstand. Scofield erinnerte sich der Anspielung Crispis auf die Borgia-Mentalität. »Nun einfach, um nicht aufzufallen. Aber wenn jemand hierherkäme und uns sähe, würde das ebenfalls zu auffällig sein. Es gibt einen Mittelweg, ein zufälliges Zusammentreffen im Garten zum Beispiel.«

»Jetzt haben Sie dieses Zusammentreffen, und niemand wird uns sehen«, sagte der Graf. »Zum Brunnen des Ippolito gibt es nur einen Eingang, der liegt vierzig Meter hinter uns. Ich habe dort einen meiner Assistenten postiert. Guillamo Scozzi ist schon manchmal mit einer Begleiterin seiner Wahl den – wollen wir sagen – Blumenpfad gegangen. Bei solchen Anlässen legt er keinen Wert auf Störungen.«

»Verlangt das, was ich tue, solche Vorsichtsmaßnahmen?«

Der Graf hob die Hand. »Vergessen Sie nicht, Mister Pastor,

Scozzi-Paravacini hat Geschäfte in ganz Europa und auf beiden Hälften des amerikanischen Kontinents. Wir suchen dauernd neue Märkte, aber wir suchen kein arabisches Kapital. Es ist in hohem Maße suspekt; überall werden Mauern errichtet, um zu vermeiden, daß es zu viel Einfluß gewinnt. Wir legen keinen Wert darauf, daß man uns hinter die Kulissen schaut. Alleine die jüdischen Interessen in Paris und New York könnten uns viel kosten.«

»Was ich Ihnen zu sagen habe, hat nichts mit Scozzi-Paravacini zu tun«, sagte Scofield. »Es betrifft nur die Scozzi, nicht die Paravacini.«

»Sie spielen da auf einen Punkt an, in dem ich sehr empfindlich bin, Mister Pastor. Bitte, werden Sie deutlicher.«

»Sie sind der Sohn von Graf Alberto Scozzi, nicht wahr?«

»Das ist allgemein bekannt. Ebenso wie der Beitrag, den ich für das Wachstum des Paravacini-Konzerns geleistet habe. Ich bin sicher, daß Ihnen die Bedeutung der Änderung des Firmennamens auf *Scozzi*-Paravacini nicht entgangen ist.«

»Nein, keineswegs, aber selbst wenn es mir entgangen wäre, hätte es nichts zu sagen. Ich bin nur ein Zwischenträger, vermutlich der erste von mehreren Kontakten, von denen jeder weiter vom nächsten entfernt ist. Soweit es mich betrifft, sind wir uns ganz beiläufig bei einer Wohltätigkeitsveranstaltung in Tivoli begegnet. Dieses Gespräch hier hat nie stattgefunden.«

»Ihre Nachricht muß wirklich dramatisch sein. Wer schickt Sie?«

Jetzt hob Bray die Hand. »Bitte. So wie wir die Regeln verstehen, werden beim ersten Gespräch nie Namen genannt. Nur ein geographisches Gebiet und eine politische Gleichung mit hypothetischen Widersachern.«

Scozzis Augen verengten sich; er senkte die Lider, um sich zu konzentrieren. »Weiter«, sagte er.

»Sie sind ein Graf, also will ich die Regeln etwas beugen. Wir wollen sagen, daß da ein Fürst ist, der in einem Land von einiger Größe lebt, einem Scheichtum am Golf. Sein Onkel, der König, stammt aus einer anderen Zeit; er ist eitel und senil, aber sein Wort ist Gesetz, so wie es Gesetz war, als er noch über einen Beduinenstamm in der Wüste herrschte. Er vergeudet Millionen mit schlechten Investitionen, gefährdet die Finanzen des Scheichtums, lebt zu sehr von der Hand in den Mund. Dieser hypothetische Fürst möchte, daß er beseitigt wird. Zum Nutzen aller. Er appelliert durch den Sohn Alberto Scozzis, der nach dem korsischen *Padrone* Guillaume benannt wurde, an den Bund . . . Das ist die Nachricht. Jetzt möchte ich für mich selbst sprechen.«

»Wer *sind* Sie?« fragte der Italiener mit geweiteten Augen. »Wer hat Sie *geschickt*?«

»Lassen Sie mich zu Ende sprechen«, sagte Bray rasch. Er mußte den ersten Schlag ausnutzen, einen Sprung auf die nächste Ebene machen. »Als Beobachter dieser . . . hypothetischen Gleichung kann ich Ihnen sagen, daß sie einen Krisenpunkt erreicht hat. Es darf kein Tag verloren werden. Der Fürst braucht eine Antwort, und, offen gesagt, wenn ich sie ihm bringe, werde ich nachher ein viel reicherer Mann sein. Sie können natürlich den Preis des Bundes bestimmen. Ich kann Ihnen sagen, daß . . . fünfzig Millionen amerikanisches Geld durchaus in Frage kämen.«

»Fünfzig *Millionen.*«

Es funktionierte; die zweite Ebene war erreicht. Selbst für einen Mann wie Guillamo Scozzi war der Betrag überwältigend. Seine arroganten Lippen hatten sich erstaunt geöffnet. Dies war der Augenblick, um die Dinge wieder zu komplizieren, ihn erneut zu schocken.

»Die Summe hängt natürlich von gewissen Dingen ab. Das ist eine Höchstzahl, die eine sofortige Antwort voraussetzt und weitere Kontakte überflüssig macht; die Lieferung muß binnen sieben Tagen erfolgen. Es wird nicht leicht sein. Der alte Mann wird Tag und Nacht von *Sabathi* bewacht – das ist ein Haufen verrückter Hunde, die . . .« Scofield hielt inne. »Aber dann brauche ich Ihnen wahrscheinlich auch nichts bezüglich Hassan Ibn-al-Sabbahs zu sagen, oder? Nach allem, was ich in Erfahrung bringen konnte, hat der Korse ja bei ihm reichliche Anleihen gemacht. Jedenfalls schlägt der Fürst einen programmierten Selbstmord . . .«

»*Genug!*« flüsterte Scozzi. »Wer *sind* Sie? Soll der Name mir etwas bedeuten? Pastor? *Priester?* Sind Sie ein Hoherpriester, den man geschickt hat, um mich zu *prüfen*?« Die Stimme des Italieners wurde beinahe schrill. »Sie sprechen von Dingen, die in der Vergangenheit begraben sind. Wie können Sie es *wagen*?«

»Ich spreche von fünfzig Millionen amerikanischen Dollars.

Und sprechen Sie zu mir oder meinem Klienten nicht von begrabenen Dingen. Seinen Vater hat man mit durchschnittener Kehle begraben; durchschnitten vom Kinn bis zum Schlüsselbein von einem Wahnsinnigen, den der Bund geschickt hat. Sehen Sie in Ihren Aufzeichnungen nach, wenn Sie welche führen; dort werden Sie es finden. Mein Klient will zurückhaben, was ihm gehört. Er ist bereit, etwa das Fünfzigfache dessen zu bezahlen, was der Bruder seines Vaters bezahlt hat.« Bray hielt einen Augenblick inne und schüttelte mißbilligend, beinahe enttäuscht den Kopf. »Es ist verrückt! Ich habe ihm gesagt, daß ich ihm für weniger als die Hälfte des Betrages eine völlig legitime Revolution kaufen könnte, eine, die von den Vereinten Nationen sanktioniert wird. Aber er will es *so* haben. Mit Ihnen. Ich glaube, ich kenne auch den Grund. Er hat mir gegenüber etwas erwähnt; ich weiß nicht, ob es Teil seiner Nachricht ist, aber ich werde es jedenfalls an Sie weitergeben. Er sagte: ›Die Methode der Matarese ist die einzige. Sie werden meine Treue sehen.‹ Er will sich Ihnen anschließen.«

Guillamo Scozzi zuckte zurück; seine Beine drückten sich gegen die Brunnenmauer, seine Arme hingen steif herunter. »Welches Recht haben Sie, diese Dinge zu mir zu sagen? Sie sind wahnsinnig, ein Verrückter! Ich weiß nicht, wovon Sie reden.«

»Wirklich? Dann haben wir den falschen Mann. Wir werden den richtigen finden; ich werde ihn finden. Man hat uns die Worte gegeben; wir kennen die Antwort.«

»Welche Worte?«

»*Per nostro* ...« Scofield verstummte und seine Augen saugten sich in dem schwachen Licht förmlich an Scozzis Lippen fest.

Unwillkürlich öffneten sich die Lippen. Der Italiener war im Begriff, das dritte Wort auszusprechen, den Satz zu vollenden, der siebzig Jahre lang in den fernen Hügeln von Porto Vecchio gelebt hatte ...

Doch kein Wort kam. Statt dessen flüsterte Scozzi. An Stelle des Schocks hatte ihn jetzt Besorgnis ergriffen, die so tief ging, daß man seine Worte kaum hören konnte. »Mein *Gott*; Sie können nicht ... Sie *dürfen* nicht. Woher *kommen* Sie? Was hat man Ihnen *gesagt*?«

»Genug, um zu wissen, daß ich den richtigen Mann gefunden habe. Einen zumindest. Kommen wir also nun ins Geschäft?«

»Vermuten Sie nicht zuviel, Mister Pastor! Oder wie Sie sonst heißen.« In der Stimme des Italieners klang jetzt Wut mit.

»Pastor genügt. Also schön, ich habe meine Antwort. Sie passen. Ich werde es meinem Klienten sagen.« Bray drehte sich um.

»*Alto!*«

»*Perchè? Che cosa?*« Scofield blieb stehen, wie er war, sprach über die Schulter.

»Sie sprechen sehr gut Italienisch, fließend.«

»Und ein paar andere Sprachen. Das hilft, wenn man viel reist. Ich reise viel. Was wollen Sie?«

»Sie werden hier bleiben, bis ich sage, daß Sie gehen können.«

»Wirklich?« fragte Scofield und wandte sich zu Scozzi um. »Weshalb? Ich habe meine Antwort.«

»Sie werden tun, was ich Ihnen sage. Ich brauche nur die Stimme zu erheben, dann ist ein Helfer neben Ihnen und hindert Sie daran, diesen Ort zu verlassen.«

Bray versuchte zu verstehen. Dieser mächtige *consigliere* konnte alles ableugnen – er hatte schließlich nichts gesagt – und dafür sorgen, daß man dem fremden Amerikaner folgte. Er konnte um Hilfe rufen oder einfach weggehen und bewaffnete Männer schicken, um ihn zu suchen. Alles das konnte er tun – er *war* Teil der Matarese; das Geständnis stand in seinen Augen –, aber er zog es vor, nichts davon zu tun.

Und dann glaubte Scofield zu verstehen. Guillamo Scozzi, der Industriepirat mit dem schnellen Verstand und der Borgia-Mentalität, war nicht sicher, was er tun sollte. Er befand sich in einem Dilemma, das ihn plötzlich überwältigte. Das Ganze war zu schnell gegangen, er war nicht darauf vorbereitet, eine Entscheidung zu treffen. So traf er keine.

Was bedeutete, daß es jemand anderen gab – jemanden, der in der Nähe war, ihm zugänglich – der das *konnte*.

Jemand, der in dieser Nacht in der Villa d'Este war.

»Heißt das, daß Sie es sich noch einmal überlegen?« fragte Bray.

»Das heißt *gar nichts*!«

»Warum sollte ich dann bleiben? Ich glaube nicht, daß Sie mir Befehle erteilen können, ich bin keiner Ihrer Prätorianer. Wir machen kein Geschäft; so einfach ist das.«

»Es ist *nicht* so einfach!« Wieder wurde Scozzis Stimme lauter; die Angst war jetzt stärker als sein Ärger.

»Und ich sage, es ist so und zum Teufel damit«, entgegnete Scofield und wandte sich erneut um. Es war wichtig, daß der Italiener jetzt seinen verborgenen Wächter herbeirief, sehr wichtig.

Und das tat Scozzi. »*Veni! Presto!*«

Bray hörte schnelle Schritte auf dem dunklen Weg. Binnen Sekunden kam ein breitschultriger, vierschrötiger Mann im Abendanzug aus den Schatten gerannt.

»*Sorveglia quest'uomo!*«

Der Mann zögerte nicht. Er zog einen kurzläufigen Revolver heraus und richtete ihn auf Bray. Scozzi sprach, als gäbe er sich große Mühe, die Kontrolle über sich zu behalten; er erklärte unnötigerweise.

»Es sind unruhige Zeiten, Signore Pastor. Wir alle reisen mit diesen Prätorianern, wie Sie sie gerade genannt haben. Terroristen sind überall.«

Der Augenblick war unwiderstehlich. Dies war die richtige Zeit, um den letzten verbalen Degenstoß anzubringen. »Ja, davon müßten Leute wie Sie ja etwas verstehen. Von Terroristen meine ich. Wie den Brigaden. Kommen die Befehle von dem Hirtenjungen?«

Es war, als hätte ein unsichtbarer Hammer Scozzi getroffen. Sein Oberkörper verkrampfte sich, wehrte den Schlag ab, spürte ihn, versuchte, sich zu erholen, war aber nicht sicher, daß er dazu imstande war. In dem schwachen Licht konnte Scofield auf der Stirn des Italieners Schweißtropfen sehen, Schweiß, der das perfekt gekämmte graue Haar seiner Schläfen durchtränkte. Seine Augen waren die eines erschreckten Tieres.

»*Rimanere*«, wisperte er dem Leibwächter zu und rannte dann über den dunklen Fußweg davon.

Scofield wandte sich, als sei er verängstigt, an den Mann. Er sprach italienisch. »Ich weiß ebensowenig wie Sie, was das soll! Ich habe Ihrem Boß eine Menge Geld von jemandem angeboten, und er dreht durch. Herrgott, ich bin doch bloß ein Vertreter!« Der Leibwächter sagte nichts, aber Brays offensichtliche Angst schien ihn zu erleichtern. »Macht es Ihnen etwas aus, wenn ich mir eine Zigarette anzünde? Revolver jagen mir immer eine solche Angst ein.«

»Bitte«, sagte der breitschultrige Mann.

Das war das letzte, was er für ein paar Stunden sagen sollte. Scofield griff mit der linken Hand in die Tasche, die rechte hielt er an seiner Seite ... im Schatten, unter dem Ellbogen des Leibwächters. Während er ein Päckchen Zigaretten herausholte, schoß seine rechte Hand hoch, die Finger packten den Lauf des Revolvers und drehten Hand und Waffe ruckartig im Gegensinn des Uhrzeigers herum. Dann ließ er die Zigaretten fallen, fuhr dem Mann mit der linken Hand an die Kehle und erstickte jegliches Geräusch. Er stieß den Leibwächter vom Weg in das dichte Blattwerk. Als der Mann stürzte, riß Bray ihm die Waffe weg und ließ den Kolben scharf auf seinen Schädel niederkrachen. Der Leibwächter erschlaffte. Scofield zog ihn tiefer in das Gebüsch hinein.

Er durfte jetzt keine Sekunde vergeuden. Guillamo Scozzi war weggerannt, um sich Rat zu holen; es war die einzige Erklärung, die einen Sinn ergab. Irgendwo auf einer Terrasse oder in einem Zimmer übermittelte der *Consigliere* diese schokkierende Information an einen anderen. Oder an mehrere andere.

Bray rannte den Weg hinauf, hielt sich, so gut es ging, im Schutz des Schattens und verlangsamte sein Tempo, als er die Terrasse erreichte, von der aus die letzten Stufen in die Villa selbst führten. Irgendwo über ihm, *irgendwo* war der in Panik geratene Scozzi. Zu wem rannte er? Wer würde die Entscheidung treffen, die dieser mächtige, verängstigte Mann außerstande war zu treffen?

Scofield eilte die Treppen hinauf, den Revolver des Leibwächters in der Hosentasche, seine eigene Browning unter dem Smoking an die Brust geschnallt. Er trat durch französische Türen in einen überfüllten Saal; ohrenbetäubender Disco-Rhythmus schlug ihm entgegen. Kreisende, verspiegelte Kugeln aus farbigen Lichtern hingen von der Decke, drehten sich, während die Tänzer mit starren Gesichtern, verloren in Rhythmus, Marihuana und Alkohol wogten.

Dies war der Raum, der am nächsten bei der Treppe lag, die zu Ippolitos Brunnen führte. Bei Scozzis Geisteszustand *mußte* das der Raum gewesen sein, den er als ersten aufsuchte; es gab zwei Eingänge. Welchen hatte er genommen?

Die Bewegung auf der Tanzfläche wurde unterbrochen.

Bray hatte seine Antwort. Hinter dem Büfett war eine schwere Tür in die Wand eingelassen. Zwei Männer eilten auf die Tür zu; man hatte sie gerufen; jemand hatte Alarm geschlagen.

Scofield arbeitete sich auf die Tür zu, sich nach allen Seiten bei den Tänzern entschuldigend. Langsam schob er sie auf, die Hand an der Browning unter seinem Jackett. Dahinter war eine schmale Wendeltreppe aus dickem, rötlichem Stein; er konnte Schritte über sich hören.

Da waren auch noch andere Geräusche. Schreiende Männer, zwei erhobene Stimmen, die eine stärker, ruhiger, die andere am Rande der Hysterie. Letztere gehörte Graf Guillamo Scozzi.

Bray betrat die erste Treppenstufe, drückte sich gegen die Wand, die Browning an seiner Seite haltend. Nach dem ersten Absatz kam eine Tür, aber dahinter war es still; sie waren weiter oben, hinter einer zweiten Tür, auf dem dritten Treppenabsatz. Scozzi schrie jetzt. Scofield war nahe genug, um die Worte ganz klar zu verstehen.

»Er hat von den *Brigaden* gesprochen, und – oh, mein Gott – vom *Hirten*! Von dem *Korsen*! Er *weiß Bescheid*! Mutter Gottes, er *weiß* es!«

»Still! Er sucht, er weiß nichts. Man hat uns gesagt, daß er das tun würde; der alte Mann hat nach ihm verlangt, und *er* hatte Fakten. Mehr als wir annahmen; das ist wirklich lästig.«

»*Lästig*? Das ist Chaos! Ein Wort, eine Andeutung, ein Atemzug, und ich könnte *ruiniert* sein! Überall!«

»Sie?« sagte die kräftigere Stimme verächtlich. »Sie sind nichts, Guillamo! Sie sind nur das, was wir bestimmen. Vergessen Sie das nicht ... Sie sind natürlich einfach weggegangen. Sie haben ihm nicht angedeutet, daß in dem, was er gesagt hat, auch nur ein Funken von Glaubwürdigkeit steckte.«

Einen Augenblick lang herrschte Stille. »Ich habe meinen Leibwächter gerufen, habe dem Amerikaner gesagt, er solle bleiben, wo er war. Er steht immer noch am Brunnen und wird von meinem Leibwächter bewacht.«

»Sie haben *was*? Mit einem *Leibwächter* haben Sie ihn zurückgelassen? Einen *Amerikaner*? Sind Sie *wahnsinnig*? Das ist unmöglich. Er ist kein Amerikaner!«

»Er ist Amerikaner, natürlich ist er das! Er spricht Englisch mit amerikanischem Akzent – *völlig* amerikanisch. Er benutzt den Namen Pastor, das sagte ich doch!«

Wieder herrschte Stille. Diesmal war es eine lastende Stille; die Spannung war beinahe unerträglich. »Sie waren immer das schwächste Glied, Guillamo; das wissen wir. Aber jetzt sind Sie zu weit gegangen. Sie haben eine Frage offengelassen, wo keine sein kann! Dieser Mann ist Wassili Taleniekov! Er wechselt die Sprachen, so wie ein Chamäleon seine Farben wechselt. Er wird den Leibwächter mühelos töten, wie man eine Made zertritt. Wir können uns Sie nicht mehr leisten, Guillamo. Es darf kein schwaches Glied geben. Auf keinen Fall.«

Kurze Stille ... dann ein Schuß und ein gutturales Stöhnen. Guillamo Scozzi war tot.

»Laßt ihn liegen!« befahl der unbekannte *Consigliere* der Matarese. »Man wird ihn und seinen Wagen am Morgen am Grund der Hadrianschlucht finden. Geht und sucht diesen ›Pastor‹, diesen so schwer faßbaren Taleniekov. Er wird sich nicht lebend fangen lassen, versucht es gar nicht. Findet ihn. Tötet ihn ... Und das Mädchen in Weiß. Sie auch. Tötet sie beide.«

Scofield rannte die enge Treppe hinunter, um die Kurve. Aber die letzten Worte, die er durch die Türe oben hörte, waren so seltsam, daß er fast stehen geblieben wäre. Er war nahe daran, auf die Mörder zu schießen, die herauskamen, und dann hinaufzugehen und dem unbekannten Mann gegenüberzutreten, der sie sprach.

»... *Scozzi*! Mutter Gottes! Ihr müßt Turin erreichen. Sagt ihnen, sie sollen den Adlern telegrafieren, der Katze. Die Beerdigung muß absolut ...«

Jetzt war keine Zeit, nachzudenken, er mußte Antonia erreichen; sie mußten beide die Villa d'Este verlassen. Er zog die Türe zu und rannte hinaus in den pochenden Wahnsinn. Plötzlich wurde er sich der Sessel bewußt, die an der Wand standen; die meisten waren leer, auf einigen lagen Capes und Pelze.

Wenn er einen Verfolger ausschalten konnte, würde ihm das gleich mehrfachen Vorteil einbringen. Ein Mann, der Alarm schlug, würde wesentlich weniger erreichen als zwei. Außerdem würde ein in die Enge getriebener Mann, der überzeugt war, daß er sein Leben verspielt hatte, höchstwahrscheinlich eine Identität preisgeben, um sich zu schützen. Er wandte sich zur Wand, die Hände auf der Rückenlehne eines Sessels, ein *Cavaliere*, der zuviel Wein getrunken hat.

Die schwere Türe sprang auf. Der erste der beiden Killer kam herausgerannt, sein Begleiter dicht hinter ihm. Der erste Mann eilte auf die französischen Türen zu in Richtung der Stufen, die zur Terrasse hinunterführten; der zweite lief um die Tanzfläche herum, auf den Bogen im Hintergrund zu.

Scofield sprang vor und vollführte dabei eine Reihe zuckender Bewegungen, als wäre er ein einzelner Tänzer, ganz im Banne der Rockmusik. Er erreichte den zweiten Mann und warf ihm den Arm über die Schulter. Dann klammerte er seine Hand um das Halfter unter der Jacke und machte die Waffe darin bewegungsunfähig, indem er den Griff durch das Tuch packte und dem Mann den Lauf in die Brust bohrte. Der Italiener wehrte sich, aber es war nutzlos; er wußte es binnen Sekunden. Bray fuhr mit seiner rechten Hand über die Hüfte des Mannes, bohrte ihm die Finger unter den Brustkasten und riß dann mit solcher Gewalt an, daß der Mann aufschrie.

Der Schrei blieb unbemerkt, denn ringsum waren Schreie und betäubende Musik und kreisende Lichter, die einen im einen Augenblick blendeten und im nächsten nur grelle, weiße Lichtspuren hinterließen. Scofield zerrte den Mann zu der Stuhlreihe an der Wand und wirbelte ihn herum, zwang ihn in den Sessel, der der schweren Türe am nächsten stand. Er stieß dem Italiener die Finger in die Kehle, während seine linke Hand sich unter seinem Jackett auf den Abzug zu arbeitete, wobei der Lauf der Waffe sich immer noch in das Fleisch des Mannes bohrte. Jetzt brachte er die Lippen dicht an das Ohr des Killers.

»Der Mann oben! Wer *ist er*? Sag es mir, oder deine eigene Pistole geht los! Keiner wird den Schuß hier hören! Wer *ist* er?«

»Nein!« Der Mann versuchte, sich aus dem Stuhl herauszuwinden; Bray trieb ihm das Knie in den Unterleib; seine Finger erstickten ihn halb. Er drückte zu; unerträglicher Schmerz drohte den Mann zu überwältigen.

»Ich warne dich zum letztenmal! *Wer ist er?*«

Speichel drang dem Mann aus dem Mund; seine Augen waren zwei rote Kreise, seine Brust wogte auf und ab. Dann gab er auf und stieß den Namen in einem gequälten Flüstern heraus.

»Paravacini!«

Bray drückte ein letztes Mal die Luftröhre des Mannes zu; die Luftzufuhr zu Lungen und Kopf wurde zwei Sekunden lang unterbrochen; der Mann sank schlaff zusammen. Scofield drapierte ihn über den daneben stehenden Sessel, ein weiterer betrunkener *Bello Romano.*

Er drehte sich um und arbeitete sich zwischen den Stuhlreihen und den fieberhaft zuckenden Tänzern durch. Der erste Mann war nach draußen gelaufen; Bray konnte sich also ein oder zwei Minuten lang frei bewegen, aber nicht länger. Er schob sich durch die Menge am Eingang und ging in den etwas weniger hektisch wirkenden nächsten Saal.

Er entdeckte sie in der Ecke, der dunkelhaarige Paolo stand neben ihr und zwei weitere *Cavalieri* vor ihr. Alle suchten ihre Aufmerksamkeit. Paolo schien sich weniger Mühe zu geben; er kannte den Geschmack seines Grafen. Brays erster Gedanke war, daß er Tonis Kleid bedecken mußte.

... das Mädchen in Weiß. Sie auch, tötet sie beide ...

Er ging schnell auf die vier jungen Leute zu und wußte genau, was er tun würde. Ein Ablenkungsmanöver war nötig, je hysterischer, desto besser. Er berührte Paolo am Arm. Seine Augen suchten Antonia, und sein Blick sagte ihr, still zu bleiben.

»Sie *sind* doch Paolo, oder nicht?« fragte er den dunkelhaarigen Mann in italienischer Sprache.

»Ja, der bin ich.«

»Graf Guillamo will Sie sofort sprechen. Irgendein dringender Fall, denke ich.«

»Natürlich! Wo ist er?«

»Gehen Sie durch den Bogen dort drüben und biegen Sie dann nach rechts, an einer Reihe von Stühlen vorbei zu einer Türe. Dort ist eine Treppe ...« Der junge Italiener eilte weg, Bray entschuldigte Toni und sich bei den beiden übrigen Männern. Er hielt ihren Arm und schob sie auf den Bogen zu, der in die Disco führte.

»Was ist los?« fragte sie.

»Wir gehen«, antwortete er. »Dort drinnen liegen ein paar Mäntel und Sachen auf den Stühlen. Schnapp dir den dunkelsten und größten, den du finden kannst. Schnell, wir haben nicht viel Zeit.«

Sie fand ein langes, schwarzes Cape, während Bray zwischen ihr und den zuckenden Tänzern auf der Tanzfläche stand. Sie stopfte es sich unter den Arm. Dann arbeiteten sich beide unter reichlichem Einsatz ihrer Ellbogen auf die französischen Türen zu.

»Hier, zieh es an«, befahl Scofield und drapierte es über ihre Schultern. »Gehen wir«, sagte er und eilte die Stufen hinunter. »Wir gehen nach rechts über die Terrassen und dann zurück durch die Halle zum Park . . .« Drinnen hallten plötzlich Schreie. Männer riefen, Frauen kreischten. Binnen Sekunden quollen aus allen Türen Gestalten in verschiedenen Stadien der Trunkenheit und kollidierten miteinander. Drinnen herrschte völliges Chaos, und man konnte die erschreckten Schreie deutlich hören.

E stato ucciso!

Terroristi!

Fuggiamo!

Die Leiche von Graf Guillamo Scozzi war gefunden worden.

Bray und Antonia rannten zur nächsten Terrasse und dann an einer Mauer entlang, die mit prunkvollen Pflanzkübeln vollgestellt war. Am Ende der Umfriedung gab es eine schmale Öffnung, die in die nächste führte. Scofield hielt ihre Hand und zog sie durch.

»*Alto!* Stehenbleiben!«

Der Ruf kam von oben; der erste Mann, der erst vor Minuten zur Türe hinausgerannt war, stand jetzt auf den steinernen Stufen und hielt eine Waffe in der Hand. Bray stieß Antonia mit der Schulter an, so daß sie gegen die Wand krachte. Dann warf er sich nach rechts, auf den Betonboden, rollte sich nach links und riß die Browning aus dem Halfter. Die Schüsse des Mannes ließen neben Scofield einen Stein wegspritzen. Bray zielte, auf dem Rücken liegend, die Schultern vom Pflaster gehoben, die rechte Hand von der linken gestützt. Er feuerte zweimal; der Killer fiel nach vorne und rollte die Treppen hinunter.

Die Schüsse verstärkten das Chaos; Schreckensschreie erfüllten die eleganten Terrassen der Villa d'Este. Bray eilte zu Antonia; sie kauerte an der Wand.

»Alles in Ordnung?«

»Ich lebe.«

»Komm!«

Sie fanden eine Lücke in der Mauer, wo ein Trog Wasser zu einem Brunnen in die Tiefe führte. Sie traten hindurch und rannten an einem künstlichen Bach entlang zu dem ersten Weg, einer Allee, die zu beiden Seiten von Hunderten von steinernen Statuetten gesäumt war, die eintönig Wasserstrahlen spien. Das Licht der Scheinwerfer filterte durch die Bäume; die Szene strahlte gespenstischen Frieden aus, ein Frieden, der in völligem Gegensatz zu dem Chaos auf den Terrassen oben stand.

»Gerade durch!« sagte Scofield. »Am Ende ist ein Wasserfall und eine weitere Treppe. Da können wir wieder hinauf.«

Sie fingen an, durch den Tunnel aus Blattwerk zu rennen, und das Wasser von oben mischte sich in den Schweiß auf ihren Gesichtern.

»*Dannazione!*« Antonia stürzte, ein Zweig hatte ihr das lange schwarze Cape von den Schultern gerissen. Bray blieb stehen und zog sie hoch.

»*Ecco la!*«

»*La donna!*«

Von hinten hallten Rufe; dann folgten Schüsse. Zwei Männer kamen durch die Allee gerannt; ihre Silhouetten, die das Licht des Brunnens dahinter scharf abzeichneten, boten ein ausgezeichnetes Ziel. Scofield gab drei Schüsse ab. Ein Mann stürzte, hielt sich den Schenkel; der zweite fuhr sich an die Schulter. Die Waffe flog ihm aus der Hand, als er hinter der nächsten Statue Schutz suchte.

Bray und Antonia erreichten die Treppe am Ende des Weges. Am Eingang der Villa. Sie rannten hinauf, nahmen zwei Stufen gleichzeitig, bis sie sich unter die erschreckte Menge gemischt hatten, die durch einen ummauerten Hof auf den riesigen Parkplatz hinausströmte.

Überall waren Chauffeure, die an eleganten Autos auf ihre Arbeitgeber warteten und, wie alle Chauffeure in Italien in dieser Zeit, die Pistolen gezogen hatten; Schutz war alles. Sie waren geschult worden; sie waren vorbereitet.

Einer aber war nicht genügend vorbereitet. Bray trat auf ihn zu. »Ist das der Wagen von Graf Scozzi?« fragte er außer Atem.

»Nein, das ist er nicht, Signore! Treten Sie zurück.«

»Entschuldigung.« Scofield trat einen Schritt zurück und beruhigte damit den Mann, dann warf er sich vor und schlug dem Chauffeur den Lauf seiner Automatik über den Schädel. Der Mann brach zusammen. »Steig ein!« schrie er Antonia an. »Sperr die Türen ab und bleib auf dem Boden, bis wir hier raus sind.«

Sie brauchten fast eine Viertelstunde, bis sie die Straße erreichten, die sie aus Tivoli herausführte. Sie jagten zehn Kilometer die Straße hinunter und nahmen dann eine Abzweigung, auf der kein Verkehr war. Bray fuhr an den Straßenrand und hielt an. Dann lehnte er sich ein paar Minuten lang gegen den Sitz und schloß die Augen. Das Pochen wurde schwächer; er setzte sich auf, griff in die Tasche nach Zigaretten und bot Antonia eine an.

»Normalerweise rauche ich nicht«, sagte sie. »Aber jetzt nehme ich eine. Was ist geschehen?«

Er zündete die beiden Zigaretten an und erzählte. Er schloß mit dem Mord an Guillamo Scozzi, den rätselhaften Worten, die er auf der Treppe gehört hatte und der Identität des Mannes, der sie gesprochen hatte. Paravacini. Was er gehört hatte, war klar, die daraus zu ziehenden Schlüsse waren das nicht. Er konnte nur Spekulationen anstellen.

»Die dachten, ich wäre Taleniekov; sie waren vor ihm gewarnt worden. Aber von *mir* wußten sie nichts, mein Name wurde nie erwähnt. Das gibt keinen Sinn; Scozzi hatte einen Amerikaner beschrieben. Sie hätten es wissen müssen.«

»Warum?«

»Weil Washington und Moskau wußten, daß Taleniekov mich suchte. Sie versuchten, uns eine Falle zu stellen; das mißlang ihnen. Also mußten sie annehmen, daß wir miteinander Verbindung aufgenommen haben . . .« Aber haben sie das? überlegte Scofield. Der einzige, der tatsächlich *wußte*, daß er und der Russe Verbindung aufgenommen hatten, war Robert Winthrop. Wenn er noch lebte, konnte man auf sein Schweigen rechnen. Der Rest der Abwehrszene verfügte über keine Beweise, nur über Gerüchte; niemand hatte sie tatsächlich zusammen gesehen. Trotzdem mußte man von der Annahme ausgehen, es sei denn »die glauben, ich bin tot«, sagte er dann laut und starrte auf den Rauch seiner Zigarette. »Das ist die einzige Erklärung. Jemand hat ihnen gesagt, daß ich tot sei. Das hat ›unmöglich‹ bedeutet.«

»Warum würde jemand so etwas tun?«

»Ich wollte, ich wüßte das. Wenn das ein reines Abwehrmanöver wäre, könnte es dem einzigen Ziel dienen, Zeit zu gewinnen,

Gegner abzulenken, um selbst eine Falle stellen zu können. Aber dies hier ist etwas anderes, das ist nicht möglich. Die Matarese haben Zugang zu den sowjetischen und den amerikanischen Operationen – daran zweifle ich keinen Augenblick –, aber umgekehrt gibt es keinen Zugang. Ich verstehe das nicht.«

»Könnte, wer immer es war, glauben, daß du *tot bist*?«

Bray sah sie an. Die Gedanken drohten ihm den Kopf zu zersprengen. »Ich sehe keinen Grund dafür. Es ist eine verdammt gute Idee, aber ich habe nicht daran gedacht. Ein Begräbnis ohne Leiche durchzuführen, ist gar nicht so einfach.«

Begräbnis . . . Die Beerdigung muß absolut . . .

Turin erreichen . . . Sagt ihnen, sie sollen den Adlern telegrafieren, der Katze.

Turin. Paravacini.

»Ist dir etwas eingefallen?« fragte Antonia.

»Etwas anderes«, erwiderte er. »Dieser Paravacini. Er leitet die Scozzi-Paravacini-Gesellschaften in Turin?«

»Er hat sie einmal geleitet. In Rom und Mailand, New York und Paris ebenso. Das ist alles vorbei. Er hat die Scozzi-Tochter geheiratet. Je mehr Zeit verstrich, desto mehr hat sich ihr Bruder, der Graf, eingeschaltet und ihm die Dinge aus der Hand genommen. Der Graf ist derjenige, der die Gesellschaften leitete. So stand es zumindest in den Zeitungen.«

»Das war es, was Paravacini wollte. Es stimmte nicht. Scozzi war eine gut konstruierte Marionette.«

»Dann war er gar kein Teil der Matarese?«

»Oh, das schon, in mancher Hinsicht sogar der wichtigste Teil. Wenn ich mich nicht sehr täusche, hat er das mit eingebracht. Er und seine Mutter, die Contessa, haben das Paravacini mit seiner blaublütigen neuen Frau präsentiert. Aber jetzt kommen wir zu der wirklichen Frage. Warum würde ein Mann wie Paravacini da auch nur zuhören? Männer wie Paravacini brauchen mehr als alles andere . . . politische Stabilität. Sie investieren Vermögen in Regierungen, die diese Stabilität haben, und Kandidaten, die sie versprechen – weil sie ihr Vermögen verlieren, wenn diese Stabilität nicht da ist. Sie suchen starke Regierungen mit Autorität, die eine Rote Brigade oder eine Baader-Meinhof-Gruppe schlagen können, gleichgültig, wie dabei vorgegangen wird und wieviel legitime Opposition gleichzeitig vernichtet wird.«

»Eine solche Regierung existiert in Italien nicht«, unterbrach Antonia.

»Und an vielen anderen Orten auch nicht. Das ist es ja, was keinen Sinn ergibt. Die Paravacinis dieser Welt gedeihen in einer Umgebung, wo Gesetz und Ordnung herrscht. Wenn das zerbricht, bringt ihnen das keinen Vorteil, sie haben auch nichts, was sie an seine Stelle setzen könnten. Und doch sind die Matarese gegen all das, sie wollen die Regierungen lähmen, *paralysieren*; sie füttern die Terroristen, schleusen Geld in ihre Kanäle und breiten die Lähmung so schnell wie möglich aus.« Scofield sog an seiner Zigarette. Je klarer manche Dinge wurden, desto obskurer wurden andere.

»Du widersprichst dir selbst, Bray.« Antonia berührte seinen Arm; das war in den letzten vierundzwanzig Stunden eine völlig normale Geste geworden. »Du sagst, Paravacini *sei* die Matarese oder ein Teil davon.«

»Das ist er. Das fehlt ja. Der Grund.«

»Wo suchst du ihn?«

»Hier nicht mehr. Ich werde den Arzt bitten, unsere Sachen im Excelsior abzuholen. Wir verschwinden hier.«

»Wir?«

Scofield nahm ihre Hand. »Heute abend haben sich viele Dinge geändert. *La bella Signorina* kann jetzt nicht in Rom bleiben.«

»Dann kann ich mit *dir* gehen?«

»Bis Paris«, sagte Bray zögernd; zögernd, nicht weil er zweifelte, nur weil er nicht wußte, wie er in Paris die Arrangements treffen sollte. »Du wirst dort bleiben. Ich werde alles vorbereiten und dir eine Unterkunft beschaffen.«

»Und wohin wirst du gehen?«

»London. Wir wissen jetzt über Paravacini Bescheid; er ist der Scozzi-Faktor. Jetzt London.«

»Warum dort?«

»Paravacini sagte, Turin solle ›den Adlern, der Katze‹ telegrafieren. Nach dem, was deine Großmutter uns in Korsika gesagt hat, ist es nicht schwer, diesen Code zu durchschauen. Ein Adler ist mein Land, das andere das Taleniekovs.«

»Das verstehe ich nicht«, schüttelte Antonia den Kopf. »Rußland ist der Bär.«

»Nicht in diesem Falle. Der russische Bär sind die Bolschewiken, der russische Adler die Zaren. Der dritte Gast in der Villa Matarese im April 1911 war ein Mann namens Voroschin. Fürst Andrei Voroschin. Aus Sankt Petersburg. Das ist heute Leningrad. Taleniekov ist dorthin unterwegs.«

»Und die ›Katze‹?«

»Der britische Löwe. Der zweite Gast, Sir John Waverly. Ein Nachkomme, David Waverly, ist der Außenminister Englands.«

»Eine sehr hohe Position.«

»Zu hoch, zu exponiert. Für ihn gibt es keinen Sinn, sich zu beteiligen, ebensowenig wie für den Mann in Washington, ein Senator, der wahrscheinlich nächstes Jahr Präsident sein wird. Und weil es keinen Sinn ergibt, macht es mir angst.« Scofield ließ ihre Hand los und griff nach dem Zündschlüssel. »Wir kommen der Sache näher. Was auch immer unter den beiden Adlern und der Katze zu finden sein wird, wird vielleicht schwieriger auszugraben sein, aber es ist da. Paravacini hat das ganz klargemacht. Er sagte, die ›Beerdigungen‹ müßten ›absolut‹ sein. Er meinte, alle Verbindungen müßten neu überprüft und noch besser getarnt und jedem Zugriff entzogen werden.«

»Du wirst in großer Gefahr sein.« Wieder berührte sie seinen Arm.

»Bei weitem nicht so wie Taleniekov. Für die Matarese bin ich tot, erinnerst du dich? Er ist das nicht. Deshalb werden wir unser erstes Telegramm schicken. Nach Helsinki. Wir müssen ihn warnen.«

»Wovor?«

»Daß jeder, der in Leningrad herumstöbert und Informationen nach einer berühmten alten Sankt Petersburger Familie namens Voroschin sucht, vermutlich eine Kugel in den Kopf bekommen wird.« Bray ließ den Wagen an. »Es ist Wahnsinn«, sagte er. »Wir sind hinter den Erben her – oder die glauben das zumindest –, weil wir ihre Namen haben. Aber es gibt noch jemand anderen, und ich glaube nicht, daß irgendeiner der Leute, deren Namen wir haben, ohne ihn viel bedeutet.«

»Wer ist das?«

»Ein Hirtenjunge. Er ist derjenige, den wir wirklich finden müssen, und ich habe nicht die leiseste Idee, wie ich es anstellen soll.«

22

Taleniekov ging bis zur Mitte des Häuserblocks an der Itä Kaivopuisto von Helsinki und registrierte die Lichter der amerikanischen Botschaft unten an der Straße. Der Anblick des Gebäudes paßte; er hatte fast den ganzen Tag lang immer wieder an Beowulf Agate gedacht.

Genauso lange hatte er dazu gebraucht, Scofields Telegramm und seinen Inhalt zu verarbeiten. Die Worte selbst waren belanglos, der Bericht eines Verkäufers an den leitenden Angestellten einer Zentrale bezüglich der italienischen Einfuhren von finnischem Kristallgeschirr, aber die neue Information war verblüffend und kompliziert. Scofield hatte in sehr kurzer Zeit außergewöhnliche Fortschritte gemacht.

Er hatte die erste Verbindung gefunden; es *war* Scozzi – der erste Name auf der Gästeliste von Guillaume de Matarese – und der Mann war tot, getötet von denen, die hinter ihm standen und ihn lenkten. Deshalb hatte sich die Annahme, die der Amerikaner schon in Korsika geäußert hatte, daß die Mitglieder des Matarese-Bundes diesem nicht durch Geburt, sondern durch Auswahl angehörten, als richtig erwiesen. Die Matarese waren übernommen worden, eine Mischung von Abkömmlingen und Usurpatoren. Das paßte zu den letzten Worten Aleksej Krupskayas in Moskau.

Die Matarese hatten jahrelang geschlafen. Niemand konnte mit ihnen Kontakt aufnehmen. Dann kamen sie zurück. Aber sie waren nicht mehr dieselben. Morde ... ohne daß es Klienten gab, ein sinnloses Schlachten ohne erkennbares Muster ... Regierungen gelähmt.

Dies war in der Tat ein neuer Bund der Matarese, der um ein Vielfaches tödlicher und gefährlicher war als ein Kult von Fanatikern, der sich für bezahlten politischen Meuchelmord hergab.

Beowulf hatte in seinem Telegramm noch eine Warnung ausgesprochen. Die Matarese gingen jetzt davon aus, daß die Gästeliste gefunden worden war. Das, was er sich vorgenommen hatte, das Ausspähen der Familie Voroschin in Leningrad, war unendlich komplizierter geworden, als es das noch vor Tagen gewesen wäre.

Männer warteten in Leningrad darauf, daß jemand Fragen nach den Voroschins stellte. Aber nicht die Männer – oder der Mann – an den er sich wenden würde, dachte Taleniekov und stampfte mit den Füßen auf, weil ihm so kalt war. Er suchte nach dem Automobil und dem Mann, der ihn abholen und nach Osten, an der Küste entlang, vorbei an Hamina, zur sowjetischen Grenze bringen sollte.

Scofield war mit dem Mädchen nach Paris unterwegs und wollte weiter nach England, sobald er in Frankreich die nötigen Maßnahmen getroffen hatte. Die Frau aus Korsika hatte die Tests bestanden, denen Beowulf Agate sie unterzogen hatte; sie würde leben und ihre Verbindung sein. Aber Scofield arbeitete selten auf nur einer Ebene, das hatte Wassili schon begriffen; es gab einen Dritten, den Geschäftsführer des Tavastian-Hotels in Helsinki.

Sobald er in Leningrad eingetroffen war, sollte Taleniekov an diesen Geschäftsführer ein Telegramm mit allen Einzelheiten, die sich chiffrieren ließen, durchgeben. Der Mann würde seinerseits auf direkte Telefonanrufe aus Paris warten und die aus Leningrad erhaltenen Codenachrichten weitergeben. Es war dann der Frau überlassen, Scofield in England zu erreichen. Wassili wußte, daß es zu den besonderen Talenten des KGB gehörte, den Telegrammverkehr zu überwachen. Die einzig sichere Methode, das auszuschließen, bestand darin, KGB-Einrichtungen zu benutzen. Irgendwie würde er die Möglichkeit finden, eben das zu tun.

Ein Wagen hielt am Randstein, die Scheinwerfer wurden kurz abgeblendet. Taleniekov überquerte die Straße; er nahm vorne neben dem Fahrer Platz. Seine Rückkehr nach Rußland hatte begonnen.

Die Stadt Vainikkala lag am Nordwestufer des Sees; auf der anderen Seite der Wasserfläche war die Sowjetunion. Die Südostufer wurden von Soldaten mit Hunden bewacht, die häufiger von Langeweile als der Gefahr eines illegalen Grenzübergangs in der einen oder anderen Richtung bedroht wurden. Als das KGB das zum erstenmal erfuhr, war es wegen der eisigen Winde in den Wintermonaten einfach zu gefährlich, diese Gegend als Fluchtroute zu benutzen; im Sommer machte der endlose Strom von Touristen von und nach Tallin und Riga, ganz zu schweigen von Leningrad selbst, jene Städte zu bequemen Fluchtwegen. Demzufolge wurden die nordwestlichen Garnisonen entlang der finnischen Grenze mit den am wenigsten motivierten russischen Soldaten besetzt, häufig einer Sammlung von Trunkenbolden und Tunichtguten, unter dem Kommando von Männern, die damit für Fehlentscheidungen bestraft wurden. Vainikkala war damit ein gut geeigneter Schleichweg nach Rußland; selbst die Hunde waren drittrangig.

Die Finnen andererseits waren das nicht; sie hatten ihren Haß auf die sowjetischen Invasoren nicht vergessen, die 1939 in ihr Land eingedrungen waren. Wie sie damals die Seen und Wälder beherrscht hatten und ganze Divisionen mit brillanter Taktik zurückgeworfen hatten, so beherrschten sie heute, vierzig Jahre später, dieses Gebiet. Erst nachdem man Taleniekov über eine Eisbucht geführt und zu den jetzt schneebedeckten Ufern gebracht hatte, wurde ihm klar, daß Vainikkala eine Fluchtroute von beträchtlicher Bedeutung geworden war.

»Wenn je jemand von Ihren Leuten aus Washington an den bolschewikischen Schweinen vorbei will«, sagte der Finne, der ihn auf der letzten Etappe seiner Reise begleitet hatte, »denken Sie an uns. Wir vergessen nämlich nicht.«

Die Ironie dieser Worte entging Wassili Wassiliewitsch Taleniekov, dem ehemaligen Meisterstrategen des KGB, nicht. »Sie sollten mit solchen Angeboten vorsichtig sein«, erwiderte er. »Woher wissen Sie denn, daß ich kein sowjetischer Spitzel bin?«

Der Finne lächelte. »Wir haben uns im Hotel Tavastian erkundigt. Sie sind von dem Besten geschickt worden, den es gibt. Er hat uns in einem Dutzend verschiedener Operationen in der Ostsee eingesetzt. Grüßen Sie den Stillen von uns.« Der Mann streckte ihm die Hand hin. »Es ist dafür gesorgt, daß Sie nach Süden über Vyborg nach Selenogradsk gebracht werden«, fuhr er fort.

»*Was?*« Taleniekov hatte darum nicht gebeten; er hatte eindeutig erklärt, daß er, sobald er sich auf sowjetischem Boden befand, es vorzog, auf eigenen Füßen zu stehen. »Ich habe Sie nicht darum gebeten. Ich habe auch nicht dafür bezahlt.«

Der Finne lächelte herablassend. »Wir hielten es für das beste; es geht schneller für Sie. Gehen Sie zwei Kilometer diese Straße hinunter. Sie finden dann einen Wagen neben einer Schneewehe. Fragen Sie den Mann, wie spät es ist, und sagen Sie, Ihr Wagen hätte einen Defekt – aber sprechen Sie russisch –, es heißt, Sie beherrschten die Sprache einigermaßen. Wenn der Mann antwortet und dann anfängt, seine Uhr aufzuziehen, ist das Ihr Fahrer.«

»Ich glaube wirklich nicht, daß das notwendig ist«, wandte Wassili ein. »Ich hatte mich darauf eingestellt, meine eigenen Arrangements zu treffen – um unser beider willen.«

»Was für Arrangements auch immer Sie treffen, so ist es besser; es wird bald Tag; die Straßen werden überwacht. Sie brauchen sich keine Sorge zu machen. Der Mann, den Sie treffen werden, steht seit langer Zeit auf der Lohnliste Washingtons.« Der Finne lächelte wieder. »Er ist stellvertretender Leiter der KGB-Stelle in Vyborg.«

Taleniekov erwiderte das Lächeln. Der Ärger, den er empfunden hatte, war verflogen. Mit einem Satz hatte sein Begleiter ihm die Lösung einer ganzen Anzahl von Problemen geliefert. Wenn es die sicherste Form des Diebstahls war, von einem Dieb zu stehlen, so war ein »Überläufer«, der einen Verräter kompromittierte, noch sicherer.

»Sie sind bemerkenswerte Leute«, sagte er zu dem Finnen. »Ich bin sicher, daß wir wieder Geschäfte machen werden.«

»Warum nicht? Es gibt hier noch eine alte Scharte auszuwetzen.«

»Immer noch?« mußte Taleniekov fragen. »Nach so vielen Jahren?«

»Das endet nie. Sie haben Glück, mein Freund. Sie leben nicht mit einem wilden, unberechenbaren Bären im Hinterhof. Versuchen Sie es einmal; es ist deprimierend. Haben Sie noch nie gehört, daß wir zuviel trinken?«

Wassili sah den Wagen in der Ferne, ein schwarzer Schatten inmitten anderer Schatten, umgeben von dem Schnee auf der

Straße. Der Morgen dämmerte; in einer Stunde würde die Sonne ihre gelben Strahlen über die arktischen Nebel schicken, und die Nebel würden verschwinden. Als Kind hatte jene Sonne ihn gewärmt.

Er war zu Hause. Es lag viele Jahre zurück, aber da war kein Gefühl der Rückkehr, keine Freude über die Aussicht, eine vertraute Umgebung zu sehen, vielleicht ein vertrautes Gesicht . . . älter geworden natürlich, so wie er älter geworden war.

Es gab überhaupt keine Freude, nur ein Ziel. Zu viel war geschehen; er fror, und auf dieser Reise würde ihn die Wintersonne nicht wärmen. Es gab nur eine Familie namens Voroschin. Er ging auf den Wagen zu, hielt sich so weit rechts wie möglich, im toten Winkel, die Graz-Burya in der behandschuhten rechten Hand. Er trat hinter dem Schneewall hervor, hielt sich geduckt, bis er neben dem Vorderfenster stand. Er hob den Kopf und sah den Mann drinnen an.

Die Glut einer Zigarette beleuchtete das vertraute Gesicht teilweise. Taleniekov sah es nicht zum erstenmal; er hatte es vielleicht schon in einer Akte gesehen, vielleicht auch während eines kurzen Gesprächs in Riga, das zu unwesentlich war, als daß er sich daran erinnert hätte. Sogar an den Namen des Mannes erinnerte er sich; der Name war es, der ihn wieder an die Fakten erinnerte.

Maletkin. Piotr Maletkin. Aus Grodro, nördlich der polnischen Grenze. Er war Anfang der Fünfzig – das bestätigte auch das Gesicht – und wurde für einen verläßlichen, wenn auch phantasielosen Fachmann gehalten, jemand, der seine Arbeit still verrichtete, vorschriftsmäßig. Er war mit den Jahren im KGB aufgestiegen, aber die fehlende Initiative hatte dazu geführt, daß er schließlich einen Posten in Vyborg bekam.

Die Amerikaner hatten in ihm eine kluge Wahl getroffen. Er war ein Mann, der durch seine eigene Unwichtigkeit zur Bedeutungslosigkeit verurteilt war, hatte aber doch Einblick in Informationen und Pläne, einfach wegen seines Ranges. Ein stellvertretender Leiter der Station Vyborg wußte, daß er das Ende einer ziemlich ruhmlosen Laufbahn erreicht hatte. Man konnte seine Enttäuschung daher nutzen; das Versprechen auf ein Leben in mehr Wohlstand übte ohne Zweifel einen starken Reiz aus. Und man konnte ihn immer erschießen, wenn er das Eis auf einer letzten Reise nach Vainikkala überquerte. Niemand würde ihn vermissen, ein geringfügiger Erfolg für die Amerikaner, eine geringfügige Peinlichkeit für den KGB. Aber alles das hatte sich jetzt geändert. Piotr Maletkin war im Begriff, ein sehr wichtiger Mann zu werden. Er selbst würde es in dem Augenblick wissen, in dem Wassili auf das Fenster zuging, denn während Taleniekov das Gesicht des Verräters einigermaßen vertraut war, würde Maletkin das des »Überläufers« völlig bekannt sein. Jede KGB-Station auf der ganzen Welt machte Jagd auf Wassili Wassiliewitsch Taleniekov.

Von der Schneewand geschützt, schlich er sich zwanzig Meter hinter den Wagen, und ging dann auf der Straße wieder nach vorne. Maletkin war entweder tief in Gedanken versunken oder halb eingeschlafen; er ließ durch nichts erkennen, daß er jemanden sah, wandte nicht den Kopf, drückte auch seine Zigarette nicht aus. Erst als Wassili nur noch drei Meter von dem Fenster entfernt war, zuckten die Schultern des Verräters herum; sein Gesicht wandte sich dem Glas zu. Taleniekov drehte den Kopf halb zur Seite, als überprüfte er die Straße hinter sich; er wollte nicht, daß der andere sein Gesicht sah, solange er die Scheibe nicht heruntergekurbelt hatte. Jetzt stand er direkt an der Türe, den Kopf über dem Dach des Wagens.

Er hörte, wie die Kurbel gedreht wurde, fühlte den Wärmeschwall aus dem Inneren des Wagens. Wie erwartet, erfaßte ihn der Lichtkegel einer Taschenlampe; er beugte sich vor und zeigte sein Gesicht und schob gleichzeitig die Graz-Burya durch das offene Fenster.

»Guten Morgen, Genosse Maletkin. Sie sind doch Maletkin, nicht wahr?«

»Mein *Gott! Sie!*«

Mit der linken Hand griff Taleniekov durch das Fenster und hielt die Taschenlampe, drehte sie langsam weg, so als wäre es nicht wichtig. »Regen Sie sich nicht auf«, sagte er. »Wir haben jetzt etwas gemeinsam, nicht wahr? Warum geben Sie mir die Schlüssel nicht?«

»Was . . . *was*?« Maletkin war gelähmt; er brachte kein Wort hervor.

»Geben Sie mir die Schlüssel, bitte«, fuhr Wassili fort. »Ich gebe sie Ihnen zurück, sobald ich im Wagen bin. Sie sind nervös, Genosse, und nervöse Leute tun nervöse Dinge. Ich möchte nicht, daß Sie ohne mich wegfahren. Die Schlüssel, bitte.«

Der drohende Lauf der Graz-Burya war nur wenige Zentimeter von Maletkins Gesicht entfernt; seine Augen huschten unruhig zwischen der Waffe und Taleniekov hin und her. Jetzt bewegte sich seine Hand zum Zündschloß und zog die Schlüssel heraus. »Hier«, wisperte er.

»Danke, Genosse. Und Genossen sind wir, das wissen Sie doch, oder? Es hätte keinen Sinn, wenn einer von uns versuchte, aus der Lage des anderen Nutzen zu ziehen. Wir würden beide die Verlierer sein.«

Taleniekov ging um die Motorhaube des Wagens herum, trat durch den aufgehäuften Schnee und kletterte neben dem immer noch erstarrten KGB-Mann auf den Beifahrersitz.

»Kommen Sie schon, Oberst Maletkin – Sie sind doch Oberst, nicht wahr? –, für diese feindselige Haltung ist kein Anlaß. Ich möchte hören, was es Neues gibt.«

»Ich bin diensttuender Oberst; der Rang ist noch nicht bestätigt.«

»Eine Schande. Wir haben Sie nie richtig geschätzt, wie? Nun, wir hatten ganz sicher unrecht. Sehen Sie doch, was Sie hier vor unserer Nase geleistet haben. Sie müssen mir sagen, wie Sie das geschafft haben. In Leningrad.«

»*Leningrad?*«

»Es sind nur ein paar Stunden Fahrt von Selenogradsk. Es ist nicht allzu weit, und ich bin ziemlich sicher, daß der stellvertretende Leiter von Vyborg eine plausible Erklärung für die Fahrt liefern kann. Ich werde Ihnen helfen. Ich verstehe mich auf solche Dinge.«

Maletkin schluckte; seine Augen musterten Wassili immer noch verstört. »Ich muß morgen früh in Vyborg zurück sein. Ich muß die Patrouillen einweisen.«

»Übertragen Sie das jemand anders, Oberst! Jeder freut sich, wenn ihm eine Aufgabe zugeteilt wird. Das zeigt, daß man ihn schätzt.«

»Das ist mir übertragen worden«, sagte Maletkin.

»Sehen Sie, was ich meine? Übrigens, wo haben Sie denn *Ihre* Bankkonten? Norwegen? Schweden? New York? Sicher nicht in Finnland; das wäre unsinnig.«

»In der Stadt Atlanta. Eine Bank, die den Arabern gehört.«

»Gut überlegt.« Taleniekov reichte ihm die Schlüssel. »Fahren wir jetzt, Genosse?«

»Das ist *verrückt*«, sagte Maletkin. »Wir sind tote Leute.«

»Im Augenblick noch nicht. Wir haben in Leningrad zu tun.«

Es war Mittag, als sie über die Kirov-Brücke fuhren, vorbei an den Sommergärten, deren Bäume mit Rupfensäcken geschützt waren, nach Süden zum riesigen Boulevard des Nevsky Prospekts. Taleniekov wurde still, als er zum Fenster auf die Baudenkmäler Leningrads hinausblickte. Das Blut von Millionen war geopfert worden, um den gefrorenen Schlamm und das Marschland der Newa in Zar Peters Fenster nach Europa zu verwandeln.

Sie erreichten das Ende des Prospekts unter dem schimmernden Turm des Admiralitätsgebäudes und bogen nach rechts auf den Kai. Dort, an den Ufern des Flusses, stand der Winterpalast; er hatte die gleiche Wirkung auf Wassili, die er immer gehabt hatte. Er ließ ihn an das Rußland denken, das einmal gewesen war, und hier sein Ende gefunden hatte.

Jetzt war keine Zeit für solche Überlegungen; dies war nicht das Leningrad, in dem er sich in den nächsten paar Tagen bewegen würde – obwohl es ironischerweise *dieses* Leningrad war, *jenes* Rußland, das ihn hierhergeführt hatte. Fürst Andrei Voroschin war ein Teil beider gewesen.

»Fahren Sie über die Anitschov-Brücke und biegen Sie nach links«, sagte er. »In das Viertel mit den alten Mietshäusern. Ich sage Ihnen, wo Sie anhalten müssen.«

»Was gibt es dort?« fragt Maletkin, dessen Unruhe mit jedem Häuserblock, an dem sie vorbeirollten, mit jeder Brücke, die sie überquerten, zunahm.

»Es überrascht mich, daß Sie das nicht wissen; Sie sollten das eigentlich wissen. Eine Reihe illegaler Pensionen und ebenso illegaler billiger Hotels, die bezüglich offizieller Papiere eine sehr revisionistische Haltung einnehmen.«

»In *Leningrad*?«

»Sie wissen es *nicht*, wie?« fragte Taleniekov. »Niemand hat es Ihnen je gesagt. Man hat Sie übersehen, Genosse. Als ich in Riga stationiert war, sind wir Regionalleiter häufig hierhergekommen und haben das Viertel für Konferenzen benutzt, die geheim bleiben sollten, Konferenzen, die unsere eigenen Leute hier betrafen. Hier habe ich, glaube ich, zum erstenmal Ihren Namen gehört.«

»*Meinen* Namen? Ich bin erwähnt worden?«

»Keine Sorge, ich habe die auf eine falsche Spur gelenkt, Sie geschützt. Sie und den anderen Mann in Vyborg.«

»*Vyborg?*« Maletkin ließ das Steuer los; der Wagen brach nach links aus und wäre beinahe mit einem entgegenkommenden Lkw kollidiert.

»Reißen Sie sich zusammen!« schrie Wassili. »Ein Unfall, und wir verschwinden beide in den schwarzen Zimmern der Lubjanka!«

»Aber Vyborg!« wiederholte der erstaunte Verräter. »KGB-*Vyborg*? Wissen Sie, was Sie damit *sagen*?«

»Natürlich«, erwiderte Taleniekov. »Zwei Informanten am selben Ort, von denen keiner um die Existenz des anderen weiß. Das ist die sicherste Methode, um Informationen zu bestätigen. Aber wenn einer von dem anderen erfährt ... nun, etwas Besseres kann Ihnen nicht widerfahren, finden Sie nicht auch? In Ihrem Falle wären die Vorteile unbeschreiblich.«

»Wer ist es denn?«

»Später, mein Freund, später. Sie werden mir helfen, mit mir in allen Punkten kooperieren. Wenn ich dann gehe, sage ich Ihnen seinen Namen.«

»Einverstanden«, sagte Maletkin, dessen Fassung langsam zurückkehrte.

Taleniekov lehnte sich in den Sitz zurück, während sie durch die vom dichten Verkehr überfüllte Sadovaja in die noch überfüllteren Straßen des alten Wohnviertels, des *Dom Vashen*, rollten. Die Fassade der sauberen Straßen und der sandgestrahlten Gebäude verbarg die Spannungen, die in dieser Gegend herrschten. Zwei und drei Familien, die in einer einzigen Wohnung wohnten, vier und fünf Leute, die in einem Raum schliefen; eines Tages würde das zur Explosion führen.

Wassili blickte zu dem Verräter neben ihm; er verabscheute den Mann. Maletkin glaubte, ihm würde ein Vorteil, von dem er vor Minuten noch nicht zu träumen gewagt hätte, gewährt werden: Der Name eines hochrangigen KGB-Abwehroffiziers seiner eigenen Station, ein Verräter wie er, der sich gnadenlos manipulieren lassen würde. Er würde fast alles tun, um diesen Namen zu erfahren. Er würde ihn bekommen – in drei Worten, eine weitere Identifizierung war unnötig. Und er würde natürlich falsch sein. Piotr Maletkin würde nicht von den Amerikanern beim Überqueren des Eises nach Vainikkala erschossen werden, sondern in einem Kasernenhof in Vyborg, dachte Wassili, als er das Gebäude, das er suchte, ganz unten an der Straße erkannte.

»Halten Sie an der nächsten Kreuzung, Genosse«, sagte er. »Warten Sie auf mich. Wenn die Person, die ich sehen will, nicht da ist, bin ich gleich wieder zurück. Wenn er zu Hause ist, dauert es etwa eine Stunde.« Maletkin hielt hinter einer Anzahl Fahrräder, die an einem Pfosten am Randstein angekettet waren. »Denken Sie daran«, fuhr Taleniekov fort. »Sie haben jetzt zwei Alternativen. Sie können zum KGB-Hauptquartier fahren – es liegt übrigens am Ligovsky Prospekt – und mich melden; das führt zu einer Anzahl Enthüllungen, die in Ihrer Hinrichtung resultieren werden. Oder Sie können auf mich warten und tun, worum ich Sie bitte. Sie kaufen sich damit die Identität von jemandem, der Ihnen großen Nutzen bringen kann und haben einen sehr wichtigen Mann am Haken.«

»Dann habe ich also wirklich keine Wahl, wie?« sagte Maletkin. »Ich werde hier sein.« Der Verräter grinste; auf seinem Kinn standen Schweißtropfen, seine Zähne waren gelb.

Taleniekov ging auf die Steintreppen des Gebäudes zu; es war ein vierstöckiger Bau mit zwanzig bis dreißig Wohnungen, von denen viele überfüllt waren. Aber nicht die von Lodzia Kronescha. Sie hatte ihre eigene Wohnung; die Entscheidung hatte das KGB vor fünf Jahren getroffen.

Mit Ausnahme einer kurzen Wochenendkonferenz vor vierzehn Monaten in Moskau hatte er sie seit Riga nicht gesehen. Während der Konferenz hatten sie eine Nacht miteinander verbracht – die erste Nacht –, aber aus beruflichen Gründen beschlossen, sich anschließend nicht wieder zu treffen. Der »brillante Taleniekov« hatte Anzeichen von Überarbeitung gezeigt; sein seltsam ungezügeltes Verhalten hatte zu viele Leute verärgert – und zu viele Leute hatten darüber geredet, darüber geflüstert. Über ihn. Es war am besten, wenn sie alle Beziehungen außerhalb der Konferenzsäle abbrachen. Denn wenn sie auch völlig rehabilitiert war, wurde sie dennoch dauernd beobachtet. Er war nicht der Mann, mit dem sie sich sehen lassen durfte; das hatte er ihr gesagt, hatte darauf bestanden.

Vor fünf Jahren hatte Lodzia Kronescha Schwierigkeiten gehabt; einige sagten, Schwierigkeiten, die ernsthaft genug waren, um sie von ihrem Posten in Leningrad zu entfernen. Andere widersprachen und behaupteten, ihre gelegentlichen Fehlentscheidungen wären auf kurzzeitige Depressionen zurückzuführen, hinter denen Familienprobleme standen. Außerdem war sie in ihrer Arbeit höchst effizient; wer würde sie schon während jener Krisenzeiten ersetzen können? Lodzia war eine führende Mathematikerin; sie hatte sich an der Universität von Moskau habilitiert und war am Lenin-Institut ausgebildet worden. Sie gehörte zu den erfahrensten Computerspezialistinnen dieses Tätigkeitsbereichs.

Also behielt sie ihren Posten und empfing die gebührenden Warnungen hinsichtlich der Verantwortung, die sie dem Staat gegenüber trug, der ihre Ausbildung ermöglicht hatte. Man versetzte sie in die Nachtschicht der Computerabteilung, KGB Leningrad, Ligovsky Prospekt. Das lag fünf Jahre zurück; sie würde mindestens noch weitere zwei Jahre dort bleiben.

Lodzias »Verbrechen« hätten als fachliche Fehler abgetan werden können – eine Reihe belangloser mathematischer Abweichungen –, wäre nicht zweitausend Kilometer entfernt in Wien etwas geschehen. Ihr Bruder war ein höherer Offizier in der Luftverteidigung gewesen und hatte Selbstmord begangen. Die Gründe seiner Tat blieben unaufgeklärt. Dennoch waren die Luftverteidigungspläne für die ganze südwestliche deutsche Grenze geändert worden. Und Lodzia Kronescha war zum Verhör gerufen worden.

Taleniekov war zugegen gewesen, die stille Akademikerin unter den Lampen des KGB hatte ihn interessiert. Ihre langsamen, überlegten Antworten, die ebenso überzeugend wie frei von Panik waren, hatten ihn fasziniert. Sie hatte bereitwillig zugegeben, daß sie ihren Bruder anbetete und daß sein Tod und dessen Art sie bis zur Grenze des Nervenzusammenbruches quälten. Nein, sie hatte von keinen Unregelmäßigkeiten in seinem Leben gewußt; ja, er war ein überzeugtes Mitglied der Partei gewesen; nein, sie hatte seine Briefe nicht aufgehoben; es war ihr nie in den Sinn gekommen, das zu tun.

Taleniekov hatte sich ruhig verhalten. Er wußte instinktiv, daß sie gelogen hatte. Von Anfang an. Aber ihre Lügen wurzelten nicht in Verrat, dienten nicht einmal ihrem eigenen Überleben. Es war etwas anderes. Als die Dauerüberwachung durch den KGB eingestellt wurde, war er aus dem nahen Riga häufig nach Leningrad geflogen, um sie selbst zu beobachten.

Dort hatte Wassili das herausgefunden, was er geahnt hatte. Äußerst geschickt arrangierte Kontakte in den Parks des Petrodvorets mit einem amerikanischen Agenten, der von Helsinki aus operierte. Sie hatte diese Begegnungen nicht gesucht, sie waren ihr aufgezwungen worden.

Eines Abends war er ihr in die Wohnung gefolgt und hatte sie mit seinen Beweisen konfrontiert. Sein Instinkt hatte ihm geraten, keine offiziellen Schritte einzuleiten. In dem, was sie getan hatte, war kein Verrat.

»Was ich getan habe, ist *belanglos*!« hatte sie geschrien, und Tränen der Erschöpfung waren in ihren Augen gestanden. »Es ist *nichts*, verglichen mit dem, was die wollen! Aber die haben Beweise, daß ich *etwas* tue; sie werden das nicht tun, womit sie mich bedroht haben!«

Der Amerikaner hatte ihr Fotografien gezeigt, Dutzende von Fotografien, hauptsächlich von ihrem Bruder, aber auch von anderen Sowjetbeamten der oberen Ränge in Wien. Sie hatten scheußliche Obszönitäten gezeigt, extremes sexuelles Verhalten – Männer mit Frauen und Männer mit Männern – alle aufgenommen, während die betreffenden Personen betrunken waren. Sämtliche Fotos zeigten ein Wien von äußerster Verkommenheit, in dem verantwortliche sowjetische Persönlichkeiten sich bereitwillig korrumpieren ließen.

Die Drohung war ganz einfach: Diese Fotografien würden in der Welt verbreitet werden. Ihr Bruder – und auch seine Vorgesetzten – würden der allgemeinen Lächerlichkeit preisgegeben werden. Ebenso wie die Sowjetunion.

»Und was glaubten Sie, durch Ihr Tun erreichen zu können?« hatte er gefragt.

»Sie zermürben!« hatte sie geantwortet. »Sie werden mich beobachten, nie wissen, was ich tun werde, tun kann ... *getan* habe. Hin und wieder werden sie von Computerfehlern erfahren. Belanglose Fehler, aber das genügt. Sie werden ihre Drohungen nicht verwirklichen.«

»Es gibt eine bessere Methode«, hatte er vorgeschlagen. »Ich glaube, Sie sollten das wirklich mir überlassen. Es gibt da einen Mann in Washington, der sein Feuer schon in Südostasien verbraucht hat, einen General namens Blackburn. Anthony Blackburn.«

Wassili war nach Riga zurückgekehrt und hatte über seine Gewährsleute in London eine Nachricht gesandt. Washington erhielt die Information binnen weniger Stunden. Sofern die amerikanische Abwehr die Sache in Wien ausnutzen wollte, würde es zu einer ähnlich vernichtenden Offenbarung – und zu Fotografien – einer der höchsten, respektierten Persönlichkeiten im amerikanischen Militärestablishment kommen.

Niemand aus Helsinki belästigte Lodzia Kronescha mehr. Sie und Taleniekov begannen sich zu lieben.

Als Wassili die dunkle Treppe ins Obergeschoß hinaufging, erinnerte er sich. Ihre Beziehung war von wechselseitigem Bedürfnis getragen gewesen, ohne emotionellen Tiefgang. Sie waren zwei Menschen wie Inseln gewesen, ihrem jeweiligen Beruf stärker ergeben als allem anderen; beide hatten sie Entspannung gebraucht, geistig und körperlich. Keiner hatte von dem anderen mehr als diese Entspannung gefordert. Als man ihn nach Sewastopol versetzt hatte, war ihr Abschied die schmerzlose Trennung guter Freunde gewesen, die einander gerne mochten, aber keine Abhängigkeit empfanden, sondern dankbar dafür waren, daß es eine solche Abhängigkeit nicht gab. Er fragte sich, was sie sagen würde, wenn sie ihn sah, was sie empfinden würde . . . was er empfinden würde.

Er sah auf die Uhr: zehn Minuten vor eins. Wenn man ihren Einsatzplan nicht geändert hatte, dann hatte sie seit acht Uhr früh dienstfrei, war um neun Uhr nach Hause zurückgekehrt, hatte eine halbe Stunde die Zeitung gelesen und war dann eingeschlafen. Dann kam ihm eine Gedanke. Was, wenn sie einen Liebhaber hatte? Wenn ja, würde er sie nicht in Gefahr bringen; er würde schnell wieder weggehen, ehe man ihn erkennen konnte. Aber er hoffte, daß das nicht der Fall war; er brauchte Lodzia. An den Mann, den er in Leningrad erreichen mußte, konnte man nicht direkt herankommen; sie konnte ihm helfen – wenn sie wollte.

Er klopfte an ihre Tür. Binnen Sekunden hörte er Schritte dahinter, den Klang lederner Absätze auf hartem Holz. Seltsam, daß sie nicht im Bett gewesen war. Die Tür öffnete sich zur Hälfte. Da stand Lodzia Kronescha, komplett bekleidet – seltsam bekleidet – in einem hellen Baumwollkleid, einem *Som-*

*mer*kleid. Das hellbraune Haar fiel ihr über die Schultern; ihr scharfgeschnittenes Gesicht wirkte irgendwie leblos. Ihre braungrünen Augen starrten ihn an – *starrten* ihn an –, als wäre sein plötzliches Erscheinen nach so langer Zeit weniger unerwartet als vielmehr ein Eindringen, das sie nicht wünschte.

»Wie nett von dir, hier vorbeizukommen, alter Freund«, sagte sie ausdruckslos.

Sie versuchte, ihm etwas zu sagen. Da war jemand bei ihr im Zimmer. Jemand, der auf ihn wartete.

»Wie nett, dich wiederzusehen, alte Freundin«, sagte Taleniekov und nickte. Er studierte die Spalte zwischen der Tür und dem Türrahmen. Er konnte das Tuch einer Jacke sehen, den braunen Stoff einer Hose. Da war nur ein Mann, auch das sagte sie ihm. Er zog seine Graz-Burya heraus, hob die linke Hand mit drei ausgestreckten Fingern und deutete nach links. Wenn er das dritte Mal nickte, sollte sie nach rechts ausweichen; ihre Augen verrieten ihm, daß sie verstanden hatte. »Wir haben uns viele Monate nicht gesehen«, fuhr er beiläufig fort. »Ich war in der Gegend, also dachte ich . . .«

Er nickte das dritte Mal; sie warf sich nach rechts. Wassili stürzte sich mit der Schulter gegen die Tür, gegen den linken Rahmen, damit der Aufprall ganz genutzt wurde. Er warf sich erneut dagegen, stieß die Gestalt dahinter gegen die Wand.

Er sprang nach innen, fuhr nach rechts herum; seine Schulter stieß erneut gegen die Tür. Er riß dem Mann den Revolver aus der Hand, zog ihn von der Mauer weg, trieb ihm das Knie in den Hals und stieß den Mann gegen einen in der Nähe stehenden Sessel, wo er auf dem Boden zusammenbrach.

»Du hast *begriffen*«, rief Lodzia und drückte sich gegen die Wand. »Ich habe mir solche Sorgen gemacht, daß du mich nicht verstehen würdest!«

Taleniekov schloß die Tür. »Es ist noch nicht ein Uhr«, sagte er und griff nach ihrer Hand. »Ich dachte, du würdest schlafen.«

»Ich hatte gehofft, daß du das bemerken würdest.«

»Und draußen ist es eiskalt, kaum die richtige Jahreszeit für ein Sommerkleid.«

»Ich wußte, du würdest das bemerken. Die meisten Männer merken das nicht, aber bei dir war ich sicher.«

Er hielt sie an den Schultern fest und redete schnell auf sie ein. »Ich habe dir schrecklichen Ärger gemacht. Es tut mir leid. Ich gehe sofort wieder. Du mußt deine Kleider zerreißen, sagen, daß du versucht hast, mich aufzuhalten. Ich werde im oberen Stockwerk in eine Wohnung einbrechen, und . . .«

»Wassili, *hör mir zu*! Dieser Mann ist keiner von uns. Er ist *nicht* vom KGB.«

Taleniekov wandte sich zu dem Mann auf dem Boden. Langsam kam sein Bewußtsein zurück, er versuchte, aufzustehen und sich gleichzeitig zu orientieren. »Bist du sicher?«

»Ganz sicher. Zunächst einmal ist er Engländer, er hat einen schrecklichen Akzent. Als er deinen Namen erwähnte, tat ich so, als sei ich schockiert, verärgert, daß unsere Leute glauben konnten, ich wäre fähig, einen Flüchtigen zu verstecken. Ich sagte, ich wollte meinen Vorgesetzten anrufen. Er ließ es nicht zu. Er sagte ›wir haben alles, was wir von Ihnen wollen‹. Das waren die genauen Worte, die er benutzte.«

Wassili sah sie an. »Hättest du deinen Vorgesetzten angerufen?«

»Ich bin nicht sicher«, erwiderte Lodzia und ihre braungrünen Augen ließen die seinen nicht los. »Ich denke, es wäre darauf angekommen, was er sagte. Es fällt mir sehr schwer zu glauben, daß du das bist, was die von dir behaupten.«

»Das bin ich nicht. Andererseits mußt du dich schützen.«

»Ich hatte gehofft, daß es nicht dazu kommen würde.«

»Danke . . . alte Freundin.« Taleniekov wandte sich zu dem Mann auf dem Boden, ging auf ihn zu.

Dann sah er es. Er kam zu spät!

Wassili warf sich auf den Mann neben dem Stuhl, seine Hände rissen ihm den Mund auf, sein Knie stieß ihn in den Leib, versuchte, ihn zum Erbrechen zu bringen.

Der durchdringend bittere Geruch von Mandeln. Zyankali. Eine massive Dosis. Bewußtlosigkeit binnen Sekunden, Tod in Minuten.

Die kalten, blauen, englischen Augen unter ihm waren weit und klar. Die Matarese waren entkommen.

23

»Wir müssen *noch einmal* alles durchgehen«, entschied Taleniekov und blickte von der nackten Leiche auf. Sie hatten den Mann entkleidet; Lodzia prüfte die einzelnen Kleidungsstücke zum zweitenmal sorgfältig. »Alles, was er gesagt hat.«

»Ich habe nichts weggelassen, so redselig war er nicht.«

»Du bist Mathematikerin; wir müssen die fehlenden Zahlen einsetzen. Die Summen sind klar.«

»Die Summen?«

»Ja, die Summen«, wiederholte Wassili und drehte die Leiche um. »Er war hinter mir her, war aber bereit, sich selbst zu töten, falls sein Vorhaben mißglückte. Das erlaubt zwei Schlüsse: erstens, er konnte das Risiko nicht eingehen, lebend in meine Hand zu fallen, weil er zuviel wußte. Zweitens, er erwartete keine Hilfe. Wenn ich anderer Ansicht wäre, dann wären wir beide jetzt nicht hier.«

»Aber warum dachte er denn überhaupt, daß du hierherkommen würdest?«

»Nicht würdest«, verbesserte Taleniekov. »*Könntest.* Ich bin sicher, daß irgendwo in einer Akte in Moskau steht, daß wir beide häufig zusammen waren. Die Männer, die hinter mir her sind, haben zu diesen Akten Zugang, das weiß ich. Aber sie werden nur die Leute hier in Leningrad überwachen, von denen sie annehmen, daß ich sie aufsuchen *könnte.* Auf die Leiter der Sektoren oder das Personal in Ligovsky werden sie verzichten. Wenn von denen jemand Wind von mir bekommen würde, dann würden sie Alarm schlagen, daß man es bis nach Sibirien hört; dann könnten sie sich immer noch einschalten. Nein, sie werden sich nur mit Leuten befassen, bei denen sie sich nicht darauf verlassen können, daß sie mich zur Meldung bringen würden. Dazu gehörst du.«

»Gibt es andere? Hier in Leningrad?«

»Drei oder vier vielleicht. Ein Jude an der Universität, ein guter Freund, mit dem ich nächtelang trinken und diskutieren könnte; er wird überwacht werden. Ein weiterer an der Schtanov, ein politischer Theoretiker; er lehrt Marx, kennt sich aber besser mit Adam Smith aus. Und dann noch ein oder zwei. Ich hab' mir eigentlich nie viel Gedanken gemacht, mit wem ich gesehen wurde.«

»Das brauchtest du nicht.«

»Ich weiß. Mein Posten hatte seine Vorteile; es gab ein Dutzend Erklärungen für alles, was ich tat, und jeden, den ich sah.« Er hielt inne. »Wie gründlich *ist* die Überwachung?«

»Ich verstehe nicht.«

»Es gibt einen Mann, den ich erreichen möchte. Die müßten eine ganze Anzahl Jahre zurückgehen, um ihn zu finden, aber vielleicht haben sie das getan.« Wassili hielt erneut inne, seine Finger lagen auf dem nackten Körper unter ihm. Er blickte zu dem starken und doch eigenartig sanften Gesicht der Frau auf, die er so gut gekannt hatte. »Wie waren diese Worte noch einmal? ›Wir haben alles, was wir von Ihnen wollen.‹«

»Ja. Dann riß er mir das Telefon aus der Hand.«

»Er war überzeugt, daß du das Hauptquartier anrufen würdest?«

»Ich war überzeugend. Wenn er mir gesagt hätte, ich solle ruhig anrufen, hätte ich meine Taktik vielleicht geändert, ich weiß nicht. Vergiß nicht, ich wußte, daß er Engländer war. Ich rechnete nicht damit, daß er zulassen würde, daß ich anrufe. Aber er leugnete nicht, ein KGB-Mann zu sein.«

»Später, als du das Kleid anzogst – hatte er da keine Einwände?«

»Im Gegenteil. Es überzeugte ihn, daß du tatsächlich hierher kommen würdest, daß ich kooperierte.«

»Was hat er dann gesagt? Die präzisen Worte. Du sagtest, er hätte gelächelt und gesagt, Frauen seien alle gleich; du erinnerst dich nicht, was sonst noch.«

»Es war belanglos.«

»Nichts ist belanglos. Versuche dich zu erinnern. Etwas wie ›die Stunden verbringen‹, das erwähntest du doch.«

»Ja. Es war unsere Sprache, aber der Satz war sehr englisch, daran erinnere ich mich. Er sagte, er würde ›die Stunden angenehm verbringen‹ ... Mehr als die anderen. Daß es ... ›am Kai einen solchen Anblick nicht gäbe‹. Ich sage dir ja, er bestand darauf, daß ich mich vor ihm umzog.«

»Der ›Kai‹. Die Eremitage, die Malachite-Halle. Dort ist eine Frau«, sagte Taleniekov und runzelte die Stirn. »Die waren gründlich. Noch eine fehlende Zahl.«

»Mein Geliebter war untreu?«

»Häufig, aber nicht mit ihr. Sie war eine Zaristin, die keine Umerziehung durchgemacht hatte. Sie war für die Architekturführungen zuständig und wirklich köstlich. Sie ist auch den Siebzig näher als den Sechzig, obwohl mir beides im Augenblick nicht mehr so fern scheint. Ich habe häufig mit ihr Tee getrunken.«

»Wie rührend.«

»Ich genoß ihre Gesellschaft. Sie konnte einem in Dingen, von denen ich wenig wußte, viel beibringen. Warum sie wohl jemand auf eine Liste gesetzt hat?«

»Wenn ich für Leningrad spreche«, sagte Lodzia amüsiert, »wir würden eine solche Person auf die Liste setzen, wenn wir sähen, daß sich die Konkurrenz aus Riga mit ihr trifft.«

»Wahrscheinlich ist das der Grund. Albern. Was hat er sonst noch gesagt?«

»Nichts Besonderes. Während ich in Unterwäsche dastand, machte er eine dümmliche Bemerkung, daß Mathematiker gegenüber anderen Akademikern und Bibliothekaren einen Vorteil hätten. Die Formen ...«

Taleniekov stand auf. »Das ist es«, sagte er. »Die Zahl, die mir noch gefehlt hat. Sie haben ihn gefunden.«

»Wovon redest du?«

»Unser Engländer konnte sich entweder des dummen Wortspiels nicht enthalten, oder er wollte dich aushorchen. Der Kai – das Eremitage-Museum. Die Akademiker – meine Trinkkumpane an der Schtanov-Universität. Der Hinweis auf einen Bibliothekar – in der Saltykov-Schschtedrin-Bibliothek. Der Mann, den ich aufsuchen möchte, ist dort.«

»Wer ist es?«

Wassili zögerte. »Ein alter Mann, der sich vor Jahren mit einem jungen Universitätsstudenten anfreundete und ihm die Augen für Dinge öffnete, von denen er nichts wußte.«

»Wer ist es? Wer ist es?«

»Ich war damals ein sehr verwirrter junger Mann«, sagte Taleniekov. »Wie war es möglich, daß mehr als drei Viertel der Welt die Lehren der Revolution ablehnten? Ich konnte mich einfach mit der Tatsache nicht abfinden, daß so viele Millionen unaufgeklärt waren. Aber so stand es in den Büchern, das predigten uns unsere Professoren. Aber *warum*? Ich mußte verstehen, wie es kam, daß unsere Feinde so dachten, wie sie es taten.«

»Und dieser Mann konnte es dir sagen?«

»Er *zeigte* es mir. Er ließ es mich selbst herausfinden. Ich beherrschte damals das Englische und Französische hinreichend fließend und hatte auch genügend Kenntnisse im Spanischen. Er öffnete mir die Tür, *öffnete* mir buchstäblich die Stahltüren zu den verbotenen Büchern – Tausenden von Bänden, die Moskau mißbilligte – und ließ mich mit diesen Büchern frei. Ich verbrachte Wochen, Monate mit diesen Büchern und versuchte zu begreifen. Damals war es, daß der ... ›große Taleniekov‹ ... die allerwertvollste Lektion lernte: daß man die Dinge sieht wie der Feind, daß man so *denkt* wie er. Das ist der Schlüssel zu jedem Erfolg, den ich je hatte. Mein alter Freund hat es mir ermöglicht.«

»Und du mußt ihn jetzt erreichen?«

»Ja, er hat sein ganzes Leben hier gelebt. Er hat gesehen, wie alles geschah, und hat es überlebt. Wenn jemand mir helfen kann, dann er.«

»Was suchst du? Ich glaube, ich habe ein Recht, das zu wissen.«

»Natürlich hast du das. Aber es ist ein Name, den du wieder vergessen mußt. Zumindest darfst du ihn nie erwähnen. Ich brauche Informationen über eine Familie namens Voroschin.«

»Eine Familie? Aus Leningrad?«

»Ja.«

Lodzia schüttelte entrüstet den Kopf. »Manchmal glaube ich, der große Taleniekov ist in Wirklichkeit ein großer Narr! Ich kann den Namen durch unseren Computer schicken!«

»In dem Augenblick, wo du das tun würdest, wärst du praktisch tot. Dieser Mann, der da vor uns auf dem Boden liegt, hat überall Komplizen.« Er wandte sich um, ging zu der Leiche zurück und kniete nieder, um seine Untersuchung fortzusetzen. »Außerdem würdest du nichts finden; es liegt zu viele Jahre zurück, das Regime hat sich zu oft geändert. Wenn je eine Eintragung gemacht worden ist, so bezweifle ich, daß sie heute noch vorhanden wäre. Die Ironie des Ganzen ist, wenn wirklich etwas in den Datenspeichern wäre, so würde dies wahrscheinlich bedeuten, daß die Familie Voroschin nichts mehr damit zu tun hat.«

»*Womit* zu tun hat, Wassili?«

Er gab nicht gleich Antwort, denn er hatte die nackte Leiche gerade umgedreht. Am unteren Teil der Brust in der Herzgegend, war eine leichte Hautverfärbung, unter dem dichten Körperhaar kaum zu sehen. Sie war winzig klein, höchstens einen Zentimeter groß, aber die purpurblaue Markierung war ein Kreis. Auf den ersten Blick sah es aus wie ein Muttermal, ein ganz normales, natürliches Phänomen. Aber es war nicht natürlich; es war von einer sehr geschickten Tätowiernadel angebracht. Der alte Krupskaya hatte im Sterben gesagt: *Ein Mann wurde gefangen, er hatte einen blauen Kreis auf der Brust, ein Soldat der Matarese.*

»*Damit.*« Taleniekov schob das schwarze Haar auf der Brust des Toten auseinander, so daß der zackige Kreis deutlich sichtbar wurde. »Komm her.«

Lodzia stand auf, ging zu der Leiche und kniete neben ihr nieder. »Was? *Das Muttermal?*«

»*Per nostro circolo*«, sagte er. »Das war noch nicht da, als unser Engländer zur Welt kam. Er mußte es sich verdienen.«

»Ich verstehe nicht.«

»Du wirst es gleich verstehen. Ich werde dir alles sagen, was ich weiß. Ich war nicht sicher, ob ich das eigentlich wollte, aber ich glaube nicht, daß ich jetzt noch eine Wahl habe. Es könnte leicht sein, daß sie mich töten. Wenn sie das tun, dann mußt du mit jemandem Verbindung aufnehmen, ich werde dir sagen, wie. Beschreibe dieses Zeichen, die vierte Rippe, am Ende des Brustkastens, nahe dem Herzen. Das war nicht dazu bestimmt, gefunden zu werden.«

Lodzia sah stumm die blaue Markierung an und blickte schließlich zu Taleniekov auf. »Wer sind ›sie‹?«

»Man nennt sie die Matarese . . .«

Er sagte es ihr. Sagte ihr alles. Als er geendet hatte, blieb Lodzia lange Zeit stumm. Er drängte sich auch nicht in ihre Gedanken, denn sie hatte erschütternde Dinge gehört. Unter anderem von der unglaublichen Allianz zwischen Wassili Wassiliewitsch Taleniekov und einem Mann, den die ganze KGB-Welt als Beowulf Agate kannte. Sie trat an das Fenster und blickte auf die öde Straße hinunter. Dann sprach sie, ohne sich umzuwenden:

»Ich kann mir vorstellen, daß du dir diese Frage tausendmal gestellt hast; ich stelle sie jetzt noch einmal. War es notwendig, mit Scofield Kontakt aufzunehmen?«

»Ja«, sagte er.

»Moskau war nicht bereit, dich *anzuhören*?«

»Moskau hat meine Hinrichtung befohlen. Washington die seine.«

»Ja, aber du sagst, weder Moskau noch Washington weiß von diesen Matarese. Die Falle, die man dir und Beowulf gestellt hat, hatte das Ziel, euch beide getrennt zu halten. Das kann ich verstehen.«

»Das *offizielle* Washington und das *offizielle* Moskau sind gegenüber den Matarese blind. Wenn es anders wäre, hätte sich jemand vor uns gestellt, uns geschützt; man hätte uns aufgefordert, darzustellen, was wir wissen. Statt dessen hat man uns als Verräter gebrandmarkt, den Befehl gegeben, uns zu erschießen, sobald man uns sieht. Man hat keinerlei Vorkehrungen getroffen, uns wenigstens anzuhören. Die Matarese haben das eingefädelt und dazu die Geheimdienstorganisationen beider Staaten benutzt.«

»Dann *sind* diese Matarese in Moskau, in Washington.«

»Absolut richtig. Sie sind imstande, beide Regierungen zu manipulieren, sind aber unsichtbar.«

»Nicht unsichtbar, Wassili«, wandte Lodzia ein. »Die Männer, mit denen du in Moskau sprachst . . .«

»In Panik geratene *alte* Männer«, unterbrach Taleniekov. »Sterbende Schlachtrösser, die man auf die Weide geschickt hat. Ohnmächtig.«

»Dann, der Mann, an den Scofield sich gewandt hat. Dieser Staatsmann, Winthrop. Was ist mit ihm?«

»Er ist ohne Zweifel inzwischen tot.«

Lodzia verließ das Fenster und stellte sich vor ihn. »Wo wirst du dann hingehen? Man hat dich in die Enge getrieben.«

Wassili schüttelte den Kopf. »Im Gegenteil, wir machen Fortschritte. Der erste Name auf der Liste, Scozzi, war richtig. Jetzt haben wir unseren toten Engländer hier. Keine Papiere, keine Hinweise, wer er ist oder woher er kam, aber mit einem Zeichen, das uns mehr sagt als eine Brieftasche voll falscher Dokumente. Er war Teil ihrer Armee; das bedeutet, daß es hier in Leningrad einen weiteren Soldaten gibt, der einen alten Mann bewacht, den Kurator der literarischen Archive in der Schschtedrin-Bibliothek. Er ist mir fast genauso wichtig, wie es mir wichtig ist, meinen alten Freund zu erreichen. Ich will ihn zerbrechen, mir Antworten holen. Die Matarese sind in Leningrad, um die Voroschins zu schützen, um die Wahrheit verborgen zu halten. Wir nähern uns jener Wahrheit.«

»Aber angenommen, ihr *findet* sie. Zu wem könntet ihr sie bringen? Ihr könnt euch nicht schützen, weil ihr nicht wißt, wer sie sind.«

»Wir wissen, wer sie nicht sind, das genügt. Zuallererst der Premierminister und der Präsident.«

»Ihr werdet nicht nahe genug an sie herankommen.«

»Das werden wir, wenn wir unsere Beweise haben. In dem Punkt hatte Beowulf recht; wir brauchen unwiderlegbare Beweise. Wirst du uns helfen? *Mir* helfen?«

Lodzia Kronescha sah ihn an; ihre Augen wurden weich. Ihre Hände umfaßten sein Gesicht. »Wassili Wassiliewitsch. Mein Leben war so unkompliziert geworden und jetzt kehrst du zurück.«

»Ich wußte nicht, wo ich sonst hätte hingehen sollen. Ich konnte mich nicht unmittelbar diesem alten Mann nähern. Ich habe bei einer Anhörung 1954 zu seinen Gunsten ausgesagt. Es tut mir schrecklich leid, Lodzia.«

»Das braucht es nicht. Du hast mir gefehlt. Natürlich werde ich dir helfen. Wenn du nicht wärest, dann würde ich jetzt eine Volksschulklasse in Taschkent unterrichten.«

Er strich über ihre Wange, erwiderte ihre Geste. »Aber das soll nicht der Grund für deine Hilfe sein.«

»Das ist es nicht. Was du mir gesagt hast, macht mir angst.«

Maletkin, der Verräter, durfte unter keinen Umständen von Lodzia erfahren. Der Offizier aus Vyborg hatte an der Ecke in dem Wagen gewartet, aber als über eine Stunde verstrichen war, konnte Taleniekov sehen, wie er nervös auf und ab ging.

»Er ist nicht sicher, ob es dieses Gebäude oder das nächste ist«, sagte Wassili und trat wieder vom Fenster zurück. »Die Keller stehen immer noch miteinander in Verbindung, oder?«

»Als ich das letzte Mal dort war, war es noch so.«

»Ich gehe hinunter und komme ein paar Türen weiter auf die Straße. Ich werde mich zeigen und ihm sagen, daß der Mann, mit dem ich zusammen bin, mich noch eine halbe Stunde braucht. Die Zeit sollte reichen. Zieh den Engländer wieder an, ja?«

Lodzia hatte recht. In den alten Gebäuden war nichts verändert worden. Jeder Keller stand mit dem nebenan in Verbindung, der muffige, alte, unterirdische Gang durchlief den größten Teil des Häuserblocks. Taleniekov kam vier Häuser von Lodzias Wohnung entfernt auf die Straße heraus. Er ging auf den nichts argwöhnenden Maletkin zu und erschreckte ihn.

»Ich dachte, Sie wären dort drinnen!« sagte der Verräter aus Vyborg und deutete mit einer Kopfbewegung auf das Treppenhaus zu seiner Linken.

»Dort?«

»Ja, ich war ganz sicher.«

»Sie sind immer noch zu erregt, Genosse. Das beeinträchtigt ihr Beobachtungsvermögen. Ich kenne in diesem Gebäude niemanden. Ich bin heruntergekommen, um Ihnen zu sagen, daß der Mann, mit dem ich zusammen bin, noch mehr Zeit braucht. Ich schlage vor, daß Sie im Wagen warten. Es ist nicht sehr kalt, aber auf die Weise fallen Sie weniger auf.«

»Sie werden aber nicht mehr sehr lange brauchen, oder?« fragte Maletkin besorgt.

»Werden Sie wegfahren? Ohne mich?«

»Nein, natürlich nicht. Ich muß auf die Toilette.«

»Disziplinieren Sie Ihre Blase etwas«, sagte Taleniekov und eilte weg.

Zwanzig Minuten später hatten er und Lodzia die Einzelheiten seines Kontaktes mit dem Archivkurator in der Saltykov-Schschtedrin-Bibliothek am Maiorov Prospekt ausgearbeitet. Sie würde dem Mann sagen, daß ein Student von vor vielen Jahren, ein Mann, der zu einem hohen Regierungsamt aufgestiegen war und 1954 für den alten Herrn Zeugnis abgelegt hatte, sich privat mit ihm treffen wollte. Dieser Student, sein Freund, konnte sich nicht in der Öffentlichkeit sehen lassen; er hatte Schwierigkeiten und brauchte Hilfe.

Hinsichtlich der Identität dieses Studenten oder der Gefahr, in der er sich befand, sollte kein Zweifel gelassen werden. Der alte Mann mußte erschreckt werden, verängstigt, es war wichtig, daß er sich um einen einstmals lieben, jungen Freund Sorgen machte. Seine Besorgnis mußte für jeden, der ihn etwa beobachtete, offenkundig sein. Die Vorkehrungen für das Zusammentreffen mußten kompliziert genug sein, um den Verstand eines alten Mannes zu verwirren. Die Verwirrung und die Angst des alten Gelehrten würden dann zu unvorsichtigen Bewegungen führen, einem verstörten Hin und Her, plötzlichen Wendungen, abruptem Umkehren, Entscheidungen, die getroffen und sofort wieder umgestoßen wurden. Unter solchen Umständen würde, wer auch immer dem alten Mann folgte, sich verraten, denn der Verfolger würde jede Bewegung des alten Gelehrten mitmachen müssen.

Lodzia würde den alten Mann instruieren, er solle den mächtigen Komplex des Bibliotheksgebäudes um zehn Minuten vor sechs am Abend durch den Südwestausgang verlassen; die Straßen würden dann dunkel sein, und mit Schneefällen war nicht zu rechnen. Er würde aufgefordert werden, zuerst ein paar Häuserblocks in eine Richtung und dann in eine andere Richtung zu gehen. Wenn es nicht zum Kontakt kam, sollte er in die Bibliothek zurückkehren und warten; wenn überhaupt möglich, würde sein langjähriger Freund versuchen, dort hinzukommen. Aber Garantien gab es keine.

In einer solchen Streßsituation würden die Zahlen alleine schon ausreichen, um den Wissenschaftler zu verwirren, denn Lodzia sollte den Telefonanruf abrupt beenden, ohne die Zahlen zu wiederholen. Wassili würde den Rest übernehmen. Der Verräter wäre nun Maletkin, ohne es zu wissen, sein Komplize.

»Was wirst du tun, nachdem du den alten Mann getroffen hast?« fragte Lodzia.

»Das hängt von dem ab, was er mir sagt oder was ich von dem Mann in Erfahrung bringen kann, der ihm folgt.«

»Wo wirst du bleiben? Werde ich dich sehen?«

Wassili stand auf. »Es könnte gefährlich für dich sein, wenn ich hierher zurückkäme.«

»Ich bin bereit, dieses Risiko einzugehen.«

»Aber ich bin nicht bereit, das zuzulassen. Außerdem arbeitest du bis zum Morgen.«

»Ich kann meinen Dienst früher antreten und Mitternacht weggehen. Hier ist jetzt alles etwas gelockerter als beim letzten Mal, als du in Leningrad warst. Wir vertreten uns gegenseitig, und ich bin völlig rehabilitiert.«

»Jemand wird wissen wollen, warum du das tust?«

»Ich werde ihm die Wahrheit sagen. Ein alter Freund ist aus Moskau gekommen.«

»Ich glaube nicht, daß das eine besonders gute Idee ist.«

»Ein Parteisekretär aus dem Präsidium mit seiner Frau und ein paar Kindern. Er möchte anonym bleiben.«

»Wie ich schon sagte, eine ausgezeichnete Idee.« Taleniekov lächelte. »Ich werde vorsichtig sein und durch den Keller gehen.«

»Was wirst du mit ihm machen?« Lodzia deutete mit einer Kopfbewegung auf den toten Engländer.

»Ihn in dem am weitesten entfernten Keller ablegen, den ich finden kann. Hast du eine Flasche Wodka?«

»Hast du Durst?«

»Er hat Durst. Ein weiterer unbekannter Selbstmord im Paradies. Wir veröffentlichen solche Selbstmorde nicht. Ich brauche eine Rasierklinge.«

Piotr Maletkin stand neben Wassili im Schatten eines Torbogens, gegenüber dem Südwesteingang der Saltykov-Schschtedrin-Bibliothek. Die Scheinwerfer im Innenhof des Gebäudes wurden in großen Kreisen von den hohen Mauern reflektiert und vermittelten den Eindruck einer riesigen Gefängnisanlage. Aber die Torbögen, die zur Straße dahinter führten, waren in Abständen von dreißig Metern angebracht; die »Gefangenen« konnten ganz nach ihrem Belieben kommen und gehen. In der Bibliothek herrschte an diesem Abend viel Betrieb; Scharen von »Gefangenen« kamen und gingen.

»Sie sagen, dieser alte Mann sei einer von uns?« fragte Maletkin.

»Bringen Sie Ihre neuen Feinde nicht durcheinander, Genosse. Der alte Knabe ist vom KGB, der Mann, der ihm folgt, der im Begriffe ist, ihn zu kontaktieren – ist einer von *uns*. Wir müssen ihn erreichen, ehe die Falle zuschnappt. Der Gelehrte ist eine der effektivsten Waffen, die Moskau für die Spionageabwehr entwickelt hat. Seinen Namen kennen im KGB nur fünf Leute; wenn man ihn kennt, offenbart man sich damit als Informant der Amerikaner. Erwähnen Sie ihn um Himmels willen nie.«

»Ich habe nie von ihm gehört«, sagte Maletkin. »Die Amerikaner glauben, er wäre einer von ihren Leuten?«

»Ja. Er ist ein Spitzel. Er meldet alles direkt nach Moskau.«

»Unglaublich«, murmelte der Verräter. »Ein alter Mann. Genial.«

»Meine ehemaligen Kollegen sind nicht dumm«, sagte Taleniekov und sah auf die Uhr. »Ihre gegenwärtigen Kollegen auch nicht. Vergessen Sie, daß Sie je von Genosse Mikovsky gehört haben.«

»Ist das sein Name?«

»Selbst ich würde es vorziehen, ihn nicht zu wiederholen ... Da ist er.«

Ein in einen Mantel gehüllter alter Mann mit einer schwarzen Pelzmütze kam durch den Torbogen, sein Atem bildete in der kalten Abendluft eine dichte Wolke. Er stand einen Augenblick auf der Treppe und sah sich um, als versuchte er, sich darüber klarzuwerden, durch welchen Bogen er auf die Straße hinaustreten sollte. Sein kurzer Bart war weiß. Was von seinem Gesicht zu sehen war, war bleich und runzelig. Er ging vorsichtig die Treppe herunter, hielt sich am Geländer fest. Als er den Hof erreicht hatte, ging er auf den nächsten Torbogen zu seiner Rechten zu.

Taleniekov beobachtete den Menschenstrom, der hinter dem alten Kurator durch die Glastüren herauskam. Sie schienen in Zweier- und Dreiergruppen zu gehen; er hielt nach einem einzelnen Mann Ausschau, dessen Augen den Hof absuchten. Aber da war niemand. Wassili begann unruhig zu werden. Hatte er sich geirrt? Das schien unwahrscheinlich. Doch war da kein einzelner Mann, der Mikovsky beobachtete, der inzwischen den Hof zur Hälfte überquert hatte. Sobald der Gelehrte die Straße erreicht hatte, war es sinnlos, länger zu warten; in dem Fall hatte er unrecht gehabt. Die Matarese hatten seinen Freund nicht gefunden.

Eine Frau. Er hatte *nicht* unrecht. Es war eine *Frau.* Eine einzelne Frau löste sich aus der Menge und eilte die Stufen hinunter, die Augen auf den alten Mann gerichtet. Wie plausibel, dachte Wassili. Eine einzelne Frau, die in einer Bibliothek stundenlang alleine blieb, würde viel weniger Aufmerksamkeit erregen als ein Mann. Die Matarese bildeten also auch Frauen als Elitesoldaten aus.

Er wußte nicht, warum es ihn überraschte. Einige der besten Agenten im KGB und in den Consular Operations waren Frauen, aber zu ihren Pflichten gehörten nur selten Gewalttätigkeiten. *Das* war es, was ihn jetzt verblüffte. Die Frau, die den alten Mikovsky verfolgte, beschattete den Kurator nur, um *ihn* zu finden. Und dieser Auftrag implizierte Gewalt.

»Diese Frau dort«, sagte er zu Maletkin. »Die in dem braunen Mantel mit der Schildmütze. Sie ist die Informantin. Wir müssen sie daran hindern, den Kontakt herzustellen.«

»Eine *Frau*?«

»Sie ist zu vielen Dingen fähig, zu denen Sie nicht fähig sind, Genosse. Kommen Sie jetzt. Wir müssen vorsichtig sein. Sie wird sich ihm nicht gleich nähern; sie wird auf den günstigsten Augenblick warten. Das müssen wir auch. Wir müssen sie trennen, sie nehmen, wenn sie weit genug von ihm entfernt ist, damit er sie nicht identifizieren kann, falls es Lärm geben sollte.«

»Lärm?« wiederholte Maletkin verblüfft. »Warum sollte sie Lärm machen?«

»Frauen sind unberechenbar; das ist allgemein bekannt. Gehen wir.«

Während der nächsten achtzehn Minuten war alles so desorganisiert und so quälend zu beobachten, wie Taleniekov es erwartet hatte. Quälend insoweit, als ein besorgter alter Mann immer unsicherer wurde, je mehr Zeit verstrich. Schließlich ging seine Aufregung in Panik über, als nirgends eine Spur seines jungen Freundes zu sehen war. Er überquerte die bitterkalten Straßen, ging langsam, mit unsicherem Schritt. Immer wieder sah er auf die Uhr, aber es war zu dunkel; immer wieder rempelten ihn Fußgänger an. Schließlich blieb er immer häufiger stehen, weil seine Kräfte nachließen. Zweimal ging er auf eine Omnibushaltestelle am nächsten Häuserblock zu, einen Augenblick lang überzeugt, daß er die Straßen falsch gezählt hatte. An der Kreuzung, wo das Kirov-Theater stand, gab es drei Omnibushaltestellen, und seine Verwirrung nahm zu. Er suchte alle drei auf, völlig verstört.

Die Strategie führte bei der Frau, die Mikovsky beschattete, zu der erwarteten Wirkung. Sie interpretierte das Verhalten des alten Mannes als das eines Zielobjekts, das bemerkt hatte, daß es überwacht wurde. Ein Zielobjekt, das in den Methoden des Abschüttelns nicht geschult war, aber gleichzeitig alt und verstört war und durchaus imstande, eine unkontrollierbare Situation herbeizuführen. Also achtete die Frau in dem braunen Mantel und der Schildmütze auf Distanz, hielt sich im Schatten, eilte von abgedunkelten Schaufenstern zu schwach erleuchteten Seitengassen. Langsam wurde sie von der Unberechenbarkeit ihres Zielobjekts selbst angesteckt.

Der alte Gelehrte schickte sich an, zu der Bibliothek zurückzukehren. Wassili und Maletkin beobachteten ihn von einem fünfundsiebzig Meter entfernten Punkt aus. Taleniekov studierte die Route, die direkt über die breite Straße führte; es gab zwei Seitengassen, welche die Frau benutzen konnte, wenn Mikovsky auf dem Rückweg an ihr vorbeikam.

»Kommen Sie«, befahl Wassili und packte Maletkin am Arm und stieß ihn weiter. »Wir arbeiten uns auf der anderen Straßenseite von hinten an ihn heran. Sie wird sich abwenden, wenn er an ihr vorübergeht. Wenn er die zweite Gasse passiert, wird sie sie benutzen.«

»Warum sind Sie so sicher?«

»Weil sie sie schon früher benutzt hat; das ist eine ganz natürliche Wahl. Ich würde sie auch benutzen. *Wir* werden sie jetzt benutzen.«

»Wie?«

»Das sage ich Ihnen, wenn wir am richtigen Punkt sind.«

Der Augenblick rückte näher. Taleniekov spürte, wie sein Herzschlag sich beschleunigte. Er hatte die Ereignisse der letzten sechzehn Minuten arrangiert, die nächsten paar Minuten würden zeigen, ob er richtig gehandelt hatte. Zwei Tatsachen standen für ihn fest: Zum einen würde die Frau ihn sofort erkennen; man hatte ihr mit Sicherheit Fotografien und eine detaillierte Beschreibung seiner Person geliefert. Zum zweiten, wenn sie angegriffen wurde, würde sie sich ihr eigenes Leben ebenso schnell und effizient nehmen, wie das der Engländer in Lodzias Wohnung getan hatte.

Die Wahl des richtigen Zeitpunkts und die Schockwirkung waren die einzigen Mittel, die ihm zur Verfügung standen. Er würde das eine, der Verräter aus Vyborg das andere liefern.

Sie überquerten den Platz mit einer Gruppe von Fußgängern und mischten sich unter die Menge vor dem Kirov-Theater. Wassili blickte über die Schulter und sah, wie Mikovsky sich ungeschickt durch die Schlange arbeitete, die nach Eintrittskarten anstand. Sein Atem ging bereits schwer.

»Tun Sie genau, was ich sage«, sprach Taleniekov und hielt Maletkins Arm fest. »Wiederholen Sie, was ich Ihnen sage . . .«

Sie mischten sich unter die Fußgänger. Der alte Mann näherte sich der ersten Gasse; die Frau verschwand kurz in ihr, kam aber gleich wieder zum Vorschein, als er weiterging.

Augenblicke jetzt. Nur noch Augenblicke.

Die zweite Gasse. Mikovsky war davor, die Frau in ihr.

»Jetzt!« befahl Wassili und rannte mit Maletkin der Gasse zu.

Er hörte die Worte, die Maletkin schrie, damit sie trotz des Straßenlärms unverkennbar waren.

»Genossin. Halt! Halt! *Circolo! Nostro circolo!*«

Stille. Der Schock war fast total.

»Wer *sind* Sie?« Die Frage wurde mit kalter Stimme gestellt.

»Hören Sie mit allem auf! Ich habe Nachricht vom Hirten!«

»Was?«

Der Schock war jetzt vollständig.

Taleniekov rannte um die Ecke der Gasse herum, hetzte auf die Frau zu. Er packte ihre Arme, seine Finger schoben sich auf ihre Gelenke zu, machten ihre Hände bewegungsunfähig, von denen eine in der Manteltasche steckte und den Kolben einer Pistole umfaßt hielt. Sie prallte zurück und warf sich nach links. Ihr Gewicht zog ihn nach vorne, dann sprang sie nach rechts, und ihr linker Fuß zuckte in die Höhe, dicht an ihrem Körper, wie die Klaue einer wütenden Katze, die ein anderes Tier abwehrt.

Er konterte, griff direkt an, riß sie von den Füßen, preßte ihren zuckenden Körper gegen eine Hauswand und schmetterte sie mit der Schulter gegen die Ziegel.

Es ging so schnell, daß er nur unbestimmt bemerkte, was sie tat, bis er spürte, wie sich ihre Zähne in seinen Hals bohrten. Sie hatte ihr Gesicht gegen das seine geschoben, eine Bewegung, die so unerwartet war, daß er nur schmerzerfüllt zurückzukken konnte. Ihr Mund war breit und ihre roten Lippen grotesk geöffnet. Ihr Biß war böse und ihre Kinnladen wie zwei Klammern, die seinen Hals umfaßt hielten. Er spürte, wie das Blut seinen Kragen durchtränkte; sie *ließ nicht los*! Der Schmerz war unerträglich. Er ließ ihre Arme los; seine Hände fuhren ihr ins Gesicht, rissen sie zurück.

Die Explosion war laut und deutlich, doch von dem schweren Tuch ihres Mantels gedämpft. Das Echo hallte durch die Gasse; sie fiel schlaff gegen die Steinwand.

Er sah ihr Gesicht an; ihre Augen waren geweitet und tot; sie sank langsam aufs Pflaster. Sie hatte exakt das getan, worauf sie programmiert gewesen war: sie hatte die Chancen abgeschätzt – zwei Männer gegen sie –, die Waffe in ihrer Tasche abgefeuert und sich getötet.

»Sie ist *tot*! Mein Gott, sie hat sich *getötet*!« schrie Maletkin. »Der *Schuß*, die Leute haben das bestimmt gehört! Wir müssen hier weg! Die Polizei!«

Einige neugierige Passanten standen reglos am Eingang der Gasse und schauten zu ihnen herüber.

»Seien Sie still!« befahl Taleniekov. »Wenn jemand hereinkommt, benutzen Sie Ihre KGB-Karte. Dies ist eine dienstliche Angelegenheit; niemand hat hier etwas zu suchen. Ich brauche dreißig Sekunden.«

Wassili zog ein Taschentuch heraus, drückte es sich gegen den Hals und stillte den Blutstrom. Er kniete über der Leiche der Frau. Mit der rechten Hand zerrte er den Mantel weg, legte eine Bluse frei, die mit ihrem Blut durchtränkt war. Er riß den Stoff von der Haut; das Loch unter ihrer linken Brust war riesig und die Öffnung war von Gewebe und ihren Eingeweiden verstopft. Er betastete das Fleisch um die Wunde herum; das Licht war zu schwach. Er holte sein Feuerzeug heraus.

Er schnippte es an, spannte die blutige Haut unter der Brust, hielt die Flamme darüber; sie tanzte im Wind.

»Um Himmels willen, *schnell*!« Maletkin stand ein paar Schritte von ihm entfernt und seine Stimme war von Panik erfüllt. »Was *machen* Sie denn?«

Taleniekov gab keine Antwort. Seine Finger betasteten das Fleisch, wischten das Blut weg, um deutlicher zu sehen.

Dann fand er es. In der Falte unter der linken Brust – ein zackiger blauer Kreis, umgeben von rot beschmierter weißer Haut. Ein Mal, das gar kein Mal war, sondern das Zeichen einer unglaublichen Armee.

Der Matarese-Bund.

24

Sie verließen die Gasse schnell am anderen Ende, mischten sich in die nach Norden drängenden Menschentrauben. Maletkin zitterte, sein Gesicht war aschfahl. Wassilis rechte Hand hielt den Ellbogen des Verräters umfaßt und dämmte so die Panik ein, die Maletkin leicht dazu veranlassen konnte, plötzlich loszurennen und die Aufmerksamkeit aller auf sie zu ziehen.

Taleniekov brauchte den Mann aus Vyborg; ein Telegramm mußte abgesandt werden, das vom KGB nicht aufgefangen wurde; Maletkin konnte es senden. Ihm war klar, daß er sehr wenig Zeit hatte, eine Chiffre für Scofield auszuarbeiten. Der alte Mikovsky würde noch zehn Minuten brauchen, um sein Büro zu erreichen, aber Wassili wußte, daß er kurz darauf dort sein mußte. Ein verängstigter alter Mann konnte etwas Falsches zu den falschen Leuten sagen.

Taleniekov preßte sich das Taschentuch gegen die Halswunde. Die Blutung war in der Kälte auf ein Rinnsal zurückgegangen, sie würde bald so schwach sein, daß eine einfache Bandage genügte; Wassili beschloß, einen Rollkragenpullover zu kaufen, um die Wunde zu verbergen.

»Langsam!« befahl er und riß an Maletkins Ellbogen. »Dort vorne ist ein Cafè. Wir gehen auf ein paar Minuten hinein und trinken einen Schluck.«

»Den kann ich gebrauchen«, flüsterte Maletkin. »Mein Gott, sie hat sich *umgebracht*! Wer *war* sie?«

»Jemand, der einen Fehler gemacht hat. Machen Sie nicht auch einen.«

Das Café war überfüllt; sie mußten den Tisch mit zwei Frauen in mittleren Jahren teilen, denen die Störung nicht paßte und die sie mürrisch anschwiegen; ein ideales Arrangement.

»Gehen Sie zu dem Geschäftsführer an der Türe«, sagte Taleniekov. »Sagen Sie ihm, Ihr Freund hätte zuviel getrunken und sich geschnitten. Lassen Sie sich eine Mullbinde und etwas Heftpflaster geben.« Maletkin wollte Einwände vorbringen, aber Wassili griff nach seinem Arm. »Tun Sie es nur. In einem Lokal wie diesem fällt das nicht auf.«

Der Verräter stand auf und ging zu dem Mann an der Tür. Taleniekov faltete das Taschentuch neu und preßte die saubere Seite gegen die aufgerissene Haut und grub mit der anderen Hand in seiner Tasche herum, um einen Bleistift zu finden. Er legte sich die Papierserviette zurecht und begann, das Chiffretelegramm an Beowulf Agate zu verfassen.

Sein Geist kapselte sich gegen allen Lärm ab, während er sich auf ein Alphabet und eine Zahlenfolge konzentrierte. Selbst als Maletkin mit einer Baumwollbinde und einer kleinen Rolle Heftpflaster zurückkam, schrieb Wassili noch und strich Fehler dabei ebenso schnell durch, wie er sie machte. Ihre Getränke kamen; der Verräter hatte je drei bestellt. Taleniekov schrieb weiter.

Acht Minuten später war er fertig. Er riß die Serviette in zwei Hälften und kopierte den Text in großen unverwechselbaren Buchstaben und reichte das Blatt dann Maletkin. »Ich möchte, daß dieses Kabel nach Helsinki geschickt wird, an den Namen und das Hotel, wie ich oben angegeben habe. Ich will, daß es auf einer weißen Leitung übermittelt wird; Geschäftsverkehr, nicht zweimal abgefangen.«

Die Augen des Verräters weiteten sich. »Wie soll *ich* das anstellen?«

»Auf dem gleichen Wege, auf dem Sie Informationen an unsere Freunde in Washington schicken. Sie kennen die nicht überwachten Zeiten; wir alle schützen uns vor uns selbst. Das ist eines unserer ausgeprägteren Talente.«

»Das wäre über *Stockholm.* Wir übergehen Helsinki!« Maletkins Gesicht rötete sich; die Erregung, die er empfand, und der Alkoholgenuß hatten ihn unvorsichtig gemacht. Er hatte nicht beabsichtigt, die schwedische Verbindung preiszugeben. So etwas tat man nicht, selbst nicht unter Überläufern.

Ebensowenig konnte Wassili Stockholm benutzen. Das Kabel würde dann von den Amerikanern abgefangen werden. Es gab eine andere Möglichkeit.

»Wie oft kommen Sie für die Sektorkonferenz hierher ins Ligovsky-Hauptquartier?«

Der Verräter verzog verlegen die Lippen. Die Frage war ihm peinlich. »Nicht oft. Im Laufe des vergangenen Jahres vielleicht drei- oder viermal.«

»Dann gehen Sie jetzt hinüber«, entschied Taleniekov.

»*Was*? Sie müssen Ihren Kopf verloren haben!«

»Sie werden den Ihren verlieren, wenn Sie es nicht tun. Keine Sorge, Oberst. Rang hat immer noch seine Privilegien und seinen Nutzen. Sie schicken ein dringendes Kabel an einen Mann aus Vyborg in Helsinki. Weiße Leitung, ohne Kopie. Aber mir müssen Sie eine Bestätigungskopie bringen.«

»Angenommen, die fragen in Vyborg zurück?«

»Wer von den Leuten, die dort Dienst machen, würde wohl dem stellvertretenden Leiter in die Quere kommen?«

Maletkin runzelte nervös die Stirn. »Aber später wird man Fragen stellen.«

Wassili lächelte; in seiner Stimme klang das Versprechen üppiger Reichtümer. »Glauben Sie mir, Oberst. Wenn Sie nach Vyborg zurückkehren, wird es nichts geben, was Sie nicht haben ... oder befehlen ... oder können.«

Der Verräter grinste; die Schweißtropfen auf seinem Kinn glänzten. »Wohin soll ich die Bestätigungskopie bringen? Wo treffen wir uns? Wann?«

Taleniekov hielt sich die Mullbinde über die Wunde am Hals, rollte einen Streifen Heftpflaster ab und nahm das eine Ende in den Mund. »Reißen Sie ab«, sagte er zu Maletkin. Dieser gehorchte. Wassili klebte sich das Pflaster an und riß dann einen zweiten Streifen ab. »Verbringen Sie die Nacht im Evropeiskaya-Hotel an der Brodsky-Straße. Ich werde Sie dort treffen.«

»Die werden meine Papiere sehen wollen.«

»Dann geben Sie sie ihnen. Ein Oberst des KGB bekommt ohne Zweifel ein besseres Zimmer. Ein besseres Mädchen auch, wenn Sie in die Halle gehen.«

»Die kosten beide Geld.«

»Ich lade Sie ein«, sagte Taleniekov.

Es war Abendessenszeit. Die mächtigen Lesesäle der Saltykov-Schschtedrin-Bibliothek mit ihren gobelinbehängten Wänden und den enorm hohen Decken waren bei weitem nicht so überfüllt, wie das üblich war. An den langen Tischen saßen verstreut einige Studenten. Ein paar Touristengruppen schlenderten herum, studierten die Gobelins und die Ölgemälde und unterhielten sich, beeindruckt von soviel Prunk, nur im Flüsterton.

Während Wassili durch die Marmorhallen auf den Bürokomplex im Westflügel zuging, erinnerte er sich an die Monate, die er in diesen Räumen – jenem Raum – verbracht hatte. Hier hatte sein Verstand Zugang zu einer Welt gefunden, von der er so wenig gewußt hatte. Er hatte Lodzia gegenüber nicht übertrieben; es war hier, wo er dank dem aufgeklärten Mut eines Mannes mehr über den Feind gelernt hatte als während der ganzen Ausbildung später in Moskau und Nowgorod.

Die Saltykov-Schschtedrin war die Schule, die ihm am meisten gegeben hatte. Der Mann, den er jetzt nach so vielen Jahren wiedersehen würde, war der Lehrer, dem er am meisten verdankte. Ob die Schule oder der Lehrer ihm jetzt würden helfen können? Wenn die Voroschin-Familie an die neuen Matarese gebunden war, würde in den Datenspeichern der Abwehr keine Information zu finden sein, die ihm Aufschluß gab; dessen war er sicher. Aber war sie hier? Irgendwo, in den Tausenden von Bänden, die die Ereignisse der Revolution enthielten, waren Daten von Familien, die man verbannt, riesigen Ländereien, die man in kleine Stücke aufgeteilt hatte; alles war von den Historikern jener Zeit aufgezeichnet und dokumentiert worden, weil sie wußten, daß man diese Zeit nie wieder sehen würde, jenen explosiven Anfang einer neuen Welt. Hier in Leningrad war es geschehen – Sankt Petersburg –, und Fürst Andrei Voroschin war Teil jenes Umsturzes. Die Revolutionsarchive von Saltykov-Schschtedrin waren die ausführlichsten von ganz Rußland. Wenn irgendwo Informationen über die Voroschins ruhten, dann hier. Aber hierzusein, war eine Sache, etwas zu finden, eine völlig andere. Würde sein alter Lehrer, der väterliche Freund, wissen, wo er nachsehen mußte?

Er bog nach links in den Korridor, den Bürotüren mit eingesetzten Glasscheiben säumten, die alle dunkel waren, mit Ausnahme einer einzigen am Ende des Ganges. Hinter ihr brannte ein schwaches Licht, das immer wieder von der Silhouette einer Gestalt abgedunkelt wurde, die vor einer Schreibtischlampe auf und ab ging. Es war Mikovskys Büro; derselbe Raum, in dem er sich seit mehr als einem Vierteljahrhundert aufhielt. Die Gestalt, die sich langsam hinter dem Riffelglas hin und her bewegte, war unverkennbar die des Gelehrten.

Er ging auf die Türe zu und klopfte leise; gleich darauf erschien die dunkle Gestalt hinter dem Glas.

Die Türe öffnete sich. Janov Mikovsky stand da; das faltige Gesicht war von der Kälte draußen immer noch gerötet, die Augen hinter den dicken Gläsern seiner Brille weit, fragend und verängstigt. Er winkte Wassili zu, schnell hereinzukommen, und schloß die Türe in dem Augenblick, in dem Taleniekov das Büro betreten hatte.

»Wassili Wassiliewitsch!« Die Stimme des alten Mannes war halb ein Flüstern, halb ein Schrei. Er breitete die Arme aus, umarmte den jüngeren Freund. »Ich hätte nie gedacht, daß ich dich wiedersehen würde.« Er trat zurück, die Hände immer noch auf Taleniekovs Mantel, blickte zu ihm auf; sein verrunzelter Mund bildete Worte, die nicht herauskamen. Die Ereignisse der letzten halben Stunde waren mehr gewesen, als er verarbeiten konnte. Stockende Laute entrangen sich ihm, aber keine Worte.

»Regen Sie sich nicht auf«, sagte Wassili in dem Bemühen, den alten Mann zu beruhigen. »Es ist alles gut.«

»Aber *warum*? Warum diese Geheimnistuerei? Dieses Hin- und Herrennen? Ist das nötig? Von allen Menschen in der ganzen Sowjet . . . *du*. Die ganze Zeit, die du in Riga warst, hast du mich nie besucht. Aber von anderen habe ich gehört, welchen Respekt man dir entgegenbrachte, wie du die Verantwortung für so viele Dinge übertragen bekamst.«

»Es war besser, daß wir uns in jenen Tagen nicht sahen. Das habe ich Ihnen am Telefon gesagt.«

»Ich habe es nie verstanden.«

»Es waren nur Vorsichtsmaßnahmen, die mir seinerzeit vernünftig erschienen.« Sie waren mehr als vernünftig gewesen, dachte Taleniekov. Er hatte erfahren, daß der Gelehrte zu trinken begonnen hatte, deprimiert vom Tod seiner Frau. Wenn man den Leiter von KGB Riga bei dem alten Mann gesehen hätte, dann hätten die Leute vielleicht angefangen, nach anderen Dingen zu suchen. Und hätten sie gefunden.

»Das ist jetzt gleichgültig«, sagte Mikovsky. »Es war eine sehr schwere Zeit für mich, aber das hat man dir sicher gesagt. Es gibt eine Zeit, in der man manche Männer alleine lassen sollte, selbst alte Freunde sollten sich dann fernhalten. Aber dies ist jetzt eine andere Zeit! Was ist mit dir *passiert*?«

»Das ist eine lange Geschichte, ich werde Ihnen alles erzählen, was ich kann. Das muß ich, denn ich brauche Ihre Hilfe.« Taleniekov blickte an dem Gelehrten vorbei, rechts vom Schreibtisch stand ein Wasserkessel auf einer Kochplatte. Wassili war nicht sicher, aber er glaubte, daß es derselbe Kessel war, dieselbe Kochplatte, an die er sich über so viele Jahre hinweg erinnerte. »Ihr Tee war immer der beste in Leningrad. Machen Sie welchen für uns?«

Fast eine halbe Stunde verstrich, während Taleniekov berichtete. Der alte Gelehrte saß in seinem Stuhl und hörte schweigend zu. Als Wassili zum erstenmal den Namen Fürst Andrei Voroschin erwähnte, sagte er nichts. Aber als sein alter Schüler dann fertig war, meinte er:

»Die Ländereien der Voroschins wurden von der neuen Revolutionsregierung konfisziert. Der Besitz der Familie war von den Romanows und ihren industriellen Partnern stark reduziert worden. Nikolaus und sein Bruder Michael verabscheuten die Voroschins. Sie behaupteten, sie wären die größten Diebe von ganz Nordrußland. Der Fürst stand natürlich auf den Listen der Bolschewiken und sollte hingerichtet werden. Seine einzige Hoffnung war Kerenski, der zu korrupt war, um die großen Familien völlig zu vernichten. Aber mit dem Zusammenbruch des Winterpalastes schwand auch jene Hoffnung.«

»Was geschah mit Voroschin?«

»Er wurde zum Tode verurteilt. Ich bin nicht ganz sicher, aber ich glaube, sein Name wurde in den Exekutionslisten gemeldet. Von denen, die entkamen, hörte man im allgemeinen während der folgenden Jahre; wenn Voroschin unter ihnen gewesen wäre, hätte ich mich erinnert.«

»Warum sollten Sie das? Allein hier in Leningrad gab es Hunderte. Warum die Voroschins?«

»Die vergaß man aus vielen Gründen nicht so leicht. Es kam nicht oft vor, daß die Zaren Rußlands ihre eigenen Verwandten Diebe und Piraten nannten und sie vernichten wollten. Die Voroschins waren auf ihre Art berühmt. Der Vater und der Großvater des Fürsten waren im chinesischen und afrikanischen

Sklavenhandel tätig, vom Indischen Ozean bis nach Südamerika; sie manipulierten die kaiserlichen Banken, trieben Handelsflotten und Firmen in den Bankrott und saugten sie auf. Es geht die Rede, Nikolaus hätte, als er Fürst Andrei Voroschin insgeheim aus dem Palast jagte, erklärt: ›Sollte unser Rußland den Wahnsinnigen zum Opfer fallen, so wird das wegen Männern wie dir sein. Ihr treibt sie uns an die Kehle.‹ Das war einige Jahre vor der Revolution.«

»Sie sagen ›insgeheim aus dem Palast jagte‹. Warum insgeheim?«

»Es war nicht die Zeit, um zu zeigen, daß unter den Aristokraten Zwietracht herrschte. Ihre Feinde hätten diese Zwietracht ausgenutzt, um ihr Geschrei von wegen nationaler Krise zu untermauern. Die Revolution schwelte bereits Jahrzehnte vor ihrem Ausbruch. Nikolaus verstand das, er wußte, was geschah.«

»Hatte Voroschin Söhne?«

»Ich weiß nicht, aber ich vermute das – so oder so. Er hatte viele Mätressen.«

»Und die Familie selbst?«

»Auch hier weiß ich nichts Genaues, aber ich vermute, daß sie alle zugrunde gingen. Du weißt ja, daß die Tribunale gewöhnlich milde urteilten, wo es um Frauen und Kinder ging. Man erlaubte Tausenden die Flucht; nur die größten Fanatiker waren bereit, sich ihre Hände auch mit solchem Blut zu beflecken. Aber ich glaube nicht, daß man den Voroschins die Flucht erlaubt hat. Ich bin mir sogar ziemlich sicher, aber ich weiß es nicht mit Bestimmtheit.«

»Ich brauche a[illegible] etwas Sicheres.«

»Das verstehe ich. Meiner Ansicht nach hast du dieses sichere Wissen auch. Zumindest genug, um jede Theorie zu widerlegen, die Voroschin mit dieser unglaublichen Matarese-Gesellschaft in Verbindung bringt.«

»Warum sagen Sie das?«

»Weil es für den Fürsten, wenn er entkommen wäre, nicht zu seinem Vorteil gewesen wäre, stillzuhalten. Die Weißen im Exil organisierten sich überall. Wer einen legitimen Titel hatte, wurde mit offenen Armen aufgenommen. Die großen Firmen und internationalen Banken gaben ihnen hochbezahlte Positionen; das war gut für ihre Geschäfte. Es lag nicht in der Natur von Voroschin, solche Großzügigkeit und Prominenz von sich zu weisen. Nein, Wassili. Er muß getötet worden sein.«

Taleniekov hörte dem Gelehrten zu und suchte nach Lücken in seiner Darstellung. Er erhob sich aus seinem Stuhl und ging zum Teekessel, füllte seine Tasse und starrte geistesabwesend in die braune Flüssigkeit. »Es sei denn, man hat ihm etwas von noch größerem Wert angeboten, um sein Schweigen zu erkaufen, ihn dazu bewogen, anonym zu bleiben.«

»Diese Matarese?« fragte Mikovsky.

»Ja. Man hatte ihnen Geld zur Verfügung gestellt. In Rom und in Genua. Ihr Startkapital.«

»Aber, das war doch genau dafür bestimmt, nicht wahr?« Mikovsky beugte sich vor. »Nachdem, was du mir gesagt hast, sollte es dafür benutzt werden, Meuchelmörder zu bezahlen und die Predigt der Rache dieses Guillaume de Matarese zu verbreiten, ist es nicht so?«

»So hat es die alte Frau geschildert«, nickte Taleniekov.

»Dann dürfte es doch nicht dazu benutzt werden, persönliche Vermögen zurückzugewinnen oder neue aufzubauen. Siehst du, das ist es, was ich bezüglich Voroschins nicht akzeptieren kann. Wenn er entkommen wäre, hätte er die Chancen nicht ausgeschlagen, die man ihm ohne Zweifel geboten hätte. Einer Organisation, die sich der politischen Rache widmete, wäre er nicht beigetreten; dazu war er viel zu pragmatisch eingestellt.«

Wassili war auf dem Weg zurück zu seinem Stuhl; plötzlich blieb er stehen und drehte sich um; die Tasse hielt er reglos in seiner Hand. »Was haben Sie gerade gesagt?«

»Daß Voroschin zu pragmatisch war, um . . .«

»Nein«, unterbrach Taleniekov. »Vorher. Das Geld sollte nicht dazu benutzt werden, Vermögen zurückzugewinnen, oder . . .?«

»Neue aufzubauen. Du mußt wissen, Wassili, den Männern im Exil wurden große Summen zur Verfügung gestellt.«

Taleniekov hob die Hand. »›Neue aufzubauen‹«, wiederholte er. »Es gibt viele Methoden, um ein Glaubensbekenntnis zu verbreiten. Bettler und Verrückte tun es in den Straßen, Priester von ihren Kanzeln, Politiker von Rednertribünen aus, aber wie verbreitet man ein Glaubensbekenntnis, das einer Überprüfung nicht standhalten würde? Wie *bezahlt* man dafür?« Wassili stellte die Tasse auf den kleinen Tisch neben seinem Sessel. »Man tut beides anonym, benutzt die komplizierten Methoden und Prozeduren einer existierenden Struktur. Einer, in der ganze Regionen als separate Einheiten operieren, voneinander getrennt und doch durch eine gemeinsame Identität zusammengehalten. Wo enorme Summen täglich bewegt werden.« Taleniekov ging zu dem Schreibtisch zurück, beugte sich darüber und stützte die Hände auf die Kante. »Man tätigt den nötigen *Kauf*! Man kauft den Sitz der Entscheidung! Dann gehört einem die Struktur, man kann sie benutzen!«

»Wenn ich dir folgen kann«, sagte der Gelehrte, »sollte das von Matarese hinterlassene Geld aufgeteilt und dazu benutzt werden, die Teilnahme an riesigen, bereits etablierten Unternehmungen zu erwerben.«

»Genau. Ich suche am falschen *Ort* – Entschuldigung, dem richtigen Ort, aber im falschen *Land*. Voroschin *ist* entkommen. Er verließ Rußland wahrscheinlich schon lange Zeit, bevor er das wußte, weil die Romanows ihn vernichteten, ihn seines Wohlstands beraubten und jede finanzielle Aktion, die er unternahm, beobachteten. Hier war er beeinträchtigt . . . und später war die Art von Investitionen, die sich Guillaume de Matarese vorstellte, in der Sowjetunion verboten. Begreifen Sie denn nicht, er hatte keinen Grund, in Rußland zu bleiben. Seine Entscheidung wurde lange *vor* der Revolution getroffen; deshalb haben Sie nie von ihm im Exil gehört. Er wurde jemand *anderer*.«

»Du irrst, Wassili. Sein Name stand auf der Liste der zum Tode Verurteilten. Ich habe ihn doch selbst gesehen.«

»Aber Sie sind nicht sicher, daß Sie ihn auch später gesehen haben, in der Liste jener, die tatsächlich hingerichtet wurden.«

»Das waren so viele.«

»Das ist es ja, was ich sage.«

»Aber er stand doch mit der provisorischen Regierung von Kerenski in Verbindung, seine Schreiben sind aktenkundig.«

»Leicht versandt und archiviert.« Taleniekov stieß sich von dem Schreibtisch ab. Sein Instinkt sagte ihm, daß er der Wahrheit nahe war. »Gibt es denn für einen Mann wie Voroschin eine bessere Möglichkeit, seine Identität zu verlieren, als im Chaos einer Revolution? Der Mob war außer Kontrolle geraten, es dauerte Wochen, bis wieder Disziplin einzog. Absolutes Chaos. Wie leicht es doch gewesen sein muß.«

»Du stellst die Dinge zu einfach dar«, sagte Mikovsky. »Obwohl eine Zeitlang Chaos herrschte, reisten doch Beobachtergruppen durch Stadt und Land und schrieben alles auf, was sie sahen und hörten. Nicht nur Fakten, sondern auch Eindrücke, Meinungen und Interpretationen dessen, was sie miterlebten. Die Akademiker bestanden darauf, denn es war ein Augenblick in der Geschichte, der sich nie wiederholen würde; sie wollten keinen Augenblick verlieren, wollten nicht, daß irgend etwas vergessen wurde. Alles wurde aufgeschrieben, gleichgültig, wie unangenehm es war. *Das* war eine Form der Disziplin, Wassili.«

Taleniekov nickte. »Warum meinen Sie, bin ich hier?«

Der alte Mann beugte sich vor. »Die Archive der Revolution?«

»Ich muß sie sehen.«

»Das ist leicht zu fordern, aber schwer zu erfüllen. Die Anweisung dazu muß aus Moskau kommen.«

»Wie wird sie übermittelt?«

»Durch das Ministerium für kulturelle Angelegenheiten. Ein Mann wird von dem Leningrader Büro herübergeschickt, der die Schlüssel für die Räume bringt. Hier gibt es keinen Schlüssel.«

Wassilis Blick wanderte zu den Papierstapeln auf Mikovskys Schreibtisch. »Ist dieser Mann ein Archivar? Ein Gelehrter wie Sie?«

»Nein. Nur ein Mann mit einem Schlüssel.«

»Wie oft wird eine solche Bewilligung erteilt?«

Mikovsky runzelte die Stirn. »Nicht sehr häufig. Vielleicht pro Monat zweimal.«

»Wann war das letzte Mal?«

»Etwa vor drei Wochen. Ein Historiker vom Schtanov, der etwas recherchieren wollte.«

»Wo hat er denn gelesen?«

»In den Archivräumen. Die Bücher dürfen nicht aus dem Raum entfernt werden.«

Taleniekov hob die Hand. »Und doch hat man etwas entfernt. Man hat es Ihnen geschickt, und es muß schnellstens wieder in die Archive zurückgebracht werden. Ihr Anruf im Leningrad-Büro sollte recht erregt klingen.«

Der Mann erschien nach einundzwanzig Minuten; sein Gesicht glühte von der eisigen Luft.

»Der Beamte vom Nachtdienst sagte, es sei dringend«, erklärte der junge Mann atemlos, öffnete seine Aktentasche und entnahm ihr einen Schlüssel, dessen Bart so kompliziert war, daß man die Drehbank und die Werkzeuge eines Feinmechanikers gebraucht hätte, um ihn zu duplizieren.

»Und außerdem höchst ungewöhnlich und ohne Zweifel eine gesetzwidrige Handlung«, erwiderte Mikovsky und stand auf. »Aber jetzt, da Sie hier sind, läßt sich das ja alles regeln.« Der Gelehrte ging mit einem großen Umschlag in der Hand um seinen Schreibtisch herum. »Gehen wir hinunter?«

»Ist das das Material?« fragte der Mann mit dem Schlüssel.

»Ja.« Der Gelehrte ließ den Umschlag sinken.

»*Was für* Material?« Taleniekovs Stimme war scharf, eine Anklage, keine Frage.

Der Mann war ertappt. Er ließ den Schlüssel fallen und griff nach seinem Gürtel. Wassili warf sich vor, packte die Hand des jungen Mannes, riß sie nach unten, stieß dem Mann die Schulter gegen die Brust und schleuderte ihn zu Boden. »Sie haben etwas Falsches gesagt!« schrie Wassili ihn an. »Kein diensthabender Offizier sagt einem Boten, worin sein Auftrag besteht. *Per nostro circolo!* Diesmal gibt es keine Pillen! Keine Pistolen. Ich habe Sie erwischt, *Soldat*! Bei Ihrem korsischen Christus, Sie werden mir sagen, was ich wissen will!«

»*Ich sterbe für unseren Bund. Für unser Heiligtum*«, flüsterte der junge Mann in deutscher Sprache, und sein Mund spannte sich, die Lippen traten hervor, seine Zunge . . . seine *Zunge*. Seine *Zähne*. Der Biß kam, die Kiefer verkrampften sich, dann war es zu spät.

Taleniekov sah mit wütendem Erstaunen zu, wie die Flüssigkeit aus der Kapsel in seine Kehle rann und die Muskeln paralysierte. Es geschah binnen weniger Sekunden; er stieß die Luft aus, ein letzter Atemzug.

»Rufen Sie das Ministerium!« sagte er zu dem verstörten Mikovsky. »Sagen Sie dem diensthabenden Beamten, daß es ein paar Stunden in Anspruch nehmen wird, das Material wieder richtig einzuordnen.«

»Ich *verstehe* nicht. *Nichts!*«

»Sie haben das Telefon des Ministeriums angezapft. Der hier

hat den Mann mit dem Schlüssel abgefangen. Er hätte ihn hier gelassen und wäre geflohen, nachdem er uns beide getötet hatte.« Wassili riß den Mantel des Toten auf und dann das Hemd.

Es war da. Das Mal, das kein Mal war, der ausgefranste blaue Kreis der Matarese.

Der alte Gelehrte griff nach den beiden Büchern auf dem obersten Regal und reichte sie Taleniekov. Das waren der siebzehnte und der achtzehnte Band, die sie durchgeblättert hatten und in denen sie nach dem Namen Voroschin gesucht hatten.

»Es wäre viel einfacher, wenn wir in Moskau wären«, sagte Mikovsky, stieg vorsichtig die Leiter herunter und ging auf den Tisch zu. »All dieses Material ist übertragen und mit einem Index versehen worden. Wir könnten in einem einzigen Band feststellen, wo wir nachsehen müssen.«

»Da ist ganz bestimmt etwas, da *muß* etwas sein.« Taleniekov reichte dem Gelehrten ein Buch und schlug das zweite selbst auf. Er überflog die handgeschriebenen Eintragungen und wendete vorsichtig die brüchigen Seiten.

Zwölf Minuten später sagte Janov Mikovsky. »Hier ist es.«

»Was?«

»Die Verbrechen von Fürst Andrei Voroschin.«

»Seine Hinrichtung?«

»Noch nicht. Sein Lebenslauf und die kriminellen Handlungen seines Vaters und seines Großvaters.«

»Lassen Sie mich sehen.«

Es war alles da, sorgfältig, wenn auch oberflächlich, mit gleichmäßig präziser Handschrift eingetragen. Die Voroschins wurden als Feinde der Massen geschildert, willkürliche Mörder von Sklaven und Abhängigen, schuldig der betrügerischen Manipulation der kaiserlichen Banken; Schuld an der Arbeitslosigkeit Tausender und am Hungertode vieler weiterer Tausender. Der Fürst war zur Vervollständigung seiner Ausbildung nach Südeuropa geschickt worden, eine ausgedehnte Rundreise, die fünf Jahre dauerte und ihn in seiner imperialistischen Ausbeutung und Unterdrückung des Volkes noch mehr bestärkte.

»*Wohin?*« fragte Taleniekov laut.

»Wie meinst du das?« fragte der Gelehrte zurück und blickte wieder auf die Seite vor ihm.

»Wohin hat man ihn *geschickt*?«

Mikovsky blätterte um. »Krefeld. Die Universität von Krefeld. Hier ist es.«

»Dieser Bastard hat *deutsch* gesprochen. *Ich sterbe für unseren Bund! Für unser Heiligtum!* Sie ist in Deutschland!«

»*Was* ist in Deutschland?«

»Voroschins neue Identität. *Hier* steht es. Lesen Sie weiter.«

Sie lasen. Der Fürst hatte drei Jahre in Krefeld verbracht, zwei an der Universität von Düsseldorf und war als Erwachsener noch häufig dorthin zurückgekehrt, um freundschaftliche Beziehungen zu deutschen Industriellen wie Gustav von Bohlen-Halbach, Friedrich Schott und Robert Bosch zu pflegen.

»Essen«, sagte Wassili. »Nach Düsseldorf kam Essen. Das war ein Gebiet, das Voroschin kannte, eine Sprache, die er beherrschte. Der Zeitpunkt war perfekt gewählt, Krieg in Europa, Revolution in Rußland, die Welt im Chaos. Die Waffenfirmen in Essen, dort hat er sich eingeschaltet.«

»*Krupp?*«

»Oder Veltrup. Die Konkurrenz von Krupp.«

»Du glaubst, daß er sich an einer dieser Firmen beteiligt hat?«

»Durch ein Hintertürchen und unter einer neuen Identität. Die Expansion der deutschen Industrie war damals ebenso chaotisch wie der Krieg, den der Kaiser führte; das Führungspersonal wurde hin und her geschoben wie kleine Armeen. Die Umstände waren für Voroschin ideal.«

»Hier ist die Hinrichtung«, unterbrach Mikovsky, der inzwischen weitergeblättert hatte. »Die Beschreibung beginnt hier oben. Damit bricht wohl deine Theorie zusammen.«

Taleniekov beugte sich über ihn und überflog die Worte. Die Eintragung schilderte den Tod von Fürst Andrei Voroschin, seiner Frau, seiner beiden Söhne und deren Frauen, und einer Tochter am Nachmittag des 21. Oktober 1917 auf seinem Gut in Zarskoje Selo am Ufer des Flusses Slovyanka. Die Eintragung schilderte die blutigen Einzelheiten der letzten Minuten des Kampfes; wie die Voroschins mit ihren Dienstboten in dem großen Haus eingeschlossen waren und sich gegen den angreifenden Mob wehrten; sie schossen aus den Fenstern und warfen Kanister mit brennendem Petroleum von den Dächern. Am Ende ließen sie ihre Dienstboten frei und benutzten ihr eigenes Schießpulver dazu, sich selbst und ihre Villa in die Luft zu sprengen. Nichts blieb übrig als die brennende Ruine eines zaristischen Landgutes, während die Überreste der Voroschins selbst ihr Ende in den Flammen fanden.

Wassili drängten sich Bilder auf, die ihn an die nächtlichen Hügel über Porto Vecchio erinnerten. Die Ruinen der Villa Matarese. Auch dort hatte alles in Flammen geendet.

»Ich muß widersprechen«, sagte er leise zu Mikovsky. »Das war keine Hinrichtung.«

»Mag sein, daß dort kein Tribunal war«, erwiderte der Gelehrte, »aber ich würde sagen, daß das Ergebnis dasselbe war.«

»Es gab keine Ergebnisse, kein Beweismaterial, nichts, was ihren Tod beweist. Nur verkohlte Ruinen. Diese Eintragung ist falsch.«

»Wassili Wassiliewitsch! Dies sind die *Archive*, jedes Dokument ist gründlich überprüft und von den Akademikern gebilligt worden. *Damals.*«

»Aber einer war bestochen. Ich räume ein, daß ein großes Landgut niedergebrannt wurde, aber das ist alles, wofür es Beweise gibt.« Taleniekov blätterte einige Zeilen zurück. »Schauen Sie. Dieser Bericht ist sehr detailliert. Gestalten mit Gewehren an Fenstern, Männer auf Dächern, Dienstboten, die aus dem Hause strömten, Explosionen, die in der Küche anfingen, alles dem Anschein nach klar und detailliert.«

»Richtig«, sagte Mikovsky, den die vielen Einzelheiten beeindruckten.

»Falsch. Es fehlt etwas. In jeder Eintragung dieser Art, die wir gesehen haben – der Erstürmung von Palästen und Gütern, dem Anhalten von Zügen, den Demonstrationen –, gibt es immer Sätze wie ›die vorgeschobene Streife wurde von Genosse Soundso geleitet, der Rückzug im Feuer der zaristischen Garden unter dem Befehl des provisorischen Hauptmanns Soundso, die Hinrichtung wurde auf Befehl vom Genossen Soundso durchgeführt‹. Wie Sie vorher sagten, all diese Einzelheiten wimmeln von Identitäten; alles ist für zukünftige Bestätigung festgehalten. So, und jetzt lesen Sie das noch einmal.« Wassili blätterte weiter. »Die Einzelheiten sind in der Tat ungewöhnlich, selbst die an diesem Tage herrschende Temperatur und die Farbe des Nachmittagshimmels ist angegeben; auch daß die Männer auf dem Dach Pelzmäntel trugen. Aber kein einziger Name. Nur die Voroschins sind namentlich erwähnt, sonst niemand.«

Der Wissenschaftler legte die Finger auf eine vergilbte Seite; seine alten Augen flogen über die Zeilen. Seine Lippen waren erstaunt geöffnet.

»Du hast recht. Hier stehen so viele Einzelheiten, daß man auf den ersten Blick gar nicht bemerkt, daß spezielle Informationen fehlen.«

»So ist es immer«, nickte Taleniekov. »Die ›Exekution‹ der Familie Voroschin war ein Schwindel. Sie hat nie stattgefunden.«

25

»Dieser junge Mann, den Sie mir da geschickt haben, war unmöglich«, sprach Mikovsky in den Telefonhörer. Seine Stimme mußte für den diensthabenden Beamten im Ministerium für kulturelle Angelegenheiten hart und kritisch klingen. »Ich habe ihm deutlich klargemacht – ebenso wie ich annehme, daß *Sie* das getan haben –, daß er in den Archiven bleiben sollte, bis das Material zurück war. Und was meinen Sie, finde ich? Der Mann verschwunden und der Schlüssel unter meiner Türe! Wirklich, das ist sehr unkorrekt. Ich schlage vor, daß Sie jemanden herschicken, um ihn abzuholen.«

Der alte Gelehrte legte schnell auf und nahm damit dem Beamten jede Möglichkeit, noch etwas zu sagen. Er blickte erleichtert zu Taleniekov auf.

»Mit dieser Leistung hätten Sie sich bei Stanislavsky ein Belobigungsschreiben eingehandelt«, lächelte Wassili und wischte sich die Hände an einem Papierhandtuch, das er aus dem Waschraum geholt hatte. »Wir sind jetzt abgesichert – *Sie* sind abgesichert. Vergessen Sie nicht, man wird hinter den Öfen eine Leiche ohne Papiere finden. Wenn man Sie fragt, wissen Sie nichts, Sie haben ihn noch nie zuvor gesehen; die einzige Reaktion, die Sie zeigen, ist Schock und Erstaunen.«

»Aber im Ministerium wird man ihn doch kennen!«

»Ganz bestimmt nicht. Er war ja nicht der Mann, den man mit dem Schlüssel hierhergeschickt hat. Das Ministerium wird selbst sein Problem haben, ein recht ernstes sogar. Es wird den Schlüssel haben, aber keinen Boten mehr. Wenn dieses Telefon immer noch abgehört wird, dann vermutet der Lauscher jetzt, daß sein Mann Erfolg hatte. Wir haben Zeit gewonnen.«

»Wofür?«

»Ich muß nach Essen.«

»Essen. Auf eine reine Annahme hin, Wassili? Eine Vermutung?«

»Das ist mehr als eine Vermutung. Zwei der Namen, die in dem Voroschin-Bericht erwähnt waren, haben eine Bedeutung. Schott und von Bohlen-Halbach. Friedrich Schott ist von den deutschen Gerichten kurz nach dem Ersten Weltkrieg wegen illegaler Geldüberweisungen ins Ausland verurteilt worden; er ist im Gefängnis noch in der Nacht seiner Einlieferung getötet worden. Dieser Mord stand damals in allen Zeitungen, die Täter wurden nie gefunden. Ich nehme an, daß er einen Fehler begangen hat und die Matarese ihn deshalb zum Schweigen gebracht haben. Gustav von Bohlen-Halbach heiratete die einzige Überlebende der Familie Krupp und übernahm die Leitung der Krupp-Werke. Wenn das vor einem halben Jahrhundert Voroschins Freunde waren, könnten sie ihm sehr viel geholfen haben. Es paßt alles zusammen.«

Mikovsky schüttelte den Kopf. »Du suchst fünfzig Jahre alte Gespenster.«

»Nur in der Hoffnung, daß diese Gespenster mich zu etwas Greifbarem in der Gegenwart führen. Daß es das gibt, weiß ich ganz sicher. Brauchen Sie denn weitere Beweise?«

»Nein. Ihre Existenz ist es, die mir um deinetwillen angst macht. Ein Engländer erwartet dich in irgendeiner Wohnung, mir folgt eine Frau, ein junger Mann kommt mit einem Schlüssel hier an, den er einem anderen gestohlen hat. Und alle gehören zu diesen Matarese. Mir scheint, die haben dich in die Enge getrieben.«

»Von ihrem Standpunkt aus betrachtet, haben sie das auch. Sie haben meine Akten studiert und ihre Soldaten ausgesandt, um jeden Schritt zu überwachen, den ich unternehme. Dabei gehen sie natürlich davon aus, daß, wenn ich einem entgehe, mich der andere finden wird.«

Der Gelehrte nahm die Brille ab. »Wo finden sie denn solche ... Soldaten, wie du sie nennst? Wo gibt es denn so hoch motivierte Männer und Frauen, die so bereitwillig ihr Leben opfern?«

»Die Antwort darauf ist vielleicht schrecklicher, als einer von uns beiden sich vorstellen kann. Die Wurzeln führen Jahrhunderte in die Vergangenheit, zu einem islamischen Fürsten namens Hassan Ibn-al-Sabbah. Er bildete Kader politischer

Meuchelmörder, um sich an der Macht zu halten. Er nannte sie die *Fida'is.*«

Mikovsky ließ seine Brille auf den Schreibtisch fallen; ein scharfes Geräusch. »Die *Fida'is*? Die Assassinen? Mir ist dieser Begriff bekannt, aber die Vorstellung ist doch lächerlich. Die *Fida'is* – die Meuchelmörder von Sabbah – hatten ihre Basis in den Vorschriften einer stoischen Religion. Sie tauschten ihre Seele, ihren Verstand und ihren Körper für einen sicheren Platz im Paradies. Heutzutage sind solche Verlockungen nicht mehr glaubwürdig.«

»Heutzutage?« fragte Wassili. »Das ist doch die richtige Zeit. Ein größeres Haus, ein fettes Bankkonto oder der Gebrauch einer *Datscha* über einen längeren Zeitraum hinweg, die luxuriöser ausgestattet ist als die der Genossen; eine größere Luftflotte oder ein noch schlagkräftigeres Schlachtschiff, das Ohr eines Vorgesetzten oder eine Einladung zu einem Ereignis, dem andere nicht beiwohnen können. Das ist schon die Zeit dafür, Janov. Die Welt, in der Sie und ich leben – persönlich, beruflich, vielleicht sogar nur in unseren Träumen –, ist eine globale Gesellschaft, die vor Habgier birst. Neun von zehn Bewohnern dieser Welt tragen faustische Züge. Ich glaube, Karl Marx hat das nie begriffen.«

»Absichtlich und für den Augenblick, mein Freund. Er hat es voll und ganz begriffen; es gab nur andere Dinge, die zuerst in Angriff genommen werden mußten.«

Taleniekov lächelte. »Das klingt aber verdächtig nach einer Entschuldigung.«

»Würdest du Worte vorziehen, wie ›eine Nation zu regieren, ist etwas zu Wichtiges, als daß man es dem Volk überlassen könnte‹?«

»Eine monarchistische Aussage. Die paßt hier kaum. Sie könnte vom Zaren stammen.«

»Tut sie aber nicht. Sie kommt von Amerikas Thomas Jefferson. Wieder eine Übergangslösung. Du mußt wissen, daß beide Länder gerade ihre Revolutionen hinter sich gebracht hatten; beide waren neu, Nationen, die erst ihren Weg finden mußten. Was damals gesagt und entschieden wurde, mußte praktisch sein.«

»Ihr Übermaß an Bildung ändert mein Urteil nicht. Ich habe zuviel gesehen, zuviel gebraucht.«

»Ich will nicht, daß du etwas änderst, zuallerletzt deine Beobachtungstalente. Ich möchte nur, daß du die Dinge weiterhin in der richtigen Perspektive siehst. Vielleicht befinden wir uns alle in einem Übergangsstadium.«

»Einem Übergang, wohin?«

Mikovsky setzte die Brille auf. »In den Himmel oder die Hölle, Wassili. Ich habe nicht die leiseste Ahnung. Mein einziger Trost ist, daß ich nicht hier sein werde, um es herauszufinden. Wie wirst du nach Essen kommen?«

»Auf dem Weg, auf dem ich gekommen bin – über Helsinki.«

»Wird es schwierig sein?«

»Nein. Es gibt da einen Mann aus Vyborg, der mir helfen wird.«

»Wann reist du ab?«

»Morgen früh.«

»Du kannst gerne bei mir übernachten.«

»Nein, das könnte gefährlich für Sie sein.«

Der Gelehrte hob überrascht den Kopf. »Aber ich dachte, du hast gerade gesagt, meine schauspielerische Leistung am Telefon sei überzeugend gewesen.«

»Das finde ich auch. Ich glaube, daß Tage vergehen werden, bis jemand etwas sagt. Am Ende wird man natürlich die Polizei rufen. Aber bis dahin ist dieser Vorfall – soweit er Sie betrifft – zu einem unangenehmen Verfahrensfehler verblaßt.«

»Wo liegt dann das Problem?«

»Darin, daß ich mich geirrt habe. Es könnte uns beide das Leben kosten.«

Mikovsky lächelte. »Darin ist so etwas Endgültiges.«

»Ich mußte tun, was ich getan habe. Es gab keinen anderen Weg. Es tut mir leid.«

»Das braucht es nicht.« Der Gelehrte stand auf und ging unsicher um den Schreibtisch herum. »Dann mußt du gehen; ich werde dich nicht wiedersehen. Umarme mich, Wassili Wassiliewitsch. Himmel oder Hölle – welches von beiden wird es sein? Ich glaube, du weißt es. Die Hölle ist es, und du hast sie erreicht.«

»Ich bin schon lange dort«, sagte Taleniekov und hielt den sanften alten Mann umfaßt, den er nie wiedersehen würde.

»Oberst Maletkin?« fragte Wassili und wußte, daß die zögernde Stimme am anderen Ende der Leitung tatsächlich dem Verräter aus Vyborg gehörte.

»Wo sind Sie?«

»In einer Telefonzelle, nicht weit entfernt. Haben Sie etwas für mich?«

»Ja.«

»Gut. Ich habe auch etwas für Sie.«

»Ebenfalls gut«, sagte Maletkin. »Wann?«

»Jetzt. Verlassen Sie das Hotel durch den Vordereingang, biegen Sie nach rechts und gehen weiter. Ich werde Sie einholen.«

Am anderen Ende herrschte einen Augenblick lang Schweigen. »Es ist fast Mitternacht.«

»Es freut mich, daß Ihre Uhr so genau geht. Sie war bestimmt sehr teuer. Ist es einer dieser Schweizer Chronometer, die die Amerikaner so gern haben?«

»Hier ist eine Frau.«

»Sagen Sie, daß sie warten soll. *Befehlen* Sie es, Oberst. Sie sind KGB-Offizier.«

Sieben Minuten später erschien Maletkin vor dem Hoteleingang. Er wirkte klein und unbedeutend und schien nach mehreren Richtungen gleichzeitig zu sehen, ohne dabei den Kopf zu wenden. Obwohl es kalt und finster war, konnte Wassili fast den Schweiß am Kinn des Verräters erkennen. In ein oder zwei Tagen würde es kein Kinn mehr geben. Nur noch eine Leiche in einem Hof in Vyborg.

Maletkin ging nach Norden. Auf der Brodsky-Straße waren nicht viele Fußgänger, einige Paare, die Arm in Arm gingen, und das unvermeidliche Trio junger Soldaten, die irgendwo Wärme suchten, ehe sie in die Sterilität ihrer Kaserne zurückkehrten. Taleniekov wartete, beobachtete die Straßenszene und hielt Ausschau nach jemandem, der nicht dazu paßte.

Da war niemand. Der Verräter hatte weder versucht, ihn hereinzulegen, noch hatte ihn ein Soldat der Matarese geortet. Wassili trat aus dem Schatten der Türnische und eilte den Häuserblock entlang; sechzig Sekunden später hatte er Maletkin eingeholt. Er begann »Yankee Doodle Dandy« zu pfeifen.

»Da ist Ihr Telegramm!« sagte der Verräter und stieß die Worte heraus, als bereiteten sie ihm Schmerz. »Das ist das einzige Duplikat. Und jetzt Sie – wer ist der Informant in Vyborg?«

»Der *andere* Informant, das meinen Sie doch?« Taleniekov schnippte sein Feuerzeug an und sah sich die Kopie des Codetelegramms an. Es war richtig. »Sie bekommen den Namen in einigen Stunden.«

»Ich will ihn *jetzt*! Woher weiß ich denn, ob nicht schon jemand in Vyborg nachgefragt hat. Ich will meinen Schutz, Sie haben ihn mir garantiert! Ich reise gleich morgen früh ab.«

»*Wir* reisen ab«, unterbrach Wassili. »Sogar noch vor dem Morgen.«

»Nein!«

»Doch. Sie werden beim Frührapport zugegen sein.«

»Ich will nichts mit Ihnen zu tun haben. Ihr Foto hängt an jedem Anschlagbrett des KGB; im Ligovsky-Hauptquartier waren sogar *zwei* davon! Mir brach der Schweiß aus.«

»Das hätte ich nicht gedacht. Aber sehen Sie, Sie müssen mich zum See zurückfahren, und mir den Kontakt mit den Finnen ermöglichen. Meine Geschäfte hier in Leningrad sind abgeschlossen.«

»Warum gerade *ich*? Ich habe genug getan!«

»Weil ich mich, wenn Sie es nicht tun, nicht an einen Namen werde erinnern können, den Sie in Vyborg kennen sollten.« Taleniekov tätschelte die Wange des Verräters; Maletkin zuckte zurück. »Gehen Sie zu Ihrer Frau zurück, Genosse, und machen Sie Ihre Sache gut. Aber sehen Sie zu, daß es nicht mehr allzu lang dauert. Ich möchte, daß Sie das Hotel bis halb vier verlassen haben.«

»Halb *vier*?«

»Ja. Fahren Sie mit Ihrem Wagen zur Anitschkov-Brücke, und seien Sie um spätestens vier Uhr dort. Fahren Sie zweimal über die Brücke hin und zurück. Ich erwarte Sie auf der einen oder anderen Seite.«

»Die *Militsianyera.* Sie halten verdächtige Fahrzeuge an. Ein Wagen, der um vier Uhr früh über die Anitschkov hin- und zurückfährt, ist kein normaler Anblick.«

»Genau. Wenn *Militsianyera* da sind, so möchte ich das wissen.«

»Und wenn sie mich aufhalten?«

»Muß ich Sie immer wieder daran erinnern, daß Sie ein

Oberst im KGB sind? Sie sind in amtlicher Funktion hier. Sehr amtlich und sehr geheim.« Wassili wandte sich zum Gehen, drehte sich dann aber noch einmal um. »Da fällt mir gerade ein«, sagte er, »es ist Ihnen doch nicht etwa in den Sinn gekommen, sich eine Waffe auszuleihen und mich in einem günstigen Augenblick niederzuschießen? Einerseits könnten Sie behaupten, Sie hätten mich dingfest machen wollen; andererseits könnten Sie schwören, Sie hätten unter großem persönlichem Risiko versucht zu verhindern, daß ich getötet wurde. Solange Sie bereit wären, auf den Namen des Mannes in Vyborg zu verzichten, könnte das sehr vernünftig sein. Sehr geringes Risiko und Belohnungen von beiden Seiten. Aber Sie sollten wissen, daß jetzt jeder Schritt, den ich hier in Leningrad in Ihrer Gegenwart unternehme, von einem anderen überwacht wird.«

Maletkin schüttelte den Kopf und sagte eindringlich: »Ich *schwöre* Ihnen, daß mir das nie in den Sinn gekommen ist!«

Sie sind wirklich ein verdammter Narr, dachte Taleniekov. »Also vier Uhr, Genosse.«

Wassili ging auf die Treppe des Gebäudes zu, das vier Häuser von Lodzias Wohnung entfernt war. Er hatte zu den Fenstern nach oben gesehen; es brannte Licht. Sie war zu Hause.

Er ging langsam die Treppe hinauf, wie ein müder Mann das tun würde, der in ein ungemütliches Heim zurückkehrt, nachdem er unbezahlte Überstunden hinter einem endlosen Band geleistet hat, für irgendeinen neuen Wirtschaftsplan, den niemand begriff. Er öffnete die Glastür und betrat die kleine Vorhalle.

Im gleichen Augenblick richtete er sich auf, die Vorstellung war vorbei; da war jetzt kein Zögern mehr. Er öffnete die innere Tür, ging zur Kellertreppe und stieg in die düstere Tiefe. Er kam an der Tür vorbei, hinter der er den toten Engländer verstaut hatte, nachdem er ihn mit Wodka übergossen und ihm die Handgelenke mit einer Rasierklinge aufgeschlitzt hatte. Er holte sein Feuerzeug heraus, schnippte es an und schob die Tür zurück.

Der Engländer war verschwunden. Nicht nur verschwunden, sondern da waren auch keinerlei Blutspuren; alles war sauber geschrubbt.

Taleniekov erstarrte. *Etwas Schreckliches war geschehen. Er hatte unrecht gehabt.*

Völlig unrecht!

Und doch war er *sicher* gewesen. Die Soldaten der Matarese waren ersetzbar, aber das letzte, was sie tun würden, war, an den Schauplatz von Gewalt zurückzukehren. Die Gefahr, in eine Falle zu tappen, war zu groß: dieses Risiko würden, *konnten* die Matarese nicht eingehen!

Und doch hatten sie es getan, weil das Zielobjekt das Risiko rechtfertigte. Was hatte er nur *getan*?

Lodzia!

Er ließ die Tür offenstehen und eilte durch die miteinander verbundenen Keller, die Graz-Burya in der Hand, die Schritte lautlos, Blick und Gehör geschärft.

Er erreichte Lodzias Gebäude und eilte die Treppe hinauf ins Erdgeschoß. Langsam zog er die Türe zurück und lauschte; aus dem Treppenhaus über ihm war Gelächter zu hören. Eine Frauenstimme, in die sich kurz darauf das Lachen eines Mannes mischte.

Wassili schob die Graz-Burya in die Tasche, ging innen um das Geländer herum und stieg dann schwankend hinter dem Paar die Treppe hinauf. Sie näherten sich dem Treppenabsatz im ersten Stock, schräg gegenüber von Lodzias Tür. Taleniekov sprach sie mit einem dümmlichen Grinsen an.

»Würden die jungen Leute einem älteren Liebhaber einen Gefallen tun? Ich fürchte, ich hab' einen Wodka zuviel getrunken.«

Das Paar drehte sich zu ihm um; beide lächelten. »Was haben Sie denn für ein Problem, Freund?« fragte der junge Mann.

»Meine Freundin ist das Problem«, sagte Taleniekov und deutete auf Lodzias Tür. »Ich sollte mich nach der Vorstellung im Kirov mit ihr treffen. Dann hat mich ein alter Genosse aus der Militärzeit aufgehalten. Ich denke, sie ist wütend. Bitte, klopfen Sie für mich; wenn sie meine Stimme hört, läßt sie mich wahrscheinlich nicht hinein.« Wieder grinste Wassili, während seine Gedanken das schiere Gegenteil seines Lächelns waren. Je älter man wurde, desto schmerzlicher wurde es, junge Leute zu opfern.

»Das ist das mindeste, was wir für einen Soldaten tun können«, sagte das Mädchen und lachte. »Komm schon, Mann, tu etwas für das Militär.«

»Warum nicht?« Der junge Mann zuckte die Achseln und ging auf Lodzias Türe zu. Taleniekov ging an ihr vorbei, den Rücken der Wand zugewandt, die rechte Hand wieder in der Tasche. Der Mann klopfte.

Von drinnen war kein Laut zu hören. Er sah zu Wassili hinüber; der nickte und deutete damit an, der andere sollte es noch einmal versuchen. Wieder klopfte der junge Mann, diesmal lauter, beharrlicher. Wieder war nur Schweigen.

»Vielleicht wartet sie immer noch im Kirov auf Sie«, sagte das Mädchen.

»Andererseits«, fügte der junge Mann hinzu und lächelte, »hat sie vielleicht Ihren alten Armeegenossen gefunden, und jetzt weichen beide Ihnen aus.«

Taleniekov versuchte, das Lächeln zu erwidern, schaffte es aber nicht. Er wußte nur zu gut, was er vielleicht hinter der Türe finden würde. »Ich werde hier warten«, sagte er. »Vielen Dank.«

Der Mann schien jetzt zu erkennen, daß er im falschen Augenblick witzig gewesen war. »Tut mir leid«, murmelte er und griff nach dem Arm seiner Frau.

»Viel Glück«, sagte das Mädchen etwas verlegen. Und dann eilten beide die Treppe hinauf.

Wassili wartete, bis er zwei Stockwerke über sich hörte, wie eine Türe geschlossen wurde. Dann holte er die Automatik aus der Tasche und griff nach dem Türknopf. Er hatte Angst, er würde feststellen, daß sie nicht versperrt war.

Das war sie nicht. Seine Angst stieg. Er stieß die Türe auf, trat ein und schloß sie. Was er sah, jagte ihm einen Schauer über den Rücken; er wußte, daß jetzt gleich ein noch größerer Schmerz folgen würde. Der Raum war ein einziges Chaos, Stühle, Tische und Lampen umgeworfen, Bücher und Kissen über den Boden verstreut, Kleidungsstücke überall. Die Szene war dazu bestimmt, den Eindruck eines heftigen Handgemenges zu erwecken, aber sie war falsch, übertrieben – wie solch konstruierte Szenen häufig übertrieben wurden. Es hatte kein Handgemenge gegeben, dafür aber etwas anderes. Ein Verhör, verbunden mit Folter.

Die Schlafzimmertüre stand offen; er ging auf sie zu und

wußte, daß der größere Schmerz jetzt binnen Sekunden kommen würde. Er ging hinein und sah sie. Sie lag auf dem Bett, die Kleider vom Leib gefetzt. Die Stellung ihrer Beine deutete auf eine Vergewaltigung, ein Akt, der, wenn er verübt worden war, nur für die Zwecke einer Autopsie erfolgt war, ohne Zweifel bereits nach ihrem Tode. Ihr Gesicht war zerschlagen, Lippen und Augen geschwollen, die Zähne gebrochen. Ströme von Blut waren ihr über die Wangen geflossen und hatten auf ihrer hellen Haut abstrakte, tiefrote Muster hinterlassen.

Taleniekov wandte sich ab. Eine schreckliche Teilnahmslosigkeit überkam ihn. Er hatte sie schon oft empfunden; er wollte nur töten. Er würde töten.

Dann war er gerührt, so tief gerührt, daß seine Augen sich plötzlich mit Tränen füllten und er kaum mehr atmen konnte. Lodzia Kronescha war nicht zerbrochen; sie hatte dem Tier, das sie mißbraucht hatte, nicht verraten, daß ihr Geliebter aus den Tagen von Riga nach Mitternacht kommen würde. Sie hatte viel mehr getan als nur das Geheimnis bewahrt, viel mehr. Sie hatte das Tier in eine andere Richtung geschickt. Was sie durchgemacht haben mußte!

Er hatte mehr als ein halbes Leben lang nicht geliebt; jetzt liebte er, und es war zu spät.

Zu spät? O Gott!

... wo liegt dann das Problem?

... daß ich mich geirrt habe. In dem Fall habe ich uns beide getötet.

Janov Mikovsky.

Wenn die Matarese einen Soldaten zu Lodzia Kronescha geschickt hatten, dann hatte man zweifellos einen weiteren zu dem alten Gelehrten geschickt.

Wassili rannte ins Wohnzimmer, an das Telefon, das nicht berührt worden war. Jetzt war es gleichgültig, ob die Leitung angezapft war oder nicht; er würde das, was er erfahren mußte, binnen Sekunden erfahren und Sekunden später hier verschwinden, ehe jemand Männer zum *Dom Vashen* schicken konnte.

Er wählte Mikovskys Nummer. Der Hörer wurde sofort aufgenommen ... zu schnell für einen alten Mann.

»Ja?« Die Stimme war unklar, verzerrt.

»Doktor Mikovsky, bitte.«

»Ja?« wiederholte die Männerstimme. Es war nicht die des Gelehrten.

»Ich bin ein Kollege von Genosse Mikovsky und ich muß ihn dringend sprechen. Ich weiß, daß er sich heute abend nicht wohl fühlte; braucht er ärztliche Hilfe? Wir schicken sie sofort.«

»*Nein.*« Der Mann redete zu schnell. »Wer spricht bitte?«

Taleniekov zwang sich zu einem Lachen. »Nur sein Nachbar aus dem Büro, Genosse Rydukov. Sagen Sie ihm, ich hätte das Buch gefunden, das er gesucht hat ... nein, lassen Sie es mich ihm selbst sagen.«

Schweigen.

»Ja?« Das war Mikovsky; sie hatten ihn an die Leitung gelassen.

»Geht es Ihnen gut? Sind diese Männer Freunde?«

»Lauf, Wassili! Gehe! Sie sind ...«

Eine betäubende Explosion hallte aus dem Hörer. Taleniekov hielt den Hörer in der Hand und starrte ihn an. Einen Augenblick lang stand er da und ein scharfer Schmerz schoß durch seine Brust. Er liebte zwei Menschen in Leningrad und er hatte sie beide getötet.

Nein, das war nicht richtig. Die Matarese hatten sie getötet. Jetzt würde er töten, um sie zu rächen. *Töten ... und töten ... und töten.*

Er ging am Nevsky Prospekt in eine Telefonzelle und wählte die Nummer des Evropeiskaya-Hotels. Diesmal würde er sofort zur Sache kommen; jetzt war keine Zeit, um sie an unbedeutende Männer zu verschwenden. Er mußte über den Vainikkala-See nach Helsinki gelangen, die korsische Frau in Paris erreichen und Scofield informieren. Sein Ziel war Essen; denn das Geheimnis der Voroschins lag dort. Tiere waren unterwegs, Bestien, welche töteten, um zu vermeiden, daß jenes Geheimnis gelüftet wurde. Er wollte sie jetzt ... dringend ... diese Elitesoldaten der Matarese. Für ihn waren sie alle schon tot.

»Ja, was ist?« sagte die atemlose Stimme des Verräters aus Vyborg.

»Verlassen Sie das Hotel sofort«, befahl Taleniekov. »Fahren Sie zum Moskva-Bahnhof. Wir treffen uns vor dem ersten Eingang am Randstein.«

»*Jetzt?* Es ist kaum zwei Uhr! Sie haben gesagt . . .«

»Vergessen Sie, was ich gesagt habe, tun Sie, was ich *jetzt* sage. Haben Sie das mit den Finnen erledigt?«

»Ein einfacher Anruf.«

»*Haben* Sie angerufen?«

»Das ist in einer Minute erledigt.«

»Dann tun Sie es. Seien Sie in fünfzehn Minuten am Moskva.«

Die Fahrt nach Norden verlief schweigend. Nur Maletkins Klagen über die Ereignisse der letzten vierundzwanzig Stunden durchbrachen gelegentlich die Stille. Er war ein Mann, der mit Dingen befaßt war, die sein Begriffsvermögen so weit überstiegen, daß selbst sein Verrätertum etwas Ranziges, Seichtes an sich hatte.

Sie fuhren durch Vyborg, an Selzneva vorbei, auf die Grenze zu. Wassili erkannte die schneegesäumte Straße, auf der er gegangen war; bald würden sie die Straßengabelung erreichen, wo er zum erstenmal den Verräter neben sich gesehen hatte. Damals war Dämmerung gewesen; bald würde es wieder dämmern. Und so viel war geschehen in dieser kurzen Zeit, so viel hatte er erfahren.

Er war erschöpft. Er hatte keinen Schlaf gehabt und brauchte ihn dringend. Er wußte genau, daß es keinen Sinn hatte, jetzt etwas zu unternehmen, solange sein Geist sich gegen das Denken auflehnte; er würde nach Helsinki gehen und dort so lange schlafen, wie sein Körper und sein Verstand dies zuließen, und dann das Weitere veranlassen. Nach Essen.

Aber etwas war noch zu tun, ehe er sein geliebtes Rußland verließ, etwas *für* sein Rußland.

»In einer Minute sind wir an dem Treffpunkt am See«, sagte Maletkin. »Ein Finne wird dort auf Sie warten. Alles ist vorbereitet. So, *Genosse*, ich habe das Meine getan, jetzt tun Sie das Ihre. Wer ist der andere Informant in Vyborg?«

»Sie brauchen seinen Namen nicht, bloß seinen Rang. Er ist der einzige Mann in Ihrem Sektor, der Ihnen Befehle erteilen kann, Ihr einziger Vorgesetzter. Der Kommandant von Vyborg.«

»*Was?* Er ist ein Tyrann, ein Fanatiker!«

»Gibt es eine bessere Tarnung? Suchen Sie ihn auf . . . privat. Sie werden wissen, was Sie zu sagen haben.«

»Ja«, nickte Maletkin und seine Augen loderten. Dann bremste er den Wagen ab, als sie an eine Lücke in der Schneemauer am Straßenrand kamen. »Ja, ich glaube, ich werde wissen, was ich sagen muß. Hier ist der Weg.«

»Und hier ist Ihre Waffe«, sagte Taleniekov und reichte dem Verräter seine Waffe, aus der er den Schlagbolzen entfernt hatte.

»Oh? Ja, danke«, erwiderte Maletkin, der gar nicht hingehört hatte, und dessen Gedanken sich in Phantasien von Macht ergingen, die noch vor Sekunden für ihn unvorstellbar gewesen war.

Wassili stieg aus dem Wagen. »Wiedersehen«, sagte er und schloß die Türe.

Als er um das Heck des Wagens herumging, hörte er, wie Maletkin sein Fenster herunterkurbelte.

»Es ist *unglaublich*«, sagte der Verräter mit Dankbarkeit in der Stimme. »*Vielen* Dank.«

»Gerne geschehen.«

Das Fenster wurde wieder hochgekurbelt. Das Röhren des Motors übertönte das Pfeifen der Reifen, die im Schnee durchdrehten. Der Wagen schoß davon; Maletkin vergeudete keine Sekunde, nach Vyborg zurückzukehren.

Zu seiner Hinrichtung.

Taleniekov betrat den Weg, der ihn nach Helsinki, nach Essen führen würde. Er begann, leise vor sich hin zu pfeifen; die Melodie klang wie »Yankee Doodle Dandy«.

26

Der freundlich wirkende Mann in dem zerdrückten Anzug und dem Rollkragenpullover klemmte sich den Violinkasten zwischen die Beine und dankte der Finnair-Stewardeß für den Becher Tee, den sie ihm gebracht hatte. Wenn jemand an Bord das Alter des Musikers hätte schätzen müssen, dann hätte er wahrscheinlich gesagt, irgendwo zwischen fünfundfünfzig und sechzig, vielleicht ein wenig älter. Die weiter entfernt Sitzenden würden bei über sechzig anfangen und ebenfalls hinzufügen, daß er vermutlich etwas älter wäre.

Und doch hatte er, mit Ausnahme einiger weißer Strähnen, die er in sein Haar gefärbt hatte, keinerlei Kosmetika benutzt. Taleniekov hatte schon vor Jahren gelernt, daß die Gesichts- und Körpermuskeln viel besser als Puder und Cremes den Eindruck von Alter und Gebrechlichkeit zu vermitteln vermochten. Der Trick lag darin, die Muskeln in die gewünschte Lage ungewöhnlicher Anspannung zu bringen, und dann so normal wie möglich seinen Verrichtungen nachzugehen; die Unbequemlichkeit mußte man dadurch überwinden, daß man gegen diese Anspannung ankämpfte, so wie ältere Leute gegen die Mühen des Alters ankämpfen und Krüppel so gut wie möglich mit ihren Gebrechen fertig wurden.

Essen. Er war zweimal in diesem schwarzen Juwel der Ruhr gewesen. Keine der beiden Reisen war aktenkundig, weil es sich um delikate Missionen handelte, es ging dabei um Industriespionage – Aktivitäten, bei denen Moskau keinen Wert darauf legte, daß sie irgendwo auffielen. Aus diesem Grunde besaßen die Matarese keine Informationen, die ihnen in Essen helfen würden. Keine Kontakte, die sie überwachen konnten, keine Freunde, die sie aufsuchen und ihm Fallen stellen konnten, nichts. Kein Janov Mikovsky, keine . . . Lodzia Kronescha.

Essen. Wo konnte er beginnen? Der Gelehrte hatte recht gehabt: Er suchte ein fünfzig Jahre altes Gespenst, die Schatten eines Mannes und seiner Familie, die in einer Periode weltweiten Chaos in einem riesigen Industriekomplex untergetaucht waren. Offizielle Dokumente, die weiter als ein halbes Jahrhundert in die Vergangenheit reichten, würden ihm nicht zugänglich sein – wenn es sie überhaupt je gegeben hatte. Und selbst dann würden sie so wirr sein, daß er Wochen dazu brauchen würde, um dem Geld und den Identitäten nachzuspüren. Dabei würde er mit Sicherheit auffallen.

Außerdem mußten die Gerichtsakten in Essen zu den umfangreichsten und kompliziertesten gehören, die es überhaupt gab. Wo war der Mann, der seinen Weg durch ein solches Labyrinth finden konnte? Und wo die Zeit, es zu tun?

Es *gab* einen Mann, einen Patentanwalt, der ohne Zweifel bei der Vorstellung die Hände über dem Kopf zusammenschlagen würde, den Namen eines einzelnen Russen ausfindig zu machen, der vor fünfzig Jahren Essen betreten hatte. Aber immerhin war er Anwalt; bei ihm konnte man also beginnen – wenn er noch lebte und bereit war, mit jemandem zu sprechen, dessen Gesellschaft ihm vor vielen Jahren schon peinlich gewesen war. Wassili hatte seit Jahren nicht mehr an den Mann gedacht. Heinrich Kassel war ein fünfunddreißigjähriger Juniorpartner in einer Anwaltskanzlei gewesen, die für viele der prominenten Firmen Essens tätig war. Die Akten des KGB hatten ihn als einen Mann ausgewiesen, der häufig im Gegensatz zu seinen Vorgesetzten stand, einen Mann, der sich für extrem liberale Anliegen einsetzte – wovon einige seinen Seniorpartnern so widerwärtig waren, daß sie gedroht hatten, ihn zu entlassen. Aber er war zu gut; keiner wollte seine Entlassung verantworten.

Die Asse in Moskau hatten in ihrer Weisheit entschieden, daß Kassel hervorragende Eignung für Patentspionage zeigte. In ihrer noch größeren Weisheit hatten diese Meister ihren größten Überredungskünstler, einen gewissen Wassili Taleniekov, ausgeschickt, um die Dienste des Anwalts für die Sache einer besseren Welt zu gewinnen.

Wassili hatte während eines unter fadenscheinigen Gründen arrangierten Abendessens weniger als eine Stunde gebraucht, um zu erkennen, wie absurd sein Auftrag war. Voll und ganz war ihm das klargeworden, als Heinrich Kassel sich in seinem Stuhl zurückgelehnt und ausgerufen hatte:

»Sind Sie *verrückt*? Ich tue, was in meiner Macht steht, um euch Pack von hier fernzuhalten!«

Es war nichts herausgekommen. Der Überredungskünstler und der fehlgeleitete Anwalt hatten sich betrunken, den Abend schließlich in der Morgendämmerung beendet und zugesehen, wie die Sonne über den Gartenanlagen des Gruga-Parks aufging. Sie hatten einen weinseligen Pakt geschlossen: der Anwalt würde davon absehen, diesen Versuch Moskaus der Regierung in Bonn zu melden, wenn Taleniekov ihm garantierte, daß seine KGB-Akte in einigen wesentlichen Punkten geändert wurde. Der Anwalt hatte sein Schweigen bewahrt; Wassili war nach Moskau zurückgekehrt und hatte die Akte des Deutschen um die Eintragung ergänzt, daß der »radikale« Anwalt vermutlich ein Provokateur im Sold der Amerikaner sei. Kassel würde ihm vielleicht helfen können, zumindest ihm sagen, wo er anfangen konnte.

Wenn es ihm gelang, Heinrich Kassel zu erreichen. So viele Dinge konnten geschehen sein, die ihn daran hinderten. Krankheit, Tod, ein Ortswechsel, Zufälle in seinem Leben oder seinem Beruf; seit seinem gescheiterten Auftrag in Essen waren immerhin zwölf Jahre verstrichen.

Und noch etwas mußte er in Essen erledigen, sinnierte er. Er hatte keine Waffe; er würde eine kaufen müssen. Die Sicherheitsvorkehrungen in Westdeutschland waren heutzutage so gut, daß er das Risiko nicht hatte eingehen wollen, seine Graz-Burya zu zerlegen, und die Teile in seiner Reisetasche zu verstecken, die er mit an Bord genommen hatte.

Es gab so viel zu tun und so wenig Zeit. Aber langsam zeichnete sich immerhin ein Muster ab. Es war obskur, schwer zu erkennen, widersprüchlich ... aber es war da. Das korsische Fieber breitete sich aus; beträchtliche Geldsummen und raffinierte Finanzierungsmethoden wurden eingesetzt, um überall Inseln des Chaos zu erzeugen und eine Armee von Elitesoldaten zu rekrutieren, die bereit waren, sofort ihr Leben zu opfern, um ihre Sache zu schützen. Aber, zum Teufel noch mal, *welche* Sache? Zu welchem Zweck? Was versuchten die gewalttätigen, philosophischen Epigonen von Guillaume de Matarese zu erreichen? Meuchelmord, Terrorismus, Bombenattentate, Aufruhr, Entführung und Mord ... Alles Dinge, die wohlhabende Männer verabscheuen mußten, denn im Zusammenbruch von Gesetz und Ordnung lag auch ihr eigener Untergang. Diesen Widerspruch vermochte er noch nicht zu durchschauen. *Warum?*

Er spürte, wie die Nase des Flugzeugs sich nach unten senkte, der Pilot setzte zur Landung in Düsseldorf an. Eine Stunde Bahnfahrt, und er würde in Essen sein.

Essen. Fürst Andrei Voroschin. Was war aus ihm geworden?

»Ich kann es einfach nicht glauben!« hallte Heinrich Kassels Stimme aus dem Telefonhörer. Taleniekov erkannte die gleiche freundliche Ungläubigkeit, an die er sich von dem letzten Zusammentreffen vor zwölf Jahren noch erinnerte. »Jedesmal, wenn ich an den Anlagen im Gruga-Park vorbeikomme, bleibe ich einen Augenblick stehen und lache. Meine Frau glaubt inzwischen, die Stelle erinnere mich an eine ehemalige Freundin.«

»Ich bin sicher, daß Sie das aufgeklärt haben.«

»O ja. Ich habe ihr gesagt, an der Stelle wäre ich beinahe ein internationaler Spion geworden; seitdem ist sie *überzeugt*, daß es in Wirklichkeit doch um eine alte Freundin geht.«

»Treffen Sie sich mit mir bitte im Gruga-Park. Es ist dringend und hat nichts mit meiner ehemaligen Firma zu tun.«

»Sind Sie auch sicher? Für einen der prominenteren Anwälte Essens wäre es undenkbar, eine Verbindung nach Rußland zu haben. Wir leben in einer seltsamen Zeit. Es kommen immer wieder Gerüchte auf, daß die Baader-Meinhof-Gruppe von Moskau finanziert würde und daß unsere Nachbarn im Osten noch mehr Bosheiten in petto haben.«

Taleniekov hielt einen Augenblick inne. Er war zusammengezuckt, weil sein Gesprächspartner, ohne es zu wissen, den wahren Grund seines Besuches erraten hatte, auch wenn er die falschen Hintermänner vermutete. »Ich gebe Ihnen das Wort eines alten Verschwörers. Ich bin stellungslos.«

»Wirklich? Wie interessant. Also dann, im Gruga-Park. Es ist schon fast Mittag, wollen wir sagen ein Uhr? An derselben Stelle in dem Garten, obwohl um diese Jahreszeit keine Blumen dort sein werden.«

Die dünne Eisdecke des Teichs glitzerte im Licht der Mittagssonne, und die Sträucher waren mit Frost bedeckt. Wassili saß auf der Bank. Es war fünfzehn Minuten nach eins. Er begann unruhig zu werden. Ohne zu überlegen, tastete er nach der Ausbuchtung in seiner rechten Manteltasche, in der er die kleine Automatik wußte, die er sich gekauft hatte. Er nahm die Hand dann wieder weg, als er den Mann ohne Hut schnell den Gartenweg heraufkommen sah.

Kassel hatte zugenommen und war fast kahl geworden. In seinem schweren Mantel mit dem schwarzen Pelzkragen war er das Symbol des erfolgreichen Bürgers. Seine offenkundig teure Kleidung paßte nicht zu Taleniekovs Erinnerung an den feurigen jungen Anwalt, der *»euch Pack fernhalten«* wollte! Als er näher kam, sah Taleniekov, daß sein Gesicht nicht nur von der Kälte gerötet war; Kassel schien einen guten Tropfen zu schätzen, aber seine Augen funkelten noch jugendlich, gut gelaunt ... aber scharf.

»Es tut mir wirklich leid, lieber Freund«, sagte der Deutsche, als Taleniekov aufstand und seine ausgestreckte Hand ergriff. »Ein Problem in letzter Minute mit einem amerikanischen Vertrag.«

»Wie passend«, erwiderte Wassili. »Als ich vor zwölf Jahren nach Moskau zurückkehrte, fügte ich eine Notiz in Ihre Akte ein, ich nähme an, Sie stünden im Solde Washingtons.«

»Sehr klug. Tatsächlich werde ich von New York, Detroit und Los Angeles bezahlt. Aber was besagt schon eine Stadt?«

»Sie sehen gut aus, Heinrich. Wohlhabend. Was ist denn aus dem stimmgewaltigen Vorkämpfer des kleinen Mannes geworden?«

»Die haben einen großen Mann aus mir gemacht.« Der Anwalt lachte glucksend. »Wenn Sie und Ihre Leute den Bundestag kontrollierten, wäre das nie passiert. Ich bin ein prinzipienloser Kapitalist, der seine Schuldgefühle unterdrückt, daß er gelegentlich größere Beträge für wohltätige Zwecke stiftet. Mein Geld erreicht wesentlich mehr, als ich je mit meinen Stimmbändern erreicht habe.«

»Eine sehr vernünftige Einstellung.«

»Ich bin ein vernünftiger Mann. Was mir jetzt etwas unvernünftig vorkommt, ist, daß Sie mich aufsuchen. Nicht daß ich Ihre Gesellschaft nicht genießen würde, denn das tue ich wirklich. Aber warum gerade jetzt? Sie sagten, Sie hätten Ihren ehemaligen Beruf aufgegeben; was könnte ich also haben, was Sie interessiert?«

»Ihren Rat.«

»Sie haben juristische Probleme in Essen? Jetzt sagen Sie bloß nicht, daß ein überzeugter Kommunist private Investitionen an der Ruhr hätte.«

»Nein. Ich versuche, einen Mann ausfindig zu machen, eine Familie aus Leningrad, die vor sechzig bis siebzig Jahren nach Deutschland kam – nach Essen, da bin ich ganz sicher. Außerdem bin ich überzeugt, daß sie illegal eingereist sind und sich unter irgendeinem Decknamen in die Ruhrindustrie eingekauft haben.«

Kassel runzelte die Stirn. »Mein lieber Freund, Sie sind verrückt. Ich versuche zurückzurechnen – darauf habe ich mich nie sonderlich gut verstanden –, aber wenn ich mich nicht irre, beziehen Sie sich auf den Zeitraum zwischen 1910 und 1920. Stimmt das?«

»Ja. Das waren turbulente Zeiten.«

»Was Sie nicht sagen. Damals war ja nur der Weltkrieg, die blutigste Revolution der ganzen Geschichte im Osten, die Atlantikhäfen im Chaos und das Meer ein einziger Friedhof. Im Westen stand, wenn ich so sagen darf, ganz Europa in Flammen, und Essen selbst erlebte eine industrielle Expansion, wie sie weder vorher noch nachher je stattgefunden hat, die Hitlerjahre eingeschlossen. Alles verlief natürlich im geheimen. Jeden Tag wurden Vermögen geschaffen. In diese Zeit des Wahnsinns tritt ein Weißrusse und verkauft seinen Schmuck – wie Hunderte das getan haben –, um sich in einer Firma von Dutzenden einzukaufen. Und Sie erwarten, ihn zu *finden*?«

»Ich habe schon damit gerechnet, daß Sie so reagieren würden.«

»Wie hätte ich denn sonst reagieren sollen?« Wieder lachte Kassel. »Wie heißt denn dieser Mann?«

»Ich würde zu Ihrem eigenen Schutz vorziehen, Ihnen das nicht zu sagen.«

»Wie kann ich Ihnen dann helfen?«

»Indem Sie mir sagen, wo Sie an meiner Stelle mit dem Suchen beginnen würden.«

»In Rußland.«

»Das habe ich getan. Die Revolutionsarchive. In Leningrad.«

»Sie haben nichts gefunden?«

»Im Gegenteil. Ich fand eine detaillierte Schilderung eines Massenfamilienselbstmordes, der so offenkundig nicht der Wirklichkeit entsprach, daß es sich um eine Fälschung handeln mußte.«

»Wie war dieser Selbstmord beschrieben? Nicht die Einzelheiten, nur im allgemeinen.«

»Das Gut der Familie wurde vom Mob gestürmt; sie kämpften den ganzen Tag, benutzten aber am Ende die übriggebliebene Munition und sprengten sich mit dem Hauptgebäude in die Luft.«

»Eine Familie hält einen ganzen Tag lang einen Bolschewikenmob auf? Höchst unwahrscheinlich.«

»Genau. Doch die Schilderung war so detailliert wie ein Übungsstück von Clausewitz, inklusive des Klimas und der herrschenden Beleuchtung. Jeder Zentimeter des riesigen Gutes wurde geschildert, aber abgesehen vom Namen der Familie selbst, enthielt der Bericht keinen einzigen weiteren Namen. Also keine Zeugen, die den Vorfall bestätigen könnten.«

Wieder runzelte der Anwalt die Stirn. »Warum sagten Sie gerade, daß ›jeder Zentimeter des riesigen Gutes beschrieben wurde‹?«

»Weil es so war.«

»Aber warum?«

»Um den falschen Bericht glaubwürdig erscheinen zu lassen, nehme ich an. Eine Vielfalt von Einzelheiten.«

»Eine zu große Vielfalt vielleicht. Sagen Sie mir, war das, was diese Familie an jenem Tag getan hat, mit dem üblichen Geifer von wegen ›Feinde des Volkes‹ und so weiter, beschrieben?«

Taleniekov überlegte. »Nein, das war es eigentlich nicht. Man könnte es fast als mutige Tat auffassen.« Dann erinnerte er sich: »Sie ließen ihre Dienstboten frei, ehe sie sich selbst das Leben nahmen ... Sie ließen sie frei. Das war alles andere als normal.«

»Einen solch generösen Akt in den Bericht eines Revolutionärs aufzunehmen, paßt doch eigentlich nicht, oder?«

»Worauf wollen Sie hinaus?«

»Es kann doch sein, daß dieser Bericht von dem Mann selbst

geschrieben wurde oder einem Mitglied seiner Familie; später hat man ihn dann durch korrupte Kanäle in die Archive eingeschleust.«

»Durchaus möglich, aber ich verstehe immer noch nicht, worauf Sie hinauswollen.«

»Die Wahrscheinlichkeit ist sehr gering, das muß ich einräumen, aber haben Sie bitte Geduld mit mir. Ich habe im Laufe der Jahre gelernt, daß ein Klient, wenn man ihn bittet, seinen Fall zu schildern, sich selbst immer im besten Licht darstellt, das ist verständlich. Aber ebenso sicher schließt er immer triviale Einzelheiten zu Dingen ein, die ihm viel bedeuten. Sie kommen fast unbewußt: Eine reizende Frau, oder ein schönes Kind, oder ein ertragreiches Geschäft, oder ein . . . schönes Heim. ›Jeder Zentimeter des umfangreichen Gutes.‹ Das war die Leidenschaft seiner Familie, nicht wahr? Land. Besitz.«

»Ja.« Wassili erinnerte sich an die Beschreibung, die Mikovsky von den Ländereien Voroschins gegeben hatte. Sie waren absolute Herrscher über das Land gewesen, was so weit ging, daß sie selbst Gericht hielten. »Man könnte sagen, daß sie geradezu besitzsüchtig waren.«

»Könnte es sein, daß sie diese Sucht mit nach Deutschland gebracht haben?«

»Durchaus. Warum?«

Die Augen des Anwalts wurden kalt. »Ehe ich diese Frage beantworte, muß ich dem alten Verschwörer eine sehr ernste Frage stellen. Handelt es sich bei dieser Suche um ein sowjetisches Vergeltungsmanöver irgendeiner Art? Sie sagten, Sie seien stellungslos, seien nicht in Ihrem ehemaligen Beruf tätig, aber welche Beweise habe ich dafür?«

Taleniekov atmete tief. »Ich könnte sagen, das Wort eines KGB-Strategen, der vor zwölf Jahren die Akte eines Feindes abgeändert hat, aber ich will noch weitergehen. Wenn Sie Beziehungen zur Abwehr in Bonn haben und dort diskrete Erkundigungen einziehen können, dann fragen Sie sie nach mir. Moskau hat mich zum Tode verurteilt.«

Die Kälte in Kassels Augen taute auf. »So etwas würden Sie nicht sagen, wenn es nicht wahr wäre. Ein Anwalt, der jeden Tag mit internationalen Stellen zu tun hat, könnte das zu leicht überprüfen. Aber Sie waren ein überzeugter Kommunist.«

»Das bin ich immer noch.«

»Aber dann hat man doch einen schweren Fehler begangen.«

»Einen manipulierten Fehler«, sagte Wassili.

»Dies ist also keine Operation Moskaus, nicht im Interesse der Sowjets?«

»Nein. Es ist im Interesse beider Seiten, aller Seiten, und das ist alles, was ich sagen werde. So, und jetzt habe ich Ihre sehr ernsthafte Frage sehr ernsthaft beantwortet. Beantworten Sie jetzt die meine. Weshalb betonen Sie die ›Sucht‹ dieser Familie nach Landbesitz?«

Der Anwalt schürzte die dicken Lippen. »Nennen Sie mir den Namen. Vielleicht kann ich Ihnen helfen.«

»Wie?«

»Im Grundbuchamt. Es gab Gerüchte, daß einige der größeren Besitztümer in Rellinghausen und am Stadtwald – am Nordufer des Baldeneysees – vor Jahrzehnten von Russen gekauft wurden.«

»Die haben aber bestimmt nicht unter ihrem eigenen Namen gekauft, da bin ich ganz sicher.«

»Wahrscheinlich nicht. Ich sagte ja, die Chance ist nicht sehr groß, aber versteckte Grundstückstransaktionen sind wie Aussagen vor Gericht, es gibt oft Fehler. Besitz von Grund und Boden spiegelt das Wesen eines Menschen wider; in manchen Kulturen *ist* der Mann das Land.«

»Warum kann ich nicht selbst nachsehen? Wenn die Akten zugänglich sind, brauchen Sie mir doch bloß zu sagen, wo ich sie finden kann.«

»Das würde Ihnen nichts nützen. Nur bei Gericht zugelassene Anwälte, Notare und dergleichen, dürfen dort Auskunft erhalten. Sagen Sie mir den Namen.«

»Es könnte gefährlich sein . . .«, sagte Taleniekov.

»Ach, hören Sie doch auf.« Kassel lachte und in seinen Augen funkelte es wieder amüsiert. »Ein Landkauf, der siebzig Jahre zurückliegt.«

»Ich glaube, daß es zwischen diesem Kauf und den terroristischen Handlungen, die heute überall gang und gäbe sind, eine direkte Verbindung gibt.«

»Terroristische Handlungen . . .« Der Anwalt verstummte und sah den anderen ernst an. »Vor einer Stunde habe ich am Telefon die Baader-Meinhof-Gruppe erwähnt. Ihr Schweigen war recht vielsagend. Wollen Sie andeuten . . .«

»Ich würde lieber gar nichts andeuten«, unterbrach Wassili. »Sie sind eine prominente Persönlichkeit, ein Mann, der vieles bewirken kann. Geben Sie mir eine Vollmacht und sorgen Sie dafür, daß ich Zutritt zum Grundbuchamt bekomme.«

Der Deutsche schüttelte den Kopf. »Nein. Das tue ich nicht. Sie würden nicht wissen, wonach Sie suchen müssen. Aber Sie können mich begleiten.«

»Sie würden es selbst machen. Warum?«

»Ich verabscheue Extremisten, die Unschuldige in ihren terroristischen Wahn hineinziehen. Ich erinnere mich noch gut an das Dritte Reich. Ich werde dort nachsehen, und wenn wir das finden, was Sie suchen, können Sie mir sagen, was Sie wissen möchten.« Kassels Stimme klang jetzt wieder leicht, aber Taleniekov hörte die Trauer in ihr. »Außerdem kann jemand, den Moskau zum Tode verurteilt hat, nicht ganz schlecht sein. Jetzt sagen Sie mir den Namen.«

Taleniekov starrte den Anwalt an und sah ein weiteres Todesurteil. »Voroschin«, sagte er.

Der Beamte im Grundbuchamt von Essen war ungemein höflich zu Heinrich Kassel. Kassels Firma war eine der bedeutendsten in der Stadt. Er ließ keinen Zweifel daran, daß seine Kollegin, eine streng gekleidete Frau um die Fünfzig, mit glanzlosem Haar, das sie zu einem Schopf zusammengebunden hatte, sich ein Vergnügen daraus machen würde, Kopien jeder beliebigen Akte herzustellen, die der Herr Rechtsanwalt etwa wünschen sollte. Die Frau blickte unfreundlich auf; man sah ihrem Gesichtsausdruck an, daß sie dieses Angebot mißbilligte.

Die stählernen Aktenschränke in dem riesigen Saal, der die Grundbuchakten beherbergte, sahen aus wie graue Roboter. Sie säumten den ganzen Raum und starrten auf die Tische herunter, wo die Anwälte und Notare ihre Recherchen anstellten.

»Alles ist nach Datum registriert«, sagte Kassel. »Jahr, Monat, Tag. Bemühen Sie sich, so exakt wie möglich zu sein. Was ist das früheste Datum, an dem Voroschin sich in Essen Land gekauft haben kann?«

»Wenn man bedenkt, wie langsam man in jener Zeit reiste, würde ich sagen, Ende Mai oder Anfang Juni 1911. Aber, wie gesagt, er hat bestimmt nicht unter eigenem Namen gekauft.«

»Wir werden nicht nach seinem Namen oder auch nur einem Decknamen suchen. Wenigstens am Anfang nicht.«

»Warum nicht unter einem Decknamen? Warum konnte er verfügbares Land nicht unter einem anderen Namen kaufen, wenn ihm die Mittel dazu zur Verfügung standen?«

»Wegen der Zeiten, und die haben sich nicht so sehr geändert. Ein Mann zieht nicht einfach mit seiner Familie in eine Stadt und kauft einen großen Besitz, ohne Neugierde zu erwecken. Dieser Voroschin, so wie Sie ihn beschrieben haben, hätte das bestimmt nicht gewollt. Ich glaube, daß er zuerst sehr langsam eine falsche Identität aufgebaut hat, sehr langsam und sehr vorsichtig.«

»Wonach suchen wir dann?«

»Einen Kauf, der durch Anwälte getätigt wurde, für einen Käufer, der selbst nicht zugegen war. Oder durch eine Bank, vielleicht auch durch Bevollmächtigte einer Firma oder einer Gesellschaft, die zu diesem Kauf gegründet wurde. Es gibt eine ganze Reihe von Möglichkeiten, um das zu tun, aber irgendwann läuft die Zeit ab, und die Besitzer wollen das, was sie gekauft haben, auch in Besitz nehmen. So verläuft das immer, ob es nun um einen Lebensmittelladen oder einen Konzern oder um Land geht. Hinter allen juristischen Manövern steht die Natur des Menschen.« Kassel hielt inne und warf einen Blick auf die grauen Kästen. »Kommen Sie. Wir beginnen mit dem Mai 1911. Wenn hier etwas ist, fällt es wahrscheinlich nicht schwer, es zu finden. Es gab damals höchstens dreißig oder vierzig solche Anwesen an der ganzen Ruhr, vielleicht zehn oder fünfzehn in der Region Rellinghausen-Stadtwald.«

Taleniekov fühlte eine ähnliche Erregung wie mit Janov Mikovsky in den Archiven von Leningrad. Dasselbe Gefühl, jetzt zugegen zu sein, wie eine Schicht Zeit nach der anderen abgelöst wurde, auf der Suche nach einem Hinweis in Dokumenten, die vor Jahrzehnten erstellt worden waren. Jetzt freilich beeindruckten ihn die ihm unbedeutend erscheinenden Dinge, die Heinrich Kassel entdeckte und den dicken Wälzern entnahm. Der Anwalt war wie ein Kind in einem Süßwarengeschäft; ein junger Experte, dessen Augen über Bonbons, Milchkaramellen und Schokolade schweiften.

»Hier. Passen Sie auf und lernen Sie etwas, Herr internationaler Spion. Dieses Stück Land in Bredeney, achtzehn Hektar im Baldeneytal – ideal für jemanden wie Voroschin. Es wurde von der Duisburger Bank für minderjährige Mitglieder einer Familie in Remscheid gekauft. Lächerlich!«

»Wie ist der Name?«

»Der hat nichts zu sagen. Ein Dreck. Wir werden feststellen, wer ein oder zwei Jahre später einzog, *das* ist der Name, den wir brauchen.«

»Sie meinen, es könnte Voroschin sein. Unter seiner neuen Identität?«

»Nicht gleich nervös werden. Es gibt noch mehr solche Fälle.« Kassel lachte. »Ich hatte keine Ahnung, daß meine Vorgänger so raffiniert waren; es ist geradezu schockierend. Sehen Sie doch«, sagte er und zog ein anderes Bündel Papier heraus, sein Blick fiel auf eine Klausel auf der ersten Seite, »hier ist wieder eine. Der Vetter der Krupps überträgt das Eigentum an einem Besitz in Rellinghausen an eine Frau in Düsseldorf, ›in Dankbarkeit für ihre vielen Jahre treuen Dienstes‹. Wirklich!«

»Das ist doch möglich, oder?«

»Natürlich nicht; die Familie würde das nie zulassen. Ein Verwandter hat eine Möglichkeit gefunden, einen netten Profit zu machen, indem er an jemanden verkaufte, der nicht wollte, daß seine Umgebung – oder seine Gläubiger – erfuhren, daß er das Geld hatte. Jemand, der die Frau in Düsseldorf kontrollierte, wenn es sie je gab. Wahrscheinlich haben die Krupps ihrem Vetter gratuliert.«

Und so ging es weiter. 1911, 1912, 1913, 1914 . . . 1915.

20. August 1915.

Der Name war da. Heinrich Kassel sagte er nichts, wohl aber Taleniekov. Er erinnerte ihn an ein anderes Dokument, dreitausend Kilometer entfernt, in den Archiven von Leningrad. Die Verbrechen der Familie Voroschin, die Komplizen von Fürst Andrei.

Friedrich Schott.

»Augenblick!« Wassili legte die Hand auf die Seite. »Wo ist das?«

»Stadtwald. Hier ist keine Unregelmäßigkeit. Tatsächlich ist es sogar völlig korrekt, absolut sauber.«

»Vielleicht zu korrekt, zu sauber. So, wie das Voroschin-Massaker in zu vielen Einzelheiten geschildert wurde.«

»Was wollen Sie damit sagen?«

»Was wissen Sie von diesem Friedrich Schott?«

Der Anwalt runzelte die Stirn und versuchte, sich zu erinnern; das stand überhaupt nicht zu dem in Beziehung, was er suchte. »Er war für die Krupps tätig, denke ich, in einer sehr hohen Position; anders hätte er sich das hier nicht leisten können. Nach dem Ersten Weltkrieg hatte er Schwierigkeiten. Ich erinnere mich nicht an die näheren Umstände, eine Gefängnisstrafe oder so etwas, aber ich wüßte nicht, welche Beziehung das zu Ihrer Suche haben sollte.«

»Es ist aber möglich«, sagte Taleniekov. »Man verurteilte ihn wegen illegalen Geldtransfers ins Ausland. Er wurde in der ersten Nacht eines Gefängnisaufenthaltes im Jahre 1919 getötet. Ist der Besitz damals verkauft worden?«

»Das vermute ich. Der Beschreibung nach muß es sich um einen ziemlich wertvollen Besitz handeln. Ich glaube nicht, daß die Witwe eines Strafgefangenen ihn sich leisten konnte.«

»Wie können wir das in Erfahrung bringen?«

»Blättern wir doch weiter zum Jahr 1919. Wir kommen ja...«

»Jetzt. *Bitte.*«

Kassel seufzte. Er stand auf, trat an den Schrank und kam eine Minute darauf mit einem dicken Aktenbündel zurück. »Das stört aber die Kontinuität«, murmelte er.

»Wir kommen schon wieder darauf; vielleicht gewinnen wir Zeit.«

Es dauerte fast dreißig Minuten, bis Kassel die betreffende Akte gefunden und auf den Tisch gelegt hatte. »Ich fürchte, wir haben gerade eine halbe Stunde vergeudet.«

»Warum?«

»Das Anwesen ist von der Familie Veltrup am 12. November 1919 erworben worden.«

»Die Veltrup-Werke? Krupps Konkurrenz?«

»Damals nicht. Vielleicht in stärkerem Maße heute. Die Veltrups kamen kurz nach der Jahrhundertwende aus München nach Essen, um 1906 oder 1907. Es ist allgemein bekannt, daß die Veltrups aus München stammten, eine sehr angesehene Familie. Das V stimmt, aber es steht nicht für Voroschin.«

Wassilis Verstand arbeitete fieberhaft, bedachte die Informationen, die ihm bereits bekannt waren, und verglich sie mit dem, was er in den letzten Tagen erfahren hatte. Guillaume de Matarese hatte die Häupter einstmals mächtiger Familien zusammengerufen, die ihren ehemaligen Reichtum und Einfluß fast, aber nicht ganz verloren hatten. Nach dem alten Mikovsky hatten die Romanows einen langen Kampf gegen die Voroschins geführt, sie als die Diebe Rußlands, die Schuldigen an der Revolution bezeichnet ... Es war klar! Der *Padrone* aus den Hügeln von Porto Vecchio hatte einen Mann – und damit auch seine Familie – gerufen, der *bereits im Begriffe* war, zu emigrieren, alles, was er hatte, aus Rußland mitzunehmen!

»Das kaiserliche V, das haben wir gefunden«, sagte Taleniekov. »Mein Gott, wie raffiniert! Wagenladungen von Gold und Silber mit dem kaiserlichen V, die aus Leningrad herausgeholt wurden!« Wassili griff nach der Seite, die vor dem Anwalt lag. »Sie haben es ja selbst gesagt, Heinrich. Voroschin hat sich seine falsche Identität sehr langsam und sehr sorgfältig aufgebaut. Genau das hat er getan; er hat einfach fünf oder sechs Jahre früher angefangen, als ich annahm. Ich bin sicher, wenn solche Akten aufbewahrt würden, oder jemand sich erinnern könnte, würden wir feststellen, daß Herr Veltrup erst alleine nach Essen kam, bis er sich hier etabliert hatte. Ein wohlhabender Mann, der die neuen Gewässer erst prüfte, ehe er Investitionen tätigte; der eine sorgfältig konstruierte Vorgeschichte aus dem fernen München mitbrachte und sein Geld dann durch bayerische oder österreichische Banken nach Essen fließen ließ. So einfach ist das; die Zeit stimmt!«

Plötzlich runzelte Kassel die Stirn. »Seine Frau«, sagte der Anwalt leise.

»Was ist mit seiner Frau?«

»Sie war keine Münchnerin. Sie war Ungarin, entstammte einer wohlhabenden Familie in Debreczin, hieß es. Sie sprach nicht besonders gut deutsch.«

»Das heißt, sie kam aus Leningrad und war nicht sonderlich sprachbegabt. Wie lautete Veltrups voller Name?«

»Ansel Veltrup«, sagte der Anwalt, und seine Augen bohrten sich in die Taleniekovs. »*Ansel.*«

»Andrei.« Wassili ließ die Seiten fallen. »Unglaublich, wie das Ego immer wieder nach oben drängt, nicht wahr? Fürst Andrei Voroschin.«

27

Sie schlenderten über den Gildenplatz, das Kaffee-Hag-Gebäude erstrahlte im Lichterglanz, während das Bosch-Emblem dezent, aber nicht zu übersehen, unter der riesigen Uhr leuchtete. Es war jetzt acht Uhr abends, der Himmel war dunkel, die Luft kalt. Es war kein guter Abend für einen Spaziergang, aber Taleniekov und Kassel hatten beinahe sechs Stunden auf dem Grundbuchamt verbracht; der Wind, der über den Platz fegte, erfrischte sie.

»Einen Deutschen von der Ruhr sollte eigentlich nichts erstaunen«, sagte der Anwalt und schüttelte den Kopf. »Schließlich sind wir das Zürich des Nordens. Aber das ist wirklich unglaublich. Ich kenne nur einen *Teil* der Geschichte. Sie wollen es sich nicht noch einmal überlegen und mir den Rest erzählen?«

»Eines Tages werde ich das vielleicht tun.«

»Das ist mir zu geheimnisvoll. Sagen Sie, was Sie meinen.«

»Wenn ich dann noch lebe.« Wassili sah Kassel an. »Sagen Sie mir alles, was Sie über die Veltrups wissen.«

»Das ist nicht so sonderlich viel. Die Frau ist um 1930 gestorben, glaube ich. Ein Sohn und eine Schwiegertochter kamen bei einem Bombenangriff im Krieg ums Leben, daran erinnere ich mich. Man fand die Leichen einige Tage lang nicht, sie waren unter den Trümmern begraben, wie so viele. Ansel erreichte hohes Alter, irgendwie entging er den Kriegsverbrecherprozessen, die man den Krupps machte. Er starb standesgemäß; ein Herzanfall beim Reiten, irgendwann um 1950.«

»Und wer lebt noch?«

»Walther Veltrup, seine Frau und ihre Tochter; sie hat nie geheiratet, aber das hinderte sie nicht daran, eheliche Freuden zu genießen.«

»Was wollen Sie damit sagen?«

»Nun, sie war eine lebenslustige Frau, wie man sagt; in jungen Jahren galt sie als Schönheit. Die Amerikaner haben einen Begriff, der darauf paßt: Sie war – ist es in vieler Hinsicht noch – eine Männerfresserin.« Der Anwalt hielt inne. »Seltsam, wie die Dinge sich entwickeln. Odile ist es, die die Firmen jetzt leitet. Walther und seine Frau sind schon Ende Siebzig; man sieht sie nur noch selten in der Öffentlichkeit.«

»Wo leben sie?«

»Immer noch im Stadtwald, aber natürlich nicht auf dem ursprünglichen Besitz. Wie wir sahen, ist der nach dem Krieg an eine Immobiliengesellschaft verkauft worden; deshalb erinnerte ich mich auch nicht. Sie haben jetzt ein Haus weiter draußen, auf dem Lande.«

»Was ist mit der Tochter, dieser Odile?«

»*Das*«, erwiderte Kassel und lachte, »hängt von den jeweiligen Launen der Dame ab. Sie hat ein Penthouse an der Verdener Straße und dort ist schon mancher Geschäftspartner am nächsten Morgen zu erschöpft aufgewacht, um ihr dann am Konferenztisch Widerstand leisten zu können. Wenn sie nicht in der Stadt ist, lebt sie, glaube ich, in einem kleinen Häuschen auf dem Anwesen ihrer Eltern.«

»Scheint mir eine ungewöhnliche Frau zu sein.«

»Eine der besten Reiterinnen im ganzen Ruhrgebiet«, sagte Kassel und hielt wieder inne. Dann fuhr er fort. »Einen Fehler hat sie; man sagt, der würde ihre Umgebung manchmal wahnsinnig machen. Obwohl sie die Veltrup-Werke mit fester Hand leitet, kommt es oft vor, wenn die Dinge nicht so laufen, wie sie sollten, und eine schnelle Entscheidung notwendig ist, daß sie erklärt, sie müsse sich mit ihrem Vater besprechen, was die Entscheidung häufig tagelang hinausschiebt. Im Herzen ist sie eine Frau, die die Umstände gezwungen haben, den Hut eines Mannes zu tragen, aber die Macht liegt immer noch bei dem alten Walther Veltrup.«

»Kennen Sie ihn?«

»Nun, wir sind bekannt, mehr nicht.«

»Was halten Sie von ihm?«

»Nicht viel, früher nicht und heute auch nicht. Er schien mir immer ein arroganter, alter Autokrat ohne sehr viel Talent zu sein.«

»Aber die Veltrup-Werke gedeihen«, sagte Wassili.

»Ich weiß, ich weiß. Das höre ich auch immer, wenn ich diese Meinung äußere. Eine schwache Antwort darauf ist, daß sie ohne ihn vielleicht noch mehr gedeihen würden, aber ich gebe zu, daß sie schwach ist. Wenn Veltrup noch erfolgreicher wäre, würde ihm ganz Europa gehören. Es ist also wohl eine persönliche Antipathie meinerseits, und ich habe unrecht.«

Das muß nicht sein, dachte Taleniekov. *Die Matarese sind manchmal sehr effizient und unkonventionell. Sie brauchen nur den Apparat.*

»Ich möchte ihn kennenlernen«, sagte Wassili. »Alleine. Waren Sie je in seinem Haus?«

»Einmal, vor mehreren Jahren«, erwiderte Kassel. »Die Anwälte der Firma wollten uns in einer Patentfrage konsultieren. Odile war im Ausland. Ich brauchte die Unterschrift eines der Veltrups auf der Klageschrift; ohne eine solche Unterschrift war ich nicht bereit, den Fall zu übernehmen. So rief ich den Alten an und fuhr hinaus, um sie mir zu holen. Als Odile nach Essen zurückkam, gab es einen unangenehmen Auftritt. Sie brüllte mich am Telefon an: ›Sie hätten meinen Vater nicht stören dürfen! Sie werden nie wieder für Veltrup tätig sein!‹ Oh, sie war unmöglich. Ich erklärte ihr, so höflich ich das konnte, daß wir von ihr den Auftrag ohnehin nicht angenommen hätten, wenn man *mich* beim ersten Mal gefragt hätte.«

Taleniekov beobachtete den Anwalt, während er das sagte; der Mann war ernsthaft böse. »Warum haben Sie das gesagt?«

»Weil es stimmt. Ich mag die Firma nicht – sämtliche Veltrup-Firmen. Sie sind böse.« Kassel lachte. »Meine Gefühle stammen wahrscheinlich noch aus meiner Zeit als radikaler, junger Anwalt – der Anwalt, den Sie vor zwölf Jahren für Ihre Seite gewinnen wollten.«

Der Instinkt eines anständigen Mannes, dachte Wassili. *Sie spüren die Matarese und doch wissen sie nichts.*

»Ich habe noch eine letzte Bitte an Sie, mein alter, freundlich gestimmter Feind«, sagte Taleniekov. »Genauer gesagt, zwei. Die erste ist, unser Zusammentreffen heute gegenüber niemandem zu erwähnen, auch nicht, was wir festgestellt haben. Und dann möchte ich, daß Sie mir beschreiben, wie man zum Hause der Veltrups kommt, und alles, was Sie davon noch wissen.«

Im grellen Licht der Scheinwerferbalken ragte eine Ziegelmauer auf. Wassili drückte das Gaspedal des gemieteten Mercedes nieder und sah auf den Kilometerzähler, schätzte den Abstand zwischen dem Maueranfang und dem eisernen Tor: sechshundert Meter. Das hohe Tor war verschlossen; es wurde elektrisch bedient und elektronisch überwacht.

Er erreichte das Ende der Mauer; sie war etwas kürzer als ihr Gegenstück auf der anderen Seite des Tores. Dahinter setzte sich der Wald fort, in dessen Mitte die Veltrups ihren Landsitz errichtet hatten. Wieder drückte er das Gaspedal nieder und suchte nach einer Lücke zwischen den Bäumen, einer Stelle, wo er den Mercedes verbergen konnte.

Er fand sie zwischen zwei Bäumen, wo das Gebüsch von früheren Schneefällen niedergedrückt worden war. Er bugsierte den Wagen in die natürliche Höhle hinein, so weit entfernt von der Straße wie möglich. Dann schaltete er den Motor ab, stieg aus und ging den Weg zurück, den er gekommen war, bis er die Straße erreichte. Er stand an der Böschung und überprüfte seine Tarnung; in der Dunkelheit reichte das. Er ging zurück zur Mauer.

Wenn es ihm gelang, über die Mauer zu kommen, ohne einen Alarm auszulösen, würde er auch das Haus erreichen können. Es gab keine Möglichkeit, elektronisch einen Wald zu überwachen; Drähte und Fotozellen wurden zu leicht von Vögeln und anderen Tieren gestört. Die Mauer selbst war es, die das Problem darstellte. Als er sie erreichte, studierte er das Ziegelmauerwerk im Lichtschein seines Feuerzeugs. Es waren keinerlei Geräte zu sehen – eine ganz gewöhnliche Mauer, und eben diese Gewöhnlichkeit täuschte, aber das wußte Wassili. Zu seiner Rechten ragte eine hohe Eiche auf, deren Äste sich an die Mauer schmiegten, aber nicht über sie hinwegreichten.

Er sprang hoch, und seine Hände krallten sich in die Rinde, seine Knie umfaßten den Stamm wie ein Schraubstock; er arbeitete sich bis zum ersten Ast in die Höhe, schwang das Bein darüber und zog sich in sitzende Lage hoch, den Rücken gegen den Baumstamm gedrückt. Er beugte sich nach vorne, wobei er sich mit seinen Händen auf dem Ast abstützte, bis er fast lag; dann studierte er in der schwachen Beleuchtung die Mauerkrone. Er fand das, was er geahnt hatte.

In die glatte Betonfläche war ein verschlungenes Netz aus mit

Drähten überzogenen Plastikröhren eingelassen, ein Netz, durch das Luft und elektrischer Strom floß. Die Elektrizität diente dazu, kleine Tiere daran zu hindern, an den Plastikschläuchen zu knabbern, und der Luftdruck war so abgestimmt, daß in dem Augenblick ein Alarm ausgelöst wurde, wo ein bestimmtes Gewicht darauf drückte. Ohne Zweifel mündete die Alarmanlage in einen Raum des Gebäudes, wo geeignete Instrumente dann auch anzeigten, wo diese Berührung stattgefunden hatte. Taleniekov wußte, daß das System praktisch hundertprozentig funktionierte und keine Pannen kannte; wenn ein Stück der Leitung kurzgeschlossen wurde, gab es fünf oder sechs andere, die es ersetzten; der Druck einer Messerklinge auf das Drahtgeflecht würde ausreichen, um den Alarm auszulösen.

Aber praktisch hundertprozentig ist nicht total sicher. Man mußte die Plastikröhren schmelzen und somit die Luft freigeben, ohne daß Druck entstand. Der einzige Alarm, der auf diese Weise ausgelöst wurde, war der, der einen Defekt anzeigte; das Anzeigegerät würde dann auf die Stelle deuten, wo das System begann; das mußte viel näher beim Haus sein.

Er schätzte den Abstand zwischen dem Ast, auf dem er kauerte, und der Mauerkrone ab. Wenn es ihm gelang, ein Bein möglichst weit vorne, am Ende des Astes einzuhaken, konnte er sich nach unten durchhängen lassen und mit einer Hand an der Mauerflanke abstützen; dann konnte er mit der anderen, freien Hand das Feuerzeug an die Plastikleitung halten.

Er holte das Feuerzeug heraus – ein amerikanisches Feuerzeug, fiel ihm mit einiger Verstimmung ein – und schob das Hebelchen, das die Flammenhöhe regulierte, ganz nach vorn. Er knipste das Feuerzeug an und prüfte es; die Flamme schoß hervor und blieb stehen; er schob das Hebelchen etwas zurück, weil die Flamme so zu hell war. Dann atmete er tief durch, spannte die Muskeln seines rechten Beines und ließ sich nach links fallen, wobei seine linke Hand an der Mauerflanke entlangfuhr. Er stützte sich und begann langsam zu atmen, orientierte sich. Das Blut schoß ihm in den Kopf; er drehte den Hals kurz herum, um den Druck zu mindern, dann schnippte er das Feuerzeug an und hielt die Flamme gegen das erste Röhrchen.

Zuerst knisterte ein Funke, dann zischte Luft aus dem Schlauch, als dieser zuerst schwarz wurde und kurz darauf schmolz. Jetzt machte er sich an den zweiten; der explodierte wie ein kleiner, naß gewordener Knallfrosch, ein Geräusch, das nicht viel lauter war als ein Schuß aus einer Luftpistole. Der dritte blähte sich zu einer dünnen Blase auf. Eine *Blase.* Druck! Gewicht! Er schob die Flamme näher heran, die Blase platzte; er hielt den Atem an, wartete auf einen Alarm. Doch er kam nicht; er hatte den Schlauch noch rechtzeitig punktiert, ehe die Gewichtstoleranz erreicht war. Er lernte daraus und hielt die Flamme gleich beim ersten Kontakt näher an den Schlauch. So geschah es mit den zwei nächsten Schläuchen, die beide sofort barsten. Jetzt fehlte nur noch einer.

Plötzlich wurde die Flammenzunge kürzer, zog sich in das in der Finsternis unsichtbare Feuerzeug zurück. Der Brennstoff war zu Ende. Er schloß einen Augenblick lang frustriert und wütend die Augen. Sein Bein schmerzte; das Blut, das ihm in den Kopf geschossen war, machte ihn benommen. Dann fiel ihm ein, was er gleich hätte wissen müssen; er ärgerte sich über sich selbst, daß er nicht von Anfang an daran gedacht hatte. Der eine intakt gebliebene Schlauch würde vielleicht vermeiden, daß ein Schadensalarm ausgelöst wurde; es war für ihn viel besser, wenn er ihn intakt ließ. Auf der Mauerkrone waren mindestens fünfunddreißig Zentimeter frei, mehr als genug, um einen Fuß aufzusetzen und auf der anderen Seite herunterzuspringen.

Er zog sich wieder in die Höhe und ruhte eine Weile aus, wartete, bis der Blutandrang nachgelassen hatte und sein Kopf wieder klar war. Dann ließ er langsam, vorsichtig, den linken Fuß zur Mauer hinunter, setzte ihn fest auf die ausgebrannten Schläuche. Ebenso vorsichtig hob er das rechte Bein über den Ast und rutschte hinunter, bis der Ast in seinem Rücken war. Er atmete tief, spannte die Muskeln und sprang nach vorne; anschließend preßte er den linken Fuß gegen das Mauerwerk und stieß sich damit über die Mauer. Er fiel zu Boden und rollte aus, um den Sturz zu bremsen. Jetzt befand er sich im Innern des Veltrup-Anwesens.

Er kniete nieder, lauschte auf Geräusche, die auf einen Alarm deuteten. Es war nichts zu hören; so stand er auf und arbeitete sich durch die dichten Büsche auf das Zentrum des Geländes zu. In weniger als einer Minute bekam er die Bestätigung, daß er in die richtige Richtung kroch beziehungsweise ging. Er konnte die Lichter des Gebäudes sehen, die von den Bäumen und Ästen gefiltert wurden; es zeichnete sich auch eine größere Rasenfläche ab, die das Haus umgab.

Das Glühen einer Zigarette! Er ließ sich zu Boden fallen. Unmittelbar vor ihm, vielleicht fünfzehn Meter entfernt, stand ein Mann am Rande der Rasenfläche. Taleniekov registrierte die leichte Brise, die durch die Bäume wehte und lauschte.

Nichts. Es gab keine Hunde. Walther Veltrup hatte Vertrauen zu seinem elektrischen Tor und dem komplizierten Alarmsystem; er brauchte nur eine Wache, um seinem Anwesen perfekten Schutz zu geben.

Wassili schob sich langsam vor, die Augen unverwandt auf den Wachmann gerichtet. Der Mann trug Uniform, eine Schildmütze und eine kräftige Winterjacke, die um die Hüften von einem breiten Gürtel zusammengehalten war, an dem eine Pistolentasche hing. Der Mann sah auf die Uhr und streifte die Glut von seiner Zigarette ab, schüttelte den Tabak ins Gras; er war beim Militär gewesen. Jetzt ging er einige Schritte nach links, streckte sich, gähnte, ging noch einmal fünf oder sechs Meter und schlenderte dann ziellos zu der Stelle zurück, wo er gestanden hatte. Diese kleine Fläche war sein Posten, ohne Zweifel waren alle paar hundert Meter weitere Posten aufgestellt, die das Hauptgebäude wie Cäsars Prätorianergarde umringten. Aber dies war weder die Zeit Cäsars, noch drohte Veltrup die gleiche Gefahr wie Cäsar; der Dienst war langweilig; der Posten hatte nichts anderes zu tun, als zu rauchen, zu gähnen und ziel- und planlos auf und ab zu schlendern. Der Mann würde kein Problem darstellen.

Eher würde es schon ein Problem sein, die Rasenfläche zu überqueren und die Schattenpartie der Einfahrt an der rechten Seite des Hauses zu erreichen. Er würde eine kurze Strecke im grellen Licht der Scheinwerfer gehen müssen, die vom Dach herunter leuchteten.

Ein hutloser Mann im dunklen Pullover, der so etwas tat, würde aufgefordert werden, stehenzubleiben. Ein Wächter hingegen mit einer Schildmütze, einer kräftigen Jacke und einer Pistolentasche an der Seite würde nicht auffallen. Wenn man ihn anrief, konnte der Mann immer noch an seinen Posten zurückkehren; es war wichtig, das im Auge zu behalten.

Taleniekov kroch durch das Unterholz, arbeitete sich auf Ellbogen und Knien auf dem harten Boden vorwärts; er hielt jedesmal inne, wenn ein Zweig knackte, achtete darauf, daß jedes Geräusch, das er verursachte, in den Geräuschen des nächtlichen Waldes unterging. Er war jetzt nur noch eineinhalb Meter von dem Wächter entfernt; nur noch ein niedriger Wacholderbusch stand zwischen ihnen. Der gelangweilte Mann griff in die Tasche und holte seine Zigaretten heraus.

Das war der Augenblick. *Jetzt.*

Wassili sprang hoch, seine linke Hand umklammerte den Hals des Mannes, sein linker Absatz stemmte sich in den Boden, um ihm einen Hebel zu bieten. Mit einer einzigen Bewegung riß er den Mann nach unten, in den Wacholderbusch, schmetterte seinen Schädel gegen den Boden, und seine Finger umspannten seinen Hals. Der Schock des unerwarteten Angriffs im Verein mit dem kräftigen Schlag gegen den Schädel und dem Würgegriff machten den Mann bewußtlos. Früher hätte Taleniekov die Sache zu Ende gebracht, den Mann getötet, weil das die praktischste Lösung war; aber die Zeit war vorbei. Dies war kein Soldat der Matarese; sein Tod hätte keinen Sinn gehabt. Er zog dem Mann die Jacke aus und nahm ihm die Schildmütze ab; er setzte sie auf und schnallte sich den Gürtel um die Hüften. Anschließend schleppte er den Bewußtlosen tiefer ins Gehölz, drückte ihm den Kopf gegen den Boden, holte seine eigene Waffe heraus und schmetterte ihm den Kolben hinters Ohr. Er würde stundenlang bewußtlos bleiben.

Wassili kroch wieder zu der Rasenfläche vor dem Haus zurück, stand auf, atmete tief und ging über das Gras. Er hatte den Mann beim Gehen beobachtet – ein etwas schlaksiger Gang, den Kopf hoch erhoben, fast etwas nach hinten gedrückt; diesen Gang imitierte er jetzt. Mit jedem Schritt, den er tat, erwartete er einen Anruf, einen Befehl oder eine Frage; falls das geschah, würde er die Achseln zucken und an den Posten des Mannes zurückkehren. Aber es geschah nichts.

Er erreichte die Einfahrt und damit die Schatten. Fünfzehn Meter weiter vorne strömte Licht aus einer offenen Tür. Eine Frau war zu sehen, die eine Mülltonne öffnete, neben ihr standen zwei Papiersäcke. Wassili ging schneller, er hatte jetzt seine Entscheidung getroffen. Er trat auf die Frau zu; sie trug die weiße Uniform einer Hausangestellten.

»Entschuldigen Sie, ich soll Herrn Veltrup etwas melden.«

»Wer sind Sie denn?« fragte die kräftig gebaute Frau.

»Ich bin neu. Da, lassen Sie sich helfen.« Taleniekov hob die Papiersäcke auf.

»Sie *sind* neu. Hier heißt es dauernd nur, Helga, machen Sie dies, Helga, machen Sie das. Denen ist das doch egal. Was sollen Sie denn ausrichten. Ich sag's ihm.«

»Ich würde es Ihnen ja gerne sagen. Ich hab' den Alten noch nie gesehen, und hab' auch keine Lust dazu. Aber ich muß es ihm persönlich überbringen.«

»Das sind alles die gleichen Arschlöcher. Vollgefressene Säcke! Aber Sie sehen besser aus als die meisten von denen.«

»Bitte, man hat mir gesagt, ich soll mich beeilen.«

»Alle sollen sich immer beeilen. Jetzt ist es zehn Uhr. Die Frau von dem alten Trottel ist in ihrem Zimmer. Er ist natürlich in seiner Kapelle.«

»Wo . . .?«

»Oh, schon gut. Kommen Sie rein, ich zeig's Ihnen . . . Sie sehen wirklich besser aus; höflicher sind Sie auch. Bleiben Sie so.«

Helga führte ihn durch einen Korridor, der an einer Türe endete, die sich in eine weitläufige Eingangshalle öffnete. Hier waren die Wände mit zahlreichen Renaissancegemälden bedeckt, deren Farben versteckte Punktstrahler noch kräftiger hervorhoben. Die Gemälde führten eine weite Freitreppe hinauf, deren Stufen aus italienischem Marmor gehauen waren. Von der Halle führten Seitengänge zu einigen größeren Räumen. Taleniekov konnte in der Kürze der Zeit Heinrich Kassels Beschreibung bestätigt sehen: das Haus war mit Antiquitäten von unschätzbarem Wert angefüllt. Aber viel Zeit hatte er nicht; die Angestellte bog hinter der Treppe um die Ecke. Sie näherten sich einer dicken Mahagonitür mit biblischem Schnitzwerk. Sie öffnete sie, und beide stiegen mit scharlachrotem Teppich bedeckte Treppen hinunter, bis sie eine Art Vorzimmer erreichten, dessen Boden ebenso wie die Freitreppe aus Marmor war. Die Wände waren mit Gobelins behängt, auf denen Szenen aus der christlichen Frühgeschichte abgebildet waren. Zur Linken stand ein alter Kirchenstuhl, dessen Reliefschnitzereien von lang vergessener Kunst kündeten; es war ein Ort der Meditation, denn der Gobelin, der dem Betstuhl gegenüber an der Wand hing, zeigte die Kreuzwegstationen. Am Ende des kleinen Vorraumes führte eine Bogentüre ohne Zweifel zu Walther Veltrups Kapelle.

»Wenn Sie wollen, können Sie stören«, sagte Helga gleichgültig. »Er wird die Schuld ja dem Obersheriff geben, nicht Ihnen. Aber ich würde an Ihrer Stelle ein paar Minuten warten; bis dahin ist der Priester mit seinem Quatsch fertig.«

»Ein *Priester*?« Das Wort entschlüpfte Wassili; die Anwesenheit eines solchen Mannes war das letzte, was er erwartet hätte. Ein *Consigliere* der Matarese mit einem Priester?

»Seine bescheuerte Heiligkeit eben.« Helga wandte sich um und schickte sich an, wieder hinaufzugehen. »Tun Sie, was Sie wollen«, sagte sie und zuckte die Achseln. »Ich sag keinem, was er zu tun hat.«

Taleniekov wartete darauf, bis die schwere Mahagonitür oben geschlossen worden war. Dann ging er lautlos auf die Tür der Kapelle zu und drückte sein Ohr gegen das Holz. Er versuchte, in dem Singsang, den er von drinnen hörte, etwas zu verstehen.

Russisch. Die Sprache, in der gesungen wurde, war Russisch!

Er wußte selbst nicht, weshalb ihn das so verblüffte. Schließlich bestand die Versammlung in der Kapelle aus dem einzigen überlebenden Sohn von Fürst Andrei Voroschin. Es war wohl die Tatsache des Gottesdienstes selbst, die ihn so erstaunte.

Wassili legte die Hand auf die Türklinke, drückte sie lautlos nieder und schob die Tür ein paar Zentimeter auf. Zwei Dinge fielen ihm sofort auf: Der süßliche Geruch von Weihrauch und die zuckenden Flammen von übergroßen Kerzen, die ihn blinzeln ließen. In den Nischen der Wände standen überall Ikonen.

Vor einem Kreuz stand der Priester in weißem, mit Gold und Silber abgesetztem Talar. Er hatte die Augen geschlossen, die Hände vor der Brust gefaltet; seine sich kaum bewegenden Lippen sangen Worte eines Liedes, das mehr als tausend Jahre alt war.

Dann sah Taleniekov Walther Veltrup, einen alten Mann mit dünner werdendem weißen Haar, dessen Strähnen über seinen hageren Nacken fielen. Er kniete auf den drei Marmorstufen des Altars zu Füßen des Priesters, die Arme ausgestreckt, die Stirn in absoluter Unterwerfung gegen den Stein gedrückt. Der Priester hob die Stimme und kündigte damit das Ende des orthodoxen *Kyrie eleison* an. Die Litanei der Vergebung begann; ihr folgte die Antwort des Sünders, ein Choral des Selbstlobs und der Selbsttäuschung. Wassili dachte an all die Verbrechen, welche die Matarese begangen hatten und forderten; er fühlte sich abgestoßen. Er öffnete die Tür und trat ein.

Der Priester öffnete die Augen; seine Hände fuhren erschreckt und indigniert herunter. Veltrup wirbelte auf der Altartreppe herum, sein skelettartiger Körper zitterte. Unsicher, unbeholfen, richtete er sich auf.

»Wie können Sie es wagen, hier zu stören?« rief er in deutscher Sprache. »Wer hat Ihnen erlaubt, hereinzukommen?«

»Ein Historiker aus Petrograd, Voroschin«, sagte Taleniekov auf russisch. »Eine ganz gute Antwort, nicht wahr?«

Veltrup fiel auf die Stufen zurück und klammerte sich am Stein fest. Dann suchte er Halt, hob die Hände ans Gesicht und bedeckte seine Augen, als wären sie verbrannt. Der Priester kniete nieder, packte den alten Mann an den Schultern, umarmte ihn. Dann wandte er sich an Wassili. Seine Stimme klang hart.

»Wer *sind* Sie? Welches *Recht* haben Sie?«

»Reden Sie nicht von Recht! Der Magen dreht sich mir um. Schmarotzer!«

Der Priester ließ sich davon nicht beeindrucken, er hielt immer noch Veltrup umfaßt. »Man hat mich vor Jahren gerufen und ich kam. Wie meine Vorgänger in diesem Hause verlange ich nichts und bekomme auch nichts.«

Der alte Mann ließ die Hände sinken, rang um Fassung; schließlich nickte er; der Priester ließ ihn los. »Sie sind also endlich gekommen«, sagte er. »Man hat immer gesagt, daß das eines Tages geschehen würde. Die Rache ist Gottes, aber Sie und Ihresgleichen akzeptieren das ja nicht, oder? Ihr habt den Menschen Gott weggenommen und ihnen so wenig dafür gegeben. Auf dieser Welt habe ich keinen Streit mit Ihnen. Nehmen Sie mein Leben, Bolschewik. Erfüllen Sie Ihre Befehle, aber lassen Sie diesen Priester gehen. Er ist kein Voroschin.«

»Aber *Sie* sind einer.«

»Das ist die Last, die ich trage.« Veltrups Stimme wurde fester. »Und unser Geheimnis. Ich habe beide gut getragen, weil Gott mir die Einsicht dazu gegeben hat.«

»Der eine redet von Rechten, der andere von Gott!« stieß Taleniekov hervor. »Heuchler! *Per nostro circolo!*«

Der alte Mann blinzelte, in seinen Augen war keine Reaktion zu bemerken. »Wie bitte?«

»Sie haben es schon gehört! *Per nostro circolo!*«

»Ich höre Sie, aber ich verstehe Sie nicht.«

»Korsika! Porto Vecchio! *Guillaume de Matarese!*«

Veltrup blickte zu dem Priester auf. »Fange ich an, senil zu werden, Vater? Wovon redet er?«

»Erklären Sie«, sagte der Priester, »wer sind Sie? Was wollen Sie? Was sollen diese Worte bedeuten?«

»*Er* weiß es!«

»*Was* weiß ich?« Veltrup beugte sich vor. »Wir Voroschins haben Blut auf unserer Seele, das akzeptiere ich. Aber ich kann nicht akzeptieren, was ich nicht weiß.«

»Der *Hirtenjunge*«, sagte Taleniekov. »Mit einer Stimme, grausamer als der Wind. Brauchen Sie noch mehr? Der Hirtenjunge!«

»Der Herr ist mein Hirte . . .«

»Hören Sie doch auf, Sie scheinheiliger *Lügner*!«

Der Priester stand auf. »Hören *Sie* auf, wer auch immer Sie sind. Dieser gute, anständige Mann hat sein Leben lang Sünden gutgemacht, die nie *seine* Sünden waren! Seit er ein Kind war, wollte er ein Mann Gottes sein, aber das hat man ihm nicht gestattet. Statt dessen ist er *mit* Gott ein Mann geworden. Ja, *mit Gott.*«

»Er ist ein Matarese!«

»Ich weiß nicht, was das ist, aber ich weiß, was *er* ist. Millionen, die jedes Jahr den Verhungernden und den Armen gespendet werden. Alles, was er dafür verlangt, ist unsere Anwesenheit, um ihm zu helfen. Er hat *nie* mehr verlangt.«

»Sie sind ein *Narr*! Das ist Geld der Matarese! Und dieses Geld kauft den Tod!«

»*Hoffnung* kauft es. *Sie* sind der Lügner!«

Die Tür der Kapelle flog auf. Wassili fuhr herum. Ein Mann im dunklen Straßenanzug stand unter der Tür, die Beine gespreizt, die Arme ausgestreckt, in der rechten Hand eine Pistole. »Keine Bewegung!« Das kam in deutscher Sprache.

Zwei Frauen kamen durch die Tür, die eine war groß und schlank und in ein bis zu den Knöcheln reichendes Hauskleid aus blauem Samt gekleidet, eine Pelzstola um die Schultern, das Gesicht weiß, kantig, schön. Die Frau an ihrer Seite war klein und trug eine Tuchjacke. Ihr Gesicht war aufgedunsen, das Haar strähnig, im Nacken in einem Knoten zusammengehalten. Er hatte sie erst vor wenigen Stunden gesehen; ein Beamter hatte angeboten, sie könne Kopien machen, wenn Heinrich Kassel welche brauchen sollte.

»Das ist der Mann«, sagte die Frau, die im Grundbuchamt hinter dem Tresen gesessen hatte.

»Danke«, erwiderte Odile Veltrup. »Sie können jetzt gehen, der Fahrer bringt Sie in die Stadt zurück.«

»*Vielen* Dank, gnä' Frau. Vielen, vielen Dank.«

»Keine Ursache. Der Fahrer wartet in der Halle. Gute Nacht.«

»Gute Nacht, gnä' Frau.« Die Frau ging.

»*Odile!*« rief ihr Vater und richtete sich auf. »Dieser Mann ist . . .«

»Es tut mir *leid*, Vater«, unterbrach seine Tochter. »Wenn man unangenehme Dinge aufschiebt, macht sie das nur noch schlimmer; das ist etwas, was du nie begriffen hast. Ich bin sicher, dieser Mann hat Dinge gesagt, die du nicht hättest hören sollen.«

Dann nickte Odile Veltrup ihrem Begleiter zu. Er drehte die Waffe etwas nach links und feuerte. Die Explosion war betäubend; der alte Mann fiel. Der Killer hob seine Waffe und feuerte erneut; der Priester wurde von dem Schuß im Halbkreis herumgerissen. Plötzlich war sein Kopf eine einzige dunkelrote Masse.

Schweigen.

»Das war eine der brutalsten Taten, die ich je gesehen habe«, sagte Taleniekov. Er würde töten . . . *irgendwie* töten.

»Von Wassili Wassiliewitsch Taleniekov ist das ein großes Wort«, sagte die Veltrup und trat einen Schritt vor. »Haben Sie wirklich geglaubt, daß dieser harmlose alte Mann – dieser Möchtegernpriester einer von *uns* sein könnte?«

»Mein Irrtum lag in dem Mann, nicht in dem Namen. Voroschin ist ein Matarese.«

»Ich muß korrigieren. Veltrup. Wir werden nicht nur geboren, wir werden ausgewählt.« Odile deutete auf ihren toten Vater. »Er ist nie ausgewählt worden. Als sein Bruder im Krieg ums Leben kam, hat Ansel mich gewählt!« Sie funkelte ihn an. »Wir haben uns gefragt, was Sie in Leningrad erfahren haben.«

»Möchten Sie es wirklich wissen?«

»Einen Namen«, antwortete die Frau. »Einen Namen aus einer chaotischen Periode der jüngsten Geschichte. Voroschin. Aber es hat nicht viel zu besagen, daß Sie das wissen. Es gibt nichts, was Sie sagen könnten, keine Anklage, die Sie vorbringen und die die Veltrups nicht leugnen könnten.«

»Das *wissen* Sie nicht.«

»Aber wir wissen genug, nicht wahr?« sagte Odile und blickte zu dem Mann mit der Waffe hinüber.

»Wir wissen genug«, wiederholte der Killer. »In Leningrad habe ich Sie verfehlt. Aber die Frau habe ich nicht verfehlt, die Kronescha, oder? Wenn Sie wissen, was ich meine.«

»Sie!« Taleniekov trat einen Schritt vor; der Mann ließ den Hammer des Revolvers mit dem Daumen knacken.

Wassili blieb stehen, von tiefem Schmerz erfüllt. Er *würde* töten; aber um das tun zu können, mußte er die Kontrolle über sich zurückgewinnen. Über sich und den Schock, den er empfand. *Lodzia, meine Lodzia! Hilf mir.*

Er starrte Odile Veltrup an und sagte mit weicher Stimme, langsam, jedes Wort betonend. *»Per ... nostro ... circolo.«*

Ihr Lächeln verblaßte; ihre weiße Haut wurde noch bleicher. »Wieder aus der Vergangenheit. Von primitiven Leuten, die nicht wissen, was sie sagen. Wir hätten wissen müssen, daß Sie es erfahren würden.«

»Das glauben Sie? Sie glauben, die wissen nicht, was sie sagen?«

»Ja.«

Jetzt oder nie, dachte Taleniekov. Er trat einen Schritt auf die Frau zu. Der Revolver des Mannes schob sich vor, war nur noch einen Meter von ihm entfernt, zielte genau auf seinen Kopf. »Warum sprechen sie dann von dem Hirtenjungen?«

Er machte einen weiteren Schritt; der Killer atmete plötzlich hörbar durch die Nase; gleich würde er schießen; sein Finger spannte sich um den Abzug.

»Halt!« schrie Odile Veltrup.

Die Explosion kam, während Wassili sich duckte. Odile Veltrup hatte den Arm ausgestreckt, um den Schuß zu verhindern. In diesem Augenblick sprang Taleniekov, ganz auf einen einzigen Gegenstand konzentriert. Den Revolver, den *Lauf* des Revolvers.

Er erreichte ihn, seine Finger erfaßten den warmen Stahl; Hand und Handgelenk drehten nach links, zogen herunter, um den größtmöglichen Schmerz zu erzeugen. Dann schoß seine rechte Hand – die Finger gekrümmt und starr – in den Leib des Mannes, riß an den Muskeln, spürte den Brustkasten. Er riß die Hand mit aller Kraft nach oben. Der Killer schrie auf und stürzte.

Wassili wirbelte herum und warf sich auf Odile. In diesem kurzen Augenblick der Gewalt hatte sie gezögert; jetzt reagierte sie präzise. Die Hand unter ihrer Pelzstola zog eine Pistole heraus. Taleniekov riß an der Hand, an der Pistole, warf sie auf den Boden der Kapelle; sein Knie stieß gegen ihre Brust. Der Griff ihrer eigenen Pistole drückte auf ihre Kehle.

»Diesmal wird es keinen Fehler geben!« sagte er. »Keine Kapseln im Mund.«

»Man wird Sie töten!« flüsterte sie.

»Wahrscheinlich«, stimmte Wassili ihr zu. »Aber Sie werden mit mir gehen, und das wollen Sie nicht. Ich hatte unrecht. Sie sind keiner Ihrer Soldaten; die Auserwählten nehmen ihr eigenes Leben nicht.«

»Ich bin die einzige, die das Ihre retten kann.« Der Druck der stählernen Waffe auf ihrem Hals erstickte sie fast. Aber sie fuhr fort. »Der *Hirte* . . . Wo? *Wie?*«

»Sie wollen also etwas erfahren. Gut. Ich auch.« Taleniekov nahm die Pistole von ihrem Hals, drückte seine linke Hand dorthin, wo sie gewesen war. Die Finger seiner rechten Hand fuhren in ihren Mund, drückten die Zunge nieder, suchten in dem weichen Gewebe. Wieder hustete sie, aber nur Schleim und Speichel rannen ihr über das Kinn; sie hatte keine Selbstmordpillen im Mund. Er hatte recht gehabt; die Auserwählten begingen nicht Selbstmord. Dann schob er die Stola weg und betastete sie, zog sie vom Boden hoch, griff um sie herum, stieß sie wieder hinunter, und schob die Hand zwischen ihre Beine, von den Knöcheln bis zur Scham, tastete nach einer Pistole oder einem Messer. Da war nichts. »Stehen Sie auf!« befahl er.

Sie erhob sich nur teilweise, die Knie angezogen, hielt sich den Hals. »Sie müssen es mir *sagen*!« flüsterte sie. »Sie wissen ganz genau, daß Sie nicht hinauskommen. Seien Sie kein Narr, Russe! Retten Sie Ihr Leben! Was *wissen Sie von dem Hirten*?«

»Was bieten Sie mir an, wenn ich es Ihnen sage?«

»Was *wollen* Sie?«

»Was wollen die Matarese!?«

Die Frau schien zu überlegen. »Ordnung.«

»Durch *Chaos*?«

»Ja! Der Hirte? In Gottes Namen, sagen Sie es mir!«

»Ich werde es Ihnen sagen, wenn wir Ihr Anwesen verlassen haben.«

»Nein! *Jetzt.*«

»Glauben Sie, ich lasse mit mir handeln?« Er zog sie hoch. »Wir gehen jetzt. Ihr Freund hier wird in nicht allzu langer Zeit erwachen; ich würde einige Jahre meines Lebens darum geben, sein Leben zu nehmen. Langsam und schmerzhaft, so wie er ein anderes Leben genommen hat. Aber ich werde das nicht tun; er muß gesichtslosen Männern berichten, und dann müssen die handeln; wir müssen sie beobachten. Denn Veltrup ist plötzlich ohne Kopf; Sie werden weit von Essen entfernt sein.«

»Nein!«

»Dann werden Sie sterben«, sagte Taleniekov unbewegt. »Ich bin hereingekommen und komme auch wieder hinaus.«

»Ich habe Befehle erteilt! Niemand darf den Park verlassen!«

»Wer verläßt ihn denn? Ein uniformierter Wachmann kehrt an seinen Posten zurück. Das dort draußen sind keine Matarese. Sie sind genau das, was man von ihnen erwartet: Leute, die man dafür bezahlt, wohlhabende Geschäftsleute zu schützen.« Wassili stieß ihr die Pistole in den Hals. »Entscheiden Sie! Mir ist es gleichgültig.«

Sie zuckte zurück; er packte sie am Hals und zog sie vor, so daß der Lauf der Pistole sich in ihr Fleisch bohrte. Sie nickte. »Wir werden im Wagen meines Vaters reden«, flüsterte sie. »Wir sind beide zivilisierte Menschen. Sie haben Informationen, die ich brauche, und ich habe Ihnen etwas zu eröffnen. Sie können sich jetzt an niemanden außer uns wenden. Es könnte viel schlimmer um Sie stehen.«

Er saß neben ihr auf dem Vordersitz von Walther Veltrups Limousine. Er hatte die Uniform abgelegt und war jetzt nichts mehr und nichts weniger als ein weiterer Hengst in Odile Veltrups Stall. Sie saß hinter dem Steuer, und er hatte den Arm um ihre Schultern gelegt; er drückte ihr die Automatik in die Seite, so daß man es nicht sehen konnte. Als der Mann in dem Wachhäuschen am Tor nickte und sich zur Seite drehte, um den Knopf zu drücken, der das Tor öffnete, lehnte er sich gegen sie; eine Bewegung, die er nicht verstand, eine Geste, und sie war tot. Das wußte sie.

Sie schoß durch das offene Tor, drehte das Lenkrad nach links, er packte es und sein Fuß schob den ihren beiseite, trat auf die Bremse, gleichzeitig riß er den Wagen nach rechts. Er schlitterte, rutschte zur Seite, aber Taleniekov brachte ihn wieder auf Kurs und trat mit dem Fuß den ihren und das Gaspedal nieder.

»Was *machen* Sie?« schrie sie.

»Ich weiche einer möglichen Falle aus.«

Er konnte es in ihren Augen lesen; ein anderer Wagen hatte auf der Straße nach Essen gewartet. Zum drittenmal in kurzer Zeit hatte Odile Veltrup echte Angst.

Sie rasten die Landstraße hinunter; einige hundert Meter vor ihnen konnte er deutlich im Licht der Scheinwerferbalken eine Gabelung erkennen. Er wartete; sie lenkte instinktiv nach rechts. Jetzt hatten sie die Gabelung erreicht, die Biegung begann; seine Hand griff ihr in die Lenkung und gab dem Wagen eine andere Richtung, jagte ihn nach links.

»Sie werden uns *umbringen*!« schrie Odile Veltrup.

»Dann ist mit uns beiden Schluß«, sagte Taleniekov. Der Wald um sie wurde jetzt lichter, vorne konnte man bereits freies Land sehen. »Dieses Feld dort rechts von uns. Fahren Sie an den Rand.«

»*Was?*«

Er hob die Pistole und hielt sie ihr an die Schläfe. »Anhalten«, wiederholte er.

Sie stiegen aus. Wassili zog die Schlüssel aus dem Zündschloß und schob sie in die Tasche. Er stieß sie nach vorne ins Gras; sie gingen auf die Mitte des Feldes zu. In der Ferne war ein Bauernhaus zu sehen, dahinter eine Scheune. Lichter waren keine zu erkennen; die Bauern vom Stadtwald schliefen. Aber der Wintermond war heller als es auf dem Gildenplatz gewesen war.

»Was werden Sie tun?« fragte Odile.

»Feststellen, ob Sie denselben Mut haben, den Sie von Ihren Soldaten verlangen.«

»Taleniekov, hören Sie mir zu! Was auch immer Sie mit mir

machen, es wird nichts ändern. Es ist schon viel zu weit gegangen. Die Welt braucht uns dringend!«

»Diese Welt braucht Mörder?«

»Um sie vor Mördern zu *retten*! Sie sprechen von dem Hirten. *Er* weiß es. Können Sie daran *zweifeln*? Schließen Sie sich uns an. Kommen Sie zu uns.«

»Vielleicht werde ich das tun. Aber ich muß wissen, wohin Ihr Weg führt.«

»Machen wir einen Handel?«

»Ich kann wiederum nur sagen: Vielleicht.«

»Wo haben Sie von dem Hirten gehört?«

Wassili schüttelte den Kopf. »Tut mir leid, Sie zuerst. Wer sind die Matarese? *Was* sind sie? Was tun sie?«

»Ihre erste Antwort«, sagte Odile und schob ihre Stola auseinander, riß ihr Kleid vom Hals her auf, so daß die Knöpfe von den Fäden platzten, legte ihre Brüste frei. »Das ist etwas, von dem wir wissen, daß Sie es gefunden haben«, fügte sie hinzu.

Im Mondlicht sah es Taleniekov. Größer als er es bisher gesehen hatte, ein ausgefranster Kreis, der Teil der Brust und Teil ihres Körpers war. Das Zeichen der Matarese. »Das Grab in den Hügeln von Korsika«, sagte er. »*Per nostro circolo.*«

»Es kann auch das *Ihre* sein«, sagte Odile, ihre Hand griff nach der seinen. »Wie viele Liebhaber haben an diesem Busen gelegen und mein so besonderes Muttermal bewundert. Sie sind der *Beste*, Taleniekov. Schließen Sie sich den Besten an. Lassen Sie mich diejenige sein, die Sie zu uns bringt!«

»Vor einer kurzen Weile sagten Sie, ich hätte keine Wahl. Sie würden mir etwas offenbaren, mich dazu zwingen, daß ich mich Ihnen anschließe. Was ist das?«

Odile zog ihr Kleid wieder zusammen. »Der Amerikaner ist tot. Sie sind alleine.«

»*Was?*«

»Scofield ist getötet worden.«

»*Wo?*«

»In Washington . . .«

Ein Motorengeräusch unterbrach sie. Scheinwerferbalken tanzten über die Straße, die im Süden aus dem Wald herausführte; ein Wagen tauchte auf. Dann hielt er plötzlich am Straßenrand hinter der Limousine an; er konnte, ehe die Scheinwerfer abgeschaltet wurden, drei Männer herausspringen sehen.

Der Fahrer folgte dicht hinter ihnen. Alle waren bewaffnet; zwei trugen Gewehre.

»Sie haben mich gefunden«, schrie Odile Veltrup. »Ihre Antwort, Taleniekov! Sie haben wirklich keine Wahl, das begreifen Sie jetzt doch, oder? Geben Sie mir die Pistole. Ein Befehl von mir kann Ihr Leben ändern. Sonst sind Sie ein toter Mann.«

Wassili sah sich verstört um; die Felder dehnten sich endlos in die Dunkelheit. Flucht war kein Problem – vielleicht nicht einmal die richtige Entscheidung. Scofield *tot*? In *Washington*? Er war nach England unterwegs gewesen; was hatte ihn denn so schnell nach Washington getrieben? Aber Odile log nicht; darauf hätte er sein Leben verwettet! Sie hatte die Wahrheit gesagt, so wie sie die Wahrheit kannte – ebenso wie ihr Angebot ehrlich war. Die Matarese würden einen Wassili Taleniekov gut gebrauchen können.

War das der Weg? Der *einzige* Weg?

»Ihre Antwort!« Odile stand reglos da, die Hand ausgestreckt.

»Ehe ich antworte, eine Frage an Sie. Wann ist Scofield getötet worden? Wie?«

»Er ist vor zwei Wochen erschossen worden an einem Ort, der sich Rock Creek Park nennt.«

Eine Lüge. Eine *kalkulierte* Lüge! Man hatte sie belogen. Hatten sie einen Verbündeten inmitten der Matarese? Wenn ja, dann mußte er diesen Verbündeten erreichen. Wassili drehte die Automatik herum, bot sie Odile an. »Ich habe keinen anderen Ausweg. Ich schließe mich Ihnen an. Geben Sie Befehl.«

Sie drehte sich herum und schrie: »Männer! Nicht schießen! Die Waffen hoch!«

Ein Lichtbündel schoß herüber. Taleniekov sah, was sie nicht sah – und wußte im gleichen Augenblick, was sie nicht wußte. Die Lampe wurde von einem Mann gehalten, um die drei anderen frei zu machen; obwohl der Lichtkegel auch ihn erfaßte, war er nicht auf ihn gerichtet. Er war auf *sie* gerichtet. Er ließ sich nach links ins Gras fallen. Die Gewehre auf der anderen Seite des Feldes feuerten eine Salve.

Ein anderer Befehl war erteilt worden. Odile Veltrup schrie. Sie wurde zu Boden geschleudert, knickte in der Mitte nach vorne ab und wurde dann unter der Wucht der auftreffenden Geschosse nach hinten gefegt.

Weitere Schüsse folgten, wühlten die Erde rechts von Taleniekov auf, als er davonrannte. Die Rufe wurden lauter, als die Männer angriffen, sich an dem Punkt trafen, auf dem noch vor Sekunden ein lebendes Mitglied des Matarese-Bundes gestanden hatte – einen Befehl erteilt hatte, der ihr nicht zukam.

Wassili erreichte den relativen Schutz der Wälder. Er erhob sich und rannte in die Dunkelheit hinein, wußte, daß er bald haltmachen, umkehren und auf seinem Weg zurück zu der Limousine einen Mann töten würde. Ebenfalls in der Dunkelheit.

Der ältliche Musiker saß in der letzten Reihe der Maschine und hielt einen schäbigen Violinkasten zwischen den Knien. Er dankte abwesend der Stewardeß für die Tasse heißen Tee; seine Gedanken waren weit weg und erforderten seine ganze Konzentration.

In einer Stunde würde er in Paris sein, sich mit dem Mädchen aus Korsika treffen und Verbindung mit Scofield aufnehmen. Es war wichtig, daß sie jetzt abgestimmt handelten; die Dinge entwickelten sich zu schnell. Er mußte sich Beowulf Agate in England anschließen.

Zwei der Namen auf der Gästeliste von Guillaume de Matarese, die jetzt siebzig Jahre alt war, konnten durchgestrichen werden.

Scozzi. Tot.

Voroschin-Veltrup. Tot.

Geopfert.

Die direkten Abkömmlinge waren ersetzbar. Das bedeutete, daß sie nicht die wahren Erben des korsischen *Padrone* waren. Sie waren nur Boten gewesen, hatten anderen, Mächtigeren Geschenke gebracht, die viel besser geeignet waren, das korsische Fieber auszubreiten.

Diese Welt braucht Mörder?

Um sie vor Mördern zu retten! hatte Odile Veltrup gesagt.

Rätsel.

David Waverly, Foreign Secretary, Großbritannien.

Joshua Appleton IV, Senator, Kongreß der Vereinigten Staaten.

Waren sie auch nur Boten, auf die man verzichten konnte?

Oder waren sie etwas anderes? Trugen auch sie den zackigen blauen Kreis auf der Brust? Hatte Scozzi ihn getragen? Wenn sie ihn trugen, oder Scozzi ihn getragen hatte, war jenes unnatürliche Mal das Zeichen mystischer Besonderheit, wie Odile Veltrup angenommen hatte? Denn Wassili kam es in den Sinn, daß immer, wo dieses Mal auftauchte, der Tod ein Partner war.

Scofield suchte jetzt in England. Derselbe Beowulf Agate, den irgendein Mitglied der Matarese als im Rock Creek Park getötet gemeldet hatte. Wer war dieser Jemand? Warum war der falsche Bericht verbreitet worden? Es war gerade, als wünschte jene Person, daß Scofield verschont wurde, dem Zugriff der Meuchelmörder der Matarese entzogen. Aber warum?

Sie sprechen von dem Hirten. Er weiß es! Können Sie daran zweifeln?

Der Hirte. Ein Hirtenjunge.

Rätsel.

Taleniekov stellte den Tee auf das Tablett vor sich. Der Mann neben ihm stieß ihn mit dem Ellbogen an. Der Geschäftsmann aus Essen war eingeschlafen, sein Arm zur Seite gerutscht. Wassili konnte ihn wegschieben. Dabei fiel sein Blick auf die Zeitung, die auf dem Schoß des Deutschen lag.

Das Foto starrte ihn an, der Atem stockte ihm. Schmerz schoß durch eine Brust.

Das lächelnde, freundliche Gesicht gehörte Heinrich Kassel. Dicke Lettern über dem Foto schrien es hinaus.

Rechtsanwalt ermordet

Heinrich Kassel, einer der prominentesten Anwälte Essens, ist vergangene Nacht vor seinem Haus in seinem Wagen ermordet aufgefunden worden. Der Mord wird von den Behörden als bizarr und brutal dargestellt. Kassel ist erwürgt worden, Gesicht und Körper zeigen zahlreiche Verletzungen. Einer der eigenartigsten Aspekte der Tat ist, daß man die Oberkleidung des Opfers aufgerissen und die Brust freigelegt hatte, auf der man einen dunkelblauen Kreis gefunden hat. Als die Leiche kurz nach Mitternacht aufgefunden wurde, war die Farbe noch feucht.

Per nostro circolo.

Wassili schloß die Augen. Mit dem Namen *Voroschin* hatte er das Todesurteil über Kassel gesprochen. Es war vollstreckt worden.

TEIL III

28

»Scofield?« Man sah dem graugesichtigen Mann sein Erstaunen an; er stieß den Namen erschreckt hervor.

Bray drängte sich durch die Menschenmenge in der Untergrundstation von London und rannte auf den Charing-Cross-Ausgang zu. Jetzt war es passiert; es hatte über kurz oder lang so kommen müssen. Eine Hutkrempe konnte ein Gesicht nicht verbergen, wenn ein geschultes Auge es sah. Auch noch so ungewöhnliche Kleidung konnte einen Profi nicht mehr von einem ablenken, sobald er das Gesicht einmal registriert hatte.

Und sein Gesicht war soeben registriert worden. Der Mann, der ihn identifiziert hatte – und jetzt ohne Zweifel zum nächsten Telefon rannte –, war ein in vielen Jahren erfahrener Agent der Central Intelligence Agency, der in der amerikanischen Botschaft am Grosvenor Square stationiert war. Scofield kannte ihn flüchtig; ein oder zwei Mittagessen im The Guinea; zwei oder drei Konferenzen, wie sie unweigerlich stattfanden, ehe Consular Operations in Gebiete eindrang, die die Firma sozusagen als ihr Privateigentum betrachtete. Es war keine nähere Bekanntschaft, nur eine sehr kühle Beziehung. Der Mann kämpfte für die Vorrechte des CIA, und Beowulf Agate hatte zu oft seine Befugnisse überschritten.

Verdammt! Binnen weniger Minuten würde die ganze US-Organisation in London alarmiert sein. Binnen Stunden würde jeder Mann, jede Frau und jeder bezahlte Informant in der Stadt ausschwärmen und nach ihm Ausschau halten. Es war durchaus möglich, daß man sogar die Briten um Unterstützung bat, aber das war unwahrscheinlich. Die Stellen in Washington, die Brandon Alan Scofields Tod wünschten, wollten nicht, daß man ihn verhörte; das war nicht englischer Stil. Nein, man würde auf die Briten verzichten.

Darauf stützte sich Brays Hoffnung. Es gab da einen Mann, dem er vor einigen Jahren einmal behilflich gewesen war in einer Situation, die wenig mit ihren Berufen zu tun hatte. Brays Hilfe war es zuzuschreiben gewesen, daß der Engländer seine Position in der britischen Abwehr hatte behalten können. Er war sogar zu einer Position von beträchtlicher Bedeutung aufgestiegen.

Roger Symonds hatte $ 2000 aus den Beständen von MI-6 an den Spieltischen von Les Ambassadeurs verspielt. Bray hatte die Summe aus einem seiner Konten ersetzt. Der Betrag war nie zurückgezahlt worden. Nicht aus Unehrlichkeit, sondern nur, weil die Wege Scofields sich nicht mehr mit denen von Symonds gekreuzt hatten. In ihrem Beruf hinterließ man keine Nachsendeadressen.

Jetzt würde er eine Art von Rückzahlung erbitten. Daß man sie anbieten würde, bezweifelte Scofield nicht. Ob es aber wirklich zum Ausgleich der Schuld kommen würde, war eine andere Frage. Wenn Roger Symonds erfuhr, daß er auf Washingtons Abschußliste stand, würde sich diese Frage gar nicht stellen. Abgesehen von seinen Schulden nahm der Engländer seine Arbeit ernst; sein Gewissen würde nicht von einem Fuchs oder Philby belastet werden. Ganz zu schweigen von einem ehemaligen Killer der Consular Operations, der möglicherweise inzwischen zum bezahlten Meuchelmörder geworden war.

Bray wollte, daß Symonds ein privates isoliertes Treffen zwischen ihm und dem britischen Außenminister David Waverly arrangierte. Die Zusammenkunft mußte vereinbart werden, ohne daß dabei Scofields Name fiel. Der britische Agent würde sich sträuben, würde glattweg ablehnen, wenn er erfuhr, daß Washington Jagd auf ihn machte. Scofield wußte, daß er ein glaubwürdiges Motiv vorbringen mußte; bis jetzt war ihm noch keines eingefallen.

Er rannte aus der Charing-Cross-Station und reihte sich in den Strom von Fußgängern ein, die auf dem »Strand« südwärts gingen. Am Trafalgar Square überquerte er die Straße und mischte sich in die abendliche Menge. Er sah auf die Uhr. Es war 18.15 Uhr, 19.15 Uhr in Paris. In dreißig Minuten sollte er Toni in ihrer Wohnung in der Rue de Bac anrufen. Ein paar Straßen weiter, am Haymarket, gab es Telefonzellen. Er würde sich Zeit lassen, sich unterwegs einen neuen Hut und eine Jacke kaufen. Der CIA-Mann würde seine Kleidung präzise beschreiben; es war unerläßlich, daß er sie wechselte.

Er trug noch dieselbe Windjacke, die er in Korsika getragen hatte, dieselbe Schiffermütze mit Schild. Er ließ sie in einer Umkleidekabine von Dunns, kaufte eine dunkle Mackinaw-Jacke aus Tweed und einen irischen Walking Hat, wie man ihn dort auf dem Lande trägt. Die weiche Krempe zog er herunter, so daß sein Gesicht zum größten Teil überschattet wurde. Dann ging er weiter in südlicher Richtung, jetzt schneller, arbeitete sich durch die engen Hintergassen zum Haymarket vor.

Er zahlte bei einer der Angestellten an der Theke, ließ sich eine Zelle zuweisen, ging hinein und schloß die Glastüre hinter sich; er wünschte sich, sie wäre nicht aus Glas. Es war zehn Minuten vor sieben. Antonia wartete jetzt bestimmt schon am Telefon. Sie hatten eine halbe Stunde Toleranz verabredet, für den Fall, daß der Telefonverkehr zu dicht war. Wenn er sie nicht bis 20.15 Uhr nach Pariser Zeit erreichte, würde sie seinen nächsten Anruf zwischen 23.45 Uhr und 00.15 Uhr erwarten. Darauf hatte Toni bestanden, es war ihre einzige Bedingung gewesen. Sie wollte jeden Tag mit ihm sprechen. Bray hatte keine Einwände gehabt. Er war gleichsam von den Toten auferstanden und hatte etwas gefunden, was für ihn sehr wertvoll war, etwas, von dem er geglaubt hatte, er hätte es für immer verloren. Er konnte wieder lieben. Das erregende Gefühl der Erwartung war ihm zurückgegeben worden. Der Klang einer Stimme regte ihn an, die Berührung einer Hand hatte wieder Bedeutung. Er hatte Antonia Gravet im ungeeignetsten Augenblick seines Lebens gefunden. Doch war es gerade das, was seinem Leben wieder eine Bedeutung verlieh, die er seit vielen Jahren nicht mehr gekannt hatte. Er wollte leben und gemeinsam mit ihr alt werden, so einfach war das. Und doch bemerkenswert. Früher hatte er nie daran gedacht, alt zu werden; höchste Zeit, daß er damit begann.

Wenn die *Matarese* es zuließen.

Die *Matarese*. Eine internationale Macht ohne Profil, mit Anführern ohne Gesicht, Männern, deren Ziel er nicht kannte.

Chaos? *Warum?*

Chaos! Plötzlich befaßte Scofield sich mit der Urbedeutung des Wortes. Der Zustand formloser Materie. Körper, die ziellos durch das All strebten, ehe die Schöpfung eingesetzt hatte. Ehe dem Universum Ordnung aufgeprägt worden war.

Das Telefon klingelte; Bray nahm schnell den Hörer ab.

»Wassili ist hier«, sagte Antonia.

»In *Paris?* Wann ist er angekommen?«

»Heute nachmittag. Er ist verwundet.«

»Schlimm?«

»Am Hals. Er müßte genäht werden.«

Einen Augenblick lang herrschte Stille. Offenbar wurde der Hörer weitergereicht, oder weggenommen.

»Er müßte schlafen«, sagte Taleniekov auf englisch. »Aber zuerst muß ich Ihnen einiges sagen, ein paar Warnungen.«

»Was ist mit Voroschin?«

»Er hat das V aus praktischen, wenn auch unsinnigen Gründen beibehalten. Er ist zu Veltrup geworden. Ansel Veltrup.«

»Die *Veltrup*-Werke?«

»Ja.«

»Großer Gott!«

»Daran hat sein Sohn geglaubt.«

»Was?«

»Das ist jetzt unwichtig; ich habe Ihnen sehr viel zu erzählen. Seine Enkelin war die Auserwählte. Sie ist tot, auf Befehl der Matarese getötet.«

»So wie Scozzi«, sagte Scofield.

»Genau«, pflichtete der Russe ihm bei. »Sie waren nur Gefäße; sie trugen die Pläne, standen aber unter dem Befehl anderer. Ich bin gespannt, was aus den Veltrup-Firmen wird. Sie sind jetzt ohne Führung. Wir müssen aufpassen, wer die Leitung übernimmt.«

»Dann sind wir zu dem gleichen Schluß gelangt«, sagte Bray. »Die Matarese arbeiten durch Vermittlung großer Firmen.«

»So scheint es, aber ich habe nicht die leiseste Ahnung, was sie damit bezwecken. Das Ganze ist sehr widersprüchlich.«

»Chaos . . .« Scofield sprach das Wort mit leiser Stimme.

»Wie bitte?«

»Nichts. Sie sagten, Sie wollten mich warnen.«

»Ja. Die haben unsere Akten sorgfältig studiert. Anscheinend kennen sie jeden Kontakt, den wir je hatten, jeden alten Freund, jede Drohne, die wir je benutzt haben, jeden . . . Lehrer, jede Freundin. Sie müssen vorsichtig sein.«

»Aber das, was nie aktenkundig wurde, können sie nicht wissen; sie können nicht alles abdecken.«

»Darauf sollten Sie sich nicht verlassen. Haben Sie mein Telegramm bezüglich der Körperzeichen bekommen?«

»Das ist verrückt! Killerkommandos, die sich selbst identifizieren? Ich kann das einfach noch nicht glauben.«

»Das sollten Sie aber«, sagte Taleniekov. »Aber da ist noch etwas, das ich nicht erklären konnte. Sie begehen Selbstmord; sie lassen sich nicht festnehmen. Das bringt mich auf die Idee, daß ihre Zahl vielleicht gar nicht so groß ist, wie ihre Anführer uns glauben machen wollen. Es sind eine Art von Elitesoldaten, die man in gefährdete Regionen schickt. Man sollte sie nicht mit bezahlten Revolvermännern verwechseln, die von Zweiten und Dritten eingesetzt werden.«

Bray überlegte einen Augenblick lang, erinnerte sich. »Sie wissen doch, was Sie da beschreiben, oder?«

»Und ob ich das weiß«, erwiderte der Russe. »Hassan Ibn-al-Sabbah. Die *Fida'is.*«

»Kader von Meuchelmördern . . . bis der Tod uns von unseren Freunden trennt. Wie hat man das den modernen Umständen angepaßt?«

»Ich habe da eine Theorie; aber die kann natürlich unsinnig sein. Wir sprechen darüber, wenn ich Sie sehe.«

»Wann wird das sein?«

»Morgen nacht; vielleicht auch früh am nächsten Morgen. Ich kann in Cap Gris einen Piloten und ein Flugzeug chartern; das wäre nicht das erstemal. Es gibt einen privaten Flugplatz zwischen Hyth und Ashford. Ich sollte gegen eins in London sein, spätestens zwischen zwei und drei. Ich weiß, wo Sie wohnen, das hat mir das Mädchen gesagt.«

»Taleniekov.«

»Ja?«

»Sie heißt Antonia.«

»Das weiß ich.«

»Lassen Sie mich mit ihr sprechen.«

»Natürlich. Hier ist sie.«

Er fand den Namen im Londoner Telefonbuch: *R. Symonds, Brdbry Ln, Chelsea.* Er prägte sich die Telefonnummer ein und rief das erstemal um 7.30 Uhr aus einer Telefonzelle am Piccadilly Circus an. Die Frau, die das Gespräch entgegennahm, sagte ihm höflich, Mr. Symonds sei von seinem Büro nach Hause unterwegs.

»Er müßte jeden Augenblick kommen. Soll ich ihm sagen, daß Sie angerufen haben? Wie ist Ihr Name?«

»Der Name würde ihm nichts sagen. Ich rufe etwas später noch einmal an. Vielen Dank.«

»Er hat ein ausgezeichnetes Gedächtnis. Wollen Sie auch ganz sicher Ihren Namen nicht sagen?«

»Ganz sicher, vielen Dank.«

»Er kommt unmittelbar aus dem Büro.«

»Ja, ich verstehe.«

Scofield legte auf, er war etwas beunruhigt. Er verließ die Zelle und ging die Piccadilly Street hinunter, vorbei an Fortnum und Mason zur St. James Street und dann noch ein Stück weiter. Am Eingang zum Green Park gab es eine weitere Zelle, inzwischen waren etwas mehr als zehn Minuten verstrichen. Er wollte die Stimme der Frau noch einmal hören.

»Ist Ihr Mann inzwischen nach Hause gekommen?« fragte er.

»Er hat *gerade* aus einem Lokal angerufen, es ist nicht zu glauben. Das Brace and Bits an der Old Church Road. Ziemlich gereizt übrigens. Er muß einen *schrecklichen* Tag gehabt haben.«

Bray legte auf. Er kannte die Nummer von MI-6 London; in seinem Beruf merkte man sich die. Er wählte.

»Mr. Symonds, bitte. Wichtig.«

»Sofort, Sir.«

Roger Symonds war nicht nach Hause unterwegs und hielt sich auch nicht in einem Pub namens The Brace and Bits auf. Trieb er mit seiner Frau ein Spiel?

»Hier Symonds«, sagte die vertraute englische Stimme.

»Ihre Frau hat mir gerade gesagt, Sie seien nach Hause unterwegs und wären dann im The Brace and Bits aufgehalten worden. Ist Ihnen nichts Besseres eingefallen?«

»Ich bin was? . . . Wer spricht?«

»Ein alter Freund.«

»Kein besonders guter, fürchte ich. Ich bin nicht verheiratet. Meine Freunde wissen das.«

Bray hielt einen Augenblick inne und sagte dann eindringlich: »Schnell. Geben Sie mir eine saubere Nummer, oder eine mit einem Zerhacker. *Schnell!*«

»Wer spricht denn?«

»Zweitausend Pfund.«

Symonds brauchte weniger als eine Sekunde, um zu begreifen und zu reagieren; er rasselte eine Nummer herunter, wiederholte sie einmal und fügte dann hinzu: »Keller. Fünfundvierzig Stockwerke.«

Dann klickte es; die Leitung war tot. Fünfundvierzig Stockwerke zum Keller bedeutete, daß er die Zahl halbieren mußte, minus eins. Er sollte die Nummer in genau zweiundzwanzig Minuten anrufen – innerhalb einer Spanne von einer Minute – dann würden Zerhackergeräte eingeschaltet sein. Er verließ die Zelle, um eine andere zu finden, eine, die er innerhalb der vorgeschriebenen Zeitspanne erreichen konnte. Man konnte Telefongespräche nach beiden Seiten überwachen; es war durchaus möglich, daß die Zelle am Green Park binnen weniger Minuten überwacht wurde.

Er ging die Old Bond Street hinauf in die New Bond Street, bis er die Oxford Street erreichte; dort bog er nach rechts und fing dann zu laufen an, bis er zur Wardour Street kam. In der Wardour Street verlangsamte er seine Schritte, bog noch einmal nach rechts und tauchte in den Menschenmassen von Soho unter.

Verstrichene Zeit: neunzehneinhalb Minuten.

An der Ecke der Shaftesbury Avenue war eine Zelle; in ihr stand ein bleichgesichtiger junger Mann in einem schreiend blauen Anzug, der in den Hörer brüllte. Scofield wartete an der Tür und sah auf die Uhr.

Einundzwanzig Minuten.

Er konnte das Risiko nicht eingehen. Er holte eine Fünfpfundnote heraus und klopfte ans Glas. Der junge Mann drehte sich um, sah den Geldschein und machte eine obszöne Handbewegung.

Bray öffnete die Tür, legte die linke Hand auf die grellblaue Schulter und drückte zu. Als der unfreundliche junge Mann zu schreien begann, zog er ihn aus der Zelle, ließ ihn über seinen linken Fuß stolpern und die Fünfpfundnote auf ihn fallen. Sie schwebte, der junge Mann griff danach und rannte weg.

Einundzwanzig Minuten und dreißig Sekunden.

Scofield atmete ein paarmal tief durch, versuchte, das wilde Pochen in seiner Brust zu verlangsamen. Zweiundzwanzig Minuten. Er wählte.

»Gehen Sie nicht nach Hause«, sagte Bray, kaum daß Symonds an der Leitung war.

»Und bleiben *Sie* nicht in London!« antwortete er. »Grosvenor Square sucht Sie.«

»Das *wissen* Sie? Washington hat Sie *eingeschaltet*?«

»Das nicht. Die sagen kein Wort über Sie. Man hat Sie abgeschrieben, off-limits. Wir haben uns schon vor einigen Wochen näher über Sie informieren wollen, als wir es erfuhren.«

»Von *wem* erfuhren?«

»Von unseren Gewährsleuten in Rußland. Im KGB. Die sind auch hinter Ihnen her, aber die waren das ja schon immer.«

»Was hat Washington gesagt, als Sie nachfragten?«

»Die haben das Ganze heruntergespielt. Unterlassene Meldung des Aufenthaltsortes, so etwas Ähnliches. Denen ist das Ganze zu peinlich, als daß sie den Unsinn offiziell bestätigen wollten. Bauen Sie da etwas auf? Dort drüben ist eine ganze . . .«

»Wie haben Sie von der Suchmeldung erfahren?« unterbrach Scofield.

»Ach, hören Sie auf, wir behalten alles im Auge, das wissen Sie doch. Eine Anzahl von Leuten, die auf der Lohnliste von Grosvenor stehen, schulden uns mehr Loyalität.«

Bray wunderte sich. »Roger, warum sagen Sie mir das? Ich glaube nicht, daß das nur wegen zweitausend Pfund ist.«

»Die zweitausend Pfund liegen seit dem Morgen nach der Nacht, in der Sie mich herausgehauen haben, auf einem Konto in Chelsea und tragen dort Zinsen.«

»Warum dann?«

Symonds räusperte sich; ein richtiger Engländer, der nicht umhin konnte, seine Gefühle zu zeigen. »Ich habe keine Ahnung, was Sie für Ärger dort drüben haben. Ich glaube auch nicht, daß es mich wirklich interessiert. Sie sind manchmal so puritanisch, aber ich war wirklich erschüttert, als ich von unserem ersten Gewährsmann in Washington erfuhr, daß das State Department die russische Lesart glaubt. Wie gesagt, es ist nicht nur, daß es unsinnig ist, ich finde es einfach widerlich.«

»Eine Lesart? Was für eine Lesart?«

»Daß Sie mit der Schlange gemeinsame Sache machen.«

»Der ›Schlange‹?«

»So nennen wir Wassili Taleniekov, ein Name, an den Sie sich sicher erinnern. Um es noch einmal zu sagen, ich weiß nicht, was Sie für Ärger haben, aber eine gottverdammte Lüge *erkenne* ich, eine makabre Lüge übrigens, wenn ich eine höre.« Symonds räusperte sich erneut. »Einige von uns erinnern sich an Ost-Berlin. Ich war hier, als Sie aus Prag zurückkamen. Wie können die es wagen . . . Nach dem, was Sie *getan* haben? Diese widerlichen Bastarde!«

Scofield atmete tief durch. »Roger, gehen Sie nicht nach Hause.«

»Ja, das haben Sie schon einmal gesagt.« Symonds war erleichtert, daß sie jetzt wieder von praktischen Dingen sprachen; das war wieder seine Stimme. »Sie sagen, jemand sei dort und behauptet, meine Frau zu sein?«

»Wahrscheinlich nicht im Haus, aber ganz in der Nähe, wo man eine gute Aussicht hat. Die haben Ihr Telefon angezapft, und die Anlage ist gut. Kein Echo, kein Rauschen.«

»*Mein* Telefon? *Mich* beschatten die? In *London*?«

»Die überwachen Sie; sie sind hinter mir her. Sie wußten, daß wir Freunde waren, und dachten, ich könnte versuchen, mit Ihnen Kontakt aufzunehmen.«

»Verdammte *Unverschämtheit!* Ich werde in diese Botschaft eine Bombe legen, daß diesem lächerlichen Scheißadler die Goldfedern versengen! Die sind *zu weit* gegangen!«

»Es sind nicht die Amerikaner.«

»*Nicht* die? . . . Bray, um Gottes willen, wovon reden Sie?«

»Das ist es ja. Wir müssen reden. Aber wir müssen das ganz kompliziert machen. Zwei Netze suchen mich, und eines davon überwacht Sie. Die Leute verstehen ihr Handwerk.«

»Das werden wir schon sehen«, brauste Symonds auf. Er war jetzt verärgert, fühlte sich herausgefordert und war neugierig. »Ich würde sagen, mit ein paar Fahrzeugen, ein oder zwei Strohmännern und ein paar offiziellen Lügen schaffen wir das schon. Wo sind Sie?«

»In Soho. Ecke Wardour und Shaftesbury.«

»Gut. Gehen Sie zur Tottenham Court Avenue hinüber. In etwa zwanzig Minuten wird ein grauer Mini – hinteres Nummernschild etwas schief – aus südlicher Richtung in die Oxford Street biegen und am Bürgersteig halten. Der Fahrer ist ein Neger, ein Bursche aus Westindien; er ist Ihr Kontaktmann. Steigen Sie zu ihm in den Wagen; dann wird die Maschine wieder anspringen.«

»Vielen Dank, Roger.«

»Keine Ursache. Aber erwarten Sie bloß nicht, daß ich die zweitausend Piepen dabei habe. Die Banken sind geschlossen, müssen Sie wissen.«

Scofield nahm auf dem Beifahrersitz des Mini Platz. Der schwarze Fahrer musterte ihn scharf, aber höflich, seine rechte Hand war nicht zu sehen. Offensichtlich hatte man dem Mann eine Fotografie gegeben. Bray nahm den irischen Hut ab.

»Danke«, sagte der Fahrer. Seine Hand fuhr schnell in seine Tasche, dann griff er das Lenkrad. Der Motor sprang an. Sie rollten aus der Tottenham Court Avenue. »Mein Name ist Israel. Sie sind Brandon Scofield – offensichtlich. Freut mich, Ihre Bekanntschaft zu machen.«

»Israel?« fragte er.

»Richtig, Mon«, erwiderte der Fahrer und lächelte. In seiner Stimme klang plötzlich ein schwerer westindischer Akzent mit. »Ich glaube nicht, daß meine Eltern dabei an das Zusammengehörigkeitsgefühl der Minoritäten dachten, aber sie waren begeisterte Bibelleser. Israel Isles.«

»Ein hübscher Name.«

»Meine Frau findet, die haben ihre Chance vertan, wie ihr Amerikaner sagt. Sie meint immer wieder, wenn die statt dessen Ishmael ausgewählt hätten, dann würde mich keiner vergessen, wenn ich mich einmal vorgestellt habe.«

»›Nennt mich Ishmael‹ ...«, lachte Bray. »Ja, das kann man wohl sagen.«

»Ich rede so, weil ich ein wenig nervös bin, wenn ich das sagen darf«, erklärte Isles.

»Warum?«

»Wir haben in der Ausbildung einige von Ihren Leistungen studiert; es liegt noch gar nicht so lange zurück. Ich spiele hier den Chauffeur für einen Mann, dem wir alle gerne nacheifern würden.«

Das leichte Lächeln verschwand aus Scofields Gesicht. »Das ist sehr schmeichelhaft. Ich bin sicher, daß Ihnen das gelingt, wenn Sie es wollen.« *Wenn Sie dann so alt werden wie ich, dann sind Sie hoffentlich der Ansicht, daß es das wert war.*

Sie fuhren in südlicher Richtung aus London heraus, auf der Straße, die nach Heathrow führte, bogen in Redhill in westlicher Richtung von der Hauptstraße ab, ins offene Land. Israel Isles hatte genügend Einfühlungsvermögen, um seine leichte Plauderei einzustellen. Offenbar begriff er, daß er einen entweder sehr nachdenklichen oder erschöpften Amerikaner fuhr. Bray war für sein Schweigen dankbar; er mußte eine sehr schwierige Entscheidung treffen. Aber ganz gleich, wie er sich entschied, das Risiko war ungeheuer groß.

Und doch war ihm ein Teil der Entscheidung bereits aufgezwungen worden. Deshalb mußte er Symonds sagen, daß es zunächst gar nicht um Washington ging. Er durfte nicht zulassen, daß Roger seinen fehlgeleiteten Ärger an der amerikanischen Botschaft ausließ; die Botschaft hatte sein Telefon gar nicht angezapft. Das waren die Matarese.

Aber wenn er dem anderen die ganze Wahrheit offenbarte, so bedeutete das, daß er Symonds mit hineinzog. Dieser würde nicht stumm bleiben. Er würde andere aufsuchen; die wiederum würden zu ihren Vorgesetzten gehen. Es war nicht die Zeit, von einer so umfassenden Verschwörung zu sprechen, die gleichzeitig so widersprüchlich war, daß man sie als das Produkt von zwei abgeschriebenen Abwehrbeamten abtun würde, die beide in ihren jeweiligen Ländern wegen Hochverrats gesucht wurden. Die Zeit *würde* kommen, aber jetzt war sie noch nicht reif. In Wahrheit besaßen sie nämlich nicht einmal die Spur eines Beweises. Alles, was sie als wahr erkannt hatten, ließ sich so leicht als paranoides Geschwätz von Verrückten und Verrätern abtun. Von außen betrachtet, lag die ganze Logik auf der Seite ihrer Feinde. Warum sollten die Anführer mächtiger Gesellschaften, deren Erfolg auf Stabilität beruhte, das Chaos finanzieren?

Chaos. Formlose Materie, Körper, die im Weltraum gegeneinander prallten . . .

»In ein paar Minuten werden wir unser erstes Ziel erreichen«, sagte Israel Isles.

»Erstes Ziel?«

»Ja. Unsere Fahrt verläuft in zwei Etappen. Wir wechseln dort vorne die Fahrzeuge; der Wagen hier wird nach London zurückgefahren – ein schwarzer Chauffeur mit einem weißen Passagier. Wir setzen die Fahrt in einem anderen Wagen fort. Die nächste Etappe dauert eine knappe Viertelstunde. Aber es kann sein, daß Mr. Symonds sich etwas verspätet. Er mußte viermal in städtischen Garagen die Wagen wechseln.«

»Ich verstehe«, sagte Scofield erleichtert. Der Westinder hatte Bray gerade eine Antwort geliefert. Ebenso wie das Zusammentreffen mit Symonds in Etappen verlief, würde auch er seine Erklärung in Etappen vorbringen. Er würde Symonds einen Teil der Wahrheit berichten, aber nichts, was den Außenminister David Waverly betraf. Waverly mußte auf höchst vertraulichem Wege Informationen erhalten. Die Entscheidungen in der Außenpolitik konnten davon beeinträchtigt werden, wenn bekannt wurde, daß insgeheim große Kapitaltransaktionen stattfanden. *Das* war die Information, die Scofield zugegangen war und die er überprüft hatte: umfangreiche Kapitalverschiebungen. Obwohl alle geheimen Manöver dieser Art gründlich von den jeweiligen Abwehrorganisationen überprüft wurden, gingen diese weit über die Befugnisse von MI-5 und MI-6 hinaus, ebenso über die Interessen des FBI und des CIA.

In Washington gab es Leute, die ihn daran hindern wollten, das, was er wußte, aber nicht beweisen konnte, weiterzusagen. Die sicherste Methode, das zu erreichen, war, ihn zu diskreditieren, ihn zu töten, wenn es dazu kam. Symonds würde das begreifen. Männer töteten leicht, wenn es um Geld ging; niemand wußte das besser als Abwehrbeamte. Nur zu oft war dies der wahre Kern ihrer – Leistungen.

Isles bremste und lenkte den Mini an den Straßenrand. Er wendete auf der Straße, so daß der Wagen in die Richtung wies, aus der sie gekommen waren.

Binnen dreißig Sekunden näherte sich ein anderer, größerer Wagen; er hatte sich ihnen unterwegs angehängt und war ihnen in diskretem Abstand gefolgt. Bray wußte, was man von ihm erwartete; er stieg aus, ebenso wie der Westinder. Der Bentley hielt. Ein weißer Chauffeur öffnete die hintere Tür und ließ einen schwarzen Begleiter aussteigen. Niemand sagte etwas, während der Austausch stattfand; jetzt wurden beide Wagen von Schwarzen gelenkt.

»Darf ich Sie etwas fragen?« fragte Israel Isles zögernd.

»Freilich.«

»Ich habe die ganze Ausbildung mitgemacht, aber ich habe noch nie einen Menschen töten müssen. Manchmal mache ich mir deswegen Sorgen. Wie ist das?«

Scofield blickte zum Fenster hinaus, sah auf die Schatten, die an ihm vorbeiflogen. *Es ist, wie wenn man durch eine Tür in einen Raum tritt, in dem man noch nie zuvor war. Ich hoffe, daß Sie nie dort hingehen müssen, denn dieser Raum ist mit tausend Augen angefüllt. Einige davon ärgerlich, aber viel mehr verängstigt, und die meisten betteln . . . Und alle fragen: Warum gerade ich?* »Das kommt nicht oft vor«, sagte Bray. »Sie töten nur dann, wenn es absolut notwendig ist, und wissen, daß Sie viele andere Leben retten, wenn Sie das tun müssen. Das ist die Rechtfertigung, die einzige, die es je geben sollte. Sie verdrängen das einfach, schließen es irgendwo hinter einer Türe in Ihrem Bewußtsein ein.«

»Ja, ich glaube, ich verstehe. Die Rechtfertigung liegt in der Notwendigkeit. Das muß man akzeptieren, nicht wahr?«

»Richtig. Die Notwendigkeit.« *Bis Sie älter werden, und sich die Türe immer häufiger öffnet. Am Ende schließt sie sich nicht mehr; Sie stehen da und starren hinein.*

Sie rollten auf den verlassenen Parkplatz eines Picknickplatzes irgendwo in Guildford. Hinter dem Staketenzaun waren Schaukeln und Rutschbahnen, die sich alle scharf vor dem hellen Mondlicht abzeichneten. Nur noch ein paar Wochen, dann würde der Frühling kommen, und das Geschrei und das Gelächter von Kindern würden den Spielplatz erfüllen; jetzt hallten dort nur schwere Motoren und übertönten das leise Gespräch der Männer.

Ein Wagen erwartete sie, aber Roger Symonds saß nicht in ihm; man erwartete ihn jeden Augenblick. Zwei Männer waren vor ihm eingetroffen, um sicherzustellen, daß sich sonst niemand auf dem Picknickplatz aufhielt, daß man sie nicht belauschte.

»Hello, Brandon«, sagte ein etwas kurz geratener, breitschultriger Mann in einem weiten Mantel und streckte ihm die Hand hin.

»Tag, wie geht's?« Scofield erinnerte sich nicht an den Namen des Agenten, wohl aber an das Gesicht und das rote Haar; er war einer der besten Leute, die für MI-6 im Außendienst tätig waren. *Cons Op* hatte ihn ausgeliehen – mit britischer Erlaubnis –, als der Moskau-Paris-Kuba-Spionagering in der Abgeordnetenkammer tätig war. Bray war davon beeindruckt, ihn jetzt zu sehen. Symonds setzte ein erstklassiges Team ein.

»Wir haben uns acht oder zehn Jahre nicht gesehen, oder?«

»Mindestens«, nickte Scofield. »Wie ist's Ihnen denn ergangen?«

»Nun, es geht schon. Ich geh' jetzt bald in Pension. Freu' mich schon drauf.«

»Ich wünsche Ihnen viel Spaß.«

Der Engländer zögerte. Als er dann weitersprach, klang seine Stimme etwas verlegen. »Ich hab' Sie nach dieser scheußlichen Geschichte in Ost-Berlin nie wiedergesehen. Nicht, daß wir besondere Freunde gewesen wären, aber Sie wissen schon, was ich meine. Mein Beileid, wenn auch sehr verspätet, Kollege. Eine scheußliche Sache. Widerliche Bestie, würde ich sagen.«

»Danke. Das liegt lange zurück.«

»So lange ist das gar nicht«, sagte der Mann von MI-6. »Mein Gewährsmann in Moskau hat uns diesen Unsinn geliefert, daß Sie mit der Schlange zusammenarbeiten. Beowulf und die Schlange! Mein Gott, wie diese Arschlöcher in Washington nur solchen Unfug glauben können?«

»Das ist recht kompliziert.«

Er sah die Scheinwerfer und hörte dann den Motor. Ein Londoner Taxi rollte auf den Parkplatz. Aber der Fahrer war kein Londoner Taxifahrer; es war Roger Symonds.

Der MI-6-Offizier stieg aus dem Wagen und blinzelte. Dann streckte er sich, als wollte er sich orientieren. Bray beobachtete ihn und fand, daß Roger sich in all den Jahren, die sie einander jetzt kannten, nicht verändert hatte. Der Engländer hatte immer noch ein oder zwei Pfund Übergewicht, und seine unordentliche braune Mähne ließ sich offenbar immer noch nicht in Form bringen. Hinter dem wirren Äußeren verbarg sich ein erstklassiger analytischer Verstand. Es war nicht leicht, ihn zu täuschen.

»Bray, wie geht's Ihnen?« fragte Symonds und streckte ihm die Hand hin. »Aber geben Sie darauf um Himmels willen keine Antwort. Wir kommen schon noch drauf. Ich kann Ihnen sagen, es ist nicht leicht, eine solche Kiste wie dieses Taxi herzusteuern. Mir ist, als hätte ich das schlimmste Rugby-Match von ganz Liverpool hinter mir. In Zukunft werde ich großzügiger zu Taxifahrern sein.« Roger sah sich um, nickte seinen Männern zu und entdeckte dann die Öffnung im Zaun, die zum Spielplatz führte. »Machen wir einen kleinen Spaziergang. Wenn Sie brav sind, dürfen Sie sich auf eine Schaukel setzen und ich schubse Sie ein- oder zweimal an.«

Der Engländer hörte, schweigend an das Eisengerüst der Schaukel gelehnt, zu, während Bray auf der Schaukel selbst saß und seine Geschichte von den großen Kapitaltransaktionen erzählte. Als Scofield fertig war, stieß Symonds sich von dem Träger ab, trat hinter Bray und schob ihn an der Schulter an.

»Da, das hab' ich Ihnen versprochen, obwohl Sie's nicht verdienen. Sie sind kein braver Junge gewesen.«

»Warum nicht?«

»Sie haben mir nicht gesagt, was Sie mir sagen sollten; Ihre Taktik verwirrt mich.«

»Ich verstehe. Sie sehen nicht ein, warum Sie vor Waverly meinen Namen nicht erwähnen sollen?«

»O nein, das geht schon in Ordnung. Er hat jeden Tag mit Washington zu tun. Ich räume ein, daß ein *inoffizielles* Zusammentreffen mit einem pensionierten amerikanischen Abwehrbeamten in den Akten des State Department nicht sehr gut aussehen würde. Ich meine, schließlich laufen wir nicht zueinander über, das wissen Sie doch. Die Verantwortung nehme ich auf mich, wenn es sein muß.«

»Was stört Sie dann?«

»Die Leute, die hinter Ihnen her sind. Nicht Grosvenor natürlich, aber die anderen. Sie sind nicht ganz offen gewesen; Sie sagten, die seien gut, aber Sie haben nicht gesagt, *wie* gut. Und auch nicht, über welche Mittel sie verfügen.«

»Was meinen Sie damit?«

»Wir haben uns Ihre Akte angesehen, drei Namen ausgewählt, die Sie kennen, und jeden angerufen. Jedem haben wir gesagt, der Anrufer sei ein Zwischenträger für Sie. Dann haben wir den Betreffenden instruiert, an einen bestimmten Ort zu gehen. Alle drei Gespräche wurden abgefangen; man hat die Leute, die wir angerufen haben, überwacht.«

»Warum überrascht Sie das? Das habe ich Ihnen doch gesagt.«

»Nein, was mich überrascht, ist, daß einer dieser Namen nur uns bekannt war. Nicht MI-5, nicht dem Secret Service, nicht einmal der Admiralität. Nur uns.«

»Wer war das?«

»Grimes.«

»Nie gehört«, sagte Bray.

»Sie sind ihm nur einmal begegnet, in Prag. Unter dem Namen Brazuk.«

»KGB«, sagte Scofield erstaunt. »Er ist '72 übergelaufen. Ich habe ihn an Sie weitergegeben. Er wollte nichts mit uns zu tun haben. Es hatte keinen Sinn, ihn ungenutzt zu lassen.«

»Aber das haben nur Sie gewußt. Sie haben nichts zu Ihren Leuten gesagt und, offengestanden, wir in MI-6 haben das Lob für den Einkauf eingeheimst.«

»Dann haben Sie irgendwo eine undichte Stelle.«

»Ganz unmöglich«, erwiderte Symonds. »Zumindest nicht in bezug auf die gegenwärtigen Umstände, so, wie Sie sie mir beschrieben haben.«

»Warum?«

»Sie erwähnten doch, Sie hätten diese globalen Finanztransaktionen erst vor relativ kurzer Zeit festgestellt. Wir wollen einmal großzügig sein und sagen, vor einigen Monaten, einverstanden?«

»Ja.«

»Seitdem waren die Leute, die Sie mundtot machen wollen, gegen Sie aktiv. Ist das auch richtig?«

Bray nickte.

Der MI-6-Mann beugte sich vor und legte die Hand über Scofields Kopf um die Kette. »Seit ich vor zweieinhalb Jahren mein Amt übernommen habe, befand sich Beowulf Agates Akte in meinem Privatsafe. Um sie zu entnehmen, braucht es zwei Unterschriften; eine davon muß die meine sein. Sie ist nicht entfernt worden. Sie ist die einzige Akte in ganz England, die eine Beziehung zwischen Ihnen und dem Überlaufen von Grimes-Brazuk enthält.«

»Was wollen Sie damit sagen?«

»Es gibt nur noch einen weiteren Ort, wo diese Information auffindbar wäre.«

»Und der wäre?«

»Moskau.« Symonds sprach den Namen gedehnt aus.

Bray schüttelte den Kopf. »Das würde doch voraussetzen, daß Moskau Grimes Identität kennt.«

»Durchaus möglich. Brazuk war, wie einige der Leute, die Sie gekauft haben, nicht viel wert. Wir wollen ihn gar nicht, aber wir können ihn nicht zurückgeben. Er ist ein chronischer Alkoholiker, schon seit Jahren. Seine Position im KGB war eine reine Fassade, ein Druckposten für einen ehemals tapferen Soldaten. Wir vermuten, daß er schon vor einer ganzen Weile enttarnt worden ist. Niemand hat sich für ihn interessiert, bis Sie kamen. Wer sind diese Leute, die hinter Ihnen her sind?«

»Anscheinend habe ich Ihnen keinen Gefallen getan, als ich Ihnen Brazuk lieferte«, sagte Scofield und wich dem Blick des MI-6-Mannes aus.

»Das haben Sie nicht gewußt, und wir haben es auch nicht gewußt. Wer sind diese Leute, Bray?«

»Männer mit Kontakten in Moskau. Ganz offensichtlich. Ebenso, wie wir auch solche Kontakte haben.«

»Dann muß ich Sie etwas fragen«, fuhr Symonds fort. »Eine Frage, die vor einigen Stunden für mich unvorstellbar gewesen wäre. Trifft das, was Washington denkt, zu? Arbeiten Sie mit der Schlange zusammen?«

Scofield blickte zu dem Engländer auf. »Ja.«

Symonds ließ ruhig die Kette los und richtete sich zu seiner ganzen Größe auf. »Ich glaube, dafür könnte ich Sie umbringen«, sagte er. »Um Himmels willen, *warum*?«

»Wenn ich jetzt nur die Wahl habe, daß Sie mich umbringen, oder es Ihnen sage, dann habe ich in Wirklichkeit gar keine Wahl, oder?«

»Es gibt noch eine Alternative. Ich nehme Sie fest und übergebe Sie an Grosvenor Square.«

»Tun Sie das nicht, Roger. Verlangen Sie auch nicht, daß ich Ihnen jetzt etwas sage. Später ja. Aber nicht jetzt.«

»Warum sollte ich dem zustimmen?«

»Weil Sie mich kennen. Ich weiß keinen besseren Grund.«

Symonds wandte sich ab. Ein paar Augenblicke lang blieben beide stumm. Schließlich drehte sich der Engländer wieder um und sah Bray an. »Was für ein einfacher Satz. ›Sie kennen mich.‹ Tue ich das wirklich?«

»Wenn ich das nicht glaubte, hätte ich mich nicht mit Ihnen in Verbindung gesetzt. Ich verlange nicht von Fremden, daß sie ihr Leben für mich riskieren. Das, was ich vorher gesagt habe, war durchaus mein Ernst. Gehen Sie nicht nach Hause. Man lauert auf Sie ... Ebenso wie auf mich. Wenn Sie sich Deckung verschafft haben, dann ist alles gut. Aber wenn man herausbekommt, daß Sie sich mit mir getroffen haben, sind Sie ein toter Mann.«

»Ich befinde mich in diesem Augenblick in einer wichtigen Sitzung in der Admiralität. Man hat mein Büro und meine Wohnung angerufen und mich hinbeordert.«

»Gut. Das habe ich nicht anders erwartet.«

»*Verdammt* sollen Sie sein, Scofield! Dafür hatten Sie schon immer ein Talent. Sie ziehen einen Menschen in etwas hinein, bis er es nicht mehr ertragen kann! Ja, ich *kenne* Sie. Ich werde tun, was Sie von mir verlangen – eine Weile wenigstens. Aber nicht, weil Sie das so melodramatisch vorgebracht haben; das beeindruckt mich nicht. Aber etwas anderes beeindruckt mich. Ich habe gesagt, daß ich Sie dafür, daß Sie mit Taleniekov zusammenarbeiten, umbringen könnte. Ich glaube auch, daß ich das könnte, aber ich kann mir vorstellen, daß Sie sich selbst jedesmal, wenn Sie ihn sehen, ein Stückchen töten. Das reicht mir für den Augenblick als Begründung.«

29

Bray schritt die Treppe der Pension hinunter, trat ins Licht der Morgensonne und mischte sich unter die Menschenscharen von Knightsbridge. In diesem Teil Londons fiel es leicht, unterzutauchen; hier herrschte ab neun Uhr vormittags dichter Verkehr. Er trat an einen Zeitungsstand, nahm den Aktenkoffer in die linke Hand, griff sich die *Times* und ging in ein kleines Restaurant, wo er sich einen Stuhl aussuchte, der ihm guten Ausblick auf den Eingang bot. Er registrierte befriedigt, daß das Telefon an der Wand nur wenige Schritte entfernt war. Es war dreiviertel zehn; er sollte Roger Symonds exakt um 10.15 Uhr auf der sterilen Nummer anrufen, die nicht angezapft werden konnte.

Er bestellte von einer wortkargen Cockney-Kellnerin sein Frühstück und entfaltete die Zeitung. Das, was er suchte, fand er in einer einzelnen Spalte links oben auf der Titelseite.

Veltrup-Erbin tot

Essen. Odile Veltrup, die Tochter von Walther Veltrup und Enkeltochter von Ansel Veltrup, dem Gründer der Veltrup-Werke, wurde gestern abend in ihrem Penthouse an der Verdener Straße tot aufgefunden. Sie ist offenbar Opfer eines Herzschlags geworden. Fräulein Veltrup hatte seit fast zehn Jahren die Leitung der verschiedenen Firmen des Veltrup-Imperiums inne, wobei sie von ihrem Vater beraten wurde, der sich in den letzten Jahren aus der aktiven Geschäftsführung zurückgezogen hatte. Beide Eltern hielten sich auf ihrem Gut am Stadtwald auf und standen nicht für einen Kommentar zur Verfügung. Das Begräbnis wird im Familienkreise auf den Ländereien der Familie Veltrup stattfinden. Ein Bericht der Firmenleitung wird in Kürze erwartet, während Walther Veltrup ernsthaft erkrankt sein soll und daher keinen Kommentar abgeben wird.

Unmittelbar anschließend an den Nachruf fand Bray einen Artikel, dem er instinktiv entnahm, daß ihm damit ein weiteres Bruchstück dieser komplizierten Wahrheit offenbart wurde.

Tod von Odile Veltrup
beunruhigt Trans-Comm

New York, N. Y. Zur Überraschung informierter Kreise in Wall Street stellte sich heute heraus, daß eine Gruppe von Wirtschaftsberatern von Trans-Communications, Incorporated, nach Essen, Deutschland, abgeflogen ist, um dort mit leitenden Persönlichkeiten der Veltrup-Werke zu verhandeln. Der unerwartete Tod von Fräulein Odile Veltrup, 47, und die völlig abgeschiedene Lebensweise ihres Vaters, Walther Veltrup, 76, hinterläßt die Veltrup-Gesellschaften ohne Führungspersönlichkeit an der Firmenspitze. Was vermutlich gut unterrichtete Kreise hier überraschte, war das Ausmaß der Beteiligung von Trans-Comm an Veltrup. In den juristischen Labyrinthen von Essen entziehen sich die amerikanischen Investitionen häufig jeder Nachprüfung, was freilich selten gilt, wenn solche Beteiligungen die 20-Prozent-Grenze überschreiten. Im vorliegenden Falle hält sich allerdings hartnäckig das Gerücht, daß der Anteil von Trans-Comm über fünfzig Prozent beträgt, obwohl das Bostoner Hauptquartier des Konzerns solche Behauptungen als lächerlich abgetan hat . . .

Die Worte sprangen Scofield förmlich entgegen. Das *Bostoner Hauptquartier . . .*

Waren das gar zwei Fragmente jener flüchtigen Wahrheit? Joshua Appleton IV. war der Senator aus Massachusetts, die Familie Appleton galt als die mächtigste politische Gruppierung dieses Staates. Man konnte sie nur noch mit den Kennedys gleichstellen, wenn sie auch wesentlich weniger der Öffentlichkeit zugewandt waren als jener Clan, dafür aber auf der nationalen Szene mindestens ebenso einflußreich. Dies bedeutete gleichzeitig auch Einfluß in internationalen Finanzkreisen.

Würde eine nähere Überprüfung der Appletons auch Beziehungen – offenkundige oder verborgene – zu Trans-Communications ans Tageslicht fördern? Er mußte das erfahren.

Das Telefon an der Wand hinter ihm klingelte; er sah auf die Uhr. Es war acht Minuten nach zehn; noch sieben Minuten und er würde Symonds im MI-6-Hauptquartier anrufen. Er blickte zum Telefon und sah, wie die Kellnerin den Hörer abnahm, verärgert den Mund verzog. Er konnte nur hoffen, daß ihr Gespräch nicht lange dauern würde.

»Mister *Hagate?* Ist hier ein Mister B. *Hagate?*« Die Frage klang mürrisch.

Bray erstarrte. »*B. Hagate?*«

Agate, B.

Beowulf Agate.

Versuchte Symonds die Überlegenheit britischer Abwehrarbeit zu demonstrieren? War der verdammte Narr ein so großer Egoist, daß er das hier beweisen mußte?

Herrgott, was für ein Narr!

Scofield stand so unauffällig wie möglich auf und ging, den Aktenkoffer in der Hand, zum Telefon.

»Was ist?«

»Guten Morgen, Beowulf Agate«, sagte eine gepflegte Männerstimme, der man die Oxford-Schulung anmerkte. »Hoffentlich haben Sie sich seit Ihrer strapaziösen Reise aus Rom hierher gut erholt.«

»Wer spricht?«

»Mein Name ist unwesentlich; Sie kennen mich nicht. Wir wollten nur, daß Sie verstehen. Wir haben Sie gefunden; wir werden Sie immer wieder finden. Aber das ist alles so ermüdend. Wir sind der Ansicht, daß es für alle Beteiligten viel besser wäre, wenn wir uns zusammensetzten und die Differenzen, die es zwischen uns gibt, diskutierten. Vielleicht stellen Sie dann fest, daß diese Differenzen gar nicht so groß sind.«

»Ich fühle mich in der Gesellschaft von Leuten nicht wohl, die versucht haben, mich zu töten.«

»Da muß ich Sie verbessern. *Jemand* hat versucht, Sie zu töten. Andere haben versucht, Sie zu retten.«

»Wofür? Für eine Sitzung in chemischer Therapie? Um herauszufinden, was ich erfahren habe, was ich getan habe?«

»Was Sie erfahren haben ist bedeutungslos; *tun* können Sie

nichts. Wenn Ihre eigenen Leute Sie finden, wissen Sie ja, was Sie zu erwarten haben. Es wird keinen Prozeß geben, keine öffentliche Anhörung; Sie sind für viel zu viele Leute viel zu gefährlich. Sie haben mit dem Feind kollaboriert, im Rock Creek Park einen jungen Mann getötet, von dem Ihre Vorgesetzten annehmen, daß es sich um einen Abwehrkollegen handelte. Dann sind Sie aus dem Land geflohen. Sie sind ein Verräter; man wird Sie bei der ersten sich bietenden Gelegenheit töten. Können Sie daran noch zweifeln nach dem, was in der Nebraska Avenue geschehen ist? *Wir* können Sie in dem Augenblick töten, da Sie das Restaurant verlassen. Oder sogar bevor Sie weggehen.«

Bray sah sich um, studierte die Gesichter an den Tischen, suchte das unvermeidliche Augenpaar hinter einer zusammengefalteten Zeitung oder über dem Rand einer Kaffeetasse. Es gab hier einige Möglichkeiten; aber er war nicht sicher. Ohne Zweifel warteten draußen unsichtbare Mörder. Er steckte in der Falle; seine Uhr zeigte elf Minuten nach zehn. Noch vier Minuten, dann konnte er Symonds über die sterile Leitung anrufen. Aber er hatte es mit Profis zu tun. Wenn er auflegte und neu wählte, gab es dann einen Mann an einem dieser Tische – einen Mann, der jetzt unschuldig eine Gabel zum Munde führte oder aus einer Tasse trank –, der dann eine Waffe herausziehen und ihn abknallen würde? Oder hielten sich in diesem Lokal nur bezahlte Revolvermänner auf, die nicht bereit waren, das Opfer zu bringen, das die Matarese von ihrer Elite forderte? Er mußte Zeit gewinnen, das Risiko eingehen; dabei beobachtete er die ganze Zeit die Tische und bereitete sich auf jenen Augenblick vor, in dem seine Flucht möglich war, auch wenn sie das Opfer von Unschuldigen bedeutete.

»Wenn Sie sich mit mir treffen wollen, verlange ich eine Garantie, daß ich hier herauskomme.«

»Die haben Sie.«

»Es genügt nicht, wenn Sie das sagen. Identifizieren Sie einen Ihrer Leute hier drinnen.«

»Wollen wir es doch so ausdrücken, Beowulf. Wir können Sie dort festhalten und die amerikanische Botschaft anrufen, dann haben die Sie festgenommen, ehe Sie auch nur mit den Augen zwinkern können. Selbst wenn Sie ihnen entkämen, dann würden wir sozusagen vor der Türe warten.«

Seine Uhr zeigte zwölf nach zehn an. *Drei Minuten.*

»Dann ist es Ihnen offenbar gar nicht so wichtig, sich mit mir zu treffen.« Scofield lauschte, konzentrierte sich. Er war fast sicher, daß der Mann am anderen Ende der Leitung ein Bote war; irgend jemand wollte, daß Beowulf in Gewahrsam genommen, aber nicht getötet wurde.

»Ich sagte, unserer Ansicht nach wäre es für alle Beteiligten besser . . .«

»Ein Gesicht will ich haben!« unterbrach ihn Bray. Die Stimme *gehörte* einem Boten. »Sonst können Sie meinetwegen die verdammte Botschaft rufen. Das Risiko gehe ich ein. *Jetzt.*«

»Also gut«, kam hastig die Antwort. »Da ist ein Mann mit eingesunkenen Wangen, er trägt einen grauen Mantel . . .«

»Ich sehe ihn.« Er saß fünf Tische von Bray entfernt.

»Verlassen Sie das Restaurant; er wird dann aufstehen und Ihnen folgen. Er ist Ihre Garantie.«

Dreizehn Minuten nach zehn. Zwei Minuten.

»Welche Garantie hat er?«

»Ach kommen Sie, Scofield . . .«

»Es freut mich zu hören, daß Sie noch einen anderen Namen für mich haben. Wie heißen *Sie* denn?«

»Ich sagte Ihnen doch, das ist unwichtig.«

»Nichts ist unwichtig.« Bray wartete. »Ich möchte Ihren Namen kennen.«

»Smith. Das müssen Sie akzeptieren.«

Zehn Uhr vierzehn. Eine Minute. Zeit anzufangen.

»Ich muß darüber nachdenken. Außerdem will ich zu Ende frühstücken.« Er legte abrupt auf, wechselte den Aktenkoffer von der linken in die rechte Hand und ging zu dem Mann mit dem grauen Mantel, fünf Tische von ihm entfernt.

Der Mann erstarrte, als Scofield näher kam; seine Hand griff unter seinen Mantel.

»Der Alarm ist abgeblasen«, sagte Scofield und berührte die unter dem Mantelstoff verborgene Hand. »Man hat mir aufgetragen, Ihnen das zu sagen; Sie sollen mich hier wegbringen. Aber zuerst muß ich telefonieren. Er hat mir die Nummer gegeben; hoffentlich habe ich sie nicht schon vergessen.«

Der Killer mit den hohlen Wangen blieb unbeweglich und sprachlos sitzen. Scofield ging zu dem Telefon an der Wand zurück.

Zehn Uhr vierzehn und einundfünfzig Sekunden. Noch neun Sekunden. Er runzelte die Stirn, als versuchte er sich an eine Telefonnummer zu erinnern, griff nach dem Hörer und wählte. Drei Sekunden nach 10.15 Uhr hörte er das Geräusch, das dem Anschlagen der Glocke folgte; die elektronischen Geräte waren eingeschaltet worden. Er schob seine Münze ein.

»Wir müssen schnell reden«, sagte er zu Roger Symonds. »Die haben mich gefunden. Ich habe ein Problem.«

»Wo sind Sie? Wir helfen.«

Scofield sagte es ihm. »Schicken Sie einfach zwei Wagen mit Sirenen, reguläre Polizei genügt. Sie können sagen, es handele sich um einen irischen Zwischenfall, möglicherweise wären IRA-Leute im Restaurant. Mehr brauche ich nicht.«

»Ich schreibe es auf. Die sind schon unterwegs.«

»Wie steht's mit Waverly?«

»Morgen abend. Sein Haus in Belgravia. Ich soll Sie natürlich hinbringen.«

»Geht es nicht früher?«

»*Früher?* Großer Gott, Mann, es ist nur deshalb so schnell gegangen, weil ich ein Memorandum von der Admiralität vorgelegt habe. Von der geheimnisvollen Konferenz, auf der ich gestern war.« Bray wollte etwas sagen, aber Symonds ließ ihn nicht zu Wort kommen. »Übrigens, Sie hatten recht. Man hat sich erkundigt, ob ich dort war.«

»Waren Sie gedeckt?«

»Man hat dem Anrufer gesagt, die Besprechung dürfe nicht gestört werden, man würde mir seinen Anruf ausrichten, wenn die Besprechung vorüber sei.«

»Haben Sie den Anruf erwidert?«

»Ja. Aus den Kellern der Admiralität, eine Stunde und zehn Minuten nachdem ich Sie verlassen hatte. Ich hab' da einen armen Teufel in Kensington geweckt. Angezapft, natürlich.«

»Wenn Sie dorthin zurückgegangen sind, dann hat man auch gesehen, wie Sie das Admiralitätsgebäude verließen, oder?«

»Durch den hellbeleuchteten Vordereingang.«

»Gut. Sie haben Waverly gegenüber meinen Namen nicht benutzt, oder?«

»Ich habe *einen* Namen benutzt, aber nicht den Ihren. Wenn Ihr Gespräch nicht außergewöhnlich ergiebig ist, kriege ich bestimmt Ärger.«

Plötzlich wurde Bray eine offenkundige Tatsache klar. Die Strategie, die Roger Symonds angewendet hatte, war erfolgreich gewesen. Die Matarese hatten ihn zwar in dem Restaurant in Knightsbridge entdeckt. Die Falle war hinter ihm zugeschnappt, aber Waverly hatte ihm in sechsunddreißig Stunden die Möglichkeit zu einem vertraulichen Gespräch gewährt. Also war zwischen dem Gespräch in Belgravia und Beowulf Agate noch keine Verbindung hergestellt worden.

»Roger, wann morgen abend?«

»Gegen acht. Ich soll ihn vorher anrufen. Ich hole Sie gegen sieben ab. Haben Sie eine Ahnung, wo Sie sein werden?«

Scofield wich der Frage aus. »Ich rufe Sie um halb fünf unter dieser Nummer an. Geht das?«

»Soweit ich heute weiß, ja. Wenn ich nicht hier bin, hinterlassen Sie eine Adresse zwei Straßen nördlich von dem eigentlichen Treffpunkt. Ich werde Sie finden.«

»Bringen Sie die Fotos von all den Leuten mit, die gestern Ihren Strohmännern gefolgt sind?«

»Ich rechne damit, daß ich sie bis mittag bekomme.«

»Gut. Und noch eines: Denken Sie sich einen sehr guten, sehr offiziellen Grund aus, weshalb Sie mich morgen abend nicht zum Belgravia Square bringen können.«

»*Was?*«

»Das müssen Sie Waverly morgen sagen, wenn Sie ihn kurz vor unserem Zusammentreffen anrufen. Das ist eine Entscheidung der Abwehr; Sie werden ihn persönlich abholen und nach MI-6 zurückfahren.«

»*MI-6?*«

»Aber dort bringen Sie ihn nicht hin; Sie fahren ihn zum Connaught. Ich gebe Ihnen um halb fünf die Zimmernummer. Wenn Sie nicht da sind, hinterlasse ich eine Nachricht. Ziehen Sie zweiundzwanzig von der Nummer ab, die ich dann geben werde.«

»Jetzt hören Sie mal, Brandon, jetzt verlangen Sie *wirklich* zu viel!«

»Das wissen Sie doch nicht. Vielleicht rette ich ihm damit das Leben. Und das Ihre auch.« In der Ferne, irgendwo draußen, hörte Bray das durchdringende Zweiklanggeräusch einer Londoner Sirene; im nächsten Augenblick schloß sich eine zweite an. »Ihre Hilfe ist eingetroffen«, sagte Scofield. »Danke.« Er legte auf und ging zu dem hohlwangigen Matarese-Mörder zurück.

»Mit wem haben Sie gesprochen?« fragte der Mann. Er sprach mit amerikanischem Akzent. Die Sirenen kamen näher; sie waren ihm nicht entgangen.

»Er hat mir seinen Namen nicht genannt«, erwiderte Bray. »Aber Anweisungen hat er mir erteilt. Wir sollen hier schnell verschwinden.«

»Warum?«

»Es ist etwas passiert. Die Polizei hat in einem Ihrer Fahrzeuge ein Gewehr gefunden; jetzt wird der Wagen festgehalten. In den umliegenden Geschäften war in letzter Zeit eine Menge IRA-Aktivität. Gehen wir!«

Der Mann stand auf und nickte nach rechts. Auf der anderen Seite des überfüllten Restaurants sah Scofield eine Frau in mittleren Jahren mit einem strengen Gesicht aufstehen. Sie schob sich das breite Band einer großen Tasche über die Schulter und ging auf die Restauranttüre zu.

Bray war inzwischen an der Kasse angelangt. Er hatte seine Bewegungen genau abgestimmt. Mit der einen Hand suchte er in der Tasche nach Geld, in der anderen hielt er die Rechnung und beobachtete die ganze Zeit, was sich vor dem Fenster abspielte. Zwei Polizeifahrzeuge tauchten gleichzeitig aus entgegengesetzter Richtung auf und kamen mit quietschenden Bremsen zum Stillstand. Neugierige Fußgänger sammelten sich und gingen dann weiter, als vier behelmte Londoner Polizisten heraussprangen und auf das Restaurant zustrebten.

Bray schätzte die Distanz ab und rannte plötzlich los. Er erreichte die Glastür, riß sie auf und kam damit den Polizisten um einige Sekunden zuvor. Der Mann mit den hohlen Wangen und die Frau mit dem strengen Gesicht waren dicht hinter ihm und sprangen im letzten Augenblick zur Seite, um nicht mit der Polizei konfrontiert zu werden.

Scofield fuhr plötzlich herum, zwängte sich seinen Aktenkoffer unter den Arm und packte die beiden an den Schultern und zog sie mit sich herunter.

»Das sind sie!« schrie er. »Untersucht sie nach Waffen! Ich habe gehört, wie sie gesagt haben, sie wollen eine Bombe ins Scotch House werfen!«

Die Polizisten packten die beiden Matarese. Arme, Hände

und Gummiknüppel sausten durch die Luft. Bray ging in die Knie, ließ die beiden los und zwängte sich nach links zur Seite. Er rappelte sich auf, drängte sich durch die vielen Menschen zur Ecke, rannte auf die Straße hinaus und schlängelte sich zwischen dem Verkehr durch. In diesem Tempo rannte er drei Straßen weit. Unterwegs hielt er zweimal inne, um, geschützt von einem Ladeneingang, zu sehen, ob ihm jemand folgte. Das war nicht der Fall; so konnte er nach zwei Minuten seinen Lauf verlangsamen und das mächtige bronzegeränderte Portal von Harrods durchschreiten.

Drinnen angelangt, beschleunigte er sein Tempo wieder und suchte unauffällig nach einem Telefon. Er mußte Taleniekov in der Wohnung in der Rue de Bac erreichen, ehe der Russe nach Cap Gris abfuhr. Er *mußte,* denn sobald Taleniekov englischen Boden betreten hatte, würde er nach London eilen und dort eine billige Pension in Knightsbridge aufsuchen. Wenn der KGB-Mann das tat, würde er den Matarese in die Hände laufen.

»Durch die Drogerieabteilung und dann links«, sagte ein Verkäufer unbeirrt. »Dort ist eine ganze Reihe von Telefonen.«

Er kam ohne Verzögerung durch.

»Ich wollte in ein paar Minuten gehen«, sagte Taleniekov, dessen Stimme seltsam stockend klang.

»Gott sei Dank, daß Sie es nicht getan haben. Was ist denn los mit Ihnen?«

»Nichts. Warum?«

»Ihre Stimme klingt so seltsam. Wo ist Antonia? Warum hat sie nicht abgenommen?«

»Sie ist gerade einkaufen gegangen. Sie kommt gleich wieder. Wenn meine Stimme seltsam klang, dann, weil ich mich an diesem Apparat ungern melde.« Die Stimme des Russen klang jetzt wieder normal; seine Erklärung war logisch. »Was ist denn mit *Ihnen?* Warum dieser außerplanmäßige Anruf?«

»Das sage ich Ihnen, wenn Sie hier sind, aber gehen Sie nicht nach Knightsbridge.«

»Wo werden Sie sein?«

Scofield wollte gerade das Connaught angeben, als Taleniekov ihn unterbrach.

»Nein, ich habe es mir anders überlegt. Wenn ich nach London komme, rufe ich Tower Central. Sie erinnern sich doch, oder?«

Tower Central? Bray hatte den Namen seit Jahren nicht mehr gehört, erinnerte sich aber. Es war eine Codebezeichnung für einen KGB-Briefkasten am Victoria Embankment, den sie aufgegeben hatten, als die Consular Operations ihn Ende der sechziger Jahre ausfindig gemacht hatten. Die Touristenschiffe, die die Themse auf und ab fuhren, waren damit gemeint. »Ich erinnere mich«, sagte Scofield etwas verwirrt. »Ich werde mich melden.«

»Dann gehe ich jetzt . . .«

»Augenblick«, unterbrach Bray. »Sagen Sie Antonia, ich rufe noch einmal an.«

Taleniekov zögerte eine Weile, ehe er antwortete. »Tatsächlich hat sie gesagt, sie würde vielleicht in den Louvre gehen; er ist ja ganz in der Nähe. Ich kann in einer guten Stunde in Cap Gris sein. Sie brauchen sich wirklich keine Sorgen zu machen, ganz bestimmt nicht.« Es klickte in der Leitung und dann war sie tot. Der Russe hatte aufgelegt.

Sie brauchen sich wirklich keine Sorgen zu machen, ganz bestimmt nicht. Die Worte hallten wie Donner in seinen Ohren; er war wie geblendet, als hätte der Blitz, der die Nachricht in sein Bewußtsein getragen hatte, ihn geblendet. Da *war* etwas, worüber er sich Sorgen machen mußte; es betraf Antonia Gravet.

Tatsächlich hat sie gesagt, sie würde vielleicht in den Louvre gehen . . . Ich kann in einer guten Stunde in Cap Gris sein . . . Keine Sorgen machen.

Drei voneinander losgelöste Aussagen und vorher eine Unterbrechung, durch die er daran gehindert wurde, die Kontaktstelle in London preiszugeben. Scofield versuchte, die Sequenz zu analysieren; wenn da eine Bedeutung verborgen lag, dann in der Folge. *Der Louvre* war nur ein paar Straßen von der Rue de Bac entfernt, auf der anderen Seite der Seine, aber nicht weit. *Cap Gris* war nicht in einer guten Stunde zu erreichen; eher in zweieinhalb oder drei. *Wirklich keine Sorgen machen, ganz bestimmt nicht;* warum dann die Unterbrechung? Warum hatte er den Treffpunkt nicht erwähnen dürfen?

Sequenz. Folge. Weiter *zurück?*

Weil ich mich an diesem Apparat ungern melde. Worte, die der andere mit fester Stimme gesprochen hatte, fast ärgerlich. *Das* war es. Plötzlich begriff Bray. Die Erleichterung, die er empfand, war wie kaltes Wasser auf einem schweißdurchtränkten Körper. Taleniekov hatte etwas gesehen, was ihn störte – ein Gesicht auf der Straße, ein zufälliges Zusammentreffen mit einem ehemaligen Kollegen, ein Wagen, der zu lange auf der Rue de Bac blieb – irgendein Zwischenfall, der ihn beunruhigte, oder eine Beobachtung. Der Russe hatte beschlossen, Toni von der Rive Gauche zu entfernen, sie auf die andere Seite des Flusses, in eine andere Wohnung zu bringen. *Sie* würde in einer *guten Stunde* wieder in Sicherheit sein; vorher würde er nicht abreisen; deshalb brauchte er, Bray, sich keine Sorgen zu machen. Immerhin, wenn man davon ausging, daß das, was er beobachtet oder was ihn beunruhigt hatte, Substanz hatte, dann war der KGB-Mann mit äußerster Vorsicht vorgegangen – stets vorsichtig –, das hätte gleichsam ihr Motto sein können. Das Telefon war gefährlich. Er durfte nichts sagen, was ihnen schaden konnte.

Sequenz, Folge ... Bedeutung. Aber war es das? Die Schlange hatte seine Frau getötet. Fand Bray Beruhigung, wo es in Wirklichkeit gar keine gab? Der Russe hatte ursprünglich vorgeschlagen, das Mädchen aus den Hügeln von Porto Vecchio zu eliminieren; die Liebe, die im ungeeignetsten Augenblick seines Lebens in sein Leben getreten war. *Könnte* er ...?

»*Nein!*« Die Dinge waren jetzt völlig anders! Es gab keinen Beowulf Agate, den man bis zum Zerreißen anspannen mußte, weil ein Zerreißen den Tod der Schlange garantierte und damit das Ende der Jagd nach den Matarese. Die besten der Profis töteten nicht ohne Not.

Trotzdem, fragte er sich, während er den Telefonhörer im Südeingang von Harrods' niederlegte, was war denn Not anderes als ein Mann, der davon überzeugt war, etwas tun zu müssen? Er schob die Frage von sich; er mußte Zuflucht finden, Asyl.

Londons würdevolles Connaught-Hotel besaß nicht nur eine der besten Küchen Londons, sondern war auch die ideale Wahl für ein schnelles Versteck, solange man nicht die Lobby betrat und die Fähigkeiten der Küche über den Zimmerservice nutzte.

Es war nämlich ganz einfach unmöglich, ein Zimmer im Connaught zu bekommen, wenn man nicht Wochen vorher reservierte. Das elegante Hotel am Carlos Place war eine der letzten Bastionen des Empire und beherbergte im großen Maße jene, die sein Hinscheiden bedauerten und über den Reichtum verfügten, dies mit Anstand zu tun. Davon gab es genug, um es stets besetzt zu halten; im Connaught war nur selten ein Zimmer frei.

Scofield wußte das und hatte schon vor Jahren erkannt, daß Situationen auftreten könnten, in denen ihm die ganz besondere Exklusivität des Connaught vielleicht nützlich sein würde. Er hatte sich an einen Aufsichtsrat der Finanzgruppe, der das Hotel gehörte, herangemacht, ihm eine Gefälligkeit erwiesen und dann seine Bitte vorgebracht. Ebenso wie alle Theater »Hausplätze« haben und die meisten Restaurants stets »reservierte« Tische für jene wichtigen Gäste bereithalten, denen man gefällig sein wlll, so führen auch Hotels für ähnliche Zwecke leere Zimmer. Bray konnte sehr überzeugend reden; er arbeitete auf der Seite der Engel, der Tories nämlich. Ein Zimmer würde jederzeit zu seiner Verfügung stehen, wenn er es brauchte.

»Zimmer sechs-sechsundzwanzig«, waren die ersten Worte des Mannes, als Scofield sein zweites Gespräch führte. »Fahren Sie einfach mit dem Lift nach oben. Wie gewöhnlich. Sie können sich in Ihrem Zimmer einschreiben – wie gewöhnlich.«

Bray dankte ihm und wandte seine Gedanken einem anderen Problem zu, einem lästigen. Er konnte nicht in die Pension zurückkehren, die nur einige Straßen entfernt war, aber dort befanden sich all seine Kleider, mit Ausnahme derer, die er auf dem Leibe trug. In einem Seesack auf dem ungemachten Bett. Sonst war nichts von Bedeutung dort; sein Geld und ein paar Dutzend nützliche Briefbögen mit entsprechendem Aufdruck, Papiere, Pässe und Scheckbücher lagen alle in seinem Aktenkoffer. Aber abgesehen von der zerdrückten Hose, der billigen Mackinaw-Jacke und dem irischen Hut hatte er nichts anzuziehen. Kleidung war aber nicht nur ein Schutz vor Kälte, sie gehörte auch zu seiner Arbeit und mußte zur Arbeit passen; Kleider waren Werkzeuge und meist wirksamer als Waffen und das gesprochene Wort. Er entfernte sich von den Telefonen und ging zurück in die Verkaufsräume von Harrods. Die

Auswahl würde eine Stunde in Anspruch nehmen; das ging. Das würde ihn von Paris ablenken. Und von der großen Liebe, die zum falschen Zeitpunkt in sein Leben getreten war.

Es war kurz nach Mitternacht, als Scofield sein Zimmer im Connaught verließ. Er trug einen dunklen Regenmantel und einen schwarzen Hut mit schmaler Krempe. Er fuhr mit dem Personalaufzug in den Keller des Hotels und trat durch den Personaleingang auf die Straße hinaus. Er fand ein Taxi und sagte dem Fahrer, er solle ihn zur Waterloo-Brücke bringen. Er machte es sich auf seinem Sitz bequem, rauchte eine Zigarette und versuchte seine wachsende Besorgnis zu unterdrücken. Ob Taleniekov wohl die Veränderung begriff, die eingetreten war; eine so unvernünftige Veränderung, so unlogisch, daß er nicht wußte, wie er anstelle des Russen reagieren würde. Seine besondere Fähigkeit, die ihm eine lange Lebensdauer in einer Arbeit wie der seinen ermöglicht hatte, war immer darin gelegen, so zu denken, wie der Feind dachte; aber im Augenblick war er außerstande, das zu tun.

Ich bin nicht Ihr Feind!

Taleniekov hatte diese unvernünftige, unlogische Behauptung über das Telefon in Washington ausgesprochen. Vielleicht – auch wenn es unlogisch war – hatte er recht. Der Russe war kein Freund, aber er war auch nicht *der* Feind. Die Matarese waren der Feind.

Das Verrückte, das *Unvernünftige* war, daß er Antonia Gravet durch die Matarese gefunden hatte. Die Liebe . . .

Was war *geschehen?*

Er verdrängte die Frage. Er würde es bald genug erfahren. Was er dann erfuhr, würde ihm ohne Zweifel die Erleichterung zurückbringen, die er nach dem Telefonat bei Harrods empfunden hatte und die inzwischen wieder verflogen war, weil er zu viel Zeit und zu wenig zu tun gehabt hatte. Der Telefonanruf bei Roger Symonds, den er um genau 16.30 Uhr getätigt hatte, war Routine gewesen. Roger war nicht im Büro, also hatte er seine Nachricht hinterlassen. Die nicht näher erklärte Nummer, die an Symonds weitergegeben werden sollte, war sechs-vier-drei . . . minus zweiundzwanzig . . . Zimmer 621, Connaught.

Das Taxi bog aus dem Trafalgar Square, fuhr den »Strand«

hinauf, vorbei am Savoy Court auf die Waterloo Bridge zu. Bray beugte sich vor; es war nicht nötig, weiter zu Fuß zu gehen als unbedingt erforderlich war. Er würde durch die Seitenstraßen zur Themse und den Victoria Embankment hinunterfahren.

»Halten Sie hier«, sagte er zu dem Fahrer und hielt ihm das Geld hin. Er ärgerte sich, daß seine Hände zitterten.

Er ging die mit Kopfstein gepflasterte Gasse am Savoy-Hotel hinunter und erreichte die Uferstraße. Auf der anderen Seite des breiten, hell erleuchteten Boulevard war der schmale Fußweg mit der hohen Ziegelmauer, die die Themse eingrenzte. Ein renovierter, alter Dampfer namens *Caledonia*, der als Pub hergerichtet war, lag dort ständig vor Anker. Er schloß um 23 Uhr, wie alle Trinklokale in England; die paar Lichter hinter den dicken Fenstern deuteten auf die Reinigungstrupps, die die Flecken und Gerüche des Tages entfernten. Eine Viertelmeile südlich an dem mit Bäumen gesäumten Embankment lagen die breiten, massiven Flußboote, die die meiste Zeit des Jahres auf der Themse auf und ab pendelten und Touristen zum Tower und zurück zur Lambeth Bridge beförderten.

Vor Jahren waren diese Boote als Tower Central bekannt gewesen und hatten sowjetischen Kurieren und KGB-Agenten, die sich dort mit Informationen versorgten und Leute des Untergrundes trafen, als Briefkasten gedient. Consular Operations hatte das Tower aufgedeckt; etwas später hatten es die Russen erfahren. Tower Central wurde abgeschafft; ein enttarnter Briefkasten wurde eliminiert und an seine Stelle trat irgendein anderer, bis er dann wieder nach ein paar Monaten gefunden wurde.

Scofield ging durch den Park hinter dem Savoy; Musik drang an sein Ohr. Er erreichte ein kleines Amphitheater. Einige Paare saßen herum und unterhielten sich leise. Bray suchte nach einem einzelnen Mann, denn er war jetzt ganz in der Nähe von Tower Central. Irgendwo hier würde der Russe sein.

Das war nicht der Fall; Scofield verließ das Amphitheater und ging auf einen Weg, der zum Boulevard hinunterführte. Jetzt erreichte er das Pflaster; der Verkehr auf der Straße war noch ziemlich dicht; in beiden Richtungen zogen helle Scheinwerferpaare vorbei und stachen mit ihren Lichtbalken durch die Winternebel, die vom Wasser in die Höhe quollen. Plötzlich kam Bray in den Sinn, daß Taleniekov sich vermutlich einen Wagen gemietet hatte. Er blickte nach beiden Seiten, ob irgendwo einer parkte, aber er sah nichts. Auf der anderen Seite der Straße, vor der Mauer des Embankment, schlenderten Leute, Paare, kleinere und größere Gruppen; aber da war kein einzelner Mann. Scofield sah auf die Uhr; es war fünf Minuten vor eins. Der Russe hatte gesagt, es könne auch zwei oder drei Uhr früh werden. Bray ärgerte sich über seine Ungeduld und die Angst, wenn er an Paris dachte. An Toni.

Plötzlich flammte ein Feuerzeug auf, wurde wieder ausgelöscht, um im nächsten Augenblick erneut aufzuflammen. Auf der anderen Seite der breiten Straße, etwas rechts von dem mit Ketten versperrten Tor des Piers, der zu den Touristenbooten führte, hielt ein weißhaariger Mann die Flamme an die Zigarette einer blonden Frau; beide lehnten an der Mauer und blickten auf das Wasser hinaus. Scofield studierte die Gestalt und das, was er von dem Gesicht sehen konnte; er mußte an sich halten, um nicht loszurennen. Taleniekov war eingetroffen.

Bray bog nach rechts und ging auf seiner Straßenseite so weit, bis er parallel zu dem Russen und der blonden Frau stand. Er wußte, daß Taleniekov ihn gesehen hatte, und fragte sich, weshalb der KGB-Mann die Frau nicht wegschickte, ihr das bezahlte, was sie vereinbart hatten, um sie loszuwerden. Es war unsinnig – möglicherweise sogar gefährlich –, wenn eine nur zur Tarnung angeheuerte Person beide Gruppen an einer Kontaktstelle sah. Scofield wartete am Bürgersteig und sah jetzt, daß Taleniekov den Kopf herumgedreht hatte und ihn anstarrte. Er hatte den Arm um die Hüften der Frau gelegt. Bray machte eine Handbewegung nach links und dann nach rechts, das war ganz eindeutig zu verstehen. Schaff' sie weg! Gehen Sie nach Süden; dort treffen wir uns dann.

Taleniekov machte keine Bewegung. Was *tat* der Russe? Jetzt war nicht die Zeit für Huren!

Huren? Die *Hure des Kuriers?* Oh, mein *Gott!*

Scofield trat vom Bürgersteig. Eine Automobilhupe heulte auf, als ein Wagen ihm ausweichen mußte. Bray hörte das Geräusch kaum, bemerkte kaum etwas; er konnte nur die Frau neben Taleniekov anstarren.

Der Arm um ihre Hüfte sollte nicht eine Zuneigung vortäuschen, die nicht bestand. Der Russe stützte sie. Taleniekov sagte der Frau etwas ins Ohr; sie versuchte, sich herumzudrehen; der Kopf fiel ihr nach hinten, ihr Mund stand offen, so, als wollte sie einen Schrei oder eine Bitte ausstoßen, aber es war nichts zu hören.

Das gequälte Gesicht war das Gesicht seiner Liebe. Unter der blonden Perücke war *Toni.* Jetzt verlor er völlig die Kontrolle über sich; er rannte über die breite Straße. Wagen bremsten, Hupen kreischten. Seine Gedanken folgten einander jetzt ganz dicht, wie das Stakkato einer Gewehrsalve; ein Gedanke, eine Beobachtung war schmerzlicher als alle anderen.

Antonia wirkte eher tot als lebendig.

30

»Sie steht unter *Drogen*«, sagte Taleniekov.

»Warum, zum Teufel, haben Sie sie *hierher* gebracht?« fragte Bray. »In Frankreich gibt es Hunderte von Orten und in Paris Dutzende, wo sie in Sicherheit gewesen wäre! Wo man sich um sie gekümmert hätte! Sie kennen diese Plätze genausogut wie *ich!*«

»Wenn ich hätte sicher sein können, dann hätte ich sie dort gelassen«, erwiderte Wassili ruhig. »Fragen Sie jetzt nicht. Ich habe andere Alternativen erwogen.«

Bray begriff, sein kurzes Schweigen war ein Ausdruck seiner Dankbarkeit. Taleniekov hätte Toni leicht töten können, hätte sie sicher getötet, wäre Ost-Berlin nicht gewesen. »Ein Arzt?«

»Das hätte vielleicht etwas Zeit gespart, war aber nicht notwendig.«

»Um was für eine Chemikalie handelt es sich?«

»Skopolamin.«

»Wann?«

»Gestern am frühen Morgen. Über achtzehn Stunden.«

»*Achtzehn ...?*« Jetzt war nicht die Zeit für Erklärungen. »Haben Sie einen Wagen?«

»Das war zu riskant. Ein einzelner Mann mit einer Frau, die nicht aus eigener Kraft stehen kann; die Spur wäre zu deutlich gewesen. Der Pilot hat uns von Ashford hierhergefahren.«

»Können Sie ihm vertrauen?«

»Nein, aber er hat zehn Minuten vor London gehalten, um zu tanken und ist auf die Toilette gegangen. Ich habe einen Liter Öl in sein Benzin gegossen; das sollte auf dem Rückweg nach Ashford wirken.«

»Nehmen Sie ein Taxi.« Scofields Blick drückte das Kompliment aus, das er nicht aussprechen wollte.

»Wir haben viel zu besprechen«, fügte Taleniekov hinzu und löste sich von der Mauer.

»Dann beeilen Sie sich«, sagte Bray.

Antonias Atem ging regelmäßig, ihre Gesichtsmuskeln waren vom Schlaf entspannt. Wenn sie später erwachte, würde ihr übel sein, aber das würde sich im Verlauf des Tages geben. Scofield zog die Decke über ihre Schultern, beugte sich über sie, küßte ihre blassen weißen Lippen und richtete sich dann auf.

Er verließ das Schlafzimmer und ließ die Tür halb offenstehen. Er wollte hören, wenn Toni sich regte; Skopolamin erzeugte häufig Hysterie. Das war der Grund, weshalb Taleniekov nicht hatte riskieren können, sie alleine zu lassen, selbst die paar Minuten nicht, die er brauchte, einen Wagen zu mieten.

»Was ist geschehen?« fragte er den Russen, der ihm mit einem Glas Whisky in der Hand gegenübersaß.

»Heute morgen – gestern morgen«, sagte Taleniekov, sich verbessernd. Er hatte den weißhaarigen Kopf gegen die Stuhllehne gebeugt und die Augen geschlossen; der Mann war sichtlich erschöpft. »Die sagen, Sie seien tot; wußten Sie das?«

»Ja. Was hat das damit zu tun?«

»So habe ich sie zurückbekommen.« Der Russe schlug die Augen auf und sah Bray an. »Es gibt sehr wenig an Beowulf Agate, was ich nicht weiß.«

»Und?«

»Ich sagte, ich wäre Sie. Ich mußte einige grundlegende Fragen beantworten; sie waren nicht schwierig. Ich bot mich als Austausch für sie an. Sie haben zugestimmt.«

»Beginnen Sie ganz am Anfang.«

»Ich wünschte, ich könnte das, ich wünschte, ich wüßte, was eigentlich geschah. Die Matarese, oder jemand im innersten Kreis der Matarese, möchte Sie lebend haben. Deshalb hat man gewissen Leuten gesagt, daß Sie tot wären. Die suchen nicht den Amerikaner, nur den Russen. Ich wünschte, ich könnte das verstehen.« Taleniekov trank.

»Was ist *geschehen?*«

»Sie haben sie gefunden. Fragen Sie mich nicht wie, ich weiß es nicht. Vielleicht Helsinki; vielleicht hat man sie außerhalb Roms entdeckt, irgend etwas, was ich jedenfalls nicht weiß.«

»Aber sie haben sie gefunden«, sagte Scofield und setzte sich. »Was dann?«

»Gestern morgen, ganz früh, vier oder fünf Stunden vor Ihrem Anruf, ging sie in eine Bäckerei hinunter; das war nur ein paar Türen weit. Eine Stunde später war sie noch nicht zurück. Ich wußte, daß ich nur zwei Möglichkeiten hatte. Ich konnte ihr folgen, aber wo anfangen, wo nachsehen? Oder ich konnte warten, bis jemand in die Wohnung kam. Verstehen Sie, *die* hatten keine Wahl, das wußte ich. Das Telefon klingelte einige Male, aber ich nahm nicht ab. Ich wußte, daß ich mit jedem Mal jemanden näher zu mir heranlockte.«

»Als ich anrief, haben Sie abgenommen«, unterbrach Bray.

»Das war später. Da hatten wir schon angefangen zu verhandeln.«

»Und dann?«

»Schließlich kamen zwei Männer. Es bereitete mir große Mühe, sie nicht beide zu töten, ganz besonders einen von beiden. Er hatte jenes kleine, häßliche Zeichen auf seiner Brust. Als ich ihm die Kleider herunterriß und es sah, wäre ich bald wahnsinnig geworden.«

»Warum?«

»Sie haben in Leningrad getötet. In Essen. Später werden Sie das verstehen. Das gehört zu dem, was wir besprechen müssen.«

»Weiter.« Scofield schenkte sich ein.

»Ich will es ganz kurz schildern; Sie können sich selbst ergänzen, was Sie interessiert; Sie sind auch dort gewesen. Ich hielt den Soldaten und seinen bezahlten Revolvermann über eine Stunde gefesselt und bewußtlos fest. Das Telefon klingelte; diesmal meldete ich mich und bemühte mich um einen möglichst deutlichen amerikanischen Akzent. Man hätte glauben können, der Himmel über Paris sei eingefallen, so hysterisch war der Anrufer. ›Ein Schwindler in London!‹ quiekte er. Etwas von einem ›schlimmen Fehler in der Botschaft, die Information sei völlig falsch, die Sie bekommen haben‹.«

»Ich glaube, Sie haben da etwas ausgelassen«, unterbrach ihn Bray erneut. »Ich nehme an, das war, als Sie sagten, Sie wären ich.«

»Wir wollen einmal sagen, ich hätte ja gesagt, als man mir die hysterische Frage stellte. Das war eine Versuchung, der ich nicht widerstehen konnte, da ich weniger als achtundvierzig

Stunden vorher gehört hatte, daß Sie getötet worden seien.« Der Russe hielt inne und fügte dann hinzu: »Vor zwei Wochen in Washington.«

Scofield ging zu dem Stuhl zurück und runzelte die Stirn. »Aber der Mann am Telefon wußte, daß ich lebte, ebenso wie die hier in London wußten, daß ich lebte. Sie hatten also recht. Man hat nur ganz wenigen im innersten Kreis der Matarese gesagt, daß ich tot sei.«

»Können Sie daraus etwas schließen?«

»Dasselbe wie Sie. Die unterscheiden.«

»Genau. Wenn einer von uns von einem Untergebenen wollte, daß er nichts tat, sagten wir ihm, das Problem sei gelöst. Für solche Leute leben Sie nicht mehr, also jagt man Sie auch nicht mehr.«

»Aber warum? Man jagt mich doch. Die haben mich in eine Falle gelockt.«

»Eine Frage mit zwei Antworten, denke ich«, sagte der Russe. »Wie jede weitläufige Organisation ist auch der Matarese-Bund unvollkommen. In seinen Rängen gibt es auch undisziplinierte Leute, Leute, die zur Gewalttätigkeit neigen, Männer, die um des Tötens willen töten oder aus Fanatismus. Diesen Leuten hat man gesagt, Sie seien tot. Wenn sie nicht Jagd auf Sie machten, konnten sie Sie auch nicht töten.«

»Das ist Ihre erste Antwort; und was ist die zweite? Warum möchte jemand mich am Leben halten?«

»Um einen *Consigliere* der Matarese aus Ihnen zu machen.«

»*Was?*«

»Denken Sie darüber nach. Überlegen Sie doch, was Sie einer solchen Organisation bringen würden.«

Bray starrte den KGB-Mann an. »Auch nicht mehr als Sie.«

»Oh, viel mehr. Aus Moskau kommt kein großer Schock, das akzeptiere ich. Aber in Washington kann man große Enthüllungen finden. Sie könnten diese Enthüllungen liefern; Sie wären von enormem Wert. Wer scheinheilig ist, ist immer viel leichter zu verletzen.«

»Das akzeptiere ich.«

»Ehe Odile Veltrup getötet wurde, machte sie mir ein Angebot. Kein Angebot, zu dem sie befugt war; die wollen den Russen nicht. Die wollen *Sie*. Wenn sie Sie nicht haben können, werden sie Sie töten, aber jemand gibt Ihnen die Chance.«

Es wäre viel besser für alle Beteiligten, wenn wir uns zusammensetzten und die Differenzen, die es zwischen uns gibt, besprechen würden. Vielleicht stellen Sie dann fest, daß diese Differenzen gar nicht so groß sind. Worte von einem Boten ohne Gesicht.

»Zurück nach Paris«, sagte Bray. »Wie haben Sie sie dann bekommen?«

»Es war gar nicht besonders schwierig. Der Mann am Telefon war zu eifrig; er sah den Generalsrang vor sich, oder seinen Tod. Ich sagte ihm, was dem Soldaten mit der häßlichen kleinen Marke auf der Brust geschehen könnte; allein die Tatsache, daß ich das Zeichen kannte, genügte schon beinahe. Ich bot den Soldaten und Beowulf Agate im Austausch für das Mädchen an. Beowulf war der Flucht müde und bereit anzuhören, was man ihm zu sagen hatte. Er – ich – wußte, daß man mich in die Enge getrieben hatte, aber meine Berufsehre verlangte, daß er – Sie – gewisse Garantien erhielte. Das Mädchen mußte freigelassen werden. Paßten meine Reaktionen zu Ihrer wohlbekannten Starrsinnigkeit?«

»Sehr plausibel«, erwiderte Scofield. »Wir wollen sehen, ob ich einiges beitragen kann. Die Fragen, die Sie beantworten mußten, waren: Wie war der zweite Vorname meiner Mutter? Oder wann hat mein Vater die Stellung gewechselt?«

»Nichts so Einfaches«, unterbrach der Russe. »›Wer war der vierte Mann, den Sie getötet haben. Wo?‹«

»Lissabon«, sagte Bray leise. »Ein Amerikaner, der nicht mehr zu retten war. Ja, das wußten Sie ... Dann folgte eine Reihe von Telefonanrufen in der Wohnung – mein Anruf aus London war eine Störung –, und bei jedem Anruf gaben Sie neue Instruktionen und erklärten, wenn die geringste Kleinigkeit nicht stimmte, würde es nicht zu einem Austausch kommen. Der Austausch selbst sollte mitten im Verkehr stattfinden, vorzugsweise auf einer Einbahnstraße, mit einem Fahrzeug, einem Mann und Antonia. Das Ganze sollte innerhalb von sechzig bis hundert Sekunden stattfinden.«

Der Russe nickte. »Mittags auf den Champs-Elysées, südlich des Arc de Triomphe. Fahrzeug und Mädchen übernehmen, Mann und Soldat an den Ellbogen aneinandergefesselt, an einer Kreuzung des Place de la Concorde aus dem Wagen gestoßen und dann eine schnelle Fahrt aus Paris heraus.«

Bray stellte sein Glas ab und ging zu dem Hotelfenster, das ihm den Blick auf den Carlos Place bot. »Vor einer Weile sagten Sie, Sie hätten zwei Alternativen gehabt. Ihr zu folgen oder in der Rue de Bac zu warten. Mir scheint, es gab noch eine dritte, aber Sie haben sich gegen diese Alternative entschlossen. Sie hätten selbst sofort aus Paris verschwinden können.«

Taleniekov schloß die Augen. »Die Wahl hatte ich nicht. Ich hörte das aus ihrer Stimme, jedesmal, wenn sie Sie erwähnte. Ich glaube, ich sah es schon in Korsika, in jener ersten Nacht in der Höhle über Porto Vecchio, als Sie sie anschauten. Damals dachte ich, wie *wahnsinnig*, wie . . .« Der Russe schüttelte den Kopf.

»Unvernünftig?« fragte Bray.

Taleniekov schlug die Augen auf. »Ja. Unvernünftig . . . unnötig, sinnlos.« Der KGB-Mann hob sein Glas und leerte den Whisky, der noch in ihm war, mit einem Zug. »Die Rechnung von Ost-Berlin ist beglichen; wir sind quitt.«

»Ja, ich verlange auch nichts mehr, erwarte nichts.«

»Gut. Ich nehme an, Sie haben die Zeitungen gelesen.«

»Trans-Communications? Ihr Anteil an Veltrup?«

»Eher hundertprozentiger Besitz. Ich nehme an, die Lage des Firmenhauptquartiers ist Ihnen auch aufgefallen. Boston, Massachusetts. Eine Stadt, die Ihnen ziemlich vertraut sein dürfte, denke ich.«

»Viel wichtiger, es ist die Stadt – und der Staat – von Joshua Appleton IV., Patrizier und Senator, dessen Großvater ein Gast von Guillaume de Matarese war. Es wäre interessant zu erfahren, welche Verbindungen er zu Trans-Comm hat.«

»Zweifeln Sie, daß es solche gibt?«

»In diesem Augenblick bezweifle ich alles«, sagte Scofield. »Vielleicht werde ich anders denken, sobald wir uns mit den Fakten befaßt haben, die Sie jetzt haben. Beginnen wir mit Korsika.«

Taleniekov nickte. »Da war zuerst Rom. Erzählen Sie mir von Scozzi.«

Das tat Bray und nahm sich die Zeit, auch die Rolle zu schildern, die Antonia bei den Roten Brigaden hatte spielen müssen.

»Deshalb war sie also in Korsika?« fragte Wassili. »Auf der Flucht vor den Brigaden?«

»Ja. Alles, was sie mir von deren Finanzierungen erzählt hat, deutet auf die Matarese ...« Scofield legte seine Theorien dar und ging dann schnell auf die Ereignisse in der Villa d'Este und den Mord an Guillamo Scozzi über, den ein Mann namens Paravacini befohlen hatte. »Das war das erstemal, daß ich hörte, ich sei tot. Die hielten mich für Sie ... Jetzt Leningrad. Was geschah dort?«

Taleniekov atmete tief, ehe er antwortete. »Sie haben in Leningrad getötet und in Essen«, sagte er mit kaum zu vernehmender Stimme. »Oh, wie sie töten, diese *Fida'is* des zwanzigsten Jahrhunderts, diese Abkömmlinge von Hassan Ibn-al-Sabbah. Ich sollte Ihnen vielleicht sagen, daß der Soldat, den ich an der Place de la Concorde aus dem Wagen stieß, mehr als nur ein Muttermal auf seiner Brust hatte. Seine Kleider waren von einem Gewehrschuß besudelt, die eine weitere Spur hinterließen. Ich sagte seinem Begleiter, das wäre für Leningrad und Essen.«

Der Russe berichtete ruhig. Als er von Lodzia Kronescha, dem Wissenschaftler Mikovsky und Heinrich Kassel sprach, war die Tiefe seiner Empfindung zu spüren. Besonders Lodzia; er mußte dabei kurz innehalten und sein Glas auffüllen. Scofield blieb stumm; da war nichts, was er hätte sagen können. Der Russe schloß mit dem nächtlichen Feld am Stadtwald und dem Tod von Odile Veltrup.

»Fürst Andrei Voroschin wurde Ansel Veltrup, der Gründer der Veltrup-Werke, nach Krupp der größten Firma Deutschlands und jetzt eine der größten von ganz Europa. Die Enkelin war seine auserwählte Nachfolgerin im Matarese-Bund.«

»Und Scozzi«, sagte Bray, »der sich durch eine Vernunftehe den Paravacinis anschloß. Herkunft, ein gewisses Talent und Charme, im Austausch für einen Sitz im Aufsichtsrat. Aber dieser Sitz war nur Fassade; das war alles, was er je war. Der Graf war ersetzbar und wurde getötet, weil er Fehler machte.«

»Ebenso wie Odile Veltrup. Auch sie war ersetzbar.«

»Und der Name Scozzi-Paravacini trügt. Die Macht liegt bei Paravacini.«

»Jetzt wollen wir die Kontrolle über Veltrup hinzufügen, die bei Trans-Communications liegt. Damit hätten wir zwei Nachkommen von Männern auf der Gästeliste des *Padrone* abgehakt, beide Angehörige der Matarese, doch keiner von beiden von Bedeutung. Was haben wir jetzt?«

»Das, was wir vermuteten, was der alte Krupskaya Ihnen in Moskau gesagt hat. Die Matarese sind übernommen worden, ganz offensichtlich teilweise, möglicherweise sogar ganz. Scozzi und Voroschin waren wegen dem, was sie mitbrachten oder was sie wußten oder besaßen, nützlich. Man duldete sie – ließ sogar zu, daß sie sich für wichtig hielten – solange sie nützlich *waren*, eliminierte sie aber in dem Augenblick, als sie das nicht mehr waren.«

»Aber *wofür* nützlich? Das ist die Frage!« Taleniekov stellte sein Glas krachend ab. »Was wollen die Matarese? Sie finanzieren Angst und Mord durch riesige Firmenstrukturen; sie verbreiten Panik, aber *weshalb?* Diese Welt wird vom Terror in den Wahnsinn getrieben, einem Terror, der von Männern gekauft und bezahlt wird, die dadurch am meisten zu verlieren haben. Ihre Investitionen werden in völlige *Unordnung* gebracht! Das gibt einfach keinen Sinn!«

Scofield hörte das Geräusch – das Stöhnen – und sprang auf. Er eilte zur Tür; Toni hatte sich nach links gewälzt und sich teilweise aufgedeckt. Aber sie schlief immer noch; sie hatte im Schlaf gestöhnt. Er ging zu dem Sessel zurück und stellte sich dahinter.

»Völlige Unordnung«, sagte er leise. »Chaos. Körper, die im Weltraum aufeinanderprallen. Die Schöpfung.«

»Wovon reden Sie?« fragte Taleniekov.

»Das weiß ich selbst nicht genau«, erwiderte Scofield. »Ich komme immer wieder auf das Wort ›Chaos‹ zurück, aber ich weiß selbst nicht weshalb.«

»Wir wissen *gar nichts* genau. Wir haben vier Namen, von denen zwei nicht viel zu besagen hatten, und sie sind tot. Wir sehen eine Anordnung von Firmen, die das Gerüst – das *wesentliche Gerüst* – hinter dem Terrorismus auf der ganzen Welt bilden, aber wir können die Verbindung nicht beweisen und wissen nicht, weshalb sie alles das finanzieren. Scozzi-Paravacini finanziert die Roten Brigaden, Veltrup ohne Zweifel Baader-Meinhof; Gott alleine weiß, wofür Trans-Communications bezahlt. Das sind vielleicht nur einige der vielen, mit denen wir zu tun haben. Wir haben die Matarese *gefunden*, aber wir sehen sie immer noch nicht. Wenn wir gegen solche Konzerne Anklage erheben würden, dann würde man sagen, wir seien verrückt oder noch Schlimmeres.«

»Viel Schlimmeres«, sagte Bray, der sich an die Stimme im Telefon erinnerte, die er in dem Restaurant gehört hatte. »Verräter. Man würde uns erschießen.«

»Ihre Worte klingen prophetisch. Mir gefällt das nicht.«

»Mir auch nicht, aber noch weniger gefällt es mir, erschossen zu werden.«

»Dem kann man nichts hinzufügen.«

»Das stimmt nicht, wenn man das bedenkt, was Sie gerade gesagt haben. ›Wir haben die Matarese gefunden, aber wir sehen sie immer noch nicht‹, so sagten Sie doch?«

»Ja.«

»Angenommen, wir würden nicht nur einen finden, sondern hätten ihn sogar. In unseren Händen.«

»Eine *Geisel?*«

»Richtig.«

»Das ist verrückt.«

»Warum? Sie hatten doch diese Veltrup.«

»In einem Wagen. Auf dem Feld eines Bauern. Nachts. Ich bildete mir nicht ein, ich könnte sie nach Essen bringen und dort einen Stützpunkt errichten.«

Scofield setzte sich. »Die Roten Brigaden haben Aldo Moro nur acht Straßen von einem Polizeirevier in Rom entfernt festgehalten. Obwohl das nicht das ist, was ich vorhabe.«

Taleniekov beugte sich vor. »Waverly?«

»Ja.«

»*Wie?* Die Amerikaner sind hinter Ihnen her, die Matarese hätten Sie beinahe in der Falle gehabt; was haben Sie vor? Wollen Sie eine Stippvisite im Foreign Office machen und ihn zum Tee einladen?«

»Waverly wird hierher gebracht werden – in dieses Zimmer –, heute abend um acht Uhr.«

Der Russe pfiff durch die Zähne. »Darf ich fragen, wie Sie das zustande gebracht haben?«

Bray berichtete von Symonds. »Er tut das, weil er glaubt, was auch immer mich dazu veranlaßt hat, mit Ihnen zusammenzuarbeiten, müsse stark genug sein, um mir ein Gespräch mit Waverly zu verschaffen.«

»Die haben einen Namen für mich. Hat er ihn erwähnt?«

»Ja. Die Schlange.«

»Wahrscheinlich sollte ich das als Schmeichelei empfinden,

aber das tue ich nicht. Ich finde den Namen häßlich. Ahnt Symonds, daß dieses Zusammentreffen eines zwischen Feinden sein könnte? Daß Sie annehmen, Waverly könnte mehr sein als nur der Außenminister Englands?«

»Nein, im Gegenteil. Als er Einwände vorbrachte, sagte ich, ich würde versuchen, Waverlys Leben zu retten.«

»Sehr gut«, sagte Taleniekov. »Sehr beängstigend. Morde verbreiten sich ähnlich schnell wie Terrorakte. Sie werden also alleine kommen?«

»Ja, das habe ich verlangt. Ein Zimmer im Connaught; Roger hat keinen Anlaß, irgend etwas zu argwöhnen. Wir wissen, daß die Matarese zwischen mir und dem Mann, mit dem Waverly sich angeblich in den Büros von MI-6 treffen soll, noch keine Verbindung hergestellt haben.«

»Sind Sie da ganz sicher? Mir scheint das der schwächste Punkt der ganzen Strategie zu sein. Die haben Sie in London erreicht, sie wissen, daß Sie die vier Namen aus Korsika haben. Plötzlich wird, sozusagen aus dem Nichts, Waverly, der *Consigliere*, sich insgeheim mit einem Mann im Büro eines britischen Abwehragenten treffen, von dem man weiß, daß er einmal ein Freund von Beowulf war. Mir scheint die Gleichung offenkundig; warum sollten die Matarese sie nicht durchschauen?«

»Aus einem ganz bestimmten Grund. Weil sie nicht glauben, daß ich je mit Symonds Kontakt hatte.«

»Sie können dessen nicht sicher sein.«

»Aber die Wahrscheinlichkeit spricht dagegen. Roger ist ein erfahrener Mann; er hat sich bestimmt gesichert. Die Akten sagen aus, daß er in der Admiralität war. Man hat mich nicht auf der Straße abgeholt; wir haben ein steriles Telefon benutzt. Wir trafen uns eine Stunde außerhalb von London, mein Wagen wurde zweimal gewechselt und seiner mindestens viermal. Niemand ist uns gefolgt.«

»Sehr eindrucksvoll. Aber kein Beweis.«

»Das war das Beste, was ich zuwege gebracht habe. Mit Ausnahme einer letzten Einschränkung.«

»Einschränkung?«

»Es wird heute abend nicht zu einem Zusammentreffen kommen. Sie werden dieses Zimmer nie erreichen.«

»*Kein Zusammentreffen?* Welchen Zweck hat es dann, daß sie hierher kommen?«

»Damit wir Waverly unten schnappen können, ehe Symonds weiß, was geschieht. Roger wird den Wagen steuern; wenn er hierher kommt, wird er nicht durch die Lobby gehen, sondern einen Seiteneingang benutzen, und ich werde herausfinden, welchen. Falls man Waverly folgt – und ich räume ein, daß das möglich ist – werden Sie unten auf der Straße sein. Sie bemerken das; Sie werden sie sehen. Bringen Sie sie weg. Ich werde dann im Eingang warten.«

»Wo man Sie am wenigsten erwartet«, unterbrach ihn der Russe.

»Richtig. Ich rechne darauf. Ich kann Roger überraschen, ihn festhalten und ihm gewaltsam eine Pille einflößen. Dann wacht er einige Stunden lang nicht auf.«

»Das reicht nicht«, sagte Taleniekov leise. »Sie müssen ihn töten. Opfer sind unvermeidbar. Churchill begriff das bei Coventry. Hier steht genausoviel auf dem Spiel, Scofield. Die britische Abwehr wird die umfangreichste Suchaktion in der ganzen Geschichte Englands veranstalten. Wir müssen Waverly aus dem Lande schaffen. Wenn der Tod eines Mannes uns Zeit verschafft – vielleicht einen Tag –, behaupte ich, ist es das wert.«

Bray sah den Russen an, studierte ihn. »Sie behaupten zu viel.«

»Sie wissen, daß ich recht habe.«

Schweigen. Plötzlich warf Scofield sein Glas durchs Zimmer. Es zerschellte an der Wand. »*Verdammt!*«

Taleniekov schoß hoch, seine rechte Hand fuhr unter seine Jacke. »Was ist denn?«

»Sie haben recht, und ich weiß es. Er vertraut mir, aber ich muß ihn töten. Es werden Tage vergehen, bis die Briten wissen, wo sie beginnen müssen. Weder MI-6 noch das Außenministerium weiß etwas von Connaught.«

Der KGB-Mann zog die Hand wieder unter der Jacke hervor und legte sie auf die Stuhllehne. »Wir brauchen die Zeit. Ich glaube nicht, daß es eine andere Möglichkeit gibt.«

»Wenn es eine gibt, so kann ich nur hoffen, daß sie mir noch einfällt.« Bray schüttelte den Kopf. »Ich bin das alles leid.« Er blickte zur Schlafzimmertüre hinüber. »Aber das hat sie mir auch gesagt.«

»Der Rest sind nur Einzelheiten«, fuhr Taleniekov fort. »Ich warte mit einem Wagen auf der Straße. Sobald ich fertig bin – falls ich etwas zu tun bekomme –, komme ich herein und helfe Ihnen. Wir müssen natürlich den Toten auch mitnehmen und ihn irgendwo beseitigen.«

»Der tote Mann hat keinen Namen«, sagte Scofield leise. Er ging ans Fenster. »Ist es Ihnen eigentlich schon in den Sinn gekommen, daß wir denen immer ähnlicher werden, je näher wir an sie herankommen?«

»Mir ist in den Sinn gekommen«, erwiderte der Russe, »daß Ihre Strategie wirklich außergewöhnlich ist. Wir werden nicht nur einen *Consigliere* der Matarese haben, sondern einen ganz besonderen! Den Außenminister Englands! Haben Sie eigentlich einmal darüber nachgedacht, was das bedeutet? Wir werden den Mann aufbrechen; die Welt wird auf uns hören. Sie wird uns zuhören *müssen!*« Taleniekov hielt einen Augenblick inne und fügte dann mit leiser Stimme hinzu: »Was Sie getan haben, paßt ganz zu dem Ruf von Beowulf Agate.«

»Scheiße«, sagte Bray. »Ich hasse diesen Namen.«

Das Stöhnen kam plötzlich, ging in ein langgezogenes Schluchzen über, dem ein Schmerzensschrei folgte, halb erstickt, unsicher, verzweifelt. Scofield rannte ins Schlafzimmer. Toni wälzte sich auf dem Bett, ihre Hände zerkrallten ihr Gesicht und ihre Beine stießen böse nach Dämonen, die nur in ihrer Phantasie existieren. Bray setzte sich und zog ihr die Hände sachte und doch fest vom Gesicht; er bog jeden Finger, so daß ihre Nägel nicht ihre Haut zerreißen konnten. Er preßte ihr die Arme an die Seiten und hielt sie fest, hielt sie so, wie er sie in Rom gehalten hatte. Ihre Schreie verstummten und gingen in Schluchzen über. Sie zitterte, ihr Atem ging unregelmäßig und wurde dann langsam wieder normal, während ihr starrer Körper erschlaffte. Der erste Anfall, den das Skopolamin ausgelöst hatte, war vorüber. Scofield hörte Schritte im Korridor; er drehte den Kopf etwas zur Seite, damit Taleniekov sah, daß er es bemerkt hatte.

»Das wird bis zum Morgen dauern, wissen Sie«, sagte der KGB-Mann. »Das Skopolamin wird langsam und unter großen Schmerzen verdrängt. Sie können da nichts tun. Nur sie halten.«

»Ich weiß. Das werde ich tun.«

Einen Augenblick lang herrschte Schweigen. Bray spürte die

Augen des Russen, die ihn und Antonia beobachteten. »Ich gehe jetzt«, sagte Taleniekov. »Ich rufe mittags hier an, später komme ich dann. Wir können uns dann über Einzelheiten unterhalten, Signale vereinbaren und so.«

»Sicher. Und so. Wo gehen Sie hin? Wenn Sie wollen, können Sie hierbleiben.«

»Ich denke nicht. Hier gibt es genauso wie in Paris Dutzende von Orten. Ich kenne sie ebensogut wie Sie. Außerdem muß ich einen Wagen beschaffen und die Straßen studieren. Es geht nichts über gute Vorbereitung, oder?«

»Nein, da haben Sie recht.«

»Gute Nacht. Passen Sie gut auf sie auf.«

»Ich will es versuchen.« Wieder Schritte; der Russe ging aus dem Zimmer. Jetzt sagte Scofield: »Taleniekov.«

»Ja?«

»Das in Leningrad tut mir leid.«

»Ja.« Wieder Schweigen; dann kamen ganz leise die Worte: »Ich danke Ihnen.«

Die äußere Türe schloß sich; jetzt war er mit seiner Liebe allein. Er ließ sie auf das Kissen sinken und berührte ihr Gesicht. So unlogisch, so unvernünftig. *Warum habe ich dich gefunden? Warum hast du mich gefunden? Du hättest mich lassen sollen, wo ich war – tief in der Erde. Das ist nicht die Zeit für uns beide; kannst du das nicht verstehen? Es ist alles so . . . unnötig.*

Es war, als hätte er seine Gedanken laut ausgesprochen. Toni schlug die Augen auf, sie wirkten glasig, erkannten ihn nur teilweise, aber sie erkannten ihn. Ihre Lippen formten seinen Namen, es war nur ein Flüstern.

»Bray . . .?«

»Es wird alles wieder gut. Die haben dir nicht weh getan. Der Schmerz, den du empfindest, kommt von Chemikalien; er geht vorüber, glaube mir.«

»Du bist zurückgekommen.«

»Ja.«

»Geh nicht wieder weg, *bitte*. Nicht ohne mich.«

»Nein.«

Plötzlich weiteten sich ihre Augen, ihr Blick wurde glasig, ihre weißen Zähne wurden freigelegt wie die eines jungen Tieres, das sich in einem Eisen gefangen hat. Ein herzzerreißendes Wimmern wallte tief in ihr auf.

Sie brach in seinen Armen zusammen.

Morgen, meine Liebe, meine einzige Liebe. Morgen leuchtet die Sonne wieder, das weiß jeder. Dann vergeht der Schmerz, das verspreche ich dir. Und noch etwas verspreche ich dir, du meine Liebe, die du zum falschen Zeitpunkt und so spät in mein Leben gekommen bist. Morgen, heute, heute abend ... heute hole ich mir den Mann, der diesen Alptraum abschließen wird. Taleniekov hat recht. Wir werden ihn zerbrechen, wie noch nie ein Mensch zerbrochen worden ist, und die Welt wird uns zuhören. Wenn sie das tut, meine Liebe, meine einzige angebetete Liebe, dann sind wir frei, du und ich. Dann gehen wir weit weg, dorthin, wo die Nacht den Schlaf und die Liebe bringt, nicht den Tod, nicht die Angst und die Abscheu vor der Finsternis. Wir werden frei sein, weil es dann keinen Beowulf Agate mehr gibt. Er wird verschwinden, denn er hat nicht viel Gutes getan. Aber eines muß er noch tun. Heute nacht.

Scofield berührte Antonias Wange. Sie hielt seine Hand kurz fest, führte sie an die Lippen, lächelte, beruhigte ihn mit den Augen.

»Was macht der Kopf?« fragte Bray.

»Der Schmerz ist geringer geworden, jetzt fühlt sich alles nur noch ganz taub an«, sagte sie. »Es geht mir viel besser.«

Scofield ließ ihre Hand los und ging durchs Zimmer. Taleniekov stand über einen Tisch gebeugt und studierte eine Straßenkarte. Ohne darüber gesprochen zu haben, waren beide Männer für ihre Arbeit doch beinahe gleich gekleidet. Pullover und Hosen aus dunklem Material, Schulterhalfter, straff geschnallt mit schwarzen Ledergürteln, schräg über die Brust. Auch ihre Schuhe waren von dunkler Farbe und hatten dicke Gummisohlen, die sie mit Messern bearbeitet hatten, bis sie ganz grob waren.

Jetzt blickte Taleniekov auf. »Hinter Great Dunmow biegen wir nach Osten, fahren in Richtung Coggeshall und dann weiter nach Nayland. Übrigens, südlich von Hadleigh gibt es einen Flugplatz, der auch für kleine Düsenmaschinen geeignet ist. Ein solcher Flugplatz könnte uns in einigen Tagen gelegen kommen.«

»Da könnten Sie recht haben.«

»Außerdem«, fügte der KGB-Mann sichtlich widerstrebend hinzu, »führt dieser Weg am Blackwater River vorbei; die Wälder in dieser Gegend sind sehr dicht. Das wäre ein guter Ort, um . . . um das Paket abzuwerfen.«

»Der tote Mann hat immer noch keinen Namen«, sagte Scofield. »Zumindest die Ehre sollten Sie ihm erweisen. Er heißt Roger Symonds. Er ist ein ehrenwerter Mann; ich hasse diese Scheißwelt.«

»Auf die Gefahr, einfältig zu erscheinen, darf ich unterstellen – entschuldigen Sie, vorschlagen –, daß das, was Sie heute abend tun werden, jener traurigen Welt nützlich sein wird, die wir beide viel zu lange geschmäht haben.«

»Mir wäre lieber, Sie würden gar nichts unterstellen oder vorschlagen.« Bray sah auf die Uhr. »Er wird jetzt bald anrufen. Wenn das geschieht, geht Toni in die Lobby und bezahlt Mr. Edmontons Rechnung – das bin ich. Sie wird dann mit einem Hausdiener wieder heraufkommen und unsere Koffer und Aktentaschen zu dem Wagen hinunterschaffen, den wir auf den Namen Edmonton gemietet haben. Sie wird damit nach Colchester fahren. Dort wird sie in einem Restaurant, das Bonner's heißt, bis 11.30 Uhr warten. Wenn es zu irgendeiner Änderung im Plan kommt oder wir sie brauchen, können wir sie dort erreichen. Wenn sie nichts von uns hört, fährt sie weiter nach Nayland ins Double Crown Inn, wo unter dem Namen Vickery ein Zimmer für sie reserviert ist.«

Taleniekov richtete sich auf. »Niemand soll versuchen, meine Aktentasche zu öffnen«, sagte er. »Es ist eine Bombe darin.«

»In meinem Aktenkoffer auch«, erwiderte Scofield. »Noch Fragen?«

Das Telefon klingelte; alle drei starrten es an – ein Augenblick, der wie losgelöst vom Strom der Zeit schien, denn das Klingeln bedeutete, daß der Augenblick gekommen war. Bray ging an den Schreibtisch, ließ das Telefon ein zweites Mal klingeln und nahm dann den Hörer ab.

Was auch immer er erwartet haben mochte, sei es Gruß, Information, Instruktionen oder Enthüllungen – nichts auf dieser Welt hätte ihn auf das, was er hörte, vorbereiten können. Symonds Stimme war ein Ruf aus einer Welt der Qual, einem Schmerz, der so außergewöhnlich war, daß man ihn kaum glauben konnte.

»Sie sind alle *tot.* Das ist ein *Massaker!* Waverly, seine Frau, seine Kinder, drei Dienstboten ... *tot.* Was, zum Teufel, *haben Sie getan?*«

»O mein Gott!« Scofields Verstand arbeitete fieberhaft, seine Gedanken übertrugen sich in sorgfältig gewählte Worte. »Roger, hören Sie mir zu. Das ist es, was ich *verhindern* wollte!« Er legte die Hand über den Hörer und sah Taleniekov an. »Waverly ist tot, alle Insassen des Hauses sind getötet worden.«

»Methode?« schrie der Russe. »Spuren an den Leichen. Waffen. Wir müssen alles wissen!«

Bray schüttelte den Kopf. »Das werden wir später erfahren.« Er nahm die Hand vom Hörer. Symonds redete schnell, er wirkte hysterisch.

»Es ist *schrecklich.* O Gott, das ist grauenhaft! Man hat sie hingeschlachtet ... Wie Tiere!«

»*Roger!* Reißen Sie sich zusammen! Sie müssen jetzt zuhören. Das gehört alles in ein größeres Schema. Waverly wußte darum. Er wußte zu viel; deshalb hat man ihn getötet. Ich konnte ihn nicht rechzeitig erreichen.«

»Das konnten Sie nicht? ... Um Himmels willen ... Warum *haben Sie, konnten Sie* denn nicht ... konnten Sie es mir denn nicht *sagen?* Er war Außenminister, Englands *Außenminister!* Können Sie sich denn vorstellen, was für Folgen das ... O mein *Gott,* eine Tragödie! Eine *Katastrophe! Geschlachtet!«* Symonds hielt inne. Als er wieder ruhiger zu reden begann, war offenkundig, daß jetzt der Profi im Geheimdienst, der er war, wieder die Kontrolle übernommen hatte, oder sich wenigstens um sie bemühte. »Ich möchte, daß Sie so schnell wie möglich in mein Büro kommen. Betrachten Sie sich als von der britischen Regierung festgenommen.«

»Das kann ich nicht. Bitten Sie mich nicht darum.«

»Ich bitte Sie nicht, Scofield! Ich erteile Ihnen einen direkten Befehl. Hinter diesem Befehl stehen die höchsten Behörden Englands. Sie werden dieses Hotel *nicht* verlassen! Bis Sie den Lift erreichen, ist überall der Strom abgeschaltet, und jede Treppe und jeder Ausgang wird bewacht.«

»All right, all right. Ich fahre zu MI-6«, log Bray.

»Man wird Sie *eskortieren.* Bleiben Sie in Ihrem Zimmer.«

»Vergessen Sie das Zimmer, Roger«, sagte Scofield und

tastete nach Worten, die der Krise angemessen waren. »Ich muß Sie sehen, aber nicht in MI-6.«

»Ich glaube, Sie haben mir nicht *zugehört!*«

»Stellen Sie Wachen vor die Türen, schalten Sie die verdammten Lifts ab, tun Sie, wozu Sie Lust haben, aber ich muß Sie *hier* sehen. Ich werde jetzt dieses Zimmer verlassen, in die Bar gehen und mich dort in die finsterste Nische setzen, die ich finde. Dort treffen wir uns.«

»Ich *wiederhole* . . .«

»Sie können wiederholen, sooft Sie wollen, aber wenn Sie nicht hierher kommen und auf mich hören, wird es zu weiteren Morden kommen, geplanten Attentaten – *darum* geht es nämlich, Roger! *Attentate.* Die machen nicht vor einem Außenminister oder Staatssekretär halt . . . auch nicht vor einem Präsidenten oder Premierminister.«

»O mein . . . *Gott*«, flüsterte Symonds.

»Das ist es, was ich Ihnen letzte Nacht nicht sagen konnte. Das ist der Grund, den Sie suchten, als wir miteinander sprachen. Aber was ich tue, ist nicht offiziell sanktioniert. Das sollte Ihnen eigentlich genug sagen. Kommen Sie herüber, Roger.« Bray schloß die Augen, hielt den Atem an; entweder geschah es jetzt, oder nie.

»Ich bin in zehn Minuten da«, sagte Symonds mit brüchiger Stimme.

Scofield legte den Hörer auf und sah zuerst Antonia und dann Taleniekov an. »Er ist unterwegs.«

»Er wird Sie festnehmen!« rief der Russe aus.

»Das glaube ich nicht. Er kennt mich gut genug, um zu wissen, daß ich nichts Offizielles sagen werde, wenn ich das vorher erkläre. Er will nicht alles Weitere auf sein Gewissen nehmen.« Bray trat an den Stuhl, über den er seinen Regenmantel und seine Reisetasche gelegt hatte. »Eines weiß ich ganz bestimmt. Er wird sich unten mit mir treffen und mir eine Chance geben. Wenn er akzeptiert, bin ich in einer Stunde zurück. Wenn nicht . . . werde ich ihn töten.« Scofield öffnete den Reißverschluß seiner Reisetasche, griff hinein und entnahm ihr ein langes Jagdmesser in einer Scheide. Es trug immer noch die Preisauszeichnung von Harrods. Er sah Toni an; ihre Augen verrieten ihm, daß sie verstand. Die Notwendigkeit zu handeln und den Abscheu, den er empfand.

Symonds saß Bray gegenüber in der Nische in der Bar des Connaught-Hotels. Die indirekte, schwache Beleuchtung konnte die Blässe des Engländers nicht verbergen; er war ein Mann, der unter dem Zwang stand, Entscheidungen solcher Tragweite zu treffen, daß allein der Gedanke an diese Entscheidungen ihn krank machte. Physisch krank, geistig erschöpft.

Sie hatten fast vierzig Minuten miteinander gesprochen. Scofield hatte ihm, wie geplant, einen Teil der Wahrheit gesagt – viel mehr, als ihm lieb war –, aber das war notwendig. Er war jetzt im Begriffe, Roger seine letzte Bitte vorzutragen; beide Männer wußten das. Symonds spürte die schreckliche Last seiner Entscheidung; sie stand in seinen Augen geschrieben. Bray fühlte das Messer in seinem Gürtel; die schreckliche Entscheidung, es, wenn nötig, zu gebrauchen, ließ ihm den Atem stocken.

»Wir wissen nicht, wie weit die Verschwörung reicht, oder wie viele Leute in den verschiedenen Regierungen in sie verwikkelt sind, aber wir wissen, daß sie durch die großen internationalen Gesellschaften finanziert wird«, erklärte Scofield. »Was heute nacht in Belgravia Square geschah, läßt sich mit dem vergleichen, was Antony Blackburn in New York zustieß oder dem Physiker Juriewitsch in Rußland. Wir rücken langsam näher; wir haben Namen, kennen Verbindungen, wissen, daß Abwehrkreise in Washington, Moskau und Bonn manipuliert worden sind. Aber wir besitzen keine Beweise; die werden wir bekommen, haben sie aber jetzt noch nicht. Wenn Sie mich festnehmen, werden wir sie nie bekommen. Was mich betrifft, so ist man in Washington der Meinung, ich sei bereits abgeschrieben, müsse liquidiert werden; das bedeutet, ich werde bei der ersten sich bietenden Gelegenheit . . . getötet werden. Aus einem falschen Grund und von den falschen Leuten, aber das ändert nichts am Ausgang. Sie müssen mir *Zeit* verschaffen, Roger.«

»Und was geben Sie mir?«

»Was wollen Sie noch mehr?«

»Diese Namen, die Verbindungen.«

»Die sind jetzt *bedeutungslos.* Was noch schlimmer ist, wenn sie aufgezeichnet werden, dann gehen die entweder noch tiefer in den Untergrund und lösen alle Verbindungen, oder die Morde, die terroristischen Aktionen beschleunigen sich. Es wird mehrere Blutbäder geben . . . und Sie werden sterben.«

»Das ist meine Bedingung. Die Namen, die Verbindungen. Sonst verlassen Sie diesen Raum nicht.«

Bray starrte den MI-6-Mann an. »Werden Sie mich aufhalten, Roger? Ich meine, hier, jetzt, in diesem Augenblick, werden Sie das tun? *Können* Sie es tun?«

»Vielleicht nicht. Aber diese zwei Männer dort drüben werden es tun.« Symonds deutete mit einer Kopfbewegung nach links.

Scofields Augen wanderten. Auf der anderen Seite des Raumes saßen zwei britische Agenten an einem Tisch in der Mitte der Bar. Einer von ihnen war der rothaarige untersetzte Mann, mit dem er gestern auf dem Spielplatz in Guildford gesprochen hatte. Jetzt war in seinen Augen keine Sympathie mehr, nur Feindseligkeit. »Sie haben sich geschützt«, meinte Scofield.

»Sie dachten wohl, daß ich das nicht tun würde? Sie sind bewaffnet und haben ihre Anweisungen. Die Namen, bitte.« Symonds holte ein Notizbuch und einen Kugelschreiber heraus und legte sie vor Bray. »Schreiben Sie keinen Unsinn, ich bitte Sie. Seien Sie vernünftig. Wenn Sie und der Russe getötet werden, ist niemand mehr da. Mag sein, daß ich nicht so gut bin wie Beowulf Agate und die Schlange, aber ich bin nicht ganz ohne gewisse Talente.«

»Wieviel Zeit geben Sie mir?«

»Eine Woche. Keinen Tag mehr.«

Scofield nahm den Kugelschreiber, schlug das kleine Notizbuch auf und begann zu schreiben.

4. April 1911
Porto Vecchio, Korsika
Scozzi
Voroschin
Waverly
Appleton
Gegenwärtig:
Guillamo Scozzi – tot
Odile Veltrup – tot
David Waverly – tot
Joshua Appleton – ?
Scozzi-*Paravacini*. Mailand
Veltrup-Werke (Voroschin). Essen
Trans-Communications. Boston

Und unter die Namen und Firmen schrieb er ein Wort.

Matarese

Bray verließ den Lift. Seine Gedanken beschäftigten sich mit Flugplänen, Reisemöglichkeiten und der Frage der Tarnung. Stunden gewannen jetzt die Bedeutung von Tagen; es gab so viel zu lernen, so viel in Erfahrung zu bringen und nur so wenig Zeit, um das alles zu tun.

Sie hatten gedacht, es könnte in London sein Ende finden, wenn sie David Waverly zerbrachen. Sie hätten es besser wissen müssen; die Nachkommen waren ersetzbar.

Drei waren tot, drei Namen von der Gästeliste des Guillaume de Matarese entfernt, die jener am 4. April 1911 aufgestellt hatte. Doch blieb noch einer übrig. Der goldene Politiker aus Boston, der Mann, von dem nur wenige bezweifelten, daß er die Vorwahlen im Sommer und dann – mit Sicherheit – die Wahlen im Herbst gewinnen würde. Er würde dann Präsident der Vereinigten Staaten sein. Viele hatten während der heißen sechziger und siebziger Jahre geschrien, daß er das Land zusammenbinden könne; Appleton selbst war nie so anmaßend gewesen, das zu behaupten, aber der größte Teil Amerikas dachte, daß er vielleicht der einzige Mann wäre, der dazu imstande war.

Aber es wozu zusammenbinden? Für wen? Das war die erschreckendste Aussicht. War er der eine Nachkomme, der nicht ersetzbar war? Ausgewählt vom Bund, von dem Hirtenjungen, das zu tun, was die anderen nicht tun konnten?

Sie würden Appleton erreichen, dachte Bray, als er um die Ecke des Korridors des Connaught bog und auf sein Zimmer zuging; aber nicht an dem Ort, wo Appleton damit rechnete, daß man an ihn herantreten würde – *falls* er damit rechnete. Sie würden sich nicht nach Washington locken lassen, wo die Gefahr eines zufälligen Zusammentreffens mit Leuten des State Department, des FBI oder der Firma zehnmal so groß war als an jedem beliebigen anderen Ort auf der westlichen Halbkugel. Es hatte keinen Sinn, gleichzeitig zwei Feinde anzugreifen. Statt dessen würden sie nach Boston gehen zu dem Konzern, der den so passenden Namen Trans-Communications trug.

Irgendwo, irgendwie würden sie in den oberen Rängen dieser riesigen Firma einen Mann finden – einen Mann mit einem blauen Kreis auf der Brust – oder Verbindungen zu Scozzi-Paravacini oder Veltrup. Dieser Mann würde einen Alarm flüstern und Joshua Appleton IV. herbeirufen. Sie würden ihm eine Falle stellen, ihn in Boston gefangennehmen. Wenn sie mit ihm am Ende waren, würde das Geheimnis der Matarese freigelegt werden, von einem Mann offenbart, dessen untadelige Empfehlungen nur in seiner unglaublichen Täuschung ihresgleichen fanden. Es *mußte* Appleton sein, es gab keinen anderen. Wenn sie . . .

Scofield griff nach der Waffe, die er im Halfter trug. Die Tür seines Zimmers, das nur noch zwanzig Schritte entfernt lag, stand offen. Er konnte sich keine Gründe vorstellen, die dazu führten, daß sie absichtlich offenstand! Jemand mußte in sein Zimmer eingedrungen sein.

Er blieb stehen, schüttelte die Lähmung von sich ab und rannte neben die Tür, drückte sich neben dem Türstock gegen die Wand. Er warf sich ins Innere des Raumes, duckte sich, hielt die Waffe schußbereit vor sich.

Doch da war niemand, überhaupt niemand. Nichts außer Schweigen und einem ordentlich aufgeräumten Zimmer. Zu ordentlich; jemand hatte die Landkarte vom Tisch genommen, die Gläser gewaschen und sie auf das silberne Tablett zurückgestellt, die Aschenbecher abgewischt. Es gab keinerlei Hinweise, daß der Raum bewohnt gewesen war. Dann sah er es – sie –, und die Lähmung kehrte zurück.

Auf dem Boden neben dem Tisch standen sein Aktenkoffer und seine Reisetasche ordentlich nebeneinander aufgebaut, so wie ein Zimmermädchen oder ein Page sie aufstellen würde. Und ordentlich gefaltet lag sein dunkelblauer Regenmantel auf der Reisetasche. Ein Gast, der zur Abreise bereit war.

Zwei Besucher waren bereits abgereist. Antonia und Taleniekov.

Die Schlafzimmertür stand offen, das Bett war gemacht, vom Waschtisch fehlte der Wasserkrug und der Aschenbecher, der noch vor einer Stunde voll halbgerauchter Zigaretten gewesen war – Zeugnis einer von Sorge und Angst gequälten Nacht.

Schweigen. Nichts.

Plötzlich wurde sein Blick auf etwas gezogen – wieder auf

den Boden –, was nicht zu der Ordnung im Raum paßte; ihm wurde übel. Auf dem Teppich, links vom Tisch, war ein Kreis aus Blut – immer noch feucht, glänzend. Dann blickte er auf. Eine kleine Glasscheibe war aus dem Fenster gefegt worden.

»*Toni!*« Er schrie; der Schrei zerriß das Schweigen, aber das war alles, wozu er fähig war, er konnte nicht denken, sich nicht bewegen.

Das Glas zersplitterte; eine zweite Fensterscheibe wurde aus dem Holzrahmen gefegt. Er hörte das Pfeifen einer Kugel, die sich hinter ihm in die Wand bohrte. Er ließ sich zu Boden fallen.

Das Telefon klingelte. Das Schrillen der Glocke war irgendwie ein Beweis des Wahnsinns! Er kroch unter dem Sichtwinkel des Fensters zum Schreibtisch.

»Toni? . . . *Toni!*« Er schrie es und hatte doch noch nicht den Schreibtisch erreicht, das Telefon nicht berührt.

Er hob die Hand und zog den Apparat neben sich auf den Boden. Dann nahm er den Hörer ab und hielt ihn sich ans Ohr.

»Wir können Sie immer finden, Beowulf«, sagte die präzise, englische Stimme am anderen Ende der Leitung. »Das sagte ich Ihnen doch, als wir das letztemal sprachen.«

»Was haben Sie *mit ihr gemacht?*« schrie Bray. »Wo *ist sie?*«

»Ja, wir haben uns gedacht, daß Sie so reagieren würden. Recht seltsam aus Ihrem Munde, nicht wahr? Nach der Schlange erkundigen Sie sich nicht einmal.«

»Hören Sie *auf*! Sagen Sie es mir!«

»Das ist meine Absicht. Nebenbei gesagt, Sie haben einen schweren Fehler gemacht – recht seltsam, für jemanden mit Ihrer Erfahrung. Wir brauchten nur Ihrem Freund Symonds von Belgravia aus folgen. Ein schneller Blick ins Hotelregister – auch in bezug auf Zeit und Methode der Eintragung – verriet uns Ihr Zimmer.«

»Was haben Sie mit ihr *gemacht?* . . . Mit *ihnen?*«

»Der Russe ist verwundet, aber er wird wahrscheinlich überleben. Zumindest lange genug für unsere Zwecke.«

»Das *Mädchen!*«

»Sie ist zum Flugplatz unterwegs, ebenso wie die Schlange.«

»Wohin schaffen Sie sie?«

»Wir glauben, daß Sie das wissen. Das war das letzte, was Sie aufgeschrieben haben, ehe Sie den Korsen benannten. Eine Stadt im Staate Massachusetts.«

»O Gott . . . *Symonds?*«

»Tot, Beowulf. Wir haben sein Notizbuch. Es lag in seinem Wagen. Roger Symonds, MI-6, ist nach allgemeiner Ansicht verschwunden. Angesichts seines Terminkalenders kann es sogar sein, daß man ihn mit den Terroristen in Verbindung bringt, die den Außenminister von England und seine Familie massakriert haben.«

»Ihr . . .*Schweine.*«

»Nein. Nur Profis. Ich würde meinen, daß Sie dafür Verständnis haben. Wenn Sie das Mädchen zurückhaben wollen, werden Sie uns folgen. Sie müssen nämlich wissen, es gibt jemanden, der sich mit Ihnen treffen möchte.«

»Wer?«

»Seien Sie kein Narr«, sagte der gesichtslose Bote.

»In Boston?«

»Ich fürchte, wir können Ihnen nicht dabei behilflich sein, dort hinzukommen, aber wir haben volles Vertrauen zu Ihnen. Tragen Sie sich im Ritz-Carlton-Hotel unter dem Namen . . . Vickery ein. Ja, das ist ein guter Name, er klingt sympathisch.«

»Boston«, sagte Bray erschöpft.

Wieder war das Klirren von Glas zu hören; eine dritte Fensterscheibe wurde aus ihrem Rahmen gefegt.

»Dieser Schuß«, sagte die Stimme am Telefon, »ist ein Symbol unserer guten Absichten. Wir hätten Sie schon mit dem ersten Schuß töten können.«

31

Er erreichte die französische Küste auf demselben Wege, auf dem er sie vor vier Tagen verlassen hatte: per Motorboot und des Nachts. Die Fahrt nach Paris nahm mehr Zeit in Anspruch als er erwartet hatte; die Drohne, die er hatte einsetzen wollen, wollte mit ihm nichts zu schaffen haben. Der Preis für seine Leiche war zu hoch, die Strafe, die darauf stand, Beowulf Agate zu helfen, war zu schwer. Der Mann stand in Brays Schuld; so zog er es vor, nur abzusagen.

Scofield fand einen *Gendarme*, der dienstfrei hatte und sich in einer Bar in Boulogne-sur-Mer aufhielt; die Verhandlungen liefen schnell. Er brauchte jemanden, der ihn rasch nach Paris brachte, zum Flughafen Orly. Für den *Gendarme* war der Betrag, der ihm dafür geboten wurde, beträchtlich; Bray erreichte Orly bei Tagesanbruch. Um neun Uhr vormittags befand sich ein Mr. Edmonton an Bord der ersten Air-Canada-Maschine nach Montreal. Das Flugzeug startete; seine Gedanken wandten sich Antonia zu.

Sie würden sie dazu benutzen, ihn in die Falle zu locken, aber natürlich nicht zulassen, daß sie am Leben blieb, sobald die Falle sich einmal geschlossen hatte. Ebensowenig wie sie Taleniekov leben lassen würden, sobald sie alles erfahren hatten, was er wußte. Selbst die Schlange konnte Skopolamin-Injektionen oder Natriumamytal nicht widerstehen; kein Mensch war imstande, sein Gedächtnis zu blockieren oder den Informationsstrom aufzuhalten, sobald einmal die Schleusen der Erinnerung auf chemischem Wege geöffnet waren.

Dies waren Dinge, mit denen er sich abfinden mußte. Sobald er sich mit ihnen abgefunden hatte, mußte er das, was er tat, auf Realität gründen. Er würde nicht mit Antonia Gravet alt werden; es würde keine Jahre des Friedens geben. In diesem

Wissen blieb ihm nichts als der Versuch, den Schluß umzudrehen, im Wissen, daß die Chance dafür unendlich klein war. Um es ganz einfach auszudrücken: da er absolut nichts zu verlieren hatte, bestand umgekehrt auch kein Risiko, das nicht wert gewesen wäre, daß er es einging, keine Strategie, die zu ungewöhnlich wäre, um sie in Betracht zu ziehen.

Der Schlüssel war Joshua Appleton, soviel blieb konstant. War es möglich, daß der Senator ein solch begnadeter Schauspieler war, daß es ihm gelungen war, so viele Leute so lange Zeit zu täuschen? Offenbar war dies der Fall; jemand, der von seiner Geburt an dazu erzogen worden war, mit Hilfe unbeschränkter Geldbeträge und uneingeschränkter Hilfe ein einziges Ziel zu erreichen, konnte wahrscheinlich alles verbergen, was er verbergen wollte. Die einzige Lücke, die es zu füllen galt, basierte auf den Berichten über Josh Appleton, Offizier der Marine-Infanterie, Kurier. Sie waren wohlbekannt, von Wahlmanagern publiziert und dadurch noch betont, daß der Kandidat selbst nur ungern über sie sprach, sah man davon ab, daß er die Männer lobte, die mit ihm gedient hatten.

Captain Joshua Appleton war für Tapferkeit vor dem Feinde in fünf Einzelfällen hoch dekoriert worden, aber die Orden, die man ihm verliehen hatte, waren nur Symbole, während der Tribut, den seine Männer ihm zollten, wahre Lobgesänge echter Ergebenheit waren. Josh Appleton war ein Offizier, der ganz dem Gedanken lebte, daß kein Soldat ein Risiko eingehen sollte, zu dem er nicht auch selbst bereit gewesen wäre, daß kein Infanterist, gleichgültig, wie schwer verwundet oder wie scheinbar hoffnungslos auch die Situation sein mochte, dem Feind überlassen werden dürfte, wenn auch nur die geringste Chance bestand, ihn zurückzuholen. Mit solchen Prinzipien war er nicht nur stets der Beste aller Offiziere, sondern gleichzeitig auch der beste Soldat. Er setzte sich beständig größten Gefahren aus, um das Leben eines gemeinen Soldaten zu retten oder das Feuer von der Gruppe eines Korporals abzulenken. Er war zweimal bei der Bergung von Männern aus den Hügeln von Panmunjon verwundet worden und hätte beinahe in Chosan sein Leben verloren, als er durch die feindlichen Linien gekrochen war, um einen Rettungseinsatz eines Helikopters zu leiten.

Nach dem Kriege hatte sich Appleton einem ähnlich gefährlichen Kampf ausgesetzt wie dem, den er in Korea erlebt hatte. Ein beinahe tödlicher Unfall auf der Massachusetts Turnpike. Sein Wagen war über den Mittelstreifen gerast und mit einem entgegenkommenden Schwerlaster kollidiert. Die Verletzungen, die er vom Kopf bis zu den Beinen erlitten hatte, waren so schwer, daß die Ärzte im Massachusetts General Hospital ihn schon für tot aufgegeben hatten. Als ärztliche Bulletins über diesen hochdekorierten Sohn einer prominenten Familie ausgegeben worden waren, kamen Männer aus dem ganzen Lande. Mechaniker, Omnibusfahrer, Farmarbeiter und kleine Angestellte; die Soldaten, die unter »Captain Josh« gedient hatten.

Zwei Tage und zwei Nächte hatten sie Wache gehalten, wobei die mehr zu Demonstrationen Neigenden öffentlich gebetet hatten, während andere einfach nur mit ihren ehemaligen Kameraden dasaßen und ihren Gedanken nachhingen oder leise von vergangenen Zeiten redeten. Als die Krise vorüber war und man Appleton von der kritischen Liste gestrichen hatte, gingen diese Männer nach Hause. Sie waren gekommen, weil sie hatten kommen wollen; sie waren wieder gegangen, ohne zu wissen, ob ihre Anwesenheit etwas bewirkt hatte, wohl aber in der Hoffnung, daß dem so war. Captain Joshua Appleton IV., USMCR, war dieser Hoffnung wert.

Das war die Lücke, die Bray weder schließen noch begreifen konnte. Der Captain, der sein Leben so häufig und so offenkundig um anderer Männer wegen riskiert hatte; wie ließen sich diese Risiken mit einem Mann vereinbaren, der seit seiner Geburt förmlich darauf programmiert war, Präsident der Vereinigten Staaten zu werden? Wie ließ sich seine Gleichgültigkeit gegenüber dem Tod vor den Matarese rechtfertigen?

Aber irgendwie mußte eine solche Rechtfertigung erfolgt sein, denn es bestand nicht länger Zweifel darüber, wo Senator Joshua Appleton stand. Der Mann, den man, ehe das Jahr vorüber war, zum Präsidenten der Vereinigten Staaten wählen würde, war unentrinnbar in eine Verschwörung verstrickt, die gefährlicher als jede andere in der amerikanischen Geschichte war.

In Orly kaufte sich Scofield die Pariser Ausgabe des *Herald-Tribune,* um dort nach Berichten über das Waverly-Massaker zu suchen, aber solche Berichte waren nicht zu finden. Aber auf der zweiten Seite stand etwas anderes: ein weiterer Bericht, der sich mit den Trans-Communications-Anteilen an den Veltrup-Werken befaßte, mit einer teilweisen Aufsichtsratsliste des Bostoner Konzerns. Der dritte Name auf der Liste war der des Senators von Massachusetts.

Joshua Appleton war nicht nur ein *Consigliere* der Matarese, er war auch der einzige Abkömmling jener Gästeliste von vor siebzig Jahren in Porto Vecchio, der ein wahrer Erbe geworden war.

»Mesdames et messieurs, s'il vous plaît. A votre gauche, les Iles de la Manche.« Die Stimme des Piloten dröhnte aus den Lautsprechern der Maschine. Sie überflogen die Kanalinseln; in sechs Stunden würden sie die Küste von Nova Scotia erreichen und eine Stunde später Montreal. Vier Stunden später würde Bray südlich von Lacolle am Richelieu-Fluß die amerikanische Grenze überschreiten.

Dann würde der letzte Wahnsinn seinen Anfang nehmen. Er würde leben oder sterben. Wenn er nicht in Frieden mit Toni leben konnte, ohne den Schatten von Beowulf Agate vor oder hinter sich, dann legte er auch keinen Wert mehr darauf, länger zu leben. Er war angefüllt mit ... Leere. Wenn sich dieses schreckliche Nichts auslöschen ließe, man es mit dem Vergnügen vertauschen konnte, mit einem anderen menschlichen Wesen zusammenzusein, dann waren ihm die Jahre, die er noch zu leben hatte, recht willkommen.

Wenn nicht, dann zum Teufel mit ihnen.

Boston.

Es gibt jemanden, der sich mit Ihnen treffen möchte.

Wer? Warum?

Um einen Consigliere der Matarese aus Ihnen zu machen ... überlegen Sie doch, was Sie einer solchen Organisation bringen würden.

Es war nicht schwer zu definieren. Taleniekov hatte recht. Aus Moskau waren keine Schocks zu erwarten, aber in Washington würde man erstaunliche Enthüllungen machen können. Beowulf Agate wußte, wo die Leichen lagen und wie und weshalb sie nicht mehr atmeten. Er würde von unschätzbarem Wert sein.

Die wollen Sie. Wenn sie Sie nicht haben können, werden sie Sie töten. Mochte es so sein; er würde kein Preis für die Matarese sein.

Bray schloß die Augen; er brauchte Schlaf. In den Tagen, die vor ihm lagen, würde es nur wenig Schlaf geben.

Der Regen trommelte gleichmäßig gegen die Windschutzscheibe und wurde von der Macht des Windes, der vom Atlantik über die Küstenstraße hereinblies, nach rechts getrieben. Scofield hatte den Wagen in Portland, Maine, gemietet und einen Führerschein sowie eine Kreditkarte vorgelegt, die er bisher noch nie benutzt hatte. Er würde bald in Boston sein, aber nicht so, wie die Matarese es erwarteten. Er würde nicht um die halbe Welt rasen und seine Ankunft verkünden, indem er sich als Vickery im Ritz Carlton eintrug und darauf wartete, daß die Matarese den nächsten Schritt taten. Ein Mann, der in Panik geraten war, würde das tun, ein Mann, der der Ansicht war, dies sei die einzige Möglichkeit, das Leben von jemandem zu retten, den er innigst liebte, würde das tun. Aber er war jenseits der Panik, er hatte sich mit dem totalen Verlust abgefunden. Deshalb konnte er sich zurückhalten und sich seine eigene Strategie zurechtlegen.

Er würde in Boston sein, im Schlupfwinkel seines Feindes, aber sein Feind würde das nicht wissen. Das Ritz Carlton würde zwei Telegramme erhalten; zwischen den beiden würde ein Tag liegen. Das erste würde morgen ankommen und eine Zimmersuite für Mr. B. A. Vickery bestellen, der am folgenden Tage eintreffen sollte. Das zweite würde am nächsten Nachmittag geschickt werden. In ihm würde stehen, Mr. Vickery sei aufgehalten worden und würde erst zwei Tage später eintreffen. Die Telegramme würden keine Adresse von Vickery enthalten, nur Telegrafenbüros an der King und der Market Street von Montreal. Es würde auch keine Bestätigung verlangt werden, einfach von der Annahme ausgehend, daß irgend jemand in Boston dafür sorgen würde, daß Zimmer zur Verfügung standen.

Nur die zwei Telegramme aus Montreal; die Matarese hatten kaum eine andere Wahl, als zu glauben, daß er sich immer noch in Kanada aufhielt. Was sie nicht sicher wissen konnten – höchstens vermuten – war, daß er eine Drohne benutzt hatte, um die Telegramme abzusenden. Das hatte er auch. Er hatte Verbindung mit einem Mann aufgenommen, einem nicht ganz astreinen *Séparatiste*, den er von früher kannte. Er hatte sich mit ihm am Flughafen getroffen, ihm die beiden handgeschriebenen Mitteilungen auf Telegrammformularen sowie eine Summe Geldes und Instruktionen für ihren Versand gegeben. Sofern die Matarese in Montreal anriefen, um sich die Herkunft bestätigen zu lassen, würden sie dort Brays Telegramme finden.

Er hatte drei Tage und eine Nacht Zeit, um im Territorium der Matarese tätig zu werden, um alles zu erfahren, was es über Trans-Communications und seine Hierarchie zu erfahren gab. Um einen weiteren Fehler zu finden, einen, der ausreichte, um Senator Joshua Appleton IV. nach Boston zu rufen – so wie *er* das wollte. In Panik.

So vieles zu erfahren, und so wenig Zeit.

Scofield ließ seine Gedanken in die Vergangenheit wandern, zu den Leuten, die er in Boston und Cambridge gekannt hatte, sowohl als Student als auch dann später beruflich. Unter all diesen Menschen, solchen, die es zu etwas gebracht hatten, und solchen, die immer noch auf der Schattenseite des Lebens standen, mußte es jemanden geben, der ihm helfen konnte.

Er kam an einem Straßenschild vorbei, das ihm verriet, daß er soeben das Städtchen Marblehead verlassen hatte; in weniger als dreißig Minuten würde er in Boston eintreffen.

Es war 17.35 Uhr; ringsum brüllten die Hupen ungeduldiger Fahrer, während das Taxi sich langsam seinen Weg durch das überfüllte Geschäftsviertel der Boylston Street bahnte. Er hatte den Mietwagen ganz hinten in der unterirdischen Garage des Prudential geparkt; dort stand er zur Verfügung, falls er ihn brauchen sollte, war aber nicht den Unwägbarkeiten des Wetters oder irgendwelcher Halbstarker ausgesetzt. Er war nach Cambridge unterwegs; ein Name war ihm in den Sinn gekommen. Ein Mann, der fünfundzwanzig Jahre damit verbracht hatte, an der Harvard School of Business Gesellschaftsrecht zu lehren. Bray war ihm nie persönlich begegnet; die Matarese konnten ihn unmöglich aufspüren.

Es war seltsam, dachte Bray, während das Taxi polternd über die Longfellow-Brücke rollte, seltsam, daß man ihn und Taleniekov – wenn auch nur ganz kurz – an jene Orte zurückgebracht hatte, wo es für jeden von ihnen begonnen hatte.

Zwei Studenten, einer in Leningrad, einer in Cambridge, mit einem ausgeprägten, nicht unähnlichen Talent für fremde Sprachen.

Ob Taleniekov noch lebte? War er schon tot oder lag er irgendwo in Boston im Sterben?

Toni lebte; sie würden sie am Leben halten ... eine Weile lang.

Du darfst nicht an sie denken. Denk auch nicht an sie! Es gibt keine Hoffnung. Gar keine. Du mußt das akzeptieren, mußt damit leben. Und dann das Beste tun, was in deiner Macht steht ...

Der Verkehr am Harvard Square kam wieder ins Stocken, der Wolkenbruch machte alles noch schlimmer. Die Leute drängten sich vor den Schaufenstern, Studenten in Ponchos und Jeans rannten von einem Bürgersteig zum anderen, sprangen über die überfluteten Abflüsse, duckten sich unter das Vordach des riesigen Zeitungsstandes.

Der Zeitungsstand. NEWSPAPERS FROM ALL OVER THE WORLD stand in weißen Lettern darüber. Bray spähte zum Fenster hinaus und versuchte durch den Regen und die dichtgedrängten Menschen zu sehen. Ein Name, ein Mann beherrschte die Schlagzeilen.

Waverly! David Waverly! Englands Außenminister!

»Lassen Sie mich hier raus«, sagte er zu dem Fahrer und griff nach der Reisetasche und dem Aktenkoffer zu seinen Füßen.

Er drängte sich durch die Menge, schnappte sich zwei Zeitungen, legte einen Dollar hin und rannte quer über die Straße, als der Verkehr wieder einmal zum Stocken kam. Einen halben Block die Massachusetts Avenue hinunter gab es ein deutsches Restaurant, an das er sich vage aus seiner Studentenzeit erinnerte. Der Eingang war überfüllt; Scofield zwängte sich mit ein paar Entschuldigungen bis zur Türe durch, setzte gelegentlich seine Reisetasche ein, um sich Platz zu verschaffen, und trat ein.

Es gab eine Schlange, die auf einen freien Platz wartete; er ging zur Bar und bestellte sich einen Scotch. Der Drink kam, und er entfaltete die erste Zeitung. Es war der *Boston Globe;* er fing zu lesen an, seine Augen flogen über die Worte, pickten sich die wichtigsten Punkte des Artikels heraus. Dann hatte er zu Ende gelesen und nahm sich die *Los Angeles Times.* Der

Bericht war identisch mit dem aus dem *Globe*, es war ein Bericht einer Nachrichtenagentur, höchstwahrscheinlich die offizielle Version, die Whitehall verbreitet hatte. Und das war es, was Bray wissen wollte.

Das Massaker an David Waverly, seiner Frau, seinen Kindern und den Angestellten in Belgravia Square wurde als das Werk von Terroristen bezeichnet, höchstwahrscheinlich einer Splittergruppe fanatischer Palästinenser. Es wurde freilich darauf hingewiesen, daß bis jetzt noch keine Gruppe die Verantwortung für die Tat auf sich genommen hatte. Die PLO wies ganz entschieden jede Beteiligung von sich. Politische Führer in der ganzen Welt schickten Kondolenzbotschaften; Parlamente und Präsidien, Kongresse und Königshöfe – sie alle unterbrachen ihre Geschäfte, um ihre Empörung und ihre Trauer zum Ausdruck zu bringen.

Bray las die beiden Artikel und die entsprechenden Berichte in beiden Zeitungen noch einmal und suchte nach Roger Symonds' Namen. Er war nicht zu finden; er würde noch tagelang nicht auftauchen, sofern er das je tat. Die Spekulationen waren zu ungewöhnlich, die Möglichkeiten zu weit hergeholt. Ein leitender Beamter der britischen Abwehr, der mit dem Mord am Außenminister Großbritanniens zu tun hatte. Das Außenministerium würde aus einer ganzen Anzahl von Gründen Symonds' Tod verschweigen. Jetzt war nicht die Zeit . . .

Dann kamen Scofields Gedanken plötzlich zum Stillstand. In dem schwachen Licht der Bar hatte er die Spalte übersehen; es war eine Spätnachricht im *Globe*.

LONDON, 3. März – Vor wenigen Stunden hat die Polizei einen besonders brutalen und gleichzeitig seltsamen Aspekt des Waverly-Mordes bekanntgegeben. David Waverly erhielt offenbar, nachdem man ihn durch den Kopf geschossen hatte, einen seltsam grotesken *coup de grâce* in Gestalt eines Schrotschusses, den man direkt auf seine Brust abgegeben hatte und von dem buchstäblich die linke Seite seines Oberkörpers und Brustkastens weggerissen wurde. Der Gerichtsmediziner sah sich außerstande, diese Tötungsmethode zu erklären, denn angesichts des Kalibers und der Nähe einer Waffe muß ein solcher Schuß für den Schützen höchst gefährlich sein. Nach Spekulationen der Londoner Polizei könnte es sich bei der Waffe um eine kurzläufige Schrotbüchse handeln, wie sie Banditengruppen im Mittelmeerraum benutzen. In der 1934er Ausgabe der *Encyclopedia of Weaponry* wird diese Waffe als Lupara bezeichnet; sie wird in Italien vorwiegend für die Wolfsjagd benutzt.

Vielleicht fiel es dem Gerichtsmediziner in London schwer, einen Grund für die »Tötungsmethode« zu finden, nicht hingegen Scofield. Falls Englands Außenminister an seiner Brust einen ausgefransten blauen Kreis, wie ein Muttermal, getragen hatte, so war dieses jetzt verschwunden.

Im Gebrauch der Lupara lag eine Botschaft. Die Matarese wollten, daß Beowulf Agate ganz deutlich begriff, wie weit sich das Korsische Fieber ausgebreitet hatte und welch erhabene Kreise der Macht es erreicht hatte.

Er leerte sein Glas, legte sein Geld neben die beiden Zeitungen auf die Bar und sah sich nach einem Telefon um. Der Name, der ihm in den Sinn gekommen war, der Mann, den er sehen wollte, war Dr. Theodore Goldman, ein Dekan an der Harvard School of Business und dem Justizministerium ein Dorn im Auge. Er war nämlich ein höchst selbstbewußter Kritiker der Behörden und behauptete ohne Unterlaß, daß das Justizministerium die Kleinen verfolgte und die Großen laufen ließ. Er war ein *enfant terrible* in mittleren Jahren, dem es Vergnügen bereitete, sich mit den Giganten anzulegen, weil er selbst ein Gigant war, der sein Genie hinter einer Fassade freundlicher Unschuld verbarg, die ihm niemand abnahm.

Wenn jemand das Gebilde, das sich Trans-Communications nannte, näher durchleuchten konnte, so war das Goldman.

Bray kannte den Mann nicht, war aber Goldmans Sohn vor einem Jahr in Den Haag begegnet – und zwar unter Begleitumständen, die für einen jungen Piloten in der Air Force möglicherweise gefährlich hätten sein können. Aaron Goldman hatte sich mit den falschen Leuten in der Nähe der Groote Kerk betrunken, Männern, von denen man wußte, daß sie im Auftrag des KGB die NATO infiltriert hatten. Der Sohn eines prominenten amerikanischen Juden war für die Sowjets natürlich ein gefundenes Fressen.

Ein unbekannter Abwehrbeamter hatte den Piloten von der Szene entfernt, ihn mit ein paar Ohrfeigen ernüchtert und ihm gesagt, er solle auf seinen Stützpunkt zurückgehen. Aaron Goldman hatte nach zahllosen Tassen schwarzen Kaffees seinen Dank zum Ausdruck gebracht.

»Wenn Sie einen Jungen haben, der nach Harvard möchte, dann sagen Sie mir Bescheid, wer auch immer Sie sind. Ich werde mit meinem alten Herrn reden, das schwöre ich. Wie, zum Teufel, ist denn Ihr Name?«

»Schon gut«, hatte Scofield gesagt. »Verschwinden Sie hier und kaufen Sie sich bloß kein Schreibmaschinenpapier im Coop. Unten an der Straße ist es billiger.«

»Was zum . . .«

»Sie sollen hier verschwinden.«

Bray sah den Telefonautomaten an der Wand; er schnappte sich sein Gepäck und ging auf den Apparat zu.

32

Er hob ein kleines, nasses Stück Zeitungspapier vom regennassen Bürgersteig und ging zu der Untergrundstation am Harvard Square. Er eilte die Treppe hinunter und verstaute seinen weichen Lederkoffer in einem Schließfach. Wenn er gestohlen wurde, würde er daraus seine Schlüsse ziehen. Der Koffer enthielt nichts, was er nicht ersetzen konnte. Er schob den nassen Papierfetzen vorsichtig unter die hintere rechte Ecke des Koffers. Später, wenn das Stückchen Papier zerdrückt oder zerrissen war, würde er daraus ebenfalls seinen Schluß ziehen können: der Koffer war durchsucht worden und die Matarese hatten ihn im Visier.

Zehn Minuten später klingelte er an Theodore Goldmans Haus an der Brattle Street. Eine schlanke Frau in mittleren Jahren mit freundlichem Gesicht und fragenden Augen öffnete.

»Mrs. Goldman?«

»Ja?«

»Ich habe Ihren Mann vor ein paar Minuten angerufen . . .«

»O ja, natürlich«, unterbrach sie ihn. »Aber kommen Sie doch herein, es regnet ja! Das schüttet ja wie die Sintflut. Kommen Sie herein, kommen Sie herein. Ich bin Anne Goldman.«

Sie nahm ihm Hut und Mantel ab, seinen Aktenkoffer hielt er fest.

»Ich bitte um Entschuldigung für die Störung.«

»Aber reden Sie doch keinen Unsinn. Aaron hat uns allen von jener Nacht in . . . Den Haag erzählt. Wissen Sie, ich habe nie so richtig verstanden, wo das eigentlich *ist.* Wie kann man auch eine Stadt *den* und noch etwas nennen?«

»Ja, das verwirrt einen etwas.«

»Ich habe den Eindruck, daß unser Sohn in *jener* Nacht sehr verwirrt war; womit ich als Mutter einfach ausdrücken will, daß er sternhagelbesoffen war.« Sie deutete auf eine Doppeltüre, wie sie in alten Häusern in New England häufig zu finden war. »Theo telefoniert gerade und versucht, sich gleichzeitig einen Drink zu mixen; das bringt ihn völlig durcheinander. Er haßt das Telefon und seinen Abenddrink liebt er heiß und innig.«

Theodore Goldman war nicht viel größer als seine Frau, aber an ihm war irgend etwas, das ihn viel größer erscheinen ließ als er eigentlich war. Es war ihm unmöglich, seinen Intellekt zu verbergen. So nahm er seine Zuflucht zum Humor und setzte den ein, um seinen Gästen – und ohne Zweifel auch seinen Kollegen – die Verlegenheit zu nehmen.

Sie saßen in drei Ledersesseln vor dem Kaminfeuer. Die Goldmans tranken ihre Cocktails, während Bray um einen Scotch gebeten hatte. Draußen fiel schwer der Regen und trommelte gegen die Fensterscheiben. Die Darstellung der Eskapade ihres Sohnes in Den Haag war bald vorüber. Scofield tat das Ganze als einen Dummenjungenstreich ab.

»Mit unangenehmen Folgen, fürchte ich«, sagte Goldman, »wenn nicht zufällig ein unbekannter Abwehroffizier in der Nähe gewesen wäre.«

»Ihr Sohn ist ein guter Pilot.«

»Das möchte ich ihm auch geraten haben; vom Trinken versteht er nämlich nicht viel.« Goldman lehnte sich in seinen Sessel zurück. »Aber da wir jetzt diesen unbekannten Herrn kennengelernt haben, der so freundlich war, uns seinen Namen zu nennen – was können wir jetzt für ihn tun?«

»Zuallererst darf ich Sie bitten, niemandem zu sagen, daß ich Sie besucht habe.«

»Das klingt aber geheimnisvoll, Mr. Vickery. Ich muß gestehen, daß ich Washingtons Taktik in dieser Beziehung nicht ganz billigen kann.«

»Ich bin nicht mehr für die Regierung tätig; das ist eine persönliche Bitte. Offen gestanden, die Regierung ist nicht mehr mit mir einverstanden, weil ich, glaube ich, in meiner früheren Position Informationen aufgedeckt habe, die Washington – genauer gesagt, das Justizministerium – lieber nicht aufgedeckt wüßte. Ich bin da anderer Ansicht; deutlicher kann ich es nicht ausdrücken.«

Goldman ging auf ihn ein. »Das ist auch deutlich genug.«

»Um es ganz offen zu sagen, ich habe mein kurzes Zusammentreffen mit Ihrem Sohn als Grund benutzt, um mit Ihnen sprechen zu können. Das mag vielleicht nicht besonders korrekt sein, aber es ist die Wahrheit.«

»Ich halte die Wahrheit immer für korrekt. Warum wollten Sie mich sprechen?«

Scofield stellte sein Glas ab. »Es gibt hier eine Firma in Boston, zumindest befindet sich ihre Zentralverwaltung hier. Es handelt sich um einen Konzern, der sich Trans-Communications nennt.«

»Das kann man wohl sagen«, lachte Goldman glucksend. »Die Alabasterbraut Bostons. Die Königin der Congress Street.«

»Ich verstehe nicht«, sagte Bray.

»Der Trans-Comm Tower«, erklärte Anne Goldman. »Das ist ein weißes Steingebäude, dreißig oder vierzig Stockwerke hoch, mit blau getönten Glasscheiben in jedem Stockwerk.«

»Der Elfenbeinturm mit den tausend Augen, die einen anstarren«, fügte Goldman, immer noch amüsiert, hinzu. »Je nachdem wie die Sonne steht, scheinen manche offen zu sein und andere geschlossen, während wieder andere so aussehen als blinzelten sie einem zu.«

»Blinzeln? Geschlossen?«

»*Augen*«, erklärte Anne und blinzelte selbst. »Die horizontalen Reihen aus getöntem Glas sind riesige Fenster, viele Reihen großer blauer Kreise.«

Scofield hielt den Atem an. *Per nostro circolo.* »Das klingt eigenartig«, sagte er ausdruckslos.

»Tatsächlich ist es ganz amüsant«, erwiderte Goldman. »Für meinen Geschmack ein wenig ungewöhnlich, aber darauf soll es wohl hinaus. Das Ganze hat eine Art Reinheit an sich, ein weißer Turm inmitten des schwarzen Asphaltdschungels eines Finanzdistrikts.«

»Das ist interessant.« Bray konnte nicht anders; für ihn klang in Goldmans Worten eine seltsame Analogie mit. Der weiße Turm wurde zum Lichtstrahl; der Dschungel zum Chaos.

»Soviel zur Alabasterbraut«, sagte der Anwalt. »Was wollten Sie über Trans-Comm wissen?«

»Alles, was Sie mir sagen können«, antwortete Scofield.

Das schien Goldman etwas zu verwirren. »Alles? ... Ich bin gar nicht sicher, ob ich so viel weiß. Es handelt sich um einen typischen multinationalen Konzern, soviel kann ich Ihnen sagen. Ungewöhnlich stark diversifiziert und brillant geleitet.«

»Ich las neulich, daß eine Menge Finanzfachleute sich darüber wundern, wie umfangreich Trans-Comms Anteil an Veltrup war.«

»Ja«, pflichtete Goldman ihm bei und nickte in der übertriebenen Art eines Menschen, der sich eine etwas alberne Wiederholung anhören muß. »Eine Menge Leute waren tatsächlich verblüfft, aber ich nicht. Natürlich besitzt Trans-Comm einen großen Anteil an Veltrup. Ich behaupte, ich könnte Ihnen vier oder fünf andere Länder nennen, wo die Besitzungen von Trans-Comm dieselben Leute in Erstaunen versetzen würden. Die Philosophie eines Konzerns besteht darin, so weit verzweigt wie möglich einzukaufen und seine Märkte zu diversifizieren. Damit werden die Malthus-Gesetze der Wirtschaft gleichzeitig eingesetzt und widerlegt. Das schafft aggressive Konkurrenz in den eigenen Reihen, sorgt aber gleichzeitig nach besten Kräften dafür, alle äußeren Feinde zu beseitigen. *Darum* geht es bei den Multis, und Trans-Comm ist einer der erfolgreichsten Multis, die es auf der ganzen Welt gibt.«

Bray musterte den Anwalt, während er redete. Goldman war der geborene Lehrer – geradezu ansteckend. Je stärker seine Begeisterung stieg, desto lauter wurde seine Stimme. »Ich verstehe, was Sie sagen, aber in einem Punkt kann ich Ihnen nicht folgen. Sie sagten, Sie würden mir vier oder fünf andere Länder nennen, wo Trans-Comm kräftig investiert hat. Wie können Sie das?«

»Das kann nicht nur ich«, wandte Goldman ein. »Jeder kann das. Er braucht bloß zu lesen und ein wenig Phantasie walten zu lassen. Die Gesetze, Mr. Vickery, die Gesetze des Gastlandes.«

»Die Gesetze?«

»Ja, weil die Gesetze das einzige sind, dem man nicht entgehen kann, der einzige Schutz, den Käufer und Verkäufer haben. In der internationalen Finanzwelt nehmen sie den Platz von Armeen ein. Jeder Konzern muß den Gesetzen des Landes gehorchen, in dem seine Abteilungen tätig sind. Eben dieselben Gesetze schaffen oft die Sicherheit für vertrauliche Behandlung; sie sind der Rahmen, innerhalb dessen die Multis funktionieren müssen – wobei sie eben diesen Rahmen natürlich korrumpieren und verändern, wenn sie dazu eine Chance bekommen. Da sie das tun, müssen sie Zwischenträger suchen, die sie vertreten, auf *legalem* Wege vertreten. Ein Anwalt aus Boston, der in Massachusetts vor Gericht zugelassen ist, würde in Hongkong nur wenig nützen. Ebensowenig in Essen.«

»Worauf wollen Sie hinaus?« fragte Bray.

»Sie müssen die *Anwaltsfirmen* studieren.« Goldman beugte sich vor. »Sie versuchen, eine Beziehung zwischen den Firmen und ihren Büroadressen und dem allgemeinen Niveau ihrer Klienten und den Dienstleistungen in Einklang zu bringen, in denen sie als besonders leistungsfähig gelten. Wenn Sie eine finden, die sich einen Ruf dafür erworben hat, bei Aktientransaktionen und Firmenübernahmen besonders gut zu sein, dann sehen Sie sich in ihrer Umgebung nach Gesellschaften um, die vielleicht übernahmereif sind.« Dem alten Akademiker schien das Gespräch großen Spaß zu bereiten. »Es ist wirklich ganz einfach«, fuhr er fort, »und verdammt amüsant. Ich habe in diesen Sommerseminaren mehr als einen dieser vielversprechenden jungen Männer zum Schwitzen gebracht, indem ich ihm sagte, wo meiner Meinung nach die Finanzleute seiner Firma hinsteuerten. Ich habe da eine kleine Kartei – Kärtchen, drei mal fünf Zoll groß –, wo ich mir das alles aufschreibe.«

»Wie steht es mit Trans-Comm?« fragte Scofield; er mußte das wissen. »Haben Sie sich da auch Karten angelegt?«

»O natürlich. Das meinte ich ja, mit den anderen Ländern.«

»Und?«

Goldman stand auf und stellte sich vor das Kaminfeuer. Er überlegte und runzelte dabei die Stirn. »Fangen wir einmal mit den Veltrup-Werken an. In den Auslandsberichten von Trans-Comm wurden erhebliche Zahlungen an die Firma Gemeinhoff-Salesius in Essen erwähnt. Gemeinhoff ist ein Anwaltsbüro, über die sie den Zugang zu Veltrup herstellten. Eine Firma, die sich nicht mit Kleinigkeiten abgibt; Trans-Comm mußte es also auf einen beträchtlichen Anteil abgesehen haben. Obwohl ich zugeben muß, daß selbst ich nicht vermutete, daß es um so viel ging, wie es die Gerüchte jetzt wahrhaben wollen. Wahrscheinlich ist das auch nicht der Fall.«

»Und was ist mit den anderen?«

»Mal sehen . . . Japan. Kyoto. T-C arbeitet dort mit der Firma Aikawa-Onamura – und – noch etwas. Ich tippe dort auf Yakashubi Electronics.«

»Das wäre ein ziemlich großer Brocken, nicht wahr?«

»Nun, Sony läßt sich jedenfalls nicht damit vergleichen.«

»Und was ist mit Europa?«

»Nun, wir wissen das mit Veltrup.« Goldman schob die Lippen vor. »Dann ist da natürlich noch Amsterdam; die Anwaltsfirma dort ist Hainaut und Söhne. Das läßt mich annehmen, daß Trans-Comm sich bei Netherlands Textiles eingekauft hat, das ist eine Dachgesellschaft für ein gutes Dutzend Firmen, die von Skandinavien bis nach Lissabon reichen. Dann sollten wir uns Lyon ansehen . . .« Der Anwalt hielt inne und schüttelte den Kopf. »Nein, eher Turin.«

»Turin?« Bray lehnte sich vor.

»Ja, sie liegen so nahe beieinander, die Interessen würden sich sehr gut miteinander verbinden lassen, ja, ich zweifle nicht, daß es eine Verbindung nach Turin gibt.«

»Wer in Turin?«

»Die Anwaltsfirma heißt Palladino-e-LaTona; das kann nur *eine* Firma – oder besser Firmen – bedeuten. Scozzi-Paravacini.«

Scofield erstarrte. »Das ist ein Kartell, nicht wahr?«

»Mein Gott, ja. Ohne Zweifel sind sie das. Agnelli und Fiat bekommen die ganze Publicity, aber Scozzi-Paravacini gibt den Ton an. Wenn Sie das mit Veltrup und Netherlands Textiles verbinden, Yakashubi dazu tun und Singapur und Perth und ein Dutzend weiterer Namen in England, Spanien und Südafrika, die ich noch nicht erwähnt habe, dann hat die Alabasterbraut von Boston sich wirklich eine Weltföderation aufgebaut.«

»Das klingt geradeso, als würden Sie das billigen.«

»Nein, das tue ich eigentlich nicht. Ich glaube nicht, daß man den Zusammenschluß so viel wirtschaftlicher Macht unter einer zentralen Leitung billigen kann. Damit wird das Gesetz von Malthus korrumpiert; die Konkurrenz abgeschafft. Aber trotzdem muß ich die Realität des Genies respektieren, wenn es so viel geleistet hat. Trans-Communications war eine Idee, die im Kopf eines Mannes geboren und entwickelt wurde. Nicholas Guiderone.«

»Ich habe von ihm gehört. Ein Carnegie oder Rockefeller unserer Zeit, nicht wahr?«

»Mehr. Viel mehr. Die Geneens, die Lucas', die Bluedhorns, und wie die Wundertäter von Detroit und Wall Street sonst noch alle heißen, können Guiderone nicht das Wasser reichen. Er ist der letzte der Giganten, ein wahrhaft großer Monarch der Industrie und der Finanz. Die meisten Regierungen der westlichen Welt haben ihn geehrt und eine ganze Anzahl im Ostblock auch, darunter auch Moskau.«

»Moskau?«

»Aber sicher«, sagte Goldman und nickte seiner Frau dankend zu, die ihm sein Glas nachgefüllt hatte. »Es gibt niemanden, der mehr für die Ausweitung des Ost-West-Handels getan hat als Nicholas Guiderone. Genaugenommen, wüßte ich überhaupt niemanden, der mehr für den Welthandel im allgemeinen getan hätte. Er ist jetzt über achtzig, aber nach allem, was ich höre, hat er immer noch den gleichen Schwung wie damals, als er das Italienerviertel von Boston verließ.«

»Er stammt aus Boston?«

»Ja, eine hochinteressante Geschichte. Er kam als Junge in dieses Land. Ein Einwandererjunge, zehn oder elf Jahre alt, ohne Mutter, der mit einem Vater, der kaum lesen und schreiben konnte, im Zwischendeck eines Schiffes einreiste. Wahrscheinlich könnte man das als den fleischgewordenen amerikanischen Traum bezeichnen.«

Scofield umkrampfte unwillkürlich die Armlehnen seines Sessels. Er konnte den Druck auf seiner Brust spüren, den Kloß in seiner Kehle. »Woher kam dieses Schiff?«

»Italien«, sagte Goldman und nippte an seinem Drink. »Irgendwo aus dem Süden. Sizilien oder eine der Inseln.«

Bray hatte fast Angst, die Frage zu stellen. »Sie wissen nicht zufällig, ob Nicholas Guiderone je ein Mitglied der Appleton-Familie kannte?«

Goldman blickte über den Rand seines Glases. »Doch, das weiß ich; es gibt kaum jemanden in Boston, der es nicht weiß. Guiderones Vater arbeitete für die Appletons. Für den Großvater des Senators, in Appleton Hall. Der alte Appleton war es ja, der das Talent des Jungen entdeckte, ihn unterstützte und die Schulen dazu überredete, ihn aufzunehmen. Das war damals nicht so einfach, Anfang dieses Jahrhunderts. Die Iren hatten sich gerade erst durchgesetzt und angefangen, sich eine zweite Toilette in ihren Häusern einzurichten; davon gab es noch nicht besonders viele. Ein Italienerjunge – entschuldigen Sie, ein Itaker – hatte keine Chance. Der hatte gefälligst in der Gosse zu bleiben.«

Bray hörte sich selbst wie aus weiter Ferne sprechen. »Das war Joshua Appleton der Zweite, nicht wahr?«

»Ja.«

»Und er hat alles das, für dieses ... Kind getan?«

»Ungewöhnlich, nicht wahr? Und die Appletons hatten damals noch genügend Probleme. Sie hatten fast alles auf dem Aktienmarkt verloren. Sie mußten mächtig kämpfen, um oben zu bleiben. Es war gerade, als hätte der alte Joshua eine Botschaft an irgendeiner mystischen Wand gesehen.«

»Was wollen Sie damit sagen?«

»Guiderone hat ihm alles tausendfach zurückerstattet. Ehe Appleton noch im Grabe lag, sah er seine Firmen wieder an die Spitze steigen, in Bereichen Geld verdienen, von denen er nie geträumt hatte. Das Kapital dafür strömte aus den Banken, die dem Italienerjungen gehörten, den er einmal in seinen Stallungen gefunden hatte.«

»O mein *Gott* ...«

»Ich habe es Ihnen ja gesagt«, meinte Goldman. »Wirklich eine ungewöhnliche Geschichte. Das können Sie alles nachlesen.«

»Wenn Sie wissen, wo Sie nachsehen müssen. Und warum.«

»Ich verstehe nicht.«

»Guiderone ...« Scofield wai, als bewegte er sich durch schimmernde Nebelschwaden auf irgendein gespenstisches Licht zu. Er legte den Kopf zurück und starrte zur Decke, starrte auf die tanzenden Schatten, die die Flammen im Kamin dort hinzauberten. »*Guiderone.* Das ist von dem italienischen Wort ›guida‹ abgeleitet. Ein Führer.«

»Oder Hirte«, sagte Goldman.

Brays Kopf zuckte nach vorne, seine Augen weiteten sich, starrten den Anwalt an. »Was haben Sie gesagt?«

Goldman begriff die plötzliche Erregung seines Gastes nicht. »Das habe nicht ich gesagt, sondern er. Vor sieben oder acht Monaten in der UNO.«

»Den Vereinten Nationen?«

»Ja. Guiderone war aufgefordert worden, zur Generalversammlung zu sprechen; übrigens eine einstimmige Einladung. Haben Sie das nicht gehört? Seine Rede wurde in die ganze Welt ausgestrahlt. Er hat sie sogar für Radio-International in Französisch und Italienisch auf Band gesprochen.«

»Das habe ich nicht gehört.«

»Das ewige Problem der UNO. Niemand hört auf sie.«

»Was hat er denn gesagt?«

»In etwa das gleiche, was Sie gerade sagten. Daß sein Name seine Wurzeln in dem Wort ›guida‹ oder Führer hätte. Und daß er immer so von sich gedacht hätte. Als ein einfacher Hirte, der seine Herde lenkte, immer eingedenk der Felshänge und der Ströme und Bäche, die er nicht überqueren konnte ... Etwas von der Art. Er plädierte für internationale Beziehungen, die auf der Gegenseitigkeit materieller Bedürfnisse beruhten und behauptete, solche Beziehungen würden zu einer höheren Moral führen. Vom philosophischen Standpunkt aus war das etwas seltsam, aber verdammt wirkungsvoll. So wirkungsvoll, daß es auf der Tagesordnung dieser Sitzung eine Resolution gibt, ihn zum Mitglied des Wirtschaftsrates der UN zu machen. Das ist übrigens nicht nur ein Titel. Bei seiner Erfahrung und den Mitteln, die ihm zur Verfügung stehen, gibt es auf der ganzen Welt keine Regierung, die nicht gut zuhören würde, wenn er spricht. Er wird ein verdammt mächtiger *amicus curiae* sein.«

»Haben Sie diese Rede gehört?«

»Sicher«, lachte der Anwalt. »In Boston war das praktisch Pflicht; wenn man die Rede nicht hörte, wurde man von der Abonnentenliste des *Globe* gestrichen. Wir haben das Ganze im Fernsehen miterlebt.«

»Wie klang die Rede?«

Goldman sah seine Frau an. »Nun, er ist ein sehr alter Mann. Immer noch agil, aber trotzdem alt. Wie würdest du ihn beschreiben, Liebste?«

»Genau wie du«, sagte Anne. »Ein alter Mann. Nicht groß, aber höchst eindrucksvoll. Man spürt, daß er gewöhnt ist, daß man auf ihn hört. Aber an eines erinnere ich mich – die Stimme. Sie war hoch und vielleicht ein wenig atemlos, aber er sprach ungewöhnlich klar, jeder Satz sehr präzise, durchdringend. Ganz kalt, würde ich sagen. Man konnte jedes Wort hören, das er sagte.«

Scofield schloß die Augen und dachte an eine blinde Frau in den Bergen über Porto Vecchio auf Korsika, die an der Skala eines Radiogerätes drehte und eine Stimme hörte, *grausamer als der Wind.*

Er hatte den Hirtenjungen gefunden.

33

Er hatte ihn gefunden!

Toni, ich habe ihn gefunden! Bleib am Leben! Laß nicht zu, daß sie dich vernichten. Sie werden deinen Körper nicht töten; nein, sie werden versuchen, deinen Geist zu töten. Laß es nicht zu. Sie werden versuchen, in deine Gedanken einzudringen, so zu denken wie du. Laß es nicht zu. Sie werden versuchen, dich zu verändern, die Vorgänge zu verändern, die dich zu dem machen, was du bist. Sie haben keine Wahl, meine Geliebte. Eine Geisel muß programmiert werden, auch dann noch, wenn die Falle zugeschnappt ist; Fachleute verstehen das. Nichts ist so extrem, daß es nicht in Betracht gezogen wird. Du mußt irgend etwas in dir finden – um meinetwillen. Denn, siehst du, meine Liebe, ich habe etwas gefunden. Ich habe ihn gefunden. Den Hirtenjungen! Das ist eine Waffe. Ich brauche Zeit, um die Waffe zu benutzen. Bleib am Leben. Behalte deinen Verstand!

Taleniekov, der Feind, den zu hassen ich nicht mehr fertigbringe. Wenn Sie tot sind, dann habe ich keine andere Wahl, als mich abzuwenden, im Wissen, alleine zu sein. Wenn Sie noch leben, dann atmen Sie weiter. Ich verspreche nichts; es gibt eigentlich keine Hoffnung. Aber wir haben jetzt etwas, was wir nie zuvor hatten. Wir haben ihn. Wir wissen, wer der Hirtenjunge ist. Das Netz hat jetzt Form und Gestalt, denn es umspannt die ganze Welt. Scozzi-Paravacini, Veltrup, Trans-Communications . . . und hundert andere Firmen dazwischen. Alle zusammengefügt von dem Hirtenjungen, alle von einem Alabasterturm aus gelenkt, der mit tausend Augen eine Stadt überblickt . . . und doch ist da noch etwas. Ich weiß es, fühle es! Etwas anderes, das mitten im Netz sitzt. Wir, die wir »diese Welt so lange und so gut mißhandelt haben«, entwickeln doch Instinkte, nicht wahr? Mein Instinkt ist ganz stark. Es ist dort draußen. Ich brauche nur Zeit. Atmen Sie weiter . . . mein Freund.

Ich kann nicht länger über sie nachdenken. Ich muß sie aus meinen Gedanken verdrängen; sie dringen immer wieder ein, stören mich. Sie existieren nicht, sie existiert nicht, und ich habe sie verloren. Wir werden nicht miteinander alt werden; es gibt keine Hoffnung . . . Und jetzt tu etwas. Um Christi willen, tu etwas!

Er hatte die Goldmans schnell verlassen, ihnen gedankt, sie durch seinen abrupten Aufbruch verstört. Er hatte nur noch einige wenige Fragen gestellt – über die Appletons –, Fragen, die jedermann in Boston beantworten konnte, der Bescheid wußte. Die Information war alles, was er brauchte; es hatte keinen Sinn, länger zu bleiben. Jetzt ging er durch den Regen, rauchte eine Zigarette und konzentrierte sich auf das fehlende Fragment, von dem ihm sein Instinkt sagte, daß es eine größere Waffe als der Hirtenjunge war und doch irgendwie Teil des Hirtenjungen, Teil der Tarnung von Nicholas Guiderone. Aber was *war* dieses Fragment? Woher kam der falsche Ton, den er so deutlich gehört hatte?

Eines wußte er, wußte es mit Sicherheit, nicht nur instinktiv. Er hatte genug, um Senator Joshua Appleton IV. in Panik zu treiben. Er würde den Senator in Washington anrufen und ganz ruhig eine Geschichte erzählen, die vor siebzig Jahren begann, am 4. April 1911 in den Hügeln von Porto Vecchio. Ob der Senator etwas zu sagen hatte? Ob er Licht in das Dunkel einer Organisation bringen konnte, die man die Matarese nannte, und die ihre Aktivitäten im zweiten Jahrzehnt des Jahrhunderts begann – in Sarajewo vielleicht –, indem sie anfing, politische Morde zu verkaufen? Eine Organisation, von der sich die Appleton-Familie nie getrennt hatte, konnte man ihre Spuren doch bis in einen weißen Wolkenkratzer in Boston verfolgen, zu einer Firma, die der Senator durch die Mitgliedschaft in ihrem Aufsichtsrat beehrte. Aus dem Zeitalter des Wassermanns war das Zeitalter der Verschwörung geworden. Ein Mann auf dem Marsch ins Weiße Haus würde in Panik geraten müssen; in der Panik pflegte man Fehler zu machen.

Aber man konnte die Panik unter Kontrolle halten. Die Matarese würden schnell die Verteidigung des Senators antreten, die Präsidentschaft war ein zu großer Preis, um sie aufzugeben. Vorwürfe, die ein Verräter erhob, waren keine Vorwürfe, es waren nur Worte eines Mannes, der sein Land verraten hatte.

Instinkt. Er mußte sich den Mann – den *Menschen* – genauer ansehen.

Joshua Appleton war *nicht* so, wie die Nation ihn sah. Die Vatergestalt, die bei allen Schichten Anklang fand. Wie aber stand es um den Menschen, der sich hinter dieser Fassade verbarg? War es möglich, daß der alltägliche Mensch Schwächen hatte, die abzuleugnen ihm unendlich schwerer fallen würde, als den Vorwurf einer großen Verschwörung, den ein Verräter vorgebracht hatte? War es vorstellbar – und je mehr Bray darüber nachdachte, desto logischer schien es ihm –, daß seine Kriegstaten in Korea eine reine Erfindung waren? Hatte man Kommandeure gekauft und Orden bezahlt, hundert Männer mit Geld dazu veranlaßt, eine Krankenwache zu halten, für die sich keiner interessierte? Es wäre nicht das erstemal gewesen, daß man den Krieg zum Sprungbrett für das Zivilleben in Prunk und Ansehen benutzt hätte. Der perfekte Schachzug, wenn man das Szenario präzise vorbereitete – was war schon für die Mittel der Matarese unmöglich?

Den Mann mußte er sich ansehen. Den *Menschen.*

Goldman hatte Bray alles über die Appletons gesagt, was er wußte. Der offizielle Wohnsitz des Senators war ein Haus in Concord, wo er und seine Familie während der Sommermonate wohnten. Sein Vater war vor einigen Jahren gestorben. Nicholas Guiderone hatte dem Sohn seines Wohltäters den letzten Respekt erwiesen, indem er der Witwe Appleton Hall um ein Mehrfaches des Marktwertes abgekauft und versprochen hatte, den Namen auf alle Ewigkeit beizubehalten. Die alte Mrs. Appleton lebte gegenwärtig in Beacon Hill, in einem Bau aus der Zeit der Jahrhundertwende am Louisburg Square.

Die Mutter. Was für eine Art Frau war sie? Mitte der Siebzig hatte Goldman geschätzt. Ob sie etwas würde sagen können? Eine ganze Menge vielleicht, ohne sich dessen bewußt zu sein. Mütter waren eine viel bessere Informationsquelle, als man allgemein annahm, nicht mit dem, was sie sagten, sondern mit dem, was sie nicht sagten, mit Themen, die sie plötzlich wechselten.

Es war zwanzig Minuten nach neun. Bray fragte sich, ob es ihm gelingen würde, an Appletons Mutter heranzukommen, aber das hatte nicht die erste Priorität. Vielleicht parkte ein Wagen vor ihrem Haus, in ihm ein Mann, vielleicht auch zwei. Wenn es solche Männer gab, und er sie unschädlich machte, würden die Matarese wissen, daß er in Boston war; dafür war es noch zu früh. Aber vielleicht lieferte ihm die Mutter einen Namen, irgend etwas, was ihn weiterführte; er hatte so wenig Zeit. Man erwartete Mr. B. A. Vickery im Ritz Carlton Hotel, aber wenn er dort eintraf, dann brauchte er einen Hebel. Das beste wäre natürlich, wenn er seine eigene Geisel hätte; er brauchte Joshua Appleton IV.

Es gab keine Hoffnung. Es gab nichts, das nicht wert gewesen wäre, versucht zu werden. Es gab den Instinkt.

Die Chestnut Street, die zum Louisburg Square hinaufführte, stieg steil an. Mit jeder Querstraße, die er hinter sich ließ, wurde die Gegend ruhiger. Es war, als verließe man eine profane Welt, um in eine geheiligte Welt einzutreten; anstelle greller Neonröhren trat das gedämpfte Flackern von Gaslampen, anstelle glatten Asphalts gepflegtes Kopfsteinpflaster. Schließlich erreichte er den Louisburg Square und hielt sich im Schatten eines Ziegelbaus an der Ecke.

Er holte einen kleinen Feldstecher aus dem Aktenkoffer, hob ihn an die Augen und musterte jeden einzelnen Wagen, der rings um den kleinen Park mit seinem Eisenzaun parkte, welcher das Zentrum des Louisburg Square bildete.

Da war niemand.

Bray legte das Glas wieder in den Koffer zurück, verließ den Schatten des Ziegelbaus und ging die friedliche Straße auf das Appleton-Haus zu. Die stattlichen Häuser, die den kleinen Park mit dem schmiedeeisernen Zaun und seinem Tor umgaben, waren ganz ruhig. Die Nachtluft war jetzt bitterkalt und die Gaslampen flackerten jedesmal, wenn ein eisiger Windstoß sie erreichte; die Fenster waren geschlossen. In den Kaminen von Louisburg Square brannten die Feuer. Dies war in der Tat eine andere Welt, fern dem Treiben der wirklichen Welt draußen, fast isoliert, jedenfalls von innerem Frieden erfüllt.

Er ging die weißen Steintreppen hinauf und klingelte. Die

Kutschenlampen zu beiden Seiten der Türe leuchteten heller als ihm lieb war.

Er hörte Schritte näher kommen; eine Nurse öffnete die Tür, und er wußte sofort, daß die Frau ihn erkannte; die Art, wie ihre Augen sich ganz kurz weiteten, wie sie aufschnaufte, sagte ihm das. Das erklärte ihm, weshalb niemand auf der Straße war, die Wache befand sich *im Hause*.

»Mrs. Appleton, bitte?«

»Sie hat sich leider schon zurückgezogen.«

Die Nurse schickte sich an, die Tür zu schließen. Scofield stellte den linken Fuß dazwischen, stemmte die Schulter gegen das schwere Türblatt und drückte sie auf.

»Sie wissen leider, wer ich bin«, sagte er, trat ein und ließ seinen Koffer fallen.

Die Frau wirbelte herum und ihre rechte Hand schoß in die Tasche ihrer Uniform. Bray konterte, packte sie am Handgelenk, stieß sie herum, riß das Handgelenk nach unten. Sie schrie. Scofield riß sie zu Boden, sein Knie bohrte sich ihr ins Kreuz. Er legte ihr von hinten den Arm um den Hals, drückte zu und preßte ihr den Unterarm über das Schulterblatt. Dann zog er kräftig hoch, während sie stürzte; noch etwas mehr Druck, und er hätte ihr das Genick gebrochen. Aber das wollte er nicht. Er wollte diese Frau lebend haben; sie brach bewußtlos auf dem Boden zusammen.

Er kauerte stumm da, nahm den kurzläufigen Revolver aus der Tasche der Nurse und wartete darauf, Geräusche zu hören oder Menschen zu sehen. Irgend jemand im Inneren des Hauses mußte den Schrei gehört haben.

Da war nichts – doch – *etwas*, aber es war so schwach, daß er es nicht erkennen konnte. Er sah ein Telefon neben der Treppe und kroch darauf zu, um den Hörer abzunehmen. Da war nur das Summen des Wähltons zu hören; niemand telefonierte. Vielleicht hatte die Frau die Wahrheit gesagt; es war durchaus möglich, daß Mrs. Appleton schon zu Bett gegangen war. Er würde das gleich wissen.

Aber vorher mußte er etwas anderes wissen. Er ging zu der Frau zurück, zog sie unter den Lichtkegel der Deckenlampe und riß ihre Uniform auf. Er zerriß das Hemd und den Büstenhalter, den sie trug, schob ihre linke Brust hoch und studierte das Fleisch.

Da war es. Der kleine ausgefranste blaue Kreis, so wie Talenikov ihn beschrieben hatte. Das Muttermal, das in Wirklichkeit kein Muttermal war, sondern das Zeichen der Matarese.

Plötzlich war oben das summende Geräusch eines Motors zu hören, ein gleichmäßiges Vibrieren, ein Dröhnen fast. Bray duckte sich in den Schatten der Treppen und hob den Revolver.

Jetzt tauchte eine alte Frau am ersten Treppenabsatz auf. Sie saß in einem schön geschnitzten Sessel eines automatischen Lifts. Ihre zerbrechlich wirkenden Hände hielten die Stange, die das kleine Fahrzeug kontrollierte. Sie trug einen dunkelgrauen Morgenrock mit hohem Kragen. Ihr früher einmal gut geschnittenes Gesicht wirkte verwüstet, ihre Stimme gequält.

»Ich kann mir vorstellen, daß dies eine Möglichkeit ist, sich die Hündin gefügig zu machen, wenn sie läufig ist, aber wenn Sie sexuelle Absichten haben, junger Mann, dann habe ich Zweifel an Ihrem Geschmack.«

Mrs. Joshua Appleton III. war betrunken. So, wie sie aussah, war sie das schon seit Jahren.

»Meine einzige Absicht, Mrs. Appleton, ist die, *Sie* zu sehen. Diese Frau hat versucht, mich aufzuhalten; das ist ihre Waffe, nicht meine. Ich bin ein erfahrener Abwehrbeamter im Dienste der Regierung der Vereinigten Staaten und durchaus darauf vorbereitet, Ihnen meine Papiere zu zeigen. Im Lichte dessen, was geschah, mußte ich sie nach verborgenen Waffen absuchen. Unter ähnlichen Umständen würde ich dasselbe an jedem Ort und zu jeder Zeit tun.« Mit diesen Worten hatte er begonnen. Die alte Frau hatte seine Anwesenheit mit einer Gleichmut, die aus nachhaltiger Alkoholisierung erwachsen war, akzeptiert.

Scofield trug die Pflegerin in ein kleines Ankleidezimmer und fesselte sie an Händen und Füßen mit ihren Nylonstrümpfen, knebelte sie mit einem abgerissenen Streifen ihrer Uniform, den er fest an ihrem Hinterkopf verknotete. Dann schloß er die Tür und kehrte zu Mrs. Appleton ins Wohnzimmer zurück. Sie hatte sich einen Brandy eingeschenkt; Bray musterte das seltsam geformte Glas und die Karaffen, die ringsum auf Tischen und Schränken standen. Das Glas war so dick, daß es nicht gleich zerbrechen würde. Die Kristallkaraffen waren so angeordnet, daß man jeweils nur zwei oder drei Schritte tun mußte, um sie zu erreichen. Das war eine seltsame Therapie für eine so offenkundige Alkoholikerin.

»Ich fürchte«, sagte Scofield und blieb unter der Türe stehen, »ich muß Ihrer Pflegerin, sobald sie wieder bei Bewußtsein ist, eine Lektion über den voreiligen Gebrauch von Feuerwaffen erteilen. Sie hat eine seltsame Art, Sie zu schützen, Mrs. Appleton.«

»Sehr seltsam, junger Mann.« Die alte Frau hob ihr Glas und setzte sich vorsichtig auf einen üppig gepolsterten Armsessel. »Aber da sie es versucht hat, und ihr dieser Versuch so kläglich mißlungen ist, müssen wohl Sie mir sagen, wovor sie mich schützen wollte? Warum haben Sie mich aufgesucht?«

»Darf ich mich setzen?«

»Aber selbstverständlich.«

Bray begann: »Wie ich schon erwähnte, bin ich Abwehrbeamter im Dienste des State Department. Vor einigen Tagen erhielten wir einen Bericht, der Ihren Sohn – über seinen Vater – mit einer Organisation in Europa in Verbindung bringt, die seit Jahren in internationale Verbrechen verwickelt war.«

»In *was?*« Mrs. Appleton kicherte. »Ich muß schon sagen, Sie sind sehr amüsant.«

»Verzeihen Sie mir, aber daran ist gar nichts amüsant.«

»Wovon reden Sie denn?«

Scofield begann eine Gruppe von Männern zu schildern, die große Ähnlichkeit mit dem Matarese-Bund hatten. Er beobachtete dabei die alte Frau scharf, um zu sehen, ob irgendeine Verbindung bestand. Aber er war nicht einmal sicher, ob er ihren etwas umwölkten Verstand erreichte; er mußte versuchen, zur Mutter, nicht der Frau, durchzudringen. »Die Informationen aus Europa sind unter höchsten Sicherheitsvorkehrungen übermittelt und aufgenommen worden. Nach meinem besten Wissen bin ich der einzige in Washington, der sie gelesen hat. Ich bin ferner auch überzeugt, daß ich sie für mich behalten kann. Sehen Sie, Mrs. Appleton, ich glaube, daß es sehr wichtig für dieses Land ist, daß der Senator davon nicht berührt wird.«

»Junger *Mann*«, unterbrach ihn die alte Frau. »Nichts kann den Senator berühren, wissen Sie das nicht? Mein Sohn wird

Präsident der Vereinigten Staaten sein. Man wird ihn im Herbst wählen. Alle sagen das. Alle wollen ihn.«

»Dann habe ich mich nicht klar ausgedrückt, Mrs. Appleton. Der Bericht aus Europa ist vernichtend; ich brauche Informationen. Ehe Ihr Sohn sich um das Präsidentenamt bewarb, wie eng hat er da mit seinem Vater in den Appleton-Unternehmungen zusammengearbeitet? Ist er häufig mit Ihrem verstorbenen Gatten nach Europa gereist? Wer waren seine engsten Freunde hier in Boston? Das ist schrecklich wichtig. Leute, die vielleicht nur Sie kennen, Männer und Frauen, die ihn in Appleton Hall besucht haben.«

»›Appleton Hall ... ganz oben auf Appleton Hill‹«, unterbrach ihn die alte Frau mit einem Singsang ohne erkennbare Melodie. »›Mit Blick über Boston ... so herrlich und still.‹ Joshua I. hat das vor mehr als hundert Jahren geschrieben. Es ist nicht besonders gut, aber es hieß immer, er hätte die Melodie auf einem Cembalo gespielt. Typisch für Joshua, ein Cembalo. Typisch für uns alle eigentlich.«

»Mrs. Appleton? Nachdem Ihr Sohn aus Korea zurückkam ...«

»Wir sprechen *nie* über diesen Krieg!« Einen Augenblick lang wurden die Augen der alten Frau starr, feindselig. Dann kehrten die Wolken zurück. »Natürlich, wenn mein Sohn Präsident ist, werden sie mich nicht herausrollen, wie Rose oder Miß Lillian. Man spart mich für ganz besondere Gelegenheiten auf.« Sie hielt inne und lachte, ein weiches, gespenstisches Lachen, mit dem sie sich selbst verspottete. »Nach sehr *speziellen* Sitzungen beim Arzt.« Wieder hielt sie inne und hob den linken Zeigefinger an die Lippen. »Sie müssen wissen, junger Mann, Nüchternheit ist nicht meine stärkste Eigenschaft.«

Scofield musterte sie. Das, was er sah, tat ihm weh. Das verwüstete Gesicht war einmal schön, die Augen früher klar und lebendig gewesen und nicht tot in ihren Höhlen, wie heute. »Es tut mir leid. Es muß Schmerz bereiten, das zu wissen.«

»Im Gegenteil«, erwiderte sie geheimnisvoll. Jetzt war sie es, die ihn studierte. »Halten Sie sich für clever?«

»Darüber habe ich nie nachgedacht.« *Instinkt.* »Wie lange sind Sie schon ... krank, Mrs. Appleton?«

»Solange ich mich zurückerinnern will, und das ist eine lange Zeit, vielen Dank.«

Bray sah wieder auf die verschiedenen Karaffen. »War der Senator in letzter Zeit hier?«

»Warum fragen Sie das?« Sie schien amüsiert. Oder war sie nur vorsichtig?

»Nur so«, sagte Scofield; er durfte sie nicht erschrecken. Nicht jetzt. Er war nicht sicher, weshalb das so war, aber irgend etwas geschah hier. »Ich erwähnte der Pflegerin gegenüber, daß mich vielleicht der Senator hierher geschickt hätte, daß er vielleicht selbst kommen würde.«

»Nun, da haben Sie es!« rief die alte Frau; ihre gequälte, alkoholisierte Stimme klang triumphierend. »Kein Wunder, daß sie versucht hat, Sie aufzuhalten!«

»Wegen all dem da?« fragte Bray leise und deutete auf die Karaffen. »Flaschen, die – offensichtlich jeden Tag – neu gefüllt wurden. Vielleicht hätte Ihr Sohn etwas dagegen.«

»Oh, seien Sie doch kein Narr! Sie wollte Sie aufhalten, weil Sie *gelogen* haben.«

»Gelogen?«

»Natürlich! Der Senator und ich, wir sehen uns nur zu ganz besonderen Gelegenheiten – nach *sehr* speziellen Behandlungen –, dann führt man mich hinaus, damit sein ihn anbetendes Publikum seine ihn ebenfalls anbetende Mutter sehen kann. Mein Sohn ist nie in diesem Hause gewesen und würde auch nie hierher kommen. Das letztemal, daß wir miteinander alleine waren, liegt mehr als acht Jahre zurück. Selbst beim Begräbnis seines Vaters haben wir kaum miteinander gesprochen, obwohl wir nebeneinanderstanden.«

»Darf ich fragen, warum?«

»Das dürfen Sie nicht. Aber ich kann Ihnen sagen, daß es nichts mit dem Unsinn zu tun hat – soweit ich es überhaupt begriff –, von dem Sie geredet haben.«

»Warum haben Sie gesagt, daß Sie nie über den Koreakrieg sprechen?«

»Werden Sie nicht anmaßend, junger Mann!« Mrs. Appleton hob ihr Glas an die Lippen; ihre Hand zitterte und das Glas fiel. Brandy ergoß sich über ihren Morgenrock. »*Verdammt!*« Scofield sprang auf. »Lassen Sie nur«, befahl sie.

»Ich hebe es auf«, sagte er und kniete vor ihr nieder. »Sonst stolpern Sie darüber.«

»Dann heben Sie es auf. Geben Sie mir bitte ein anderes.«

»Gerne.« Er trat an einen Tisch ganz in der Nähe und schenkte ihr Brandy in ein frisches Glas. »Sie sagen, Sie würden nicht gerne über den Krieg in Korea sprechen . . .«

»Ich sagte«, unterbrach ihn die alte Frau, »daß ich *nie* über ihn spreche.«

»Sie sind sehr gut daran. Ich meine, einfach so etwas sagen zu können und es dabei bewenden zu lassen. Einige von uns sind nicht so glücklich.« Er blieb vor ihr stehen, und sein Schatten fiel über sie. Er hatte sich die Lüge gut überlegt. »Ich kann es nicht. Ich war dort. Ebenso wie Ihr Sohn.«

Die alte Frau trank einige Schlucke ohne innezuhalten. »Kriege töten so viel mehr als die Körper der Menschen. Schreckliche Dinge geschehen. Sind Ihnen auch schreckliche Dinge widerfahren, junger Mann?«

»Ja.«

»Hat man diese scheußlichen Dinge mit Ihnen gemacht?«

»Was für scheußliche Dinge, Mrs. Appleton?«

»Sie hungern lassen, Sie geschlagen, Sie bei lebendigem Leibe eingegraben, Ihnen Schmutz und Schlamm in die Nase geschoben, so daß Sie nicht atmen konnten? So daß Sie langsam dahinstarben, bei vollem Bewußtsein, hellwach und doch starben?«

Die alte Frau schilderte Folterungen, die Männer bestätigt hatten, die in nordkoreanischen Gefangenenlagern festgehalten worden waren. Doch was hatte das jetzt zu besagen? »Nein, solche Dinge sind mir nicht widerfahren.«

»Aber ihm, wissen Sie. Das haben mir die Ärzte gesagt. Das war es doch, was ihn so verändert hat. Tief in seinem Inneren. Aber wir dürfen nie darüber sprechen.«

»Darüber sprechen . . .?« Wovon redete *sie* denn? »Sie meinen den Senator?«

»Pst!« Die alte Frau leerte ihr Glas. »Wir dürfen niemals, *niemals* darüber sprechen.«

»Ich verstehe«, sagte Bray, aber er verstand *nicht.* Senator Joshua Appleton IV. war nie von den Nordkoreanern gefangengehalten worden. Captain Josh Appleton war viele Male der Gefangennahme *entkommen.* Gerade die Tatsache, daß ihm dies hinter den feindlichen Linien gelungen war, gehörte mit zu seiner Legende. Scofield stand immer noch vor ihrem Stuhl und sprach jetzt wieder. »Aber ich könnte nicht sagen, daß mir je große Veränderungen an ihm aufgefallen wären, davon abgesehen, daß er älter wurde. Ich habe ihn natürlich vor zwanzig Jahren nicht so gut gekannt, aber für mich ist er immer noch einer der großartigsten Männer, die ich je gekannt habe.«

»*Innen drinnen!*« flüsterte die alte Frau heiser. »Es ist alles innen! Er ist eine *Maske* ... Die Leute beten ihn an.« Plötzlich standen Tränen in ihren Augen und die Worte, die jetzt folgten, waren wie ein Aufschrei aus den Tiefen ihrer Erinnerung. »Sie *sollten* ihn anbeten! Er war ein so schöner Junge, ein so gutaussehender junger Mann. Es hat keinen gegeben, der meinem Josh gleichkam, niemand, der freundlicher gewesen wäre! ... Bis sie diese schrecklichen Dinge mit ihm gemacht haben.« Sie weinte. »Ich habe mich so schrecklich benommen. Ich war seine Mutter und konnte nicht verstehen! Ich wollte meinen Joshua zurück! Ich war so versessen darauf, ihn zurückzubekommen!«

Bray kniete nieder und nahm ihr das Glas weg. »Was wollen Sie damit sagen – Sie wollten ihn zurück?«

»Ich konnte es nicht verstehen. Er war so kalt, so unnahbar. Sie hatten ihm die Freude weggenommen. Es war keine *Freude* mehr in ihm! Er kam aus dem Krankenhaus ... Der Schmerz war einfach übermächtig gewesen; ich konnte nicht *verstehen!* Er sah mich an; da war keine Freude mehr, keine Liebe.«

»Das Krankenhaus? Der Unfall nach dem Krieg – gleich nach dem Krieg?«

»Er hat so sehr gelitten ... und ich trank so viel ... so viel. Jede Woche, die er in diesem schrecklichen Krieg war, trank ich mehr und mehr. Ich konnte es nicht ertragen! Er war alles, was ich *hatte*. Mein Mann war ... nur dem Namen nach mein Mann. Das war ebenso meine Schuld, wie die seine, denke ich. Ich widerte ihn an. Aber meinen Josh habe ich so geliebt.« Die alte Frau griff nach dem Glas. Er erreichte es vor ihr und schenkte ihr ein. Sie sah ihn durch ihre Tränen an. Die Trauer über das, was sie war, erfüllte ihre Augen. »Ich danke Ihnen sehr«, sagte sie würdevoll.

»Gern geschehen«, antwortete er und kam sich dabei hilflos vor.

»In gewisser Weise«, wisperte sie, »habe ich ihn immer noch, aber er weiß es nicht. Niemand weiß es.«

»Wieso?«

»Als ich aus Appleton Hall auszog ... auf Appleton Hill

... ließ ich sein Zimmer so, wie es war, wie es immer gewesen war. Sie müssen wissen, er ist nie zurückgekehrt, nie. Nur eines Abends einmal auf eine Stunde, um ein paar Dinge abzuholen. Also nahm ich hier ein Zimmer und machte es zu dem seinen. Es wird immer sein Zimmer sein, aber er weiß das nicht.«

Wieder kniete Bray vor ihr nieder. »Mrs. Appleton, darf ich das Zimmer sehen? *Bitte,* darf ich es sehen?«

»O nein, das wäre nicht richtig«, sagte sie. »Es gehört nur ihm. Ich bin die einzige, die Zutritt dazu hat. Sie müssen wissen, er lebt immer noch dort. Mein schöner Joshua.«

»Ich muß das Zimmer sehen, Mrs. Appleton. Wo ist es?« drängte Scofield. *Instinkt.*

»Warum müssen Sie es sehen?«

»Ich kann Ihnen helfen. Ich kann Ihrem Sohn helfen. Das weiß ich.«

Sie kniff die Augen zusammen und musterte ihn. »Sie sind ein freundlicher Mensch, nicht wahr? Sie sind gar nicht so jung, wie ich dachte. Ihr Gesicht hat Falten und Ihre Schläfen sind schon grau. Sie haben einen kräftigen Mund, hat Ihnen das schon einmal jemand gesagt?«

»Nein, ich glaube nicht, daß das jemand getan hat. Bitte, Mrs. Appleton, ich *muß* dieses Zimmer sehen. Erlauben Sie es mir.«

»Es ist nett, daß Sie darum bitten. Die Leute bitten mich heute nur noch selten um etwas; sie verlangen einfach. Also gut, helfen Sie mir zu meinem Lift und dann gehen wir ins Obergeschoß. Sie verstehen natürlich, daß wir zuerst anklopfen müssen. Wenn er sagt, daß Sie nicht hinein dürfen, müssen Sie draußen bleiben.«

Scofield führte sie durch das Bogengewölbe des Wohnzimmers zu dem Liftsessel. Er ging neben ihr die Treppe ins Obergeschoß hinauf und half ihr dort, vom Sessel zu steigen.

»Diese Richtung«, sagte sie und deutete auf einen schmalen, dunklen Korridor. »Die letzte Türe rechts.«

Sie erreichten die Türe, standen einen Augenblick davor, dann klopfte die alte Frau leicht gegen das Holz. »Wir werden es gleich wissen«, fuhr sie fort und beugte den Kopf etwas zur Seite, als lauschte sie auf eine Antwort von drinnen. »Es ist gut«, sagte sie und lächelte. »Er hat gesagt, Sie können hereinkommen, aber Sie dürfen nichts anfassen. Er hat alles so zurechtgelegt, wie er es gerne hat.« Sie öffnete die Tür und knipste einen Lichtschalter an der Wand an. Drei Lampen flammten auf, aber es war immer noch nicht sehr hell. Schatten lag über dem Boden und einem Teil der Wände.

Das Zimmer war das eines jungen Mannes. Überall waren die Symbole einer teueren Jugend zu sehen. Die Fahnen über dem Bett und dem Schreibtisch waren von Andover und Princeton, die Trophäen und Pokale auf den Regalen bezogen sich auf Sportarten wie Segeln, Skilauf, Tennis und Lacrosse. Das Zimmer war erhalten worden – auf gespenstische Art erhalten worden –, als hätte es einmal einem Renaissancefürsten gehört. Ein Mikroskop stand neben einem Chemiebaukasten, ein Band der *Britannica* lag offen da und die Seite war mit bleistiftgeschriebenen Randbemerkungen versehen. Auf dem Nachttisch lagen Romane von Dos Passos und Koestler. Daneben lag die mit Maschine geschriebene Titelseite eines Aufsatzes aus der Feder des gefeierten Bewohners jenes Raumes. Die Überschrift lautete: *Hochseesegeln: Vergnügen und Verantwortung. Vorgelegt von Joshua Appleton, Senior. Andover Academy, März 1945.* Unter dem Bett standen drei Paar Schuhe: Mokassins, Turnschuhe und schwarze Lackpumps, wie man sie zum Smoking trug. Ein ganzes Leben spiegelte sich in diesem Zimmer wider.

Bray zuckte in dem schwachen Licht zusammen. Er stand im Mausoleum eines Mannes, der noch lebte; die Artefakte eines angehaltenen Lebens versuchten irgendwie, den Toten sicher auf seiner Reise durch die Finsternis zu begleiten. Es war ein makabres Erlebnis, wenn man an Joshua Appleton dachte, den geradezu hypnotisch eindringlich wirkenden Senator aus Massachusetts. Scofield sah zu der alten Frau hinüber. Sie starrte auf eine Gruppe von Fotografien an der Wand. Bray trat einen Schritt vor und sah sie sich an.

Die Bilder zeigten einen jüngeren Joshua Appleton und einige Freunde – offenbar die Mannschaft eines Segelbootes – und das Foto in der Mitte deutete auf den Anlaß. Es zeigte eine lange Fahne, die von vier Männern gehalten wurde, welche auf dem Deck einer Schaluppe standen. *Marblehead Regatta – Sommer 1949.*

Nur das Foto in der Mitte und die drei darüber zeigten alle vier Mannschaftsmitglieder. Die drei unteren Fotos trugen nur das Bild von zwei der vier. Appleton und ein weiterer junger

Mann, beide bis zu den Hüften nackt, schlank, muskulös, sich die Hände schüttelnd; in die Kamera lächelnd, zu beiden Seiten des Mastes stehend, mit Gläsern in der Hand.

Scofield sah sich die beiden Männer näher an und verglich sie dann mit den anderen. Appleton und der eine Mann, der offenbar ein engerer Freund war, strahlten eine Stärke aus, die den beiden anderen fehlte, ein Gefühl des Selbstbewußtseins, der Überzeugung. Abgesehen von der Größe und der Breite glichen sich diese athletischen Männer überhaupt nicht, aber sie waren sich auch nicht unähnlich. Beide hatten scharfgeschnittene, wenn auch völlig unterschiedliche Gesichtszüge – ein kräftiges Kinn, eine breite Stirn, große Augen und dichtes dunkles Haar – Gesichter, wie man sie zu Dutzenden in den Jahrbüchern der Ivy-League-Universitäten fand.

Aber an den Fotos war etwas, das ihn störte. Bray wußte nicht, was es war – aber es war da. *Instinkt.*

»Sie sehen aus als wären sie Vettern«, sagte er.

»Sie taten jahrelang so als wären sie *Brüder*«, meinte die alte Frau. »Im Frieden wären sie *Partner* gewesen, im Krieg zusammen *Soldaten!* Aber er war ein Feigling, er hat meinen Sohn verraten. Mein schöner Joshua ist alleine in den Krieg gegangen; man hat ihm dort schreckliche Dinge angetan. Er rannte weg nach Europa in die Sicherheit, die ein Schloß ihm bot. Aber die Gerechtigkeit geht oft seltsame Wege; er ist in Gstaad gestorben, an den Folgen eines Skiunfalls. Soweit ich weiß, hat mein Sohn seitdem nie wieder seinen Namen erwähnt.«

»Seitdem? . . . Wann war das?«

»Vor fünfundzwanzig Jahren.«

»Wer war er?«

Sie sagte es ihm.

Scofield konnte nicht atmen; in dem Zimmer war keine Luft, nur Schatten in einem Vakuum. Er hatte den Hirtenjungen gefunden, aber sein Instinkt drängte ihn, etwas anderes zu suchen, ein Fragment, das ebenso furchtbar war, wie alles, das er bis jetzt erfahren hatte. Er hatte es gefunden. Das wichtigste Stück des Puzzlespiels hatte seinen Platz, der Quantensprung seine Erklärung gefunden. Jetzt brauchte er nur noch einen Beweis, denn die Wahrheit war so ungewöhnlich.

Er stand *tatsächlich* in einem Mausoleum, die Toten waren fünfundzwanzig Jahre in Finsternis gereist.

34

Er führte die alte Frau zu ihrem Schlafzimmer, schenkte ihr dort einen letzten Brandy ein und verließ sie. Als er die Türe schloß, saß sie auf dem Bett und sang ohne erkennbare Melodie vor sich hin. *Appleton Hall . . . way up on Appleton Hill.*

Klänge eines Cembalos vor mehr als hundert Jahren. Verlorene Klänge, so verloren wie sie, ohne je zu wissen, weshalb.

Er kehrte in den schwach beleuchteten Raum zurück, der der Ruheplatz der Erinnerungen war, und trat an die Wand mit den Fotografien. Er nahm eine ab und zog den kleinen Bilderhaken aus der Wand, glättete die Tapete rings um das Loch; das würde vielleicht die Entdeckung verzögern, sicher nicht sie verhindern. Er schaltete das Licht ab, schloß die Tür und ging hinunter in die Eingangshalle.

Die Nurse war immer noch besinnungslos; er ließ sie liegen. Es brachte ihm nichts ein, sie verschwinden zu lassen oder sie zu töten. Er schaltete sämtliche Lichter aus, auch die Kutschenlampen vor dem Eingang, öffnete die Tür und trat auf den Louisburg Square hinaus. Dort bog er nach rechts und ging schnellen Schrittes auf die Ecke zu, wo er wieder nach rechts abbiegen mußte, um den Beacon Hill hinunter in die Charles Street zu gehen. Dort konnte er ein Taxi finden. Er mußte noch sein Gepäck aus dem Schließfach in Cambridge holen. Während er den Hügel hinunterging, konnte er nachdenken, konnte er die Fotografie aus dem Glasrahmen nehmen und sie sorgfältig zusammenfalten und in seiner Tasche verstauen, so daß keines der beiden Gesichter beschädigt wurde. Morgen gab es einiges zu tun, so einen Besuch im Massachusetts General Hospital und in der Boston Public Library.

Das Zimmer unterschied sich durch nichts von einem beliebigen anderen Zimmer in einem sehr billigen Hotel in einer sehr großen Stadt. Das Bett war durchgelegen und das einzige Fenster bot den Ausblick auf eine heruntergekommene Steinmauer, die keine zehn Fuß von den zerbrochenen Glasscheiben entfernt war. Der Vorteil freilich war derselbe wie überall an solchen Orten; niemand stellte Fragen. Billige Hotels hatten ihren Platz auf dieser Welt, gewöhnlich für Leute, die keinen Wert darauf legten, sich der Welt zu zeigen. Einsamkeit war eines der Grundrechte des Menschen, eines, an das man nicht leichten Herzens rühren sollte.

Scofield war sicher; er konnte sich jetzt auf seine Arbeit konzentrieren.

Um 4.35 Uhr früh hatte er siebzehn Seiten gefüllt. Fakten, Annahmen, Wahrscheinlichkeiten. Er hatte die Worte sorgfältig geschrieben, gut lesbar, damit man sie leicht reproduzieren konnte. Für Interpretationen blieb kein Raum; die Anklage war ganz spezifisch, selbst in den Punkten, wo die Motive das nicht waren. Er sammelte seine Waffen, bereitete seine Munition vor; mehr hatte er nicht. Er fiel auf das durchgelegene Bett zurück und schloß die Augen. Zwei oder drei Stunden Schlaf würden genügen.

Er hörte, wie sein eigenes Flüstern zu der zersprungenen Decke emporschwebte.

»Taleniekov ... atme weiter. Toni, meine Liebe, meine Allerliebste. Bleib am Leben ... Behalte deinen Verstand.«

Die stattliche Frau in der Verwaltung des Krankenhauses schien verblüfft, würde aber Brays Wunsch nicht abschlagen. Schließlich waren die ärztlichen Informationen in ihrer Registratur nicht so vertraulich. Einem Mann, der sich als Regierungsbeamter identifizierte, mußte man schließlich helfen.

»Nur um das *klarzustellen*«, sagte sie mit einem ausgeprägten Boston-Akzent und las die Etiketten auf den Aktenschubladen. »Der Senator will also die Namen der Ärzte und der Schwestern, die ihn während seines Aufenthalts hier in den Jahren dreiundfünfzig und vierundfünfzig gepflegt haben. Etwa von November bis März?«

»Richtig. Wie ich schon sagte, das nächste Jahr ist eine Art

Jubiläum für ihn. Dann sind es fünfundzwanzig Jahre, seit er seine ›Begnadigung‹ erhielt, wie er das nennt. Im Vertrauen gesagt, er will jedem von ihnen ein kleines Medaillon mit dem Namen des Betreffenden und seinen Dank schicken.«

Die Frau hielt in ihrer Arbeit inne. »Ist das nicht wieder typisch für ihn? Sich zu erinnern, meine ich? Die meisten Leute erleben so etwas und wollen dann das Ganze vergessen. Sie stellen sich einfach vor, sie wären dem Tod noch einmal entwischt und zum Teufel damit. Bis zum nächstenmal natürlich. Aber nicht er, er ist so ... besorgt, wenn Sie wissen, was ich meine.«

»Ja, das weiß ich.«

»Die Wähler wissen es auch, das kann ich Ihnen sagen. Massachusetts wird seinen ersten Präsidenten seit J. F. K. haben. Und diesmal wird keiner sagen, daß der Papst und die Kardinäle das Weiße Haus kassiert haben.«

»Nein, ganz bestimmt nicht«, gab Bray ihr recht. »Ich möchte noch mal auf den vertraulichen Charakter meines Besuches hinweisen. Der Senator möchte nicht, daß seine kleine Geste in die Öffentlichkeit dringt ...« Scofield hielt inne und lächelte der Frau zu. »Im Augenblick sind Sie der einzige Mensch in Boston, der davon weiß.«

»Oh, machen Sie sich da gar keine Sorgen. Ich kann schweigen. Für einen kleinen Brief von Senator Appleton, mit seiner Unterschrift und all dem, wäre ich wirklich sehr dankbar. Ich meine ...« Die Frau hielt inne und tippte mit dem Finger gegen einen Aktenschrank. »Da sind wir«, sagte sie und öffnete die Schublade. »So, das sind die Namen der Ärzte – der Chirurgen, Anästhesieärzte, Berater – nach Stockwerken und Stationen; dann die Oberschwestern und eine Liste der eingesetzten Geräte. Die psychiatrischen Auswertungen und die Informationen bezüglich der Therapie finden Sie hier nicht; die können Sie nur unmittelbar durch den Arzt beschaffen. Aber das interessiert Sie ja nicht; man könnte meinen, ich rede hier mit einem dieser verdammten Versicherungsschnüffler.« Sie gab ihm die Akte. »Dort hinten ist ein Tisch. Wenn Sie fertig sind, legen Sie die Akte einfach auf meinen Schreibtisch.«

»Geht in Ordnung«, sagte Bray, der es besser wußte. »Ich werde die Akte zurückstellen, da brauche ich Sie nicht zu stören. Nochmals vielen Dank.«

»Ich danke *Ihnen.*«

Scofield überflog die Seiten schnell, um sich einen allgemeinen Eindruck zu verschaffen. Medizinisch überstieg das meiste, was er las, sein Verständnis, aber der Schluß, den er aus dem Ganzen zog, lag auf der Hand. Joshua Appleton war eher tot als lebendig gewesen, als ihn die Ambulanz nach dem Unfall auf der Turnpike ins Krankenhaus gebracht hatte. Fleischwunden, Quetschungen, Brüche sowie schwere Kopf- und Halswunden zeichneten das blutige Bild eines zerrissenen, menschlichen Gesichts und Körpers. Es gab Listen von Drogen und Seren, die man eingesetzt hatte, um das Leben zu verlängern, das am Ausklingen war, detaillierte Beschreibungen der komplizierten Geräte, die man eingesetzt hatte, um den Zerfall aufzuhalten. Ganz am Ende, Wochen später, begann der Prozeß sich umzukehren. Die um ein Vielfaches kompliziertere Maschine des menschlichen Körpers fing an, sich selbst zu heilen.

Bray schrieb sich die Namen der Ärzte und der Schwestern auf, die er in den Listen fand. Zwei Chirurgen, einer davon ein Spezialist für Hauttransplantationen, und ein sich stets abwechselndes Team von acht Schwestern tauchten während der ersten Wochen immer wieder auf. Dann waren die Namen plötzlich verschwunden, wurden durch zwei andere Ärzte und drei Privatschwestern in Achtstundenschichten ersetzt.

Er hatte, was er brauchte, eine Summe von siebzehn Namen, von denen ihn fünf in erster, zehn in zweiter Linie interessierten. Er würde sich auf erstere konzentrieren, die letzten zwei Ärzte und die drei Schwestern; die früheren Namen lagen ein gutes Stück vor dem Zeitraum, der ihn interessierte.

Er stellte die Akte zurück und ging zum Schreibtisch der Angestellten hinaus. »Erledigt«, sagte er und fügte dann hinzu, als wäre ihm die Idee gerade erst gekommen. »Sagen Sie, Sie könnten mir – dem Senator – noch einen Gefallen tun, wenn Sie wollen.«

»Sicher, wenn ich kann.«

»Ich habe die Namen hier, aber das liegt natürlich fünfundzwanzig Jahre zurück. Einige von ihnen sind vielleicht nicht mehr da. Es wäre mir eine große Hilfe, wenn ich die augenblicklichen Adressen bekommen könnte.«

»Da kann ich Ihnen nicht helfen«, sagte die Frau und griff

nach ihrem Telefon, »aber ich kann Sie nach oben schicken. Die haben die Personalakten. Die haben's gut, die sind dort alle im Computer.«

»Mir ist immer noch sehr wichtig, daß das alles vertraulich bleibt.«

»Hey, da brauchen Sie sich nichts zu denken, das verspricht Ihnen Peg Flannagan. Meine Freundin macht das schon.«

Scofield saß neben einem bärtigen schwarzen Studenten vor der Computertastatur. Peg Flannagans Freundin hatte ihm den jungen Mann zugewiesen. Er ärgerte sich, daß sein Ferienjob jetzt tatsächlich Arbeit von ihm erforderte und er seine Bücher weglegen mußte.

»Tut mir leid, daß ich Sie belästigen muß«, sagte Bray, der sich den jungen Mann freundlich gesonnen machen wollte.

»Schon gut, Mann«, antwortete der Student und betätigte die Tasten. »Es ist ja bloß, daß ich morgen eine Klausur habe, und jeder Trottel kann diese barbarische Maschine bedienen.«

»Was für eine Klausur?«

»Tertiär-Kinetik.«

Scofield sah den Studenten an. »Als ich hier auf die Schule ging, hat mal jemand ›Tertiär‹ zu mir gesagt. Ich hab' nicht kapiert, was er meinte.«

»Sie sind wahrscheinlich nach Harvard gegangen, Mann. Schade um die Zeit. Ich bin auf der Tech.«

Bray war froh, daß der alte Schulgeist in Cambridge immer noch am Leben war. »Was haben Sie denn?« fragte er und sah auf den Bildschirm. Der Neger hatte den Namen des ersten Arztes eingegeben.

»Ich hab' ein allwissendes Band, und Sie haben nichts.«

»Was meinen Sie damit?«

»Der gute Doktor existiert nicht. Wenigstens nicht, soweit es dieses Institut betrifft. Der hat in diesem Laden noch nicht einmal ein Aspirin ausgegeben.«

»Das ist verrückt. Er war in den Appleton-Akten enthalten.«

»Da müssen Sie sich beim Chef beklagen. Ich hab' den Namen eingegeben; da steht *No Rec.*«

»Ich verstehe etwas von diesen Maschinen. Die lassen sich leicht programmieren.«

Der Student nickte. »Und das bedeutet auch leicht *deprogrammieren.* Berichtigen, sagt man dann wohl. Man hat Ihren

Doktor ausgebucht. Vielleicht hat er von der Krankenversicherung gestohlen.«

»Vielleicht. Versuchen wir's mit dem nächsten.«

Der Student gab den Namen ein. »Nun, was *dem* Jungen passiert ist, wissen wir. *Ceb Hem.* Er ist hier in der dritten Etage gestorben. Gehirnblutung. Er hat nicht einmal eine Chance bekommen, sich sein Colleggeld zurückzuverdienen.«

»Was meinen Sie damit?«

»Medizinschule, Mann. Er war erst zweiunddreißig. Scheußlich, schon mit zweiunddreißig abzukratzen.«

»Und ungewöhnlich. Was ist das Datum?

»Einundzwanzigster März neunzehnhundertvierundfünfzig.«

»Appleton wurde am dreißigsten entlassen«, sagte Scofield ebenso zu sich wie zu dem Studenten. »Diese drei Namen sind Schwestern. Geben Sie sie bitte ein.«

Katherine Connally. Verstorben 26. 3. 1954.

Alice Bonelli. Verstorben 26. 3 1954.

Janet Drummond. Verstorben 26. 3. 1954.

Der Student zuckte zurück; er war nicht dumm. »Scheint, daß die damals eine richtige Epidemie hatten, wie? Der März war ein harter Monat, und der sechsundzwanzigste war wirklich ein schlimmer Tag für drei kleine Mädchen in Weiß.«

»Ist eine Todesursache angegeben?«

»Nein. Aber das heißt nur, daß sie nicht hier im Institut gestorben sind.«

»Aber alle drei am selben *Tag*, das ist . . .«

»Schon kapiert«, sagte der junge Mann. »Verrückt.« Er hob die Hand. »Hey, da gibt's einen Typ, der schon seit ein paar tausend Jahren hier ist. Er leitet das Magazin im ersten Stock. Vielleicht erinnert er sich an etwas; rufen wir ihn doch an.« Der junge Mann drehte seinen Stuhl herum und griff nach einem Telefon. »Nehmen Sie den anderen Apparat«, sagte er zu Bray und wies auf ein Telefon ganz in der Nähe.

»Magazin, *erster* Stock«, sagte die Stimme.

»Hey, Methusalem, hier ist Amos – so wie in Amos und Andy.«

»Ein Knallkopf bist du, Junge, kapiert.«

»Hey, Jimmy, ich hab' hier einen Honkey bei mir. Der ist hinter Informationen her, die noch aus der Zeit stammen, wo du der Schrecken der Schlafsäle warst. Genauer gesagt, es betrifft drei von den kleinen weißen Engelchen. Jimmy, erinnerst du dich an eine Zeit Mitte der fünfziger Jahre, als drei Schwestern am gleichen Tag starben?«

»Drei ... O ja, und ob ich mich erinnere. 'ne schreckliche Sache war das. Die kleine Katie Connally war auch dabei.«

»Was ist denn passiert?« fragte Bray.

»Ertrunken sind sie, das ist passiert. Alle drei sind sie ertrunken. Sie waren in einem Boot. Das verdammte Ding ist gekentert und sie sind ertrunken.«

»In einem Boot? Im *März?*«

»Ja, das war 'ne verrückte Sache. Du weißt ja, wie die betuchten jungen Leute sich immer um die Schlafsäle der Schwestern herumtreiben. Sie denken, die Mädchen sehen die ganze Zeit nackte Körper, also würde es ihnen wohl auch nichts ausmachen, sich die ihren anzusehen. Nun, eines Abends hatten ein paar von diesen Burschen eine Party in einem Yachtclub und luden die Mädchen dazu ein. Es wurde 'ne Menge getrunken und aller möglicher Unsinn getrieben. Irgend so ein Esel kam auf die schlaue Idee, sich ein Boot zu holen. Verrückt natürlich. Du hast's ja selbst gesagt, es war im März.«

»Ist das nachts passiert?«

»Ja, nachts. Die Leichen sind eine Woche lang nicht an Land gespült worden, glaube ich.«

»Ist sonst noch jemand ums Leben gekommen?«

»Natürlich nicht. So ist das doch immer, oder? Ich meine, die betuchten jungen Leute können immer so gut schwimmen, oder?«

»Wo ist das passiert?« fragte Scofield. »Können Sie sich erinnern?«

»Sicher kann ich das, Sir. Oben an der Küste. Marblehead.«

Bray schloß die Augen. »Danke«, sagte er leise und legte den Hörer auf.

»Danke, Methusalem.« Der Student legte auf und sah Scofield an. »Jetzt haben Sie Ärger, wie?«

»Ja, den habe ich«, nickte Bray und ging an den Computer zurück. »Ich habe noch zehn Namen. Zwei Ärzte und acht Schwestern. Können Sie die auch noch schnell überprüfen?«

Von den acht Schwestern lebte die Hälfte noch. Eine war nach San Francisco gezogen – Adresse unbekannt; eine andere wohnte bei ihrer Tochter in Dallas; die zwei übrigen waren in das St.-Agnes-Altersheim in Worcester übersiedelt. Einer der Ärzte war noch am Leben. Der Spezialist für Hauttransplantationen war vor achtzehn Monaten im Alter von dreiundsiebzig Jahren gestorben. Der erste Chirurg, Dr. Nathaniel Crawford, war in den Ruhestand getreten und lebte in Quincy.

»Darf ich Ihr Telefon benutzen?« fragte Scofield. »Ich zahle die Gebühr.«

»Als ich das letztemal nachsah, hat mir keine dieser Flüstertüten gehört. Ich lad' Sie ein.«

Bray hatte sich die Telefonnummer vom Bildschirm abgeschrieben; jetzt ging er ans Telefon und wählte.

»Hier Crawford.« Die Stimme aus Quincy klang brüsk, aber nicht unfreundlich.

»Mein Name ist Scofield, Sir. Wir sind uns nie begegnet und ich bin kein Arzt, aber ich interessiere mich sehr für einen Fall, den Sie vor einer ganzen Anzahl von Jahren im Massachusetts General Hospital hatten. Wenn es Ihnen nichts ausmacht, würde ich kurz mit Ihnen darüber sprechen.«

»Wer war der Patient? Ich hatte ein paar tausend.«

»Senator Joshua Appleton, Sir.«

Auf der anderen Seite der Leitung war es ein paar Augenblicke lang still; als Crawford dann wieder sprach, klang seine brüske Stimme müde. »Diese verdammten Zwischenfälle folgen einem Mann bis zu seinem Grab, nicht wahr? Nun, ich habe seit mehr als zwei Jahren nicht mehr praktiziert, also macht das, was *Sie* sagen oder *ich* sage, keinen großen Unterschied ... Wir wollen sagen, daß ich einen Fehler gemacht habe.«

»Einen Fehler?«

»Ich hab' nicht viele gemacht. Ich war beinahe zwanzig Jahre Leiter der Chirurgischen Abteilung. Mein Bericht liegt in der Akte Appleton abgelegt; der einzig vernünftige Schluß, den man daraus ziehen kann, ist, daß die Röntgenaufnahmen durcheinandergeraten waren oder wir die falschen Daten benutzt haben.«

In der Akte Appleton war kein Bericht von Dr. Nathaniel Crawford gewesen.

»Beziehen Sie sich damit auf die Tatsache, daß Sie als Chirurg abgelöst wurden?«

»Abgelöst! Die Familie hat Tommy Belford und mich hochkantig rausgeschmissen.«

»Belford? Ist das Dr. Belford, der Spezialist für Hauttransplantationen?«

»Ein *Chirurg*. Ein Hautchirurg und ein verdammter Künstler. Tommy hat dem Mann sein Gesicht wieder zusammengeflickt, als wäre er der liebe Herrgott selbst. Dieser Besserwisser, den die dann hereinholten, hat nach meiner Ansicht Tommys Arbeit völlig kaputtgemacht. Aber er tut mir leid. Der Junge war kaum fertig, als ihm der Schädel platzte.«

»Sie meinen eine Gehirnblutung, Sir?«

»Richtig. Der Schweizer war dabei, als es passierte. Er hat operiert, aber es war zu spät.«

»Mit ›der Schweizer‹ meinen Sie den Chirurgen, der Sie ersetzt hat?«

»Sie haben's erfaßt. Der große *Herr Doktor* aus Zürich. Der Dreckskerl hat mich behandelt wie einen geistig zurückgebliebenen Schulabgänger.«

»Wissen Sie, was aus ihm geworden ist?«

»Er wird wohl in die Schweiz zurückgereist sein, denke ich. Mich hat er nicht sonderlich interessiert.«

»Doktor, Sie sagen, Sie hätten einen Fehler gemacht. Oder die Röntgenaufnahmen hätten nicht gestimmt oder dergleichen. Was für eine Art von Fehler?«

»Ganz einfach. Ich habe aufgegeben. Wir hatten ihn unter totaler Lebenserhaltung, das war meine Meinung: totale Lebenserhaltung. Ohne die Geräte hätte er keinen Tag mehr überlebt. Und wenn doch, so hätte ich das für Verschwendung gehalten; er wäre kein Mensch mehr gewesen, nur ein lebender Leichnam ohne Geist und Verstand.«

»Sie sahen keine Hoffnung auf Genesung?«

Crawford senkte die Stimme, in seiner Bescheidenheit lag Stärke. »Ich war ein Chirurg, nicht der Herrgott. Ich war nicht unfehlbar. Meiner Ansicht nach war Appleton nicht nur nicht zu retten, sondern er starb jede Minute mehr ... Ich hatte unrecht.«

»Danke, daß Sie mit mir gesprochen haben, Doktor Crawford.«

»Wie ich schon vorher sagte, es macht jetzt keinen Unterschied mehr; es macht mir auch nichts aus. Ich habe eine Menge Jahre mit dem Skalpell gearbeitet; ich habe nicht viele Fehler gemacht.«

»Ganz bestimmt nicht, Sir. Wiedersehen.« Scofield ging an

den Bildschirm zurück; der schwarze Student las in seinen Büchern. »Röntgenaufnahmen . . .?« sagte Bray mit leiser Stimme.

»Was?« Der junge Mann blickte auf. »Was ist mit Röntgenaufnahmen?«

Bray setzte sich neben den jungen Mann. Wenn er je einen Freund auf Zeit brauchte, so jetzt; er hoffte einen zu haben. »Wie gut kennen Sie die Leute hier im Krankenhaus?«

»Die Bude ist ziemlich groß, Mann.«

»Nun, Methusalem haben Sie auch gekannt.«

»Na ja, ich bin jetzt seit drei Jahren immer wieder hier. Da kommt man mal hierhin, mal dorthin.«

»Gibt es eine Ablage für Röntgenaufnahmen, die eine Anzahl Jahre zurückreicht?«

»Fünfundzwanzig vielleicht?«

»Ja.«

»Die gibt es. Keine große Sache.«

»Können Sie mir eine beschaffen?«

Der Student hob die Brauen. »Das ist eine andere Angelegenheit, nicht wahr?«

»Ich bin bereit, dafür zu bezahlen. Großzügig zu bezahlen.«

Der Schwarze schnitt eine Grimasse. »O Mann! Nicht, daß ich was gegen Brot einzuwenden hätte, glauben Sie mir. Aber ich stehle nicht und ich deale nicht und ich habe weiß Gott auch nichts geerbt.«

»Was ich von Ihnen erbitte, ist die legalste – wenn Sie wollen sogar moralischste – Sache, die ich von jemandem erbitten könnte. Ich lüge nicht.«

Der Student sah Bray in die Augen. »Wenn Sie es doch tun, dann machen Sie es verdammt überzeugend. Ärger haben Sie, das hab' ich gesehen. Was wollen Sie?«

»Eine Röntgenaufnahme von Joshua Appletons Mund.«

»Mund? Seinem *Mund?*«

»Er hatte umfangreiche Kopfverletzungen, da sind bestimmt Dutzende von Aufnahmen gemacht worden. Ich bin sicher, daß an seinen Zähnen eine ganze Menge gemacht werden mußte. Können Sie das tun?«

Der junge Mann nickte. »Ich denke schon.«

»Noch etwas. Ich weiß, das wird jetzt . . . ungewöhnlich auf Sie wirken, aber, glauben Sie mir, nichts ist ungewöhnlich. Wieviel verdienen Sie hier im Monat?«

»Im Durchschnitt achtzig oder neunzig die Woche. Etwa dreihundertfünfzig im Monat. Für einen Studenten ist das nicht schlecht. Einige von den Internisten hier kriegen weniger. Aber die haben natürlich Unterkunft und Verpflegung. Warum fragen Sie?«

»Angenommen, ich würde jetzt sagen, daß ich Ihnen zehntausend Dollar bezahle, wenn Sie ein Flugzeug nach Washington nehmen und mir eine andere Röntgenaufnahme bringen. Bloß einen Umschlag mit einer Röntgenaufnahme.«

Der Neger zupfte an seinem kurzen Bart. Seine Augen musterten Scofield, als sähe er einen Geistesgestörten an. »*Angenommen?* Ich würde sagen ›immer zu, nur her damit.‹ Zehntausend *Dollar?*«

»Sie hätten dann mehr Zeit für Ihre Tertiär-Kinetik.«

»Und nichts Illegales daran? Eine gerade Sache – ich meine, wirklich gerade?«

»Um es auch nur entfernt als illegal zu betrachten, soweit es Sie betrifft, müßten Sie viel mehr wissen, als irgend jemand Ihnen sagen würde. Das ist ganz gerade.«

»Ich bin nur ein Bote? Ich fliege nach Washington und bringe Ihnen einen Umschlag . . . mit einer Röntgenaufnahme?«

»Vielleicht mit ein *paar* kleinen Röntgenaufnahmen. Das ist alles.«

»Röntgenaufnahmen wovon?«

»Von Joshua Appletons Mund.«

Es war halb zwei Uhr nachmittags, als Bray in die Bibliothek an der Boylston Street kam. Sein neuer Freund, Amos Lafollet, nahm die 14-Uhr-Maschine nach Washington und würde mit der 20-Uhr-Maschine zurückkommen. Scofield würde ihn am Flughafen abholen.

Es war nicht schwierig gewesen, die Röntgenaufnahmen zu besorgen; jeder, der sich in der Bürokratie Washingtons auskannte, hätte sie sich beschaffen können. Bray tätigte zwei Anrufe, den ersten beim Kongreß-Verbindungsbüro, den zweiten bei dem betreffenden Zahnarzt. Der erste Anruf kam von einem gestreßten Assistenten eines populären Kongreßmannes, der an einer Zahnfistel litt. Ob das Verbindungsbüro dem Assistenten den Namen von Senator Appletons Zahnarzt beschaffen konnte?

Der Senator hatte dem Kongreßabgeordneten gegenüber die hervorragende Arbeit des Mannes gelobt. Das Verbindungsbüro lieferte den Namen.

Der Anruf bei dem Zahnarzt war eine Routineprüfung der Administration, ganz Bürokratie, ohne Substanz, morgen vergessen. Die Administration sammelte Belege für zahnärztliche Verrichtungen an Senatoren; irgendein Idiot an der K Street vermißte eine Röntgenaufnahme. Würde die Sprechstundenhilfe so nett sein und Appletons Aufnahmen herausholen und sie für einen Boten der Administration bereitlegen? Die Aufnahmen würden in vierundzwanzig Stunden zurückgegeben werden.

Washington lief auf hohen Touren; es war einfach nicht genug Zeit, um alle Arbeit zu erledigen, die getan werden mußte; diese Routineprüfungen der Administration waren eigentlich unzulässig. Sie waren lästig; man kam diesen Wünschen auch nur widerwillig nach, kam ihnen aber jedenfalls nach. Appletons Röntgenaufnahmen würden bereitgelegt werden.

Scofield sah im Katalog der Bibliothek nach, nahm den Lift ins Oberstockwerk und ging den Korridor hinunter, bis er zu *Journalistik – Mikrofilm* kam. Er trat an die Theke am Ende der Halle und sagte zu dem Angestellten dort: »März und April 1954 bitte. Den *Globe* oder den *Examiner*, was da ist.«

Er bekam acht Kassetten mit Filmen; der Angestellte wies ihm eine Zelle zu. Er legte die erste Spule ein.

Im März 1954 waren die Bulletins, die sich mit Joshua Appletons – »Captain Josh« – Zustand befaßten, auf die Hinterseiten gewandert; um diese Zeit lag er seit zwanzig Wochen im Krankenhaus. Aber man ignorierte ihn nicht. Die berühmte Krankenwache wurde in allen Einzelheiten berichtet. Bray schrieb sich die Namen einiger Leute auf, die man interviewt hatte; morgen würde er wissen, ob er mit dem einen oder anderen von ihnen Verbindung aufnehmen mußte.

21. März 1954
JUNGER ARZT STIRBT AN GEHIRNBLUTUNG

Der kurze Bericht war auf Seite sechzehn zu finden. Daß der Chirurg Joshua Appleton behandelte, war nicht erwähnt.

26. März 1954
DREI SCHWESTERN VON MASS. GEN'L
BEI BOOTSUNFALL UMS LEBEN GEKOMMEN

Der Bericht hatte seinen Platz in der linken unteren Ecke der Titelseite gefunden, aber auch hier war jeder Hinweis auf Joshua Appleton unterblieben. Das wäre auch höchst seltsam gewesen; die drei teilten sich in eine Vierundzwanzigstundenschicht. Wenn sie in jener Nacht alle in Marblehead waren, wer hielt dann am Krankenbett Appletons Wache?

10. April 1954
BOSTONER STIRBT BEI SKITRAGÖDIE IN GSTAAD

Er hatte es gefunden.

Der Bericht stand – natürlich – auf der Titelseite unter einer Balkenüberschrift und war so geschrieben, daß er gleichzeitig Sympathie erweckte und den tragischen Tod eines jungen Mannes berichtete. Scofield las jede Zeile und war überzeugt, daß er etwas ganz Bestimmtes finden würde.

Und da war es auch.

Wegen der großen Liebe, die das Opfer für die Alpen empfand – und um der Familie und den Freunden weiteres Leid zu ersparen –, hat die Familie verkündet, daß das Begräbnis in der Schweiz, in dem Dorf Col du Pillon stattfinden wird.

Bray fragte sich, wer wohl in jenem Sarg in Col du Pillon liegen mochte. Oder war er leer?

Er kehrte in das billige Hotel zurück, sammelte seine Habseligkeiten ein und nahm ein Taxi zu Ausfahrt A des Prudential Center. Dann lenkte er den Mietwagen aus Boston heraus, am Jamaica Way entlang nach Brookline. Er fand Appleton Hill, fuhr an den Toren von Appleton Hall vorbei und registrierte in dem kurzen Zeitraum alle ihm zugänglichen Einzelheiten.

Das riesige Anwesen dehnte sich wie eine Festung über den Hügelkamm. Die inneren Gebäude waren von einer hohen Steinmauer umgeben, dahinter konnte man steile Dächer sehen, die an Zinnen erinnerten. Die Zufahrt hinter dem Haupttor wand sich an einem mächtigen, aus Klinkersteinen erbauten Kutschenhaus entlang; es enthielt mindestens acht bis zehn komplette Wohnungen und fünf Garagen.

Er fuhr um den Hügel herum. Der zehn Fuß hohe, schmiedeeiserne Zaun umgab das ganze Gelände; alle paar hundert Meter waren kleine Unterstände wie Miniaturbunker in den Hügel eingelassen; man konnte in einigen von ihnen uniformierte Männer sitzen oder stehen sehen. Sie rauchten oder telefonierten.

Es war der Sitz der Matarese, das Haus des Hirtenjungen.

Um halb zehn fuhr er zum Logan Airport. Er hatte Amos Lafollet gesagt, er solle gleich nach dem Verlassen des Flugzeugs in die düstere Bar gegenüber dem Zeitungsstand gehen. Die Nischen waren so dunkel, daß man selbst auf fünf Fuß Entfernung ein Gesicht noch nicht erkennen konnte; nur der riesige Fernsehschirm an der Wand lieferte etwas Licht.

Bray schob sich in die mit schwarzem Kunststoff ausgeschlagene Nische und versuchte, sich an die Dunkelheit zu gewöhnen. Einen Augenblick lang dachte er an eine andere Nische in einem anderen dunklen Raum, an einen anderen dunklen Mann: London, das Connaught-Hotel, Roger Symonds. Er verdrängte die Erinnerung aus seinen Gedanken; im Augenblick war das ein Hindernis; für Hindernisse hatte er jetzt keine Zeit.

Er sah den Studenten die Bar betreten. Scofield stand kurz auf; Amos sah ihn und kam auf ihn zu. Er hielt einen Umschlag in der Hand. Bray fühlte, wie sein Herz schneller schlug.

»Ich nehme an, alles ist gut gelaufen«, sagte er.

»Ich mußte unterschreiben.«

»Sie mußten *was*?« Bray wurde übel; es war eine solche Kleinigkeit, eine Selbstverständlichkeit eigentlich, und er hatte nicht daran gedacht.

»Keine Sorge. Ich bin nicht umsonst an der hundertfünfunddreißigsten Straße und der Lenox Avenue aufgewachsen.«

»Welchen Namen haben Sie denn gebraucht?« fragte Scofield, und sein Puls verlangsamte sich wieder.

»R. M. Nixon. Die Sprechstundenhilfe war wirklich nett. Sie hat mir gedankt.«

»Sie werden es zu etwas bringen, Amos.«

»Hab' ich auch vor.«

»Hoffentlich hilft Ihnen das dabei.« Bray reichte ihm einen Umschlag über den Tisch.

Der Student hielt ihn mit beiden Händen. »Hey, Mann, wissen Sie, eigentlich brauchen Sie das nicht zu tun.«

»Doch. Wir hatten es so vereinbart.«

»Ich weiß. Aber ich hab' so das Gefühl, daß Sie für einen Haufen Leute, die Sie gar nicht kennen, 'ne Menge durchgemacht haben.«

»Und für eine ganze Anzahl, die ich sehr gut kenne. Nehmen Sie das Geld nur.« Bray klappte seinen Aktenkoffer auf und schob den Umschlag hinein. Er legte ihn auf einen Aktendeckel, der Joshua Appletons Röntgenaufnahmen von vor fünfundzwanzig Jahren enthielt. »Denken Sie daran, Sie haben nie meinen Namen gehört und waren nie in Washington. Wenn man Sie *je* fragt, dann haben Sie nur für einen Mann, der sich nie zu erkennen gab, ein paar Namen in einen Computer getippt. *Bitte*, denken Sie daran.«

»Das wird nicht einfach sein.«

»Warum?« Scofield zuckte zusammen.

»Wie soll ich Ihnen denn mein erstes Lehrbuch widmen?«

Bray lächelte. »Ihnen wird schon was einfallen. Leben Sie wohl.« Er verließ die Nische. »Ich habe noch eine Stunde zu fahren und ein paar Stunden Schlaf aufzuholen.«

»Bleiben Sie gesund, Mann.«

»Danke, Professor.«

* * *

Scofield stand im Wartezimmer des Zahnarztes an der Main Street in Andover, Massachusetts. Das Schwesternbüro an der Andover Academy hatte ihm – freudig, ja geradezu enthusiastisch – seinen Namen geliefert. Für Andovers berühmten – großzügigen – Schüler tat man alles, und damit auch natürlich für den Assistenten des Senators. Natürlich war der Zahnarzt nicht derselbe Mann, der Senator Appleton als Studenten behandelt hatte; ein Neffe hatte die Praxis vor ein paar Jahren übernommen, aber selbstverständlich würde auch der augenblickliche Praxisinhaber helfen. Das Schwesternbüro würde ihn anrufen und ihm Bescheid sagen, daß der Assistent des Senators zu ihm unterwegs war.

Bray hatte sich auf etwas verlassen, das so alt war wie der Zahnarztbohrer. Zwei Jungen, die gute Freunde und gemeinsam im Internat waren, würden zwar nicht in allen Punkten einer Meinung sein, wohl aber denselben Zahnarzt konsultieren.

Ja, die beiden Jungen hatten in Andover denselben Zahnarzt konsultiert.

Der Dentist kam jetzt aus einer Aktenkammer, die Brille auf der Nase etwas nach vorne geschoben. Er hielt zwei Karteikarten in der Hand, in die kleine Negative eingelassen waren. Röntgenaufnahmen von zwei Andover-Studenten, die vor mehr als dreißig Jahren angefertigt worden waren.

»Hier, Mr. Vickery«, sagte der Dentist und hielt ihm die Aufnahmen hin. »Sehen Sie nur, wie primitiv die damals die Negative montiert haben! Eines Tages schmeiß ich den alten Mist doch weg, aber man kann ja nie wissen. Letztes Jahr mußte ich einen alten Patienten meines Onkels identifizieren, der in dem Feuer drüben in Oxford ums Leben gekommen war.«

»Vielen Dank«, sagte Scofield und nahm die Aufnahmen entgegen. »Übrigens, ich weiß natürlich, daß Sie es eilig haben, aber würde es Ihnen etwas ausmachen, mir noch einen Gefallen zu tun? Ich habe zwei neuere Aufnahmen der beiden Männer hier und ich muß sie mit denen vergleichen, die Sie uns leihen. Ich kann natürlich jemanden darum bitten, aber wenn Sie eine Minute Zeit haben . . .«

»Aber gerne. Das dauert keine Minute. Geben Sie her.« Bray holte die Aufnahmen aus den Umschlägen; der eine Satz war aus dem Massachusetts General Hospital gestohlen, den anderen hatte er sich in Washington besorgt. Er hatte den Namen mit Klebestreifen verdeckt. Er gab sie dem Zahnarzt, der sie zu einer Lampe trug und sie nacheinander ins Licht hielt. »Hier«, sagte er nach ein paar Augenblicken und hielt Scofield in jeder Hand einen Satz zusammengehörige Aufnahmen hin.

Scofield schob jeden Satz in einen Umschlag. »Nochmals vielen Dank, Doktor.«

»Gerne.« Der Zahnarzt ging in sein Untersuchungszimmer zurück. Er hatte es eilig.

Bray saß in seinem Wagen, sein Atem ging stoßweise, Schweiß stand ihm auf der Stirn. Er öffnete die Umschläge und nahm die Röntgenaufnahmen heraus.

Er nahm die Klebestreifen von den Namen.

Er hatte recht gehabt. Das furchtbare Fragment hatte unwiderruflich seinen Platz gefunden, er hielt den Beweis in der Hand.

Der Mann, der im Senat saß, der Mann, der ohne Zweifel der nächste Präsident der Vereinigten Staaten sein würde, war nicht Joshua Appleton IV.

Er war Julian Guiderone, der Sohn des Hirtenjungen.

35

Scofield fuhr nach Südosten, nach Salem. Verzögerungen waren jetzt belanglos, er konnte die früheren Pläne umstoßen. Er konnte alles gewinnen, indem er sich so schnell wie möglich bewegte, solange nur jeder Schritt, den er tat, der richtige war. Er hatte seine Kanonen und seine Atombombe – seinen Schriftsatz und die Röntgenaufnahmen. Jetzt kam es darauf an, seine Waffen richtig in Stellung zu bringen, sie zu *benutzen,* nicht nur, um die Matarese zu vernichten, sondern zuerst – unbedingt *zuerst* –, um Antonia zu finden und die Gegenseite zu zwingen, sie freizulassen, ebenso Taleniekov, wenn er noch am Leben war.

Das bedeutete, daß er selbst ein Täuschungsmanöver vornehmen mußte. Jede Täuschung beruhte auf Illusion. Die Illusion, die er vermitteln mußte, war die, daß Beowulf Agate zu haben war, daß es möglich war, seine Kanonen und seine Bombe unschädlich zu machen, seinen Angriff aufzuhalten, ihn selbst zu vernichten. Um dies zu tun, mußte er zuerst die Position der Stärke einnehmen ... die der Schwäche mußte folgen.

Die Geiselstrategie hatte jetzt keinen Sinn mehr; es würde ihm nicht gelingen, Appleton nahe zu kommen. Der Hirtenjunge würde es nicht zulassen, das Weiße Haus als Preis war zu groß, als daß er es riskieren konnte. Ohne den Mann gab es keinen Preis. Also beruhte seine Position der Stärke auf den Röntgenaufnahmen. Es war unbedingt erforderlich, den Eindruck zu erwecken, als existierte nur ein Satz Röntgenaufnahmen, als gäbe es keine Duplikate. Eine Spektralanalyse würde erkennen lassen, ob die Aufnahmen vervielfältigt waren. Beowulf Agate war kein Narr; er würde damit rechnen, daß eine solche Analyse vorgenommen wurde. Er wollte das Mädchen, er wollte den Russen; die Röntgenaufnahmen waren der Preis, den zu zahlen er bereit war.

Bei dem Austausch würde eine winzige Kleinigkeit unterlassen werden, eine scheinbare Schwäche, die der Feind ausnützen konnte; aber es würde eine kalkulierte Schwäche sein. Die Matarese würden gezwungen sein, den Austausch durchzuführen. Ein korsisches Mädchen und ein sowjetischer Abwehrbeamter im Tausch für Röntgenaufnahmen, die unwiderlegbar bewiesen, daß der Mann, der im Senat saß und im Begriffe war, Präsident zu werden, gar nicht Joshua Appleton IV. war, ein legendärer Korea-Held und außergewöhnlicher Politiker, sondern vielmehr ein Mann, der angeblich neunzehnhundertvierundfünfzig in einem Schweizer Bergdorf namens Col du Pillon begraben worden war.

Er fuhr in Richtung auf den Hafen von Salem, wie stets vom Wasser angezogen, ohne genau zu wissen, was er suchte, bis er es sah: ein Schild auf dem Rasen eines kleinen Hotels. *Wohnappartements*. Das war vernünftig. Zimmer mit einem Kühlschrank und einer Kochgelegenheit. Er würde nicht als Fremder in Restaurants essen; in Salem war jetzt nicht Touristensaison.

Er parkte den Wagen auf einem mit weißem Kies bedeckten Platz, der von einem weißen Staketenzaun umgeben war, unweit des Hafens. Er trug seinen Aktenkoffer und die Reisetasche hinein, schrieb sich unter einem belanglosen Namen ins Gästeregister ein und verlangte ein Appartement.

»Zahlen Sie mit Kreditkarte, Sir?« fragte die junge Frau hinter der Theke.

»Wie bitte?«

»Sie haben nicht angestrichen, wie Sie bezahlen möchten. Wenn Sie mit Kreditkarte zahlen wollen, müssen wir bei der Gesellschaft rückfragen.«

»Ich verstehe. Nein, ich gehöre zu den seltsamen Leuten, die echtes Geld benutzen. Das ist mein Kampf gegen die Plastikwelt. Am besten zahle ich eine Woche im voraus, länger werde ich wohl nicht bleiben.« Er gab ihr das Geld. »Ich nehme an, es gibt in der Nähe ein Lebensmittelgeschäft.«

»Ja, Sir. Vorne an der Straße.«

»Und sonstige Geschäfte? Ich muß Besorgungen machen.«

»Etwa zehn Straßen westlich von hier ist ein Einkaufszentrum. Dort finden Sie bestimmt alles.«

Das hoffte Bray; er rechnete darauf.

Er wurde in sein Appartement geführt, bei dem es sich um ein großes Zimmer mit einem Couchbett und einer kleinen Trennwand handelte, hinter der sich ein winziger Herd und ein Kühlschrank verbargen. Aber das Zimmer bot einen Blick über den Hafen; es war ihm recht. Er klappte seinen Aktenkoffer auf und nahm das Foto heraus, das er von der Wand in Mrs. Appletons Mausoleum entfernt hatte, und starrte es an. Zwei junge Männer, hochgewachsen, muskulös, nicht miteinander zu verwechseln, aber einander genügend ähnlich, daß ein unbekannter Chirurg irgendwo in der Schweiz den einen in den anderen verwandeln konnte. Ein junger amerikanischer Arzt, den man dafür bezahlte, die Entlassungspapiere aus dem Krankenhaus zu unterschreiben, und den man dann aus Sicherheitsgründen tötete. Eine Mutter, die man als Alkoholikerin hielt, in der Ferne hielt, aber die man immer, wenn es zweckmäßig und sinnvoll war, vorführte. Wer kannte schon einen Sohn besser als seine Mutter? Wer in Amerika würde Mrs. Joshua Appleton III. widersprechen, geschweige denn gegen sie auftreten?

Scofield setzte sich und fügte den siebzehn Seiten seines Schriftsatzes eine weitere hinzu. Ärzte: *Nathaniel Crawford und Thomas Belford. Ein Schweizer Arzt, den man in einem Computer gelöscht hatte; ein junger Schönheitschirurg, der plötzlich an Gehirnblutungen starb. Drei Krankenschwestern, die vor Marblehead ertrunken waren. Gstaad; ein Sarg in Col du Pillon; Röntgenaufnahmen aus Boston und Washington, zwei aus Andover, Massachusetts. Zwei verschiedene Männer, die in einen verschmolzen waren. Ein Betrüger war im Begriffe, Präsident der Vereinigten Staaten zu werden.*

Bray hörte auf zu schreiben und trat an das Fenster, das ihm den Blick auf die stillen, kalten Wasser von Salem Harbor bot. Das Dilemma war noch deutlicher als es je gewesen war: sie hatten die Spur der Matarese von ihren Wurzeln in Korsika über einen Bund multinationaler Firmen verfolgt, die den Globus umspannt hielten; sie wußten, daß die Matarese in der ganzen Welt den Terror finanzierten, dem Chaos Vorschub leisteten, das aus Meuchelmorden und Entführungen bestand.

Die Gründe?

Diese Gründe würden warten müssen. Es kam jetzt auf den Mann unter der Maske von Senator Joshua Appleton IV. an.

Denn sobald der Sohn des Hirtenjungen Präsident geworden war, gehörte das Weiße Haus den Matarese.

Gab es einen besseren Platz für einen *Consigliere* . . .?

Du mußt weiteratmen, alter Feind.

Toni, Geliebte. Bleib' am Leben. Behalte deinen Verstand.

Scofield ging zu dem Aktenkoffer zurück, den er auf den Tisch gelegt hatte, öffnete eine kleine Tasche an der Seite und entnahm ihr ein Rasiermesser, das er in das Lederfutter eingezwängt hatte. Dann nahm er die zwei Karten mit den eingefügten Röntgennegativen der beiden ehemaligen Andover-Studenten und legte sie übereinander auf den Tisch. Es waren vier Reihen von Negativen, jede Reihe mit vier Aufnahmen, insgesamt sechzehn pro Karte. Kleine rotgeränderte Etiketten, die die Patienten und die Aufnahmedaten identifizierten, waren links oben aufgeklebt. Er vergewisserte sich, daß die Kartenblätter gleich groß waren. Dann drückte er einen Aktendeckel zwischen die erste und zweite Reihe der Aufnahmen, nahm das Rasiermesser und durchtrennte mit der Klinge beide Negativblätter. Die oberste Reihe fiel heraus, zwei Streifen mit vier Röntgennegativen.

Die Namen der Patienten und die Aufnahmedaten waren auf dem Streifen; eine einfache chemische Analyse würde bestätigen, daß sie echt waren.

Bray bezweifelte, daß man die neuen Etiketten, die er kaufen und auf die verbliebenen zwei Blätter mit je zwölf Röntgenaufnahmen kleben würde, einer solchen Analyse unterziehen würde; das wäre Zeitvergeudung. Die Röntgenaufnahmen selbst konnten mit neuen Aufnahmen des Mannes verglichen werden, der sich Joshua Appleton IV. nannte. Julian Guiderone. Das war als Beweis für die Matarese ausreichend.

Er nahm die Streifen und die größeren Bogen mit Negativen, kniete nieder und strich mit den Rändern vorsichtig über den Teppich. Nach fünf Minuten waren die Ränder glattgerieben und genügend angeschmutzt, daß man ihnen ihr Alter glauben würde.

Er stand auf und legte alles in seinen Aktenkoffer zurück. Es war Zeit, nach Andover zurückzukehren, alles in Bewegung zu setzen.

»Mr. Vickery, ist etwas nicht in Ordnung?« fragte der Zahnarzt, der aus seiner Praxis kam. Er wirkte immer noch gehetzt. Drei Patienten im Wartezimmer blickten leicht gereizt von ihren Zeitschriften auf.

»Ich fürchte, ich habe etwas vergessen. Kann ich Sie einen Augenblick sprechen?«

»Kommen Sie herein«, sagte der Zahnarzt und komplimentierte Scofield in ein kleines Labor, dessen Regale mit Zahnabdrücken übersät waren. Er zündete sich eine Zigarette an. »Das war wirklich ein schrecklicher Tag. Was ist denn?«

»Die Vorschriften wieder einmal.« Bray lächelte, klappte seinen Aktenkoffer auf und entnahm ihm die beiden Umschläge. »HR sieben-vier-acht-fünf.«

»Was, zum Teufel, ist das denn schon wieder?«

»Eine neue Kongreßvorschrift, das hängt alles mit der neuen Moral nach Watergate zusammen. Immer wenn ein Regierungsangestellter von irgend jemand etwas ausleiht, für welchen Zweck auch immer, muß dem betreffenden Leihgut eine ausführliche Beschreibung und ein unterschriebenes Berechtigungsschreiben beigefügt werden.«

»Ach du liebe Güte.«

»Es tut mir leid, Doktor. Der Senator nimmt es mit den Vorschriften sehr genau.« Scofield holte die Röntgenaufnahmen aus den Umschlägen. »Wenn Sie sich die Aufnahmen noch einmal ansehen wollen und dann Ihre Sprechstundenhilfe hereinholen, um ihr die Beschreibung zu diktieren, kann sie mir die Bestätigung auf Ihren Briefbogen schreiben, und ich verschwinde wieder.«

»Na ja, schließlich tue ich das für den nächsten Präsidenten«, sagte der Zahnarzt, nahm die zerschnittenen Röntgenblätter und griff nach seinem Telefon. »Sie können Appleton ja sagen, er soll mir dann eine Steuersenkung gewähren.« Er drückte den Knopf der Sprechanlage. »Bringen Sie Ihren Block mit.«

»Stört es Sie?« Bray holte seine Zigaretten heraus.

»Warum denn? Karzinome haben gerne Gesellschaft.« Die Schwester kam mit Stenoblock und Bleistift herein. »Wie soll ich denn anfangen?« fragte der Arzt und sah Scofield an.

»›Bestätigung‹ reicht schon.«

»Okay.« Der Zahnarzt sah seine Angestellte an. »Wir sorgen dafür, daß die Regierung ehrlich bleibt.« Er knipste eine Lampe an und hielt die beiden Aufnahmen gegen das Licht. »›Bestätigung. Mister‹ . . .« Der Doktor hielt inne und sah Bray erneut an. »Wie heißen Sie mit Vornamen?«

»B. A. genügt.«

»›Mister B. A. Vickery vom Büro von Senator Appleton in Washington, D. C., hat von mir zwei Sätze von Röntgenaufnahmen vom 11. November 1943 erbeten, die von Patienten stammen, die als Joshua Appleton und . . . Julian Guiderone identifiziert wurden.‹« Der Zahnarzt hielt inne. »Noch etwas?«

»Eine Beschreibung, Doktor. Das wird in HR sieben-vier-acht-fünf verlangt.«

Der Zahnarzt seufzte, wobei er immer noch die Zigarette zwischen den Lippen hielt. »›Besagte identische Sätze enthalten‹ . . . eins, zwei, drei, vier quer . . . ›zwölf Negative.‹«

Der Doktor hielt inne und sah Scofield durch die Brille an. »Wissen Sie«, warf er ein, »mein Onkel war nicht nur primitiv, er war sogar schlampig.«

»Was wollen Sie damit sagen?« fragte Scofield und beobachtete den Zahnarzt dabei scharf.

»Auf beiden fehlen die rechten und linken Eckzähne. Ich war so in Eile, daß es mir beim erstenmal gar nicht auffiel.«

»Das sind die Karten, die Sie mir heute früh gegeben haben.«

»Sicher sind sie das; da sind ja die Etiketten. Ich glaube, ich habe nur die oberen und unteren Schneidezähne überprüft.«

Er hielt Scofield die Aufnahmen hin und wandte sich der Schwester zu. »Schreiben Sie das ab, ja? Ich unterschreibe dann draußen.« Er drückte seine Zigarette aus und streckte Bray die Hand hin. »Nett, Sie kennengelernt zu haben, Mr. Vickery. Ich muß jetzt wirklich weitermachen.«

»Eines noch, Doktor. Würde es Ihnen etwas ausmachen, diese Karten abzuzeichnen und das Datum hinzuzusetzen?« Bray legte die Aufnahmen auf den Tisch.

»Aber nein«, sagte der Zahnarzt. »Mache ich gerne.«

Scofield fuhr nach Salem zurück. Es gab noch eine ganze Menge zu klären, neue Entscheidungen waren zu treffen, aber sein Plan stand; er hatte einen Ort, an dem er beginnen konnte. Fast war jetzt die Zeit gekommen, daß Mr. B. A. Vickery im Ritz Carlton eintraf, aber noch nicht ganz.

Er war schon vor dem Besuch in Andover in dem Einkaufszentrum in Salem gewesen. Er hatte dort kleine, rotgeränderte Etiketten gefunden, fast mit denen identisch. die vor mehr als fünfundzwanzig Jahren benutzt worden waren. Außerdem war er auch in einem Geschäft gewesen, in dem Schreibmaschinen verkauft wurden. Dort hatte er die Namen und die Daten getippt und sie etwas verschmiert, damit sie alt aussahen. Während er zu seinem Wagen zurückging, hatte er sich kurz unter den Läden umgesehen und das gefunden, was er sich erhofft hatte.

EXPRESS-FOTOKOPIEN
AN- UND VERKAUF VON GEBRAUCHTEN BÜROGERÄTEN
REPARATURSERVICE

Das Geschäft war in der Nähe eines Spirituosengeschäfts und eines Supermarkts. Er würde jetzt hingehen und Kopien seines Schriftsatzes machen lassen, anschließend würde er sich etwas zu essen und zu trinken kaufen. Er würde ziemlich lange in seinem Zimmer sein; er hatte einige Telefongespräche zu führen. Das würde fünf bis sieben Stunden dauern. Die Gespräche mußten nach einem ganz präzisen Plan über Lissabon laufen.

Bray sah zu, wie der Ladeninhaber die Blätter seines Schriftsatzes aus den grauen Schalen nahm, die an der Maschine hingen. Er hatte sich kurz mit dem Mann unterhalten und dabei erwähnt, daß er einem Neffen einen Gefallen täte; der junge Mann hatte sich in einen der Schriftstellerkurse in Emerson eingetragen und nahm am Wettbewerb auf dem College teil.

»Der Junge hat Phantasie«, sagte der Ladeninhaber und heftete die Kopien zusammen.

»Oh, haben Sie es gelesen?«

»Nur teilweise. Da steht man vor der Maschine und hat nichts zu tun als aufzupassen, daß sich kein Blatt verhängt; da sieht man eben hin. Aber wenn Leute mit persönlichen Dingen hereinkommen – Briefe oder Testamente, Sie wissen schon –, dann versuche ich immer, bloß auf meine Knöpfe zu sehen. Manchmal fällt das schwer.«

Bray lachte. »Ich habe meinem Neffen gesagt, er soll sehen, daß er gewinnt, sonst stecken die ihn ins Gefängnis.«

»Heute nicht mehr. Diese jungen Leute heutzutage sind einfach großartig. Die sagen, was sie sich denken. Ich kenne eine Menge Leute, denen das nicht gefällt, aber ich mag sie.«

»Ich glaube, ich mag sie auch.« Bray sah auf die Rechnung, die der Mann ihm hingelegt hatte, und nahm Geld heraus. »Sagen Sie, Sie haben nicht etwa zufällig eine Alpha-Zwölf-Maschine?«

»Alpha-*Zwölf?* Die kostet achtzigtausend Dollar. Mein Geschäft hier geht gut, aber die könnte ich mir nicht leisten.«

»Meinen Sie, ich finde in Boston eine?«

»Die Versicherungsfirma drüben an der Lafayette-Straße hat eine; ich wette, die hat die Zentrale bezahlt. Das ist die einzige, die ich *nördlich* von Boston kenne; damit meine ich bis hinauf nach Montreal.«

»Eine Versicherungsgesellschaft?«

»Die West Hartford Casualty. Ich habe die zwei Mädchen ausgebildet, die die Alpha-Zwölf dort bedienen. Typisch Versicherungsgesellschaft, was? Eine solche Maschine kaufen sie sich, aber für einen Wartungsvertrag sind sie zu geizig.«

Scofield lehnte sich über den Tresen, ein müder Mann, der einem anderen etwas anvertraute. »Hören Sie, ich bin jetzt seit fünf Tagen unterwegs. Ich muß noch heute abend einen Bericht abschicken. Ich brauche eine Alpha-Zwölf. Ich könnte natürlich nach Boston fahren und würde dort wahrscheinlich eine finden. Aber es ist schon beinahe vier. Meine Firma ist ein wenig verrückt; sie ist der Ansicht, daß meine Zeit zu wertvoll sei. Deshalb gibt sie mir genug Geld, um Zeit zu sparen, wenn ich kann. Was meinen Sie? Ob Sie mir helfen können?« Bray zog eine Hundertdollarnote heraus.

»Das ist aber 'ne klasse Firma, für die Sie arbeiten.«

»Ja, das kann man sagen.«

»Ich werde anrufen.«

Es war dreiviertel sechs, als Bray in das Hotel am Hafen von Salem zurückkehrte. Die Alpha-Zwölf hatte das geliefert, wofür er bezahlt hatte. Er hatte ein Bürobedarfsgeschäft ausfindig gemacht, wo er eine Heftmaschine, sechs große Umschläge, zwei

Rollen Klebestreifen und eine Briefwaage erstanden hatte, die das Gewicht in Unzen und Gramm angab. Am Postamt von Salem hatte er Briefmarken für fünfzig Dollar gekauft.

Als letzte Posten standen auf seiner Einkaufsliste ein Porterhouse-Steak und eine Flasche Scotch. Er breitete seine Einkäufe auf dem Bett aus, trug einige davon zum Tisch und einige zu der kleinen, mit Linoleum belegten Theke zwischen dem winzigen Herd und dem Kühlschrank. Er schenkte sich ein Glas Scotch ein, setzte sich ans Fenster und blickte auf den Hafen hinaus. Es begann dunkel zu werden. Er konnte das Wasser nur dort sehen, wo sich die Lichter des Piers in ihm spiegelten.

Er trank den Whisky in kleinen Schlucken und spürte, wie der Alkohol sich ausbreitete. Er hatte noch höchstens zehn Minuten, bis die Telefonanrufe beginnen würden. Seine Kanonen waren in Stellung gebracht, die Atombombe lag bereit. Jetzt war es von entscheidender Wichtigkeit, daß alles in der richtigen Folge ablief. Das bedeutete, daß er die richtigen Worte zur richtigen Zeit wählen mußte; für Irrtümer war jetzt kein Platz. Um Irrtümer zu vermeiden, mußte sein Geist frei sein, locker, unbehindert, dazu imstande, aufmerksam zuzuhören, Nuancen wahrzunehmen.

Toni? . . .

Nein!

Er schloß die Augen. Die Möwen in der Ferne suchten die Wellen nach ihrer letzten Mahlzeit ab. Er lauschte ihren schrillen Rufen, deren Dissonanz ihn irgendwie beruhigte; in jedem Kampf ums Überleben war eine ganz besondere Art von Energie. Er hoffte, daß er diese Energie haben würde.

Er döste und wachte dann plötzlich ruckartig auf. Er sah etwas verstimmt auf die Uhr. Es war sechs Minuten nach sechs; aus seinen zehn Minuten waren fast fünfzehn geworden. Es war Zeit für den ersten Anruf, von dem er sich am wenigsten erwartete. Ihn würde er nicht über Lissabon leiten müssen, die Chance, daß er abgehört wurde, war so gering, daß er praktisch damit nicht rechnete. Aber praktisch heißt nicht völlig; deshalb würde das Gespräch nicht länger als zwanzig Sekunden dauern, die minimale Zeitspanne, die man selbst für die modernsten Peilgeräte brauchte.

Die zwanzig Sekunden Zeitspanne hatte er auch der Französin eingeprägt, als sie vor Wochen für ihn die ganze Nacht hindurch eine Zimmerflucht in dem Hotel an der Nebraska Avenue angerufen hatte.

Er stand auf und ging an seinen Aktenkoffer und entnahm ihm die Notizen, die er für sich selbst geschrieben hatte. Er ging an das Telefon neben dem Bett, zog sich den Sessel heran und setzte sich. Er überlegte einen Augenblick lang, legte sich in Französisch zurecht, was er sagen wollte, und bezweifelte im gleichen Augenblick, daß es einen großen Unterschied machen würde. Botschafter Robert Winthrop war vor mehr als einem Monat verschwunden; es bestand kein Anlaß zu der Annahme, daß er noch lebte. Winthrop hatte die Matarese vor den falschen Leuten – der falschen Person – in Washington erwähnt.

Er nahm den Hörer ab und wählte; es klingelte dreimal, bis die Vermittlung sich meldete und seine Zimmernummer verlangte. Er gab sie an und dann klingelte es in der Ferne weiter.

»Hello?«

»Hör' zu! Keine Zeit. Verstehst du?«

»Ja. Sprich.«

Sie kannte ihn, sie begriff. Er sprach ganz schnell in französischer Sprache, die Augen am Sekundenzeiger seiner Uhr. »Botschafter Robert Winthrop. Georgetown. Nimm zwei Männer von der Firma mit, keine Erklärungen. Wenn Winthrop da ist, verlangst du ihn alleine zu sprechen, aber du darfst nichts laut sagen. Gib ihm einen Zettel mit den Worten: ›Beowulf will Sie erreichen.‹ Er soll schriftlich antworten. Der Kontakt muß steril sein. Ich rufe wieder an.«

Siebzehn Sekunden.

»Wir *müssen* sprechen«, antwortete sie schnell. »Ruf wieder an.«

Er legte auf; ihr würde nichts passieren. Es war unwahrscheinlich, daß die Matarese sie gefunden und ihre Leitung angezapft hatten. Aber selbst wenn sie das getan hatten, würden sie sie nicht töten. Es brachte viele Vorteile, wenn man den Zwischenträger leben ließ. Es war viel zu auffällig, die Männer von der Firma zu töten, die sich in ihrer Gesellschaft befanden. Außerdem hatte seine Verantwortung unter den vorliegenden Umständen Grenzen; es tat ihm leid, aber so standen die Dinge.

Die Zeit für Lissabon war gekommen. Er hatte seit Rom gewußt, daß er Lissabon benutzen würde, wenn der richtige

Augenblick gekommen war. Er konnte nur ein einziges Mal eine Reihe von Telefongesprächen über Lissabon leiten. Sobald nämlich diese Gespräche einmal in den Datenspeichern registriert waren, würden Computer rote Karten in Alarmschlitze auswerfen und andere Computer in Langley würden feststellen, wo die Quelle war. Dann würden von diesem Punkt keine Anrufe mehr ausgehen dürfen, würden alle Sendungen eingestellt werden. Der Zugang zu Lissabon beschränkte sich auf jene, die ausschließlich mit Überläufern höchsten Ranges zu tun hatten. Männer, die in Notfällen direkten Zugang zu ihren Vorgesetzten in Washington brauchten, die ihrerseits befugt waren, sofortige Entscheidungen zu treffen. Höchstens zwanzig Abwehrbeamte im Lande besaßen die Codes für Lissabon. Niemand in Washington lehnte je einen Anruf aus Lissabon ab. Man wußte nie, ob nicht ein General oder ein Kernphysiker oder ein hohes Mitglied des Präsidiums oder des KGB der Preis war.

Ebenso herrschte Einigkeit darüber, daß jeder Mißbrauch von Lissabon zu ernsten Folgen für den Schuldigen führen würde. Bray amüsierte das Konzept; der Mißbrauch, den er zu verüben im Begriffe war, ging über alles hinaus, was die Männer, die die Regeln aufgestellt hatten, sich dabei gedacht hatten. Er sah die fünf Namen und die Titel an, die er gleich anrufen würde. Die Namen selbst waren nicht so ungewöhnlich; vermutlich fand man sie in jedem Telefonbuch. Ihre Stellungen freilich standen in keinem Telefonbuch.

Der Außenminister.

Der Vorsitzende des Nationalen Sicherheitsrates.

Der Direktor des CIA.

Der Chefberater des Präsidenten für Außenpolitik.

Der Vorsitzende der Vereinigten Stabschefs.

Die Wahrscheinlichkeit, daß einer, möglicherweise auch zwei dieser Männer *Consiglieri* der Matarese waren, hatte Bray dazu bewogen, seinen Schriftsatz nicht unmittelbar an den Präsidenten zu senden. Taleniekov und er hatten angenommen, daß sie, sobald sie die Beweise in Händen hielten, die beiden Führer ihrer jeweiligen Länder erreichen und überzeugen konnten. Doch das stimmte nicht; Präsidenten und Premierminister wurden zu scharf bewacht, zu gut geschützt; Nachrichten wurden filtriert, Worte interpretiert. Andere mußten die Präsidenten und Premierminister erreichen. Männer, deren in Vertrauen und Verantwortung begründeten Positionen ohne Fehl und Tadel waren; solche Männer mußten ihnen die Nachricht überbringen, nicht ›Verräter‹.

Die Mehrzahl derer, die er anrufen wollte, wenn nicht alle, waren dem Wohl der Nation verpflichtet; jeder von ihnen hatte Zugang zum Präsidenten. Das war alles, was er verlangte. Keiner würde einen Anruf aus Lissabon ablehnen. Er nahm den Hörer ab und wählte die Überseevermittlung.

Zwanzig Minuten später rief die Vermittlung zurück. Lissabon hatte, wie stets, die Verbindung nach Washington schnell hergestellt; der Außenminister war an der Leitung.

»Hier ist State One«, sagte der Minister. »Ihre Codes sind bestätigt, Lissabon. Was ist?«

»Mr. Secretary, binnen achtundvierzig Stunden werden Sie mit der Post einen Umschlag erhalten; in der linken oberen Ecke wird der Name Agate stehen ...«

»Agate? *Beowulf Agate?*«

»Bitte, hören Sie mir zu, Sir. Lassen Sie sich den Umschlag direkt und ungeöffnet bringen. Er enthält einen detaillierten Bericht, der eine Reihe von Ereignissen beschreibt, die stattgefunden haben – und in diesem Augenblick stattfinden –, welche auf eine Verschwörung hinauslaufen, die Kontrolle über die Regierung zu übernehmen ...«

»Verschwörung? Bitte werden Sie deutlich. Eine kommunistische Verschwörung?«

»Das glaube ich nicht.«

»Sie *müssen* deutlicher werden, Mr. Scofield! Sie werden gesucht und mißbrauchen die Lissabon-Verbindung! Alarmrufe im eigenen Interesse nützen Ihnen nichts. Sie nützen auch dem Lande nichts.«

»Sie werden alle Einzelheiten, die Sie brauchen, in meinem Bericht finden. Darunter auch Beweise – ich wiederhole, *Beweise*, Mr. Secretary –, daß im Senat ein Betrug vorliegt, der über zwanzig Jahre zurückgeht. Dieser Betrug ist so ungeheuer, daß ich keineswegs sicher bin, daß das Land den Schock ertragen kann. Es liegt vielleicht nicht einmal in seinem Interesse, den Betrug aufzudecken.«

»Erklären Sie sich!«

»Die Erklärung befindet sich in dem Umschlag. Aber keine

Empfehlung; ich habe keine Empfehlungen. Das ist Ihre Angelegenheit und die des Präsidenten. Leiten Sie ihm die Information zu, sobald sie in Ihren Händen ist.«

»Ich befehle Ihnen, sich sofort bei mir zu melden!«

»Ich tauche in achtundvierzig Stunden auf, wenn ich dann noch lebe. In dem Fall will ich zwei Dinge; eine Rechtfertigung für mich und Asyl für einen sowjetischen Abwehrbeamten – wenn er noch lebt.«

»Scofield, wo *sind Sie?*«

Bray legte auf.

Er wartete zehn Minuten und tätigte den zweiten Anruf nach Lissabon. Fünfunddreißig Minuten später war der Vorsitzende des Nationalen Sicherheitsrates an der Leitung.

»Mr. Chairman, binnen achtundvierzig Stunden erhalten Sie mit der Post einen Umschlag; in der linken oberen Ecke wird der Name Agate . . .«

Genau vierzehn Minuten nach Mitternacht hatte er den letzten Anruf beendet. Unter den Männern, die er erreicht hatte, waren ehrenhafte Männer. Der Präsident würde ihre Stimmen hören.

Er hatte achtundvierzig Stunden. Ein Leben lang.

Es war Zeit für einen Drink. Zweimal während er telefonierte, hatte er zu der Flasche Scotch hinübergesehen und war nahe daran gewesen, sich einzureden, daß er seine Ängste beruhigen mußte, hatte aber beide Male darauf verzichtet. Solange er unter Druck stand, war er der kaltblütigste Mann, den er kannte; vielleicht war ihm nicht immer so zumute, aber so funktionierte er. Jetzt hatte er sich einen Drink verdient; das war der richtige Salut für den Anruf, den er jetzt plante, den Anruf bei Senator Joshua Appleton IV., geboren als Julian Guiderone, Sohn des Hirtenjungen.

Das Telefon klingelte. Das Geräusch erschreckte Bray so, daß er die Flasche in seiner Hand umkrampfte, ohne auf den Whisky zu achten, den er ausschenkte. Er floß über den Glasrand auf den Tisch. Es war *unmöglich!* Es gab keine Möglichkeit, die Gespräche mit Lissabon so schnell an ihren Ausgangspunkt zurückzuverfolgen. Die Leitungen schwankten jede Stunde, stellten sicher, daß es keine Ortungsmöglichkeit gab; man würde das ganze System auf mindestens acht Stunden abschalten müssen, um auch nur einen einzigen Anruf zu orten.

Lissabon war sicher; wenn man einen Anruf über Lissabon legte, war der Mann sicher, war sein Aufenthaltsort unbekannt, so lange zumindest, als es für ihn wichtig war.

Wieder klingelte das Telefon. Nicht abheben hieß nicht wissen, und Unwissen war unendlich gefährlicher als alles andere. Ganz gleich, was auch geschah, er hatte noch Karten auszuspielen, oder war zumindest davon überzeugt. Diese Überzeugung würde er dem anderen vermitteln. Er nahm den Hörer ab. »Ja?«

»Zimmer zwei-zwölf?«

»Was ist denn?«

»Hier spricht der Manager, Sir. Es ist eigentlich nichts, aber die Vermittlung hat – und das ist durchaus üblich – unsere Zentrale von Ihren Überseegesprächen informiert. Wir haben festgestellt, daß Sie keine Kreditkarte benutzt haben, sondern die Gespräche auf Ihr Zimmer berechnen lassen. Wir dachten, Sie würden vielleicht gerne wissen, daß die Gebühren im Augenblick über dreihundert Dollar betragen.«

Scofield blickte zu der fast leeren Flasche Scotch hinüber. Die Skepsis eines echten Yankee würde sich nicht ändern, bis der ganze Planet in Stücke ging, und dann würden die Buchhalter von New-England das Universum auf Zahlung verklagen.

»Warum kommen Sie nicht herauf? Ich gebe Ihnen das Geld für die Gespräche. In bar.«

»Oh, das ist nicht nötig, gar nicht nötig, Sir. Ich bin auch gar nicht im Hotel, ich bin zu Hause.« Eine kurze, etwas peinlich wirkende Pause. »In Beverly. Wir werden einfach . . .«

»Vielen Dank«, unterbrach ihn Bray und legte auf. Er ging zu der kleinen Anrichte und der Flasche Scotch zurück.

Fünf Minuten später war er bereit. Eisige Ruhe hatte sich in ihm ausgebreitet, als er neben dem Telefon Platz nahm. Die Worte würden sich einstellen, weil die Wut da war; er brauchte sie sich nicht zurechtzulegen. Was er sich überlegt hatte, war ihre Folge. Erpressung, Kompromiß, Schwäche, Austausch. Irgend jemand im Matarese-Bund wollte mit ihm sprechen, ihn aus den logischsten Gründen der ganzen Welt für die Matarese gewinnen; er würde diesem Mann – wer auch immer er sein mochte – Gelegenheit geben, beides zu tun. Das war ein Teil des Austausches, das Vorspiel zur Flucht. Aber Beowulf Agate würde nicht den ersten Schritt auf dem Hochseil tun; der Schritt kam dem Sohn des Hirtenjungen zu.

Er nahm den Hörer auf, dreißig Sekunden später hörte er die berühmte Stimme mit dem ausgeprägten Bostoner Akzent, die so viele an einen jungen Präsidenten erinnerte, den in Dallas die Kugel seines Mörders getroffen hatte.

»Hello? *Hello?*« Der Senator war aus dem Schlaf geweckt worden; das hörte man an seinem Räuspern. »Wer spricht denn?«

»Es gibt einen Grabstein in der Schweiz, in Col du Pillon. Wenn in dem Sarg darunter eine Leiche liegt, dann ist es nicht die des Mannes, dessen Name auf dem Stein steht.«

Das Stöhnen am anderen Ende der Leitung wirkte elektrisierend, das Schweigen, das ihm folgte, war wie ein Schrei, den die Angst erstickt. »Wer ...?« Der Mann war unfähig, die Frage auszusprechen.

»Sie brauchen nichts zu sagen, Julian ...«

»*Hören Sie auf!*« Das war der Schrei.

»Also gut, keinen Namen. Sie wissen, wer ich bin; wenn nicht, hat der Hirtenjunge seinen Sohn nicht informiert.«

»Ich höre nicht mehr zu!«

»Doch, das werden Sie, Senator. Im Augenblick ist der Telefonhörer Teil Ihrer Hand; Sie werden ihn nicht loslassen. Das können Sie nicht. Also hören Sie einfach zu. Am 11. November 1943 gingen Sie und ein guter Freund von Ihnen zu demselben Zahnarzt an der Main Street in Andover, Massachusetts. An jenem Tag ließen Sie Röntgenaufnahmen machen.« Scofield hielt genau eine Sekunde inne. »Ich habe diese Aufnahmen, Senator. Ihr Büro kann Ihnen das morgen früh bestätigen. Ihr Büro kann Ihnen auch bestätigen, daß gestern ein Bote der Administration von Ihrem augenblicklichen Zahnarzt in Washington einen Satz jüngerer Röntgenaufnahmen abgeholt hat. Schließlich könnte Ihr Büro, wenn Sie das wünschen, die Röntgenregistratur des Massachusetts General Hospital in Boston überprüfen lassen. Man wird dort feststellen, daß aus der Akte Appleton eine einzelne Platte fehlt; eine Frontalröntgenaufnahme, die vor fünfundzwanzig Jahren angefertigt wurde. Seit einer Stunde befinden sich sämtliche Unterlagen in meinem Besitz.«

Ein leises, klagendes Geräusch kam vom anderen Ende der Leitung, ein Stöhnen ohne Worte.

»Hören Sie weiter zu, Senator«, fuhr Bray fort. »Sie haben

eine Chance. Wenn das Mädchen noch lebt, haben Sie eine Chance, wenn nicht, haben Sie keine. Was den Russen angeht, wenn er sterben muß, dann werde ich derjenige sein, der ihn tötet. Ich denke, Sie wissen, weshalb. Sehen Sie, man könnte sich arrangieren. Was ich weiß, *will* ich nicht wissen. Was Sie tun, interessiert mich nicht, nicht mehr. Was Sie wollen, haben Sie bereits gewonnen. Männer wie ich arbeiten am Ende immer für Leute wie Sie. Am Ende gibt es keinen großen Unterschied zwischen Ihresgleichen. Nirgends gibt es den.« Wieder hielt Scofield inne, der Köder lockte; würde er ihn nehmen?

Er tat es, sein Flüstern klang heiser, das, was er sagte, tastend, suchend. »Es gibt . . . Leute, die mit Ihnen sprechen wollen.«

»Ich höre. Aber erst, wenn das Mädchen frei ist und man mir den Russen übergeben hat.«

»Die Röntgenaufnahmen . . .?« Das klang atemlos; ein Mann war am Ertrinken.

»Das ist der Tausch.«

»Wie?«

»Darüber werden wir verhandeln. Sie müssen verstehen, Senator, das einzige, was für mich jetzt wichtig ist, bin ich. Das Mädchen und ich, wir wollen nur entkommen.«

»Was . . .?« Wieder war der Mann unfähig, die Frage zu formulieren.

»Was ich will?« führte Scofield den Satz für ihn zu Ende. »Einen Beweis, daß sie lebt, daß sie noch gehen kann.«

»Ich verstehe nicht.«

»Sie verstehen auch nicht viel von einem solchen Austausch. Ein Paket, das sich nicht bewegen kann, ist kein Paket; dann gibt es eben keinen Tausch. Ich will Beweise; ich habe ein sehr gutes Fernglas.«

»Fernglas?«

»Ihre Leute werden das verstehen. Ich will eine Telefonnummer und eine Sichtmöglichkeit. Ich halte mich natürlich in der Umgebung von Boston auf. Ich rufe Sie morgen früh an. Unter dieser Nummer.«

»Morgen ist eine Senatsdebatte, ein Quorum . . .«

»Die werden Sie eben verpassen«, sagte Bray und legte auf.

Der erste Zug war getan; die Nacht über würden die Telefonleitungen zwischen Washington und Boston heißlaufen. Zug und Gegenzug, Stoß und Abwehr; die Verhandlungen hatten begonnen. Er sah die Umschläge auf dem Tisch an. Zwischen den einzelnen Gesprächen hatte er sie verklebt, sie gewogen und frankiert; sie waren bereit, konnten verschickt werden.

Mit einer Ausnahme; es gab keinen Grund zu der Annahme, daß er ihn versenden würde. Die Tragödie lag im Verschwinden des Mannes und dem, was er vielleicht getan hatte. Es war Zeit, seine alte Freundin aus Paris wieder anzurufen. Er nahm den Hörer ab und wählte.

»Bray, Gott sei Dank! Wir warten seit Stunden!«

»*Wir?*«

»Botschafter Winthrop.«

»Er ist *dort?*«

»Es ist schon gut. Es ist außergewöhnlich gut gelaufen. Sein Mitarbeiter, Stanley, hat mir versichert, daß ihnen unmöglich jemand gefolgt sein kann, und daß alle der Ansicht sind, der Botschafter wäre in Alexandria.«

»Stanley ist gut!« Scofield war nahe daran, vor tiefster Erleichterung, schierer *Freude*, aufzuschreien. Winthrop lebte! Seine Flanken waren gesichert, die Matarese vernichtet. Er war frei und konnte verhandeln, wie er noch nie zuvor in seinem Leben verhandelt hatte. Er war der Beste, den es gab. »Laß mich mit Winthrop sprechen.«

»Brandon, ich bin am Apparat. Ich fürchte, ich habe Ihrer Bekannten das Telefon recht unsanft weggenommen. Entschuldigen Sie, meine Liebe.«

»Was ist *passiert?* Ich habe versucht, Sie anzurufen . . .«

»Ich war verwundet – nicht sehr –, aber genug, um mich in Behandlung begeben zu müssen. Ich ging zu einem Arzt in Fredricksburg, den ich kannte; er hat eine Privatklinik. Der älteste der sogenannten ›elder Statesmen‹ konnte ja nicht gut mit einer Kugel im Arm im Krankenhaus in Washington auftauchen. Ich meine, können Sie sich vorstellen, daß Harriman mit einer Schußwunde in einer Unfallstation in Harlem erscheint? . . . Und Sie konnte ich nicht weiter hineinziehen.«

»*Jesus.* Das hätte ich bedenken müssen.«

»Sie hatten genug zu bedenken. Wo sind Sie?«

»In einem Vorort von Boston. Es gibt so viel zu sagen, aber nicht am Telefon. Es ist alles in einem Umschlag, zusammen mit vier Röntgenstreifen. Ich muß es schnellstens zu Ihnen schaffen; Sie müssen es dem Präsidenten bringen.«

»Die Matarese?«

»Mehr als wir beide uns hätten vorstellen können. Ich habe die Beweise.«

»Nehmen Sie die erste Maschine nach Washington. Ich werde sofort Verbindung mit dem Präsidenten aufnehmen und dafür sorgen, daß Sie Schutz bekommen, eine Militäreskorte, wenn nötig. Die Suche nach Ihnen wird abgebrochen.«

»Das kann ich nicht, Sir.«

»Warum *nicht?*« Die Stimme des Botschafters klang ungläubig.

»Es ... es geht um Geiseln. Ich brauche Zeit. Man wird sie töten, wenn ich nicht verhandle.«

»Verhandeln? Sie brauchen nicht zu verhandeln. Wenn Sie das haben, was Sie behaupten, können Sie das der Regierung überlassen.«

»Man braucht nur eine Fünftelsekunde Zeit und kaum Kraft, um einen Abzug zu betätigen«, sagte Scofield. »Ich muß verhandeln ... aber sehen Sie, das *kann* ich jetzt. Ich bleibe mit Ihnen in Verbindung und informiere Sie über den Austausch. Sie können mir dort Deckung geben.«

»Wieder diese Worte«, sagte Winthrop. »Die gehören zu Ihrem festen Vokabular, nicht wahr?«

»Ich bin noch nie so dankbar für diese Worte gewesen wie jetzt.«

»Wieviel Zeit brauchen Sie?«

»Das kommt darauf an; das ist ein wenig schwierig. Vierundzwanzig, möglicherweise dreißig Stunden. Jedenfalls weniger als achtundvierzig; das ist der Termin.«

»Schicken Sie mir die Beweise, Brandon. Es gibt da einen Anwalt, seine Firma ist in Boston, aber er lebt in Waltham. Er ist ein guter Freund. Haben Sie einen Wagen?«

»Ja. Ich kann in vierzig Minuten in Waltham sein.«

»Gut. Ich rufe ihn an; er kann morgen die erste Maschine nach Washington nehmen. Er heißt Paul Bergeron; Sie müssen seine Adresse im Telefonbuch nachschlagen.«

»Kein Problem.«

Es war dreiviertel zwei Uhr morgens, als Bray an dem Steinhaus in Waltham klingelte. Paul Bergeron, in einen Morgenrock gekleidet und mit besorgten Falten in dem alten, intelligent wirkenden Gesicht, öffnete die Tür.

»Ich weiß, daß ich Sie nicht nach Ihrem Namen fragen darf, aber würden Sie gerne hereinkommen? Nach allem, was ich gehört habe, können Sie einen Schluck zu trinken gebrauchen.«

»Nein, vielen Dank, aber ich habe noch zu arbeiten. Hier ist der Umschlag und nochmals vielen Dank.«

»Ein andermal vielleicht.« Der Anwalt sah den dicken Umschlag an, den er in der Hand hielt. »Wissen Sie, mir ist so zumute, wie James St. Clair zumute sein mußte, als er das letztemal von Al Haig hörte. Ist das so etwas wie eine rauchende Kanone?«

»Die Lunte brennt, Mr. Bergeron.«

»Ich habe die Fluglinie vor einer Stunde angerufen; ich bin bereits auf der 7.55-Uhr-Maschine nach Washington gebucht. Winthrop hat das um zehn Uhr früh in Händen.«

»Danke. Gute Nacht.«

Scofield fuhr nach Salem zurück und sah immer wieder in den Rückspiegel, ob jemand ihm folgte; aber da war niemand, der sich wie einer benahm, der ihn beschatten wollte, und er erwartete auch niemanden. Außerdem hielt er Ausschau nach einem die Nacht über geöffneten Supermarkt. Das Warenangebot solcher Supermärkte beschränkte sich meist nur selten auf Lebensmittel.

Am Rande von Medford fand er einen. Er stand etwas abseits von der Hauptstraße. Er parkte davor, ging hinein und fand im zweiten Gang, was er suchte. Ein Verkaufsständer mit billigen Big-Ben-Weckern. Er kaufte zehn davon.

Es war 3.18 Uhr, als er sein Zimmer wieder betrat. Er holte die Wecker aus ihren Schachteln, stellte sie nebeneinander auf den Tisch, klappte dann seinen Aktenkoffer auf und nahm ein kleines Lederfutteral mit Miniaturwerkzeugen heraus. Morgen früh würde er gleich Draht und Batterien kaufen, die Explosivstoffe dann etwas später. Die Zünder würden möglicherweise ein Problem darstellen, aber er würde das schon irgendwie hinkriegen; es war wichtiger aufzufallen, als Wirkung zu zeigen. Höchstwahrscheinlich würde er gar nichts brauchen. Aber die Jahre hatten ihn Vorsicht gelehrt; ein Austausch war wie ein großes Verkehrsflugzeug. Für jedes System gab es ein Notsystem, und für jedes Notsystem eine Alternative.

Er hatte sechs Stunden Zeit, um seine Alternativen vorzubereiten. Es war gut, daß er etwas zu tun hatte; Schlaf kam jetzt nicht in Frage.

36

Der Übergang von Dämmerung zu Tagesanbruch war kaum wahrzunehmen; der Tag versprach wieder Winterregen. Bray stand, die Hände auf den Fenstersims gestützt, und blickte über das Meer hinaus und dachte an ruhigere, wärmere Seen, fragte sich, ob er und Toni je auf ihnen segeln würden. Gestern war er ohne Hoffnung gewesen; heute gab es welche. Jede Faser in ihm drängte zum Handeln, so, wie er noch nie zuvor gehandelt hatte. An diesem Tag würde man alles, was Beowulf Agate je gewesen war, zu sehen und zu hören bekommen. Er hatte sein ganzes Leben damit verbracht, sich auf jene wenigen kurzen Stunden vorzubereiten, die es auf die einzige Weise verlängern würden, die er akzeptieren konnte. Er würde sie befreien oder sterben; daran hatte sich nichts geändert. Die Tatsache, daß er die Matarese effektiv vernichtet hatte, war jetzt fast Nebensache. Das war ein professionelles Ziel. Er war der Beste seines Berufes . . . Er und der Russe waren die Besten.

Er wandte sich vom Fenster ab und ging zum Tisch, sah das Werk der letzten paar Stunden an. Er hatte weniger Zeit dazu gebraucht als er angenommen hatte, so völlig hatte er sich konzentriert. Jede Uhr war zerlegt, jede Hauptfeder an der Spindel angebohrt. In den Sperrmechanismus hatte er neue Schrauben eingesetzt, die Miniaturbolzen ausgewogen. Jede Uhr wartete jetzt nur noch darauf, daß Drähte in sie eingefügt wurden, die zu Batterien führten, welche dreißig Sekunden lang Funken in Schießpulver schleudern würden. Dann würden die Funken brennen und über eine Spanne von fünfzehn Minuten Sprengladungen entzünden. Er hatte jeden Wecker ein dutzendmal eingestellt, überprüft und in die Zahnräder kaum sichtbare Riefen eingefeilt, die für die richtige Folge garantierten und alle funktionierten.

Pulver konnte man bei jedem Büchsenmacher beschaffen, wenn man Patronen kaufte. Was Sprengstoff anging, so bedurfte es dazu nur eines Besuchs an einer Sprengstelle, natürlich mit den entsprechenden Regierungsausweisen für eine Stichprobe des Inventars. Der Rest war einfach. Man brauchte dazu nur einen Regenmantel mit großen Taschen. All das hatte er schon oft getan, die Laienmentalität war überall dieselbe. Man hüte sich vor Männern mit schwarzen Ausweistaschen, die leise sprachen. Solche Männer waren gefährlich. Es empfahl sich, sie bei ihrer Arbeit zu unterstützen, sonst konnte es leicht sein, daß ein Name auf eine Liste kam.

Er verstaute die Uhrwerke in einer Schachtel, die ihm der Verkäufer im Supermarkt vor fünf Stunden gegeben hatte, klebte sie oben zu und trug sie hinaus zu seinem Wagen. Er öffnete den Kofferraumdeckel, verkeilte die Schachtel in einer Ecke und kehrte in die Hotelhalle zurück.

»Ich habe festgestellt, daß ich bald abreisen muß«, sagte er zu dem jungen Mann hinter dem Empfangstresen. »Ich habe für eine Woche im voraus bezahlt, aber meine Pläne haben sich geändert.«

»Sie haben sich auch eine Menge Telefonate auf die Zimmerrechnung schreiben lassen.«

»Richtig«, nickte Scofield und fragte sich, wie viele Leute in Salem wohl noch davon wußten. Ob man in Salem immer noch Hexen verbrannte? »Wenn Sie die Rechnung für mich fertig machen würden, ich komme in einer halben Stunde wieder herunter. Schreiben Sie diese Zeitungen bitte auch auf meine Rechnung.« Er nahm zwei Zeitungen von dem Stapel, der auf dem Tresen lag, den *Examiner* und ein Wochenblatt, und ging die Treppe zu seinem Zimmer hinauf.

Er machte sich Pulverkaffee, trug die Tasse an den Tisch und setzte sich mit den Zeitungen und dem Telefonbuch von Salem hin. Es war 8.25 Uhr. Falls das Wetter am Logan Airport keinen Strich durch die Rechnung gemacht hatte, mußte Paul Bergeron jetzt seit einer halben Stunde in der Luft sein. Das würde er überprüfen, wenn er mit den Telefonaten begann.

Er schlug den *Examiner* auf und wandte sich dem Anzeigenteil zu. Es gab zwei Firmen, die Bauarbeiter suchten, die eine in Newton, die zweite in Braintree. Er schrieb sich die Adressen auf und hoffte, eine dritte oder vierte in der Nähe zu finden.

Er fand sie auch. In der Wochenzeitung von Salem gab es ein Foto, das vor fünf Tagen aufgenommen worden war und Senator Joshua Appleton bei einer Grundsteinlegung in Swampscott zeigte. Es war ein Bundesprojekt, an dem sich der Staat Massachusetts beteiligte; eine Siedlung für mittlere Einkommensschichten, die in einer felsigen Gegend nördlich von Phillips Beach errichtet wurde. Die Überschrift lautete, SPRENG- UND SCHACHTARBEITEN AUFGENOMMEN...

Die Ironie des Ganzen war einzigartig.

Er schlug das Telefonbuch auf und fand einen Büchsenmacher in Salem; er hatte keinen Anlaß, weiterzusuchen. Er schrieb sich die Adresse auf.

Es war 8.37 Uhr. Zeit, die fleischgewordene Lüge anzurufen, die den Namen Joshua Appleton trug. Er stand auf, ging ans Bett und beschloß, einem Impuls folgend, zuerst den Logan Airport anzurufen. Das tat er, und die Worte, die er hörte, waren die Worte, die er hören wollte.

»Sieben Uhr fünfundfünfzig nach Washington? Das muß Eastern sein, Flug zweiundsechzig. Ich will nachsehen, Sir ... Es hat eine kleine Verspätung gegeben, zwölf Minuten, aber die Maschine ist jetzt in der Luft. E. T. A. unverändert.«

Paul Bergeron war nach Washington zu Robert Winthrop unterwegs. Jetzt würde es keine Verzögerungen mehr geben, keine Krisenkonferenzen, keine hastig einberufenen Besprechungen zwischen arroganten Männern, die zu entscheiden versuchten, wie und wann sie handeln sollten. Winthrop würde das Oval Office anrufen, sofort Audienz erhalten. Dann würde die ganze Macht der Regierung sich gegen die Matarese richten. Und morgen früh – Winthrop hatte dem zugestimmt – würde der Senator vom Secret Service abgeholt und direkt zum Walter Reed Hospital gebracht werden, wo man ihn einem Intensivverhör aussetzen würde. Ein Betrug, der fünfundzwanzig Jahre lang Bestand gehabt hatte, würde offengelegt werden, und der Sohn gemeinsam mit dem Hirtenjungen vernichtet.

Bray zündete sich eine Zigarette an, nippte an seinem Kaffee und griff nach dem Telefon. Er hatte das Gesetz des Handelns an sich gezogen; er würde sich voll und ganz auf seine Verhandlungen konzentrieren, auf den Austausch, der für die Matarese bedeutungslos sein würde.

Die Stimme des Senators klang angespannt, erschöpft. »Nicholas Guiderone will Sie sehen.«

»Der Hirtenjunge selbst«, sagte Scofield. »Sie kennen meine Bedingungen. Kennt er sie? Ist er bereit, sie zu erfüllen?«

»Ja«, flüsterte der Sohn. »Mit der Telefonnummer ist er einverstanden. Was Sie unter ›Sichtmöglichkeit‹ verstehen, weiß er nicht.«

»Dann gibt es nichts mehr zu sprechen. Ich lege auf.«

»*Warten Sie!*«

»Warum? Es ist ein einfaches Wort; ich habe Ihnen gesagt, daß ich ein Fernglas habe. Was gibt es da noch zu sagen? Er hat abgelehnt. Wiedersehen, Senator.«

»*Nein!*« Appletons Atem hallte aus dem Hörer. »All right, all right. Wenn Sie die Nummer anrufen, die ich Ihnen gebe, wird man Ihnen eine Zeit und einen Ort nennen.«

»Man wird mir *was?* Sie sind ein toter Mann, Senator. Wenn die Sie opfern wollen, ist das ihre Sache – und die Ihre, nehme ich an, aber nicht die meine.«

»Wovon reden Sie? Was stimmt denn nicht?«

»Ich akzeptiere das nicht. Man wird nicht *mir* einen Zeitpunkt und einen Ort nennen, ich werde *Ihnen* einen nennen, und Sie geben ihn weiter. Um es genauer zu sagen, ich werde Ihnen einen Ort und eine *Zeitspanne* nennen, Senator. Zwischen drei und fünf Uhr heute nachmittag an den Nordfenstern von Appleton Hall, denen mit dem Blick über den Jamaica-Teich. Haben Sie das? Appleton Hall.«

»Das *ist* die Telefonnummer!«

»Was Sie nicht sagen. Sorgen Sie dafür, daß Licht hinter den Fenstern brennt und die Frau in einem Zimmer und der Russe in einem anderen ist. Ich möchte Bewegung, Gespräch; ich möchte sehen, wie die beiden gehen, reden, reagieren. Ist das klar?«

»Ja. Gehen . . . reagieren.«

»Und, Senator, sagen Sie Ihren Leuten, sie sollen sich die Mühe sparen, nach mir zu suchen. Ich werde die Röntgenaufnahmen nicht bei mir haben; sie werden bei jemandem sein, der weiß, wo er sie hinschicken soll, wenn ich nicht bis halb sechs an einer ganz bestimmten Bushaltestelle bin.«

»Eine *Bus*haltestelle?«

»Die Straße unter Appleton Hall ist eine öffentliche Busstrecke. Die Busse sind immer überfüllt und müssen an der langen Kurve, die um den Jamaica-Teich herumführt, abbremsen. Wenn es bis dahin noch regnet, werden sie noch langsamer fahren, nicht wahr? Ich werde genügend Zeit haben, um zu sehen, was ich sehen will.«

»Werden Sie Nicholas Guiderone *sehen*?« Die Frage kam hastig, am Rande der Hysterie.

»Wenn ich zufrieden bin«, sagte Scofield kühl. »Ich rufe Sie gegen halb sechs von einer Telefonzelle an.«

»Er möchte *jetzt* mit Ihnen sprechen!«

»Mr. Vickery spricht mit niemandem, bis er in das Ritz Carlton Hotel eingezogen ist. Ich dachte, das wäre klar.«

»Er befürchtet, Sie könnten Duplikate machen lassen; das beunruhigt ihn sehr.«

»Die Negative sind fünfundzwanzig und achtunddreißig Jahre alt. Man würde es unter einem Spektroskop sofort erkennen. Ich werde mich nicht dafür töten lassen.«

»Er besteht darauf, daß Sie *jetzt* mit ihm Verbindung aufnehmen! Er sagt, es sei enorm wichtig!«

»Alles ist enorm wichtig.«

»Er hat gesagt, Sie hätten unrecht. *Sehr* unrecht.«

»Wenn ich heute nachmittag zufrieden bin, wird er später Gelegenheit bekommen, es zu beweisen. Und Sie werden Präsident. Oder wird er das?« Bray legte auf und drückte seine Zigarette aus. Es war, wie er angenommen hatte – Appleton Hall bot sich Guiderone geradezu dafür an, dort Geiseln unterzubringen. Er hatte versucht, *nicht* daran zu denken, als er um das riesige Anwesen gefahren war – die Nähe Tonis war eine Störung, über die er kaum hinwegkam –, hatte es aber instinktiv gewußt. Weil er es gewußt hatte, hatten seine Augen wie die Verschlüsse von einem Dutzend Kameras reagiert und hundert Bilder aufgenommen. Das Anwesen war großzügig, weite Flächen, angefüllt mit dichten Bäumen und Büschen und Wachtposten in Unterständen rings um den Hügel. Eine solche Festung war ein potentielles Ziel einer Invasion – eine Möglichkeit, mit der Guiderone dauernd rechnen mußte –, und Scofield beabsichtigte, diese Angst auszunutzen. Er würde eine imaginäre Invasion auslösen, und sie würde aus der Armee bestehen, die der Hirtenjunge ebensogut kannte wie jeder andere Mensch auf der Welt.

Er tätigte einen letzten Anruf, ehe er Salem verließ; sprach mit Robert Winthrop in Washington. Vielleicht würde der Botschafter stundenlang im Weißen Haus festgehalten werden. Sein Rat war für jede Entscheidung wichtig, die der Präsident treffen würde. Scofield wollte seinen Schutz. Es war sein einziger Schutz; bei imaginären Invasionen gab es keine Invasoren.

»*Brandon?* Ich habe die ganze Nacht nicht geschlafen.«

»Das haben eine Menge anderer Leute auch nicht, Sir. Ist diese Leitung steril?«

»Ich habe sie heute ganz früh am Morgen elektronisch überprüfen lassen. Was geschieht denn? Haben Sie Bergeron gesehen?«

»Er ist unterwegs. Eastern-Flug zweiundsechzig. Er hat den Umschlag und wird um zehn Uhr in Washington sein.«

»Ich schicke Stanley zum Flughafen. Ich habe vor einer Viertelstunde mit dem Präsidenten gesprochen. Er sagt ein paar Termine ab und empfängt mich heute nachmittag um zwei. Ich nehme an, daß es eine lange Sitzung werden wird. Ich bin sicher, daß er auch andere Leute dazurufen wird.«

»Deshalb rufe ich jetzt an; das hatte ich mir nämlich gedacht. Ich habe jetzt den Ort für den Austausch. Haben Sie einen Bleistift?«

»Ja, nur zu.«

»Es nennt sich Appleton Hall in Brookline.«

»Appleton? *Senator* Appleton?«

»Sie werden alles verstehen, wenn Sie den Umschlag von Bergeron haben.«

»Mein *Gott!*«

»Der Landsitz liegt über dem Jamaica-Teich auf einem Hügel, der sich Appleton Hill nennt; er ist ziemlich bekannt. Ich werde das Zusammentreffen für halb zwölf Uhr heute nacht festlegen; ich werde dafür sorgen, daß ich genau im richtigen Augenblick eintreffe. Sagen Sie dem Einsatzleiter, er soll um dreiviertel zwölf anfangen, den Hügel einzukreisen. Er soll die Straßen in allen Richtungen in einer halben Meile Distanz blokkieren, dazu Umleitungsschilder verwenden und sich vorsichtig nähern. Alle zwei- oder dreihundert Fuß stehen Innenposten am Zaun. Die Kommandostation sollte er auf der Zufahrtsstraße vor dem Haupttor einrichten; wenn ich mich richtig erinnere, steht dort ein großes, weißes Haus. Er soll es besetzen und die Telefonleitungen kappen; vielleicht gehört es den Matarese.«

»Einen Augenblick, Brandon«, unterbrach Winthrop. »Ich schreibe das alles auf, aber meine Hände und Augen sind nicht mehr, was sie einmal waren.«

»Es tut mir leid, ich spreche jetzt langsamer.«

»Schon gut. ›Telefonleitungen kappen‹. Weiter.«

»Meine Strategie könnte fast aus dem Lehrbuch stammen. Vielleicht erwarten sie das, aber sie können nichts dagegen unternehmen. Ich werde sagen, mein Termin sei fünfzehn Minuten nach Mitternacht. Um die Zeit werde ich mit den Geiseln durch den Haupteingang zu meinem Wagen gehen und zwei Zündhölzer anzünden, eines nach dem anderen; sie werden das erkennen. Ich werde ihnen sagen, daß vor dem Tor eine Drohne mit einem Umschlag wartet, in dem die Röntgenaufnahmen sind.«

»Drohne? *Röntgenaufnahmen?*«

»Das erste bedeutet nur eine Bezeichnung für jemanden, den ich bereitstelle. Das zweite ist der Beweis, den man von mir erwartet.«

»Aber Sie *können* ihn nicht bringen!«

»Das würde keinen Unterschied machen. Der Umschlag, den Bergeron Ihnen bringt, enthält genügend Beweismaterial.«

»Natürlich. Was noch?«

»Wenn ich das zweite Streichholz entzünde, soll der Einsatzleiter mir entsprechende Signale geben.«

»Entsprechend . . .?«

»Zwei Streichhölzer anzünden.«

»Natürlich. Entschuldigung. Und dann?«

»Dann soll er am Tor auf mich warten. Ich werde dafür sorgen, daß alles um null Uhr zwanzig abläuft. Sobald das Tor geöffnet ist, sollen die Truppen eindringen. Sie werden durch ein Ablenkungsmanöver Deckung bekommen – sagen Sie ihnen, das wäre alles nur ein Ablenkungsmanöver.«

»Was? Ich verstehe nicht.«

»Aber Ihre Leute werden es verstehen. Ich muß jetzt gehen, Mr. Ambassador. Es gibt immer noch eine Menge zu tun.«

»Brandon!«

»Ja, Sir?«

»Eines brauchen Sie *nicht* zu tun.«

»Was denn?«

»Sich wegen der Rechtfertigung Sorgen zu machen. Das verspreche ich Ihnen. Sie waren immer der Beste, den es gab.«

»Danke, Sir. Danke für alles. Ich will nur frei sein.«

Der Büchsenschmied am Hawthorne Boulevard von Salem war gleichzeitig amüsiert und zufrieden, daß der Fremde zwei Gros *Null-Vierer* Schrotpatronen kaufte, obwohl keine Saison war. Touristen waren ohnehin blöd, aber dieser hier war besonders blöd, indem er nicht nur für die Patronen gutes Geld bezahlte, sondern auch noch für zehn Plastikattrappen, die die Hersteller gratis lieferten. Er sprach mit einer dieser glatten, ölig klingenden Stimmen. Wahrscheinlich ein Anwalt aus New York, der noch nie eine Büchse in der Hand gehalten hatte. Blödmann.

* * *

Der Regen prasselte herunter und bildete Pfützen im Schlamm, während die verärgerten Bauarbeiter in ihren Wagen saßen und darauf warteten, daß das Wetter sich besserte, damit sie sich eintragen konnten; vier Stunden bedeuteten einen Tagesverdienst, aber nur wenn sie sich eintrugen.

Scofield ging auf die Türe einer Baracke zu und trat auf eine Bohle, die vor dem regennassen Fenster in den Schlamm sank. Drinnen konnte er den Vorarbeiter an einem Tisch sitzen und telefonieren sehen. Zehn Meter links von der Baracke befand sich ein Betonbunker, dessen Stahltüre mit einem schweren Vorhängeschloß gesichert wurde. Die rote Schrift über der Tür ließ keine Zweifel.

GEFAHR
ZUTRITT FÜR UNBEFUGTE VERBOTEN
SWAMPSCOTT CORPORATION

Bray klopfte zuerst ans Fenster und zog damit die Aufmerksamkeit des Mannes in der Baracke auf sich, trat dann von der Bohle und öffnete die Tür.

»Yeah, was ist denn?« herrschte der Vorarbeiter ihn an.

»Ich warte, bis Sie fertig sind«, sagte Scofield und schloß die

Tür. Eine Tafel auf dem Tisch verriet den Namen des Mannes. *A. Patelli.*

»Das kann noch 'ne Weile dauern, Kumpel! Ich hab' einen Dieb am Telefon. Einen Scheißdieb, der behauptet, seine verdammten schwulen Fahrer können nicht abfahren, weil es draußen naß ist!«

»Sehen Sie zu, daß es nicht zu lange dauert, bitte.« Bray holte die Brieftasche heraus und klappte sie auf. »Sie sind doch Mister Patelli, oder?«

Der Vorarbeiter starrte den Ausweis an. »Yeah.« Er wandte sich wieder zum Telefon. »Ich ruf' Sie noch mal an, Sie Dieb!« Er stand auf. »Kommen Sie von der Regierung?«

»Ja.«

»Was zum Teufel ist denn *jetzt* los?«

»Etwas von dem Sie wahrscheinlich nichts wissen, Mister Patelli. Meine Einheit arbeitet mit dem Bundeskriminalamt...«

»Dem FBI?«

»Richtig. Auf diese Baustelle sind einige Sendungen Sprengmaterial geliefert worden.«

»Hinter Schloß und Riegel und alles registriert«, unterbrach ihn der Vorarbeiter. »Jede Scheißstange.«

»Wir sind anderer Ansicht. Deshalb bin ich hier.«

»*Was?*«

»Vor zwei Tagen hat es in New York einen Bombenanschlag gegeben, vielleicht haben Sie davon gelesen. Eine Bank in der Wallstreet. Wir haben ein paar Ziffern der Seriennummern feststellen können, die mit der Sprengkapsel detoniert sind; wir glauben, der Sprengstoff steht mit einer Ihrer Sendungen in Verbindung...«

»Blödsinn!«

»Wollen wir nicht nachsehen?«

Die Sprengstoffe in den Betonbunkern waren keine Stäbe, es handelte sich um massive Blöcke, die etwa fünf Zoll lang, drei Zoll hoch und zwei Zoll dick waren, jeweils vierundzwanzig in einer Packung.

»Stellen Sie einen Lieferschein aus, bitte«, sagte Scofield und musterte die Packung genau. »Wir hatten recht. Das sind sie schon.«

»Einen Lieferschein?«

»Ich nehme einen Karton zur Analyse mit.«

»*Was?*«

»Hören Sie, Mr. Patelli, möglicherweise haben Sie Scheiße gebaut. Sie haben für diese Sendungen unterschrieben und wahrscheinlich nicht nachgezählt. Ich würde Ihnen raten, uns zu unterstützen. Jeder Hinweis auf Widerstand könnte falsch ausgelegt werden; schließlich tragen Sie die Verantwortung für diese Sprengstoffe. Offen gestanden, ich bin nicht der Ansicht, daß Sie in die Sache verwickelt sind, aber ich erfülle nur meinen Auftrag. Andererseits zählt natürlich alles, was ich sage.«

»Ich unterschreibe jedes Scheißpapier, das Sie haben wollen. Was soll ich schreiben?«

In einem Werkzeuggeschäft kaufte Bray zehn Batterien mit Trockenzellen, zehn Plastikbehälter mit etwa fünf Liter Fassungsvermögen, eine Rolle Klingeldraht und eine Dose mit schwarzer Sprühfarbe. Er verlangte einen großen Karton, um das Ganze tragen zu können.

Er saß auf dem Hintersitz seines Mietwagens, legte den letzten Wecker in den Plastikbehälter und drückte den Sprengstoff neben die Batterie hinein. Er lauschte auf das gleichmäßige Ticken des Mechanismus; da war es. Dann drückte er den Deckel fest und verklebte das Ganze mit Isolierband.

Es war jetzt zweiundvierzig Minuten nach zwölf, er hatte die Wecker der Reihe nach gestellt, und die Riefen in den Zahnrädern würden dafür sorgen, daß die Sequenz in exakt elf Stunden und sechsundzwanzig Minuten begann.

Ebenso wie er es mit den vorangegangenen neun getan hatte, besprühte er den Behälter mit schwarzer Farbe. Das Sitzpolster des Hintersitzes bekam eine Menge davon ab; er würde eine Hundertdollarnote hinterlassen.

Er schob die Münze in den Zahlschlitz des Telefons; er befand sich in West Roxbury, zwei Minuten von der Bezirksgrenze von Brookline entfernt. Er wählte, wartete, bis jemand sich meldete, und brüllte dann in die Sprechmuschel.

»Feuerwehr?«

»Ja, Sir, was können wir für Sie tun?«

»Appleton Drive! Brookline! Der Abfluß ist verstopft! Mein ganzer Rasen ist voll!«

»Wo ist das, Sir?«

»Habe ich doch gerade gesagt! Appleton Drive, Beechnut Terrace! Es ist schrecklich!«

»Wir schicken gleich einen Wagen, Sir.«

»Aber schnell bitte!«

Der Einsatzwagen der Feuerwehr arbeitete sich langsam die Beechnut Terrace bis zu der Kreuzung mit dem Appleton Drive hinauf. Der Fahrer überprüfte offensichtlich die Abflußgitter der Straße. Als er die Ecke erreichte, winkte ihn ein Mann in einem dunkelblauen Regenmantel heran. Es war unmöglich, um den Mann herumzufahren; er rannte mitten auf der Straße auf und ab und fuchtelte wild mit den Armen. Der Fahrer öffnete die Tür und schrie durch den Regen:

»Was ist denn *los?*«

Das waren für einige Stunden seine letzten Worte.

Innerhalb der Umfriedung von Appleton Hall nahm ein Wachposten in einem Holzunterstand sein Telefon von der Wand und bat die Vermittlung, ihm eine Amtsleitung zu geben. Er rief die Feuerwehr in Brookline an. »Einer ihrer Wagen fährt den Appleton Drive empor und hält alle ein- oder zweihundert Fuß an.«

»Wir haben eine Beschwerde wegen eines verstopften Abflusses an der Beechnut Terrace bekommen, Sir. Einer unserer Wagen überprüft das.«

»Danke«, sagte der Wachmann und drückte einen Knopf nieder, der ihn in sämtliche Sprechanlagen einschaltete. Er gab die Information weiter und ging wieder zu seinem Stuhl.

Was für ein Idiot gehörte wohl dazu, sich mit dem Überprüfen von Abflüssen seinen Lebensunterhalt zu verdienen?

Scofield trug einen schwarzen Öltuchmantel mit weißen Balkenlettern auf dem Rücken. *Fire Dept. Brookline.* Es war 15.05

Uhr. Die Sichtung hatte begonnen; Antonia und Taleniekov standen auf der anderen Seite des Anwesens hinter den Fenstern; alles in Appleton Hall würde sich auf die Straße unter den Fenstern konzentrieren. Er fuhr den Werkstattwagen langsam den Appleton Drive hinauf und hielt an jedem Abfluß in der Straße an. Da die Straße ziemlich lang war, gab es zwischen zwanzig und dreißig solcher Abflüsse. Bei jedem Halt stieg er aus und stocherte mit einer Stange in dem Abfluß herum. So machte er es bei jedem Abfluß; und bei zehn Abflüssen fügte er noch etwas hinzu. Einen Plastikbehälter, der mit schwarzer Farbe besprüht worden war. Sieben davon konnte er zwischen das Gitterwerk des schmiedeeisernen Zaunes zwängen und sie mit seiner Stange ins Blattwerk schieben, ohne daß man ihn von den Unterständen aus sah. Weitere drei hängte er mit Klingeldraht unter den Gittern der Abflußdeckel auf.

Um 16.42 Uhr war er fertig und fuhr zur Beechnut Terrace zurück, wo er sich an die Wiederbelebung des Beamten im Hinterteil des Werkstattwagens machte. Es war keine Zeit, bedächtig vorzugehen; er zog den Regenmantel aus und ohrfeigte den Mann ein paarmal, bis er wieder zu sich kam.

»Was, zum Teufel, ist denn *passiert*?« Der Mann erschrak und zuckte zusammen, als er Bray über sich sah.

»Ich habe einen Fehler gemacht«, meinte Scofield. »Das können Sie jetzt akzeptieren oder nicht, aber es fehlt nichts, nichts ist passiert; die Abflüsse funktionieren.«

»Sie sind verrückt!«

Bray nahm die Brieftasche heraus. »Ich kann mir gut vorstellen, daß das so auf Sie wirken muß, also möchte ich Sie gerne für die Benützung Ihres Wagens entschädigen. Keiner braucht es zu erfahren. Hier sind fünfhundert Dollar.«

»*Fünf . . .?*«

»Sie haben die letzte Stunde die Abflüsse an der Beechnut und der Appleton überprüft, niemand braucht etwas anderes zu erfahren. Man hat Sie ausgeschickt und Sie haben Ihre Arbeit getan. Das heißt, wenn Sie die fünfhundert haben wollen.«

»Sie sind *verrückt!*«

»Ich habe keine Zeit, mich mit Ihnen zu streiten. Wollen Sie jetzt das Geld oder nicht?«

Dem Mann traten die Augen hervor. Er nahm das Geld.

Ob sie ihn sahen, tat nichts zur Sache; nur was er sah, war wichtig. Seine Uhr zeigte 16,57, es blieben noch drei Minuten, bis die Sichtung beendet war. Er bremste seinen Wagen unmittelbar unter der Mitte von Appleton Hall, kurbelte sein Fenster herunter und hob seinen Feldstecher, richtete ihn durch den Regen auf die beleuchteten Fenster dreihundert Meter über ihm.

Die erste Gestalt, die vor ihm auftauchte, war Taleniekov, aber es war nicht der Taleniekov, den er zuletzt in London gesehen hatte. Der Russe stand bewegungslos hinter dem Fenster und sein Kopf war in einen dicken Verband gehüllt. Eine Ausbuchtung unter dem offenen Hemdkragen wies auf Wunden, die mit Gaze verbunden waren. Neben dem Russen stand ein dunkelhaariger, muskulöser Mann, dessen Hand hinter Taleniekovs Rücken verborgen war. Scofield hatte den entschiedenen Eindruck, daß Taleniekov zusammenbrechen würde, wenn der Mann ihn nicht stützte. Aber er lebte, seine Augen blickten starr nach vorne und blinzelten alle ein oder zwei Sekunden; der Russe sagte ihm, daß er *lebte*.

Bray schob sein Glas nach rechts, und sein Atem stockte. Das Pochen in seiner Brust war wie der Klang eines immer schneller werdenden Trommelwirbels in einer Echokammer. Es war fast mehr als er ertragen konnte; der Regen beschlug die Linsen; es war zum Verrücktwerden.

Da war sie! Sie stand aufrecht hinter dem Fenster, den Kopf hoch erhoben, zuerst nach links gedreht und dann nach rechts, die Augen gerade nach vorne blickend, auf Stimmen reagierend. *Reagierend.*

Dann sah Scofield, was er nicht zu sehen gehofft hatte. Erleichterung überkam ihn. Er wollte in seinem Überschwang durch den Regen hinausrufen. In Antonias Augen stand Furcht, daran war kein Zweifel, aber da war noch etwas. *Ärger.*

Aus den Augen der Frau, die er liebte, blickte Ärger. Ein Geist, der Ärger empfinden konnte, war ein Geist, der noch intakt war.

Er senkte das Glas, kurbelte die Scheibe hoch und ließ den Motor an. Er mußte jetzt einige Telefongespräche führen und etwas arrangieren. Wenn das erledigt war, dann war die Zeit gekommen, daß Mr. B. A. Vickery im Ritz Carlton Hotel eintraf.

37

»Waren Sie zufrieden?« Die Stimme des Senators klang jetzt kontrollierter als am Morgen. Da war immer noch die Angst, aber sie lag jetzt weiter unter der Oberfläche.

»Wie schwer ist der Russe verletzt?«

»Er hat Blut verloren; er ist schwach.«

»Das konnte ich sehen. Kann er gehen?«

»Gut genug, um ihn in einen Wagen zu setzen, wenn es das ist, was Sie tun wollen.«

»Das ist es, was ich tun will. Er und die Frau mit mir im Wagen, in genau dem Augenblick, den ich verlange. Ich werde mit dem Wagen zum Tor fahren. Das Tor wird auf mein Signal geöffnet werden. Sie bekommen dann die Röntgenaufnahmen, und wir fahren hinaus.«

»Ich dachte, Sie wollten ihn töten.«

»Ich will zuerst etwas anderes. Er besitzt Informationen, die den Rest meines Lebens sehr angenehm machen können, gleichgültig, wer wo das Sagen hat.«

»Ich verstehe.«

»Sicher tun Sie das.«

»Sie sagten, Sie würden sich mit Nicholas Guiderone treffen und sich anhören, was er zu sagen hat.«

»Das werde ich. Ich wäre ein Lügner, wenn ich nicht zugäbe, daß ich Fragen habe.«

»Er wird alles beantworten. Wann werden Sie ihn sehen?«

»Er wird es erfahren, wenn ich im Ritz Carlton eintreffe. Sagen Sie ihm, er soll mich dort anrufen. Und, eines wollen wir klarstellen, Senator. Ein Anruf, keine Truppen. Die Röntgenaufnahmen werden nicht im Hotel sein.«

»Wo werden sie denn sein?«

»Das ist meine Angelegenheit.« Scofield legte auf und verließ die Telefonzelle. Den nächsten Anruf würde er von einer Zelle im Stadtzentrum von Boston aus tätigen. Er würde Robert Winthrop anrufen, in erster Linie, um die Reaktion des Botschafters auf das Material in dem Umschlag zu erfahren. Und um sicherzustellen, daß die von ihm verlangten Schutzmaßnahmen getroffen wurden. Wenn es Schwierigkeiten gab, so wollte er das wissen.

»Hier ist Stanley, Mr. Scofield.« Die Stimme von Winthrops Chauffeur klang wie immer mürrisch, nicht unfreundlich. »Der Botschafter ist noch im Weißen Haus; er hat mich gebeten, hierher zurückzufahren und auf Ihren Anruf zu warten. Ich soll Ihnen sagen, daß alles, was Sie verlangt haben, erledigt wird. Er sagt, ich sollte die Zeiten wiederholen. Elf Uhr dreißig, elf Uhr fünfundvierzig und zwölf Uhr fünfzehn.«

»Das ist es, was ich hören wollte. Vielen Dank.« Bray öffnete die Tür der Telefonzelle in dem Drugstore und ging an einen Tisch, wo Zeichenpapier und Filzstifte verkauft wurden. Er wählte hellgelbes Papier und einen dunkelblauen Stift.

Er ging zu seinem Wagen zurück und benutzte seinen Aktenkoffer als Unterlage, um seine Botschaft in großen, klaren Lettern auf das gelbe Papier zu schreiben. Dann klappte er zufrieden den Koffer auf, entnahm ihm die fünf verklebten Umschläge, die bereits frankiert und an fünf der mächtigsten Männer der Nation adressiert waren, und legte sie neben sich auf den Sitz. Es war Zeit, sie aufzugeben. Dann holte er einen sechsten Umschlag heraus und legte das gelbe Blatt hinein; er verklebte ihn und schrieb außen darauf:

FÜR DIE POLIZEI VON BOSTON

Er fuhr langsam die Newbury Street hinauf und suchte die Adresse, die er in der Telefonzelle gefunden hatte. Sie war auf der linken Seite, vier Türen von der Kreuzung entfernt. Im Fenster stand eine große Tafel.

PHOENIX BOTENDIENST
24-STUNDEN-LIEFERUNG – MEDIZIN –
UNIVERSITÄT – INDUSTRIE

* * *

Eine hagere, streng blickende Frau, die äußerst tüchtig wirkte, erhob sich hinter ihrem Schreibtisch und kam an die Theke.

»Kann ich etwas für Sie tun?«

»Das hoffe ich«, sagte Scofield, bemüht, ähnlich tüchtig zu wirken, während er seine Ausweisplakette zeigte. »Ich komme vom BPD (Boston Police Department, Anmerkung des Übersetzers) und arbeite für die Innenrevision.«

»Polizei? Du liebe Güte . . .«

»Sie brauchen sich keine Sorgen zu machen. Wir führen eine Übung durch. Die Reaktionszeit der einzelnen Reviere auf Notfälle wird überprüft. Wir möchten, daß dieser Umschlag heute abend an die Station an der Boylston Avenue geliefert wird. Können Sie das übernehmen?«

»Natürlich können wir das.«

»Gut. Was kostet das?«

»Oh, ich glaube das wird nicht nötig sein, Officer. Wir sind schließlich alle Bürger dieser Stadt.«

»Das kann ich nicht annehmen, vielen Dank. Außerdem brauchen wir eine Quittung. Und Ihren Namen natürlich.«

»Selbstverständlich. Nachtlieferungen kosten gewöhnlich zehn Dollar.«

»Dann geben Sie mir bitte eine Quittung.« Scofield holte das Geld aus der Tasche. »Wenn es Ihnen nichts ausmacht, dann sorgen Sie bitte dafür, daß die Lieferung zwischen dreiundzwanzig Uhr und dreiundzwanzig Uhr fünfzehn erfolgt; das ist für uns sehr wichtig. Sie sorgen doch dafür, ja?«

»Ich werde etwas noch Besseres tun, Officer. Ich werde das Päckchen selbst ausliefern. Ich habe bis Mitternacht Dienst, also übergebe ich das Büro einem der jungen Leute und fahre selbst hinüber. Ich bewundere Ihre Arbeit wirklich. Das Verbrechertum hat heutzutage astronomische Ausmaße angenommen; wir müssen alle zusammenhalten, sage ich immer.«

»Sie sind sehr freundlich, Ma'am.«

»Wissen Sie, um den Wohnblock, in dem ich wohne, treiben sich eine Menge sehr seltsame Leute herum. *Sehr* seltsam.«

»Geben Sie mir die Adresse? Ich werde dafür sorgen, daß die Streifenwagen sich dort etwas genauer umsehen.«

»Oh, *vielen* Dank.«

»Ich danke *Ihnen*, Ma'am.«

Es war 21.20 Uhr als er die Lobby des Ritz Carlton betrat. Er war zu den Piers hinuntergefahren und hatte Fisch zu Abend gegessen. Die ganze Zeit hatte er darüber nachgedacht, was er und Toni tun würden, sobald die Nacht um war. Wohin würden sie gehen? Wie würden sie leben? Die finanzielle Seite beschäftigte ihn nicht; Winthrop hatte ihm Rechtfertigung versprochen; der berechnende Chef von Consular Operations, der Möchtegernhenker namens Daniel Congdon, war in bezug auf seine Pension und die sonstigen Leistungen, die ihm zukamen, solange er Schweigen bewahrte, großzügig gewesen. Beowulf Agate war im Begriff, aus dieser Welt zu verschwinden; wohin würde Bray Scofield gehen? Solange Antonia bei ihm war, war das gleichgültig.

»Wir haben eine Nachricht für Sie, Mr. Vickery«, sagte der Mann am Empfang und hielt ihm einen kleinen Umschlag hin.

»Vielen Dank«, sagte Scofield und fragte sich, ob der Mann unter dem weißen Hemd vielleicht einen blauen Kreis auf der Brust hatte.

Die Nachricht bestand nur aus einer Telefonnummer. Er zerdrückte das Papier und ließ es auf den Tresen fallen.

»Etwas nicht in Ordnung?« fragte der Angestellte.

Bray lächelte. »Sie können dem Schweinehund sagen, daß ich keine Nummern anrufe. Nur Namen.«

Er ließ das Telefon dreimal klingeln, ehe er den Hörer abnahm. »Ja?«

»Sie sind ein arroganter Mann, Beowulf.« Die Stimme klang hoch, grausamer als der Wind. Es war der Hirtenjunge, Nicholas Guiderone.

»Dann habe ich recht gehabt«, sagte Scofield. »Der Mann unten arbeitet nicht hauptberuflich für das Ritz Carlton. Wenn er unter der Dusche steht, kann er sich den kleinen blauen Kreis auf der Brust nicht abwaschen.«

»Dieser Kreis wird mit ungeheuerem Stolz getragen, Sir. Die Männer und Frauen, die sich unserer Sache verschrieben haben, sind außergewöhnliche Menschen.«

»Wo finden Sie sie? Leute, die sich selbst erschießen oder Zyankalikapseln zerbeißen?«

»Ganz einfach, in unseren Firmen. Menschen sind seit Anbeginn aller Zeiten bereit gewesen, für eine gute Sache das letzte Opfer zu bringen. Das braucht nicht immer auf einem Schlachtfeld zu sein oder während des Krieges in einer Untergrundbewegung, oder selbst in der Welt der internationalen Spionage. Es gibt viele Sachen, die gut sind; das brauche ich Ihnen nicht zu sagen.«

»So wie der Matarese-Bund selbst? Die *Fida'is*, Guiderone? Hassan Ibn-al-Sabbahs Assassinenkader?«

»Sie haben den *Padrone* studiert, wie ich sehe.«

»Sehr genau sogar.«

»Ich will nicht leugnen, daß es da gewisse praktische und philosophische Gemeinsamkeiten gibt. Diese Männer und Frauen haben alles, was sie auf dieser Welt wollen. Wenn sie sie verlassen, werden ihre Familien – Frauen, Kinder, Ehemänner – mehr haben, als sie je benötigen. Ist das nicht der Traum aller? Aus über fünfhundert Firmen können Computer eine Handvoll Menschen aussuchen, die willens und fähig sind, eine solche Vereinbarung zu treffen. Eine einfache Fortführung des Traumes, Mr. Scofield.«

»Verdammt weit fortgeführt.«

»Eigentlich nicht. Viel mehr leitende Angestellte sterben an Herzinfarkt als an Gewalt. Lesen Sie doch die täglichen Todesanzeigen. Aber ich bin sicher, daß dies nur eine von vielen Fragen ist. Darf ich Ihnen einen Wagen schicken?«

»Sie dürfen nicht.«

»Es besteht kein Anlaß zur Feindseligkeit.«

»Ich bin nicht feindselig, ich bin vorsichtig. Im Wesen bin ich ein Feigling. Ich habe einen Zeitplan festgelegt und beabsichtige, mich an ihn zu halten. Ich werde um Punkt elf Uhr dreißig kommen; Sie werden reden und ich zuhören. Um genau fünfzehn Minuten nach Mitternacht werde ich Ihr Haus mit dem Mädchen und dem Russen verlassen. Ein Signal wird gegeben werden, wir werden in den Wagen steigen und an Ihr Haupttor fahren. Sie bekommen die Röntgenaufnahmen und wir fahren weg. Wenn es die geringste Abweichung gibt, verschwinden die Röntgenaufnahmen. Dann tauchen sie irgendwo anders auf.«

»Wir haben ein Recht, sie zu untersuchen«, protestierte Guiderone. »Ob es die richtigen sind, und mit Spektralanalyse; wir wollen sicherstellen, daß keine Duplikate angefertigt worden sind. Dafür *müssen* wir Zeit haben.«

Der Hirtenjunge hatte zugebissen; der Verzicht auf die Überprüfung war die Schwäche, an die Guiderone sich ganz natürlicherweise klammerte. Das mächtige elektronisch gesteuerte Eisentor mußte geöffnet werden und offen bleiben. Wenn es geschlossen blieb, würden sämtliche Truppen und alle Ablenkungsmanöver, die er vorgesehen hatte, nicht verhindern können, daß jemand ein Gewehr auf den Wagen und auf ihn und seinen Fahrer abfeuerte. Bray zögerte. »Das sehe ich ein. Veranlassen Sie, daß am Tor Geräte und Techniker sind. Die Überprüfung wird zwei oder drei Minuten dauern, aber das Tor muß so lange offen bleiben.«

»Einverstanden.«

»Übrigens«, fügte Scofield hinzu, »das, was ich zu Ihrem Sohn gesagt habe, war mein Ernst . . .«

»Ich nehme an, Sie meinen Senator Appleton.«

»Nehmen Sie es an. Sie werden feststellen, daß die Röntgenaufnahmen intakt sind, die Spektralanalyse wird Ihnen beweisen, daß keine Duplikate hergestellt wurden. Ich lasse mich nicht dafür töten.«

»Ich bin überzeugt. Aber trotzdem hat der Zeitplan eine Schwäche.«

»Eine Schwäche . . .?« Bray wurde es plötzlich kalt.

»Ja. Elf Uhr dreißig bis zwölf Uhr fünfzehn sind nur fünfundvierzig Minuten. Das ist nicht viel Zeit für mich, um zu reden, und für Sie, um zuzuhören.«

Scofield atmete wieder. »Wenn das, was Sie sagen, überzeugend klingt, werde ich wissen, wo ich Sie am Morgen darauf finden kann, oder?«

Guiderone lachte mit seiner gespenstisch hohen Stimme. »Natürlich. Wie einfach. Sie sind ein logischer Mann.«

»Ich gebe mir Mühe. Elf Uhr dreißig also.« Bray legte auf.

Er hatte es *getan*. Jedes System hatte ein Notsystem und jedes Notsystem eine Alternative. Der Austausch war von allen Seiten gesichert.

Es war 23.29 Uhr, als er durch die Tore von Appleton Hall fuhr, vorbei an dem Kutschenhaus, die Zufahrt hinauf zu dem von Mauern umgebenen Besitz auf dem Hügelkamm. Als er an der riesigen Garage des Kutschenhauses vorbeifuhr, war er überrascht, eine Anzahl Limousinen zu sehen. Zwischen zehn und zwölf uniformierte Chauffeure unterhielten sich miteinander. Es handelte sich offenkundig um Männer, die einander kannten; dies war nicht das erstemal, daß sie zusammen waren.

Die Mauer, die das riesige Hauptgebäude umgab, diente mehr dem Effekt als dem Schutz; sie war knapp acht Fuß hoch und sah von unten viel höher aus. Der erste Joshua Appleton hatte ein teueres Spielzeug gebaut. Ein Drittel Schloß, ein Drittel Festung, ein Drittel Villa mit einem atemberaubenden Blick über Boston. Die Lichter der Stadt flackerten in der Ferne; es hatte aufgehört zu regnen, und ein kühler, durchsichtiger Nebel hing in der Luft.

Bray sah im Licht seiner Scheinwerfer zwei Männer; der zur Rechten gab ihm ein Signal, vor einer Lücke in der Mauer anzuhalten. Er kam der Aufforderung nach; der Weg hinter der Mauer wurde von zwei schweren Ketten versperrt, die an dicken Eisenpfosten hingen, die Türe war in einen mächtigen Bogen eingelassen. Es fehlte nur noch die Zugbrücke mit tödlichen Spitzen, die herunterdonnerte, wenn jemand ein Seil durchhieb.

Bray stieg aus dem Wagen und wurde sofort über die Motorhaube gestoßen; man durchsuchte ihn von Kopf bis Fuß nach Waffen. Von Wachen flankiert, führte man ihn zu der Tür in dem Bogen und ließ ihn eintreten.

Als er sich drinnen umsah, begriff Scofield, warum Nicholas Guiderone das Appleton-Anwesen hatte besitzen müssen. Die Treppe, die Wandteppiche, die Kronleuchter . . . die schiere Großartigkeit der Halle war atemberaubend. Am nächsten kam ihr, soweit Bray sich das vorstellen konnte, jene ausgebrannte Ruine in Porto Vecchio, die einmal die Villa Matarese gewesen war.

»Hier entlang bitte«, sagte der Wächter zu seiner Rechten und öffnete die Tür. »Sie haben drei Minuten mit den Gästen.«

Antonia rannte quer durch den Raum in seine Arme. Ihre Tränen benetzten seine Wangen, die Kraft ihrer Umarmung verriet ihre Verzweiflung. »Mein Liebster! Du bist gekommen, um uns zu holen!«

»Sch . . .« Er hielt sie fest. *O Gott, er hielt sie fest!* »Wir haben keine Zeit«, sagte er leise. »Wir werden bald hier hinausgehen. Alles wird gut sein. Wir werden frei sein.«

»Er möchte mit dir sprechen«, flüsterte sie. »Schnell.«

»Was?« Scofield öffnete die Augen und blickte an Toni vorbei. Taleniekov saß auf der anderen Seite des Raumes starr in einem Armsessel. Das Gesicht des Russen war bleich, so bleich, daß es wie Kalk wirkte. Seine linke Gesichtsseite war mit Heftpflaster verbunden; man hatte ihm ein Ohr und die halbe Wange weggeschossen. Sein Hals und sein Schulterblatt waren ebenfalls verbunden, er trug eine Metallstütze in Form eines T; er konnte sich kaum bewegen. Bray hielt Antonias Hand und ging auf ihn zu. Taleniekov lag im Sterben. »Wir holen Sie hier raus«, sagte Scofield. »Wir bringen Sie in ein Krankenhaus. Alles wird gut.«

Der Russe schüttelte langsam den Kopf. Man merkte, daß die Bewegung ihm Schmerzen bereitete, aber er tat es bewußt.

»Er kann nicht sprechen, Liebster.« Toni berührte Wassilis rechte Wange. »Er hat keine Stimme.«

»*Jesus!* Was haben sie . . .? Aber nein, in fünfundzwanzig Minuten fahren wir hier weg.«

Wieder schüttelte Taleniekov den Kopf; der Russe versuchte, ihm etwas zu sagen.

»Als die Wächter ihm die Treppe herunterhalfen, hatte er einen Krampf«, sagte Antonia. »Es war schrecklich; sie wurden mit ihm zu Boden gerissen und waren wütend. Sie schlugen immer wieder auf ihn ein – und er hat solche Schmerzen.«

»Sie wurden heruntergezogen . . .?« fragte Bray verwundert und sah Taleniekov an.

Der Russe nickte. Er griff unter sein Hemd an den Gürtel, zog eine Pistole heraus und schob sie über seine Beine auf Scofield zu.

»Er ist schön gestürzt«, flüsterte Bray, lächelte, kniete nieder und nahm die Waffe. »Man kann diesen Kommunistenschweinen nicht vertrauen.« Dann schob er den Russen zurecht und legte seine Lippen dicht an Taleniekovs rechtes Ohr. »Alles ist sauber. Wir haben Männer draußen. Ich habe rings um den Hügel Explosivladungen gelegt. Die wollen den Beweis, den ich habe; wir kommen raus.«

Wieder schüttelte der KGB-Mann den Kopf. Dann weiteten sich seine Augen und eine Geste drängte Scofield, auf seine Lippen zu achten.

Er bildete die Worte: *Paschar . . : sigda paschar.*

Bray übersetzte. »Feuer, immer Feuer?«

Taleniekov nickte und formte dann andere Worte, jetzt nur noch ein kaum zu vernehmendes Flüstern. »*Saschiganije ... paschar.*«

»Explosionen? Nach den Explosionen Feuer? Ist es das, was Sie sagen?«

Wieder nickte Taleniekov, und seine Augen flehten.

»Sie verstehen nicht«, sagte Bray. »Wir haben Schutz.«

Wieder schüttelte der Russe den Kopf, diesmal heftig. Dann hob er die Hand, führte zwei Finger an die Lippen.

»Eine Zigarette?« fragte Scofield. Wassili nickte. Bray nahm das Päckchen und einen Streichholzbrief aus der Tasche. Taleniekov winkte die Zigaretten weg und packte die Streichhölzer.

Die Tür ging auf; der Wächter sagte scharf: »Das genügt. Mr. Guiderone erwartet Sie. Die beiden werden hier sein, wenn Sie fertig sind.«

»Das will ich hoffen.« Scofield erhob sich und verbarg die Pistole unter seinem Regenmantel im Gürtel. Er griff nach Antonias Hand und ging mit ihr zur Tür. »Ich bin bald wieder hier. Niemand wird uns aufhalten.«

Nicholas Guiderone saß hinter dem Schreibtisch in seiner Bibliothek. Sein großer Kopf mit dem weißen Haarkranz trug das Gesicht eines alten Mannes. Seine bleiche Haut war gespannt, saß straff über den Schläfen und sank in die Höhlen, die seine dunklen, glänzenden Augen enthielten. Er hatte etwas Gnomenhaftes an sich; es fiel nicht schwer, in ihm den Hirtenjungen zu sehen.

»Wären Sie bereit, Ihren Zeitplan zu überdenken, Mr. Scofield?« fragte Guiderone mit seiner hohen, etwas atemlosen Stimme. Er sah Bray nicht an, sondern studierte Papiere auf seinem Tisch. »Vierzig Minuten ist wirklich wenig Zeit, und ich habe Ihnen vieles zu sagen.«

»Das können Sie mir vielleicht ein andermal sagen. Für heute nacht gilt der Plan.«

»Ich verstehe.« Jetzt blickte der alte Mann auf und starrte Scofield an. »Sie glauben, daß wir schreckliche Dinge getan haben, nicht wahr?«

»Ich weiß nicht, was Sie getan haben.«

»Sicher wissen Sie das. Wir haben uns fast vier volle Tage mit dem Russen beschäftigt. Seine Monologe kamen nicht freiwillig, aber unter chemischer Unterstützung waren die Worte da. Sie haben das Schema von riesigen Firmen aufgedeckt, die rings um die Welt miteinander in Verbindung stehen; Sie haben erkannt, daß wir durch diese Firmen Gelder an Terroristengruppen auf der ganzen Welt geschleust haben. Übrigens, Sie haben ganz recht. Ich bezweifle, daß es irgendwo eine wirksame Gruppe von Fanatikern gibt, die keinen Nutzen von uns gezogen hat. Alles dies erkennen Sie, aber Sie können nicht verstehen, weshalb. Es liegt vor Ihren Fingerspitzen, und doch sehen Sie es nicht.«

»Vor meinen Fingerspitzen?«

»Die Worte sind die Ihren. Der Russe hat sie gebraucht, aber es waren die Ihren. Unter chemischem Zwang sprechen mehrsprachige Subjekte die Sprache ihrer Quellen ... *Paralyse*, Mr. Scofield. Regierungen müssen gelähmt werden. Und nichts erreicht dies schneller oder vollständiger als das allgegenwärtige globale Chaos.«

»Chaos ...«, flüsterte Bray; das war das Wort, zu dem er immer wieder zurückkam, ohne je genau zu wissen weshalb. *Chaos*. Körper, die im Weltraum aufeinanderprallten ...

»Ja. Chaos!« wiederholte Guiderone; seine Augen waren zwei schimmernde schwarze Steine, die das Licht der Schreibtischlampe widerspiegelten. »Wenn das Chaos vollständig ist, wenn die Zivil- und Militärbehörden machtlos sind und zugeben müssen, daß sie mit Tanks und taktischen Waffen Tausende, immer wieder verschwindende Wolfsrudel nicht vernichten können, dann werden Männer der Vernunft vortreten. Die Zeit der Gewalt wird endlich vorüber sein; diese Welt kann darangehen, produktiv zu leben.«

»In einem atomaren Aschenhaufen?«

»Solche Konsequenzen wird es nicht geben. Wir haben alles unter Kontrolle.«

»Wovon, zum Teufel, reden Sie?«

»Von den Regierungen, Mr. Scofield!« schrie Guiderone und seine Augen flammten. »Regierungen sind überholt! Man darf nicht länger zulassen, daß sie so funktionieren, wie sie während der ganzen Geschichte funktioniert haben. Wenn sie das tun, wird dieser Planet das nächste Jahrhundert nicht erleben. Die Regierungen, so wie wir sie gekannt haben, haben ihre Daseinsberechtigung verloren. Sie müssen ersetzt werden.«

»Von wem? Wodurch?«

Die Stimme des alten Mannes wurde wieder leise, sie wurde weich, hypnotisch. »Von einer neuen Gattung von Philosophenkönigen, wenn Sie wollen. Männern, die diese Welt verstehen, so, wie sie heute vor Ihnen liegt, Männern, die ihr Potential mit den Mitteln der Technologie und der Produktivität messen, denen es gleichgültig ist, welche Hautfarbe ein Mensch hat, was er von seinen Vorfahren geerbt hat oder zu welchen Idolen er vielleicht betet. Männern, die sich nur für ein volles Produktivpotential als menschliches Wesen interessieren, den Beitrag, den er dem Markt liefert.«

»Mein Gott«, sagte Bray. »Sie sprechen von den Konzernen.«

»Stößt Sie das ab?«

»Nicht, wenn mir einer gehörte.«

»Sehr gut.« Guiderone lachte kurz auf, ein Lachen wie das eines Schakales. »Aber das ist ein sehr beschränkter Gesichtspunkt. Es gibt Leute unter uns, die dachten, daß gerade Sie verstehen würden. Sie haben die andere Unzulänglichkeit gesehen; Sie haben sie gelebt.«

»Aus freien Stücken.«

»Sehr, sehr gut. Aber damit unterstellen Sie, daß unsere Struktur keine freie Wahl läßt. Falsch. Einem Mann steht es frei, sein volles Potential zu entwickeln; je größer seine Produktivität, desto größer seine Freiheit und der Lohn, den er daraus zieht.«

»Angenommen, er will nicht produktiv sein? So, wie Sie das definieren.«

»Dann ist ganz offenkundig der Lohn für den geringeren Beitrag auch geringer.«

»Und *wer* definiert das?«

»Ausgebildetes Managementpersonal, das die gesamte Technologie benutzt, welche die moderne Industrie entwickelt hat.«

»Ich glaube, es wäre eine gute Idee, diese Leute kennenzulernen.«

»Vergeuden Sie keine Zeit mit Sarkasmus. Solche Teams arbeiten auf der ganzen Welt. Die internationalen Firmen führen ihre Geschäfte nicht, um Geld zu verlieren oder auf Profite zu verzichten. Das System *funktioniert*. Wir stellen das jeden

Tag aufs neue unter Beweis. Die neue Gesellschaft wird in einer auf Wettbewerb ausgerichteten, gewaltlosen Struktur funktionieren. Die Regierungen sind nicht länger imstande, das zu garantieren; sie befinden sich überall auf nuklearem Kollisionskurs. Aber die Chrysler Corporation führt keinen Krieg gegen Volkswagen; es stehen keine Flugzeuge bereit, um Fabriken und ganze Städte am Ort der einen oder anderen Firma auszulöschen. Die neue Welt wird ganz dem Markt gewidmet sein, der Entwicklung der Hilfsmittel und der Technologie, die das produktive Überleben der Menschheit sicherstellen. Es gibt keine andere Möglichkeit. Die multinationale Gemeinschaft ist der Beweis dafür; sie ist aggressiv und in hohem Grade auf Wettbewerb ausgerichtet, aber sie ist gewaltlos. Sie trägt keine Waffen.«

»Chaos«, sagte Bray. »Das Aufeinanderprallen von Körpern im Weltraum ... Vernichtung vor der Schöpfung der Ordnung.«

»Ja, Mr. Scofield. Die Periode der Gewalt vor der permanenten Ära der Ruhe. Aber Regierungen und ihre Führer geben ihre Verantwortung nicht leicht auf. Man muß Männern, die mit dem Rücken gegen die Wand stehen, Alternativen bieten.«

»Alternativen?«

»In Italien kontrollieren wir beinahe zwanzig Prozent des Parlaments. In Bonn zwölf Prozent des Bundestags, in Japan beinahe einunddreißig Prozent der Diet. Hätten wir das ohne die Brigate Rosse, ohne Baader-Meinhof oder ohne die Rote Armee von Japan erreichen können? Unsere Autorität wächst jeden Monat. Mit jedem terroristischen Akt kommen wir unserem Ziel näher: der totalen Abschaffung der Gewalt.«

»Das war es nicht, was Guillaume de Matarese vor siebzig Jahren im Sinn hatte.«

»Es kommt ihm aber viel näher als Sie denken. Der *Padrone* wollte in den Regierungen diejenigen vernichten, die andere korrumpierten, und das bedeutete viel zu häufig ganze Regierungen selbst. Er gab uns die Struktur, die Methoden: bezahlte Meuchelmörder, um politische Parteien überall gegen ihre Gegner aufzustacheln. Er lieferte die finanziellen Mittel, das Vermögen, um alles in Bewegung zu setzen; er zeigte uns den Weg ins Chaos. Alles was blieb, war etwas, das wir an seine Stelle setzen mußten. Wir haben es gefunden. Wir werden diese Welt vor sich selbst retten. Es kann kein größeres Anliegen geben.«

»Das klingt sehr überzeugend«, sagte Scofield. »Ich denke, es könnte eine Grundlage geben, sich weiter zu unterhalten.«

»Es freut mich, daß Sie so denken«, antwortete Guiderone, dessen Stimme plötzlich wieder kalt klang. »Es tut gut, zu wissen, daß man überzeugend ist, aber noch viel interessanter ist es, die Reaktionen eines Lügners zu beobachten.«

»Lügner?«

»Sie hätten Teil von all dem sein können!« Jetzt schrie der alte Mann wieder. »Nach jener Nacht im Rock Creek Park habe ich selbst den Rat zusammengerufen. Ich habe gesagt, man solle neu überprüfen, neu bewerten! Beowulf Agate könnte von unschätzbarem Wert sein; der Russe war nutzlos, nicht aber *Sie*. Die Informationen, die Sie besaßen, konnten Washingtons moralische Position zum Gespött machen. Ich selbst hätte Sie zum Leiter der gesamten Sicherheit gemacht! Auf meine Anweisungen haben unsere Leute wochenlang versucht, mit Ihnen Verbindung aufzunehmen, Sie hereinzubringen, aus Ihnen einen der unseren zu machen. Das ist natürlich nicht länger möglich. Sie sind in Ihren *Täuschungen* zu *hartnäckig*! Kurz gesagt, man kann Ihnen nicht vertrauen. Man kann Ihnen *nie* vertrauen!«

Bray beugte sich vor. Der Hirtenjunge war wahnsinnig; das las er aus den wahnsinnigen Augen in den Höhlen seines bleichen, hageren Schädels. Er war ein Mann, der zu ruhigem, scheinbar logischem Vortrag fähig war, aber das Irrationale beherrschte ihn. Er war eine Bombe; eine Bombe mußte kontrolliert werden. »Ich würde den Zweck meines Kommens an Ihrer Stelle nicht vergessen.«

»Ihren *Zweck?* Ja, unbedingt, den werden wir erfüllen. Sie wollen die Frau? Sie wollen Taleniekov? Sie gehören Ihnen! Sie werden zusammen sein, das verspreche ich Ihnen. Man wird Sie aus diesem Haus schaffen und weit weg fahren; man wird nie wieder von Ihnen hören.«

»Wir wollen einen Handel machen, Guiderone. Machen Sie keine dummen Fehler. Sie haben einen Sohn, der der nächste Präsident der Vereinigten Staaten sein kann, solange er Joshua Appleton ist. Aber das ist er nicht; ich habe die Röntgenaufnahmen, die das beweisen.«

»Die *Röntgenaufnahmen!*« brüllte Guiderone. »Sie *Esel!*« Er drückte einen Knopf auf seinem Schreibtisch. »Bringt ihn herein«, sagte er. »Bringt unseren geschätzten Gast herein.« Der Hirtenjunge lehnte sich in seinem Sessel zurück. Die Tür hinter Scofield öffnete sich.

Bray wandte sich um und erstarrte voll Schmerz über das, was er sah.

In einem Rollstuhl sitzend, die Augen glasig, das sanfte Gesicht von roten und blauen Flecken entstellt, wurde Robert Winthrop von dem Mann durch die Türe gerollt, der seit zwanzig Jahren sein Chauffeur war. Stanley lächelte, sein Ausdruck war arrogant. Scofield sprang auf; der Chauffeur hob die Hand, die bisher den Rollstuhl geschoben hatte. Sie hielt eine Waffe.

»Vor Jahren«, sagte Guiderone, »wurde ein Sergeant der Marineinfanterie dazu verurteilt, den größten Teil seines Lebens im Gefängnis zu verbringen. Wir fanden produktivere Arbeit für einen Mann von seinen Fähigkeiten. Es erwies sich als notwendig, daß der gütige, ältere Staatsmann, dessen Rat jedermann in Washington suchte, sehr gründlich bewacht wurde. Wir erfuhren eine ganze Menge.«

Brays Blick wanderte von Winthrop zu Stanley. »Gratuliere, Sie ... *Schwein!* Was haben Sie getan? Ihn mit der Pistole geschlagen?«

»Er wollte nicht kommen«, sagte Stanley; sein Lächeln verschwand. »Er ist gestürzt.«

Scofield setzte sich in Bewegung; der Chauffeur hob die Waffe höher und zielte auf Brays Kopf. »Ich werde mit ihm sprechen«, sagte Scofield, ohne auf die Waffe zu achten, und kniete zu Winthrops Füßen nieder. Stanley sah zu dem Hirtenjungen hinüber; Bray konnte sehen, wie Guiderone kurz nickte. »Mr. Ambassador?«

»Brandon ...« Winthrops Stimme klang schwach, seine müden Augen blickten traurig. »Ich fürchte, ich konnte nicht viel ausrichten. Die haben dem Präsidenten gesagt, ich sei krank. Es sind keine Soldaten draußen, keine Befehlsstation, niemand wartet darauf, daß Sie ein Streichholz anreißen und zum Tor fahren. Ich habe Sie im Stich gelassen.«

»Der Umschlag?«

»Bergeron denkt, ich habe ihn; er kennt Stanley, müssen Sie

wissen. Er nahm die nächste Maschine zurück nach Boston. Es tut mir leid, Brandon. Es tut mir sehr, sehr leid. So viele Dinge tun mir leid.« Der alte Mann blickte zu dem Chauffeur auf, den er so viele Jahre für seinen Freund gehalten hatte, und sah dann wieder zu Scofield. »Ich habe diese Predigt von Nicholas Guiderone gehört. Wissen Sie, was die getan haben? *Mein Gott,* wissen Sie, was die *getan* haben?«

»Sie haben es noch nicht getan«, sagte Bray.

»Im nächsten Januar gehört ihnen das Weiße Haus! Die Administration wird *ihnen* gehören!«

»Das wird nicht geschehen.«

»Es *wird* geschehen!« schrie Guiderone. »Die Welt wird eine bessere Welt sein. Die Zeit der Gewalt wird ein Ende haben. Tausend Jahre produktiver Ruhe werden an ihre Stelle treten!«

»Tausend Jahre . . .?« Scofield erhob sich. »Das hat ein anderer Wahnsinniger einmal gesagt. Wird das Ihr eigenes Tausendjähriges Reich sein?«

»Solche Parallelen sind ohne Bedeutung, die Etiketts, die Sie uns anhängen, ohne Belang! Es gibt keine Verbindung.« Der Hirtenjunge erhob sich hinter seinem Schreibtisch; seine Augen flammten wieder. »In unserer Welt können die Nationen ihre Führer behalten, die Völker ihre Identitäten. Aber die *Firmen* werden die Regierungen kontrollieren. *Überall.* Die Werte des Marktes werden die Völker der Welt verbinden!«

Bray griff das eine Wort auf, und es machte ihn bitter. *»Identitäten?* In Ihrer Welt *gibt* es keine Identitäten! Wir sind Nummern und Symbole im Computer! Kreise und Quadrate.«

»Wir müssen einen Teil unseres Ichs um der Kontinuität des Friedens willen aufgeben.«

»Dann sind wir *Roboter!*«

»Aber wir leben. Funktionieren!«

»Wie denn? Sagt er *wie?* Sie dort! Sie sind keine Person mehr, Sie sind ein *Faktor.* Sie sind X oder Y oder Z. Was auch immer Sie tun, wird von Experten, die dazu ausgebildet sind, gemessen und auf Bändern gespeichert. Nur weiter, *Faktor!* Sei produktiv, sonst nehmen dir die Experten den Laib Brot weg . . . oder den hübschen neuen Wagen!« Scofield hielt inne, er merkte, daß er beinahe fieberte. »Sie haben unrecht, Guiderone. *Schreckliches* Unrecht. Ich ziehe einen unvollkommenen Ort vor, wo ich weiß, wo ich bin.«

»Dann finden Sie ihn in der nächsten Welt!« schrie der Hirtenjunge. »Sie werden bald genug dort sein!«

Bray spürte das Gewicht unter seinem Gürtel – die Pistole, die der sterbende Taleniekov ihm gegeben hatte. Der Besucher in Appleton Hall war gründlich nach Waffen durchsucht worden. Man hatte keine gefunden, aber sein alter Feind hatte ihm eine geliefert. Die Entscheidung, eine Geste zu machen, war rein emotionell; es gab keine Hoffnung mehr. Aber ehe er zu töten versuchte und getötet wurde, würde er Guiderones Gesicht sehen, wenn er es ihm sagte. »Sie haben vorher gesagt, ich wäre ein Lügner, aber ich habe keine Ahnung, wie umfangreich meine Lügen waren. Sie glauben, Sie hätten die Röntgenaufnahmen, nicht wahr?«

»Wir wissen, daß wir sie haben.«

»Andere auch.«

»Wirklich?«

»Ja, wirklich. Haben Sie je von einer Alpha-Zwölf-Kopiermaschine gehört? Das ist eine der besten Konstruktionen, die je gemacht wurden. Der einzige Kopierer, der imstande ist, aus einem Röntgennegativ einen Positivabzug zu machen. Ein Abzug, der so definiert ist, daß er vor Gericht als Beweis zugelassen ist. Ich habe die vier obersten Röntgenaufnahmen von den Blättern abgeschnitten, die ich mir in Andover besorgt habe, Kopien hergestellt und sie an fünf verschiedene Männer in Washington geschickt! Sie sind erledigt, fertig sind Sie. Diese Männer werden dafür sorgen.«

»Das genügt jetzt.« Guiderone kam um seinen Schreibtisch herum. »Wir stecken mitten in einer Konferenz, Sie haben uns genügend Zeit gekostet.«

»Ich denke, Sie sollten besser zuhören!«

»Und ich denke, Sie sollten jetzt an diesen Vorhang gehen und an der Schnur ziehen. Sie werden unseren Konferenzraum sehen, aber die im Konferenzraum Anwesenden werden Sie nicht sehen ... Ich bin sicher, daß ich Ihnen die Technik nicht zu erklären brauche. Sie waren so erpicht darauf, den Matarese-Bund kennenzulernen, das soll Ihnen jetzt gelingen. Es sind heute abend nicht alle anwesend. Nicht alle haben gleichen Rang, aber für Sie genügt es. Bedienen Sie sich bitte.«

Bray trat an den Vorhang, fand die Schnur und zog sie herunter. Die Vorhänge teilten sich, gaben den Blick auf einen mächtigen Raum mit einem langen ovalen Konferenztisch frei, um den etwa zwanzig Männer saßen. Vor jedem Platz stand eine Karaffe mit Brandy, lagen Bleistifte und Blocks, standen Wasserkrüge. Das Licht kam aus Kristallkandelabern, die in einem gelblichen Schein vom anderen Ende des Raumes funkelten, wo ein Feuer loderte. Es hätte der riesige Speisesaal der Villa Matarese sein können, den eine blinde Frau in den Bergen über Porto Vecchio mit so vielen Details geschildert hatte. Fast ertappte Scofield sich dabei, wie er einen Balkon suchte und ein verängstigtes Mädchen von siebzehn Jahren, das sich im Schatten verbarg.

Aber seine Augen wurden von der vierzig Fuß breiten Wand hinter dem Tisch angezogen. Zwischen zwei riesigen Gobelins, die oben miteinander verbunden waren, war eine Weltkarte. Ein Mann mit einem Zeigestab sprach von einem kleinen Podest aus zu den anderen; aller Augen ruhten auf ihm.

Der Mann trug die Uniform der Armee der Vereinigten Staaten. Er war der Vorsitzende der Vereinigten Stabschefs.

»Wie ich sehe, erkennen Sie den General vor der Karte.« Die Stimme des Hirtenjungen bestätigte erneut die Worte der blinden Frau: grausamer als der Wind. »Seine Anwesenheit erklärt, glaube ich, den Tod von Antony Blackburn. Vielleicht sollte ich Ihnen ein paar der anderen vorstellen . . . In der Mitte des Tisches, unmittelbar unter dem Podest, ist der Außenminister, neben ihm der sowjetische Gesandte. Gegenüber dem Gesandten der Direktor des CIA; er scheint sich gerade mit dem Sowjetkommissar für Planung und Entwicklung zu unterhalten. Ein Mann, der Sie vielleicht interessieren dürfte, fehlt. Er gehörte nicht hierher, müssen Sie wissen, aber er hat den CIA angerufen, nachdem er einen sehr seltsamen Telefonanruf erhielt, der über Lissabon hereinkam. Der Chefberater des Präsidenten für auswärtige Angelegenheiten. Er hatte einen Unfall; seine Post wird überwacht; damit haben wir ohne Zweifel auch die letzten Röntgenaufnahmen in der Hand . . . Muß ich fortfahren?« Guiderone schickte sich an, an der Kordel zu ziehen und das Fenster wieder zu schließen.

Scofield hob die Hand; der Vorhang blieb einen Spaltbreit offenstehen. Er blickte nicht auf die Männer am Tisch; die Botschaft war klar. Er sah auf einen Wächter, der neben einer kleinen, in die Wand eingelassenen Tür rechts vom Kamin stand.

Der Mann stand in Habt-acht-Stellung da, die Augen nach vorne gerichtet. In der Hand hielt er eine Maschinenpistole, Kaliber .30.

Taleniekov hatte von diesem Verrat auf höchster Ebene gewußt. Er hatte die Worte gehört, die andere sprachen, während sie die Nadeln in seine Venen trieben, die sein Leben weiter verrinnen ließen.

Sein ehemaliger Feind hatte versucht, ihm seine letzte Chance zum Leben zu geben. *Seine letzte Chance.* Wie lauteten die Worte?

Paschar . . . sigda paschar. Saschiganije paschar!

Wenn die Explosionen beginnen, wird Feuer folgen.

Er war nicht sicher, was er meinte, aber er wußte, daß dies der Weg war, dem er folgen mußte. Sie waren die Besten, die es gab. Man vertraute dem einzigen Profi auf der Welt, der einem selbst ebenbürtig war.

Das bedeutete, daß er die Kontrolle ausübte, die der ihm Ebenbürtige verlangen würde. Er durfte jetzt keine falschen Bewegungen machen. Stanley stand neben Winthrops Rollstuhl und hatte die Waffe auf Bray gerichtet. Wenn er sich irgendwie herumdrehen konnte, die Waffe unter seinem Regenmantel hervorholen . . . Er blickte auf Winthrop hinunter, die Augen des alten Mannes zogen seine Aufmerksamkeit auf sich. Winthrop versuchte, ihm etwas zu sagen, so wie Taleniekov versucht hatte, ihm etwas zu sagen. Es war in seinen Augen; der alte Mann ließ sie immer wieder nach rechts wandern. Das war es! Stanley stand jetzt *neben* dem Rollstuhl, nicht *hinter* ihm. Mit winzigen, unmerklichen Bewegungen lenkte Winthrop seinen Stuhl herum; er würde versuchen, Stanley die Waffe zu entreißen! Das sagten ihm seine Augen. Ferner sagten sie ihm, er solle *weiterreden.*

Scofield blickte unauffällig auf die Uhr. Bis die Folge von Explosionen begann, würden noch sechs Minuten vergehen. Drei brauchte er für die Vorbereitung; blieben also drei Minuten, um Stanley auszuschalten und einen anderen hereinzubringen. Einhundertachtzig Sekunden. *Weiterreden!*

Er drehte sich zu dem Ungeheuer neben ihm herum. »Erinnern Sie sich daran, wie Sie ihn getötet haben? Wie Sie in jener Nacht in der Villa Matarese abgedrückt haben?«

Guiderone starrte ihn an. »Das war ein Augenblick, den man

nicht vergißt. Das war meine Bestimmung. Also lebt die Hure der Villa Matarese.«

»Nicht mehr.«

»Nein? Das stand nicht in den Blättern, die Sie Winthrop schickten. Dann ist sie getötet worden?«

»Von der Legende. *Per nostro circolo.*«

Der alte Mann nickte. »Worte, die vor langer Zeit eine bestimmte Bedeutung hatten und heute eine völlig andere. Die bewachen immer noch das Grab.«

»Sie fürchten es immer noch. Eines Tages wird sie dieses Grab alle töten.«

»Die Warnung von Guillaume de Matarese.« Guiderone schickte sich an, zu seinem Tisch zurückzugehen.

Weiterreden. Winthrop drehte immer noch an den Rädern seines Rollstuhls, bewegte sich bei jedem Mal einen Zoll weiter.

»Warnung oder Prophezeiung?« fragte Bray schnell.

»Die sind oft gegeneinander austauschbar, nicht wahr?«

»Die haben Sie den Hirtenjungen genannt.«

Guiderone wandte sich um. »Ja, ich weiß. Es stimmte nur teilweise. Als Kind hütete ich gelegentlich die Herden, aber dazu kam es nur selten. Die Priester verlangten es so; sie hatten andere Pläne für mich.«

»Die Priester?«

Wieder bewegte sich Winthrop.

»Ich hatte sie erstaunt. Als ich sieben Jahre alt war, kannte und verstand ich den Katechismus besser als sie. Mit acht konnte ich Latein lesen und schreiben; noch ehe ich zehn Jahre alt war, konnte ich die kompliziertesten Themen der Theologie und des Dogmas mit ihnen diskutieren. Die Priester sahen in mir den ersten Korsen, den man in den Vatikan schicken konnte, um dort ein hohes Amt zu erlangen ... vielleicht auch das höchste. Ich würde ihren Gemeinden große Ehre bringen. Jene einfachen Priester in den Hügeln von Porto Vecchio erkannten vor mir mein Genie. Sie baten den *Padrone*, meine Studien zu fördern ... Guillaume de Matarese tat das in einer Art und Weise, die ihr Begriffsvermögen weit überschritt.«

Vierzig Sekunden. Winthrop war nur noch zwei Fuß von der Waffe entfernt. Weiterreden!

»Dann hat Matarese sich mit Appleton abgesprochen? Joshua Appleton dem Zweiten.«

»Amerikas industrielles Wachstum war ungewöhnlich. Es war der logische Ort für einen talentierten jungen Mann, dem ein Vermögen zur Verfügung stand.«

»Sie waren verheiratet? Sie hatten einen Sohn.«

»Ich kaufte ein Gefäß, eine Frau von perfektem Körperbau, um Kinder zu gebären. Der Plan existierte schon immer.«

»Gehörte der Tod des jungen Joshua Appleton auch mit dazu?«

»Ein Zufall des Krieges und der Vorsehung. Die Entscheidung war eine Folge der Taten des Captains, kein Teil des ursprünglichen Plans. Es war vielmehr eine Chance ohnegleichen, die man ergreifen mußte. Ich glaube, wir haben genug gesagt.«

Jetzt! Winthrop warf sich aus dem Sessel nach vorne, seine Hände packten Stanleys Waffe, zogen sie an sich, und jede Faser seines Körpers klammerte sich an die Waffe, weigerte sich, sie loszulassen.

Sie entlud sich. Bray riß die eigene Pistole heraus, zielte auf den Chauffeur. Winthrops Körper bäumte sich auf, die Kugel war durch seine Kehle gegangen. Scofield drückte einmal ab; mehr bedurfte es nicht. Stanley stürzte.

»Weg von dem Schreibtisch!« schrie Bray.

»Man hat Sie *durchsucht!* Das ist unmöglich. *Wo . . .?*«

»Von einem besseren Mann, als irgendeiner Ihrer Computer je finden konnte!« sagte Scofield und blickte einen Augenblick lang voller Schmerz auf den toten Winthrop. »Ebenso wie er einer war.«

»Sie werden nie hinauskommen!«

Bray sprang vor, packte Nicholas Guiderone am Hals und stieß ihn gegen den Schreibtisch. »Sie werden jetzt tun, was ich von Ihnen verlange, sonst schieße ich Ihnen die Augen aus!« Er schob die Pistole in Guiderones rechte Augenhöhle.

»Töten Sie mich *nicht!*« befahl der Herr der Matarese. »Der Wert meines Lebens ist zu außergewöhnlich! Meine Arbeit ist noch nicht *vollendet;* sie muß vor meinem Tode vollendet werden!«

»Sie verkörpern alles auf dieser Welt, was ich hasse«, sagte Scofield und stieß dem alten Mann die Waffe gegen den Schädel. »Ich brauche Ihnen nicht zu sagen, wie die Chancen stehen. Jede Sekunde, die Sie weiterleben, bedeutet, daß Sie vielleicht noch eine bekommen. Tun Sie, was ich sage. Ich werde jetzt den Knopf drücken – denselben Knopf, den Sie vorher drückten. Sie werden die folgende Anweisung erteilen. Sagen Sie es richtig, oder Sie werden nie wieder etwas sagen. Sie sagen dem, der sich meldet: ›Schickt den Wächter aus dem Konferenzsaal herein, den mit der Maschinenpistole.‹ Haben Sie das verstanden?« Er stieß Guiderones Kopf über die Sprechanlage und drückte den Knopf.

»Schickt den Wächter aus dem Konferenzraum herein.« Die Worte überstürzten sich, aber die Angst hinter ihnen war nicht zu hören. »Den mit der Maschinenpistole.«

Scofield klammerte seinen linken Arm um Guiderones Hals, zerrte ihn zum Vorhang und zog ihn auf. Durch das Glas konnte man sehen, wie ein Mann auf den Wächter zuging. Der Wächter nickte, drehte seine Waffe nach unten und ging schnell quer durch den Saal auf den Ausgang zu.

»*Per nostro circolo*«, flüsterte Bray. Er drückte mit aller Kraft, die ihm zur Verfügung stand, zu. Der Schraubstock um Guiderones Kehle schloß sich, zerdrückte Knochen und Knorpel. Ein knackendes Geräusch war zu hören, ein letzter Atemhauch. Die Augen des alten Mannes traten aus ihren Höhlen, sein Genick war gebrochen. Der Hirtenjunge war tot.

Scofield rannte quer durch den Raum zur Türe, drückte sich neben dem Türstock an die Wand. Die Tür öffnete sich; er sah die nach unten gerichtete Waffe und den Bruchteil einer Sekunde später den Mann. Bray trat die Türe zu. Seine beiden Hände fuhren dem Mann an die Kehle.

Der gehetzte diensthabende Sergeant des Reviers an der Boylston Street blickte auf die hagere, streng wirkende Frau mit dem verkniffenen Mund. Seine Augen waren mißbilligend verengt. Er hielt den Umschlag in der Hand.

»*Okay*, Lady. Sie haben es ausgeliefert, und ich habe es bekommen. Okay? Das Telefon klingelt heute abend dauernd, okay? Ich kümmere mich, sobald es geht, darum, okay?«

»Nicht ›okay‹, Sergeant . . . Witkowski«, sagte die Frau und las den Namen von dem Schild auf seinem Schreibtisch. »Die Bürger von Boston werden nicht zusehen, wie kriminelle Elemente ihnen ihre Bürgerrechte rauben. Wir erheben uns in gerechtem Zorn, und unsere Rufe sind nicht ungehört verhallt.

Man beobachtet Sie, Sergeant! Es gibt Menschen, die unsere Not begreifen, und sie prüfen Sie. Ich rate Ihnen, nicht so oberflächlich . . .«

»Okay, *okay.*« Der Sergeant riß den Umschlag auf und entnahm ihm ein Blatt gelbes Papier. Er faltete es auseinander und las die Schrift in großen blauen Druckbuchstaben. »*Herrgott* im Himmel«, sagte er leise. Seine Augen weiteten sich plötzlich erstaunt. Er sah auf die säuerlich blickende Frau, als sähe er sie zum erstenmal. Dann hob er die Hand und drückte einen Knopf auf seinem Schreibtisch; er drückte ihn einige Male.

»Sergeant, Sie sollen den Namen des Herrn . . .«

Über jeder Tür im Revier begannen rote Lampen aufzublitzen. Aus der Tiefe hallte eine Alarmglocke von den Wänden unsichtbarer Räume und Korridore. Binnen Sekunden sprangen Türen auf und Männer in Helmen kamen heraus, griffen rasch in zwei Zoll dicke Schilde aus Stahl und Segeltuch.

»*Haltet sie fest!*« schrie der Sergeant. »Drückt ihr die Arme gegen den Leib! Werft sie in die Bombenkammer!«

Sieben Polizeibeamte drängten sich um die Frau. Ein Polizeileutnant kam aus seinem Büro gerannt. »Was, zum Teufel, ist denn los, Sergeant?«

»Sehen Sie sich das an!«

Der Leutnant las die Worte auf dem gelben Papier. »O mein Gott!«

An die Faschistenschweine von Boston, die Beschützer der Alabasterbraut.

Tod den Wirtschaftstyrannen! Tod für Appleton Hall! Während die Polizistenschweine das lesen, werden unsere Bomben das tun, was unsere Bitten nicht erreichen. Unsere Selbstmordbrigaden stehen bereit, all jene zu töten, die dem gerechten Flammentod entfliehen. Tod für Appleton Hall!

Gezeichnet:

Die Armee für Befreiung und Gerechtigkeit der dritten Welt.

Der Leutnant erteilte seine Anweisungen. »Guiderone hat Posten rings um sein Haus; nehmt mit dem Haus Verbindung auf! Dann ruft Brookline und sagt ihnen, was läuft. Holt jeden Streifenwagen, den wir in der Umgebung von Jamaica Way haben; schickt sie hinüber.« Der Beamte hielt inne und sah das gelbe Blatt mit den präzisen blauen Buchstaben darauf an. Wütend fügte er dann hinzu: »*Verdammt!* Ich brauche eine Verbindung mit dem Hauptquartier. Die sollen ihr bestes Terroristenteam zur Appleton Hall schicken.« Er machte Anstalten, zu seinem Büro zurückzugehen und blieb noch einmal stehen, um angewidert auf die Frau zu blicken, die von behelmten Männern durch eine Tür gestoßen wurde. »Armee für Befreiung und Gerechtigkeit der dritten Welt! Diese blöden Arschlöcher! *Tragt sie ein!*« brüllte er.

Scofield zerrte den Wächter durch den Raum und versteckte ihn hinter Guiderones Schreibtisch. Dann rannte er zu dem toten Hirtenjungen und starrte den Bruchteil eines Augenblicks lang in das arrogante Gesicht. Wenn es möglich wäre, über den Tod hinaus zu töten, würde Bray das jetzt tun. Er zerrte Guiderone in die Ecke und stieß ihn dort zu Boden. Dann blieb er neben Winthrops Leiche stehen und wünschte sich, er hätte die Zeit, sich irgendwie zu verabschieden.

Er riß die Maschinenpistole des Wächters vom Boden hoch und rannte zum Vorhang. Er riß ihn auf und sah auf die Uhr. Noch fünfzig Sekunden, bis die Explosionen einsetzten. Er überprüfte die Waffe; das Magazin war voll. Er sah durch das Fenster in den Konferenzraum und erblickte, was er vorher nicht gesehen hatte, weil der Mann noch nicht dagewesen war.

Der Senator war eingetroffen. Alle Augen ruhten jetzt auf ihm. Seine Persönlichkeit zog den ganzen Raum in ihren Bann; seine unauffällige Eleganz, das ausgeprägte, immer noch gut aussehende Gesicht, das bei jedem den Eindruck erweckte, seine Aufmerksamkeit gelte ganz ihm, wenn auch nur einen Augenblick lang. Jeder Anwesende wurde von dem nackten Anblick der Macht verführt; dies war der nächste Präsident der Vereinigten Staaten, und er war einer *der Ihren.*

Zum erstenmal in all den Jahren, in denen Scofield jenes Gesicht gesehen hatte, sah er, was eine von Alkohol vernichtete Mutter sah: es war eine Maske. Eine brillant erdachte, genial programmierte Maske . . . Und ein ebensolcher Verstand.

Zwölf Sekunden.

In einem Lautsprecher am Schreibtisch knackte es. Eine Stimme hallte.

»Mr. Guiderone, wir müssen unterbrechen! Wir haben Anrufe von der Polizei von Boston und von Brookline bekommen! Es gibt Berichte von einem bewaffneten Angriff auf Appleton Hall. Männer, die sich die Armee für Befreiung und Gerechtigkeit der dritten Welt nennen. Auf unserer Liste gibt es keine solche Organisation, Sir. Unsere Streifen sind alarmiert. Die Polizei will, daß alle hierbleiben . . .«

Zwei Sekunden.

Die Nachricht war auch in den Konferenzraum geleitet worden. Männer sprangen von ihren Sesseln auf, sammelten Papiere ein. Ihre eigene, ganz spezielle Panik brach aus: wie konnte man die Anwesenheit solcher Männer erklären? Wer würde sie erklären?

Eine Sekunde.

Bray hörte die erste Explosion jenseits der Mauern von Appleton Hall. Sie kam aus der Ferne, von ganz unten am Hügel, aber unverkennbar. Kurz darauf das Geräusch von Schnellfeuerwaffen; Männer schossen auf die Stelle, von der die ersten Explosionen zu hören gewesen waren.

Im Konferenzraum stieg die Panik. Die *Consiglieri* der Matarese rannten herum, am Ausgang stand ein einziger Posten mit Maschinenpistole. Plötzlich erkannte Scofield, was die mächtigen Männer taten: sie warfen Papiere und Landkarten in das Feuer an der Stirnseite des Saales.

Jetzt war sein Augenblick gekommen; der Wächter würde der erste sein, aber nur der erste.

Bray zerschlug das Fenster mit dem Lauf seiner Automatikwaffe und eröffnete das Feuer. Der Wächter wirbelte herum, als die Kugeln ihn erfaßten. Seine Maschinenpistole war auf Schnellfeuer geschaltet; der Tod verkrampfte den Finger, den er am Abzug hielt; die Waffe feuerte wild; .30-Kaliber-Kugeln spritzten durch den Raum, Kandelaber platzten, Männer brachen zusammen. Todesschreie und erschrecktes Kreischen erfüllte den Raum.

Scofield kannte seine Ziele, ein Leben der Gewalt hatte sein Auge geschult. Er stieß die Glassplitter weg und hob die Waffe an die Schulter. Er drückte schnell hintereinander ab, zielte nach jedem Schuß neu. Ein Schuß – ein Tod – nach dem anderen.

Die Schüsse peitschten durch den Fensterrahmen. Der General stürzte. Der Zeigestab, den er in der Hand hielt, zerfetzte im Fallen sein Gesicht. Der Außenminister duckte sich am Tischrand; Scofield jagte ihm eine Kugel in den Kopf. Der Direktor des CIA rannte mit seinem Kollegen vom Nationalen Sicherheitsrat um die Wette zum Ausgang, beide sprangen in ihrer Hysterie über Leichen. Bray traf sie beide. Die Kehle des Direktors war eine einzige blutige Masse; der Vorsitzende des Nationalen Sicherheitsrates hob seine Hände an eine Stirn, die nicht mehr da war.

Wo war er? Von allen war er der Wichtigste!

Da war er!

Der Senator kauerte vor dem tosenden Feuer unter dem Konferenztisch. Scofield zielte so sorgfältig wie noch nie in seinem Leben und drückte ab. Der Strom von Kugeln ließ das Holz explodieren. Einige *mußten* durchdringen. Und sie taten es! Der Senator stürzte nach hinten, erhob sich dann wieder. Bray gab einen weiteren Feuerstoß ab; der Senator wurde ins Feuer gedrückt, sprang wieder heraus, über und über mit Blut und Flammen bedeckt. Er rannte blindlings nach vorne und dann nach links und hielt sich im Fallen am Wandteppich fest.

Der Teppich fing Feuer; der Senator riß ihn im Zusammenbrechen von der Wand. Das riesige Tuch fiel flammend über den Konferenztisch. Das Feuer breitete sich aus, die Flammen zuckten nach allen Seiten des riesigen Saales.

Feuer.

Nach den Explosionen. Feuer!

Taleniekov.

Scofield rannte vom Fenster weg. Er hatte das getan, was er hatte tun müssen; jetzt war der Augenblick, das zu tun, was er so verzweifelt tun *wollte.* Wenn es möglich war; wenn *überhaupt* noch Hoffnung bestand. Er blieb vor der Tür stehen und sah nach, wieviel Munition ihm noch zur Verfügung stand; er war sparsam gewesen. Inzwischen war die dritte und vierte Sprengladung explodiert. Binnen Sekunden würden die fünfte und sechste detonieren.

Die fünfte kam; er riß die Türe auf und warf sich mit schußbereiter Waffe hinaus. Er hörte die sechste Explosion. Die Wächter zu beiden Seiten der kathedralenähnlichen Eingangstüre sprangen herein. Bray gab zwei Schüsse ab; die Wächter der Matarese fielen.

Er rannte zur Tür des Raumes, in dem er Antonia und Taleniekov wußte. Sie war versperrt.

»Weg von der Türe! Ich bin es!« Er gab fünf Schüsse in das Holz rings um das Schloß ab; es zersplitterte. Er trat die schwere Türe auf; sie schmetterte gegen die Wand. Er rannte hinein.

Taleniekov hatte seinen Stuhl verlassen und kniete an der Couch am anderen Ende des Raumes, Toni neben ihm. Beide arbeiteten fieberhaft und rissen Kissen aus ihren Bezügen ... *Kissen?* Was *machten* sie? Antonia blickte auf und rief:

»Schnell! Hilf uns!«

»Was?« Er rannte auf sie zu.

»*Paschar!*« Der Russe mußte sich quälen, um den Laut hervorzubringen; es klang wie ein geflüstertes Brüllen.

Sechs Kissenfüllungen waren von ihren Bezügen befreit. Toni stand auf und warf fünf der Kissen auf den Boden.

»Jetzt!« sagte Taleniekov und reichte ihr die Streichhölzer, die Bray ihm vorher gegeben hatte. Sie rannte an das am weitesten entfernt liegende Kissen, riß ein Streichholz an und hielt es an den weichen Stoff. Er fing sofort Feuer. Der Russe streckte Scofield die Hand hin. »Helfen Sie mir ... *aufstehen!*«

Bray zog ihn vom Boden hoch; Taleniekov preßte sich das letzte Kissen gegen die Brust. Sie hörten die siebte Explosion in der Ferne; gleich darauf das Stakkato von Gewehrfeuer, das die Schreie aus dem Inneren des Hauses übertönte.

»Kommt!« schrie Scofield und legte dem Russen den Arm um die Hüfte. Er sah zu Toni hinüber; sie hatte inzwischen das vierte Kissen angezündet. Flammen und Rauch erfüllten den Raum. »*Kommt!* Wir verschwinden hier!«

»Nein!« flüsterte Taleniekov. »Sie! Und das Mädchen! Bringt mich zur Tür!«

Der Russe hielt das Kissen an sich gepreßt und quälte sich nach vorne.

Die große Halle war von Rauch erfüllt; Flammen aus dem inneren Konferenzraum leckten jetzt unter den Türen durch, während Männer die Treppen emporrannten, an die Fenster, an Aussichtspunkte – um auf die Eindringlinge zu zielen.

Ein Wächter entdeckte sie; er hob die Maschinenpistole.

Scofield feuerte zuerst; der Mann wurde nach hinten gefegt.

»Hört mir zu!« keuchte Taleniekov. »Immer *Paschar!* Bei

Ihnen sind es Explosionen, bei mir Feuer!« Er hob das weiche Kissen. »Zünden Sie das an! Ich werde rennen wie noch nie in meinem Leben!«

»Seien Sie kein Narr.« Bray versuchte, ihm das Kissen wegzunehmen, aber der Russe ließ es nicht zu.

»*Njet!*« Taleniekov starrte Scofield an, eine letzte Bitte stand in seinen Augen. »Wenn ich könnte, würde ich nicht so leben wollen. Sie würden das auch nicht. Tun Sie das für mich, Beowulf. Ich würde es für Sie auch tun.«

Bray erwiderte den Blick des Russen. »Wir haben zusammengearbeitet«, sagte er einfach. »Darauf bin ich stolz.«

»Wir waren die Besten, die es gab.« Taleniekov lächelte und hob die Hand an Scofields Wange. »Jetzt, mein Freund. Tu das, was ich für dich tun würde.«

Bray nickte und wandte sich zu Antonia; in ihren Augen standen Tränen. Er nahm ihr die Streichhölzer weg, riß eines an und hielt es unter das Kissen.

Die Flammen sprangen hoch. Der Russe wirbelte herum, preßte das Feuer an seine Brust. Dann machte Taleniekov mit dem Brüllen eines verwundeten Tieres, das plötzlich der tödlichen Falle entkommen ist, einen Satz, rannte hinkend los, stieß gegen Wände und Stühle, preßte das flammende Kissen und sich gegen alles, was er berührte; alles, was er berührte, fing Feuer. Zwei Wächter rannten die Treppe herunter, sahen die drei; aber ehe sie oder Scofield feuern konnten, war der Russe über ihnen, schleuderte die Flammen und sich gegen sie, warf das Feuer in ihre Gesichter.

»*Skaryei!*« schrie Taleniekov. »Lauf, Beowulf!« Ein Feuerstoß folgte dem Befehl, erstickt von dem Flammenkörper der Schlange. Er stürzte und riß die beiden Matarese-Wächter mit sich die Treppe hinunter.

Bray packte Antonia am Arm und rannte hinaus zu dem plattenbelegten Weg, den die schwere schwarze Kette schützte. Sie rannten durch die Lücke in der Mauer auf den gepflasterten Parkplatz; vom Dach von Appleton Hall zuckten Scheinwerferbalken auf sie hinunter; an den Fenstern standen Männer mit Waffen in den Händen.

Die achte Explosion kam von unten am Fuße des Hügels und die Hitze ließ das Blattwerk aufflammen. Männer an den Fenstern zerschlugen die Glasscheiben und feuerten auf das tanzende Licht. Scofield sah, daß drei der anderen Detonationen kleine Buschfeuer ausgelöst hatten. Das waren Geschenke, für die er dankbar war; er und Taleniekov hatten beide recht. Explosion und Feuer, Feuer und Explosion. Jedes war ein Ablenkungsmanöver, das einem das Leben retten konnte. Es gab keine Garantien – die gab es nie –, aber Hoffnung gab es.

Der Mietwagen parkte etwa fünfzig Meter rechts von ihnen an der Mauer. Er stand im Schatten, ein isoliertes Fahrzeug, das dort hätte stehenbleiben sollen. Bray zog Toni gegen die Wand.

»Der Wagen dort drüben. Der gehört mir; er ist unsere Chance.«

»Sie werden auf uns schießen!«

»Die Chance ist immerhin besser, als wenn wir laufen. Am Hügel sind überall Streifen. Zu Fuß würden sie uns abknallen.«

Sie rannten an der Mauer entlang. Die neunte Dynamitladung erhellte den Himmel am nordwestlichen Fuße des Hügels. Automatische Waffen knatterten. Plötzlich riß eine mächtige Explosion inmitten des Flammenmeers von Appleton Hall ein Stück der Mauer weg. Männer stürzten aus Fenstern, Fragmente von Stein und Stahl wurden in die Nacht geschleudert. Die Hälfte der Scheinwerfer verlosch. Scofield begriff. Der Sitz der Matarese hatte seine eigenen Arsenale; das Feuer hatte eines davon gefunden.

»*Komm!*« schrie er und stieß Antonia zum Wagen. Sie warf sich hinein, während er um das Wagenheck herum zur Fahrerseite rannte.

Der Beton explodierte rings um ihn; ein Mann, der mit einer Maschinenpistole irgendwo auf dem Rest des Daches stand, hatte sie entdeckt. Bray kauerte sich hinter den Wagen und sah, wo das Feuer her kam; dann hob er die Waffe und gab einen kurzen Feuerstoß ab. Ein Schrei, dann stürzte ein Körper vom Dach. Er öffnete die Tür und schob sich hinter das Steuer.

»Da ist kein *Schlüssel!*« schrie Toni. »Die haben die *Schlüssel* weggenommen.«

»Hier«, sagte Scofield und reichte ihr die Waffe, während er die Plastikkappe der Innenbeleuchtung abriß. Ein Schlüssel fiel ihm in die Hand. Er ließ den Motor an. »Steig nach hinten!« schrie er. Sie gehorchte, kletterte über die Rücklehne. »Stoß die Maschinenpistole durch das linke Fenster. Wenn ich anfahre, hältst du den Abzug fest! Ziele hoch und gib Dauerfeuer; du mußt schießen, bis ich die erste Kurve erreicht habe, aber zieh den Kopf ein! Kannst du das?«

»Das kann ich!«

Bray riß den Wagen im 180-Grad-Winkel herum und jagte über den Parkplatz. Antonia tat, wie er ihr aufgetragen hatte; das Knattern der Maschinenpistole erfüllte den Wagen. Sie erreichten die Auffahrt, den Weg, der nach unten führte.

»Jetzt ans *rechte* Fenster!« befahl er und riß den Wagen um die Kurve, hielt das Steuer mit solcher Gewalt fest, daß er den Schmerz in den Armen spürte. »In ein paar Sekunden kommen wir an dem Kutschenhaus vorbei; dort ist eine Garage, dort sind Männer. Wenn sie Waffen haben, mußt du *genauso* das Feuer eröffnen. Zieh den Kopf ein und laß den Abzug nicht los. Ist das *klar?*«

»Das ist klar.«

Es *waren* Männer dort; sie hatten Waffen und sie benutzten sie. Das Glas der Windschutzscheibe zersplitterte, als von den offenen Garagentoren ein Kugelhagel herüberschlug.

Antonia hatte das Fenster heruntergekurbelt; jetzt schob sie die Maschinenpistole durch den Rahmen, stützte den Abzug auf, und wieder vibrierten die Explosionen durch das dahinrasende Auto. Körper wurden zur Seite gefegt; Schreie und das Klirren von Glas und das Pfeifen abprallender Kugeln erfüllten die riesige Garage des Kutschenhauses. Als Scofield die letzten zweihundert Meter vor den Toren von Appleton Hall erreichte, das Gesicht von den Splittern der Windschutzscheibe blutig, war das letzte Magazin leer. Dort unten standen Männer, bewaffnete, uniformierte Männer, aber das waren keine Soldaten der Matarese. Brays Hand schob sich an den Lichtschalter, drückte ihn hinein und zog ihn wieder heraus, immer wieder. Die Scheinwerfer flackerten aus und an – in Folge, *immer* in Folge.

Die Tore waren gewaltsam geöffnet worden; er preßte den Fuß auf die Bremse. Der Wagen kam kreischend zum Stillstand.

Von allen Seiten drängte sich Polizei heran. Dann Männer in schwarzen Anzügen, in paramilitärischer Ausrüstung, Männer, die für spezielle Kriegführung ausgebildet waren, Männer, deren Schlachtfeld momentane Ausbrüche von bewaffnetem Fanatismus waren. Ihr Befehlshaber näherte sich dem Wagen.

»Nur *ruhig*«, sagte er zu Bray. »Sie sind in Sicherheit. Wer sind sie?«

»Vickery. B. A. Vickery. Ich hatte geschäftlich mit Nicholas Guiderone zu tun. Wie Sie sagen ... wir haben es geschafft, sind herausgekommen! Als dort die Hölle losbrach, packte ich meine Frau. Wir verbargen uns in einem Wandschrank. Sie brachen gewaltsam ins Haus ein, in Gruppen, denke ich. Unser Wagen stand draußen. Die einzige Chance, die wir hatten.«

»Jetzt ganz ruhig, Mr. Vickery, aber schnell. Was geschieht dort oben?«

Die zehnte Ladung detonierte auf der anderen Seite des Hügels, aber ihr Flammenschein wurde von dem Feuer überstrahlt, das jetzt den ganzen Hügelkamm erfaßt hatte.

Appleton Hall wurde vom Feuer verzehrt. Die Explosionen kamen jetzt häufiger, während ein Arsenal nach dem anderen detonierte. Der Hirtenjunge erfüllte seine Bestimmung. Er hatte seine Villa Matarese gefunden und ebenso wie sein *Padrone* vor siebzig Jahren würden auch seine sterblichen Überreste mit ihren Trümmern untergehen.

»Was *geschieht,* Mr. Vickery?«

»Es sind Killer. Sie haben jeden im Haus getötet, sie werden alle töten, wenn sie können. Sie werden sie nicht lebend fangen.«

»Dann fangen wir sie eben tot«, sagte der Kommandeur, die Stimme von Erregung erfüllt. »Jetzt sind sie zu uns gekommen, die kommen *wirklich.* Italien, Deutschland, Mexiko ... Libanon, Israel, Buenos Aires. Weshalb dachten wir eigentlich, wir wären immun? Fahren Sie weiter, Mr. Vickery. Fahren Sie die Straße hinunter, etwa eine Viertelmeile. Dort sind Ambulanzen. Wir nehmen Ihre Aussage später auf.«

»Ja, Sir«, sagte Scofield und ließ den Motor an.

Sie fuhren an den Ambulanzen am Appleton Drive vorbei und bogen nach links in die Straße nach Boston. Bald würden sie über die Longfellow-Brücke nach Cambridge fahren. Am Harvard Square in der Untergrundstation war ein Schließfach, und in diesem Schließfach stand sein Aktenkoffer.

Sie waren frei. Die Schlange war in Appleton Hall gestorben, aber sie waren frei, ihre Freiheit war sein Geschenk.

Endlich war Beowulf Agate verschwunden.

EPILOG

Männer und Frauen wurden schnell in Gewahrsam genommen, in aller Stille, und die Gerichte erhoben keine Anklage, denn die Verbrechen, die sie begangen hatten, überstiegen die Vernunft der Gerichte und die Toleranz der Nation. Aller Nationen. Jede Nation verfuhr auf ihre eigene Weise mit den Matarese. Wo sie sie finden konnten.

Staatschefs der ganzen Welt konferierten per Telefon miteinander. Die üblichen Dolmetscher wurden von hohen Regierungsfunktionären ersetzt, die die betreffenden Sprachen beherrschten. Die Führer der Staaten gestanden Erstaunen und Schock. Sie bestätigten stillschweigend, daß ihre Abwehrorganisationen sowohl unzureichend als auch infiltriert waren. Sie prüften einander mit subtilen Schattierungen der Anklage und wußten gleichzeitig, wie wirkungslos diese Versuche waren; sie waren nicht dumm. Sie suchten verletzliche Stellen, sie alle hatten sie. Zuletzt wurde – stillschweigend – ein einziger Schluß vereinbart. Es war der einzige Schluß, der in diesen verrückten Zeiten Sinn hatte.

Schweigen.

Jeder sollte die Verantwortung für seine eigene Täuschung tragen, keiner sollte die anderen über das normale Maß von Argwohn und Feindseligkeit hinaus mit hineinziehen. Denn zuzugeben, daß es eine so massive, globale Verschwörung gab, hieß auch zuzugeben, daß die Regierungen überholt waren.

Sie waren nicht dumm. Sie hatten Angst.

In Washington trafen eine Handvoll Männer ein paar schnelle Entscheidungen.

Senator Joshua Appleton IV. starb so, wie er ins Leben getreten war. Er verbrannte des Nachts bei einem Autounfall auf einer dunklen Straße. Es gab ein Staatsbegräbnis. Sein Katafalk wurde prunkvoll auf der Rotunde aufgebahrt. Die Worte, die gesprochen wurden, waren einem Manne angemessen, von dem jeder wußte, daß er ins Weiße Haus gezogen wäre, hätte die Tragödie ihn nicht dahingerafft.

Eine Lockheed Tristar aus dem Besitz der Regierung wurde in den Bergen von Colorado, nördlich vom Poudre Canyon, geopfert, ein Versagen von zwei Motoren ließ die Maschine an Höhe verlieren, während sie jene gefährliche Bergkette überflog. Man beklagte Pilot und Mannschaft und billigte ihren Familien, unabhängig von ihrer Dienstzeit, die volle Pension zu. Aber der tiefen Trauer schloß sich eine tragische Lektion an, die nie vergessen werden durfte. Es erwies sich nämlich, daß sich an Bord der Maschine drei der hervorragendsten Männer der Nation befunden hatten, die ihr Leben im Dienste ihres Landes während einer militärischen Inspektionsreise opferten. Der Vorsitzende der Vereinigten Stabschefs hatte seine Kollegen im CIA und im Nationalen Sicherheitsrat gebeten, ihn auf der Tour zu begleiten. Neben der Beileidsbezeigung des Präsidenten erließ das Oval Office eine Anweisung: Nie wieder sollten Regierungspersonen von solch hohem Rang gemeinsam in einer einzigen Maschine fliegen dürfen; die Nation konnte kein zweites Mal einen solch schweren Verlust ertragen.

Während die Wochen verstrichen, wurde den oberen Angestellten des State Department und zahlreichen Reportern, die die Behörde Tag für Tag besuchten, eine ungewöhnliche Tatsache bewußt. Der Außenminister war schon seit geraumer Zeit nicht mehr in Erscheinung getreten. Die Sorge wuchs, während seine Terminpläne geändert, Reisen abgesagt und Konferenzen verschoben oder abgesagt wurden. Gerüchte verbreiteten sich in der Hauptstadt. Aus manchen Quellen ging hervor, daß der Außenminister lange Geheimverhandlungen in Peking führte, während andere wieder darauf hindeuteten, er befände sich in Moskau, und es stünde ein Durchbruch in den Verhandlungen über Rüstungsbeschränkungen vor der Tür. Dann nahmen die Gerüchte weniger attraktive Färbung an; irgend etwas stimmte nicht; eine Erklärung wurde verlangt.

Der Präsident lieferte diese Erklärung an einem warmen Frühlingsnachmittag. Er gab die Erklärung über Radio und

Fernsehen von einem Sanatorium in Moorefield, West Virginia, aus ab.

»In diesem Jahr der Tragödie habe ich die schwere Pflicht, Ihnen weitere Sorge zu bringen. Ich habe mich gerade von einem lieben Freund verabschiedet. Einem großen, mutigen Mann, der das empfindliche Gleichgewicht kannte, das in unseren Verhandlungen mit unseren Gegnern notwendig war, und der nicht zulassen wollte, daß diese Gegner von seinem schnell verklingenden Leben erfuhren. Jenes ungewöhnliche Leben ist vor wenigen Stunden zu Ende gegangen und einer schweren Krankheit erlegen. Ich habe angeordnet, daß die Fahnen der Hauptstadt . . .«

Und so ging es weiter. Auf der ganzen Welt.

Der Präsident lehnte sich in seinem Sessel zurück, als Daniel Congdon das Oval Office betrat. Der Oberbefehlshaber mochte Congdon nicht; der Mann hatte etwas Wieselhaftes an sich. Seine auffällig ergebenen Augen verbargen schrecklichen Ehrgeiz. Aber der Mann machte seine Arbeit gut, und das war alles, worauf es ankam. Besonders jetzt, besonders bei diesem Auftrag.

»Wie lautet die Entscheidung?«

»Wie erwartet, Mr. President. Beowulf Agate hat selten das Normale getan.«

»Er hat auch kein besonders normales Leben geführt, nicht wahr? Ich meine, das haben Sie und Ihre Leute doch nicht von ihm erwartet, oder?«

»Nein, Sir. Er war . . .«

»Sagen Sie, Congdon«, unterbrach ihn der Präsident. »Haben Sie wirklich versucht, ihn töten zu lassen?«

»Es war eine Mandatarexekution, Sir. Wir hielten ihn für unrettbar, gefährlich für unsere Leute. In gewissem Maße glaube ich das immer noch.«

»Das sollten Sie auch. Das ist er nämlich. Deshalb bestand er also darauf, mit Ihnen zu verhandeln. Ich rate Ihnen – nein, ich *befehle* Ihnen –, sich solche *Mandatar*aktionen aus dem Kopf zu schlagen. Ist das klar?«

»Ja, Mr. President.«

»Das hoffe ich. Andernfalls könnte ich nämlich meinerseits

ein Mandatarurteil erlassen. Jetzt, wo ich weiß, wie man so etwas macht.«

»Ich habe verstanden, Sir.«

»Gut. Und die Entscheidung?«

»Scofield wünscht über seine ursprüngliche Forderung hinaus nichts mehr mit uns zu tun zu haben.«

»Aber Sie wissen, wo er ist?«

»Ja, Sir. In der Karibik. Aber wir wissen nicht, wo die Dokumente sind.«

»Ersparen Sie sich die Mühe, sie zu suchen; er ist besser als Sie. Lassen Sie ihn in Frieden; geben Sie ihm nie den geringsten Anlaß zu glauben, Sie interessierten sich für ihn. Wenn Sie das nämlich tun, werden diese Dokumente gleichzeitig an hundert verschiedenen Orten an die Oberfläche kommen. Diese Regierung – diese Nation – könnte mit den Folgen nicht fertig werden. Vielleicht in ein paar Jahren, aber nicht jetzt.«

»Ich akzeptiere diese Ansicht, Mr. President.«

»Daran tun Sie verdammt gut. Was hat uns die Resolution gekostet und wo ist sie versteckt worden?«

»Einhundertsechsundsiebzigtausend vierhundertzwölf Dollar und achtzehn Cents. Wir haben sie an eine Kostenüberschreitung für Marinetrainingsausrüstung angehängt, die Zahlung wurde von einer CIA-Firma direkt an die Werft in Mystic, Connecticut, geleistet.«

Der Präsident blickte zum Fenster auf den Rasen des Weißen Hauses hinaus; die Blüten an den Kirschbäumen waren im Absterben, begannen sich einzurollen und abzufallen. »Er hätte den blauen Himmel von uns verlangen können, und wir hätten ihn ihm gegeben; Millionen hätte er von uns erpressen können. Statt dessen will er nur ein Boot und seine Ruhe.«

März 1980.

Die Achtundfünfzig-Fuß-Charterjolle *Schlange* glitt unter ihrem Hauptsegel an ihre Boje. Dann sprang die Frau an den Pier, das Tau in der Hand. Sie wand es um den Poller und sicherte damit den Bug. Am Heck band der bärtige Skipper das Ruder fest, trat auf den Aufbau und schwang sich auf den Pier hinüber. Dann legte er das Achtertau um den nächsten Poller, zog es straff und verknotete es schließlich.

Mittschiffs trat ein freundlich aussehendes Paar in mittleren Jahren vorsichtig an den Pier. Offensichtlich hatten sie sich schon verabschiedet, ein Abschied, der etwas Schmerz bereitet hatte.

»Nun, die Ferien sind um«, sagte der Mann, seufzte und hielt den Arm seiner Frau. »Wir kommen nächstes Jahr wieder, Captain Vickery. Sie haben das beste Charterboot auf den Inseln. Und nochmals vielen Dank, Mrs. Vickery. Die Küche war wie immer überwältigend.«

Das Paar ging an Land.

»Ich verstaue die Geräte, während du die Vorräte überprüfst, okay?« sagte Scofield.

»All right, Darling. Wir haben zehn Tage, bis das Ehepaar aus New Orleans kommt.«

»Machen wir doch selbst einmal eine Fahrt«, sagte der Kapitän, lächelte, und sprang wieder an Bord der *Schlange* zurück.

Eine Stunde und zwanzig Minuten vergingen; die Vorräte waren an Bord, die Wetterberichte registriert und die Küstenkarten überprüft. Die *Schlange* war bereit auszulaufen.

»Nehmen wir noch einen Drink«, sagte Bray und griff nach Tonis Hand und ging den Sandweg auf die heißen Straßen von St. Kitts zu. Auf der anderen Straßenseite war ein Café. Eine Hütte mit alten Korbtischen und einer Bar, die sich seit dreißig Jahren nicht mehr verändert hatte. Dort pflegten sich die Charterbootskipper und ihre Mannschaften zu treffen.

Antonia setzte sich, begrüßte Freunde, lachte mit den Augen und ihrer spontanen Stimme; die Tramps der Karibik liebten sie. Sie war eine Lady. Das wußten alle. Scofield beobachtete sie von der Bar aus. Während er ihre Getränke bestellte, erinnerte er sich an ein anderes Hafencafé in Korsika. Das lag nur ein paar Jahre zurück – wenn auch in einem anderen Leben –, aber sie hatte sich nicht verändert. Da war immer noch die elegante Grazie, ihr sanfter, offener Humor und ihre Präsenz. Man mochte sie, weil sie liebenswert war; so einfach war das.

Er trug ihre Gläser zum Tisch und setzte sich. Antonia beugte sich nach hinten und borgte sich vom Nachbartisch eine acht Tage alte Zeitung aus Barbados aus. Ein Artikel war ihr aufgefallen.

»Darling, sieh dir das an«, sagte sie und schob ihm das Blatt hin. Ihr Zeigefinger wies auf eine Spalte.

Trans-Communications gewinnt gerichtliche Auseinandersetzung bezüglich Reorganisierung des Konzerns

Wash., D. C. – Combined Wire Services: Nach einigen Jahren der Auseinandersetzung vor den Bundesgerichten ist es den Nachlaßverwaltern des Erbes von Nicholas Guiderone jetzt ermöglicht worden, ihre Reorganisation weiterzutreiben, wozu auch wesentliche Übernahmen europäischer Firmen gehören. Bekanntlich wurden die Besitzverhältnisse des Konzerns, nach dem Terroristenangriff auf die Villa Guiderones in Brookline, Massachusetts, bei dem Guiderone und andere Eigentümer großer Aktienpakete von Trans-Comm hingeschlachtet wurden, einer gerichtlichen Prüfung unterzogen. Es ist kein Geheimnis, daß das Justizministerium ebenso wie das Außenministerium die Nachlaßverwalter unterstützt hat. Man war allgemein der Ansicht, daß die multinationale Firma zwar weiterhin funktioniert hat, daß aber ihre durch unklare Führungsverhältnisse bedingte geschäftliche Zurückhaltung zu einer Verringerung des amerikanischen Prestiges auf den internationalen Märkten geführt hat.

Der Präsident hat, nachdem er von der Resolution erfahren hat, folgendes Telegramm an die Nachlaßverwalter geschickt: »Mir scheint es angemessen, daß während der Woche, mit der mein erstes Amtsjahr schließt, die Hindernisse entfernt worden sind und eine große amerikanische Institution aufs neue in der Lage ist, amerikanisches Know-how und amerikanische Technologie in die Welt hinauszutragen und sich damit den anderen großen Firmen in dem ständigen Bemühen, uns eine bessere Welt zu geben, anschließt. Ich gratuliere Ihnen.«

Bray schob die Zeitung beiseite. »Die Subtilität nimmt wieder ab, nicht wahr?«

Sie gingen von Bassaterre an den Wind. Die Küste von St. Kitts blieb hinter ihnen zurück. Antonia zog den Klüver straff, band das Schot fest und stieg wieder ans Ruder. Sie setzte sich neben Scofield; ihre Hand strich über seinen kurzgestutzten Bart, der jetzt eher grau als schwarz war. »Wo geht die Reise hin, Darling?« fragte sie.

»Ich weiß nicht«, sagte Bray und meinte es auch so. »Eine Weile mit dem Wind, wenn es dir recht ist.«

»Mir ist es recht.« Sie lehnte sich zurück und musterte sein Gesicht, das in Gedanken verloren schien. »Was wird geschehen?«

»Es ist geschehen. Sie haben die Erde übernommen«, antwortete Bray und lächelte. »Guiderone hatte recht; niemand kann es aufhalten. Vielleicht sollte es niemand aufhalten. Sollen sie doch auch ihren Tag in der Sonne haben. Was ich denke, macht keinen Unterschied. Mich werden sie in Frieden lassen – uns. Sie haben immer noch Angst.«

»Angst wovor?«

»Vor den Leuten. Nur den Leuten. Du mußt das Vorsegel reffen, bitte. Wir verlieren zuviel Wind. Wir können schneller fahren.«

»Wohin?«

»Das weiß ich doch nicht. Ich weiß nur, daß ich dort sein will.«

DER GANDOLFO-ANSCHLAG

EIN GROSSER TEIL DER EREIGNISSE IN DIESEM ROMAN FAND VOR EINIGER ZEIT STATT. UND EINE GANZE MENGE SPIELT MORGEN. DIES IST DIE DICHTERISCHE FREIHEIT DES LITURGISCHEN DRAMAS.

Vorwort

Der Gandolfo-Anschlag ist einer jener seltenen, um nicht zu sagen verrückten Zufälle, wie sie einem Schriftsteller vielleicht nur ein- oder zweimal im Leben widerfahren. Infolge göttlicher oder dämonischer Vorsehung wird ihm ein Konzept vorgelegt, das die Flamme seiner Fantasie entfacht. Er ist überzeugt, es wahrhaft mit einer *überwältigenden* Idee zu tun zu haben, die ihm als Rückgrat einer wahrhaft *überwältigenden* Geschichte dienen wird. Auf dem Bildschirm seines Bewußtseins wechseln sich Visionen von kraftvollen Szenen ab, jede voll Dramatik und Bedeutung und ... Nun, verdammt, sie sind einfach *überwältigend*!

Stapel von Papier werden bereitgelegt. Die Schreibmaschine wird abgestaubt, Bleistifte werden gespitzt, Türen geschlossen. Berückende Musik erklingt, um die Geräusche von Menschen und Natur außerhalb der Zelle des überwältigenden Schaffensdrangs zu übertönen. Schöpferischer Zorn greift ein. Die Idee – gleichsam ein Donnerschlag, der eine unglaubliche Szenenfolge auslöst – beginnt Substanz anzunehmen, während Charaktere mit Gesichtern und Körpern hervortreten, mit individuellen Persönlichkeiten und Konflikten. Die Handlung beginnt zu strömen, komplizierte Zahnräder greifen ineinander und machen eine Menge Lärm – übertönen das Werk wahrer Meister, wie dieses Mozarts und – wie hieß er doch gleich? – Händels.

Aber plötzlich stimmt etwas nicht. Ich meine, es stimmt *wirklich* nicht!

Der Autor fängt zu kichern an. Er kann nicht mehr *aufhören* zu kichern.

Schrecklich! Überwältigende Ideen haben Anspruch auf ehrfürchtigen Respekt, weiß der Himmel! Über so etwas darf man nicht lachen!

Aber so sehr er sich auch bemüht – der arme Teufel, der die Geschichte erzählt, steckt in der Falle, wird von einer Fuge förmlich bombardiert, die immer wieder einen Satz wiederholt: *Das kann doch nicht wirklich dein Ernst sein.*

Der arme Teufel sieht seine Musen an. Warum blinzeln sie eigentlich? Ist das der *Messias*, den er hört, oder was sonst? Was ist aus dem überwältigenden Donnerschlag geworden? Warum gerät er plötzlich am klaren blauen Himmel aus dem Takt, als hätte er einen Schluckauf, als ginge er langsam in ein leiser werdendes *Kichern* über?

Der arme Teufel ist verwirrt, gibt auf. Oder besser gesagt, gibt nach, weil er inzwischen eine Menge Spaß daran hat. Schließlich geschah das alles zum Zeitpunkt von Watergate, und niemand könnte sich ein *solches* Drama ausdenken! Ich meine, kein Theater würde es aufführen. Zu jener Zeit, meine ich.

Also läßt sich der arme Teufel weitertreiben, hat einen Riesenspaß daran und fragt sich leicht benommen, wer wohl die Papiere unterzeichnen wird, wenn man ihn in die Anstalt einweist. Und er denkt sich, daß seine Frau die Leute wohl daran hindern wird, weil der Tölpel immerhin hier und da das Geschirr spült und einen verdammt guten Martini mixt.

Schließlich wird das Œuvre präsentiert, und man hört zur Befriedigung des armen Teufels hinter den Türen Gelächter, gefolgt von Protestgeschrei und Urteile wie ›nicht zu retten‹ oder ›schrecklich voreingenommen‹.

»Aber nicht unter Ihrem Namen!«

Die Zeit erlaubt den Wandel, und Wandel säubert.

Jetzt steht mein Name darüber, und ich hoffe, Sie haben Spaß darin. *Mir* hat es eine Menge Spaß gemacht.

Connecticut Shore, 1982 Robert Ludlum

TEIL I

Hinter jedem Unternehmen muß eine einmalige Kraft oder ein Motiv stehen, das sie von jeder anderen Firmenstruktur abhebt und ihr eine ganz eigene Identität verleiht.

Shepherd's Laws of Economics
Buch XXXII, Kapitel 12

Prolog

Die Menschenmassen sammelten sich auf dem Petersplatz. Tausende und aber Tausende von Gläubigen warteten in ehrfürchtiger Vorfreude darauf, daß der Papst auf den Balkon hinaustreten und seine Hände zum Segen erheben würde. Die Zeit des Fastens und der Gebete war vorbei. Im Zwielicht würde das Angelus durch den Vatikan hallen und das Fest des San Genarro einläuten. In ganz Rom würde man die Glocken hören, und sie würden Fröhlichkeit und Lebenslust ankündigen. Der Segen von Papst Franziskus dem Ersten würde das Zeichen zum Beginn der Lustbarkeiten geben.

Man würde in den Straßen tanzen, im Licht von Fackeln und Kerzen, berauscht von Musik und Wein. Auf der Piazza Navonna, dem Trevi und selbst auf Teilen des Palatinhügels standen lange Tische, die mit Pasta und Obst und allen möglichen Backwerken überladen waren. Denn war es nicht dieser Papst, der geliebte Franziskus, der das alles gelehrt hatte? Öffnet eure Herzen und eure Schränke für euren Nächsten, und er möge euch die seinen überlassen. Alle Menschen, hoch und niedrig, sollen begreifen, daß wir eine Familie sind. In diesen Zeiten der Mühsal und des Chaos und der hohen Preise – gibt es da einen besseren Weg, als sich den Geist des Herrn zu eigen zu machen und wahrhafte Liebe zum Nächsten zu zeigen?

Für ein paar Tage mögen Groll und Mißgunst beiseite treten. Trennendes soll vereint werden. Möge das Wort hinausgehen in die Welt, daß alle Männer Brüder sind, alle Frauen Schwestern, alle zusammen Geschwister – und in hohem Maße jeder der Hüter seines Nächsten. Auf nur ein paar Tage möge Barmherzigkeit und Mitgefühl und Dankbarkeit die Seele eines jeden beherrschen und das Süße und das Traurige teilen, denn es gibt kein Übel, das der Macht Gottes widerstehen könnte.

Umarmt euch, hebt euer Glas, lacht und weint und nehmt einander auf in Liebe. Die Welt soll sehen, daß man sich nicht zu schämen braucht, wenn der Geist der Menschlichkeit frohlockt. Und sobald euch dieser Geist berührt hat, sobald ihr die Stimmen von Bruder und Schwester gehört habt, sollt ihr die süßen Erinnerungen über das Fest von San Genarro hinaustragen und euer Leben von den Prinzipien des christlichen Wohlwollens leiten lassen. Es ist möglich, die Welt zu einem besseren Ort zu machen. Den Lebenden obliegt es, dies zu bewirken.

Das war die Lehre von Franziskus dem Ersten.

Atemlose Stille legte sich über die Zehntausende auf dem Petersplatz. Jede Sekunde würde jetzt die Gestalt des geliebten *Il Papa* mit Kraft und Würde und großer Liebe auf den Balkon hinaustreten und die Hände zum Segen erheben. Und dann würde das Angelus beginnen.

Im Inneren der hohen Vatikanräume sprachen Kardinäle, Monsignori und Priester in Gruppen miteinander, und immer wieder wanderten ihre Blicke zu der Gestalt des Papstes hinüber, der in der Ecke saß. Der Raum war von lebhaften Farben erfüllt, von Scharlachrot, Violett und makellosem Weiß. Roben und Kutten und Hüte – Symbole der höchsten Kirchenämter – schwankten und drehten sich und vermittelten die Illusion eines ständig bewegten Freskos.

Und in der Ecke, auf dem Stuhl aus Elfenbein und blauem Samt, saß der Statthalter Christi, Papst Franziskus der Erste. Er war ein einfacher Mann, wohlbeleibt, mit den kräftigen und doch sanften Zügen eines *Campagnuolo*, eines erdverbundenen Mannes. Dicht hinter ihm stand sein persönlicher Sekretär, ein junger schwarzer Priester aus Amerika, aus der Erzdiözese New York. Es war typisch für Franziskus, einen solchen päpstlichen Adjutanten zu haben.

Die beiden unterhielten sich mit leiser Stimme, und der Papst wandte seinen mächtigen Schädel. Seine großen, weichen, braunen Augen blickten ruhig zu dem jungen Priester auf.

»Mannaggi!« flüsterte Franziskus. Seine breite Bauern-

pranke bedeckte seine Lippen. »Das ist verrrückt! Die ganze Stadt wird eine Woche lang betrunken sein. Sie werden sich auf den Straßen lieben. Sind Sie sicher, daß das stimmt?«

»Ich habe es zweimal geprüft«, erwiderte der Neger und beugte sich in ruhiger Beflissenheit vor. »Wollen Sie mit ihm streiten?«

»Mein Gott, nein! Er war immer der Schlaueste in den Dörfern!«

Ein Kardinal schritt auf den Stuhl des Papstes zu und neigte sich vor. »Heiliger Vater, es ist Zeit«, sagte er leise. »Die Menge erwartet Sie.«

»Wer? Ja, natürlich. Gleich, mein guter Freund.«

Der Kardinal lächelte unter seinem riesigen Hut. Seine Augen waren von Bewunderung erfüllt. Franziskus nannte ihn immer seinen guten Freund. »Danke, Eure Heiligkeit.« Der Kardinal entfernte sich rückwärts gehend.

Der Statthalter Christi begann zu summen. Jetzt konnte man die Worte verstehen. »*Che gelida ... manina ... a rigio esanime ... ah, la, la-laa-tra-la, la, la-laa ...*«

»Was tun Sie?« Der junge päpstliche Adjutant aus der Erzdiözese New York, Distrikt Harlem, war sichtlich erregt.

»Die Arie des Rodolfo. Ah, dieser Puccini! Wenn ich nervös bin, hilft es mir, wenn ich singe.«

»Lassen Sie das, Mann! Oder wählen Sie einen Gregorianischen Gesang, zumindest eine Litanei.«

»Ich kenne keine. Ihr Italienisch wird immer besser, aber es ist immer noch nicht gut.«

»Ich gebe mir ja Mühe, Bruder. Ist nicht ganz leicht, mit Ihnen zu lernen. Kommen Sie jetzt, gehen wir auf den Balkon hinaus.«

»Drängen Sie mich nicht! Ich gehe ja schon. Mal sehen. Ich hebe die Hand. Und dann hinauf und hinunter und von rechts nach links ...«

»*Von links nach rechts*«, flüsterte der Priester heiser. »Hören Sie nicht zu? Wenn wir schon diese Komödie spielen, dann lernen Sie um Gottes willen wenigstens das Allernötigste!«

»Ich dachte, wenn ich etwas gebe – und nichts nehme –, sollte ich es umgekehrt machen.«

»Treiben Sie bloß keinen Unsinn! Versuchen Sie möglichst natürlich zu wirken.«

»Dann sollte ich vielleicht singen.«

»So natürlich nun auch wieder nicht! Kommen Sie schon!«

»Schon gut, schon *gut*.« Der Papst erhob sich aus seinem Stuhl und lächelte allen Anwesenden wohlwollend zu. Dann wandte er sich noch einmal an seinen Adjutanten und sprach so leise, daß keiner es hören konnte. »Falls jemand fragen sollte, welcher ist denn San Genarro?«

»Keiner wird fragen. Und wenn doch, dann benutzen Sie die Standardantwort.«

»Ah ja. ›Studiere die Schriften, mein Sohn.‹ Wissen Sie, das ist alles so verrückt!«

»Gehen Sie langsam, und halten Sie sich gerade. Und lächeln Sie, um Gottes willen, lächeln Sie! Sie sind *glücklich*.«

»Ich fühle mich *scheußlich*, Sie Afrikaner!«

Papst Franziskus der Erste, Statthalter Christi, trat durch die mächtigen Türen auf den Balkon hinaus, um von einem gewaltigen Lärm begrüßt zu werden, der die Grundfesten von Sankt Peter erschütterte. Tausende und aber Tausende hoben im Frohlocken des Geistes ihre Stimmen.

»Il Papa, il Papa, il Papa!«

Und während der Heilige Vater in den myriadenfachen Widerschein der orangeroten Sonne hinausging, die im Westen sank, hörten viele in seinem Gefolge die halblauten Klänge des Liedes, das die heiligen Lippen summten. Jeder glaubte, es müsse sich um irgendein obskures frühes Musikwerk handeln, das nur denen bekannt war, die höchste wissenschaftliche Weihen genossen hatten. Denn so umfassend war das Wissen des *erudito* Papst Franziskus.

»Che . . . gelida . . . manina . . . a rigido esanimeee . . . ah, la, la-laaa . . . tra-la, la, la . . . la-la-laaa . . .«

1.

»Dieser Hurensohn!« Brigadegeneral Arnold Symington ließ den Briefbeschwerer auf die dicke Glasplatte fallen, die seinen Schreibtisch im Pentagon bedeckte. Das Glas zerbrach, und die Splitter flogen in allen Richtungen davon. *»Das kann er doch nicht machen!«*

»Er hat es aber getan«, erwiderte der verängstigte Leutnant, der die Augen mit einer Hand vor dem Büroschrapnell geschützt hatte. »Die Chinesen sind äußerst erregt. Der Premierminister selbst hat den Beschwerdebrief an die diplomatische Mission diktiert. Der Leitartikel im *Roten Stern* befaßt sich damit, und Radio Peking verbreitet ihn ebenfalls.«

»Wie, zum Teufel, *können* sie das denn?« Symington zog sich einen Glassplitter aus der Kuppe seines kleinen Fingers. »Was, zum Teufel, sagen sie? ›Wir unterbrechen dieses Programm für eine wichtige Mitteilung: der amerikanische Militärvertreter, General MacKenzie Hawkins, hat auf dem Son-Tai-Platz einer zehn Fuß hohen Jadestatue die *Eier* abgeschossen?‹ – Unsinn! Das würde Peking nie zulassen – es ist zu vulgär.«

»Sie haben es etwas anders formuliert, Sir. Sie sagen, er hätte in der Verbotenen Stadt ein historisches Denkmal aus wertvollem Stein zerstört. Sie formulieren das so, als ob jemand das Lincoln-Denkmal in die Luft gejagt hätte.«

»Das ist doch eine andere Statue! Lincoln hat Kleider an. Man sieht seine Eier nicht! Das ist nicht dasselbe!«

»Dennoch hält das Weiße Haus die Parallele für angemessen, Sir. Der Präsident möchte, daß Hawkins entfernt wird. Genauer gesagt, mehr als entfernt – er möchte, daß er kassiert wird. Mit Kriegsgericht und allem Drum und Dran. Öffentlich.«

»Ach, du liebe Güte! Das kommt doch nicht in Frage.« Symington lehnte sich in seinem Sessel zurück, atmete tief durch und versuchte, sich wieder unter Kontrolle zu bekommen. Dann griff er nach dem Bericht auf seinem Schreibtisch. »Wir werden ihn versetzen und ihm eine Rüge erteilen. Wir werden eine Abschrift des – Verweises nach Peking schicken. Ja, wir werden es einen Verweis nennen.«

»Das genügt nicht, Sir. Das hat das Außenministerium eindeutig erklärt. Der Präsident schließt sich dieser Ansicht an. Wir befinden uns in Verhandlungen über ein Wirtschaftsabkommen ...«

»Herrgott noch mal, Leutnant!« unterbrach ihn der Brigadegeneral. »Man müßte diesem Wahnsinnsknaben im Weißen Haus endlich klarmachen, daß er sich nicht in alle Himmelsrichtungen ausbreiten kann. Mac Hawkins ist gewählt worden. Aus siebenundzwanzig Kandidaten. Ich erinnere mich noch genau daran, was der Präsident gesagt hat. Ganz genau. ›Dieser Schweinehund ist *perfekt*!‹«

»Das ist jetzt irrelevant, Sir. Er ist der Ansicht, daß die Wirtschaftsverhandlungen Vorrang gegenüber bisherigen Erwägungen haben.« Der Leutnant begann zu transpirieren.

»Ihr bringt mich noch um«, entgegnete Symington und senkte dabei drohend die Stimme. »Wie soll man das denn machen? Kann schon sein, daß Hawkins im Augenblick eure Diplomatenärsche ein wenig flattern läßt, aber damit kann man ja nicht einfach wegwischen, was einmal *relevant* war. Er war bei der Ardennenschlacht ein verdammter Teenagerheld *und* auf West Point beim Football. Und wenn es für das, was er in Südostasien geleistet hat, Orden gäbe, dann wäre nicht einmal Mac Hawkins kräftig genug, um den ganzen Klempnerladen zu tragen. Neben ihm sieht John Wayne wie ein Schwuler aus. Er ist *echt*, und deshalb hat dieser Clown im Weißen Haus ihn ausgesucht.«

»Ich finde wirklich, daß das Amt des Präsidenten – gleichgültig, was Sie von dem Mann halten – ich meine, als Oberkommandierender ...«

»*Pferdescheiße!*« brüllte der General und verlieh dem ordinären Fluch den Klang eines militärischen Befehls. »Ich erkläre Ihnen lediglich – und zwar mit den kräftigsten Worten, die mir zur Verfügung stehen – daß man einen MacKenzie Hawkins nicht öffentlich vor ein Kriegsgericht stellt, um eine Klage aus Peking zu befriedigen, ganz gleich, wie viele verdammte Handelsverträge auf dem Spiel stehen. Wissen Sie, *warum* Leutnant?«

Der junge Offizier antwortete leise: »Weil er einen Skandal entfachen würde. In aller Öffentlichkeit.«

»Genau«, bestätigte Symington tonlos. »Die Hawkinses dieses Landes haben eine Anhängerschaft, Leutnant. Das ist auch genau der Grund, weshalb unser Oberkommandierender ihn ausgewählt hat. Er ist ein politisches Beruhigungsmittel. Und wenn Sie glauben, daß Mac Hawkins das nicht weiß, nun – Sie mußten ihn ja nicht überreden, das war mein Job.«

»Auf diese Reaktion sind wir vorbereitet, General.« Die Worte des Leutnants waren kaum zu vernehmen.

Der General beugte sich vor, wobei er sorgfältig darauf achtete, die Ellbogen nicht auf das zersplitterte Glas zu stützen. »Das habe ich nicht verstanden.«

»Das Außenministerium hat einen harten Gegenschlag erwartet. Deshalb müssen wir eine aggressive Reaktion *darauf* einleiten. Das Weiße Haus bedauert diese Notwendigkeit, erkennt aber zur gegenwärtigen Stunde den Krisenquotienten an.«

»Damit habe ich so ungefähr gerechnet.« Symingtons Worte waren noch leiser als die des Leutnants. »Und jetzt werden Sie bitte deutlich. Wie wollen Sie ihn fertigmachen?«

Der Leutnant zögerte. »Ich bitte um Nachsicht, Sir, aber unser Ziel ist es nicht, äh – General Hawkins fertigzumachen. Wir befinden uns in einer hochgradig delikaten Lage. Die Volksrepublik verlangt Genugtuung. Und mit Recht! Was General Hawkins getan hat, war vulgär und primitiv. Dennoch lehnt er es ab, sich öffentlich zu entschuldigen.«

Symington blickte auf den Bericht, den er immer noch in der Hand hielt. »Steht hier, weshalb er sich weigert?«

»General Hawkins behauptet, es sei eine Falle gewesen. Seine Aussage steht auf Seite drei.«

Der Brigadegeneral blätterte um und las. Der Leutnant zog ein Taschentuch hervor und betupfte sich das Kinn. Symington legte den Bericht vorsichtig auf das zersplitterte Glas und blickte auf. »Wenn das, was Mac hier sagt, stimmt – dann war es wirklich eine Falle. Veröffentlichen Sie doch seine Version der Geschichte!«

»Er hat keine Version, General. Er war betrunken.«

»Mac sagt, er habe unter Drogeneinfluß gestanden – nicht unter Alkoholeinwirkung, Leutnant.«

»Er hat aber getrunken, Sir.«

»Und er stand unter Drogeneinfluß. Ich würde meinen, daß Mac den Unterschied kennt. Ich habe ihn schon Bourbon Whiskey schwitzen sehen.«

»Er leugnet aber gar nicht ab, daß er jenen Frevel begangen hat.«

»Er leugnet die Verantwortung für seine Handlungen. Hawkins war der beste Abwehrstratege in Indochina. Er hat selbst Kuriere und Vermittler in Kambodscha, Laos, den beiden Vietnams und wahrscheinlich auch jenseits der mandschurischen Grenze unter Drogen gesetzt. Er kennt den Unterschied verdammt genau.«

»Ich fürchte, sein Wissen macht hier keinerlei Unterschied, Sir. Der Krisenquotient erfordert, daß wir Pekings Wünsche erfüllen. Die Handelsverträge sind von eminenter Wichtigkeit. Offen gestanden, Sir, wir haben noch knapp zehn Tage Zeit, um alles ins Gleichgewicht zu bringen, um unseren Input zu leisten und zu positivem Druck zu kommen.«

Symington starrte den jungen Offizier entgeistert an. »Was soll das bedeuten?«

»Es ist sehr hart, so etwas auszusprechen. Aber General Hawkins hat seine eigenen Interessen über jene seiner dienstlichen Obliegenheiten gestellt. Wir werden ein Exempel statuieren müssen. Zum größeren Nutzen aller.«

»Ein Exempel? Weil jemand die Wahrheit ans Licht bringen will?«

»Es gibt eine höhere Pflicht, General.«

»Ich weiß«, sagte der Brigadier müde. »Eine Pflicht gegenüber den – Handelsverträgen.«

»Ganz offen gesagt, ja. Es gibt Zeiten, wo man Symbole über pragmatische Zielsetzungen stellen muß.«

»Okay. Aber Mac wird nicht stillhalten und für Sie ein abgeknicktes Symbol spielen. Worin besteht also Ihr – *Input*?«

»Es handelt sich um den Generalinspekteur«, erklärte der Leutnant etwa im Tonfall eines widerspenstigen Studenten, der im Biologieseminar einen abgeschnittenen Bandwurm anfaßt. »Wir nehmen an ihm eine gründliche Datenüberwachung vor. Wir wissen, daß er in Indochina in fragwürdige Aktivitäten verwickelt war. Wir haben Grund zu der Annahme, daß er internationale Verhaltensusancen verletzt hat.«

»Und ob er das hat! Er war einer der Besten!«

»Bezüglich dieser Usancen gibt es keine genauen Vorschriften. Die Spezialisten des Generalinspekteurs haben Aufzeichnungen, die viel weiter zurückreichen als die Aktivitäten von General Hawkins, die er *ex officio* betrieben hat.« Der Leutnant lächelte. Es war ein echtes Lächeln, und er war offenbar in bester Stimmung.

»Sie werden ihn also mit Untergrundoperationen zur Strecke bringen, von denen die Hälfte der Vereinigten Stabschefs und der größte Teil des CIA wissen, daß sie ihm eine ganze Ladung Belobigungen eintragen würden – wenn sie darüber sprechen könnten. Ihr Bastarde, ihr bringt mich um!« Symington nickte langsam, als wollte er sich selbst beipflichten.

»Vielleicht könnten Sie uns Zeit sparen, General. Würden Sie uns Einzelheiten liefern?«

»O nein! Wenn ihr diesen Hurensohn ans Kreuz schlagen wollt, dann müßt ihr euch schon selbst eins hinstellen!«

»Sie verstehen die Situation doch, oder, Sir?«

Der Brigadegeneral schob seinen Stuhl zurück und trat mit der Fußspitze ein paar Glassplitter beiseite. »Ich will Ihnen etwas sagen. Ich habe seit 1945 überhaupt nichts mehr verstanden.« Mit schmalen Augen blickte er den jungen Offizier an. »Ich weiß, daß Sie für Sechzehn-Hundert tätig sind, aber gehören Sie zur regulären Armee?«

»Nein, Sir. Reserve, Sonderauftrag. Ich bin von Y, J und B beurlaubt. Sozusagen zum Feuerlöschen, ehe die Fahnenstangen verbrennen.«

»Y, J und B ... Diese Abteilung kenne ich gar nicht.«

»Das ist keine Abteilung, Sir, sondern Youngblood, Jakel und Bowe in Los Angeles. Wir sind die führende Werbeagentur an der Küste.«

General Arnold Symingtons Gesicht nahm den Ausdruck eines verzweifelten Basset an. »Die Uniform sieht wirklich nett aus, Leutnant.« Er machte eine Pause und schüttelte dann in ungläubigem Staunen den Kopf.

Major Sam Devereaux, Beauftragter des Generalinspekteurbüros, blickte auf den Wandkalender. Er stand auf, trat hinter seinem Schreibtisch hervor, ging auf den Kalender zu und strich das Tagesdatum aus. Noch einen Monat und drei Tage, und er würde wieder Zivilist sein.

Nicht daß er je ein Soldat gewesen wäre. Nicht wirklich – nicht im Geiste. Sam war ein militärischer Unfall. Ein Unfall, kombiniert mit einem riesigen Fehler, der zu einer Verlängerung seiner Dienstzeit geführt hatte. Es war auf die Wahl zwischen zwei Alternativen hinausgelaufen – eine Verlängerung seiner Dienstzeit oder eine in Leavenworth zu verbüßende Strafe.

Sam war Rechtsanwalt, ein verdammt guter Anwalt, der sich auf Strafrecht spezialisiert hatte. Vor Jahren hatten ihm das Harvard College und dessen juristische Fakultät mehrmals dazu verholfen, den Militärdienst aufzuschieben. Zwei Jahre nach dem Examen hatte er in verschiedenen Anwaltsfirmen und schließlich vierzehn Monate in der bekannten Bostoner Anwaltskanzlei Aaron Pinkus Associates gearbeitet. Auf diese Weise war der Militärdienst zu einem lästigen Schatten verblaßt, der sein Leben kaum berührte. Er hatte die vielen Aufschübe vergessen.

Aber die Armee der Vereinigten Staaten vergaß so etwas nicht.

Während einer jener periodisch auftretenden Getriebeschäden der Militärbürokratie entdeckte das Pentagon, daß ihm zu wenig Anwälte zur Verfügung standen. Die Militärgerichtsbarkeit lag brach. Hunderte von Kriegsgerichtsverfahren auf Stützpunkten in der ganzen Welt konnten aus Mangel an Militärrichtern und Verteidigern nicht abgewickelt werden. Die Militärgefängnisse waren überfüllt. So fing das Pentagon an, die lang vergessenen Akten über Dienstaufschub durchzukämmen. Dutzende junger, alleinstehender, kinderloser Anwälte – verfügbares Fleisch – erhielten unabweisbare Einladungen, in denen die Bedeutung des Wortes ›Aufschub‹ im Gegensatz zu dem Wort ›Verzicht‹ erklärt wurde.

Das war der Unfall. Devereaux' Fehler kam viel später hinzu. Siebentausend Meilen entfernt, an den sich berührenden Grenzen von Laos, Burma und Thailand. Im Goldenen Dreieck.

Devereaux sah – aus Gründen, die nur Gott und die militärische Logistik kannten – niemals ein Kriegsgericht und trat noch weniger in einem solchen auf. Er wurde der juristischen Untersuchungsabteilung des Büros des Generalinspekteurs zugeteilt und nach Saigon geschickt, um dort zu überprüfen, welche Gesetze eigentlich verletzt wurden.

Es gab so viele, daß man sie nicht zählen konnte. Und da das Thema Drogenmißbrauch den Vorrang vor dem Schwarzen Markt erhielt – es gab einfach in letzterem zu viele Vertreter amerikanischen Unternehmertums – führten ihn seine Dienstpflichten ins Goldene Dreieck, wo im Auftrag mächtiger Männer in Saigon, Washington, Vientiane und Hongkong ein Fünftel des Narkotikaaufkommens der Welt verteilt wurde.

Sam war gewissenhaft. Er mochte Rauschgifthändler nicht, und er setzte die ganze Kraft seines Amtes gegen sie ein, sorgfältig darauf bedacht, daß seine Berichte nach

Saigon innerhalb der wirren Befehlsketten korrekt übermittelt wurden.

Keine Unterschriften. Nur Namen und Vergehen. Schließlich könnte ihm seine Tätigkeit eine Kugel oder einen Messerstich in den Rücken eintragen – zumindest aber ein Scherbengericht. Es war eine Lektion in Geheimdienstaktivitäten.

Seine Trophäen schlossen sieben ARVN-Generäle, einunddreißig Abgeordnete im Kongreß Thieus, zwölf Colonels der US-Army, drei Brigadegeneräle und achtundfünfzig sortierte Majore, Hauptmänner, Leutnants und Oberfeldwebel ein. Hinzu kamen noch fünf Kongreßabgeordnete, vier Senatoren, ein Kabinettsmitglied, elf leitende Angestellte amerikanischer Überseegesellschaften – von denen sechs bereits im Bereich von Wahlspenden genügend Ärger hatten – und ein Baptistenpriester mit kantigem Kinn mit umfangreicher Anhängerschaft.

Nach bestem Wissen Sams wurden ein Leutnant und zwei Oberfeldwebel unter Anklage gestellt, die übrigen Fälle waren ›in Schwebe‹.

So beging Sam Devereaux seinen Fehler. Seine Erkenntnis, daß die Mühlen der südostasiatischen Gerechtigkeit beim ersten Anzeichen äußerer Einflußnahme aus dem Takt zu geraten schienen, machte ihn so wütend, daß er beschloß, einen sehr großen Fisch im Netz der Korruption in die Falle zu locken und an ihm ein Exempel zu statuieren. Er wählte sich dafür einen Generalmajor in Bangkok. Einen Mann namens Heseltine Brokemichael. Generalmajor Heseltine Brokemichael, Examensjahrgang 1943 von West Point.

Sam besaß Beweise, sogar haufenweise. Durch eine Folge komplizierter Manöver, in denen er selbst als ›Kontaktmann‹ auftrat, als Beteiligter also, der unter Eid das Fehlverhalten des Generalmajors beschwören konnte, baute er seinen Fall gründlich auf. Es konnte unmöglich zwei Generäle Brokemichael geben, und Sam war ein Racheengel von einem Ankläger, der sein Opfer einkreiste.

Aber es gab zwei Generalmajore namens Brokemichael – einer hieß Heseltine, einer Ethelred. Offensichtlich Vettern. Und der eine in Bangkok – Heseltine – war nicht der in Vientiane – Ethelred. Der Vientiane-Brokemichael war der Missetäter, nicht sein Vetter. Ferner war der Brokemichael in Bangkok in noch größerem Maße ein Racheengel als Sam. Er glaubte, *er* würde Beweismaterial über einen korrupten Mitarbeiter des Generalinspekteurs sammeln. Und das tat er. Devereaux hatte die meisten internationalen Schmuggelgesetze verletzt und *alle*, die das Weiße Haus je erlassen hatte.

Sam wurde von der Militärpolizei verhaftet, in eine Sicherheitszelle gebracht und darüber informiert, daß er damit rechnen könnte, den größten Teil seines Lebens in Leavenworth zu verbringen.

Glücklicherweise kam ihm ein höherer Offizier im Stab des Generalinspekteurs zu Hilfe, der zwar nicht ganz den Gerechtigkeitssinn begriff, der Sam dazu veranlaßt hatte, so viele Verbrechen zu begehen, aber der immerhin Sams juristische und ermittlerische Beiträge im Dienste des Generalinspekteurs anerkannte. Devereaux hatte tatsächlich mehr Beweismaterial als jeder andere Justizoffizier in Südostasien beigebracht. Seine Arbeit im Außendienst glich die Inaktivität in Washington aus.

So ließ dieser höhere Offizier zu, daß im Falle Sams ein kleiner inoffizieller Handel getrieben wurde. Wenn Sam eine vom wütenden Generalmajor Heseltine Brokemichael in Bangkok verhängte Disziplinarstrafe auf sich nahm, die in sechs Monaten Gehaltsabzug bestand, würde auf eine offizielle Anklage verzichtet werden. Und da war noch eine weitere Bedingung. Er mußte seine Arbeit für das Büro des Generalinspekteurs weitere zwei Jahre über seine eigentliche Dienstzeit hinaus fortsetzen. Bis dahin, so nahm der höhere Offizier an, würde das Chaos in Indochina denjenigen übergeben werden, die für eben dieses Chaos verantwortlich waren. Und damit würde die Belastung des Generalinspektorats wieder reduziert werden oder sogar ganz aufhören.

Es gab also zwei Möglichkeiten – Dienstzeitverlängerung oder Leavenworth.

Und so beschloß Major Sam Devereaux, patriotischer Bürgersoldat, seine Dienstzeit zu verlängern. Und das Chaos in Indochina reduzierte sich keineswegs, wurde jedoch den Verantwortlichen übertragen, und Devereaux wurde nach Washington D. C. zurückversetzt.

Noch ein Monat und drei Tage, sinnierte er, während er aus seinem Bürofenster blickte und die Militärpolizisten am Eingang beobachtete, die alle hinausfahrenden Fahrzeuge überprüften. Es war nach fünf. In zwei Stunden mußte er auf dem Dulles-Flughafen eine Maschine erreichen. Er hatte schon am Morgen seine Sachen gepackt und den Koffer mit ins Büro gebracht. Die vier Jahre näherten sich ihrem Ende. Zwei plus zwei. Vielleicht, überlegte er, würde er einmal diese Zeit bedauern, aber vergeudet war sie nicht gewesen. Der Abgrund der Korruption in Südostasien reichte auch in die hierarchischen Korridore Washingtons hinein. Die Bewohner dieser Korridore wußten, wer er war. Er hatte mehr Angebote von renommierten Anwaltsfirmen bekommen, als er beantworten, geschweige denn in Betracht ziehen konnte. Und er wollte sie nicht in Betracht ziehen – er mißbilligte sie. Ebenso, wie er den Vorgang mißbilligte, der augenblicklich auf seinem Schreibtisch lag.

Die Manipulatoren waren wieder am Werk. Diesmal sollte ein Laufbahnoffizier namens Hawkins gründlich diskreditiert werden. Generalleutnant MacKenzie Hawkins.

Im ersten Augenblick war Sam erschrocken. MacKenzie Hawkins war ein Original, eine Legende. Der Stoff, aus dem man einen Heldenkult machte – einen Heldenkult, der politisch rechts von Attila, dem Hunnenkönig, angesiedelt war.

Hawkins' Platz am militärischen Firmament war gesichert. Die *Bantam Books* hatten seine Biographie veröffentlicht – und noch ehe ein Wort auf dem Papier stand, waren auch die Rechte für den Vorabdruck und den Abdruck in *Reader's Digest* verkauft worden. Hollywood zahlte geradezu obszöne Beträge dafür, seine Lebensgeschichte zu verfilmen. Und die Antimilitaristen machten aus ihm einen Gegenstand des Faschistenhasses.

Seine Biographie wurde nicht gerade zum Bestseller, weil ihr Held nicht übermäßig kooperativ war. Offenbar gab es da gewisse persönliche Eigenheiten, die sein Bild in der Öffentlichkeit nicht gerade förderten, darunter auch vier Ehefrauen. Der Film erzielte keinen triumphalen Erfolg, da er endlose Schlachtszenen enthielt, wo der Mann höchstens andeutungsweise erschien, sah man von einem Schauspieler ab, der durch den Schlachtenstaub spähte und mit leicht lispelnder Stimme seinen Männern zubrüllte, sie sollten ›diese Gottlosen (Kanonendonner) fertigmachen, die es wagten, die ruhmreiche Flagge herunterzureißen! Packt sie, Jungs!‹

Hollywood hatte auch die vier Ehefrauen und gewisse andere Eigenheiten des ›technischen Beraters im Studio‹ entdeckt. MacKenzie Hawkins verbrauchte Starlets in rauhen Mengen und trieb es mit der Frau des Produzenten im Swimming-pool, während der Produzent wütend vom Wohnzimmerfenster aus zusah.

Aber den Film startete er dennoch. Herrgott, schließlich hatte er fast *sechs Millionen* gekostet!

Jene fehlgeleiteten Bemühungen hätten vielleicht einen anderen Mann dazu gebracht, in der Versenkung zu verschwinden, und wäre es nur aus Verlegenheit. Nicht aber Mac Hawkins. Im Kreis seiner Freunde machte er sich über die Verantwortlichen lustig und erheiterte seine Gäste mit Anekdoten über Manhattan und Hollywood.

Man schickte ihn mit einer neuen Spezialaufgabe auf die Kriegsakademie – Abwehr, Geheimdienstaktivitäten. Seine Vorgesetzten fühlten sich ein wenig sicherer, wenn der charismatische Hawkins im Geheimdienst eingesetzt wurde. Und aus dem Oberst wurde ein Brigadegeneral, und er eignete sich alles an, was es über seine neue Spezialität zu lernen gab. Er verbrachte zwei Jahre mit harter Arbeit und studierte jede Phase der Abwehrtätigkeit, bis seine Instruktoren nicht mehr wußten, worin sie ihn noch instruieren konnten.

So sandte man ihn nach Saigon, wo die eskalierenden Feindseligkeiten inzwischen zu einem ausgewachsenen Krieg aufgeblüht waren. Und in Vietnam, in den beiden Vietnam, in Laos und Kambodscha und Thailand und Burma korrumpierte Hawkins jene Leute, die andere korrumpierten, und die Ideologen auch. Berichte seiner Aktivitäten hinter den Linien und jenseits der neutralen Grenzen ließen ›Schutzreaktionen‹ als einzig logische Strategie erscheinen. So unorthodox, so offenkundig kriminell, waren seine Methoden, daß G-2 Saigon sich plötzlich dabei ertappte, wie es seine schiere Existenz ableugnete. Es gab immerhin Grenzen. Selbst für Geheimdienstaktivitäten.

Wenn *Amerika über alles* eine Maxime war, und das war es, dann sah Hawkins keinen Grund, warum diese Maxime nicht auch für die schmutzige Welt der Untergrundtätigkeit gelten sollte.

Und für Hawkins *stand* Amerika an erster Stelle – komme, was da wolle!

So fand Sam Devereaux es ein wenig traurig, daß ein solcher Mann von den Manipulatoren fertiggemacht werden sollte, von jenen Manipulatoren, die ihre Positionen nur deshalb bekleideten, weil sie sich selbst so ruhmreich in die Fahne gehüllt hatten. Hawkins war jetzt ein lästiger Löwe in der diplomatischen Arena, und man mußte ihn um des zweideutigen Denkens willen eliminieren. Die Männer, die seine Ehre hätten schützen müssen, taten jetzt ihr Bestes, um ihn möglichst schnell auszuschalten – in zehn Tagen, um genau zu sein.

Normalerweise hätte es Sam Vergnügen bereitet, einen Fall gegen einen messianischen Esel wie Hawkins aufzubauen. Und das würde er auch trotz seiner gegenteiligen Gefühle tun. Das war der letzte Vorgang, den er für das Büro des Generalinspekteurs erledigen würde, und er würde es nicht riskieren, daß man ihn noch einmal für zwei Jahre festhielt. Trotzdem war er traurig. Der Hawk, wie man ihn nannte – mochte er auch tausendmal ein fehlgeleiteter Fanatiker sein – verdiente etwas Besseres als das, was ihm bevorstand.

Vielleicht, dachte Sam, beruhten seine Depressionen auf den letzten ›Operativ‹-Instruktionen vom Weißen Haus: ›Finden Sie etwas im moralischen Bereich, was Hawkins nicht ableugnen kann. Überprüfen Sie, ob er sich jemals in die Obhut eines Psychiaters begeben hat.‹

Ein Psychiater! Jesus! Die lernten es *nie*.

Unterdessen hatte Sam ein Team von Ermittlungsbeamten nach Saigon geschickt, die versuchen sollten, ein paar negative Einzelheiten auszugraben. Und er mußte zum Dulles-Flughafen fahren, um dort eine Maschine nach Los Angeles zu nehmen.

Sämtliche Exfrauen von Hawkins lebten in einem Radius von dreißig Meilen von Malibu bis Beverly Hills. Die würden mehr bringen als jeder Psychiater. Gott! Ein Psychiater!

Auf der Pennsylvania Avenue 1600, Washington, D. C., waren die alle oberhalb der Schultern örtlich betäubt.

2.

»Mein Name ist Lin Shoo«, sagte der uniformierte Kommunist mit weicher Stimme und musterte mit seinen Schlitzaugen den großen, unordentlich wirkenden amerikanischen Soldaten, der in einem Ledersessel saß und in der einen Hand ein Glas Whiskey und in der anderen eine zerkaute Zigarre hielt. »Ich bin Kommandeur der Volkspartei Peking. Und Sie befinden sich in diesem Augenblick unter Hausarrest. Es bringt Ihnen keinen Nutzen, unhöflich zu sein. Dies sind lediglich Formalitäten.«

»Formalitäten wofür?« schrie MacKenzie Hawkins von seinem Lehnstuhl aus – dem einzigen westlichen Möbelstück in diesem orientalischen Haus. Er stellte seinen schweren Stiefel auf einen schwarzen Lacktisch und ließ die Hand über die lederbezogene Sessellehne hängen, so daß die brennende Zigarre gefährlich nahe an einen Seidenparavent geriet. »Es gibt keine verdammten Formalitäten außerhalb der diplomatischen Mission. Gehen Sie dorthin, und bringen Sie Ihre Klagen vor! Wahrscheinlich müssen Sie Schlange stehen.« Hawkins lachte glucksend und trank einen Schluck Whiskey.

»Sie haben sich dafür entschieden, außerhalb der Mission zu residieren«, fuhr der Chinese namens Lin Shoo fort, während seine Augen unruhig zwischen der Zigarre und dem Paravent hin und her wanderten. »Deshalb befinden Sie sich formell nicht auf dem Territorium der Vereinigten Staaten. Sie unterstehen also den Disziplinarmaßnahmen der Volkspolizei. Aber wir wissen, daß Sie nirgendwohin gehen werden, General. Deshalb habe ich gesagt, daß es sich um eine Formalität handelt.«

»Was haben Sie dort draußen?« Hawkins deutete mit seiner Zigarre auf die dünnen, rechteckigen Fenster.

»Auf jeder Seite Ihrer Residenz stehen zwei Streifenwagen. Insgesamt acht.«

»Das ist aber eine beschissen große Wachabteilung für jemanden, der nirgendwohin geht.«

»Kleine Freiheiten. Fotografisch sind zwei wünschenswerter als einer, und drei wirken drohend.«

»Sie nehmen sich Freiheiten heraus?« Hawkins zog an seiner Zigarre und ließ dann die Hand wieder über die Sessellehne hängen. Die Glut der Zigarre war nicht einmal einen Zoll von dem Seidengewebe entfernt.

»Ja, das hat das Erziehungsministerium getan. Sie werden zugeben, General, daß Ihr Isolationsort höchst angenehm ist, nicht wahr? Dies ist ein liebliches Haus auf einem lieblichen Hügel. So friedlich und mit einer schönen Aussicht!« Lin Shoo ging um den Sessel herum und schob den Paravent unauffällig von Hawkins Zigarre weg. Es war zu spät – die Glut hatte bereits einen kreisförmigen Brandfleck in dem Gewebe erzeugt.

»Ein teures Viertel«, erwiderte Hawkins. »Irgend jemand in diesem Volksparadies, wo niemand etwas besitzt und jeder alles besitzt, verdient sich hier ein paar schnelle Kröten. Vierhundert jeden Monat!«

»Sie können von Glück reden, daß Sie hier wohnen. Eigentum kann von Kollektiven gekauft werden. Ein Kollektiv ist keine private Eigentümerschaft.« Der Polizeibeamte ging zu der schmalen Öffnung, die zu dem einzigen Schlafzimmer des Hauses führte. Es war dunkel. Wo eigentlich Sonnenlicht durch das breite Fenster hätte strömen sollen, befand sich eine Decke, die über den Fensterrahmen an die dünne Wand genagelt war. Auf dem Boden lagen übereinandergehäufte Matten. Überall war Einwickelpapier von amerikanischen Schokoladestangen verstreut, und der Geruch von Whiskey hing deutlich in der Luft.

»Weshalb die Fotografien?«

Der Chinese wandte sich von dem unangenehmen Anblick ab. »Um der Welt zu zeigen, daß wir Sie besser behandeln, als Sie uns behandelt haben. Dieses Haus ist kein Tigerkäfig in Saigon und auch kein Verlies in den von Haien wimmelnden Gewässern von Holcotaz.«

»Alcatraz. Das gehört jetzt den Indianern.«

»Wie, bitte?«

»Ach, nichts ... Sie machen mit diesem Ding tolle Schlagzeilen, wie?«

Lin Shoo schwieg einen Augenblick lang. Es war eine Pause, wie sie tiefschürfenden Äußerungen voranzugehen pflegt. »Wenn jemand, der jahrelang die tiefempfundenen Ziele Ihres geliebten Mutterlandes öffentlich in den Schmutz gezogen hat, Ihr Lin-Kolon-Denkmal auf Ihrem Washington Platz in Ihrem Staat Columbia mit Dynamit in die Luft sprengen würde – dann würden die in Roben gekleideten Barbaren Ihres Obersten Gerichtshofs ihn ohne Zweifel inzwischen bereits exekutiert haben.« Der Chinese lächelte und glättete das Jackett seiner Mao-Uniform. »Wir verhalten uns nicht so primitiv. Jegliches Leben ist wertvoll. Selbst das einen kranken Hundes – wie das Ihre.«

»Und Ihr Knilche habt nie jemanden in den Dreck gezogen, was?«

»Unsere Anführer verkünden nur die Wahrheit. Das ist in der ganzen Welt allgemein bekannt – die Lektionen des unfehlbaren Vorsitzenden. Wahrheit bedeutet nicht, daß irgend etwas in den Dreck gezogen wird, General. Sie ist nichts weiter als Wahrheit – allwissende Wahrheit.«

»Wie mein Staat Columbia«, murmelte Hawkins und nahm den Fuß von dem Lacktisch. »Warum, zum Teufel, haben Sie gerade mich herausgepickt? Eine Menge Leute haben Unfreundlichkeiten über Sie gesagt. Warum bin ich so besonders?«

»Weil diese Leute nicht so berühmt sind. Oder berüchtigt, wenn Sie wollen – obwohl mir der Film Ihres Lebens gefallen hat. Sehr künstlerisch, ein Gedicht der Gewalt.«

»Den haben Sie gesehen, hm?«

»Für mich allein. Gewisse Teile waren herausgeschnitten. Diejenigen, die zeigen, wie der Schauspieler, der Sie darstellt, unsere heroische Jugend hinmordet. Sehr unzivilisiert und wild, General.« Der Kommunist ging um den schwarzen Lacktisch herum und lächelte wieder. »Ja, Sie sind ein berüchtigter Mann. Und jetzt haben Sie uns beleidigt, indem Sie ein hochgeschätztes Denkmal zerstört ...«

»Hören Sie schon auf! Ich weiß nicht einmal, was passiert ist. Ich stand unter Drogeneinfluß, und das wissen Sie verdammt gut. Ich war mit Ihrem General Lu Sin zusammen. Mit *seinen* Weibern, in *seinem* Haus.«

»Sie müssen uns unsere Ehre wieder zurückgeben, General Hawkins. Sehen Sie das nicht ein?« Lin Shoo sprach mit leiser Stimme weiter, als hätte Hawkins ihn nicht unterbrochen. »Es wäre eine einfache Angelegenheit für Sie, eine Entschuldigung auszusprechen. Eine Zeremonie ist dafür geplant worden. In Anwesenheit einer kleinen Zahl von Pressevertretern. Wir haben Ihnen die Worte aufgeschrieben.«

»O Mann!« Hawkins sprang auf und überragte den Polizeibeamten um mehr als einen Kopf. »Jetzt sind wir wieder da, wo wir angefangen haben! Wie oft muß ich das euch Bastarden noch klarmachen? *Amerikaner kriechen*

nicht im Dreck! In keiner gottverdammten Zeremonie, mit oder ohne die gottverdammte Presse! Kapieren Sie das doch endlich, Sie Brechmittel!«

»Erregen Sie sich bitte nicht! Sie messen einer bloßen zeremoniellen Funktion viel zuviel Bedeutung bei. Sie bringen alle – *uns alle* – in eine höchst schwierige Lage. Eine kleine Zeremonie, so einfach, so geringfügig ...«

»Für mich ist sie das nicht! Ich vertrete die Streitkräfte der Vereinigten Staaten, und für uns ist sie nicht klein oder geringfügig! Wir stolpern nicht so leicht, Kumpel. Wir marschieren im Takt!«

»Wie, bitte?«

Hawkins zuckte mit den Schultern, seine eigenen Worte verwirrten ihn ein wenig. »Schon gut. Jedenfalls lautet die Antwort nein. Mag sein, daß Sie den betreßten Boys drunten in der Mission Angst machen, aber mich erschüttert ihr nicht.«

»*Die* haben doch an Sie appelliert, weil man sie dazu instruiert hat. Das ist Ihnen doch sicher klargeworden.«

»Doppelte Scheiße!« Hawkins ging an den offenen Kamin, trank aus seinem Glas und stellte es neben einer bunten Kassette auf den Sims. »Diese schwulen Säcke haben mit der Bande von Homos im Außenministerium etwas ausgekocht. Warten Sie nur, bis das Weiße Haus *meinen* Bericht gelesen hat. O Mann! Dann werdet ihr krummbeinigen Knirpse in die Berge rennen, und dann jagen wir *die* in die Luft!« Hawkins grinste, und seine Augen funkelten.

»Sie sind so vulgär«, sagte Lin Shoo leise und schüttelte betrübt den Kopf. Er griff nach der bunten Schachtel, die neben dem Glas des Generals stand. »Tsing-Taow-Knallfrösche. Die besten, die es auf der Welt gibt. So laut und so leuchtend hell, wenn sie *bäng, bäng, bäng* machen. Sehr nett anzusehen und zu hören.«

»Ja«, murmelte Hawkins, den der Themawechsel etwas verwirrte. »Lu Sin hat sie mir gegeben. Wir haben letzte Nacht eine ganze Menge davon hochgehen lassen, ehe der Scheißkerl mir das Betäubungsmittel verpaßt hat.«

»Sehr schön, General Hawkins. Ein schönes Geschenk.«

»Er war mir weiß Gott, wenigstens *etwas* schuldig.«

»Aber begreifen Sie denn nicht?« fuhr der Polizeibeamte fort. »Sie klingen wie – Explosivkörper. Und sehen aus wie – detonierende Munition, aber sie sind weder das eine noch das andere. Äußerlichkeiten – der Anschein von etwas anderem ... In sich wirklich, aber nur eine *Illusion* einer *anderen* Realität. Völlig ungefährlich.«

»Und?«

»Das ist genau das, worum Sie gebeten werden. Der Anschein, nicht die Wirklichkeit. Sie brauchen nur *so zu tun, als ob.* In einer kurzen, einfachen Zeremonie mit nur wenigen Worten, von denen *Sie* wissen, daß sie nur eine Illusion sind. Völlig ungefährlich – und sehr höflich.«

»*Nein!*« brüllte Hawkins. »Jeder weiß, was ein Knallfrosch ist. Und *niemand* wird wissen, daß ich nur so tue als ob.«

»Da muß ich Ihnen widersprechen. Es ist nichts anderes als ein diplomatisches Ritual. Jeder wird es verstehen, das dürfen Sie mir glauben.«

»So? Woher, zum Teufel, wissen Sie das denn? Sie sind ein Pekinger Bulle, kein Arschkriecher.«

Der Kommunist drehte die Schachtel mit den Feuerwerkskörpern zwischen den Fingern und seufzte dann hörbar. »Ich muß mich für die kleine Täuschung entschuldigen, General. Ich gehöre nicht der Volkspolizei an. Ich bin der zweite Vizepräfekt des Erziehungsministeriums. Ich bin hier, um an Sie zu appellieren – um an Ihre Vernunft zu appellieren. Aber das übrige entspricht der Wahrheit. Sie *stehen* unter Hausarrest, und die Leute draußen *sind* Polizisten.«

»Ich will verdammt sein! Einen Sesselwärmer haben die mir geschickt.« Wieder grinste Hawkins. »Ihr macht euch wirklich Sorgen, was?«

Wieder seufzte der Kommunist. »Ja. Die Idioten, die diese Geschichte angefangen haben, sind in Bergwerkskollektive in der äußeren Mongolei geschickt worden. Es war Wahnsinn, obwohl ich ihnen zugestehen muß, daß Sie eine Versuchung dargestellt haben, General Hawkins. Wissen Sie denn überhaupt, wie viele bissige Angriffe Sie gegen jeden Marxisten, Sozialisten und, verzeihen Sie mir, jede auch nur annähernd demokratisch orientierte Nation auf dieser Welt unternommen haben? Die schlimmsten Beispiele – ich sollte vielleicht sagen, die *besten* Beispiele von Demagogie!«

»Eine Menge von der Scheiße ist von den Leuten geschrieben worden, die mich dafür bezahlt haben, daß ich den Mund aufmache«, erwiderte Hawkins ein wenig nachdenklich. Und dann fügte er schnell hinzu. »Nicht, daß ich es nicht geglaubt hätte! Verdammt noch mal, ich glaube daran!«

»Sie sind unmöglich!« Lin Shoo stapfte mit dem Fuß auf wie ein eigensinniges Kind. »Sie sind ebenso von Sinnen wie Loo Sin und seine Bande knurrender Papierlöwen! Mögen Sie viele Steine zerschlagen und mit den mongolischen Schafen Unzucht treiben! Sie sind einfach unmöglich!«

Hawkins starrte auf das wütende Gesicht des Kommunisten und dann auf die buntfarbige Schachtel mit Feuerwerkskörpern, die er in der Hand hielt. Er hatte eine Entscheidung getroffen, und das wußten sie beide.

»Ich bin auch noch etwas anderes, Schlitzauge.« Der Generalleutnant ging auf Lin Shoo zu.

»Nein! *Nein!* Keine *Gewalt*, Sie Idiot ...« Aber der Protestschrei des Kommunisten kam zu spät. Hawkins hatte ihn am Uniformrock gepackt und blitzschnell hochgezogen, und nun versetzte er Lin Shoo einen Handkantenschlag gegen den Hals.

Der Vizepräfekt des Erziehungsministeriums sackte sofort bewußtlos zusammen.

Hawkins riß Lin Shoo die Schachtel mit den Feuerwerkskörpern aus der Hand und rannte um den Lacktisch herum ins Schlafzimmer. Er griff nach der über das Fenster genagelten Decke, zog sie ein wenig zur Seite und blickte hinaus auf den Hinterhof. Dort unterhielten sich die zwei Polizisten in aller Seelenruhe, die Gewehre locker auf den Boden gestützt. Hinter ihnen fiel der Hügel leicht zum Dorf hin ab.

Hawkins ließ die Decke wieder los und rannte ins Wohnzimmer zurück, kroch auf allen vieren zur Haustür. Dort richtete er sich auf und öffnete sie lautlos, einen Spaltbreit. Die zwei Polizisten waren etwa zehn Meter entfernt und wirkten ebenso gelassen wie die Männer hinter dem Haus, und was noch wichtiger war – sie blickten die Straße hinunter. Ihre Aufmerksamkeit galt nicht dem Haus.

MacKenzie riß die bunte Schachtel auf und schüttelte die durch Schnüre miteinander verbundenen Zylinder heraus. Er wand zwei Schnüre ineinander, drehte sie zu einer einzigen Zündschnur zusammen und holte sein Zippo-Feuerzeug aus der Tasche.

Jetzt zögerte er, hielt über sich selbst verärgert den Atem an. Dann ging er, die Feuerwerkskörper in der Hand, an den Fenstern vorbei ins Schlafzimmer und nahm dort seine Pistolentasche und den Patronengurt von einem Nagel an der dünnen Wand. Er schnallte sich die Waffe um, zog den .45er Colt heraus und überprüfte das Magazin. Befriedigt schob er die Waffe dann wieder in das Lederfutteral zurück und verließ das Schlafzimmer. Er ging um den Lehnsessel vor dem Han-Shu-Kamin herum, stieg über den reglosen Lin Shoo hinweg und kehrte zur Haustür zurück. Dort knipste er das Feuerzeug an und hielt die Flamme über die Zündschnur. Dann öffnete er die Tür und warf die Schnur mit den Knallfröschen ins Gras.

Jetzt zog Hawkins die Tür leise und schnell zu, verriegelte sie, zerrte ein kleines rotes Lackkästchen aus dem Vorraum und stemmte es gegend das dicke, mit Schnitzereien verzierte Türblatt. Dann rannte er ins Schlafzimmer zurück, zog die Decke vor dem Fenster zur Seite und wartete.

Die Explosionen waren sogar noch lauter, als er sie in Erinnerung hatte. Das kam wahrscheinlich daher, weil die zwei Bündel gegeneinander explodierten.

Die Wachen am hinteren Hausende wurden aus ihrer Lethargie gerissen. Ihre Waffen kollidierten mitten in der

Luft, als jeder die seine vom Boden hochriß. Die Karabiner in die Hüfte gestützt, rannten die zwei Männer auf die Vorderseite des Hauses zu.

In dem Augenblick, als sie um die Hausecke verschwunden waren, riß Hawkins die Decke herunter, trat gegen das dünne Holz und die noch dünneren Glasscheiben und zerschmetterte damit das ganze Fenster. Er sprang ins Gras hinaus und lief auf die Felder und den leichten Abhang zu.

3.

Am Fuß des Hügels erreichte er eine Sandstraße, die das ganze Dorf umrundete. Zahlreiche Wege führten wie die Speichen eines Rades direkt zu dem kleinen Marktplatz in der Mitte der Ansiedlung. Eine teilweise gepflasterte Straße zweigte tangential von der kreisförmigen Straße ab und stellte die Verbindung mit einer Asphaltstraße her, die etwa vier Meilen östlich lag. Die amerikanische diplomatische Mission lag zwölf Meilen weiter unten an jener Straße, bereits innerhalb der Stadtgrenzen von Peking.

Was er brauchte, war ein Fahrzeug, vorzugsweise ein Auto, aber Autos existierten außerhalb der obersten amtlichen Kreise nicht. Die Volkspolizei war natürlich motorisiert. Er hatte überlegt, ob er um den Hügel herumlaufen und den Wagen Lin Shoos suchen sollte, aber das war zu riskant. Selbst wenn er ihn fand und stahl, würde es ein markiertes Fahrzeug sein.

Hawkins umkreiste die Ortschaft und hielt sich oberhalb der Straße. Natürlich würden sie ihn verfolgen. Er konnte ewig in den Hügeln bleiben – das störte ihn nicht. Er hatte manchmal monatelang in den Bergen von Cong-Sol und Lai Tai in Kambodscha in unterirdischen Verstecken gehaust, und er verstand sich besser als die meisten Tiere auf das Leben in den Wäldern. Verdammt, schließlich war er ein Profi. Aber das hatte natürlich keinen Sinn. Er mußte die Mission erreichen und dafür sorgen, daß die freie Welt erfuhr, vor welchen Feinden sie im Staub kroch. Jetzt war das Maß voll, hol's der Teufel.

Die Mission konnte Radionachrichten aussenden, den ganzen Komplex verbarrikadieren und sich so lange halten, bis vor der Küste patrouillierende Flugzeugträger Maschinen schickten, die Bomben werfen konnten. Und selbst wenn das bedeutete, daß halb Peking in die Luft gejagt wurde, konnten die Hubschrauber hereinkommen und sie herausschlagen.

Natürlich würden sich die Zivilisten in die Hosen scheißen, aber er würde sie unter Kontrolle halten und diesen Schreibtischstrategen endlich einmal beibringen, wie man kämpfte. *Kämpfte!* Nicht redete!

MacKenzie unterbrach seinen fantasievollen Gedankenfluß. Unten rechts, etwa eine Viertelmeile entfernt, kam ein einzelnes Motorrad um die Straßenbiegung. Darauf saß ein *Shee-san*-Polizeibeamter, ein chinesischer Verkehrspolizist. Sein Gebet war erhört worden ...

Hawkins richtete sich im hohen Gras auf und robbte den Hügel hinunter. In weniger als einer Minute hatte er den Straßenrand erreicht. Das Motorrad war noch nicht zu sehen, hatte die Kurven noch nicht erreicht, aber er hörte, wie es näherkam. Er warf sich mitten auf der Straße in den Staub, zog die Beine an, um kleiner zu erscheinen, und hielt sich ganz still.

Der Motor heulte auf, als der Fahrer um die Kurve kam, und fing dann zu stottern an, als das Rad ruckartig abgebremst wurde. Der *Shee-san* stieg aus dem Sattel und trat den Seitenständer heraus. Hawkins konnte die schnellen Schritte hören und fühlen, als der Beamte näherkam.

Jetzt beugte sich der *Shee-san* über ihn und berührte ihn an den Schultern, fuhr zurück, als er die amerikanische Uniform erkannte. Mac bewegte sich. Der *Shee-san* kreischte schrill.

Fünf Minuten später hatte Hawkins den Uniformrock und die Hosen des *Shee-san* über seine hochgerollten Hosenbeine und sein Hemd gezwängt. Er schob sich die Schutzbrille des

Beamten über die Augen, setzte sich die lächerlich kleine Schildmütze auf den Kopf und benutzte den Kinnriemen dazu, die Mütze festzuhalten. Eine Warze aus Stoff, die auf seinem kurzgeschorenen grauschwarzen Haar saß. Zum Glück für sein Wohlbefinden hatte er eine Zigarre. Er zerkaute das eine Ende, bis es ihm saftig genug erschien, und zündete sie dann an.

Jetzt war er bereit zum Aufbruch.

Der diplomatische Attaché rannte in das Büro des Direktors, ohne ein Wort zu der Sekretärin zu sagen oder auch nur an die Tür zu klopfen. Der Direktor war gerade damit beschäftigt, mit einem Zahnstocher zwischen seinen Zähnen herumzubohren.

»Entschuldigen Sie, Sir. Ich habe gerade Anweisungen aus Washington erhalten! Ich wußte, Sie würden sie gleich lesen wollen!«

Der Direktor der diplomatischen Mission Peking griff nach dem Telegramm. Seine Augen weiteten sich, und dann riß er erstaunt den Mund auf. Der Zahnstocher fiel auf den Schreibtisch.

Er sah die Straßensperre, die ihm den Zugang zur Hauptstraße nach Peking verbarrikadierte. Sie befand sich etwa eine Dreiviertelmeile weiter unten an der Durchgangsstraße. Ein einzelner *Shee-san*-Streifenwagen und eine Reihe von Uniformierten, die nebeneinander auf der Straße standen, waren alles, was er durch die etwas angelaufenen Gläser seiner Schutzbrille erkennen konnte.

Als er näherkam, stellte er fest, daß die Posten einander etwas zuriefen. Ein Uniformierter trat vor und begann mit seinem Karabiner hysterisch in der Luft herumzufuchteln, um dem näherkommenden Motorradfahrer zu bedeuten, daß er anhalten sollte.

Da gab es nur eine Wahl, dachte Hawkins. Wenn du dir schon ein gottverdammtes Grab kaufst, dann mit allem Drum und Dran! Wenn du abtrittst, dann mit allen Waffen auf Repetierfeuer, mit flammenden Läufen, mit Donner und Blitz, tritt ab mit den Schreien dieser Kommunistenschweine in deinen Ohren!

Verdammt! Der Scheißstaub versperrte ihm die Sicht. Und sein verdammter Fuß glitt immer wieder von dem winzigen, beschissenen Gaspedal.

Er griff zu seiner Halfter und zog die .45er heraus.

Er konnte nicht besonders gut zielen. Aber, *Herrgott*, abdrücken konnte er! Und das tat er ein paarmal.

Zu seinem Erstaunen erwiderten die *Shee-san* das Feuer nicht. Statt dessen warfen sie sich in den Sand und schrien wie hysterische Ferkel, rutschten auf den Sandbergen herum und versuchten, der Feuerkraft seiner .45er dadurch zu entgehen, daß sie versuchten, geradezu in den Boden hineinzukriechen.

Verdammt! *Ekelhaft* war das!

Wenn ihn seine Schutzbrille im Verein mit dem Staub und dem Rauch seiner Zigarre nicht täuschte, dann hatte selbst der Kommandant der Truppe – ein Offizier, Herrgott, er mußte schließlich einer sein – hatte selbst *der* nicht den Mumm, sich zu wehren.

Ein *Offizier!*

MacKenzie fuhr mit Vollgas weiter und leerte das Magazin seiner .45er. Er flog über einen Sandhügel hinweg und landete an der anderen Seite auf einem leicht geneigten Grasberg. Während sein Motorrad durch die Luft schnellte, sah er unter sich die Köpfe der wild schreienden Chinesen und wünschte sich, er hätte mehr Munition. Er riß die Lenkstange wild herum, um die Straße wieder zu erreichen.

Verdammt! Jetzt war er wieder auf festem Boden! Er hatte die Barrikade durchbrochen! Mit Höchstgeschwindigkeit raste er auf der Hauptstraße nach Peking dahin.

Der glatte Beton war eine reine Freude. Die kreisenden Räder des Motorrads summten, der Wind blies ihm ins Gesicht – klare, berauschende, saubere, staublose Luft, die ihm den Rauch seiner Zigarre in Wolken um die Ohren trieb. Selbst die Schutzbrille war jetzt klar.

Die nächsten neun Meilen sauste er wie ein Meteor mit dem Sternenbanner hinter sich durch eine Chinesenstadt, die nicht ahnte, wie ihr geschah. Noch eine Meile, und er würde in die nördlichen Nebenstraßen von Peking einbiegen. Verdammt! Er würde es schaffen! Und dann, hol's der Teufel, würden diese Kommunistenschweine herausfinden, was ein amerikanischer Gegenschlag war!

Er preschte durch die überfüllten Straßen und schlitterte am Rand des Platzes der Glorreichen Blumen vom Bordstein. Hinter dem Platz stand das Missionsgebäude und überstrahlte mit seinen Alabasterwänden seine armselige Umgebung. Davor drängten sich die üblichen Scharen von Chinesen aus Peking und dem umliegenden Land und warteten darauf, einen Blick auf die eigenartigen, riesigen rosahäutigen Leute zu erhaschen, die durch die breiten Stahltüren innerhalb des mittelgroßen Komplexes ein und aus gingen.

Eigentlich war es kein besonders ansehnlicher Komplex. Es gab nicht einmal eine Ziegelwand oder einen stählernen Zaun, der die Mission geschützt hätte. Nur ein dünnes Gitterwerk aus Holz, das man zum Schutz gegen die Elemente lackiert hatte, umschloß den kurzgeschorenen Rasen, der vorne an die Stufe grenzte.

Nur vor den Fenstern und Türen waren eiserne Schutzgitter angebracht.

MacKenzie brachte die Maschine des Motorrads auf Hochtouren, in der Annahme, der Lärm würde dafür sorgen, daß die Zuschauer ihm Platz machten.

Das taten sie. Die Chinesen stoben auseinander, als er die Straße hinunterraste.

Und Hawkins wäre beinahe aus dem Sattel gestürzt, als er sah, worauf er mit fünfzig Stundenmeilen zuraste.

Da waren drei Gruppen hölzerner Barrikaden vor dem verschlossenen Gittertor. Und jede horizontale Planke war einen guten Fuß über der anderen angeordnet und formte so eine nach hinten zurückweichende Stufenmauer aus dicken Brettern, die sich an den zierlichen Zaun anlehnten.

Und davor standen in einer Reihe ein gutes Dutzend Soldaten in Präsentierhaltung, flankiert von zwei Offizieren, die alle nach vorn starrten – ihn anstarrten.

Das ist es, dachte MacKenzie. Jetzt bleibt nur noch die Geste, die Bewegung – der Akt selbst.

Totale Herausforderung!

Verdammt! Wenn er nur noch Munition gehabt hätte!

Er duckte sich und jagte sein Motorrad geradewegs auf das Zentrum der Barrikade zu, drehte den Gasgriff auf maximale Leistung und drückte den mit dem Fuß zu betätigenden Choke ganz hinunter.

Die Nadel des Tachometers fing zu zittern an und schoß zum Skalenrand. Mann und Maschine jagten wie eine fremdartige riesige Kugel aus Fleisch und Stahl durch den Luftkorridor.

Unter den Schreien der hysterischen Menge, und während die Soldaten in panischer Angst flüchteten, riß Hawkins die Lenkstange wütend herum und warf sich mit seinem ganzen Gewicht im Sattel nach hinten. Das Vorderrad hob sich wie ein abstrakter Phoenix vom Boden – gefolgt von einem wirren Gebilde, das aus der hinteren Motorradhälfte und dem Fahrer bestand – und prallte krachend gegen die obere Barrikade.

Holz und Gitterwerk zersplitterten dröhnend, während MacKenzie Hawkins in die Höhe schoß, durch die Schichten von Zerstörung, eine menschliche Kanone, die den Rest der Waffe hinter sich herzerrte und eine wahnwitzige Wirkung ausübte.

Das Motorrad preschte den Kiesweg hinunter, der zu den Stufen der Mission führte. Dabei wurde MacKenzie nach vorn geschleudert, vollführte einen Salto über die Lenkstange hinweg und rollte über die winzigen Steine, bis er gegen die erste Stufe der kurzen weißen Treppe stieß, die zu der weißen Stahltür hinaufführte. Die ganze Zeit hielt er die Zigarre zwischen den Zähnen, ohne sie ein einziges Mal loszulassen.

Jeden Augenblick würden sich diese Kommunistenschweine neu gruppieren, und dann würde ihr Feuer einsetzen, scharfe Stiche eisigen Schmerzes würden ihn durchbohren und ihm vielleicht nur noch ein paar Sekunden Zeit lassen, ehe das große Vergessen kam.

Aber er wartete vergeblich auf das Krachen der Schüsse. Nur immer lauteres Geschrei war zu vernehmen, ausgestoßen von der Menschenmenge und den Soldaten. Orientalische Köpfe spähten über den Rand des völlig zerdrückten hölzernen Bauwerks, über die zerfetzten Planken vor dem Gitterwerk. Die meisten der Soldaten, die sich zu Boden geworfen hatten, lagen jetzt auf Händen und Knien.

Und doch gab keiner einen Schuß ab. Dann begriff MacKenzie – im technischen Sinne befand er sich auf amerikanischem Territorium. Wenn er innerhalb der Anlage erschossen wurde, so könnte man daraufhin leicht behaupten, daß es sich um eine Exekution auf amerikanischem Boden gehandelt hätte. Daraus konnte ein internationaler Zwischenfall werden! Er verdankte es also diplomatischen Nettigkeiten, daß er noch am Leben war!

Er rappelte sich auf, rannte die Stufen zu der weißen Stahltür hinauf, drückte auf den Klingelknopf, hämmerte gleichzeitig mit der anderen Hand gegen die Türfüllung aus Metall. Keine Antwort.

Er pochte lauter und nahm die freie Hand nicht von der Glocke. Jetzt begann er auch zu schreien, und endlich – nach einer scheinbaren Ewigkeit – öffnete sich der kleine rechteckige Schlitz in der Tür.

Ein verängstigtes Augenpaar spähte hinaus.

»Um Himmels willen, ich bin *Hawkins*!« brüllte MacKenzie, wobei sein schreiender Mund nur wenige Zoll von den verstörten Augen entfernt war. »Machen Sie schon die verdammte Tür auf, Sie Hurensohn! Was, zum Teufel, tun Sie denn?«

Die Augen blinzelten, aber die Tür öffnete sich nicht.

Wieder brüllte Hawkins, wieder blinzelten die Augen. Nach einigen Sekunden war statt der Augen ein zitterndes Lippenpaar zu erkennen.

»Niemand – zu Hause, Sir«, lautete die gestammelte, unglaubliche Antwort.

»Was?!«

»Tut mir leid, General.«

Anstatt der zitternden Lippen war jetzt das Krachen von Metall auf Metall wahrzunehmen. Der Schlitz wurde geschlossen.

MacKenzie stand wie vom Blitz gerührt da. Dann fing er wieder an, gegen die Tür zu schlagen und zu brüllen und den Klingelknopf so kräftig zu drücken, daß das Bakelit zersprang.

Nichts.

Er blickte auf die Menschenmenge und die Soldaten und bemerkte, wie sie kicherten und schrien und grinsten.

Hawkins rannte die Treppen hinunter und hetzte quer über den Rasen. Sämtliche Fenster waren nicht nur geschlossen, auch die eisernen Innenjalousien hinter dem Gitterwerk waren heruntergelassen. Die ganze gottverdammte Mission war fest verrammelt, eine riesige, weiße, rechteckige Muschel, die zugeklappt war.

Er rannte an dem Gebäude entlang. Überall das gleiche – verschlossene Fenster, eiserne Jalousien, Gitterwerk.

Er stürmte über den Rasen an der Rückfront des Hauses zu dem breiten Hintereingang, trommelte gegen die Tür und schrie lauter als je zuvor in seinem Leben.

Schließlich öffnete sich der Schlitz, und ein anderes Augenpaar erschien – weniger verängstigt als die Augen am Vordereingang, aber dennoch weit aufgerissen und bestürzt.

»Machen Sie diese Scheißtür auf!«

Wieder erschienen Lippen, und jetzt konnte MacKenzie einen grauen Schnurrbart sehen. Es war der Botschafter. »Verschwinden Sie, Hawkins!« befahl die tiefe, britisch wirkende Stimme, die im Establishment des Ostens ausgebildet worden war. »Sie sind völlig unwichtig.«

Und der Schlitz wurde wieder geschlossen.

MacKenzie stand reglos da. Raum und Zeit schienen in

einem Nichts zu verschmelzen. Auf unbestimmte Art wurde ihm bewußt, daß die Menschenmenge und die Soldaten jetzt um das Gitterwerk an den Seiten und am hinteren Teil der Mission herumgekommen waren.

Ohne richtig zu denken, zog er sich vom Eingang zurück und blickte an der Außenwand des Gebäudes nach oben, zum Dach.

Er konnte es schaffen, wenn er die Fenstergitter benutzte. Er sprang ans erste Fenster und kletterte an dem Gitterwerk nach oben, bis er die nächste Gitterstange erreicht hatte, die aus der Wand ragte.

In wenigen Minuten hatte er die Gebäudewand erklettert und zog sich jetzt an dem schrägen Dach nach oben.

Er arbeitete sich bis zum Giebel hinauf und sah sich um.

Die Fahnenstange stand mitten im Gras, links vom Kiesweg. Die Sterne und Streifen bewegten sich schwach in der Brise.

Generalleutnant MacKenzie Hawkins vergewisserte sich, aus welcher Richtung der Wind kam, und zog dann den Reißverschluß seiner Hose auf.

4.

Devereaux lächelte dem Portier im Beverly Hills Hotel zu, ging dann um das riesige Automobil herum auf die Fahrerseite, gab dem Garagenwächter ein Trinkgeld und setzte sich hinter das Steuer. Die grelle Sonne spiegelte sich in der Motorhaube. Alles war so typisch Kalifornien. Portiers, Garagenwächter, stumme Trinkgelder, übergroße Wagen und blendende Sonne.

Ebenso wie das Telefongespräch, das er vor zwei Stunden mit der ersten Mrs. MacKenzie Hawkins geführt hatte.

Er hatte sich dafür entschieden, logisch anzufangen, die fortschreitende Vernichtung des Mannes schrittweise zu betreiben. Ganz sicher würde sich dabei ein Schema entwickeln. Es würde einfacher sein, seinen Auftrag zu erledigen, wenn er zunächst eruierte, wie seine Zielperson mit der wirklich korrupten Welt in Berührung gekommen war. Weiche Seide und Geld, im Gegensatz zu Tod, Folter und der Arroganz von West Point ...

Regina Sommerville Hawkins war es, die diese erste Verbindung hergestellt hatte. Den Datenbänken zufolge stammte Regina aus dem Virginia Hunt Country, war reich und verwöhnt, ein Zögling von Foxcroft and Finch. 1947 hatte sie Jagd auf die Trophäe namens Hawkins gemacht – als der gefeierte jugendliche Kämpfer der Ardennenschlacht die Nation mit ähnlich atemberaubenden Leistungen auf dem Sportplatz beeindruckt hatte. Da Daddy Sommerville der größte Teil von Virginia Beach gehörte und Ginny eine echte Südstaatenschönheit war – Geld und Magnolien, nicht nur der Duft – ließ sich das leicht bewerkstelligen. Der heroische, durch die Ränge aufgestiegene Mann aus West Point wurde ihr vorgestellt, sofort von der gedehnten Sprechweise, dem großen Busen und den sonstigen Annehmlichkeiten dieser weichen, aber hartnäckigen Tochter der Föderation überwältigt und vorübergehend besiegt.

Daddy kannte eine Menge Leute in Washington, und so erwartete Regina im Verein mit Hawkins' eigenen Talenten und bisherigen Leistungen, daß sie binnen sechs Monaten die Frau eines Generals sein würde. Spätestens in einem Jahr.

In Washington. Oder Newport News. Oder New York. Oder vielleicht auf dem lieblichen Hawaii. Mit Bediensteten und Uniformen und Tanzveranstaltungen und noch mehr Bediensteten und ...

Aber Hawkins war etwas eigenartig, und Daddy kannte nicht so viele Leute, daß sie das seltsame Verhalten des jungen Ehemanns hätten zügeln können. Der Hawk wollte nicht das Leben der Schickeria von Washington, Newport News und New York führen. Er wollte bei seinen Soldaten sein. Und er war immerhin Träger der Kongreßmedaille. Die Bitte eines solchen Mannes lehnte man nicht leichthin ab. Regina vegetierte in abgelegenen Militärlagern dahin, wo ihr Mann wutentbrannt desinteressierte Wehrpflichtige für einen Krieg ausbildete, den es nicht gab. Und so beschloß sie, ihre Trophäe aufzugeben. Daddy kannte genug Leute, um das zu erleichtern. Hawkins wurde nach Westdeutschland versetzt, und Reginas Ärzte ließen keinen Zweifel daran, daß sie das Klima nicht ertragen würde. Die räumliche Entfernung zwischen den jungen Eheleuten machte es möglich, die ganze Geschichte in aller Stille abzupfeifen.

Jetzt, fast dreißig Jahre später, lebte Regina Sommerville Hawkins Clark Madison Greenberg mit ihrem vierten Ehemann Emmanuel Greenberg, einem Filmproduzenten, in einer Vorstadt von Los Angeles, die sich Tarzana nannte. Vor zwei Stunden hatte sie am Telefon zu Sam Devereaux gesagt: »Hören Sie, Süßer! Sie wollen über Mac reden? Ich rufe die Mädchen zusammen. Wir treffen uns fast jeden Donnerstag. Aber was, zum Teufel, ist schon ein Tag?«

Also schrieb sich Sam auf, wie man nach Tarzana kam, und fuhr jetzt in einem Mietwagen zu Reginas Villa. Das Autoradio spielte *Muddied Waters,* was ihm passend vorkam.

Er fand die Einfahrt zur Greenberg'schen Residenz, rollte bergab und überwand dann, davon war er überzeugt, den letzten Hügelkamm. Auf halbem Weg zum eigentlichen Besitz gab es ein eisernes Tor, das elektrisch bedient wurde. Es schwang auf, als er sich näherte.

Er parkte vor einer Garage für vier Fahrzeuge. Auf der Asphaltfläche davor standen zwei Cadillacs, ein Rolls Royce Typ Silver Cloud und als ziemlich auffälliger Kontrapunkt ein Maserati. Zwei uniformierte Chauffeure unterhielten sich gelangweilt, wobei sie an dem Rolls Royce lehnten. Sam stieg mit seinem Attachékoffer aus dem Wagen und schloß die Tür. »Ich bin Mrs. Greenbergs Effektenberater«, sagte er zu den Chauffeuren.

»Dann sind Sie hier richtig, Mann«, erwiderte der jüngere Chauffeur grinsend. »Merrill, Lynch und die Mädchen. So sollte man das nennen.«

»Vielleicht tut man das eines Tages. Ist das der Weg zur Tür?« Sam wies auf einen Plattenweg, der in einem Wäldchen aus kalifornischem Farn und Miniaturorangenbäumen zu verschwinden schien.

»Ja, Sir«, sagte der ältere, würdiger wirkende Chauffeur, als wäre es wichtig, die Formlosigkeit des jüngeren Mannes damit auszugleichen. »Nach rechts. Sie sehen es dann schon.«

Sam ging zur Haustür hinunter. Er hatte noch nie zuvor eine rosafarbene Tür gesehen, aber gewußt, daß dieses Erlebnis in Südkalifornien stattfinden würde – falls es tatsächlich dazu kommen sollte. Er drückte auf den Klingelknopf und hörte, wie Glocken die ersten Töne des Love-Story-Themas anschlugen. Er fragte sich, ob Regina wohl das Ende kannte.

Die Tür ging auf, und sie stand im Foyer. Sie trug eng anliegende Shorts und eine ähnlich enge, durchsichtige Bluse, unter der ihre riesigen Brüste herausfordernd nach vorn drängten. Ihr schönes, von dunklem Haar umrahmtes Gesicht war faltenlos, obwohl sie schon Mitte Vierzig war. Und sie trug ihren Körper mit dem Selbstbewußtsein der Jugend zur Schau.

»Sind Sie der Meedscher?« fragte sie mit dem langgezogenen e, wie man es in Hunt Country zu sprechen pflegte.

»Major Sam Devereaux«, bestätigte er. Es war natürlich albern, seinen Namen so förmlich zu betonen, wo doch seine ganze Aufmerksamkeit ihren zwei titanenhaften Herausforderungen galt.

»Kommen Sie rein! Wahrscheinlich haben Sie gedacht, eine Uniform würde uns beleidigen.«

»Kann schon sein ...« Devereaux lächelte ein wenig dümmlich, zwang sich, den Blick von ihrer Bluse abzuwenden, und betrat das Foyer.

Das Foyer war klein – der Eingang zu einem riesigen, tiefliegenden Wohnzimmer, dessen andere Wand ausschließlich aus Glas bestand. Hinter dem Glas lag ein nierenförmiger Swimming-pool, umgeben von einer Terrasse mit italienischen Fliesen, die wiederum von einem schmiedeeisernen Zaun eingeschlossen wurde. Dahinter konnte man ins Tal blicken.

All das bemerkte er nach vielleicht fünfzehn Sekunden. Die erste Viertelminute verging damit, daß er drei weitere Brüstepaare musterte.

Jedes Paar war auf seine eigene Art grandios. Voll und rund. Klein und spitz. Abfallend und doch argumentativ.

Sie gehörten der Reihe nach Madge, Lillian und Anne. Regina Greenberg machte ihn lächelnd mit allen dreien bekannt. Und Sam stellte automatisch eine Beziehung zwischen den Brüsten – den Mädchen – und den Daten in seinem Attachékoffer her.

Lillian war Nummer drei. Palo Alto, California.

Madge war Nummer zwei. Tuckahoe, New York.

Anne war Nummer vier. Detroit, Michigan.

Ein netter Querschnitt durch die amerikanische Weiblichkeit.

Regina – Ginny – war offensichtlich die Älteste, nicht so sehr, was ihr Aussehen anging, sondern in bezug auf ihre Autorität. In Wahrheit befanden sich nämlich alle Mädchen in jenem vagen Altersbereich zwischen Mitte dreißig und der nächsten Dekade – eine Altersspanne, die im südlichen Kalifornien besonders virtuos verschleiert wurde. Und ihre Kleidung war südkalifornisch-sexy in höchster Perfektion – lockerer Freizeitlook, der in Wirklichkeit jedoch mit größter Akkuratesse auf genau diesen Effekt abgestimmt war.

MacKenzie Hawkins war ein Mann, den man ob seines Geschmacks und seiner Fähigkeiten beneiden mußte.

Sie brachten die Höflichkeitsfloskeln schnell und höflich hinter sich. Sam wurde ein Drink angeboten, den er in dieser Gesellschaft nicht abzulehnen wagte, und dann bot man ihm einen Platz auf einem ausgepolsterten Bohnensack an, von dem er unmöglich wieder aufstehen konnte. Er brachte es irgendwie zuwege, den Attachékoffer neben sich zu stellen, erkannte aber sofort, daß die Verrenkungen, derer es bedürfen würde, um nach ihm zu greifen, ihn aufzuheben und ihn auf dem Schoß aufzuklappen, einen Gummimann erfordern würden. Daher hoffte er, daß es nicht zu dieser Notwendigkeit kommen würde.

»Nun, da wären wir alle«, verkündete Regina Greenberg mit ihrem gedehnten Südstaatenakzent. »Hawkins' Harem, sozusagen. Was will das Pentagon? Empfehlungen?«

»Die könnten wir ohne Einschränkung geben«, sagte Lillian strahlend.

»Mit Begeisterung«, bekräftigte Madge.

»Oh«, murmelte Anne.

»Ja – nun – die Fähigkeiten des Generals sind ungeheuer«, stammelte Sam. »Ich meine – nun – äh – ich habe nicht damit gerechnet, Sie hier alle gleichzeitig vorzufinden, zusammen. In einer Gruppe.«

»Wir sind sozusagen ein Klub, Major.« Madge, rund und voll, saß auf einem Bohnensack neben Sam und berührte ihn jetzt am Arm. »Ginny hat's Ihnen ja gesagt. Hawkins' ...«

»Ja, ich verstehe«, fiel Devereaux ihr hastig ins Wort.

»Wenn Sie mit einer von uns über Mac sprechen, dann sprechen Sie mit allen«, fügte Lillian – klein und spitz – mit honigsüßer Stimme hinzu, von der anderen Seite des Zimmers her.

»Richtig«, flötete Anne – abfallend, aber argumentativ –, die vor der mittleren Glasscheibe an der Wand zum Swimming-pool stand.

Regina Greenberg rekelte sich auf einer mit Jaguarhaut bezogenen Couch an der rechten Wand. »Falls keine beschlußfähige Mehrheit vorhanden ist, trete ich als Sprecherin auf. Und zwar, weil ich die erste war und damit Vorrang habe.«

»Nicht notwendigerweise an Jahren, Liebste«, entgegnete Madge. »Wir wollen nicht, daß du dich schlechtmachst.«

»Ich weiß nicht recht, wie ich anfangen soll«, sagte Sam und stürzte sich nichtsdestoweniger in medias res. Er ging zuerst sehr delikat auf die abstrakten Probleme ein, die immer dann auftraten, wenn man es mit einer höchst individualistischen Persönlichkeit zu tun hatte. Er erklärte langsam und vorsichtig, daß MacKenzie Hawkins seine Regierung in eine hochgradig delikate Lage gebracht hatte, aus der ein Ausweg gefunden werden mußte. Und obwohl besagte Regierung ganz ohne Zweifel von unsterblicher Dankbarkeit für General Hawkins' außergewöhnliche Leistungen erfüllt war, so erwies es sich doch oft als notwendig, Einzelheiten aus dem Leben eines Menschen zu studieren, um ihm – und seiner Regierung – bei der Bewältigung delikater Situationen behilflich zu sein. Häufig führte das teilweise Negative zum Positiven, und sei es nur, um das Affirmative auszugleichen und zu akzentuieren.

»Sie wollen ihn also zur Sau machen«, faßte Regina Greenberg zusammen. »Das mußte ja so kommen, nicht wahr, Girls?«

Ein Chor von Mhms war zu hören.

Sam war klug genug, nicht zu widersprechen. Der Raum, in dem er sich befand, enthielt mehr Intelligenz – oder Erkenntnisfähigkeit – als man auf den ersten Blick vielleicht hätte meinen können. »Weshalb sagen Sie das?« fragte er Ginny.

»Du liieeber Gott, Meedscher!« erwiderte die Titanin. »Mac war mit diesen Scheißern seit Jahren auf Kollisionskurs! Der durchschaut doch diese Scheißkerle. Deshalb mögen die es doch, wenn diese Liberalen aus dem Norden einen Narren aus ihm machen. Aber Mac ist kein Narr!«

»Im Augenblick hält ihn auch niemand für komisch, Mrs. Greenberg. Das kann ich Ihnen versichern.«

Anne, deren Silhouette sich auffällig vor dem Fenster abzeichnete, fragte in scharfem Ton: »Was hat Mac verbrochen?«

»Er hat ein nationales Denkmal verunstal ...« Sam hielt inne, das war eine schlechte Wortwahl. »Er hat ein Nationaldenkmal zerstört. Es gehört einer Regierung, mit der wir eine Détente aufrechterhalten wollen, und entspricht in etwa unserem Lincoln Memorial.«

»War er betrunken?« fragte Lillian, deren Augen und spitze Oberweite auf Sam gerichtet waren, zwei Batterien scharfer Artillerie.

»Das bestreitet er.«

»Dann war er es auch nicht«, behauptete Madge entschieden.

»Mac kann ein ganzes Bataillon unter den Tisch saufen.« Ginny Greenbergs gedehnte Worte wurden von einem heftigen Kopfnicken begleitet. »Aber er würde niemals, wirklich niemals, das Whiskeyspiel zum Nachteil seiner Uniform betreiben.«

»Er würde das nie in dieser Form aussprechen, Major«, setzte Lillian hinzu, »aber für ihn ist das eine strengere Regel als jeder Eid, den er je abgelegt hat.«

»Aus zwei Gründen«, erklärte Ginny. »Er will seinem Rang bestimmt keine Schande machen, aber für ihn ist es ebenso wichtig, daß diese Scheißer ihn nicht wegen einer Sauftour auslachen können.«

»Sie sehen also«, sagte Madge auf dem Bohnensack, »Mac hat das nicht mit dem Lincoln Memorial gemacht, was die ihm anhängen wollen. Er würde das einfach nicht tun.«

Sams Blick wanderte zwischen den Frauen hin und her. Keine dieser ehemaligen Mrs. Hawkinses würde ihm helfen – keine würde auch nur ein negatives Wort über den Mann von sich geben.

Warum?

Er mühte sich höllisch ab, aus dem Bohnensack herauszukommen, und versuchte die Haltung eines Anwalts beim Kreuzverhör einzunehmen, die Haltung eines sehr sanften, liebenswürdigen Anwalts. Er ging langsam vor dem breiten Fenster auf und ab. Anne nahm auf dem Bohnensack Platz.

»Natürlich«, begann er lächelnd, »bringen mich diese Umstände hier, diese Versammlung, auf einige Fragen. Nicht daß Sie in irgendeiner Weise zur Antwort verpflichtet wären. Aber, ganz offen gestanden, ich verstehe das nicht. Lassen Sie mich erklären ...«

»Lassen Sie *mich* antworten«, unterbrach ihn Regina. »Sie können sich nicht zusammenreimen, weshalb Hawkins' Harem seinen Namensheiligen beschützt. Stimmt's?«

»Stimmt.«

»Als Sprecherin«, fuhr Ginny fort, nachdem sie von den anderen ein zustimmendes Nicken zur Kenntnis genommen hatte, »will ich mich ganz knapp ausdrücken und gleich zur Sache kommen. Mac Hawkins ist ein Klassemann – im Bett und außerhalb, und fangen Sie bloß nicht an, wegen des Betts irgendwelche Witze zu machen, weil das in den meisten Ehen nämlich nicht mit dabei ist. Man kann mit dem Hurensohn nicht leben, aber das ist nicht sein Fehler. Mac hat uns etwas gegeben, das wir nie vergessen werden, weil es jeden Tag bei uns ist. Er hat uns beigebracht, aus unserer Schale auszubrechen. Klingt ganz einfach, was? ›Aus einer Schale ausbrechen.‹ Aber, Süßer, das macht einen *frei*. ›Du bist dein eigenes verdammtes Inventar‹, sagte er immer. ›Es gibt gar nichts, was du tun *mußt*. Und nichts, was du nicht tun *darfst*. Setz einfach das ein, was du hast, dein Inventar, und arbeite wie der Teufel.‹ Natürlich sind nicht alle von uns der Ansicht, daß das ein heiliges Gesetz wäre. Aber er hat, weiß Gott, eine jede von uns dazu gebracht, sich verdammt viel Mühe zu geben. Er hat uns frei gemacht, ehe das chic war, und wir sind nicht schlecht dabei gefahren. Sehen Sie, und deshalb würde sich keine von uns weigern, alles zu tun, was Mac von ihr verlangt – wenn er plötzlich vor der Tür stünde. Kapiert?«

»Kapiert«, erwiderte Sam leise.

Das Telefon klingelte. Regina griff hinter sich nach dem französischen Apparat auf dem Marmortisch. Sie wandte sich zu Sam. »Für Sie.«

Sam wirkte ein wenig verblüfft. »Ich habe Ihre Nummer im Hotel hinterlassen, aber ich dachte nicht ...« Er ging zu dem Tischchen und nahm den Hörer auf.

»*Was* hat er?« Alles Blut wich aus Sams Gesicht. Er lauschte wieder. »Herrgott! *Nein*, das kann nicht wahr sein!« Und dann fuhr er fort, mit der kraftlosen Stimme eines Menschen, der einen schweren Schock erlitten hat: »Ja, Sir. Doch, ich glaube Ihnen schon, daß er es getan hat ... Ich werde zum Hotel zurückfahren und auf Anweisungen warten. Falls Sie es nicht vorziehen, die Sache jemand anderem zu übergeben – meine Dienstzeit ist in einem Monat um. Ich verstehe. Höchstens fünf Tage, Sir.«

Er legte auf und wandte sich wieder Hawkins' Harem zu, jenen vier herrlichen Paaren von Milchdrüsen, die so einladend wirkten und doch jeder Beschreibung spotteten.

»Wir werden Sie nicht brauchen, meine Damen. Aber Mac Hawkins vielleicht.«

»Ich bin Ihr einziger Kontakt zu Sechzehnhundert, Major«, sagte der junge Leutnant, während er in dem luxuriösen Zimmer des Beverly Hills Hotels auf und ab ging und nach Sams Ansicht ziemlich kindisch wirkte. »Für Sie trage ich die Bezeichnung Lodestone. Keine Namen, bitte.«

»Leutnant Lodestone. Sechzehnhundert. Klingt nett«, meinte Devereaux und schenkte sich einen Bourbon ein.

»An Ihrer Stelle wäre ich etwas vorsichtiger mit dem Alkohol.«

»Warum gehen Sie nicht lieber nach China? An meiner Stelle, meine ich.«

»Sie haben einen langen, langen Flug vor sich.«

»Nicht, wenn *Sie* fliegen – dann nicht.«

»In gewisser Weise würde ich das ganz gern tun. Ist Ihnen eigentlich klar, daß es dort drüben siebenhundert Millionen potentielle Kunden gibt? Ich hätte wirklich große Lust, mir diesen Markt einmal aus nächster Nähe anzusehen. Was für eine Chance!«

Der Leutnant stand am Hotelfenster, die Hände hinter dem Rücken verschränkt.

»Dann *fliegen* Sie doch, um Himmels willen! Ich kann in zweiunddreißig Tagen aus diesem Disneyland aussteigen und würde liebend gern darauf verzichten, meine Uniform gegen eine Maojacke einzutauschen!«

»Das geht leider nicht, Sir. Sechzehnhundert braucht jetzt eine positive PR. Da ist sonst keiner mehr da. Ein paar von den Leuten geben in Dannemora ein Hausblättchen heraus – verdammt!« Der Leutnant wandte sich vom Fenster ab und ging an den Schreibtisch, auf dem ein halbes Dutzend Fotografien im Format fünf mal sieben Zoll lag. »Es ist alles hier, Major. Alles, was Sie brauchen. Ein wenig verschwommen, aber man sieht ganz deutlich die Marke! Jetzt kann er es wirklich nicht mehr leugnen.«

Sam sah sich die verschwommenen, aber definierbaren Telefotos aus Peking an. »Fast hätte er es geschafft, nicht wahr?«

»Eine Schande!« Der Leutnant zuckte beim Studium der Fotos zusammen. »Es gibt wirklich nichts mehr zu sagen.«

»Nur, daß er es beinahe geschafft hätte.« Sam ging zu einem Lehnsessel und ließ sich mit seinem Bourbon hineinfallen. Der Leutnant folgte ihm.

»Der leitende Ermittlungsbeamte des Generalinspekteurs in Saigon wird Ihnen seine Berichte direkt nach Tokio schicken. Nehmen Sie sie mit nach Peking. Da steckt eine Menge drin.« Der junge Offizier lächelte offenherzig. »Nur für den Fall, daß Sie noch einen Nagel für den Sarg brauchen.«

»Mann, Sie sind aber ein netter Bursche. Haben Sie je Ihren Vater kennengelernt?« Sam nahm einen großen Schluck von seinem Bourbon.

»Sie dürfen das nicht persönlich sehen, Major. Das ist eine objektive Operation, und wir haben den ganzen Input. Es gehört alles zu dem ...«

»Sagen Sie nicht noch einmal ...«

»... Spielplan.« Lodestone schluckte die Worte hinunter. »Tut mir leid. Und, jedenfalls – wenn Sie das bitte nicht persönlich betrachten würden – was wollen Sie denn noch mehr? Der Mann ist verrückt. Ein gefährlicher, egoistischer Verrückter, der sich auf heftigste Art in ganz friedliche Vorgänge eingemischt hat.«

»Ich bin Anwalt, Leutnant, kein Racheengel. Ihr Verrückter hat einige Beiträge für andere – Spielpläne – gemacht. Er hat eine Menge Leute in seiner Ecke. Ich bin heute Nachmittag acht – nein, *vieren* begegnet.« Sam sah sein Glas an. Wohin war der Bourbon verschwunden?

»Aber jetzt nicht mehr, ganz bestimmt nicht«, sagte der Offizier lapidar.

»Was hat er nicht?«

»Seine Anhängerschaft, falls er welche hatte, wird sich in Luft auflösen.«

»Anhängerschaft? Ist er Politiker?« Sam gelangte zu dem Schluß, daß er noch einen Schluck brauchte. Er konnte diesem Klugscheißer nicht mehr länger folgen. Warum sich also nicht gleich richtig betrinken?

»Er hat auf das Sternenbanner *gepinkelt*! So etwas geht doch nicht!«

»Hat er das tatsächlich hingekriegt?«

»Wir schicken Sie nach China«, fuhr Lodestone fort, ohne auf die Frage einzugehen, »und zwar auf dem schnellstmöglichen Weg, in einer Phantomdüsenmaschine über die Nordroute mit Zwischenlandungen in Juneau und auf den Aleuten, nach Tokio. Von dort per Nachschubschiff nach Peking. Ich habe sämtliche Papiere, die Sie brauchen, aus Washington mitgebracht.«

Devereaux murmelte in sein Bourbonglas: »Ich mag moo goo gai pan nicht, und ich hasse Frühlingsrollen ...«

»Darf ich vorschlagen, daß Sie sich etwas ausruhen, Sir? Es ist fast dreiundzwanzig Uhr, und wir müssen um vier Uhr zum Luftstützpunkt. Sie starten im Morgengrauen.«

»Ich wünschte, ich hätte das gesagt, Lodestone. Klingt hübsch. Fünf Stunden. Und Sie sind draußen im Korridor und nicht *hier* drinnen.«

»Sir?« Der junge Mann legte den Kopf zur Seite.

»Ich werde Ihnen jetzt einen Befehl erteilen. Gehen Sie weg. Ich will Sie nicht mehr sehen, bis Sie hereinkommen, um meine Namensetiketten anzunähen.«

»Was?«

»Hauen Sie ab!« Und dann fiel es Sam wieder ein, und

seine Augen – wenn sie auch schon etwas glasig waren, lachten. »Wissen Sie, was Sie sind, Leutnant? Ein Scheißer sind Sie. Ein richtiger, ehrlicher Scheißer. Jetzt weiß ich, was das bedeutet!«

Vier Stunden ... Er zerbrach sich den Kopf.

Den Versuch war es wert. Aber vorher brauchte er noch einen Drink.

Er schenkte sich noch einen Bourbon ein, ging an den Schreibtisch und lachte über die Telefotos aus Peking. Der Hurensohn hatte etwas an sich, daran gab es nichts zu deuteln, aber er war nicht an den Schreibtisch getreten, um sich die Fotografien anzusehen. Er zog die Schublade heraus und entnahm ihr sein Notizbuch, blätterte darin, gab sich große Mühe, seine eigene Schrift zu entziffern. Dann ging er ans Telefon, das neben dem Bett stand, wählte die Neun und dann die Nummer, die auf der Seite stand.

»Hallo?« Die Stimme war weich wie Magnolien, und Sam konnte tatsächlich die Oleanderblüten riechen.

»Mrs. Greenberg? Hier spricht Sam Devereaux ...«

»Oh, wie *geht's*?« Reginas Begrüßung war eindeutig enthusiastisch. Sie versuchte gar nicht erst ihre Freude darüber zu verbergen, daß der Anrufer ein Mann war. »Wir haben uns alle gefragt, welche von uns Sie anrufen werden. Ich fühle mich wirklich geschmeichelt, Meedscher! Ich meine, schließlich bin ich ja so etwas wie eine ältere Staatsfrau. Ich bin richtig gerührt.«

Ihr Mann war vermutlich verreist, dachte Sam unter dem Eindruck des Bourbons und erwärmt von der Erinnerung an ihre herausfordernde, durchsichtige Bluse.

»Das ist sehr freundlich von Ihnen. Sehen Sie, ich werde nämlich in Kürze eine lange Reise antreten. Über Meere und Berge und noch mehr Berge und Inseln und ...« *Herrgott!* Er hatte sich gar nicht zurechtgelegt, wie er es formulieren würde. Er war nicht einmal sicher gewesen, daß er es schaffen würde, ihre Nummer zu wählen. Diese verdammten Whiskey-Fantasien! »Nun, es ist ge- ge-heim. Sehr geheim. Aber ich werde mit Ihrem – Namensheiligen sprechen.«

»Aber natürlich, Süßer! Und natürlich hatten Sie gar keine Chance, all diese wichtigen Regierungsfragen zu stellen. Das verstehe ich, *wirklich.*«

»Nun, da sind einige Dinge hochgekommen, besonders eines ...«

»Ja, das tut es gewöhnlich. Ich glaube, ich sollte wirklich alles in meiner Macht Stehende tun, um der Regierung in dieser delikaten Lage zu helfen. Sie sind im Beverly Hills?«

»Ja, Ma'am. Zimmer achthundertzwanzig.«

»Augenblick.« Sie legte die Hand über die Sprechmuschel, aber Sam konnte sie rufen hören. »*Manny!* Da ist ein nationaler Notfall. Ich muß in die Stadt.«

5.

»Major! Major Devereaux! Sie haben den Hörer von der Gabel genommen. Das dürfen Sie unter keinen Umständen.«

Ein unablässiges, lächerlich lautes Klopfen begleitete Lodestones nasale Rufe.

»Was zum Teufel ist das?« fragte Regina Greenberg und stieß dabei Sam unter der Decke an. »Das klingt wie ein nicht geölter Kolben.«

Devereaux öffnete die Augen und blickte in den Abgrund eines Katers. »Das, liebe Schutzheilige von Tarzana, ist die Stimme der bösen Menschen. Sie kommen an die Oberfläche, wenn die Erde sich aufbäumt.«

»Weißt du, wie spät es ist? Um Himmels willen, ruf doch die Hotelpolizei an.«

»Nein«, sagte Sam und stieg widerstrebend aus dem Bett. »Wenn ich das tue, wird dieser Herr die Vereinigten Stabschefs anrufen. Ich glaube, die haben schreckliche Angst vor ihm. Sie sind nämlich nur berufsmäßige Killer, aber er ist in der Werbung.«

Und ehe Devereaux richtig klar sehen konnte, hatten ihn Hände angekleidet, hatten ihn Wagen gefahren, hatten ihn Männer angeschrien – und jetzt saß er angeschnallt in einem Phantom Jet der Luftwaffe.

Alle lächelten sie. Jedermann in China lächelte. Mehr mit den Lippen als mit den Augen, dachte Sam.

Am Flugplatz von Peking wurde er von einem amerikanischen Diplomatenfahrzeug abgeholt, eskortiert von zwei chinesischen Militärfahrzeugen und acht chinesischen Armeeoffizieren, und alle lächelten, selbst auch die Fahrzeuge.

Die zwei nervösen Amerikaner, die mit dem Diplomatenwagen kamen, waren Attachés und ängstlich darauf bedacht, zur Mission zurückzukehren. Keiner von beiden schien sich in Gegenwart der chinesischen Soldaten wohl zu fühlen.

Ebensowenig schienen sie Wert darauf zu legen, irgend etwas mit ihm zu besprechen, vom Wetter abgesehen, was aber aufgrund des bedeckten Himmels nur wenig Abwechslung brachte. Jedesmal, wenn Sam das Thema MacKenzie Hawkins anschnitt – warum auch nicht? Schließlich hatte er sich auf *ihrem* Dach erleichtert – wurden ihre Münder schmal, und sie schüttelten die Köpfe. Ein kurzes Zucken zur Seite, und dann deuteten sie mit den Fingern auf verschiedene Stellen im Wagen unterhalb der Fenster. Und lachten – über nichts.

Schließlich begriff Devereaux, daß das Diplomatenfahrzeug ihrer Meinung nach mit Wanzen ausgestattet war. Also lachte Sam auch. Über nichts.

Wenn das Automobil *wirklich* mit elektronischen Abhörgeräten versehen war und wenn sie von jemandem *wirklich* belauscht wurden, dachte Devereaux, so beschwor jene Person jetzt wahrscheinlich das Bild von drei erwachsenen Männern herauf, die sich gegenseitig schmutzige Comics reichten.

Und wenn ihm die Fahrt vom Flughafen seltsam vorkam,

dann war sein halbstündiges Gespräch mit dem Botschafter in der diplomatischen Mission am Platz der Glorreichen Blumen geradezu lächerlich.

Er wurde von seinen kichernden Begleitern in das Gebäude komplimentiert, feierlich von einigen Amerikanern mit ernsten Gesichtern begrüßt, die sich wie Zuschauer in einem zoologischen Laboratorium im Korridor versammelt hatten – ein wenig besorgt um ihre Sicherheit, aber von dem neuen Tier fasziniert, das man zur Beobachtung hereinführte – und schnell durch einen Korridor zu einer großen Tür geschoben, die offensichtlich den Eingang zum Büro des Botschafters bildete. Drinnen angelangt, begrüßte ihn der Botschafter, indem er ihm schnell die Hand schüttelte und gleichzeitig zwei Finger der anderen an seinen leicht zitternden Schnurrbart hielt. Einer der Begleiter zog einen kleinen Gegenstand aus Metall, etwa so groß wie ein Päckchen Zigaretten, aus der Tasche und begann damit über die Fenster zu fahren, als wollte er die Glasscheiben segnen. Der Botschafter beobachtete den Mann bei seiner seltsamen Tätigkeit.

»Ich bin nicht sicher«, flüsterte der Attaché.

»Warum nicht?« fragte der Diplomat.

»Die Nadel hat sich ein wenig bewegt, aber das könnten die Lautsprecher auf dem Platz sein.«

»Verdammt! Wir brauchen bessere Taster. Schicken Sie ein verschlüsseltes Memo nach Washington.« Der Botschafter griff nach Sams Ellbogen und führte ihn zur Tür. »Kommen Sie mit, General.«

»Ich bin Major.«

»Das ist nett.«

Der Botschafter schob Sam aus dem Büro, über den Korridor, zu einer anderen Tür, die er öffnete, und stieg dann vor Devereaux einige Steinstufen hinunter in einen großen Kellerraum. An der Wand hing eine einzelne Glühbirne, die der Botschafter jetzt anknipste. Dann führte er Sam an mehreren Holzkisten vorbei zu einer weiteren Tür, die kaum sichtbar in die Wand eingelassen war. Sie war ungewöhnlich schwer, und der Diplomat mußte sich mit dem Fuß gegen die Betonwand stützen, um sie aufzuziehen. Dahinter lag ein begehbarer Kühlschrank, der seinem eigentlichen Zweck schon lange nicht mehr diente und jetzt als Weinkeller benutzt wurde.

Der Botschafter trat ein und riß ein Streichholz an. Auf einem der Regale stand eine halb heruntergebrannte Kerze. Der Botschafter hielt die Flamme an den Docht, und das Licht schwoll flackernd an und tanzte über Wände und Regale. Der Wein war nicht der beste, wie Devereaux feststellte.

Der Botschafter griff nach Sams Arm, zerrte ihn in die Mitte des kleinen Raums und zog dann die schwere Tür zu – aber nicht ganz.

Mit schmalen, aristokratischen Zügen, die durch die flackernde Kerzenflamme betont wurden, lächelte der Botschafter, um Nachsicht bittend. »Vielleicht kommen wir Ihnen leicht paranoid vor, aber das ist ganz bestimmt nicht der Fall, das kann ich Ihnen versichern.«

»O nein, Sir. Hier ist es sehr gemütlich. Und still.«

Sam versuchte, das Lächeln des Botschafters zu erwidern. Und erhielt in den nächsten dreißig Minuten seine letzten Instruktionen von seiner Regierung. Es war ein passender Platz, um sie entgegenzunehmen – tief im Untergrund, umgeben von Erde, in der Würmer wohnten, die nie das Licht des Tages erblickten.

Bewaffnet mit seinem Aktenkoffer und nicht einmal einem letzten Rest seines Mutes schritt Devereaux durch die breite Stahltür der Mission nach draußen, um dort von einem chinesischen Offizier begrüßt zu werden, der ihm vom Ende des Weges her zuwinkte. Sam sah jetzt zum erstenmal die Anzeichen der Zerstörung – große Holzsplitter, ein paar Winkeleisen, die über den Rasen verstreut lagen.

Der Offizier stand außerhalb des Missionsgeländes und grinste ein ausdrucksloses Grinsen. »Mein Name ist Lin Shoo, Major Deveroxx. Ich werde Sie zu Generalleutnant

Hawkins geleiten. Dort steht mein Wagen. Wenn ich Sie bitten dürfte ...«

Sam kletterte auf den Rücksitz des Militärwagens und lehnte sich nach hinten, den Aktenkoffer auf den Knien. Im Gegensatz zu dem nervösen Amerikaner hatte Lin Shoo keinerlei Hemmungen zu reden. Das Gespräch drehte sich sehr bald um MacKenzie Hawkins.

»Ein höchst reizbares Individuum, Major Deveroxx«, sagte der Chinese und schüttelte den Kopf. »Er ist von Drachen besessen.«

»Hat jemand versucht, vernünftig mit ihm zu reden?«

»Ich selbst. Mit großer, bezaubernder Überzeugungskraft.«

»Aber nicht mit großem oder bezauberndem Erfolg, nehme ich an.«

»Was kann ich Ihnen sagen? Er hat mich angegriffen. Das war sehr ungehörig.«

»Und *deshalb* wollen Sie einen richtigen Prozeß inszenieren? Der Botschafter sagte, Sie seien in diesem Punkt unnachgiebig. Ein Prozeß oder eine Menge Hazzerei.«

»Hazzerei?«

»Das ist ein jüdisches Wort, und es bedeutet Ärger.«

»Sie sehen aber nicht jüdisch aus ...«

»Was ist mit diesem Prozeß?« unterbrach ihn Sam. »Konzentriert sich die Anklage auf Körperverletzung?«

»O nein. Das wäre – philosophisch betrachtet – nicht konsequent. Wir Menschen erwarten, *physisch* zu leiden. Mühsal und Leid bewirken Kraft.« Lin Shoo lächelte. Devereaux wußte nicht, warum. »Der General wird wegen seiner Verbrechen gegen das Mutterland vor Gericht gestellt werden.«

»Also eine Erweiterung der ursprünglichen Anklage«, sagte Sam ruhig.

»Aber viel komplizierter«, erwiderte Lin Shoo, und sein Lächeln verblaßte zu resignierter Enttäuschung. »Willkürliche Zerstörung von nationalen Heiligtümern – nicht unähnlich Ihrem Linkolon-Denkmal. Einmal ist er ja, wie

Sie wissen, entkommen. Er fuhr mit einem gestohlenen Lastwagen gegen die Standbilder auf dem Son-Tai-Platz. Die Anklage lautet jetzt auf Beschädigung ehrwürdiger Kunstwerke. Die Statue, gegen die er prallte, ist nach Entwürfen der Frau des Vorsitzenden aus dem Stein gehauen worden, und dafür gibt es kein Gegenargument hinsichtlich Drogeneinfluß. Zu viele diplomatische Leute haben ihn gesehen. Er hat auf dem Son-Tai-Platz einen Riesenlärm gemacht.«

»Er wird mildernde Umstände in Anspruch nehmen.« Ein Versuch kann niemals schaden, dachte Devereaux.

»Ebenso wie bei Körperverletzung gibt es so etwas nicht.«

»Ich verstehe«, log Sam. Es hatte wenig Sinn, diesen Punkt weiterzuverfolgen. »Was könnte er denn bekommen?«

»Warum sollte er etwas bekommen? Er soll doch bestraft werden!«

»Ich meine seine Gefängnisstrafe. Wie lange muß er sitzen?«

»Etwa viertausendsiebenhundertundfünfzig Jahre.«

»*Was?* Ebensogut könnten Sie ihn hinrichten!«

»Das Leben ist für die Söhne und Töchter des Mutterlandes wertvoll. Jedes Lebewesen ist dazu fähig, seinen Beitrag zu leisten. Selbst ein bösartiger Verbrecher wie Ihr verrückter imperialistischer General. Er könnte noch viele produktive Jahre in der Mongolei verbringen.«

»Augenblick mal!« Devereaux drehte sich abrupt in seinem Sitz herum und sah Lin Shoo geradewegs in die Augen. Er war nicht sicher, aber er glaubte ein metallisches Klicken auf dem Vordersitz zu hören. Es klang so ähnlich, als würde der Sicherungshebel einer Pistole umgelegt.

Er beschloß, nicht daran zu denken. Das war besser so. Er wandte seine Aufmerksamkeit wieder Lin Shoo zu.

»Das ist doch *verrückt*! Sie wissen ganz genau, wie dumm das ist! Wovon, zum Teufel, reden Sie eigentlich? Viertausend – *Mongolei?*« Der Aktenkoffer fiel von seinen Knien. Er hörte wieder das metallische Klicken. »Ich meine, wollen wir doch vernünftig sein ...« Devereaux' Wortschwall versiegte. Er hob den Lederkoffer auf.

»Das sind die legitimen Strafen für solche Verbrechen«, sagte Lin Shoo. »Keine ausländische Regierung hat das Recht, die innere Disziplin ihrer Gastnation zu beeinflussen. Das ist unvorstellbar. Aber in diesem speziellen Fall wäre das vielleicht nicht völlig unvernünftig.«

Sam wartete eine Weile, ehe er weitersprach. Er beobachtete, wie sich Lin Shoos finstere Miene langsam, ganz langsam in sein vorheriges höfliches, humorloses Lächeln zurückverwandelte. »Entdecke ich hier die Anfänge einer außergerichtlichen Einigung?«

»Wieso außergerichtlich?«

»Sprechen wir über einen Kompromiß?«

Jetzt gestattete Lin Shoo seinem finsteren Blick, völlig zu verschwinden. Sein Lächeln kam echter Freundlichkeit so nahe, wie Devereaux sich das vorstellen konnte. »Bitte, ja. Ein Kompromiß wäre belehrend. Auch in einer Belehrung liegt Stärke.«

»Und vielleicht etwas weniger als viertausend Jahre in der Mongolei?«

»Es gibt da gewisse Möglichkeiten. Falls Sie Erfolg haben sollten, wo andere ihn nicht hatten. Schließlich könnte ein Kompromiß uns beiden Vorteile bringen.«

»Ich hoffe, Sie wissen, wie recht Sie haben. Hawkins ist ein Nationalheld.«

»Das war Ihr Speeroo Agaroo auch, Major. Ihr Präsident hat das selbst gesagt.«

»Was können Sie anbieten? Verzichten Sie auf den Prozeß?«

Lin Shoo ließ sein Lächeln ersterben. Zu plötzlich, wie Sam fand.

»Das können wir nicht tun. Die Verhandlung ist angekündigt worden. Zu viele Leute in der internationalen Gemeinschaft wissen davon.«

»Wollen Sie Ihr Gesicht wahren, oder wollen Sie Rohöl verkaufen?« Devereaux lehnte sich zurück, denn es war ja der chinesische Offizier, der einen Kompromiß erreichen wollte.

»Ein wenig von beidem – das wäre ein Kompromiß, oder nicht?«

»Was ist für Sie ein wenig? Für den Fall, daß es mir gelingt, Hawkins zur Vernunft zu bringen.«

»Eine Verringerung der Strafe könnte in Betracht gezogen werden.« Lin Shoos Lächeln kehrte zurück.

»Von viertausend auf zweitausendfünfhundert Jahre?« fragte Devereaux. »Sie sind so großherzig. Fangen wir doch mit einer Bewährung an. Ich verzichte auf einen Freispruch.«

»Wieso Bewährung?«

»Erkläre ich Ihnen später – es wird Ihnen gefallen. Geben Sie mir einen echten Anreiz, Hawkins zu bearbeiten.« Sam strich über den Griff seines Aktenkoffers und klopfte mit den Fingernägeln auf das Leder. Das war eine alberne Angewohnheit, die gewöhnlich die Konzentration des Gegners störte und manchmal zu übereilten Konzessionen führte.

»Ein chinesischer Prozeß kann viele Formen annehmen. Lang, prunkvoll und sehr rituell. Oder sehr kurz, schnell und unauffällig. Drei Monate oder drei Stunden. Ich kann vielleicht letzteres erreichen ...«

»Das *und* die Bewährung, und ich bin einverstanden«, sagte Sam schnell. »Das ist für mich Anreiz genug, um wirklich hart zu arbeiten. Der Handel gilt.«

»Diese Bewährung ... Sie werden das im juristischen Sinn erklären.«

»Im Grunde genommen wahren Sie nicht nur Ihr Gesicht und verkaufen Rohöl, sondern Sie können auch demonstrieren, wie hart Sie sind, und *trotzdem* Helden vor der Weltpresse sein. Alles auf einmal. Was könnte besser sein?«

Lin Shoo lächelte. Devereaux fragte sich kurz, ob hinter jenem Lächeln nicht mehr Verständnis steckte, als der Chinese ihm zeigen wollte. Dann verwarf er den Gedanken. Lin Shoo lenkte ihn ab, indem er eine Frage stellte und sie selbst beantwortete, ehe Sam etwas sagen konnte.

»Was besser sein könnte? Wenn General Hawkins nicht in China wäre, ja. *Das* wäre besser.«

»Was für ein Zufall! Das ist nämlich ein belangloser Teil einer Strafe, die auf Bewährung ausgesetzt ist.«

»Wirklich?« Lin Shoo blickte starr nach vorn.

»Mit Ihnen komme ich klar«, sagte Sam fast nachdenklich. »Jetzt muß ich mich nur noch um die andere Seite kümmern.«

6.

Man konnte die Zelle deutlich durch die einseitige verspiegelte Glasscheibe sehen, die sich in der schweren Stahltür befand. Es gab da ein Bett im westlichen Stil, einen Schreibtisch, in die Decke eingelassene Beleuchtungskörper, eine Schreibtischlampe, eine Nachttischbeleuchtung und einen großen Teppich auf dem Boden. In der rechten Wand führte eine offene Tür in ein kleines Badezimmer, links war ein Kleiderhaken an der Wand befestigt. Das Zimmer war höchstens zehn mal zwölf Fuß groß, aber, wenn man alles in Betracht zog, wesentlich großzügiger, als Sam es erwartet hatte.

Das einzige, was fehlte, war MacKenzie Hawkins.

»Sie sehen, wie wir um ihn bemüht sind«, sagte Lin Shoo, »wie gut die Unterkunft des Generals ausgestattet ist.«

»Ich bin beeindruckt«, erwiderte Devereaux. »Nur daß ich den General nicht sehe.«

»Oh, er ist anwesend.« Der Chinese lächelte und sprach mit leiser Stimme weiter. »Er vergnügt sich gern mit kleinen Spielchen. Er hört die Schritte und verbirgt sich auf der anderen Seite der Tür. Zweimal waren die Wachen beunruhigt und drangen unbedacht ein. Zum Glück waren es mehrere Leute, und deshalb konnten sie den General überwältigen, trotz seiner beträchtlichen Körperkräfte. Jetzt sind alle Wachschichten informiert. Seine Mahlzeiten werden ihm durch einen Schlitz übergeben.«

»Er versucht es immer noch . . .« Sam schmunzelte. »Er ist wirklich einmalig.«

»Er ist vieles«, fügte Lin Shoo rätselhaft hinzu, während er zu einer vergitterten, kreisförmigen Öffnung unter der Glasscheibe ging und auf einen roten Knopf drückte. »General Hawkins? Bitte, General, zeigen Sie sich. Ich bin es, Ihr guter, großzügiger Freund Lin Shoo. Ich weiß, daß Sie neben der Tür stehen, General.«

»Steck dir's in den Hintern, Schlitzauge!«

Lin Shoo ließ den Knopf los und wandte sich zu Devereaux. »Er ist nicht immer gerade der Inbegriff von Höflichkeit.« Dann wandte er sich wieder der Sprechanlage zu und drückte noch einmal auf den Knopf. »Bitte, General, ich werde von einem Ihrer Landsmänner begleitet, von einem Vertreter Ihrer Regierung. Von den bewaffneten Streitkräften Ihrer Nation.«

»Sie sollten sich besser ihre verdammte Handtasche ansehen. Oder vielleicht hat sie es unter dem Rock! Ihr Lippenstift könnte eine Bombe sein!« schrie der unsichtbare General.

Lin Shoo wandte sich verstört Devereaux zu. Sam schob den Chinesen sachte weg, drückte selbst auf den Knopf und brüllte in den Lautsprecher: »Schluß jetzt, du Hühnerficker! Ich will jetzt diesen haarigen Arsch sehen, den du als Gesicht bezeichnest, sonst schieb ich diesen Scheißlippenstift durch deinen Freßschlitz! Ich mach dich zur Sau, du elender Hurensohn! Übrigens, Regina Greenberg läßt grüßen.«

Langsam tauchte MacKenzie Hawkins' mächtiger Schädel hinter der Glasscheibe auf, schob sich von der Seite her ins Blickfeld – riesig, kurzgeschoren, lederhäutig. Macs Gesicht wirkte völlig verwirrt. Eine halb zerkaute Zigarre hing ihm zwischen den Zähnen, unter geweiteten, blutunterlaufenen Augen, die ungläubige Neugier verrieten.

»Was sagen Sie?« Lin Shoos Lippen, die er sonst immer unter Kontrolle hatte, waren in maßlosem Erstaunen geöffnet.

»Das ist ein hochgradig geheimer Militärcode«, erklärte Devereaux. »Wir benutzen ihn nur unter außergewöhnlichen Umständen.«

»Ich will nicht weiter auf die Angelegenheit eingehen – das wäre unhöflich. Wenn Sie den Hebel neben der Scheibe herunterziehen, kann General Hawkins Sie sehen. Wenn Sie das Gefühl haben, daß das zweckmäßig wäre, lasse ich Sie hinein. Aber ich möchte bitte draußen bleiben.«

Sam betätigte den kleinen Hebel neben der Scheibe. Ein Klicken war zu hören. Das große Gesicht mit den zusammengekniffenen Augen reagierte sofort feindselig. Devereaux hatte das Gefühl, daß Hawkins etwas hochgradig Obszönes, aber völlig Unwichtiges sah – Sam, den militärischen Unfall.

Devereaux nickte Lin Shoo zu. Der Chinese griff mit beiden Händen zu, als wollte er mit der einen ziehen und mit der anderen stoßen, und sperrte die Tür auf. Die schwere Stahlscheibe öffnete sich. Sam trat ein.

Er lief direkt in eine riesige Faust hinein, die auf ihn zuraste, auf unmittelbarem Kollisionskurs mit seinem linken Auge. Dann kam der Aufprall – der Raum, die Welt, die ganze Milchstraße gerieten aus der Bahn, und hunderttausend weiße Lichtpunkte tanzten um ihn.

Sam spürte das feuchte Tuch über seinem Gesicht, ehe er den Schmerz in seinem Schädel wahrnahm, besonders in seinem Auge, und er fand, daß das seltsam wäre. Er griff nach oben, zog das Tuch weg und blinzelte. Zuerst sah er nur eine weiße Decke. Die Glühbirne in der Mitte tat ihm weh, besonders im linken Auge. Er begriff, daß er auf einem Bett lag, und so rollte er sich zur Seite. Und da erinnerte er sich an alles.

Hawkins saß am Schreibtisch, der mit Papieren und Fotografien übersät war. Der General blätterte in einigen zusammengehefteten Papieren.

Devereaux brauchte seinen schmerzenden Schädel gar nicht zu bewegen, um zu wissen, daß sein Aktenkoffer irgendwo in der Nähe stand und geöffnet worden war. Trotzdem tat er es und sah ihn zu Hawkins Füßen, offen und umgekippt. Leer. Der Inhalt lag vor dem General.

Sam räusperte sich. Es fiel ihm nichts anderes ein. Hawkins drehte sich um. Sein Blick war alles andere als angenehm. Irgendwie fehlte jenes Band der Waffenbrüderschaft, das unter Männern in ihrer Lage eigentlich normal gewesen wäre.

»Ihr kleinen Scheißer habt euch ja mächtig Mühe gegeben, was?«

Mühsam schwang Devereaux die Beine über die Bettkante und griff sich an das linke Auge. Er berührte es vorsichtig, besonders, weil er auf dem Auge kaum sehen konnte. »Mag sein, daß ich ein Scheißer bin, aber so klein bin ich nicht, wie ich Ihnen eines Tages zu beweisen hoffe. Herrgott, tut das weh!«

»*Sie* wollen etwas beweisen?« Hawkins wies auf die Papiere und gestattete sich die Andeutung eines zynischen Grinsens. »Mir? Mit dem, was Sie über mich *wissen*? Sie haben vielleicht Nerven, Junge, das muß man Ihnen lassen.«

»Das ist genauso vorsintflutlich wie Sie selbst«, murmelte Sam und erhob sich. Unsicher stand er auf den Beinen. »Macht Ihnen der Lesestoff Spaß?«

»Das sieht ja so aus, als wollten die wieder einen Film über mich machen.«

»Firma Leavenworth. Ein Film aus der Gefängniswäscherei. Sie sind reif für die Klapsmühle.« Devereaux wies auf die Decke, die Hawkins über die Tür mit dem Fenster gehängt hatte. »Ist das schlau?« Er wies auf die Decke.

»Jedenfalls nicht dumm. Das verwirrt die Leute. Der orientalische Verstand hat zwei ausgeprägte Druckpunkte – Verwirrung und Peinlichkeit.« Hawkins sah dem anderen geradewegs in die Augen.

Diese Bemerkung verblüffte Sam. Vielleicht war es Hawkins' Wortwahl, vielleicht auch die stille Intelligenz, die aus seiner Stimme sprach. Jedenfalls hatte er damit nicht gerechnet. »Ich meine, es ist ziemlich nutzlos. Der Raum ist natürlich verwanzt. Verwanzt, zum Teufel! Die brauchen schließlich nur auf einen roten Knopf zu drücken und können alles hören, was wir sagen.«

»Falsch, Soldat«, entgegnete der General und stand. »Falls Sie ein Soldat *sind* und nicht ein verdammter Sesselwärmer! Kommen Sie her!« Hawkins ging auf die Decke zu und klappte zuerst die rechte Ecke und dann die linke Ecke zurück. An beiden Stellen waren kaum sichtbare Löcher in der Wand zu erkennen, die er mit feuchtem Toilettenpapier verstopft hatte. Hawkins ließ die Decke wieder herunterfallen und wies auf sechs weitere Toilettenpapierpfropfen, zwei an jeder Wand, oben und unten. Dann grinste er sein ledernes Grinsen. »Ich habe mir diese Scheißzelle Zoll für Zoll angesehen. Ich habe jedes Mikro blockiert. Sonst gibt es keine. Natürlich habe ich sie vorher nicht angerührt. Sehen Sie, wie sorgfältig diese verdammten Affen vorgegangen sind? Die haben sogar eines über dem Kopfkissen, für den Fall, daß ich im Schlaf geredet hätte. Das war am schwierigsten zu entdecken.«

Sam nickte etwas widerstrebend. Dann dachte er an das Offensichtliche. »Wenn Sie wirklich *jede* Wanze ausgeschaltet haben, dann werden die hereingerannt kommen und uns woandershin bringen. Das sollte Ihnen klar sein.«

»Und Sie sollten etwas gründlicher nachdenken. Eine elektronische Überwachung auf engem Raum ist immer mit einer einzelnen Einheit verbunden. Zuerst werden die denken, sie hätten einen Kurzschluß in der Einheit. Und die brauchen bestimmt eine Stunde, bis sie den ausfindig machen – wenn sie nicht die Wände einreißen müssen und es mit Sensoren schaffen. Das wird sie verwirren. Und wenn sie dann den Kurzschluß abgehakt haben, werden sie denken, daß *ich* die Mikrofone verstopft habe. Das wird ihnen peinlich sein. Verwirrung und Peinlichkeit, die Druckpunkte. Eine weitere Stunde brauchen sie dann, bis sie sich ausgedacht haben, wie sie uns in eine andere Zelle schaffen können, ohne zuzugeben, daß sie sich geirrt haben. Wir haben mindestens zwei Stunden Zeit. Sie sollten diese Zeit nützen und mir ein paar hübsche Erklärungen liefern.«

Devereaux hatte das deutliche Gefühl, daß es in der Tat besser wäre, wenn er ein paar hübsche Erklärungen liefern könnte. Hawkins war ein ausgekochter Profi, und Sam hielt gar nichts von einer Konfrontation. Ganz sicher nicht im physischen Sinn noch, wie er zu argwöhnen begann, im geistigen.

»Wollen Sie denn nicht hören, wie es Regina Greenberg geht?«

»Ich habe Ihre Notizen gelesen. Sie haben eine lausige Schrift.«

»Ich bin Rechtsanwalt. Alle Anwälte haben eine lausige Schrift. Das gehört zu unserem Prüfungsschema. Außerdem hatte ich auch nicht vor, die Notizen abtippen zu lassen.«

»Das will ich hoffen«, erwiderte Hawkins. »Außerdem haben Sie schmutzige Gedanken.«

»Und Sie haben einen verdammt guten Geschmack.«

»Ich diskutiere nicht über ehemalige Ehefrauen.«

»Die haben über *Sie* diskutiert«, konterte Sam.

»Ich kenne die Mädchen. Von denen haben Sie nichts gekriegt, was Sie brauchen könnten. Nicht von den Mädchen, ganz bestimmt nicht. Und was Sie sonst haben, geht mich nichts an.«

»Entdecke ich da einen moralischen Standpunkt?«

»Auf meine eigene primitive Art habe ich auch Klasse, Junge.« Hawkins wies auf den Schreibtisch. Sein Arm, die Hand und der ausgestreckte Finger waren wie erstarrt. »Und jetzt fangen Sie an, das Zeug da zu erklären.«

»Was gibt es da zu erklären? Sie haben es doch gelesen. Muß ich Ihnen da noch erklären, daß das einen absolut niet- und nagelfesten Fall von *persona non grata* auf der einen Seite und eine ziemliche Peinlichkeit auf der anderen darstellt? Falls ich das tun muß, habe ich es gerade getan.« Devereaux griff sich ans Auge. Es tat scheußlich weh. Deshalb nahm er wieder auf dem Bett Platz.

»Dieses Zeug in Indochina«, knurrte Hawkins, ging zum

Schreibtisch und griff nach den zusammegehefteten Blättern, »das ist so geschrieben, als hätte ich für diese Scheißasiaten gearbeitet!«

»Soweit würde ich nicht gehen«, erwiderte Sam. »Es wirft nur gewisse Fragen hinsichtlich Ihrer Methoden ...«

»Es geht zu weit, Junge!« unterbrach ihn der General. »Entweder habe ich für Sie gearbeitet oder für *beide* Seiten, oder ich habe die Hälfte aller Schmiergelder in Südostasien eingesteckt! *Oder* ich war so blöd, daß ich überhaupt nicht wußte, was ich tat!«

»Ah!« tönte Sam in einem falschen Tremolo. »Jetzt beginnen wir zu begreifen, sagte Alice zu Cock Robin. Ein Militärmann – echtes Militär, mit zwei Kongreßmedaillen – ist nicht gerade ein Typ, bei dem man darauf wetten würde, daß er ein Verräter ist. Aber all die Kämpfe, all der Lärm und das Hin- und Herhuschen hinter den Linien, die Gefangennahme, die Folter und die primitiven Mittel des Überlebens – die kumulative Wirkung von *all dem* würde ganz bestimmt ausreichen, um besagten Helden ins Land des Lächelns ausflippen zu lassen. Sehr traurig, aber es gibt Grenzen für das, was die menschliche Psyche ertragen kann.«

»Pferdekacke!« brüllte Hawkins. »Mein Kopf ist ein gutes Stück fester aufgeschraubt als die Birnen von diesen Scheißern, die all diesen Mist gemacht haben!«

»Zwei Punkte für den General«, sagte der Major und machte mit den Fingern das V-Zeichen. »Hiermit erkläre ich für die Akten, daß das Haupt des Generals besser festgeschraubt ist als alle Köpfe von Sechzehnhundert. Und, wie ich vielleicht hinzufügen darf, der General steckt ganz schön in der Scheiße.«

»Was soll das jetzt wieder heißen, Junge?«

»Ach, hören Sie doch auf, Hawkins! Sie sind erledigt. Ich weiß auch nicht, wie und weshalb es dazu kam. Ich weiß nur, daß Sie zum dümmsten Augenblick, den man sich denken kann, am falschen Platz standen. Sie haben zuviel Lärm gemacht, und Sie sind *ersetzbar*! Nicht nur ersetzbar, sondern verdammt überflüssig, und Sechzehnhundert wird Sie fallenlassen. Sie sind sogar ein *Exempel*!«

»Wiederum Pferdekacke! Warten Sie, bis das Pentagon Wind davon bekommt!«

»Das haben die – der Wind bläst ihnen die Nasen voll. Die Bonzen stoßen gegeneinander und rennen alle in die Duftfabrik. Sie existieren nicht, General! Höchstens in einer fehlgeleiteten Erinnerung.« Sam stand vom Bett auf. Der Schmerz in seinem Auge hatte sich inzwischen in seinem ganzen Schädel ausgebreitet.

»Das können Sie nicht verkaufen, und ich will es nicht kaufen«, erwiderte Hawkins abweisend. Aber seine Stimme ließ erkennen, daß sein Selbstvertrauen etwas geschrumpft war. »Ich habe Freunde. Ich habe eine Laufbahnakte, die sich wie ein Anwerbungsplakat liest. Verdammt noch mal, Soldat, ich bin General und bin ganz von unten aufgestiegen – aus dem beschissenen Schlamm in Belgien! Die werden mich nicht so behandeln!«

»Ich bin kein Soldat. Ich bin Rechtsanwalt, und ich sage Ihnen, daß man Sie abgeschrieben hat. Diese Teleaufnahmen von Ihren Freunden in Peking haben Ihnen den Rest gegeben. Sie haben durchgedreht und sind erledigt.«

»Das müssen die erst beweisen!«

»Das können sie auch. Mir hat man den Beweis vor etwa einer Stunde in einem pechschwarzen Keller übergeben. Ein Verrückter mit einer Kerze in der Hand hat das getan. Ein sehr solider Bürger. Sie sitzen schwer in der Tinte, General.«

Hawkins kniff die Augen zusammen und nahm die zerkaute, nicht angezündete Zigarre aus dem Mund. »Wie haben sie das geschafft?«

»›Mit Hilfe ärztlicher Akten.‹ Das ist das Beweismaterial. Psychiatrisch und physisch. ›Streßkollaps‹ ist nur der Anfang. Das Verteidigungsministerium wird eine Erklärung abgeben, die im wesentlichen besagen wird, man habe Sie bewußt in eine mehrdeutige Situation gebracht, um sich ein Bild von der Entwicklung machen zu können. ›Schizoide

Progression‹ nennt man das, glaube ich, widersprüchliche Ziele, so wie die Sache in Indochina. Außerdem lassen diese Bilder von Ihnen, wie Sie auf das Dach der Mission pinkeln, sehr komplizierte psychiatrische Erklärungen zu.«

»Ich habe eine *bessere*. Ich war verdammt zornig. Warten Sie, bis ich meine Version liefere!«

»Sie werden keine Chance bekommen, die vorzutragen. Wenn es darauf ankommt, ist der Präsident bereit, vor die Fernsehkameras zu treten, Ihre Vergangenheit zu loben, Ihre augenblicklichen medizinischen Akten zu veröffentlichen – mit herzzerreißendem Widerstreben natürlich – und das Land zu bitten, für Sie zu beten.«

»Dazu wird es nicht kommen.« Der General schüttelte zuversichtlich den Kopf. »Einem Präsidenten glaubt heutzutage kein Mensch mehr.«

»Vielleicht nicht, aber er hat eine Menge Knöpfe, auf die er drücken kann. Vielleicht nicht die seinen, aber genügend andere. Man wird Sie in einen Nike-Silo schnallen, wenn er das will.« Sam sah, daß in der kleinen Kammer, in der die Toilette untergebracht war, ein Metallspiegel an der Wand hing. Er ging auf die Tür zu.

»Aber weshalb sollte er das *tun*? Weshalb sollte irgend jemand so etwas zulassen?« Die Zigarre hing jetzt schlaff in Hawkins' Hand.

Devereaux sah sich Umfang und Farbton seines Veilchens über dem linken Auge an. »Weil wir Öl brauchen«, erwiderte er.

»Hm?« Hawkins ließ die Zigarre auf den Teppich fallen. Dann trat er, offensichtlich ohne darüber nachzudenken, darauf und zermalmte sie. »Öl?«

»Das ist zu kompliziert.« Sam betastete das empfindliche Fleisch rings um sein Auge. Er hatte seit über fünfzehn Jahren kein blaues Auge mehr gehabt und fragte sich, wie lange es wohl dauern würde, bis die Schwellung zurückging. »Nehmen Sie die Situation einfach so, wie sie ist, und machen Sie das beste Geschäft, das Sie herausschlagen können. Eine große Wahl haben Sie nicht.«

»Sie meinen, ich soll mich einfach hinlegen und nehmen, was mir geboten wird?«

Devereaux kam aus der Toilette, blieb stehen und seufzte. »Ich würde sagen, unser unmittelbares Ziel besteht darin, zu verhindern, daß Sie in die Mongolei geschickt werden. Auf etwa viertausend Jahre. Wenn Sie mitmachen, kriege ich das vielleicht hin.«

»Heißt das, daß Sie mich aus China rausholen können?«

»Ja.«

»Und ich muß mit diesen Scheißchinesen *und* Washington zusammenarbeiten?« Hawkins hatte die Augen zu schmalen Schlitzen zusammengezogen.

»Allerdings. Bis zum bitteren Ende.«

»Muß ich aus der Army austreten?«

»Hat doch keinen Sinn, wenn Sie drinbleiben. Oder?«

»Verdammter Mist!«

»Ich bin ganz Ihrer Meinung. Aber was haben Sie denn von der Army? Die Welt ist groß. An Ihrer Stelle würde ich sie genießen.«

Hawkins ging in zornigem Schweigen zum Schreibtisch zurück. Er nahm eines der Fotos, zuckte mit den Schultern und ließ es fallen. Dann griff er in die Tasche, um eine frische Zigarre herauszuholen. »Verdammt, Junge, jetzt denken Sie schon wieder nicht nach! Mag sein, daß Sie Rechtsanwalt sind, aber wie Sie ja selbst sagen, Soldat sind Sie keiner. Ein Feldkommandant saugt eine feindliche Patrouille auf, er füttert sie nicht, er macht sie nieder. Niemand wird zulassen, daß ich Spaß daran habe. Die werden mich in diesen Nike-Silo stecken, den Sie erwähnt haben. Um mich am Reden zu hindern.«

Devereaux atmete langsam aus. »Es besteht eine schwache Möglichkeit, daß ich einen Schild errichten kann, der für alle Betroffenen akzeptabel ist. Nachdem Sie *hier* drüben den ganzen Weg gegangen sind. Volles Geständnis, öffentliche Entschuldigung, mit allem Drum und Dran.«

»Verdammte Scheiße!«

»Die Mongolei, General . . .«

Hawkins biß auf die Zigarre – als hätte er eine Kugel zwischen den Lippen, dachte Sam.

»Was ist das für ein ›Schild‹?«

»Auf den ersten Blick würde ich sagen – ein Brief an den Staatssekretär des Heeres mit einem Tonband, auf dem Sie ihn vorlesen und dessen Echtheit durch eine bereits vorhandene Aufnahme von Ihrer Stimme bestätigt wird. In dem Brief *und* auf dem Band erklären Sie, daß Sie sich in lichten Momenten Ihrer Krankheit bewußt sind – et cetera, et cetera.«

Hawkins starrte Devereaux an. »Sie sind von Sinnen!«

»In den Dakotas gibt es eine Menge Nike-Silos.«

»Herrgott!«

»Es ist nicht so schlimm, wie es klingt. Der Brief und das Tonband werden im Pentagon begraben werden. Man wird sie nur einsetzen, wenn Sie in der Öffentlichkeit Wellen schlagen. Beides sollte in, sagen wir, fünf Jahren zurückgegeben werden. Was halten Sie davon?«

Hawkins griff in die Tasche, um Streichhölzer herauszuholen. Er riß eines an, und eine Wolke würzigen Rauches hüllte fast sein Gesicht ein, aber seine Stimme war klar und deutlich hinter der Wolke zu vernehmen. »Auf der Chinesenstraße, von der Sie reden, spricht keiner von diesem pychiatrischen Bockmist. Keiner versucht, einen Verrückten aus mir zu machen.«

»Verdammt, nein. Sie sehen das völlig falsch. Wir würden doch nur von einfachen Ermüdungserscheinungen sprechen.« Devereaux ging in dem kleinen Raum auf und ab, wie er das so oft in Konferenzsälen tat, wenn er das Netz der Verteidigung wob. »Vielleicht ein wenig Alkohol – das macht sympathisch, wirkt fast nett, wenn der Klient ein Mann mit Mumm ist.« Sam blieb stehen und brachte Klarheit in seine Gedanken. »Die Chinesen würden es vorziehen, wenn die Sache ideologisch angepackt würde. Das würde sie beschwichtigen. Sie haben doch den Lichtblick bemerkt, General. Man ist großzügig zu Ihnen gewesen, sogar nett. Das Volksregime ist Klasse. *Und* tolerant. Das war Ihnen nicht klar. In Wirklichkeit tun Ihnen all diese häßlichen Dinge leid, die Sie seit einem Vierteljahrhundert sagen.«

»Verdammte Scheiße! Da kommt einem ja das Kotzen, Junge!« Mit einer Technik, die Sam in Erstaunen versetzte, ohne daß er sie hätte durchschauen können, brachte es Hawkins tatsächlich fertig, auf seiner Zigarre herumzukauen, während er brüllte. Und dann nahm er sie aus dem Mund und seine Stimme wurde leiser. »Ich weiß, ich weiß, die Silos und die Mongolei. *Jesus!*«

Devereaux sah den Mann an, und das bereitete ihm Schmerzen. Er ging ein paar Schritte auf ihn zu und sagte mit weicher Stimme: »Man hat Sie in die Zange genommen, General. Und diejenigen, die das gemacht haben, waren selbstgerechte Marionettenfiguren. Keiner weiß das besser als ich. Ich habe Ihre Akte gelesen und stimme vielleicht dem fünfzigsten Teil von dem zu, was Sie zu Ihrem Standpunkt gemacht haben. Sonst glaube ich in vieler Hinsicht, daß Sie schrecklich sind. Aber eines sind Sie nicht – ein Mann, der andere manipuliert. Und ein Witz sind Sie auch nicht. Erinnern Sie sich noch, was Sie den Mädchen gesagt haben? Sie haben gesagt, jeder sei sein eigenes Inventar. Das verrät mir eine ganze Menge. Lassen Sie sich also von mir helfen. Ich bin kein Soldat, aber ich bin ein verdammt guter Rechtsanwalt.«

Hawkins wandte sich ab. Der Mann ist jetzt verlegen, dachte Sam. Als dann die Antwort kam, klang sie so hilflos, daß er zusammenzuckte.

»Ich weiß nicht, warum es für mich so wichtig ist, was jemand sagt – und warum ich mich nicht mit einem Silo *oder* der Mongolei zufriedengebe. Verdammt noch mal, Junge, ich habe mehr als dreißig Jahre in der Armee verbracht. Wenn Sie mir diese Uniform wegnehmen – ganz gleich, in was Sie mich dann stecken – dann bin ich so nackt wie eine gerupfte Ente. Ich *kenne* nichts anderes als die Army. Ich weiß sonst nichts, bin für nichts anderes ausgebildet, wenn Sie es einmal richtig überlegen. Ich hatte nie etwas mit technischen Dingen zu tun – abgesehen von ein wenig bei G-2, solchen Dingen. Und von so extravaganten Dingen wie ›Verhandlungen‹ weiß ich auch nichts. Ich kann nichts weiter, als solchen Drecksäcken, die sich an der Armee bereichern wollen, das Leben schwermachen und sie schließlich in die Falle locken. In diesem Punkt stimmen diese Indochinaberichte. Ich war schlauer als das KGB und der CIA, das ARVN – und sogar schlauer als die Schwindler im Generalstab von Saigon. Aber das ist etwas anderes. Mit Leuten kann ich umgehen. Aber mir haben sie immer den Abschaum gegeben – das, was aus den Militärgefängnissen kam. Wenn das Zivilisten gewesen wären, dann hätte keiner zugelassen, daß die sich frei auf der Straße bewegen. Und ich habe mit denen etwas auf die Beine gestellt. Ich konnte diese raffinierten Bastarde unter Kontrolle halten. Das kam daher, daß ich mich in sie hineinversetzt und sie dann *benutzt* habe – ihre verdammten Tricks. Aber außerhalb der Army kann ich nichts.«

»Das sieht dem Mann, der einmal gesagt hat, jeder sei sein eigenes Inventar, aber gar nicht ähnlich. Sie sind viel besser.«

Hawkins drehte sich um und sah Sam an. Er sprach jetzt ganz langsam, nachdenklich. »Scheiße, mein Freund. Wissen Sie was? Das einzige, wofür man mich wirklich ausgebildet hat, ist vielleicht der Ganovenberuf. Und dort würde ich wahrscheinlich Mist bauen, weil mir Geld ziemlich egal ist.«

»Sie suchen die Herausforderung. Das tun talentierte Leute immer. Geld ist da ein Nebenprodukt. Gewöhnlich liegt die Herausforderung in den Beträgen, in dem, was sie darstellen, nicht in dem, was man damit kaufen kann.«

»Ja, wahrscheinlich.« Hawkins holte tief Atem und streckte sich dann. Er beginnt seine Resignation zu begreifen, dachte Devereaux. Der General ging ziellos an Sam vorbei und summte die ersten Takte aus *Mairzy-Doats* vor sich hin. Lange Erfahrung mit seinen Klienten hatte Devereaux gelehrt, einen solchen Augenblick abzuwarten, dem Klienten genügend Zeit zu lassen, so daß er seine Entscheidung voll akzeptieren konnte. »Augenblick, Junge. *Augen*blick.« Hawkins nahm die Zigarre aus dem Mund und sah Sam in die Augen. »Alle sind auf meine Kooperation scharf. Die Chinks, diese Arschlöcher in Washington – wahrscheinlich ein Dutzend Erdölkonglomerate. Ich meine, die *wollen* nicht nur, daß ich mich kooperativ verhalte – sie brauchen meine Mitarbeit. Und zwar so dringend, daß sie Akten dafür fälschen, einen Fall aufbauen ... Der ganze Mist ist außer *Kontrolle* geraten ...«

»Jetzt warten Sie mal. Wir haben es hier ...«

»Nein, *Sie* warten jetzt, Junge! Ich will Ihnen keine Schwierigkeiten machen. Ich biete Ihnen jetzt einen besseren Handel an, als Sie für möglich gehalten haben.« Hawkins steckte sich die Zigarre wieder zwischen die Zähne, und seine Augen leuchteten plötzlich. Seine Stimme klang nachdenklich, aber eindringlich. »Ich werde genau das tun – genau das *sagen*, was ihr Dreckskerle wollt. Wort für Wort, Geste für Geste. Ich werde jedem, der über den Son-Tai-Platz geht, in den Arsch kriechen, wenn euch was dran liegt. Aber *ich* will dafür zwei Dinge. Ich will aus China raus *und* aus der Army – beides zusammen. Und noch eines – drei Tage Zeit in den Archiven von G-2 in Washington. Ich will nur meine *eigenen* Akten, sonst keine. Was, zum Teufel, schließlich habe ich das gottverdammte Ding geschrieben! Ein letzter Blick auf den Beitrag, den ich geleistet habe, und Sie können mir so viele Wachen hinstellen, wie Sie wollen, ich werde meine letzte Auswertung vornehmen und dann alles zusammenzählen. Das ist die übliche Prozedur, wenn Abwehrbeamte entlassen werden. Nun, was halten Sie davon?«

Sam zögerte. »Ich weiß nicht. Das Zeug ist Verschlußsache ...«

»Aber doch nicht für den Beamten, der es geschrieben hat! Geheimdiensthandbuch Vorschrift 775, Nachtragsstatut. Tatsächlich *muß* er sogar seine letzte Auswertung machen.«

»Sind Sie *sicher*?«

»Ich bin in meinem ganzen Leben noch nie sicherer gewesen, Junge.«

»Nun, wenn es die Regel ist ...«

»Ich habe Ihnen doch gerade den Paragraphen genannt! Das ist die Militärbibel, Junge!«

»Dann sehe ich keine Hindernisse ...«

»Ich will es schriftlich. Und dafür kriegen Sie von mir diesen Brief und das Tonband mit der Bestätigung, ich sei so erledigt, daß ich Echsenscheiße fressen würde. Noch besser – *ich* werde jetzt ein Ultimatum stellen. Entweder erteilt mir Washington die schriftliche Anweisung, nach meiner Rückkehr in die Staaten der Vorschrift Sieben Sieben Fünf Folge zu leisten, oder ich entscheide mich für die Silos in der Mongolei! Es gibt zu Hause noch genügend Leute, die für mich sind. Mag sein, daß die alle ein bißchen spinnen, aber dafür können sie auch eine Menge Lärm machen.«

MacKenzie Hawkins schmunzelte. Seine Zigarre hatte sich inzwischen in eine zerdrückte, klebrige Masse verwandelt.

Jetzt kniff Sam die Augen zusammen. »Woran denken Sie?«

»An nichts Besonderes, Junge. Sie haben mich nur gerade an etwas erinnert. Jeder ist *tatsächlich* sein eigenes Inventar. Die Summe seiner Teile. Vielleicht wartet dort draußen *wirklich* eine verdammt große Welt, mit ein oder zwei Herausforderungen.«

TEIL II

Eine Firma in Privatbesitz – eine Gesellschaft also mit nur wenigen Investoren, gleichgültig, wie groß die Kapitalausstattung ist – muß in ihrem finanziellen Kern über Männer mit großzügigem Herzen und aufrechtem Charakter verfügen, über Männer, die dem Unternehmen mit Hingabe dienen und ihm eine Zielvorstellung geben können.

Shepherd's Laws of Economics
Buch CVI, Kapitel 38

7.

Die Verhandlung vor dem Volksgerichtshof verlief für alle Betroffenen nach Wunsch. MacKenzie Hawkins war geradezu ein Paradebeispiel für bekehrte, reformierte Feindseligkeit. Er war ein männliches Kätzchen, das seine Rolle vollendet spielte. Bei seiner Ankunft auf dem Travis-Luftwaffenstützpunkt in Kalifornien stieg er mit stoischer Miene aus dem Flugzeug, sprach klar und verständlich in die Kameras und zu der versammelten Menge, bezauberte die Medien und verhinderte, daß es zu irgendwelchen Aufwallungen von seiten der kreischenden Superpatrioten kam.

Er verkündete einfach, daß für jeden alten Soldaten – auch für junggebliebene alte Soldaten – einmal die Zeit kam, wo es sich geziemte, beiseitezutreten. Die Zeiten änderten sich, und mit ihnen auch die Wertmaßstäbe. Was vor einem Jahrzehnt als Perfidie gegolten hatte, war heutzutage vielleicht genau die richtige Handlungsweise. Der Soldat, der militärische *Geist*, war nicht dafür ausgerüstet – sollte auch nicht dazu ausgebildet werden – sich mit großen internationalen Dingen zu befassen. Es genügte, daß der Soldat ein einfacher Krieger in den Legionen seiner Nation *(sic – ibid – in gloria transit)* – daß MacKenzie Hawkins den ewigen Wahrheiten, so wie er sie auffaßte, Gefolgschaftstreue bewahrte.

Das alles war sehr erfrischend.

Es kam aus dem tiefsten Herzensgrund.

Und kein Wort davon war wahr.

Und Mac Hawkins war großartig.

Es hieß, daß der Mann im Pentagon ihn von einem bequemen Polstersessel aus beobachtete, seinen sechzig Kilo schweren Hund Python auf dem Schoß. Er lachte und klatschte über Pythons Fell in die Hände und stampfte mit den Füßen und kicherte und kam sich großartig vor. Seine Familie gesellte sich zu ihm und lachte, und dann klatschten sie alle mit den Händen und kicherten und stampften mit den Füßen, ganz wie Daddy. Sie wußten nicht genau, weshalb Daddy so fröhlich war, aber sie hatten schon lange keinen solchen Spaß mehr gehabt, nicht seit damals, als Daddy diesem schrecklichen kleinen Spaniel einen Bauchschuß verpaßt hatte.

Sam Devereaux betrachtete die Verwandlung von MacKenzie Hawkins vom brüllenden Bären zum passiven Kätzchen voll zweifelnder Ehrfurcht. Der Hawk hatte sich in einen Weichling verwandelt, und was dabei im Grunde fehlte, war das Motiv. Nicht daß Sam das drohende Gefängnis – Mongolei oder Leavenworth – leichthin abgetan hätte. Aber sobald Hawkins einmal dem Schuldspruch zugestimmt hatte, der öffentlichen Entschuldigung, dem Brief und den Gratisfotografien, die ihn zeigten, wie er mit gesenktem Haupt die auf Bewährung ausgesetzte Gefängnisstrafe von hundert Jahren entgegengenommen hatte, hätte er leicht wieder seine militärische Haltung annehmen und sich von Stürmen umbrausen lassen können. Statt dessen ging er ins Extrem, um jegliche Kontroverse zu vermeiden. Es schien, als wäre es wirklich sein Wunsch, dahinzuwelken (ein schrecklicher Ausdruck, dachte Devereaux).

Natürlich kam es Sam in den Sinn, daß Hawkins' Verhalten auf das Geschäft zurückzuführen war, das er mit Washington bezüglich der G-2-Akten abgeschlossen hatte – Vorschrift 775 – und MacKenzies Zugang zu diesem Material. Wenn dem so war, so hätte der General sich die Mühe sparen können. Drei Abwehrdienste hatten sich die Akten angesehen und nichts darin gefunden, was die nationale Sicherheit hätte gefährden können. Im großen und ganzen bezogen sich die Eintragungen auf uralte Verschwörungen in Saigon, einige alte Spekulationen über Agentennetze in Europa und eine Unmenge von Vermutungen und Gerüchten und nicht bewiesenen Andeutungen – im großen und ganzen war das alles Unsinn.

Wenn Hawkins ehrlich glaubte, er könnte aus diesen veralteten, unbestätigten Aufzeichnungen Geld schlagen – und aus welchem anderen Grund sollte er auf Vorschrift 775 bestehen? – dann bestand da keine Gefahr. Wenn man die

Inflation in Betracht zog und die reduzierte Pension, die er erhalten würde, und schließlich die Tatsache, daß er praktisch als unberührbar galt, so würde er es schon schwer genug haben. Und so war es eigentlich allen ziemlich gleichgültig, was er mit seinen alten Akten anfing. Außerdem – wenn es zu irgendwelchem Ärger kommen sollte, gab es da immer noch *den Brief*.

»Verdammt noch mal, es ist nett, wieder mal mit Ihnen zu reden, junger Mann.« MacKenzies Stimme klang am Telefon laut und begeistert und veranlaßte Sam, den Hörer vom Ohr wegzureißen. Zum Teil war die Geste auf die Lautstärke zurückzuführen, zum Teil auch auf nackte Berührungsangst.

Devereaux hatte den Hawk vor mehr als zwei Monaten in Kalifornien verlassen, gleich nach der Pressekonferenz in Travis. Sam war nach Washington zurückgeflogen. Er würde in knapp drei Tagen entlassen werden und hatte die Zeit damit verbracht, alle Schreibtischangelegenheiten abzuschließen, die jener glorreichen Stunde auch nur entfernt im Wege stehen könnten.

Hawkins war keine Schreibtischangelegenheit, aber seine bloße Anwesenheit war schon eine abstrakte Bedrohung. Prinzipiell.

»Hallo, Mac«, erwiderte Sam vorsichtig. Sie hatten zu Anfang des Prozesses in Peking auf ihre militärischen Titel verzichtet. »Sind Sie in Washington?«

»Wo sonst, Junge? Ich bin morgen wegen meiner 775 bei G-2. Wußten Sie das nicht?«

»Ich hatte ziemlich viel zu tun. Hier ist noch eine Menge zu erledigen. Es gab keinen Grund, mich über ihre 775 zu informieren.«

»Ich denke doch«, entgegnete der Hawk. »Sie werden mich geleiten. Ich dachte, das wüßten Sie.«

Plötzlich hatte Devereaux das Gefühl, als säße ihm ein riesiger Klumpen im Magen. Er zog geistesabwesend seine Schreibtischschublade auf und griff nach dem Maalox, während er fragte: »Ich soll Sie *geleiten*? Weshalb brauchen Sie einen Begleiter? Kennen Sie die Adresse nicht? Ich werde sie Ihnen geben, Mac. Ich habe sie hier. Bleiben Sie am Apparat. *Sergeant!* Ich brauche die Adresse der G-2-Archive. Bißchen fix, *Sergeant*!«

»Lassen Sie nur Sam«, tönte die besänftigende Stimme von MacKenzie Hawkins an sein Ohr. »Das ist nur eine Militärvorschrift, sonst nichts. Es gibt gar keinen Grund, sich darüber aufzuregen. Außerdem *kenne* ich die Adresse auswendig und Sie sollten sie auch im kleinen Finger haben. Junge – das ist Tatsache.«

»Ich *will* Sie nicht begleiten. Ich bin ein *lausiger* Begleiter! Ich habe mich in Kalifornien von Ihnen verabschiedet.«

»Dann können Sie mich beim Abendessen wieder begrüßen. Was sagen Sie dazu?«

Devereaux atmete tief durch. Er schluckte die Maalox-Pille und scheuchte die Dame vom Army-Frauenkorps davon, die ihm als Sergeant und Sekretärin diente. »Mac, tut mir leid, aber ich habe *wirklich* noch eine ganze Menge zu erledigen. Vielleicht gegen Ende der Woche, dann jederzeit – übermorgen. Um sechzehn Uhr, um es genau zu sagen.«

»Nun, Sam, ich dachte, wir sollten die G-2-Routine für morgen früh besprechen. Sie *müssen* dabei sein, Junge. So steht es in den Befehlen. Wir wollen doch nicht, daß dort drüben irgend etwas schiefgeht, oder? *Jesus!* Dann würden die keinen von uns beiden rauslassen.«

»Wo wollen Sie denn mit mir zu Abend essen?« fragte Devereaux und schnitt eine Grimasse. Die Maaloxflasche war leer.

Sie werden mich geleiten. Ich dachte, das wüßten Sie ... So steht es in den Befehlen. Wir wollen doch nicht, daß dort drüben irgend etwas schiefgeht, oder?

Nein, das möchten wir ganz bestimmt nicht. Devereaux schüttelte den Kopf. Ein junges Paar in der nächsten Nische starrte ihn an. Er hielt inne und grinste ein wenig dümmlich, worauf die zwei jungen Leute miteinander flüsterten und den Blick abwandten. Ihre Reaktion war klar – man wußte nie, wer als nächster verurteilt wurde.

Ein großer Mann kam durch den Torbogen herein und ging auf ihn zu. Jetzt war Sam an der Reihe, ihn anzustarren. Beeindruckt.

Es war der Hawk. Dessen war er sicher. Aber der große Mann, der sich höflich seinen Weg durch den überfüllten Raum bahnte, zeigte wenig Ähnlichkeit mit dem aufgelösten, auf seiner Zigarre kauenden MacKenzie, der ihn mit zusammengekniffenen Augen durch das Glasfenster einer Gefängniszelle in Peking angestarrt hatte. Und noch weniger dem kurzgeschorenen Hawkins, der die ganze Zeit dastand, als hätte er einen Ladestock verschluckt, und bei jedem Schritt, den er tat, den Eindruck erweckte, als marschierte er zu den Klängen von tausend Pfeifen – gegen kräftigen Wind.

Da war zunächst einmal der Van-Dyke-Bart. Zugegeben, er war noch neu, aber sehr gepflegt und sorgfältig gestutzt, ebenso wie das Haar. Er ließ es nicht nur wachsen, sondern es war offensichtlich von der Hand eines Fachmanns gestylt und lag jetzt in grauen Wellen über den Ohren. Sehr, sehr distinguiert. Und die Augen – nun, die Augen konnte man eigentlich nicht sehen, weil sie von leicht gefärbten Brillengläsern in einer Schildpattfassung verdeckt waren. Es war eine ganz leichte Färbung, die eher akademisch oder diplomatisch als geheimnisvoll wirkte.

Und wie der Mann ging! Du großer Gott! Hawkins' militärische Ladestockhaltung hatte sich in eine geschmackvolle, sogar verdammt elegante *Grazie* verwandelt. Seine ganze Attitüde hatte etwas Weiches an sich, etwas beiläufig Gleitendes, das mehr nach Palm Beach als nach Fort Benning paßte.

»Sie haben mich beobachtet«, sagte der Hawk, während er sich in die Nische schob. »Nicht schlecht, wie, Junge? Keiner von diesen Scheißern hat mich aufgehalten. Was sagen Sie dazu?«

»Ich bin erstaunt«, antwortete Sam.

»Das sollten Sie aber nicht sein, Junge. Das erste, was Sie bei einer Infiltration lernen, ist Anpassungsfähigkeit. Nicht nur, was das Terrain betrifft, sondern man erfährt da auch eine ganze Menge über lokale Sitten und Verhaltensweisen. Das ist ebenfalls eine Form der psychologischen Kriegführung.«

»Wovon, zum Teufel, reden Sie denn?«

»Vom Gebiet hinter den Linien, Sam. Das ist feindliches Territorium, wissen Sie das nicht?«

Als Mac Hawkins anmutig seine geeiste Vichyssoise gelöffelt hatte, war er ans Herz – den Kern – der Bombe vorgedrungen, die den Grund für sein Abendessen mit Sam geliefert hatte. Dieser Kern war auf explosive Weise in einem einzigen Namen eingekapselt.

Heseltine Brokemichael. Ehemaliger Generalmajor des Kommandos Bangkok. Augenblicklich in der Schwebe, Washington, D. C.

»Ja, Sam, der alte Brokey war in Korea und an anderen Punkten östlich und südlich mit mir zusammen. Ein verdammt guter Offizier, ein wenig hitzköpfig, aber schließlich mußte er sich ja dauernd mit diesem blöden Vetter auseinandersetzen. Wie hieß der Idiot doch gleich? Ethelred? Können Sie sich das vorstellen? *Zwei* Brokemichaels in derselben gottverdammten Army, und beide mit solchen Spinnernamen!«

»Ich habe keinen Hunger mehr«, murmelte Devereaux.

Der Hawk fuhr fort: »Ja, Sir, Sie haben Brokey wirklich die Laufbahn vermasselt. Er könnte keinen Stern mehr auf den Kragen bekommen, und wenn er sämtliche Astrologen im Pentagon kauft. Sehen Sie, die können nie *sicher* sein. Einer von den verdammten Brokemichaels ist ein Ganove, aber auch das haben Sie natürlich nie bewiesen.«

»Die haben mich ja nicht gelassen!« Devereaux' Flüstern reichte weiter, als ihm lieb war. Das Paar in der Nachbarnische starrte wieder zu ihnen herüber. Sam grinste erneut. »Ich hatte die Beweise. Ich habe den ganzen Fall aufgebaut. Aber die haben mich daran gehindert, etwas zu unternehmen!«

»Und ein guter Mann war erledigt – gerade, als die Vereinigten Stabschefs ihn mit freundlichen Blicken bedachten. Ich sage Ihnen, jammerschade ist das.«

»Hören Sie schon auf, Mac! Ich hatte den Kerl ...«

»Aber den falschen, Junge. Und selbst da haben Sie ernsthafte Unkorrektheiten begangen – sogar Straftaten, um Ihr sogenanntes Beweismaterial zusammenzukriegen.«

»Ich bin ein kalkuliertes Risiko eingegangen, weil ich verdammt zornig war. Ich habe mit zwei Jahren meines Lebens in dieser Hanswurstuniform dafür bezahlt. Und jetzt ist *Schluß*. Ich will raus.«

»Wirklich schade«, meinte Hawkins. »Ich höre das mit Bedauern, weil Sie möglicherweise noch ein wenig Zeit im Büro des GI verbringen müssen, wenn ich ...«

»Moment mal!« unterbrach Devereaux ihn mit einem Flüstern, das an die Lautstärke eines Brüllens heranreichte. »Ich bin übermorgen fertig! Nichts, *nichts* wird daran etwas ändern!«

»Hoffentlich nicht. Lassen Sie mich meine Erklärung beenden. Es könnte sein, daß Sie weiter dienen müssen, wenn ich dem alten Brokey diese verrückte Idee nicht ausreden kann, die er sich in den Kopf gesetzt hat. Sehen Sie, diese Anklage, die man in Bangkok gegen Sie erhoben hat, ist nicht wirklich fallengelassen worden. Man hat sie sozusagen in Schwebe gelassen, wegen der doch recht komplizierten Begleitumstände, und wo doch diese Friedensfreaks so gegen das Militär wettern. Verstehen Sie das richtig, Sam. Brokey verübelt Ihnen das nicht, aber er würde wirklich gern seine eigene Position klären, das müssen Sie einsehen. Er stellt sich vor, wenn er diese Anklage wieder in Kraft setzen würde, dann könnten Sie ja die Akten ausgraben und den *richtigen* Brokemichael schnappen. Es würde Ihnen gar nichts anderes übrigbleiben, sonst säßen Sie nämlich in der Tinte. Und dann würden die Stabschefs ihn wieder freundlich anlächeln, so wie früher. Das würde höchstens sechs oder sieben Monate in Anspruch nehmen. Im äußersten Fall ein Jahr – vielleicht achtzehn Monate, wenn der Prozeß sich in die Länge zöge, aber Sie würden dann beide bekommen, was Sie wollen ...«

»*Raus* will ich! Das ist alles, was ich möchte!« Sam knüllte seine Serviette so kräftig zusammen, daß sie fast ächzte. »Ich habe für meine moralische Entrüstung bezahlt. Das ist vorbei!«

»Für Sie ist es vorbei, Junge. Nicht jedoch für den alten Brokey.«

»Die Fakten liegen auf dem Tisch. Ich habe mich entschuldigt, das wurde schriftlich festgehalten. Übermorgen nach sechzehn Uhr werde ich eine Erklärung diktieren – einer zivilen Sekretärin – und das alles noch einmal mit einfachen Worten zusammenfassen, aber diesen Fall eröffne ich nicht noch einmal!«

»Das werden Sie doch tun – nämlich dann, wenn der alte Brokey eine bestimmte Akte aus Bangkok herausholt und einen Haftbefehl gegen Sie losläßt. Er ist immerhin General, Sam. Selbst wenn er Latrinendienst geschoben hat – was ich natürlich nicht weiß.«

Hawkins hatte die Lippen geschürzt und schüttelte jetzt langsam den Kopf, und seine großen, unschuldigen Augen hinter den eingefärbten Brillengläsern blickten alles andere als unschuldig.

»Also gut, Mac. Jetzt hören wir mit diesem Spielchen auf. Sie haben gesagt, das alles würde passieren, wenn Sie Brokemichael diesen Unsinn nicht ausreden könnten. *Können* Sie ihn zur Vernunft bringen?«

»Entweder das – oder ich müßte ihn für ein paar Tage aus dem Weg räumen. Ja, ich kann das eine oder das andere tun. Sobald Sie Ihre Entlassung in der Tasche haben, Junge, würde es Brokemichael verdammt schwerfallen, irgend jemandem einzutrichtern, daß man gegen Sie das Verfahren wieder eröffnen soll. Dieses Papier schränkt seine Möglichkeiten natürlich ein, das wissen Sie. Aber *Ihnen* brauche ich das ja nicht zu sagen.«

»Nein, das brauchen Sie nicht. Sagen Sie mir einfach, was für eine Teufelei Sie von mir verlangen.«

Der Hawk nahm seine getönte Brille ab und säuberte die Gläser so liebevoll, als würde er Jade polieren. »Nun, ich muß gestehen, daß ich gründlich über meine unmittelbare Zukunft nachgedacht habe. Und ich glaube, daß darin ein Platz für Sie ist, aber sicher bin ich nicht.«

»Das sollten Sie auch nicht sein. Nächste Woche werde ich wieder bei der Kanzlei Aaron Pinkus in Boston an meinem Schreibtisch sitzen, bei der ersten Anwaltsfirma, die es im ganzen Staat gibt.«

»Nun, Sie könnten ja ein paar Wochen warten. Sagen wir – einen Monat, oder? *Herrgott,* Junge, das waren jetzt vier Jahre! Was ist da schon ein weiterer Monat?«

»Eines Tages wird Aaron Pinkus in den Obersten Gerichtshof gerufen werden. Jeder Tag, den ich in seiner Firma verbringe, ist lehrreich, und ich werde nicht dreißig Jahre bezahlter Ausbildung in den Wind schlagen. Was soll das heißen – Sie meinen, da wäre ein Platz für mich? Was soll ich tun?«

»Es könnte sein, daß ich einen Anwalt brauche. Und ich halte Sie für den besten, der mir je über den Weg gelaufen ist.«

Sam seufzte. »Ich bin wahrscheinlich der einzige, der Ihnen je über den Weg gelaufen ist ...«

»Aber Sie haben ein paar schwache Punkte, junger Freund«, unterbrach ihn Hawkins und setzte seine getönte Brille wieder auf. »Ich bedaure, das sagen zu müssen, aber es ist Tatsache. Also weiß ich nicht, ob ich Sie engagieren soll oder nicht. Ich muß noch ein wenig über Sie nachdenken.«

»Sorgen Sie unterdessen dafür, daß Brokemichael mich in Ruhe läßt?«

Hawkins antwortete mit einer Gegenfrage. »Werden Sie in Erwägung ziehen, als mein Anwalt zu fungieren? Nur für ein paar Wochen? Sehen Sie, ich habe mir etwas Geld gespart ...«

»Ich weiß genau, wieviel Geld Sie haben«, fiel ihm Devereaux mitfühlend ins Wort. »Es konnte mir nicht verborgen bleiben. Brauchen Sie meinen Rat bezüglich irgendwelcher Investments?«

»In gewissem Sinne ...«

»Dann werde ich Ihnen uneingeschränkt helfen. Ehrlich.« Sam meinte es genauso, wie er es sagte. Nach einem ganzen Leben der Hingabe, des Risikos und des Dienstes an seiner Nation hatte Mac es fertiggebracht, eine Summe von etwa fünfzigtausend Dollar anzuhäufen. Und sonst keinerlei Besitz. Keine Häuser, keine Immobilien, keine Aktien. Nichts. Das und eine gekürzte Pension war alles, was ihm für den Rest seines Lebens zur Verfügung stand. »Und wenn ich Ihnen nicht den Rat geben kann, von dem ich glaube, daß Sie ihn haben sollen, werde ich jemand anderen finden, der dazu imstande ist.«

»Das ist richtig rührend, junger Freund.«

Schimmerten da etwa Tränen in den Augen dieses hartgesottenen Offiziers? Es war schwer zu erkennen, denn die getönte Brille war dazwischen.

»Das ist das wenigste, was ich tun kann. Was ich sage, klingt vielleicht abgedroschen, aber das ist das wenigste, was jeder Steuerzahler für Sie tun könnte. Sie haben viel geopfert, und jetzt haben diese Armleuchter Sie fertiggemacht. Das weiß ich.«

»Nun, Junge«, sagte Hawkins und holte tief und heroisch Atem, »jeder tut das, was er in dieser Welt tun muß. Und dann kommt der Augenblick – *autsch*! Dieser verdammte Tuntenanzug sitzt enger als eine Paradeuniform.« Der Hawk zog ein zusammengefaltetes, abgegriffenes Magazin aus der Brusttasche. Die einzelnen Seiten hatten Eselsohren und waren mit Rotstift markiert.

»Was ist das?« fragte Devereaux.

»Ach, kommunistisches Propagandamaterial, das die Schlitzaugen in meiner Zelle gelassen haben. Die übliche Kacke, eine Masse Schreibfehler und so. Das ist ein Artikel, der die Ungerechtigkeiten aufzeigen soll, die in den organisierten Religionen so verbreitet sind. Der Papst in Rom hat einen Vetter – es ist ungefähr so wie bei den Brokemichaels, nur daß der Heilige Vater und sein Cousin nicht denselben Namen tragen. Aber sie sehen sich ähnlich. Wie ein Ei dem anderen. Allerdings hat sich dieser Papstvetter einen Bart wachsen lassen, um die Ähnlichkeit zu verbergen.«

»Ich verstehe nicht ganz. Wo liegt da die Ungerechtigkeit?«

»Dieser Vetter ist ein kleiner Sänger in einer unbedeutenden Operngesellschaft und die halbe Zeit arbeitslos. Die chinesischen Kommunisten ziehen jetzt den naheliegenden Vergleich. Der Sänger singt sich für die Kultur des Volkes das Herz heraus und verhungert halb, während sein Vetter, der Papst, sich den Wanst vollschlägt und die Armen bestiehlt.«

»Das hat Sie so interessiert, daß Sie es sich angestrichen haben?«

»Zum Teufel, nein, Junge. Ich habe mir nur die Ungenauigkeiten herausgepickt, um sie einem meiner Freunde zu zeigen, einem Priester. Vielleicht überrascht es Sie, aber ich habe mich gründlich mit einigen Dingen befaßt, über die ich früher nie nachgedacht habe. Gott und die Kirche und dergleichen – daß Sie mir jetzt ja nicht lachen!«

Devereaux lächelte sanft. »Ich lache nie über solche Dinge. Ich glaube nicht, daß so etwas komisch ist. Die Gedanken, die sich ein Mensch über Religion macht, sind nicht nur sein verfassungsmäßiges Recht, sondern häufig das einzige, was ihn wirklich aufrecht erhält.«

»Das haben Sie jetzt aber verdammt nett ausgedrückt, wirklich tiefschürfend, Sam. Übrigens, noch etwas zu dieser Brokemichael-Geschichte. Morgen früh, bei G-2. Halten Sie hübsch die Klappe, und tun Sie, was ich sage.«

Hawkins wartete unter dem Vordach, als Sams Auto vor dem Hotel stehenblieb. Er hielt eine recht teuer wirkende Aktentasche in der einen Hand, öffnete den Wagenschlag mit der anderen und stieg hinein. Sein Gesicht war zu einem breiten Grinsen verzogen.

»*Verdammt noch mal!* Ein herrlicher Morgen ist das!«

Das war keineswegs der Fall. Es war kalt und feucht, und der Himmel versprach heftigen Regen.

»Ihr Barometer scheint ein wenig nachzugehen.«

»Unsinn! Jeder Tag hängt – wie das Alter – nur davon ab, wie man sich fühlt, Junge. Und ich fühle mich einfach großartig!« Hawkins strich die Revers seines Tweedanzuges glatt, zog die tiefrote Seidenkrawatte über dem modisch gestreiften Hemd zurecht und fuhr sich vorsichtig mit den Fingern durch die Frisur.

»Freut mich, daß Sie so gut gelaunt sind«, sagte Sam, startete den Wagen und reihte sich in den Verkehr ein. »Ich will Ihnen ja nicht die Stimmung verderben, aber Sie dürfen keine Aktentasche mitnehmen. Sie dürfen keine Papiere herausholen. Überhaupt nichts darf die Büros von G-2 verlassen.«

Hawkins lachte und zog eine Zigarre aus der Hemdtasche.

»Oh, zerbrechen Sie sich Ihren Juristenkopf nicht über Einzelheiten«, erwiderte er und schnitt die Zigarrenspitze mit einem silbernen Messerchen ab. »Das habe ich alles geregelt.«

»Da gibt es nichts zu regeln! Ich bin für Sie verantwortlich und habe vierundzwanzig Stunden zur Verfügung, in denen ich mir nicht das Geringste zuschulden kommen lassen darf.«

Devereaux reagierte seine üble Laune an der Hupe ab, die Fahrzeuge ringsum antworteten auf die gleiche Weise.

»*Herrgott*, sind Sie aber schlecht gelaunt!« rief Hawkins. »Sie achten jetzt bloß auf das, was vor uns liegt. Die Flanken kümmern Sie nicht.«

»*Verdammt*, kann denn niemand mehr ein klares, deutliches Englisch sprechen? Was für gottverdammte Flanken? Was soll *das* jetzt wieder bedeuten?«

»Es bedeutet das, was ich gestern abend gesagt habe«, erklärte MacKenzie, während er seine Zigarre anzündete.

»Tun Sie, was ich sage, und schlagen Sie keine Wellen. Übrigens, würden Sie gern wissen, wie der Mann heißt, der für die G-2-Archive verantwortlich ist? Nun, es gibt keinen Grund für Sie, das zu wissen, aber er ist ein verdammt schlauer Knabe, ein wirkliches Genie. Ich wußte gar nicht, was ich für unsere Streitkräfte tat, als ich ihn vor ein paar Jahren aus diesem Gefängnislager im Westen von Hanoi herausholte. Er kommt übrigens auch von West Point. Nun, wie finden Sie das? Abschlußjahrgang 47. Genau wie ich. Verdammt! Was es doch für Zufälle auf der Welt gibt ...«

»*Nein!* Nein, Mac, Nein, nein, nein! Das dürfen Sie nicht! Ich werde das nicht zulassen.« Wieder attackierte Sam die Hupe. Er hämmerte förmlich auf sie ein und erschreckte eine gehbehinderte alte Dame, der es schwerfiel, die Kreuzung zu überqueren. Das arme, zitternde Ding zog den Kopf noch tiefer zwischen die bebenden Schultern.

»Vorschrift 775 stellt eindeutig klar, daß ein Begleiter genau das und nicht mehr ist. Ein Begleiter. Kein Beobachter. Er führt den Geheimdienstbeamten zum Ort der Untersuchung und zurück, aber er darf den Raum selbst nicht betreten. Ich nehme an, daß es eine ganze Menge unehrlicher Anwälte gibt, Sam.«

MacKenzie sog genüßlich an seiner Zigarre.

»Da ist *noch* etwas, das in diesem Raum nicht zugelassen ist, Sie Hundesohn!« Wieder schlug Sam wütend auf die Hupe. Die gehbehinderte alte Dame brach in der Straßenmitte zusammen. »Und das ist eine *Aktentasche!*«

»Doch, die ist zulässig, wenn der Beamte seinen letzten Beitrag leistet. *Niemand* darf diesen Beitrag sehen, außer dem leitenden Archivbeamten von G-2. Es handelt sich um Verschlußsachen.«

»In der Tasche *ist* aber nichts!« schrie Sam.

»Woher wissen Sie das? Sie ist abgesperrt.«

Nachdem sie die Büros der Militärischen Abwehr betreten hatten, wurde Hawkins von zwei Militärpolizisten ruhig und professionell zu dem Raum eskortiert, der für sein 775 ausgewählt worden war. Sam bildete die Nachhut. Der ganze Vorgang kam ihm so formell wie eine Hinrichtung vor, nur daß Mac in seinem modischen Tweedanzug locker und leicht gebeugt wirkte und keineswegs so, als hätte er einen Ladestock verschluckt. Aber als die vier den Raum betreten hatten, richtete Hawkins sich auf, und statt seiner freundlichen Zivilistenstimme ließ er plötzlich wieder das heisere Bellen eines Generals ertönen. Er befahl den Militärpolizisten, Sam ins Nebenzimmer zu bringen und ihren Vorgesetzten herbeizurufen. Die MP-Hauptleute salutierten und führten Devereaux lautlos an den Ellbogen ins Nebenzimmer, warfen die Tür zu, versperrten sie, sahen sich im Korridor um und marschierten im Gleichschritt davon. Dann versperrten sie auch die nächste Tür.

Sam hatte das unbestimmte Gefühl, das alles schon einmal erlebt zu haben, und dann erinnerte er sich. Vor wenigen Wochen hatte er im Fernsehen den Film *Sieben Tage im Mai* gesehen. Er ging an das einzige Fenster und blickte hinaus. Und hinunter. Durch die Gitterstangen. Er befand sich vier Stockwerke über der Straße. G-2 geht kein Risiko mit juristischen Begleitern aus dem Büro des Generalinspekteurs ein, dachte er.

Aus dem Nebenzimmer drangen Stimmen herüber. Und dann erklang übertrieben maskulines Gelächter, in das sich einige Flüche mischten. Alte Kameraden, die sich an die gute alte Zeit erinnerten, wo man allen, außer den Generälen natürlich, den Arsch aufgerissen hatte. Sam nahm auf einem Sessel Platz und ergriff eine abgewetzte alte Ausgabe einer Propagandaschrift mit dem vielsagenden Titel *Keine Geschlechtskrankheiten in G-2*.

Seine Lektüre – die tatsächlich recht interessant war – wurde plötzlich durch sich monoton wiederholende Geräusche aus dem Nebenzimmer unterbrochen.

Ratataklack, ratataklack, ratataklack.

Devereaux schluckte ein paarmal und ärgerte sich, daß er seine Natrontabletten im Wagen gelassen hatte. Das Geräusch, das er hier zu hören bekam, war mit keinem anderen zu verwechseln, und wenn er sich noch so große Mühe gab. Es war eine Fotokopiermaschine.

War es vorstellbar, daß es in einem Raum für klassifizierte Akten ein Fotokopiergerät gab?

Andererseits, warum eigentlich nicht?

Die erste Frage war unendlich logischer. Eine Fotokopiermaschine war der exakte Widerspruch – theoretisch und praktisch – für den Zweck von Vorschrift 775.

Sam wandte sich wieder seiner Lektüre zu, war aber nicht einmal imstande, den Bildern Aufmerksamkeit zu schenken.

Eine Stunde und zwanzig Minuten später hörte das *Ratataklack* auf. Bald darauf war das metallische Klicken eines Schlosses zu vernehmen, und dann öffnete sich die Tür. MacKenzie kam heraus, mit seiner Aktentasche, die jetzt aus allen Nähten zu platzen drohte und mit blitzenden Stahlbändern zusammengehalten war. Am Griff hing eine Stahlkette, etwa einen Fuß lang.

»Was, zum Teufel, ist das?« fragte Devereaux. Seine Frage klang argwöhnisch und keineswegs freundlich.

»Nichts«, erwiderte der Hawk beiläufig. »Nur ein paar Fleet-Pac-Com-Sat-Transferakten.«

»Und was ist das?«

»Major«, fuhr MacKenzie mit erhobener Stimme fort und stand plötzlich kerzengerade da. »Das ist Brigadegeneral Beryzfickoosh! *Ach – tunngg!*«

Devereaux schoß aus seinem Sessel in die Höhe und salutierte, als ein breitschultriger Offizier mit zwölf Reihen Ordensspangen auf der Brust, einer Augenklappe und, das hätte Sam beschworen, einer Perücke auf dem Kopf ins Zimmer schritt. Sein Gruß wurde zackig erwidert, und dann streckte ihm der Offizier eine breite, muskulöse Pranke hin.

»Ich höre, Sie sollen bald entlassen werden, Major«, sagte der General barsch.

»Ja, Sir«, antwortete Devereaux und griff nach der ausgestreckten Hand.

Und im selben Augenblick warf Hawkins die Kette, an der die Aktentasche hing, über Sams Handgelenk, verstellte das Kombinationsschloß zwischen den Kettengliedern und sagte: »Erster Transfer abgeschlossen, General!«

»*Bestätigt*, Sir«, konterte der General, der immer noch Devereaux' Hand mit eisernem Griff festhielt, während sein eines Auge den Anwalt anstarrte. »Fleet-Pac-Com-Sat befindet sich jetzt in Ihrem Gewahrsam, Major! Bereitmachen für zweiten Transfer!«

»Wofür, General?«

»Sagen Sie!« Der General ließ Sams Hand los. »Sind Sie nicht der Juristensack, der den alten Brokey Brokemichael fertiggemacht hat?«

Devereaux' Magen revoltierte plötzlich. Schweißtropfen traten ihm auf die Stirn, während die schwere Aktentasche ihn fast zu Boden zog. »Die Geschichte hat zwei Seiten, Sir.«

»Da haben Sie verdammt recht!« schrie der General. »Brokeys Seite und die von irgendeinem Scheißzivilisten, der, wenn es mit rechten Dingen zuginge, irgendwo im Bau sitzen sollte!«

»Augenblick, General ...«

»*Was*, Soldat? Soll das etwa Gehorsamsverweigerung sein?«

»Nein, Sir. Überhaupt nicht, Sir. Ich möchte nur darauf hinweisen ...«

»Darauf hinweisen!« Sehen Sie lieber zu, daß Ihr Arsch auf diese Tür weist, und sorgen Sie für den Transfer von Fleet-Pac-Com-Sat, sonst weise ich Sie vor ein Kriegsgericht! Wegen Gehorsamsverweigerung und Inkompetenz!«

»Ja, Sir! Jawohl, Sir!« Sam versuchte zu salutieren, aber die Kette und die Aktentasche waren zu schwer, weshalb er eine schnelle Kehrtwendung vollführte und zur Tür ging, die auf wunderbare Weise von den zwei MP's geöffnet wurde.

Die Formalitäten am Empfang waren schnell erledigt. Die stählernen G-2-Bänder rings um die Aktentasche waren Symbole der Autorität. Devereaux leistete eine Unterschrift und wurde von einer Miniaturkamera lautlos fotografiert. Draußen auf der Straße angelangt, wandte Sam sich dem

Hawk zu. »Der Kerl ist verrückt! Noch zehn Sekunden, und er hätte mich in Einzelhaft stecken lassen. *Wofür?*«

»Der alte Brokey hat eine Menge Freunde«, sagte MacKenzie. »Kommen Sie, ich fahre.«

»Danke.« Devereaux griff schwerfällig in die Tasche und gab Hawkins mit immer noch zitternder Hand die Schlüssel. Sie gingen zum Parkplatz und stiegen in den Wagen.

Fünfzehn Minuten später, mitten im Washingtoner Verkehrschaos, begannen sich Sams Nerven wieder zu beruhigen. Die Panik, die ihn bei dem Gedanken erfaßt hatte, ein verrückter, kurz vor dem Schlaganfall stehender General könnte seine Entlassung in der letzten Minute verhindern, begann zu verblassen. Aber an die Stelle jener Sorge trat unweigerlich eine andere, sehr substanzielle Angst. Eine Angst, die zum Teil durch das Schweigen des Hawks ausgelöst wurde.

»Mac, was zum Teufel soll ich jetzt mit diesem Haufen Papier anfangen? Wo findet denn dieser zweite Transfer statt?«

»Wissen Sie das nicht?«

»Natürlich nicht.«

»Der General glaubt das aber.«

»Nun, ich weiß es *nicht*!«

»Wollen Sie noch einmal umkehren und ihn fragen, Sam? Ich persönlich würde das nicht vorschlagen. Nicht, wenn man bedenkt, was er von Ihnen hält. *Herrgott!* Am Ende fallen ihm alle möglichen ernsthaften Pflichtverletzungen ein. Zudem sind Sie gerade fotografiert worden. Eines führt immer zum anderen – wissen Sie, was ich damit meine? So wie die Dominotheorie. Ihr Prozeß könnte ein oder zwei Jahre dauern.«

»*Was zum Teufel steckt in dieser Tasche, Hawkins?* Und machen Sie mir bloß nichts vor! Was für ein Zeug ist das?«

»Tut mir leid, Sam. Ich fürchte, ich darf nicht darüber sprechen. Sie müssen verstehen, Junge, das ist Geheimmaterial.«

Sam beugte sich auf der Couch nach vorn. Sein Arm war über den niedrigen Tisch gestreckt. MacKenzie zog die Säge über der Kette hin und her.

»Solbald ich diese verdammte Kette herunter habe, können wir uns mit dem Schloß beschäftigen«, sagte Mac beruhigend. »Mit einem kleinen Schweißbrenner wäre es einfacher.«

»Aber nicht an *meinen* Schlagadern, Sie Hundesohn! Und vielen Dank für die Mitteilung, daß Sie die Kombination nicht haben!«

»Immer mit der Ruhe! In zehn oder fünfzehn Minuten sind Sie das Ding los. Der Stahl ist nur ein wenig härter, als ich dachte.«

Eine Stunde und vierzehn Minuten später waren die letzten Kettenglieder durchschnitten, so daß jetzt nur noch ein Stück Kette und ein dreifaches Kombinationsschloß an Devereaux' Handgelenk hingen.

»Ich muß meinem Büro Bescheid sagen«, meinte Sam. »Man erwartet, daß ich mich melde.«

»Nein, das erwartet man nicht. Sie sind bei mir. Sie überwachen meine 775. So steht es in der Vereinbarung. Es dauert mindestens einen Tag, höchstens drei Tage.«

»Aber wir sind nicht dort.«

»Wir sind essen gegangen ...« MacKenzie räusperte sich.

»Ich könnte immer noch telefonieren ...«

»*Verdammt*, haben Sie denn gar kein Vertrauen zu mir? Warum, zum Teufel, glauben Sie eigentlich, daß ich bis heute früh gewartet habe, ehe ich zu G-2 gegangen bin? Sie haben noch einen Tag übrig, und *ich* bin für Ihre Zeit verantwortlich. Sie können keine Schwierigkeiten bekommen, wenn Sie nicht dort sind.«

»Natürlich nicht, keine Schwierigkeiten – nur ein Erschießungskommando.«

»Unsinn!« Hawkins stand vom Fußboden auf und trug die Aktentasche zum Hotelschreibtisch. »Aber bei mir sind Sie sicher. Ich weiß Bescheid, wie es beim GI zugeht. Man glaubt, man hätte alles erledigt, und dann kommt irgendein

Scheißer angetanzt und sagt einem, daß man nicht verschwinden darf, bevor irgendeine verdammte Akte fertig ist.«

Devereaux blickte zu dem General hinüber, der jetzt die G-2-Bänder aufschnappen ließ und die teure Aktentasche öffnete. In Macs Wahnsinn steckte Logik. Es gab ganz bestimmt irgendeine verdammte Akte, die irgendein verwirrter Vorgesetzter nicht übernehmen wollte. Man konnte einen Aktenvermerk verschlampen – oder nicht lesen. Aber eine Konfrontation oder auch nur eine Diskussion zwischen juristischen Beamten konnte nicht übersehen werden. Das, was Hawkins sagte, hatte einiges für sich. Sam war besser dran, wenn er seinem Büro fernblieb.

MacKenzie holte jetzt ein paar hundert fotokopierte Blätter heraus und legte sie neben die Aktentasche auf den Schreibtisch. Devereaux wies auf den Papierstapel und fragte vorsichtig: »Das ist alles *Ihre* 775?«

»Nun, nicht ganz. Eine ganze Menge davon ist ungeklärtes Zeug, das einfach nie weggeräumt worden ist.«

Sam fühlte sich plötzlich wesentlich unbehaglicher als in den letzten drei Stunden. »Moment mal! In G-2 haben Sie gesagt, es handle sich nur um Material über Leute, mit denen Sie einmal zu tun hatten.«

»Oder über Leute, mit denen *andere* Leute einmal zu tun hatten. Das hatte ich auch gesagt, Junge. Wirklich. Sie waren nur so erregt und haben nicht zugehört.«

»O Gott! Sie haben also Akten entnommen, die sich mit Themen befassen, mit denen *Sie* gar nichts zu tun haben?«

»Nein, Sam«, erwiderte der Hawk und schob einige Papiere zurecht. »*Sie* haben das getan. So steht es in dem Buch am Empfang. Ihre Unterschrift ...«

Devereaux sank auf die Couch zurück. »Sie raffinierter Hundesohn.«

»So könnte man es ausdrücken«, pflichtete Hawkins ihm betrübt bei. »Manchmal hat es Zeiten gegeben – wenn ich hinter den Linien tätig war, müssen Sie wissen – wo ich mich auch fragte, wie ich mich überwinden konnte, das zu tun, was ich getan habe. Aber die Antwort war immer dieselbe. Ich bin fürs Überleben ausgebildet worden, Junge. Und ich überlebe.« Der Hawk hatte jetzt vier Stapel von Fotokopien aus seiner Aktentasche auf dem Schreibtisch aufgebaut. Er strich mit den Fingern darüber, als spielte er Klavier, und sah Sam dann nachdenklich an. »Ich glaube, Sie werden sich sehr gut machen. Sie werden doch den temporären Auftrag annehmen, mich als Anwalt zu vertreten, oder nicht? Es dauert nicht lang.«

»Und es ist ein wenig komplizierter als Geldanlagen, nicht wahr?« Devereaux blieb auf der Couch sitzen.

»Ein wenig, nehme ich an.«

»Und wenn ich ablehne, brauche ich mir Brokemichaels wegen nicht einmal Sorgen zu machen. Das ist eine Kleinigkeit. Jetzt haben wir es mit der Entnahme von Geheimdokumenten aus G-2 zu tun. Das ist ohne jede Einschränkung strafbar.«

»Ich fürchte schon.«

»Was muß ich tun?«

»Sie sollen nur ein paar Verträge ausarbeiten. Das wird Ihnen sicher keine große Mühe machen. Ich gründe eine Gesellschaft. Eine Firma, würden Sie das wahrscheinlich nennen.«

Sam holte tief Luft. »Das würde sich wirklich amüsant anhören, wenn es nicht so traurig wäre. Abgesehen vom Geschäftszweck gibt es da eine gar nicht so kleine Kleinigkeit hinsichtlich der Kapitalausstattung, die zur Gründung einer Gesellschaft erforderlich ist. Ich kenne Ihre finanziellen Mittel. Ich will Ihnen ja nicht zu nahe treten, aber Sie gehören nicht gerade zu den Leuten, die man gemeinhin als Firmengründer bezeichnet.«

»Sie haben kein Vertrauen, das ist Ihr Problem. Aber das wird sich vermutlich ändern.«

»Und was soll diese geheimnisvolle Bemerkung bedeuten?«

»Ganz einfach, daß ich die Einlagen bis auf den letzten

Dollar ausgerechnet habe.« Hawkins legte beide Hände auf die Fotokopien. So als schlüge er einen Akkord an.

»Was für Einlagen?«

»Vierzig Millionen Dollar.«

»Was?!« Sam erschrak so sehr, daß er mit einem Satz von der Couch aufsprang. Die herunterhängende Stahlkette folgte ihm blitzschnell, und das unterste Glied traf sein Auge.

Sein linkes Auge.

Und dann fing das Zimmer an, um ihn zu kreisen.

8.

Devereaux riß den Umschlag im gleichen Augenblick auf, in dem er die Hoteltür hinter sich schloß. Er zog das rechteckige dicke Papier heraus und starrte es an.

Es war ein Bankscheck, der auf seinen Namen ausgestellt war – ein Scheck über zehntausend Dollar.

Es war absurd.

Alles war absurd – nichts ergab mehr einen Sinn.

Er war genau eine Woche lang Zivilist gewesen. Es hatte keine Schwierigkeiten bezüglich seiner Entlassung gegeben. Kein Brokemichael war plötzlich aufgetaucht, und auch im Büro waren keine Probleme in letzter Minute entstanden, weil er sein Büro nämlich erst eine Stunde vor seiner offiziellen Verabschiedung aus dem Militärdienst aufgesucht hatte. Und als er dort eingetroffen war, hatte er nicht nur eine Klappe über dem linken Auge, sondern auch einen Verband um das rechte Handgelenk getragen. Wegen der Verbrennungen.

Er war aus seiner Wohnung ausgezogen, hatte seine Habseligkeiten nach Boston geschickt, war ihnen aber selbst nicht nachgereist, weil ein schlauer Hundesohn namens MacKenzie Hawkins erklärt hatte, er würde ›seinen Anwalt‹ in New York brauchen. Deshalb hatte sich Sam eine Zwei-Zimmer-Suite im Drake Hotel an der Park Avenue genommen, die jemand anderer für ihn reserviert und bezahlt hatte. Die Suite war für einen Monat gemietet. Hawkins dachte, das würde reichen.

Wofür? MacKenzie war noch nicht bereit, das ›auszuspucken‹. Aber Sam sollte sich darüber nicht den Kopf zerbrechen, alles ›lief auf Spesen‹.

Auf wessen Spesen?

Auf die Spesen der Firma.

Welcher Firma?

Der Firma, die Sam bald gründen würde.

Absurd!

Illusionen im Wert von vierzig Millionen Dollar – das schrie förmlich nach einer Gehirnoperation.

Und jetzt ein Bankscheck über zehntausend Dollar. Einfach so und ohne Quittung.

Lächerlich! Hawkins konnte sich das gar nicht leisten. Außerdem war er zu weit gegangen. Man schickte anderen Leuten (ganz besonders Anwälten) einfach keine zehntausend Dollar ohne irgendeine Erklärung. Das war einfach nicht normal.

Sam ging an das Hoteltelefon, sah sich die verwirrende Litanei auf dem Streifen an, den man unter dem Apparat herausziehen konnte, und ließ sich mit MacKenzie verbinden.

»Verdammt noch mal, Junge! So benimmt man sich nicht! Ich meine, Sie könnten sich wenigstens bedanken.«

»Wofür, zum Teufel? Für meine Beihilfe zu Ihrem Diebstahl? Woher haben Sie die zehntausend Dollar?«

»Von der Bank natürlich.«

»Ihre Ersparnisse?«

»Richtig. Ich habe sie keinem gestohlen, nur mir.«

»Aber warum?«

Auf der anderen Seite – in Washington – blieb es eine Weile stumm. »Sie haben das Wort einmal benutzt, junger Freund. Sie nannten es eine Gebührenvorauszahlung.«

Wieder folgte eine Pause. Diesmal in New York. »Ich glaube, ich habe gesagt, daß ich der einzige mir bekannte

Anwalt sei, der einmal eine Gebührenvorauszahlung mittels einer gewissen Erpressung erwirkte, für die man mich vor ein Erschießungskommando stellen könnte.«

»Ja, so ungefähr haben Sie es ausgedrückt. Und diesen Eindruck wollte ich korrigieren. Sie sollen wissen, daß ich Ihre Dienste hoch einschätze. Ich möchte ganz bestimmt nicht, daß Sie auf den Gedanken kommen, ich würde Sie nicht würdigen.«

»Hören Sie auf! Sie können sich das nicht leisten, und ich habe nichts für Sie getan.«

»Nun, Junge, ich glaube, ich weiß besser, was ich mir leisten kann. Und Sie *haben* etwas getan. Sie haben mich aus China herausgeholt, etwa viertausend Jahre, bevor meine Bewährungsfrist um war.«

»Das ist etwas anderes«, erwiderte Sam. »Ich meine ...«

»Und morgen ist Ihr erster Arbeitstag«, unterbrach ihn der Hawk. »Das ist nicht viel, aber immerhin ein Anfang.«

Diesmal dauerte die Pause in New York länger. »Ehe Sie etwas sagen, sollten Sie sich darüber im klaren sein, daß ich als Mitglied der Anwaltskammer sehr ausgeprägte ethische Prinzipien habe. Ich werde nichts tun, mit dem ich meinen Status als Anwalt irgendwie in Gefahr oder Mißkredit bringen könnte.«

Darauf antwortete Hawkins mit lauter Stimme und ohne das geringste Zögern: »Das will ich auch hoffen! Verdammt noch mal, Junge, ich will keinen schlüpfrigen Winkeladvokaten in *meiner* Firma. Das würde gar nicht gut auf dem Briefkopf aussehen ...«

»Mac!« schrie Devereaux verzweifelt. »Sie haben doch nicht etwa Briefpapier drucken lassen?«

»Nein. Das habe ich nur so gesagt. Aber das ist eine verdammt gute Idee.«

Sam konnte sich nur mühsam beherrschen. »Bitte! *Bitte!* In Boston gibt es eine Anwaltskanzlei und einen sehr netten Mann, der eines Tages Mitglied des Obersten Gerichtshofs sein wird und der mich in ein paar Wochen zurückerwartet. Er würde gar nicht erfreut sein, wenn ich während meines

Urlaubs von – von jemand anderem angestellt würde. Und Sie haben gesagt, meine Arbeit für Sie würde in drei oder vier Wochen abgeschlossen sein. Also bitte kein Briefpapier!«

»Okay«, stimmte Hawkins traurig zu.

»So, und was ist morgen? Ich werde Ihnen meinen jeweiligen Tagessatz in Rechnung stellen und von den Zehntausend abziehen. Den Rest schicke ich Ihnen am Monatsende zurück. Von Boston aus.«

»Oh, machen Sie sich deshalb keine Sorgen.«

»Die mache ich mir aber. Außerdem sollte ich Ihnen sagen, daß ich keine Anwaltslizenz im Staate New York habe. Möglicherweise muß ich dafür Gebühren bezahlen — das hängt davon ab, was ich für Sie tun soll. Ich nehme an, es geht um die Gründungspapiere dieser Firma, von der Sie sprechen.« Devereaux zündete sich eine Zigarette an. Er stellte äußerst befriedigt fest, daß seine Hände nicht zitterten.

»Nein, so weit sind wir noch nicht. Dazu kommen wir in ein paar Tagen. Morgen müssen Sie sich um einen Mann namens Dellacroce kümmern. Angelo Dellacroce. Er lebt in Scarsdale und besitzt einige Firmen in New York.«

»Was meinen Sie mit ›kümmern‹?«

»Nun, soviel ich gehört habe, hatte er geschäftliche Probleme. Ich würde gern wissen, wie ernsthaft diese Probleme sind. Oder waren. Sie sollen sozusagen herausbekommen, wie sein augenblickliches Befinden ist.«

»›Befinden‹?«

»In dem Sinne, daß er sich in Freiheit befindet und nicht im Gefängnis oder so etwas.«

Devereaux machte eine kurze Pause und sprach dann ruhig und gemessen, als müßte er einem Kind etwas erklären. »Ich bin Anwalt, nicht Privatdetektiv. Anwälte tun das, was Sie jetzt gerade sagen, nur im Fernsehen.«

Wieder ließ MacKenzie Hawkins' Antwort keine Sekunde auf sich warten. »Das glaube ich nicht. Wenn jemand Gründungsmitglied einer Gesellschaft werden möchte, dann sollte der Firmenanwalt doch herausfinden, ob der Betreffende stubenrein ist, oder nicht?«

»Nun, das würde davon abhängen, in welchem Maße er Teilhaber werden soll, denke ich.«

»In beträchtlichem Maße.«

»Sie meinen, dieser Angelo Dellacroce hat sein Interesse bekundet?«

»Ja, in gewisser Weise. Aber er soll nicht denken, ich sei unhöflich, indem ich Nachforschungen anstelle – wenn Sie verstehen, was ich meine.«

Devereaux bemerkte, daß seine Hand jetzt doch etwas zitterte. Das war ein schlechtes Zeichen – besser als Magenschmerzen, aber trotzdem beunruhigend. »Ich habe schon wieder dieses seltsame Gefühl. Sie enthalten mir Dinge vor, die Sie mir sagen sollten.«

»Alles zu seiner Zeit. Können Sie tun, was ich von Ihnen verlange?«

»Nun, es gibt hier eine Firma in der Stadt, die mein Büro immer benützt – jedenfalls früher benützt hat. Wahrscheinlich tut sie das immer noch. Die könnten mir vielleicht helfen.«

»Ausgezeichnet. Gehen Sie hin. Aber vergessen Sie nicht, Sam, wir haben eine Anwalt-Mandant-Beziehung. Das ist genauso, als wären Sie ein Arzt oder ein Priester oder eine gute Hure. Mein Name wird nicht erwähnt.«

»Auf den letzten Hinweis hätte ich verzichten können«, entgegnete Devereaux.

Verdammt. Jetzt knurrte sein Magen. Er legte auf.

»Angelo Dellacroce!« Jesse Barton, Seniorpartner, Sohn des Firmengründers von Barton, Barton und Whistlewhite, lachte. »Sam, Sie waren zu lange weg vom Fenster!«

»Ist es *so* schlimm?«

»Wir wollen einmal so sagen – wenn unser gemeinsamer Bostoner Freund und Ihr vormaliger Arbeitgeber – ich *unterstelle,* daß er immer noch Ihr Arbeitgeber ist – Aaron Pinkus zu der Ansicht gelangen sollte, daß Sie Dellacroce ernsthaft für irgendeine Geldangelegenheit in Betracht ziehen, würde er Ihre Mutter verständigen.«

»So schlimm?«

»Ich mache keine Witze. Aaron würde Zweifel an Ihrem Verstand äußern und persönlich Ihr Namensschild von der Bürotür entfernen.« Barton beugte sich vor. »Dellacroce ist Cosa Nostra und Mafia. Er steckt so dick in den verschiedenen Wohltätigkeitsrackets, daß der Kardinal ihn persönlich jedes Jahr zum Alfred E. Smith-Dinner einlädt. Und natürlich kann ihm keiner etwas anhaben. Er ist der Schrekken jedes Distriktsanwalts und Staatsanwalts. Die kommen nicht an ihn ran, aber nicht, weil sie es nicht versuchen.«

»Dann darf Aaron nichts von meiner ganz unschuldigen Erkundigung erfahren«, erwiderte Sam mit vertraulicher Stimme.

»Ihre Indiskretion ist bei mir sicher. Übrigens, ist es eine Indiskretion? Ist Ihr Klient wirklich so naiv?«

Sams Magen versuchte, an seiner Stelle zu antworten. Er begann ganz schnell zu reden, um das Geräusch zu übertönen. »Nach meiner Ansicht ja. Ich entledige mich da einer alten Verpflichtung, Jesse. Mein Mandant hat mir in Indochina Kopf und Kragen gerettet.«

»Ich verstehe.«

»Er ist also für mich wichtig«, fuhr Sam fort. »Und Sie finden, daß er naiv ist. In bezug auf diesen Dellacroce.«

»Das sollten Sie nicht so ohne weiteres hinnehmen«, meinte Barton und griff nach dem Telefon. »Miß Dempsey, ich brauche Phil Jensen am Apparat, bitte.« Jesse legte den Hörer wieder auf. »Jensen ist der zweite Mann im Büro des Staatsanwalts. Im Bundesdistrikt, nicht in der Stadt. Die haben Dellacroce auf dem Kieker, seit Phil dort eingetreten ist, und das ist jetzt schon fast drei Jahre her. Jensen hat auf ein Jahresgehalt von leicht sechzig Riesen verzichtet, um den bösen Leuten eins auszuwischen.«

»Wie lobenswert!«

»Quatsch. Er möchte Senator oder noch was Besseres werden. Dort verdient man das wahre Geld ...« Das

Telefon klingelte. Barton hob den Hörer ab. »Danke ... Hallo, Phil? Hier ist Jesse. Phil, da ist gerade ein alter Freund bei mir, der für ein paar Jahre verreist war. Er hat sich nach Angelo Dellacroce erkundigt ...«

Die Explosion am anderen Ende der Leitung hallte durch das ganze Büro. Jesse zuckte zusammen. »Nein, um Himmels willen, er hat nichts mit ihm zu tun! Glauben Sie denn, daß ich verrückt bin? Ich habe Ihnen doch gesagt, er war verreist – im Ausland, um es genauer zu formulieren.« Jesse lauschte einen Augenblick lang und sah dann zu Sam hinüber. »Waren Sie in Norditalien? ... Wo, Phil? ... In der Gegend von Mailand?«

Devereaux schüttelte den Kopf. Barton fuhr fort, ein Ohr am Telefon, den Blick unverwandt auf Sam gerichtet: »Oder Marseille? ... Oder Ankara? ... Und wie steht's mit Rashid?«

Devereaux schüttelte immer wieder den Kopf.

»*Algier?* ... Waren Sie in Algier? ... Nein, Phil, ganz kalt. Das ist wirklich eine ganz saubere Angelegenheit, sonst würde ich Sie doch nicht anrufen, oder? Eine einfache Investitionsangelegenheit, ganz legitim ... Ja, ich weiß, Phil ... Phil sagt, daß diesen Bastarden als nächstes Disneyland gehören wird ... Kommen Sie schon, Phil, das ist nicht koscher. Er wird ihm einfach den Rücken kehren. Ich wollte doch nur eine Bestätigung in bezug auf Dellacroces Status. Okay, schon gut. Klar. Danke.«

Barton legte den Hörer auf und lehnte sich zurück. »Da haben Sie's.«

»Ich habe vermutlich einen wunden Punkt berührt?«

»Das kann man wohl sagen. Dellacroce ist nicht nur letzte Woche aus einer wasserdichten Anklage herausgeschlüpft, sondern die Staatsanwaltschaft muß wegen einer undichten Stelle bei den Geschworenen sogar noch eine öffentliche Entschuldigung herausgeben. Was sagen Sie dazu?«

»Ich bin froh, daß ich nicht Jensen bin.«

»Jensen ist nicht froh darüber. Sein Büro wird Dellacroce ein paar Monate in Ruhe lassen und sich dann wieder auf ihn einschießen. Nicht daß es ihnen etwas nützen wird. Dellacroce hat den Arsch in Butter. Der rutscht so schnell aus einem Gerichtssaal heraus, wie er hineinrutscht.«

»Aber mein Mandant sollte Abstand halten.« Dem Tonfall nach, in dem Devereaux das aussprach, war das keine Frage.

»Er soll mindestens ein paar Kontinente zwischen sich und Dellacroce legen«, erwiderte Barton. »Hier machen nicht die Kleider Leute, sondern die Investoren. Da können Sie tatsächlich jeden zwischen Biscayne und San Clemente fragen.«

»Verdammt noch mal, ist das nicht interessant? Und sonst können Sie mir nichts erzählen?«

»Halten Sie sich fern von ihm«, sagte Devereaux und schob das Telefon etwas beiseite, um das Bourbonglas auf der anderen Seite des Schreibtischs zu erreichen. »So einen Burschen sollten Sie nicht in Ihre Nähe lassen.«

»Ich verstehe, was Sie sagen wollen.«

»Mir wäre lieber gewesen, wenn Sie gesagt hätten. ›Ja, Sam, ich werde mich von Angelo Dellacroce fernhalten.‹ Das würde ich gern hören.«

»Ich verstehe, was Sie sagen wollen.«

»Sie hören nicht zu. Wenn Sie einem Anwalt seine Gebühr bezahlen, dann hören Sie auf ihn. Und jetzt sprechen Sie mir nach: ›Ich werde nicht ...‹«

»Ich weiß, daß Sie einen schweren Tag hinter sich haben, aber Sie könnten sich vielleicht trotzdem mit dem nächsten Punkt auf der Tagesordnung befassen. Versuchen Sie wenigstens, ihren Denkapparat anzukurbeln.«

»Ich denke immer noch über Angelo Dellacroce nach.«

»Der Punkt ist erledigt, für ...«

»Freut mich, das zu hören ...«

»... für den Augenblick wenigstens. Und jetzt möchte ich, daß Sie einen Rohentwurf für einen Firmenvertrag ausarbeiten. Ein richtiges juristisches Dokument, wo sich Leute eintragen können, die Geld hineinstecken.«

»Leute wie Dellacroce?« Devereaux' Ton ließ keinen Zweifel an seinen Ansichten.

»*Verdammt*, vergessen Sie gefälligst diesen Spaghettibastard!«

»Nach allem, was ich über ihn weiß, sollten Sie ihn eher als königlichen Römer bezeichnen. Aber noch lieber wäre mir, wenn Sie ihn überhaupt nicht mehr erwähnten. Was für eine Art von Gesellschaft schwebt Ihnen vor? Wenn Sie wollen, daß die Firma in New York gegründet wird, muß ich einen anderen Anwalt einschalten. Das habe ich Ihnen gesagt.«

»Nein, Junge!« schrie Hawkins. »Ich möchte nicht, daß jemand anderer eingeschaltet wird! Sie müssen das allein machen!«

»Ich habe es Ihnen doch deutlich gesagt – meine Lizenz erlaubt es mir nicht, hier als Anwalt zu praktizieren. Ich kann im Staat New York keine Gründungspapiere einreichen.«

»Wer hat denn etwas von Einreichen gesagt? Ich will nur die Papiere.«

Sam war wie betäubt. Er wußte nicht recht, was der andere jetzt von ihm erwartete – was er sagen konnte. »Wollen Sie mir etwa weismachen, Sie hätten mich für zehntausend Dollar eingestellt, damit ich Papiere für Sie vorbereite, die Sie nicht *einreichen* wollen?«

»Ich habe doch nicht gesagt, daß ich das niemals tun würde. Ich will mir nur jetzt nicht den Kopf darüber zerbrechen.«

»Warum nehmen Sie sich nicht erst dann einen Anwalt, wenn Sie ihn brauchen? Und warum, zum Teufel, bin ich in New York?«

»Weil ich Sie nicht in Washington haben möchte. Zu Ihrem eigenen Nutzen. Und wenn ein Mann Geld für eine Firma aufbringt, dann braucht er einfach echte, juristisch aussehende Dokumente, die man ihm dafür gibt. Ich habe jetzt die Reihenfolge Ihrer Frage umgestellt.«

»Ich bin froh, daß Sie mir das gesagt haben. Ich will nicht

weiter darauf eingehen. Was für eine Firma soll das denn sein?«

»Eine ganz normale.«

»So etwas gibt es nicht. Jede Firma ist anders.«

»Ich meine die Art und Weise, in der die Profite geteilt werden – zwischen den Investoren ...«

»In diesem Punkt sind sie alle gleich. Oder sollten es zumindest sein.«

»Das ist die Art, die ich möchte. Keine krummen Touren!«

»Augenblick mal!« Devereaux legte den Hörer auf die Tischplatte und ging zu dem Stuhl hinüber, auf den er seinen Aktenkoffer gestellt hatte. Er nahm einen gelben Block mit liniertem Papier und zwei Bleistifte heraus, dann kehrte er zum Schreibtisch zurück. »Ich brauche jetzt Einzelheiten. Ich werde Ihnen einige Fragen stellen, damit ich dieses nicht einzureichende, inoffizielle Dokument vorbereiten kann.«

»Nur zu, Junge!«

»Wie soll der Firmenname lauten?«

»Darüber habe ich schon nachgedacht. Was halten Sie von Shepherd Company?«

»Nicht sehr viel. Ich weiß nicht, was das bedeutet. Nicht, daß es einen Unterschied machen würde. Sie können Ihr Unternehmen nennen, wie Sie wollen.«

»Mir gefällt Shepherd Company.«

»Schön.« Sam notierte sich die beiden Worte. »Adresse?«

»Vereinte Nationen.«

Devereaux starrte das Telefon an. »Was?«

»Die Adresse vom UNO-Gebäude.«

»Warum?«

»Das ist – symbolisch.«

»Sie können keine symbolische Adresse benutzen.«

»Warum nicht?«

»Nein, halt! Sie reichen die Papiere ja nicht ein. Und der Depositär?«

»Wer?«

»Die Bank, wo die Barmittel der Gesellschaft deponiert werden sollen.«

»Lassen Sie das offen. Ein paar Zeilen. Es werden einige Banken sein.«

Sams Bleistift stockte unwillkürlich. Er zwang ihn, wieder zu funktionieren. »Welchen Geschäftszweck soll die Firma erfüllen?«

In Washington blieb es eine Weile still. »Nennen Sie mir einige Geschäftszwecke, die gut klingen.«

Jetzt folgte eine längere Pause in New York. Devereaux' Bleistift sträubte sich ernsthaft. »Beginnen wir mit ›Absicht‹.«

»Nun, natürlich wollen wir Geld verdienen.«

»Wie?«

»Indem wir etwas haben, wofür die Leute zahlen wollen.«

»Fabrikation? Herstellung von Ware?«

»Nein, eigentlich nicht.«

»Vertrieb?«

»Das kommt der Sache schon näher. Weiter.«

»Wohin soll Ihre Ware vertrieben werden?«

»Ich brauche noch ein paar einschlägige Wörter«, erwiderte Hawkins.

»Ich bin kein Firmenanwalt, aber wenn ich mich richtig an meine Universitätszeit erinnere, besteht die Zielsetzung einer Firma – ihr Gewinnmotiv sozusagen – in der einen oder anderen Form der Herstellung, des Vertriebs, des Erwerbs oder von Dienstleistungen ...«

»Halt! Das ist es!«

»Dienstleistung?«

»Das ist gut, aber ich habe das vorher gemeint.«

Sam holte tief Atem. »Erwerb?«

»Das ist es. Erwerb.«

»Erwerb zu einem Preis und Abgabe zu einem zweiten, höheren Preis. Sie wollen in das Maklergeschäft einsteigen?«

»Ausgezeichnet, Sam. Jetzt lassen Sie Ihren Verstand arbeiten.«

Devereaux drückte den Bleistift gegen dessen körperlosen Widerstand und machte sich eine Notiz. »Wenn Sie Makler sind, muß es ein Produkt geben. Dienstleistungen oder Immobilien oder Waren ...«

»Von tiefreligiöser Natur«, unterbrach ihn MacKenzie mit leiser, würdevoller Stimme.

»Was?«

»Das Produkt.«

Sam atmete ein – es war ein langer Atemzug. Als er wieder ausatmete, war ein summendes Geräusch zu hören. »Wollen Sie damit sagen, daß Sie eine Gesellschaft gründen, um Maklergeschäfte mit religiösen Gegenständen zu betreiben?«

»Das ist es«, antwortete Hawkins schlicht.

»Um Himmels willen, *was*?«

»›Maklergeschäfte mit religiösen Gegenständen‹. Verdammt, Junge, das ist perfekt!«

Devereaux lieh sich von Barton die im Staat New York für eine Gesellschaft mit beschränkter Haftung üblichen Formulare aus. Es bereitete relativ wenig Mühe, seine Notizen in die Formulare zu übertragen und das Ganze dann von der Hotelsekretärin neu tippen zu lassen, als hätte er es diktiert. Als Sam sich das Endprodukt mit seinen Leerzeilen für Investoren, Depositäre, Beträge und der geheimnisvoll klingenden Beschreibung von ›Maklergeschäfte mit religiösen Kunstgegenständen‹ ansah, fand er, daß es gar nicht übel aussah.

Wirklich, wie ein Kapitel aus Blackstone. Ja, sinnierte Sam, als er den Umschlag mit den Verträgen, die er MacKenzie Hawkins schicken würde, in der Hand hielt. Es sah wirklich nicht übel aus. In ein paar Tagen würde er wieder in Boston sein, bei Aaron Pinkus. Seine ›juristische‹ Tätigkeit für den Hawk war beendet. Insgesamt hatte sie neun Tage in Anspruch genommen, knappe drei Wochen weniger als der Monat, den Mac geschätzt hatte.

Er hatte sich bereit erklärt, noch ein oder zwei Tage im

Drake zu bleiben, um Mac damit hinreichend Gelegenheit zu geben, die Arbeit seines Anwalts zu billigen. Für Sam stand es fest, daß seine Leistung Anerkennung finden würde, und so war es auch.

»Auf mein Wort, Sam, das ist tatsächlich ein imposantes Dokument«, sagte der Hawk am Telefon. »Erstaunlich, daß Sie das alles so schnell formulieren konnten!«

»Es gibt da gewisse Richtlinien, denen man folgen kann. So schwierig war es gar nicht.«

»Sie sind zu bescheiden, junger Freund.«

»Ich bin nur daran interessiert, nach Boston zurückzukehren ...« begann Sam.

»Das kann ich verstehen«, unterbrach ihn Hawkins, ohne die entsprechende Zustimmung, die den wachsenden Schmerz in Devereaux' Magen hätte eindämmen können.

»Hören Sie, Mac ...«

»Ich sehe, daß Sie mich zum Vorstand der Gesellschaft gemacht haben. Das haben Sie mir nicht gesagt.«

»Ich hatte keine anderen Namen zur Verfügung. Ich habe Sie bezüglich der Vorstandsmitglieder befragt, und Sie sagten, ich sollte das offenlassen.«

»Was besagen diese Titel ›Schriftführer‹ und ›Schatzmeister‹? Ist das wichtig?«

»Nur, wenn Sie die Dokumente einreichen.«

»Und wenn ich mich eines Tages dafür entscheiden sollte?«

»Üblicherweise werden zwei dieser Ämter in einer Person vereinigt. Die meisten Staaten verlangen bei einer Gesellschaft mit beschränkter Haftung aber wenigstens zwei geschäftsführende Partner.«

»Aber wenn ich wollte, könnte ich auch mehr haben, oder?«

»Sicher.«

»Ich wollte nur wissen, was korrekt ist, Sam. Aber es ist nicht wichtig. Ich werde die Dokumente nie einreichen. Sie dienen nur dazu, mir die Zeit zu vertreiben.«

Devereaux hatte das Gefühl, als könnte er eine gewisse

Melancholie aus Hawkins' Stimme heraushören. Begann Mac etwa, seine Fantasievorstellungen unter Kontrolle zu bekommen? Begann er zu begreifen, daß sein irrationaler Vorstoß in die juristischen Formalitäten der Firmengründung einfach nur ein Ausgleich für die mangelnde Möglichkeit war, militärische Entscheidungen zu treffen? Sam entspannte sich allmählich. Dieses alte Schlachtroß begann ihm leid zu tun. *Zeitvertreib* – das war ein Euphemismus für: *Ich muß meine Tage ausfüllen.* »Ich verstehe, General.«

»He, Sam, Sie haben mich seit Wochen nicht mehr mit ›General‹ angesprochen.«

»Verzeihen Sie, das ist mir nur so rausgerutscht.«

»Ich werde mich morgen bei Ihnen melden, Junge. Sie haben schwer gearbeitet, amüsieren Sie sich heute abend ein wenig. Und vergessen Sie nicht, Ihre Vergnügungen auf die Spesenrechnung zu setzen.«

»Was diese zehn Riesen betrifft – das ist sehr großzügig von Ihnen. Aber ich will das Geld nicht haben. Ich brauche es nicht. Ich werde meine Ausgaben abziehen – die Stenotypistin, die Nebenkosten und das alles – und schicke Ihnen den Rest zurück. Und dann kenne ich da einen Investmentberater in Washington ...«

Devereaux hielt inne. Er begriff, daß das Klicken am anderen Ende der Leitung das Gespräch beendet hatte.

Es hatte wirklich wenig Sinn, auf die Freuden des Lebens zu verzichten. Er hatte genügend Wochenenden in New York verbracht, um zu wissen, wo sich etwas tat. In den Singles' Bars an der Third Avenue.

Sam hatte geradezu spektakulären Erfolg. Ein wohlgerundetes junges Ding aus Omaha, Nebraska – dem Landsitz von Henry Fonda und Marlon Brando – war nach New York gekommen, um die Höhen des Broadway zu erklimmen. Die Kleine war ungeheuer beeindruckt, als sie die Bekanntschaft eines Anwalts machte, der häufig für Metro-Goldwyn-Warner-Brothers tätig war, wenn er nicht gerade Verträge für das *Masterpiece-Theater* abschloß.

Sam war ebenfalls beeindruckt. Die ganze Nacht hindurch, den größten Teil des nächsten Morgens, einen Teil des darauffolgenden Nachmittags und (mit ein paar Pausen für die Nahrungsaufnahme und ein wenig Konversation) bis in den nächsten Abend hinein.

Es war neun Uhr siebenundzwanzig, als das Telefon klingelte – neun Uhr neunundzwanzig, als das wohlgerundete junge Ding schläfrig sagte: »Sam, das Telefon steht auf meiner Seite.«

»Du bist sehr aufmerksam.«

»Soll ich abnehmen?« fragte sie.

»Ja, schließlich steht's ja auf deiner Seite.«

»Soll ich wirklich?«

Sam schlug die Augen auf. Das Mädchen hatte sich aufgerichtet und streckte sich. Das Laken war heruntergefallen. »Mach schnell«, sagte Devereaux.

»Nun, wenn du meinst ...«

»Ich bin nicht verheiratet, und meine Mutter weiß nicht, wo ich bin, und Aaron Pinkus würde es nichts ausmachen. Nimm ab, beeil dich und leg wieder auf.«

Das Mädchen griff nach dem Hörer. Sam griff nach dem Mädchen.

»Da ist ein Mann mit einer heiseren Stimme, der mit dir sprechen möchte. Er sagt, er heißt Angelo Dellacroce.« Sie reichte Sam den Hörer.

»He, *Sie*!« Die Worte schossen förmlich aus dem Telefon. »Sind Sie Samuel Deveruus, Schriftführer und Schatzmeister von dieser Shepherd Company?«

9.

Exgeneralleutnant MacKenzie Hawkins, dem zweimal der höchste Orden der Nation für außergewöhnliche Tapferkeit im tödlichen Kampf gegen den Feind zuerkannt worden war, duckte sich wie ein verängstigter Junge beim Anblick von Exmajor Sam Devereaux, bekannt als militärischer Unfall.

Hawkins konnte Sam am Eingang des North Hampton Golf Club aus dem Taxi steigen sehen. Die Messinglampen auf den Steinsäulen zu beiden Seiten der Einfahrt bildeten die einzige Lichtquelle. Es war eine kalte, wolkige Nacht, und kein Mond stand am Himmel. Aber das Licht der Messinglampen reichte aus, um Devereaux' besorgten Gesichtsausdruck erkennen zu lassen.

Sam war wütend, das war MacKenzie bewußt. Aber, dachte er, gelogen hatte er eigentlich nicht. Nicht wirklich. Er hatte Devereaux nie gesagt, daß er *nicht* an Angelo Dellacroce herantreten würde. Als Sam ihn diesbezüglich bedrängt hatte, hatte er nur gesagt, daß er dazu keinen Grund hätte. In diesem Augenblick. Nicht *später*.

Die Schriftführer-Schatzmeisterfunktion war etwas anderes. Auf dem Partnerschaftsvertrag sah das einmalig aus: ›*Samuel, Devereaux, Esq., Rechtsanwalt, Suite 4-F, Drake Hotel, New York.*‹ Unmittelbar über der Zeile, die für das zweitwichtigste Amt in der Shepherd Company reserviert war. Das alles konnte Devereaux nur Vorteile bringen, und das würde er gleich erkennen. Aber im Augenblick erinnerte Samuel Devereaux, Esq., an einen Bullen in einem Käfig, dem man ein rotes Tuch zeigt.

Der Hawk hatte sich zu dem Treffen mit Dellacroce einverstanden erklärt, weil es ihm paßte. Der Italiener war so besorgt, er könnte beobachtet werden, daß er darauf bestanden hatte, sich mit Mac zwischen Mitternacht und ein Uhr früh am sechsten Loch des North Hampton Golfklubs zu verabreden. Aber wenn Hawkins damit nicht einverstanden gewesen wäre und sich statt dessen für das Büro der Ball Telephone Company entschieden hätte, dann hätte Dellacroce kapituliert.

Dellacroce hatte nämlich keine Wahl. Mac besaß eine Akte über den Mafioso, und die hätte ihm eine Gefängnisstrafe eingetragen, die eines Gerichts in der Volksrepublik China würdig gewesen wäre.

Aber ein Zusammentreffen mitten in der Nacht auf einem von dicken Bäumen und Strömen und kleinen Seen umgebenen Terrain sagte Hawkins zu. In einem solchen Territorium fühlte er sich zu Hause. Es war nicht gerade Kambodscha oder Laos, aber ihm half das sozusagen, in Übung zu bleiben.

Er flog am Nachmittag von Washington ein, mietete sich mit falschen Papieren einen Wagen und fuhr nach North Hampton. Als die Dunkelheit hereingebrochen war, fuhr er um den Golfklub herum und parkte am Westrand. Dellacroce hatte ihm gesagt, daß der Klub abends geschlossen wurde und daß der Nachtwächter gegen einen seiner Männer ausgetauscht werden würde.

Was natürlich bedeutete, daß Dellacroce die Patrouillen überall verdoppeln würde, besonders in der Gegend des sechsten Lochs.

Die Taschen mit Rollen von dünner Schnur und drei Zoll breitem Klebepflaster vollgestopft, wandte Hawkins eine alte Ho-chi-Minh-Taktik an, die ihm in der Vergangenheit schon so manches Mal gute Dienste geleistet hatte. Er begann, seinen Kommandoangriff an dem am weitesten innen liegenden Punkt im feindlichen Terrain und arbeitete sich nach vorn.

Um dreiundzwanzig Uhr fingen die feindlichen Patrouillen an, ihre Positionen im North Hampton Golfklub zu besetzen. Insgesamt waren es neun an der Zahl (ein paar mehr, als Mac erwartet hatte), und sie verteilten sich am Waldrand zu beiden Seiten der sechsten Bahn, wobei die Reihe nach hinten bis zum Klubhaus reichte. Hawkins machte nacheinander acht Wachtposten operationsunfähig. Er nahm ihnen alle Waffen ab, fesselte sie und verklebte ihnen die Gesichter mit Heftpflaster – alle Gesichtsmuskeln, nicht nur den Mund – und machte sie mit *Kai-sai*-Schlägen an der Schädelbasis bewußtlos. Dann arbeitete er sich zu dem neunten Mann zurück, der den Eingang bewachte.

Für diesen Mann hatte er sich eine Strategie aufbewahrt, die sich gegen die Pathet Lao als besonders wirksam erwiesen hatte. Der Wächter mußte nämlich imstande sein zu reden.

Der Mann war außergewöhnlich kooperativ. Besonders, nachdem Mac ihm die Hosen vom Schritt bis zum Umschlag aufgeschlitzt hatte.

Zehn Minuten vor Mitternacht rollte Dellacroces riesige schwarze Limousine schnell durch das Tor auf die breite Säulenallee zu. In der Dunkelheit sagte der neunte Mann, der an einer Säule festgebunden war: »Alles in Ordnung, Mr. Dellacroce. Die Jungs sind ausgeschwärmt, so wie Sie es wollten.«

Die Stimme des Mannes klang ein wenig hoch und wirkte etwas angespannt, aber Hawkins vermutete zurecht, daß Dellacroce andere Dinge im Sinn hatte.

»Okay, sehr gut«, lautete die heisere Antwort, als Dellacroce aus dem Auto stieg, flankiert von zwei kräftig gebauten Leibwächtern, die wie Gorillas dahintrabten, die Hände im Pelz. »Rocco, du bleibst hier bei Augie. Fingers, du kommst mit. Meat, du schaffst den Scheißwagen nach dort hinten auf den Parkplatz, wo man ihn nicht mehr sieht.«

Ehe Dellacroce und Fingers um die Ecke gebogen waren, hatte Hawkins den neunten Mann mittels *Kai-sai* aus dem Verkehr gezogen. Und als Dellacroce und Fingers über den Rasen verschwunden waren, hatte sich Rocco in friedlichem Vergessen zu Augie gesellt.

Der Herr namens Meat war Hawkins' nächstes Opfer. Es nahm fünf Minuten in Anspruch, aber nur, weil Meat ein erfahrener Kämpfer war. Er parkte die Limousine nicht am Rand des Parkplatzes. Statt dessen hatte er in der Mitte angehalten. Gut postiert, dachte Mac. Meat konnte all seine Flanken unbehindert beobachten. Meat war gut.

Aber nicht gut genug.

MacKenzie huschte schräg aus dem Parkplatz über den ersten Abschlagplatz und quer über das Feld, zur Bahn sechs. Da Dellacroce eindeutig erklärt hatte, daß er allein kommen würde, wußte Hawkins, daß Fingers sich irgendwo in der Dunkelheit verstecken würde, zweifellos am Waldrand, und wenn er ein Hirn im Kopf hatte, auf der anderen Seite der Bahn, an der Ostseite, wo er eine viel bessere Schußlinie hatte.

Aber Fingers hatte nicht viel Grips im Kopf. Er blieb auf der westlichen Bahn, lauerte geduckt im Unterholz, wo er die hintere Flanke nicht beobachten konnte.

Verdammt, dachte MacKenzie, es machte wirklich keinen Spaß, ein Arschloch wie Fingers fertigzumachen.

Trotzdem schnappte er sich den Burschen. Lautlos. In elf Sekunden.

Damit war Angelo Dellacroce allein auf Bahn sechs, das rotglühende Ende einer Zigarre stach aus seinen fetten Lippen, sein plumper Körper sackte bequem herunter, und er hatte die dicken Hände hinter dem Rücken verschränkt, als wartete er in einer etwas langweiligen Trattoria darauf, daß man ihm einen Teller mit Linguini servierte.

Drei Minuten später war Devereaux' Taxi auf der verlassenen Seitenstraße, die zum Golfklub führte, zu hören, und MacKenzie wartete hinter der Säule.

Als Sam etwas zögernd die Einfahrt heraufging, beschloß Hawkins, ihm nichts von den bewegungsunfähig gemachten Wachtposten zu sagen. Das würde den ehemaligen Major nur beunruhigen. Es war besser, wenn er glaubte, Dellacroce hätte sein Wort gehalten und wäre allein gekommen.

»*Verdammt!* Hallo, Sam!«

Devereaux warf sich auf den Boden und krallte sich in den Kies, als hinge sein Leben davon ab. Dann blickte er auf. MacKenzie zog eine kleine, aber kräftige Taschenlampe hervor und knipste sie an.

Der Exmajor war wirklich wütend. Sein Gesicht wirkte verkniffen und aufgedunsen, als wollte es jeden Augenblick unter der Haut explodieren.

»Sie sind ein unmoralischer Hundesohn!« flüsterte Sam, wobei sich Zorn und Angst vermengten. »Sie *Drecksack!* Sie sind das Widerwärtigste, was je gelebt hat! Was zum Teufel haben Sie getan, Sie Bastard?«

»He, he, so redet man doch nicht! Kommen Sie schon,

stehen Sie auf, Sie wirken richtig albern da auf dem Boden ...« MacKenzie griff nach Devereaux' Hand.

»Nicht anfassen, Sie Schnecke! Sie verdienen es nicht einmal, mongolische Schafe zu bumsen! Ich hätte zulassen sollen, daß Lin Shoo Ihnen die Fingernägel abzieht, einen nach dem anderen, viertausend Jahre lang! Sie sollen mich nicht anfassen!« Sam richtete sich mühsam auf.

»Hören Sie, Major ...«

»Sie sollen mich nicht Major nennen! Ich habe keine Erkennungsnummer mehr, ich will niemals mehr mit einem Titel angesprochen werden, der auch nur entfernt militärisch klingt! Ich bin Anwalt, aber ich bin nicht *Ihr* gottverdammter Anwalt! Wo zum Teufel sind wir? Wie viele ›Torpedos‹ haben denn ihre Schießeisen auf uns gerichtet?«

MacKenzie grinste. »Hier ist niemand, Junge. Nur Dellacroce, der wie ein netter Onkel bei einer Spaghettiparty draußen auf dem Golfplatz steht.«

»Das glaube ich nicht! Wissen Sie, was dieser Gorilla mir am Telefon geantwortet hat, als ich sagte, ich würde nicht hierherkommen? Dieser gottverdammte Gangster hat behauptet, daß das sehr schlecht für meine Gesundheit wäre!«

»Oh, darauf sollten Sie nicht achten. Diese Typen führen immer eine harte Sprache.«

»Harte Sprache! Daß ich nicht lache!« Devereaux versuchte, in der Dunkelheit etwas zu erkennen. »Dieser Verrückte hat gesagt, wenn ich zu spät käme, würde er einen Obstkorb ins Krankenhaus schicken – morgen! Und wenn ich versuchte, die Stadt zu verlassen, dann würde mich einer seiner Schläger finden – ein gewisser Meat. Und zwar, bevor die Woche um wäre!«

Der Hawk schüttelte den Kopf. »Meat ist nicht schlecht, aber ich glaube, den würden Sie schaffen. Ich würde mein Geld auf Sie setzen, Junge.«

»Ich will ihn nicht schaffen – ihn nicht und sonst keinen! Und Sie sollen auch kein Geld auf mich setzen! Sie werden mich nie wiedersehen! Ich wollte das nur hinter mich bringen. Ich möchte diesen Dellacroce kennenlernen und ihm sagen, daß die ganze Geschichte ein verrückter Irrtum ist! Ich habe etwas für Sie abtippen lassen, und das ist alles!«

»Jetzt hören Sie mir mal zu, Junge. Das ist jetzt eine typische Überreaktion. Sie brauchen sich überhaupt keine Sorgen zu machen.« Hawkins ging über den Rasen. Devereaux hielt mit ihm Schritt, und jedesmal, wenn er ein Geräusch hörte, zuckte sein Kopf herum. »Mr. Dellacroce wird äußerst kooperativ sein. Und er wird auch keine harten Reden mehr führen, das werden Sie sehen.«

»Was war das?« Ein quietschendes Geräusch war zu hören.

»Regen Sie sich doch nicht auf! Wahrscheinlich sind Sie in Hundescheiße getreten. Tun Sie mir einen Gefallen. Fangen Sie nicht an, irgend etwas zu erklären, so lange ich nicht mit Dellacroce gesprochen habe, okay? Ich brauche höchstens drei oder vier Minuten.«

»*Nein!* Unter keinen Umständen! Ich habe keine Lust, mir eine vielversprechende Anwaltskarriere auf einem Golfplatz der Cosa Nostra kaputtmachen zu lassen! Diese Leute treiben keine Spielchen! Die verwenden Revolver und Ketten und Zement! Und Flüsse! Was war das?« In den Bäumen war ein Flattern zu hören.

»Wir haben einen Vogel aufgeschreckt. Lassen Sie es mich so ausdrücken. Wenn Sie einfach den Mund halten, bis ich fertig bin, dann zahle ich Ihnen noch einmal zehntausend. In bar. Ohne Quittung. Wie wäre das?«

»Sie sind verrückt! Nein und nochmals nein. Weil ich das Geld nämlich nicht ausgeben kann, wenn ich auf einem Bostoner Friedhof unter der Erde liege! Sie könnten mir zehn Millionen anbieten – die Antwort wäre immer noch nein!«

»Das ist gar nicht so abwegig ...«

»Herrgott, lassen Sie sich in eine Anstalt einweisen, ehe das ein anderer für Sie tut!«

»Dann werde ich es, fürchte ich, so ausdrücken müssen – Sie halten entweder den Mund, bis ich meine Besprechung mit Mr. Dellacroce beendet habe, oder ich rufe morgen früh das FBI an und sage denen, daß da ein ehemaliger Major herumläuft und Abwehrdokumente verhökert, die er aus den G-2-Archiven entwendet hat.«

»O nein, das werden Sie nicht! Weil ich dann nämlich die Wahrheit sagen werde. Ich werde erzählen, wie Sie mich erpreßt und anschließend hereingelegt und dann wieder erpreßt haben. Die brummen Ihnen dann eine Gefängnisstrafe auf, daß Sie sich nach Peking zurückwünschen werden!«

»Jetzt wird es wirklich kompliziert, wie? Ich meine, Sie würden die Brokemichael-Geschichte wieder ans Licht zerren. Wie würde das denn aussehen? Ein Mann verletzt die Spionagegesetze, weil er Lust hat, ein paar zusätzliche Monate im Dienst seines Landes zu verbringen. In einem Polstersessel, wohlgemerkt, nicht einmal draußen im Feld. Eine ziemlich schwache Erpressung, würde ich sagen.«

»Sie *unmoralischer* . . .«

»Ich weiß, ich weiß«, sagte der Hawk müde. »Sie wiederholen sich. Sie sollten nur endlich begreifen, daß mir das nichts ausmacht. Wie Sie selbst sagten, man hat mich ganz schön reingelegt. Ob die das noch einmal schaffen würden?«

Hawkins ging weiter. Devereaux folgte ihm widerstrebend, wobei sein Blick ständig hin und her huschte. Seine Nerven waren offensichtlich zum Zerreißen gespannt, und er mußte ein paarmal mit unartikulierten Krächzlauten zum Sprechen ansetzen, ehe er ein Wort hervorbrachte. »Haben Sie denn gar keinen Anstand, Sir? Überhaupt kein Mitgefühl? Empfinden Sie denn gar keine Liebe zu Ihren Mitmenschen?«

»Doch, ganz bestimmt«, erwiderte der Hawk. Sie überquerten jetzt den dritten Abschlagplatz. »Und jetzt halten Sie mal Ihre eloquente Zunge eine Weile im Zaum. Wenn es ihnen nicht paßt, wie die Dinge laufen, können Sie ja sagen, was Sie zu sagen haben. Könnte ich noch fairer sein?«

Der bedeckte Himmel begann aufzureißen, gelegentlich

schien der Mond durch die Wolkendecke. Und hundert Meter weiter vorn konnten sie die breitschultrige Gestalt von Angelo Dellacroce sehen, die Hände immer noch hinter dem Rücken verschränkt, immer noch einen glühenden Zigarrenstummel im Mund.

»Der muß vorn über und über voll Asche sein«, sagte Hawkins leise. Dann fragte er etwas lauter: »Mr. Dellacroce?«

Der korpulente Mann stieß ein knurrendes Geräusch aus. MacKenzie knipste seine Taschenlampe an und hielt sie sich über den Kopf, so daß der Lichtkegel auf sein stahlgraues Haar fiel und Schatten über seinen präzis gestutzten Van-Dyke-Bart warf.

»Sie machen sich zur Zielscheibe!« flüsterte Sam.

»Wer soll denn schießen?«

Sie gingen auf den Italiener zu. Mac streckte seine Hand aus. Dellacroce machte keine Anstalten, danach zu greifen. Hawkins sagte leise: »Selbst als ich in Vietnam eine Kapitulation annahm, hat man mir die Hand gereicht. Das unterscheidet uns irgendwie von den Tieren.«

Dellacroce holte widerstrebend die Rechte hinter dem Rücken hervor, und die beiden schüttelten sich die Hände. »Ich bin kein Vietnamese, und das hier ist keine Kapitulation«, sagte er mit seiner rostigen Stimme.

»Natürlich nicht«, antwortete MacKenzie munter. »Das ist der Anfang einer lukrativen Verbindung. Übrigens, das hier ist mein Anwalt und guter Freund Sam Devereaux . . .«

»Mac!«

»Halten Sie den Mund, und geben Sie ihm die Hand«, befahl Hawkins *sotto voce*. »Verdammt noch mal, Jungs, ich habe gesagt, ihr sollt euch die Hand geben!«

Mit noch größerem Widerstreben schoben sich die beiden Hände langsam aufeinander zu, berührten sich kurz und lösten sich dann wieder voneinander, als fürchteten die beiden Besitzer, sie könnten sich infizieren.

»So ist es besser«, sagte der Hawk, geradezu enthusiastisch. »Jetzt können wir reden.«

Und das tat MacKenzie. Er fing an, indem er die illegalen Aktivitäten – im Inland wie im Ausland – Angelo Dellacroces aufzählte. Er brauchte zwei Minuten dazu.

»So, Mr. Dellacroce, und der Grund, daß die Behörden Sie nicht greifen können, liegt darin, daß sie zu keiner der Banken Zugang haben, die in diese diversen Unternehmungen eingeschaltet sind. Mir ist bewußt, daß Sie das verwundern wird, Sir, aber ich glaube, daß ich diesen Zugang habe. Da gibt es eine Bank in Genf – die ersten drei Ziffern der Kontonummer sind sieben, eins, fünf. Auf diesem Konto liegen knapp über zweiundsechzig Millionen Dollar ...«

»Basta! Basta!«

»... und die Einzahlungen sind unmittelbar von den Punkten aus erfolgt, die ich angedeutet habe. Nun vermute ich, daß Sie die neuen Schweizer Gesetze bezüglich solcher Konten studiert haben. Zugegebenermaßen sind es recht komplizierte Gesetze, weil Betrug außerhalb der Schweiz nicht notwendigerweise auch in Genf als Betrug angesehen wird. Aber, verdammt noch mal, ob sie es nun glauben oder nicht, Interpol hat jetzt eine Möglichkeit, diese Konten zu beschlagnahmen! Die brauchen dazu bloß die Kopie einer Zahlung – auf ein Sonderkonto – vorzulegen, die von einem rechtskräftig verurteilten Rauschgifthändler getätigt wurde. Und ich habe das wunderbare Glück, daß ich eine ganze Anzahl von Fotokopien solcher Zahlungsbelege in meinem Besitz habe ...«

»Basta! Halten Sie das Maul!« brüllte Dellacroce. *»Fingers! Manny! Carlo! Dino!* Herkommen! *Sofort!«*

Aber als Antwort waren nur die Geräusche der Nacht zu hören.

»Es ist niemand da, zumindest niemand, der Sie hören kann«, sagte der Hawk leise.

»Was!? – Fingers! Figlio della putana! Her da!«

Nichts.

»So, Mr. Dellacroce. Jetzt werden Sie und ich uns ein paar Schritte von meinem Freund und Anwalt entfernen, damit wir ganz privat sprechen können.« MacKenzie berührte den Arm des Italieners, den dieser sofort wegriß.

»*Meat! Augie! Rocco!* Hört ihr mich, Jungs? Herkommen!«

»Die schlafen, Sir«, sagte Hawkins mit freundlicher Stimme. »Es wird noch ein paar Stunden dauern, bis sie aufwachen.«

Dellacroces Kopf fuhr zu Mac herum. »Haben Sie Bullen mitgebracht? Wie viele Bullen haben Sie?«

»Keinen einzigen. Nur ich und mein guter Freund und Rechtsanwalt ...«

»Wie viele sind es? Allein könnten Sie nicht ...«

»Allein habe ich«, antwortete der Hawk.

»Meine besten Jungs!«

MacKenzie schmunzelte. »Dann möchte ich Ihre Nachschubtruppen nicht sehen. Und jetzt wird es Zeit für unser privates Gespräch.«

Der Hawk führte Dellacroce ein Stück abseits. Er redete leise genau vier Minuten und dreißig Sekunden auf ihn ein.

Und dann schrillte ein ohrenbetäubender Schrei durch die Stille am sechsten Loch.

»Mannnnaaagggiii!«

Und Angelo Dellacroce fiel auf dem manikürten Rasen in Ohnmacht.

MacKenzie beugte sich über ihn und ohrfeigte ihn sanft, bis er wieder zu Bewußtsein kam.

Sie redeten weiter, wobei der Hawk den Italiener am dicken Nacken hielt, als wäre er ein Krankenpfleger.

Dann kam wieder der Schrei.

»Mannnnaaagggiii!«

Und wieder fiel Dellacroce ihn Ohnmacht.

Also belebte der Hawk ihn aufs neue.

Und sie redeten weitere zwei Minuten.

»Mannnnaaagggiii!«

Diesmal ließ MacKenzie den Kopf des Mannes ins Gras sinken und stand auf. Der Mond war durch die nächtlichen

Wolken gebrochen und ließ den benommenen Sam erkennen, der Dellacroce ungläubig anstarrte. Das war's, dachte der Hawk, während er langsam auf Devereaux zuging. Es hatte keinen Sinn, es weiter hinauszuschieben. Er würde es Sam sagen müssen. Es gab keinen anderen Weg.

»Nun, Sam«, begann Mac ruhig und zuversichtlich, »das ist ein ziemlich guter Anfang. Mr. Dellacroce war geradezu erpicht darauf, sich zur Zahlung des vollen Betrags zu verpflichten, den wir für ihn reserviert hatten. Die Shepherd Company hat ihre ersten zehn Millionen Dollar.«

Die Knie versagten Devereaux den Dienst. Der Hawk sprang vor und packte ihn, ehe er zu Boden fiel. Nicht daß der Boden hart gewesen wäre, aber MacKenzie wollte Sam das Gefühl vermitteln, daß er ihm wichtig war. Es war immer gut, wenn ein Erster Adjutant wußte, daß der Befehlshaber um sein Wohlergehen besorgt war. »Verdammt, Junge, das muß aufhören! Sie benehmen sich fast genauso schlecht wie Mr. Dellacroce! Und das gehört sich nicht – Sie sind aus besserem Stoff!«

Sams Augen leuchteten glasig im Mondlicht. Die Worte, die sich seinen zitternden Lippen entrangen, wirkten unzusammenhängend, aber es gab da einige Sätze, die er oft genug wiederholte, so daß man sie verstehen konnte. »Schriftführer-Schatzmeister! ... Oh, mein Gott, ich bin *Schriftführer*-Schatzmeister! Zement für zehn Millionen Dollar! Ich stecke in einer Scheiße im Wert von zehn Millionen Dollar! Die werden mir Stiefel aus Zement anziehen! Ich bin ein toter Mann!«

»Jetzt hören Sie auf zu jammern! Sie sind ein ausgewachsener Anwalt. Sie sollten nicht so durchdrehen.«

»Ich hätte Ihnen nie begegnen dürfen, Sie Bastard! In meinem ganzen Leben ist mir nichts Schlimmeres passiert! Oh, mein Gott! Dieser Killer ist ohnmächtig!«

»Das wären Sie beinahe auch. Ich habe Sie im letzten Augenblick festgehalten.«

»*Schsch!* Verschwinden wir von hier! Ich schicke ihm einen Brief – ich besorge mir Briefpapier aus der Irrenanstalt von Bellevue – ich lasse mir bestätigen, daß Sie verrückt sind! Das Ganze war ein lausiger Witz!«

»Oh, Mr. Dellacroce weiß, daß das nicht so ist, Junge.« Hawkins tätschelte Devereaux mit der rechten Hand die Wange, während er ihn mit der linken am Genick festhielt, so daß er sich oberhalb der Hüften nicht bewegen konnte. »Dellacroce ist ein sehr religiöser Mann, die meisten von diesen Italienern sind so – ganz gleich, womit sie sich den Lebensunterhalt verdienen. Das sind zwei völlig getrennte Bereiche. Er weiß, daß ich ihm die Wahrheit gesagt habe.«

»Wovon zum Teufel reden Sie denn? Was hat denn die Religion mit all dem zu tun? Lassen Sie meinen Hals los, verdammt!«

»Die Religion hilft einem Menschen, die Wahrheit zu erkennen. Mag sein, daß sie ihm nicht gefällt. Seiner *Religion* gefällt sie vielleicht auch nicht, oder sie gibt nicht einmal zu, daß es die Wahrheit ist. Aber aufgrund seiner Einsicht kann der religiöse Mensch das, was echt ist, von der Pferdekacke unterscheiden. Können Sie mir folgen?«

»Keine Sekunde lang! Mein Hals tut weh!«

»Tut mir leid. Ich lasse Sie jetzt los. Aber es ist an der Zeit, daß wir miteinander sprechen.« MacKenzie ließ die Hand sinken. Im gleichen Augenblick wollte Devereaux losrennen, aber der Hawk griff sofort wieder zu und warf ihn ins Gras, wo er ihn eisern festhielt. »Ich habe gesagt, wir müssen reden. Sie sind ein vernünftiger Mensch. Sie müssen doch die Logik erkennen, die darin liegt.«

»Das Problem«, flüsterte Sam, der sich auf dem Boden wand, »liegt darin, daß Sie *nicht* vernünftig *und* nicht logisch sind! Wissen Sie, was Sie getan haben? Solche Typen ...« Er machte eine Kopfbewegung. Seine Hände konnte er nicht gebrauchen. »... die frieren Leute ein, weil sie ihre Buchmacher beschummeln! Die denken sich gar nichts dabei, ein prunkvolles Begräbnis auszurichten – für einen *paisan*, der ihnen Geld unterschlagen hat! Ich weiß das. Ich bin aus *Boston*.«

»Das ist schon wieder eine von Ihren Überreaktionen. Mr. Dellacroce wird nichts dergleichen tun. Er weiß, wo er steht – und zwar in etwa zwanzig Fuß Lauge, wenn er sich nicht benimmt. Dieses Konto in Genf ... Er hat seine eigenen Leute bestohlen.«

Devereaux starrte Mac widerstrebend und argwöhnisch im Mondlicht an. »Sind Sie da sicher?«

»Das stand alles in den G-2-Akten. Das Unangenehme war nur, daß sich niemand einen Reim darauf macht. Ich glaube, die wollten das nicht. Dellacroces Verein unterstützt das Pentagon, da gibt es Regierungsverträge und Verbindungen mit den Gewerkschaften – wollen Sie mir jetzt zuhören?«

Mit einem Widerstreben, das aus seiner Angst geboren war, aber gleichzeitig mit einer Zustimmung, die auf Notwendigkeit fußte, nickte Sam. Der Hawk half ihm auf die Beine, und dann schlenderten die beiden Männer auf das sechste Loch zu. Jetzt hatten sie eine mächtige Eiche erreicht, deren Blätter wie ein Filter für das Mondlicht wirkten. Sam setzte sich, an den Stamm gelehnt, während Mac vor ihm auf ein Knie sank – ein Linienoffizier, der einem Stützpunktkommandanten Befehle erläutert.

»Erinnern Sie sich, wie ich Ihnen vor ein paar Wochen sagte, daß ich mich um Dinge gekümmert hätte, über die ich vorher nie viel nachgedacht hatte? Um Gott und die Kirche und solche Dinge.«

»Ich erinnere mich, wie ich sagte, ich würde nicht lachen ...« Devereaux' Antwort war ausdruckslos, vorsichtig. Monoton.

»Das war sehr klug, Junge. Nun, ich *habe* über einiges nachgedacht, aber nicht so, wie Sie vielleicht meinen. Sie und ich, wir wissen, daß neunundneunzig Prozent der ganzen Kommunistenpropaganda Pferdekacke ist. Jeder weiß das. Die unsere ist das nur zu – nun, sagen wir, fünfzig bis sechzig Prozent. Also haben wir in dem Punkt einen Vorsprung. Aber dieses eine Prozent Wahrheit bei den Roten hat mich nachdenklich gemacht. Ich meine die katholische Situation. Es geht nicht um das, was die Leute *glauben*. Das ist ihre Angelegenheit. Ich interessiere mich nur dafür, wie diese Organisation funktioniert. Und ich glaube, diese Burschen im Vatikan haben da eine so gute Sache laufen, daß sie davon ein wenig abgeben sollten. Ich meine, die haben Investitionen, Junge. Wenn der Aktienmarkt irgendwo auf der Welt ein paar Punkte steigt, machen die Trillionen.«

»Und wenn er sinkt, verlieren sie Trillionen.«

»Nein! Die Makler holen sie rechtzeitig raus, sonst fliegen die aus den Malteserrittern. Das gehört zum Arrangement. Und dann dürfen sie sich nicht mehr mit dem Papst fotografieren lassen.«

»Unsinn!«

»Wenn das Unsinn ist, warum haben dann sämtliche katholischen Makler an der Wall Street diese Initialen hinter ihren Namen? Kennen Sie irgendein Collegediplom, das mit dem Buchstaben R beginnt? Malta, Columbus, Lourdes. Und die Heiligen! Herrgott! Ritter von Assisi, Ritter von Petrus, Matthäus – seitenweise geht das so. Das ist wie ein Orden. Je mehr einer von diesen Knaben an der Börse für den Vatikan tut, desto besser ist das R hinter seinem Namen. Und Wall Street ist da nur ein Beispiel. Überall ist das so.«

»Ich glaube, Sie haben da ein paar komische Bücher gelesen, vielleicht über den Ku-Klux-Klan. Ausgabe 1920.«

»Verdammt. Nein, ich mag den Scheiß nicht. Jeder Mensch hat das Recht, das zu glauben, was ihm paßt. Ich spreche ja nur vom finanziellen Teil. Und dann all die Immobilien! Wissen Sie, was für Immobilien die Jungs im Vatikan haben? Ich schwöre Ihnen, die kassieren Miete von der Ginza bis zum Gazastreifen und den meisten Flecken dazwischen. Die besten Lagen in New York, Chicago, Hartford, Detroit gehören denen – so ziemlich jeder Fleck, wo die Iren, die Italiener, die Polaken und all dieses Volk hingezogen sind. Die stellen es immer auf dieselbe Art an. Ehe die Leute sich irgendwo niederlassen, kaufen sie das

Land auf und bauen eine große Kirche. Natürlich sind all diese Einwanderer in Ellis Island nervös, wo sie sich doch in fremdem Land befinden, und so bauen sie ihre Häuser nahe bei der Kirche. Nach einer Generation etwa sind ihre Kinder Anwälte und Zahnärzte und Autohändler. Und was tun sie? Sie ziehen in die Vororte hinaus und gehen dort, wo sie einmal gelebt haben, zur Arbeit, und das ist jetzt das *Stadt*zentrum, das *Geschäfts*viertel. Und der Besitz der Kirche wächst! Ein richtiges Schema ist das, Junge!«

»Ich versuche etwas Negatives zu finden, aber das kann ich nicht«, sagte Sam und starrte im Schatten den erregten Hawkins an. »Was stimmt denn nicht an diesem Schema?«

»Ich habe doch nicht gesagt, daß etwas daran falsch ist. Ich habe nur gesagt, daß das ein großartiges zentralisiertes Portefeuille ergibt.«

»Ein zentralisiertes Portefeuille? Sie haben sich ja einen ganz neuen Wortschatz zugelegt.«

»Wie Sie ganz richtig sagten, ich habe gelesen. Und gar keine so seltsamen Bücher, wie Sie vielleicht glauben. Sehen Sie, Sam, das Produkt, das diese Knaben im Vatikan produzieren – ich meine das gar nicht respektlos, nur im streng geschäftlichen Sinn – ändert sich nicht. Es muß sich vielleicht hier und da ein wenig anpassen, jemand schnappt sich dort ein Stückchen oder fügt ein wenig dazu, aber im Grunde bleibt die Ware immer dieselbe. Das reduziert die Kosten und gestattet eine gleichmäßige Ertragszahl, ohne daß es zu negativen Eintragungen kommt ...«

»Zu negativen Eintragungen?«

»Das ist ein Buchhaltungsbegriff.«

»Ich weiß, daß es ein Buchhaltungsbegriff ist. Woher wissen *Sie* ... Nein, sagen Sie es nicht. Ihr Lesestoff ...«

»Maggies Schlüpfer, Junge.«

»Was?«

»Schon gut. Sie haben's erfaßt, das wollte ich sagen. Jetzt stellen Sie sich einmal eine wirtschaftliche Situation vor, wo die Aktienbörsen und die Immobilienmärkte stabil bleiben, und das bedeutet, daß die Leute vom Vatikan die Banken im

Sack haben, weil sie *sowohl* das Geld, *als auch* das Land unter Kontrolle halten. Das sind die wesentlichen wirtschaftlichen Ressourcen. Und dazu fügen Sie jetzt ein Produkt, das minimale Montageveränderungen im Verein mit maximalem Kaufkraftwachstum erfordert – zum Teufel, Junge, das ist eine *Goldmine*.«

»Sie haben einiges gelesen. Aber wenn Sie recht haben, warum gibt es dann soviel Ärger über Konfessionsschulen und ihre Kosten?«

»Das sind Dienstleistungen, Sam. Das ist ein ganz anderer Kostenpunkt. Ich spreche von den Basisportefeuilles, nicht von den jährlichen Betriebskosten. Die schwanken natürlich je nach der Wirtschaftslage. Außerdem ist das vorwiegend Erpressung.«

»Äußerst scharfsinnig. In Boston würde man Sie gar nicht mögen.«

Der Hawk lehnte sich etwas zurück und sprach jetzt etwas leiser, aber nicht weniger eindringlich. »Sie haben vorher erwähnt, daß da etwas nicht stimmt. Nun, ich erwähne das ungern, weil es sich nur auf die Scheißbonzen bezieht und nicht die Soldaten. Aber da ist tatsächlich etwas, das ein wenig stinkt.«

»*Sie* haben einen *moralischen* Standpunkt gefunden?«

»Moral und Wirtschaft sollten in engerer Beziehung zueinander stehen, als das der Fall war – das weiß jeder. Nehmen Sie diese politische Geschichte. Keiner hat sich so viele Feuergefechte mit den Roten geliefert wie ich. Verdammt, niemand wird mich begraben! Aber ich finde, daß diese katholischen Knaben im Vatikan – und das schließt all diese mächtigen Diözesen ein – die Bolschewisten ein wenig zu großzügig als Vorwand gebrauchen, um sich einer ganzen Menge von Reformen zu widersetzen, die es den Bauern leichter machen würden, ihren Lebensunterhalt aus dem harten Boden zu scharren.«

Devereaux sah Hawkins skeptisch von der Seite an. »Dieser Standpunkt ist schon ein wenig überholt. In der Kirche finden eine ganze Menge Veränderungen statt. Dieser neue Papst öffnet eine Menge Fenster. So wie es Johannes der dreiundzwanzigste getan hat.«

»Nicht schnell genug, Sam. Was die Bonzen im Vatikan brauchen, ist ein Revirement in der Kommandostruktur.«

Devereaux schüttelte den Kopf. »Sie können nicht ein zweitausend Jahre altes Schema über Nacht verändern ...«

»Oh, das ist mir klar«, unterbrach ihn der Hawk. »Und ich bin froh, daß Sie diesen neuen Papst erwähnt haben, diesen Franziskus. Weil er nämlich ein ziemlich populärer Knabe ist. Selbst diejenigen, die ihn nicht ausstehen können – weil er das tut, was er tut – wissen genau, daß er der größte Plusposten ist, den die in ihrer ganzen verdammten Kirche haben. Ich meine das natürlich nicht im religiösen Sinne. Ich beziehe keine solche Position.«

»Welche Position? In welchem Sinn?«

»Dieser Franziskus«, fuhr Mac fort, ohne auf Sams Fragen einzugehen, »ist mehr als einfach nur der Papst, und das ist für den Anfang schon eine ganze Menge. Er wird als Individuum geliebt. Wissen Sie, worauf ich hinausmöchte?«

»Ich wollte, Sie würden das nicht fragen.«

»Er ist der Typ von Mensch, für den jeder Katholik wirklich ein Opfer bringen würde. Begreifen Sie, was ich meine?«

»Diese Formulierung gefällt mir auch nicht.«

Der Hawk wechselte das Knie, auf dem sein Gewicht ruhte. Es war gut, sein Gewicht so häufig wie möglich zu verlagern, wenn man in einer unbeweglichen Position war. »Kennen Sie die geschätzte Zahl der gesamten kommunizierenden Mitgliedschaft der katholischen Kirche?«

»Die *was?*«

»Wissen Sie, wie viele Katholiken es auf der Welt gibt? Aber lassen Sie nur, ich will es Ihnen sagen. Vierhundert Millionen. Jetzt nehmen Sie im Durchschnitt nur einen amerikanischen Dollar – man müßte ein mittleres Datum für den Tageskurs festsetzen, und einige spenden mehr und die meisten weniger – das ergibt *vierhundert Millionen Dollar.*«

»Was ergibt das?«

»Den geschätzten Bruttobetrag.«

»Was für einen geschätzten Bruttobetrag?«

»Die geschäftlichen Dienstleistungen der Shepherd Company. Dieses ›Maklergeschäft mit religiösen Gegenständen‹. Das ergibt ein eindeutiges Verhältnis von zehn zu eins in bezug auf die Kapitalisierung, aber die Gewinnrate im Gegensatz zur Bruttozahl wird natürlich durch die notwendigen Ausgaben für Investitionen und Personal beeinträchtigt werden.«

»Was, zum Teufel, faseln Sie da?!«

»Wir werden den Papst entführen.«

»Waas?«

»Ich habe einen Koffer voll Bücher, Junge. Ich habe die taktischen Probleme gründlich studiert, und ich glaube, ich kriege das hin. Sehen Sie, es gibt da eine gewisse Chiesa di San Tommaso di Villanova in Gandolfo – entschuldigen Sie mein lausiges Italienisch – und der Weg vom Vatikan dorthin führt über eine Landstraße, die sich Via Appia Antica nennt. Das ist die Straße zu diesem Gandolfo – Castel Gandolfo nennen sie das. Diese Italiener begnügen sich nie mit einem Wort, wenn sie zwei gebrauchen können.«

»Waaas?!«

»Jetzt fangen Sie nicht wieder an, sich so aufzuplustern! Sie wecken mir noch Dellacroce.«

»Waaas?«

»Aber zuerst müssen wir noch das restliche Kapital beschaffen – dreißig Millionen. Ich glaube, ich habe die drei Investoren schon herausgefiltert, aber ich muß mir das noch einmal ansehen.« Der Hawk legte Devereaux die Hand auf den offenen Mund. »Jetzt fangen Sie nicht schon wieder an! Sie wiederholen sich ja nur.«

Devereaux' Augen quollen über MacKenzies Hand hervor, aber der Rest seines Körpers war wie erstarrt. Eine Art komatöser Schock, dachte Hawkins. Er hatte das häufig bei jungen Rekruten erlebt, wenn sie zum erstenmal ein Feuergefecht miterlebt hatten. Zumindest schrie Sam nicht. Er schlug auch nicht um sich. Er war einfach starr und wirkte irgendwie kalt. Der Hawk fuhr fort. Er hatte nicht mehr viel zu sagen. Die tiefschürfenden Kommandoanalysen würden später kommen. In gewisser Weise war er sogar froh, daß Devereaux so extrem reagierte. In seiner Begeisterung hätte er dem Anwalt beinahe taktische Informationen gegeben, von denen er gar nicht sicher war, ob Devereaux sie überhaupt bekommen sollte.

»Ich habe Sie nicht leichtfertig ausgewählt. Die Wahl des Ersten Adjutanten ist für einen Kommandanten nie einfach, denn der Führungsadjutant ist in mannigfacher Hinsicht so etwas wie eine Verlängerung seiner eigenen Person. Sie sind wegen Ihrer *Verdienste* ausgewählt worden, Junge. Ich will nicht sagen, daß Sie ideal sind. Sie haben Ihre Schwächen. Das habe ich Ihnen ja gesagt. Aber verdammt, Ihre Aktivposten überwiegen die Passivposten. Ich sage das als ehrlicher Freund ebenso wie als vorgesetzter Offizier.

»Nun werde ich Ihnen einige Befehle erteilen, von denen ich erwarte, daß Sie sie ausführen, ohne immer exakt zu wissen, weshalb sie lebenswichtig sind. Sie werden sie einfach akzeptieren müssen. Die Befehlsgewalt ist eine sehr einsame Verantwortung. Man hat nicht immer Zeit, anderen Menschen Gründe für diese oder jene Entscheidung mitzuteilen. Fragen Sie jeden beliebigen Frontoffizier, der ein Bataillon ins feindliche Feuer schickt. Aber Sie werden Hervorragendes leisten, ich weiß das einfach. Und falls Sie jemals in Versuchung kommen sollten, die Befehle Ihres vorgesetzten Offiziers in Frage zu stellen – oder wenn Sie das Gefühl haben sollten, daß Ihr Gewissen es Ihnen nicht gestattet, sie auszuführen, dann sollten Sie sich vor Augen führen, daß unser Investor Angelo Dellacroce der Ansicht ist, Sie allein hätten jene Liste seiner illegalen Aktivitäten zusammengestellt und mir geliefert, als Rechtsanwalt und Schriftführer-Schatzmeister der Shepherd Company. Ich glaube, das ist der Grund, weshalb er Ihnen nicht die Hand geben wollte. In Verbindung mit Ihren G-2-Spionageverfehlungen würde ich sagen, daß Ihre Position einigermaßen unhaltbar war. Aber an Ihrer Stelle würde ich mich eher dafür entscheiden, gegen die Hochverratsanklagen der Regierung anzugehen als gegen unseren Investoren, Mr. Dellacroce. Ich glaube, dieser Mafiabastard würde Ihnen die Eier abschneiden, durch den Fleischwolf drehen und bei Ihrem Begräbnis als Pastete auf den Tisch bringen. Wie Sie vorher ganz richtig sagten, es würde wahrscheinlich ein sehr teures Begräbnis werden.«

Jetzt gab es für den Hawk keinen Anlaß mehr, seinem Führungsadjutanten die Hand über den Mund zu halten. Sam hatte in einer Aufwallung von Panik ein paar unartikulierte Geräusche von sich gegeben und die Besinnung verloren.

Das Mondlicht, das durch die Blätter der mächtigen Eiche neben dem sechsten Loch schien, zeichnete gelbe und weiße Muster über Sams junge, friedliche, ohne Zweifel kräftige Züge.

Verdammt, dachte MacKenzie, aus dem Jungen wird noch was. Er braucht nur noch etwas Zeit, um die Fakten des Lebens in sich aufzunehmen. Aber wenn man das nicht weiß, würde man jetzt glauben, daß der Hundesohn tot ist.

10.

Sam Devereaux sank mutlos in den Hotelsessel und wünschte sich, er wäre gestorben.

Nun, nicht ganz – aber das würde sicher eine ganze Menge Probleme lösen. Es war natürlich durchaus möglich, daß es zu seinem Ableben kam, ob er sich dies nun wünschte oder nicht. Was seinen Blick zu dem verrückten, nicht offiziell eingereichten, aber ausgefüllten Vertrag über die Gründung einer Gesellschaft mit beschränkter Haftung zwischen der Shepherd Company, MacKenzie Hawkins, Vorstandsvorsitzendem, der North Hampton Corporation mit Mrs. Angelo Dellacroce als Vorstandsvorsitzendem und der Banque de Genève, Schweiz, als Depositär zurücklenkte. Er hielt das Dokument in der Hand und fragte sich etwas abwesend, was eigentlich aus seinen Fingernägeln geworden war.

Da, auf der ersten Seite, ganz deutlich, direkt unter dem Titel des Vorstandsvorsitzenden und über der Zeile, die für den Schriftführer-Schatzmeister reserviert war, stand sein Name.

Mr. Samuel Devereaux, Rechtsanwalt, Suite 4-F, The Drake Hotel, New York City.

Er überlegte, ob er die Eintragung in bezug auf das Drake Hotel ändern sollte, gab den Gedanken dann aber wieder auf. Was für einen Sinn hatte das schon? Auf der einen Flanke *(Flanke?)* stand die Regierung der Vereinigten Staaten mit ihren eindeutigen Spionagegesetzen. Und auf der anderen hatten sich Angelo Dellacroce und seine Ehrenwache versammelt, mit ihren weißen Krawatten auf weißen Hemden und dunklen Brillen und den schwarzen Anzügen und den äußerst unspezifischen Methoden, mit Leuten umzugehen, die sie ›verpfiffen‹, so wie zum Beispiel S. Devereaux, Rechtsanwalt.

Sam fragte sich, was Aaron Pinkus tun würde. Dann wurde ihm klar, was Aaron Pinkus tun würde, und er gab auch diesen Gedanken auf.

Pinkus würde sich für ihn in *Shiva*-Haltung auf den Boden setzen.

Er erhob sich aus seinem Sessel und schlenderte ziellos durch die Hotelsuite. Was, zum Teufel, sollte er jetzt tun? Was, in Gottes Namen, *konnte* er tun? Sein Blick fiel auf die nicht unterzeichnete, mit Maschine geschriebene Notiz, die auf dem Schreibtisch lag.

Die Kopien des Gründungsvertrags sind durch Boten an MacKenzie Hawkins, Esquire, Vorstandsvorsitzender der Shepherd Company, c/o The Watergate Hotel, Washington D. C., übermittelt worden. Instruktionen per Telegramm an: Banque de Genève. Der Transfer der Mittel erfordert die Anwesenheit des Schriftführer-Schatzmeisters der Shepherd Company, Samuel Devereaux, in Genf.

Er war *telegrafiert* worden – *international.*

In irgendeiner mit Marmor ausgekleideten Bankhalle in der Schweiz hatte ein mächtiger Makler internationaler Finanzen ihn ohne Zweifel bereits als den Bona-Fide-Überwacher der Überweisung von zehn Millionen Dollar auf ein Konto einer noch nicht aktenkundigen, aber sehr existenten Firma namens Shepherd aufgelistet.

Und das war es, was er nun tun würde – ob er es wollte oder nicht. Die Wahl, die sich ihm bot, war Genf – oder ein Leben lang Steineklopfen in Leavenworth. *Oder* Justiz im Dellacroce-Stil – mit den Füßen in Zement.

Den Papst kidnappen!

Mein Gott! Das war es, was der verrückte Bastard gesagt hatte. Er würde *den Papst kidnappen.*

Im Vergleich dazu verblaßten alle anderen Eskapaden des Hawks. Der Dritte Weltkrieg könnte erstrebenswerter sein! Ein einfacher Krieg wäre viel einfacher. Grenzen waren definiert, Ziele wurden entsprechend vertuscht, und Ideologien waren flexibel. Ein Krieg war ein Kinderspiel, verglichen mit vierhundert Millionen hysterischen Katholiken und Staatsoberhäuptern, die ihre kriecherischen Platitüden hinausposaunten und stöhnten und jeder nur vorstellbaren feindlichen Partei die Schuld gaben, ob sie nun extremistisch war oder nicht (und insgeheim froh, dieses lästige Ärgernis im Vatikan los zu sein, das sich überall einmischte) und ...

Mein Gott! Der Dritte Weltkrieg konnte sich als sehr logische Konsequenz von Hawkins' Tat ergeben!

Und mit dieser Erkenntnis wußte Sam, was er zu tun hatte. Er mußte MacKenzies Pläne vereiteln. Aber das konnte er nicht, wenn er sich in einer Einzelzelle in Leavenworth befand – wer würde ihm glauben? Und er konnte ihn ganz bestimmt nicht aufhalten, wenn er auf dem Grund des Hudson River lag, mit freundlichen Grüßen von Angelo Dellacroce – wer würde ihn dann hören?

Nein, die einzige Möglichkeit, den Wahnsinn des Hawks aus dem Bereich der Realität zu entfernen, lag darin, herauszufinden, wie MacKenzie seine Papstnummer abziehen wollte. Das dümmste wäre es, anzunehmen, daß er es nicht schaffen würde. Der Hawk war alles andere als ein Spaßmacher. Jeder, der das glaubte, brauchte sich nur ein paar von Macs Leistungen anzusehen – darunter vier außergewöhnliche Exehefrauen, die ihn anbeteten, und dann die Kleinigkeit, zehn Millionen Dollar Kapital aufzubringen, ganz zu schweigen von militärischen Leistungen in drei Jahrzehnten und ebenso vielen Kriegen.

Was der Hawk dem Berufsverbrechertum einbrachte, waren all die strategischen Errungenschaften, zur Perfektion getriebene Disziplin und die Führungseigenschaften eines erfahrenen Generals. MacKenzie fing ganz oben an. Er arbeitete sich nicht etwa nach oben – nein, er ging als ausgewachsener Kommandeur des Verbrechertums an den Start, und er hatte es bereits geschafft, einem Mafia-Don in seinem eigenen Hinterhof das Fürchten zu lernen.

Der Hundesohn hatte Stil. Herrgott!

Den Papst kidnappen!

Wer, zum Teufel, würde das glauben?

Samuel Devereaux glaubte es, so weit war es gekommen. Damit blieb S. Devereaux, Rechtsanwalt, nur noch übrig, sich den Kopf darüber zu zerbrechen, wie man die Tat verhindern konnte – und dabei am Leben und außerhalb der Gefängnismauern blieb. Langsam begann eine unbestimmte Idee Gestalt anzunehmen, aber sie war noch zu verschwommen, um einen Sinn zu ergeben. Und doch zeichnete sich innerhalb dieser vagen Umrisse der Kern einer Möglichkeit ab.

»Sei nicht zu zuversichtlich«, sagte Sam laut. »Du hast es hier mit einem Genie zu tun!«

Aber es *war* möglich. Er konnte so tun, als würde er sich MacKenzies Wünschen fügen, (immer mit großem Widerstreben – anders zu handeln, würde nicht zu ihm passen), das schandbare Geld einsammeln – und im letzten Augenblick die Investoren zusammentrommeln und die ganze Operation in die Luft jagen. Und um seine eigene Haut zu retten, würde er einiges inszenieren, zum Beispiel: ›Im Falle meines plötzlichen Ablebens sind meine Anwälte angewiesen, der Öffentlichkeit . . .‹

Dazu gehörte auch die Interpretation des Geschäftszwecks, dem die Shepherd Company diente: ›Maklergeschäfte mit religiösen Gegenständen.‹

Wer würde ihm glauben?

»Schluß damit!«

Sam erschrak über den Klang seiner eigenen Stimme. Noch mehr erschreckte ihn das Schrillen des Telefons. Er rannte zum Apparat, wie ein Mann unmittelbar vor seiner Hinrichtung, in Erwartung dessen, was der Gouverneur noch zu sagen hatte.

»Verdammt! Das muß der Anwalt *und* der Schriftführer *und* der Schatzmeister der Shepherd Company sein! Mit Aktiva über zehn Millionen Dollar! Wie finden Sie das?«

»Das ist eine Suggestivfrage. Darauf gehe ich nicht ein.«

»Wissen Sie was, Junge? Sie müssen ein Klasseanwalt sein!«

»Sind Sie sicher, daß Sie das am Telefon besprechen wollen?« fragte Devereaux. »Man hört da in letzter Zeit eine ganze Menge.«

»Oh, keine Sorge. Wir werden nichts sagen, was wir nicht sagen sollten. *Ich* werde das zumindest nicht tun. Und Sie werden ja hoffentlich auch darauf achten. Ich wollte Ihnen nur mitteilen, daß die zusätzlichen Kopien des Partnerschaftsvertrags unten liegen und auf Sie warten. Ich habe gestern abend einen alten Hauptfeldwebel, den ich einmal kannte, damit rübergeschickt . . .«

»Du lieber Gott, Sie haben *Duplikate* machen lassen? Sie verdammter Narr! Diese Kopierbüros behalten gewöhnlich einen Satz! Wenn es Fotokopien sind, dann wird es Negative geben!«

»Nicht dort, wo ich war. Hier in der Halle des Watergate steht eine große Maschine. Man steckt für jede Seite einen

Vierteldollar hinein – *Herrgott*! Sie hätten sehen sollen, was sich da für eine Menschenmenge angesammelt hat! Die sind hier ein wenig nervös, nicht wahr? Aber niemand hat etwas gesehen. Irgendwie war es schon seltsam. Alle starrten mich an, und keiner sagte was. Nur zwei Leute von der *Washington Post*, die von der Straße hereingelaufen kamen ...«

»Schon gut!« unterbrach ihn Devereaux. »Die Kopien sind also unten. Was zum Teufel soll ich jetzt damit anfangen?«

»Stecken Sie sie in Ihren hübschen Aktenkoffer – in den, den ich Ihnen gegeben habe. Bringen Sie sie nach Genf. Sie werden sie in der Schweiz natürlich nicht brauchen, aber es könnte sein, daß Sie auf dem Rückweg ein- oder zweimal Station machen müssen. Zum Beispiel in London – das steht schon ziemlich fest. Sie werden für ein oder zwei Tage im Savoy absteigen. In dem Genfer Hotel liegen die Flugtickets bereit – und alles übrige. Wenn Sie in London sind, wird Sie ein Herr namens Danforth anrufen. Sie wissen dann, was Sie zu tun haben.«

»Das ist ein faules Spiel. Ich werde nicht wissen, was zu tun ist. Sie können mich nicht einfach in diese verrückte Situation bringen und mir nichts sagen. Ich trage Dokumente bei mir! Mein Name steht auf den Dokumenten! Ich bin in die Übergabe von zehn Millionen Dollar verwikkelt!«

»Jetzt beruhigen Sie sich«, ermahnte der Hawk sanft, aber mit fester Stimme. »Erinnern Sie sich an das, was ich Ihnen gesagt habe – es wird hin und wieder vorkommen, daß Sie als mein Adjutant aufgefordert werden, Befehle auszuführen ...«

»Bockmist!« schrie Sam. »Was soll ich zu den Leuten *sagen*?«

»Nun, was für den einen Bockmist ist, das ist für den anderen vielleicht verzuckerter Weizen. Wenn jemand Sie in die Enge treibt, dann sagen Sie einfach, Sie würden einem alten Soldaten helfen, der in aller Stille ein paar Dollar zusammenträgt, um eine religiöse Gesinnung unter den Menschen zu verbreiten – ein Brüderschaft.«

»Das ist absurd«, sagte Devereaux.

»Das ist die Shepherd Company«, sagte der Hawk.

MacKenzie nahm fünf Seiten von den vervielfältigten G-2-Akten, die über das Hotelbett verstreut waren, und trug sie durch das Zimmer zum Schreibtisch. Er setzte sich, ergriff einen roten Filzstift und begann jede einzelne Kopie in der linken oberen Ecke zu markieren. Eins bis fünf.

Verdammt! Das war das Gesetz der Serie, nach dem er gesucht hatte, das Schema, von dem er wußte, daß es da war, weil ein Mann unter den richtigen Umständen einfach nicht anders handeln kann, als wieder die erste Methode anzuwenden, mit der er sich sein Vermögen aufgebaut hat. Und weil die Zeit die Probleme und die Belastungen kleiner erscheinen läßt, die jemand vor Jahrzehnten empfunden hat, besonders, wenn die Profite bleiben.

Die Nachrichten, die er vor drei Jahren aus Hanoi erhalten hatte, waren verwirrend, aber authentisch gewesen. Authentisch in der Hinsicht, auf die es ankam. Alles andere war verwirrend.

Ein Engländer verdiente sich eine Stange Geld, indem er Waffen und Munition nach Nordvietnam lieferte.

Keine große Sache. London hatte nichts gegen Handelsbeziehungen mit dem Ostblock, obwohl es eindeutige Regelungen für Kriegsmaterial gab. Aber der Engländer war während jenes verrückten halbherzigen Konflikts aktiv geworden, als die Leute in Hanoi *und* Moskau *und* Peking Produktionsprobleme hatten. Jeder, der über Mittel und Wege verfügte, um Kriegsmaterial in nordvietnamesische Häfen umzuleiten, konnte damit eine Menge Geld verdienen.

Und ein gewisser Lord Sidney Danforth hatte genau das getan.

Er kaufte in den Vereinigten Staaten, Westdeutschland und Frankreich und lief dann unter chilenischer Flagge scheinbar die Häfen der jungen afrikanischen Staaten an.

Nur daß die Schiffe Afrika nicht einmal aus der Ferne zu sehen bekamen. Sie änderten ihren Kurs in internationalen Pazifikgewässern, fuhren nach Norden, tankten auf russischen Inseln auf und dampften dann als regelrechte Handelsschiffe in südlicher Richtung nach Haiphong.

G-2 konnte nie beweisen, daß Danforth in die Sache verwickelt war, weil die kommunistischen Gelder direkt zu den chilenischen Firmen wanderten und Danforth sich im Hintergrund hielt. Und Washington hatte kein Interesse daran, einen Zwischenfall zu provozieren. Danforth hatte großen Einfluß im Außenministerium. Vietnam war es nicht wert.

Zwei Dinge waren MacKenzie aufgefallen – die chilenische Flagge und die afrikanischen Häfen. Das war eine Deckung, die schon einmal benutzt worden war. Vor dreißig Jahren. Während des Zweiten Weltkriegs.

In Abwehrkreisen war allgemein bekannt, daß gewisse südamerikanische Firmen, die von außen finanziert wurden, Anfang der vierziger Jahre der Achse mit ungeheuren Profiten Kriegsmaterial geliefert hatten. In jenen hektischen Kriegstagen waren die offiziellen Bestimmungsorte stets Kapstadt und Port Elizabeth gewesen, weil die Akten in diesen Häfen bestenfalls als chaotisch zu bezeichnen waren, gewöhnlich aber überhaupt nicht existierten. Dutzende von Schiffen, die eigentlich in Südafrika hätten anlegen sollen, änderten im Südatlantik den Kurs und fuhren ins Mittelmeer. Meistens nach Italien.

War es möglich, daß ein gewisser Lord Sidney Danforth die Operationen imitierte, die er vor drei Jahrzehnten durchgeführt hatte?

Wenn man sich in den siebziger Jahren ein paar Millionen aus dem großen Kuchen Südostasien herausschnitt, so war das *eine* Sache – aber es war etwas völlig anderes, ein Vermögen aus dem Holocaust herauszuschlagen, der den Mut des britischen Löwen auf die Probe stellte. Wegen solcher Machenschaften konnte man sehr leicht von der Gästeliste des Buckingham Palace gestrichen werden.

Der Hawk sagte sich, daß es an der Zeit war, ein transatlantisches Telefongespräch mit Lord Sidney Danforth zu führen, einem zweiundsiebzig Jahre alten, zum Ritter geschlagenen Magnaten der britischen Industrie. Und einem der wohlhabendsten Männer Englands.

Verdammt! Die Shepherd Company zog wirklich die interessantesten Investoren an Land.

11.

Der *Strand* war überfüllt. Es war kurz nach fünf, und die Legionen der Büroangestellten strebten nach Hause. Sam war mit der Fünfzehn-Uhr-Vierzig-Maschine aus Genf in Heathrow eingetroffen und hatte keine Sekunde vergeudet, um sich den entspannenden Komfort einer Suite im Savoy zu gönnen. Das brauchte er jetzt. Genf war ein Alptraum gewesen.

Er hatte begriffen, daß er eine sehr ausgeprägte Ignoranz weitervermitteln mußte, was die Zielsetzungen der Shepherd Company betraf, wobei er seinen Mangel an Wissen in profunde Hochachtung für die nicht benannten Geldgeber kleidete. Dies galt insbesondere für den Vorstandsvorsitzenden, der von tief empfundener religiöser Überzeugung motiviert war.

Zunächst beeindruckte seine Bescheidenheit die Genfer Bankiers. Mein Gott, zehn Millionen Dollar, und der die Transaktion überwachende Anwalt lächelte nur und äußerte freundliche Banalitäten, sperrte sich, wenn man Identitäten von ihm erfahren wollte, und nickte seelenvoll in religiöser Gesinnung, wenn die atemberaubende Summe erwähnt wurde. Also luden sie ihn zum Mittagessen ein, wobei es eine Menge Drinks, viel Augenzwinkern und Angebote von Schlafzimmergymnastik von unglaublicher Vielfalt gab. Schließlich war man in der Schweiz, und Geld war Geld, und man durfte dieses Geschäftsgebaren keineswegs irgendwie mit Jodeln und Edelweiß und Heidi in ihrer blütenweißen Wäsche verwechseln. Langsam gelangte Devereaux, während sich aus den vielen Lunches Dinners entwickelten, zu der Überzeugung, daß die Genfer Banker ihn entweder für den dümmsten Anwalt halten mußten, der je der amerikanischen Anwaltskammer beigetreten war, oder für den unplausibelsten geheimen Mittelsmann, der je ihre Grenzen überquert hatte.

Diese Scharade hielt er drei Tage und drei Nächte durch und hinterließ ein halbes Dutzend verwirrter Schweizer Bürgermeister in tränenerfüllter Enttäuschung über von ihm nicht erwiderte Vertraulichkeiten, dafür aber mit restlos überforderten Mägen, und ebensolchen Lebern, die an den branchenüblichen Schmiermitteln litten. Und die Belastung, der Sam sich ausgesetzt sah, war unerträglich. Er hatte den Punkt erreicht, wo er sich auf nichts anderes mehr konzentrieren konnte als auf sein eigenes starres, ausdrucksloses Lächeln und die notwendige Kontrolle über seine Ängste. Er war so mit sich selbst beschäftigt, daß er, als ihn der stellvertretende Vorstandsvorsitzende der Banque de Genève zum Flughafen brachte und ihn dort verabschiedete, lächelnd ›Danke‹ sagte, während sich der Banker über seinen Regenmantel übergab.

In seinem Bestreben, Genf so schnell wie möglich zu verlassen, hatte er sein Rasierzeug liegengelassen, was die Erklärung dafür bot, daß er sich jetzt in The Strand befand und nach einer Drogerie suchte. Er ging an eineinhalb Häuserblocks in südlicher Richtung, bis er sich gegenüber dem Hippodrome befand, und betrat dort den Laden Strand Chemists. Nachdem er seine Käufe getätigt hatte, kehrte er zum Hotel zurück, voller Vorfreude auf ein langes, warmes Bad, eine Rasur und ein gutes Abendessen im Savoy Grill.

»Major Devereaux!« Die Stimme klang enthusiastisch, amerikanisch und weiblich. Sie drang aus dem Taxi, das im Savoy Court anhielt.

Es war ›Abfallend, aber Argumentativ‹, die vierte Mrs. MacKenzie Hawkins, die reizende Dame namens Anne. Sie warf sich auf Sam, schlang die Arme um seinen Hals und drückte ihre Wange und verschiedene andere Körperteile gegen ihn.

Dann zog sie sich sofort zurück und murmelte etwas verlegen: »Tut mir schrecklich leid. Huh, das war wirklich ein bißchen aufdringlich. Bitte, verzeihen Sie mir. Es war nur so furchtbar nett, wieder einmal ein vertrautes Gesicht zu sehen.«

»Sie brauchen sich nicht zu entschuldigen«, erwiderte Sam und erinnerte sich daran, daß Anne ihm als die naivste und jüngste der vier Frauen erschienen war. Sie hatte immer wieder ›oh‹ gemacht, wenn er sich richtig erinnerte. »Wohnen Sie im Savoy?«

»Ja, ich bin gestern abend angekommen. Ich war noch nie in England. Also bin ich gestern den ganzen Tag *überall* herumgelaufen. Huh, meine Füße schreien richtig!« Sie öffnete ihren sehr teuren Wildledermantel und blickte mit gerunzelter Stirn auf ihre reizenden Beine, die unter ihrem kurzen Rock sehr deutlich zu sehen waren.

»Nun, dann sollten Sie sich möglichst schnell setzen. In der Bar, meine ich.«

»Ich kann es Ihnen gar nicht *sagen*! Es ist einfach *wonnig*, wenn man wieder einmal jemanden sieht, den man kennt.«

»Sind Sie allein hier?«

»O ja. Don, das ist mein Mann – mein jetziger – hat so viel mit seinen Restaurants und seinen Booten und all den anderen Dingen zu tun, daß er letzte Woche in Los Angeles zu mir sagte: ›Annie, Honey, warum verschwindest du nicht für eine Weile? Das wird ein anstrengender Monat.‹ Nun, ich dachte an Mexiko und Palm Springs und all die üblichen Plätze, und dann dachte ich mir, verdammt, Annie, du bist nie in London gewesen. Also bin ich einfach losgeflogen.« Sie nickte dem Türsteher des Savoy strahlend zu und fuhr, während Sam sie durch den Eingang in die Halle komplimentierte, fort: »Don dachte, ich sei verrückt. Ich meine, wen kenne ich denn schon in England? Aber ich wollte irgendwohin, wo nicht all die üblichen Gesichter herumhängen, irgendwohin wo es wirklich völlig anders ist.«

»Hoffentlich habe ich Ihnen das jetzt nicht verdorben.«

»Wie?«

»Nun, Sie sagten, ich sei ein vertrautes Gesicht . . .«

»Oh, du liebe Güte, nein! Ich habe ›vertraut‹ gesagt, aber das habe ich nicht so wörtlich gemeint. Ein einziger kleiner, kurzer Nachmittag bei Ginny ist doch nicht gleich *so* vertraut.«

»Jetzt verstehe ich. Die Bar ist dort oben.« Sam deutete mit einer Kopfbewegung auf die Treppe zur Linken, die in die American Bar des Savoy führte. Aber Anne blieb stehen und hielt immer noch seinen Arm fest.

»Major – meine Füße tun immer noch weh«, begann sie stockend, »und mein Hals auch, weil ich dauernd nach oben schauen mußte, und meine Schulter schmerzt von diesem verdammten Handtaschenriemen. Ich würde mich wirklich gern zuerst ein wenig ausruhen.«

»Oh, sicher«, antwortete Devereaux. »Wie gedankenlos von mir! Und wie dumm! Ich wollte mich ja auch gerade – äh – ein wenig zurechtmachen. Ich habe mein Rasierzeug in der Schweiz gelassen.« Er zeigte ihr die Tüte von Strand Chemists.

»Nun, das ist ja *wonnig*.«

»Ich rufe Sie in vielleicht einer Stunde an . . .«

»Warum denn? Haben Sie sich einmal diese Riesenbäder oben angesehen? Mann! Die sind größer als manche von Dons Damentoiletten. In den Restaurants, meine ich. Da ist eine Menge Platz. Und diese riesigen, kuscheligen Handtücher! Ich schwöre, die sind so groß wie eine Bettdecke.« Sie kniff ihn in den Arm und lächelte unschuldig.

»Nun, das wäre eine Lösung . . .«

»Die einzige. Kommen Sie schon, wir lassen uns ein paar Drinks kommen und machen es uns *wirklich* bequem.« Sie gingen zum Lift.

»Das ist sehr freundlich von Ihnen . . .«

»Freundlich, zum Teufel! Ginny hat uns erzählt, daß Sie

angerufen haben. Richtig *geprahlt* hat sie damit. Jetzt bin ich dran. Sie waren in Genf?«

Sam blieb stehen. »Ich sprach von der Schweiz ...«

»Ist das nicht Genf?«

Annes Suite lag ebenfalls auf der Themseseite, ebenfalls im fünften Stock und bequemerweise höchstens fünfzig Fuß weiter unten am Korridor, an dem seine Suite lag.

Schweiz. Ist das nicht Genf? Devereaux ging einiges durch den Sinn, aber er war zu erschöpft, um sich länger damit zu befassen. Und zum erstenmal seit Tagen viel zu entspannt, um sich von diesem Gedanken stören zu lassen.

Die Zimmer waren den seinen sehr ähnlich. Eine hohe Decke mit echtem Stuck, wunderschöne alte Möbel – poliert, zweckmäßig – Schreibtische und Tische und Bilder und Sessel und ein Sofa, dessen sich auch Parke-Bernet nicht hätte schämen müssen; Kaminsimsuhren und Lampen, weder festgenagelt noch mit Plastikkärtchen versehen, die auf den Eigentümer hinwiesen; hohe Fenster, flankiert von geradezu königlichen Vorhängen, die auf den Fluß mit den Lichtern der kleinen Boote hinausblickten, auf die Gebäude dahinter und ganz besonders die Waterloo-Brücke.

Er saß im Wohnzimmer, auf dem mit Kissen übersäten Sofa, hatte die Schuhe ausgezogen und hielt ein Glas mit einem reichlich bemessenen Drink in der Hand. Auf BBC I spielten die Londoner Philharmoniker ein Vivaldikonzert, und die Heizung erfüllte den ganzen Raum mit wohligem Behagen. Den Leuten, die es verdienen, widerfahren gute Dinge, dachte Sam.

Anne kam aus dem Badezimmer und blieb in der Tür stehen. Plötzlich blieb Devereaux' Glas auf dem Weg zu seinem Mund förmlich in der Luft hängen. Sie war mit irgend etwas Durchsichtigem bekleidet (wenn das der richtige Ausdruck war), das der Fantasie wenig Spielraum ließ, sie jedoch in vollem Maße provozierte. Unter dem weichen Stoff schwollen ihre abfallenden, aber argumentativen Brüste zu errötenden Spitzen. Ihr langes, hellbraunes Haar fiel locker und sinnlich über ihre Schultern und rahmte ihre außergewöhnlichen Vorzüge ein. Und unter dem dünnen Stoff zeichneten sich vielversprechend ihre Beine ab.

Ohne ein Wort zu sagen, hob sie die Hand und winkte ihn zu sich. Er stand vom Sofa auf und folgte ihr.

In dem riesigen gekachelten Badezimmer war die enorm große Savoywanne mit dampfendem Wasser gefüllt. Ein paar tausend Bläschen verströmten den Duft von Rosen und Frühling. Anne griff nach seiner Krawatte, löste sie, zog ihm dann das Hemd aus, zog den Gürtel aus den Schlaufen, öffnete seine Hosen und ließ sie zu Boden sinken. Er stieß sie selbst mit den Füßen von sich.

Sie legte die Hände an seine Hüften und zog seine Shorts herunter und kniete dabei nieder.

Er saß auf dem Rand der warmen Wanne, während sie seine Socken auszog. Und sie hielt seinen linken Arm fest, als er über die Wannenwand glitt und sein Körper unter dem dampfenden weißen Schaum verschwand.

Sie richtete sich auf, löste eine Schleife am Hals, und dann fiel das durchsichtige Etwas auf den flauschigen weißen Teppich.

Sie war einmalig, göttlich.

Und sie stieg zu Sam in die Wanne.

»Willst du zum Dinner hinuntergehen?« fragte das Mädchen unter der Decke.

»Sicher«, erwiderte Devereaux unter ebenderselben.

»Weißt du, daß wir über drei Stunden geschlafen haben? Es ist fast halb zehn.« Sie streckte sich. Sam sah ihr dabei zu. »Nach dem Essen wollen wir in eins dieser Pubs gehen.«

»Wenn du magst«, entgegnete Devereaux, der sie immer noch betrachtete, ohne den Kopf vom Kissen zu heben. Sie hatte sich jetzt aufgesetzt, und das Laken war ihr auf die Hüften gefallen. ›Abfallend, aber Argumentativ‹ waren eine Herausforderung für alles, was sie überblickten.

»Huch«, flüsterte Anne, fast ein wenig verlegen, während sie sich herumdrehte und auf Sam hinunterblickte, der kaum ihr Gesicht sehen konnte. »Jetzt bin ich schon wieder vorlaut.«

»Freundlich ist da ein besseres Wort. Ich bin auch freundlich.«

»Du weißt schon, wie ich es meine.« Sie beugte sich über ihn und küßte ihn auf beide Augen. »Vielleicht hast du andere Pläne und mußt irgend etwas tun oder so.«

»Alle Pläne sind völlig flexibel, nur der augenblicklichen Eingebung und dem Vergnügen unterworfen.«

»Das klingt aber sehr sexy.«

»Ich fühle mich auch sehr sexy.«

»Ich danke dir.«

»Ich danke *dir*.« Sam griff über ihren weichen, lieblichen Rücken hinweg und zog das Laken über sie beide.

Zehn Minuten später (entweder zehn Minuten oder einige Stunden, dachte Devereaux) trafen sie die Entscheidung: sie brauchten wirklich etwas zu essen, eingeleitet natürlich durch einen kurzen, rauchigen Traum von geeistem Whiskey, den sie im Wohnzimmer auf der mit Kissen belegten Couch zu sich nahmen. Unter zwei weichen, riesigen Badetüchern.

»Ich glaube, man nennt das ›sybaritisch‹.« Sam zog sich das Frottiertuch auf dem Schoß zurecht. BBC I spielte jetzt ein Noël Coward-Potpourri, und der Rauch ihrer Zigaretten mischte sich in das warme, orangerote Licht des offenen Kamins. Nur zwei Lampen waren eingeschaltet. Der Raum wirkte, als müßte man darin von tausend Balladen träumen.

»Sybaritisch klingt so selbstsüchtig«, meinte das Mädchen. »Wir teilen alles, das ist nicht selbstsüchtig.«

Sam sah sie an. Hawkins vierte Frau war nicht dumm. Wie, zum Teufel, machte er das? Wie war das alles gekommen? »So, wie wir das miteinander teilen, ist es sybaritisch, glaube mir.«

»Wenn du willst«, antwortete sie lächelnd und stellte ihr Glas auf den Tisch.

»Es ist nicht wichtig. Warum ziehen wir uns nicht an und gehen essen?«

»Gut. Ich brauche nur ein paar Sekunden.« Sie sah seinen fragenden Blick. »Nein, bestimmt. Ich trödle nicht stundenlang herum. Mac hat einmal gesagt ...« Sie hielt verlegen inne.

»Schon gut«, murmelte er sanft. »Ich würde es wirklich gern hören.«

»Nun, er hat einmal gesagt, wenn man versucht, das Äußere zu sehr zu verändern, dann bringt man das Innere durcheinander, das geht gar nicht anders. Und das sollte man nicht tun, wenn es nicht einen wirklich guten Grund dafür gibt. Oder wenn man sich selbst gar nicht mag.« Sie schwang die Beine von der Couch und stand auf, hielt sich das Handtuch um den Leib. »Zum einen sehe ich keinen Grund dafür, und zum zweiten mag ich mich irgendwie. Das hat mir Mac auch beigebracht. Ich mag *uns*.«

»Ich auch«, sagte Devereaux. »Wenn du fertig bist, gehen wir in mein Zimmer, und dann ziehe ich mich um.«

»Gut. Ich werde dir das Hemd zuknöpfen und dir die Krawatte binden.« Sie grinste und rannte ins Schlafzimmer. Devereaux stand auf, nackt, warf das lange Handtuch über seine Schulter und ging zum Sideboard, wo auf einem silbernen Tablett eine Bar aufgebaut war. Er goß sich einen Scotch ein und dachte über Mac Hawkins' Philosophie nach.

Wenn man das Äußere zu sehr verändert – dann bringt man das Innere durcheinander.

Eigentlich war das gar nicht so übel.

Das kleine weiße Lämpchen leuchtete zwischen den roten und grünen Birnen auf dem Brett neben Devereaux' Tür. Sam und das Mädchen sahen es gleichzeitig, als sie den Korridor herunterkamen und sich seiner Suite näherten. Das war das Zeichen, daß den Gast an der Rezeption eine Nachricht erwartete. Devereaux fluchte halblaut.

Verdammt! Genf war also doch nicht so schnell ausgelöscht worden. Oder so vollkommen. Hawkins könnte ihn doch wenigstens einmal ordentlich schlafen lassen!

»Heute nachmittag hat auch eines dieser Lichter für mich gebrannt«, sagte Anne. »Ich kam gerade zurück, um die

Schuhe zu wechseln. Das bedeutet, daß du einen Telefonanruf bekommen hast.«

»Oder eine Nachricht.«

»Bei mir war es ein Anruf. Von Don in Santa Monica. Ich habe ihn schließlich erreicht. Weißt du, es war erst acht Uhr früh in Kalifornien.«

»Nett von ihm, daß er zum Telefonieren aufgestanden ist.«

»So ist es nicht. Meinem Mann gehören zwei Dinge in Santa Monica – ein Restaurant und ein Mädchen. Das Restaurant ist um acht Uhr früh nicht geöffnet – sei mir nicht böse, wenn das ordinär klingt. Ich glaube, Don wollte sich nur überzeugen, daß ich wirklich siebentausend Meilen entfernt war.« Anne lächelte ihm naiv zu. Er wußte nicht recht, wie er reagieren sollte, wenn man alles in Betracht zog.

»Eine mühsame Methode, um – nun, um nachzuprüfen ...« Sam knipste das Licht in seinem Vorraum an. Dahinter waren die Wohnzimmerlampen eingeschaltet, so wie er sie vor fünf Stunden verlassen hatte.

»Mein Mann leidet an einer Geisteskrankheit, die für Männer mit billigen Affären typisch ist. Du bist als Anwalt sicher damit vertraut. Er hat einen regelrechten Verfolgungswahn, daß man ihn erwischen könnte. Versteh mich richtig – es geht ihm nicht um die Moral. Wenn er voll ist, gibt er sogar damit an. Aber er hat eine Höllenangst, irgendein Gericht könnte ihm einmal Unsummen abknöpfen, falls ich aussteigen möchte.«

Sie gingen in sein Wohnzimmer. Er wollte etwas sagen – aber wenn er auch diesmal alles in Betracht zog, so wußte er nicht recht, was. Er entschied sich für eine ungefährliche Banalität. »Ich glaube, der Mann ist nicht bei Trost.«

»Du bist süß, aber das hättest du nicht sagen müssen. Andererseits ist das wahrscheinlich das einzige, was du sagen *konntest* ...«

»Suchen wir uns ein anderes Thema«, unterbrach er sie schnell und wies auf die Couch und den niedrigen Tisch davor, mit den Zeitungen, die das Savoy geliefert hatte. »Setz dich, ich bin gleich wieder da. Ich hab's nicht vergessen. Du knöpfst mir das Hemd zu und bindest mir den Schlips.« Sam ging zur Schlafzimmertür.

»Wirst du nicht unten anrufen?«

»Das hat Zeit«, antwortete er aus dem Schlafzimmer. »Ich habe nicht die Absicht, mich von irgend jemandem bei einem ruhigen Dinner stören zu lassen. Außerdem möchte ich dir noch ein oder zwei Pubs zeigen, falls die dann noch offen sind.«

»Du solltest wirklich rauskriegen, wer dich erreichen will. Es könnte wichtig sein.«

»*Du* bist wichtig!« schrie Sam und nahm einen beigefarbenen Jerseyanzug aus seinem Koffer.

»Es könnte sehr wichtig sein«, meinte das Mädchen im Wohnzimmer.

»*Du bist sehr wichtig*«, erwiderte er und wählte ein rotgestreiftes Hemd aus der nächsten Schicht von Kleidungsstücken.

»Ich bringe es *nie* fertig, ein Telefon nicht abzunehmen oder mich zu erkundigen, ob jemand angerufen hat, oder zurückzurufen – selbst wenn ich den Namen noch nie gehört habe.«

»Du bist kein Anwalt. Hast du je versucht, einen Anwalt am Tag, nachdem du ihn beauftragt hast, zu erreichen? Seine Sekretärin ist darauf gedrillt, mit vollendeter Überzeugung zu lügen.«

»Warum?« Anne stand jetzt in der Schlafzimmertür.

»Nun, schließlich hat er dein Geld und ist hinter dem nächsten Vorschuß her. Dein Fall führt vermutlich zu einem Briefwechsel mit dem Anwalt der Gegenseite, auch ohne zusätzliche Erklärungen. Er will keine Komplikationen.«

Anne ging zu ihm, während er in das rotgestreifte Hemd schlüpfte. Sie begann es nonchalant zuzuknöpfen. »Du bist ein ganz kühler Kunde. Da bist du hier in einem fremden Land . . .«

»So fremd ist es mir gar nicht«, unterbrach er sie lächelnd. »Ich war schon mal hier. Ich bin dein Fremdenführer, das darfst du nicht vergessen.«

»Aber du bist gerade von Genf gekommen, wo es dir offensichtlich nicht besonders gut ergangen ist ...«

»Nicht so schlecht. Ich hab's überlebt.«

»Und jetzt versucht jemand verzweifelt, dich zu finden.«

»Was heißt verzweifelt? Ich kenne niemanden, der so verzweifelt ist.«

»Herrgott!« Anne zerrte an seinem Kragen, während sie ihn zuknöpfte. »So etwas macht mich nervös!«

»Warum?«

»Ich fühle mich verantwortlich!«

»Das solltest du nicht.« Devereaux war fasziniert. Sie wirkte jetzt sehr ernst. Er fragte sich ...

Das Telefon klingelte.

»Hallo?«

»Mr. Samuel Devereaux?« fragte die präzise Stimme eines männlichen Briten.

»Ja, hier ist Sam Devereaux.«

»Ich habe auf Ihren Anruf gewartet ...«

»Ich bin gerade angekommen«, fiel Sam ihm ins Wort. »Ich habe mich noch gar nicht nach Anrufen erkundigt. Wer spricht?«

»Im Augenblick nur eine Telefonnummer.«

Devereaux machte eine kurze Pause und entgegnete dann verärgert: »Dann sollte ich Ihnen sagen, daß Sie die ganze Nacht gewartet hätten. Ich erwidere keine Anrufe, wenn man mir nur eine Telefonnummer nennt.«

»Kommen Sie schon, Sir! Sie erwarten doch keinen anderen wichtigen Anruf.«

»Das ist ein wenig anmaßend, finde ich ...«

»Sie können finden, was Sie wollen, Sir! Ich habe es sehr eilig und bin recht verstimmt über Sie. Wo wollen Sie sich jetzt mit mir treffen?«

»Ich weiß nicht, ob ich das will. Ziehen Sie Leine, Basil, oder wie zum Teufel Sie sonst heißen.«

Diesmal entstand am anderen Ende der Leitung eine

Pause. Sam konnte schwere Atemzüge hören. Und dann sprach die Telefonnummer wieder. »Um Himmels willen, haben Sie Mitleid mit einem alten Mann! Ich habe Ihnen nichts zuleide getan.«

Plötzlich war Sam gerührt. Die Stimme klang so, als wäre der Mann verzweifelt. Er erinnerte sich an das letzte Gespräch mit Hawkins. »Sind Sie . . .«

»Keine *Namen, bitte*!«

»Okay, keine Namen. Sind Sie zu erkennen?«

»Allerdings. Ich dachte, das wüßten Sie.«

»Das wußte ich nicht. Also treffen wir uns irgendwo außerhalb.«

»Natürlich. Ich dachte, das wüßten Sie ebenfalls.«

»Hören Sie auf, das zu sagen!« Devereaux wußte nicht, wer ihn in größere Wut versetzte – Hawkins oder der Engländer am Telefon. »Dann sollten Sie besser den Ort wählen, sofern Sie nicht ins Savoy kommen wollen.«

»Unmöglich! Das ist sehr freundlich von Ihnen. Ich habe einige Apartmenthäuser in Belgravia. Eines davon ist das Empire Arms. Kennen Sie es?«

»Ich kann es finden.«

»Gut. Ich werde dort sein. Apartment vier sieben. Ich brauche eine Stunde, um nach London zu kommen.«

»Sie brauchen sich nicht zu beeilen. Ich will mich nicht in einer Stunde mit Ihnen treffen.«

»Oh? Wann dann?«

»Wann schließen denn heutzutage die Pubs?«

»Um Mitternacht. In einer knappen Stunde.«

»Scheiße.«

»Wie, bitte?«

»Wir sehen uns um ein Uhr.«

»Ausgezeichnet. Ich werde den Türhüter im Empire verständigen. Und denken Sie daran – keine Namen! Einfach Apartment vier sieben.«

»Vier sieben.«

»Und, Devereaux, bringen Sie die Papiere mit.«

»Welche Papiere?«

Diesmal dauerte die Pause länger, und der Atem des Engländers ging noch schwerer. »Diesen verdammten Vertrag, Sie *Esel!*«

Anne akzeptierte nicht nur die Tatsache, daß sie sich beim Dinner beeilen mußten und daß er sein Hotel verlassen würde, sondern das schien sie sogar zu entzücken.

Sam wunderte sich immer weniger. *Warum* das so war, blieb ihm schleierhaft, aber das *Was* wurde immer klarer. Er versprach, nach seiner Rückkehr noch einen Schlummertrunk mit ihr zusammen einzunehmen. Wann, war unwichtig, sagte Anne und gab ihm einen Schlüssel.

Das Taxi hielt am Randstein vor dem Empire Arms. Als Sam das Apartment vier sieben erwähnte, wurde er von einem livrierten Türsteher auf einem komplizierten Weg durch einen Dienstboteneingang, über eine kurze Hintertreppe, einen Lastenaufzug und schließlich zum Lieferanteneingang der Wohnung geführt.

Ein finster blickender Mann mit einem Akzent aus dem Norden Englands verlangte eine Identifizierung und führte Sam dann durch eine Speisekammer, ein großes Wohnzimmer, eine Halle und schließlich in eine kleine, schwach beleuchtete Bibliothek, wo ein ziemlich häßlicher, kleiner alter Mann am Fenster saß – im Halbdunkel. Die Tür schloß sich. Devereaux stand da und paßte seine Augen dem schwachen Licht und dem unattraktiven Alten im Armsessel an.

»Mr. Devereaux – natürlich«, sagte der verrunzelte alte Mann.

»Ja. Sie müssen der Danforth sein, von dem Hawkins gesprochen hat.«

»Lord Sidney Danforth.« Der häßliche kleine Mann spie die häßlichen Worte aus, und dann wurde seine Stimme plötzlich süß wie Sirup. »Ich weiß nicht, wie Ihr Auftraggeber sich das zusammengereimt hat, was er sich zusammengereimt hat. Und ich gebe auch nichts zu. Das ist alles so lächerlich. Und so lange her. Nichtsdestoweniger bin ich ein guter Mann, ein wohltätiger Mann. Wahrhaftig ein *wunderbarer* Mann. Geben Sie mir die verdammten Papiere!«

»Was?«

»Den Vertrag, Sie unerträglicher Bastard!«

Leicht benommen griff Sam in seine Brusttasche, in der eine zusammengefaltete Kopie vom Partnerschaftsvertrag der Shepherd Company steckte. Er ging zu dem häßlichen kleinen Mann und reichte ihm die Papiere. Danforth klappte irgendwo aus der Armlehne seines Sessels so etwas wie eine Schreibtischplatte heraus und knipste oben an einem Regal eine Lampe an. Er fing zu lesen an.

»Schön«, sagte er keuchend und blätterte in den Papieren. »Die besagen absolut *nichts*!« Der kleine Brite griff nach einem Füllhalter und begann die leeren Stellen auszufüllen. Als er fertig war, faltete er die Papiere wieder zusammen und gab sie Devereaux angeekelt zurück. »Und jetzt hinaus! Ich bin ein wunderbarer Mann, großzügig – ein bescheidener Multimillionär, den jeder anbetet. Ich habe die außergewöhnlichen Ehren, mit denen man meine Person überhäuft hat, reichlich verdient. Das weiß jeder. Und niemand – ich wiederhole, *niemand* – könnte mich auch nur im entferntesten mit einem solchen Wahnsinn in Verbindung bringen! Ich verbreite nur die Gesinnung der Brüderschaft unter den Menschen – verstehen Sie mich? Die *Brüderschaft*, sage ich!«

»Ich verstehe gar nichts«, sagte Sam.

»Ich auch nicht«, erwiderte Danforth. »Die Überweisung wird auf den Cayman-Inseln stattfinden. Die Bank ist eingetragen, und die zehn Millionen werden binnen achtundvierzig Stunden übermittelt werden. Dann bin ich mit Ihnen fertig!«

»Die Cayman-Inseln?«

»Die sind in der Karibik, Sie Esel!«

12.

Als er den Korridor des Savoy hinunterging, konnte er das weiße Lämpchen schon fünfzehn Meter vor seiner Tür leuchten sehen. Er brauchte gar nicht näher heranzugehen, um zu wissen, daß es seine Tür war. Und dem Licht aus dem Weg zu gehen – das war ein zweiter, sehr guter Grund, Annes Suite aufzusuchen.

»Wenn das nicht du bist, Sam, dann habe ich Probleme!« rief sie aus dem Schlafzimmer.

»Ich bin es. Deine Probleme sind sehr angenehm.«

»Dann mag ich sie.«

Devereaux betrat das große Schlafzimmer mit den Fenstern, die auf den Fluß hinausblickten. Anne saß im Bett und las im Licht ihrer Tischlampe ein Taschenbuch mit buntem Umschlag. »Was ist das?« fragte er. »Das wirkt sehr eindrucksvoll.«

»Eine wunderbare Geschichte von den Frauen Heinrichs des Achten. Ich habe es heute morgen am Tower gekauft. Dieser Mann war ein Ungeheuer!«

»Das war er in Wirklichkeit nicht. Die meisten seiner Probleme waren geopolitischer Art.«

»Ich dachte immer, sie hätten unter seiner Gürtellinie gelegen!«

»Das ist historisch genauer, als du vielleicht glaubst. Wie wäre es mit einem Drink?«

»Zuerst mußt du telefonieren. Das habe ich versprochen. Ich habe gesagt, du würdest das als allererstes tun, sobald du wieder da bist.«

Das Mädchen blätterte gelassen eine Seite um. Sam war nicht nur erstaunt, sondern auch neugierig. »Was hast du gesagt?«

»MacKenzie hat angerufen. Aus Washington.« Wieder blätterte sie.

»MacKenzie?« Devereaux konnte nicht anders – er brüllte. »Einfach so – *MacKenzie hat angerufen!* Und du sitzt da, als hätte sich der Zimmerservice gemeldet, und sagst mir, MacKenzie hätte angerufen. Woher weißt *du* denn, daß er angerufen hat? Hat er *dich* angerufen?«

»Sam, reg dich doch nicht so auf.« Eiskalt blätterte sie wieder um. »Es ist ja nicht so, daß ich ihn nicht kennen würde, ich meine, nach allem ...«

»O nein! Erspar mir die Vergleiche! Ich möchte ja nur wissen, was das für ein verrückter Zufall ist, daß du siebentausend Meilen von zu Hause einen Telefonanruf eines Exehemannes entgegennimmst, der *mich* anruft – dreitausend Meilen von New York ...«

»Wenn du dich beruhigst, sage ich es dir. Wenn nicht, lese ich weiter.«

Devereaux dachte sehnsüchtig daran, wie gern er jetzt einen Drink gehabt hätte, unterdrückte aber seinen Zorn und entgegnete leise: »Ich bin ganz ruhig und würde wirklich gern hören, was du zu sagen hast.«

Anne legte das Buch beiseite und blickte zu ihm auf. »Zunächst einmal war Mac genauso aufgeregt wie du, als ich mich meldete.«

»Wie kam es denn, daß du dich gemeldet hast?«

»Weil ich mir Sorgen machte.«

»Das erklärt den Grund, aber nicht, wie es dazu kam.«

»Wenn du dich erinnerst – und das wirst du, wenn du dir Mühe gibst – dann hast du mich am Tisch unten verlassen. Du warst spät dran, und ich habe darauf bestanden. Ich sagte, ich würde dir die Rechnung abzeichnen und dann hinaufgehen. Stimmt das?«

»Ja, ich bin dir das Dinner noch schuldig.«

»Ein netter junger Mann im Frack mit einer weißen Krawatte kam an den Tisch und sagte, da sei ein Überseegespräch für dich. Sind die eigentlich immer so herausgeputzt?«

»Das ist im Savoy so Sitte. Was hast du gesagt?«

»Daß du erst sehr spät zurückkommen würdest. Ich wüßte nicht genau, wann. Er schien sich schrecklich aufzuregen, und da fragte ich ihn, ob ich ihm behilflich sein könnte. Er sagte, ein General Hawkins aus Washington wäre am Apparat, und ich glaube, der Rang und die Stadt haben ihn nervös gemacht. Mac tut das immer. Auf diese Weise kurbelt er am Telefon den Service an. Also sagte ich ihm, er soll sich keine Sorgen machen, ich würde mit dem alten Furz reden. Das schien ihm zu gefallen.« Anne wandte sich wieder ihrem Buch zu. »Und jetzt ruf ihn an. Die Nummer findest du auf dem Schreibtisch im anderen Zimmer. Sie liegt auch auf dem Schreibtisch bei dir und unten auch. Ich fühle mich sehr geschmeichelt, weil du sie zuerst hier bekommen hast.«

Es war möglich, überlegte Sam, unwahrscheinlich, aber immerhin im Rahmen des Möglichen, so wie gewisse Radiowellen auf die Möglichkeit zusätzlicher Zivilisation in der Milchstraße hindeuteten. »Was hat Hawkins gesagt? Wieso war er aufgeregt?«

»Oh, vermutlich, weil ich *hier* bin«, sagte Anne und blickte widerstrebend von ihrem Buch auf. »Er fing an zu fluchen und zu schreien und Befehle zu erteilen. Ich sagte, ›Mac, wasch dir den Mund mit brauner Seife aus!‹ Das habe ich immer zu ihm gesagt. Ich meine, er hat Ausdrücke gebraucht, die wir in Belle Isle vermeiden. Jedenfalls beruhigte er sich und fing an zu lachen.« Ihre Augen wanderten nach oben, blickten ins Leere. Sie erinnerte sich an etwas, dachte Sam, und das sind keineswegs kühle Erinnerungen. »Er fragte mich, ob ich den komischen Gigolokellner schon los bin – so nennt er Don – und wenn nicht, *warum* nicht. Und daß du ein so netter Bursche wärst. Weißt du, Mac hält eine ganze Menge von dir. Jedenfalls ist es sehr wichtig, daß du ihn zurückrufst. Ich sagte, es würde schrecklich spät werden, vielleicht drei Uhr früh. Aber er sagte, das sei schon in Ordnung. In Washington würde es ja nur zehn Uhr sein.«

»Hat es nicht bis morgen Zeit?«

»Nein. Für Mac ist es offenbar sehr wichtig. Er sagte, wenn du daran dächtest, es aufzuschieben, sollte ich dir sagen, es hätte etwas mit einem italienischen Herrn zu tun, der sich nach dir erkundigt hätte.«

»Hat er erwähnt, daß der Mann Bestattungsunternehmer ist?«

»Nein. Aber ich glaube wirklich, du solltest ihn anrufen. Wenn du ungestört sein willst, kannst du ja das Telefon im anderen Zimmer benutzen.«

»Verdammt noch mal, Junge! Ist das nicht eine kleine Welt! Da sind Sie auf der anderen Seite der Erdkugel, und auf wen stoßen Sie – die kleine alte Annie. Nicht daß sie alt wäre, verstehen Sie ...«

»Ich verstehe«, fiel Sam dem Hawk ins Wort, »daß Sie mir Grüße von Dellacroce ausrichten wollen. Was haben Sie denn Ihrem tiefreligiösen Freund erzählt? Daß ich Jesus ans Kreuz geschlagen habe?«

»Verdammt, nein. Das war nur ein kleiner Stupser für den Fall, daß Sie zögern sollten, meinen Anruf zu erwidern. Ich habe nicht einmal mit Dellacroce gesprochen. Ich glaube nicht, daß ihm der Sinn nach weiteren Gesprächen steht. Ist Ihnen jetzt wohler?«

Devereaux zündete sich eine Zigarette an. Das half ihm, das leichte Stechen im Bereich seines Magens etwas zu verdrängen. »Ich will Ihnen die Wahrheit sagen, Mac. Es macht mich einfach nervös, daß Sie mich überhaupt angerufen haben. Das bringt mich auf den Gedanken, daß sie jetzt gleich etwas sagen werden, das mich weder Boston noch meiner Mutter noch meinem richtigen Arbeitgeber Aaron Pinkus näherbringt.«

MacKenzie Hawkins stieß einige glucksende Laute aus. »Sie sind ein sehr argwöhnischer Mensch. Das muß der Anwalt in Ihnen sein. Wie ist es mit Danforth gelaufen?«

»Der ist verrückt. Aber die Papiere hat er unterschrieben. Der hat zehn Millionen ausgespuckt, aus Gründen, die ich nicht einmal ahnen kann. Die Bank ist auf den Cayman-Inseln, und das ist wahrscheinlich auch der Grund für Ihren Anruf.«

»Glauben Sie, ich würde Sie auffordern, zu den Caymans zu fliegen? Das ist mir durch den Kopf gegangen. Aber das würde ich nie tun. Die Caymans machen keinen Spaß. Nur winzige, kleine, heiße Flecken mit einer Menge Banken und beschissenen Bankern. Die versuchen, eine zweite Schweiz daraus zu machen ... Nein, ich werde selbst hinfliegen und das erledigen. Und Ihr Konto ist um weitere zehn Riesen gewachsen. Ich dachte, Sie würden das gern wissen.«

»Mac!« Devereaux spürte einen Stich im Magen. »Das *können* Sie nicht tun!«

»Ist doch ganz einfach, Junge. Man braucht den Bankscheck nur auszustellen. Nur zur Verrechnung.«

»So habe ich es nicht gemeint. Sie haben nicht das *Recht*, Geld auf mein Konto zu überweisen.«

»Die Bank hatte keine Einwände ...«

»Die Bank würde nie Einwände haben! *Ich* habe Einwände! Ich! Herrgott, begreifen Sie denn nicht? Das bedeutet, daß Sie mich bezahlen!«

»Den zehnten Teil eines Prozents? Verdammt noch mal, Junge, damit betrüge ich Sie!«

»Ich *will* nicht bezahlt werden! Ich will nichts mit Ihrem Geld zu tun haben! Das macht mich zum *Mittäter*!«

»Davon weiß ich nichts, aber es ist doch sicher nicht richtig, daß ein Mensch die Zeit und die Talente eines anderen Menschen nutzt und dafür nichts bezahlt.« Hawkins' Stimme klang wie die eines ruhigen Evangelisten.

»Oh, halten Sie den Mund, Sie Hundesohn!« erwiderte Devereaux, der die Unvermeidlichkeit der Niederlage erkannt hatte. »Abgesehen von Danforth, weshalb haben Sie mich angerufen?«

»Nun, wenn Sie es schon erwähnen – es gibt da einen Typ in Westberlin, mit dem Sie reden sollten ...«, begann der Hawk.

»Warten Sie – sagen Sie es mir nicht sofort«, unterbrach Sam ihn müde. »Die Flugtickets und die Hotelreservierungen werden am Empfang des Savoy bereitliegen, ehe ich Rührei mit Speck sagen kann.«

»Bis morgen jedenfalls.«

»Okay, Mac, ich merke es selber, wenn ich erledigt bin.«

Er geriet immer tiefer hinein. Irgendwie, irgendwann, dachte Sam, würde er sich mit Gewalt aus diesem Schlamassel herausreißen müssen.

MacKenzie schrieb den Betrag in Ziffern auf.

$ 20 000 000, –

Dann schrieb er sie in Worten.

Zwanzig Millionen Dollar.

Seltsam, aber eigentlich hatte die Zahl überhaupt keine Wirkung auf ihn. Sie war einfach ein Mittel zum Zweck, sonst nichts. Obwohl es ihm in den Sinn gekommen war, das Ganze einen Glückstag zu nennen, sein Geld einzupacken und sich in den Süden Frankreichs zurückzuziehen. Aber das kam nicht in Frage. Das war es auch gar nicht, worum es ging. Das Geld war sowohl ein Mittel zum Zweck als auch ein Nebenprodukt und in seiner Art eine legitime Art der Strafe. Die zwei Gauner hatten es nicht anders verdient.

Aber die Zeit begann knapp zu werden. Er durfte sich nicht ablenken lassen. Noch ein paar Monate, dann würde es Sommer sein. Es gab ungeheuer viel zu tun. Die Auswahl und die Ausbildung des Hilfspersonals würde viel Zeit in Anspruch nehmen. Dann mußte er den Manöverplatz mieten und ausstatten, das würde schwierig sein. Insbesondere, wenn es darum ging, unter der Hand Ausrüstungsmaterial zu kaufen.

Die Manöver selbst würden mehrere Wochen beanspruchen. Wenn man alles bedachte, gab es sehr viel in kurzer Zeit zu bewerkstelligen. Und deshalb war die Versuchung groß, die ursprüngliche Strategie aufzugeben und mit nur einem Teil des vorgesehenen Kapitals anzufangen. Aber das wäre falsch, soviel stand fest. Er hatte die Zahl auf vierzig Millionen festgesetzt, nicht nur wegen der numerischen Symmetrie zu den vierhundert Millionen (obwohl das auf dem Partnerschaftsvertrag, auf den freien Stellen, die er ausgefüllt hatte, sehr proper aussah), sondern weil vierzig Millionen *alles* umfaßten, auch extreme Notfälle.

Sonst auch unter der Bezeichnung Evakuierung des Stützpunkts bekannt.

Es würden vierzig Millionen sein müssen. Jetzt war es an der Zeit, den dritten Investor ins Spiel zu bringen.

Heinrich König, Berlin.

Mit Herrn König war es nicht leicht gewesen. Sidney Danforth in Chile hatte den modus operandi überstrapaziert. Angelo Dellacroce war in bezug auf seine Zahlungen im Mittelmeerraum schlampig gewesen und hatte einen zu aufwendigen Lebenswandel gepflegt. Heinrich König hingegen hatte keine offenkundigen Fehler gemacht und in einem friedlichen Landstädtchen zwanzig Meilen von Berlin entfernt, das ruhige Leben eines Landedelmannes geführt.

Aber vor zweiundzwanzig Jahren hatte König ein ungeheuer gefährliches Spiel gespielt, auf brillante Art. Ein Spiel, das ihm nicht nur ein Vermögen eingetragen, sondern auch die Finanzierung und letztlich den Erfolg seiner verschiedenen geschäftlichen Unternehmungen gesichert hatte.

Auf dem Höhepunkt des kalten Krieges war König Doppelagent und Erpresser gewesen. Zunächst hatte er insgeheim Informationen über Agenten an beide Seiten weitergegeben und dann von Leuten, die eine Desavouierung fürchteten, Bargeld erpreßt, das aus den gegnerischen Abwehrkanälen kam. Bald lieferten ihm Dutzende von Ländern, die von dem wirtschaftlichen Wohlwollen der beiden Supermächte abhängig waren, exklusive internationale Steuervorteile für seine neuen Firmen. Am Ende zwang er Washington, London, Berlin, Bonn und Moskau mit der Eleganz eines Mephisto Erklärungen abzugeben, die seine Firmen von den gesetzlichen Vorschriften befreiten, die für andere Industrien galten. König schaffte dies, indem er jeder Seite erklärte, er würde andernfalls die jeweilige Gegenseite von den bisherigen Aktivitäten der ersteren verständigen.

Und dann trat König, zur großen Erleichterung vieler Regierungen, in den Ruhestand. Er hatte sein Imperium auf den niedergetrampelten Körpern – tot oder gelähmt – der halben bürokratischen und industriellen Bevölkerung Europas und Amerikas aufgebaut. Er war unberührbar geblieben, und dies wegen des sehr realen Schreckens von kettenreaktionsähnlichen Repressalien. Welcher Bürokrat, welcher Untersekretär, welcher Minister oder Staatsmann (in der Tat, welcher Regierungsschef) würde schon den Zugang zu den Schrecken der Büchse Pandoras zulassen? Und so blieb König in seinem Ruhestand ebenso sicher wie während seiner glücklichen Tage heftiger Aktivität. Die Angst war der Knüppel, den König schwang.

Aber es gab weder Angst noch Knüppel, wenn ein Mann sich nicht um Reaktionen oder Repressalien scherte – ob sie nun von Regierungen, Industrien oder aus dem internationalen Bereich kamen. Und das war natürlich Hawkins' Waffe. Es gab nämlich eine internationale Armee der Opfer, die schnell in Marsch zu setzen war, wenn sie nur sicher sein konnte, dies ungestraft tun zu können. Wenn jeder erkannte, daß die Sünden seiner Vergangenheit allen anderen bekannt waren. Völlige Bloßstellung – das war die Drohung, mit der Mac arbeitete.

König würde ohne Zweifel die Logik dieser Methode erkennen. Das Fehlen dieser Logik war es gewesen, das ihm sein Vermögen garantiert hatte. Er konnte sich vorstellen, welche Auswirkungen ein paar hundert ausführliche Telegramme haben würden, die gleichzeitig an einige hundert Machthaber in der ganzen Welt abgesandt würden. O ja. König würde überzeugt sein, sobald man ein Sperrfeuer von Namen, Daten und Aktivitäten vor ihm herunterklapperte. MacKenzie nahm die Fotokopien, sorgte dafür, daß die einzelnen Stapel in der richtigen Reihenfolge blieben, und trug sie zu dem niedrigen Tischchen vor der Couch. Er setzte sich und begann, mit Rotstift auf jeder Seite zwei oder drei Spalten anzustreichen.

Alles lief wunderschön. Er brauchte nur seine Fähigkeiten und die logistischen Möglichkeiten realistisch einzuschätzen, die ihm zur Verfügung standen, und zur Wirkung zu bringen. Es galt einfach, Inventur zu machen. Er ging mit den Kopien zum Schreibtisch und ordnete die Papiere sorgfältig vor dem Telefon. Er war bereit, ruhig und leidenschaftslos eine Liste internationaler Verfehlungen vorzutragen, die selbst einem Dschingis Khan die Schamesröte ins Gesicht treiben würde.

Heinrich König würde sich von zehn Millionen Dollar trennen.

Mit Augen, die von der Erschöpfung schwarz gerändert waren, ging Devereaux am Berliner Tempelhof-Flughafen durch den Zoll, voll und ganz darauf vorbereitet, daß der wichtigtuerisch knurrende Neonazi, der sich seine Papiere und das Gepäck ansah, ihm einen Stempel auf die Stirn drückte. Herrgott, dachte er, man brauchte einem Deutschen bloß einen Stempel zu geben, und schon drehte er durch.

Einmal starrte er verblüfft den Inhalt seines eigenen Koffers an. Alles war sorgfältig zusammengefaltet und geordnet, so als hätte Bergdorf Goodman ihm beim Packen geholfen, und er packte seine Koffer einfach nicht so. Dann erinnerte er sich wie im Nebel, daß Anne alles erledigt hatte. Sie hatte nicht nur für ihn gepackt, sondern ihn sogar zur Kasse begleitet und ihm geholfen, seine Rechnung zu begleichen. Alles das hatte sie getan, überlegte Sam, weil er einfach nicht in dem Zustand gewesen war, um es selbst zu tun. Das Wahnsinnige seiner Lage hatte ihn zu einer Schlacht gegen eine Flasche Scotch veranlaßt. Und er hatte die Schlacht verloren. Das einzige, woran er sich erinnerte, war der Auftrag, daß er den verdammten Partnerschaftsvertrag an Hawkins zur Post bringen mußte.

Das Kempinski-Hotel in Berlin war gleichsam die teutonische Version des alten Sherry Netherland in New York, nur mit einer etwas gröber wirkenden Einrichtung. Die schwellenden Sessel in der Halle schienen eher aus Beton gegossen als aus Leder gefertigt zu sein. Dennoch schrie es nach Geld, poliertem Holz und schrecklich korrekten Angestellten, von denen Sam wußte, daß sie ihn und seine schwächliche Demokratenseele haßten.

Am Empfang wurde er effizient und schnell abgehakt. Ein unfreundlich wirkender, alternder SS-Oberführer geleitete ihn zu seinem Zimmer, wobei der Mann seinen Koffer behandelte, als enthielte er koscheres Essen. Sobald sie die Suite betreten hatten (sie war riesig – Mac Hawkins ließ ihn wirklich Erster Klasse reisen), ließ der Oberführer in den verschiedenen Räumen die Jalousien hochrattern und strahlte dabei die Autorität eines Mannes aus, der es gewöhnt war, einem Erschießungskommando Befehle zu erteilen. Devereaux, der um sein Leben fürchtete, gab ihm ein viel zu reichliches Trinkgeld, führte ihn zur Tür, als wäre er ein diplomatischer Gast, und verabschiedete sich mit einem wohlerzogenen ›Auf Wiedersehen‹.

Er öffnete seinen Koffer. Anne war darauf bedacht gewesen, ihm eine Flasche Scotch in ein Savoyhandtuch einzuwickeln. Wenn es je eine Zeit gab, das Unverdauliche in sich aufzunehmen, so war sie jetzt gekommen. Man brauchte nicht viel, nur ein kleines bißchen, um den Motor wieder in Gang zu bringen. Es klopfte an der Tür. Sam erschrak so sehr, daß er einen Mundvoll Whisky über das Bett hustete. Er verkorkte die Flasche und suchte verzweifelt nach einem Platz, an dem er sie verstecken konnte.

Unter dem Kopfkissen! Aber darüber lag die Bettdecke. Er hielt inne. Was tat er hier? Was zum Teufel war mit ihm los? Was *passierte* mit ihm. *Verdammt noch mal; MacKenzie Hawkins!*

Er holte tief Atem und stellte die Flasche langsam auf die Kommode. Dann atmete er noch einmal tief durch, öffnete die Tür und stieß sofort und unwillkürlich die ganze Luft aus, die er in den Lungen hatte. Vor der Tür stand die blonde Aphrodite aus Palo Alto, Kalifornien, die in seiner Erinnerung als ›Klein und Spitz‹ katalogisiert war. Die dritte Mrs. MacKenzie Hawkins. Lillian.

»Ich wußte doch, daß Sie das sind! Ich sagte zu dem Mann am Empfang, daß Sie das sein *mußten*!«

Sam war nicht mehr so sicher, weshalb er Lillian als ›Klein und Spitz‹ eingestuft hatte. ›Klein‹ war der Dame gegenüber ungerecht. Vielleicht war es nur ein Relativadjektiv im unmittelbaren visuellen Vergleich mit den sechs anderen.

Diese absurden Gedanken gingen Devereaux durch den Kopf. Und – das war ihm sehr bewußt – er starrte sie dabei an wie ein Zwölfjähriger sein erstes Sexmagazin, während Lillian ihm gegenübersaß und ihm erklärte, daß sie vor drei Tagen nach Berlin geflogen wäre, um dann dort an einem zweiwöchigen Kochkurs für Feinschmecker teilzunehmen.

Es war natürlich unglaublich. Schließlich war er ein erfahrener Anwalt. Er hatte Dutzende von Verbrechermentalitäten analysiert, hatte in allen Bereichen des gesellschaftlichen Dschungels von fähigen Lügnern die Schichten des Betrugs abgestreift. Trotz seines ausgepumpten Verstandes und ebensolchen Körpers war er nicht der Mann, der sich so leicht hinters Licht führen ließ. Und er würde das auch die dritte Mrs. MacKenzie Hawkins wissen lassen – *und wie er das würde*! Er starrte sie noch schärfer an und zuckte dann im Geist mit den Schultern. Was soll's?

»Da sind wir also, Sam. Ich darf Sie doch Sam nennen, oder darf ich nicht? Es ist wirklich erstaunlich, wohin einen die Liebe zur Kochkunst führen kann.«

»Aber es ist völlig plausibel, Lillian! Das ist es ja, was Zufälle so wahrhaft macht!« Sam lachte leicht hysterisch und gab sich große Mühe, seine Augen unter Kontrolle zu halten. Er war einfach zu erschöpft, um damit Erfolg zu haben; und so gab er es einfach auf und ließ seinen Augen freien Lauf.

»Und ich wüßte wirklich nicht, wie man Berlin besser kennenlernen könnte. Wenn wir Glück haben, finden wir vielleicht sogar einen Tennisplatz! Ich höre, daß das Hotel ein Schwimmbad hat, vielleicht auch eine Gymnastikhalle.« Lillian hielt inne, und Devereaux hatte das Gefühl, als würde er um etwas beraubt. In seinem ausgepumpten Zustand genoß er die weiche, atemlose akustische Massage. »Aber vielleicht unterstelle ich viel zuviel. Reisen Sie allein?«

Er wußte, daß er es nicht tun sollte. *Wirklich nicht.* »Allein? So allein war ich nie zuvor in meinem Leben.«

»Nun, das geht natürlich nicht. Wenn es Ihnen nichts ausmacht, daß ich das sage – Sie sehen schrecklich müde aus. Ich glaube, Sie haben sich zu Tode gearbeitet. Sie brauchen wirklich jemanden, der sich um Sie kümmert.«

»Ich bin nur ein armer Schatten meines Wesens ...«

»Sie bedauernswertes Lämmchen! Kommen Sie her, dann massiere ich Ihnen die Schultern. Das wirkt Wunder, ganz bestimmt.«

»Ich bin nur noch ein schwacher Abklatsch meiner selbst. Ich bin angefüllt mit Vakuum und geschmolzenem Blei.«

»Erschöpft sind Sie, mein Lämmchen. So ist's brav ... Machen Sie sich's bequem, und legen Sie Lilli den Kopf auf den Schoß. Oh, Ihre Schläfen sind zu heiß und Ihre Halsmuskeln sind viel zu straff. So, so ist's besser. Fühlt sich das nicht besser an?«

Und ob ... Er spürte, wie ihre geschickten Finger sein Hemd aufknöpften, wie sanfte Hände über seine Brust strichen, sein Fleisch liebkosten, so zart, wie man das wohl von einem Engel erwarten durfte. Was, zum Teufel ... Er schlug die Augen auf, und ein Anblick der unerträglichen Lieblichkeit zweier herrlicher Brüste, nur wenige Zoll über seinem Gesicht, begrüßte ihn.

»Magst du eine heiße Wanne mit einer Menge Seifenschaum, der wie Rosen und Frühling duftet?« flüsterte er.

»Eigentlich nicht«, flüsterte sie zurück. »Ich mag lieber eine warme Dusche. Oder so was in dieser Richtung ...«

Sam lächelte.

13.

Ringsum war die Luft von aromatischem Duft erfüllt. Er brauchte die Augen gar nicht zu öffnen, um zu wissen, woher dieser Duft kam.

Wenn er überhaupt im Stande war, den vergangenen Tag auch nur einigermaßen genau zu rekonstruieren – und die Stille, die unterhalb seiner Gürtellinie herrschte, überzeugte ihn davon, daß er das konnte – hatten sie den größten Teil der Nacht in der Dusche des Kempinski verbracht.

Sam schlug die Augen auf. Lillian saß neben ihm in die Kissen gelehnt, eine Hornbrille auf der etwas nach oben gerichteten Nase. Sie las etwas, das auf einem riesigen Stück ausgefransten Kartons stand, und das weiße Laken bedeckte ihre Brust, ohne dabei viel zu verbergen.

»Hallo«, sagte er leise.

»Guten Morgen!« Sie blickte auf ihn herunter und strahlte. »Weißt du, wie spät es ist?«

Dies blonde Geschöpf ist wirklich ein gesunder Typ, überlegte er. Wahrscheinlich kommt das von dem dauernden Surfen in Kalifornien, oder vielleicht hat MacKenzie Hawkins ihr beigebracht, wie man Liegestütze macht. »Meine Armbanduhr liegt mit meinem Hangelenk unter der Decke. Ich weiß nicht, wie spät es ist.«

»Es ist zwanzig nach zehn. Du hast elf Stunden geschlafen. Wie fühlst du dich?«

»Willst du mir sagen, daß wir gestern abend um halb zwölf zu Bett gegangen – daß ich um halb zwölf geschlafen habe?«

»Man muß dich bis zum Brandenburger Tor gehört haben. Ich habe dich immer wieder angestoßen, damit du zu schnarchen aufhörst. Wie ein ganzes Sägewerk hat das geklungen. Was macht dein Kopf?«

»Der sitzt ziemlich fest, glaube ich. Warum wohl?«

»All der Dampf. Und die Anstrengung. Dabei hast du gar nicht viel getrunken. Ich glaube, dein Blutkreislauf hat revoltiert.« Lillian nahm sich einen Bleistift vom Nachttisch und kreuzte etwas auf der Speisekarte an.

»Du riechst einmalig«, sagte er, nachdem er kurz zu ihr hinaufgesehen hatte, und erinnerte sich an den Augenblick, als sein Kopf auf ihrem Schoß gelegen hatte und ihre Finger wie Engelshände über seine Brust geglitten waren.

»Du auch, Lämmchen«, erwiderte sie lächelnd, nahm die Brille ab und sah auf Sam hinunter. »Weißt du, daß du einen sehr passablen Körper hast?«

»Nun, er hat seine Vorzüge.«

»Ich meine, du hast einen gesunden Körperbau, mäßig gute Proportionen und eine gute Körperkoordination. Es ist wirklich jammerschade, daß du ihn verkommen läßt.« Sie tippte sich mit der Brille gegen das Kinn, wie ein Arzt, der sich mit postoperativen Zuständen befaßt.

»Nun, ich würde nicht gerade ›verkommen‹ sagen. Ich habe einmal Lacrosse gespielt. Ich war ziemlich gut.«

»Ganz sicher warst du das, vor zehn Jahren. Und jetzt schau einmal her ...« Lilli legte ihre Brille weg und zog die Decke von Devereaux' Brust. »Da, siehst du? Und *hier* und hier und *hier*! Absolut kein Muskeltonus. Muskelpartien, die seit Jahren nicht mehr gebraucht worden sind. Und *hier*.«

»Autsch!«

»Deine *latissimi dorsi* existieren gar nicht. Wann hast du das letztemal Gymnastik getrieben?«

»Letzte Nacht. In der Dusche.«

»Gegen diesen Aspekt deiner Kondition läßt sich nichts einwenden. Aber das ist nur ein kleinerer Teil deines ganzen Lebens ...«

»Nein, für mich gar nicht!«

»... in bezug auf das ganze Muskelnetz. Dein Körper ist ein Tempel. Du darfst nicht zulassen, daß er durch Vernachlässigung und mangelnden Einsatz verkommt und zerbrökkelt. Du mußt ihn aufputzen! Gib ihm eine Chance, sich zu strecken und zu atmen und nützlich zu sein. Dazu ist er bestimmt. Schau dir MacKenzie an ...«

»Einspruch, ich will mir MacKenzie nicht anschauen!«

»Ich meine das bildlich.«

»Ich hab's gewußt«, murmelte Devereaux niedergeschlagen. »Ich kann ihm nicht entkommen.«

»Ist dir klar, daß Mac über fünfzig ist? Aber sein Körper – straff, eine gespannte Feder mit perfektem Tonus ...«

Lillis Augen wanderten zur Decke – blickten ins Nichts. So wie Anne das im Savoy getan hatte. Sie erinnerte sich, so wie Anne sich erinnert hatte – und das waren keine kühlen Erinnerungen.

»Nun«, sagte Sam, »Hawkins hat schließlich auch sein ganzes Leben beim Militär verbracht. Mit Laufen und Springen und Töten und Foltern. Er mußte in Form bleiben, um zu überleben. Er hatte keine Wahl.«

»Da hast du unrecht. Mac begreift, was es bedeutet, über eine volle Kapazität zu verfügen und sein ganzes Potential zu erleben. Einmal hat er zu mir gesagt – nun, lassen wir das, es ist unwichtig.« Lillian nahm die Hand von Devereaux' Brust und griff nach ihrer Brille.

»Nein, bitte.« Das Schlafzimmer im Kempinski hätte ebensogut ein Schlafzimmer im Savoy sein können. Aber die Frauen waren nicht austauschbar. Sie waren durchaus Individuen. »Ich würde gern hören, was Mac gesagt hat.«

Sie strich nachdenklich über die Bügel der Brille. »Dein Körper sollte eine realistische Erweiterung deines Geistes sein, bis an seine Grenzen getrieben, aber nicht mißbraucht.«

»Mir hat das ›das Äußere ändern, das Innere durcheinanderbringen‹ besser gefallen ...«

»Was?«

»Das hat er auch gesagt. Vielleicht begreife ich es nicht – das Intellektuelle und das Physische sind Gegenpole. Ich könnte mir vielleicht vorstellen, vom Eiffelturm hinunterzufliegen, aber es ist wohl besser, wenn ich es nicht versuche.«

»Weil das nicht realistisch wäre – es wäre Mißbrauch. Aber du könntest es trainieren, in Rekordzeit an dem Turm hinunterzuklettern. *Das* wäre realistisch, eine *physische* Ausweitung deiner Fantasie. Und es ist wichtig, das zu versuchen.«

»Den Eiffelturm hinunterzuklettern?«

»Wenn es eine ernsthafte Erwägung ist, hinunterzufliegen.«

»Das ist es nicht. Wenn ich diesem pseudoscholastischen Knittelvers folgen kann, dann sagst du, wenn man in Betracht zieht, etwas zu tun, dann sollte man das auch nach besten Kräften in physische Begriffe übersetzen.«

»Ja. Das Wesentliche ist, daß man nicht träge bleiben

darf.« Lillian machte eine emphatische Handbewegung. Das Laken fiel herunter.

Unerträglich schön, dachte Devereaux. Aber im Augenblick unberührbar. Das Mädchen debattierte.

»Das ist entweder viel komplizierter oder viel einfacher, als es klingt«, entgegnete er.

»Es ist viel komplizierter, glaub mir«, antwortete sie. »Die Subtilität liegt in der Offensichtlichkeit.«

»Du glaubst also an dieses Konzept der Herausforderung, nicht wahr?« fragte Sam. »Ich meine, im Wesen ist es doch die notwendige Befriedigung, die man daraus bezieht, die Herausforderung anzunehmen, oder?«

»Ja, ich denke schon. Um ihrer selbst willen – um des Versuchs willen, nach dem zu greifen, was man sich vorstellen kann. Um das eigene Potential auf die Probe zu stellen.«

»Und das glaubst du.« In seinen Worten lag keine Frage.

»Ja. Warum?«

»Weil meine Fantasie in diesem Augenblick so heftig arbeitet, daß ich sie gar nicht ertragen kann. Ich empfinde die Notwendigkeit, um mich physisch auszudrücken — mein Potential auf die Probe zu stellen. Innerhalb vernünftiger Grenzen, natürlich.« Er erhob sich von seinem Stützpunktlager, bis er ihr gegenübersaß, bis ihre Augen auf gleicher Höhe waren. Er streckte die Hand aus und nahm ihre Brille, klappte sie zusammen und ließ sie über den Bettrand fallen. Dann streckte er die Hand aus, und sie gab ihm die Speisekarte.

Lillians Augen leuchteten, ihre Lippen hatten sich zu einem halben Lächeln geöffnet. »Ich habe mich schon gefragt, wann du das tun würdest.«

Und dann klingelte das Telefon.

Die Stimme am anderen Ende der Leitung gehörte einem Mann, der sich in seiner Jugend offenbar sämtliche Kriegsfilme der Warner Brothers angesehen hatte. Aus jeder Silbe, die er sprach, triefte das Böse.

»Nein – wir weigern uns, am Telefon zu sprechen.«

»Dann gehen Sie über die Straße, und machen Sie das Fenster auf«, erwiderte Devereaux gereizt. »Wir werden rufen.«

»Die Zeit ist sehr knapp! Sie gehen jetzt in die Halle zum ersten Stuhl vor dem Fenster, rechts vom Eingang! Tragen Sie eine zusammengefaltete ›Spiegel‹-Ausgabe unter dem Arm. Und schlagen Sie alle zwanzig Sekunden die Beine übereinander.«

»Im Sitzen?«

»Es würde sehr albern aussehen, wenn Sie im Stehen die Beine übereinanderschlagen würden, mein Herr.«

»Und wenn jemand auf dem Stuhl sitzt?«

Die Pause, die der andere machte, drückte sowohl Zorn als auch Verwirrung aus. Dann folgte ein kurzes, seltsames Geräusch. Es erinnerte an ein kleines Schwein, das frustriert quietschte. »Entfernen Sie ihn!« lautete die Antwort, die dem Quietschen folgte.

»Das ist albern.«

»Sie werden tun, was ich sage! Für Widerreden ist jetzt keine Zeit. Man wird mit Ihnen Verbindung aufnehmen. Fünfzehn Minuten.«

»He, Moment mal! Ich bin gerade aufgestanden. Ich habe noch nicht gefrühstückt. Ich muß mich rasieren ...«

»Vierzehn Minuten, mein Herr!«

»Ich habe Hunger!«

Ein lautes Klicken in der Leitung unterbrach die Verbindung. »Zum Teufel mit dem Kerl!« sagte Devereaux und wandte sich erwartungsvoll wieder der außergewöhnlichen Lillian zu.

Aber Lillian war nicht mehr dort, wo sie hätte sein sollen. Statt dessen stand sie, in Sams Bademantel gehüllt, auf der anderen Seite des Betts.

»Um ein Bonmot zu prägen, Liebster, die Glocke hat uns gerettet. Du hast zu tun, und ich muß mich auf den Unterricht vorbereiten.«

»Unterricht?«

»In Gretels Strudelschule«, sagte Lilli. »Vielleicht geht es dort nicht ganz so fachmännisch zu wie im Cordon Bleu in Paris, aber es macht wahrscheinlich mehr Spaß. Es beginnt um Mittag. Wir sind drüben in der Leipziger Straße, das ist in der Nähe von Unter den Linden. Ich sollte mich wirklich beeilen.«

»Und was ist mit – *uns*? Das Frühstück ... Und – duschst du morgens nicht?«

Lillian lachte. Es war ein nettes, echtes Lachen. »Die Schule ist um halb vier aus. Wir treffen uns hier.«

»Was für eine Zimmernummer hast du?«

»Fünfhundertelf.«

»Und ich fünfhundertneun. Ist das nicht wunderbar?«

Die Verwirrung in der Halle des Kempinski war absurd. ›Der erste Stuhl vor dem Fenster‹ war von einem älteren Herrn besetzt, dessen kurzgeschorener, kugelförmiger Kopf immer wieder nach vorn fiel, so daß sich seine dicken Nackenfalten strafften. Er döste. Unglücklicherweise lag eine zusammengefaltete Ausgabe des *Spiegel* auf seinem Schoß.

Der ältere Herr war zuerst verärgert und dann wütend über die beiden Männer, die links und rechts von ihm erschienen und ihm mit eindeutigen Worten erklärten, er solle aufstehen und mitkommen. Zweimal versuchte Sam, sich einzuschalten, und nach besten Kräften zu erklären, daß auch er eine zusammengefaltete Kopie des *Spiegel* besaß. Es nützte nichts. Die Männer interessierten sich nur für den Herrn in dem wuchtigen Lehnsessel. Schließlich stand Devereaux unmittelbar vor den zwei Kontaktleuten und schlug alle zwanzig Sekunden die Beine übereinander und wieder auseinander.

Worauf ein livrierter Page auf Sam zuging und in perfektem, lautem Englisch erklärte, wo es zur Herrentoilette ginge.

Dann marschierte eine walkürenhafte Frau auf das Trio zu, das immer noch um den Sessel stand, und begann mit einer Hutschachtel und einer ungewöhnlich großen, schwarzen Lederhandtasche auf die zwei Gestapotypen einzuschlagen.

Jetzt gibt es nur noch eine einzige Möglichkeit, dachte Devereaux. Er packte einen der Kontaktmänner am Hals und zog ihn aus der Kampfzone.

»Sie verrückter Hundesohn! *Ich* bin der Mann, den Sie suchen. Sie kommen doch von König, oder?«

Dreißig Sekunden später wurde Devereaux durch den Eingang des Kempinski auf die Straße und in die nächste Seitengasse gezerrt.

Weiter unten in der Gasse stand ein großer offener Lastwagen mit einer Segeltuchplane, der die halbe Straße versperrte. Unter der Plane waren Hunderte von Kisten aufeinandergestapelt, die mit Tausenden (Sam kam es zumindest so vor, als wären es Tausende) kreischender Hühner angefüllt waren.

Zwischen den Kisten war ein schmaler Gang frei. Er führte zum Hinterfenster der Fahrerkabine. Vor dem Fenster waren zwei winzige Hocker zu sehen.

»He, kommen Sie! Das ist ja lächerlich! Das ist – verdammt noch mal, das ist unhygienisch!«

Seine Begleiter nickten teutonisch und lächelten teutonisch und hievten Sam dann teutonisch in den winzigen Gang und schoben ihn den achtzehn Zoll breiten Korridor hinunter, zu den Hockern.

Ringsum pickten scharfe Schnäbel nach ihm. Die Mittagssonne war durch die schwere Segeltuchplane völlig verdeckt. Der Geruch nach Hühnerkot war unerträglich.

Sie fuhren fast eine Stunde über Land und erreichten schließlich einen größeren landwirtschaftlichen Komplex. Auf den Feldern graste Vieh, und durch die Öffnung des winzigen Ganges zwischen den Kisten und den fliegenden Federn konnte man Silos und Scheunen erkennen.

Endlich hielt der Laster. Begleiter Nummer eins grinste sein teutonisches Grinsen und führte Sam ins Freie.

Man eskortierte ihn in eine große Scheune, die nach

Rinderurin und frischem Mist roch. Man führte ihn – teutonisch – kreuz und quer durch das stinkende Gebäude, bis sie schließlich eine leere Box erreichten. Eine Reihe blauer Bänder ließ erkennen, daß es sich um die Residenz eines Preisstiers handelte.

Drinnen hockte auf einem Melkschemel, von dampfendem Rinderkot umgeben, der vierschrötige Mann, von dem Sam wußte, daß er Heinrich König hieß.

Er stand nicht auf. Er saß einfach da und starrte Devereaux an. In seinen winzigen Augen, die von dicken Fleischwülsten umgeben waren, blitzte es.

»So ...« König blieb reglos sitzen, zog das Wort angewidert in die Länge und verscheuchte die Eskorte.

»So?« erwiderte Sam mit etwas unsicherer Stimme. Er war sich der feuchten Hühnerexkremente auf seinen Schultern bewußt.

»Sie sind der Vertreter dieses Monstrums General Hawkins?« König sprach das Wort ›General‹ mit einem harten, teutonischen G aus.

»Ich würde das gern aufklären, wenn ich darf«, sagte Devereaux mit einem gezwungenen Lachen. »Tatsächlich bin ich nur ein entfernter Bekannter, ich kenne den Mann kaum. Ich bin ein Anwalt aus Boston. Eigentlich könnte man auch sagen, ein kleiner Angestellter in einer Anwaltskanzlei. Ich arbeite für einen kleinen Juden namens Pinkus. Er würde Ihnen nicht gefallen. Meine Mutter lebt in Quincy, und infolge eines seltsamen Zufalls ...«

»Genug!« In der Umgebung des Melkschemels war ein lauter Furz zu hören. »Sie sind der Kontaktmann, der Zwischenträger dieses Teufels aus der Hölle!«

»Nun, was das angeht, würde ich im juristischen Sinne die Beziehung anzweifeln müssen, wobei besagte Beziehung eindeutig von einer Klärung der Absichten in bezug auf vorheriges Wissen abhängt. Ich glaube nicht ...«

»Sie sind ein Schakal, eine Hyäne! Aber solche Hunde bellen immer laut, wenn genügend Fleisch da ist. Sagen Sie. Dieser Hawkins ... Er arbeitet doch für Gehlen, oder?«

»Für wen?«

»Für Gehlen!«

Jetzt erinnerte sich Devereaux. Gehlen war der Meisterspion des Dritten Reiches, der nach dem Krieg für alle Gruppen Geschäfte gemacht hatte. König durfte unter keinen Umständen annehmen, daß es eine Verbindung zwischen Hawkins und Gehlen gab. Das würde nämlich auch bedeuten, daß es eine Verbindung zu einem gewissen Sam Devereaux gab, der wiederum der Ansicht war, daß dies keineswegs seine Kragenweite war.

»Oh, ganz sicher nicht. Ich glaube nicht, daß General Hawkins je von diesem – wie hieß er doch gleich? – gehört hat. *Ich* jedenfalls habe den Namen noch nie gehört.« Der Hühnerkot unter Sams Hemd begann zu schmelzen.

König erhob sich langsam von dem Melkschemel, wobei ein zweiter Wind diese Bewegung laut und deutlich unterstrich. Er sprach leise und mit eindringlicher Feindseligkeit.

»Der General genießt meinen widerstrebenden Respekt. Er hat mir einen Idioten und Schwätzer geschickt. Her mit den Papieren, Sie Narr!«

»Die Papiere ...« Sam griff in die Innentasche nach einer weiteren Fotokopie des Partnerschaftsvertrags.

Der Deutsche betastete stumm die Papiere und drückte auf jedes, ehe er weiterblätterte. Seine hörbaren Reaktionen waren recht ungebildet – eine Kombination aller möglichen Körpergeräusche.

»Das ist ja eine Unverschämtheit! Eine Ungerechtigkeit! Überall politische Feinde! Und alle wollen mich vernichten!«

In Königs Mundwinkel stand der Speichel.

»Ich stimme Ihnen aus ganzem Herzen zu«, sagte Devereaux und nickte eifrig. »An Ihrer Stelle würde ich sie wegwerfen.«

»Das würde Ihnen gefallen. Ihnen allen. Sie alle haben es auf mich abgesehen! All die großen Beiträge, die ich geleistet habe und die den Frieden in der Welt bewahrten, die Feinde, die dauernd miteinander in Verbindung waren, die heiße Leitungen öffneten und rote Leitungen und blaue

Leitungen zwischen den Großmächten – das alles ist vergessen. Jetzt flüstert man hinter meinem Rücken. Man verbreitet Lügen über Bankkonten, die es nicht gibt, ja sogar über meine bescheidenen Wohnorte. Keiner will wahrhaben, daß ich jede Mark, die ich besitze, ehrlich verdient habe! Als ich mich in den Ruhestand zurückzog, konnte das keiner ertragen. Sie hätten mich so gerne als Prügelknaben behalten! Und jetzt das! Diese Ungerechtigkeit.«

»Oh, ich verstehe.«

»Gar nichts verstehen Sie! Geben Sie mir etwas zum Schreiben, Sie Idiot!«

Ein weiterer Furz, und er unterschrieb.

14.

Die Glocken des Angelus hallten feierlich über den Petersplatz. Ihr Klang schwebte über die marmornen Wächter Berninis hinweg und verlor sich jenseits der Kuppel in den Vatikanischen Gärten. Auf einer Bank aus weißem Stein saß ein korpulenter Mann und blickte in die orangeroten Strahlen der untergehenden Sonne. Ein Mann, dessen Gesicht sich am besten so beschreiben ließ, daß es guten Mutes, wenn auch nicht immer friedlich sieben Jahrzehnte überstanden hatte. Es war ein volles Gesicht, aber das Bäuerliche an der Knochenstruktur unter dem Fleisch strafte jeden Lügen, der etwa hätte behaupten wollen, es sei ein verzärteltes Gesicht. Die Augen des Mannes waren groß und braun und weich. Man konnte Kraft und Weisheit aus ihnen lesen, Resignation und Belustigung, zu gleichen Teilen.

Er trug die strahlendweiße Robe seines Amtes. Des höchsten Amtes in der heiligen apostolischen katholischen Kirche, wie es ihm zukam, dem Nachfolger Petri selbst, dem Bischof von Rom, dem geistlichen Herrn über vierhundert Millionen Seelen auf der Welt.

Papst Franziskus I., der Statthalter Christi, geboren in

den ersten Jahren des Jahrhunderts als Giovanni Bombalini in einem kleinen Dörfchen nördlich von Padua. Diese Geburt war bestenfalls nur beiläufig aufgezeichnet worden, denn die Bombalinis waren nicht wohlhabend. Giovanni wurde von einer Hebamme zur Welt gebracht, die häufig vergaß, dem Dorfschreiber von der Frucht ihrer Mühe (und der ihrer Patientin) zu berichten, sicher in dem Wissen, daß die Kirche irgend etwas tun würde, denn schließlich brachten Taufen Geld ein. Tatsächlich hätte man Giovanni Bombalinis Eintritt in diese Welt vielleicht nie offiziell aufgezeichnet, hätte sein Vater nicht mit seinem Vetter Frescobaldi, drei Dörfer weiter im Norden, eine Wette abgeschlossen, daß sein zweites Kind männlichen Geschlechts sein würde. Bombalini senior wollte das Risiko vermeiden, daß sein Vetter Frescobaldi sich irgendwie aus der Wette herauswand, und so ging er selbst zur Dorfverwaltung, um die Geburt eines männlichen Kindes zu melden.

Die Wette besagte darüber hinaus, daß Frescobaldis Frau – die im selben Monat niederkommen sollte – *keinen* Knaben gebären würde. Aber das tat sie natürlich, und so erledigte sich die Wette von selbst. Dieses Kind, Guido Frescobaldi, wurde – wieder jenen lückenhaften Aufzeichnungen zufolge – zwei Tage nach seinem Vetter Giovanni geboren.

Giovanni ließ bereits erkennen, daß er anders war als die anderen Kinder des Dorfes. Zu allererst zeigte er keine Lust, seinen Katechismus in der Weise zu lernen, daß er ihn sich Wort für Wort nach dem Gehör einprägte. Er wollte ihn *lesen* und *dann* memorieren. Das ärgerte den Dorfpriester, denn dieses Verhalten roch nach Frühreife und war irgendwie ein Affront gegenüber der Obrigkeit, aber das Kind ließ sich nicht von seinem Vorhaben abbringen.

Die Wege des Giovanni Bombalini waren in der Tat außergewöhnlich. Obwohl er sich der Arbeit auf den Feldern nie entzog, war er nur selten zu müde, um die halbe Nacht aufzubleiben und alles zu lesen, was er in die Hand bekommen konnte. Als er zwölf war, entdeckte er die

Biblioteca in Padua, die ganz bestimmt nicht zu vergleichen mit der Bücherei von Mailand oder Venedig oder Rom war. Aber diejenigen, die Giovanni kannten, sagten, daß er jedes Buch in Padua gelesen hatte und dann in Mailand und dann in Venedig. Und als er so weit gekommen war, empfahl ihn sein Priester den Heiligen Vätern. Die Kirche war die Antwort auf Giovannis Gebet. Und so lange er viel betete – was leichter, wenn auch keineswegs weniger zeitraubend als die Arbeit auf den Feldern war –, erlaubte man ihm, mehr zu lesen, als er es je für möglich gehalten hätte.

Mit zweiundzwanzig war Giovanni Bombalini ein gesalbter Priester. Manche sagten, der belesenste Priester von ganz Rom, ein *erudito fantastico*. Aber Giovanni besaß nicht das angemessen strenge Gesicht eines echten vatikanischen *erudito*, noch eignete er sich deren Attitüde der Sicherheit in bezug auf alltägliche Wahrheiten an. Er fand immer wieder Ausnahmen in der liturgischen Geschichte und wies darauf hin (manche sagten sogar, mit einem gewissen Maß an Bosheit), daß die Schriften der Kirche ihre Kraft aus ehrlichen Widersprüchen schöpften.

Mit sechsundzwanzig war Giovanni Bombalini so etwas wie ein Stachel im großen vatikanischen Fleisch. Und das wurde durch sein gereiftes Aussehen noch verstärkt, das geradezu die Antithese zu dem hageren, akademischen Image war, das Roms *eruditi* so ersehnten. Er war gleichsam die Karikatur eines Bauern aus den nördlichen Distrikten. Von kleinem Wuchs, breit und wohlbeleibt, sah er aus wie ein Landarbeiter, der eher in den Ziegenställen als in den Marmorhallen der verschiedenen Collegiae des Vatikans zu Hause war. Theologische Weisheit, Freundlichkeit oder tiefer Glaube an seine Kirche waren kein Ausgleich für das Ärgernis, das sein Geist und sein Aussehen darstellten. So fand man für ihn Posten an so unwahrscheinlichen Orten wie der Goldküste, Sierra Leone, Malta und, irrtümlich, Monte Carlo. Ein erschöpfter vatikanischer Bürokrat las den Namen Montes Claros zu flüchtig und setzte Monte Carlo ein – ohne Zweifel, weil er niemals von Brasiliens

Montes Claros gehört hatte. Und das Geschick des Giovanni Bombalini wendete sich.

Denn in die Schmelzkessel der hohen Einsätze und der aufgeputschten Gefühle wanderte der einfach aussehende Priester mit dem belustigten Blick und dem sanften Humor und einem Kopf, der mit mehr Wissen vollgepackt war, als es zwölf internationale Finanzmagnaten besaßen. Er hatte an der Goldküste, in Sierra Leone und Malta wenig zu tun gehabt, und aus diesem Grund, wenn er nicht betete oder die Eingeborenen unterrichtete, seine Zeit damit verbracht, zahllose Zeitungen zu studieren und sein ohnehin schon außergewöhnliches Gedächtnis mit noch mehr Wissen vollzustopfen.

Es ist allgemein bekannt, daß Leute, die dauernd in Bewegung sind, unter hohem Risiko leben und dabei dem Alkohol nicht aus dem Wege gehen, gelegentlich geistlichen Trost brauchen. Und so begann Pater Bombalini ein paar von der Herde abgekommene Lämmer zu trösten. Und sehr zum Erstaunen dieser ersten verstreuten Lämmer fanden sie in ihm nicht so sehr einen einfachen Priester, der ihnen auftrug, Buße zu tun, sondern einen höchst amüsanten Burschen, mit dem sie sich ausführlich über fast jedes Thema unterhalten konnten – sei es nun die Situation auf dem Weltmarkt, ein historischer Präzedenzfall für zu erwartende geopolitische Ereignisse oder, in ganz besonderem Maße die gute Küche (hier bevorzugte er die eher einfachen Saucen und verschmähte die Kunst der oft zu Unrecht gelobten *haute cuisine*).

Ehe zu viele Monate vergangen waren, war Pater Bombalini ein regelmäßiger Gast in vielen der größeren Hotelsuites und den großen Häusern der Côte d'Azur. Dieser ziemlich seltsam aussehende, rundliche Prälat war ein wunderbarer Erzähler, und man fühlte sich in seiner Gegenwart einfach wohl, ehe man auszog, um – mit Erfolg – seines Nächsten Weib zu begehren. Und das führte zu einer Anzahl außergewöhnlich hoher Spenden, die auf den Namen Pater Giovannis der Kirche zugingen. Mit zunehmender Häufigkeit.

Rom konnte Bombalini nicht länger übersehen. Die Verwalter der Vatikanschätze sorgten dafür.

Als der Krieg kam, hielt sich Monsignore Bombalini in verschiedenen alliierten Hauptstädten auf, wo er gelegentlich verschiedenen alliierten Armeen zugeteilt wurde. Zwei Gründe waren dafür verantwortlich. Der erste war seine mit großer Hartnäckigkeit gegenüber seinen Vorgesetzten abgegebene Erklärung, daß er angesichts der allgemein bekannten Hitlerschen Ziele nicht neutral bleiben konnte. Er untermauerte seine These mit sechzehn Seiten historischer theologischer und liturgischer Präzedenzfälle. Niemand außer den Jesuiten verstand seinen Schriftsatz, und sie waren auf seiner Seite. Also schloß Rom die Augen und hoffte auf das Beste. Der zweite Grund für seine Reisen während der Kriegszeit bestand darin, daß sich die internationale Klientel von Monte Carlo während der dreißiger Jahre aus Generälen, Diplomaten und Verbindungsleuten der Botschaften zusammensetzte. Sie *alle* liebten ihn. Es gab so viele interalliierte Anforderungen für seine Dienste, daß J. Edgar Hoover in Washington Bombalinis Akte mit dem Vermerk ›Höchst verdächtig. Vielleicht schwul‹, versah.

Die Nachkriegsjahre bedeuteten für Kardinal Bombalini einen schnellen Aufstieg auf der Stufenleiter des Vatikans. Ein großer Teil seines Erfolges war seiner engen Freundschaft mit Angelo Roncalli zuzuschreiben, mit dem er neben der Neigung für anständigen, nicht notwendigerweise exklusiven Wein und ein vergnügliches Kartenspiel nach den abendlichen Gebeten auch eine Anzahl höchst unorthodoxer Ansichten teilte.

Als er auf der weißen Steinbank im Garten des Vatikan saß, überlegte Giovanni Bombalini – Papst Franziskus –, wie sehr Roncalli ihm doch fehlte. Sie hatten gemeinsam so viel bewirkt. Es war schön gewesen. Und die Ähnlichkeit ihres Aufstiegs zum Stuhl des heiligen Petrus amüsierte ihn immer wieder aufs neue. Roncalli, Johannes, wäre auch amüsiert gewesen.

Sie beide waren Kompromißkandidaten, angeboten von

den strengen, orthodoxen Männern der Kurie, um die Feuer der Unzufriedenheit in der globalen Herde zu stillen. Keiner der beiden Kandidaten rechnete mit einer langen Regierungszeit. Aber Roncalli hatte es leicht gehabt. Er hatte sich nur mit theologischen Argumenten und unausgesprochenen sozialen Reformen auseinandersetzen müssen – nicht mit blöden jungen Priestern, die heiraten und Kinder haben oder, soweit sie von anderer Art waren, homosexuelle Pfarreien führen wollten. Nicht daß sie Giovanni persönlich belästigten – es gab absolut *nichts* im theologischen Gesetz oder im Dogma, das tatsächlich Heirat und Nachkommenschaft verbot. Und was das andere anging – wenn die Liebe zum Mitmenschen nicht die üblichen biblischen Vieldeutigkeiten überstieg, was hatten sie dann eigentlich gelernt? Aber, Mutter Gottes, wozu überhaupt die ganze Aufregung?

Es gab vieles zu tun – und die Ärzte hatten ihn nicht darüber in Zweifel gelassen, daß seine Zeit knapp bemessen war. Das war das einzige, worüber sie sich tatsächlich klar ausdrückten. Da war keine spezifische Krankheit, kein bestimmtes Gebrechen, auf das sie hätten hinweisen können. Sie konferierten nur miteinander und bestätigten, daß seine ›Lebensgeister‹ mit beunruhigendem Tempo schwächer wurden. Er hatte Offenheit von ihnen verlangt. Mutter Gottes, als ob er den Tod fürchtete! Er sehnte sich die Ruhe herbei. Er würde gemeinsam mit Roncalli die himmlischen Weingärten bestellen und dann wieder Baccara spielen. Nach der letzten Zählung schuldete Roncalli ihm knapp über sechshundert Millionen Lire.

Das hatte er den Ärzten gesagt, und sie blickten zu lange in ihre Mikroskope und zu kurz auf das Offensichtliche. Die Maschine fing an auszuleiern – so einfach war das. Worauf sie alle päpstlich nickten und würdevoll verkündeten: drei Monate, höchstens vier, Heiliger Vater.

Ärzte. *Basta!* Veterinäre mit *cugini* in der Kurie! Die Rechnungen, die sie stellten, waren unverschämt. Die Ziegenhirten von Padua verstanden mehr von Medizin.

Franziskus hörte Schritte hinter sich und drehte sich um. Ein junger päpstlicher Adjutant, dessen Name ihm im Augenblick entfallen war, kam den Gartenweg herauf. Der jugendliche Priester trug eine Schreibunterlage in der Hand, auf deren Unterseite ein Kruzifix gemalt war. Es sah albern aus.

»Eure Heiligkeit haben den Wunsch geäußert, daß wir vor der Vesperstunde einige Kleinigkeiten erledigen.«

»Ja, unbedingt, Pater. Was sind das für Kleinigkeiten?«

Der Adjutant rasselte eine Anzahl unwichtiger Veranstaltungen herunter, alle von zeremonieller Natur, und Giovanni schmeichelte dem jungen Prälaten, indem er dessen Meinung zu den meisten erbat.

»Dann ist hier die Bitte einer amerikanischen Zeitschrift; sie nennt sich *Viva Gourmet*. Ich würde das vor dem Heiligen Vater nicht erwähnen, wenn der Anfrage nicht eine Empfehlung des Informationsdienstes von den Bewaffneten Streitkräften der Vereinigten Staaten angeheftet wäre.«

»Eine höchst ungewöhnliche Kombination, nicht wahr, Pater?«

»Ja, Eure Heiligkeit, ganz unverständlich.«

»Und um was für eine Bitte handelt es sich?«

»Sie hatten die Unverfrorenheit, den Heiligen Vater zu bitten, sich einem Interview mit einer Journalistin bezüglich der Lieblingsspeisen des Papstes zu unterziehen.«

»Und warum ist das eine Unverfrorenheit?«

Der junge Prälat zögerte. Er schien für einen Augenblick verwirrt zu sein. Dann fuhr er mit neuem Selbstvertrauen fort: »Weil Kardinal Quartze das gesagt hat, Heiliger Vater.«

»Hat der gelehrte Kardinal seine Gründe genannt? Oder hat er sich, wie gewöhnlich, mit Gott beraten und einfach das göttliche Edikt weitergeleitet?« Franziskus gab sich Mühe, seine völlig natürliche Reaktion auf Ignatio Quartze nicht weiterzugeben. Der Kardinal war ihm natürlich in jeder Hinsicht ausgesprochen unsympathisch. Er war ein *erudito aristocratico* aus einer mächtigen Familie, die in der italienischen Schweiz lebte, und besaß die mitfühlende Wesensart einer in ihrer Ruhe gestörten Kobra. Darüber hinaus sieht er auch wie eine solche aus, dachte Giovanni.

»Das hat er, Heiliger Vater«, erwiderte der Priester. Im gleichen Augenblick war ihm eine gewisse Verlegenheit anzumerken. »Er – er ...«

»Darf ich vorschlagen, Pater«, sagte der Papst mit freundlichem Verständnis, »daß unser hochgeschätzter Kardinal der Meinung Ausdruck gegeben hat, die Lieblingsspeisen des Papstes wären nicht gerade eindrucksvoll?«

»Ich – ich ...«

»Ich sehe schon, daß er genau das getan hat. Nun, Pater, es entspricht der Wahrheit, daß ich eine wesentlich einfachere Küche als unser Kardinal mit dem peinlichen Nasentröpfchen schätze, aber das ist nicht auf einen Mangel an Wissen zurückzuführen. Lediglich auf einen Mangel an, sagen wir einmal, Prunkbedürfnis. Nicht daß unser Kardinal mit dem unglücklichen Blick, der beim Reden immer nach rechts wandert, prunkvoll wäre. Ich glaube nicht, daß ihm das je in den Sinn gekommen ist.«

»Nein, natürlich nicht, Heiliger Vater.«

»Ich glaube allerdings, daß es in dieser Zeit der hohen Preise und der weitverbreiteten Arbeitslosigkeit vielleicht eine gute Idee wäre, wenn ein Papst ein paar preisgünstige, wenn auch, wie ich Ihnen versichern kann, äußerst exzellente Speisen beschriebe. Wer ist diese Journalistin? Sie sagten doch, daß es sich um eine Dame handelt, oder? Sagen Sie es nur ja niemandem weiter, aber das sind die besten Köche.«

»Nein, ganz gewiß nicht, Euer Heiligkeit. Die Nonnen Roms sind äußerst beflissen ...«

»Ganz hervorragend, Pater. Wirklich hervorragend! Wer ist die Journalistin von diesem Feinschmeckerblatt?«

»Sie heißt Lillian von Schnabe. Sie stammt aus Kalifornien und ist mit einem älteren Mann verheiratet, mit einem deutschen Immigranten, der vor Hitler geflohen ist. Zufälligerweise weilt sie augenblicklich in Berlin.«

»Ich habe nur gefragt, wer sie ist, Pater. Nicht nach ihrer Biographie. Wie kommt es, daß Sie das alles wissen?«

»Das stand in der Empfehlung des Informationsdienstes von der Amerikanischen Armee. Die Militärs halten offenbar große Stücke auf sie.«

»Ja, anscheinend. Ihr Mann ist also vor Hitler geflohen? Man wendet sich nicht von so mitfühlenden Frauen ab. Angesichts der gegenwärtigen Lebensmittelpreise – ja, das schreit förmlich nach einer Anzahl preisgünstiger päpstlicher Gerichte. Treffen Sie eine Verabredung, Pater. Sie können auch unserem hochgeschätzten, unglücklicherweise an Atembeschwerden leidenden Kardinal sagen, daß Wir wahrhaft hoffen, daß Unsere Entscheidung ihn nicht beleidigt. *Viva Gourmet*. Der Herrgott ist gut zu mir gewesen. Das ist ein Zeichen der Anerkennung. Ich frage mich, weshalb die Korrespondentin dieser Zeitschrift sich ausgerechnet in Berlin aufhält? Es gibt einen Monsignore in Bonn, der einen ausgezeichneten Sauerbraten macht.«

»Ich schwöre, du hast Federn zwischen den Zähnen!« sagte Lillian, als Sam ins Zimmer kam.

»Immerhin besser als Hühnerscheiße.«

»Was?«

»Mein Gesprächspartner hatte ein seltsames Transportmittel.«

»Wovon redest du?«

»Ich möchte duschen.«

»Aber nicht mit *mir*, Honey!«

»Ich habe mein ganzes Leben noch keinen solchen Hunger gehabt. Die haben sich ja nicht einmal die Zeit für einen – wie zum Teufel heißt das? Einen Strudel – genommen. Es hieß immer nur ›eins, zwei, drei! Mach schnell!‹ Herrgott, ich bin am Verhungern! Die bilden sich wirklich ein, sie hätten den Krieg gewonnen.«

Lillian wich vor ihm zurück. »Du bist der schmutzigste, übelriechendste Mann, den ich je gesehen habe. Mich wundert nur, daß die dich überhaupt ins Hotel gelassen haben.«

»Ich glaube, wir sind im Stechschritt hereinmarschiert.« Sam entdeckte einen großen weißen Umschlag auf der Kommode. »Was ist das?«

»Der Empfang hat das geschickt. Sie sagten, es sei wichtig, und sie waren nicht sicher, daß du unten nach irgendwelchen Mitteilungen fragen würdest.«

»Ich kann daraus nur schließen, daß dein Ex, der Verrückte, wieder am Werk war.« Devereaux öffnete den Umschlag. Er enthielt Flugkarten und einen Zettel.

Sam brauchte den Zettel gar nicht zu lesen, die Flugkarten genügten schon.

Algier.

Dann las er den Zettel.

»*Nein!* Verdammt, *nein*! Das ist ja in weniger als einer Stunde!«

»Was?« fragte Lillian. »Das Flugzeug?«

»Was für ein Flugzeug? Wieso zum Teufel weißt *du* denn, daß es um ein Flugzeug geht?«

»Weil MacKenzie angerufen hat. Aus Washington. Du kannst dir vorstellen, wie er erschrocken ist, als ich mich gemeldet habe ...«

»Spar mir die Einzelheiten!« brüllte Devereaux und rannte zum Telefon. »Ich habe diesem Hundesohn einiges zu sagen! Jeder Sträfling bekommt einmal einen Tag frei! Zumindest, um zu essen und sich zu waschen!«

»Du kannst ihn jetzt nicht erreichen«, sagte Lillian schnell. »Das war einer der Gründe, weshalb er angerufen hat. Er ist für den Rest des Tages unterwegs.«

Sam wandte sich drohend um. Dann hielt er inne. Dieses Mädchen würde ihn wahrscheinlich in Stücke reißen. »Und wahrscheinlich hat er sogar noch einen Vorschlag hinterlassen, weshalb es für mich gut ist, diese Maschine zu nehmen? Natürlich erst, als der Schock überwunden war, den ihm deine liebliche Stimme versetzt hatte.«

Lillian sah ihn verblüfft an. Devereaux fand, daß ihre

Verblüffung nicht ganz echt wirkte. »Mac erwähnte etwas bezüglich eines Deutschen namens König. Daß dieser König daran interessiert wäre, daß du Berlin verläßt — so oder so.«

»Wobei die weniger kontroverse Methode die wäre, daß ich mit der Air France nach Paris und dann von Paris nach Algier fliege?«

»Ja, das hat er gesagt. Wenn auch nicht genau mit diesen Worten. Er mag dich schrecklich gern, Sam. Er spricht von dir wie von einem Sohn. Von dem Sohn, den er nie hatte.«

»Wenn es einen Jakob gibt, dann bin ich Esau. Sonst bin ich als Absalom im Arsch.«

»Du brauchst wirklich nicht vulgär zu werden ...«

»Das ist das einzige, was mir noch übrigbleibt! Was zum Teufel erwartet mich in Algier?«

»Ein Scheich namens Azaz-Varak«, antwortete Lillian Hawkins von Schnabe.

Hawkins verließ das Watergate in einiger Hast. Er wollte nicht mit Sam sprechen. Er vertraute Lillian absolut, allen vier Mädchen vertraute er. Sie machten ihre Sache ausgezeichnet. Außerdem war er mit einem Israeli-Major verabredet, der mit einigem Glück die letzten Stücke des Puzzlespiels für ihn zusammensetzen würde, und dieses Zusammensetzspiel war Scheich Azaz-Varak. Ehe Devereaux nach Algier kam, würde er noch ein Telefongespräch führen müssen, und dieses Gespräch konnte der Hawk ohne jenen Punkt nicht führen, der den letzten Teil der Firmenfinanzierung sichern mußte.

Daß Azaz-Varak ein Dieb war, und zwar von globalen Dimensionen, war nichts Neues. Im Zweiten Weltkrieg hatte er gleichzeitig den Alliierten und der Achse zu unverschämten Preisen Öl verkauft und dabei nur diejenigen begünstigt, die sofort bar bezahlten. Das hatte keineswegs dazu geführt, daß sie seine Feinde wurden, vielmehr wurde seine Politik von Detroit bis Essen respektiert.

Aber der Krieg war inzwischen zu Geschichte geworden. Jener Krieg. Hawkins interessierte auch Azaz-Varaks Verhalten in einem viel jüngeren Konflikt – der Krise im Nahen Osten.

Azaz-Varak war nirgends zu finden.

Während im Nahen Osten wilde Flüche das Land erschütterten und die Welt zusah, wie Armeen gegeneinander anrannten, krisenbeladene Konferenzen stattfanden und unerhörte Profite gemacht wurden, begaben sich die habgierigsten Scheichs auf die Virgin Islands.

Verdammt! Es ergab einfach keinen Sinn! Also nahm sich MacKenzie noch einmal Azaz-Varaks Akten vor und studierte sie mit dem scharfen Blick des Fachmanns. Langsam kristallisierte sich in den Jahren zwischen 1946 und 1948 ein Schema heraus. Scheich Azaz-Varak hatte offenbar beträchtliche Zeit in Tel Aviv verbracht.

Nach den Aufzeichnungen hatte er die ersten paar Reisen in aller Öffentlichkeit unternommen. Man nahm an, daß Azaz-Varak Israeli-Frauen für seinen Harem suchte. Später freilich fuhr Azaz-Varak fort, nach Tel Aviv zu fliegen, aber nicht mehr so auffällig. Er landete vielmehr des Nachts auf abseits gelegenen Privatflugplätzen, die für seine modernsten und teuersten Privatmaschinen geeignet waren.

Ging es wieder um Frauen? Hawkins hatte ausführliche Nachforschungen angestellt und hatte trotzdem nicht einmal den Namen einer einzigen Israeli-Frau ausfindig machen können, die je in das Scheichtum von Azaz-Kuweit gegangen wäre.

Was aber hatte Azaz-Varak im Staate Israel getan? Und weshalb war er so häufig dorthin gereist?

Seltsamerweise lösten spezielle Informationen, von der Marineabwehr auf der Insel St. Thomas aufgestöbert, das Rätsel. Azaz-Varak war während des Nahostkrieges dorthin geflohen und bemühte sich, mehr Land aufzukaufen, als irgend jemand zu verkaufen wünschte. Als man ihn abwies, wurde er wütend. Die Inselbewohner hatten genügend Schwierigkeiten. Sie brauchten keine Araber mit Harems und Sklaven. Herrgott! *Sklaven!* Der bloße Gedanke reichte aus, um dem Chef des Touristikbüros eine Herzattacke einzutragen. Die Vorstellung, daß all diese Haushaltsangestellten in den Streik treten könnten, konnte einem den Magen umdrehen. Azaz-Varak wurde ganz systematisch daran gehindert, auch nur einen Eimer voll Sand zu kaufen. Als der Verdacht aufkam, er könnte versuchen, durch Strohmänner zu verhandeln, wurden Übereinkünfte geschlossen, bei denen Palm Beach vor Neid hätte grün anlaufen müssen. Mit einfachen Worten besagten diese Übereinkünfte: kein Scheißaraber durfte irgendwelches Land besitzen, pachten, mieten, besuchen oder auch nur widerrechtlich betreten. So brachte der kaufbegierige Scheich in seiner zornigen Enttäuschung eine amerikanische Holdinggesellschaft ins Spiel, die sich Buffalo Corporation nannte, und versuchte, über sie zu verhandeln. Immerhin gab es Gesetze, und St. Thomas war eine Besitzung der Vereinigten Staaten. Aber es bedurfte keiner besonders umfangreichen Untersuchungen seitens Hawkins', um der Tatsache auf die Spur zu kommen, daß die Buffalo Corporation – Adresse: Albany Street, Buffalo, New York, Telefon: nicht angegeben – ein Tochterunternehmen einer unbekannten Gesellschaft war, die sich Pan-Friendship nannte, deren Hauptbüro in Beirut lag und deren Telefonnummer ebenfalls nicht angegeben war.

Weitere Überseegespräche mit verschiedenen Gewährsleuten in Israel enthüllten schließlich, was Azaz-Varak während all jener Besuche in der Judenheimat getan hatte. Die Hälfte des gesamten Immobilienbesitzes in Tel Aviv gehörte ihm, wovon der größte Teil in den ärmeren Vierteln der Stadt lag.

Die Buffalo Corporation hatte Mieteinnahmen aus der ganzen Stadt. Und wenn der Israeli-Major, der im Versorgungswesen tätig war, einen Bericht bestätigen konnte, den der Hawk von ein paar alten kambodschanischen Freunden beim CIA bekommen hatte, war die Buffalo Corporation auch noch in einer anderen Branche tätig. In einer Branche, die für den Besitzer besagter Buffalo Corporation höchst unglückliche Implikationen enthielt, weil er eben der Araber war, der den Immobilienmaklern in St. Thomas solche Angst eingejagt hatte.

Der Bericht war ganz simpel. MacKenzie brauchte nur einen Militärbeamten, der ihn bestätigen mußte. Denn die Jungs vom CIA hatten erfahren, daß einer der Lieferanten der israelischen Armee während des Nahostkrieges eine wenig bekannte amerikanische Gesellschaft namens Buffalo Corporation war.

Scheich Azaz-Varak war nicht nur der Inhaber von der größeren Hälfte allen Wohnraums in Tel Aviv, sondern hatte auf dem Höhepunkt des Konflikts die israelische Kriegsmaschinerie mit Treibstoff versorgt, um zu verhindern, daß die Verrückten in Kairo seine Investitionen beschädigten.

Das ist die Art von Information, die es einfach notwendig macht, ein Ferngespräch zu führen, dachte MacKenzie Hawkins. Ein Ferngespräch mit dem Scheichtum von Azaz-Kuwait.

Devereaux wußte die Sympathie zu schätzen, die ihm die Air-France-Stewardeß entgegenbrachte, aber noch mehr hätte er es zu schätzen gewußt, wenn sie ihm etwas zu essen gebracht hätte. Die 727 hatte keine Vorräte an Bord, ein Zustand, der in Paris korrigiert werden würde. Dem Anschein nach – und es gab für ihn keine Möglichkeit, sich zu vergewissern – waren die deutschen Lieferfahrzeuge, von denen die Air France versorgt wurde, irgendwie auf der Interzonenautobahn hängengeblieben. Und was noch an Bord gewesen war, hatte die tschechoslowakische Bodenmannschaft in Prag gestohlen. Außerdem war das Essen in Paris besser.

So rauchte Sam Zigaretten, ertappte sich dabei, wie er auf Tabakfasern herumkaute, und versuchte sich auf die Aktivitäten von MacKenzie Hawkins zu konzentrieren. Sein Sitznachbar gehörte irgendeiner östlichen Religion an. Vielleicht war er ein Sikh, mit brauner, leicht grau getönter Haut, einem sehr kleinen schwarzen Bart, einem purpurfarbenen Turban und unruhigen Augen, die denen einer Ratte so stark ähnelten, wie das menschliche Augen überhaupt konnten. Das machte es ihm leichter, über MacKenzie nachzudenken. Auf dem Flug nach Paris würde ihm jedenfalls nicht nach Konversation zumute sein.

Hawkins hatte seine dritten zehn Millionen aufgebracht. Und jetzt war da nur noch ein arabischer Scheich, der als viertes und letztes Opfer ausersehen war. Was auch immer es war, das MacKenzie aus den Akten hervorgezaubert hatte, es stand jedenfalls in der Wirkung einer thermonuklearen Bombe in nichts nach. Herrgott! *Vierzig Millionen!*

Was hatte er damit vor? Welche Art von ›Geräten und Hilfspersonal‹ (was beim Teufel sie auch immer sein mochten?) konnte nur annäherend so viel kosten?

Man kidnappt zugegebenermaßen einen Papst nicht mit einem Dollar und einem Vierteldollar in der Tasche, aber war es notwendig, dafür die ganze italienische Staatsschuld auszugleichen?

Eines stand fest. Der Plan, den der Hawk für das Kidnapping ausgearbeitet hatte, sah den Austausch außergewöhnlicher Beträge vor, und wer auch immer solche Beträge akzeptierte, machte sich *ipso facto* der Mithilfe in der unverschämtesten Entführung der ganzen Geschichte schuldig. Das war ein weiterer Ausweg, den er, Sam, untersuchen konnte. Übrigens ein recht guter. Wenn er sich die Namen von einigen Lieferanten beschaffen konnte, die mit Mac Geschäfte machten, dann konnte er ihnen Angst einjagen, so viel Angst, daß sie ausstiegen. Der Hawk würde doch ganz sicher nicht zu jemandem sagen: ›Ja, ich kaufe den Eisenbahnzug, weil ich vorhabe, diesen Papsttypen zu kidnappen, und das wäre mir sehr hilfreich.‹ Nein, so ging ein erfahrener General ganz bestimmt nicht vor. Aber wenn er, Sam, sich an dieselbe Person heranmachte und sagte: ›Sie wissen schon, dieser Zug, den Sie an diesen bärtigen Idioten verkaufen wollen ... Er will ihn dazu einsetzen, den Papst zu kidnappen. Überschlafen Sie es einmal.‹ Nun, dann war das etwas völlig anderes. Der Zug würde nicht verkauft werden. Und wenn er verhindern konnte, daß ein Zug verkauft wurde, konnte er vielleicht auch verhindern, daß andere Ausrüstungsgegenstände den Hawk erreichten. MacKenzie war ein Produkt der Army. Nachschublinien waren für jede Operation von hervorragender Bedeutung. Ohne sie wurden ganze Strategien geändert, selbst aufgegeben. So stand es in der Bibel der Militärs.

Ja, dachte Devereaux und blickte durch das Fenster der lebensmittellosen Air-France-Maschine ins deutsche Zwielicht hinaus, das ist ein sehr vernünftiger Weg. In Verbindung mit seiner ersten Überlegung, daß er herausfinden mußte, wie der Hawk beabsichtigte, die Entführung zu bewerkstelligen, und der zweiten Überlegung – zu eruieren, womit MacKenzie seine Investoren erpreßte – stellten die Nachschubwege einen dritten wichtigen Bestandteil dar. Und das Ganze war Präventivmedizin.

Sam schloß die Augen und beschwor die Erinnerungen an die Vergangenheit herauf. Er befand sich im Keller seines Hauses in Quincy, Massachusetts. Auf dem großen Tisch, der mitten im Zimmer stand, war seine Modelleisenbahn aufgebaut, und die Züge fuhren im Kreis herum, vorbei an den Miniaturwäldern und über die winzigen Brücken und durch die Spielzeugtunnels. Aber an dem Bild war etwas Seltsames. Mit Ausnahme der Lokomotive und dem Kohlenwagen waren alle anderen Waggons mit der gleichen Aufschrift versehen: ›Kühlwagen, verderbliche Lebensmittel.‹

In Orly wurden die Passagiere nach Algier aufgefordert, in der Maschine zu bleiben. Aber das machte Devereaux nichts aus, als er den weißen Lieferwagen neben dem Flugzeug auftauchen sah und dann Zeuge wurde, wie Männer in weißen Mänteln makellose Stahlblechcontainer in die Bordküche schafften. Er lächelte sogar dem Mann mit den Rattenaugen neben sich zu und bemerkte dabei, daß der purpurfarbene Turban seines Sitznachbarn etwas über seine braune Stirn gerutscht war. Sam hätte vielleicht etwas gesagt – er hatte schon vor langer Zeit gelernt, daß selbst

Fremde dafür dankbar waren, wenn man ihnen sagte, daß ihr Hosenlatz offen war. Aber da einige andere beturbante Bekannte, die in Orly an Bord gegangen waren, zu dem Mann geeilt waren und ihm ihren Respekt erwiesen hatten, ohne dabei etwas zu sagen, war Devereaux zu der Ansicht gelangt, daß ihm das nicht zukam. Außerdem schienen die meisten anderen purpurfarbenen Turbane ebenfalls etwas schief zu sitzen. Vielleicht handelte es sich um eine besondere Eigenheit dieser religiösen Sekte.

Trotzdem konnte Sam nur an die makellosen Stahltabletts denken, die sich jetzt sicher in der Bordküche befanden und einladende Düfte von *escalope de veau, tornedos, sauce Béarnaise* und, wenn er sich nicht sehr täuschte, *steak au poivre* verbreiteten. Gott war in seinem Himmel und auch auf der Air France. Du lieber Himmel! Devereaux versuchte abzuschätzen, wie viele Stunden er bereits nichts mehr gegessen hatte – fast sechsunddreißig.

Unverständliche Worte dröhnten durch die Kabinenlautsprecher. Die 727 rollte wieder auf das Flugfeld hinaus. Zwei Minuten später waren sie in der Luft, und die Stewardessen gingen daran, die interessanteste Art von Literatur zu verteilen, die Sam sich vorstellen konnte – Speisekarten.

Seine Bestellung nahm mehr Zeit in Anspruch als die von sonst irgend jemandem in der ganzen Kabine. Teilweise war dies der Tatsache zuzuschreiben, daß er beim Sprechen eine starke Speichelabsonderung hatte und einige Male schlucken mußte. Dann folgte eine fast unerträgliche Stunde. Normalerweise war diese Zeit für Sam nicht unerträglich, da sie von Cocktails ausgefüllt war. Aber heute konnte er nicht trinken – sein Magen war zu leer.

Endlich ging die Stewardeß den Mittelgang hinunter, verteilte die Miniaturtischtücher, legte das in eine Serviette gehüllte Besteck auf und bestätigte noch einmal die zum Essen ausgewählten Weine. Sam konnte einfach nicht anders – er drehte sich immer wieder um und sah nach hinten. Die Düfte aus der Kombüse trieben ihn zum Wahnsinn. Jeder Geruch war für seine Nase ein wahres Bankett, und bei jedem erkennbaren Aroma lief ihm erneut das Wasser im Mund zusammen.

Und dann kam es natürlich so, wie es kommen mußte.

Der unheimlich aussehende Sikh neben ihm sprang von seinem Sitz auf und entwirrte seinen purpurfarbenen Turban. Aus dem Tuch fiel ein großer, gefährlich aussehender Revolver und landete krachend auf dem Deck der Maschine. Rattenauge warf sich nach vorn, hob ihn auf und schrie: *»Aiyee! Aiyee! Aiyee! Al Fatah! Al Fatah! Aiyee!«*

Das war das Signal. Eine schrille Symphonie von ›Aiyees‹ und ›Fatahs‹ war hinter der Ersten Klasse aus dem langen Rumpf der Maschine zu hören. Aus den Tiefen seiner Hosen zog Rattenblick einen besonders langen, mörderisch aussehenden Dolch.

Sam starrte ihn benommen an, völlig erledigt.

Der Mann war also kein Sikh. Er war ein Araber. Ein gottverdammter palästinensischer Scheißaraber.

Was auch sonst?

Die Stewardeß sah sich jetzt der mörderischen Klinge gegenüber. Der Lauf der riesigen Pistole bohrte sich zwischen ihre Brüste. Sie tat ihr Bestes, aber der Schrecken, der sie gepackt hielt, ließ sich nicht verbergen. »Verständigen Sie Ihren Kapitän!« kreischte der Palästinenser. »Diese Maschine fliegt nach Algerien weiter. Dies ist der Wunsch der Al Fatah! Nach Algier! Nur Algier! Sonst sterben Sie alle. *Sterben! Sterben!«*

»Mais oui, Monsieur!« schrie die Stewardeß. »Die Maschine fliegt nach Algier! *Das ist* unser Bestimmungsort, Monsieur!« Der Araber schien in sich zusammenzufallen. Seine wilden, durchdringenden Augen wurden plötzlich zu stumpfen Tümpeln, die mit Schlamm gefüllt zu sein schienen, und die winzigen Punkte aus fragendem Chaos inmitten des Schlamms verrieten seine Enttäuschung.

Dann leuchteten wieder Wahnsinn und Grausamkeit darin auf. Er fuchtelte mit seinem mächtigen Dolch in der Luft herum und brachte es fertig, mit der anderen Hand drohende Gesten mit seiner Pistole zu vollführen.

Seine dämonischen Schreie drohten das Spezialglas der Kabinenfenster zu sprengen. Aber zum Glück hielten sie stand.

»*Aiyee! Aiyee! Arafat!* Hört das Wort von *Arafat*! Jüdische Hunde und christliche Schweine! Es gibt nichts zu essen und kein Wasser, bis wir *landen*! *Das ist das Wort von Arafat!*«

Und in den tiefsten Tiefen von Sams Unterbewußtsein flüsterte eine leise Stimme: ›Die haben dich am Arsch, Baby.‹

15.

Der Regisseur zuckte zusammen, zwei Violinen und drei Hörner hatten während des Crescendo von ›Musettas Walzer‹ gepatzt. Das Finale des Akts war beim Teufel. Zum wiederholten Male!

Er machte sich eine Notiz für den Dirigenten, der, wie er sehen konnte, verzückt lächelte und offenbar die Dissonanz nicht bemerkt hatte. Verständlich – der Mann war praktisch stocktaub.

Als der Regisseur aufblickte, sah er, saß der Beleuchter wieder eingeschlafen war. Vielleicht war er auch austreten gegangen. Zum wiederholten Male. Der Scheinwerferkegel war nach unten gerichtet, völlig reglos, in das Orchester – auf einen verwirrten Flötisten und nicht auf Mimi.

Er machte sich eine Notiz.

Auf der Bühne selbst gab es eine weiteres Problem. Zwei Probleme. Die Pendeltüren, die in das Café führten, waren verkehrt herum eingehängt worden, mit dem V-förmigen Ausschnitt nach unten, so daß die Zuschauer hinter die Szene sehen konnten, wo jetzt zahlreiche nackte Füße abgerieben wurden und mehrere Schauspieler sich gelangweilt kratzten. Das zweite Problem war die Treppe auf der linken Bühne. Sie hatte sich gelöst, so daß Rodolfos Fuß ins Leere trat, was dazu führte, daß seine Strumpfhose bis zum Schritt aufplatzte.

Der Regisseur seufzte und machte sich zwei weitere

Notizen. Puccinis *La Bohème* wurde von der Truppe wie üblich malträtiert. *Managgia!*

Nachdem er drei Ausrufezeichen hinter seine sechsundzwanzigste Notiz gesetzt hatte, kam der Assistent des Direktors an sein Pult und reichte ihm einen Zettel.

Er war für Guido Frescobaldi bestimmt, und da jede Abwechslung der Tortur vorzuziehen war, sich den Rest des Akts anzusehen, faltete der Regisseur das Papier auseinander und las die wenigen Zeilen.

Dann stockte ihm unwillkürlich der Atem. Der alte Frescobaldi würde einen Anfall bekommen – wenn es Guido überhaupt möglich war, einen Anfall zu bekommen. Im Zuschauerraum war ein Zeitungsreporter, der sich mit Frescobaldi nach der Vorstellung treffen wollte.

Der Regisseur schüttelte traurig den Kopf und erinnerte sich lebhaft an Guidos Tränen und Proteste, als der letzte (und einzige) Reporter ihn interviewt hatte. Es waren sogar zwei Reporter gewesen – ein Mann aus Rom und ein allem Anschein nach stummer chinesischer Kollege. Beides Kommunisten.

Aber das Interview war es gar nicht gewesen, das Frescobaldi so verstimmt hatte, sondern der Artikel, der daraus entstanden war.

›Verarmter Opernkünstler müht sich um Kultur des Volkes ab, während sein Vetter, der Papst, in Luxus und vom Schweiß der unterdrückten Arbeiter lebt!‹

So hatte der Artikel begonnen. Auf der Titelseite der kommunistischen Zeitung *Lo Popolo* war er erschienen. Er hatte im weiteren Verlauf herausgearbeitet, daß infolge gründlicher Recherchen der *Popolo*-Journalisten, die stets über die unheilige Allianz des Kapitalismus mit der bösen organisierten Religion wachten, die krasse Ungerechtigkeit ans Licht gekommen war, die diesem Verwandten des mächtigen und despotischsten religiösen Führers der Welt zugemutet wurde. Diesem armen Mann, der dem Papst zu allem Überfluß noch so verblüffend ähnelte. Man schilderte, wie der eine, Guido Frescobaldi, seiner Kunst Opfer brachte, und wie sein Vetter, Papst Franziskus, in Saus und Braus lebte. Wie Guido sein großes Talent den Massen widmete und nie materiellen Lohn suchte – befriedigt, weil seine Leistung den Geist des Volkes den Höhen der Kunst entgegenführte, so ganz und gar unähnlich seinem Vetter, dem Papst, der überhaupt nichts leistete, sondern nur stets nach neuen Methoden suchte, um den verängstigten Armen das Geld abzuknöpfen. Guido Fescobaldi erschien wie ein irdischer Heiliger, während sein Vetter zum Schurken gestempelt wurde, der in den Katakomben, umgeben von seinen Schätzen, Orgien feierte.

Der Regisseur wußte nicht viel über Guidos Vetter oder das, was der in seinen Katakomben tat, aber er kannte Frescobaldi. Und der Reporter des *Popolo* hatte ein Porträt gezeichnet, das in einem gewissen Gegensatz zu dem Guido stand, den sie alle kannten. Aber *dieser* Guido war es, von dem die Welt außerhalb Mailands las. *Lo Popolo* verkündete in einem redaktionellen Beitrag, daß die erschütternde Geschichte in allen sozialistischen Ländern, China eingeschlossen, abgedruckt werden würde.

Oh, wie Frescobaldi sich erregt hatte! Das Ganze war ihm ungeheuer peinlich, und das konnte man seinem Geschrei auch entnehmen. Der Regisseur hoffte, daß es ihm gelingen würde, Guido während des Szenenwechsels abzufangen und ihm die Nachricht zu übermitteln. Aber es war nicht immer leicht, Guido während eines Szenenwechsels aufzuspüren. Und es war völlig sinnlos, den Zettel in seine Garderobe zu legen, denn dort würde er ihn nie finden.

Denn für Guido Frescobaldi war die Rolle des Alcindoro sein großer Augenblick in der Welt der Oper. Sie war sein einmaliger Triumph in einem Leben, das ganz seiner geliebten *musica* gewidmet war. Diese Rolle war der Beweis, daß Hartnäckigkeit wirklich und wahrhaftig den Vorrang vor Talent hatte.

Guido pflegten die Ereignisse auf der Bühne – und seine eigene Darbietung – so zu bewegen, daß er wie in Trance hinter den Kulissen einherwandelte, bis die Verwirrung eines Szenenwechsels vorüber war. Seine Augen waren dann unweigerlich feucht und sein Haupt hoch erhoben, erfüllt von dem Wissen, daß er sein Herzblut für die Zuhörer der Scala Minuscolo gegeben hatte, jener fünftrangigen Besetzung des weltberühmten Opernhauses. Es war gleichzeitig eine Ausbildungsstätte und ein musikalischer Friedhof, die es den Unerfahrenen erlaubte, einmal mit den Flügeln ihrer Stimme zu schlagen, während jene anderen, die ihren Höhepunkt bereits hinter sich hatten, so lange beschäftigt blieben, bis der große Kapellmeister sie zu jenem glorreichen Fest im Himmel rief.

Der Regisseur las den für Guido bestimmten Zettel noch einmal. Unter den Zuhörern befand sich an jenem Abend eine Journalistin namens Signora Greenberg, die sich mit Frescobaldi zu unterhalten wünschte. Keine geringere Quelle als der *Information Servizio* der Armee der Vereinigten Staaten hatte sie empfohlen. Und der Regisseur wußte sehr wohl, weshalb diese Signora Greenberg die Empfehlung in ihren Zettel übernommen hatte. Seit jenem schrecklichen Artikel weigerte sich Guido nämlich hartnäckig, irgend jemanden von der Presse zu empfangen. Er hatte sich sogar einen mächtigen Walroßschnurrbart und den dazu passenden Bart wachsen lassen, um die Ähnlichkeit zwischen sich und dem Papst zu verringern.

Die Kommunisten waren dumm. *Lo Popolo* suchte geradezu gewohnheitsmäßig Streit mit dem Vatikan, mußte aber bald erkennen, was jeder andere schon wußte: Papst Franziskus war kein Mann, den man in den Schmutz zog. Dazu war er einfach zu nett.

Guido Frescobaldi ist auch ein netter Bursche, dachte der Regisseur. Wie oft hatten sie am Abend nach der Vorstellung eine Flasche Wein oder zwei miteinander geteilt – ein Stichwortgeber in mittleren Jahren und altgewordener Charakterschauspieler, der sein Leben der Musik geweiht hatte.

Und welches Drama lag doch in der *wahren* Geschichte des Guido Frescobaldi! Ein Drama, das eines Puccini selbst würdig gewesen wäre.

Er lebte nur für seine geliebte Oper. Alles andere war für ihn belanglos, einzig und allein notwendig, um Leib und musikalische Seele zusammenzuhalten. Vor Jahren war er verheiratet gewesen. Und sechs Jahre später hatte seine Frau ihn verlassen und ihre sechs Kinder in ihr Heimatdorf in der Nähe von Padua mitgenommen, in die Sicherheit des nicht ganz unbescheidenen Bauernhofes ihres Vaters. Und dies, obwohl Frescobaldis Lebensumstände – was der Tradition nach die Lebensumstände seiner Familie bedeutete – keineswegs verzweifelt gewesen waren. Wenn sein eigenes Einkommen im Augenblick für *ihn* nicht ganz ausreichte, so entsprach das seinen Wünschen und entsprang keineswegs der Notwendigkeit. Die Frescobaldis waren tatsächlich einigermaßen wohlhabend. Ihre Vettern, die Bombalinis, waren sogar wohlhabend genug gewesen, um ihrem dritten Sohn Giovanni den Eintritt in die Kirche zu ermöglichen, und das erforderte, weiß Gott, einiges Geld.

Aber Guido wandte allen Dingen, die den Klerus, die Wirtschaft und den Ackerbau betrafen, den Rücken. Er interessierte sich nur für seine Musik, seine Oper. Er quälte seinen Vater und seine Mutter so lange, bis sie ihn auf die Akademie in Rom sandten, wo sich bald erwies, daß Guidos Leidenschaft für die Musik seine Talente weit in den Schatten stellte.

In Frescobaldi mochte das Feuer und die Seele aller Südländer wohnen, aber dazu war ihm auch von seinem Schöpfer ein geradezu erschütternd schlechtes Gehör verliehen worden. Und Papa Frescobaldi begann nervös zu werden. Die Leute, mit denen Guido sich umgab, waren *non stabile* – sie trugen komische Kleider.

Und so forderte Papa den zweiundzwanzigjährigen Guido auf, in das Dorf nördlich von Padua zurückzukehren. Er hatte jetzt acht Jahre in Rom studiert und keine erkennbaren Fortschritte erzielt. Man hatte ihm keine Arbeit – zumindest nicht in der Musikwelt – angeboten, und eine musikalische Zukunft schien ihm nicht zu winken.

Doch das ließ Guido kalt. Für ihn zählte es einzig und

allein, von Musik umgeben zu sein. Papa konnte das nicht verstehen. Papa war auch nicht länger bereit zu bezahlen, und so kam Guido nach Hause.

Frescobaldi der Ältere forderte seinen Sohn auf, seine nette Kusine Rosa Bombalini zu heiraten, der es schwerfiel, einen Mann zu finden. Papa würde Guido als Hochzeitsgeschenk einen *fonografo* schenken. Dann würde er sich so viel Musik anhören können, wie er wollte. Andererseits, wenn er Kusine Rosa nicht heiratete, würde Papa ihm den Arsch aufreißen.

Und so erduldete Guido Frescobaldi sechs Jahre lang, während sein Vetter und Schwager, Pater Giovanni Bombalini, im Vatikan studierte und an fremde Orte geschickt wurde, eine erzwungene Ehe mit dreihundert Pfund Selbstmitleid namens Rosa.

Am Morgen seines siebten Hochzeitstages gab er auf. Er erwachte schreiend, zerschlug Fenster, zerschmetterte Möbel, warf Töpfe mit Linguini gegen die Wände und sagte Rosa, sie und ihre sechs Kinder seien die widerwärtigsten Menschengeschöpfe, denen er je begegnet wäre.

Basta!

Alles hatte seine Grenzen!

Rosa sammelte ihre Kinder um sich und floh auf den Bauernhof, und Guido ging in die Stadt zum Pastaladen seines Vaters, packte eine Schüssel mit Tomatensauce, warf sie Papa ins Gesicht und verließ Padua für immer. Er zog nach Mailand.

Wenn die Welt ihn schon nicht als großen Operntenor feiern wollte, so würde er zumindest den großen Sängern und der großen Musik nahe sein. Er würde Toiletten säubern, Bühnen fegen, Kostüme nähen und Speere tragen. Alles würde er tun.

Er würde sein Leben La Scala widmen.

Und so war Frescobaldi im Lauf von vierzig Jahren langsam, aber zufrieden aufgestiegen – von den Toiletten zu den Besen, von der Nadel zu den Speeren. Schließlich gewährte man ihm jene ersten paar Worte auf der Bühne.

›Nicht so besonders viel singen, Guido! Eher reden, verstehst du?‹ Und die Offenheit, mit der er seine Gefühle hinaussang, machte ihn sofort zum Favoriten jener weniger anspruchsvollen Opernbesucher. Von La Scala Minuscolo. Wo die Eintrittskarten weniger kosteten.

Auf seine Art war Frescobaldi so etwas wie eine Institution. Er stand stets zur Verfügung, um bei den Proben zu helfen, um Stichworte zu geben, um für jemanden einzuspringen, um zu rezitieren. Und sein Wissen war gewaltig.

Nur einmal in all den Jahren kam es dazu, daß Guido jemandem Schwierigkeiten machte, und das war eigentlich gar nicht seine Schuld. Natürlich war das der Versuch von *Lo Popolo*, seinen Vetter, den Papst, in Verlegenheit zu bringen. Zum Glück hatte der kommunistische Schreiberling nichts von Frescobaldis früher Ehe mit der Schwester des Papstes erfahren. Das wäre ihm auch recht schwergefallen, weil Rosa Bombalini vor drei Jahrzehnten gestorben war. Sie hatte sich schlicht überfressen.

Eilig begab sich der Regisseur zu Frescobaldis Garderobe. Doch er kam zu spät. Die Dame, die da mit Guido sprach, war sicher die Signora Greenberg. Sie wirkte sehr amerikanisch und sehr wohlgeformt, aber ihr Italienisch war ein wenig seltsam. Ihre Worte waren etwas in die Länge gezogen, so als gähnte sie, aber die Dame wirkte keineswegs schläfrig.

»Sehen Sie, Signore Frescobaldi, der Zweck meines Artikels besteht darin, den häßlichen Dingen entgegenzuwirken, die diese Kommunisten geschrieben haben.«

»O ja, *bitte*!« rief Guido flehentlich. »Widerwärtig war das! Es gibt keinen besseren Mann auf der Welt als meinen lieben Vetter, *Il Papa*. Ich weine wegen all der Peinlichkeit, die ich verursacht habe!«

»Ich bin sicher, daß er das nicht so empfindet. Er spricht sehr freundlich von Ihnen.«

»Ja – ja, das kann ich mir denken«, erwiderte Frescobaldi, und Tränen traten ihm in die Augen. »Als Kinder haben wir miteinander auf den Feldern gespielt, wenn sich unsere Familien trafen. Giovanni – entschuldigen Sie, Papst Franziskus – war der Beste von all den Brüdern und Vettern. Er war ein guter Mensch, schon als Kind. Und Verstand hatte der!«

»Er wird glücklich sein, Sie wiederzusehen«, sagte die Signora. »Der genaue Zeitpunkt liegt noch nicht fest, aber er hofft, daß Sie sich gemeinsam mit ihm fotografieren lassen.«

Guido Frescobaldi konnte nicht mehr an sich halten. Obwohl er seine Würde keineswegs verloren hatte, weinte er – leise und ohne irgendwelche Gesten. »Er ist so freundlich. Wußten Sie, daß er mir damals, als dieses schreckliche Magazin herauskam, einen Brief geschickt hat, handschriftlich? Er hat mir geschrieben: ›Guido, mein Vetter und lieber Freund – weshalb hast Du Dich all die Jahre versteckt? Bitte, besuch mich, wenn Du nach Rom kommst. Wir werden Boccia miteinander spielen. Ich habe im Garten eine Bahn anlegen lassen. Wie immer, meinen Segen, Giovanni.‹« Frescobaldi betupfte sich die Augenwinkel. »Keine Spur von Ärger oder Mißvergnügen. Aber ich würde natürlich eine so große Persönlichkeit nie stören. Wer bin ich denn schon?«

»Er wußte, daß es nicht Ihre Schuld war. Ihrem Vetter ist es natürlich lieber, wenn nicht bekannt ist, daß wir diese antikommunistische Geschichte vorbereiten. So wie die Politik heutzutage aussieht . . .«

»Ich sage kein Wort«, fiel Guido der Dame ins Wort. »Ich warte, bis ich von Ihnen höre, und ich werde nach Rom kommen. Wenn ich zu diesem Zeitpunkt einen Auftritt habe, muß meine zweite Besetzung für mich einspringen. Vielleicht werfen die Zuhörer dann mit Gemüse, aber für Franziskus tu ich *alles*!«

»Er wird gerührt sein.«

»Wußten Sie«, fragte Frescobaldi, beugte sich im Stuhl vor und sprach jetzt ganz leise, »daß das Gesicht unter diesem Schnurrbart dem meines Vetters sehr ähnlich ist?«

»Sie meinen, Sie sehen sich wirklich *ähnlich*?«

»Es war immer so – seit wir Kinder waren.«

»Das wäre mir nie in den Sinn gekommen. Aber jetzt, wo Sie es erwähnen, entdecke ich eine gewisse Ähnlichkeit.«

Der Regisseur schloß leis' die Tür, die halb offen gewesen war. Sie hatten ihn nicht gesehen, und es bedurfte auch gar keiner Unterbrechung. Guido wäre das vielleicht peinlich gewesen. Die Garderobe war klein. Frescobaldi würde also seinen Vetter, den Papst besuchen. *Buonissime!* Vielleicht konnte er den Papst dazu bewegen, La Scala Minuscolo einige Mittel zuzuweisen. Sie könnten das Geld brauchen.

»Aiyee! Al Fatah! Arafat!«

Die schreienden palästinensischen Revolutionäre rannten durch die Ausgangstüren und die Treppe hinunter auf die Betonfläche des Dar-el-Beida Flughafens. Sie umarmten und küßten einander und fuchtelten wild mit ihren Messern und Dolchen herum. Einem Unglücksraben wurde vor lauter Freude der Finger abgeschnitten, aber das konnte den Jubel nicht beeinträchtigen. Unter der Führung von Rattenauge rannte die Gruppe zu dem Zaum, der den Flugplatz umgab.

Niemand versuchte, sie aufzuhalten. Tatsächlich wanderten sogar die Scheinwerfer in ihre Richtung, um ihnen den Weg über den Zaun zu zeigen. Die Behörden hatten eingesehen, daß es wünschenswert wäre, wenn die Idioten auf diesem Weg vom Flugplatz verschwanden. Wenn sie das Abfertigungsgebäude betraten und den Flughafen durch die Türen verließen, würde auf diese Weise viel Gesicht verloren werden. Außerdem – je schneller sie verschwanden, desto besser. Dem Fremdenverkehr nützten sie keinesfalls.

Kaum hatte der letzte Palästinenser die Maschine verlassen, als Sam in die Kombüse der Air-France-Maschine geeilt war. Doch ohne Erfolg. Inmitten der Krise hatte die Air France den Kopf behalten – und ihren Geschäftssinn. Die blitzenden Metallbehälter waren sorgfältig verstaut und erwarteten die nächsten Passagiere.

»Ich habe für das verdammte Essen bezahlt!« schrie Sam.

»Es tut mir leid«, sagte die Stewardeß und lächelte

ausdruckslos. »Die Vorschriften lassen es nicht zu, daß nach der Landung serviert wird.«

»Um Himmels willen, man hat uns entführt!«

»Auf Ihrem Ticket steht Algier. Wir sind in Algier gelandet. Jetzt gibt es nichts mehr zu essen.«

»Das ist unmenschlich!«

»Das ist die Air France, Monsieur.«

Devereaux taumelte durch die Zollabfertigung. Er hielt vier amerikanische Fünf-Dollar-Noten in der Hand – aufgefächert, als würde er Karten spielen. Jeder der vier algerischen Inspektoren, die sich mit ihm befaßten, nahm einen der Scheine, lächelte und reichte Sam an den nächsten weiter. Kein Gepäck wurde geöffnet. Sam riß seinen Koffer vom Laufband und sah sich verzweifelt nach dem Flughafenrestaurant um.

Es war geschlossen. Religiöser Feiertag.

Die Taxifahrt vom Flughafen zum Hotel Aletti in der Rue de l'Enur El Khettabi trug nicht dazu bei, seine Nerven zu beruhigen oder seinen schmerzhaft leeren Magen zu besänftigen. Das Vehikel war uralt, der Fahrer noch älter und die Straße, die in die Stadt führte, steil und voller Kurven und Haarnadelkehren.

»Es tut uns schrecklich leid, Monsieur Devereaux«, sagte der dunkelhäutige Angestellte am Empfang in überaus präzisem Englisch, »ganz Algier befindet sich im Fastenzustand, bis die Sonne am Morgen aufgeht. Das ist Mohammeds Wille.«

Sam beugte sich über die marmorbelegte Theke und senkte seine Stimme zum Flüsterton ab. »Hören Sie, ich respektiere das Recht eines jeden, auf seine Art den Schöpfer zu ehren, aber ich habe nichts gegessen und besitze ein wenig Geld ...«

»Monsieur!« die Augen des Angestellten weiteten sich in algerischem Schock, als er Sam unterbrach und sich zu seiner ganzen Länge von etwa einem Meter fünfzig emporreckte. »Der Wille Mohammeds! Die Wege Allahs!«

»Du lieber Gott! Ich traue meinen *Augen* nicht!« Der Ruf

hallte quer durch die Halle des Aletti. Das Licht war schwach, die Decke hoch. Die Gestalt war halb von Schatten verhüllt. Sam erkannte nur, daß es sich um eine tiefe, eindeutig feminine Stimme handelte. Vielleicht hatte er sie schon einmal gehört, er war sich nicht sicher. Wie konnte er überhaupt irgendeiner Sache sicher sein – um diese Zeit, an einem solch unglaublichen Ort wie einer algerischen Hotelhalle – während eines algerischen religiösen Feiertags – in der letzten Phase des Verhungerns. Da war nichts mehr sicher.

Und dann ging die Gestalt durch das schwache Licht auf ihn zu, gleichsam hinter zwei enormen Brüsten, die in majestätischem Glanz die Luft teilten.

›Voll und rund.‹ Natürlich, weshalb gab er sich überhaupt die Mühe, überrascht zu tun? Zehn Millionen – dreißig Millionen, vierzig Millionen Dollar hatten aufgehört, ihn zu schockieren. Weshalb sollte ihn dann der Anblick von Mrs. MacKenzie Hawkins Nummer zwei erschrecken?

Sie drückte das kühle, feuchte Handtuch auf seine Stirn. Er lag auf dem Bett. Vor sechs Stunden hatte sie ihm die Schuhe, die Socken und das Hemd ausgezogen und gesagt, er solle sich hinlegen und aufhören zu zittern. Um die Wahrheit zu sagen, sie hatte ihm *befohlen*, damit aufzuhören. Und er sollte auch aufhören zusammenhanglos über verrückte Dinge zu plappern, so wie Nazis und Hühnerkot und Araber mit wilden Augen, die Flugzeuge in die Luft jagen wollten, weil diese Flugzeuge an Orte flogen, wohin sie fliegen sollten. So ein dummes Gerede!

Aber das lag jetzt sechs Stunden zurück. Und in der Zwischenzeit hatte sie seine Gedanken von Essen und MacKenzie Hawkins und einem Scheich namens Azaz-Varak abgelenkt und – oh, mein Gott! – *von der Entführung des Papstes!*

Sie hatte die Dimensionen des ganzen Wahnsinns auf die viel einfacheren Proportionen eines schrecklichen Alptraums zurückgeführt.

Ihr Name war Madge, daran hatte er sich erinnert. Und sie war neben ihm auf dem Bohnensack in Regina Greenbergs Wohnzimmer gesessen. Und sie hatte zu ihm hinübergegriffen und ihn jedesmal angefaßt, wenn sie irgend etwas besonders betonen wollte. Er erinnerte sich daran ganz deutlich, weil sie sich jedesmal auch zu ihm hinübergebeugt hatte. ›Voll und Rund‹ schienen dabei aus ihrer Bauernbluse zu platzen, so wie sie jetzt aus ihrem Seidenhemd zu platzen drohten.

»Es dauert nicht mehr lange«, sagte sie mit ihrer tiefen, irgendwie atemlos wirkenden Stimme. »Der Angestellte am Empfang hat versprochen, daß Sie das erste Tablett aus der Küche bekommen. Jetzt beruhigen Sie sich doch!«

»Sagen Sie es noch einmal.«

»Das mit dem Essen?«

»Nein, wie es kommt, daß Sie hier in Algerien sind. Das lenkt mich vom Essen ab.«

»Dann fangen Sie bloß wieder an, zusammenhanglos zu reden. Sie würden es einfach nicht glauben.«

»Vielleicht ist mir irgend etwas entgangen ...«

»Sie machen sich über mich lustig«, erwiderte Madge und beugte sich gefährlich weit vor, um ihm das Handtuch zurechtzuschieben. »Also gut. Mein verstorbener Mann war der führende Importeur für afrikanische Kunst an der Westküste. Seine Galerie war die größte in ganz Kalifornien. Als er starb, hatte er über hunderttausend Dollar in Musso-Grossai-Statuen aus dem siebzehnten Jahrhundert angelegt. Was zum Teufel soll ich denn mit fünfhundert Statuen von nackten Pygmäen anfangen? Da würden Sie das gleiche tun wie ich. Sie würden versuchen, den Transport aufzuhalten und Ihr Geld zurückzubekommen! Algier ist der Umschlagplatz für Musso-Grossai ... Verdammt, jetzt fangen Sie schon wieder an!«

Devereaux konnte einfach nicht anders. Er mußte so lachen, daß ihm die Tränen über die Wangen rollten. »Tut mir leid. Das ist einfach viel *erfinderischer* als ein plötzlicher Urlaub in London, inszeniert von einem Mann, der nebenbei Seitensprünge macht. Oder eine Feinschmeckerschule in Berlin. Mein Gott, das ist einmalig! Fünfhundert nackte Pygmäen! Haben Sie sich das ausgedacht oder Mac?«

»Sie sind einfach zu mißtrauisch.« Madge lächelte sanft und wissend und nahm das Handtuch von seiner Stirn. »So kann man nicht leben. Kommen Sie, ich will das wieder anfeuchten. Das Frühstück müßte in fünfzehn oder zwanzig Minuten serviert werden.« Sie erhob sich vom Bett und blickte nachdenklich zum Fenster. Die orangeroten Strahlen des jungen Tages strömten ins Zimmer. »Die Sonne ist aufgegangen.«

Devereaux sah sie an. Das Licht der Morgendämmerung hob ihre Gesichtszüge hervor, betonte ihr kastanienfarbenes Haar und ließ ihr Gesicht in einem weichen Glanz erstrahlen. Es war kein junges Gesicht, aber es hatte etwas an sich, das viel besser war als Jugend. Eine Offenheit, die ein paar Jahre mehr oder weniger hinnahm und darüber lachen konnte. Da war etwas Unmittelbares, das Sam berührte.

»Wie Sie aussehen – einfach einmalig«, sagte er.

»Sie auch«, erwiderte sie leise. »Sie haben ein Gesicht, von dem ein alter Freund von mir einmal gesagt hat, es sei ein Gesicht, das man gern kennen möchte. Sie können einem in die Augen sehen. Mein Freund sagte: ›Du mußt auf die Augen achten, besonders in einer Menge, und sehen, ob sie zuhören.‹ Tatsächlich, das hat Mac gesagt. Das ist lange her. Ich nehme an, das klingt albern – Augen, die zuhören.«

»Es klingt gar nicht albern. Augen hören zu. Ich hatte einmal einen Freund, der immer auf die Cocktailpartys in Washington ging, und der sagte die ganze Zeit immer nur ›Hamburger‹ – einfach ›Hamburger‹, sonst nichts. Er schwor einen heiligen Eid, daß die Leute um ihn herum meistens nur ›sehr interessant, ich will mir das einmal in der Statistik ansehen‹ sagten. Oder: ›Haben Sie das schon dem Staatssekretär gesagt?‹. Er wußte immer, wer so etwas sagen würde, weil ihre Augen sich so schnell bewegten. Sie müssen wissen, er war nicht sehr wichtig.«

Magde lachte leise. Ihre Blicke begegneten sich. »Mir kommt er sehr wichtig vor.«

»Außerdem sind Sie nett.«

»Ja, da gebe ich mir auch große Mühe.« Sie sah wieder zum Fenster hinüber. »MacKenzie hat auch gesagt, daß viel zu viele Leute vor ihrer völlig natürlichen Neigung davonlaufen, sich über andere Menschen Gedanken zu machen. Als ob es ein Zeichen der Schwäche wäre, wenn man über andere Menschen nachdenkt und um sie besorgt ist. Er sagte: ›Verdammt noch mal, Midgey, ich mache mir auch Gedanken, und ich würde keinem von diesen Hundesöhnen raten, daß sie mich schwach nennen!‹ Und das hat auch nie einer getan.«

»Ich glaube, wenn man sich über andere Menschen Gedanken macht, dann ist das nur eine andere Art, nett zu sein«, fügte Devereaux hinzu und dachte dann ein wenig über diese Streicheleinheit nach.

»Besser kann man es gar nicht«, meinte Madge und trug das Handtuch ins Bad. »Ich bin gleich wieder da.«

Sam schloß die Tür. Sam wiederholte im Geist, was sie gesagt hatte.

›Zu viele Leute laufen vor ihrer völlig natürlichen Neigung, sich über andere Menschen Gedanken zu machen, davon. Als ob es ein Zeichen der Schwäche wäre, wenn man über andere Menschen nachdenkt und um sie besorgt ist.‹ MacKenzie war viel komplizierter, als es Devereaux lieb war. Zumindest, bevor das Frühstück kam.

Die Badezimmertür öffnete sich. Madge stand in der Tür und lächelte, aus ihren Augen leuchtete so viel echte Freude, als wüßte sie ganz genau, was für ein Bild sie ihm bot. Sie hatte ihr Kleid ausgezogen. Ihre Brüste waren jetzt liebevoll in elfenbeinfarbene Spitze gehüllt. Ihr kurzer Slip betonte die Rundung ihrer Hüften und legte Zeugnis ab für das weiche, weiße Fleisch an ihren Oberschenkeln, das berührt werden wollte.

Madge ging um das Bett herum und nahm seine reglose Hand. Sie setzte sich graziös und beugte sich zu ihm, und ihre unglaublichen Brüste streiften ihn, elektrisierten ihn so, daß er plötzlich ganz kurzatmig wurde. Sie küßte ihn auf die Lippen. Dann lehnte sie sich zurück, löste seinen Gürtel und zog mit den schnellen, eleganten Bewegungen einer Tänzerin seine Hose herunter.

»Aber Major, was Sie sich Nettes gedacht haben ...«

Und das algerische Terroristentelefon klingelte.

Der Sternenhimmel um ihn geriet aus dem Gleichgewicht. Die Vernunft verschwand in einer plötzlichen Aufwallung von Hysterie. Plötzlich war da kein Gedanke mehr an elfenbeinfarbene Spitze und weiches Fleisch. Statt dessen Schreie in arabischer Sprache, Befehle, die unglaubliche Gewalttätigkeit androhten, für den Fall, daß man ihnen nicht gehorchte.

»Wenn Sie auch nur eine Sekunde lang aufhören, von Schweinen und Hunden und Geiern zu brüllen, dann kann ich mir vielleicht zusammenreimen, was Sie eigentlich sagen wollen«, entgegnete Sam und hielt den Telefonhörer auf Armeslänge von sich ab. »*Ich* habe nur gesagt, daß ich nicht gleich hinunterkommen kann.«

»Ich bin der Abgesandte von Scheich Azaz-Varak!«

»Wer zum Teufel ist das?«

»Hund!«

»Ein Hund? Sie meinen, ein kleines Hündchen?«

»Still! Azaz-Varak ist der Gott aller Khans! Der Gebieter der Wüstenwinde, das Auge des Falken, der Mut aller Löwen von Judäa, der Fürst des Donners!«

»Wozu braucht er dann mich?« erkundigte sich Sam etwas zögernd, als er mit einigem Widerstreben den Namen des vierten Hawk-Opfers erkannt hatte. Die letzten zehn Millionen. Jesus! Er sah die zehn Millionen plötzlich eindringlicher vor sich als zehn Kartons mit Schokoladentorten.

»Still, Hund! Sonst wird man Ihnen beide Ohren vom Kopf schneiden und sie Ihnen mit heißen Eisen in Ihren Unaussprechlichen stecken!«

»Verdammt, das ist aber nicht nett! Sie werden jetzt

sofort höflicher mit mir reden, oder ich lege auf. In diesem Zimmer ist eine Dame.«

»Bitte, Mr. Deveroo«, sagte die Araberstimme plötzlich ganz sanft mit der Andeutung eines Jammers. »Im Namen Allahs, um der *Liebe* Allahs willen, machen Sie mir keine Schwierigkeiten. Wenn Sie mir Schwierigkeiten machen, dann sind *meine* Ohren dran, an einem unaussprechlichen Ort. Wir müssen sofort nach Tizi Ouzou abreisen.«

»Tizi – was?«

»Ouzou, Mr. Deveroo.«

»Ouzou? Sagten Sie Ouzou?«

Plötzlich geschah völlig unvermittelt das, was Sam am allerwenigsten erwartet hätte. Madge riß ihm den Hörer aus der Hand.

»Her damit!« befahl sie ihm. »Ich kenne Tizi Ouzou – mein Mann und ich sind einmal dort abgestiegen. Das ist ein schrecklicher Ort! Wer auch immer Sie sind, ich hoffe nur, daß Sie einen verdammt guten Grund haben, meinen Freund nach Tizi Ouzou zu bringen. Das ist das verdammte Ende der Welt. Ohne ein anständiges Hotel oder Restaurant, ganz zu schweigen von den sanitären Einrichtungen!«

Sie hielt den Hörer ans Ohr und nickte alle drei oder vier Sekunden. Das Jammern am anderen Ende der Leitung wurde immer lauter.

»Wirklich, Madge, ich kann ...«

»Still! Dieser Hundesohn ist nicht einmal ein Algerier ... Ja, ja ... Also gut. Dann kommen wir *beide* ... Sie können das akzeptieren oder es bleiben lassen, Sie Wüstenfloh, anders läuft nichts ... Das sind *deine Ohren*, Süßer ... Und noch etwas. Sobald wir ankommen, möchte ich eine riesige Mahlzeit für meinen Freund hier, kapiert? ... Und keine Biskuits aus Kameldung! Also gut. Fünf Minuten.«

Sie legte auf und lächelte Devereaux zu, der großteils nackt und leichenblaß war.

»Das war sehr großzügig, aber wirklich nicht notwendig ...«

»Sei nicht albern, du kennst diese Leute nicht. Ich schon.

Mit denen muß man energisch umspringen. Im Grunde sind sie ganz harmlos, trotz ihrer verdammten Messer. Außerdem – glaubst du denn, ich würde dich auch nur eine Minute aus den Augen lassen? Nachdem ich gesehen habe, was für nette Dinge du gedacht hast? Und in deinem Zustand!« Sie beugte sich über ihn und küßte ihn erneut.

»Das ist wirklich sehr rührend.«

Devereaux begriff, daß er in seinem geschwächten Zustand leicht Halluzinationen ausgesetzt sein könnte. Trotzdem war er nicht auf die zwei Araber in ihren weiten Umhängen vorbereitet, die in der Halle des Aletti warteten.

Peter Lorre und Boris Karloff. Ein gutes Stück jünger als die letzten Fotos, an die Sam sich erinnerte, aber sonst unverwechselbar.

Die nächsten zwanzig Minuten verstrichen wie im Fluge. Aber er mußte klar denken. Azaz-Varak (*wer* und *wo* das auch immer sein mochte) verkörperte für ihn den letzten Investor. Er mußte jetzt anfangen, seine eigene Gegenstrategie aufzubauen.

Peter Lorre saß neben Boris Karloff, der das Steuer übernommen hatte, auf dem Vordersitz. Der Wagen fegte durch die Straßen und raste gefährlich um die Ecken des morgendlichen Algier. Sie hatten die Hälfte einer Hügelstrecke hinter sich gebracht, als Devereaux plötzlich erkannte, daß sie in die Richtung des Dar-el-Beida-Flughafens fuhren.

»Fahren wir zu einem Flugzeug?« fragte Sam argwöhnisch.

Madge, die neben ihm saß, antwortete. »Oh, sicher, Süßer. Tizi Ouzou liegt etwa zweihundert Meilen östlich. Du würdest ganz bestimmt nicht mit dem Wagen hinfahren wollen. Ich war schon einmal dort.«

Devereaux sah sie an, wunderte sich und flüsterte: »Ich erinnere mich. Ich verstehe nur nicht, weshalb du hier bist. Weißt du, worauf du dich da eingelassen hast? Weißt du, was du tust?«

»Ich versuche nur, dir zu helfen.«

»Das hat Rose Mary Woods auch versucht.«

Das Innere des Helikopters war nur ein bißchen kleiner als die Haupthalle der Pennsylvania Station. Überall lagen schwellende Polster, und neben jedem Sitz stand eine prunkvolle Wasserpfeife, die an der Wand befestigt war und unter der eine Art Bunsenbrenner loderte. Hinten war eine offene Kombüse zu sehen.

Und nach drei Minuten in der Luft bekam Sam seit, wie es ihm erschien, einer Ewigkeit zum erstenmal wieder etwas, das einigermaßen an Nahrung erinnerte. Eine kleine Tasse mit einer bitteren schwarzen Flüssigkeit, die eine entfernte Ähnlichkeit mit Kaffee hatte, noch wesentlich mehr aber mit bitterer Lakritze, vermengt mit abgestandenen Sardinen.

Er trank die Flüssigkeit mit einem Schluck, schnitt eine Grimasse und sah die winzige, in Laken gehüllte Gestalt an, die ihm das Getränk gebracht hatte. Die winzige Gestalt hantierte an der Wasserpfeife herum und hielt ein Streichholz an den Brenner. Ein langer Gummischlauch mit einem Mundstück wurde von irgendwo herangeholt und Sam hingehalten.

Er nahm das Mundstück entgegen und überlegte. Wahrscheinlich würde ihm das nicht sonderlich gut tun, andererseits war es etwas, das man in den Mund stecken konnte. Er war inzwischen an einem Punkt angelangt, wo nichts schlimmer sein konnte als die halbbenommene Agonie, die er empfand. Er schob sich das Mundstück zwischen die Zähne und sog daran.

Es war eigentlich nicht Rauch – eher eine Art Dampf. Süß und gleichzeitig würzig. Wirklich sehr angenehm. Tatsächlich sogar recht köstlich. Auf seine Art irgendwie ablenkend.

Er sog kräftiger und dann schneller, sah zu Madge hinüber, die ihm auf ein paar Polstern gegenübersaß. »Würde es dir etwas ausmachen, meine Liebe?« hörte er sich ganz ruhig sagen. »Bitte, leg all deine Kleider ab.«

»Ich würde das nicht überstürzen«, erwiderte die junge Frau in einem provozierenden, atemlosen Flüstern.

Flüsterte sie wirklich? Ihre Stimme schien aus anderen Bereichen der Akustik einzutreffen.

»Zuest deine Bluse, wenn es dir nichts ausmacht.« Wieder war er nicht ganz sicher, ob er das wirklich gesagt hatte, was er sich sagen hörte. »Und dann, wenn du vielleicht dein Hemd ausziehen würdest, während du einen kleinen Schlangentanz vollführst, das wäre sehr nett.«

»Tu das verdammte Ding runter!«

»Ist es denn oben?« Er konnte tatsächlich ihr Parfüm riechen. Und er empfand jetzt keine Schmerzen mehr in seinem Magen. Statt dessen konnte er verspüren, wie eine große Kraft seinen ganzen Körper durchpulste. Er war zu gewaltigen Taten fähig. Er war – wie war das doch? – der Gebieter der Wüstenwinde. Ein Fürst des Donners, ein Schleuderer der Blitze, mit dem Mut aller Löwen Judäas.

»Das ist keine Lucky Strike, an der du da ziehst. Das ist reines Haschisch.«

»Wie ...?« Die Information erreichte jenen winzigen Winkel seines Gehirns, der noch funktionierte. *Was zum Teufel tat er?* Er spuckte das Mundstück aus und versuchte das Flugzeug zu stabilisieren. Es mußte der Helikopter sein, weil ... Da war etwas, das plötzlich um ihn kreiste. Der Löwe von Judäa begann zu schrumpfen. Eine ausgemergelte Miezekatze nahm seinen Platz ein.

Und dann hörte er die klagenden Worte von Peter Lorre, der aus der Steuerkanzel nach hinten gekommen war. »Wir sind auf Kurs Süd-Südost von Tizi Ouzou.«

»Wie kommt das?« Madge regte sich ziemlich auf und versuchte gar nicht erst das zu verbergen. »Sie haben Tizi gesagt, nicht sonstwo. Ich habe Freunde an der Rue Joucif, du Fliege! Mein verstorbener Mann hat der algerischen Regierung wirklich eine ganze Menge Gefälligkeiten erwiesen!«

»Tausend Nächte wonniger Vergebung, Dame von Deveroo, aber meine Regierung ist Azaz-Kuwait. Mein Scheich ist der Scheich aller Scheichs, der Gott aller Khans, das Auge des Falken, der Mut ...«

»Wenn du mich rufst, wenn du mich rufst, mich rufst!« Sam ertappte sich plötzlich dabei, wie er zu singen begann. So hörte es sich wenigstens an. Es war ein Lied.

»Mund halten, Major!« rief Madge.

»Alleiin – ganz alleinn in dieser Nacht, die nur für uns ...«

»Willst du ruhig sein!« herrschte ihn die junge Frau an.

»Ich fand, das würde gut zu dieser Situation passen«, murmelte Sam.

»Wohin fliegen wir?« fragte Madge den jammernden Araber, der Devereaux ansah, als wäre es nötig, den Amerikaner sorgfältig im Auge zu behalten.

»Siebzig Meilen südöstlich von Tizi-Ouzou liegt ein Wüstengebiet, das nur die Beduinenstämme durchziehen. Es ist sehr abgeschieden und eignet sich für vertrauliche Zusammentreffen. Ein Adlerzelt ist dort für den Scheich aller Scheichs, den Gott aller Khans, vorbereitet. Azaz-Varak der Herrliche kommt vom Heiligsten seiner Königreiche geflogen, um sich mit dem unaussprechlichen Hund namens Deveroo zu treffen.«

»Das ist schön, oh oh – Deveroo – ooh ooh ...«

»Willst du den Mund halten!«

16.

Die Landkarten waren überall verstreut, bedeckten das Bett im Watergate, übersäten den Couchtisch, waren über den Boden verteilt, gegen den Wandspiegel gelehnt und über das Sofa drapiert. Da gab es Straßenkarten von Benzingesellschaften, Eisenbahnkarten, ein paar mit Höhenangaben und andere mit geologischen und Vegetationsanalysen, sogar Luftaufnahmen aus unterschiedlichen Höhen von fünfhundert, fünfzehnhundert, fünftausend und zwanzigtausend Fuß.

Das und insgesamt dreihundertdreiundsechzig Fotografien von jedem Zollbreit Terrain, das untersucht worden war.

Nichts durfte dem Zufall überlassen bleiben.

Vor fünf Minuten hatte er die endgültige Entscheidung getroffen. Der Immobilienmakler aus der höchst vertraulichen internationalen Firma Les Châteaux Suisse des Grands Siècles würde in Kürze eintreffen. Natürlich unter strenger Geheimhaltung – das erste Gesetz der Châteaux Suisse war absolute Vertraulichkeit.

Mac hatte sich ein abseits liegendes Château im Kanton Valais, südlich von Zermatt in der Gegend von Champoluc ausgesucht. Die Ländereien, die es umgaben – insgesamt achtzig Hektar – lagen kartographisch betrachtet sozusagen im Schatten des Matterhorns und waren praktisch unzugänglich.

Zwei Faktoren waren es, die ihn dazu veranlaßt hatten. Erstens das Terrain. Es mußte so gut wie ein Duplikat von Basis Zero sein, wie Hawkins beschlossen hatte, sein Ziel zu benennen. Jede Biegung, jede Kurve und jedes Ansteigen in der Straße – jeder Hügel und jede kleine Anhöhe, die vielleicht beim Zugang oder der Flucht von Basis Zero eine Rolle spielen konnten, würden so präzis wie möglich simuliert werden müssen. Manöver hatten keinen Sinn, wenn das Trainingsgelände kein getreues Abbild der eigentlichen Kampfzone war.

Der zweite Faktor war die Unzugänglichkeit. Seine Operationsbasis – und als solche betrachtete Mac den gemieteten Besitz – mußte völlig vor den umliegenden Landstraßen und auch aus der Luft getarnt sein. Es mußte sich um eine Gegend handeln, wo man größere Ausrüstungsgegenstände in Sekundenschnelle verbergen, wo eine Gruppe von wenigstens einem Dutzend Männer mindestens acht Wochen lang leben und trainieren konnte.

Das zur Debatte stehende Château besaß diese Eigenschaften. Und es war nicht weit von Zürich entfernt. Das Kapital der Shepherd Company würde nach Zürich übertragen werden. Devereaux würde sich um diese Zentralisierung ihrer Finanzen kümmern und veranlassen müssen, daß der Mietvertrag in Ordnung ging.

Es klopfte diskret an der Hoteltür. MacKenzie stieg vorsichtig über die Landkarten und Fotos hinweg und stellte sich hinter die Tür, ganz dicht am Türrahmen.

»Monsieur D'Artagnan?« fragte er. Les Châteaux Suisse bediente sich stets irgendwelcher Decknamen.

»Oui, mon général«, tönte es leise aus dem Korridor.

Hawkins öffnete die Tür, und ein unauffälliger, wohlbeleibter Mann in mittleren Jahren trat ein. Selbst sein leicht gewachster Schnurrbart ist unauffällig, dachte MacKenzie. Es würde gar nicht leicht sein, ihn aus einer Menschenmenge herauszupicken.

»Ich sehe, Sie haben sich mit den Informationen befaßt, die wir Ihnen geschickt haben«, sagte Monsieur D'Artagnan in einem Akzent, der aus der Gegend westlich von Elsaß-Lothringen stammte. Er war offensichtlich ein Mann, der keine Zeit mit Höflichkeitsfloskeln vergeudete, und dafür war der Hawk ihm dankbar.

»Ja, das habe ich. Ich habe meine Entscheidung getroffen.«

»Welches Objekt?«

»Château Machenfeld.«

»Ahh, *Le Machenfeld! Magnifique – extraordinaire!* All die Geschichte, die ihren Schauplatz auf seinen Feldern hatte – die Schlachten, die auf ihren Granitzinnen gewonnen und verloren wurden ... Und die Installation ist immer wieder renoviert worden, das Modernste, was es gibt. Eine exquisite Wahl, die Sie da getroffen haben. Ich gratuliere Ihnen. Sie und ihr Gefolge religiöser Brüder werden sehr glücklich sein.« D'Artagnan zog den dicksten Umschlag, den Hawkins je gesehen hatte, aus einer Jackettasche. Die höchst vertrauliche Firma trug keine Aktentasche. Mac erinnerte sich – so viel vertrauliche Information in einem einzigen Behälter war zu gefährlich. Die Makler trugen nur jene Papiere bei sich, die unmittelbar benötigt wurden.

»Ist das der Mietvertrag?«

»*Oui, mon général.* Alles vollständig und bereit für das von Ihnen gewählte und vereinbarte Zeichen. Und natürlich die Kautionssumme für sechs Monate.«

»Nun, ehe wir dazu kommen, möchte ich noch einmal die Bedingungen besprechen ...«

»Gibt es *neue*, Monsieur?«

»Nein. Ich möchte nur sichergehen, daß Sie die alten richtig verstehen.«

»Aber *général*, alles ist doch bereits verstanden worden«, erwiderte D'Artagnan und lächelte. »Sie haben die Einzelheiten diktiert. Ich habe sie selbst niedergeschrieben, wie es bei uns üblich ist, und Sie haben die Niederschrift gebilligt. Hier, sehen Sie selbst.« Er reichte Hawkins die Papiere. »Sie sollten wissen, daß wir die Wünsche unserer Klienten nie ändern würden. Wir brauchen nur noch das Château einzusetzen und zu überprüfen, daß Ihre Forderungen nicht in Konflikt mit den Mietbedingungen des Eigentümers geraten können. Das habe ich freilich bereits mit allen in Frage kommenden Objekten getan. Es gibt keinen Konflikt.«

MacKenzie nahm die Papiere und bahnte sich seinen Weg zwischen den Landkarten und Fotografien hindurch zum Sofa. Mit einer Hand schob er zwei riesige Meßtischblätter beiseite und setzte sich.

»Ich möchte ganz sicher sein, daß das, was ich hier lese, auch das ist, was ich gehört habe.«

»Stellen Sie alle Fragen, die Sie wünschen. Unsere Politik bei Les Châteaux Suisse des Grands Siècles besteht vor allem darin, daß jeder Mitarbeiter mit allen Bedingungen völlig vertraut ist. Und wenn unser Geschäft abgeschlossen ist, werden die Papiere auf Mikrofilm aufgenommen und in den Safes der Gesellschaft in Genf verwahrt. Wir empfehlen, daß Sie mit Ihren Kopien ähnlich verfahren. Dann sind sie unauffindbar.«

Hawkins las laut: »›... wobei die erstgenannte Partei künftig als Mieter bezeichnet, *in nomine incognito* ...‹ Macs Blick wanderte nach unten. »Angesichts des Fehlens ... *communicatum directorum* zwischen der erstgenannten

Partei ... und der Partei ... Verdammt! Das klingt ja wie ein Staatsvertrag.«

D'Artagnan lächelte. Sein gewachster Schnurrbart streckte sich dabei ein wenig. »Bitte, stellen Sie Ihre Fragen, Monsieur.«

Und so fing es an.

Les Châteaux Suisse de Grands Siècles war alles andere als nicht gründlich – in der Sprache eines Mietvertrags, der von diesem Augenblick an niemals das Licht des Tages sehen würde.

Zu allererst wurden die Identitäten der Vertragspartner geheimgehalten und durften nie gegenüber irgendeinem Individuum, einer Organisation, einem Gericht oder einer Regierung offenbart werden. Kein Gesetz, sei es nun national oder international, hatte Vorrang vor dem Vertrag – *er* war das einzige Gesetz. Zahlungen wurden an die Firma entweder in bar oder in Form von Bankschecks geleistet, im Falle der Shepherd Company von einem Depositär auf den Cayman Islands.

Wann immer Erklärungen in bezug auf ›Herkunft‹ wünschenswert waren, würden diese geliefert werden, soweit unumgänglich und der Geheimhaltung gegenüber Außenstehenden zweckdienlich erschien. Im Falle der Shepherd Company würde in bezug auf ›Herkunft‹ die Erklärung abgegeben werden, daß es sich um eine lose Vereinigung internationaler Philanthropen handelte, die sich für das Studium und die Vereinbarung historischer Religiosität interessierten.

Alle Vorräte, Einrichtungen, Transportmittel und Dienste würden unter Wahrung strikter Vertraulichkeit von Les Châteaux Suisse des Grands Siècles beschafft und zu einem Zweigbüro in Zermatt, Interlaken, Chamonix oder Grenoble transportiert werden. Jegliche Lieferung für Le Château Machenfeld würde zwischen Mitternacht und vier Uhr morgens getätigt werden. Fahrer, Techniker und Arbeiter würden, soweit möglich, aus den Reihen der Shepherd-Company-Brüderschaft stammen, und unmittelbar von Le

Machenfeld in die Zweigbüros geschickt werden. Andernfalls würden nur Angestellte von Les Châteaux Suisse mit wenigstens zehn Jahren Dienstzeit in der Firma für diese Lieferungen eingeteilt werden.

Sämtliche Zahlungen waren im voraus zu leisten. Sie würden auf Listenpreisen basieren, mit einem Zuschlag von vierzig Prozent für die vertraulichen Dienste von Les Châteaux Suisse.

»Das ist aber eine Menge Prozente«, meinte MacKenzie.

»Es ist auch eine sehr breite Straße«, erwiderte D'Artagnan. »Wir bieten unsere Dienste denen, die auf schmalen Straßen fahren, nicht an. Wir sind der Ansicht, daß unser Beratungshonorar dafür als Beweis ausreicht.«

Das stimmt, dachte der Hawk. Das ›Beratungshonorar‹ – zu verrechnen mit dem Mietzins, *falls* es zur Unterzeichnung eines Mietvertrags kam – betrug fünfhunderttausend Dollar.

»Sie leisten mächtig gute Arbeit, Mr. D'Artagnan«, sagte Hawkins und griff nach einem Füllhalter.

»Sie befinden sich in guten Händen. In wenigen Tagen werden Sie sozusagen vom Angesicht der Erde verschwinden.«

»Keine Sorge. Jeder, den ich kenne, wird äußerst dankbar sein, nie mehr von mir zu hören. Offenbar pflege ich Komplikationen zu verursachen.« Der Hawk lachte leise vor sich hin. Dann unterzeichnete er – mit dem Namen George Washington Rappaport.

D'Artagnan verließ das Hotel mit einem Bankscheck auf die Cayman Islands' Admiralty Bank in der Tasche. Es handelte sich um eine Million und vierhundertfünfundneunzigtausend Dollar.

Der Hawk nahm eine Handvoll Fotos und ging zum Sofa zurück. Als er sich setzte, wußte er, daß jetzt nicht die Zeit war, über die Majestät von Schloß Machenfeld nachzudenken. Es gab anderes zu bedenken. Machenfeld würde wertlos sein, wenn er nicht das Personal bereitstellte, das dort ausgebildet werden sollte. Aber Generalleutnant a. D.

MacKenzie Hawkins, zweimaliger Empfänger der Ehrenmedaille des Kongresses, wußte, wohin er wollte und wie er dorthin gelangen würde. Basis Zero lag einige Monate in der Zukunft. Aber die Reise hatte begonnen.

Er fragte sich, wie es Sam und Midgey wohl ergehen mochte. Verdammt, der Junge kam ganz schön in der Welt herum!

Der Helikopter setzte zur Landung an, sank senkrecht in die Tiefe und wirbelte riesige Sandmassen auf, die in wütenden Wolken vom Wüstenboden aufstiegen. Die Sandschwaden waren so dicht, daß Sam nur dem Ruck, der durch die Maschine ging, entnahm, daß sie gelandet waren.

Sie waren etwas länger in der Luft gewesen, als sie ursprünglich angenommen hatten. Es hatte ein kleines Navigationsproblem gegeben – der Pilot hatte sich verflogen. Es mußte die Schuld des Piloten sein, da es einfach undenkbar war, daß etwa das Adlerzelt von Azaz-Varak am falschen Ort stehen könnte. Aber dann sahen sie endlich den Segeltuchkomplex unter sich.

Der Sand senkte sich wieder, und Peter Lorre öffnete die Luke. Die Wüstensonne leuchtete grell und blendend. Sam hielt Madges Arm fest, als sie aus der Maschine stiegen. Der Sand schien zu kochen. »Wo zum Teufel sind wir?«

»Aiyee! Aiyee! Aiyee! Aiyee!«

Die Schreie waren überall, und ringsum war Bewegung. Beturbante Araber, deren Umhänge wie hundert weiße Segel im Wind flogen, kamen aus den verschiedenen Zelten auf sie zugerannt. Peter Lorre und Boris Karloff flankierten Sam und packten seine Arme, als würden sie einen Tierkadaver präsentieren. Madge stand vor ihm, als wäre sie im Begriff, einem Fleischer in einem Schlachthaus Anweisungen zu erteilen. Das rasende Bataillon aus Tüchern und Turbanen formierte sich zu zwei Reihen, die im Sand eine Art Spalier zu dem etwa fünfzig Meter entfernten größten Zelt bildeten.

Peter Lorres nasales Kreischen erfüllte die Luft. *»Aiyee!*

Das Auge des Falken! Der Schleuderer der Blitze! Der Gott aller Khans und der Scheich aller Scheichs!« Er wandte sich zu Sam und schrie noch lauter: »Knie nieder! *Unwürdige weiße Hyäne!*«

»Was?« Das war gar kein Ungehorsam. Devereaux hatte lediglich das Gefühl, daß ihm der Sand die Hosen zerschmelzen würde.

»Es ist besser, niederzuknien«, erklärte Boris Karloff mit seiner Grabesstimme, »als plötzlich auf Beinstummeln zu stehen.«

Der Sand war in der Tat unbequem. Und Sam fragte sich in einem Augenblick echten menschlichen Mitgefühls, was Madge wohl tun würde. Sie trug einen ganz kurzen Rock über ihren Wüstenstiefeln. Er kniff die Augen zusammen und sah zu ihr hinüber.

Er hätte sich die Besorgnis sparen können. Madge kniete keineswegs. Statt dessen war sie zur Seite getreten und stand jetzt aufrecht da. Ein spektakulärer Anblick.

»Miststück«, flüsterte er.

»Kopf behalten«, antwortete sie leise. »Ich meine das bildlich.«

»Aiyee! Seht den Fürsten von Donner und Blitz!« kreischte Peter Lorre.

An dem Zelt am Ende des Spaliers aus Tüchern und Turbanen entstand Bewegung. Zwei Lakaien fegten die Eingangsklappe zurück und warfen sich zu Boden, die Gesichter im Sand. Aus den Schatten trat ein Mann hervor, der ihn zutiefst enttäuschte, ein wandelnder Gegensatz zu den dramatischen Vorbereitungen für seinen Auftritt.

Der Fürst von Donner und Blitz war ein spindeldürrer, kleiner Araber. Unter seinem Turban blickte das häßlichste Gesicht hervor, das Devereaux je gesehen hatte. Unter der übergroßen, dünnen Hakennase waren Azaz-Varaks Lippen gekräuselt – wirklich *gekräuselt* – so daß sein dichter schwarzer Schnurrbart förmlich mit seiner Nase verwachsen schien. Seine fahlgelbe Haut – das bißchen, was davon zu sehen war – betonte die schwarzen Ringe um seine Augen.

Azaz-Varak kam näher, die Lippen zusammengepreßt, durch die Nase schnüffelnd und nickend. Er sah nur Madge an. Als er sprach, ging von seiner hohen Stimme eine gewisse Autorität aus.

»Die Weiber aus dem Lager des Löwen, der königliche Harem – niemand begreift die schreckliche Verantwortung, die auf meiner großzügigen Person lastet. Wünscht Ihr ein Kamel, Lady?«

Madge schüttelte den Kopf, ebenfalls mit einer gewissen Autorität. Azaz-Varak starrte sie immer noch an.

»Zwei Kamele? Das Flugzeug?«

»Ich bin in Trauer«, entgegnete Madge respektvoll, aber unnachgiebig. »Mein wohlhabender Scheich ist kurz nach dem letzten Halbmond verschieden. Du kennst die Regeln.«

Enttäuschung füllte die dunklen Augen Azaz-Varaks. Seine gekräuselten Lippen schmatzten zweimal, als er antwortete: »Ah, die furchtbare Last unseres Glaubens. Zwei Monde noch. Möge dein Scheich bei Allah Ruhe finden. Vielleicht besuchst du meine Paläste, wenn deine Zeit verstrichen ist.«

»Wir werden sehen. Im Augenblick ist mein Begleiter hungrig. Allah wünscht, daß er mich schützt – und das kann er nicht, wenn er in Ohnmacht fällt.«

Azaz-Varak sah Sam an, als studierte er den Kadaver vor der Schlachtung. »Dann hat er zwei Funktionen. Eine wertvoll, die andere verabscheuungswürdig. Komm, Hund! Zum Adlerzelt.«

»Dort gibt es was zu essen, wie?« Devereaux setzte sein freundlichstes Lächeln auf, als er sich hochrappelte.

»Du wirst von meinem Tisch essen, wenn unser Geschäft abgeschlossen ist. Bete zu Allah, daß es beendet ist, ehe der Schnee aus dem Norden hierher in die Wüste kommt. Hast du den unsagbaren Vertrag mitgebracht?«

Devereaux nickte. »Gibt es hier heißes Corned Beef?«

»Schweigen!« kreischte Peter Lorre.

»Lady«, sagte Azaz-Varak zu Madge gewandt, »meine Bediensteten werden dir jeden Wunsch erfüllen. Meine

Paläste sind von lieblichem Reiz, sie würden dir gefallen.«

»Das ist eine große Versuchung. Wir werden sehen, wo ich in einem Monat stehe.« Sie zwinkerte Azaz-Varak zu. Seine Lippen kräuselten sich noch mehr, ehe er mit den Fingern schnippte und ihnen dann zum Adlernest voranging.

Die Minuten dehnten sich zu Viertelstunden – und dann zu ganzen zwei Stunden. Devereaux glaubte unwiderruflich am Ende zu sein. Eine vielversprechende Juristenkarriere wurde hier zerstört, ausgehungert, inmitten eines gottverlassenen Wüstengebiets, siebzig Meilen südlich eines Ortes mit dem lächerlichen Namen Tizi Ouzou in Nordafrika.

Was das Ende so besonders lächerlich machte, war der Anblick Azaz-Varaks, der über jedem Satz in den Gesellschaftsverträgen der Shepherd Company brütete, wobei ihm acht bis zehn kreischende Araber über die Schultern sahen und heftig miteinander stritten. Jede Seite wurde behandelt, als wäre sie die einzige, jeder verschlungene – und unnötige – juristische Terminus auseinandergerissen, auf der Suche nach einer Bedeutung, die er gar nicht enthielt. Sam erkannte die schreckliche Ironie ganz deutlich – der esoterische legalistische Unsinn, der das Wesen des Lebensunterhalts eines jeden Rechtsanwalts bildete, hinderte ihn am eigenen Überleben.

Ein wahnsinniger Gedanke durchzuckte sein schmerzerfülltes Bewußtsein – wenn alle juristischen Dokumente so geschrieben wären, daß man sie zwischen den Mahlzeiten verstehen mußte – wenn man alle Mahlzeiten aufschob, bis sich besagtes Verständnis einstellte – würde der Zustand der Justiz und der Gerechtigkeit ein viel höheres Niveau einnehmen. Und die meisten Anwälte, die er kannte, würden arbeitslos sein.

Immer wieder ergriff einer von Azaz-Varaks Ministern ein Blatt und wies auf einen bestimmten Paragraphen und fragte ihn in ausgezeichnetem Englisch, was das bedeutete. Und jedesmal erklärte Devereaux, daß es sich um eine ganz übliche Klausel handelte – was auch jedesmal stimmte – und daß sie nicht wichtig wäre.

Aber wenn sie nicht wichtig war, weshalb war die Sprache dann so verwirrend? Nur wichtige Punkte sollten verwirrend formuliert werden – sonst bestand doch kein Bedarf nach Verwirrung.

Und dann – gute Dinge waren klar ausgedrückt, unwürdige Dinge oft verschleiert. War ›üblich‹ gleichbedeutend mit ›unwürdig‹?

Und so ging es weiter.

Bis Sam schließlich zu schreien begann.

Azaz-Varak und seine Ministerschar blickten zu ihm hinüber. Sie nickten, als wollten sie sagen: ›Das begreifen wir sehr gut.‹ Dann fuhren sie fort, einander anzuschreien.

Und in dem Augenblick, in dem die Dunkelheit anfing, seinen Verstand zu umnebeln, hörte Sam die Worte, die der Scheich der Scheichs im Falsett hervorstieß.

»Der Schnee des Nordens hat die Wüste erreicht, Unaussprechlicher. Diese widerwärtigen Papiere sind wie die Fußstapfen der Kamele im Sandsturm. Sie sind ohne Bedeutung. Ohne eine Bedeutung, die den Zorn Allahs oder den der internationalen Behörden über mich bringen könnte. Meine großmütige, allwissende Person hat sie unterzeichnet. Nicht daß ich den abscheulichen Andeutungen Glauben schenken würde, die man meinem Ohr gemacht hat, sondern lediglich, um mitzuhelfen, die Welt in Liebe zu einen, du verhaßter Hund.«

Azaz-Varak erhob sich von dem Berg aus Kissen und Polstern, der unter ihm aufgehäuft war. Er wurde von ein paar gebückten Ministern zu einem Teil des Zelts geführt, der durch Wandschirme abgetrennt war, und verschwand dahinter.

Peter Lorre kam mit dem Teilhabervertrag in der Hand auf Sam zu. Er gab ihn Devereaux und flüsterte: »Stecken Sie das in die Tasche! Es ist besser, wenn das Auge des Falken nicht mehr darauf fällt.«

»Kann man Falken essen?« fragte Sam.

Perplex starrte der kleine Araber ihn an. »Ihre Augen schwimmen in Ihren Höhlen, Abdul Deveroo. Glauben Sie dem Koran, Absatz eins, viertes Buch.«

»Was zum Teufel ist das?« Sam brachte kaum mehr ein Wort hervor.

»Die Mahlzeiten wurden den ungläubigen Heiden gebracht, und sie hörten auf, ungläubig zu sein.«

»Heißt das, daß wir jetzt was zu essen bekommen?«

»Das heißt es. Der Gott aller Khans hat sein Lieblingsgericht bestellt – gekochte Kamelhoden mit Wüstenrattenmagen geschmort.«

»Aiyeeeee!« Devereaux wurde bleich und sprang vom Boden des Adlerzeltes auf. Jetzt blieb ihm nichts mehr als die Selbstvernichtung.

Er würde schnell ein Ende finden. Sicher. Ohne zu denken, nur von blinder Wut erfüllt. Er rannte um die Kissen herum, über die Teppiche und hinaus in den Sand. Die Sonne ging unter. Sein Ende würde nahen, während die orangefarbene Sonne hinter dem Wüstenhorizont versank.

Gekochte Hoden! Rattenmagen!

»Madge! *Madge!*«

Wenn er sie nur erreichen könnte! Sie würde seiner Mutter und Aaron Pinkus die Nachricht von seinem Hinscheiden überbringen. Sie sollten wissen, daß er tapfer gestorben war.

»*Madge!* Wo bist du?«

Als die Worte an sein Ohr hallten, empfand er Verblüffung. Das paßte nicht zu den letzten Gedanken jener, die aus dem Leben schieden.

»Hallo, Süßer! Komm rüber. Schau was ich hier habe. Ich verstehe keinen Ton!«

Sam drehte sich um, die Knöchel tief im Sand, mit zitternden, ausgedörrten Lippen. Fünfzig Meter von ihm entfernt hatte sich eine Gruppe von Arabern um den Helikopter geschart, und alle spähten in die Pilotenkanzel.

Wie in Trance taumelte Devereaux auf das verblüffende Bild zu, das sich ihm bot. Die Araber quietschten und murrten, ließen ihn aber durch. Er hielt sich am Fenstersims fest und spähte hinein. Es war ganz einfach – die Maschine war bei der Landung in der Düne versunken.

Aber nicht seine Augen erlitten einen Schock. Nein – seine Ohren.

Ein betäubendes Knistern und Krachen von Störgeräuschen drang aus dem Armaturenbrett des Helikopters und füllte den engen Raum wie das Rattern von Preßlufthämmern in einem Tunnel. Madge saß auf dem Sessel des Copiloten, und ihre Bluse war um ein paar weitere Knöpfe geöffnet.

Dann hörte er die Worte, die das Störgeräusch übertönten, und erstarrte. Anstelle von Hunger und Erschöpfung trat einen Augenblick lang hypnotischer Schrecken.

»Midgey! Midgey! Mädchen! Bist du noch da?«

»Ja, Mac, ich bin noch da. Es ist nur Sam. Er ist jetzt fertig mit diesem Dingsbums.«

»*Verdammt!* Wie geht es ihm?«

»Hungrig ist er. Sehr hungrig«, sagte Madge und hantierte fachmännisch mit Schaltern und Knöpfen.

»Für die Verpflegung ist nachher noch genügend Zeit. Jede Armee marschiert mit dem Magen, aber zuerst muß die Feuerzone evakuiert werden! Ehe man ihr den Arsch abschießt! Hat er die Papiere?«

»Sie stecken in seiner Tasche ...«

»Ein feiner junger Anwalt ist das, unser Junge! Der wird noch weit kommen. Und jetzt weg da, Midgey. Schaff ihn nach Dar Beida und auf die Maschine nach Zermatt. Bestätigen und Ende!«

»Bestätigt, Mac. Ende.« Madge drehte an ein paar Dutzend Schaltern, als wäre sie eine Computerprogrammiererin. Dann wandte sie ihr Gesicht Devereaux zu und strahlte. »Du wirst dich jetzt hübsch ausruhen, Sam. Mac hat gesagt, daß du dir wirklich einen Urlaub verdient hast.«

»Wer? Wo ...?«

»In Zermatt, Süßer. Das ist in der Schweiz.«

TEIL III

Das reibungslose Funktionieren einer Firma hängt in hohem Maß von ihrem leitenden Personal ab, dessen Herkunft und Loyalität mit den Hauptzielen der Gesellschaft in Einklang stehen und dessen Identität im Erscheinungsbild der Firma aufgeht.

Shepherds Laws of Economics
Buch CXIV, Kapitel 92

17.

Als Kardinal Ignatio Quartze an das breite Fenster seines Büros im Vatikan eilte, verkündete jede Faser seines schmalen Aristokratengesichts den Zorn, der ihn erfüllte. Er hatte die Lippen zusammengepreßt, und seine nasale Stimme klang schrill wie das Pfeifen einer Gewehrkugel.

»Dieser Bombalini-Bauer geht zu weit! Ich sage Ihnen, er ist eine Schande für das Kolleg, das – möge Gott uns allen helfen – ihn auf den Heiligen Stuhl erhoben hat!«

Ein plumper, knabenhaft aussehender Priester hörte sich diesen Ausbruch an. Er saß, so gelassen das sein Habitus erlaubte, in einem purpurfarbenen Samtsessel in der Mitte des Raums. Seine rosafarbenen Wangen und die leicht geschürzten, dicken Lippen verrieten vielleicht eine etwas weniger aristokratische Herkunft, als sein Vorgesetzter sie vorweisen konnte, aber die gleiche Liebe zum Luxus. Und seine Stimme klang gerade wie das Schnurren einer Katze.

»Er war und bleibt nur eine Kompromißlösung, Kardinal. Man hat Ihnen versichert, daß sein Gesundheitszustand ihm keine lange Regierungszeit ermöglichen würde.«

»Jeder Tag ist zu lang. Unerträglich ist das!«

»Er hat eine gewisse – Demut an sich, die uns nützlich ist. Er hat die feindliche Presse beruhigt. Die Leute lieben ihn. Unsere Spendeneingänge aus der ganzen Welt sind fast so hoch wie unter Roncalli.«

»Bitte! Nicht diesen Namen! Was nützt ein päpstlicher Schatz, der sich ausdehnt und wieder zusammenzieht wie eine Ziehharmonika, weil der Heilige Stuhl alles unterstützt, was er in seine fetten Bauernhände bekommt? Und wir brauchen keine freundliche Presse. Wenn man uns angreift, dann ist das viel besser, weil es unsere Einigkeit stärkt! Niemand begreift das.«

»Oh, ich schon, Kardinal, wirklich ...«

»Haben Sie ihn heute gesehen?« fuhr Quartze fort, als hätte der Priester nichts gesagt. »Er hat mich in aller Öffentlichkeit gedemütigt! Bei der Audienz! Er hat meine afrikanischen Zuweisungen in Frage gestellt.«

»Ein ganz offensichtliches Manöver, um diesen schrecklichen Neger bei Stimmung zu halten. Er beklagt sich andauernd.«

»Und nachher erzählt er der Vatikanwache Witze – *Witze*, stellen Sie sich das vor! Und mischt sich unter die Leute im Museum und ißt ein Eis – ein *Eis ißt* er, stellen Sie sich das vor – ein Eis, das ihm irgendeine fette Sizilianerin angeboten hat! Als nächstes wird er in der Herrentoilette eine Lira fallen lassen, und dann werden sämtliche Toilettensitze gestohlen! Unwürdig ist das! Was dieser Mann den Gebeinen des Heiligen Petrus antut! Die werden zu Staub zerfallen!«

»Es kann nicht mehr lange dauern, mein lieber Kardinal.«

»Lang genug! Er wird die Schatzkammer des Vatikans leeren und die Kurie mit Radikalen füllen!«

»Sie sind der nächste Papst. Die negativen Reaktionen der breiten mittleren Hierarchie unterstützen Sie. Es ist eine stumme Unterstützung, aber man kann eine tiefe Abneigung gegen den derzeitigen Heiligen Vater erkennen.«

Der Kardinal blieb stumm. Er zog die Mundwinkel etwas nach unten, als er auf den Platz hinausblickte, und schob das Kinn unter den dunklen Höhlen seiner tiefliegenden Augen vor. »Ich glaube, wir haben die Delegierten für uns gewonnen. Ronaldo, holen Sie mir die Pläne für meine Villa in San Vincente. Es beruhigt meine Nerven, wenn ich sie mir ansehen kann.«

»Natürlich«, sagte der Priester und erhob sich aus dem purpurfarbenen Sessel. »Sie müssen ruhig bleiben. Und wenn der Sommer kommt, sind Sie den Bombalini-Bauern los. Er wird wenigstens sechs Wochen in Castel Gandolfo bleiben.«

»Die *Pläne*, Ronaldo! Ich bin sehr erregt. Und doch bleibe ich mitten im Chaos der Mann im Vatikan, der sich am besten in der Hand hat – die Pläne, Sie Transvestit!« schrie der Kardinal.

Kaum hatte der päpstliche Adjutant mit seinem allgegenwärtigen Notizblock das Zimmer verlassen, als Papst Franziskus I. sich aus dem erhöhten weißen Samtsessel mit seiner hohen Rückenlehne erhob (einem Sitzmöbel, das dem Heiligen Sebastian Angst gemacht hätte) und neben der Dame von *Viva Gourmet* auf der Couch Platz nahm. Die Schönheit ihrer Stimme hatte ihn sofort beeindruckt. Sie klang warm und sehr melodisch, und sie paßte zu einer Frau, die so gesund aussah.

Der Adjutant hatte vorgeschlagen, das Interview auf zwanzig Minuten zu beschränken. Der Papst hatte vorgeschlagen, daß es dann enden sollte, wenn es abgeschlossen wäre. Das Gesicht der Journalistin hatte sich dabei vor Verlegenheit etwas gerötet, und so beruhigte Giovanni sie, indem er ins Englische überwechselte und sie fragte, ob es ihrer Ansicht nach wohl einen Markt für Notizblockhalter gab, auf deren Unterseite ein Kruzifix aufgemalt war. Sie hatte gelacht, während der Adjutant, der gar kein Englisch verstand, an der Tür stand und den Notizblock gleich wie eine Reliquie aus Plastik fest an seine Brust drückte.

Er würde den Adjutanten auswechseln müssen, dachte der Papst. Wieder einer dieser jungen Prälaten, den der Ehrgeiz von Ignatio Quartze verführt hatte. Der Kardinal handelte zu auffällig. Er manövrierte seine Günstlinge bereits in die päpstlichen Gemächer, ehe das päpstliche Begräbnis arrangiert war. Aber Franziskus' Entschluß stand fest. Die Kirche würde nicht in die päpstlichen Hände eines Ignatio Quartze fallen. In Hände übrigens, die den Kelch bei der Messe hielten, als wollten sie einem Huhn den Hals umdrehen.

Das Interview mit Lillian von Schnabe von *Viva Gourmet* war produktiv und angenehm. Giovanni verbreitete sich über zwei von seinen Lieblingsthemen – daß gutes, gesundes Essen aus billigen Zutaten hergestellt und mit einfachen, würzigen Saucen abgeschmeckt werden sollte und daß es in diesen Tagen hoher Preise ein Zeichen der Vornehmheit war

– ganz zu schweigen von christlicher Brüderschaft – wenn man seinen Tisch mit seinem Nächsten teilte.

Mrs. von Schnabe erkannte sofort, was er ihr klarmachen wollte. »Ist dies eine Abwandlung von ›Brot und Fisch‹, Eure Heiligkeit?«

»Wir wollen sagen, daß Er nicht in den wohlhabenderen Vierteln von Nazareth gepredigt hat. Eine Anzahl Seiner Wunder basierte auf ganz gesunden psychologischen Prinzipien, meine Liebe. Ich öffne meinen Korb mit Früchten, du öffnest deinen Korb mit Pasta – dann haben wir Obst *und* Pasta. Allein schon die einfache Addition liefert Vielfalt. Eine Vielfalt, die wir zu Recht mit mehr und nicht mit weniger gleichsetzen.«

»Und eine verbesserte Diät«, pflichtete Lillian ihm bei und nickte.

»*Perfetto*. Sehen Sie? Zwei *principios* – es verringert die Kosten und teilt das Angebot.«

»Das klingt beinahe sozialistisch, nicht wahr?«

»Wenn der Magen leer ist und die Preise hoch sind, wäre es dumm, an Etiketten zu denken. In der *Borsa Valori* – Sie nennen das die Aktienbörse – hält man nichts von offenen Körben – man verkauft sie. So gehört es sich auch, wenn man die Art ihrer Mühen bedenkt. Aber an solche Leute wende ich mich nicht. Sie essen im Grand Hotel auf Spesen. Ich glaube, das ist auch eine Ableitung von dem Prinzip, das sich ›Brot und Fisch‹ nennt.«

Sie diskutierten zahlreiche Rezepte, die auf Gerichten aus der bäuerlichen Vergangenheit des Papstes beruhten. Giovanni konnte erkennen, daß die nette Dame mit der hübschen Stimme beeindruckt war. Er hatte seine Hausarbeiten gemacht – in seinen Rezepten gab es Kohlehydrate, Proteine, Stärke, Kalorien, Eisen und alle möglichen Vitamine.

Lillian füllte einen halben Block und schrieb so schnell, wie der Papst sprach, unterbrach ihn gelegentlich, um ein Wort oder einen Satz zu klären. Nachdem beinahe eine Stunde verstrichen war, hielt sie inne und stellte eine Frage, die Giovanni nicht begriff.

»Wie steht es mit Ihren persönlichen Bedürfnissen, Eure Heiligkeit? Gibt es Einschränkungen oder besondere Notwendigkeiten für die Mahlzeiten, die man Ihnen bringt?«

»Che cosa? Was meinen Sie?«

»Wir sind das, was wir essen, wissen Sie?«

»Ich hoffe aufrichtig, daß ich das nicht bin. Ich stehe im siebten Lebensjahrzehnt, meine Liebe. Ein Übermaß von Zwiebeln oder Oliven oder Piment ... Aber das brauchen Sie nicht für Ihren Artikel. Leute meines Alters entdecken und regulieren Ihre persönlichen Bedürfnisse in diesem Bereich auf ganz natürlichem Weg.«

Lillian legte den Bleistift beiseite. »Ich wollte nicht neugierig sein, aber Sie sind ein so faszinierender Mann – und ich gelte als eine der besten Ernährungsexpertinnen in Amerika. Ich nehme an, ich wollte nur Ihrer Küche meine Hochachtung aussprechen.«

Ah, dachte Giovanni Bombalini, wie viele Jahre ist es doch her, daß eine so reizende Person des anderen Geschlechts um mich besorgt war! Er konnte sich nicht mehr erinnern, so lange lag es zurück! Nonnen mit verkniffenen Gesichtern oder diensteifrige Pflegeschwestern, ja. Aber eine so attraktive Dame mit einer so reizenden Stimme ...

»Nun, meine Liebe, diese schrecklichen Ärzte bestehen auf bestimmten Lebensmitteln ...«

Lillian griff wieder nach ihrem Bleistift.

Und sie unterhielten sich noch einmal eine Viertelstunde.

Schließlich klopfte es an der Tür der päpstlichen Gemächer. Franziskus erhob sich von der Couch und kehrte zu dem erhöhten weißen Samtsessel mit der hohen Rückenlehne zurück, der besser in ein biblisches Spektakel der Cinecitta gepaßt hätte.

Ein erregter Kardinal Ignatio Quartze stand in der Tür und betupfte sich die Adlernase mit einem Taschentuch, wobei sich seiner Kehle seltsame Geräusche entrangen. »Ich bedaure sehr, stören zu müssen, Heiliger Vater«, sagte er in italienischer Sprache und mit seiner hohen Falsettstimme, »aber man hat mich gerade informiert, daß Eure Heiligkeit es für richtig befunden haben, meine Instruktionen bezüglich der Zusammenkunft der Bankiers für Christus zu mißbilligen.«

»›Mißbilligen‹ ist zu kräftig formuliert. Ich habe lediglich vorgeschlagen, daß der Ausschuß die Sache noch einmal beraten soll. Es erscheint mir unangemessen, die Sixtinische Kapelle inmitten der Frühjahrssaison zwei Tage für das Publikum zu schließen.«

»Wenn Sie mir verzeihen, wenn ich Gegenteiliges bemerke – die Sixtinische Kapelle ist der am höchsten geschätzte und am meisten besuchte Ort, den wir besitzen. Alle Versammlungen von Bedeutung werden dort abgehalten.«

»Und berauben dadurch jedes Jahr Tausende ihrer Schönheit. Ich bin nicht sicher, daß das wohlgetan ist.«

»Wir sind kein Vergnügungspark, Papst Franziskus.« Aus der Kehle des Kardinals kamen immer noch seltsame Geräusche. Jetzt schneuzte er sich mit aristokratischer Heftigkeit.

»Das frage ich mich manchmal«, erwiderte Giovanni. »Wir verkaufen so vielerlei Tand. Wußten Sie, daß es einen Verkaufsstand mit Rosenkranzkugeln aus gefärbtem Glas gibt?«

»*Bitte,* Eure Heiligkeit! Die Bankiers für Christus! Sie rechnen mit der Sixtinischen Kapelle. Wir wollen Angelegenheiten von äußerster Wichtigkeit besprechen und zum Abschluß bringen.«

»Ja, mein lieber Kardinal. Ich habe den Aktenvermerk erhalten. ›Wachstum für Jesus‹ – das klingt ein wenig gequält denke ich, aber wahrscheinlich hat es steuerliche Vorteile.« Giovannis Aufmerksamkeit wandte sich plötzlich wieder Lillian zu. Sie hatte ihren Notizblock höflich, aber entschieden zugeklappt und wollte offensichtlich gehen. Ah, was für ein angenehmes Zwischenspiel das gewesen war! Und Quartze würde das nicht zerstören. Er konnte warten. Franziskus wandte sich an die attraktive Dame mit der lieblichen Stimme. In Englisch natürlich, einer Sprache, die

Quartze nur lückenhaft verstand. »Wie unhöflich wir sind! Verzeihen Sie uns. Der erregte Kardinal mit den Propellern in den Nasenhöhlen hat wieder einmal festgestellt, daß mein Urteilsvermögen zu wünschen übrigläßt.«

»Dann würde ich sagen müssen, daß *sein* Urteilsvermögen viel zu wünschen übrigläßt«, entgegnete Lillian, erhob sich von der Couch und steckte ihren Block in die Handtasche. Sie sah in Giovannis Augen und fügte mit weicher, gefühlvoller Stimme hinzu: »Wahrscheinlich gehört es sich nicht, das zu sagen, aber da ich keine Katholikin bin, werde ich es dennoch aussprechen. Sie sind einer der attraktivsten Männer, die mir je begegnet sind. Hoffentlich beleidige ich Sie damit nicht.«

Giovanni Bombalini, Papst Franziskus, Statthalter Christi, spürte, wie sich fünfzig Jahre alte Erinnerungen in ihm regten. Und es waren gute Erinnerungen. In einem zutiefst heiligen Sinn – wofür er dankbar war. »Und Sie, meine Liebe, besitzen eine Ehrlichkeit, so irrig auch Ihre augenblickliche Meinung ist, die im warmen Licht Gottes einhergeht.«

»Wenn das so ist, dann nur, weil mir jemand Unterricht erteilt hat, der Ihnen sehr ähnlich ist. Obgleich nur wenige die Ähnlichkeit erkennen würden.«

»Ich bin geschmeichelt. Dieser – Jemand ... Überbringen Sie ihm den Segen eines Bauernpriesters.«

Lillian lächelte. Sie ging auf die Tür zu, wo Quartzes Taschentuch vor seinem erregten Gesicht flatterte und man immer noch ein Räuspern hinter seiner Adlernase und den schmalen Lippen hören konnte. Der Prälat trat zur Seite, um sie hinauszulassen, und gab sich große Mühe, sie zu ignorieren. So blieb Lillian kurz stehen und zwang ihn, sie anzusehen. Und als er das tat, zwinkerte sie ihm zu.

Als sie die Tür schloß, waren die Worte von Papst Franziskus klar und kräftig. In seinem Zorn hob der Papst seine Stimme und sprach englisch.

»Sprechen Sie mir nicht von der Sixtinischen Kapelle, Ingatio! Wir wollen lieber über diese Pläne sprechen, die ich angefordert habe – jene Pläne über Ihr Haus am Wasser in San Vincente. Was sind das für ›Sicherheitseinrichtungen‹? Eine Sauna?«

Hawkins hatte zwei Sitze in der Ersten Klasse der Swissair 747 reserviert. Da er viel Ellbogenfreiheit brauchte, wollte er keinen Sitznachbarn belästigen. Auf diese Weise konnte er die Aktendeckel neben sich verstauen und jederzeit danach greifen. Er hatte bewußt die Nachtmaschine nach Zürich gewählt. Die Reisenden würden vorwiegend Diplomaten, Banker und leitende Angestellte großer Firmen sein, die transatlantische Flüge gewöhnt waren. Sie würden die Nacht zum Schlafen benutzen und nicht dazu, neue Bekanntschaften zu schließen. Also würde ihn kaum jemand stören.

Denn er würde seine Wahl treffen, von Zürich aus Angebote hinausschicken müssen.

MacKenzies Koffer enthielt ein Sortiment von Personalakten, aus denen er seine Truppen auswählen würde. Das waren die letzten Akten, die er in den G-2-Archiven kopiert hatte. Die Glücklichen, die er ausgewählt hatte, würden seine Brigade sein – seine persönliche Armee, mit dem Privileg, an dem ungewöhnlichsten Manöver in der modernen Militärgeschichte teilnehmen zu dürfen. Und jeder Soldat würde aus diesem Einsatz als einer der reichsten Männer in seinem Teil der Welt heimkehren. Denn sie würden aus möglichst unterschiedlichen Teilen der Welt stammen. Eine der wesentlichsten Bedingungen für ihre Rekrutierung bestand nämlich darin, daß keiner je die Existenz der anderen bestätigen würde, sobald der Einsatz abgeschlossen war. Es würde besser sein, wenn sie von verschiedenen Orten kamen.

Die Dossiers im Aktenkoffer des Hawks befaßten sich mit den fähigsten Doppel- und Dreifachagenten in den Datenbänken der US-Army. Und es gab einen gemeinsamen Nenner für alle Akten – sämtliche Agenten waren zwangsweise pensioniert worden.

Die Konjunktur für Doppel- und Dreifachagenten war im Augenblick recht schwach. Die in den Dossiers geschilderten Experten waren schon geraume Zeit nicht mehr in bezahltem Einsatz gewesen, und für solche Männer war Untätigkeit ein Fluch. Sie bedeutete nicht nur Prestigeverlust in der internationalen Verbrecherwelt, sondern auch eine Verringerung im Lebensstandard.

Sie würden die Aussicht auf fünfhunderttausend Dollar pro Mann nicht einfach in den Wind schlagen. Und jeder potentielle Rekrut war das Geld wert. Jeder war der Beste in seinem Fach.

Das Ganze war eine Frage der Logistik. Es galt zu denken – und dann den anderen beim Denken zuvorzukommen. Jede Funktion mußte von einem Experten ausgeübt werden und jede Bewegung auf den Bruchteil einer Sekunde genau erfolgen.

Und das erforderte einen Befehlshaber, der von seinen Truppen fehlerlose Präzision forderte. Der sie so ausbildete, daß sie Höchstleistungen brachten. Der nicht geizte, wenn es auf Geräte oder die Simulation des Einsatzortes ankam. Der, soweit das technisch möglich war, die *exakten Umstände* duplizierte, die für den Angriff vorgesehen waren. Im wesentlichen also ein erstklassiger General. Er selbst, *verdammt*!

Sobald die Brigade ausgewählt und versammelt war, würde Mac die Basisstrategie vortragen. Dann würde er seinen Offizieren Gelegenheit geben, Verbesserungsvorschläge vorzubringen. Ein guter Kommandant hört sich seine untergeordneten Offiziere immer an, aber die letzte Entscheidung behielt er sich natürlich selbst vor.

Die Wochen der Ausbildung würden ihm zeigen, wo die Stärken und wo die Schwächen lagen. Sein Ziel bestand einzig und allein darin, jegliche Schwäche zu eliminieren.

Je weniger Truppen, desto besser, aber nicht gleich so wenige, daß sie die Effizienz der Mission beeinträchtigten ... Aus diesem Grunde gab es für jeden Soldaten nur eine Zahlung – fünfhunderttausend Dollar. Wenn sie sich schnappen ließen, würde es keine Belohnung geben, zumindest nicht die Art der Belohnung, hinter der sie her waren. Nur gewisse Zuweisungen für die Familie im Falle einer Gefangennahme. Das war etwas, was alle Armeen inzwischen für selbstverständlich hielten. Männer erbrachten bessere Leistungen unter Kampfbedingungen, wenn sie sich nicht um ihre Familien zu sorgen brauchten. Das war auch gut so. Ein weiterer Beweis für die Trennung zwischen den Spezies.

Die Shepherd Company würde bereits vor Basis Zero Mittel für die Angehörigen zur Bank bringen – Mittel, die natürlich nach erfolgreicher Vollendung der Operation von der Schlußzahlung abgezogen werden würden.

Verdammt! Er war nicht nur ein Profi, er war noch dazu ein verdammt gründlicher Profi. Wenn diese Idioten im Pentagon ihm die ganze US-Army übergeben hätten, dann hätten sie jetzt nicht all den Ärger mit den Freiwilligen. Diese Scheißer im Pentagon verstanden das nicht, was die Army als ›das Buch‹ kannte. Wenn ein Soldat das Buch als das nahm, was es war, und nicht versuchte, es politisch irgendwie zu verbiegen oder Zweideutigkeiten zu finden, hinter denen er sich verstecken konnte – nun, dann war es ein verdammt gutes Buch. Fehlerhaft, aber es funktionierte.

Doch er hatte keine Zeit, jetzt über diese Scheißer nachzudenken. Für ihn stand seine Brigade so ziemlich fest. Er benötigte sieben Spezialitäten – Tarnung, Sprengung, Sedativmedizin, Orientierung, Flugzeugtechnik, Fluchtkartographie und Elektronik.

Sieben Experten. Die Dossiers hatte er inzwischen auf zwölf zusammengestrichen. Ehe er Zürich erreichte, das wußte er, würde er die sieben haben. Es galt nur, die Akten immer wieder zu lesen. Er würde seine Angebote von Zürich aus abschicken, nicht vom Château Machenfeld. Nichts durfte irgendeinen Hinweis auf Machenfeld enthalten.

Sogar in Zürich würde er vorsichtig sein müssen. Nicht in bezug auf Spuren, mit diesem Problem würde er fertig werden. Aber er würde aufpassen müssen, um nicht auf

Sam Devereaux zu stoßen. Sam würde wenige Stunden nach seiner eigenen Ankunft in Zürich landen. Mac war auf Sams besondere Art, in Panik zu geraten, nicht vorbereitet. In Machenfeld würde er mit *diesem* Problem besser zurechtkommen.

Aber dann, dachte der Hawk, würde er sich darüber nicht mehr den Kopf zerbrechen müssen. Devereaux war das Problem der Mädchen, und die hatten ihre Aufträge überaus geschickt erledigt.

Verdammt! Großartig waren die! Ein Mann durfte sich glücklich preisen, wenn er ein solches Quartett von Frauen hinter sich hatte. ›Hinter jedem großen Mann . . .‹, hieß es doch. Hinter *ihm* stand aber nicht *eine* Frau, sondern es waren *vier*.

Vier Frauen ohnegleichen! Sam konnte wirklich von Glück reden, und dabei wußte er es nicht einmal. Hawkins nahm sich vor, es Sam zu sagen, wenn er ihn in Machenfeld sah.

Morgen, wenn alles planmäßig lief.

Devereaux ging den Bahnsteig hinunter und suchte den Waggon mit der richtigen Nummer. Es war nicht leicht, weil er die ganze Zeit aufstoßen mußte. Er hatte während der ganzen Reise gegessen, von Tizi-wie-auch-immer-es-hieß über Algier und Rom bis Zürich. Madge hatte ihn zum Dar-el-Beida-Flughafen begleitet, aber während ihres Abschieds nicht mehr zugegeben, als sie schon bei der Begrüßung im Aletti-Hotel gesagt hatte.

Aber Sam hatte sich ohnehin dazu entschlossen, keine weiteren Spekulationen über die Mädchen anzustellen. Was auch immer sie dazu trieb, für den Hawk zu tun, was sie taten, konnte man getrost Krafft-Ebing überlassen. Er mußte sich auf andere Dinge konzentrieren.

Das Kapital von vierzig Millionen Dollar war eingezahlt. Hawkins hatte jetzt seine Murmeln (nein, seine Murmeln hatte er nicht, aber das war eine andere Frage) und würde jetzt anfangen, sein Spiel zu spielen. Der Hawk würde seine letzten Vorkehrungen treffen, seine Käufe tätigen, sein – wie nannte er das? – ›Versorgungspersonal‹ rekrutieren.

Jesus! Versorgungspersonal!

Um den Papst entführen zu können ...

O Gott! Die ganze Welt war ein einziges riesiges Irrenhaus!

Für Sam gab es jetzt nur ein Thema, das ihn zu beschäftigen hatte, ein Ziel, von dem er sich nicht abbringen lassen durfte – wie konnte man MacKenzie Hawkins daran hindern?

Es waren sogar zwei Ziele – er selbst mußte dafür sorgen, daß er sich vor einer Gefängnisstrafe rettete und aus den mörderischen Krallen der Mafia, des englischen Hochadels, der Nazis und insbesondere dieser Araber, die seine Unaussprechlichen in etwas Unsagbares stopfen wollten.

Er fand sein Abteil, ein Abteil von der Art, die ihren Ruhm Rex Harrison und Margaret Lockwood zu verdanken hatten. Schatten und schwarze Samtvorhänge und das unablässige Poltern der stählernen Räder über die stählernen Schienen darunter, wie ein Symbol des unvermeidbaren Herannahens des Schrecklichen. Und große Fenster in den Schiebetüren, mit Vorhängen, die, wenn man sie plötzlich zurückzog, die Gesichter des Bösen enthüllten.

Nachtzug, Orientexpreß – und das Bild von Händen, die in die Falten dunkler Mäntel griffen und ganz langsam den schwarzen Stahl zahlreicher Pistolen herauszogen. Der Zug setzte sich in Bewegung.

»Also, ich *glaube* das einfach nicht. Der Meedscher! Ausgerechnet hier im alten Zürich!«

Es gab überhaupt keinen Anlaß, auch nur im geringsten verblüfft zu sein. Schließlich legte auch die Titanic pünktlich ab.

Regina Sommerville Hawkins Clark Madison Greenberg stand im Korridor vor dem Eisenbahnabteil und sprach ihn durch das holzgerahmte Fenster an. Sie schob die Tür auf und füllte die schmale Türöffnung mit Erinnerungen an Magnolienblüten. Sam setzte sich ruhig ans Fenster und staunte über seine eigene Gelassenheit. »Sie haben sich den Zeitpunkt ja geradezu brillant ausgesucht. Der Zug rollt bereits. Wenn ich versuchte, in Luzern auszusteigen, würden Sie vermutlich behaupten, ich hätte Sie belästigt.«

»Oh, wie kann man etwas so Komisches sagen! Ich hoffe doch, Sie haben unsere Zeit im Beverly Hills Hotel nicht vergessen. Ich werde das nie vergessen.«

»Meine Erinnerung hat keinen Anfang, keine Mitte und kein Ende. Die Welt treibt in tausend zerbrochenen Spiegeln Unzucht, und wir beflecken uns im Widerschein von Sodom und Gomorrha ... Jetzt sag schon endlich, wie es kommt, daß du *zufällig* gerade in Zürich bist, im Hauptbahnhof, ausgerechnet in diesem Zug und in diesem Abteil.«

»Oh, das ist doch ganz einfach. Manny dreht in Genf einen Film. Für die United Artists. Ich glaube, der ist so pornografisch, daß er außerhalb der Staaten gedreht werden muß.«

»Das wäre Genf, und das hier ist Zürich. Du kannst es besser. Soviel darf ich doch von Hawkins' Harem verlangen. Ein bißchen mehr Fantasie, bitte!«

»Ehrlich, jetzt wirst du richtig beleidigend!« Regina schwang ihren Vicunamantel zurück und stemmte die Hände selbstbewußt in die Hüften. Zwei Kanonen waren auf Devereaux gerichtet. »Ich glaube nicht, daß du dich über irgend etwas beklagen kannst. Da reißen wir uns aus einer sehr bequemen Umgebung heraus, kutschieren durch die ganze Welt, unterziehen uns allen möglichen Unbequemlichkeiten – *schnell, schnell, schnell* – überprüfen alles – kümmern uns um dich, um Leib und Seele – sorgen dafür, daß dir niemand etwas zuleide tut – sorgen uns um deinen Komfort – du lieber Gott, was könnten wir sonst noch tun? Und was ist der Lohn? *Man beleidigt uns!*«

Regina gab die empörte Pose auf und fing zu weinen an. Sie klappte ihre Handtasche auf, zog ein Kleenextuch heraus, setzte sich Sam gegenüber und begann sich die Augen zu betupfen.

Ein kleines, verlorenes, bedauernswertes Mädchen.

»He, komm schon! Das ist nicht fair.« Wie die meisten Männer war auch Sam gegenüber einer weinenden Frau völlig hilflos.

Regina schluchzte, ihr Busen wogte. Devereaux stand auf und kniete vor ihr nieder. »Schon gut. Es ist doch in Ordnung. Bitte, nicht weinen!«

Unter Tränen warf sie ihm einen dankbaren Blick zu. »Dann haßt du mich also nicht? Sag, daß du mich nicht haßt!«

»Wie könnte ich dich hasssen? Du bist doch so reizend – und so süß – um Himmels willen, hör zu weinen auf!«

Sie legte ihr Gesicht an das seine, ihre Lippen an sein Ohr. »Tut mir leid. Ich bin einfach erschöpft. Der Druck, unter dem ich die ganze Zeit stand, war einfach schrecklich. Ich habe Tag und Nacht am Telefon gewartet und mir immer Sorgen gemacht – und mir natürlich den Kopf zerbrochen. Du hast mir wirklich gefehlt.«

Ginnys Mantel war wie eine warme, angenehme Decke zwischen ihnen. Die breiten Revers hüllten Devereaux' Arme ein. Sie nahm seine beiden Hände und führte sie unter das dicke Tuch zu den weichen, warmen Hügeln der Schönheit, die sich unter dem Seidenstoff ihrer Bluse verbargen.

»So ist's besser. Hör jetzt auf zu weinen.« Sonst fiel ihm nichts ein, und deshalb sagte er es ganz leise.

Sie flüsterte in sein Ohr und löste damit alles mögliche in seinem Kreislauf aus. »Erinnerst du dich an diese herrlichen alten englischen Filme, die in solchen Zügen spielten?«

»Sicher. Rex Harrison, wie er Margaret Lockwood vor dem bösen Conrad Veit rettet ...«

»Ich glaube, man kann die Tür zuschieben und absperren. Und da sind Vorhänge ...«

Devereaux stand auf. Er sperrte die Tür ab, zog die Vorhänge zu und drehte sich wieder zu Regina um. Sie hatte inzwischen ihren Vicunamantel abgenommen und ihn einladend über das weiche Sitzpolster des Eisenbahnabteils gebreitet.

Unter ihnen verkörperte das Poltern von Metall auf

Metall die endlose Reise, ein irgendwie sinnlicher Rhythmus. Draußen huschte die schöne Landschaft der Schweiz vorbei, gebadet in der Schweizer Dämmerung.

»Wieviel Zeit haben wir bis Zermatt?« fragte er.

»Genug«, erwiderte sie und begann lächelnd ihre Bluse aufzuknöpfen. »Und wir werden es auch bemerken. Es ist die letzte Station.«

18.

Hawkins hatte sich im Hotel D'Accord in Zürich mit einem gefälschten Paß eingetragen. Er hatte ihn in Washington von einem CIA-Agenten gekauft, der begriffen hatte, daß die Gerichte ihn daran hindern würden, ein Buch zu schreiben, nachdem er in den Ruhestand getreten war. Der Mann hatte ihm eine Auswahl an Perücken und Geheimkameras angeboten, aber MacKenzie hatte darauf verzichtet. Als er sich in seinem Hotelzimmer häuslich eingerichtet hatte, führte ihn sein erster Weg wieder in die Halle hinunter, wo er mit einer der Telefonistinnen verhandelte – Bargeld gegen Kooperation. Da das Bargeld hundert Dollar betrug, kam man schnell überein, daß seine sämtlichen Gespräche und Telegramme über ihre Anlage laufen würden.

Der Hawk kehrte in sein Zimmer zurück und breitete die sieben Dossiers (seine Endauswahl) auf dem Couchtisch aus. Er war äußerst zufrieden. Diese Männer waren die geschicktesten, erfahrensten *Provocateurs* in ihren jeweiligen Bereichen. Jetzt kam es nur noch darauf an, sie in seinen Dienst zu stellen. Und MacKenzie wußte, daß er in diesem Punkt besonders qualifiziert war.

Er wußte, daß er vier telefonisch würde erreichen können. Drei telegrafisch. Zugegebenermaßen würde die telefonische Kontaktaufnahme nicht leicht sein, denn der betreffende Experte würde in keinem Fall anwesend sein. Aber er würde sie erreichen, indem er verschiedene Codes aus der Vergangenheit einsetzte. Ein Anruf würde in ein baskisches Fischerdorf in der Bucht von Biskaya führen, ein weiterer in eine ähnliche Küstenstadt auf Kreta. Ein dritter Anruf würde nach Stockholm gehen, zur Schwester des Spionageexperten, der im Augenblick als Priester der skandinavischen Baptistenkirche tätig war. Der Zielort des vierten Anrufs schließlich war Marseille, wo der Mann, den er suchte, als Pilot eines Hafenschleppers arbeitete.

Welch geographische Vielfalt! Außer den Leuten, die er telefonisch erreichen konnte (Biskaya, Kreta, Stockholm und Marseille), waren da noch die Telegramme – nach Athen, Rom, Beirut. Was für eine Ausweitung! Der Traum eines Abwehrchefs!

MacKenzie zog sein Jackett aus, warf es aufs Bett und holte sich eine frische Zigarre aus der Hemdtasche. Er zerkaute das eine Ende, bis es die richtige Konsistenz aufwies, und zündete sie dann an. Es war gerade neun Uhr fünfzehn. Der Nachmittagszug nach Zermatt ging um vier Uhr fünfzehn.

Sieben Stunden. Wenn das kein Omen war! Sieben Stunden und sieben Offiziere, die es zu rekrutieren galt ...

Er trug die drei Dossiers zum Schreibtisch und legte sie vor das Telefon. Die Telegramme hatten Vorrang..

Um genau zweiundzwanzig Minuten vor vier legte der Hawk den Hörer auf die Gabel und machte auf den Aktendeckel mit der Aufschrift *Marseille* einen roten Haken. Das war der letzte telefonische Kontakt. Er brauchte jetzt nur noch zwei Antworten – auf die Telegramme nach Athen und Beirut. Rom hatte vor zwei Stunden geantwortet. Rom war länger als die anderen arbeitslos gewesen.

Die Telefongespräche waren glatt verlaufen. In jedem einzelnen Fall waren die ursprünglichen Gespräche mit den Mittelsmännern – und Frauen – reserviert, höflich, allgemein, fast abstrakt gewesen. Und in jedem einzelnen Fall hatte MacKenzie genau die richtigen Worte gebraucht, ruhig, vertrauensvoll. Und jeder Experte, den er hatte erreichen wollen, hatte zurückgerufen.

Es hatte bei keinem Schwierigkeiten gegeben. Er hatte seine Vorschläge in der gleichen allgemein-verständlichen

Sprache vorgebracht. Das auslösende Moment war der Begriff ›gelber Berg‹ gewesen. Das war der höchste Einsatz, den ein Agent gewinnen konnte. Der Begriff ›gelber Berg‹ war ein ›Fünfhunderterschlüssel‹ mit einem Bankvorschuß gegen Notfälle. Die Sicherheitskontrollen schlossen ›unzugängliche Clearinghäuser‹ ein, die keine Verbindungen zu irgendwelchen internationalen Agenturen unterhielten. Der Zeitfaktor lag zwischen sechs und acht Wochen, je nach den ›technischen Feinheiten, die in dem komplizierten Vorgang nötig waren‹, und schließlich umfaßte sein eigener Hintergrund als Führer umfassende Dienste für ganze Regierungen in den meisten Teilen von Südostasien, wofür es Beweise auf verschiedenen Konten in Genf gab.

Er hatte seine Recherchen gut durchgeführt, bis auf den letzten waren alle Agenten darauf angewiesen, den gelben Berg anzubohren.

Hawkins erhob sich vom Schreibtisch und streckte sich. Es war ein langer Tag gewesen, und er war noch nicht zu Ende. In zwanzig Minuten würde er zum Bahnhof gehen müssen. Diese Zeit mußte er nutzen, um mit der Frau in der Telefonzentrale zu sprechen, um ihr Anweisungen zu übergeben, wie sie mit den Leuten verfahren sollte, die ihn zu erreichen versuchten. Die Anweisungen würden ganz einfach sein – er hatte das Zimmer für eine Woche gemietet, er würde in drei Tagen nach Zürich zurückkehren. Dann würde er zu erreichen sein, oder sie konnten ihrerseits eine Nummer hinterlassen. MacKenzie wollte nicht nach Zürich zurückkehren, aber Athen und Beirut waren Ausnahmerekruten.

Das Telefon klingelte. Athen.

Sechs Minuten später gehörte Athen zu seiner Truppe.

Noch einer.

Der Hawk stellte sein unberührtes Gepäck neben die Tür und packte wieder seinen Aktenkoffer, wobei er die Akte Beirut obenauf legte, wo er sie leicht erreichen konnte. Er sah auf die Uhr. Drei Minuten vor vier. Es hatte keinen Sinn, es noch länger hinauszuschieben. Er mußte zum Bahnhof. Er ging an den Schreibtisch zurück, wählte die Nummer der Zentrale und sagte der Frau, daß er ihr ein paar Anweisungen erteilen wollte ...

Sie unterbrach ihn höflich.

»Ja, selbstverständlich, mein Herr. Aber hat das einen Moment Zeit? Ich wollte Sie gerade anrufen. Da kommt ein Überseegespräch. Aus Beirut.«

Verdammt!

Sam schlug die Augen auf. Durch die breiten Verandatüren strömte das Sonnenlicht herein. Die blauen Seidenvorhänge wehten in der Morgenbrise. Er sah sich im Zimmer um. Die Decke war mindestens zwölf Fuß hoch, die kannelierten Säulen in den Ecken und die Schnitzereien überall schrien das Wort ›Château‹ förmlich hinaus. Dann begann langsam alles Gestalt anzunehmen. Er befand sich an einem Ort, der sich Château Machenfeld nannte, irgendwo südlich von Zermatt. Vor der schweren, ebenfalls mit Schnitzereien verzierten Tür seines Zimmers lag ein breiter Korridor mit persischen Gebetsteppichen auf dem glänzendpolierten schwarzen Parkettboden, die Wände waren mit Kandelabern geschmückt. Der Korridor führte zu einer pompösen Wendeltreppe und diese wiederum in eine Halle, die so groß wie ein respektabler Ballsaal war. Dort, inmitten von unschätzbar wertvollen Antiquitäten, auf die Renaissanceporträts herabblickten, lag der Eingang – gigantische Eichendoppelportale und dahinter eine Marmortreppe, die zu einer kreisförmigen Auffahrt hinunterführte, breit genug, um selbst den Leichenzug des Aufsichtsratsvorsitzenden von General Motors zu bewältigen.

Was hatte Hawkins getan? Und wie stellte er das an? O Gott! *Warum?* Wozu brauchte er eine solche Monstrosität?

Devereaux blickte auf die schlafende Regina hinunter, deren dunkelbraunes Haar das Kissen bedeckte und deren von der kalifornischen Sonne gebräuntes Gesicht halb von der Daunendecke bedeckt war. Falls sie die Antwort auf diese Fragen kannte, so war sie jedenfalls nicht bereit, sie ihm zu verraten. Von den vier ›Girls‹ war Ginny die raffinierteste. Alles war wie nach Drehbuch abgelaufen, bis zu dem Augenblick, in dem er eingeschlafen war. Aber er konnte ihr nicht böse sein, weil sie ihn faszinierte.

Unter ihrem weichen Äußeren, das in ihm immer wieder die Ahnung von Magnolienduft aufkommen ließ, verbarg sich ein stählerner Wille. Sie war eine Führernatur und hatte Freude daran, Leute zu manipulieren. Sie setzte ihre Gaben – geistige wie physische – mit Fantasie und Kühnheit und sogar mit Humor ein. Sie war durchaus imstande, im einen Augenblick mit geradezu missionarischer Inbrunst aufzutreten und im nächsten ein verlorenes kleines Mädchen inmitten des brennenden Atlanta zu sein. Sie war die lachende, provozierende Sirene auf der vom Mondlicht beschienenen Plantage, und im nächsten Augenblick, als hätte jemand auf einen Knopf gedrückt, eine verschwörerisch flüsternde Mata Hari, die einem verdächtig aussehenden Chauffeur im Schatten eines Bahnhofs Anweisungen erteilte.

»*Mack Feldmans Hintern in bitterem Selters!*«

So sehr Sam sich auch den Kopf zerbrach – genauso hatten die Worte geklungen, die Ginny dem seltsam aussehenden Mann mit der schwarzen Baskenmütze und dem goldenen Schneidezahn zugeflüstert hatte, während seine Katzenaugen sich an ihrer Bluse förmlich festklammerten.

»*Mac ist ein Filz!*« hatte die geflüsterte Antwort gelautet. »*Sein Visier ist im Blumentopf einer Autobombe!*«

Auf diese äußerst vielsagende Antwort hin hatte Ginny genickt, Deveraux am Arm ergriffen und ihn auf die Straße hinausgezogen.

»Trag den Koffer mit der linken Hand und pfeif etwas. Er wird in eine Seitengasse einbiegen, und dann warten wir an der Ecke auf ihn. Er wird dann den Wagen bringen.«

»Warum all der Unsinn? Die linke Hand! Das Pfeifen!«

»Andere Leute passen auf. Wir müssen sicherstellen, daß man uns nicht folgt.«

Irgendwie kam ihm jetzt das Orientexpreßthema etwas

übertrieben vor, aber er nahm trotzdem den Koffer gehorsam in die linke Hand und begann zu pfeifen.

»*Das* doch nicht, du Esel!«

»Wieso denn? Das ist eine Hymne ...«

»Hier nennt sich das ›Deutschland über alles‹!«

Er hatte das Thema gewechselt, war auf ›Rock of Ages‹ übergegangen, und in diesem Augenblick war ein anderer Mann, diesmal einer, der einen echten Conrad-Veidt-Mantel trug, sogar mit Samtrevers, auf Regina zugekommen und hatte leise zu ihr gesagt: *»Ihre Warzen sind im Waggon.«*

»Mack Feldmans Hintern hat süße Grübchen«, hatte sie leise, aber wie aus der Pistole geschossen erwidert. Und in Sekundenschnelle war ein langgestreckter schwarzer Wagen aus der finsteren Seitengasse herausgerast, und sie waren eingestiegen.

So hatte die anstrengende, zwei Stunden währende Fahrt begonnen. Endlose Meilen gewundener, bergauf führender Straßen, die aus den Schweizer Bergen und Wäldern herausgehauen waren, dazwischen immer wieder gespenstisches Mondlicht ... Bis sie schließlich eine Art Tor erreichten, das aber in Wirklichkeit gar kein Tor war, sondern ein echtes Fallgatter. Vor einem Burggraben.

Ein echter Burggraben! Mit schweren Planken, unter denen man Wasser plätschern hörte. Und dann eine weitere gewundene Straße, wieder den Berg hinauf, die an der riesigen, kreisförmigen Auffahrt vor dem mächtigsten Landhaus endete, das Sam je gesehen hatte, seit er mit den Pfadfindern in Fontainebleau gewesen war. Und selbst Fontainebleau hatte keine Zinnen. Wohl aber dieser Bau – hohe, eindeutig aus Stein bestehende Zinnen, eine Architektur, die man unwillkürlich mit Ivanhoe und dem Schwarzen Ritter in Verbindung brachte.

Eindrucksvoll, dieses Château Machenfeld, und dabei hatte er es nur nachts gesehen. Er war gar nicht sicher, ob er es bei Tag sehen wollte. Allein schon der Gedanke eines solch mächtigen Baus konnte einem Angst einjagen, wenn man ihn mit MacKenzie Hawkins in Verbindung brachte.

Aber was sollte das Château eigentlich? Wozu diente es? Wenn es der Kommandoposten dieses Hurensohnes sein sollte, warum hatte er dann nicht einfach Fenway Park gemietet? Schließlich brauchte man eine ganze Armee von Bediensteten, um den Kasten in Schuß zu halten. Und Bedienstete redeten. Man brauchte nur die Leute zu fragen, die in Nürnberg dabeigewesen waren oder in Siricas Gerichtssaal.

Aber Regina würde nicht reden. (Natürlich, sie war ja auch keine Bedienstete.) Obwohl er sich Mühe gegeben hatte. Während der ganzen Bahnfahrt von Zürich – nun, vielleicht nicht gerade jeden Augenblick – und die Hälfte der Nacht in Machenfeld – vielleicht weniger als die Hälfte – hatte er sich die größte Mühe gegeben, ihr irgendeine Information zu entlocken.

Sie hatten sich gleichsam ein Wortgefecht geliefert, in Andeutungen geredet, aber keiner von beiden hatte auch nur eine einzige positive Erklärung abgegeben, die zu echten Schlüssen führen konnte. Sie gab zu – sie hatte keine andere Wahl gehabt – daß sämtliche ›Girls‹ sich bereit gefunden hatten, zum richtigen Zeitpunkt am richtigen Ort aufzutauchen, damit er, Sam, Gesellschaft hatte und nicht in Versuchungen geführt wurde, die auf einer so langen Geschäftsreise nachteilige Auswirkungen auf ihn gehabt hätten. Damit er jemand Vertrauenswürdigen hatte, der Mitteilungen für ihn entgegennahm. Damit jemand auf ihn aufpaßte. Und was zum Teufel konnte das eigentlich schaden? Wo fand er schon eine so ergebene Truppe von Damen, die nur sein Wohl im Sinn hatte? Und die zugleich dafür sorgte, daß er seinen Zeitplan einhielt?

Wußte sie, welches Ziel seine ›Geschäftsreise‹ hatte?

Du lieber Gott, nein! Sie hatten nie gefragt. Keine von ihnen hatte gefragt.

Warum nicht?

Du großer Gott, Honey! Weil der Hawk es so gewollt hatte.

War denn keine von ihnen imstande, gewisse Schlüsse zu

ziehen? Lieber Gott, schließlich war Sams Tour nicht gerade mit der Geschäftsreise eines Schuhverkäufers in New England zu vergleichen.

Aber, *Honey!* Als sie mit dem Hawk verheiratet waren – jede für sich natürlich – hatte er immer mit streng geheimen Militärdingen zu tun, und sie wußten alle, daß sie keine Fragen stellen durften.

Aber jetzt war er doch nicht in der Army!

Dafür konnte aber doch die Army nichts!

Und so ging es hin und her.

Und dann begann er zu begreifen. Regina war kein Dummchen. Keine von Hawkins' Haremsdamen war dumm. Und Loyalität war ihr oberstes Gebot, natürlich Loyalität dem Hawk gegenüber. Wenn Ginny oder Lillian oder Madge oder Anne irgend etwas Konkretes wußten, würden sie das ihm jedenfalls nicht sagen. Wenn sie feststellten, daß irgend etwas nicht ganz zusammenpaßte, setzte jede für sich die Scheuklappen auf. Und das, was jede für sich tat, blieb ohne Beziehung zu irgendeinem äußeren Geschehen. Jedenfalls würde keine mit Sam diskutieren.

Und mitten in all dem Wahnsinn, den der Hawk ausgelöst hatte, war da noch ein Problem – Sam mochte die ›Girls‹ wirklich. Was auch immer sie dazu trieb, MacKenzie zu gehorchen – jede war ein Individuum für sich, jede – Gott helfe ihm – strahlte eine Ehrlichkeit aus, die er erfrischend fand. Wenn er ihnen daher sagte, was er wußte, würden sie im selben Augenblick zu Mittäterinnen, zu Komplizinnen in einer Verschwörung. Man mußte kein Anwalt sein, um das zu wissen. Und dabei war er einer.

Bis zur Stunde war jedes Mädchen sauber. Vielleicht nicht blütenweiß, vielleicht nicht einmal schneeweiß, aber im juristischen Sinne konnte man argumentieren, daß jede sozusagen im Vakuum tätig gewesen war. Unter den vorliegenden Umständen lag also keine Verschwörung vor.

›Danke, Herr Verteidiger. Das Gericht empfiehlt Ihnen, daß Sie sich Ihre Ausbildungskosten zurückzahlen lassen . . .‹

Sam stieg so leise wie möglich aus dem lächerlich dimensionierten Bett mit seinem Baldachin und sah seine Shorts auf halbem Weg zur Verandatür, die ohnehin sein Ziel war. Er fragte sich kurz, weshalb sie so weit vom Bett entfernt lagen. Dann erinnerte er sich und lächelte.

Aber jetzt war Morgen, ein neuer Tag, und die Dinge würden anders laufen. Eines hatte Ginny ihm gesagt, worauf sein weiteres Denken aufbaute – Hawkins würde am späten Nachmittag oder am frühen Abend eintreffen. Die Zeit bis dahin würde er nutzen, um so viel wie möglich über Château Machenfeld in Erfahrung zu bringen. Oder, genauer gesagt, darüber, was der Hawk mit Château Machenfeld vorhatte, in bezug auf einen gewissen Papst Franziskus, Statthalter Christi.

Jetzt mußte Sam seine eigene Gegenstrategie aufbauen. Hawkins war gut, daran bestand kein Zweifel. Aber er, Sam Devereaux, von der Quincy-Boston-Achse des Establishments der Ostküste, war auch nicht schlecht. Zuversicht! Selbstvertrauen! Mac besaß das – er auch.

Als er in seine Shorts schlüpfte, kam ihm der offensichtliche erste Schritt seiner Gegenstrategie in den Sinn. Dieser Schritt war nicht nur offensichtlich, sondern sonnenklar. Die Glocken klangen! Ein außergewöhnlicher Ort (Villa, Herrensitz, Gut, kleines Land) wie Machenfeld würde eine endlose Folge von Nachschublieferungen erfordern, um zu funktionieren. Und Lieferanten waren wie Bedienstete, sie konnten sehen und hören und Zeugnis ablegen. Die Neigung des Hawk für das Grandiose würde zugleich auch die größte Schwäche seiner Pläne sein. Sam hatte daran gedacht, Macs Nachschubversorgung als *eines* seiner Hilfsmittel in Betracht zu ziehen, vom militärischen Standpunkt aus gesehen, hatte aber dabei noch nicht bedacht, wie äußerst logisch das war. Vielleicht war das alles, was er brauchte.

Er würde Gerüchte in Umlauf bringen, die so massiv gefährlich, so gigantisch unglaublich waren wie der Anblick von Machenfeld selbst. Er würde mit den Bediensteten beginnen, dann die Lieferanten und schließlich jeden bearbeiten, der sich dem Château näherte, bis ein Zustand der Isolierung herbeigeführt war und er sich mit dem verlassenen Hawkins auseinandersetzen konnte und – was zum Teufel war das für ein Lärm?

Er eilte zur Verandatür und hinaus auf den kleinen Balkon. Von hier aus konnte man den hinteren Teil von Château Machenfeld überblicken. Er nahm an, daß es sich um den hinteren Teil handelte. Da war keine kreisförmige Auffahrt. Statt dessen gab es hier Gärten in Frühlingsblüte, mit kiesbedeckten Wegen und Spalieren und Dutzende kleiner Fischteiche, die aus dem Felsen gehauen waren. Hinter den Gärten dehnten sich grüne Felder, die in noch grünere, dunklere Wälder übergingen, hinter denen sich wiederum in der Ferne die majestätischen Alpen auftürmten.

Der Lärm hielt an, störte das friedliche Bild, das sich ihm bot. Zuerst konnte er nicht erkennen, woher die Geräusche kamen, und so kniff er die Augen zusammen, um sich besser orientieren zu können. Und wünschte sich sofort, daß er das nicht getan hätte. Jetzt konnte er nämlich sehen, was den Lärm verursachte.

Eins, zwei, drei – fünf, sechs – neun! Neun verschiedenartige – auf verrückte Weise verschiedenartige – Fahrzeuge bewegten sich langsam den Weg herunter, der an die Felder grenzte, bewegten sich in südlicher Richtung auf die umliegenden Wälder zu.

Es waren zwei lange schwarze Limousinen, ein riesiger Bulldozer, ein überdimensionierter Traktor mit Greifzangen und fünf – verdammt, ja – fünf Motorräder!

Es gehörte nicht viel Fantasie dazu, um sich daraus ein Bild zu machen. Der Hawk war im Begriff, ins Manöver zu ziehen! Er hatte sich seine eigene, persönliche päpstliche Eskorte mitgebracht! Das und genügend Geräte, um das Terrain so zu gestalten, wie er es wollte. Die Route besagter päpstlicher Eskorte ...

Aber er war doch noch gar nicht in Machenfeld eingetroffen! Wie zum Teufel konnte er das – und was zum Teufel war *das*?

In seinem Zorn und in seiner Verwirrung packte Devereaux das Balkongeländer und schüttelte in enttäuschter Verwirrung den Kopf. Seine Augen wurden zu einem außergewöhnlichen Bild hingezogen, das sich etwa fünfzig Meter entfernt darbot.

In einem Hof vor zwei Flügeltüren, die wie der Eingang zu einer riesigen Küche aussahen, stand ein großer Mann mit Kochmütze, der gerade auf einem Bündel Papiere, die er in der Hand hielt, Gegenstände abhakte. Vor dem Mann stapelte sich ein Berg von Kisten, Kartons und Schachteln, der bestimmt fünfzehn Fuß hoch war.

Nachschublinien – *Scheiße!*

Es gab wahrscheinlich in ganz Europa nichts mehr, was Hawkins noch kaufen mußte. Dort unten lagerten genügend Lebensmittel, um die Hälfte aller Hungersnöte Indiens zu beenden! Dieser Hundesohn hatte genügend Rationen für eine ganze Armee angefordert, verdammt noch mal, eine Armee, die auf zwei Jahre ins Biwak ging!

Limousinen, Motorräder, Bulldozer, Traktoren, Lebensmittel für eine ganze Armee! Sams Gegenstrategie Nummer eins war bereits beim Teufel – besiegt von einer Parade neun idiotischer Fahrzeuge und einem erregten Exzentriker mit Kochmütze.

Die einzige Form der Isolierung, mit der in nächster Zukunft zu rechnen war, bestand darin, daß man von jeglichen Versorgungslinien abgeschnitten war. Sie waren auch völlig unnötig.

Blieben noch die Bediensteten. Das runde Dutzend von Angestellten, derer es bedurfte, um Machenfeld in Gang zu halten. Küchen, Gärten, Felder (das bedeutete wahrscheinlich Scheunen, vielleicht sogar lebendes Inventar), und wenigstens dreißig oder vierzig Zimmer, die gesäubert, gewachst und abgestaubt werden mußten ... Herrgott! Das erforderte doch einen Stab von mindestens zwanzig Leuten.

Er würde gleich beginnen. Vielleicht mit den Fahrern der

neun Vehikel. Er würde ihnen klarmachen, daß sie die verdammten Dinger aus dem Gelände des Châteaus entfernen mußten, ehe es zu spät war. Und dann würde er schnell von einer Gruppe von Bediensteten zur nächsten eilen. Sie sollten ruhig erfahren, und zwar in höchst ominösen, also juristisch gefärbten Worten, daß sie am besten schleunigst aus Machenfeld verschwanden, ehe sämtliche Agenten der Interpol auftauchten.

Alle Lebensmittelvorräte der ganzen Schweiz würden dem Hawk nichts nutzen, wenn niemand auf dem Gelände war, um das Gelände und das Anwesen in Gang zu halten. Und ein paar klug gewählte Worte, an die Besatzung der Fahrzeuge gerichtet, Worte wie ›internationale Verletzungen‹, ›persönliche Verantwortung‹ und ›lebenslängliche Gefängnisstrafe‹ würden ohne Zweifel jenen Strom von Motorrädern und Limousinen und Maschinen dazu veranlassen, diesen Burggraben in Höchstgeschwindigkeit zu verlassen und sich auf sichereres Terrain zu begeben.

Sam war so mit seiner neuen Strategie beschäftigt, daß er gar nicht bemerkte, wie seine Unterhosen immer wieder herunterrutschten und ihn dazu zwangen, sie mit einer Hand festzuhalten. Jetzt mußte er sich damit befassen. Während er sich nämlich ans Geländer klammerte, waren sie ihm bis auf die Knöchel heruntergerutscht. Er stellte schnell wieder einen Zustand der Schicklichkeit her und dachte dabei befriedigt, daß die Spielchen mit Ginny Greenberg schon verdammt aufregend gewesen sein mußten. Aber jetzt war keine Zeit für angenehme Reminiszenzen – die Arbeit rief. Seine Uhr zeigte ihm, daß es beinahe elf war. Es war ihm nicht bewußt gewesen, daß er so lange geschlafen hatte – die Spielchen waren nicht nur aufregend, sondern auch erschöpfend gewesen. Er hatte noch knapp fünf oder sechs Stunden Zeit, um alle zu verscheuchen. Ein großer Stab an Bediensteten hatte wahrscheinlich auch eine ganze Menge persönlicher Habseligkeiten. Und das wiederum bedeutete die Existenz von Transportmittel. Das alles war vielleicht komplizierter, als er geglaubt hatte. Aber eines mußte klar sein. Wenn die Bediensteten das Gelände von Machenfeld verließen, durften sie nicht zurückkehren, aus keinerlei Gründen. Alles andere würde seine Grundvoraussetzung schwächen – Machenfeld war eine Bedrohung für alle, die zurückblieben, deshalb mußten alle verschwinden.

Eine Evakuierung!

Was zum Teufel würde MacKenzie dann tun?

In seinem Zigarrensaft schmoren – *das* würde er tun.

Das Ganze war nur eine Frage der Logistik und der Durchführung.

Verdammt! Logistik und Durchführung! Jetzt fing er schon an, wie der Hawk zu denken! Und dieselbe Zuversicht wie der Hawk zu empfinden! Kühn sein! Das Unmögliche fordern! Das Schicksal bei den Hörnern packen und ...

Scheiße! Bevor irgend etwas geschehen konnte, mußte er sich anziehen. Er rannte wieder ins Zimmer. Ginny bewegte sich, stöhnte leise und vergrub sich dann noch tiefer unter der Daunendecke. Er stieg aus seiner zerrissenen Unterhose und schlich zu seinem Koffer, der auf einem Polstersessel vor der velourbedeckten Wand lag.

Er war leer.

In dem gottverdammten Koffer war nichts!

Er sah sich um, suchte einen Kleiderschrank.

Kleiderschränke. Es gab vier. Leer. Mit Ausnahme von Ginnys Kleidern.

Scheiße!

Er rannte so leise wie möglich zu der dicken, geschnitzten Tür und öffnete sie.

Auf der anderen Seite des breiten Korridors saß die schwarze Baskenmütze mit dem goldenen Schneidezahn und den Katzenaugen, die jetzt auf Sams untere Extremitäten gerichtet waren. In der Verwirrung war das vielleicht begreiflich. Nicht hingegen das zynische Feixen.

»Wo sind meine Kleider?« flüsterte Devereaux, schloß die Tür bis auf einen Spalt und lehnte sich dagegen.

»In der Wäscherei, mein Herr«, erwiderte die schwarze

Baskenmütze mit einem Akzent, der vielleicht in einem Schweizer Kanton entstanden sein mochte, den einmal Hermann Göring geleitet hatte.

»Alles?«

»Eine Aufmerksamkeit von Château Machenfeld. Alles war schmutzig.«

»Lächerlich!« Sam gab sich Mühe, die Stimme nicht zu erheben. Er wollte Ginny nicht wecken. »Niemand hat mich gefragt ...«

»Sie haben geschlafen, mein Herr«, unterbrach ihn die schwarze Baskenmütze und grinste verschwörerisch, wobei sein Goldzahn glänzte. »Sie waren sehr müde.«

»Nun, und jetzt bin ich sehr zornig! Ich will meine Kleider haben. Sofort!«

»Das geht nicht.«

»Warum nicht?«

»Die Wäscherei hat heute geschlossen.«

»Was? Warum haben Sie die Sachen dann hingebracht?«

»Das sagte ich Ihnen doch, mein Herr. Weil sie schmutzig waren.«

Sam starrte in die Katzenaugen auf der anderen Seite des Korridors. Sie hatten sich drohend verengt, und der Goldzahn war jetzt nicht mehr zu sehen, weil das Grinsen erloschen und der Mund ganz schmal geworden war. Sam schloß die Tür. Er mußte nachdenken. Schnell. Mac würde sagen, er müßte seine strategischen Hilfsmittel überdenken. Und er mußte hier raus.

Er hielt sich nicht gerade für einen Schläger, aber er war auch alles andere als ein Feigling. Er war ziemlich kräftig gebaut, und gleichgültig, was Lillian in Berlin gesagt hatte, er befand sich in recht guter Kondition. Trotzdem, wenn man alles in Betracht zog, so mußte man wohl davon ausgehen, daß der Verrückte in der schwarzen Baskenmütze dort draußen Hackfleisch aus ihm machen würde. Abgesehen davon, daß er nackt war, konnte er das Zimmer also nicht über die Treppe verlassen.

Strategie eins überdacht und verworfen.

Blieben also die Fenster, genauer gesagt, der kleine Balkon auf der anderen Seite der Tür.

Er hob seine Unterhose vom Boden auf, schlüpfte hinein und ging lautlos hinaus. Das Zimmer lag drei Stockwerke über der Erde, aber unmittelbar darunter war ein weiterer Balkon zu sehen. Wenn er sich am Bettlaken oder am Vorhang hinunterließ, würde er das ohne große Mühe schaffen.

Strategie zwei war also möglich.

Er ging wieder hinein und studierte die Vorhänge. Seine Mutter in Quincy hätte sie als Frühlingsvorhänge bezeichnet. Seide, dünn und durchsichtig, nicht kräftig. Strategie zwei begann zu verblassen. Dann fiel sein Blick auf die Bettlaken, wobei er den einladenden Anblick von Regina ignorierte, die sich jetzt mehr außerhalb der Daunendecke als darunter befand. Wenn man die Laken mit den Vorhängen vereinigte, würden sie ihn wahrscheinlich tragen. Strategie zwei begann wieder Gestalt anzunehmen.

Kampfkleidung.

Das war ein Problem. Außer Damenkleidern war da nichts.

Angenommen also, daß Strategie zwei Erfolg hatte und er den Boden erreichte, mußte er die Strategien drei und vier in Betracht ziehen. Und während er dies tat, sank seine Zuversicht wieder. Er konnte entweder in Unterhosen, die ihm immer wieder auf die Knöchel herunterrutschten, in Machenfeld herumrennen, oder er konnte eines von Ginnys Balenciaga-Kleidern anziehen und hoffen, daß die Reißverschlüsse hielten.

Ein Mann, der in rutschenden Unterhosen oder einem Original der Pariser Haute Couture herumrannte und Menschen alarmierte, würde vermutlich nicht allzu ernst genommen werden. Vielleicht galt es, sich mit den Strategien fünf und sechs auseinanderzusetzen – eingesperrt oder vergewaltigt zu werden.

Scheiße!

Er mußte einen klaren Kopf behalten. Er mußte sich jetzt

zusammenreißen und gründlich nachdenken. Langsam. Er durfte nicht zulassen, daß der Evakuierung etwas so Unwichtiges wie seine Kleidung im Wege stand. Was konnte der Hawk tun? Wie hieß dieser verdammte Ausdruck, den er so häufig benutzte?

Versorgungspersonal! Das war es.

Sam rannte wieder auf den Balkon hinaus. Der Mann in der Kochmütze war immer noch damit beschäftigt, Dinge auf seiner Liste abzuhaken. Wahrscheinlich würde er eine Woche dazu brauchen.

»Pst! Pst!« Devereaux beugte sich über das Geländer und erinnerte sich im letzten Augenblick daran, daß er die Unterhose nicht loslassen durfte. »He, *Sie!*« flüsterte er, so laut er konnte.

Der Mann blickte auf, war zuerst erschreckt, lächelte dann aber breit.

»Ahh! Bonjour, Monsieur! Ça va?« schrie er.

Sam legte den Zeigefinger an die Lippen. »Pst!« Er bedeutete dem Koch, näherzukommen.

Der Mann kam der Aufforderung nach und nahm dabei eine letzte Eintragung in seinen Papieren vor. *»Oui, monsieur?«*

»Man hält mich hier gefangen«, wisperte Devereaux mit würdevoller Eindringlichkeit und sehr viel Autorität. »Man hat mir die Kleider weggenommen. Ich brauche Kleider. Und wenn ich hinunterkomme, möchte ich, daß sich alle, die hier arbeiten, in der Küche versammeln. Ich habe etwas sehr Wichtiges zu sagen. Ich bin Rechtsanwalt, *Avocat*.«

Der Mann in der Kochmütze legte den Kopf zur Seite. *»Je ne comprends pas, monsieur. Desirez-vous le petit déjeuner?«*

»Was? Nein, ich will *Kleider. Sehen Sie?* Alles, was ich habe, ist das – *das hier*.« Sam zog an seiner zerrissenen Unterhose, so daß man sie zwischen den Geländerstangen sehen konnte, dann wies er auf seine Beine. »Ich brauche Hosen, *Beinkleider*! Sofort. *Bitte!*«

Der Gesichtsausdruck des Mannes wechselte von Verblüffung zu Argwohn. Vielleicht sogar Ekel, in den sich Feindseligkeit mischt. »*Vos sous-vêtements sont très jolis*«, sagte er, schüttelte den Kopf und wandte sich wieder dem Kistenstapel zu.

»Warten Sie! Warten Sie einen Augenblick!«

»Der Koch ist Franzose, mein Herr, aber *so* französisch nun auch wieder nicht.« Die Stimme kam von unten, von dem Balkon direkt unter ihm. Der Sprecher war ein riesenhafter, kahlköpfiger Mann mit breiten Schultern. »Er glaubt, daß Sie ihm ein höchst eigenartiges Angebot machen. Ich kann Ihnen versichern, er ist nicht interessiert.«

»Wer zum Teufel sind Sie?«

»Mein Name ist unwichtig. Ich verlasse das Château, wenn der neue Herr von Machenfeld eintrifft. Bis dahin ist mir jede Anweisung, die er gegeben hat, strenger Befehl. Und von Ihrer Kleidung ist in meinen Anweisungen keine Rede.«

Devereaux empfand den überwältigenden Drang, seine Unterhosen fallen zu lassen und Hawkins' Tat auf dem Dach der diplomatischen Mission in Peking zu kopieren, hielt sich aber zurück. Der Mann auf dem Balkon unter ihm war hünenhaft. Und verstand offensichtlich keinen Spaß. So beugte er sich nur über das Geländer und flüsterte im Verschwörerton: »Heil Hitler, Sie Arschloch!«

Der Arm des Mannes schoß nach oben. Seine Hacken klickten zusammen wie der Ladehebel eines Karabiners. »Jawohl! Sieg heil!«

»O Scheiße!« Sam drehte sich um und kehrte ins Zimmer zurück. In seiner Verzweiflung riß er sich die Unterhosen vom Leib und schleuderte sie von sich. Dann studierte er sie geistesabwesend, wie sie so vor ihm auf dem Boden lag. Vielleicht war das nur ein Zufall, ein Fehler im Gewebe. Er war nicht sicher. Aber plötzlich wirkte sie seltsam.

Er beugte sich vor und hob das Wäschestück auf.

Herrgott!

Das Gummiband war ganz bewußt an drei Stellen durchgeschnitten worden. Es handelte sich um Schnitte – keine

Risse. Da waren keine losen Fäden, kein zerrissenes Tuch. Jemand hatte das verdammte Ding mit einem scharfen Instrument aufgeschlitzt – absichtlich, um ihn auf die denkbar einfachste Methode bewegungsunfähig zu machen.

»*Du lieber Gott!* Was soll das ganze Geschrei?« Regina Greenberg gähnte und streckte sich, wobei sie schamhaft die Daunendecke über ihre riesigen Brüste zog.

»Du Miststück«, sagte Devereaux in stillem Zorn. »Du raffiniertes Miststück!«

»Was ist denn, Honey?«

»Hör mir auf mit Honey, du Südstaatenschwachkopf! Ich kann hier nicht *raus*!«

Ginny blinzelte und gähnte noch einmal. Als sie dann sprach, klang ihre Stimme ruhig und kontrolliert. »Weißt du, Mac hat einmal etwas gesagt, das mich in all den Jahren sehr beruhigt hat. Wenn die Geschütze rings um dich ausfallen und alles schrecklich aussieht – und glaub mir, es hat Zeiten gegeben, wo die Welt für mich ziemlich schrecklich ausgesehen hat – da mußt du an die guten Dinge denken, die du getan hast. An das, was du geleistet hast. Du darfst dann nicht über deine Fehler oder über deine Sünden nachgrübeln. Das deprimiert dich nur. Und wenn man deprimiert ist, dann kann man den einen Augenblick nicht nutzen, der sich ja plötzlich ergeben und der einem den Arsch retten könnte. Das Ganze ist eine Frage der geistigen Einstellung.«

»Was zum Teufel hat denn dieser Bockmist damit zu tun, daß ich keine Kleider habe?«

»Wahrscheinlich nicht sehr viel. Du hast nur so deprimiert gewirkt. Das ist nicht der richtige Gemütszustand, um vor den Hawk zu treten.«

Devereaux setzte schon zu einer zornigen Antwort an. Dann hielt er inne, sah den Ausdruck in Ginnys Augen und holte tief Atem. »Moment mal! ›Vor den Hawk zu treten‹ – du meinst, ich soll ihn bekämpfen? Ihn aufhalten?«

»Das ist deine Entscheidung, Sam. Ich will nur das, was für alle das Beste ist.«

»Wirst du mir helfen?«

Ginny überlegte kurz, dann erwiderte sie mit fester Stimme: »Nein, das werde ich nicht tun. Nicht so, wie du denkst. Dazu bin ich MacKenzie zuviel schuldig.«

»Lady!« platzte es aus Devereaux heraus. »Hast du eigentlich eine Ahnung, was dieser Wahnsinnige vorhat?«

Mrs. Hawkins Nummer eins sah ihn mit einem Ausdruck plötzlicher Unschuld an. »Ein Leutnant stellt das, was ein General gesagt hat, nicht in Frage, Major. Man kann von ihm nicht erwarten, daß er all die Feinheiten eines Befehls begreift ...«

»Wovon zum Teufel reden wir eigentlich?«

»Du bist ein schlauer Junge. Der Hawk hätte dich nicht befördert, wenn du das nicht wärst. Ich will nur, daß er die besten Ratgeber hat, die er bekommen kann. Damit er das, was er tun möchte, auf die bestmögliche Art tun kann.« Ginny verkroch sich wieder unter der Daunendecke. »Ich bin wirklich sehr müde.«

Und dann sah Devereaux auf dem Nachttisch neben ihrem Kopf eine Schere.

19.

»Das mit den Kleidern tut mir leid«, sagte Hawk in dem riesigen Salon. Sam warf ihm einen bösen Blick zu und zog sich die Vorhangschärpe zurecht, die er als Gürtel um die Daunendecke benützte. »Man sollte wirklich meinen, daß die mehr als einen Schlüssel für die Wäscherei haben, finden Sie nicht? Die vertrauen auch keinem. Da sieht man wieder, an was für Hausgäste die gewöhnt sein müssen.«

»Ach, halten Sie doch den Mund«, murmelte Devereaux, der es für notwendig fand, einen Doppelknoten in die Schärpe zu binden, weil die Seide immer wieder wegrutschte. »Die Wäscherin wird ja morgen hier sein, nehme ich an.«

»Ganz sicher. Sie gehört zu den wenigen Leuten, die

abends nach Hause fahren. Ins Dorf. Das wird sich natürlich ändern – eine ganze Menge wird sich ändern.«

»Sie brauchen nur zu sagen, daß *eine* Änderung vorgenommen wird, dann fahre ich zurück und esse mit Azaz-Varak zu Abend.«

»Kommen Sie, Sam, Sie denken eingleisig. Wir wollen von anderen Dingen sprechen. Sind Sie ganz sicher, daß Sie nicht ein Hemd und eine Hose haben möchten? Ich brauche nur hinaufzugehen und ...« Hawkins wies an dem halben Dutzend mit weißen Decken versehenen Polstersesseln vorbei auf die große Halle.

»Ich will nichts von Ihnen ... Nein, das nehme ich zurück. Ich will schon etwas. Ich möchte, daß Sie diesen Wahnsinn abblasen und mir gestatten, die Heimreise anzutreten.«

MacKenzie biß das zerkaute Ende seiner Zigarre ab und spuckte es einer Ritterrüstung zwischen die Füße. »Sie *werden* nach Hause zurückkehren, das verspreche ich. Sobald Sie die Finanzen der Firma zentralisiert und ein paar Anlagen getätigt haben, die unter gewissen Umständen angezapft werden können, werde ich Sie persönlich zum Flughafen fahren. Sie haben das Wort eines Generals.«

»Das ist die Denkweise eines Verrückten, der unter Gehirnerweichung leidet! Haben Sie denn überhaupt eine Ahnung, was Sie da von mir verlangen? Sie reden hier nicht von ein wenig Gänseleber, Sie reden von *vierzig Millionen Dollar*! Ich bin für mein Leben gezeichnet! In jedem Hauptquartier der Interpol und auf jeder Polizeistation in der ganzen zivilisierten Welt wird man meinen Steckbrief aushängen. Man setzt nicht seinen Namen auf Überweisungen im Wert von vierzig Millionen Dollar und rechnet damit, danach wieder eine normale Anwaltspraxis aufzunehmen. So etwas spricht sich herum.«

»Das stimmt nicht, und das wissen Sie auch ganz genau. Alles, was mit Schweizer Banken zusammenhängt, ist streng vertraulich.«

Devereaux sah sich um, um sich zu vergewissern, daß

niemand in Hörweite war. »Selbst wenn das so sein sollte, wird es nicht mehr so sein, sobald ein – Versuch unternommen worden ist, um eine – gewisse Person in Rom zu kidnappen! Und das ist *alles*, worauf es hinausläuft! Ein Versuch! Sie werden sich den Arsch verbrennen, und jeder Kontakt, den Sie seit jener Zeit in China hatten, wird mit dem Mikroskop untersucht werden. Und dann wird mein Name ans Licht kommen, ebenso wie die beschissenen vierzig Millionen Dollar in Zürich. Dann haben wir den Salat!«

»Verdammt noch mal, Junge, das haben wir doch schon hundertmal besprochen! Ihr Job ist jetzt erledigt oder wird es zumindest sein, sobald Sie das mit dem Geld klargekriegt haben. Sie haben dann nichts mehr damit zu tun. Und Sie sind *sauber*, Junge. Sauber und weiß, das weißeste Weiß, das es je gegeben hat, wie in einer Waschmittelwerbung!«

»Nein, das bin ich nicht.« Devereaux unterdrückte seine Erregung und flüsterte, während er die Daunendecke an sich preßte: »Ich habe gesagt, sobald man Sie festnagelt, nagelt man mich ebenfalls fest!«

»Wofür denn? Angenommen, Sie hätten recht – was ich für unmöglich halte – wofür könnte man Sie denn festnageln? Dafür, daß Sie Geld für einen alten Soldaten investiert haben, der behauptet hat, er würde Spenden zur Unterstützung seiner Organisation für die Verbreitung der religiösen Brüderschaft sammeln? Lassen Sie mich eine Frage stellen, Herr Anwalt, könnten Sie unter Eid aussagen, daß Sie irgend etwas Unrechtes getan haben?«

»Sie sind *wahnsinnig*!« Sam ging auf den Hawk zu und stolperte dabei über die Decke. »Sie haben es mir *gesagt*, Sie würden ...« Devereaux verstummte und machte Handbewegungen wie in einem Scharadenspiel, als wollte er sich einen Körper auf die Schultern laden und gleichzeitig das Kreuzzeichen machen.

»Zum *Teufel*, Junge, es gibt verschiedene Arten von Eiden. Seien Sie doch vernünftig. Außerdem würde das auf Hörensagen beruhen und wäre als Beweis unzulässig.«

Sam schloß die Augen. Langsam begann er zu begreifen, was es bedeutete, ein Märtyrer zu sein. Er fuhr fort, und seine Flüsterstimme klang angestrengt, aber kontrolliert: »Ich bin mit dieser Scheißaktentasche aus den Archiven gegangen, und die hat an einer Kette an meinem Handgelenk gebaumelt.«

»Davon einmal abgesehen«, murmelte MacKenzie. »Außerdem, das ist Armyscheiße. Keiner von uns hat für die Army besonders viel übrig. Noch etwas?«

Devereaux dachte nach. »Unter den gegebenen Umständen ist das alles. Das ist es ja gerade. In der ganzen Angelegenheit ist nichts sauber und korrekt gelaufen.«

»Das ist subjektiv«, meinte Hawkins, schüttelte den Kopf und bestätigte damit den Schluß, den Sam bereits gezogen hatte. »Es hat keine gewalttätigen Handlungen gegeben, niemand hat gelogen. Kein Diebstahl, keine Bestechung – alle haben freiwillig mitgemacht. Und wenn die im einzelnen angewandten Methoden ungewöhnlich erscheinen, so ist dies das Vorrecht eines jeden einzelnen Investors, so lange er nicht die Rechte anderer beeinträchtigt.« Mac machte eine Pause und sah Sam gerade in die Augen. »Und da ist noch etwas anderes. Sie hatten selbst gesagt, daß die erste Verantwortung eines Anwalts seinem Mandanten gilt, nicht abstrakten moralischen Zwiespältigkeiten.«

»Das habe ich gesagt?«

»Sicher haben Sie das.«

»Das ist nicht schlecht ...«

»Es ist sogar verdammt gut – höchst eloquent, das muß man Ihnen lassen. Sie haben eine goldene Zunge, junger Mann.«

Sam erwiderte den starren Blick des Hawk und versuchte hinter diese Maske zu sehen. Aber das war keine Maske. Der Mann meinte, was er sagte. Und da nichts die Menschen so vereint wie persönliche Aufrichtigkeit, entschied sich Devereaux dafür, persönlich aufrichtig zu sein.

»Hören Sie mir zu«, sagte er ruhig. »Nehmen wir einmal an, sie würden diesen – diesen Wahnsinn wirklich zu Ende führen, denn ein Wahnsinn ist es, das wissen Sie ja. Nehmen wir an, Sie würden es wirklich schaffen. Sie würden tatsächlich den Papst kidnappen und damit durchkommen. Sei es auch nur für ein paar Tage. Wissen Sie, was dann geschehen würde? Was Sie damit auslösen könnten?«

»Sicher weiß ich das. Vierhundert Millionen grüne Eierchen und vierhundert Millionen heulender Makrelenschnapper. Das soll keine Beleidigung sein, nur ein harmloses Wortbild.«

»Nein, Sie größenwahnsinniger Hurensohn! Internationalen Abscheu würden Sie hervorrufen! Und Vorwürfe! Und dann in erster Linie Anklagen. Die Regierungen würden mit dem Finger auf andere Regierungen zeigen! Präsidenten und Vorsitzende und Premierminister würden ihre blauen Leitungen und ihre roten Leitungen und dann sehr *heiße* Leitungen benutzen. Und ehe Sie richtig wissen, was geschieht, rezitiert irgendein Arschloch einen Code aus einer kleinen schwarzen Box in seinem Aktenkoffer, weil ihm das, was irgendein anderes Arschloch gesagt hat, nicht gefallen hat. Jesus, Mac! Sie könnten den Dritten Weltkrieg auslösen!«

»*Verdammt!* Ist es das, woran Sie gedacht haben?«

»Das ist es, woran ich *nicht* zu denken versucht habe.«

Hawkins warf seine Zigarre in die riesige Höhle, die Schloß Machenfeld als Kamin diente, und stand mit verschränkten Armen da, während in seinen Augen langsam eine Flamme erstarb. »Sam, Junge, Sie könnten nicht weiter von der Wahrheit entfernt sein. Wissen Sie, Junge, der Krieg ist nicht mehr das, was er einmal war. Da steckt kein Schwung mehr dahinter. Es gibt keine Trompeten und Trommeln und Männer mehr, die sich um andere Männer sorgen und einen Feind hassen, weil er dem, was man liebt, Schaden zufügen kann. Das alles ist jetzt dahin. Jetzt gibt es nur noch Knöpfe, auf die man drücken kann, und Politiker, die einem nicht in die Augen sehen können und die dauernd blinzeln und mit den Händen herumfuchteln, ohne damit eine prägnante Meinung auszudrücken. Ich hasse den Krieg.

Ich hätte nie gedacht, daß ich das einmal sagen würde. Aber jetzt sage ich es und lerne, daß ich es kann. Ich würde niemals einen Krieg provozieren.«

Devereaux' Blick hielt die Augen des Hawk fest. Er würde nicht zulassen, daß MacKenzie sich mit Phrasen herausredete. »Warum sollte ich das glauben? Alles, was Sie getan haben, stinkt nach Geschäft. Nach einem riesigen, faulen Schwindelgeschäft. Warum sollten Sie sich von einem Krieg aufhalten lassen?«

»Warum, fragen Sie, junger Mann?« erwiderte Hawkins leise, ohne Sams Blick auszuweichen. »Weil ich Ihnen gerade die Wahrheit gesagt habe, deshalb.«

»Schön. Und angenommen nun, Sie provozieren einen Krieg, ohne das zu wollen?«

»*Verdammt!* Jetzt treiben Sie mich zu weit!« MacKenzie schritt von dem offenen Kamin zu einer zweiten Ritterrüstung, die rechts davon stand. Das Visier war geöffnet, und er knallte es zu. »Ich habe fast vierzig Jahre Dienst geleistet, und dann haben mich diese Plastikmännchen reingelegt! Nicht daß ich mir selbst leid täte – ich wußte schließlich, was ich tue, und war für das, was ich getan habe, verantwortlich. Aber, verdammt noch mal, verlangen Sie von mir nicht, daß die mir leid tun oder daß ich für ihre Dummheit die Verantwortung übernehmen soll!«

So viel zum Thema persönlicher Aufrichtigkeit, dachte Devereaux. So wie die Strategien eins, zwei, drei und vier am Morgen – damit war nichts anzufangen. Diesmal war das Ganze in einer Aufwallung von Selbstgerechtigkeit untergegangen. Es blieb ihm also keine andere Wahl, als einen neuen Weg zu finden. Und ein solcher würde sich zeigen, davon war Sam überzeugt. Vor dem Hawk lag noch ein beträchtliches Stück Weg, ehe der Papst der katholischen Kirche das Edelweiß in Machenfeld segnete. Irgend etwas würde sich ergeben, und dann würde Strategie sieben – unter Vermeidung der Strategien fünf und sechs – zum Tragen kommen. Für den Augenblick mußte er MacKenzie beruhigen und durfte unter keinen Umständen sein Vertrauen verlieren. Und dann gab es da einen Punkt, der wichtig war, einen juristischen Punkt.

Sam war sauber. Im juristischen Sinne sauber. Nach jeder anderen Betrachtungsweise war der Schmutz einen Zoll dick, aber in bezug auf Beweise würde er es einem Anklagevertreter nicht leicht machen.

»Okay, Mac. Ich werde mich nicht gegen Sie stellen. Man hat Sie hereingelegt, und das habe ich auch gesagt, und ich glaube Ihnen. Sie hassen den Krieg. Vielleicht reicht das schon. Ich weiß es auch nicht. Was mich persönlich angeht, möchte ich einfach nur zurück nach Hause, nach Quincy. Und wenn ich was über Sie in den Zeitungen lese, werde ich mich an die Worte eines narbenübersäten, aber ehrlichen Kriegsmannes erinnern, die in diesem Raum gesprochen wurden.«

»Eine goldene Zunge! Das bewundere ich.«

»So lange diese Zunge nicht in einem Kopf aus Blei steckt, akzeptiere ich das. Haben Sie die Papiere für die Bank in Zürich?«

»Wollen Sie nicht erfahren, wie hoch die Summe ist, die ich für Ihre Leistung – angesammelt habe? Gefällt Ihnen das Wort ›angesammelt‹? Ich bin schließlich Vorstandsvorsitzender einer bedeutenden Firma, müssen Sie wissen. Wir halten uns nicht mit zweitrangigem Vokabular auf.«

»Ich bin beeindruckt. Wie hoch ist der Habenbetrag?«

»Der was?«

»Der Betrag auf der Habenseite. So nennt man das in Wirtschaftskreisen.«

»Schlaumeier! Was würden Sie zu einer halben Million Dollar sagen?«

Sam konnte gar nichts sagen. Er war wie betäubt. Er sah erstaunt, wie seine Hand sich bewegte, und beobachtete sie mit einer gewissen Faszination, ohne ganz sicher zu sein, ob sie ihm gehörte. Aber das mußte sie wohl, denn als er beschloß, mit den Fingern zu wackeln, wackelten sie.

Eine halbe Million Dollar.

Was gab es da zu bedenken? Es war genauso verrückt wie

alles andere. Die Tatsache eingeschlossen, daß man ihm nichts anhaben konnte.

Es war wie im Monopoly. Wir wollen die Schloßallee und die Parkstraße kaufen.

Halt! Gehen Sie ins Gefängnis!

Warum sich den Kopf zerbrechen?

Es nützte doch nichts.

»Das ist vernünftig – eine Abfindung«, murmelte Sam.

»Sonst haben Sie nichts zu sagen? Mit dem Geld, das ich für Sie in New York angelegt habe, können Sie sich diesen jüdischen Knaben anheuern, und er wird den Job mit Vergnügen übernehmen.« MacKenzie gab sich jetzt beleidigt. Offensichtlich rechnete er damit, daß Devereaux eine seiner Überreaktionen zeigte.

»Wir wollen einmal sagen, daß ich dann in Begeisterungsstürme ausbrechen werde, wenn ich mir diese Zahlen – in einem Sparbuch in Boston – ansehe und meine Mutter auf der anderen Zimmerseite sitzt und sich über das neue Management im Copley Plaza beklagt. Okay?«

»Wissen Sie was?« sagte Hawkins mit zusammengekniffenen Augen, »Sie sind irgendwie seltsam.«

»*Ich* bin irgendwie . . .« Devereaux sprach nicht weiter. Es hatte keinen Sinn.

Das Klicken hoher Absätze war zu hören. Regina Greenberg kam durch den kathedralenartigen Torbogen in den Salon. Sie trug einen beigefarbenen Hosenanzug und hatte das ziemlich strenge Jackett über ihren titanenhaften weiblichen Attributen zugeknöpft. Sie wirkte – nun, ziemlich tüchtig, dachte Sam. Sie lächelte kurz und wandte sich Hawkins zu.

»Ich habe mit dem Personal gesprochen. Fünf wollen bleiben. Drei konnten nicht. Sie würden im Dorf wohnen, und ich habe ihnen erklärt, daß das nicht akzeptabel wäre.«

»Hoffentlich waren sie nicht verletzt.«

Ginny lachte zuversichtlich. »Kaum. Ich habe mit jedem einzeln gesprochen und allen dreien den Lohn für zwei Monate gegeben.«

»Die Übrigen begreifen unsere Bedingungen?« MacKenzie griff in die Tasche, nach einer frischen Zigarre.

Ginny nickte. »Und ihre Prämie sowie das Minimum von drei Monaten. Alle haben Familien, denen sie erklären müssen, daß man sie für die ganze Zeit in Frankreich eingestellt hat. Sie wissen auch, daß sie keine Fragen stellen dürfen.«

»Nicht anders als Überseedienste«, meinte der Hawk. »Und die Bezahlung ist ein gutes Stück besser als der Soldatensold – und ohne eine Waffe weit und breit.«

»Die Logistik kommt dir auch zugute«, fuhr Ginny fort. »Von den fünf sind nur zwei verheiratet. Nicht besonders glücklich, hatte ich das Gefühl. Sie werden ihre Familie nicht vermissen oder von ihr vermißt werden.«

»Trotzdem müssen wir Frauen beschaffen«, konterte MacKenzie. »Für die Truppenbetreuung. Ich werde mir später das Terrain ansehen und den Standort für ein Zelt festlegen – weit genug von den Manövern entfernt, natürlich. Und unser Anwalt fährt nach Zürich, um dort einige finanzielle Dinge für mich zu erledigen. Was meinen Sie, Sam? Wie lange werden Sie brauchen, bis Sie fertig sind?«

Deveraux mußte sich zwingen, über die Frage des Hawk nachzudenken. Die offensichtliche Kontrolle, die MacKenzie über Ginny ausübte, faszinierte ihn. Nach den Aufzeichnungen in den Datenbänken hatte sie sich vor mehr als zwanzig Jahren von MacKenzie scheiden lassen. Und doch unterwarf sie sich ihm hier wie ein Schulmädchen, das in seinen Lehrer verknallt ist.

»Was haben Sie gesagt?« Sam hatte die Frage verstanden, wollte aber Zeit gewinnen, um überlegen zu können.

»Wie lange brauchen Sie in Zürich?«

»Einen Tag. Vielleicht eineinhalb, wenn keine Schwierigkeiten auftreten. Eine ganze Menge wird von der Kontenfreigabe abhängen. Ich denke, die Überweisungen laufen über Genf, aber da kann ich mich auch irren.«

»Könnte man die ›Komplikationen‹ mit ein wenig Honig im Topf ausschalten?«

»Wahrscheinlich. Man könnte beispielsweise auf den Zins verzichten. Die Zeitdauer ist minimal, aber die Summe nicht. Die Depositäre würden ein paar Tausend gewinnen – auf dem Papier. Das könnte ein Anreiz sein.«

»Verdammt, Junge, hören Sie sich? Hören Sie, wie gut Sie sind?«

»Elementare Buchhaltung. Ein Prozeßanwalt liebt Auseinandersetzungen mit Banken. Die haben mehr Mittel und Wege, einander zu belügen – sich und alle anderen – als irgend jemand sonst, seit die Eingeborenenstämme angefangen haben, miteinander Tauschhandel zu betreiben. Ein vernünftiger Anwalt pickt sich einfach die Lügen heraus, von denen er weiß, daß sie am besten in sein Konzept passen.«

»Hast du das gehört, Ginny? Ist der Junge nicht fabelhaft?!«

»Du bist eindrucksvoll, Sam, das muß ich zugeben. Und, Mac – da der Meedscher hier alles unter Kontrolle hat, könnte ich ja vielleicht mit ihm nach Zürich fahren und ihm sozusagen Gesellschaft leisten.«

»Aber sicher, das ist eine prima Idee! Ich weiß gar nicht, weshalb ich nicht selbst daran gedacht habe.«

»Ich kann mir nicht vorstellen, wie Ihnen das entgehen konnte«, sagte Devereaux leise. »Wo Sie doch eine Seele von einem Menschen sind.«

Aus allen Bereichen der Windrose trafen die Offiziere des Hawks ein. Der katzenäugige Chauffeur mit der Baskenmütze und dem Goldzahn, der Rudolph hieß, holte sie am Bahnhof von Zermatt ab. Und Rudolph hatte zwei hektische Tage.

Kreta erschien als erster, ohne Zwischenfall. Das heißt, er schaffte es, die internationalen Grenzen unter den Augen sehr professioneller Behörden ohne Zwischenfall zu überqueren (wenn auch mit einem gefälschten Paß) und erreichte die Station von Zermatt, wo seine Schwierigkeiten begannen. Rudolph weigerte sich nämlich, Kreta als Kreta zu akzeptieren, und das trotz der entsprechenden Markierungen auf seiner Kleidung, und lehnte es daher auch ab, ihn in sein italienisches Taxi zu lassen.

Weil nämlich keine der Eintragungen in den Datenbänken von G-2 – aus Gründen, die Hawkins unerklärlich blieben – auf die Tatsache hingewiesen hatte, daß seine Hautfarbe schwarz war. Und doch war sie das. Kreta war ein hervorragender Flugzeugingenieur, ein Sowjetsympathisant, so lange die Russen ihn bezahlt hatten. Ein übergelaufener Spionageagent inklusive Doktortitel und sehr schwarzer Haut. Rudolph war in höchstem Maße verwirrt, und MacKenzie mußte Rudolph daher am Telefon einige sehr harte Worte sagen, bis der Verrückte mit der Baskenmütze den Neger schließlich auf den Rücksitz seines Wagens ließ.

Dann kamen Marseille und Stockholm. Sie trafen gemeinsam mit dem Flugzeug aus Paris ein, weil sie sich am vergangenen Abend im Les Calvados auf dem Boulevard George Cinque getroffen und eine alte Bekanntschaft erneuert hatten, die bis in die Tage zurückreichte, in denen sich beide ihr Geld gleichzeitig bei den Alliierten und der Achse verdient hatten. Sie waren entzückt, festzustellen, daß sie zu demselben gelben Berg in Zermatt unterwegs waren. Rudolph hatte keine Schwierigkeiten mit Stockholm und Marseille, weil sie ihn entdeckten, ehe er sie entdeckte, und sie sein albernes, auffälliges Benehmen kritisierten.

Beirut kam nicht mit dem Zug aus Zürich. Statt dessen mietete er einen Krankenwagen. Er hatte dafür seine Gründe – unter anderem diverse Auseinandersetzungen mit der Züricher Polizei wegen seiner Schmuggelgeschäfte. Also flog er nach Genf, mietete sich dort unter dem Namen eines Transvestiten aus der besten Gesellschaft einen Wagen, gab ihn in Lausanne ab, nahm mit dem L'Hôpital des Deux Enfants in Montreux Verbindung auf und mietete eine Ambulanz mit der Anweisung, ihn nach Zermatt zu fahren, wo er als Herzkranker seine letzten Tage verbringen wollte. Er stimmte die Zeit sorgfältig auf den Züricher Zug ab, und wenn Rudolph nicht gewesen wäre, wäre alles glattgelaufen.

Unglücklicherweise hatte Rudolph auf einer der Nebenstraßen von Machenfeld eine Reifenpanne und in der sich daraus ergebenden Hast, um rechtzeitig den Bahnhof zu erreichen, auf dem Parkplatz einen Zusammenstoß. Mit der Ambulanz.

Deshalb war es für Rudolph schwierig, den höchst erregten Herzpatienten zu identifizieren, der aus der Hintertür des Wagens kletterte und wütend über hirnlose Idioten schimpfte und dabei eine Figur hatte, die ihn als Beirut identifizierte.

Aber Rudolph begann bereits, sich ein immer häufiger auftretendes Schulterzucken anzugewöhnen. Der Herr von Machenfeld, so begann er zu argwöhnen, war im Kopf nicht ganz richtig. Und die Leute, die er in Zermatt abholen mußte, auch nicht.

Und die reizende Dame, die seit einigen Tagen seine Träume heimsuchte, das Fräulein mit den schönen Brüsten, hatte das Château für ein paar Tage verlassen. Es war zum Weinen.

Rom und Rudolph kamen prächtig miteinander aus. Rom hatte sein Gepäck im Zug verloren. Das kombinierte Chaos der Suche nach seinen drei Koffern und seinem Kontaktmann vom Château erwies sich als eine Belastung, die beinahe über Roms Kräfte ginge. Rudolph hatte Mitgefühl und gestattete ihm, auf der Fahrt zum Château vorn neben ihm zu sitzen.

Biskaya gab sich hochgradig geheimnisvoll. Sobald er sich vereinbarungsgemäß identifiziert hatte (ein paar weiße Handschuhe mit Rosen auf dem Handrücken), entschuldigte er sich, um die Herrentoilette aufzusuchen, und verschwand durch ein Fenster. Nach einer halben Stunde schlug Rudolphs Ungeduld in Neugierde um, und aus der Neugierde wurde wiederum Panik, als er feststellte, daß die Herrentoilette leer war. Er versuchte, unauffällig zu bleiben, während er jeden Winkel, jede Ecke und jeden Gepäckbehälter absuchte. Biskaya folgte ihm diskret. Erst nachdem Rudolph, von Panik erfüllt, Machenfeld angerufen hatte, entschied Biskaya, der ihn aus der Nebenzelle belauscht hatte, daß seine Kontaktperson echt war.

Biskaya nahm auf dem Rücksitz Platz, und Rudolph sprach während der ganzen Fahrt nach Machenfeld kein Wort.

Als letzter trat Athen ein. Wenn Biskaya argwöhnisch war, dann war Athen paranoid. Zu allererst zog er die Notbremse im Zug und veranlaßte dadurch, daß dieser bereits außerhalb des eigentlichen Bahnhofsgeländes auf dem Frachtbahnhof zum Stillstand kam. Schaffner und Lokomotivführer rannten durch die Waggons und suchten nach der Ursache, während Athen aus dem Wagen sprang und über die Geleise zum Bahnsteig rannte, wo er sich hinter einer Betonsäule versteckte. Es bereitete Athen keine Schwierigkeiten, Rudolph ausfindig zu machen.

Schließlich rollte der Zug in die Station. Rudolph musterte sämtliche aussteigende Passagiere. Athen konnte seine Besorgnis sehen. Als außer den Bahnbediensteten niemand mehr auf dem Bahnsteig war, trat Athen von hinten auf Rudolph zu und tippte ihm auf die Schulter. Dabei zeigte er seine Identifizierung (ein rotes Halstuch) und gab Rudolph durch Gesten zu verstehen, daß er ihm folgen sollte.

Worauf Athen ans Ende des Bahnsteigs zurückrannte, auf die Gleise hinuntersprang und sich anschickte, zum Güterbahnhof zu laufen. Er hatte Rudolph bald abgehängt und fing jetzt an, zwischen den unbewegten Waggons herauszuspähen, wie Kinder, die Hasch-mich spielen.

Fünf Minuten später wurde der fast entnervte Rudolph von dem energischen Athen getröstet, als sie durch den Güterbahnhof zum Taxi gingen.

Und während MacKenzie Hawkins, zusah, wie der Wagen auf Machenfeld zurollte, gratulierte er sich noch einmal zu seiner Professionalität. Zweiundsiebzig Stunden waren verstrichen, seit er seine Codekontakte aus dem D'Accord aufgenommen hatte, und in jenen zweiundsiebzig Stunden hatte sich jeder einzelne seiner Offiziere in der Zentrale eingefunden.

Verdammt!

Von dem altbewährten Prinzip ausgehend, daß die Banken Hand in Hand arbeiten, was Bagatelldiebstähle betrifft, erwies sich Sams Reise nach Zürich – genauer gesagt eine Reise zur Staatsbank, um das Kapital der Shepherd Company zu zentralisieren – schon nach kurzer Zeit als so erfolgreich, daß er damit rechnen durfte, den frühen Nachmittagszug zurück nach Zermatt zu erreichen. Und da Regina Greenberg ausgegangen war, um Einkäufe zu machen, hinterließ er ihr im Hotel D'Accord eine Nachricht: ›Bin kegeln gegangen. Komme spät nach Hause.‹ Er wollte jene Stunden im Zug für sich allein haben, um nachzudenken und seine Pläne auszuarbeiten. Denn Strategie sieben definierte sich im Laufe der Stunden immer deutlicher. Dies war insbesondere auf die Papiere zurückzuführen, die er jetzt bei sich trug und die ihm ein transpirierender Bankbeamter übergeben hatte, der jetzt wesentlich wohlhabender war als vor seiner Begegnung mit Sam.

Von den vierzehn Dokumenten bezogen sich vier auf die Überweisungen aus Genf, den Cayman Islands, Berlin und Algier – minus der inzwischen entstandenen Zinsen, versteht sich. Eines zählte die gesamten Aktiva der Shepherd Company, die Freigabecodes und die Kontonummer auf. Eines war auf den Namen der Familie Devereaux ausgestellt (Sam hatte dazu keine Erklärung abgegeben, und der Banker hatte keine Fragen gestellt und das Papier behandelt, als existierte es nicht). Und außerdem gab es acht separate Dokumente, die acht separate Treuhandkonten betrafen. Eines dieser Konten war größer als die anderen, enthielt vier individuelle Beträge – und war offensichtlich für vier Individuen bestimmt. Es bedurfte keiner umfangreichen Analysen seitens Devereaux, um sie zu identifizieren – Mrs. Hawkins eins, zwei, drei und vier.

Verblieben sieben Treuhandkonten, jedes mit einer identischen Höchstsumme.

Sieben.

Das Versorgungspersonal des Hawk.

MacKenzie hatte sieben Männer eingestellt, um den Papst

zu kidnappen. (Sam konnte sich nicht vorstellen, daß es Frauen waren. Die vier Exfrauen des Hawk konnten hauptsächlich Leistungen bringen, die *weiblicher* Fähigkeiten bedurften). Diese sieben waren seine – untergeordneten Offiziere. MacKenzie hatte angedeutet, daß seine untergeordneten Offiziere bald in Machenfeld eintreffen würden.

»Was verstehen Sie unter ›untergeordnete Offiziere‹?« hatte Devereaux gefragt.

»Die Truppen, Junge, die Truppen!« hatte der Hawk geantwortet, und in seinen Augen hatte das Feuer wieder aufgeleuchtet.

»Was verstehen Sie unter ›bald‹?«

»Wir haben blauen Alarm, Junge. Das bedeutet, daß alle Posten besetzt sind, Kontakt wird in Kürze erwartet.«

»Zum Beispiel in ein paar Tagen?«

»Vielleicht früher, das hängt von den gegnerischen Blockademaßnahmen ab. Unsere Truppen werden auf ihrem Weg zum Stützpunktlager feindliches Territorium durchqueren müssen.«

»Was soll das Gerede?«

»Das betrifft Sie nicht. Bringen Sie einfach das Geld aus Zürich mit. Ehe ich meinen ersten Einweisungsvortrag über den Einsatz halte, möchte ich, daß meine untergeordneten Offiziere mit eigenen Augen sehen können, wie gründlich die Befehlszentrale für ihre Interessen gesorgt hat. Das wird ihnen ein Gefühl der Zusammengehörigkeit und der Zielsetzung geben. Das geht von ganz oben aus, müssen Sie wissen. So war das schon immer.«

Das war ein weiterer Grund dafür, daß Strategie sieben anfing, Gestalt anzunehmen. Bringen Sie das Geld mit ... Ehe ich meinen ersten Einweisungsvortrag halte ... Die Befehlszentrale hat für die Interessen der Leute gesorgt.

Die Truppen des Hawk waren rekrutiert worden, ohne genau zu wissen, was das alles zu bedeuten hatte. Vom militärischen Standpunkt aus betrachtet, lag darin nichts Ungewöhnliches. Aber angesichts der enormen Hilfsmittel des geplanten Gegners – nämlich der ganzen Welt –

würden ein paar wohlgewählte Worte wie: ›Ist Ihnen eigentlich klar, was dieser Wahnsinnige vorhat? Den Papst kidnappen!‹ Und: ›Ihr Befehlshaber ist verrückt!‹ Und: ›Dieser Irrsinnige hat einem chinesischen Denkmal die Jadeeier abgeschossen.‹ Solche Worte würden sehr leicht dazu führen, daß das Versorgungspersonal sich nach anderen Betätigungsfeldern umsah.

Es war eine Frage des richtigen Zeitpunkts. Und der Psychologie. Wenn Sam es richtig verstand, so beabsichtigte Hawkins, seine untergeordneten Offiziere mit einer Salve aus zwei Rohren zu treffen – einer hochgradig technischen, strategisch ›machbaren‹ Schilderung der Entführung *und* unwiderlegbaren Dokumeten der Staatsbank von Zürich, die jedem Mann ein Vermögen garantierten – gleichgültig wie die Sache ausging! Es würde gar nicht leicht sein, dagegen zu bestehen, aber genau darum ging es eben bei Strategie sieben.

Sam würde die untergeordneten Offiziere *zuerst* erreichen können. Er würde Kanonen des Zweifels hinsichtlich der Zurechnungsfähigkeit des Hawk abschießen. Für Komplicen bei irgendwelchen Verbrechen gab es nichts Schlimmeres als die Möglichkeit, daß ihre Auftraggeber nicht ganz zurechnungsfähig waren. Eingeschränkte Zurechnungsfähigkeit bedeutete eingeschränktes Urteilsvermögen, ganz gleich, wie gut sich das auch verbarg. Und eingeschränktes Urteilsvermögen konnte auf zehn bis zwanzig Jahre bis lebenslänglich hinauslaufen. In diesem Fall möglicherweise sogar auf einen langen Strick und eine Augenbinde.

Selbst die Unterwelt Europas mußte von dem paranoiden General gehört haben, den man aus China hinausgeworfen hatte. So lang lag das nicht zurück. Und wenn er diesen Teil seines Plädoyers beendet hatte, würde Sam seinen höchsten Trumpf auf den Tisch legen.

Es gab keinen höheren. Die Karte war unwiderstehlich.

Auf der Zugfahrt nach Zermatt würde er sich nämlich die Dokumente der Staatsbank von Zürich ansehen, insbesondere die Treuhandkonten, sich alle Nummern und die Freigabecodes aufschreiben und sie auf sieben Blättern notieren. Er würde jedem Mann eine Karte mit der entsprechenden Information geben. Jeder konnte das Château Machenfeld verlassen, ohne auch nur eine einzige Mahlzeit einzunehmen, nach Zürich fahren – und sein Geld beanspruchen.

Jeder untergeordnete Offizier würde ein Vermögen einheimsen. Dafür, daß er absolut nichts tat. Das war unwiderstehlich.

Giovanni Bombalini, Statthalter Christi, trat in seinen geliebten Garten, um allein zu sein. Er wollte niemanden sehen, mit niemandem sprechen. Er war zornig auf die Welt. Und wenn man zürnte, war es stets die beste Medizin, zu meditieren.

Er seufzte. Wenn er zu sich selbst aufrichtig war, so mußte er zugeben, daß er auf Gott zornig war. Es war nur so sinnlos. Er hob die Augen zum Nachmittagshimmel, und ein einziges Wort entrang sich klagend seinen Lippen.

»Warum?«

Er senkte das Haupt und schlenderte den Weg hinunter. Die Lilien standen in der Frühlingsblüte, begrüßten das Leben.

So wie er im Begriffe war, es zu verlassen.

Die Ärzte hatten ihm gerade ihren gemeinschaftlichen Bericht geliefert. Seine Lebenszeichen wurden zusehends schwächer. Allerhöchstens sechs oder sieben Wochen hatte er noch.

Der Tod selbst war leicht, du lieber Himmel, er war eine Erleichterung! Das *Leben* war das Qualvolle. Qual oder nicht, er hatte noch nicht die notwendigen Kräfte gesammelt, sein Werk und das Roncallis fortzuführen. Er brauchte noch mehr Zeit, er brauchte die Autorität seines Amtes, um die auseinanderstrebenden Parteien einander näherzubringen. Warum konnte Gott das nicht begreifen?

›*Wie, mein geliebter Herr? Warum? Nur noch etwas mehr Zeit? Ich verspreche Dir, ich werde nicht zulassen, daß mein Temperament mit mir durchgeht. Auch werde ich den näselnden – verzeih mir, Allerheiligsten Vater – den Kardinal oder seine Bande vorsintflutlicher Diebe nicht beleidigen. Sechs Monate würden mir genügen. Dann will ich in dankbarer Hingabe in den Armen Christi ruhen. Fünf Monate vielleicht? In fünf Monaten könnte man so viel bewirken . . .‹*

Giovanni bemühte sich mit ganzem Herzen, um eine himmlische Antwort wahrzunehmen. Aber wenn es eine gab, so war sie zu schwach, um zu seinem Bewußtsein vorzudringen.

›*Vielleicht, lieber Vater, wenn Du mit der Heiligen Jungfrau sprechen würdest? Sie könnte eindringlichere Worte finden, um mein Anliegen zu übermitteln, meine Bitte . . . Heißt es denn nicht, daß Frauen in solchen Dingen die bessere Überredungsgabe besitzen?*‹

Immer noch nichts. Nur ein schwacher Schmerz in seinen Knien, ein Schmerz, der ihm sagte, daß das Gewicht zu schwer auf seinen alten Knochen lastete und er sich für eine Weile setzen sollte. Wie hatte die reizende *giornalista* gesagt? Es gab da gewisse Übungen . . .

Basta! Das fehlte gerade noch, daß er Liegestütze machte und dabei zusammenbrach. Ignatio Quartze würde seine Leiche unter das Bett rollen, und sie würden ihn eine Woche lang nicht finden. Unterdessen würde Quartze die Kurie einberufen.

Der Papst erreichte seine Lieblingsbank und ließ sich vorsichtig auf den kühlen Stein sinken. Von den Gartenmauern kam eine Brise und ließ die Blätter des Baums über ihm rascheln. War das ein Zeichen? Erfrischend war es jedenfalls. Dann hörte die Brise auf, und er wurde wieder ganz ruhig. Und an die Stelle der raschelnden Blätter traten Schritte, die über den Plattenweg heranahten.

Es war der neue päpstliche Adjutant. Ein junger Negerpriester aus der Diözese New York, ein brillanter Student, der in Harlem viel Gutes getan hatte. Franziskus hatte sich einen solchen verdienstvollen jungen Prälaten ausgesucht – gegen beträchtlichen Widerstand. Es war ein kleiner Teil eines großen Planes.

»Eure Heiligkeit?«

»Ja, mein Sohn. Du wirkst erregt. Was ist?«

»Ich glaube, ich habe etwas falsch gemacht. Ich war verwirrt, und Sie waren nicht in Ihren Gemächern, und ich dachte, ich hätte keine andere Wahl. Es tut mir sehr leid.«

»Nun, Wir werden das Ausmaß dieser Kalamität so lange nicht kennen, wie du es Uns nicht schilderst. Du hast nicht zufällig Kardinal Quartze in meinem Kleiderschrank gefunden und die Wache gerufen?«

Der Negerpriester lächelte. Ignatio hatte kein Hehl daraus gemacht, daß er die Berufung des jungen Mannes mißbilligte. Franziskus nahm jede Gelegenheit wahr, die Beleidigung zu mildern.

»Nein, Eure Heiligkeit. Ich hörte, wie Ihr privates Telefon klingelte. Das in der Schublade neben Ihrem Bett. Es hörte nicht auf zu klingeln ...«

»Das ist ganz einleuchtend, mein Sohn«, unterbrach ihn der Papst. »Es ist nicht mit der Telefonzentrale des Vatikan verbunden. Ein kleiner Luxus. Also hast du abgehoben. Wer hat denn angerufen? Die Nummer haben nur ein paar alte Freunde und ein oder zwei Kollegen. Mit dem, was du getan hast, konntest du keinen großen Schaden anrichten. Wer war es denn?«

»Ein Monsignore in Washington, Heiliger Vater. Er war sehr erregt ...«

»Ah, Monsignore Patrick Dennis O'Gilligan! Ja, der ruft häufig an. Wir spielen Fernschach miteinander.«

»Er war sehr aufgeregt – und er dachte, ich wäre *Sie*. Er hat mir gar keine Gelegenheit zum Sprechen gelassen. Er sprudelte alles so schnell heraus, daß ich ihn gar nicht unterbrechen konnte.«

»Ja, das klingt wie Paddy. Der hat auch seine Probleme gehabt. Wieder die Berrigans? Die zwei sind ...«

»Nein, Heiliger Vater. Viel schlimmer. Der Präsident hat ihn angerufen. Etwas über das Beichtgeheimnis und ob es zulässig wäre ... Er möchte konvertieren, Heiliger Vater!«

»Che cosa? Madre di Dio!«

»Es wird noch viel schlimmer, Eure Heiligkeit. Sechzehn Adjutanten des Weißen Hauses möchten Jesus sofort finden. Unter gewissen Bedingungen des Vatikanischen Privilegs – und sie berufen sich auf etwas, das sich christliche Immunität nennt.«

Giovanni seufzte. Es gab soviel zu tun.

›Vier Monate, Herr?‹

20.

Die fremden Gesichter hatten eines gemeinsam, dachte Sam. Sehr muskulöse Körper. So als hätte jeder Spaß daran, an der frischen Luft zu sein, und hielte sich dadurch fit, daß er unter den wachsamen Blicken von Zuchthauswärtern Steine bewegte. Und um von Blicken zu sprechen – das war noch etwas, das sie gemeinsam hatten. Ihre Augen wirkten alle ein wenig schläfrig, mit halb geschlossenen Lidern. Aber so schien es nur. Wenn man sie genauer betrachtete, so konnte man sehen, daß ihre Augen in ihren Höhlen kreisten wie Stahlbälle zwischen den Polen eines Magneten. Es gab nur sehr wenig, was ihnen entging.

Da war zunächst ein hochgewachsener, blonder Mann, der so aussah, als wäre er einer Fernsehwerbung für skandinavische Zigarren entsprungen – ein Schwarzer, der die ganze Zeit stumm nickte und ein Englisch sprach, wie man es mit den Vorlesungssälen einer Universität in Verbindung brachte. Und ein weiterer dunkelhäutiger Bursche mit scharf geschnittenen nordischen Zügen, dessen Akzent an jenen der feinen Leute im Savoy erinnerte. Da waren zwei Franzosen, die irgend etwas mit Schiffen zu tun hatten, ein langhaariger Mann in ganz engen Hosen, der beim Gehen wie ein Tangotänzer stolzierte und dabei die ganze Zeit den Hintern schwenkte – unverkennbar ein Italiener. Und schließlich ein Grieche mit wilden Augen, der ein rotes Tuch um den Hals trug und immer Witze erzählte, die keiner richtig verstand.

Sie hatten alle eine leise Höflichkeit an sich, die geradezu salbungsvoll wirkte, und dazu kamen Manieren, die aus einem guten Elternhaus und Wohlstand zu stammen schienen – wenn da nur nicht die unsteten Augen gewesen wären. Sie fühlten sich ganz offensichtlich in dem riesigen Salon des Château Machenfeld daheim, wo der Hawk sie alle vor dem späten Abendessen versammelte.

Im Interesse internationaler Sicherheit machte er sie nicht miteinander bekannt. Es wurden keine Namen genannt.

Sam war um sieben ins Château zurückgekehrt. Er hätte eine Stunde früher eintreffen können, aber er hatte die letzten drei Meilen zu Fuß gehen müssen, weil kein Taxi aus Zermatt über einen bestimmten Punkt hinaus fahren durfte und Rudolph nirgends zu finden gewesen war. Als Sam die Auskunft anrief, um die Telefonnummer von Machenfeld zu erfragen, stellte er fest, daß es einen solchen Ort überhaupt nicht gab.

Das hätte ihm den letzten Rest geben können, aber Strategie sieben hielt ihn in Bewegung. Er wußte, wann er einen Fall gewonnen hatte.

MacKenzie hatte ihn mit gemischten Gefühlen begrüßt. Der Hawk war froh, daß er die Finanzpapiere so prompt zurückgebracht hatte, war aber andererseits der Ansicht, daß er sich Regina gegenüber nicht gerade wie ein Gentleman benommen hätte. Jetzt würde Sam sich nicht richtig von ihr verabschieden können.

Warum nicht?

Weil ihr Gepäck zum Flughafen geschickt worden war. Ginny würde nach Kalifornien zurückreisen und in Rom einen kurzen Aufenthalt einlegen, um die Museen zu besuchen.

So viel zum Thema Ginny, dachte Devereaux. Er war ein bißchen traurig, aber Strategie sieben erfüllte sein ganzes Denken. Und langsam gelangte er zu dem Schluß, daß das Timing perfekt war.

MacKenzie sagte ihm, daß am ersten Abend keine geschäftlichen Gespräche geführt werden würden. Nur Konversation und Spaziergänge im Garten und Cocktails und

Dinner und dann ein Brandy. Warum? Weil die Truppen seiner Ansicht nach eine Gelegenheit brauchten, um einander zu testen, ihre Zimmer nach elektronischen Wanzen abzusuchen, ihre Waffen zu ölen und sich ganz allgemein zu vergewissern, daß Machenfeld nicht etwa eine Falle von Interpol war. Sam würde damit rechnen müssen, während der Nacht Geräusche zu hören. Die meisten der Männer würden die Umgebung selbst durchforschen, und das war gut, weil sie ohne Zweifel aufeinanderstoßen und dadurch erneut erkennen würden, daß alles so war, wie es sein sollte.

Am Morgen, wenn alle erfrischt und ausgeruht waren, würde der Hawk seine erste Informationssitzung abhalten. Vorher würde er sich aber ganz sicher die Zeit nehmen, um sich von Sam zu verabschieden. Er würde seinen jungen Freund vermissen, daran gab es keinen Zweifel. Aber das Wort eines Generals war für ihn Verpflichtung – das war der Leim, der seine Bataillone zusammenhielt.

Deveraux' Arbeit war getan. Rudolph würde ihn nach Zermatt fahren, und dort würde er den Frühzug nach Zürich und die Nachmittagsmaschine nach New York nehmen.

Eines sollte Sam freilich wissen, nur für den Fall, daß er nervös werden oder sonstwie in Unruhe geraten sollte. Während der nächsten vier Wochen würden einige Bekannte des ersten Firmeninvestors, Mr. Dellacroce, mit ihm in Verbindung bleiben. Ihre Namen lauteten, soweit Hawkins sich erinnern konnte, Fingers und Meat. Das sei aber nur eine vorläufige Angelegenheit, Sam sollte es ihm nicht verübeln.

Ja. Sam begriff. Es erübrigte sich für MacKenzie, noch deutlicher zu werden.

Devereaux hatte das Gespräch beendet und gesagt, er wollte sich rasieren, sich den Schweiß und den Staub der drei Meilen Bergstraße abwaschen und dann zum Cocktail erscheinen.

In seinem Zimmer fand Sam die Schere, mit der Ginny seine Unterhose ruiniert hatte, und schnitt mit ihr sieben Streifen Papier ab, jeder fünf Zoll lang und einen Zoll breit. Auf jeden Streifen schrieb er dasselbe.

›Von äußerster Wichtigkeit, daß Sie sich mit mir auf meinem Zimmer treffen – zweites Stockwerk Hinterhaus, letzte Tür rechts im Nordkorridor. Pünktlich zwei Uhr morgens. Ihr Leben hängt davon ab. Ich bin Ihr Freund. Vergessen Sie nicht, zwei Uhr heute morgen!

Er faltete die Papierstreifen sorgfältig zusammen, so daß sie in seine Handfläche paßten, und steckte sie sich in die Jackentasche. Dann holte er die sieben Karteikarten mit den Kontonummern und den Freigabecodes aus seinem Aktenkoffer und schob sie in die Hosentasche. Das waren seine Trümpfe. Unwiderstehlich!

Er kehrte in den Salon zurück und setzte all den gesellschaftlichen Schliff ein, den eine gute Erziehung in Boston einbringt. Er schüttelte den Männern die Hand.

Und übergab jedem seinen Zettel.

Um halb zwei Uhr morgens war er bereit. Der Italiener kam als erster. Seine Hände steckten in eng anliegenden schwarzen Handschuhen, die Füße in so etwas wie Ballettschuhen, mit Profilgummisohlen. Und dann erschienen sie, einer nach dem anderen, in Kleidung, die der des Italieners stark ähnelte. Es gab eine Vielfalt von Handschuhen und weichen Schuhen oder Mokassins und schwarzen Pullovern und engen Hosen mit dicken Gürteln, an denen noch dickere Messer hingen und kleine Halfter mit kleinen Pistolen und, in einigen Fällen, aufgewickeltes Seil.

Insgesamt eine sehr professionelle Gruppe von Psychopathen, dachte Sam, als er ihnen mit leiser, nicht ganz echt empfundener Autorität sagte, sie sollten sich entspannen und es sich bequem machen und rauchen, wenn sie wollten.

Da sie alle entspannt *waren* und die meisten bereits rauchten, war er nicht sicher, ob das eine gute Eröffnung war. Aber die besten Plädoyers werden aus leisen, vielleicht sogar etwas verlegenen Anfängen aufgebaut.

Und so begann er. Zuerst mit ganz weicher Stimme. Er fing mit einem Menschen als Stammesangehörigen an, der zum

Himmel aufblickte und dort eine Bedeutung suchte, die über seinen täglichen Kampf um das Überleben hinausging. Und der in dem Trost fand, was er eigentlich nicht verstehen konnte, weil primitiver Glauben stets beruhigte. Die natürlichen Phänomene hatten eine Struktur, waren organisiert, und das bedeutete, daß es eine Kraft geben mußte, ein Bewußtsein, eine profunde, allwissende Intelligenz, die das Ganze wahrnahm. Und die doch nie wahrhaft verstanden werden konnte.

In diesem ungenügenden Verstehen war Schönheit, weil alle Menschen in sich das Bestreben verspürten, über sich hinaus die allsehende, allwissende Kraft zu erfassen, die diese Erde geschaffen hatte, kannte und liebte.

Ohne dieses Suchen war der Mensch ein bloßes Tier. Mit ihm griff er über sich hinaus, und das Mitfühlen wurde ein Teil seiner selbst.

Sam erklärte, daß Symbole und Titel für sich allein betrachtet nicht wichtig waren, weil man zwischen allen Religionen Beziehungen herstellen konnte. Das Wesen war, daß man zwischen dem Guten und dem Bösen zu unterscheiden vermochte. Aber Symbole und Titel hatten eine mystische Bedeutung und lieferten Millionen überall profundes Behagen. Glauben. Die Armen und Unterdrückten beteten sie an, brachten ihnen Hoffnung entgegen, verehrten sie. Und für Millionen waren diese Symbole das warme Licht in ihren endlosen Wintern der Finsternis.

Devereaux hielt inne. Jetzt war der Augenblick für das Crescendo gekommen.

»Gentlemen, vor Ihnen liegt ein Verbrechen von solch ungeheuerlichem Ausmaß, ein Verbrechen, das so durch und durch böse ist, ein Verbrechen, das unmöglich Erfolg haben kann und das nur jeden von Ihnen in den Tod führen wird. Oder in ein Leben, das Sie in einer brutalen Gefängniszelle erdulden, nicht leben werden. Denn in den Mauern dieses Châteaus gibt es einen Mann, der Sie all Ihrer unschätzbaren Besitzungen berauben will! Ihrer Freiheit! Ihres Lebens! Weil er sich das Unmögliche vorgenommen hat. In seinem unausgeglichenen – kläglich unausgeglichenen – Bewußtsein ist er überzeugt, der schnellen und schrecklichen Reaktion und der Rache der ganzen Welt gewachsen zu sein, sie sogar überwältigen zu können. Er rechnet damit, Sie in den gähnenden Schlund des Vergessens zu führen. Er beabsichtigt, den Papst der katholischen Kirche zu entführen! Mit einem Wort, er ist *wahnsinnig*!«

Sam hielt inne. Seine Augen bohrten sich in die eines jeden einzelnen Mannes. Zigaretten blieben in der Luft hängen, Münder standen ungläubig offen, Augen weiteten sich, und ihr starrer Blick verkündete eine aus dem Schock geborene Paralyse.

Er hatte sie überzeugt! Er hatte die Geschworenen in der Hand! Die Sätze waren wie Donner aus ihm hervorgebrochen.

Jetzt war es an der Zeit, seine Trümpfe auszuspielen. Jene unwiderstehlichen Zahlen und die Codewörter zu nennen, die jeden Mann im Raum reich machen würden. Sehr, sehr reich. Dafür, daß sie nichts taten und nur dem Risiko der Vernichtung auswichen.

»Gentlemen, ich kann erkennen, in welchem Schockzustand Sie sich befinden, und es schmerzt mich, das zu sehen. Es schmerzt mich, daß ich das verursacht habe. Wie jener große Römer Marc Aurel einmal sagte – wir alle müssen das tun, was wir tun müssen, in dem Augenblick, in dem das Schicksal verlangt, daß wir es tun. Aber wie der indische Prophet Baga Nishyad ebenfalls feststellte – man kann mit Tränen gefüllte Eimer über das Korn gießen, und der Reis wird wie Juwelen wachsen. Ich habe keine Juwelen, Gentlemen, aber ich habe für jeden von Ihnen Reichtümer. Verdienten Lohn. Summen, die Ihren Schmerz verringern und Sie in das Land Ihrer Wahl führen können, um dort in Freiheit zu leben, frei von Angst vor der Vernichtung, vor der Sorge. Hier. Ich übergebe Ihnen diese kleinen Karteikarten. Jede ist die Eintrittskarte in Ihr persönliches Nirwana. Lassen Sie mich erklären ...«

Und Sam erklärte.

Die sieben untergeordneten Offiziere studierten die Karten, sahen einander an.

»Sprechen Sie französisch?« fragte einer der Franzosen.

Devereaux lachte – eine Spur zu fröhlich, wie er fand. »Eigentlich nicht.«

»Danke«, sagte der Franzose und wandte sich zu den anderen. *»Vous tous parlez français?«*

Alle nickten.

Und dann begannen alle französisch zu sprechen.

Leise. Schnell. Bis wieder sieben Köpfe zustimmend nickten. Sam war gerührt. Er wußte, daß sie nach einem Weg suchten, um ihm zu danken.

Deshalb war er sehr bestürzt, als zwei der Männer plötzlich auf ihn zugingen und ihn packten, ihn herumdrehten und anfingen, seine Handgelenke mit Draht zu umwickeln.

»Was zum Teufel machen Sie da?« schrie er. »Was machen Sie mit meinen Händen? Und was zum Teufel soll das?«

Er deutete mit einer Kopfbewegung auf das rote Halstuch, das der Grieche sich ruckartig vom Hals gezogen hatte und jetzt zusammendrehte.

»Und was zum Teufel soll das jetzt?!«

Damit meinte er klickende metallische Laute, die seltsamerweise wie Waffen klangen, die man überprüfte.

»Wir besitzen jenes Mitgefühl, von dem Sie sprachen, Monsieur«, sagte der Franzose. »Wir bieten einem Menschen die Wahl einer Augenbinde an, ehe wir ihn exekutieren.«

»Was!?«

»Seien Sie tapfer, Signore«, rief der Italiener. »Wir alle kennen unser Geschäft. Wir nehmen die Risiken auf uns, oder wir spielen nicht.«

»Ja«, fügte der Wikinger hinzu. »Es ist ein Spiel. Manche gewinnen. Manche verlieren. Sie haben verloren, mein Herr.«

»Waaas?!«

»Führen Sie ihn in den Hof hinaus«, sagte der zweite Franzose. »Wir sagen den Angestellten, es sei eine Schießübung.«

»Mac! Maac! Maac!« Sie führten ihn den Korridor hinunter. Einige Händepaare legten sich auf seinen Mund, er biß danach. *»Um Himmels willen! Hawkins! Wo zum Teufel stecken Sie?«*

Erneut drückten die Hände auf seinen Mund. Die Eskorte marschierte präzise den Korridor hinunter, auf die großartige Wendeltreppe zu. Wieder zwang Devereaux seinen Mund auf und biß wütend auf das Fleisch rings um seine Zähne – Hände und Arme lösten sich sekundenlang von ihm. Das reichte Sam aus, um nach vorn und hinten zu treten und sich für einen Augenblick zu befreien.

Er rannte los und stürzte sich die Treppe hinunter, überschlug sich dabei ein paarmal.

»Hawkins! Sie Hundesohn, her mit Ihnen! Diese Verrückten wollen mich erschießen!«

Er taumelte über die Treppenstufen, stieß gegen die Wand und stürzte mit dem Kopf voran gegen die letzte Stufe. Seine Rufe wurden immer undeutlicher, aber ihre Bedeutung war unverkennbar.

»Scheiße! Augenbinden – autsch! Pistolen! Verdammt – sollt ihr – oh – ohh – Hawkins! Jesus – mein Kopf!«

Schließlich war er unten an der Treppe angelangt, ein völlig durcheinander geratenes Häuflein Elend. Der Hawk kam durch den kathedralenähnlichen Bogen aus dem Salon, eine Zigarre zwischen den Zähnen, ein paar zusammengefaltete Karten in der Hand. Er sah Sam an, der auf dem Boden lag, und blickte dann zu der Gruppe untergeordneter Offiziere auf.

»*Verdammt!* Junge! Das ändert *alles*!«

Wieder nahm man ihm die Kleider weg, nur daß diesmal im Kleiderschrank nicht einmal Damenkleider hingen. Rudolph brachte ihm seine Mahlzeiten.

Der Hawk erklärte, daß es einer Kommandoentscheidung bedurft hätte, ihm das Leben zu retten, und daß die Truppen damit überhaupt nicht einverstanden wären.

»Tatsächlich hätte ich es beinahe mit einer Meuterei zu tun

bekommen, ehe die Brigade die Fahnen strich«, hatte Hawkins ihm am nächsten Morgen gesagt.

»Ihre – was strich? Schon gut, sagen Sie es mir nicht!«

»Ehrlich, Junge. Ich mußte strenge Maßnahmen ergreifen und ihnen von vornherein klarmachen, daß in Angelegenheiten höchster Präjudiz keine Autorität – auch nicht, wenn ein Konsens besteht – die eines Generals übersteigt. Eine Weile stand es auf des Messers Schneide, aber ich habe zum Glück schon mit übleren Burschen zu tun gehabt. Diese Knaben, auch wenn sie noch so gut sind, waren mir nicht gewachsen. Man sieht das in den Augen, Junge. Immer in den Augen.«

»Ich verstehe das nicht«, hatte Devereaux gejammert. »Ich habe ihnen alles so schön erklärt. Alles – den Hintergrund, das Motiv. Jesus! Selbst das Geld! Ich hatte die in der Hand!«

»Gar nichts hatten Sie«, erwiderte der Hawk knapp. »Sie haben zwei große Fehler gemacht. Zunächst einmal nahmen Sie an, daß eine solche Gruppe von Männern, ein solch ausgezeichnetes Offizierskorps, Geld nehmen würde, ohne es zu verdienen ...«

»Hören Sie auf!« hatte Devereaux ihn angebrüllt. »Mir verkaufen Sie doch diesen Quatsch von Ehre unter Dieben nicht. Das nehme ich Ihnen einfach nicht ab!«

»Ich glaube, Sie beurteilen das falsch, Junge. Aber wenn Sie das so sehen, dann sollten Sie auch noch Ihren zweiten Fehler in Betracht ziehen.«

»Welchen Fehler?«

»Eine der ältesten Fallen in der Trickkiste von Interpol besteht darin, ein heißes Bankkonto zu errichten und jemanden danach zu schicken. Es überrascht mich, daß Sie das nicht wußten. Sie haben sieben auf einmal errichtet.«

Sam hatte sich unter der Daunendecke verkrochen und sie über den Kopf gezogen. Unglücklicherweise konnte er MacKenzies Worte damit nicht zum Verstummen bringen.

»Wissen Sie, Sam, das Leben ist eine Folge einzelner Abschnitte, von denen einige miteinander in Beziehung stehen, die meisten aber getrennt sind. Aber gelegentlich müssen diese parallelen Abschnitte, wie ich sie nenne, akzeptieren, daß sie nicht allein sind, sondern daß es auch andere gibt. Sie haben mir in Peking das Leben gerettet, Sie haben Ihr Geschick und Ihre Erfahrung eingesetzt und mich vor der Vernichtung bewahrt, von der Sie, wie ich höre, gesprochen haben. Und letzte Nacht habe ich in der Schweiz *Ihr* Leben gerettet, wobei ich die Fähigkeiten und die Erfahrung, die *ich* besitze, genutzt habe. Wir sind quitt. Unsere Abschnitte in diesem Bereich liegen nicht mehr parallel. Machen Sie also keinen Scheiß, Junge. Ich bin nicht mehr für Sie verantwortlich, und das ist das Wort eines Generals.«

Nach zwei Wochen war Sam überzeugt, daß er den Rest seiner Zurechnungsfähigkeit verlieren würde. Der bloße Gedanke an Kleider trieb ihn in den Wahnsinn. Während seines ganzen Lebens waren Kleider ein akzeptierter Bestandteil seines Lebens gewesen – manchmal angenehm, sogar sein Ego fördernd. Aber sie waren nie ein Thema gewesen, mit dem er sich längere Zeit hatte befassen müssen.

›Das ist ein hübsches Jackett, und der Preis stimmt auch. Kauf es. Hemden? Seine Mutter sagte, er sollte Hemden kaufen. Irgendwas gegen Filene's einzuwenden? Na schön, dann bin ich Anwalt, also weiße Hemden und grauer Flanell. Socken? Irgendwie hatte er stets Socken in der Schublade. Und Unterhosen und Taschentücher. Ein Anzug war eine ziemlich aufwendige Angelegenheit, ein paarmal im Leben als Erwachsener, wenn man einen kaufte. Trotzdem war er nie in Versuchung gewesen, sich einen beim Schneider anfertigen zu lassen. Und in der gottverdammten Army waren seine Ziviljacke und die Hosen nur deshalb zur Hand, weil sie eine Abwechslung von der gottverdammten Uniform waren. Nein, Kleider waren nie ein wichtiger Faktor in seinem Leben gewesen.‹

Aber jetzt waren sie das.

Aber Not – dazu gehörte auch zum Teil das Bedürfnis, verstanden zu werden – macht erfinderisch. Ein wahreres Wort war nie gesprochen worden. So begann Sam zu erfinden, und die These seiner Erfindung bestand darin, daß er ernsthaft im Begriff war, die Position zu wechseln.

Es mußte stufenweise geschehen, auf den vorhandenen Alternativen aufbauend. Da er so vollkommen, so rückhaltslos in die Operationen der Shepherd Company verwickelt war, auch im *juristischen* Sinne. Da ihm alle Möglichkeiten einer Abspaltung genommen waren, welchen Zweck hatte es da, länger dagegen anzukämpfen? Das Leben bestand aus einzelnen Abschnitten. Und er war in einen Safe eingeschlossen, der sich MacKenzie Hawkins nannte – und der außerdem vierzig Millionen Dollar enthielt, und das war eine ganze Menge gehackte Leber.

Vielleicht, nur vielleicht, war seine negative Einstellung zum Untergang verurteilt, wenn man alles in Betracht zog. Möglicherweise sollte er seine Energien mehr in produktivere Bereiche lenken. Eines jedenfalls stand fest. Wenn die Shepherd Company aufflog, würde es eine Menge Scherben geben, und die würden das zweite Vorstandsmitglied treffen, das einzige, das es außer MacKenzie Hawkins gab.

Dies waren die Vermutungen, die er während MacKenzies täglicher Besuche zu Anfang der dritten Woche in Worte zu kleiden begann – zuerst ohne Überzeugung. Aber dann wurde ihm klar, daß es nicht sehr überzeugend wirkte, diese Worte einfach nur auszusprechen. Der Hawk mußte sehen, wie Sams Geist arbeitete, mußte die Wandlung beobachten.

Am Mittwoch war er bei folgenden Überlegungen angelangt.

»Mac, haben Sie die juristischen Aspekte bedacht, nach dem – Sie wissen schon – nach dem ...«

»Basis Zero reicht mir. Was für juristische Aspekte? Mir scheint, in dem Punkt haben Sie gute Arbeit geleistet.«

»Da bin ich nicht so sicher. Ich mußte mich schon öfter um außergerichtliche Einigungen bemühen. Von Boston bis Peking.«

»Wovon reden Sie?«

»Von nichts. Ich wollte nur – ach, nichts.«

Und am Donnerstag: »Es könnte Konsequenzen geben

nach – dieser Basis Zero, die Sie nicht bedacht haben. In der Position des Vorstandsvorsitzenden der Shepherd Company könnte sich ein Krebsgeschwür entwickeln, das am Ende das Amt beeinträchtigen könnte.«

»Raus damit, Junge.«

»Nun ... Nein, lassen wir das. Das ist ja nur eine Annahme. Was war das für Lärm heute nacht? Es klang sehr aufregend.«

Der Hawk sah ihn aus zusammengekniffenen Augen an, ehe er auf die Frage einging. »Verdammt, es war aufregend«, sagte er nach ein paar Sekunden. »Es geht nichts über Präzision bei Manövern! Da wird einem richtig warm ums Herz! Wovon, zum Teufel, haben Sie gerade geredet? Diese Krebsgeschichte ...«

»Oh, vergessen Sie es. Das war nur mein Juristenverstand, der auf Abwege geriet. Sind die Manöver wirklich so – erstklassig?«

»Ja ...« Hawkins schob sich die Zigarre von einem Mundwinkel zum anderen. »Sie sind in Ordnung, glaube ich.«

Und am Freitag: »Wie war die Übung heute? Klang ja großartig.«

»Übung? Verdammt, das ist keine Übung, das sind Manöver!«

»Entschuldigung. Und wie waren sie?«

»Ein bißchen schlampig. Es gibt da ein paar kleinere Schwierigkeiten.«

»Oh, das tut mir leid. Aber ich habe Vertrauen zu Ihnen. Sie werden das doch hinkriegen.«

»Ja ...« Der Hawk ging am Fußende des Bettes auf und ab. Seine Zigarre war inzwischen zu Brei zerrieben. »Vielleicht muß ich mir noch ein paar Truppen zur Ablenkung besorgen. Zwei oder drei vielleicht. Ich habe mich nicht richtig konzentriert. Und, verdammt, Sam, wenn Sie mir nicht diesen Ärger gemacht hätten, wäre ich genau im Zeitplan geblieben.«

»Ich sagte Ihnen doch, daß mir das wirklich alles leid tut. Ich habe mich auch nicht konzentriert ...«

MacKenzie blieb ruckartig stehen und stieß hervor: »Ist das Ihr Ernst?«

»Ja«, erwiderte Devereaux langsam und voll Überzeugung. »Als erstes lernt ein Anwalt, mit Fakten umzugehen, mit harten Beweisen, mit allen, nicht nur einzelnen Stücken. Genau das habe ich getan. Das war ein Fehler. Das tut mir wirklich leid.«

»Ich will jetzt nicht so tun, als würde ich diesen Bockmist verstehen. Aber wenn Ihnen mit dem, was Sie sagen, ernst ist – wovon, zum Teufel, haben Sie dann eigentlich gestern geredet? Und, verdammt noch mal, vorgestern? Diese Konsequenzen von Basis Zero!«

Bingo! wie man in Boston zu sagen pflegt, dachte Devereaux. Aber er ließ sich keine Gefühlsregung anmerken. Er blieb der ruhige, überlegte Anwalt, dem nichts als die Interessen seines Mandanten am Herzen liegen. »Also schön, ich will es Ihnen erklären. Ich kenne diese Treuhandkonten, Mac. Abgesehen von dem einen größeren Treuhandkonto, bei dem es sich wahrscheinlich um das Ihre handelt, können Ihre sieben Männer auf Grundlage der ersten Codefreigaben bis zu dreihunderttausend entnehmen (oder von den Leuten, die sie dazu bestimmt haben, entnehmen lassen). Die zweiten Codefreigaben sind auf einem Blatt in einem der anderen Dokumente festgehalten. Einem Computerausdruck. Der Ausdruck erfordert Ihre Gegenzeichnung, und ich nehme an, daß Sie ihn, bevor Sie nach Basis Zero aufbrechen, nach Zürich schicken werden. Habe ich bisher recht?«

»Ich habe mir über diese Geschichte mit den Treuhandkonten wirklich den Kopf zermartert. Was stimmt denn nicht?«

»Bis jetzt ist alles okay. Nach der zweiten Freigabe hat jeder Mann insgesamt fünfhunderttausend, stimmt das? Das ist sein Honorar, stimmt's? Eine halbe Million für Basis Zero. Jeder bekommt gleich viel.«

»Nicht übel für sechs Wochen Arbeit.«

»Da sind noch andere Dinge zu bedenken. Wenn in großem Maßstab hinter verschlossenen Türen über einen

Schuldspruch verhandelt wird, dann kann es da um mehr als nur Straffreiheit gehen. Und auch nicht darum, ob jemand ein Buch schreibt, obwohl meines Wissens heutzutage eine Menge Bargeld durch Verlage läuft.«

»Wovon reden Sie?« Der Hawk drückte seine Zigarre am Bettpfosten aus.

»Was hindert denn irgendeinen oder alle Ihrer untergeordneten Offiziere daran, geradewegs zu den Behörden zu gehen – unter Einschaltung von Mittelsmännern, natürlich – und jeder für sich einen Handel abzuschließen? Nach der Tat. Dann haben sie ihr großes Geld und vermeiden die Strafverfolgung, weil sie die Behörden unterstützen wollen. Vergessen Sie nicht, wir sprechen hier über einen der größten Coups der Geschichte. Die würden über das hinaus, was sie bekommen haben, noch ein paar tausend machen.«

Plötzlich weiteten sich MacKenzies zusammengekniffene Augen erleichtert. Da war auch so etwas wie Befriedigung. Sein Grinsen zeigte ganz eindeutig ein Gefühl des Triumphes. »Ist es das, worüber Sie sich beunruhigt haben, Sam?«

»Sie sollten das nicht so leicht abtun ...«

»Verdammt, nein, das will ich ja nicht. Und das habe ich auch nicht. Keiner meiner Männer würde so etwas tun. Weil die nämlich alle verschwinden wollen wie Kaninchen, die vor einem Buschfeuer fliehen. Die werden nirgends mehr zum Vorschein kommen, weil sie Angst haben, *miteinander* zusammenzustoßen.«

»Jetzt verstehe *ich* nichts mehr«, sagte Sam bedrückt.

Der Hawk setzte sich auf das Bett. »Das habe ich alles berücksichtigt, Junge. Etwa in der gleichen Art, wie ich Sie an die geladene Haubitze gebunden habe. Sie haben mich auf die Idee gebracht. Ich beabsichtige, mich von jedem einzelnen Offizier separat zu verabschieden. Und dabei werde ich jedem einen Pfandbrief im Wert einer zusätzlichen halben Million übergeben. Und ihm sagen, daß *er* der einzige sei, der so etwas bekommt. Weil ich wie ein guter General meine Kriegstagebücher geführt habe und beim nochmaligen Durchlesen erkannt habe, daß die Mission ohne *seinen* ganz speziellen strategischen Beitrag nicht erfolgreich verlaufen wäre. Dann hängen die. Nach beiden Richtungen. Ein Mann wird niemals ein Verbrechen verpfeifen, das ohne *seine* Erfahrung nicht hätte begangen werden können – besonders dann nicht, wenn dieser Beitrag eine zusätzliche halbe Million wert ist. Und er wird seinen Mitverschwörern ganz bestimmt verheimlichen wollen, daß er eine Vorzugsbehandlung im Wert einer halben Million erfahren hat.«

»Mein Gott!« Sam konnte nicht verhindern, daß sich Bewunderung in seine Stimme schlich.

»Clausewitz macht in seinen Schriften klar, daß man mit den Berbern nicht auf die gleiche Art kämpft, wie man gegen die Dragoner des Königs Krieg führt. Es ist eine Frage der anwendbaren Taktik.«

Wieder war Devereaux von der Kühnheit des Hawks beeindruckt. Seine Stimme war nicht lauter als ein Flüstern, kaum zu hören. »Sie reden da von – Jesus! – dreieinhalb Millionen Dollar!«

»Das ist richtig. Sie sind ein schneller Rechner. Und eine Million pro Nase für die Girls, das sind vier weitere Millionen. Plus die ursprüngliche Zahlung für die Offiziere, noch einmal dreieinhalb. Und zu Ihrer Information, wenn ich mir das auch wahrscheinlich noch einmal überlegen sollte, ich habe für Sie auch ein Inhaberzertifikat ausstellen lassen. Das ist eine Million auf Ihrem Honorarkonto.«

»*Was?*«

»Ich hatte so das dumpfe Gefühl, daß Sie den Kapitalbedarf von vierzig Millionen nie begriffen haben. Ich habe da nämlich nicht einfach eine Zahl aus dem Hut gezogen, müssen Sie wissen. Vielmehr bin ich auf diese Zahl nach sehr sorgfältiger Überlegung gekommen. Ich habe mir eine Broschüre vom Börsenausschuß besorgt. Und in der stand, was man für eine gediegene Firmenfinanzierung braucht. Sehen Sie, ehe die Gesellschaft auch nur anfängt, ihre Dienstleistungen auf den *Markt* zu bringen, haben wir knapp fünfzehn Millionen Geldbedarf für Mitarbeiterbezüge. Dann kamen die Ausgaben für Geldbeschaffung einschließlich Reisekosten und Scouthonorare – in dem Punkt war ich zu Ihnen nicht ganz ehrlich, aber ich wußte, daß Ihnen noch einiges Gute bevorstand. Dann der Immobilienbesitz der Firma und die Einrichtungen, die für den Vertrieb notwendig waren ...«

Sams Ohren schienen unwillkürlich die Schallwellen etwas zu verzerren. Isolierte Sätze wie ›Erwerb von Flugzeugen, geschätzt auf fünf Millionen‹ und ›Kurzwellenkommunikationsrelais auf eins Komma zwei Millionen geschätzt‹ und ›Überholung und Vorräte‹ und ›zusätzliche Firmenbüros‹ – all das kam hinreichend klar durch, so daß Sam anfing, sich zu fragen, wo er eigentlich war. Splitternackt unter einer Daunendecke irgendwo in der Schweiz oder völlig bekleidet in einem Sitzungssaal irgendwo im Chrysler-Gebäude. Unglücklicherweise – nämlich für den Zustand seines Magens – kam alles auf einmal, in der kurzen Zusammenfassung des Hawks.

»Diese Broschüre des Börsenausschusses entwickelte sehr klare Vorstellungen über die flüssigen Mittel, die als Reservekapital zur Verfügung stehen mußten. Außerdem wurde ein Sicherheitsfaktor von zwanzig bis dreißig Prozent empfohlen. Dann habe ich mir die handelsüblichen Gepflogenheiten bei Gesellschaften mit beschränkter Haftung angesehen und festgestellt, daß man da im großen und ganzen mit zehn bis fünfzehn Prozent rechnet – was mir als unzureichend vorkam. Also habe ich mir ein wenig den Kopf zerbrochen und mich schließlich für fünfundzwanzig Prozent Plus entschieden. Und genau das haben wir. Die Etatschätzungen vor Beginn der Marketingphase belaufen sich auf ziemlich genau dreißig Millionen. Von dieser Zahl ausgehend fügen Sie fünfundzwanzig Prozent oder zehn Millionen für Unvorhergesehenes hinzu. Das macht vierzig Millionen. Das ist der Betrag, den ich beschafft habe. Verdammt gute Kalkulation, würde ich sagen.«

Einen Augenblick lang war Devereaux sprachlos. Seine Gedanken überschlugen sich, aber er brachte kein Wort hervor. MacKenzie, der militärische Verrückte, war plötzlich zu Hawkins, dem Finanzgenie, geworden. Und das war erschreckender als alles, was er bisher überlegt hatte. Militärische Prinzipien (oder Mangel daran) kombiniert mit industriellen Prinzipien (woran Mangel herrschte) bewirkten einen militärisch-industriellen Komplex. Der Hawk war ein wandelnder militärisch-industrieller Komplex ...

Wenn es vorher zwingend nötig gewesen war, daß Sam MacKenzie an seinem Tun hinderte, so war es dies jetzt in dreimal so starkem Maße.

»Sie sind unbesiegbar«, sagte Sam schließlich. »Ich nehme alle meine bisherigen Vorbehalte zurück. Lassen Sie mich mitmachen, wirklich mitmachen. Lassen Sie mich diese alberne Million verdienen, die Sie für mich ausgesetzt haben.«

24.

Jedem Offizier war eine Farbe in französischer Sprache zugeteilt. Nicht nur, daß alle französisch sprachen, sondern die Worte für die Farben klangen in Französisch deutlicher als in jeder anderen Sprache.

Der amerikanische Neger aus Kreta war natürlich *Noir*. Der Wikinger aus Stockholm *Gris*. Der Franzose von der Biskaya *Bleu*, während sein Landsmann aus Marseille *Vert* hieß. Der dunkelhäutige Nicht-Neger aus Beirut hieß *Brun*, Rom *Orange* und Athen schließlich zu Ehren seines allgegenwärtigen Halstuchs *Rouge*. Um unter den Männern einen Sinn für Disziplin und Identität zu schaffen, bestand der Hawk noch darauf, daß der Titel ›Captain‹ vor jede Farbe gesetzt wurde.

Dieser Aspekt der Autorität und Identität war wünschenswert, weil MacKenzies zweiter Befehl seine Männer notwendigerweise jeglicher Individualität beraubte. Der Angriff auf Basis Zero sollte nämlich in Strumpfmasken ausgeführt werden. Haupt- und Gesichtshaar waren auf ein Minimum zu reduzieren. Die Haut war auf mittlere Weißwerte zu bleichen oder zu pudern, und die ohne Zweifel sorgfältig getarnte Art zu gehen, unterschied sich drastisch vom gewöhnlichen Fortbewegungsstil der Männer.

Sie nahmen den Befehl ohne Widerspruch entgegen. Rasiermesser, Scheren und Bleichmittel taten ihre Wirkung. Keiner verspürte den Wunsch, sich deutlicher von seinen Kollegen abzuheben, als es die Natur unbedingt forderte. In der Anonymität lag Sicherheit, und das wußten sie.

Die Manöver erstreckten sich jetzt in die vierte Woche. Die Waldstraße, die an die Felder von Machenfeld grenzte, war so verändert worden, daß sie so gut wie möglich Basis Zero glich. Man hatte Felsbrocken bewegt, Bäume entwurzelt und ganze Gebüsche verpflanzt. Ein zweiter Standort war ausgewählt und kosmetisch behandelt worden – ein sich windender, schmaler Feldweg, der einen relativ steilen Hang im Wald hinabführte.

Bei der Neuanlage der beiden Standorte arbeiteten die Männer nach stark vergrößerten Fotografien – einhundertdreiundzwanzig Fotografien, um es genau zu sagen – die eine freundliche Rom-Touristin namens Lillian von Schnabe geschickt hatte. Aber Mrs. von Schnabe legte keinen Wert auf Urheberrechte. Tatsächlich wurden die Filmrollen sogar in unentwickeltem Zustand und durch zwei Kuriere, die einander nicht kannten, übermittelt und schließlich einem verwirrten Rudolph in Zermatt übergeben. In einigen Schachteln mit Damenbinden. Rudolph verstaute die seltsame Fracht im Kofferraum seines italienischen Taxis unter den Werkzeugen. Schließlich galt es, seine Würde zu wahren.

Am dritten Tag der vierten Woche setzte der Hawk den ersten kompletten Durchlauf des Angriffs an. Notwendigerweise war dies eine Start-Stop-Stellunghalten-Übung, da die Männer die Rollen tauschen und auch die Rolle des Gegners spielen mußten. Motorräder rasten, Limousinen fegten dahin, Gestalten in Strumpfmasken sprangen von ihren Kampfstationen vor, um ihre Aufträge zu erfüllen. MacKenzie bediente sich einer Stoppuhr, um jede Phase des Manövers festzuhalten. Er hatte für den ganzen Ablauf acht Hauptphasen entwickelt, vom Eindringen bis zur Flucht.

Und, verdammt noch mal, seine Offiziere machten hervorragende Fortschritte. Sie wußten, der Gesamterfolg von Basis Zero hing davon ab, daß jeder einzelne Auftrag innerhalb jeder Phase völlig glückte. Ein Versagen war in den Plänen nicht vorgesehen.

Dies war auch der Grund, weshalb die Captains einstimmig der taktischen Neuerung des Hawks widersprachen – völlige Abwesenheit von Handwaffen. Ein richtig eingesetztes Messer oder eine schnell zur Hand genommene Würgeschlinge hatte ihnen allen in vergangenen Auseinandersetzungen gute Dienste geleistet und häufig den Unterschied zwischen Überleben und Gefangennahme ausgemacht. Aber MacKenzie blieb hartnäckig – diese Taktik bot gleichzeitig die Garantie und den Beweis, daß dem Papst kein Schaden zugefügt werden konnte, bis die Lösegeldsumme bezahlt war. Deshalb wurden alle Pistolen, Messer, Fußstollen, Fingerspitzen – sogar Schlagringe – eliminiert. Außerdem war auch jede Art von Nahkampftechniken oberhalb der Grundbegriffe des Judo verboten.

Am Ende akzeptierten sie die Einschränkungen. »In Schweden gibt es ein Sprichwort«, verkündete Captain Gris mit seiner nordischen Lispelstimme. »Ein Volvo in der Garage ist einen lebenslänglichen Freifahrtschein auf der skandinavischen Eisenbahn wert. Ich füge mich dem Kommandanten.«

»*Oui*«, pflichtete Captain Bleu, der Franzose aus der Biskaya, bei. »Angesichts des zur Diskussion stehenden Honorars. Wenn man es von mir verlangt, werde ich ihn mit Wiegenliedern aus der Gascogne in den Schlaf singen.«

Aber Wiegenlieder wurden nicht benötigt. Der Schlaf sollte vielmehr durch halbzöllige Injektionsspritzen herbeigeführt werden, die Natriumpentothallösungen enthielten. Jeder Offizier würde mit einem schmalen ›Patronengurt‹ quer über die Brust ausgerüstet sein, welcher winzige Injektionsnadeln in kleinen Gummibehältern enthielt – wo früher einmal Patronen gewesen waren. Es war leicht, sie schnell herauszuziehen. Wenn es richtig eingesetzt wurde – rechts unten am Hals in einem Radius von drei Zoll – würde das Lähmungsmittel in Sekundenschnelle wirken. Das Problem bestand lediglich darin, das Opfer so lange bewegungsunfähig zu machen, bis die Droge den Zusammenbruch herbeiführte. Aber das war kein schwieriges Problem, und da die Fahrzeuge beträchtlichen Lärm erzeugen würden, würde man sogar einen halb erstickten Schrei oder zwei nicht hören.

So überdachten die Offiziere, nachdem sie die weisen Worte von Gris und Bleu gehört hatten, die Einwände, die sie gegenüber den Befehlen des Hawk hatten. In gewisser Weise war das Ganze eine Herausforderung, und keiner interessierte sich sonderlich für eine lebenslange Freikarte auf der skandinavischen Eisenbahn. Nicht, wenn er eine ganze Flotte Volvos besitzen konnte.

Die besonderen Erfahrungen jedes einzelnen Captain wurden benötigt. Captain Gris und Captain Bleu waren Meister der Tarnung und der Fluchtkartografie. Captain Rouge war Sprengexperte. Er hatte persönlich sechs Piers in der Meerenge von Korinth in die Luft gejagt, als das Gerücht kursierte, die amerikanische Flotte würde sich nähern. Sedativmedizin war eine Spezialität des Engländers Captain Brun, der seine Haut für ein Leben in Beirut dunkler gemacht hatte. Die meisten Narkotika interessierten ihn. Flugzeugtechnik und Elektronik waren brillant vertreten. Ersteres war natürlich das Ressort von Captain Noir, dessen Leistungen in Houston – und Moskau – legendär waren. Letzteres war der Bereich von Captain Vert, der es in Marseille nützlich fand, eine außergewöhnliche Vielfalt von Radiokommunikation aufrecht zu erhalten. Es war ein so geschäftiger Hafen, und die Interpol machte dauernd Schwierigkeiten.

Das Thema Orientierung, last but not least, war Captain Orange überlassen, der Rom wie seine Hosentasche kannte. Er würde in allen nötigen Details acht unauffällige Zusammenstellungen von Kleidern schildern, die im Straßenbild kein Aufsehen erregen würden. Außerdem würde er mindestens vier separate Transportmethoden bereitstellen, wobei soweit wie möglich öffentliche Verkehrsmittel zum Standort von Basis Zero eingesetzt werden sollten. Während der letzten Tage der vierten Woche sollte nämlich jeder Captain nach Rom reisen und persönlich die Angriffszone inspizieren.

Der Flughafen von Zaragolo würde unproblematisch sein. Darin stimmten alle überein. Und das gleiche galt für den Hubschrauber bei Basis Zero. Er würde in der Nacht vor dem Angriff eingeflogen werden. Gris und Bleu versicherten ihnen, sie würden ihn so tarnen, daß niemand ihn entdecken konnte.

Verdammt, dachte MacKenzie, als er am Ende der Phase acht des Manövers auf den Knopf seiner Stoppuhr drückte. Einundzwanzig Minuten! Noch ein oder zwei Tage, und sie würden die optimalen achtzehn erreicht haben. Er verspürte eine Aufwallung von Stolz in seiner einst von Medaillen gezierten Brust. Seine Truppe begann sich zu einer der besten Ministreitkräfte in der Militärgeschichte zu entwickeln.

Selbst die drei gemeinen Soldaten (die Ablenkungstruppen) waren hervorragend. Sie hatten nur zwei Funktionen – sie mußten schreien und stillhalten. Aber wie es sich für die niedrigste Rangstufe geziemte, wußten sie nichts. Captain Brun hatte sie auch aus Mohnfeldern im türkischen Hochland rekrutiert, und dorthin würden sie auch sofort zurückkehren, sobald Basis Zero abgeschlossen war. Man hatte sie gegen festes Honorar eingestellt, sie legten keinen Wert darauf, irgend etwas zu wissen, und sie waren natürlich auch in einer separaten Kaserne für gemeine Truppen untergebracht und aßen nicht in der Offiziersmesse.

Sie hießen einfach Schütze eins, zwei und drei.

Als die Übung abgeschlossen war, sammelten sich die Offiziere um den Hawk neben der riesigen Schiefertafel, die er im Feld auf ein Gerüst aufgebaut hatte. Der Schweiß quoll ihnen durch die Strumpfmasken. Diejenigen, die Priesterhabitus trugen, nahmen ihn vorsichtig ab und untersuchten ihre Gewänder, ob irgendwelche Reparaturen notwendig waren. Dann tauchten die unvermeidlichen Zigaretten und

Streichhölzer aus ihren Taschen auf. Keine Feuerzeuge – von Feuerzeugen konnte man Fingerabdrücke abnehmen.

Die drei gemeinen Soldaten sonderten sich natürlich ab. In Sicht-, aber nicht in Hörweite. Gemeine Soldaten hatten keinen Zugang zu taktischen Analysen. Das gehörte sich nicht.

Die Analyse begann. Obwohl Hawkins sehr zufrieden war, ging er darauf nicht ein. Er schilderte ihnen ihre Fehler und notierte seine Kritik mit solch scharfer Autorität auf der Tafel, daß die Offiziere sich wie verängstigte Kinder duckten.

»Präzision, Gentlemen! Präzision ist alles! Sie dürfen nie zulassen, daß Ihre Konzentration nachläßt, nicht einmal eine Sekunde lang! Captain Noir, die Zeit, die Sie zwischen Phase Eins und Ihrer Station Phase Sechs hatten, war zu knapp. Captain Gris, Sie hatten Schwierigkeiten mit Ihrer Soutane über der Uniform, das müssen Sie üben, Mann! Captain Rouge und Captain Brun, Ihre Ausführung von Phase Fünf war einfach schlampig! Sie müssen diese Radioanlage funktionsfähig machen! Üben Sie Ihre Bewegungen! Captain Orange! Ihr Lapsus war der schlimmste!«

»*Che cosa?* Ich mache keine Fehler!«

»Phase Sieben, Captain! Wenn Phase Sieben nicht korrekt ausgeführt wird, geht der ganze Einsatz hoch! Das ist der Austausch, Soldat! Sie sind derjenige, der am besten Italienisch spricht. Ich setze diesen Frescobaldi in den Wagen des Papstes und nehme den Papst. Wo, zum Teufel, waren Sie?«

»Auf Posten, *Generale*!«

»Sie waren auf der falschen Straßenseite! Und, Captain Bleu, für einen Experten für Tarnung haben Sie auf Ihrer Station für Phase Vier wie eine gerupfte Ente dagestanden! *Deckung*, Mann! Sie müssen das Blattwerk als Deckung nutzen! Und was jetzt diese Latrinenparole angeht, daß einige von Ihnen bezüglich Phase Acht unglücklich sind, wegen der Fluchtwege nach Zaragolo – daß einige von Ihnen der Ansicht sind, daß wir zwei Helikopter auf Basis Zero haben sollten ... Nun, ich will Ihnen sagen, daß für

Radar keine Vorkehrungen getroffen sind, Gentlemen. Ein kleiner Vogel mit italienischen Luftwaffenmarkierungen kann durchkommen, wenn er tief fliegt. Zwei Helikopter würden auffallen. Ich glaube nicht, daß irgendeiner von Ihnen Lust hat, den Arsch tausend Fuß in der Luft zu haben, umgeben von der ganzen italienischen Luftwaffe. Das geht nicht gegen Sie, Captain Orange.«

Die Captains sahen einander an. Sie hatten offensichtlich über Phase Acht gesprochen, und da der kleine Helikopter im Zielzentrum nur den Hawk, den Papst und die zwei Piloten ausfliegen würde, hatten sie zu murren begonnen. Aber ihr Befehlshaber wirkte überzeugend. Die Fluchtrouten auf dem Boden waren gründlich von Gris und Bleu analysiert worden, und Gris und Bleu waren nicht nur die besten Leute, die es in der Branche gab, sondern würden diese Routen auch benutzen. Es war durchaus vorstellbar, daß die Bodenroute sicherer war.

»Wir ziehen unsere Einwände zurück«, sagte Captain Vert.

»Gut«, erwiderte MacKenzie. »Jetzt wollen wir uns darauf konzentrieren, wie ...«

Weiter kam er nicht. In der Ferne, auf der anderen Seite des südlichen Feldes war nämlich jetzt die Gestalt von Sam Devereaux in Trainingshosen zu sehen, der durch das Gras rannte und schrie, so laut er konnte.

»Eins, zwei, drei, vier! Warum macht uns das *Laufen* solchen Spaß? Wegen der Gesundheit, der *Gesundheit*! Fünf, sechs, sieben, acht! Und hoch das Bein! Vier, drei, zwo, eins! Das macht Spaß!«

»Mon dieu!« rief Captain Bleu. »Dieser Schwachkopf hört doch nie auf! So treibt der das jetzt schon seit fünf Tagen!«

»Ehe wir morgens aufstehen!« fügte Gris hinzu. »Während wir rasten, immer wenn einen Augenblick Ruhe herrscht, dann schreit er unter den Fenstern herum.«

Die anderen Offiziere stimmten ihm lauthals zu. Sie hatten die Entscheidung des Generals akzeptiert, den Idioten nicht zu erschießen, hatten sogar widerstrebend eingeräumt, daß es kein Schaden war, wenn man den Schwachkopf aus dem

Zimmer ließ, damit er Bewegung bekam – so lange nur zwei Wachen aus dem Stab von Machenfeld auf ihn angesetzt waren. Entkommen konnte der Esel nicht – nicht in Trainingshosen, ohne Oberteil, über einen hohen Stacheldrahtzaun, hinter dem der undurchdringliche Schweizer Wald aufragte. Aber eine Teilnahme des Clowns an Basis Zero kam nicht in Frage. In dem Punkt blieben sie hart.

Und jetzt versuchte er, sie mit seinem Training zu beeindrucken. Ein armseliger Athlet, der es nicht schafft, ins Team aufgenommen zu werden, der aber einfach nicht aufgibt.

»Schon gut, schon gut«, sagte der Hawk und unterdrückte ein Lächeln. »Ich werde mit ihm sprechen und versuchen, ihn zu beruhigen. Er tut es ja nur Ihretwegen, wissen Sie. Er will wirklich dabeisein.«

Er machte sie alle wahnsinnig, und das wußte er. Natürlich gab es Zeiten, wo er glaubte, er würde vor Erschöpfung zusammenbrechen, aber das Wissen, daß seine Clownereien die gewünschte Wirkung hatten, hielt ihn aufrecht. Alle mieden ihn, manche ergriffen sogar die Flucht, wenn sie ihn zu Gesicht bekamen. Sein verrücktes Verhalten begann lästig zu werden. Die drei Hunde, die plötzlich aus dem Nichts aufgetaucht waren, um ihn zu bewachen, hatte man bereits von dem Korridor vor seinem Zimmer wieder ins Personalquartier hinuntergebracht, weil sie dauernd bellten. Und er rannte bewußt immer wieder an den Personalquartieren vorbei. Die Hunde, die es ihrerseits müde waren, daß man sie dauernd wegen ihrer völlig natürlichen Reaktionen anschrie, hoben jetzt nur noch die Köpfe und starrten ihn haßerfüllt an, wenn er an ihrer Tür vorbeirannte.

Ebenso wie das Personal – und MacKenzies Offiziere. Sam war laut und lästig, ein Witz, der niemanden mehr belustigte. Das hieß natürlich, daß man ihn zwar nicht ernst nahm, wohl aber tolerierte. Und in ein paar Tagen würde er das ausnützen.

Obwohl er nicht mit Mac und seiner Bande von Psychopathen essen durfte, war der Hawk immerhin so liebenswürdig, ihn jeden Tag am späten Nachmittag zu besuchen, wenn man Sam in sein Zimmer zurückgebracht und ihm die Trainingshosen genommen hatte. Devereaux begriff. Hawkins brauchte jemanden, an dem er seine Begeisterung ausprobieren konnte. Und indem er prahlte, ließ er die Information fallen, daß er und seine Männer für ein oder zwei Tage weg sein würden, um Basis Zero zu inspizieren. Danach würden sie zurückkehren, um ihre Strategie ein letztesmal zu überprüfen.

Aber Sam brauchte sich keine Sorgen zu machen. Er würde in Machenfeld nicht einsam sein. Schließlich waren da ja die Posten, die Hunde und das Personal.

Sam lächelte. Wenn der Hawk und seine Irren nämlich das Château verließen, dann war das seine persönliche Basis Zero. Er hatte angefangen, seine Wachen, den wildäugigen Rudolph und irgendeinen offensichtlichen Killer ohne Namen, darauf vorzubereiten. Er hatte Rudolph und Namenlos einige Male dazu gebracht, daß sie sich mitten ins Feld setzten, während er um sie herumrannte. Es war nicht schwierig – sie waren froh, wenn sie sich nicht zu bewegen brauchten. Sie saßen einfach im Gras und hielten zwei gefährlich aussehende Pistolen auf ihn gerichtet, während er um sie herumrannte und gelegentlich anhielt, um gymnastische Übungen zu vollführen. Bei jedem Mal hatte er den Abstand zwischen sich und seinen Bewachern vergrößert, so daß er an diesem Nachmittag beinahe zweihundertfünfzig Meter von ihnen entfernt war.

Etwas hatte er in seiner Militärzeit über kleine Waffen gelernt. Er wußte, daß es keine Handwaffe gab, die auf eine Distanz von mehr als dreißig Metern viel taugte. Nicht, wenn es auf Treffsicherheit ankam. Eine verirrte Kugel war etwas anderes, ein gewisses Risiko mußte er eingehen. Den Hawk von seinem wahnsinnigen Tun abzuhalten, war ein Ziel von der Art, wie es im Krieg aus unheroischen Soldaten Helden machte. Was hatte MacKenzie gesagt? ›Es kommt auf die Verpflichtung an, die Hingabe, die man empfindet. Nichts kann das übertreffen. Die ganze Munition der Welt ist dafür kein Ersatz ...‹

Und Sam empfand solche Hingabe. Die Aussicht auf den Dritten Weltkrieg lastete jeden Tag schwerer auf ihm.

Sein Plan war einfach – und relativ sicher. Er würde hier auf dem südlichen Feld joggen, so wie er das jetzt tat – dort, wo der angrenzende Wald am dichtesten und das Gras höher als auf den anderen Wiesen war. Er würde den Abstand zwischen sich und den Wächtern vergrößern, so wie er es heute nachmittag getan hatte, und dazwischen gymnastische Übungen einlegen. Darunter auch Liegestütze. Was ihn natürlich näher an den Boden brachte und damit ans hohe Gras.

Und im richtigen Augenblick würde er, so schnell er konnte, wegkriechen, auf den Wald zu, und dann zum Zaun rennen. Aber wenn er dann den Zaun erreichte, würde er *nicht* darüberklettern. Statt dessen würde er seine Trainingshosen ausziehen – entsprechend zerfetzen – und sie hinüberwerfen. Und wenn dann alles so lief, wie es sollte, wenn Rudolph und Namenlos gleichzeitig in verschiedene Richtungen rannten, würde er schreien, als wäre er schwer verletzt, und dann verduften. In den dichten Wald hinein.

Rudolph und Namenlos würden natürlich zu der Stelle am Zaun rennen, die Trainingshose auf der anderen Seite sehen und ohne Zweifel angemessen handeln. Einer würde über den Zaun klettern, während der andere zum Château zurückraste, um die Hunde zu holen.

Und Sam würde warten, bis er das Bellen hörte. Dann würde er nach Machenfeld zurückeilen, das Château durch die Tür betreten, Kleider und eine Waffe stehlen. Und dann ein Auto in der Einfahrt, eine Pistole, um den Torwärter damit zu bedrohen – alles war ganz einfach.

So mußte es klappen. Was konnte da schon schieflaufen?

Der Hawk war nicht der einzige, der imstande war, Strategien zu entwickeln. Er würde es lernen, einem Bostoner Anwalt aus dem Weg zu gehen, der für Aaron Pinkus arbeitete.

Schreie rissen ihn aus seinen Gedanken. Er war in Sichtweite des Manövergebietes, konnte die seltsamen Straßenschilder und die Fahrzeuge sehen. Rudolph und Namenlos brüllten, er sollte gefälligst umkehren. Natürlich würde er ihnen diesen Gefallen tun. Es war ihm nicht erlaubt, die Manöver zu beobachten.

»Tut mir leid, Leute!« schrie er atemlos und kehrte um, seine Füße stampfen auf dem weichen Boden. »Laufen wir zum Tor hinunter, und machen wir Schluß!«

Rudolph und Namenlos schnitten Grimassen und erhoben sich aus dem Gras. Rudolph machte eine obszöne Handbewegung, die Sam kannte, Namenlos eine, die ihm fremd war.

Sam achtete darauf, daß sein Joggen jeden Nachmittag mit einem Lauf zum Haupttor endete. Es war eine gute Idee, das Gelände so gründlich wie möglich zu studieren und sich damit auf seine Flucht vorzubereiten. Möglicherweise würde er den Mechanismus selbst betätigen müssen, je nachdem, welcher Art die dann herrschende Panik sein würde. Im Maximalfall (wie MacKenzie es ausdrücken würde) könnte das Tor möglicherweise sogar offenstehen.

Er befaßte sich mit dieser Möglichkeit, während seine Füße über die Bohlen klapperten, die den Burggraben abdeckten, als ihn plötzlich ein Gefühl des Unbehagens erfaßte. Unten am Tor wurde gerade eine lange schwarze Limousine unter vielen Verbeugungen und untertänigem Grinsen seitens des Torwächters hereingelassen. Und als er die Worte hörte, die ihm von der Fahrerseite entgegenhallten, als das Auto in einem scharfen Bogen aus dem Torbereich auf ihn zuschoß, erstarrte er und zog in Betracht, sich im Buggraben von Machenfeld zu ertränken.

»Das glaube ich nicht!« schrie Lillian Hawkins von Schnabe, die hinter dem Steuer saß. »Sam Devereaux in *Trainingshosen*! Allmächtiger Gott, dann hast du also auf meinen Rat gehört. Du versuchst doch tatsächlich, in dieses Wrack, in dem du lebst, etwas Schwung zu bekommen!«

Und wenn er bei Lillians Worten in Betracht gezogen hatte,

sich zu ertränken, so trieb ihn die nächste Stimme, die er hörte, an das Geländer.

»Du siehst ganz sicher besser aus als in London!« schrie Anne aus Santa Monica, Mrs. Hawkins Nummer Vier – ›Abfallend aber Argumentativ‹. »Deine kleine Reise muß dir ja mächtig gutgetan haben!«

22.

Devereaux' Fluchtplan wurde nicht verworfen wie die Strategien eins bis vier. Er wurde auch nicht übergangen, wie die Strategien fünf und sechs. Ebensowenig war der Plan in einem Sturm von Verwünschungen explodiert, wie es das Schicksal von Strategie sieben gewesen war. Er wurde nur verschoben.

Plötzlich mußte er sich mit zwei weiteren Wachen auseinandersetzen, wobei das Auftauchen der einen den Hawk ebenso schockierte, wie Sam durch das Erscheinen der beiden aus der Fassung geriet. MacKenzie gab es zu. Ganz beiläufig, ohne zuzulassen, daß es seinen Zeitplan über den Haufen warf – einfach, indem er die Realität dazu benutzte, um seine allgemeine Stärke noch zu stützen – indem er ein Ärgernis in einen Aktivposten verwandelte.

»Annie hat ein Problem, Mr. Rechtsanwalt«, sagte der Hawk, als sie in Devereaux' Zimmer saßen. »Ich denke, Sie könnten das einmal vom juristischen Standpunkt aus beleuchten. Unternehmen Sie etwas, wenn das alles vorbei ist.«

»Alle Probleme verblassen zur Belanglosigkeit . . .«

»Aber dieses nicht. Sehen Sie, Annies Familie – die ganze gottverdammte Familie – hat mehr Zeit im Gefängnis als außerhalb verbracht. Mutter, Vater, Brüder – sie war das einzige Mädchen – hatten alle Vorstrafenlisten, die den größten Teil der Polizeiakten in Detroit ausmachten.«

»Darauf bin ich aber nie gestoßen. In den Datenbänken ist davon nichts enthalten.« Devereaux sah sich einen Augenblick lang von seinen eigenen Sorgen abgelenkt. MacKenzie versuchte jetzt nicht, ihn hereinzulegen. In seinen Augen stand kein Feuer, nur Traurigkeit – Wahrheit. Aber in Annes Akte wurden keine Vorstrafen erwähnt. Wenn er sich richtig erinnerte, wurde sie nur als die Tochter eines obskuren Lehrerehepaars aus Michigan bezeichnet, das Gedichte in mittelalterlichem Französisch geschrieben hatte. Beide Eltern waren tot.

»Natürlich nicht«, sagte der Hawk. »Ich habe das alles für die Army geändert. Und alles andere auch, insbesondere das, was Annie betraf. Für das Mädchen war das eine schwere Last – das hat sie niedergedrückt.« MacKenzie senkte die Stimme, als wären diese Worte für ihn schmerzhaft, aber eine Realität, die man nicht einfach wegwischen konnte. »Annie war eine Nutte. Sie hatte Schwierigkeiten, als sie aufwuchs, und arbeitete auf den Straßen. Damals wußte sie es nicht besser. Sie hatte kein Zuhause, im buchstäblichen Sinn. Wenn Sie nicht als Nutte tätig war, verbrachte sie ihre Zeit in Bibliotheken, sah sich die ganzen hübschen Magazine an und malte sich aus, wie es sein müßte, ein anständiges Leben zu führen. Sie versuchte die ganze Zeit, ihre Lage zu verbessern, und hörte nie auf zu lesen. Jetzt ist sie immer noch eine Leseratte, obwohl sich ihre Lebensumstände entschieden gebessert haben. Weil sie im Kern ein sehr wertvoller Mensch ist. Und das war sie immer.«

Sams Gedächtnis machte einen Sprung zurück ins Savoy. Anne im Bett – mit einer farbenfrohen Taschenbuchausgabe von ›Die Frauen von Heinrich VIII‹ auf dem Schoß ... Und dann, später, die Worte, die sie mit soviel Überzeugung ausgesprochen hatte, während sie sich anzog – Worte, die ihr viel bedeuteten ...

Devereaux blickte zum Hawk auf und wiederholte sie mit leiser Stimme: »›Man darf das Äußere nicht zu sehr verändern, sonst bringt man das Innere durcheinander.‹ Sie hat gesagt, das würde von Ihnen stammen.«

MacKenzie schien in Verlegenheit zu geraten. Offensichtlich hatte er den Satz nicht vergessen. »Sie hatte Probleme. Wie ich gerade sagte, im Kern war da ein Mensch, den sie gar nicht richtig erkannte, zum Teufel, aber *ich* habe ihn erkannt. Jeder hätte ihn erkannt.«

»Und worin besteht ihr juristisches Problem?« fragte Sam.

»Es geht um diesen gottverdammten Kellnergigolo, den sie geheiratet hat. Seit sechs Jahren steckt sie jetzt mit diesem Knallkopf zusammen. Er war ein Strandcasanova mit heißen Hosen, und er hat es nur ihr zu verdanken, daß ihm heute ein paar Restaurants gehören. Sie hat diese Restaurants aufgebaut. Sie ist verdammt stolz darauf. Und diese Art zu leben gefällt ihr. Eine schöne Aussicht über das Wasser – all die Boote ... Nette Leute ... Sie lebt jetzt anständig, und *sie hat es geschafft.*«

»Und?«

»Er will sie loswerden. Er hat sich ein anderes Weib angelacht und will nicht mehr auf Annie hören. Eine Scheidung in aller Stille – und sie soll verduften.«

»Und sie will die Scheidung nicht?«

»Das ist unwesentlich. Sie will die Restaurants nicht verlieren. Das ist eine Frage des Prinzips, Sam. Sie hat so hart dafür gearbeitet.«

»Er kann sie ihr nicht einfach wegnehmen. Da muß eine Besitzregelung getroffen werden, und die kalifornischen Gesetze sind da ziemlich hart.«

»Das ist er auch. Er ist nach Detroit gefahren und hat ihre Polizeiakte ausgegraben.«

Sam überlegte. »Das ist ein juristisches Problem.«

»Werden Sie sich darum kümmern?«

»Von hier aus kann ich nicht viel tun. Da geht es um eine Konfrontation, eine große Auseinandersetzung. Feuer gegen Feuer, man muß Gegenanklagen ausgraben.« Devereaux schnippte mit den Fingern – er hatte seine Entscheidung getroffen. »Ich will Ihnen was sagen. Lassen Sie mich hier raus, und ich fliege geradewegs nach Kalifornien. Ich heuere einen von den besten Privatdetektiven an, die es in Los Angeles gibt – einen Typen, wie man sie immer im Fernsehen sieht. Und dann knöpfen wir uns diesen Schweinehund vor.«

»Sehr gut, Junge«, erwiderte der Hawk und nickte befriedigt. »Dieser aggressive Ton gefällt mir – merken Sie sich das für später. Sagen wir, in ein, zwei Monaten.«

»Warum nicht jetzt? Ich könnte ...«

»Ich fürchte, Sie können nicht. Das kommt nicht in Frage. Sie bleiben für die Dauer der Aktion hier. Aber sprechen Sie mit Annie. Sehen Sie, daß Sie noch einiges in Erfahrung bringen. Vielleicht kann Ihnen Lillian helfen. Die hat einiges auf dem Kasten.«

Mit diesen Worten befreite sich MacKenzie von seinem Ärgernis und gewann einen Aktivposten. Sam war jetzt von zwei weiteren Personen umgeben, die ein Auge auf ihn warfen. Vielleicht würde er es schaffen, Rudolph und Namenlos hereinzulegen, aber den Girls war er nicht gewachsen.

Wenige Stunden nach ihrer Ankunft wurde es Sam freilich klar, daß Lillian sehr wenig Zeit haben würde, sich um ihn zu kümmern. Mit ihrer inzwischen schon vertrauten geradlinigen Art stürzte sie sich in geradezu wütende Aktivität und stellte dabei, ohne lang zu fragen, zwei der Machenfeld-Angestellten in ihre Dienste. Die Arbeit begann gleich am Morgen, als die Brigade zum Manöver auszog.

Oben. In den Zimmern im obersten Geschoß und auf den Zinnen des Châteaus.

Man konnte das Krachen von Hämmern, das Kreischen von Sägen und das Knacken im Verputz hören. Mobiliar wurde über die lange Wendeltreppe hinauf und hinunter geschleppt. Die Stücke, die zu groß oder zu umfangreich waren, wurden mittels Flaschenzügen und Seilen an den Außenwänden hinauf und hinunter gezogen. Dutzende von Topfpflanzen, Büschen und kleinen Bäumen wurden an den Mauerzinnen aufgestellt. Sam sah sie von unten aus, denn zu den Gemächern oberhalb des zweiten Stocks hatte er keinen Zutritt. Farbe und Pinsel und Bretter wurden täglich von Lillian und ihren zwei Helfern umhergetragen. Und als Sam schließlich diese Bemühungen nicht länger ignorieren konnte, fragte er, was Lillian eigentlich machte.

»Ich nehme nur ein paar Änderungen vor«, erwiderte sie vielsagend.

Schließlich wurden Kisten mit Kieselsteinen an den Wänden hinaufgezogen, dazu ein paar Betonblöcke und (falls Sam sich nicht täuschte, und da er aus Boston stammte, war das nicht anzunehmen) ein Betstuhl aus Marmor.

Plötzlich war Devereaux völlig klar, was Lillian hier tat. Sie verwandelte das Obergeschoß und die Wälle von Château Machenfeld in eine ausgewachsene päpstliche Residenz. Komplett mit Apartments und Betstühlen.

O mein Gott! Eine päpstliche Residenz!

Annie hingegen verbrachte den größten Teil ihrer Zeit mit Sam. Da MacKenzie es für unpassend gehalten hatte, daß die Girls ›in der Offiziersmesse‹ aßen – nach seiner Ansicht würde es die Truppen zu sehr ablenken, wenn vor dem Kampf Frauen in ihrer Gesellschaft speisten – nahmen Annie und Lillian ihre Mahlzeiten in Devereaux' Zimmer ein, wobei Sam selbstverständlich unter der Daunendecke saß. Aber Lillian ließ sich selten dort blicken. Sie verbrachte den größten Teil ihrer Zeit oben – bei ihren Bauarbeiten.

So wurden Sam und Annie zusammengeführt. Auf überraschend platonischer Basis. Er machte zwar keine Annäherungsversuche, aber sie machte ihrerseits auch keine Angebote. Es war, als begriffen beide, welcher Wahnsinn rings um sie herum inszeniert wurde, wobei keiner wollte, daß der andere hineingezogen wurde, und jeder in einem sehr realen Sinne den anderen beschützte. Und je länger sie sich unterhielten, desto klarer begann Sam zu begreifen, was MacKenzie in bezug auf Anne gemeint hatte. Sie war der argloseste Mensch, dem er je begegnet war – lupenrein! Alle vier Girls waren völlig ungekünstelt, aber Annie strahlte noch etwas anderes aus. Während die anderen ein gewisses Niveau erreicht hatten und sich ihres Werts bewußt waren, war Annie nicht zufrieden. Sie hatte ein herrlich respektloses Zielbewußtsein an sich, das in die ganze Welt hinausschrie, daß sie sich noch steigern konnte, daß es für sie noch neue Erfahrungen gab, aber – *du lieber Gott* – daß es schließlich keinen Grund gab, das irgendwie trübsinnig hinzunehmen.

Devereaux erkannte die Gefahr, in der er schwebte. Er konnte wirklich abgelenkt werden. Er begann zu glauben, daß er etwa fünfzehn Jahre nach diesem Mädchen gesucht hatte.

Und daran *durfte* er nicht denken. Ein anderer Plan hatte in seinem Kopf Gestalt angenommen. Ein Plan, von dem er wußte, daß er funktionieren würde.

Und zwar genau an dem Tag, an dem Hawkins und seine Brigade von verrückten Captains nach Basis Zero aufbrechen würden.

Die letzten süßen und sauren Klänge des Orchesters erfüllten das Theater. Guido Frescobaldi trat vor den Vorhang, verbeugte sich und wischte sich dabei eine Träne aus den Augen. Er mußte jetzt seine Kunst vergessen und in anderen Kategorien denken. Er mußte in seine Garderobe eilen und dort seine Schminke wegschließen.

Der Ruf an ihn war ergangen. Er würde nach Rom reisen. Sein geliebter Vetter würde ihn umarmen, der beliebteste aller Päpste, Giovanni Bombalini, Franziskus, Statthalter Christi! Oh! Ihm Guido, sollte diese Gnade widerfahren! Nach all den Jahren wieder vereint zu werden ...

Aber er durfte nichts sagen. Gar nichts. So war es vereinbart. So wünschte es Bombalini – *Madre di Cristo* – so wünschte es Franziskus, und man stellte die Wünsche eines so erhabenen Papstes nicht in Frage. Trotzdem wunderte sich Guido ein klein wenig. Warum bestand Giovanni darauf, daß er der Direktion jene kleine Lüge auftischte, er würde seine Familie in Padua besuchen, nicht in Rom? Selbst sein Freund, der Regisseur, hatte ihm zugezwinkert, als er es ihm gesagt hatte.

»Vielleicht könnten Sie Ihre ›Familie‹ darum bitten, zum Heiligen Petrus um ein paar geheiligte Lire zu beten, Guido. Die Einnahmen waren in dieser Saison nicht besonders gut.«

Was wußte der Regisseur? Seit wann wußte er es?

Das paßte gar nicht zu dem Giovanni, den er kannte, sich so geheimnisvoll zu geben. Und doch, wer war er schon? Wie konnte er die Weisheit seines geliebten Vetters, des Papstes, anzweifeln?

Guido erreichte seine kleine Garderobe und begann sein Kostüm abzulegen. Während er damit beschäftigt war, fiel sein Blick auf seinen Sonntagskirchenanzug, der gebügelt und ordentlich an der Wand hing. Er würde ihn während der Zugfahrt nach Rom tragen. Und dann kam er sich plötzlich sehr undankbar vor und schämte sich.

Giovanni war so gut zu ihm. Wie konnte er auch nur einen einzigen bösen Gedanken hegen? Die Journalistin, die sie zusammenführte, hatte nach seinen Maßen gefragt. Nach jedem einzelnen. Er hatte sich nach dem Grund erkundigt, und da hatte sie es ihm gesagt. Er war in Tränen ausgebrochen. Giovanni wollte ihm einen neuen Anzug kaufen.

Der Hawk und seine untergeordneten Offiziere kehrten aus Rom zurück. Die letzte Überprüfung von Basis Zero war ohne Hindernisse abgelaufen. Es war nicht erforderlich, irgendwelche Änderungen vorzunehmen.

Außerdem waren inzwischen alle Informationen gesammelt und verarbeitet worden. Unter Einsatz grundlegender Überwachungstechniken, wie man sie im feindlichen Terrain anzuwenden pflegte, hatte Hawkins eine feindliche Uniform angelegt (in diesem Fall einen schwarzen Anzug mit einem Priesterkragen). Er hatte sich einen Passierschein für den Vatikan und eine Identifikation besorgt, die ihn als Jesuiten auswies, der mit einem Beratungsauftrag für das Schatzamt betraut worden war. Er hatte freien Zugang zu allen Kalendern und persönlichen Zeitplänen. Von den Apartments bis zu den Kasernen der Schweizer Garde.

Alles bestätigte die Planung des Hawk.

Der Papst würde am selben Tag nach Castel Gandolfo abreisen, den er auch in den vergangenen zwei Jahren für diese Reise gewählt hatte. Er verfügte über ein beträchtliches Organisationstalent und plante seine Zeit angemessen im

Hinblick auf Bedürfnisse und Obliegenheiten. Castel Gandolfo erwartete ihn, und er würde dort sein.

Der Papst würde dieselbe bescheidene Eskorte benutzen, die er in der Vergangenheit eingesetzt hatte. Er war weder ein verschwenderischer noch ein prätentiöser Mann. Ein Motorrad an der Spitze mit je zwei vorderen und hinteren Flanken. Elementar. Die Limousinen beschränkten sich auf zwei – seine eigene, in der ihn seine persönlichen Adjutanten begleiteten, und eine zweite für Sekretäre und geringere Prälaten, die seine augenblicklichen Arbeitspapiere bei sich trugen.

Die Route der Kavalkade führte über die landschaftlich schöne Straße, von der er immer voll Gefühl sprach, wenn er Gandolfo erwähnte – die herrliche Via Appia Antica zwischen den sanften Hügeln und vielen Überresten des antiken Rom.

Via Appia Antica. Basis Zero.

Die beiden Lear Jets waren nach Zaragolo geliefert worden. Das war ein Flughafen der Reichen. Die kleine Fiatlimousine, die von den türkischen Soldaten zur Ablenkung eingesetzt werden sollte, war von Captain Noir im Namen der äthiopischen Botschaft gekauft worden. Sie stand in einer Garage, die während der ganzen Nacht geöffnet war, in der Nähe einer Polizeistation mit geringem Aufkommen an Straftaten.

Guido Frescobaldi war nach Rom unterwegs. Regina würde sich seiner annehmen. Sie würde ihn in einer von ihr gemieteten *pensione* unterbringen, die sich Il Doge nannte, in der Via Due Macelli, ganz in der Nähe der Spanischen Treppe. Und sie würde sich bis zum Morgen des Angriffs um den alten Mann kümmern. An jenem Morgen würde sie ihn mit einer Thiopentallösung vollpumpen, die dafür sorgen sollte, daß er für mindestens zwölf Stunden high war, ohne ihn zu gefährden.

Der Hawk beabsichtigte, Guido auf dem Weg zu Basis Zero mit dem Fiat abzuholen. Regina würde natürlich dafür sorgen, daß er bis dahin angemessen gekleidet war, mit einem voluminösen Mantel, der seine auffälligen Kleider bedeckte. Seine Röcke, um es genauer zu sagen.

Jetzt blieb nur noch eine letzte Kleinigkeit zu erledigen. Die beiden in den Manövern eingesetzten Limousinen mußten an einen Ort namens Valtournanche gebracht werden, der ein paar Meilen nordwestlich des Bergdorfes Champoluc lag. An einem wenig benutzten privaten Flughafen, der von den Angehörigen des Jet-Set benutzt wurde, wenn sie ihre Schihütten aufsuchten. Die Limousinen würden dort nicht auffallen. Sie waren auf die Namen nicht existierender Griechen eingetragen, und die Schweizer belästigten *niemals* Griechen, die sich solche Autos leisten konnten.

Lillian würde die Übergabe erledigen, genauer gesagt – überwachen. Sie konnte die zwei Männer einsetzen, die ihr dabei behilflich gewesen waren, die päpstliche Residenz herzurichten. Sobald die Wagen ihre Position erreicht hatten, würden die Männer gemeinsam mit Lillian verschwinden. Mac würde ihnen natürlich Prämien auszahlen.

Rudolph und diesen Verrückten würde er auch loswerden, sobald sie von der Basis Zero zurückgekehrt waren und der Papst sicher – und unauffällig – sein Quartier bezogen hatte. Der Küchenchef mußte bleiben. Zum Teufel, selbst wenn er herausfand, für wen er kochte, er war schließlich ein französischer Hugenotte, den die Polizeibehörden von sechzehn Ländern suchten.

Nun mußte sich der Hawk nur noch um Annie kümmern. Und natürlich um Sam.

Mit Sam würde er klarkommen. Sam war mit so unzerreißbaren Fesseln an diese geladene Haubitze gebunden, daß er fast schon als ein Teil der Lafette angesehen werden mußte. Aber Annie bereitete ihm Kopfzerbrechen. Was hatte sie vor? Warum reiste sie nicht ab? Warum hatte sie seinen eigenen Schwur gegen ihn eingesetzt?

»Du hast uns feierlich dein Wort gegeben, wenn je eine von uns zu dir käme und in Not wäre, würdest du uns nie im Stich lassen. Du würdest nie zulassen, daß uns ein Unrecht geschieht, wenn du es verhindern könntest. Ich bin hier. Ich bin in Not, und man hat mir unrecht getan. Ich weiß nicht, wohin ich sonst gehen soll. Bitte, laß mich bleiben.«

Natürlich konnte er ihr diese Bitte nicht abschlagen. Schließlich hatte sie das Wort eines Generals.

Aber warum setzte sie ihm so zu? War Sam dafür verantwortlich? *Verdammt!*

Er würde also in Gandolfo sterben. Es hätte schlimmer sein können, dachte Giovanni Bombalini und blickte zu den Fenstern seines Studierzimmers hinaus. Vor einem halben Jahrhundert war die einzige Zukunft, die er sich hatte vorstellen können, ein Grab an der Goldküste gewesen – und vorher eine endlose Zeremonie, die zur Hälfte in lateinischer Sprache und zur Hälfte in Kwa ablaufen würde, während Fliegenschwärme um seinen Kopf kreisten. Gandolfo hatte da ohne Zweifel seine Vorzüge.

Er würde auch in Gandolfo besser arbeiten und die ihm noch verbleibenden Wochen dazu nutzen können, seine eigenen, nicht sehr umfangreichen Angelegenheiten zu regeln. Und er würde sein Bestes tun, um einen Kurs für die unmittelbare Zukunft der Kirche vorzubereiten. Er würde ein paar hundert Analysen der mächtigsten Diözesen der ganzen Welt mit sich tragen und Dutzende von Beförderungen aussprechen, würde ein Gleichgewicht herstellen, aber ein Gleichgewicht zugunsten jüngerer, kraftvollerer Perspektiven. Was häufig überhaupt nichts mit Jugend zu tun hatte.

Er mußte sich immer wieder daran erinnern, daß es galt, auch die schwer zu führende alte Garde nicht zu verschmähen. Diese alten Streitrösser hatten kirchliche Schlachten durchgestanden, die eine Vielzahl jener nicht kannte, die nach Reformen und Änderungen schrien. Es war nicht leicht, die Philosphien eines ganzen Lebens zu ändern. Aber die guten alten Streitrösser wußten, wann es Zeit war, beiseite zu treten, und auf den Weiden zu grasen, bereit, mit liebevollem Blick Rat zu geben, wenn sie danach gefragt wurden, und Mitgefühl auszustrahlen – gleichgültig, ob man es wollte oder nicht. Die anderen – die Ingatio Quartzes der Welt – brauchten einen Anstoß.

Papst Franziskus entschied, daß zu seinen letzten Handlungen auf dieser Welt auch ein paar solcher Anstöße gehören würden. Und zwar in Gestalt einer Dissertation, die nach seinem Tode der Kurie verlesen und dann veröffentlicht werden sollte. Es war ein wenig anmaßend, überlegte er, aber wenn Gott nicht wollte, daß er die Dissertation fertigstellte, so konnte Er ihn immer noch zu sich rufen, wann Er wollte.

Er hatte mit der Dissertation angefangen und diktierte sie dem jungen schwarzen Priester. Und er hatte ein päpstliches Memorandum an jedes Büro im Vatikan geschickt und den jungen Adjutanten zum Verwalter seines persönlichen Nachlasses ernannt, für den Fall, daß er in die Arme Christi gerufen werden sollte.

Giovanni erfuhr, daß Ingatio Quartze fast eine Stunde lang erbrechen mußte, nachdem er die päpstlichen Instruktionen erhalten hatte. Für die Nasenhöhlen des Kardinals mußte das schrecklich gewesen sein.

»Eure Heiligkeit?« Der junge Neger kam mit einem Koffer in der Hand zur Schlafzimmertür herein. »Ich kann das Miniaturschach nicht finden. Es befindet sich nicht in der Schublade mit dem Telefon.«

Giovanni überlegte kurz und hustete dann etwas verlegen. »Ich fürchte, es ist im Badezimmer, Pater. Seit Monsignore O'Gilligan seine Übertrittsprobleme mit einer Erläuterung des Bußthemas gelöst hatte, machte er katastrophale Züge. Ich mußte mich sehr konzentrieren.«

»Ja, Herr.« Der junge Priester lächelte und stellte den Koffer ab. »Ich werde es in den Kleiderkoffer packen.«

»Sind wir mit Packen fertig? Ich sage ›wir‹, dabei hast du die Arbeit getan.«

»Fast, Heiliger Vater. Die Pillen und die Tropfen bleiben in meinem Handkoffer.«

»Ein guter, alter Brandy würde auch nicht schaden.«

»Den habe ich auch, Eure Heiligkeit.«

»Du bist wahrhaft ein Mann Gottes, mein Sohn.«

23.

RIGIRATI! COSTRUZIONE!

Die große Blechtafel war in der Mitte der hölzernen Schranke befestigt, die sich quer über den Feldweg erstreckte.

Das Ganze wirkte sehr offiziell, bis zu den winzigen roten Katzenaugen und dem imposanten Siegel der Stadtverwaltung von Rom. Die Schranke sperrte damit offiziell einen Teil der Via Appia Antica für alle Fahrzeuge und bot statt dessen ein Umleitung an, die durch die Wälder am Appischen Hügel führte. Und da dieser Abschnitt der Via Appia der engste der ganzen Route war, gab es keine Alternative für die Umleitung, wenn die fraglichen Fahrzeuge größer als der winzigste Fiat waren. Nicht einmal so groß wie der Fiat, den der Hawk aus der Garage neben der Polizeistation gefahren hatte und der jetzt umgestürzt am Fuß des Hügels lag.

Ein größeres Automobil würde nicht genug Platz zum Wenden finden. Um die Richtung zu ändern, würde der Fahrer seinen Wagen fast eine Meile weit rückwärts lenken müssen, über zahlreiche Schlaglöcher und um eine Vielzahl von Haarnadelkurven. Natürlich könnte der Fahrer auch beschließen, sein Glück auf den Feldern zu versuchen, die in regelmäßigen Abständen die appischen Wälder durchsetzten, aber diese Felder wimmelten von Erdhügeln und Felsbrocken und einzelnen Steinmauern, die zum Teil noch aus der Antike stammten. Die Felder waren nicht nur gefährlich, sondern es war auch verboten, darauf zu fahren.

Diese Gedanken beschäftigten Captain Noir, der reglos im Gebüsch hinter der Schranke wartete, das schwarze Gesicht, unter der Strumpfmaske gepudert. Er hatte das Geräusch der Motorräder in der Ferne gehört.

Alles war bereit.

Basis Zero war angekommen.

Die Lage war perfekt. Nur Bäume, Felder und Hügel — der General hatte gut geplant. Man hätte die Entführung wahrscheinlich auf diesem abgelegenen Stück Straße auch ohne die Umleitung durchführen können, aber in mancher Hinsicht war diese Umleitung der wichtigste Aspekt von Basis Zero. Die Fahrzeuge konnten umkehren, wenn sie ganz vorsichtig waren – aber das würden sie nicht. Sie würden die Umleitungsstraße nehmen.

Und für den Fall, daß sie das nicht taten, hielt Captain Noir eine durchdringend schrille Hochfrequenzpfeife bereit. Wenn er sie benutzte, so bedeutete das, daß Plan Anton Phase Eins, Positionen eins bis drei, gestrichen war, worauf sofort Plan Berta, Phase Doppel-Null, Position hunderteins bis hundertzehn, in Kraft trat – Entführung weiter oben an der Appia.

Weiter unten an der Straße, jenseits der Schranke, leuchtete ein blauer Helm mit einem weißen Emailkreuz wie ein riesiges Juwel in der italienischen Sonne. Er saß auf dem Kopf des Motorradpolizisten vor der päpstlichen Kolonne. Die Vatikanspitze, wie der General den Mann bezeichnet hatte. Der uniformierte Offizier fuhr mit mäßiger Geschwindigkeit. Es wäre für die Insassen der Limousinen unbequem gewesen, auf dieser alten Straße schneller zu fahren.

Der Polizist entdeckte die Schranke mit der großen offiziellen Tafel und fuhr darauf zu. Captain Noir hielt den Atem an. Der Beamte sprang von seinem Motorrad, trat den Kickständer heraus und ging zu dem Hindernis. Seine Brauen schoben sich verwirrt nach oben, und er blickte über die Barrikade, suchte Anzeichen von Bauarbeiten und murmelte etwas Unverständliches.

Dann drehte er sich um und hob die Hand. Der vordere Wagen hatte einen Punkt erreicht, der etwa hundert Fuß von der Schranke entfernt war.

Der Polizist ging zu dem Motorrad zurück, das im Leerlauf vor sich hinbrummte, stieg auf, drehte den Lenker herum, fuhr zu der vorderen Limousine und redete erregt auf deren Insassen ein.

Die hintere Tür öffnete sich. Ein Priester in einer schwarzen Soutane stieg aus, ging mit dem Polizisten zu der Schranke. Sie blickten die abschüssige Straße hinunter, die über den Appischen Hügel führte.

Captain Noir konnte hören, wie die beiden miteinander redeten, dann beobachtete er eine Folge von Handbewegungen, die lediglich erkennen ließen, daß sie sich unschlüssig waren. Der Priester drehte sich um, hob den Saum seiner Soutane und ging mit schnellen Schritten an dem vorderen Wagen vorbei zur päpstlichen Limousine.

Noir konnte nicht besonders gut sehen, was da vorging, aber die leichte Appische Brise trug die Laute von erregtem Geschnatter zu ihm herüber. Er schluckte und griff nach seiner Pfeife.

Dann hörte er zu seiner großen Erleichterung Gelächter. Und der Priester kehrte zu seinem Wagen zurück, nickte, winkte dem Streifenpolizisten auf der linken Seite zu und stieg wieder ein.

Eine abenteuerliche Entscheidung war soeben getroffen worden – der General kannte seinen Feind.

Die Fahrzeuggruppe bog nach links, fuhr den Hügel hinunter, hinter dem Motorradpolizisten her. Alle Fahrzeuge bewegten sich sehr langsam. Und als die Nachhut, die aus den zwei Motorrädern bestand, die erste Kurve am Hang erreichte, erhob sich Noir aus dem Gras, rannte zur Schranke, zog sie vor die Umleitungsstraße. Er riß die oberste Tafel ab, so daß jetzt die zweite sichtbar wurde.

DINAMITE! FERMA! PERICOLO!

Er hatte es geschafft! Bei Gott, er hatte es geschafft! Er war aus Machenfeld entkommen und befand sich jetzt auf dem Weg nach Rom. Und wenn alles klappte, würde bis morgen niemand bemerken, daß er verschwunden war. Und dann würde es zu spät sein. Der Hawk würde zur Basis Zero unterwegs sein.

Sie konnten unmöglich erfahren, daß er verschwunden war. Es sei denn, sie brachen die Tür zu seinem Zimmer auf, was unter den gegebenen Umständen höchst unwahrscheinlich war. Annie redete nicht mit ihm. Sie war wütend zu ihrem Zimmer im Südflügel gestampft. Er hatte eine Auseinandersetzung provoziert, die man bis auf den Gipfel des

Matterhorn hören konnte, und sie dabei zu Ausdrücken gereizt, die sie von ihrer kriminellen Familie gelernt haben mußte.

Rudolph und Namenlos wollten absolut nichts mit ihm zu tun haben. Und am allerwenigsten wünschten sie seine Nähe. Nach dem Streit mit Annie hatte er begonnen, sich bei seinen Bewachern über plötzliche quälende Schmerzen im Unterleib zu beklagen. Zusammengekrümmt hatte er geschrien: »O Jesus! Das ist die Kuwaitische Encephalitis! Das habe ich vor fünf Wochen in der algerischen Wüste gesehen! Oh, mein Gott! Ich hab' mich angesteckt! Da schwellen einem die Hoden wie Basketbälle an, nur schwerer werden sie! Ich brauche einen Arzt! Einen Arzt!«

»Kein Arzt. Keine Verbindung nach draußen, bis der Herr von Machenfeld zurückkehrt.« Rudolph war sehr streng.

»Dann sollten Sie aufpassen!« fuhr Sam fort. »Das ist hochgradig ansteckend!«

Worauf er in Ohnmacht gefallen war und sich an den Unterleib gegriffen hatte. Sie waren in Panik geraten. Namenlos und Rudolph drängten sich gegen die Wand des Salons. Wieder aus seiner Ohnmacht erwacht, aber offensichtlich mörderische Schmerzen leidend, war Sam aus dem Zimmer und die Treppe hinauf gekrochen. Um seinem Schöpfer in Frieden und mit riesigen Hoden entgegenzutreten.

Rudolph und Namenlos blieben zurück, bis Sam sein Zimmer erreicht und die Tür geschlossen hatte. Als er sie noch einmal öffnete, sah er, daß sich seine Bewacher bis an das Ende des Korridors zurückgezogen und sich doppelte Taschentücher über das Gesicht gebunden hatten. Dichte Wolken von Desinfektionsnebel aus Aerosoldosen hüllten sie ein.

Die Bahn war frei. Für einen schönen, narrensicheren Abgang aus Machenfeld.

Lillian und zwei Angestellte brachten die Limousinen zu einem Flugplatz irgendwo im Süden. Er hatte zugehört, wie der Hawk Mrs. Hawkins Nummer drei die Route erklärt hatte.

Die Fahrt nahm vier Stunden in Anspruch, und es war ungemein wichtig, daß die Fahrzeuge auf einer Straße im Westen des Flugplatzes postiert wurden.

Ein Flugplatz!

Das bedeutete Flugzeuge. Und Flugzeuge flogen nach Rom. Selbst wenn sie das nicht taten — oder wollten —, gab es Telefone. Und Radios.

Und damit hatte sein neuer Plan Gestalt angenommen. Er würde im Kofferraum der zweiten Limousine liegen, die von einem Angestellten des Châteaus gesteuert werden würde. Es war kein Problem gewesen, das Kofferraumschloß zu beschädigen, während er sich von Lillian verabschiedet hatte, nachdem er ihr mit dem Gepäck behilflich gewesen war.

Sobald seine Bewacher in den Desinfektionsmittelwolken verschwunden waren, hatte Sam drei Bettlaken aneinandergeknüpft. Er war vom Balkon hinuntergeklettert, zu der Limousine in der Einfahrt gerannt und hatte sich dort in den Kofferraum gezwängt.

Drinnen hatte er sich die Laken um den Oberkörper gewickelt, wobei er für seine Trainingshosen dankbar war, und hatte gewartet. Er rechnete damit, daß die Natur ihm den Weg zu seinem Ziel bahnen würde, und wurde auch nicht enttäuscht.

Die Limousinen rasten durch das Tor — die Reise hatte begonnen. Nach dreieinhalb Stunden unsanfter Fahrt, auf und ab durch die Schweizer Berge, hörte Sam, wie jemand ein paarmal hintereinander schnell auf die Hupe der Limousine drückte. Sekunden später war von dem Wagen, der vorn fuhr, eine Antwort zu hören, dann verlangsamte sich die Fahrt, und sie kamen schließlich ganz zum Stillstand. Der Fahrer stieg schnell aus. Devereaux konnte Schritte hören, dann ein unverwechselbares Plätschern.

Er öffnete den Kofferraumdeckel, kletterte lautlos heraus und versetzte dem urinierenden Schweizer einen kräftigen Schlag mit einem Schraubenschlüssel.

Ehe eine halbe Minute verstrichen war, hatte Devereaux dem Mann Hosen, Jackett und Schuhe ausgezogen. Während er in die Hose und das Jackett schlüpfte, die ihm in der nächtlichen Finsternis Tarnung bieten sollten, rannte er auf die Fahrertür zu. Er ließ sich auf den Sitz fallen und drückte zweimal auf die Hupe, zum Zeichen, daß die Fahrt fortgesetzt werden konnte.

Lillian hupte zurück und startete ihren Wagen.

Der Flugplatz in Valtournanche (so hatte es auf der Tafel gestanden) stellte ein kleineres Problem dar, aber der außergewöhnliche Geldbetrag, den Sam in dem Jackett des Schweizers gefunden hatte, glich das aus. Fünftausend Dollar! Der Hawk mußte den Angestellten eine Prämie ausgezahlt haben.

Das führte automatisch zur Geburt eines neuen, unglaublichen Plans, eines grandiosen Finales.

Er konnte den Hawk ohne die Polizei aufhalten! Ohne die Behörden! Er konnte die Operation Basis Zero auffliegen lassen und die Brigade gleichzeitig auflösen! Ohne daß Schüsse fielen, Henker in Aktion treten mußten, oder daß irgend jemand zu einer lebenslänglichen Zuchthausstrafe verurteilt wurde! Es war perfekt. Und es war völlig ausgeschlossen, daß er einen Fehler begehen würde.

Am westlichen Rand des Flugplatzes beschrieb die Straße einen leichten Bogen. Sam verlangsamte das Tempo seiner Limousine und hielt in dem Augenblick, in dem Lillians Fahrzeug die Kurve hinter sich gebracht hatte, schaltete die Zündung ab, packte das Hemd und die Schuhe, sprang hinaus und rannte in den Wald.

Dann wartete er in der Dunkelheit auf das Unvermeidliche. Lillians Wagen war jetzt im Rückwärtsgang zu hören. Sie stieg mit ihrem Begleiter aus, und sie rannten zurück zu dem verlassenen zweiten Wagen.

»Ist das nicht die Höhe!« rief Lillian ärgerlich. »Dieser undankbare Wurm hat im letzten Augenblick kalte Füße bekommen. Und das, nachdem Mac ihm soviel Geld gegeben hat! Aber so etwas war vorauszusehen. Seine Nackenmuskeln waren ganz schlaff – das ist immer ein Zeichen von Schwäche. Los! Einsteigen! Wir sind fast da.«

Eine Stunde später blätterte Devereaux, bekleidet mit einer Lederjacke und Hosen, die ihm viel zu groß waren, einem verblüfften Piloten in einem Hangar zweitausendfünfhundert Dollar hin. Das Honorar für einen hastigen, außerplanmäßigen Flug nach Rom. Sam hatte sich einen Mann ausgewählt, der ein gutes Stück kleiner als er war, allem Anschein nach ganz ohne Muskeltonus. Piloten, die solche Aufträge übernahmen, galten nicht gerade als Inbegriff der Moral. Jedenfalls legte er keinen Wert darauf, über den Alpen aus dem Flugzeug geworfen zu werden.

Aber er hatte es geschafft! Sie flogen! Sie würden Rom vor der Morgendämmerung erreichen. Und dann würde er, Sam Devereaux, der beste junge Anwalt, den Boston aufzubieten hatte, das beste Plädoyer seiner ganzen Laufbahn halten.

Die Captains Gris und Bleu – in gutsitzende Polizeiuniformen gekleidet, standen aufrecht und unbewegt hinter den Stämmen zweier Appischer Ahornbäume zu beiden Seiten der Straße – reglos, abgesehen von ihren rechten Händen, die sie immer wieder bewegten und dabei die kurzen Hohlnadeln liebkosten, die zwischen ihren Fingern hervorstachen.

So, wie der Befehlshaber es vorhergesagt hatte, waren die beiden Motorräder an den vorderen Flanken der päpstlichen Limousine zurückgefallen und fuhren jetzt parallel vor der Motorradeskorte, von der die Nachhut flankiert wurde. Und – auch in diesem Punkt war die Prophezeiung des Kommandanten eingetroffen – der Lärm war ohrenbetäubend.

Ein Fahrzeug nach dem anderen rollte vorbei. Als die beiden hinteren Polizisten die zwei Ahornbäume erreichten, sprangen Gris und Bleu heraus, drückten den beiden Fahrern von hinten den linken Unterarm gegen die Kehle, und jeder stieß seinem Mann eine kleine Nadel in den Hals. Sekunden später sanken die Polizisten schlaff in sich zusammen.

Gris und Bleu ließen die Motorräder zwischen ihren Beinen heruntersinken, zerrten die zwei reglosen Körper ins Unterholz. Dann drangen sie gemeinsam in den Wald ein und rannten schräg bergab durch das dichte Blattwerk, um für ihren nächsten Einsatz Posten zu beziehen. An diesen Positionen lagen bereits die Soutanen versteckt, die sie über ihre Uniform ziehen sollten.

Die Captains Orange und Vert lagen einander gegenüber, vom dichten Gras und Unkraut verborgen, auf dem Bauch. Sie hatten am Ansatz zur zweiten Kurve Stellung bezogen, auf der Nebenstraße, die nach unten führte. Durch das dichte Gewächs sahen sie – und lächelten dabei –, daß die zwei letzten Motorräder nicht auftauchten.

Das zweite Polizistenteam hatte Mühe, die Motorräder gerade zu halten, während sie hinter der zweiten Limousine einherrollten.

Captain Orange bekreuzigte sich, als ihn das Fahrzeug des Papstes passierte.

Captain Vert spuckte aus. Höchste Zeit, daß die Kirche einen *französischen* Papst einsetzte – in diesem Punkt waren die Italiener regelrechte Schweine.

Der päpstliche Wagen bog in die letzte bergabführende Kurve. Orange und Vert sprangen auf und führten blitzartig ihre vielfach geübten Manöver gegen die Motorradeskorten durch.

Die Polizisten brachen zusammen, die päpstliche Limousine rollte in die Biegung am Fuße des Appischen Hügels. Jetzt blieben nur noch Sekunden bis zur Detonation von Phase vier, den Rauchbomben in dem umgekippten Fiat.

Orange und Vert rannten zu ihrem nächsten Einsatz – dem ruhmreichsten von allen – Phase sieben. Jeden Augenblick würden jetzt Phase fünf und sechs ablaufen, die Zerstörung der Funkanlage und die Betäubung des päpstlichen Gefolges.

Phase sieben war der Höhepunkt von Basis Zero – der Austausch der Päpste. Guido Frescobaldi gegen Giovanni Bombalini.

Die Explosionen, die aus dem Fiat schossen, waren wahrhaft erschreckend, die Schreie der hysterischen Türken angsterregend. Der Hawk grinste bewundernd. *Verdammt!* Was für ein herrlicher Anblick! All der Rauch und der Lärm – nur das Geschrei war übertrieben.

Die Fahrzeuge hielten abrupt an, erregte Stimmen klangen auf. Ein Motorrad und zwei Limousinen auf einer isolierten Feldstraße, gesäumt von einem steilen Hügel an der Südseite und einem hohen, dichten Wald im Norden ...

Optimal, dachte der Hawk, der den unruhigen Guido Frescobaldi zwischen den Büschen festhielt.

Captain Noir erreichte seinen Posten und winkte Rouge und Brun zu. Sie standen im Abstand von zehn Metern da und warteten drauf, Phase fünf durchzuführen – die Zerstörung sämtlicher Funkanlagen.

Und dann war der Augenblick gekommen.

Der einzige noch verbliebene Vatikanpolizist sprang von seinem Motorrad und rannte auf den rauchenden Fiat mit seinen schreienden, eingeschlossenen Passagieren zu. Sämtliche Türen der beiden Limousinen flogen auf. Die Fahrer und die Priester schrien und fuchtelten mit den Händen und riefen allen und niemandem Befehle zu und rannten dann zu dem umgekippten Wagen.

Jetzt!

Als Priester gekleidet, sprangen Noir, Rouge und Brun aus ihren Verstecken. Rouge und Brun warfen sich auf den Vordersitz der ersten Limousine und rissen jeden sichtbaren Draht heraus. Noir rannte zum zweiten Wagen, der päpstlichen Limousine, und stürzte sich durch die offene Tür auf die Funkanlage.

Plötzlich zuckte eine Hand über den Sitz vor, gefolgt von einem Arm, der in einer weißen Soutane steckte. Aber die Hand und der Arm waren nicht weiß. Sie waren *schwarz*! Und der Griff, mit dem Noirs Hals festgehalten wurde – begleitet von schnellen, harten Schlägen, die auf seinen Kopf niederprasselten – gehörte zu einer Straßentaktik, die Noir gut kannte. Einer Taktik, die einer Gegend namens Harlem entstammte.

Noir zog seinen schmerzenden Kopf weg und sah sich plötzlich zu seiner großen Überraschung einem Bruder gegenüber – einem Rassenbruder im weißen Kleid der Kirche.

Es ging Noir gegen den Strich, einen Bruder kampfunfähig zu machen, aber es hatte keinen Sinn. Der katholische Junge war gut, aber sein Training war nicht über das hinausgegangen, was man oberhalb der Hundertachtunddreißigsten Straße lehrte. Noir bohrte Daumen und Zeigefinger in das empfindlichste Fleisch. Der Negerpriester schrie und ließ Noirs Kopf los, während der ihn halb über den Sitz zerrte. Er seufzte, als er dem katholischen Jungen einen kurzen, trockenen Schlag am Schädelansatz verpaßte. Dann ging er an seine Arbeit, riß Drähte heraus, zerschlug Wählscheiben. Der fette alte Mann in weißen Kleidern – *er* selbst, dachte Noir – beugte sich nach vorn und zog den Jungen auf den Rücksitz, hielt seinen Kopf auf dem Schoß, als ob der Bursche wirklich verletzt wäre.

»Dem fehlt nichts, Alterchen. Ich weiß nicht, wie ihr Leute das macht. Ich *schwör's*, ich weiß es nicht! Die Baptisten haben den ganz schön fertiggemacht – seine Leute zu Hause, meine ich. *Rhythmus* haben die! Aber ihr hier habt natürlich die Bullen ...«

Verdammte Scheiße! Was zum Teufel konnte da schieflaufen? Was für weitere Verzögerungen lauerten da noch im blendenden, grellen Sonnenlicht des Leonardo da Vinci-Flughafens von Rom? Es war ein Alptraum, der sich da am hellen Morgen vollzog, ohne die Gnade des Schlafes.

Dieser verdammte zwergwüchsige Sohn einer Hündin von einem Piloten aus Valtournanche bestand darauf, daß seine Maschine von den Inspektoren der Rauschgiftbrigade freigegeben wurde. Keinen interessierte es, ob ein Flugzeug sechs Kisten mit gestohlenem Gold oder unverzollte Diamanten oder streng geheime Pläne für die ganze Nato hereinbrachte, so lange nur kein Joint an Bord war. Und Sam konne protestieren, so laut er wollte – es machte überhaupt keinen

Unterschied. Nun ja, doch, den machte es schon. Es führte dazu, daß man ihn dazu zwang, sich nackt auszuziehen, und ihn dann durchsuchte. »Per favore, Signore. Wo ist Ihre Unterwäsche? Wo haben Sie die gelassen? Wir müssen das Flugzeug noch einmal durchsuchen.«

»Das ist doch verrückt!« schrie Devereaux. »Wie kann man wegen einem Paar Shorts . . .«

»Che cosa?« erkundigte sich der Capitano argwöhnisch.

»Shorts!« Sam verdeutlichte ihm durch Gesten, was er meinte. »Wo könnte ich denn . . .«

»Aha«, unterbrach ihn der Capitano. »Die Schweizer aus den Bergen tragen lange Unterhosen. Mit Taschen. Und Patten. Und vielen Knöpfen. Knöpfe sind hohl.«

»Ich bin kein Schweizer! Ich bin Amerikaner!«

Die Brauen des Capitano schossen in die Höhe, während er gleichzeitig die Stimme senkte. »Aha – Mafia, Signore?«

Und so ging es weiter, bis Sam zehn Hundert-Dollar-Noten ausgegeben hatte, was mit dem Ende der Schicht des Capitano zusammenfiel, worauf Sam freigelassen wurde.

»Wo kann ich ein Taxi bekommen?«

»Lassen Sie zuerst Ihr Geld einwechseln, Signore. Kein Taxi kann amerikanische Hundert-Dollar-Noten wechseln.«

»Ich habe keine Hunderter mehr. Nur Fünfhunderter.«

»Dann wird man die Polizei rufen. Denn so ein Geld kann unmöglich echt sein. Sie werden Lire brauchen.«

O Gott, die Polizei, dachte Sam. Die Polizei und hysterische Taxifahrer waren das letzte, was er gebrauchen konnte. Sie paßten ganz sicher nicht in sein großes Finale, in dem er die Pläne des Hawk durchkreuzen wollte.

Und so verbrachte er fast eine Stunde in der Schlange vor dem Wechselschalter, nur um dann von einer Dame mit einem Bartansatz zu erfahren, daß Scheine dieser Größenordnung spektografisch untersucht werden mußten.

»Vielen Dank, Signore«, sagte der Schnurrbart schließlich. »Wir haben diese Noten jetzt unter vier verschiedenen Geräten überprüft, und sie sind wunderschön. Hier sind Ihre Lire. Haben Sie einen leeren Koffer?«

Es war neun Uhr fünfundvierzig. Immer noch Zeit! Das Taxi nach Rom kostete ihn etwa eine Stunde, wenn man den Verkehr in Betracht zog, und dann brauchte er vielleicht noch einmal eine halbe Stunde, um den südlichen Stadtrand zu erreichen und dort die Via Appia.

Die Fahrt die Appia hinunter würde höchstens zwanzig Minuten in Anspruch nehmen. Er würde die Tafeln erkennen, die er während der Manöver gesehen hatte, dessen war er ganz sicher. Er würde Basis Zero mindestens eine halbe Stunde vor der Operation erreichen.

Er würde den Hawk stoppen, den Dritten Weltkrieg verhindern, das drohende Schemen lebenslanger Haft eliminieren und mit einem echten Schweizer Bankkonto nach Hause, nach Boston zurückkehren.

Verdammt! Wenn er zwei Zigarren gehabt hätte, er hätte sie beide gleichzeitig geraucht.

Er rannte quer durch die Abfertigungshalle zu der Tür unter der Tafel, die in drei Sprachen ›Taxi‹ verkündete. Atemlos stürmte er hinaus.

Wohin sein Blick auch fiel, standen Hunderte von unbeweglichen Karren, die mit Gepäck angefüllt waren, Gruppen von Männern drängten sich auf der Straße, ein Aufruhr schien unmittelbar bevorzustehen.

Sam wandte sich an einen Touristen. »Was geht hier vor?«

»Diese verdammten Spaghettifresser haben einen Taxistreik ausgerufen!« Sam zog sich zurück. Er hatte ein paar Millionen Lire in den Taschen. Es mußte doch irgendwo auf einem der Parkplätze einen Autobesitzer geben.

Er fand ihn. Um zwanzig Minuten nach elf. Und bot ihm Geld an. Je schneller er fuhr, desto mehr Zehntausend-Lire-Noten würde er bekommen. Der Mann erklärte sich einverstanden.

Elf Uhr zweiunddreißig! Er würde es schaffen!

Er mußte es schaffen!

Es war das Plädoyer seines Lebens!

Warum machte er sich eigentlich etwas vor? Es war sein Leben.

Gris und Bleu zogen an den Kordeln, die ihre Priestergewänder zusammenhielten. Sie lagen auf den Knien, und das dichte Strauchwerk und die tiefhängenden Zweige ganz unten am Hügel verhinderten, daß sie von der alten Straße aus gesehen wurden. Beide waren darauf vorbereitet, durch das Unterholz zu springen, um Phase sechs durchzuführen, die Immobilisierung der Fahrzeugeskorte. Der umgekippte Fiat lag direkt vor ihnen, überall wallte Rauch, und die fünf päpstlichen Adjutanten, die zwei Chauffeure und der übriggebliebene Polizist versuchten alle, an die schreienden Türken heranzukommen.

Die zahlenmäßige Stärke der Gegenseite war kein Problem. Sobald Gris und Bleu sich in das rauchgeschwängerte Durcheinander stürzten, würden sie schnelle Arbeit leisten. Ihre geistlichen Gewänder würden die Verwirrung noch steigern. Es würde ganz einfach sein, zuerst einen Widersacher und dann den nächsten kampfunfähig zu machen. Rouge würde sich von der Westflanke her anschließen und jeden aufhalten, der die Operation vorzeitig entdecken und versuchen könnte, zu den Limousinen zu rennen.

Jetzt!

Gris und Bleu warfen sich aus dem Buschwerk in das Durcheinander aus Rauch, Geschrei und herumschlagenden Armen. Ihre weiten Soutanen flatterten im Wind, und ihre Nadeln waren bereit.

Die Mitglieder des päpstlichen Gefolges brachen zusammen, einer nach dem anderen, mit einem beglückten Lächeln auf den friedlichen Gesichtern.

»Fesselt sie! Ich brauche Schnüre!« rief Gris den Türken zu, während die drei ›Opfer‹ aus den Fenstern heraus und unter dem Wagen hervorkrochen.

»Nicht so straff, ihr Verrückten!« fügte Bleu schroff hinzu. »Denkt an das, was der Kommandant gesagt hat!«

»Mon Dieu!« brüllte Bleu plötzlich, packte Gris an der Schulter und wies auf das Gelände hinter dem aufwallenden Rauch. *»Qu'est-ce que c'est ça?«*

In der Mitte der Straße, auf halbem Weg zu den Limousinen, lag Rouge flach auf dem Rücken, einen Arm halb erhoben, das Handgelenk abgebogen, als wäre er mitten in einer Pirouette erstarrt. Die Strumpfmaske konnte den Ausdruck olympischer Abgeklärtheit nicht verdecken, der sich darunter ausgebreitet hatte. In der Verwirrung war er über seine Soutane gestolpert und hatte sich dabei die Nadel selbst in den Leib gerannt.

»Schnell!« schrie Gris. »Das Gegenmittel! Der General denkt an alles!«

»Das muß er auch«, meinte Bleu.

»Jetzt!« befahl der Hawk, während er Guido Frescobaldi festhielt, der plötzlich die Stimme zum Gesang erhoben hatte.

Mac konnte sehen, wie Orange sich auf der anderen Seite des Feldwegs bekreuzigte, ehe er aus den Büschen heraussprang, auf die päpstliche Limousine zu. Das war eine vergeudete Bewegung, dachte er. Der Papst würde nicht zu fliehen versuchen. Er hatte seinen Adjutanten auf den Sitz gelegt und stieg jetzt mit zornigem Blick aus dem Wagen.

Der Hawk nahm Frescobaldi an der Hand und führte ihn auf die Limousine zu.

»Ich wünsche einen guten Tag, Sir«, sagte der Hawk zum Papst. Das war ein angemessener militärischer Gruß für eine Übergabe.

»Animale!« brüllte der Papst mit einer Stimme wie Donner, der durch die Appischen Wälder und Hügel hallte. *»Uccisore! Assassino!«*

»Was ist das?«

»Basta!« widerhallte der Donner. Und der Blitz zuckte in Franziskus' Augen – den Augen eines Riesen im Körper eines Sterblichen. »Ihr könnt mein Leben nehmen! Ihr habt meine geliebten Kinder getötet! Die Kinder Gottes! Ihr erschlagt die *innocenti*! Schickt mich zu Jesus! Tötet auch mich! Und möge Gott Barmherzigkeit mit euren Seelen haben!«

»Oh, um Himmels willen, seien Sie still! Niemand wird jemanden töten.«

»Ich sehe, was ich sehe! Die Kinder Gottes sind erschlagen!«

»Pferdekacke! Niemand ist verletzt, und niemand wird verletzt werden.«

»Sie sind doch alle *morto*«, sagte Franziskus, schon etwas weniger überzeugt, und seine Augen huschten verwirrt umher.

»Auch nicht mehr als Sie. Wenn sie tot wären, würden wir sie doch schließlich nicht fesseln, oder? Orange! Herkommen!«

»Si, Generale.« Orange eilte um die Motorhaube der Limousine herum und bekreuzigte sich wiederholt.

»Schaffen Sie diesen farbigen Jungen aus dem Wagen. Das muß ein Hausgast des Papstes sein.«

»Der Mann ist Priester«, erklärte Franziskus. »Mein persönlicher Adjutant!«

»Was Sie nicht sagen! Der muß ja im Chor Klasse sein. Vorsichtig, Orange!« rief MacKenzie, als der Italiener den bewußtlosen dunkelhäutigen Prälaten aus dem Auto zog. »Legen Sie ihn ins Unterholz, und lockern Sie ihm das Gewand. Hier ist es verdammt heiß für Ponchos.«

»Sie meinen«, fragte Giovanni darauf ungläubig, »die leben alle?«

»Sicher leben die«, erwiderte MacKenzie und bedeutete Vert, Frescobaldi für den Austausch vorzubereiten. Das Double des Papstes saß würdevoll da.

»Ich glaube Ihnen nicht! Sie haben sie ermordet!« brüllte Franziskus plötzlich.

»Wollen Sie jetzt ruhig sein!« Der Hawk stellte mit diesen Worten keine Frage. »Hören Sie mir zu! Ich weiß nicht, wie Sie Ihr Kommando führen, aber ich nehme an, daß Sie erkennen, ob ein Soldat lebt oder nicht.«

»Che cosa? ...«

»Captain Gris!« rief MacKenzie dem maskierten Skandinavier zu, der gerade einen Priester neben der ersten Limousine fesselte. »Heben Sie diesen Mann auf, und bringen Sie ihn bitte hierher.«

Gris kam der Aufforderung nach. MacKenzie nahm die rechte Hand des Papstes.

»Legen Sie Ihre Finger hier neben dem Schlüsselbein an seine Kehle. Spüren Sie den Puls?«

Die Augen des Papstes verengten sich, er konzentrierte sich ganz auf seinen Tastsinn. »Das Herz ... Ja, Sie haben die Wahrheit gesprochen. Die anderen? Ist es da genauso? Ihre Herzen schlagen?«

»Ich habe Ihnen mein Wort gegeben«, entgegnete der Hawk streng. »Ich muß Sie tadeln, Sir. Gegnerische Befehlshaber lügen nicht, wenn die Gefangennahme sicher ist. Wir sind keine Tiere, Sir. Aber wir haben nicht viel Zeit.« Der Hawk befahl Vert, den narkotisierten Frescobaldi herüberzubringen. »Wir müssen jetzt leider einige Ihrer Kleider austauschen. Ich werde ...«

MacKenzie hielt inne. Papst Franziskus starrte Frescobaldi an. Erst jetzt nahm er den Sänger wahr, der glattrasiert war und jetzt, ohne seinen Schnurrbart, Giovanni Bombalini ähnlicher sah als Giovanni Bombalini sich selbst.

»Guido! Das ist Guido Frescobaldi!« Die Stimme des Papstes hallte so laut über die Wiesen und Wälder, daß man sie wahrscheinlich bis zum Golf von Neapel hörte. »Guido, mein eigenes Fleisch und Blut! Das ist Guido! *Madre de Dio!* Du hast Teil an dieser – dieser Ketzerei?!«

Signore Guido Frescobaldi lächelte.

»Che gelida – manina – a rigio esanime – ah, la-la – la-laaa –.«

»Er ist es«, bestätigte Mac. »Aber er ist seit heute früh ein bißchen durcheinander. Das wird er auch noch eine ganze Weile bleiben. Kommen Sie jetzt. Wir müssen einiges von Ihrem Klempnerladen auf ihn übertragen. Captain Orange? Captain Vert? Helfen Sie Mr. Franziskus!«

»So!« Der Hawk sprach im Tonfall eines siegreichen Generals. Er hielt den grinsenden Guido Frescobaldi an den Schultern und bewunderte das Resultat. »Er sieht wirklich schön aus, oder?«

Franziskus, der wie erstarrt dastand, konnte nicht anders. »*Jesus et Spiritus Sanctus.* Der häßliche Frescobaldi sieht aus wie ich. Das ist ein Wunder Gottes.«

»Sie beide gleichen sich wie ein Ei dem anderen, Mr. Pope!«

Der Papst sprach jetzt so leise, daß man ihn kaum mehr hören konnte. »Sie werden – Frescobaldi – auf den *Stuhl* von St. Peter -- setzen?«

»Für etwa zwei Stunden, wenn wir Glück haben – nach meinen Berechnungen.«

»Aber warum?«

»Das geht nicht gegen Sie persönlich. Wie ich höre, sind Sie ein sehr netter Bursche.«

»Aber warum? Im Namen Gottes, *warum*? Das ist keine Antwort.«

»Das sollte es auch nicht sein«, erwiderte der Hawk. »Ich möchte nur nicht, daß Sie hier lauthals zu schreien anfangen. Sie haben eine mächtig laute Stimme.«

»Dann werde ich – lauthals zu schreien anfangen – wenn Sie es mir nicht sagen – Aiyeeeee ...«

»Also gut, wir entführen Sie. Wir halten Sie gegen Lösegeld fest. Es wird Ihnen nichts passieren, darauf haben Sie das Wort eines Generals.«

Die Konferenz wurde von Captain Gris und Bleu unterbrochen, die heraufgerannt kamen und Haltung annahmen.

»Das Areal ist gesichert, General«, meldete Gris.

»Alle Betäubungsmaßnahmen abgeschlossen«, fügte Bleu hinzu. »Wir sind abmarschbereit.«

»Gut! Dann wollen wir abmarschieren. *Truppen!* Areal räumen. Fertigmachen zur Flucht! Los!«

Wie auf ein Stichwort war jetzt das Motorengeräusch des Helikopters aus der getarnten Zone zu hören, fünfzig Meter von Basis Zero entfernt.

Und dann erklang ein weiteres Geräusch herüber. Von der Straße oben an dem Appischen Hügel. Ein Wagen kam mit quietschenden Reifen zum Stillstand.

»Halt!« tönte es klagend aus dem Wald. »Um Himmels willen, halt!«

»Was?«

»Mon Dieu!«

»Che cosa?!«

»Wie?«

»Tokig!«

»Bakasi!«

»Scheiße!«

Sam stolperte den alten Feldweg herunter. Er kam um die letzte Kurve gerannt und fiel hin.

Giovanni Bombalini sah erstaunt zu. Dann erteilte er automatisch der knienden Gestalt seinen etwas verwirrt wirkenden Segen. *»Deus et figlio ...«*

»Wollen Sie den Mund halten!« fuhr MacKenzie den Papst an. *»Verdammt!* Sam! Was zum Teufel haben Sie hier verloren! Sie sollten doch sterbenskrank sein ...«

»Alle herhören!« fiel ihm Sam ins Wort. »Alle hierher!« Er rappelte sich hoch – die Offiziere standen wie festgewurzelt da, und ihre Gesichter ließen eine gewisse Gefühllosigkeit erkennen. »Flieht! Rennt um euer Leben! Verlaßt diesen Mann! Es ist eine Falle! Machenfeld ist gefallen! Es ist letzte Nacht passiert! Hunderte von Interpol-Leuten schwärmen ...« Plötzlich fiel Sam der Unterkiefer herunter, und sein Mund bildete ein großes, rundes O, während er den Hawk anstarrte. *»Was haben Sie gesagt?«*

»Sie sind mir so eine Type, Junge. Ich habe wirklich Respekt vor Ihrer Chuzpe, das habe ich ja schon einmal gesagt. Aber ich könnte nicht behaupten, daß Sie viel Respekt vor meinem Sachverstand haben.« MacKenzie knöpfte einen der Lederriemen auf, die schräg über seine Feldjacke verliefen. Daran hing ein ziemlich großes Ledereetui. »Keine Angriffsoperation läuft ohne Kontakt zur Kommandozentrale. Jedenfalls nicht seit 1971. Verdammt, ich hatte Funkverbindung von Ly Sol in Kambodscha bis hinunter zu den Einheiten im Mekong.«

»Was?«

»Hochfrequenz-Radiokontakt, Junge. Man braucht nur einen Zeitplan festzulegen, dann kann man gleichzeitig empfangen und senden. Sie sind altmodisch, Sam! Bis vor einer Stunde sind auf Machenfeld höchstens Schmetterlinge herumgeschwirrt. Ich weiß nicht, wie Sie es gemacht haben, aber Sie können von Glück reden, daß Sie allein hierhergekommen sind . . . Jetzt, wo ich es mir überlege, müßten Sie ein verdammter Narr sein, wenn sie noch jemanden mitgebracht hätten. Also, Männer! Phase acht fortsetzen! Los, Sam, Sie kommen mit. Und das will ich Ihnen jetzt sagen, Freundchen – wenn Sie mir noch einmal Ärger machen, dann öffne ich in zweitausend Fuß Höhe die Tür, und Sie können allein fliegen.«

»Mac, das dürfen Sie nicht! Denken Sie doch an den Dritten Weltkrieg!«

»Denken Sie an einen hübschen freien Fall – ohne Fallschirm – geradewegs in eine Schüssel Spaghetti!«

Und dann war ein anderes Geräusch zu hören. Ein furchterregender Lärm drang vom Hügel herab, von der Straße.

Die Captains und die Türken erstarrten.

Der Kopf des Hawk fuhr herum – nach oben – zur Via Appia.

Der Papst sagte ein Wort.

»*Carabinieri.*«

Die klagenden, durchdringenden Sirenentöne der italienischen Staatspolizei erklangen in der Ferne. Immer näher kam das Kreischen.

»*Verdammt! Wie?!* Was zum Teufel ist da *passiert*? Sam, Sie haben doch nicht . . .«

»Mein Gott, *nein*! Ich habe nicht! Das würde ich *niemals*!«

»Ich glaube, da liegt eine Fehlkalkulation vor, Signore«, sagte Papst Franziskus mit weicher Stimme.

»Was? Was für eine Sch . . . Was für eine Fehlkalkulation?«

»Die Fahrzeuggruppe sollte in dem kleinen Dorf – nun, besonders groß ist es nicht – Tuscabondo haltmachen. Das liegt eine reichliche Meile hinter der *deviazone*, Ihrer Umleitung.«

»Jesus!«

»Er kann barmherzig sein, *Signore Generale*.«

»Diese Schweinehunde werden über die Hügel und die Felder ausschwärmen. Verdammt!«

»Und in der Luft, Generale«, fügte Captain Orange erregt hinzu, und der Schweiß brach ihm unter seiner Maske aus. »Die *Carabinieri* haben ganze Flotten von *elicotteri*. Das sind die *pazzi* des Himmels!«

»Jesus Christus!«

»*Figlio di Santa Maria – Figlio di Dio* – Er ist unser Weg, *Generale*.«

»Ich habe Ihnen gesagt, Sie sollen den Mund halten! *Männer!* Sehen Sie sich Ihre Karten an! Schnell! Gris und Bleu, Sie überprüfen Fluchtrouten E acht und E zwölf. Unsere bisherigen Routen waren schneller, aber leichter einzusehen. Liefern Sie mir Ihre Entscheidung in einer Minute! Orange und Vert. Geben Sie mir Frescobaldi! Sie gehen zu den anderen! Sam, Sie bleiben hier!«

Die heulenden Sirenen waren nähergerückt, hatten jetzt fast den Angriffspunkt an der Appia erreicht. Frescobaldi, der in MacKenzies Händen schwankte, sang aus voller Brust.

»*Signore!*« Giovanni Bombalini trat einen Schritt auf MacKenzie zu. »Sie sprechen hier vom Wort eines Generals. Es klingt sehr aufrichtig, wenn Sie das sagen.«

»Was? Ja, natürlich. Sie sind da auch nicht wesentlich anders, nehme ich an. Ein Kommando ist eine große Verantwortung.«

»In der Tat, das ist es. Und die Wahrheit ist der rechte Arm der Verantwortung.« Der Papst warf den bewußtlosen Gestalten seiner Eskorte noch einen Blick zu. Jeder einzelne war bequem ausgestreckt, keiner verletzt. »Und Mitgefühl natürlich.«

Der Hawk hörte kaum zu. Er hielt Frescobaldi fest, ließ den verblüfften Sam Devereaux nicht aus dem Auge und beobachtete gleichzeitig Gris und Bleu, die ihre Karten auswerteten. »Wovon reden Sie?«

»Sie sagen, Sie hätten nicht den Wunsch, meiner Person Schaden zuzufügen.«

»Natürlich nicht. Für eine Leiche würden wir nicht viel Lösegeld bekommen. Nun, bei *Ihren* Leuten vielleicht ...«

»Und Frescobaldi ist stark wie ein Ochse«, sagte der Papst ebenso zu sich selbst wie zu MacKenzie, während er den halb bewußtlosen Guido studierte. »Das war er immer. *Signore Generale*, wenn ich mich bereit erklären würde, mit Ihnen zu gehen, ohne Sie zu behindern, vielleicht sogar im Geiste der Zusammenarbeit, würden Sie mir dann eine kleine Bitte erfüllen? Sozusagen als Kollege, Sie wissen schon – als Befehlshaber?«

Der Hawk sah den Papst aus zusammengekniffenen Augen an. »Was für eine Bitte?«

»Eine kurze Notiz, nur ein paar Worte – in Englisch – die ich bei meinem Adjutanten zurücklassen möchte ... Sie können sie natürlich lesen, *Generale*.«

MacKenzie zog einen Block aus der Jackentasche, riß ein Blatt ab, zog den wasserfesten Bleistift hervor und reichte beides dem Papst. »Sie haben genau fünfzehn Sekunden Zeit.«

Der Papst legte das Papier auf das Dach der Limousine und schrieb ein paar Zeilen darauf. Dann gab er dem Hawk das Blatt zurück.

›Ich bin in Sicherheit. Mit Gottes Segen werde ich dich auf dem Weg erreichen, den der schachspielende O'Gilligan benutzt. Honkey.‹

»Wenn das ein Code ist, dann ein ziemlich armseliger. Nur zu, stecken Sie es dem armen Neger in die Tasche. Mir gefällt es, daß Sie schreiben, Sie seien in Sicherheit.«

Giovanni rannte zu seinem bewußtlosen Adjutanten stopfte ihm den Zettel unter die Soutane und kehrte zum Hawk zurück. »Jetzt, *Signore Generale*, vergeuden Sie Ihre Zeit.«

»Was?«

»Setzen Sie Frescobaldi in die Limousine! Schnell! Drinnen ist ein Koffer. Mit meinen Pillen. Holen Sie ihn, bitte.«

»Was?«

»Sie würden in der Kurie keine fünf Minuten überstehen! Wo ist der *elicottero*?«

»Der Hubschrauber?«

»Ja.«

»Dort drüben. Auf einer Lichtung.«

Die Captains Gris und Bleu hatten ihre schnelle Konferenz beendet. Gris rief: »Wir haben die Männer informiert, General! Wir fahren! Wir treffen uns in Zaragolo!«

»Zaragolo!« wiederholte der Papst. »Der Flughafen bei Monti Prenestini?«

»Ja«, antwortete der Hawk und starrte Papst Franziskus plötzlich argwöhnisch an. »Was ist damit?«

»Sagen Sie ihnen, sie sollen sich nördlich von Rocco Priora halten! In Rocco Priora sind ein paar Polizeibataillone.«

»Das ist östlich von Frascati ...«

»Ja!«

»Sie haben gehört, was er gesagt hat, Captains! Rocco Priora umflanken! Und jetzt *weg*!« brüllte der Hawk.

»Nein!« schrie Sam und stürmte den Hügel hinauf. »Alle sind verrückt! Sie haben den Verstand verloren! Ich werde Sie aufhalten. Sie alle!«

»Junger Mann!« Giovanni stand plötzlich kerzengerade da und sprach mit der ganzen Würde seines Amtes zu Sam. »Wollen Sie bitte still sein und tun, was der General sagt!«

Noir kam aus der Lichtung hervor. »Der Vogel ist bereit, General! Startfläche klar.«

»Wir haben einen zusätzlichen Passagier. Nehmen Sie den Anwalt, Captain. Sie können ihm ja eine Nadel zeigen, wenn Sie das schaffen.«

»Mit dem größten Vergnügen«, sagte Noir.

»Eine Dosis, Captain!«

»Scheiße!«

Und so frachteten Giovanni Bombalini, der Heilige Vater der katholischen Kirche, und MacKenzie Hawkins, zweimaliger Gewinner der Kongreßehrenmedaille, Guido Frescobaldi in die päpstliche Limousine und rannten, als wäre der Teufel hinter ihnen her, durch den Appischen Wald zum Helikopter.

Für Franziskus war es schwierig. Der Papst stieß einen bescheidenen Fluch aus, gerichtet an Sebastian, den Schutzheiligen der Athleten, und zog schließlich in seiner Verzweiflung die Röcke seines Talars hoch, so daß ziemlich dicke Bauernbeine sichtbar wurden. Dann hätte er MacKenzie auf dem Weg zum Flugzeug fast überholt.

Der Lear Jet pfiff über der Wolkendecke von Zaragolo dahin, mit Captain Noir am Steuer und Captain Rouge auf dem Sitz des Copiloten. Der Hawk und der Papst saßen im vorderen Teil der Maschine einander gegenüber, jeder an einem Fenster. MacKenzie starrte Franziskus verwirrt an. Er wußte aus langjähriger Erfahrung, daß es am besten war, nichts zu tun, wenn ein Kommando lahmgelegt werden sollte – es sei denn, die anstehenden Kampfhandlungen erforderten sofortige Gegenschläge.

Das war jetzt nicht der Fall. Das Problem war, daß Franziskus sich wie keiner der Feinde benahm, gegen die der Hawk je gekämpft hatte.

Verdammt!

Da saß er, den schweren Talar bis aufs Unterhemd aufgeknöpft, die Schuhe ausgezogen und die Hände friedlich über dem mächtigen Leib gefaltet, und blickte zum Fenster des Lear Jet hinaus, wie ein zufriedener Besitzer eines Feinkostgeschäfts beim ersten Flug. Es war erstaunlich. Und verwirrend.

Verdammt!

Warum?

MacKenzie wurde plötzlich klar, daß es keinen Sinn hatte, seine Strumpfmaske noch länger zu tragen. Die anderen mußten das zu ihrem eigenen Schutz tun, aber für ihn machte es keinen Unterschied.

Er zog sie mit einem dankbaren Seufzen herunter. Franziskus blickte zu ihm hinüber, es war kein unfreundlicher Blick. Dann nickte der Papst, als wollte er sagen: ›Wie nett, Sie von Angesicht zu Angesicht kennenzulernen!‹

Verdammt!

MacKenzie griff in die Tasche, zog eine Zigarre heraus, biß die Spitze ab und holte ein Streichholzbriefchen aus einer anderen Tasche.

»*Per favore?*« Franziskus beugte sich zu ihm hinüber.

»Was?«

»Eine Zigarre, *Signore Generale*. Für mich. Macht es Ihnen etwas aus?«

»Oh, ganz und gar nicht. Hier, bitte.« Hawkins zog eine zweite Zigarre aus dem Päckchen und reichte sie dem Papst. Und griff dann, als wäre ihm das jetzt erst eingefallen, in die andere Tasche, um ein Messer herauszuholen.

Aber es war schon zu spät.

Franziskus hatte die Spitze abgebissen und ausgespuckt, ohne unelegant zu wirken, hatte Mac die Streichhölzer weggenommen und eines angezündet.

Papst Franziskus, der Statthalter Christi, zündete sich seine Zigarre an. Und als dann der aromatische Rauch über seinem Kopf in Ringen aufstieg, lehnte er sich im Sessel zurück, schlug die Beine unter dem Talar übereinander und genoß die Landschaft in der Tiefe.

»*Grazie*«, sagte Franziskus.

»*Prego*«, erwiderte MacKenzie.

TEIL IV

Am Ende hängt der Erfolg einer jeden Firma von ihrem wichtigsten Produkt oder ihrer wichtigsten Dienstleistung ab. Der ins Auge gefaßte Verbraucher muß durch aggressive Öffentlichkeitsarbeit davon überzeugt werden, daß das Produkt oder die Dienstleistung wesentlich für ihn ist – existenzwichtig, wenn möglich.

Shepherds Laws of Economics
Buch CCCXXI, Kapitel 173

24.

Sam saß auf dem gepolsterten, schmiedeeisernen Sessel in der Nordwestecke der Machenfeldgärten. Anne hatte die Stelle nach sorgfältiger Überlegung ausgewählt. Es war jener Teil der Gärten, der die beste Aussicht auf das Matterhorn bot, dessen Spitze man in der Ferne sehen konnte.

Das Schreckliche lag jetzt drei Wochen zurück.

Basis Zero.

Die Captains und die Türken waren abgereist – in unbekannte Teile der Welt, und man würde nie wieder von ihnen hören. Das Personal war auf einen Koch reduziert worden, der Anne und Sam zusätzlich beim Saubermachen und im Garten half. MacKenzie verstand sich auf keines von beidem sonderlich gut, aber er fuhr abwechselnd mit Anne in die Ortschaft, um Zeitungen zu holen. Außerdem sprach er täglich mit dem teuren Arzt, den er für alle Fälle aus New York eingeflogen hatte. Der Arzt, ein Spezialist für Innere Medizin, hatte keine Ahnung, weshalb man ihm ein so außergewöhnlich hohes Honorar dafür bezahlte, daß er absolut nichts tat und ein großzügiges Leben auf einem Schloß führte. Und so nahm er im Geiste der amerikanischen Ärztevereinigung das Bargeld an, von dem die Steuerbehörde nichts wußte, und beklagte sich nicht.

Franziskus (Sam brachte es einfach nicht fertig, Papst zu sagen) hatte es sich in den völlig abgeriegelten Apartments im oberen Stockwerk bequem gemacht und war täglich dabei zu beobachten, wie er durch seine Dachgärten hinter den Zinnen schlenderte.

MacKenzie hatte es wirklich geschafft. Er hatte das größte militärische Ziel seiner Karriere erreicht.

Und im Augenblick war er durch eine komplizierte Reihe außergewöhnlich komplexer, nicht überprüfbarer Kontakte dabei, dem Vatikan seine Lösegeldforderungen zu stellen. Ultrahochfrequenz-Richtstrahlsendungen mit Codemitteilungen, die von den Alpen nach Beirut und nach Algerien verliefen und über die Wüste, über die Türme in Marseille nach Paris, von dort nach Mailand und weiter dann nach Rom.

Nach dem Zeitplan, den er gefordert hatte, mußte die Antwort des Vatikan aus Rom gefunkt und von Beirut bis fünf Uhr nachmittags weitergeleitet werden.

MacKenzie hatte Machenfeld verlassen, um zu der isolierten Sendezentrale zu fahren – einer einsamen Hütte, hoch in den oberen Alpen, in der die besten, modernsten Radioanlagen installiert waren, die man mit Geld kaufen konnte. Les Châteaux Suisse hatte sie nach Machenfeld geliefert, aber der Hawk selbst hatte sie installiert. Niemand außer MacKenzie wußte, wo diese Berghütte lag.

O Gott! Fünf Uhr heute nachmittag! Sam lenkte seine Gedanken mit Gewalt von der schrecklichen Sache ab.

Oben im Château bewegte sich etwas. Anne war zur Terrassentür herausgekommen. Sie trug, wie üblich, ein großes, buntes Bilderbuch unter dem Arm und hatte ein silbernes Tablett mit Gläsern in beiden Händen. Sie ging über den Rasen in den Garten. Ihr Gang war fest, feminin – eine elegante, natürliche Tänzerin, die sich des subtilen Rhythmus' nicht bewußt war, der ihrer Grazie innewohnte. Das hellbraune Haar fiel ihr locker auf die Schultern und umrahmte ihr feingeschnittenes Gesicht. Ihre großen, hellblauen Augen schienen das Sonnenlicht widerzuspiegeln.

Er hatte von jedem der ›Girls‹ etwas gelernt, dachte Devereaux. Von jeder etwas anderes – das waren Geschenke. Und wenn er je in ein normales Leben zurückkehren sollte, würde er für diese Gaben dankbar sein.

Aber vielleicht hatte er das Wichtigste von Anne gelernt: Bemühe dich um Verbesserung – aber leugne nicht das, was vergangen ist.

Vom Rasen hallte Gelächter zu ihm herüber. Anne blickte zu den Zinnen hinauf, wo Franziskus, in einen bunten Skipullover gekleidet, an der Mauer lehnte.

Das war zu ihrem ganz privaten Spiel geworden, einem Spiel, das Anne und Franziskus miteinander spielten. Jedesmal, wenn der Hawk außer Sichtweite war, unterhielten sie sich. Und Sam war sicher, weil Anne es nicht leugnete, daß sie ihn häufig in seinen privaten Gemächern besucht und ihm Chianti gebracht hatte, was für ihn ganz besonders streng verboten war. Anne und Franziskus waren gute Freunde geworden.

Einige Minuten später bestätigte sich diese Vermutung. Anne stellte das silberne Tablett mit den Gläsern neben Sam auf den Tisch. Ihre Augen lachten.

»Wußtest du eigentlich, Sam, daß Jesus ein sehr praktischer, lebensnaher Mensch war? Als ihm Maria Magdalena die Füße wusch, ließ er damit jeden wissen, daß sie für ihn ein menschliches Wesen war. Vielleicht sogar ein ganz besonders wertvolles, und das trotz ihrer Lebensweise. Und daß die Leute nicht mit Steinen nach ihr werfen sollten, weil ihre Füße vielleicht nicht so sauber waren.«

MacKenzie brauchte für den letzten Felsvorsprung einen Alpenstock. Die letzten zweihundert Meter der Straße, die sich spiralförmig nach oben wand, waren zu verschneit als daß er mit dem Motorrad hätte fahren können. Also ging es schneller, wenn er zu Fuß hinaufstieg. Es war elf Minuten vor fünf, Züricher Zeit.

Die Signale würden in elf Minuten beginnen. Aus Beirut. Nach einer Pause von fünf Minuten würden sie wiederholt werden, für den Fall, daß sich beim dechiffrieren Fehler eingeschlichen hatten. Am Ende der zweiten Serie würde er den Empfang bestätigen, indem er das vereinbarte Signal an die Verbindungsstelle in Beirut gab. Viermal lang, zweimal kurz.

Im Innenraum der Hütte angelangt, ließ der Hawk die Generatoren an und sah dann befriedigt zu, wie sich Tausende von Rädern mit einem leisen Surren in dem Gehäuse drehten und die Skalen anfingen, den Output zu registrieren.

Als die zwei grünen Lämpchen aufflammten und damit verkündeten, daß die maximale Leistung erreicht war, stöpselte er die Elektroheizung ein, verspürte die Wärme, die von den glühenden Heizdrähten ausging. Er griff zu dem

Kurzwellensender hinüber, betätigte die Empfangsschalter, und drehte die Verstärkerspulen auf höchste Leistung. Noch drei Minuten.

Er ging zur Wand. Langsam begann er an einem Rad zu drehen und hörte, wie die Zahnräder ineinandergriffen. Hinter dem Eisengitter des winzigen Fensters fuhr eine Scheibenantenne aus und kreiste langsam.

Er kehrte zum Schaltbrett zurück und drehte mit langsamer Präzision an den parallelen Skalen.

Stimmen in einem Dutzend Sprachen drangen aus dem Lautsprecher. Als die Nadel die exakten Punkte erreichte, die er suchte, herrschte Stille. Noch eine Minute.

MacKenzie holte eine Zigarre aus der Tasche und zündete sie an. Er inhalierte befriedigt und blies einen Rauchring nach dem anderen aus.

Plötzlich waren die Signale da. Vier kurze, schrille Töne – einmal wiederholt. Der Kanal war frei.

Er nahm einen Bleistift, und seine Hand wartete über einem Blatt Papier, bereit, den Code niederzuschreiben, der von Beirut ausgestrahlt wurde.

Als die Nachricht zu Ende war, hatte der Hawk fünf Minuten Zeit zum Dechiffrieren, um die Signale in Ziffern zu übertragen und dann aus den Ziffern Buchstaben und aus den Buchstaben Worte zu machen.

Als er fertig war, starrte er die Antwort des Vatikan ungläubig an.

Es war unmöglich.

Offensichtlich hatte er beim Empfang der Sendung aus Beirut Fehler gemacht.

Die Signale klangen noch einmal auf.

Der Hawk fing an, auf ein neues Blatt Papier zu schreiben.

Sorgfältig.

Präzise.

Die Sendung endete so, wie sie begonnen hatte – viermal kurz, das Ganze einmal wiederholt.

MacKenzie legte den Dechiffrierungsplan vor sich hin. Er hatte geglaubt, er hätte ihn gründlich memoriert, und jetzt durfte er sich keinen Fehler erlauben. Er überprüfte jeden Punkt, jeden Strich.

Jedes Wort.

Da waren keine Fehler.

Das Unglaubliche war geschehen.

Hinsichtlich der wahnsinnigen Forderung eines Beitrags von vierhundert Millionen amerikanischer Dollar, zu verteilen auf alle Diözesen der Welt auf der Basis von einem Dollar pro Gemeindemitglied, sieht sich das Schatzamt des heiligen Stuhls außerstande, eine solche Forderung in Erwägung zu ziehen. Oder überhaupt irgendeine Forderung für eine Wohltätigkeitsmaßnahme dieser Art. Der Heilige Vater erfreut sich ausgezeichneter Gesundheit und schickt seinen Segen in Namen des Vaters und des Sohnes und des Heiligen Geistes.

Ingatio Quartze,
Kardinal Omnipitum,
Bewahrer des Vatikaniscnen Schatzamtes

Die Shepherd Company stellte ihre Tätigkeit ein.

MacKenzie Hawkins ging auf den Ländereien von Château Machenfeld umher, eine Zigarre im Mund, und starrte ausdruckslos auf die unendliche Schönheit der Alpen.

Sam fertigte eine Aufstellung der Firmengeldmittel an, exklusive Immobilien und Einrichtungen. Von der ursprünglichen Kapitalausstattung von 40 000 000 Dollar blieben 12 810 431.02.

Zuzüglich ein Sonderfond von 150 000 Dollar, die nicht angerührt worden waren.

Gar nicht. Insbesondere, da die Investoren bis auf den letzten in Panik geratenen Geier eine Rückzahlung ablehnten. Sie wollten überhaupt nichts mit der Shepherd Company oder irgendeinem ihrer Manager zu tun haben. Niemand war auch nur im geringsten daran interessiert, den Steuerverlust geltend zu machen, so lange nur die Vorstandsmitglieder der

Firma schworen – auf die Bibel, *Burkes Adelsverzeichnis, Mein Kampf* und den Koran –, nie wieder mit ihm Verbindung aufzunehmen.

Und Franziskus, der sich jetzt zusätzlich zu seinem Schipullover noch einen Tirolerhut zugelegt hatte, durfte die Gemächer im Obergeschoß verlassen. Um der Zurechnungsfähigkeit aller willen hatte man sich darauf geeinigt, ihn künftig als Zio Francesco zu bezeichnen, als Onkel von irgend jemandem.

Da er keinerlei Neigung zeigte, irgendwohin zu gehen oder irgend etwas anderes zu tun, als die Gesellschaft zu genießen, die ihm zur Verfügung stand, konnte sich Zio Francesco frei bewegen. Es war immer jemand in der Nähe, aber nicht, um ihn an der Flucht zu hindern, sondern um ihm nötigenfalls behilflich zu sein. Schließlich war er über siebzig.

Besonders der Koch hatte Zuneigung zu ihm gefaßt, da er sich häufig in der Küche aufhielt, bei den Saucen behilflich war und gelegentlich darum bat, ein bestimmtes Gericht zubereiten zu dürfen.

An den Hawk trat er mit einer Bitte heran. Der Hawk lehnte sie ab.

Nein! Unter gar keinen Umständen! Zio durfte sein Apartment im Vatikan nicht anrufen! Daß es sich um ein privates Telefon handelte, das nicht im Telefonbuch eingetragen war und in der Schublade seines Nachttisches verborgen war, änderte daran überhaupt nichts – schließlich konnten Telefonanrufe abgehört und zu dem Anrufer zurückverfolgt werden.

Nicht, wenn sie über Funk abgesetzt wurden, beharrte Francesco. Der Hawk hatte sie alle häufig dadurch beeindruckt, daß er ihnen erzählte, auf wie kompliziertem Weg er mit Rom Verbindung hielt. Natürlich würde man einen einfachen Telefonanruf bei weitem nicht so kompliziert gestalten müssen. Eine kleine Zwischenstation vielleicht ...

Nein! Die vielen Spaghetti waren Zio in den Kopf gestiegen. Sein Hirn war weich geworden.

Das des Hawks war vielleicht noch weicher, meinte

Francesco. Was für Fortschritte machte der General denn? Hatte sich nicht inzwischen eine Pattsituation eingestellt? Hatte Kardinal Quartze ihn nicht mit einer Flankenbewegung besiegt?

Wie konnte ein Telefongespräch das ändern?

Wie konnte ein Telefonanruf die Dinge noch schlimmer machen, beharrte Francesco. Der Hawk könnte sich ja ans Radio stellen, die Hand an einem Schalter, bereit, die Verbindung abzubrechen, wenn Zio irgend etwas Unpassendes sagen sollte. War es denn nicht für den General vorteilhafter, wenn wenigstens zwei Leute wußten, daß er lebte? Daß die Täuschung *wahrhaftig* eine Täuschung war? Selbstverständlich gab es nichts zu verlieren, weil der Hawk bereits verloren hatte. Und möglicherweise gab es etwas zu gewinnen. Vielleicht vierhundert Millionen amerikanischer Dollar.

Außerdem brauchte Guido Hilfe. Das war keineswegs eine Kritik an seinem Vetter, der nicht nur stark wie ein Bulle war, sondern auch eine höchst sanftmütige und bedächtige Person. Aber der Job war neu für ihn, und er würde ganz bestimmt auf seinen Vetter Giovanni Bombalini hören. Natürlich mit Unterstützung durch Giovannis persönlichen Adjutanten, dem jungen amerikanischen Priester aus Harlem.

Über Nacht würde man die Situation ganz bestimmt *nicht* verbessern können – denn es galt, gesundheitliche und logistische Fragen in Betracht zu ziehen, aber was für Alternativen hatte der Hawk denn zu guter Letzt?

Er hatte ganz offensichtlich keine. Und so schleppte MacKenzie eines nachmittags drei in Segeltuch gehüllte Kartons mit Radiogeräten von der Alpenhütte herunter und machte sich daran, die Instrumente in einem Schlafzimmer von Machenfeld zu installieren.

Als alles fertig war, gab der Hawk ein unwiderrufliches Kommando aus. Nur er selbst und Zio Francesco durften während der Radiosendungen im Raum sein.

Annie und Sam hatten nichts dagegen einzuwenden. Sie verspürten gar nicht den Wunsch, dabei zu sein. Der Koch dachte, daß alle verrückt wären, und ging in die Küche zurück.

Und von da an wurde die riesige Scheibenantenne wenigstens zweimal die Woche – sehr spät in der Nacht – herausgerollt und über den Zinnen ausgefahren. Weder Sam noch Annie wußten, was besprochen wurde oder ob das Ganze etwas bewirkte, aber wenn sie im Garten saßen, um sich zu unterhalten und den herrlichen Schweizer Mond zu betrachten, hörten sie oft aus dem Obergeschoß schallendes Gelächter. Der Hawk und der Papst waren wie kleine Jungen, die sich köstlich mit einem neuen Spiel amüsierten.

Mit einem geheimen Spiel, das in ihrem ganz persönlichen Klubhaus gespielt wurde.

Sam saß im Garten und starrte geistesabwesend auf die *London Times*. Das Leben in Château Machenfeld war zur Routine geworden. So fuhr zum Beispiel jeden Morgen einer von ihnen in die Ortschaft, um die Zeitungen zu holen. Kaffee im Garten – mit den neuesten Zeitungen, das war eine wundervolle Art, den Tag zu beginnen. Diese Welt war ein so schreckliches Durcheinander – und das Leben in Machenfeld war so friedlich.

Als der Hawk dann feststellte, daß es auf dem Anwesen Reitwege gab, kaufte er ein paar gute Pferde und ritt häufig aus, manchmal stundenlang. Er hat etwas gefunden, was er immer schon gesucht hatte, dachte Sam.

Francesco entdeckte die Freuden der Malerei. Er schlenderte dann mit seinem Tirolerhut, von Annie oder dem Koch begleitet, über die Felder, stellte seine Staffelei auf und hielt seine Eindrücke von der Alpenschönheit für die Nachwelt fest. Das heißt, wenn er nicht in der Küche beschäftigt war oder Annie das Schachspielen beibrachte oder – stets auf angenehme Art – mit Sam über juristische Feinheiten debattierte.

Eines hatte Francesco an sich, worüber niemand redete, aber von dem alle wußten, daß es etwas mit seinem Verhalten zu tun hatte. Francesco war kein gesunder Mann gewesen, als man ihn in die Appischen Berge gebracht hatte. Überhaupt nicht gesund. Das war der Grund, weshalb Mac darauf bestanden hatte, den Spezialisten aus New York in Bereitschaft zu halten.

Aber während die Wochen verstrichen, schien sich Francescos Zustand in der würzigen Alpenluft zu bessern.

Ob es sonst auch so gewesen wäre?

Niemand war natürlich bereit, darüber Spekulationen anzustellen, aber Francesco hatte eines Abends beim Essen etwas gesagt, das sich ihnen allen eingeprägt hatte.

»Diese Ärzte! Jeden einzelnen von ihnen werde ich überleben. Die hätten mich schon vor einem Monat begraben.«

Der Hawk antwortete darauf mit einem Hustenanfall.

Und Sam? Was war mit ihm?

Was auch immer es war, er wußte, daß es Annie mit einschloß.

Er sah sie jetzt im Licht der späten Morgensonne an, wie sie auf dem Stuhl saß und die Zeitung las, neben sich ihr allgegenwärtiges Buch. ›Die Geschichte der Schweiz in Bildern‹ lautete der Titel heute.

Sie war so nett, so herrlich – sie war eben Annie. Sie würde ihm helfen, ein besserer Anwalt zu werden, indem sie dafür sorgte, daß ihm das Gesetz nicht mehr so wichtig vorkam.

Jetzt begann er über andere Dinge nachzudenken.

Über Dinge wie – Richter Devereaux.

Boston würde Annie mögen. Seine Mutter würde sie auch mögen. Und Aaron Pinkus. Aaron würde aus ganzem Herzen zustimmen.

Wenn Richter Devereaux je nach Boston zurückkehrte.

Er würde darüber nachdenken. Morgen würde er das tun.

»Sam?« Annie sah zu ihm hinüber.

»Was?«

»Hast du diesen Artikel in der *Tribune* gelesen?«

»Welchen Artikel? Ich hatte die *Tribune* noch nicht in der Hand.«

»Hier.« Sie deutete darauf, gab ihm aber die Zeitung nicht.

Sie war völlig vertieft. »Er handelt von der katholischen Kirche. Der Papst hat ein fünftes ökumenisches Konzil einberufen, und hier steht, daß hundertdreiundsechzig Operngesellschaften unterstützt werden sollen, um den Geist der Kreativität zu fördern. Und ein berühmter Kardinal – mein Gott, Sam – das ist dieser Ingatio Quartze! Der, von dem Mac immer redet.«

»Was ist mit ihm?«

»Anscheinend zieht er sich in eine Villa zurück, die sich San Vincente nennt. Es hat etwas mit päpstlichen Auseinandersetzungen über die Zuweisungen des Vatikan zu tun. Ist das nicht seltsam?«

Devereaux schwieg eine Weile, ehe er antwortete: »Ich glaube, unsere Freunde dort oben waren sehr emsig am Werk.«

In der Ferne klangen Hufschläge auf. Wenige Sekunden später erschien MacKenzie Hawkins auf dem Feldweg zwischen den Bäumen und den Feldern, wo noch vor wenigen Wochen Manöver abgehalten worden waren. Er zügelte sein Pferd und trottete dann langsam zur Nordwestecke des Gartens.

»Verdammt! Ist das nicht ein herrlicher Tag? Man kann die Matterhornspitze sehen!«

Aus der anderen Richtung war der Klang eines Triangels zu hören. MacKenzie winkte. Devereaux und Anne drehten sich um und sahen Francesco auf der Terrasse vor der Küchentür. Er hielt den Triangel und eine silbern schimmernde Stange in der Hand, trug einen großen Schurz, und der Tirolerhut saß auf seinem Kopf.

Zio Francesco rief: »Das Mittagessen ist fertig! Das *speciale di giorno* ist *fantastico*!«

»Ich habe Hunger wie ein Pfed!« brüllte der Hawk zurück und tätschelte seinem Tier den Hals. »Was gibt's denn, Zio?«

Francesco hob seine Stimme zu den Alpenhügeln, und in seinen Worten war Musik. »Meine lieben Freunde. *Linguini Bombalini!*«

Epilog

MacKenzie Hawkins, von Zios Linguini und dem grandiosen Chianti Classico, den Francesco sich von seinem Vetter Frescabaldi zum Bahnhof von Zermatt liefern ließ, angenehm übersättigt, schlenderte über die Alpenwiese an den Rand des Feldes, wie immer bewegt von dem herrlichen Panorama der majestätischen Berge. Dies war ein weiteres Ritual, das zu einem Teil seiner täglichen Gewohnheiten geworden war. Ein paar Minuten des Alleinseins, des wirklichen Alleinseins, ohne sein Pferd, ohne den Klang menschlicher Stimmen, umgeben nur vom Rascheln der hohen Gräser, die die sanfte Alpenbrise streichelte. Er brauchte diese Augenblicke, weil ein Mann sich seinen Leistungen ebenso wie seinen Fehlern alleine stellen und die Folgen ohne Bedauern hinnehmen mußte, solange er nur wußte, daß er sein Bestes getan hatte, daß er alles gegeben hatte.

Was Zio anging, hatte er sowohl gewonnen wie verloren. Die erhofften vierhundert Millionen Dollar hatte er nicht erreicht, aber was von den vierzig Millionen übriggeblieben war, war auch nicht gerade eine Hungermahlzeit. Aber dafür hatte er etwas anderes gewonnen, etwas, das viel wichtiger war: einen wiederhergestellten, gesunden, *vitalen* Papst Francesco den Ersten, einen Papst, den mehr als alles andere der Wunsch bewegte, die Arbeit zu Ende zu führen, die Johannes der Dreiundzwanzigste begonnen hatte. Die Spinnweben aus den Katakomben zu blasen und seine Kirche in das einundzwanzigste Jahrhundert zu führen. Zio würde zurückkehren müssen, darauf hatten sie sich beide geeinigt, ohne es den anderen zu sagen. Sie würden sich schon irgend etwas einfallen lassen. Irgendwie.

Nun, für Onkel Zio war das verdammt in Ordnung, aber was war mit *ihm*, dem Hawk? Was zum Teufel sollte *er* tun? Sollte er im Edelweiß auf seinem Arsch sitzen, die Welt an sich vorbeiziehen lassen und einfach nur *dahinvegetieren?*

»Du mußt dir eben etwas anderes suchen, Mac, vielleicht etwas Weltlicheres«, hatte Francesco vorgeschlagen. »Die

Welt wimmelt von solchen Dingen, und du besitzt außergewöhnliche Talente, mein Sohn ...«

»Spar dir den Scheiß von wegen ›mein Sohn‹, Zio.«

»Tut mir leid, das gehört zu meinem Amt. Wenn ich so viele ›Söhne‹ hätte, wäre das ein Hohn auf den Zölibat — ein Thema, das ich übrigens eines Tages aufs Tapet bringen möchte. Das ist wirklich etwas Unnatürliches, etwas Unsinniges, und die Schrift äußert sich dazu keineswegs eindeutig.«

»Vielleicht sollte ich dich einfach hierbehalten, ehe die dich auf dem Petersplatz hängen.«

»Nein, nein, ich muß zurück ... Aber was ist mit dir, mein Freund? Was wirst du tun?«

Der Hawk hatte keine Antwort gegeben, weil er damals keine gewußt hatte. Jetzt dachte er darüber nach und blickte auf das atemberaubende Panorama der jetzt schneebedeckten Alpen, als plötzlich von irgendwo aus der Höhe ein Adler herunterstieß, auf der Suche nach einer Beute, die ihm Nahrung liefern würde.

Ein Adler. Ein einsamer Adler, der in Glanz und Freiheit am Himmel schwebte, Herr des Himmels und der Erde, mit unglaublicher Flügelspannweite. Der herrliche Vogel kreiste im Wind, sank immer tiefer herab und stürzte sich plötzlich mit atemberaubender Geschwindigkeit auf ein Feld weit in der Tiefe ... Irgend etwas *passierte:* Die mächtigen Schwingen des Adlers flatterten wütend — er war gefangen. Irgend etwas hatte ihn erfaßt, hielt ihn am Boden fest! Dann, quälende Augenblicke später, riß der Vogel sich los, seine Bewegungen waren hektisch, bis er schließlich wieder den freien Luftraum erreicht hatte und in die Höhe stieg.

MacKenzie starrte über das Feld, das dem Adler beinahe zum Grab geworden wäre, und fragte sich, was diesen beinahe tragischen Zwischenfall verursacht hatte. Die Antwort stellte sich Sekunden später ein: Zwei Männer rannten aus einem Gebüsch, sichtlich darüber verärgert, daß ihr Vorhaben gescheitert war. Sie hoben das tödliche, mit einer Tierattrappe bedeckte Instrument auf und warfen es dann angewidert zu Boden.

Der Vorfall rief in Hawk Erinnerungen wach, Bilder aus einer fernen Vergangenheit, als er noch ein junger Offizier auf einem Ausbildungsstützpunkt irgendwo in den Bergen von Nebraska oder Iowa gewesen war. Der Adler selbst war nicht das einzige, was diese Erinnerungen auslöste. Er sah vor sich den Kopfschmuck, der die Häupter einst mächtiger Häuptlinge gekrönt hatte, mit einfachen, doppelten und dreifachen Federn, die die jungen Krieger sich durch Mutproben erworben hatten.

Die Indianer.

Etwa zwanzig Meilen von der geheimen Ausbildungsbasis entfernt hatte es eine Indianerreservation gegeben. Nicht daß der Stützpunkt den Indianern verborgen geblieben wäre, die immer wieder zu den kraftstrotzenden, gut ernährten Soldaten gekommen waren, um sich alles mögliche zu erbetteln. Das war so jämmerlich und mitleiderregend, daß eine ganze Anzahl der jungen Rangers, darunter auch der Hawk, einen Ausflug zu der Reservation machte, um das Ganze besser zu begreifen. Es war eine *Schande!* Diese ursprünglichen Bewohner, die *Besitzer* des Landes, lebten dort in jämmerlicher Armut, von den weißen Eindringlingen skandalös betrogen! Von diesem Tag an stahlen die Rangers dem Zahlmeister alles, was nicht niet- und nagelfest war, so daß die Indianer bis zu dem Tag, an dem die Soldaten schließlich abzogen, um am *D-Day* die Klippen der Normandie zu erklettern, besser lebten als je zuvor.

Die *Indianer* — von denselben Scheißkerlen um ihr Erbe betrogen, die General MacKenzie Hawkins aus der Army geworfen hatten. Jene edlen Wilden würden seine *Sache* sein; es würde vielleicht Monate dauern, sogar Jahre, aber *verdammt noch mal,* das war eine Sache, derer anzunehmen sich lohnte.

Der Hawk machte kehrt und rannte quer über das Feld, so daß die hohen Grashalme hinter ihm wehten. Er sah

Francesco im Gemüsegarten damit beschäftigt, seine wertvollen Kräuter zu gießen. »Zio, *Zio*, ich *hab's!*«

»Was hast du denn, mein Sohn — verzeih mir, ich meine Mac?«

»Ich werde unsere amerikanischen Indianer befreien, ich meine, sie *wirklich frei* machen!«

»Sind sie in *Ketten?*« fragte der verwirrte Francesco und achtete dabei gar nicht darauf, daß er mit seiner Gießkanne seine Lederhose benetzte.

»Schlimmer noch, sie leiden wirtschaftliche Not, sind versklavt, werden von diesen weißen Scheißkerlen um das betrogen, was ihnen gehört!«

»Manchmal klingst du recht verwirrend, MacKenzie —«

»*Begreifst* du denn nicht, Zio? Das ist mein Gral, meine Suche, meine *Sache!* Zum Teufel, das kann sehr lange dauern, vielleicht sogar ein paar Jahre. Aber dort sind die Leute, denen man ihr Recht genommen hat, das weiß ich, das *spüre* ich!«

»Darf dieser demütige Landpriester im voraus jene segnen, die du aus dieser Sklaverei befreien willst? ... Im Namen des Vaters, des Sohnes und des Heiligen Geistes, betet zu Eurem Schöpfer, meine Kinder. Der Falke ist an Eurem Horizont.«

QUELLENNACHWEIS

Der Titel erschien bereits in der Allgemeinen Reihe
unter der Band-Nr. 01/6265 in der 14. Auflage.

Der Titel erschien bereits in der Allgemeinen Reihe
unter der Band-Nr. 01/6180 in der 16. Auflage.